ଆମେରିକୀୟ ପ୍ରବାସୀ ଓଡ଼ିଆ କ୍ଷୁଦ୍ରଗଳ୍ପ ଓ ସ୍ମୃତିଲେଖ

ଆମେରିକୀୟ ପ୍ରବାସୀ ଓଡ଼ିଆ କ୍ଷୁଦ୍ରଗଳ୍ପ ଓ ସ୍ମୃତିଲେଖ

ସମ୍ପାଦନା:

କନକ ହୋତା

ବ୍ଲାକ୍ ଈଗଲ୍ ବୁକ୍ସ

ଭୁବନେଶ୍ୱର, ଓଡ଼ିଶା

BLACK EAGLE BOOKS

Dublin, USA

ଆମେରିକୀୟ ପ୍ରବାସୀ ଓଡ଼ିଆ କ୍ଷୁଦ୍ରଗଳ୍ପ ଓ ସ୍ମୃତିଲେଖ / ସମ୍ପାଦନା : କନକ ହୋତା

ବ୍ଲାକ୍ ଈଗଲ୍ ବୁକ୍ସ : ଭୁବନେଶ୍ୱର, ଓଡ଼ିଶା ● ଡବ୍ଲିନ୍, ଯୁକ୍ତରାଷ୍ଟ୍ର ଆମେରିକା

 **BLACK EAGLE BOOKS**

USA address:
7464 Wisdom Lane
Dublin, OH 43016

India address:
E/312, Trident Galaxy, Kalinga Nagar,
Bhubaneswar-751003, Odisha, India

E-mail: info@blackeaglebooks.org
Website: www.blackeaglebooks.org

First International Edition Published by
BLACK EAGLE BOOKS, 2025

AMERIKIYA PRABASI ODIA KSHUDRAGALPA O SMRUTILEKH
Edited by Kanak Hota

Copyright © Black Eagle Books

Cover & Interior Design: Ezy's Publication

ISBN- 978-1-64560-707-6 (Paperback)

Printed in the United States of America

ଓଡ଼ିଆ ସାହିତ୍ୟ ଓ ସଂସ୍କୃତିକୁ ବିଶ୍ୱ ଦରବାରରେ
ପହଞ୍ଚେଇବା ପାଇଁ ଅହରହ ପ୍ରଚେଷ୍ଟାରେ ନିଜକୁ ନିଯୋଜିତ
ପ୍ରବାସୀ ଓଡ଼ିଆମାନଙ୍କୁ...

ସୂଚୀ

ଆଲେଖ୍ୟ:

କନକ ହୋତା ୦୯

ଗଳ୍ପ:

ଶ୍ରୀ ଗୋପାଳ ମହାନ୍ତି ୨୧

ନିରଞ୍ଜନ ମିଶ୍ର ୩୪

ସୁଲକ୍ଷଣା ପଞ୍ଚନାୟକ ୪୩

ସୁଲୋଚନା ପଞ୍ଚନାୟକ ୪୯

ସୁରେନ୍ଦ୍ର ପଞ୍ଚନାୟକ ୫୪

ଶଶିଶେଖର ଶତପଥୀ ୫୭

ନାରାୟଣ ଚନ୍ଦ୍ର ରଥ ୬୪

ଅନାଦି ନାୟକ ୭୧

କଞ୍ଚନାମୟୀ ଦାଶ ୭୭

ଶାନ୍ତିଲତା ମିଶ୍ର ୮୭

ଦେବରାଜ ସାହୁ ୯୬

ପ୍ରଜେଶ ନନ୍ଦିନୀ ଦାଶ ୧୦୩

ଡଃ ଶଶଧର ମହାପାତ୍ର ୧୧୮

ସ୍ନିଗ୍ଧା ସେନୋପତି ୧୨୭

ଡକ୍ଟର ବିଜ୍ଞାନୀ ଦାସ ୧୩୨

ଝିନୁ ଚୋଟରାୟ ୧୪୭

ସତ୍ୟ ପଞ୍ଚନାୟକ ୧୫୭

ଡକ୍ଟର ତନ୍ମୟ ପଣ୍ଡା ୧୫୯

ଡା. ସୁନନ୍ଦା ମିଶ୍ର ପଣ୍ଡା ୧୬୫

ଶିଖଣ୍ଡ ଶତପଥୀ ୧୭୧

ତାପସ ରଂଜନ ସାହୁ ୧୭୬

ଶୁଭଶ୍ରୀ ଦାଶ ୧୮୪

ଲିପିକା ମହାପାତ୍ର ୧୮୯

ରବିରଶ୍ମି ସାହୁ ୧୯୯

ସ୍ୱପ୍ନ ଲତା ରଥ ୨୦୯

ମନୋଜ ପଣ୍ଡା ୨୨୧

ସୂର୍ଯ୍ୟସ୍ନାତା ରଥ ୨୩୬

ସ୍ୱର୍ଣ୍ଣଲତା ପଟେଲ ୨୪୦

କୁକୁ ଦାସ ୨୪୩

ଯାଜ୍ଞସେନୀ ଲେଙ୍କା ୨୪୭

ଦେବୁ ପଣ୍ଡା ୨୫୦

ସତ୍ୟଜିତ ପଟ୍ଟନାୟକ ୨୫୬

ମନୋରମା ଚୌଧୁରୀ ୨୬୦

ଦେବଯାନୀ ପଟ୍ଟନାୟକ ୨୬୮

ସସ୍ମିତା ମହାନ୍ତି ୨୭୧

ବିକାଶ ଚନ୍ଦ୍ର ରାଉତ ୨୭୬

ସ୍ୱାଗତିକା ମହାନ୍ତି ୨୭୮

ଅର୍ଜୁନ ପୁରୋହିତ ୨୮୨

ସ୍ମୃତିଲେଖ:

ଡାକ୍ତର ପ୍ରସନ୍ନ ପତି ୨୮୯

ଶାନ୍ତିଲତା (ମହାପାତ୍ର) ମିଶ୍ର ୨୯୫

ପ୍ରତାପ ଦାସ ୩୦୧

ଗଗନ ପାଣିଗ୍ରାହୀ ୩୦୫

ଚନ୍ଦ୍ରା ମିଶ୍ର ୩୩୦

ତପନ ପାଢ଼ୀ ୩୩୭

ପ୍ରଭାତ ନଳିନୀ ପଟ୍ଟନାୟକ ୩୪୨

ବରୁଣ ପାଣି ୩୪୯

ତାପସୀ ମହାପାତ୍ର ୩୫୩

ମଧୁସ୍ମିତା ବେହେରା ୩୫୯

ବୈଭବ ମହାନ୍ତି ୩୬୩

ପ୍ରବାସୀ ଓଡ଼ିଆ କ୍ଷୁଦ୍ର ଗଳ୍ପ ଓ ସ୍ମୃତି ଚରିତ ଏକ ଦୃଷ୍ଟିପାତ

ଯୁକ୍ତରାଷ୍ଟ୍ର ଆମେରିକା ଓ କାନାଡ଼ାରେ ପ୍ରବାସୀ ଓଡ଼ିଆ ଏକ ସଫଳ, ଶିକ୍ଷିତ ଓ ସମୃଦ୍ଧ ସଂଖ୍ୟାଲଘୁ ସମ୍ପ୍ରଦାୟ । ଆମେରିକାରେ ବିବିଧ ଭାରତୀୟ ଭାଷାଭାଷୀଙ୍କ ପରିସଂଖ୍ୟାନକୁ ବିଚାରକୁ ନେଲେ, ଏମାନଙ୍କ ମଧ୍ୟରେ ସର୍ବାଧିକ ଶତକଡ଼ା ୧ ୯ ହିନ୍ଦୀ, ୧୪ ଗୁଜୁରାଟୀ ଓ ୧୦ ତେଲୁଗୁକୁ ନିଜର ମାତୃଭାଷା ରୂପେ ପରିଚୟ ଦେଉଥିବାବେଲେ, ଓଡ଼ିଆକୁ ମାତୃଭାଷା କହୁଥିବା ଲୋକଙ୍କ ସଂଖ୍ୟା ମାତ୍ର ଶତକଡ଼ା ୧ । ଅନ୍ୟାନ୍ୟ ଭାରତୀୟ ସମ୍ପ୍ରଦାୟଗୁଡ଼ିକର ସ୍ୱତନ୍ତ୍ର ଭାଷା ପୁଣି ଅବଶ୍ୟ ରହିଛି । ବିଭିନ୍ନ ଭାଷା ମଧ୍ୟରେ ଆମ ଉପସ୍ଥିତି ତୁଳନାମୂକ ଭାବେ କମ । ତେଣୁ ସ୍ୱତଃ ମନକୁ ଆସିପାରେ, ଏତେ କମ ଓଡ଼ିଆଙ୍କ ଭିତରେ ଓ ପୁଣି ଇଂରାଜୀର ସର୍ବାଧିକ ପ୍ରାଧାନ୍ୟ ଥିବା ଉତ୍ତର ଆମେରିକାରେ ଓଡ଼ିଆ ସାହିତ୍ୟର ସମ୍ଭାବନା ବା ରହିବ କିପରି ? କିନ୍ତୁ ଆଶ୍ଚର୍ଯ୍ୟ ଭାବେ ଉତ୍ତର ଆମେରିକାରେ ଓଡ଼ିଆ ସାହିତ୍ୟିକ ପାଣିପାଗ ନିରୁତ୍ସାହଜନକ ନୁହେଁ; ଏଠି ଓଡ଼ିଆ ଭାଷା ସହ ପ୍ରବାସୀଙ୍କର ସମ୍ପର୍କ ବେଶ ସୁଦୃଢ଼ ଓ ଅବିଚ୍ଛିନ୍ନ । ମାତୃଭାଷାରେ ସାହିତ୍ୟ ସୃଷ୍ଟିକରିବା ସହ, ଏହାର ସମୃଦ୍ଧ ପୁରାତନ ସାହିତ୍ୟିକ ପରମ୍ପରା ପ୍ରତି ସମ୍ମାନ ଓ ସଚେତନତା ଏଠି ଅକ୍ଷୁର୍ଣ୍ଣ ରହିଛି । ଓଡ଼ିଆ ସ୍ୱାଭିମାନ ଓ ଆମ୍ପରିଚୟର ପ୍ରତୀକ, ମାତୃଭାଷାର ସଂରକ୍ଷଣପାଇଁ ବୁଦ୍ଧିଜୀବୀ ଏଠି ଜାଗରୁକ ପ୍ରହରୀ । ଓଡ଼ିଆ ସାହିତ୍ୟର ପ୍ରସାର ପ୍ରତି ନିଷ୍ଠା, ଅନୁରକ୍ତି ଓ ସଚେତନତା ସ୍ୱରୂପ, ଆମେରିକାର କଲମ୍ୟସ ସହରରୁ ଶ୍ରୀ ସତ୍ୟ ପଟ୍ଟନାୟକଙ୍କ ଉଦ୍ୟମରେ ୨ ୦ ୧ ୯ରେ ପ୍ରତିଷ୍ଠିତ ବ୍ଲାକ ଇଗଲ ବୁକ୍ ଦ୍ୱାରା ପ୍ରକାଶିତ, "ପ୍ରବାସୀ ଓଡ଼ିଆ କ୍ଷୁଦ୍ର ଗଳ୍ପ ସଂକଳନ", ପ୍ରବାସୀ ଓଡ଼ିଆଙ୍କ ସାହିତ୍ୟ କୃତିର ପ୍ରଥମ ସୁଦୃଶ ଗ୍ରନ୍ଥାୟନ । ବିଦେଶରୁ ସ୍ୱାଧୀନଭାବେ ଉଭୟ ଓଡ଼ିଆ ଓ ଇଂରାଜୀ ପୁସ୍ତକ

ପ୍ରକାଶନ ନେଇ ଶ୍ରୀ ପଟ୍ଟନାୟକଙ୍କ ଏହି ପଦକ୍ଷେପ, ଏକ ଅଭୂତପୂର୍ବ ଅଭିଯାନ କହିଲେ ଅତ୍ୟୁକ୍ତି ହେବନାହିଁ। ବ୍ୟାପକ ଉପଭୋକ୍ତା ଆଦୃତି, ବା ବ୍ୟବସାୟିକ ସଫଳତାର ପ୍ରତ୍ୟାଶା ବା ପ୍ରତିଶ୍ରୁତି ଏଥିରେ ନାହିଁ, କିନ୍ତୁ ପ୍ରବାସୀର ଅନ୍ତଃସ୍ୱରକୁ ଉତ୍ତରପିଢ଼ୀ ପାଇଁ ଏକ ପଞ୍ଜୀକୃତ ଐତିହାସିକ ଗ୍ରନ୍ଥ ରୂପେ ସାଇତି ରଖିବାର ଆମ୍ୟସନ୍ତୋଷ ରହିଛି ନିଶ୍ଚୟ ବୋଲି, ସେ ଅନେକ ଥର କଥା ପ୍ରସଙ୍ଗରେ ଉଲ୍ଲେଖ କରିଛନ୍ତି।

ଆମ ସମୟର ବିଡ଼ମ୍ବନା ଏଇଆ ଯେ, ଏକବିଂଶ ଶତାଧୀ –ବିଜ୍ଞାନ ଓ ବୈଷୟିକ ଜ୍ଞାନକୌଶଳର ଅଭୂତପୂର୍ବ ବିକାଶ ଦ୍ୱାରା ସ୍ଥାନ, କାଳ ଓ ଦୂରତାର ବ୍ୟବଧାନକୁ ଜିଣି ବିଶାଳ ପୃଥିବୀର ପରିସରକୁ ଖୁବ ସଙ୍କୁଚିତ କରିଦେଇଛି ବୋଲି ଯେତେଯେତେ ଦାବିକରେ, ସ୍ୱକୀୟ ବର୍ଣ୍ଣ, ଜାତି, ଭାଷା, ସାହିତ୍ୟ, ପରମ୍ପରା, ତଥା ଗୋଷ୍ଠୀଗତ ଭିନ୍ନତାକୁ ନେଇ, ସମସ୍ତ ଛୋଟବଡ଼ ଦେଶ, ଜାତି ଓ ଉପଜାତି ସେତେବେଶୀ ଅଧିକ ସଚେତନ। ଶକ୍ତିଶାଳୀ ପାଶ୍ଚାତ୍ୟ ଦେଶମାନଙ୍କର ଉପନିବେଶବାଦୀ ମାନସିକତାକୁ ପ୍ରତ୍ୟାଖ୍ୟାନ କରି ନିଜ ଇତିହାସ, ଭାଷା, ସାହିତ୍ୟ, ସଙ୍ଗୀତ, ଲୋକକଥା ଓ ପୁରାଣ ଆଦିକୁ ଆପଣାର ସଂସ୍କୃତି ଓ ଐତିହ୍ୟର ଧରୋହର ଭାବେ, ତଥା ସ୍ୱାଭିମାନ ଓ ସ୍ୱତନ୍ତ୍ର ଆମ୍ୟ ପରିଚୟର ଜାଗରୁକ ପ୍ରତୀକରୂପେ ଗର୍ବର ସହ ଉପସ୍ଥାପନା ନିମନ୍ତେ ପ୍ରତ୍ୟେକ ବର୍ଗ ତତ୍ପର। ବିଭିନ୍ନତା ଭିତରେ ଏକତା, ଅଧୁନାତନ ସମୟର ମୂଳମନ୍ତ୍ର। ଏଇ ପରିପ୍ରେକ୍ଷିରେ, ପ୍ରବାସୀ ଓଡ଼ିଆ ସାହିତ୍ୟ ବିଶ୍ୱ ଆଗରେ ନିଜକୁ ଓଡ଼ିଆ ବୋଲି କହିବାର ସ୍ୱାଭିମାନକୁ ଗର୍ବର ସହ ପ୍ରତିପାଦିତ କରେ।

ଓଡ଼ିଶାଠାରୁ ଦଶ ହଜାର ମାଇଲ ଦୂରରେ ଅବସ୍ଥିତ ଉତ୍ତର ଆମେରିକାରେ ପ୍ରବାସୀ ଓଡ଼ିଆଙ୍କ ଉପସ୍ଥିତି, ସ୍ଥାନାନ୍ତରଣର ପ୍ରକ୍ରିୟାର ଏକ ନିର୍ଣ୍ଣାୟକ ଐତିହାସିକ ମୁହୂର୍ତ୍ତ। ଆମେରିକାରେ ପାଦରଖିଥିବା ପ୍ରଥମ ଓଡ଼ିଆ ସାରଙ୍ଗଧର ଦାସ, ଛାତ୍ର ଭାବରେ ୧୯୦୯ ମସିହାରେ ଟୋକିଓରୁ ଜାହାଜରେ ଆମେରିକାର ସିୟାଟଲ୍ ବନ୍ଦରରେ ପହଞ୍ଚି, ସେଠାରୁ ବର୍କଲି ସ୍ଥିତ ୟୁନିଭର୍ସିଟି ଅଫ୍ କାଲିଫରନିଆରେ ସୁଗାର ଟେକ୍ନୋଲୋଜିରେ ଡିଗ୍ରୀ ଶିକ୍ଷା ପାଇଁ ପହଞ୍ଚିଥିଲେ। ଢେଙ୍କାନାଳ ରାଜାଙ୍କଠାରୁ ଛାତ୍ରବୃତ୍ତି ହିସାବରେ ପାଉଥିବା, ୨୫ ଟଙ୍କା ଓ କଲିକତାର ବଙ୍ଗାଳୀ ଅନୁଷ୍ଠାନ ଦେଉଥିବା ୨୫ ଟଙ୍କା ଅନୁଦାନକୁ ପ୍ରତ୍ୟାଖ୍ୟାନ କରି, କପର୍ଦକଶୂନ୍ୟ ସାରଙ୍ଗଧର ଆମେରିକାରେ ଜୀବନ ଆରମ୍ଭ କରିଛନ୍ତି। ପ୍ରଥମ ବିଶ୍ୱଯୁଦ୍ଧ ପୂର୍ବରୁ ଚିନି ଥିଲା white gold –ୟୁରୋପୀୟ ବଜାରରେ ମହାର୍ଘ୍ୟ ଦ୍ରବ୍ୟ। ଚିନି ଶିଳ୍ପର ବିକାଶ କରି ଓଡ଼ିଶାରେ ଶିଳ୍ପ ବିପ୍ଳବର ସ୍ୱପ୍ନ ଦେଖିଥିଲେ ସିଏ। କୌଣସି ଏସୀୟ ଲୋକଙ୍କୁ ଆମେରିକାରେ ନାଗରିକଭାବେ ରହିବାର ଅଧିକାର ନଥିଲା ସେ ସମୟରେ। ଓଡ଼ିଶା ଫେରି

ଚିନିକଳଟିଏ ଛିଡ଼ା କରାଇ ପାରିନାହାନ୍ତି ସିଏ, କିନ୍ତୁ ଆମେରିକା ରହଣୀ ତାଙ୍କୁ ଜ୍ଞାନ ସହ, ଆତ୍ମବିଶ୍ୱାସ ଓ ସ୍ୱାଧିକାର ସମ୍ବନ୍ଧରେ ସଚେତନ କରିଛି। ଗାନ୍ଧିଜୀଙ୍କ ଡାକରାରେ ସେ ସ୍ୱାଧୀନତା ସଂଗ୍ରାମରେ ସକ୍ରିୟ ଅଂଶ ଗ୍ରହଣକରି ପ୍ରଜା ଆନ୍ଦୋଳନର ନେତୃତ୍ୱ ନେଇଛନ୍ତି। ଲୋକମାନଙ୍କ ମଧ୍ୟରେ ଗଡ଼ଜାତ ଗାନ୍ଧୀ ଭାବେ ପରିଚିତ ସାରଙ୍ଗଧର ମଧ୍ୟ ଥିଲେ ଭାରତୀୟ ସମ୍ବିଧାନ ପ୍ରଣୟନ କମିଟିର ସଭ୍ୟ। ୧୯୫୧ ମସିହାରେ ଢେଙ୍କାନାଳର ନିର୍ବାଚନ ମଣ୍ଡଳୀରୁ ଏମ୍. ପି ଭାବରେ ସେ ନିର୍ବାଚିତ ହୋଇଛନ୍ତି।

ବିଦେଶ ଓ ସ୍ୱଦେଶ ମଧ୍ୟରେ ନିଜ ଉଲ୍ଲେଖନୀୟ ଜୀବନର ଗତିପଥ ନିର୍ଦ୍ଧାରିତ କରିଥିବା ସାରଙ୍ଗଧର ଦାସଙ୍କ ପରେ, ଅନେକ ଓଡ଼ିଆ ମୁଖ୍ୟତଃ ଉଚ୍ଚ ଶିକ୍ଷା, ଗବେଷଣା ଓ ଜ୍ଞାନ ଆହରଣ ପାଇଁ ଉତ୍ତର ଆମେରିକାରେ ପହଞ୍ଚିଛନ୍ତି। ୧୯୬୯ ମସିହାରେ ଭାରତୀୟ ମାନଙ୍କୁ ଆମେରିକାକୁ ଦେଶାନ୍ତରଣ ପ୍ରକ୍ରିୟା ଦ୍ୱାରା ଆଗମନ କରି ଆଇନତଃ ନାଗରିକ ଭାବେ ବସବାସ କରିବା ଅଧିକାର ପ୍ରଦାନ କରାଯାଇଥିଲା। ଫଳତଃ, ତା ପରେପରେ ମୁଷ୍ଟିମେୟ ଡାକ୍ତର, ଇଞ୍ଜିନିୟର, ବୈଜ୍ଞାନିକ ଓ ପ୍ରାଧ୍ୟାପକ ଦେଶଛାଡ଼ି ଏଠି ପହଞ୍ଚିଛନ୍ତି ଓ ଏଠିକାର ନାଗରିକତ୍ୱ ଗ୍ରହଣ କରି ଆମେରିକାକୁ କର୍ମଭୂମି ଭାବେ ଗ୍ରହଣ କରିଛନ୍ତି।

ଶୋଷଣ ସର୍ବସ୍ୱ ବ୍ରିଟିଶ ଉପନିବେଶବାଦରୁ ମୁକ୍ତ ସ୍ୱାଧୀନୋତ୍ତର ଭାରତର ଆର୍ଥିକ ମେରୁଦଣ୍ଡ ଥିଲା ଦୁର୍ବଳ। ଆତ୍ମବିକାଶର ପଥ ଅନୁସନ୍ଧାନ ସହ ଦାରିଦ୍ର୍ୟ ଓ ଅଜ୍ଞାନତାରୁ ମୁକ୍ତି ଖୋଜୁଥିଲା ଜନ୍ମଭୂମି। ସମୃଦ୍ଧ ଆମେରିକା ଥିଲା ଅମାପ ସମ୍ଭାବନାର ଦେଶ। ପ୍ରତିଭା ବିକାଶର ବ୍ୟାପକ କ୍ଷେତ୍ର ଭାବେ ଏହାର ସୁନାମ ଓ ପ୍ରତିଷ୍ଠା ଥିଲା ସୁଦୂରପ୍ରସାରୀ। ଏ ଦେଶର ବିଜ୍ଞାନ, ବୈଷୟିକ ବିଦ୍ୟା, କଳା ଓ ସାହିତ୍ୟର ଗବେଷଣା ସମୃଦ୍ଧ ବୌଦ୍ଧିକ ପରମ୍ପରା ଓଡ଼ିଶାର ବହୁ ପ୍ରତିଭାବାନ ଯୁବକଙ୍କୁ ଆକର୍ଷିତ କରିଥିଲା ଦେଶ ଛାଡ଼ି ଏଠାକୁ ଆସିବା ପାଇଁ। ଯୋଗ୍ୟତା ଭିତ୍ତିରେ ଲବ୍ଧ ଛାତ୍ରବୃତ୍ତି ଦେଉଥିଲା ଆର୍ଥିକ ସ୍ଥିରତାର ପ୍ରତିଶ୍ରୁତି। ଭାରତର ବିଭିନ୍ନ ପ୍ରାନ୍ତରୁ ଉତ୍ତର ଆମେରିକାକୁ ବହୁ ପ୍ରତିଭାଶାଳୀ ଯୁବ ବୈଜ୍ଞାନିକ, ଇଞ୍ଜିନିୟର ଓ ଡାକ୍ତର ଦେଶଛାଡ଼ି ଚାଲି ଆସୁଥିବାରୁ ସେଇ ସମୟରେ 'brain drain' ଶବ୍ଦଟି ବହୁ ସଂଖ୍ୟାରେ ପ୍ରତିଭାବାନ ଯୁବକଙ୍କ ବିଦେଶ ଗମନ ପ୍ରକ୍ରିୟାକୁ ନେଇ ବୁଦ୍ଧିଜୀବୀ ମହଲରେ ଉଦ୍‌ବେଗର ଅନ୍ୟନାମ ଥିଲା।

କିନ୍ତୁ ୧୯୯୦ ବେଳକୁ ଦୃଶ୍ୟପଟ ବଦଳି ଯାଇଛି। ବିଂଶ ଶତାଦ୍ଧୀ ଶେଷ ବେଳକୁ, କମ୍ପ୍ୟୁଟର ଦ୍ୱାରା ନିୟନ୍ତ୍ରିତ ସରକାରୀ, ବେସରକାରୀ ଅନୁଷ୍ଠାନ ଗୁଡ଼ିକରେ ବର୍ଷ ୨୦୦୦ ଓ ତାର ପରବର୍ତ୍ତୀ ସମୟରେ ହେବାକୁ ଥିବା ସମ୍ଭାବ୍ୟ ପରିଚାଳନାଗତ ଅଚଳାବସ୍ଥାକୁ Y2K ବୋଲି ସଂକ୍ଷିପ୍ତରେ ନାମିତ କରାଗଲା। ଏହି ସମୟରେ ସ୍ୱତନ୍ତ୍ର

କର୍ମ କୌଶଳଧାରୀଙ୍କୁ ସ୍ୱାଗତ କରି ଆମେରିକାରେ ଅଗ୍ରାଧିକାର ଭିତ୍ତିରେ ନିଯୁକ୍ତି ପାଇଁ ଆରମ୍ଭ ହୋଇଥିବା HIB ଭିସା ବ୍ୟବସ୍ଥା ଦ୍ୱାରା ଅଧିକ ସଂଖ୍ୟକ ଓଡ଼ିଆଙ୍କ ଆଗମନ ସମ୍ଭବପର ହୋଇପାରିଛି। ଆମେରିକୀୟ ସଂସ୍କାରେ ନିଯୁକ୍ତି, ନାଗରିକତ୍ୱ, ସ୍ଥାୟୀ ବସବାସର ନିର୍ଭର ପ୍ରତିଶ୍ରୁତି ଓ ଆର୍ଥିକ ସ୍ୱାଚ୍ଛନ୍ଦ୍ୟ ପ୍ରବାସୀ ଓଡ଼ିଆର ପରିଚୟ ହୋଇପାରିଛି ଏହି ସମୟରେ। ଭାରତର ବହୁ ସଂଖ୍ୟକ କମ୍ପ୍ୟୁଟର ସାଇନ୍ସ ଓ କମ୍ୟୁନିକେଶନ ଟେକ୍ନୋଲୋଜିର କୁଶଳୀ ଇଞ୍ଜିନିୟର ଓ ପ୍ରୋଗ୍ରାମରଙ୍କୁ ଆମେରିକା ଓ କାନାଡାରେ ନିଯୁକ୍ତି ମିଳିଛି। ୧୯୯୨ରେ ଭାରତ ମଧ୍ୟ ମୁକ୍ତ ଅର୍ଥନୀତି ପ୍ରଣାଳୀକୁ ଅବଲମ୍ବନ କରିଛି। ଫଳରେ କର୍ମନିଯୁକ୍ତି ପାଇଁ ଓଡ଼ିଆଙ୍କର ଅନ୍ତର୍ଦେଶୀୟ ଓ ଆନ୍ତର୍ଜାତିକ ସ୍ଥାନାନ୍ତରଣ ସଂଖ୍ୟା ମଧ୍ୟ ବୃଦ୍ଧି ଘଟିଛି ଏହି ସମୟରେ। ନବେ ମସିହା ପରେ ଆମେରିକା ଯିବା ଏତେ ସାଧାରଣ ଘଟଣା ହୋଇଗଲା ଯେ, 'ଓଡ଼ିଆ ଯୁବକଙ୍କ ବିଦେଶ ଯାତ୍ରା' ଶୀର୍ଷକରେ ଖବରକାଗଜରେ ଫଟୋ ସମ୍ବଳିତ ସମ୍ବାଦମାନ ଦେଖିବାକୁ ଆଉ ମିଳିଲା ନାହିଁ।

ସ୍ଥାନାନ୍ତରଣର ଐତିହାସିକ ପୃଷ୍ଠଭୂମି ଉପରେ ଆଲୋକପାତ କରିବା ପରେ ପ୍ରବାସୀର ଆମ୍ପରିଚୟବୋଧ ଉପରେ ଏହାର ମାନସିକ ପ୍ରବାହକୁ ଲକ୍ଷ୍ୟ କରିବା। ବିଦେଶରେ ଶିକ୍ଷା, ଗବେଷଣା, ବା ବାଣିଜ୍ୟ ଆଦିର ଆଭିମୁଖ୍ୟ ନେଇ ପ୍ରବାସୀର ସିଦ୍ଧାନ୍ତ ତାର ସଚେତନ ନିର୍ଣ୍ଣୟ। ଏହା ନିର୍ବାସିତର ନିରାଶ୍ରୟର ଜୀବନ ନୁହେଁ, କିମ୍ବା ପ୍ରତିବନ୍ଧ–ରହିତ–ଗୋଲାପ–ଶଯ୍ୟାରେ ଜୀବନଯାତ୍ରାର ପ୍ରବେଶପତ୍ର ମଧ୍ୟ ନୁହେଁ। ଦେଶ, ରାଜ୍ୟ, ପିତାମାତା, ଆମ୍ଯାୟସ୍ୱଜନଙ୍କଠାରୁ ବିଚ୍ଛିନ୍ନ ହେବାସହ, ପ୍ରବାସୀ ସ୍ୱକୀୟ ସାଂସ୍କୃତିକ ପୃଷ୍ଠଭୂମିରୁ ଉତ୍ପାଟିତ ହୋଇ, ଏବଂ ଅଜଣା ଦେଶରେ ସ୍ଥାନାନ୍ତରିତ ପାଦପ ଭଳି ଆପଣାର ମୂଲସ୍ଥାପନ କରିବାର ଜଟିଲ ଆହ୍ୱାନର ସମ୍ମୁଖୀନ ହୁଏ। ନୂଆ ପରିବେଶ, ପାଣି, ପବନ ମଣିଷ ଓ ସେମାନଙ୍କର ସାମାଜିକ ଚାଲିଚଳଣି ଓ ପରିବର୍ତ୍ତିତ ପରିସ୍ଥିତି ସହ ଖାପଖୁଆଇ ଚଲିବାକୁ ସେ ଚେଷ୍ଟାକରେ। ସେହି ବହିରାଗତ ଅପରିଚିତ ଆଗନ୍ତୁକ ଓ ଆତିଥ୍ୟଦାତା ଦେଶ ପରସ୍ପରକୁ ସାବଧାନତାର ସହ କିଛି ବର୍ଷ ଲକ୍ଷ୍ୟ କରନ୍ତି ଓ ସମୟକ୍ରମେ ପରସ୍ପରର ଉପସ୍ଥିତିକୁ ଉପେକ୍ଷା ନକରି ଗ୍ରହଣ କରିଥାନ୍ତି। ଧର୍ମ, ବର୍ଣ୍ଣ ଓ ସାଂସ୍କୃତିକ ଭିନ୍ନତା ଦୁହିଁଙ୍କୁ ଦୋ ଦୋ ଚିହ୍ନ କରି ରଖେ ସବୁକାଲେ। ମୋର ବିଚାରରେ, ସାରାବିଶ୍ୱର ଜାତି, ଧର୍ମ, ବର୍ଣ୍ଣ, ଭାଷା, ବେଶଭୂଷାର ଲୋକେ ସମ୍ମାନ ସହ ସହାବସ୍ଥାନ କରିପାରୁଥିବାରୁ ହୁଏତ ଆମେରିକାକୁ ମେଲଟିଙ୍ଗ ପଟ୍ କୁହାଯାଏ। କିନ୍ତୁ ଇତିହାସ ବଦଳୁଛି। ରାଜନୈତିକ, କୂଟନୈତିକ ଓ ବାଣିଜ୍ୟିକ ଦୃଷ୍ଟିକୋଣରୁ ଆମେରିକାର ସମ୍ପର୍କ ବିଶ୍ୱର ଅନ୍ୟାନ୍ୟ ଦେଶମାନଙ୍କ ସହ ବଦଳୁଥିବାରୁ ଏ ଦେଶର ଆଇନତଃ

ନାଗରିକତା ଗ୍ରହଣ କରିବା କ୍ରମଶଃ ଜଟିଳ ହୋଇଗଲାଣି। ଏକବିଂଶ ଶତାବ୍ଦୀ, ଶରଣାର୍ଥୀ ଓ ଶାନ୍ତିପୂର୍ଣ୍ଣ, ନିରାପଦ ଜୀବନ ଅନ୍ଵେଷାରେ ସ୍ଵଦେଶ ଛାଡ଼ି ଅନ୍ୟତ୍ର ଆଶ୍ରୟ ଖୋଜୁଥିବା ଦିଗହରା ମଣିଷର ଯୁଗ। ଏହାର ପ୍ରଭାବ ଆମେରିକା ଉପରେ ସର୍ବାଧିକ। ଜର୍ମାନୀ ଓ ଇଟାଲୀ ମଧ୍ୟ ଏ ସମସ୍ୟାର ସମ୍ମୁଖୀନ ହେଉଛନ୍ତି। ତେବେ ଏହି ଜଟିଳ ପ୍ରସଙ୍ଗ ଏକ ଭିନ୍ନ ଆଲୋଚନା ଆବଶ୍ୟକ କରେ।

ପ୍ରଥମ ପିଢ଼ିର ପ୍ରବାସୀ ଜଣେ ନିସଙ୍ଗ ପଦାତିକ। ଅନେକ ସମୟରେ, ମାତୃଭୂମିର ଯେଉଁ ସାଂସ୍କୃତିକ ବାତାବରଣରେ ତାର ବ୍ୟକ୍ତିତ୍ଵର ବିକାଶ ଘଟିଥାଏ ଓ ବିଦେଶର ମୁଖ୍ୟସ୍ରୋତର ସଂସ୍କୃତି -ଯାହା ମଧ୍ୟରେ ତାକୁ ଧୀରେ ଧୀରେ ନିମଜ୍ଜିତ ହେବାକୁ ପଡ଼ିଥାଏ, ତାର ସେ, ତୁଳନାମୂଳକ ବିଚାର କରେ। ସେମାନଙ୍କ ମଧ୍ୟରୁ କିଛି ଲୋକ ଅନ୍ତର୍ମୁଖୀ ହୁଅନ୍ତି ଓ ନିଜର ଓଡ଼ିଆ ପରିଚୟକୁ ସୁରକ୍ଷିତ ରଖିବାକୁ ଚେଷ୍ଟା କରନ୍ତି। କେହି କେହି ସ୍ଵଭାବସୁଲଭ କୌତୁହଳ ଓ ଜିଜ୍ଞାସା ପ୍ରବଣତାରୁ ନୂଆଦେଶର ଲୋକଙ୍କ ସହ ଆବାଧ ମିଳାମିଶା କରି ତାଙ୍କ ସଭ୍ୟତାର ବିଭିନ୍ନ ଦିଗ ଇତିହାସ, ସାହିତ୍ୟ, ଚାଲି ଚଳଣି, ଧର୍ମ, ନୃତ୍ୟ ଓ ସଙ୍ଗୀତ ଆଦିର ସ୍ଵତନ୍ତ୍ରତାକୁ ବୁଝିବାକୁ ଚେଷ୍ଟା କରିଛନ୍ତି। ଷାଠିଏ-ପଞ୍ଚଷଠି ବର୍ଷ ତଳେ ଉତ୍ତର ଆମେରିକାକୁ ଆସିଥିବା ବର୍ଷୀୟାନ ପ୍ରବାସୀ ଓଡ଼ିଆ ସ୍ମୃତିଚାରଣକରି କୁହନ୍ତି ଯେ ଆମେରିକାର ପ୍ରଗତି ତାଙ୍କୁ ଅବାକ କରିଦେଇଥିଲା। ସବୁ କିଛି ସମ୍ପୂର୍ଣ୍ଣ ଭିନ୍ନ -ଆକାଶଛୁଆଁ କୋଠାବାଡ଼ି, ପ୍ରଶସ୍ତ ରାସ୍ତା, ଅସଂଖ୍ୟ କାର ଓ ଅନ୍ୟାନ୍ୟ ଯାନବାହାନ ଭିତରେ ଦୌଡୁଥିବା ବ୍ୟସ୍ତ ମଣିଷମାନଙ୍କ ମୁହଁ ସବୁ ଓଡ଼ିଶାରୁ ପହଞ୍ଚି ଥିବା ଛାତ୍ରଟିକୁ ଆଶ୍ଚର୍ଯ୍ୟ କରିଦେଇଥିଲା। ଛୋଟବଡ଼ ସେତୁ ଗୁଡ଼ିଏ ଯେମିତି ଜାଲରେ ବାନ୍ଧି ପକାଇଥିଲେ ହଡ୍‍ସନ୍ ନଦୀକୁ ଓ ରାତିରେ ଲିଭାଯାଉନଥିବା ହଜାର ହଜାର ବିଜୁଳିବତୀ ଅଖଣ୍ଡ ଦୀପାବଳିର ଭ୍ରମ ସୃଷ୍ଟି କରୁଥିଲା ନ୍ୟୁୟର୍କ ସହରର ମାନହାଟାନ୍ ଇଲାକା। ସେ ସମୟରେ ଘରେ ଚିଠି ପହଞ୍ଚି, ଉତ୍ତର ପାଇବାବେଳକୁ ପ୍ରାୟ ମାସେ ସମୟ ଲାଗି ଯାଉଥିଲା। ଟେଲିଫୋନରେ କଥାବାର୍ତ୍ତା ହେବା ବ୍ୟୟବହୁଲ ଥିଲା। ପୋଷ୍ଟ ଅଫିସରୁ ଷ୍ଟାମ୍ପ ଲଗାଇବାକୁ ପଡ଼ୁନଥିବା ଏରୋଗ୍ରାମ୍ ଖାମ୍‍ଟିଏ କିଣି ପ୍ରବାସୀ ଘରକୁ ଚିଠି ଲେଖିବସିଲେ ଏତେ କଥା କହିବାପାଇଁ ରହୁଥିଲାଯେ ସେ ଅନେକ ସମୟରେ ଦ୍ଵନ୍ଦରେ ପଡ଼ିଯାଉଥିଲା କଣ ଲେଖିବ। ଅନେକ ପର୍ବ ପର୍ବାଣୀ ଓ ବିବାହ ବା ଦେହାନ୍ତ ପରି ପାରିବାରିକ ଖବର ଜାଣିବାବେଳକୁ ବାର୍ତ୍ତାର ନୂତନତା ବା ମନକୁ ଦୋହଲାଇ ଦେବାଭଳି ଶୋକ ଆଉ ଚମକାଇ ଦେଉ ନଥିଲା। ସେମାନେ କୁହନ୍ତି, ବର୍ତ୍ତମାନର ପରିସ୍ଥିତି ଓ ସେ ସମୟର ପରିସ୍ଥିତି ମଧ୍ୟରେ ଥିଲା ଆକାଶ ପାତାଳର ପ୍ରଭେଦ। ବୈଷୟିକ ବିପ୍ଳବ ବା technologyର ଅଭୂତପୂର୍ବ

ପରିବର୍ତ୍ତନ ଘଟିଛି ତାଙ୍କ ଆଖି ଆଗରେ ।

ସେହି ବିଦେଶାଗତଙ୍କ ପକ୍ଷରେ ଫେରିଯିବାର ପ୍ରଶ୍ନ ନଥିଲା, କାରଣ ପାଠ ପଢ଼ା ଥିଲା ଖୁବ୍ ଉଚ୍ଚମାନର ଓ ସେମାନଙ୍କର ଜ୍ଞାନ ପିପାସା ବି ଥିଲା ଅସାମାନ୍ୟ । ବିଶ୍ୱବିଦ୍ୟାଳୟଗୁଡ଼ିକ ତାଙ୍କୁ ଖୋଲା ହୃଦୟରେ ସ୍ୱାଗତ କରୁଥିଲେ । ଆର୍ଥିକ ସହାୟତା ବି ମିଳୁଥିଲା ଓ କେହି କେହି ସେଥିରୁ କିଛି ସଞ୍ଚୟ କରି ଘରକୁ ପଠାଉଥିଲେ । ଅଧିକାଂଶ ଥିଲେ ମଧ୍ୟବିତ୍ତ ପରିବାରର ପିଲା । ଓଡ଼ିଶା ଆଦୌ ସମୃଦ୍ଧ ରାଜ୍ୟଟିଏ ନଥିଲା ସେତେବେଳେ । ସବୁ ପ୍ରତିବନ୍ଧକକୁ ସାମ୍ନାକରି ସଫଳହେବା ଥିଲା ପୌରୁଷତ୍ୱର ପ୍ରତୀକ । ସୀମିତ ସମ୍ବଳ ସହ ଆମେରିକା ବା କାନାଡା ଭଳି ବିଶାଳ, ଥଣ୍ଡା, ଅପରିଚିତ ଦେଶକୁ ଯେଉଁ ମୁଷ୍ଟିମେୟ ଓଡ଼ିଆ ଛାତ୍ର ଉଚ୍ଚଶିକ୍ଷା ପାଇଁ ଆସୁଥିଲେ, ସେମାନେ ଥିଲେ ନିଃସଙ୍ଗ । ତାଙ୍କ ପକ୍ଷରେ ଓଡ଼ିଆ ବନ୍ଧୁଟିଏ ଖୋଜିପାଇବା ସୌଭାଗ୍ୟର କଥା ଥିଲା । କିନ୍ତୁ ସଂଯୋଗକ୍ରମେ, ଯଦି କିଛି ଓଡ଼ିଆ ଏକାଠି ହୁଅନ୍ତି, ବନ୍ଧୁତ୍ୱ ଓ ଭାଇଚାରାର ଅଦୃଶ୍ୟ ଡୋରିଟିଏ ସେମାନଙ୍କୁ ବାନ୍ଧି ଦେଉଥିଲା । ଅନେକଙ୍କ ଆମ୍ଜୀବନୀ ସମ୍ବନ୍ଧିତ ଖୋଲାକଥା ଏହାର ସାକ୍ଷୀ ।

ଓଡ଼ିଶା, କଲିକତା ବିଶ୍ୱବିଦ୍ୟାଳୟ, ଜର୍ମାନୀର ଗଟିଙ୍ଗେନ୍ ବିଶ୍ୱବିଦ୍ୟାଳୟ ଓ ଇଂଲଣ୍ଡ ଆଦି ଦେଶରେ ଶିକ୍ଷା ସମାପ୍ତକରି ଆମେରିକାର ଓକ୍ଲାହୋମା ଓ ଟେମ୍ପଲ ବିଶ୍ୱବିଦ୍ୟାଳୟରେ ଭାରତୀୟ ଓ ପାଶ୍ଚାତ୍ୟ ଦର୍ଶନ ବିଭାଗର ବିଶିଷ୍ଟ ପ୍ରଫେସର ସ୍ୱର୍ଗତ ଜିତେନ୍ଦ୍ର ନାଥ ମହାନ୍ତି, ତାଙ୍କ ଆମ୍ ଜୀବନୀ, "Between Two Worlds: East and West,ରେ (ବ୍ଲାକ ଇଗଲ ପ୍ରକାଶନୀ, ୨୦୨୩) ଜନ୍ମମାଟି ଓ ନାଗରିକତା ଯାକ ଦେଶ ଆମେରିକାରେ ବିତାଇଥିବା ନିଜ ଜୀବନର ଏକ ମନନଶୀଳ ଆଲେଖ୍ୟ ରଖିଛନ୍ତି । ସେଭଳି ଇଉନିଭରସିଟି ଅଫ ଆଲାସ୍କାର ମେକାନିକାଲ ଇଂଜିନିଅରିଂ ପ୍ରଫେସର ଦେବେନ୍ଦ୍ର କୁମାର ଦାସ, ଏକ ପ୍ରବନ୍ଧ, "How to navigate mental illness" (ଜର୍ମି:୨୦୨୩) ରେ, ପତ୍ନୀ କାଥେରିନ କ୍ରସ ଦାସଙ୍କ ମାନସିକ ଅସୁସ୍ଥି ଓ ଦୀର୍ଘ ୪୨ ବର୍ଷ ଧରି ସେ ନିଜେ ଦେଇଆସିଥିବା ସେବାର ଖୋଲା ଆଲୋଚନା ଦ୍ୱାରା ମାନସିକ ରୋଗ ଭଳି ଏକ କ୍ରତିତ ଆଲୋଚିତ ସ୍ୱାସ୍ଥ୍ୟ ସମସ୍ୟା ନେଇ ନିଜର ସଂଘର୍ଷ, ନିଦାନ ଓ ସହାୟତା ପନ୍ଥା ଆଦିର ବିଶଦ ଆଲୋଚନା କରିଛନ୍ତି । ଆଣବିକ ପ୍ରାଣୀ ବିଜ୍ଞାନୀ, ତଥା କବି ଓ କଥାକାର ଗଗନ ବିହାରୀ ପାଣିଗ୍ରାହୀ ତାଙ୍କ ଆମ୍ ଜୀବନୀ "ଯାହା କଲି ଯାହା ପାଇଲି" (ବ୍ଲାକ ଇଗଲ ପ୍ରକାଶନୀ) ବହିଟିରେ ଶୈଶବରେ ପିତାଙ୍କ ମୃତ୍ୟୁ ପରେ ସଂଘର୍ଷମୟ ଜୀବନ, ଓଡ଼ିଶା ଓ ଦିଲ୍ଲୀରେ ଶିକ୍ଷା ସମାପ୍ତି, କାନାଡାରେ ଗବେଷଣା, ନିଯୁକ୍ତି ଓ ସ୍ଥାୟୀ ବସବାସ ଆଦି ଜୀବନ ସୋପାନ

ଗୁଡ଼ିକ ପାଠକ ଆଗରେ ରଖିଛନ୍ତି । ଆମେ ଲକ୍ଷ୍ୟ କରିବା ଯେ ସମସ୍ତ ପ୍ରବାସୀ, ତାଙ୍କର ଆମ୍ ଜୀବନୀରେ ଉଭୟ ଜନ୍ମମାଟି ଓ ବିଦେଶ ମାଟିକୁ ଗଭୀର ଶ୍ରଦ୍ଧା, ସମ୍ମାନ ଓ କୃତଜ୍ଞତା ସହ ହାତଯୋଡ଼ି ସତେକି କହିଛନ୍ତି, "ଜୀବନ ପାତ୍ର ମୋ ଭରିଛ ନାନା ମତେ, ନଦେଲ ବୋଲି କିଛି କହିବି କିଏ ଆଉ ।"

କବି ମାୟାଧର ମାନସିଂହଙ୍କ ପୁତ୍ର ଶ୍ରୀ ଲଲାଟେନ୍ଦୁ ମାନସିଂହ କୁହନ୍ତି, ଭାଙ୍କୁଭରସ୍ଥିତ ଇଉନିଭର୍ସିଟି ଅଫ୍ ବ୍ରିଟିଶ କଲମ୍ବିଆରେ ପଢ଼ିବାବେଳେ ଶ୍ରୀ ସୂର୍ଯ୍ୟ ମିଶ୍ର ତାଙ୍କର ଘନିଷ୍ଠ ବନ୍ଧୁ ହୋଇଥିଲେ, କିନ୍ତୁ ବିଦେଶୀ ସାଙ୍ଗମାନଙ୍କର ମଧ ବେଶ୍ ନିକଟବର୍ତ୍ତୀ ଥିଲେ ସିଏ । ରାତ୍ରିଭୋଜନ ପରେ ବହୁ ସମୟରେ ସେମାନଙ୍କ ସହ ପାଶ୍ଚାତ୍ୟ ଶାସ୍ତ୍ରୀୟ ସଙ୍ଗୀତ, ଦର୍ଶନ ଓ ସାହିତ୍ୟ ବିଷୟରେ ତାଙ୍କର ଗଭୀର ଚର୍ଚ୍ଚା ହେଉଥିଲା । ମହାନ ପାଶ୍ଚାତ୍ୟ ସଂଗୀତକାର – ବିଥୋଭେନ, ମୋଜାର୍ଟ ଓ ହେଡେନ ଆଦିଙ୍କ ସଙ୍ଗୀତ ବିଷୟରେ ସେ ଅନେକ କିଛି ଶିଖିପାରିଥିଲେ ହଙ୍ଗେରୀର ସାଙ୍ଗ ମାନଙ୍କଠାରୁ । ସିଆଟଲର ଭିକ୍ଟର ଦମ୍ପତି ମଧ ତାଙ୍କୁ ପୁଅ ଭଳି ସ୍ନେହକରୁଥିଲେ । ଘରଠାରୁ ଦୂରରେ ଆଉ ଏକ ଘର ଯେମିତି ଥିଲା ତାଙ୍କ ଘର । ସେମାନଙ୍କ ସହ ସେ, "ଦି କ୍ଵାକର ଚର୍ଚ୍ଚ"କୁ ବି ଯାଉଥିଲେ । ସଂଯୋଗକ୍ରମେ, ଉତ୍ତର ଆମେରିକା ରହଣିର ଅନେକ ବର୍ଷ ପରେ, ସେ ସୁନନ୍ଦା ପଟ୍ଟନାୟକଙ୍କ ସୁମଧୁର ସ୍ଵରର ରେକର୍ଡଟିଏ କାଲିଫର୍ଣ୍ଣିଆର ବର୍କ୍ଲି ସହରରେ ଗୋଟିଏ ଦେଶୀ ଦୋକାନରେ ଆଖ୍ଖବୁଲାଉ ବୁଲାଉ, ଆବିଷ୍କାର କରିଥିଲେ । କିନ୍ତୁ, ତାପରେ ଭାରତୀୟ ଶାସ୍ତ୍ରୀୟ ସଙ୍ଗୀତର ମାଧୁର୍ଯ୍ୟରେ ମାନସିଂହ ଏମିତି ବିମୋହିତ ହୋଇଥିଲେ ଯେ, ପରେ କାନାଡାରେ ଭାରତୀୟ ସଂସ୍କୃତି ଓ ପରମ୍ପରାର ସଂରକ୍ଷଣ, ପ୍ରଚାର ଓ ପ୍ରସାର ନିମନ୍ତେ, ଅନ୍ୟ ବନ୍ଧୁମାନଙ୍କ ସହଯୋଗରେ ସେ "କଳା ମଞ୍ଜରୀ" ନାମକ ଏକ ଅନୁଷ୍ଠାନ, ଆରମ୍ଭ କରିଛନ୍ତି । ସୂର୍ଯ୍ୟ ମିଶ୍ର ବାରିପଦାର ଏକ ପ୍ରତିଷ୍ଠିତ ସଙ୍ଗୀତାନୁରାଗୀ ପରିବାରରୁ ଆସିଥିବାରୁ ଓଡ଼ିଆ ସଙ୍ଗୀତର ସ୍ଵାଭାବିକ ଆଦର ତାଙ୍କ ପାଖରେ ଥିଲା ଓ ତାଙ୍କ ଚିକାଗୋ ରହଣି ସମୟରେ ୧୯୭୦ ମସିହା ବେଳକୁ ପରପିଢ଼ିର ପିଲାଙ୍କୁ ଓଡ଼ିଆ କହିବା ଓ ଲେଖିବା ଶିଖାଇବା ପାଇଁ ଓଡ଼ିଆସ୍କୁଲଟିଏ ଆରମ୍ଭ କରିଥିଲେ । ପ୍ରଫେସର ଶ୍ରୀଗୋପାଲ ମହାନ୍ତି ନିଜର ଓଡ଼ିଆ ପରିଚୟ ନେଇ ପ୍ରଥମ ଦିନରୁ ସଚେତନ । ଓଡ଼ିଆ ଭାଷା, ଛାନ୍ଦ, ଚଉତିଶ ଓ ଲୋକକଥା ତାଙ୍କର ଅତି ଆପଣାର । ସେ ୧୯୮୧ ମସିହାରେ ଲେଖିଥିଲେ ନାଟକ, "ମୋ ଓଡ଼ିଆ କଲଚରର ଆମ୍ଭକଥା" ପ୍ରାଚ୍ୟ ଓ ପାଶ୍ଚାତ୍ୟ ଭିତରେ ପ୍ରବାସୀ ଏକ ସେତୁ ସଦୃଶ ଥିଲା, ସେ ନାଟକର ବାର୍ତ୍ତା । ଜ୍ଞାନ ଦାସ କାନାଡାରୁ ପିଏଚ୍.ଡି କରିବା ପରେ ଆମେରିକା ଅଧିବାସୀ । ବେଦ, ବେଦାନ୍ତ ଓ ଭାରତୀୟ ଦର୍ଶନ ଶାସ୍ତ୍ରର ଅନୁଶୀଳନ ଓ ଆଲୋଚନା

ସହ ୧୯୮୫ ମସିହାରେ 'ସମାଜ' ସମ୍ବାଦ ପତ୍ରରେ ତାଙ୍କର ଜନପ୍ରିୟ, ନିୟମିତ ସ୍ତମ୍ଭ "ଆମେରିକା ଚିଠି" ପ୍ରକାଶ ପାଇବାରେ ଲାଗିଲା। ଓଡ଼ିଶାବାସୀଙ୍କ ପାଇଁ ଏହି ଲେଖା ଆମେରିକାର ଜୀବନ ଶୈଳୀ, ସାମାଜିକ ଚାଲିଚଲନ ଓ ବୈଜ୍ଞାନିକ ପ୍ରଗତି ଆଦିର ଏକ ପ୍ରାମାଣିକ ବିବରଣୀ ସଦୃଶ ଥିଲା।

ପ୍ରବାସୀ ଓଡ଼ିଆ ମହିଲାଙ୍କ ପକ୍ଷରେ ବିବାହକରି ଉତ୍ତର ଆମେରିକାରେ ପହଞ୍ଚି ନୂଆ ସଂସ୍କୃତି ସହ ଖାପଖୁଆଇ ଚାଲିବା, ପରିବାର ଆରମ୍ଭ କରିବା ଓ ପିଲାମାନଙ୍କ ଲାଳନପାଳନ ସହ ନିଜେ ଆତ୍ମନିର୍ଭରଶୀଳ ହେବା ଯେ କେତେ ତ୍ୟାଗ ଓ ସଂଘର୍ଷଭରା, ତାହା ଏହି ମୁଖବନ୍ଧର ସୀମିତ ପରିସରରେ ବିସ୍ତାରରେ କହିବା ସମ୍ଭବ ନୁହେଁ। ଓଡ଼ିଆ ସଂସ୍କୃତି ଓ ସାହିତ୍ୟର ସଂରକ୍ଷଣ କରିବା ସେମାନେ ନିଜର ଉତ୍ତର ଦାୟିତ୍ୱ ମନେ କରିଛନ୍ତି। ତେଣୁ ମହିଲାଙ୍କ ସ୍ୱର ବି ଏଠାରେ ପ୍ରଣିଧାନ ଯୋଗ୍ୟ। ପିଲାମାନଙ୍କର ଭିତରେ ଓଡ଼ିଆ ପରିଚୟକୁ ବଜାୟ ରଖିବା ନେଇ ସଚେତନ ଶ୍ରୀମତୀ ସୁମିତ୍ରା ପାଢ଼ୀ ଓଡ଼ିଆ ଭାଷା ଶିକ୍ଷା ଉପରେ ଗୁରୁତ୍ୱ ଦେଇଆସିଛନ୍ତି। ଶିଶୁ ସଙ୍ଗୀତ, ନାଟକ ଓ ସାହିତ୍ୟ ମାଧ୍ୟମରେ ତାଙ୍କର ଏହି ଚେଷ୍ଟା ଅନେକ ବର୍ଷ ଧରି ଚାଲୁ ରହିଛି।

ବହୁ ନବବଧୂ ପ୍ରବାସୀ ସ୍ୱାମୀଙ୍କୁ ବିଦାୟ ଦେଇ, ଅପେକ୍ଷା କରିଛନ୍ତି ଅନେକ ବର୍ଷ ତାଙ୍କ ସହ ବିଦେଶରେ ଯୋଗ ଦେବା ପାଇଁ। ଶ୍ରୀମତୀ କଞ୍ଚନା ଦାଶ (ମିନେସୋଟା) ଓ ଅନୁପମା ରୁନୁ ପଟ୍ଟନାୟକ (ହଣ୍ଟସଭିଲ) ନିଜର ବୈବାହିକ ଜୀବନର ଆଦ୍ୟ ସୋପାନର ଅପ୍ରତ୍ୟାଶିତ ବିଚ୍ଛେଦକୁ ଉଲ୍ଲେଖ କଲାବେଲେ ବାଷ୍ପରୁଦ୍ଧ ହୋଇଯାଆନ୍ତି। କଞ୍ଚନା ଦାଶ, ସତର ବର୍ଷ ବୟସରେ ୧୯୬୭ ମସିହାରେ ଶ୍ରୀ ଶୀତକଣ୍ଠ ଦାଶଙ୍କୁ ବିବାହ କରିଥିଲେ, କିନ୍ତୁ ସ୍ୱାମୀଙ୍କ ସହ ଆମେରିକାରେ ଯୋଗ ଦେଇଛନ୍ତି ୧୯୭୪ ମସିହାରେ। ପୁଅ ଜନ୍ମ ହୋଇଛି ଓଡ଼ିଶାରେ ଓ ସେ ସମୟରେ ଓ ସ୍ୱାମୀଙ୍କ ଅନୁପସ୍ଥିତିରେ ଶାଶୁଘର ଯୌଥ ପରିବାରରେ ଦୀର୍ଘ ସାତ ବର୍ଷ ବିତାଇଛନ୍ତି କଞ୍ଚନା ଦେବୀ। ଆମେରିକା ପହଞ୍ଚିବାପରେ, ସମୁନ୍ନତ ନୂଆଦେଶଟି ତାଙ୍କୁ ଚକିତ କରିଦେଇଥିଲା। ଭାଷାଭାବ, ପରିବେଶ ଓ ମଣିଷ ଥିଲେ ଭିନ୍ନ ଓ ସମ୍ପୂର୍ଣ୍ଣ ନୂଆ। ନିଜକୁ ଏହି ସୁଅ ମୁହଁରେ ଛିଡ଼ା ହେବାର କୌଶଳ ଶିଖାଇବାବେଲେ, କ୍ରିତ ଘନିଷ୍ଠତା ବଢ଼ିଥିବା ସ୍ୱାମୀଙ୍କୁ ମଧ ବୁଝିବାକୁ ଚେଷ୍ଟା କରିଛନ୍ତି ସିଏ। ସେ କୁହନ୍ତି, ନୂଆକରି ଆମେରିକା ଆସିବାବେଲେ, ମାତୃତ୍ୱ, ଜୀବନ ଜଞ୍ଜାଲ ଓ ପରିବାରପ୍ରତି କର୍ତ୍ତବ୍ୟବୋଧ ହିଁ ପ୍ରାଥମିକ ଥିଲା। ଓଡ଼ିଆ ସାହିତ୍ୟ ଆଲୋଚନା ତାଙ୍କ ଆଖପାଖରେ ନଥିଲା, କିନ୍ତୁ ହୃଦୟ ଭିତରେ ଓଡ଼ିଆ ଭାଷା ଓ ସାହିତ୍ୟ ପ୍ରତି ଥିଲା ପ୍ରଗାଢ଼ ଅନୁରକ୍ତି। କିଛି ବର୍ଷପରେ ତାହା ତାଙ୍କର ପ୍ରଥମ କବିତା "ଲୀଳାବତୀ" ନାରୀର ପ୍ରଜ୍ଞା, ପ୍ରତିଭା ଓ ସମ୍ଭାବନାର ସ୍ୱରଣ ରୂପେ ପ୍ରକାଶ

ପାଇଥିଲା। ଶ୍ୱେତପଦ୍ମା ଦାସଙ୍କ ବିବାହ, ବି.ଏ. ଶେଷ ବର୍ଷରେ ହୋଇଥିବାରୁ, ସେ ସ୍ୱାମୀ ଜ୍ଞାନ ଦାସଙ୍କ ସହ କାନାଡାରେ ଛ'ମାସ ପରେ ଯୋଗ ଦେଇଛନ୍ତି। କାନାଡାରେ ଉଚ୍ଚଶିକ୍ଷା ସମାପ୍ତି ପରେ, ଆମେରିକାରେ କର୍ମ ନିଯୁକ୍ତି ଓ ବ୍ୟସ୍ତବହୁଳ ଜୀବନ ମଧ୍ୟରେ ମଧ୍ୟ ମାତୃଭାଷା ଓଡ଼ିଆ ପ୍ରତି ସ୍ୱତଃସ୍ଫୂର୍ତ୍ତ ଆଦର ଓ ସମ୍ମାନ ଅକ୍ଷୁର୍ଣ୍ଣ ରହିଛି ତାଙ୍କର। ବିଶିଷ୍ଟ ଲେଖିକା, ବାଗ୍ମୀ ମନୋରମା ମହାପାତ୍ର ତାଙ୍କ ମା'। ଶ୍ୱେତପଦ୍ମା ଏକ ସ୍ୱାଭିମାନୀ ଓଡ଼ିଆ ପରିବାର ଭିତରେ, ମାଆଙ୍କଠାରୁ ଉପେନ୍ଦ୍ରଭଞ୍ଜ, ରାଧାମୋହନ ଗଡ଼ନାୟକ, ମାୟାଧର ମାନସିଂହ, ବୈକୁଣ୍ଠ ନାଥ ପଟ୍ଟନାୟକ ଆଦିଙ୍କ କବିତା ଶୁଣି ଶୁଣି ବଡ଼ ହୋଇଛନ୍ତି। ନୂଆ, ନୂଆ ଆସିବାବେଳେ ଶ୍ୱେତପଦ୍ମାଙ୍କ ପାଖକୁ ଓଡ଼ିଶାରୁ, ମାଆ ମନୋରମା ଦେବୀ ପଚିଶ ପୃଷ୍ଠାରୁ ଅଧିକ ଲମ୍ବା ଦୀର୍ଘ ଚିଠି ଲେଖୁଥିଲେ। ସେଥିରେ ସେ ସାହିତ୍ୟ, ଜୀବନ ଦର୍ଶନ, ତତ୍କାଳୀନ ଓଡ଼ିଶାର ଆର୍ଥିକ ଓ ସାମାଜିକ ଘଟଣାବଳୀର ଏମିତି ସୁନ୍ଦର ବର୍ଣ୍ଣନା ରଖୁଥିଲେ ଯେ, ଚିଠି ପଢ଼ିଲା ବେଳେ, ଶ୍ୱେତପଦ୍ମା କେବେହେଲେ ଓଡ଼ିଶାଠାରୁ ଦୂରରେ ଥିଲେ ବୋଲି ଅନୁଭବ କରୁନଥିଲେ। ପ୍ରବାସରେ ନିଜ ପିଲାମାନେ ଓଡ଼ିଆ କହିପାରିବା ଓ ପଢ଼ି ଜାଣିବାର ଗୁରୁତ୍ୱ ସେ ଅନୁଭବ କରିଥିଲେ ଓ ଓଡ଼ିଆ ସ୍କୁଲଟିଏ ଆରମ୍ଭ କରିଥିଲେ ଅଶୀ ମସିହା ବେଳକୁ। ଶ୍ୱେତପଦ୍ମାଙ୍କ ପାଖରେ ରହିଛି ଓଡ଼ିଆଗ୍ରନ୍ଥ ଓ ପୁସ୍ତକ ଆଦିର ବିରାଟ ସଂଗ୍ରହ। ଶିଶୁ ସାହିତ୍ୟିକ ଓ କବି ସ୍ନେହ ମହାନ୍ତି, କାୟମନୋବାକ୍ୟରେ ଜଣେ ନିଷ୍ଠକ ଓଡ଼ିଆ। ୧୯୬୯ ମସିହାରେ ଲସ ଆଞ୍ଜେଲେସ ସହରରେ ଚାରି ବର୍ଷର ପୁଅସହିତ ଓଡ଼ିଶାରୁ ଆସି ସ୍ୱାମୀ ନିରଦ ମହାନ୍ତିଙ୍କ ସହ ଯୋଗା ଦେଇଛନ୍ତି ଓ କିଛି ବର୍ଷ ପରେ ଶିକ୍ଷକତା କରିଛନ୍ତି। ତାଙ୍କ ପ୍ରାରମ୍ଭ ଜୀବନ, ଜନ୍ମମାଟି ଓ ଆମ୍ୟୀୟ ସ୍ୱଜନଙ୍କ ସ୍ମୃତିଚାରଣରେ ବିତିଛି। ଶିଶୁ ମାନଙ୍କ ପାଇଁ ତାଙ୍କର ଦୁଇଟି ଗପବହି –"ଅମୃତାୟନ"(୧୯୮୨) ଓ "ଭେଲଭେଟ ଠେକୁଆ" (୨୦୧୬) ପ୍ରକାଶ ପାଇଛି। ସେ କୁହନ୍ତି, ଯଦିଓ ତାଙ୍କର "ଅମୃତାୟନ" ବିଶିଷ୍ଟ ଆମେରିକୀୟ ଶିଶୁ ସାହିତ୍ୟିକ E. B. White ଙ୍କ Charlotte's Webର ଛାୟାରେ ଲିଖିତ, ଏହାର ସମସ୍ତ ଚରିତ୍ର, ଘଟଣା ବର୍ଣ୍ଣନା ଓ ପରିବେଶ ଓଡ଼ିଆ ମାଟି, ପାଣି ଓ ପବନର ମହକରେ ଭରପୁର। ବିଶିଷ୍ଟ ସମାଜ ସେବିକା ଓ ସ୍ତ୍ରୀ ରୋଗ ଓ ପ୍ରସୂତି ବିଶେଷଜ୍ଞା ଡକ୍ଟର ଅଞ୍ଜଳିକା ମହାନ୍ତି, ସୁନାମଧନ୍ୟ ଔପନ୍ୟାସିକ ଗୋପୀନାଥ ମହାନ୍ତିଙ୍କ କନ୍ୟା। ବାପା ତାଙ୍କର ଏଇ ବୁଦ୍ଧିମତୀ ଝିଅଙ୍କୁ ଆଦରରେ ଡାକୁଥିଲେ, 'କଳମୀ ଲତା'। ସେ ଓଡ଼ିଆ ସାହିତ୍ୟର ପ୍ରଚାର ଦିଗରେ ପରୋକ୍ଷ ଭାବରେ ଅନେକ ସେବା କରିଛନ୍ତି। ଗୋପୀନାଥ ମହାନ୍ତି ଓଡ଼ିଶାରୁ ଆସି ତାଙ୍କ ଲସ ଆଞ୍ଜେଲେସ ଘରେ ଯେଉଁକିଛି ସମୟ ବିତାଉଥିଲେ, ସେହି ସମୟରେ ଅଞ୍ଜଳିକା ଅନେକ ଓଡ଼ିଆଙ୍କୁ ଆସି ଲେଖକଙ୍କୁ

ଭେଟିବାକୁ ନିମନ୍ତ୍ରିତ କରୁଥିଲେ ଓ ତାଙ୍କ ଜୀବନାନୁଭୂତି, କାହାଣୀ ଓ ଉପନ୍ୟାସ ଗୁଡ଼ିକର ଆଲୋଚନା ବିଶଦ ଭାବରେ ହୋଇପାରୁଥିଲା। ଜଣେ ଜ୍ଞାନପୀଠ ବିଜେତା ମହାନ କଥାକାରଙ୍କୁ ଦୂର ଦେଶରେ ପ୍ରବାସୀ ଓଡ଼ିଆଙ୍କ ପରିଚୟ କରାଇ ପାରିଛନ୍ତି ସେ।

ପ୍ରବାସୀ ମଧ୍ୟ ଗଳ୍ପ ଓ କବିତା ଲେଖିବାକୁ ପରସ୍ପରକୁ ଉତ୍ସାହିତ କରୁଥିଲେ। ଚନ୍ଦ୍ରା ମିଶ୍ର କୁହନ୍ତି ଯେ, ଲଲାଟେନ୍ଦୁ ମାନସିଂହ ତାଙ୍କୁ ଲେଖିକାଟିଏ ହେବାର ସାହସ ଦେଇଥିବାରୁ ସେ ତାଙ୍କ ପାଖରେ ଚିରଋଣୀ। ଚନ୍ଦ୍ରା ଦେବୀ ନିଜ ମାଆଙ୍କ ସ୍ମୃତିରେ ୧୯୮୧ ମସିହାରେ ପ୍ରଥମେ ଇଂରାଜୀରେ ଲେଖିଥିଲେ, "I wish you were here"। ପରେ ତାଙ୍କ ସ୍ମୃତି ଚରିତ, "ଝିଅଟେ ପଥୁରିଆ ସାଇରୁ" (୨୦୨୧) ପ୍ରକାଶିତ ହୋଇଛି ଓଡ଼ିଆରେ। ପ୍ରବାସ ତାଙ୍କ ଉଚ୍ଚଶିକ୍ଷାର ସ୍ୱପ୍ନ ଓ ଲେଖିକା ହେବାର ସ୍ୱପ୍ନକୁ ସାକାର କରିଛି। ବିଜ୍ଞାନୀ ଦାସ ୧୯୯୫ ମସିହାରେ ଲିଖିତ ଗଳ୍ପ, "ନିଷ୍ଠୁରି" (ଊର୍ମି ୧୯୯୫) ରୁ ନିଜ ପ୍ରବାସୀ କଥାକାର ଜୀବନ ଆରମ୍ଭ କରିଛନ୍ତି ଓ ଆମେରିକା ଜୀବନର ନୂତନତ୍ୱ, ଦାବି ଓ ସମ୍ଭାବନା ଆଦିକୁ ଆଧାର କରି ତାଙ୍କ ଗଳ୍ପ ଜଗତ ବ୍ୟାପ୍ତ ହୋଇଛି ପରେପରେ।

ଅନେକ ମହିଳାଙ୍କ ଜୀବନଧାରାର ପୁନର୍ବିନ୍ୟାସ ହୋଇଛି ଉତ୍ତର ଆମେରିକାରେ। ବିଷ୍ଣୁପ୍ରିୟା ମିଶ୍ର କଟକ ମେଡ଼ିକାଲ କଲେଜରେ ପାଠପଢ଼ା ଅଧାରଖି, ସ୍ୱାମୀଙ୍କ ସହ ଆମେରିକାରେ ପହଞ୍ଚି, ଅନ୍ୟ କିଛି ପାଠ ପଢ଼ିବାର ପୁନର୍ବିଚାର କରିଛନ୍ତି। ସାହିତ୍ୟ ଅନୁରାଗିଣୀ ବିଷ୍ଣୁପ୍ରିୟା ଉତ୍ତର ଆମେରିକାରେ ଓଡ଼ିଆ ସାହିତ୍ୟ ଆଲୋଚନା କାର୍ଯ୍ୟକ୍ରମରେ ଏକ ପରିଚିତ ମୁହଁ।

ଛାତ୍ରବୃତ୍ତିରେ ବା ଗୋଟିଏ ଦରମାରେ ଗୃହିଣୀ ଭାବରେ ଘର ଚଲାଇବା, ଦେଶରେ ଥିବା ଶାଶୁ–ଶ୍ୱଶୁର, ଦିଅର, ନଣନ୍ଦ ଆଦିଙ୍କ ସ୍ୱାସ୍ଥ୍ୟ, ଶିକ୍ଷା ଓ ବିବାହ ଆଦିରେ ଆର୍ଥିକ ସହାୟତା କରିବାଥିଲା ପୁରୁଷର କର୍ତ୍ତବ୍ୟ ଓ ମର୍ଯ୍ୟାଦାର ପ୍ରଶ୍ନ, କିନ୍ତୁ ସବୁକିଛି ସୁରୁଖୁରୁରେ ଚଲାଇନେବାଥିଲା ସ୍ତ୍ରୀର ଦାୟିତ୍ୱ। ନିର୍ବ୍ବାଦରେ ସ୍ୱାମୀଙ୍କୁ ସହଯୋଗ କରି, ସବୁ ଅସୁବିଧା ଓ ଅନିଶ୍ଚିତତା ମଧ୍ୟରେ ବିକଶିତ ହେଉଥିଲା ପ୍ରବାସୀ ନାରୀର ଜୀବନ। ଆଜି ମଧ୍ୟ ଭିସା ଓ Employment Authorization ସମସ୍ୟା ନେଇ ବହୁ ଉଚ୍ଚ ଶିକ୍ଷିତ ପ୍ରବାସୀ ମହିଳାଙ୍କ ଭବିଷ୍ୟତ, ନିଯୁକ୍ତିଗତ ଅନିଶ୍ଚିତତା ମଧ୍ୟରେ ଅମାମାଂସିତ ରହିଛି। ଦେଶାନ୍ତରଣ ପ୍ରକ୍ରିୟା କ୍ରମଶଃ ଅଧିକ ଜଟିଳ ହେଉଛି। ଆଜି ସମୟ ବଦଳି ଥିଲେ ମଧ୍ୟ ପ୍ରବାସୀ ଜୀବନର ଆହ୍ୱାନ ଅନେକଟା ଅପରିବର୍ତ୍ତିତ ରହିଛି। ଭାରତ ସହ ଓଡ଼ିଶା ମଧ୍ୟ ବିକଶିତ ହୋଇ କ୍ଷିପ୍ର ଗତିରେ ବଦଳୁଛି କିନ୍ତୁ ଦୁଇଟି ସଂସ୍କୃତି ମଧ୍ୟରେ

ପିଲାମାନଙ୍କୁ ବଡ଼କରୁଥିବା ମାଆଟିର ସଂଶୟ, ଅନିଶ୍ଚିତତା ଓ ଦ୍ୱନ୍ଦ୍ୱ ଆଜି ବି ରହିଛି ଠିକ ସେଇ ଜାଗାରେ।

ଓଡ଼ିଆମାନେ ଉତ୍ତର ଆମେରିକାରେ ପହଞ୍ଚିଲାବେଳକୁ ତାଙ୍କ ମନ ନୂଆ ସିଲଟପରି ଶୂନ୍ୟ ନଥିଲା। ସେମାନେ ଗର୍ବିତ ଥିଲେ ଯେ ୧୯୩୬ ମସିହାରେ ପ୍ରଥମ ଭାଷା ଭିତ୍ତିକ ରାଜ୍ୟଭାବରେ ଜନ୍ମଭୂମି ଓଡ଼ିଶାର ପ୍ରତିଷ୍ଠା। ଭାରତବର୍ଷର ଅନ୍ୟତମ ଶାସ୍ତ୍ରୀୟ ମାନ୍ୟତାପ୍ରାପ୍ତ ଓଡ଼ିଆ ଭାଷାର ଲୋକ ସାହିତ୍ୟ, (କଥିତ) ଓ ଲିଖିତ ସାହିତ୍ୟର ଇତିହାସ ଖୁବ ପ୍ରାଚୀନ। ସାଂସ୍କୃତିକ ଉତ୍ତରାଧିକାର ସୂତ୍ରରେ ପ୍ରତ୍ୟେକ ଓଡ଼ିଆ ଏହାର ଅଧିଗ୍ରାହୀ। ଓଡ଼ିଆ ଭାଷା ଭଳି ଏକ ସାହିତ୍ୟିକ ପରମ୍ପରା ପୁଷ୍ଟ, ଶାସ୍ତ୍ରୀୟ ମାନ୍ୟତା ପ୍ରାପ୍ତ ପ୍ରାଚୀନ ଭାଷାର ଉତ୍ତରାଧିକାରୀ ବୋଲି ଅବଗତଥିଲେ ସେମାନେ। ଉତ୍ତର ଆମେରିକାରେ ଓଡ଼ିଆ ଭାଷା ହୁଏତ ଅଚଳ ଟଙ୍କା, ତାର ବ୍ୟବହାରିକ ମୂଲ୍ୟ ନଥାଇପାରେ, କିନ୍ତୁ ମା ଓ ମାତୃଭୂମି ପରେ ମାତୃଭାଷା ମଣିଷର ସର୍ବାଧିକ ବାଞ୍ଛିତ ବୈଭବ। ତାର ଅନ୍ତରର ନିଭୃତ କୋଣରେ ସାଇତା, ଅମୂଲ୍ୟ ସମ୍ପଦ। ଆମେରିକାରେ ପହଞ୍ଚିଲା ବେଳକୁ ସେମାନେ ଓଡ଼ିଆ ଲୋକଗୀତ, ଲୋକକଥା, ପରୀ କାହାଣୀ, ରୂଢ଼ି ଓ ବକ୍ରୋକ୍ତି ସହ ପରିଚିତ ଥିଲେ। ପାଠ୍ୟ ପୁସ୍ତକରେ ଫକୀର ମୋହନ ସେନାପତିଙ୍କ 'ରେବତୀ' ଭଳି ବିଶ୍ୱ ପ୍ରତିନିଧି ସ୍ଥାନୀୟ ଓଡ଼ିଆ ଗଳ୍ପ ପଢ଼ି ସାରିଥିଲେ ସେମାନେ। ଫକୀର ମୋହନ, କାହ୍ନୁ ଚରଣ, ଭଗବତୀ ଚରଣ ପାଣିଗ୍ରାହୀ, ଗୋଦାବରୀଶ ମିଶ୍ର, ମନୋଜ ଦାସ ବା ଗୋପୀନାଥ ମହାନ୍ତିଙ୍କ ଗଳ୍ପ ଓ ଉପନ୍ୟାସ ବିଷୟରେ ଅବଗତ ଥିଲେ। କିନ୍ତୁ ପ୍ରବାସୀର ପ୍ରାଥମିକତା ଥିଲା ଏକ ନୂଆ ଦେଶକୁ ବୁଝିବା, ତାର ଅପରିଚିତ ମୁଖ୍ୟ ସ୍ରୋତରେ ସାମିଲ ହେବା, ଶିକ୍ଷା ସମାପ୍ତ କରିବା ଓ ନିଯୁକ୍ତି ଓ ଉପାର୍ଜନର ମାର୍ଗ ନିର୍ଣ୍ଣୟ କରିବା।

ବିଧିବଦ୍ଧ ଭାବେ ଓଡ଼ିଆ ଗଳ୍ପ ଲେଖିବା ଆରମ୍ଭ ହୋଇଛି ବିଲମ୍ବରେ। ପ୍ରଥମତଃ ଓଡ଼ିଆ ଅକ୍ଷରକୁ ଟାଇପ କରିବାର ଯନ୍ତ୍ର ନଥିଲା। ଟାଇପ ହେଇଥିବା ଇଂରାଜୀ ନ୍ୟୁଜ ଲେଟରର ଶେଷ ଆଡ଼କୁ କିଛି ଓଡ଼ିଆ ହାତଲେଖା ସ୍ଥାନିତ ହୋଇଛି। ଓଡ଼ିଆ ପରିଚୟକୁ ସାକାର କରିବାକୁଯାଇ, ଜୁଲାଇ ୪, ୧୯୬୯ ମସିହାରେ ଉତ୍ତର ଆମେରିକା ଓଡ଼ିଆ ମହାସଂଘ (OSA)ର ଜନ୍ମ। ଓସାର ପ୍ରତିଷ୍ଠା ସହ ଉତ୍ତର ଆମେରିକାରେ ରହୁଥିବା ଓଡ଼ିଆଙ୍କ ସାହିତ୍ୟ ଚେତନା ଏକ ସ୍ୱତନ୍ତ୍ର ଆଭିମୁଖ୍ୟ ଲାଭକରିଛି। ଓସା ତରଫରୁ ଆଲାବାମାର ହଣ୍ଟସଭିଲ ସହରରୁ ୧୯୭୨ ମସିହାରେ ପ୍ରଫେସର ପ୍ରମୋଦ ପଟ୍ଟନାୟକଙ୍କ ସମ୍ପାଦନାରେ ପ୍ରକାଶିତ "ଉତ୍କଳ ସମାଚାର," ପତ୍ରିକାରେ ସ୍ୱର୍ଗତ ଦିଗମ୍ବର ମିଶ୍ର ଓ ଜୟଶ୍ରୀ ମହାନ୍ତିଙ୍କ ରଚିତ, ହାତଲେଖା ଓଡ଼ିଆ କବିତା ସ୍ଥାନିତ ହେବା ସହ,

ପ୍ରବାସୀ ସାହିତ୍ୟର ପଞ୍ଜୀକରଣ ଆନୁଷ୍ଠାନିକ ଭାବେ ହୋଇପାରିଛି ବୋଲି କହିବା ଅତ୍ୟୁକ୍ତି ହେବନାହିଁ ।

ଉତ୍ତର ଆମେରିକାର ପ୍ରବାସୀ ଓଡ଼ିଆଙ୍କ ସଂଖ୍ୟା ଧୀରେ ଧୀରେ ବଢ଼ିଛି ଓ ସେମାନେ ଖୋଜିଛନ୍ତି ସାମିଆନାଟିଏ –ଯାହା ତଳେ ଛିଡ଼ା ହୋଇ ସମସ୍ୱରରେ କହିବେ ଆମେ ଓଡ଼ିଆ, ଜଗନ୍ନାଥ ଆମ ଜାତୀୟ ଦେବତା, ଆମର ଗୋଟିଏ ପ୍ରାଚୀନ ଇତିହାସ ଅଛି ଓ ଅଛି ଏକ ସମୃଦ୍ଧ ପରମ୍ପରା । ଗଣତନ୍ତ୍ରରେ ବ୍ୟକ୍ତିର ସ୍ୱର କ୍ଷୀଣ, କିନ୍ତୁ ସାମୂହିକ ସ୍ୱରର ଆବେଦନ ବ୍ୟାପକ ଓ ପ୍ରଭାବଶାଳୀ। ୧୯୭୨ ମସିହାରେ ପ୍ରକାଶିତ ହୋଇଥିଲା ତ୍ରୈୟମାସିକ ପତ୍ରିକା 'ଉତ୍କର୍ଷ' ଏବଂ ୧୯୮୩ ମସିହାର ମହାସଂଘର ବାର୍ଷିକ ଉତ୍ସବରେ ପ୍ରକାଶିତ ହୁଏ ସ୍ମରଣିକା 'ଊର୍ମି' । ଏହି ଦୁଇ ପ୍ରମୁଖ ପ୍ରକାଶନ ମାଧ୍ୟମରେ ପ୍ରବାସୀ ସାହିତ୍ୟିକଗଣ ସ୍ୱଲିଖିତ ଗଳ୍ପ, କବିତା ଓ ପ୍ରବନ୍ଧ ମାନ ଲୋକଲୋଚନକୁ ଆଣି ପାରିଛନ୍ତି । ତେଣୁ କହିବାକୁ ଗଲେ, ବିଗତ ପଚାଶ ବର୍ଷରୁ କିଛି ଊର୍ଦ୍ଧ୍ୱ ସମୟ ହେଉଛି ପ୍ରବାସୀ ଓଡ଼ିଆ ସାହିତ୍ୟର ବିକାଶର ସମୟ ।

ପ୍ରବାସରେ ଓଡ଼ିଆ ସାହିତ୍ୟ ପ୍ରତି ଶ୍ରଦ୍ଧା ଅକ୍ଷୁର୍ଣ୍ଣ ରଖିବାପାଇଁ ବିଭିନ୍ନ ସମୟରେ ସୁନାମଧନ୍ୟ ଓଡ଼ିଆ ଲେଖକ, ଲେଖିକାଙ୍କୁ ଆମେରିକାର ବିଭିନ୍ନ ସହରରେ ଅନୁଷ୍ଠିତ ହେଉଥିବା ବାର୍ଷିକ ଓଡ଼ିଆ ମହାସମାରୋହକୁ ଆମନ୍ତ୍ରଣ କରାଯାଏ । ସେମାନଙ୍କଠାରୁ ଓଡ଼ିଆ ସାହିତ୍ୟର ପ୍ରାଚୀନ ଐତିହ ଓ ନୂତନ ଦିଗନ୍ତ ବିଷୟରେ ଶ୍ରୋତା ଅବଗତ ହୁଅନ୍ତି । ବକ୍ତା ଭାବରେ ଗୋପୀନାଥ ମହାନ୍ତି, ପ୍ରତିଭା ରାୟ, ବିଭୂତି ପଟନାୟକ, ରଜତ କର ଓ ଦାଶ ବେନହୁରଙ୍କ ଭଳି ବିଶିଷ୍ଟ ଲେଖକ ଓ ଲେଖିକାମାନଙ୍କର ସମାଗମ ହୁଏ । ୨୦୨୩ ରୁ ଆରମ୍ଭ ହୋଇଥିବା 'ଆସନ୍ତୁ ପାଠକଟିଏ ହେବା' ପ୍ରବାସୀମାନଙ୍କ ପାଇଁ ପ୍ରାଚୀନ ଓ ସମକାଳୀନ ସାହିତ୍ୟ ବିବିଧ ଦିଗ ଉପରେ ନିୟମିତ ଅଲୋଚନାର ଉଦ୍ଦେଶ୍ୟରଖିଛି ।

ମାତୃଭାଷା ସହ ପ୍ରବାସୀର ସମ୍ପର୍କକୁ ଅତୁଟ ରଖିବା ପାଇଁ ୨୦୧୨ ମସିହାରେ ଶ୍ରୀ ସତ୍ୟ ପଟନାୟକ, ଓଡ଼ିଶାର ଲବ୍ଧ ପ୍ରତିଷ୍ଠିତ କବି, କଥାକାର ଓ ପ୍ରାବନ୍ଧିକମାନଙ୍କ କୃତି ଓ ପ୍ରବାସୀ ସାହିତ୍ୟିକମାନଙ୍କ ଲେଖାକୁ ନେଇ 'ପ୍ରତିଶ୍ରୁତି' ନାମକ ଏକ ଉଚ୍ଚକୋଟୀର ସାହିତ୍ୟ ପତ୍ରିକା ଓଡ଼ିଆ ପାଠକ ହାତରେ ଅର୍ପଣ କରନ୍ତି । ସମ୍ଭାବନାପୂର୍ଣ୍ଣ ଏହି ପତ୍ରିକାଟିର ଗୁଣବତ୍ତା ନେଇ ସ୍ୱୀକୃତି ମଧ୍ୟ ଯଥେଷ୍ଟ ଥିଲା । କିନ୍ତୁ, ଜେପି ମର୍ଗାନ ଚେଜ୍‌ରେ କାର୍ଯ୍ୟରତ ଶ୍ରୀ ପଟନାୟକଙ୍କ ପାଇଁ ସାହିତ୍ୟ ସେବାର ଏଇ ନିଶା ବେଶ୍ ଏକ ଆହ୍ବାନ ଥିଲା । କାରଣ କାମ ସହିତ ଲେଖା ସଂଗ୍ରହ କରି ପତ୍ରିକାଟିର ଓଡ଼ିଶାରେ ମୁଦ୍ରଣ ଓ ତାପରେ ବିମାନରେ ଆମେରିକାକୁ ଆମଦାନୀ, ବଣ୍ଟନ ଓ ବିକ୍ରୟ ଯେ

କେବଳ ବ୍ୟୟବହୁଳ ଥିଲା ତାହା ନୁହେଁ, ଶ୍ରମ ସାପେକ୍ଷ ଓ ବେଶ କିଛି ଉଦବେଗର କାରଣ ମଧ୍ୟ। ୨୦୧୨, ୨୦୧୩, ୨୦୧୫ ଓ ୨୦୧୮ ମସିହାରେ ଚାରୋଟି ସଂସ୍କରଣ ପ୍ରକାଶ ପାଇବାପରେ ପ୍ରତିଶ୍ରୁତିର ପ୍ରକାଶ ବନ୍ଦ ହୋଇଯାଇଥିଲା। ସ୍ଥିତାବସ୍ଥା ସହ ସାଲିସ କରିବା ବା ହାର ମାନିବାକୁ ପ୍ରସ୍ତୁତ ନଥିଲେ ପ୍ରକାଶକ ପଟ୍ଟନାୟକ। ତାଙ୍କ ଉଦ୍ୟମରେ ପ୍ରତିଶ୍ରୁତିର କବରରୁ ବ୍ଲାକ ଇଗାଲ୍ ପବ୍ଲିକେସନ୍ସର ଜନ୍ମ ହୁଏ ୨୦୧୯ ମସିହାରେ। "ବ୍ଲାକ ଇଗାଲ ପବ୍ଲିକେସନ୍" ଖାଲି ପ୍ରବାସୀ ସାହିତ୍ୟ ନୁହେଁ, ବରଂ ସମସାମୟିକ ଓଡ଼ିଶାର ଲେଖକ ଲେଖିକାଙ୍କ ପାଇଁ ମଧ୍ୟ ପ୍ରକାଶ ଓ ବିତରଣର ଉପଲବ୍ଧ ଏକ ନିର୍ଭରଯୋଗ୍ୟ ଅନୁଷ୍ଠାନ। ଅନେକ ଆମେରିକୀୟ ଓ ବ୍ରିଟିଶ ଲେଖକଙ୍କ ବହି ମଧ୍ୟ Black Eagle Books ତରଫରୁ ପ୍ରକାଶିତ ହୋଇପାରିଛି। ଫଳ ସ୍ୱରୂପ, ପାଠକଙ୍କ ମଧ୍ୟରେ ଓଡ଼ିଆ ଭାଷା ଓ ସାହିତ୍ୟ କେବଳ ବଞ୍ଚିନାହିଁ ବରଂ ଦୁଇଟି ଭାଷା ଓ ସାଂସ୍କୃତିକ ଜଗତରେ ଆମ୍ୟ ପରିଚୟ ବଜାୟ ରଖି ବଞ୍ଚିବାର ନିରନ୍ତର ପ୍ରୟାସ କରୁଥିବା ପ୍ରବାସୀ, ମାତୃଭାଷା ଓ ଜନ୍ମଭୂମି ସହ ସୁଦୃଢ଼ ସଂଯୋଗଟିଏ ଖୋଜିପାଇ ଖୁବ ଆଶ୍ୱସ୍ତ ଅନୁଭବ କରିଛି। ଏ ପର୍ଯ୍ୟନ୍ତ ୨୦୦ରୁ ଅଧିକ ପୁସ୍ତକ ପ୍ରକାଶ ପାଇପାରିଛି ତାଙ୍କ ପ୍ରଚେଷ୍ଟାରେ। ଜଣେ ପ୍ରବାସୀ ଦ୍ୱାରା ପ୍ରତିଷ୍ଠିତ ଏହି ପ୍ରକାଶନୀ, ମୁଦ୍ରଣ, ବିକ୍ରୟ ଓ ବଣ୍ଟନର ସମସ୍ତ ପ୍ରତିବନ୍ଧକକୁ ଅତିକ୍ରମକରି କେବଳ ଉତ୍ତର ଆମେରିକାର ଓଡ଼ିଆ ଲେଖକମାନଙ୍କ କୃତି ନୁହେଁ ବରଂ ଓଡ଼ିଶାର ଅନେକ ନୂଆ, ପୁରୁଣା କବି ଓ ଲେଖକଙ୍କ କବିତା ଓ ଗଳ୍ପ ସଂକଳନ, ଉପନ୍ୟାସ, ଅନୁବାଦ ପୁସ୍ତକ ଓ ମୁଦ୍ରଣ ବନ୍ଦ ହୋଇଯାଇଥିବା ଦୁଷ୍ପ୍ରାପ୍ୟ ପୁସ୍ତକ (ଉଭୟ ଓଡ଼ିଆ ଓ ଇଂରାଜୀରେ) ବିଶ୍ୱର ପ୍ରତ୍ୟେକ ଦେଶରେ ପାଠକର ଆବଶ୍ୟକତା ଅନୁସାରେ ପହଞ୍ଚାଇ ଦେଇପାରୁଛି।

ବର୍ତ୍ତମାନ ସମୟରେ ଲେଖକ ଆଗଭଳି ଆଉ ପତ୍ରିକାରେ ବା ଖବର କାଗଜରେ ନିଜ ଲେଖା ଛପା ହେବାପାଇଁ ଅପେକ୍ଷା କରୁନାହିଁ। ସାମାଜିକ ସମ୍ପ୍ରଯୋଗ –ଫେସ୍‌ବୁକ୍‌, ହ୍ୱାଟ୍‌ସ ଆପ୍‌ ଆଦି ମାଧ୍ୟମରେ ବିଭିନ୍ନ ସାହିତ୍ୟ ଆଲୋଚନା ଚକ୍ରମାନ ସୃଷ୍ଟି ହୋଇଛି, ସେଥିରେ ସଦସ୍ୟତା ଗ୍ରହଣ କରି କବି ଓ ଲେଖକ ମାନେ ନିଜ କୃତି ସବୁ ପାଠକୀୟ ମତାମତ ପାଇଁ ଉପସ୍ଥାପନ କରୁଛନ୍ତି। ସାହିତ୍ୟର ଆଲୋଚନା ଓ ମତମତର ଆଦାନ ପ୍ରଦାନ ସମ୍ଭବ ହୋଇ ପାରୁଛି। ବର୍ତ୍ତମାନ ଲେଖକ ସମ୍ପୂର୍ଣ୍ଣ ସ୍ୱାଧୀନ। ସେପରି ସମୀକ୍ଷକ ମଧ୍ୟ। କେବଳ ସେତିକି ନୁହେଁ, ଏକବିଂଶ ଶତାବ୍ଦୀରେ ଯୋଗାଯୋଗ ବିଜ୍ଞାନର (information technology) ଅବିଶ୍ୱସନୀୟ ବିସ୍ତାର ଯୋଗୁଁ ଜ୍ଞାନ ଆହରଣର ମାଧ୍ୟମ, ବିତରଣ ଓ ଉପଲବ୍ଧ ଆଦି ଅସ୍ୱାଭାବିକ ବେଗରେ ବୃଦ୍ଧି ପାଇଛି। ନିଜେ ଟାଇପ କରିବା, ଲେଖାର ସଂଶୋଧନ କରିବା, ଅଭିଧାନରୁ ଶବ୍ଦ ଖୋଜିବା, ପ୍ରିୟ ଲେଖକ

ଲେଖକାଙ୍କ ଲେଖା ଖୋଜି ପଢ଼ିବ, ଅନ୍ୟର ଲେଖା ଉପର ମତାମତ ରଖିବା ବର୍ତ୍ତମାନ ନିହାତି ସାଧାରଣ ଘଟଣା ହୋଇଯାଇଛି। ଆଜି ମନୁଷ୍ୟର ବୌଦ୍ଧିକ ସୀମା ପରିବ୍ୟାପ୍ତ। ତା ପାଇଁ ସମୟ ଓ ଦୂରତା ସଂଜ୍ଞା ବଦଳି ଯାଇଛି। ସଦ୍ୟ ପ୍ରକାଶିତ ବା କୌଣସି ଜାତୀୟ ବା ଆନ୍ତର୍ଜାତିକ ସମ୍ମାନ ପାଇଁ ନିର୍ବାଚିତ ବହିଟି ବିଷୟରେ ସମ୍ୟକ ଧାରଣା ମାତ୍ର କିଛି ସମୟ ମଧ୍ୟରେ ମିଳିଯାଇ ପାରୁଛି। ସେଭଳି ବହୁ ପ୍ରସିଦ୍ଧ ଓ ଦୁଷ୍ପ୍ରାପ୍ୟ ପୁସ୍ତକ ବିଶ୍ୱର ଅନେକ ଭାଷାକୁ ଅଳ୍ପ ସମୟ ମଧ୍ୟରେ ଅନୁଦିତ ହୋଇ ପାଠକ ନିକଟରେ ପହଞ୍ଚି ପାରୁଛି। ଏହି ପରିପ୍ରେକ୍ଷୀରେ ମାତୃଭାଷା ଓଡ଼ିଆ ପାଇଁ ଆଦରଥିବା ପାଠକଟିଏ ହାତରେ ଓଡ଼ିଆ ବହିଟିଏ ଧରି ପାଠକଟିଏ ପାଲଟି ଯାଉଛି ସହଜରେ। ଜଗନ୍ନାଥ ଦାସଙ୍କ "ଭାଗବତ", ଶାରଳା ଦାସଙ୍କ "ମହାଭାରତ", ଜୟଦେବଙ୍କ "ଗୀତଗୋବିନ୍ଦ" ବା ସଚି ରାଉତରାୟଙ୍କ "ଭାନୁମତୀର ଦେଶ" ଗୋପୀନାଥ ମହାନ୍ତିଙ୍କ "ପରଜା" କାହ୍ନୁ ମହାନ୍ତିଙ୍କ "କା" ପ୍ରତିଭା ରାୟଙ୍କ "ମହାମୋହ" ଓ ସରୋଜିନୀ ସାହୁଙ୍କ "ପକ୍ଷୀବାସା" ଭଳି ଅନେକ ଅନବଦ୍ୟ ସୃଷ୍ଟି ବର୍ତ୍ତମାନ ପ୍ରବାସୀ ପାଠକ ହାତରେ। ପ୍ରବାସୀ ବିଚ୍ଛିନ୍ନ ନୁହେଁ ବରଂ ବୃହତ୍ତର ଓଡ଼ିଆ ସାହିତ୍ୟ ଜଗତର ଜଣେ ସଦସ୍ୟ ବୋଲି ସମ୍ପୂର୍ଣ୍ଣ ରୂପେ ଅନୁଭବ କରୁଛି।

ଏଠାରେ ପ୍ରବାସୀ ଓଡ଼ିଆ ଗଳ୍ପ, ପ୍ରବନ୍ଧ, ଉପନ୍ୟାସ, ନାଟକ ଓ କବିତା ଆଦିର ଅନ୍ତଃସ୍ୱର ନେଇ ସମ୍ୟକ ସୂଚନାଦେବା ମୁଁ ପ୍ରାସଙ୍ଗିକ ମନେକରୁଛି। ଉତ୍ତର ଆମେରିକାର ଲେଖକମାନଙ୍କ ସୃଷ୍ଟି -ଜନ୍ମମାଟିର ସ୍ମୃତି ଚାରଣ, ସ୍ୱପ୍ନ, ସ୍ୱପ୍ନଭଂଗ, ନିସଙ୍ଗତା, ବିଚ୍ଛିନ୍ନତାବୋଧର କରୁଣତା, ଆମ୍ଭ ବ୍ୟଙ୍ଗ ଓ ହାସ୍ୟରସ ଭିତ୍ତିକ। ଓଡ଼ିଆଟିଏ କିଭଳି ପାଶ୍ଚାତ୍ୟ ସଭ୍ୟତାର ପ୍ରଖର ସ୍ରୋତରେ ଆମ ପରିଚୟ ହରାଇ, ଭାସି ନିରୁଦ୍ଦିଷ୍ଟ ହେଇନଯାଉ ସେ ନେଇ ସ୍ରଷ୍ଟା ସର୍ବଦା ସଚେତନ। ଦେଖିବାକୁ ଗଲେ ଉପରୋକ୍ତ ଭାବଧାରାଗୁଡ଼ିକ ହିଁ ଆଧୁନିକ ଯୁଗ ପରର ସାହିତ୍ୟର ମୁଖ୍ୟ ଆଧାର। ସାହିତ୍ୟ, ମାନବତାର ସାମୂହିକ ସ୍ୱର। ଜୀବନ ଏହାର ପ୍ରେରଣାର ଉସ୍ ଓ ଆଧାର। କଳ୍ପନା ଓ ବାସ୍ତବତାକୁ ନେଇ ଗଢ଼ା ସାହିତ୍ୟର ଜଗତ, ସ୍ରଷ୍ଟା ଓ ପାଠକ ମଧ୍ୟରେ ଚେତନା, ଆନନ୍ଦ, ଭାବ ଓ ଆବେଗ ଆଦି ବିନିମୟର ନାନ୍ଦନିକ ସେତୁ। ତାର ସୃଷ୍ଟି ଜନ୍ମ ମାଟି ଓଡ଼ିଶାରୁ ହେଉ ବା ବିଦେଶରେ ରହିଥିବା ଓଡ଼ିଆଙ୍କ କଲମରୁ ହେଉ -ସାହିତ୍ୟ, ସାର୍ବଜନୀନ ମୂଲ୍ୟବୋଧ, ନୈତିକ ଚେତନା ଓ ମାନବୀୟ ଦ୍ୱନ୍ଦ୍ୱ, ବୁଝାମଣା ଓ ଅନ୍ୱେଷାକୁ ବୁଝାଏ। ପ୍ରବାସୀ ସାହିତ୍ୟର ବିଶେଷତ୍ୱ ହେଉଛି, ଲେଖକ ଏଠାରେ ଏକପକ୍ଷରେ ଭୌଗୋଳିକ ବିଚ୍ଛିନ୍ନତାବୋଧ, ସ୍ଥାନାନ୍ତରଣରୁ ଉଦ୍ଭୂତ ନୂତନ ଦୃଷ୍ଟିକୋଣ ଓ ପ୍ରେକ୍ଷା -ଓ ଅନ୍ୟ ପକ୍ଷରେ ଜନ୍ମମାଟି ପ୍ରତି ପ୍ରତିବଦ୍ଧତା, ସ୍ୱାଭିମାନ ଓ ମୂଳଭୂମିକୁ ଫେରିବାର

ଆକାଂକ୍ଷା ମଧ୍ୟରେ ଦୋଦୁଲ୍ୟମାନ ମାନସିକତାକୁ ପ୍ରକାଶ କରେ । ମାତୃଭାଷାର ଓ ସଂସ୍କୃତିର ଯେଉଁ ପୁଞ୍ଜି ନିଜ ସାଥୀରେ ସେ ବୋହି ଆଣିଥାଏ ତାର ରକ୍ଷଣାବେକ୍ଷଣର ଉତ୍ତରଦାୟିତ୍ୱ ପ୍ରବାସୀର ଅବଚେତନରେ କେଁ ନା କେଉଁ ରହିଥାଏ ।

ଭାଷା ଓ ଲିପିର ସୃଷ୍ଟି ମାନବ ସଭ୍ୟତାର ବିବର୍ତ୍ତନ ଓ ବିକାଶର ଏକ ଐତିହାସିକ ଅଧ୍ୟାୟ । ଲିପିର ସୃଷ୍ଟି ସହ ଭାଷା, କେବଳ ବ୍ୟବହାରିକ ଜୀବନରେ ଯୋଗାଯୋଗର ମାଧ୍ୟମ ରୂପେ ନରହି, ମଣିଷର ଅନ୍ତର୍ନିହିତ ଅନେକ ସୂକ୍ଷ୍ମ ଭାବାବେଗ ଓ ଚିନ୍ତନର ପରିପ୍ରକାଶର ମାଧ୍ୟମ ହୋଇପାରିଛି; ଭାଷାର ଅବଲମ୍ବନରେ, ସୃଜନୀ ପ୍ରକ୍ରିୟା ସକ୍ରିୟ ହୋଇ ସାହିତ୍ୟ ସୃଷ୍ଟିର ଅଫୁରନ୍ତ ଉସ୍ ରୂପେ କାର୍ଯ୍ୟ କରିଛି । ସୁନ୍ଦର ଚିତ୍ରଟିଏ କେବଳ ରଙ୍ଗ ପ୍ରୟୋଗର ଚମକ୍ରାରିତା ଓ ଶିଳ୍ପୀର ତୂଲି ଚାଳନାରେ ହସ୍ତସିଦ୍ଧତା ନୁହେଁ, ତାହା ଅନେକଟା ଶିଳ୍ପୀର ଅନ୍ତର୍ନିହିତ ଅନୁକରଣ ପ୍ରବଣତା, ଅନ୍ତର୍ଦୃଷ୍ଟି ଓ ନିଜସ୍ୱ ଅଭିବ୍ୟକ୍ତିର ସାମୁହିକ ପରିସ୍ଫୁଟନ । ଅନୁରୂପ ଭାବେ ଭାଷା ମାଧ୍ୟମରେ ସାହିତ୍ୟ ସ୍ରଷ୍ଟାର ଚିନ୍ତା ଓ ଚେତନା, ଅନୁଭବ ଓ ଅଭିବ୍ୟକ୍ତି ଆଦିକୁ ରସଗ୍ରାହୀ ପାଠକ ନିକଟରେ ଉପସ୍ଥାପନା କରେ । ସଂକ୍ଷେପରେ ପ୍ରସୂତ ସାହିତ୍ୟ କେବଳ ଲେଖକର ନୁହେଁ ବରଂ ଗୋଟିଏ ଜାତିର ସାମୁହିକ ସଂସ୍କୃତି, ପରମ୍ପରା, ଆଶା, ନିରାଶା, ସ୍ୱପ୍ନର ପରିବାହକ ଓ ଅସ୍ତିତ୍ୱର ପ୍ରତିବିମ୍ବ । ପ୍ରବାସୀ ବିଦେଶରେ ସଂଖ୍ୟାଲଘୁ; ସେ ଅନ୍ତତଃ ଦୁଇଟିଭାଷା ମାଧ୍ୟମରେ ବାହ୍ୟ ଜଗତ ସହ ସମ୍ପର୍କିତ ହୋଇଥାଏ । ମାତୃଭାଷା ସହିତ ତାର ସମ୍ପର୍କ ଏକାନ୍ତ ନିବିଡ଼ । ସେଥିରେ ସେ ନିଜ ଲୋକ, ତାର ପରିବାର ଓ ସମ୍ପ୍ରଦାୟର ଲୋକଙ୍କ ସହ କଥାବାର୍ତ୍ତା କରେ, ସ୍ୱପ୍ନରେ ବିଳିବିଳାଏ ଓ ପ୍ରାର୍ଥନ ମଧ୍ୟ କରେ । ମାତୃଭାଷାରେ ଲେଖିଲାବେଲେ ତାର ଅନ୍ତରଙ୍ଗ ଭାବାବେଗ ପରିସ୍ଫୁଟ ହୁଏ, ଶବ୍ଦ ଖଞ୍ଜିହୋଇଯାଏ ।

ମାତୃଭାଷା ଏକ ସୁକୁମାର ଅନୁଭବ । ଅନ୍ୟ ପକ୍ଷରେ, ମୁଖ୍ୟସ୍ରୋତର ଭାଷାର ଜ୍ଞାନ –ଯେପରିକି ଉତ୍ତର ଆମେରିକାରେ ଇଂରାଜୀରେ କହିବା ଓ ଲେଖିବା –ଜୀବିକା ଓ ସାମାଜିକ ଚଳନୀର ଜରୁରୀ ମାଧ୍ୟମ ଭାବରେ ସ୍ୱାଭାବିକ ଭାବେ ଗୁରୁତ୍ୱପୂର୍ଣ୍ଣ । କହିବା ବାହୁଲ୍ୟ, ଉପନିବେଶବାଦ ବା ମ୍ୟାକଲେଙ୍କ ଶିକ୍ଷାବ୍ୟବସ୍ଥାର ପରିଣାମ ସ୍ୱରୂପ ହେଉ, ପ୍ରବାସୀ ଓଡ଼ିଆଙ୍କ ଇଂରାଜୀ ଭାଷା ସହ ପରିଚିତି ବେଶ ସୁଦୃଢ଼ । ନିର୍ଭୁଲ ବ୍ୟାକରଣ ସହ ସୁନ୍ଦରଭାବେ ଉଭୟ କଥିତ ଓ ଲିଖିତ ଇଂରାଜୀରେ ଯୋଗାଯୋଗ କରି ବିଶ୍ୱର କୋଣ ଅନୁକୋଣରେ ବସବାସ କରିବାରେ ଆମର ବିଶେଷ ପ୍ରତିବନ୍ଧକ ନାହିଁ ବୋଲି କହିବା ଅତ୍ୟୁକ୍ତି ହେବନାହିଁ । କିନ୍ତୁ ଆମେ ଏଠି ବିଶ୍ୱରେ ସର୍ବାଧିକ ପ୍ରଚଳିତ ଭାଷା, ଇଂରାଜୀ ବିଷୟରେ ଆଲୋଚନା କରୁନାହେଁ କଥା ପଡ଼ିଛି ଶାସ୍ତ୍ରୀୟ ମାନ୍ୟତା ପ୍ରାପ୍ତ, ଭାରତବର୍ଷର ଅନ୍ୟତମ ସର୍ବ ପୁରାତନ, ଆମ ମାତୃଭାଷା ଓଡ଼ିଆରେ

ସୃଷ୍ଟ ସାହିତ୍ୟକୁ ନେଇ –ଯାହାର ଲିଖିତ ପ୍ରୟୋଗ ଦୁଇ ହଜାର ବର୍ଷରୁ ଊର୍ଦ୍ଧ୍ୱ ସମୟ ଧରି ନିରବଚ୍ଛିନ୍ନ ଭାବେ ରହିଆସିଥିବାର ଐତିହାସିକ ପ୍ରମାଣ ରହିଅଛି। ବିଦେଶରେ ଓଡ଼ିଆ ସଂଖ୍ୟା ଲଘୁ ସମ୍ପ୍ରଦାୟର ଭାଷା। ଆମେ ଯଦି ଏହାର ସଂରକ୍ଷଣ ଓ ପୃଷ୍ଟପୋଷକତାର ଦାୟିତ୍ୱ ନନେବା ହୁଏତ ଆମ ସାହିତ୍ୟର ଚିହ୍ନବର୍ଷ ମଧ ଲିଭିଯିବ। ଭାଷା ଚିନ୍ତାର ବାହକ ଏବଂ ଶବ୍ଦ ଏହାର ଦ୍ୟୋତକ। ଜୀବନାନୁଭୂତିକୁ ସାହିତ୍ୟରୂପେ ବ୍ୟକ୍ତ କରିବା ପାଇଁ ଭାବ, କଳ୍ପନା ଓ ବିଚାର ଆଦି ଆଧାର ରୂପେ କାର୍ଯ୍ୟ କରନ୍ତି। କିନ୍ତୁ ମୁଷ୍ଟିମେୟ ପ୍ରବାସୀଙ୍କର ମାତୃଭାଷା, ଓଡ଼ିଆର ରକ୍ଷଣାବେକ୍ଷଣ ପାଇଁ ତତ୍ପର ଓଡ଼ିଆଙ୍କର ଏହି ଭାଷାରେ ଲିଖିତ ଗଳ୍ପ, ଉପନ୍ୟାସ, କାବ୍ୟ ବା କବିତାର ପ୍ରକାଶ ସମ୍ପୂର୍ଣ୍ଣ ଭାବେ ବ୍ୟକ୍ତିଗତ ପ୍ରାଥମିକତା ଉପରେ ନିର୍ଭର କରେ। ବିଦେଶରେ ଓଡ଼ିଆର ବ୍ୟବହାରିକ ମୂଲ୍ୟ ନିତାନ୍ତ ଗୌଣ, ସେଭଳି ଓଡ଼ିଆ ପୁସ୍ତକ ପ୍ରକାଶନ ଓ ବିକ୍ରୟର ବ୍ୟବସାୟିକ ମୂଲ୍ୟ ମଧ ନଗଣ୍ୟ।

ଏହି ପରିପ୍ରେକ୍ଷୀରେ, ଉତ୍ତର ଆମେରିକାର ଓଡ଼ିଆ ମାନଙ୍କର ଗଳ୍ପ, ସ୍ମୃତି ନିବନ୍ଧ ଓ ଆମ୍ୱକଥା ସମ୍ବଳିତ ଏହି ପ୍ରଥମ ସଂକଳନର ପ୍ରକାଶ ପାଇଁ ଶ୍ରୀ ସତ୍ୟ ପଟ୍ଟନାୟକ ଓ ତାଙ୍କ ପ୍ରକାଶନ ସଂସ୍ଥା 'ବ୍ଲାକ୍ ଇଗଲ୍ ବୁକ୍' ପଦକ୍ଷେପ ନେଇଥିବାରୁ, ତାଙ୍କୁ ଅଶେଷ ସାଧୁବାଦ ଓ ଆନ୍ତରିକ ଅଭିନନ୍ଦନ। ପରିଶେଷରେ କହିବି ଜୀବନର ଅପରାହ୍ନରେ, ଶୂନ୍ୟନୀଡ଼ରେ ଏକାନ୍ତରେ ବସି ପ୍ରବାସୀ ସମୟର ପ୍ରିଜିମରେ ଝଲସୁ ଥିବା ସ୍ମୃତିସହ ଅବଶିଷ୍ଟ ଜୀବନ ବଞ୍ଚିବାକୁ ପ୍ରସ୍ତୁତ ହେଉଛି। ଅନେକ ଚାଲିଗଲେଣି ଅବଶ୍ୟ ଆରପାରିକୁ; କିନ୍ତୁ ବ୍ୟକ୍ତି ସ୍ୱାଧୀନତା ଓ ଗଣତାନ୍ତ୍ରିକ ମୂଲ୍ୟବୋଧକୁ ପ୍ରାଧାନ୍ୟ ଦେଉଥିବା ସମୃଦ୍ଧ, ପ୍ରଗତିଶୀଳ ଉତ୍ତର ଆମେରିକା ଆଜି ମଧ ଓଡ଼ିଶାରେଥିବା ଅନେକ ଯୁବକଙ୍କ ସ୍ୱପ୍ନର ଦେଶ, ଗନ୍ତବ୍ୟ ଭୂମି –ବାଞ୍ଛିତ ଦେଶ। ନାସାରେ ବୈଜ୍ଞାନିକ ହେବା, ଦୁରାରୋଗ୍ୟ ରୋଗର ନିଦାନ ଖୋଜିବା ବା ପୃଥିବୀରୁ କ୍ଷୁଧା ଦୂର କରିବା ସ୍ୱପ୍ନ ଦେଖୁଥିବା ପିଲାଟି କହେ ଆମେରିକା ଯିବି, ପାଠ ପଢ଼ିବି। ଦେଶ ବାହାରକୁ ଯିବାର ଉତ୍ସାହ ଯେପର୍ଯ୍ୟନ୍ତ ଜିଜ୍ଞାସୁ ପ୍ରାଣକୁ ଉଦ୍‍କିତ କରୁଥିବା ମଣିଷର ନୂତନ ଦିଗନ୍ତ ଅନ୍ୱେଷଣ ପ୍ରକ୍ରିୟା। ଜାରି ରହିଥିବ।

ପ୍ରବାସୀର ଆମ୍ୱ ପରିଚୟ ତାର ସଂସ୍କୃତିକ କାୟାର ଆସ୍ତରଣ। ଭାଷା ଓ ସାହିତ୍ୟ ସେହି ପରିବନ୍ଧନର ସୁଦୃଢ଼ ସ୍ପର୍ଶକାତର ଖିଅ। ଆମେରିକାରେ ବଡ଼ ହେଉଥିବା ପରବର୍ତ୍ତୀ ପିଢ଼ିର ପିଲାଙ୍କ ଦୁନିଆଁ ସମ୍ପୂର୍ଣ୍ଣ ଭିନ୍ନ। ସେମାନେ ଭଙ୍ଗା ଭଙ୍ଗା ଓଡ଼ିଆରେ ଘରେ କଥାବାର୍ତ୍ତା କରନ୍ତି। ଆମେରିକା ସେମାନଙ୍କର ଦେଶ, ଏହା ଅନସ୍ୱୀକାର୍ଯ୍ୟ। ସେମାନଙ୍କ ପାଇଁ ଓଡ଼ିଶା ଓ ଓଡ଼ିଆ ସାହିତ୍ୟର ଅବଗତି ନିତାନ୍ତ ଜରୁରୀ। ଏପର୍ଯ୍ୟନ୍ତ,

ପ୍ରବାସୀ ସାହିତ୍ୟ (diaspora literature) କହିଲେ ପ୍ରାୟତଃ ବିଦେଶରେ ରହୁଥିବା ଭାରତୀୟ ବା ଭାରତୀୟ ବଂଶୋଭବ ଲେଖକଙ୍କ ଦ୍ୱାରା ଇଂରାଜୀ ଭାଷାରେ ଲିଖିତ ସାହିତ୍ୟକୁ ବୁଝାଉଥିଲା। ସେଇ ଦୃଷ୍ଟିରୁ ବିଚାରକଲେ, ଭି.ଏସ୍. ନାଇପଲ୍, ସଲମାନ ରସଦି, ଝୁମ୍ପା ଲାହିରୀ, ଅମିତାଭ ଘୋଷ, ଅମିତ ଚୌଧୁରୀ ଆଦି ପ୍ରଥମ ପିଢିର ଲେଖକ। ଆଗା ସାହିଦ ଅଲି, ଅଖିଲ ଶର୍ମା ଓ ସମ୍ମାନ ଜନକ ପୁଲିଜର ପୁରସ୍କାର ବିଜେତା ବିଜୟ ଶେଷାଦ୍ରୀ ଭଳି ପ୍ରମୁଖ ପ୍ରବାସୀ ଭାରତୀୟ ବଂଶୋଭବ ସେମାନଙ୍କ ସାହିତ୍ୟ କୃତି ପାଇଁ ଅନ୍ତର୍ଜାତୀୟ ସମ୍ମାନର ଅଧିକାରୀ। ଓଡ଼ିଆ ପ୍ରବାସୀ ଲେଖକ, ଲେଖିକା ସେହି ସମ୍ମାନ ଓ ସ୍ୱୀକୃତି ପାଇବାର ସମ୍ଭାବନା ଅବଶ୍ୟ ରହିଛି।

ପୁଣି ଥରେ ଦୋହରାଇବି, "ପ୍ରବାସୀ ଓଡ଼ିଆ ଗଳ୍ପ ସଂକଳନ" ଉତ୍ତର ଆମେରିକା ଅଧିବାସୀ ଓଡ଼ିଆଙ୍କ ସାମୁହିକ ସ୍ୱରକୁ ପରିପ୍ରକାଶ କରେ ଓ ଓଡ଼ିଆର ମୂଲ ପରିଚୟର ବିସ୍ମରଣର ଆଶଙ୍କାକୁ ଦୂରକରିବା ପାଇଁ ଏହା ଏକ ଐତିହାସିକ ପ୍ରୟାସ ବୋଲି କହିବା ଅତ୍ୟୁକ୍ତି ହେବନାହିଁ। ପ୍ରବାସୀ, ଜନ୍ମମାଟି ଓ ବିଦେଶକୁ ଅଲଗା କରୁଥିବା ଦେହଲୀରେ ବନ୍ଧା ଜୀବଟିଏ, ଦେଶକୁ ବାହୁଡ଼ିଯିବାର ପ୍ରସ୍ତାବ ଓ ଏକ ଅଜଣା ଦେଶକୁ ଆପଣେଇ ବଞ୍ଚିବାର ବିକଳ୍ପ ମଧ୍ୟରେ ଅଟକିଥିବା ମଣିଷ ସିଏ। ଦେଶାନ୍ତରୀ ହେବା, ମାନସିକ ସ୍ତରରେ ଏକ ପ୍ରକାର କାୟାପାଲଟ, ସେ ଆଜୀବନ ଛାଡ଼ି ଆସିଥିବା ଜନ୍ମଭୂମିର ସ୍ମୃତି ରୋମନ୍ଥନ କରେ ଓ ଏକ ବିଚିତ୍ର ବିଭକ୍ତ ମାନସିକତା ମଧ୍ୟରେ ଗତିକରେ। କିଏ ତାକୁ କହେ ପଲାୟନପନ୍ଥୀ, ତ କିଏ କହେ ସୁବିଧାବାଦୀ। ଉତ୍ତର ଆମେରିକାର ଭିନ୍ନ ଜଳବାୟୁରେ ମୂଲୋପ୍ଲାଟନ ପରେ ପୁନଃରୋପିତ, ଏହି ପାଦପଟି ଜନ୍ମମାଟି ପ୍ରତି ଥିବା ଅନୁରକ୍ତିକୁ ସାବ୍ୟସ୍ତକରେ ତାର ଭାଷା ମାଧ୍ୟମରେ।

ବ୍ୟାସକବି ଫକୀରମୋହନ ସେନାପତିଙ୍କ ଭାଷାରେ, ମୁଁ ଜଣେ 'ହାତ ବାହୁଡ଼ା'। ମୁଁ କିନ୍ତୁ ଖୁବ ନିକଟରୁ ଉଭୟ ଓଡ଼ିଶା ଓ ଆମେରିକାକୁ ଦେଖିଛି। ଭାରତର ବିଶ୍ୱବିଦ୍ୟାଳୟ ମାନଙ୍କରେ ଇଂରାଜୀ ବିଭାଗମାନଙ୍କରେ ପ୍ରବାସୀ ସାହିତ୍ୟ ଏକ ନିର୍ଦ୍ଧାରିତ ବିଷୟ। ଏହାର ଉପୂତ୍ତି ଓ ଇତିହାସ ନେଇ ଗବେଷଣା ମଧ୍ୟ ଚାଲୁ ରହିଛି। ଆଶା କରୁଛି ଆମର ଏହି ସଂକଳନ ଓଡ଼ିଶାର ବିଭିନ୍ନ ବିଶ୍ୱବିଦ୍ୟାଳୟର ଓଡ଼ିଆ ବିଭାଗରେ ପ୍ରବାସୀ ଓଡ଼ିଆ ସାହିତ୍ୟକୁ ପାଠ୍ୟକ୍ରମରେ ଅନ୍ତର୍ଭୁକ୍ତ କରିବାକୁ ଉତ୍ସାହିତ କରିବ।

ଜୁନ୍ ୧୫, ୨୦୧୫   କନକ ହୋତା

SRI GOPAL MOHANTY

ଶ୍ରୀ ଗୋପାଳ ମହାନ୍ତି

ଶ୍ରୀ ଗୋପାଳ ମହାନ୍ତି ୧୧ ଫେବୃଆରୀ ୧୯୩୩ରେ ବାଲେଶ୍ୱର ଜିଲ୍ଲାର ସୋରରେ ଜନ୍ମଗ୍ରହଣ କରିଥିଲେ। ସେ କାନାଡ଼ାର ମ୍ୟାକମାଷ୍ଟର ବିଶ୍ୱବିଦ୍ୟାଳୟର ଗଣିତ ବିଭାଗରୁ ପ୍ରଫେସର ଭାବରେ ଅବସରପ୍ରାପ୍ତ। ଗଳ୍ପ ଓ କବିତା ଲେଖିବା ବ୍ୟତୀତ ଅଭିନୟରେ ମଧ୍ୟ ରୁଚି ରଖନ୍ତି।

ଗଛ କଟାଗଲା

କରର୍ – ଚରର୍ – କାନ ଫାଟି ପଡ଼ନ୍ତା ସେ ଗଛ କାଟିବାର ଶବ୍ଦରେ। କିନ୍ତୁ ଆମେ କବାଟ ଝରକା ବନ୍ଦ ଥିବା ଆମ ଘର ଭିତରୁ ବାଡ଼ିପଟକୁ ଦେଖିଥିଲୁ। ଆଉ ସେ ଗଛ କଟାଲି କ୍ରିସ୍। କି ଦମ୍ଭ ତା'ର! ନିଜର ପିଠାକୁ ଗଛ ଗଣ୍ଠି ଦେହରେ ବାନ୍ଧି ପାଦ ଦି'ଟାକୁ କଣ୍ଟା ଲାଗିଥିବା ବୁଟ୍ ଦ୍ୱାରା ଗଛରେ ଖୁଞ୍ଚି ନିର୍ମମ ଭାବରେ କାଟି ଚାଲିଥାଏ ଡାଲଗୁଡ଼ିକୁ। ବିଜୁଳି କରତ ଭୁଷି ଚାଲିଛି ବିଜୟ ଦର୍ପରେ, ମାଲିକଠାରୁ ଦଶଗୁଣ ଚଢ଼ାଉରେ, ମାଲିକର କଡ଼ା ଆଦେଶରେ ଅତି ଅନ୍ତରଙ୍ଗ ଭୃତ୍ୟ ହୋଇ ଓ ସେଲ୍ୟୁଟମରା ହାଁ ସାହେବ, ଜରୁର୍ ଅସ୍ବସ୍ତ ଆବାଜ୍ ଦେଇ। କରତ ଚାଲିଲା କରକର –

ସକାଳ ନିଦ ଭାଙ୍ଗିଲେ ବାଡ଼ିପଟ ସେଇ ଦିଓଟି ଅଷ୍ଟ୍ରିୟାନ୍ ପାଇନ୍‌ର ଦୋହଲିଲା ତୁଲ ଆଖିରେ ପଡ଼େ। କେଉଁଦିନ କଅଁଳ ଖରାରେ ଟିକିଏ ମୁରୁକିଆ ହସ ବାହାରୁଥାଏ ତ କେଉଁଦିନ ମେଘୁଆ ମାଡ଼ିପଡ଼ିଲା ଅନ୍ଧାରୁଆରେ ଶୁଖିଲା ମୁହଁ ମଉନ ରହିଥାଏ, କେଉଁଦିନ ପବନ ମାଡ଼ରେ ଛାତିପିଟି ହେଉଥାଆନ୍ତି ତ କେଉଁଦିନ ତୁନି ପିଲାଟି ପରି ଆଖି ମିଟିକା ମାରୁଥା'ନ୍ତି।

ଗଛ କାଟିବାଟା ଜଣା ପଡ଼ୁଛି ହାସିଲା ପରି। କୁରାଢ଼ିର ଗଣା ହେଲା ଚୋଟ ପଡ଼ିଲେ ଯେମିତି ବୋଦା ବଳି ପଡ଼ିଲା ବେଳର ହାସିଲା ଅନୁଭୂତି ହୁଏ, ତା' ଟିକିଏ

ବଦଳି ଯାଇ ଖାଲି ଶୁଭୁଛି କରର, ଚରର। ହଜାକଟାର ବିଷମ ଓ ଭୟଙ୍କର ମୂର୍ତ୍ତି ନଥାଇପାରେ ଗଛକଟାଳି କ୍ରିସ୍ ପାଖରେ କିନ୍ତୁ କୁକୁଡ଼ା ବେକକଟାଳିର ଉଦାସୀନତା ଓ ଅବହେଳା ଥିଲା ନିଶ୍ଚୟ ତା ମୁହଁରେ ଓ ଭାବରେ।

ପ୍ରଥମେ ଗଛ ତଳଭାଗର ଗୋଟିଏ ଲମ୍ବିଲା ଡାଳ ଉପରେ ଭୁଷିଗଲା କରତର ଦାଢ଼। ତାର ପବନରେ ମନମତାଣିଆ ଦୋହଲିବା କେମିତି ଛାନିଆ ଖାଇଗଲା, ହାଉଳି ଖାଇ 'ଆଃ, ଆଃ, ମୋତେ ଛାଡ଼' ବୋଲି ଚିକ୍ରାର କଲାକି ସତେ, କାକୁତି ମିନତି ହୋଇ ନେହୁରା ହେଲା କି କ୍ରିସ୍‌କୁ ଯେମିତି ମାଙ୍କଡ଼ଧରା କେଲା ଗାଁ ଭିତରକୁ ପଶିଲେ ମାଙ୍କଡ଼ଟିଏ ଘର ଭିତରକୁ ପଶି ଆସି ଡରିଲା ହାତ ଯୋଡ଼ି ମା'ଠୁ ଉପରୁ ଚଢ଼ିଯାଏ ଲୁଚିବା ପାଇଁ। ହେଲେ ଗଛ କି ଡାଳର ତ ନଥିଲା ଛପିବା ଜାଗା। କ୍ରିସର ବିକଟାଳ ଚେହେରା ନଥିଲା ସିନା, କିନ୍ତୁ ସେ ଯେତେବେଳେ ଗଛ କାଟିବା ପୂର୍ବରୁ ଓଭେଲ୍‌, ହାର୍ଡ଼ ହ୍ୟାଟ୍ ଓ ବୁଟ୍ ପିନ୍ଧେ, ଜଣାପଡ଼େ ହଣାକାରର ସିନ୍ଦୁର ଓ ଫୁଲମାଳ ପିନ୍ଧା ପରି। ତାର ଡାଳ କାଟିବା ଥିଲା ଯେମିତି ଗଛର ଅଙ୍ଗପ୍ରତ୍ୟଙ୍ଗ ଛେଦିଲା ପରି, କୁକୁଡ଼ାଗୁଡ଼ାଙ୍କୁ ହାଣିବା ପାଇଁ ପିଞ୍ଜରାରୁ ଗୋଟିଏ ପରି ଗୋଟିଏ ଟାଣି ଆଣିଲା ଭଳି। ପରେ ପରେ ଡାଳଗୁଡ଼ିକ ଦୁମ କରି ତଳେ ଲୋଟି ଯାଉଥିଲେ ଙଁ ଚୁଁ ନ କରି।

ଅନେକ ଚିନ୍ତା କରି, ଘରକୁ ଯେପରି ଉତ୍ତରା ହାଡ଼ଭଙ୍ଗା ଶୀତୁଲିଆ ପବନ ପିଟି ନ ପକାଏ, ସେଥିପାଇଁ ବାଡ଼ିପଟର ଉତ୍ତର ପଶ୍ଚିମ କୋଣରେ ଦୁଇଟି ଅଷ୍ଟ୍ରିଆନ୍ ପାଇନ୍ ଗଛ ଲଗାଇଥିଲୁ। ସେମାନଙ୍କୁ ଅତି ଯତ୍ନରେ ବଢ଼ାଇଲୁ। ସେମାନେ ବଢ଼ିଲେ, ଡାଳ ମେଲାଇଲେ ଅତି ସୁନ୍ଦର ଭାବରେ। ଉଚକୁ ଉଚ ହେବାକୁ ଲାଗିଲେ। ସୂର୍ଯ୍ୟକିରଣରେ ତାଙ୍କର ସବୁଜ ଦେହ ଝଟକୁଥିଲା। ଡାଲମାନେ ଲମ୍ବା ଟାଣୁଆ ଛୁଞ୍ଚିପରି ପତର ଗୁଡ଼ାକୁ ବୋହି ପବନରେ ଦୋହଲୁଥିଲେ। ଶୀତଦିନର ବରଫଗଦା ହୋଇଗଲେ ସେମାନେ ପତର ଗୋଛାରେ ଧରି ରଖୁଥିଲେ ଯେମିତି ସେମାନଙ୍କ ଦେହରେ କୁଢ଼ କୁଢ଼ ଧଲା ଫୁଲ ଫୁଟିଛି। ଫୁଲେଇ ହୋଇ କହୁଛନ୍ତି ପରା 'ଦେଖ ଆମର ଫୁଲ, ଯେତେବେଳେ କେଉଁଠି ଫୁଲ ଫୁଟିବାର ସମ୍ଭାବନା ନାହିଁ ହେଇ ଦେଖ ଆମର।' କ୍ରିସର କରତ ଚାଲିଛି। ତଳଡ଼ାଳଗୁଡ଼ିକ ଉପରେ କରତ ଲାଗିଲାବେଲେ ଉପର ଡାଳ ଥରିଲେଣି, ପିଞ୍ଜରାରୁ ଗୋଟେ କୁକୁଡ଼ା ଟାଣି ଆଣିଲାବେଲେ ଯେମିତି ବାକି କୁକୁଡ଼ାତକ ଛାନିଆରେ କଁ କଁ କରନ୍ତି। ଉପରକୁ ଉପରକୁ ଡାଳଗୁଡ଼ାକ କଟା ହୋଇ ଗଡ଼ି ପଡୁଥାଆନ୍ତି ବେକ ମୋଡ଼ି। ଅତି ବେଶୀ ଉପରକୁ ଯାଇ ନଥିଲା କ୍ରିସ୍, ଖାଲି ଯେ ପର୍ଯ୍ୟନ୍ତ ଗଛର ଗଣ୍ଠି ମଜବୁତ ଜଣାପଡ଼ିଛି ତା ବ୍ୟକୁ ଧରିପାରିଲା ଭଳି। ଶେଷଆଡ଼କୁ ଦେହଟାକୁ ଝୁଲାଇ ରଖି ସେ ଦଉଡ଼ିରେ କନ୍ଧ ଲଗାଇ ଉପରକୁ ଫୋପାଡ଼ି ଦେଲା ଯାହା

ଉପରଭାଗର ପତଲା ଡାଳରେ ମାଛ ଖୋପରେ ଲାଗିଲା ପରି ଲାଗିଗଲା। ଦଉଡ଼ିର ଅନ୍ୟପଟଟ୍ଟା ଲମ୍ବ ହୋଇ ତଳକୁ ଓହ୍ଲୀ ଥାଏ ଯେପରି କ୍ରିସ୍ ଦଳର ଅନ୍ୟ ଜଣେ ତାକୁ ଘୋଷାରି ପାରିବ। ଏଆଡ଼େ କରତ ଚଲା, ସେଆଡ଼େ ଲମ୍ବ ଦଉଡ଼ି ଝୁଙ୍କା। ସେଇଠୁଁ କ୍ରିସ୍‌ର କରତ ଚାଲିଲା, ଆଉ ସେଆଡ଼େ ଦଉଡ଼ି ଝିଙ୍କା ଗଲା ଦୁଃଶାସନର ଦ୍ରୌପଦୀ କେଶ ଘୋଷରା ପରି। ସହଜେ ବୃଲ ଖସୁ ନାହିଁ। ଆହୁରି ଜୋରରେ ଭିଡ଼ାଗଲା ହାତମୁଠା ଶିକ୍ତ କରି। ଶେଷକୁ ଅସହାୟ ଭାବରେ ଉପର ଅଁଶ ଦୁମ୍ କରି କଟାଡ଼ି ହୋଇ ପଡ଼ିଲା ମାଟି ଉପରେ ମୁହଁ ମାଡ଼ି ହୋଇ। ଜିଆନ୍ତା ଶରୀରରୁ ଚେତା ବୁଡ଼ିଗଲା ପ୍ରାୟ। ଜିତିଲା ବୀର ଦର୍ପରେ ଦେଖୁଥାଏ କ୍ରିସ୍ ଉପରୁ, ଆଉ ତଳୁ ତାର ସହକାରୀଗଣ – ହାଃ, ହାଃ–

ଗଛ ଦୁଇଟା ଖୁବ ବଢ଼ିଯାଇଥିଲେ। ଶୋଇଲା ଖଟରୁ ଦେଖାଯାଏ ଯୋଡ଼ିଙ୍କର ବୃଲ। ଜହ୍ନ ଆଲୁଅରେ ଚିକିଟିକି କରେ। ତାଙ୍କୁ ସକାଳେ ଦେଖିଲେ କେମିତି ମନଟା ଉତ୍ଫୁଲ୍ଲିତ ହୋଇ ଉଠେ। ଗଙ୍ଗାଧର ମେହେରଙ୍କ 'ମଙ୍ଗଳେ ଅଇଲା ଉଷା' ମନେ ପଡ଼େ ଯେମିତି ସେମାନେ ଆମକୁ ସକାଳ ଆଗମନର ବାର୍ତ୍ତା ଜଣାଉଛନ୍ତି। ରୋଷେଇ ଘରୁ ଦେଖେଁ କି ସୁନ୍ଦର ଯୋଡ଼ି, ଠିକ୍ ଆମର ବରଓଷ୍ଟ ଯୋଡ଼ି ପରି, ଯେମିତି ସବୁ ଦିନର ଓ ସବୁଦିନ ପାଇଁ। ପିଲାଟି ଦିନେ ଦେଖିଛି, କେହି କେହି ଏ ଯୋଡ଼ିଙ୍କୁ ବିବାହ କରାନ୍ତି ଠିକ୍ ଆମ ମଣିଷଙ୍କ ବିବାହ ପରି। ପାଇନ୍ ଦି'ଟା କଣ ଗୁପ୍ତରୂପ୍ କଥାଭାଷା ହେଉଥାଆନ୍ତି କେବଳ ସେମାନଙ୍କୁ ଜଣା, ଦୁଃଖସୁଖ ହେଉଥିବେ। ଦିନ ହେଲେ ଗୁଣ୍ଡୁଚିମୂଷା କେଇଟା ଗଛର ଏମୁଣ୍ଡରୁ ସେମୁଣ୍ଡକୁ ଓ ତଳୁ ଉପରକୁ ଦୌଡ଼ଥାଆନ୍ତି, ପୁଣି କୁଦା ମାରିଦିଅନ୍ତି ପଛଘର ବାଡ଼ ଉପରକୁ ଓ କେତେବେଳେ ତଳକୁ ଡ଼େଇଁପଡ଼ି ପାଇନ୍ କୋନ୍ ଗୋଟାନ୍ତି, ଏଆଡ଼େ ସେଆଡ଼େ ଅନାଇ ଚଢ଼ି ଯାଆନ୍ତି ଗଛ ଉପରେ। ଶୀତଦିନ ଯିବା ପରେ ପରେ ବ୍ଲୁ ଜେ, ମୋର୍ଣ୍ଣିଙ୍ ଡୋଭ, ରବିନ୍, କାର୍ଡିନାଲ୍ ଆଉ ଜାତି ଜାତିର ଚଢ଼େଇଗୁଡ଼ାକ କୁଆଡୁ ଆସି ଡାଳ ଉପରେ ବସି ଟିକିଏ ପରେ ଅନ୍ୟ ଗଛକୁ କି ବାହାରକୁ ଘୁର୍ କରି ଉଡ଼ି ପଲାନ୍ତି। ବସନ୍ତ ଆସିଲେ କେତେ ଯୋଡ଼ିଙ୍କର ଗଛ ହୁଅନ୍ତି ପ୍ରେମସ୍ଥଳୀ। ଏଗୁଡ଼ାକ ନ ଆସିଲେ ଯେମିତି ଗଛ ଦିଇଟା କେମିତି ବିଚଲିତ ହୁଅନ୍ତି ପିଲା ବିହୁନେ ବାପ ମା' ଭଳି।

ମୋ ଗାଁ ଘର ଅଗଣା ପିଣ୍ଡାରେ ବସିଲେ ବାହାରପଟ ଡେଙ୍ଗା ସଜନାଗଛଟା ଦେଖାଯାଏ। ସେଇଠି ବସି ଦେଖିହୁଏ ସଜନା ଗଛର ଖରା ବର୍ଷା ଓ ଶୀତ ସମୟର ବିଭିନ୍ନ ରୂପକୁ। ଛୁଇଁଗୁଡ଼ାକ ଝୁଲାରେ ଖେଳିଲା ପରି ଦୋହଲୁଥାନ୍ତି। ଦିନରେ ମାଙ୍କଡ଼ ଆସି ଉପ୍ପାତ କରନ୍ତି ସେଇ ଗଛରେ, ପୁଣି କେବେ କେବେ ଡେଇଁ ପଡ଼ନ୍ତି ଚାଲ

ଉପରେ ଗୋଟାଏ ଆଉ ଗୋଟାଏ ସହିତ ଖେଳିବା ପାଇଁ। କାଉ ସଜନାଗଛରୁ ଖପ୍‍ କିନା ଡେଇଁ ଆସେ ଅଗଣାଆଡ଼କୁ, ହାତ ହଲାଇ ହେଟ୍‍ ଯା କହିଲେ ଉଡ଼ିଯାଏ ସେଇ ସଜନା ଗଛ ଉପରକୁ। ପୁଣି ଫେରିଆସେ ଅଗଣା ଆଡ଼କୁ। ବୋଉ କହେ, ଏତେଥର ଆସୁଛି, କିଛି ଭଲ ଖବର ଆସିବ ନିଶ୍ଚୟ। ତା' କଥାକୁ ବିଶ୍ୱାସ କରି ମୁଁ ଅନାଇଥାଏ ଦାଣ୍ଡ ଦୁଆର ଆଡ଼େ। ଅତୀତର ସେଇ ସଜନାଗଛ, କାଉ ଓ ବୋଉ। ଜହ୍ନରାତିରେ କେମିତି ସେ ଗଛ ବିଚିତ୍ର ଦେଖାଯାଏ। ଖରାଦିନେ ରାତିରେ ଆମେ ବାହାର ପିଣ୍ଡାରେ ଶୋଉ। ଅନ୍ଧାର ଭିତରେ ମୁଁ ଖାଲି ସେ ଗଛର ରୂପକୁ ଦେଖୁଥାଏ ଜହ୍ନ ଯେତେବେଳେ ଏପାଖରୁ ସେପାଖ ଯାଏ। ଅନ୍ଧାର ରାତିରେ ତା' ଉପରେ ଭୂତ କି ଡାହାଣୀ ବସିବାର କଳ୍ପନା କରେ।

ବର୍ଷ ସାରା ପାଇନ୍‍ ଡାଲର ପରଦା ପକାଇ ପଛଘରକୁ ରଖିଥାଆନ୍ତି ଆଡ଼ୁଆଲରେ। ଆମେ ବାହାରେ ଯାଇ ଦିଓଟିଙ୍କୁ ଦେଖୁ। ସକାଳର ନରମ ଖରାରେ ଗଛ ତଳର ଫୁଲଗୁଡ଼ିକ ଚହଟୁଥାଆନ୍ତି। ଦିନ ବଢ଼ିଲେ ଖରା ଉଭାପକୁ ଦୂରେଇ ରଖନ୍ତି ସେଇ ଡାଲଗୁଡ଼ିକ। ପାଇନ୍‍ ଛାଇରେ ଦଣ୍ଡେ ବସିବା ପାଇଁ ତିଆରି କଲୁ ସିମେଣ୍ଟ ବ୍ଲକ ଚଉତରାଟିଏ ଦି'ଗଛ ମଝିରେ। ମୁଁ ଗଛ ତଳେ ଉପରକୁ ଅନାଇ ଖୁସି ହୁଏ ଗଛ ବଢ଼ୁଛନ୍ତି ସୁରୁଖୁରୁରେ, କେବଳ ପତ୍ରଗୁଡ଼ିକ ଶୁଖି ଯାଉଛି ତଳ ଡାଲରୁ, ସ୍ୱାଭାବିକ ନିଶ୍ଚୟ। ବର୍ଷ ପରେ ବର୍ଷରେ ସେଗୁଡ଼ିକ ଝଡ଼ି ଗଦେଇ ପଡ଼ୁଥାଆନ୍ତି। ଗଛର ସାଧାରଣ ପ୍ରକୃତି, ବଢ଼ିବା ସଙ୍ଗେ ତଳ ଡାଲର ତେଜ କମି ଆସେ, କଟା ହୋଇଗଲେ ଗଛର ତେଜ ବଢ଼େ। ତାହାଇଁ କଲୁ, କଟାଗଲା ନଷ୍ଟା ହେଉଥିବା ତଳ ଡାଲଗୁଡ଼ିକ।

ଧୀରେଧୀରେ କ୍ରିସ୍‍ ଗଛର ବାକି ଗଣ୍ଡିକୁ କାଟି ଚାଲିଛି। ସରିଗଲା, ଆଉ ମୂଳଟାକୁ ସମାନ କରିଦେଲେ ଗୋଟାକର କାମ ଶେଷ। ସେତେବେଳକୁ ଦେହରୁ ଗଛକଟା ପୋଷାକପତ୍ର ବାହାର କରି ସାରିଲାଣି। ତଦାରଖ କରୁଛି ନିଜର ବାହାଦୁରୀକୁ, ଯାଞ୍ଚ କରୁଥାଏ ବାକି କାମକୁ। ଟିକିଏ ତନଖି ନେଉଥାଏ ଆର ଗଛକୁ। ଏହାଭିତରେ ସହକାରୀମାନେ କଟା ଡାଲ ଓ ଗଣ୍ଡି ବାହାରକୁ ବୋହି ନେଇ ଯାଉଥାଆନ୍ତି ମେସିନ୍‍ରେ ପୁରାଇ ଟୁକୁରାଟୁକୁରା କରାଇବାକୁ ଠିକ୍‍ ମାଂସକୁ କିମା କଲାପରି।

ଗାଁରେ ଆମ ଘର ପାଖକୁ ଲାଗି ପଡ଼ିଶା ଘରର ଖଲାବାଡ଼ି ସାହିର ମଝିରେ। ବାଡ଼କୁ ଲାଗି ବିରାଟ ନିଦ୍ରାବତୀ ଗଛଟାଏ। ତା' ତଳେ ଗାଁ ଦାଣ୍ଡ ବେଶ୍‍ ଚଉଡ଼ା। ଢାଙ୍ଗିଲା ଗଛ ତଳେ ଦରକାର ପଡ଼ିଲେ ସେଠାରେ ରୁଣ୍ଡ ହୁଅନ୍ତି ଗାଁବାଲା। ବିଶେଷତଃ ପିଲାମାନେ ପ୍ରତିଦିନ ସଞ୍ଜ ପୂର୍ବରୁ ଗଦା ହୋଇ ଖେଳନ୍ତି, ଯେତେବେଳେ ଯେମିତି ଖେଳ। ଗଛ ବଢ଼ି ଏମିତି ବିଶାଳ ହୁଏ ଯେ ପ୍ରତିବର୍ଷ କେତେ ଡାଲ କାଟିବାକୁ

ପଡ଼େ, ତଥାପି ଗଛ ବଢ଼ି ଚାଲିଥାଏ । ପିଲାବେଳେ ଆମର ଅଧା ଜୀବନ ତାହାରି ତଳେ । ଦଶହରା ଛୁଟିରେ ଆସିଲେ କେତେକ ସେଇଠି ପଶା ଖେଳନ୍ତି ରାତି ଅଧ୍ୟାଏ । ବର୍ଷସାରା ମୁଁ ପିଲାଦିନେ ଦେଖୁଥାଏଁ ସେ ଗଛକୁ । ଖରାଦିନେ ଝାଞ୍ଜି ପବନର ତାତିକୁ ସହିନିଏ, ଋକ୍ଷାରେ କୁଟାଖାଡ଼ି ଗୋଲିଆ ମାଟିଢ଼ୁଲକି ଆବୋରି ବାତ୍ୟାକୁ ଶାନ୍ତ କରାଏ ନିଜର କେତେ ଡାଳକୁ ବଳି ଦେଇ । ଆଉ ମୁଁ ଦେଖୁଥାଏ ବର୍ଷାଦିନର ପତ୍ରଗୁଡ଼ାକରୁ ନିଗିଡ଼ିଲା ପାଣି ବୋହିଯାଇ ଦାଣ୍ଡରେ ପାଣି ଫୋଟକାଭରା ଏକ ଛୋଟିଆ ନଈ ସୃଷ୍ଟି କରାଏ ଯେଉଁଠି ମୁଁ ଓ ଅନ୍ୟ ପିଲାମାନେ କାଗଜର କୁନିକୁନିଆ ଡଙ୍ଗା ଭସାଉ । ନିଦ୍ରାବତୀ ଗଛ ଥାଏ ଗାଁର ଏକ ଅଜଣା ଅନ୍ତରଙ୍ଗ ସାଥୀ ।

କ୍ରିସ୍‌ର ଆଖି ପଡ଼ିଲାଣି ଆର ପାଇନ୍‌ ଉପରେ । ହଠାତ୍‌ ପାଖ ଗଛ ଉଭେଇ ଯିବାରୁ ତା’ ମନରେ ଛନକା ପଶିଲାଣି । କେମିତି କେମିତି ଲାଗୁଥିବ, ଗୁଞ୍ଜିହେଇ ଲାଗିଥିବା ପାଇନ୍‌ ବିହୁନେ ଅଞ୍ଚଳଟା ଖାଁ ଖାଁ ଖାଲି ଲାଗୁଥିବ । ଆକୁଳ ଓ ଆଶଙ୍କାର ବଶ ହୋଇ ଚେତା ବୁଡ଼ିଯିବକି । ଦେଖି ପାରୁନାହିଁ କ୍ରିସ୍‌ ଠିଆ ହୋଇଛି ତା’ ପାଖରେ । ବୋଧଗମ୍ୟ ହେଲା ନାହିଁ ବୋଧହୁଏ ଯେତେବେଳେ ତା ବୁଟ୍‌ର ଦାଉଁଆ କଣ୍ଟାଗୁଡ଼ିକ ଗଣ୍ଠି ଉପରେ କେଞ୍ଚ ହେଇ ଫୋଡ଼ି ଯାଉଥାଏ । କେବଳ ଶବ୍ଦ ହେଲା ଚର୍‌ – ଚର୍‌ ।

ପାଇନ୍‌ ଦି’ଟାଙ୍କର ପତ୍ର ଅତି ପରିମାଣରେ ଶୁଖିବାକୁ ଲାଗିଲା । ନିଜକୁ ବିଶ୍ୱାସ ହେଉ ନଥାଏ ଯେ ସେମାନେ ଆଉ ବେଶୀ ବର୍ଷ ରହିବେ ନାହିଁ । କ୍ରିସ୍‌କୁ ଡକାଇ ଦେଖାଇଲି । ତା’ପରାମର୍ଶରୁ ଜଣେ ଗଛ ବିଶେଷଜ୍ଞ ଆସି ଗଛ ମୂଳର ଚାରିଆଡ଼େ ସିରିଞ୍ଜରେ ଭର୍ତ୍ତି କରି ଖାଇବା ଦେଇଗଲେ । ମୁଁ ରୀତିମତ ପାଣି ଦେଉଥିଲି ବଞ୍ଚାଇବା ଆଶାରେ । ଥରେ କ୍ରିସ୍‌ ଆସି କହିଲା ଏମାନଙ୍କର ବଞ୍ଚବାର ଆଶା ବୃଥା, କାଟିଦିଅ । ଉପରକୁ ଅନାଇ ମୋ ଅନ୍ତର କହିଲା ନାହିଁ ତା’ କଥା ରଖିବାକୁ । ଗୁଣ୍ଟିଚିମୁଷା କାହା ଉପରେ ଦୌଡ଼ିବେ, ନାନାଜାତିର ଚଢ଼େଇ କେଉଁଠି ଡେଙ୍ଗିବେ ଓ ନିଜ ଭିତରେ କଥାଭାଷା ହେବେ ? ସେମାନଙ୍କ ତଳେ ବସିବାର ସ୍ୱପ୍ନକୁ କେମିତି ହରାଇବି ? କେମିତି ଦିହିଁକୁ କଟାଇ ଦେଇଥାଆନ୍ତି ? କ୍ରିସ୍‌ର ମତ ବିରୁଦ୍ଧରେ ମୁଁ କେବଳ ପତ୍ର ଶୁଖିଥିବା ଡାଳଗୁଡ଼ିକୁ କଟାଇଲି । ଭାବିଲି ହୁଏତ ଏଥିପାଇଁ ସେ ଜାଣିଶୁଣି ଅଧିକ ପାଉଣା ନେଲା କି ?

ମନେ ଅଛି ଦୋଳ ପରେ ଝିଅମାନଙ୍କର କୋଇଲି ଓସାର ଶେଷଦିନ ପଡ଼େ । ସେ ଦିନ ମାଟିଗଢ଼ା ସୁନ୍ଦରିଆ କୁନି କୁନି କୋଇଲି, ଯାହାକୁ ଗତ କେତେଦିନ ଧରି ଝିଅମାନେ ପୂଜା କରୁଥିଲେ, ସେମାନଙ୍କୁ ତାଙ୍କ ସୁଖ ପାଇଁ ବିଶେଷକରି ଆମଗଛରେ ଚଢ଼େଇ ଦିଆଯାଏ । ଆମର ଅନ୍ୟ ଏକ ପଡ଼ିଶାଙ୍କ ବାଡ଼ିରେ ବଡ଼ ବଡ଼ ଆମ୍ବଗଛ

ଥିଲା । ରହି ଆସିଥିବା ପ୍ରଥା ଅନୁସାରେ ସେଇ ଗଛଗୁଡ଼ିକ ଡାଳ ଉପରେ ଠିକ୍ ଛକ ଜାଗା ଦେଖି କୋଇଲିମାନଙ୍କୁ ବସେଇ ଦିଆଯାଏ । ଏ କାମ କରିଥାଆନ୍ତି ଗଛ ଚଢ଼ିପାରିଲା କେଉଁ ବାପ, ଭାଇ କି ଦାଦାମାନେ । ପୂଜା ଦିନ ମଝିବେଳାରେ ହୁଏ ବୋଲି ସେଦିନ ଗାଁର ପୁରୁଷ, ସ୍ତ୍ରୀ ଓ ପିଲାମାନେ ସେ ଜାଗାରେ ଠୁଳ ହୋଇ ହୋ ହା କରନ୍ତି । ସେଇ ଆମ୍ବଗଛ ଆମ ଗାଁ ଜୀବନର ସହିତ ଅତି ଘନିଷ୍ଠ ଭାବରେ ଜଡ଼ିତ- ସମସ୍ତଙ୍କର କୋଇଲି ଗଛ ।

ସବୁବେଳେ ସେଇ ପାଇନ୍ ଯୋଡ଼ିଙ୍କୁ ଆମେ ଦେଖିଥାଉ । ମନରେ ବିଶ୍ୱାସ ଓ ଭରସା ଥାଏ କିଛି ଗୋଟାଏ ହେବ । ପୁଣି ଦେଖିଲାବେଳକୁ ପଡ଼ିଶା ଘର ବାଡ଼ପାଖ ପାଇନ୍‍ର ଦିଇଟା ଶାଖା ହେଲାଣି । ହେବା ସ୍ୱାଭାବିକ । ହେଲେ ଗୋଟିଏ ଶାଖା ପଡ଼ିଶା ଘର ଆଡ଼କୁ ମାଡ଼ି ପଡ଼ିଲାଣି । ପଡ଼ିବାର ଖୁବ୍ ସମ୍ଭାବନା । ତେଣୁ ପୁଣି କ୍ରିସ୍‍କୁ ଡକାଗଲା- ଏଥର ଗଛ କଟାଯିବ । ସତରେ ଗଛ ଆଉ ରହିବ ନାହିଁ ।

କ୍ରିସ୍ ଭାବୁଥିବ ଗଛଟାଏ ତ । ଗଛ ହୋଇଛନ୍ତି ମଣିଷର ସୁଖସ୍ୱାଚ୍ଛନ୍ଦ୍ୟ ପାଇଁ । ସେ ନିଜର ଦରକାର ପାଇଁ ଲଗାଇବ, ପୁଣି ଦରକାର ପଡ଼ିଲେ କାଟି ଦେବ । ବଣ ଜଙ୍ଗଲରେ କେତେ ଗଛ । ତାଙ୍କୁ କାଟିଲେ ସିନା କାଠଶିଳ୍ପ ଚାଲିବ, ଲୋକେ ନିଯୁକ୍ତି ହେବେ, ସମ୍ପଦ ବଢ଼ିବ । ଗଛ ପୁଣି ଫୁଲଫଳ ଦେଉଛି ସବୁ ତ ମଣିଷଙ୍କର ଭୋଗ ପାଇଁ । ଏସବୁ ଆୟଉରେ ରଖିବାକୁ ହେବ ସେଇ ମଣିଷର ନିଜର ଚାହିଦା ମୁତାବକ ।

ମୁଁ ଏବେ ଭାବୁଛି ଆମ ଗାଁ ଭିତରକୁ ପଶିବାବେଳେ ହରିହର ମହାଦେବ ମନ୍ଦିରକୁ ଘେରେଇ ଜଗିବସିଛନ୍ତି ଲାଗି ଲାଗି ଗୁଡ଼ିଏ ବରଗଛଙ୍କ କଥା- ସେମାନେ କେଉଁ କାଳର, ମୋ ଜନ୍ମ ଆଗରୁ । ଗଛର ମୂଳ ନାହିଁ, ଖାଲି ଓହଳ ପରେ ଓହଳ ତଳେ ଲାଗି ଖୁଣ୍ଟ ଭଳି ଟେକି ରଖିଛନ୍ତି ଏମାନଙ୍କୁ ଏକ ବିରାଟ ଛତା ପରି । ଗଛରେ ମହୁ ବସା ଦିଅନ୍ତି, ସାପ ନିଶ୍ଚୟ ରହୁଥିବେ । ତାଙ୍କରି ତଳେ ଲୋକେ ହରିହରଙ୍କୁ ମୁଣ୍ଡିଆ ମାରନ୍ତି, ଦୋଳଯାତ୍ରା ହୁଏ, ଜାଗର ଜାଲି ବସନ୍ତି, ଗାଁବାଲା ଥ୍ୟେଟର କରନ୍ତି, ପିଲାଏ ତାସ୍ ଖେଳନ୍ତି । ସେଠାରେ ହଜିଯାଏ ମୋ ସଞ୍ଜ ।

ମନେ ପଡ଼ୁଛି ପିଲାଦିନର ସେଇ ସିନ୍ଦୁରଲଗା ଗଛ । ଗଛକୁ ଗାଧୋଇ ଦିଆଯାଏ, ଲୁଗା ପିନ୍ଧାଯାଏ, ପୂଜା କରାଯାଏ, ସେ ହୋଇଯାଏ ଦେବତା । ମୁଁ ସେମାନଙ୍କ ପାଖ ଦେଇ ଗଲେ ମୋତେ କୁହାଯାଏ ଜୁହାର ହୁଅ ବୋଲି, ଆଉ ମୁଁ ମୁଣ୍ଡ ନୁଆଁଇ ଜୁହାର ହୁଏ । ଆଦିବାସୀଙ୍କର ସେମାନେ ହୁଅନ୍ତି ଠାକୁର । କିମ୍ବଦନ୍ତିରେ ଅଛି, ନୀଳମାଧବ ନାମରେ ଜଗନ୍ନାଥ ଅତି ନିଥର ଜଙ୍ଗଲରେ ରହି ଶବର ରାଜା ବିଶ୍ୱାବସୁଠାରୁ ପୂଜା ପାଉଥିଲେ । ଗଛ, ବଣଜଙ୍ଗଲ ଓ ପାହାଡ଼ ପର୍ବତଙ୍କ ସହିତ

ସେମାନଙ୍କର ଅତି ଗୃଢ଼ ସମ୍ପର୍କ। ଏପରିକି ଓଡ଼ିଶାର ସାତଭାଇ ପାହାଡ଼ମାଲାରୁ ବାହାର ଗଛକାଟାଲିଙ୍କ କବଳରୁ ବଞ୍ଚାଇ ରଖିବା ପାଇଁ ସେଠାକାର ବାସିନ୍ଦା ଆଦିବାସୀ ସ୍ତ୍ରୀଲୋକମାନେ ପାଲି କରି ଜଗୁଛନ୍ତି। ପୁଣି କିଏ କହେ, 'ଏଇଟା ଅନ୍ଧବିଶ୍ୱାସ'। ଗଛ, ସାପ, ବେଙ୍ଗ ଏ ସମସ୍ତଙ୍କୁ ପୂଜା କଲେ ମଣିଷ ବଞ୍ଚିବା ମୁସ୍କିଲ୍। ଅଣଆଦିବାସୀମାନଙ୍କ ଭିତରୁ ଅନେକେ କ୍ରିସ୍ର ମନୋଭାବକୁ ପସନ୍ଦ କରନ୍ତି – ଜଙ୍ଗଲ ଆଉ ସେ ଅଞ୍ଚଲର ଖଣିଗୁଡ଼ାକରୁ ଅମାପ ଧନକୁ କେମିତି କେତେ ଦିନ ମାଡ଼ି ରଖିବା। ଆଦିବାସୀମାନେ ଅବୁଝା, ଅପାଠୁଆ, ଅନ୍ଧବିଶ୍ୱାସୀ, କହିଲେ ଅନାର୍ଯ୍ୟ ଓ ଆଜିକାଲିର ମାଓବାଦୀ। ସେମାନଙ୍କୁ ସେ ଅଞ୍ଚଲରୁ ତଡ଼ିଦେବାର ବ୍ୟବସ୍ଥା କର, ହୁଏତ ଅତି ବେଶୀ ହେଲେ କେଉଁଠି ଛୋଟିଆ ଜାଗା ଖଣ୍ଡେ ଦେଇ ଦିଅ ମୁଣ୍ଡ ଗୁଞ୍ଜିବାକୁ ଯେପରି ପାଟି ନ ଫିଟାଇବେ, ଆଉ ପିଲାମାନଙ୍କୁ ଆଣି ଅଣଆଦିବାସୀ ଚାଲିଚଲନରେ ଅଭ୍ୟସ୍ତ କରାଇଦିଅ, ଯେପରି କେହି କେବେ ସେ ଗଛବଣର ସ୍ୱପ୍ନ ନ ଦେଖିବେ। ସେ ଆଦିମରୁ ମଣିଷ ହେଉ, ସଭ୍ୟ ଜଗତରେ ସାମିଲ ହେଉ, ଚିପ୍‌କୋ କି ନିୟମଗିରି ଆନ୍ଦୋଲନରେ ଭାଗ ନ ହେଉ କି ଗଛ କଟାଇବାକୁ ଆକଟ ନ କରୁ, ତେଢ଼ା ନ ହେଉ।

ଗଛ କଟା ସରି ଯାଇଛି। ଜାଗାଟା ଲଙ୍ଗଲାଫୁଙ୍ଗୁଲା ହୋଇ ପଡ଼ିଛି। କ୍ରିସ୍ ଠିଆ ହୋଇଛି ପାଉଣା ନେବା ପାଇଁ।

ସତରେ ଗଛ କଅଣ ମଣିଷ ? ନ ହେଲେ, ତେବେ ତା'ର ଅଛି କଅଣ ?

NIRANJAN MISHRA

ନିରଞ୍ଜନ ମିଶ୍ର

ନିରଞ୍ଜନ ମିଶ୍ର ୧୯୪୩ରେ କଟକ ଜିଲ୍ଲାର ସାଲେପୁର ଥାନା ଅନ୍ତର୍ଗତ ରାଇସୁଙ୍ଗୁଡ଼ା ଗ୍ରାମରେ ଜନ୍ମଗ୍ରହଣ କରିଥିଲେ । ରିଜିଓନାଲ୍ ଇଞ୍ଜିନିଅରିଂ କଲେଜ୍, ରାଉରକେଲାରୁ ସିଭିଲ୍ ଇଞ୍ଜିନିଅରିଂରେ ଡିଗ୍ରୀ ହାସଲ୍ କରି ସେ ପ୍ରଥମେ ଆର୍‌ଇସି, ରାଉରକେଲାରେ ଅଧାପନା କଲେ ଓ ପରେ ଯୁକ୍ତରାଷ୍ଟ୍ର ଆମେରିକା ଓ ତା'ପରେ କାନାଡାରେ ଆସି ଅଧାପନା ଓ ଗବେଷଣାକୁ ନିଜର ବୃତ୍ତି ଭାବରେ ଗ୍ରହଣ କଲେ । ସାହିତ୍ୟ ଓ ଅଭିନୟରେ ତାଙ୍କର ଗଭୀର ରୁଚି ରହିଛି । ସେ ଓଡ଼ିଶା ସୋସାଇଟି ଅଫ୍ ଆମେରିକା ଦ୍ୱାରା ପ୍ରଦତ୍ତ "କଳାଶ୍ରୀ ପୁରସ୍କାର" ପ୍ରାପ୍ତ ଓ ରାଣୀ ଏଲିଜାବେଥ୍ ଦ୍ୱିତୀୟଙ୍କ ଦ୍ୱାରା ଗୋଲ୍‌ଡେନ୍ ଓ ଡାଇମଣ୍ଡ ଜୁବ୍‌ଲି ପଦକରେ ସମ୍ମାନିତ ।

ମୃଗୟା

ସେତେବେଲେ ଏଇ କେନ୍ଦ୍ରାପଡ଼ା ରୋଡ୍‌ରେ ଭ୍ରମର ସ୍ୱାଇଁର ହଳଦିଆ ରଙ୍ଗର ବସ୍‌ରେ କୁନିଛୁଆଟେ ବାପା ସାଙ୍ଗରେ ଗଲାବେଲେ ଦେଖୁଥିଲା– ହାୟରେ ! ଗଛ ଗୁଡ଼ାକ ଧାଉଁଛନ୍ତି, ଧାନକ୍ଷେତ ଧାଉଁଛି, କିନ୍ତୁ ବସ୍‌ଟା କଣ ଜମା ଚାଲୁନି ?

ଏହା ଭିତରେ ଶତାବ୍ଦୀରୁ ଅଧେ ବିତିଗଲାଣି; ଖୁବ୍ ବଡ଼ ବାତ୍ୟାଟେ ଆସି ଶତାବ୍ଦୀ ସରିବା ଆଗରୁ ଦେଶର ମେରୁଦଣ୍ଡ ଭାଙ୍ଗି ଦେଲାଣି । ୫ଡ଼ର ଶେଷହେଲା ଆଉ ଗୁଡ଼ାଏ ଓଲଟ୍‌ପାଲଟ୍ ହୋଇଗଲା । ସେଇ କୁନିପିଲା ଆଜି ପରାଶର ବାବୁ... ଖୁବ୍ ବଡ଼ ସାହେବ ବନିଛନ୍ତି ।

ପରାଶର ବାବୁ ଦୀର୍ଘଶ୍ୱାସ ଛାଡ଼ିଲେ । ଆଉ ଗଛମାନେ ଦଉଡ଼ୁ ନାହାନ୍ତି । ମାତ୍ର ରମେଶ ଡ୍ରାଇଭର୍ ହର୍ଷ ମାରିମାରି ତାଙ୍କର ଅଷ୍ଟିନ୍ କାରକୁ କୁନି କୁନି ବଜାରର କୁଜିନେତାଙ୍କ ଗଲି ଭିତରେ ଚଲେଇ ନେଉଛି । ଗଛ ଥିଲେ ଦଉଡ଼ିବେ ସିନା– ବାତ୍ୟା ତ ସବୁ ଖାଇଗଲା; ଯାହା ବା ରହିଛି, ଅଙ୍ଗା ଭଙ୍ଗା ଅବସ୍ଥାରେ ବା ମଶାଣିର ଅଧାପୋଡ଼ା କାଠ ଭଳି, ନା ଜଲୁଛି ନା ସରୁଛି ।

ନିଜ ଗାଁକୁ ଫେରିବା ବୋଧେ ତିରିଶ ବର୍ଷ ତଳର କଥା-

ନୂଆ ଚାକିରି ବେଳେ ଦିନାକେତେ ଚୁର ପକେଇ ଆସୁଥିଲେ- ତା'ପରେ ତ- ଛାଡ଼; "ବସୁଧୈବ କୁଟୁମ୍ବକମ୍" । ସାରା ଜିଲ୍ଲାର ଖବର ପରେ ପରେ ରେଭିନ୍ୟୁ ଡିଭିଜନର ଖବର, କେବେ ବା ଦିଲ୍ଲୀରେ ଦେଶସାରାର ଖବର, ଏପରିକି ଯେଉଁ ଦି ବର୍ଷ ୟୁନାଇଟେଡ଼ ନେସନସ୍‌ରେ ଡେପୁଟେସନ୍‌ରେ ଥିଲେ- ଆନ୍ତର୍ଜାତିକ ଖବର- ସବୁଥିଲା ତାଙ୍କ ମୁଣ୍ଡରେ । ଗୋବରୀ ନଈ ସେପାରି ମନୋହରପୁର ଗାଁ'କୁ ଦୂରରୁ ଦେଖିହୁଏନି । ବ୍ୟସ୍ତ ସଂସାର, ଅନ୍ୟ କଥା ଭାବିବାକୁ ବେଳ କାହିଁ ।

ହଠାତ୍ ଦିନେ, ଘୂର୍ଣ୍ଣିବାତ୍ୟାରେ ଦେଶର ଉପକୂଳ ଅଞ୍ଚଳ ବିପର୍ଯ୍ୟସ୍ତ ହେଲା ପରେ, ରାଜଧାନୀର ସର୍କିଟ୍ ହାଉସ୍‌ରେ ଯେତେବେଳେ ସ୍ପେଶାଲ୍ ରିଲିଫ୍ ଭାବରେ ଅଧିଷ୍ଠିତ ହୋଇ ଲୋକଙ୍କ ଦୁଃଖ ନିବାରଣ ନିର୍ଣ୍ଣୟ କରୁଥିଲେ, ମଳିମୁଣ୍ଡିଆ ଚକରା ମଲିକ ତାଙ୍କୁ ଭେଟିଥିଲା-

(ପରାଶର ବାବୁ ଚିନ୍ତିତ ଥିଲେ- ଚକରାକୁ ଟିକେ ସାହାଯ୍ୟ କରିଥିଲେ ଭଲ ହୋଇଥାନ୍ତା) । ଭିତରୁ ନମାନି "ପରିଆନା, ପରିଆନା" (ଏବଂ ପରେ ପରେ "ଆମ ପରାଶର ବାବୁ ସାହାବ ମ?") କହି କହି ଚକରା ବିନତି କରିଥିଲା- "ଟିକେ ନିଜ ଗାଁ ମାଟିକୁ ଆସନ୍ତୁ । ମନୋହରପୁର ଛାରଖାର ହେଇଯାଇଛି- ଯାହା ସାହାଯ୍ୟ ତ କରିବେ- ଟିକେ ଚାହିଁଯାଆନ୍ତୁ ଥରେ ।"

ଚକରାକୁ ଚିହ୍ନିବାରେ କଷ୍ଟ ହେଲାନି । ସ୍କୁଲରେ ସାଙ୍ଗରେ ପଢ଼ୁଥିଲା ବୋଧେ, "ସମସ୍ତ ଅଞ୍ଚଳର ଖବର ବୁଝିବାକୁ ଆସିଛି-: ଚକରା ତୁମେ ଗୋଟେ କାମ କର, ମୋ ନାଁ କହିବ- ବିଡ଼ିଓ ଓ ତହସିଲଦାର୍ ତୁମର ଓ ଅଞ୍ଚଳର ଖବର ବୁଝିଦେବେ ।" ପରାଶରଙ୍କ ସାମନାରେ ପାଞ୍ଚଶତ ସରିକି ଲୋକ, ଆଉ ସବୁ କୁଢ଼ିନେତା, ଏମ୍.ଏଲ୍.ଏ.ଙ୍କ ଭିଡ଼ । ଚକରାକୁ ସହଜରେ ବିଦା କରିଦେଲେ ।

"ଚକରାକୁ ଚିଠିଟେ ଲେଖିଛି- ନଈ ପାରି ହୋଇ ମିର୍ଜାପୁର ଆସିଲେ ଭେଟ ହେବ । ମୁଁ ଗାଁ'କୁ ଯିବି- ଗାଁର ମମତା ମୋତେ ଘାରିଲାଣି । ଗାଁର କିଛିଟା ଉନ୍ନତିମୂଳକ କାମ କରିବି । ଚକରା ନିଶ୍ଚେ ଏ ଚିଠି ପାଇଥିବ ଓ ଆସିବ ।

ପରାଶର ବାବୁ ନିଜକୁ ପ୍ରସ୍ତୁତ କରୁଥିଲେ- ପଚାଶ ବର୍ଷ ତଳର ହାଫ୍ ପ୍ୟାଣ୍ଟ ପିନ୍ଧା, ତଥା ତାରୁଣ୍ୟର ଚପଳତା, ପାଇକଚ୍ଛା ମାରି ଲକ୍ଷିଆ ଧୋବା ସାଙ୍ଗରେ ବାଗୁଡ଼ି ଖେଳୁ ଖେଳୁ କଚ୍ଛା ଫିଟିଯିବାର ହାସ୍ୟାସ୍ପଦ ଦୃଶ୍ୟ, ଆହୁରି କେତେ କଣ... । ଆଦେଶ ଦେଇଦେଇ ସ୍ୱରଟା କର୍କଶ..., ନିର୍ଦ୍ଦେଶ ଦେଇ ଜାଣିଛନ୍ତି, ନିର୍ଦ୍ଦେଶ ଗ୍ରହଣ କରିବାର ବୟସ ଓ ନମ୍ରତା ଆଉ ନାହିଁ- କେମିତି ଯେ ଗାଁ ଲୋକଙ୍କ ସାଙ୍ଗରେ ମିଶିବେ । କଥା

କହିବେ, ଆଉ ଖୁବ୍‌ ଧୀରେ ଧୀରେ ଯୋଜନାର ଜାଲ ବିଛେଇବେ, ସେଇ ଚିନ୍ତା। ଏଇ ଯୋଜନା, ମନ ଭିତରେ ଯାହା ଦଶବର୍ଷ ଧରି ଲୁଚି ରହିଥିଲା, କାନାଡ଼ାରୁ ଫେରିବା ପରେ ଜୀବିତ ହୋଇଗଲା।

ପୁଅ, ବୋହୂ, ନାତି ଆଉ ନାତୁଣୀଙ୍କ ପାଖରେ ମନୋରମା ରହିଗଲେ କାନାଡ଼ାରେ। ଏଇ ମନୋରମା, ନୂଆ ନୂଆ ବାହାହେଲା ପରେ କେତେ କହୁଥିଲେ "ତୁମ ଗାଁ'ଟା ନା – ଖୁବ୍‌ ସୁନ୍ଦର"। ବାହାଘର ବେଳେ ନୂଆବୋଉ ସୁନ୍ଦର ଗୀତ ଲେଖିଥିଲେ "ମନୋରମା ତୁମେ ମନ ଖୁସି କରି ଯିବ ମନୋହରପୁର"– ଆଉ କଣ ମନେ ପଡ଼ିଲାନି ତାଙ୍କର।

କାନାଡ଼ା ତାଙ୍କୁ ବିଷ ପରି ଲାଗିଲା– ଏତେ ପଦସ୍ଥ ଚାକିରିରୁ ଅବସର ନେଲାପରେ, ଚୁପ୍‌ଚାପ୍‌ ଏ ଶୀତପ୍ରଧାନ ଦେଶରେ କଣ ବା କରିବେ– କାହା ସାଙ୍ଗରେ ବା ଗପିବେ। କଦବା କିଏ ଉଇକ୍‌ଏଣ୍ଡ କହି ପାର୍ଟିଟେ କରନ୍ତି– ତୁଚ୍ଛା ଏଠି ବସିବା ସାର। ହଠାତ୍‌ ଦିନେ ସେ ନିର୍ଣ୍ଣିତ କଲେ– "ନାଃ! ରାଜନୀତିରେ ମିଶିବି, ଗାଁ'କୁ ଯିବି, ବିପକ୍ଷ ଦଳରେ ମିଶିବି, ସରକାର ଗଢ଼ିବି ଏବଂ ଯୋଉ ମୁଖ୍ୟମନ୍ତ୍ରୀ ମତେ ସୁକ୍ଷ୍ମରେ ଅବସର ଦେଇସାରି ମୋ'ଠାରୁ ଅପାରଗ ଅଫିସରକୁ ସୁନାକଳସ ଦେଇ ପବ୍ଲିକ ସର୍ଭିସ୍‌ କମିଶନ୍‌ରେ ଥୋଇଦେଲେ, ତାଙ୍କୁ ପାନେ ଶିକ୍ଷା ଦେବି। ବାତ୍ୟା ବେଳେ କିଏ ବା କଣ ନ ଖାଇଛନ୍ତି– ସାମାନ୍ୟ କେତେ ଲକ୍ଷ ଟଙ୍କାର କଥା (ଦିଲ୍ଲୀର ଫ୍ଲାଟ୍‌ଟା ଅବଶ୍ୟ କରିବାର ଜରୁରତ୍‌ ଥିଲା– ଚାକିରିଟା ସରିବାକୁ ବସିଲାଣି– କଣ ବା କରିଥାନ୍ତି ?) ଦୁର୍ନାମଟା ବଢ଼ିଗଲା ଖୁବ୍‌ ଜୋର୍‌ରେ।"

ନାଃ! ମନସ୍ତାପ କରି କିଛି ଲାଭ ନାହିଁ।

ପତ୍ନୀ ମନୋରମା, ପୁଅ, ବୋହୂ – ସମସ୍ତଙ୍କର ଏକା କଥା 'ବୁଢ଼ାହେଲେ ମତିଭ୍ରମ ହୁଏ'। ଯୋଉ ପୁଅକୁ ଡୋନେସନ୍‌ ଦେଇ ପଢ଼େଇ ହାତରୁ ଟଙ୍କା ଦେଇ ବିଦେଶ ପଠେଇ ମଣିଷ କଲେ ସେ ପୁଣି କହିଲା, 'ସେନାଇଲ'।

ଝିଅ ଜୋଇଁ ବରଂ ଭଲରେ ଅଛନ୍ତି ଡେରାଡୁନ୍‌ରେ – ଆଉ ଝିଅଟ ନିଜ ଇଚ୍ଛାରେ ପଞ୍ଜାବୀ ପୁଅ ବାଛିଲା– ଗାଁ କଥା, ଓଡ଼ିଶା କଥା ଭାବିବ ବା କାହିଁକି ? ଏମିତି ଦୁଃଖ ଯେ କାହାକି ବି କହି ହେଲାନି, ନିଜର 'ଅବସର ପରର ଯୋଜନା'। ଯା' ହେଉ ବିରୋଧୀ ଦଳର ନେତା ସୁମନ୍ତ ଜେନା ଆଦରକଲା– ଅଳ୍ପ ବୟସରେ ମୁଖ୍ୟମନ୍ତ୍ରୀ ହେବାର ସ୍ୱପ୍ନ ଦେଖୁଛି।

"ଆପଣ ସାର ମୁଖ୍ୟମନ୍ତ୍ରୀ ହୁଅନ୍ତୁ– ମୁଁ ଉପମୁଖ୍ୟ ରହିବି", ସୁମନ୍ତର ଜିଦି।

"ନା ବାବୁ ତୁମେ ଦଳ ଗଢ଼ିଛ, ମୋର ପରାମର୍ଶ ନେଲେ ସଫଳ ହେବ– ମତେ ଖାଲି ପରାମର୍ଶଦାତା କରି ରଖ।"

କଥା ଅଛିଣ୍ଟା ରହିଲା। ତଥାପି ବିରୋଧୀ ଦଳକୁ ବୁଢ଼ି ଦେବେ ସେ। ଆଉ ସେଇଥିପାଇଁ ସେ କାର୍ ନେଇ ଯିବେ ମିର୍ଜାପୁର, ଗୋବରୀ ନଈ ପାରିହେବେ। ତା'ପରେ ନିଜ ଗାଁ ମନୋହରପୁରରେ ପଦଯାତ୍ରା – ଏବଂ ... ଆହୁରି ସହଜ ଓ ସରଳ ଯୋଜନା କରିବେ ସେଠି।

ଭାବୁ ଭାବୁ ଗାଡ଼ି ମିର୍ଜାପୁରରେ ପହଁଚିଲା। ଚକରା ମଲିକ ତ କାହିଁ ଦେଖା ଯାଉନି, ଚିଠି ପାଇଲାନି କି? ମଲିମୁଣ୍ଟିଆ ୧୨ ବର୍ଷର ପିଲାଟେ ଦଉଡ଼ି ଆସିଲା। 'ମୋ ନା ଧରମା; ଅଜାଙ୍କର ଶ୍ୱାସ ବାହାରିଛି, ଆସିପାରିଲେନି– ତୁମକୁ ନବାକୁ ମତେ ପଠାଇଛନ୍ତି।" ପରାଶର ବୁଝିଲେ, ଚକରା ମଲିକର ଏ ନାତି, କେମିତି କଣ ନାତି ହୋଇଥିବ।

ଧରମା ସୁଟକେଶ୍ କାଢ଼ିବାକୁ ବ୍ୟସ୍ତ ହେଲା। ରମେଶ ଡ୍ରାଇଭରକୁ ନିର୍ଦ୍ଦେଶ ଦେଲେ ପରାଶର– "ଏଇଠି ରୁହ ଗାଡ଼ି ପାଖରେ, ମିର୍ଜାପୁରଟା ଗୁଣ୍ଟାଙ୍କ ବଜାର ଭଳି ଦିଶୁଛି–ଏଇଠି ହୋଟେଲରେ ଖାଇଦେବ। କାଲି ଭୋର ହେଲେ ଗାଡ଼ି ନେଇଯିବ ଭୁବନେଶ୍ୱର।"

ଧରମା କହୁଥିଲା– "ସାହାବ ଆଜ୍ଞା! ଅନ୍ଧାର ହବା ଆଗରୁ ଚାଲ ପଲେଇବା, ଗୋବରୀ ନଈରେ ନା– ବାଉଁଶ ପୋଲ ଉପରେ ଯିବାକୁ କଷ୍ଟ ହେବ।"

"ଗୋବରୀରେ କଣ ଭଲ ପୋଲ ନାହିଁ?"

"ଥିଲା ଆଜ୍ଞା, ଭଲ ପୋଲ ଥିଲା। ଅଣଓସାରିଆ ପୋଲ ଉପରେ ସାନ ଗାଡ଼ି, ବଡ଼ ଗାଡ଼ି, ରିକ୍ସା ସବୁ ଯାଉଥିଲା, ନିଆଁଲଗା ବାତ୍ୟା ତ ସବୁ ସାରିଦେଲା। ଏବେତ ଖାଲି ଚାରିଟା ବାଉଁଶ ଆଉ ହାତ ଧରା ବାଉଁଶ ଦିଖଣ୍ଡ ସାଇଡ଼କୁ।"

ପରାଶର ଆଶ୍ୱସ୍ତ ହେଲେ। ମନୋହରପୁରକୁ ଲକ୍ଷ୍ୟସ୍ଥଳୀ କରି ଭୁଲ କରିନାହାନ୍ତି। ଯାହାହେଉ ସେ ତେବେ ଠିକ୍ ଖବର ପାଇଥିଲେ। ଶାସକ ଦଳର ଏମ୍.ଏଲ୍.ଏ. ମିର୍ଜାପୁରର– ମନୋହରପୁର ଗାଁ ତାଙ୍କର ଆଶୀର୍ବାଦ ପାଇନି। ପୋଲଟେ ଶୀଘ୍ର ସେ କରେଇ ଦେବେ – ତା'ପରେ ମନୋହରପୁରରେ ପ୍ରଗତି ଆରମ୍ଭ କରିବେ, ଯେତେହେଲେ ନିଜ ଗାଁ ତ।

ଏବଂ ଏଇ ବର୍ଷଟା ଭିତରେ ଗାଁ ଓ ଆଖପାଖ ଅଞ୍ଚଳର ଉନ୍ନତି କରିପାରିଲେ ସେ ବିଧାନ ସଭାକୁ ଯିବେ– ଏବଂ ଉପମୁଖ୍ୟମନ୍ତ୍ରୀ ତଥା ପରାମର୍ଶଦାତା ହେବେ। ପରାଶରବାବୁ ନିଜକୁ ନିଜେ ଭାବୁଥିଲେ, ଚକରା ମଲିକକୁ କଣ କହିବେ। ଏହା

ଭିତରେ ଚକରା ମଲିକର ଚାହା ଦୋକାନ ଆଗରେ ସୁଟ୍‌କେଶ୍ ଥୋଇ ଧରମା "ଅଜା ଅଜା" ଡାକି ଭିତରକୁ ଦଉଡ଼ିଗଲା। ଅତି ଆନନ୍ଦରେ, ଆଖ୍‌ରୁ ଲୁହ ସମ୍ଭାଳି, ଚକରା ମଲିକ କାଶିକାଶି ଦଉଡ଼ିଆସିଲା– "ତମେ ଆପଣ– ସାହାବ ମ। କେମିତି ମନେ ପଡ଼ିଲା।" "ଗାଁ କଥା, ତୁମ କଥା କେବେ କଣ ଭୁଲି ହବ, ଚକରା ?" – ବେଶ୍ ସଞ୍ଜିତ ଭାବରେ କହିଲେ ପରାଶର। ଚକରା ମଲିକ ନୂଆ ଜୀବନ ପାଇଲା ଭଳି କହିଚାଲିଥିଲା– ସେ କାହାଣୀରେ ଭରିଥିଲା ପଚାଶ ବର୍ଷ ତଳର ହଜିଲା ସ୍ମୃତି, ଗାଁର ପୋଖରୀ ତୁଠ ଠାରୁ ଗାଁ ମଶାଣି ଯାକର କଥା–କେତେ କଣ ପରିବର୍ତ୍ତନ, ସର୍ବନାଶିଆ ବାତ୍ୟା କଥା– ଶ୍ୱାସରୋଗୀ ତ, କେତେ ବା ଗପିବ ? "ସାହାବ ମ! ତମଲାଗି ସ୍କୁଲରେ ବନ୍ଦୋବସ୍ତ କରିଛି। ଧରମା ସବୁ ବିଛଣା ପକେଇଛି, ରୋଷେଇ କରିଛି ଭାତ, ଡାଲମା –ଆଉ ସାରୁ ପତରେ ବିରିବରା ତରକାରି– ତୁମେ ପିଲାଦିନେ ଭଲ ପାଉଥିଲା ନା ଏଇ ସବୁ ଖାଇବାକୁ। ସ୍ତ୍ରୀ ତ ଚାଲିଗଲା। ଆଉ ଏଇ ବାପ ମା' ଛେଉଣ୍ଡ ନାତିଟି ମୋର ଧରମା– ସ୍କୁଲର ଚପରାସି ଆଉ ମାଲି କାମରୁ ଛୁଟି ନେଲି ଏବେ। କହିଲେ ଷାଠିଏ ହେଲା, ଏଥର ତୁ ଯା'। ହେଲେ ସାହାବ କଥା ଦେଇଛନ୍ତି ଚାକିରିଟା ଧରମାକୁ ଦେବେ।"

ସ୍କୁଲରେ ବନ୍ଦୋବସ୍ତ କରିଥିଲା ଚକରା; ମନ୍ଦ ନୁହେଁ। କେମିତି କେଜାଣି କଂସା ବାସନରେ ଗରମ ଗରମ ବଡ଼ା ଭାତ, ଡାଲମା, ସାରୁ ପତର ତରକାରି ଏକ ନିଶ୍ୱାସରେ ଖାଇଗଲେ ପରାଶର ବାବୁ। ସ୍କୁଲର ଝରକା ଖୋଲା – ବୋଧେ ବାତ୍ୟାରେ ଭାଙ୍ଗିଯାଇଛି, ମରାମତ ହୋଇନି, ହେଲେ ମଶୁରି ଭିତରୁ ବାହାରର ଜହ୍ନ ଆଉ ଅଦୂରର ମୁଗ କିଆରି ଦେଖି ପରାଶର ଭାବୁଥିଲେ, କେତକୀ ଫୁଲ ତୋଳୁ ତୋଳୁ କେତେ ଖଣ୍ଡିଆ ହୋଇନାହାନ୍ତି ସେ। ଭାବୁଭାବୁ ଶୋଇ ପଡ଼ିଲେ ପରାଶର– ବେଶ୍ ନିଦରେ, ବିନା ନିଦବଟିକାରେ (ଖାଇବାକୁ ଭୁଲିଗଲେ ବୋଧେ)। ସେଇ ଗହିରିଆ ନିଦରେ ସ୍ୱପ୍ନ ଦେଖିଲେ ପରାଶର–

କାହିଁ ଏକ ଅଗନା ଅଗନି ବନସ୍ତ; ଶିକାରକୁ ଯାଉଛନ୍ତି ସେ। ସାମନ୍ତ ରାଜ୍ୟର ଛୋଟ ରାଜା ସିନା– ଦର୍ପ, ବଳ କିଛି କମ୍ ନୁହେଁ ତାଙ୍କର। ଦଲବଲ ପଛରେ ରହିଗଲେ– ଏକା ଏକା ବନ୍ଧୁକ ଧରି ପିଛା କରୁଥିଲେ ମୃଗୁଣୀଟିର। ମୃଗୁଣୀଟି ଧାଇଁ ପଲାଇଲା– ମନେ ପଡ଼ିଲା ରାଜାଙ୍କର 'ହେମହରିଣୀ ଧୀରେ ଧାମନ୍ତେ'– ଧାଇଁବେ ସେ ମୃଗୁଣୀ ପଛରେ– ଏମିତି ଧାଉଁ ଧାଉଁ ପହଞ୍ଚିଗଲେ ସୁନ୍ଦର ଉଦ୍ୟାନଟିରେ– ମୃଗୁଣାଟି ଲୁଚିଗଲା ସେଇ କୋଇଲିଲତା ଗଛ ଭିତରେ। ଉଦ୍ୟାନରେ ଆଶ୍ରମଟି କି ସୁନ୍ଦର। ଆଶ୍ରମରୁ ବାହାରୁଥିଲେ ସାଧୁ ଜନକ– ମୃଗୁଣୀଟି ଧାଇଁଗଲା ସାଧୁଙ୍କ ପାଖକୁ।

"ଆସ ବସ। ଶିକାର ଲାଗି ଧାଈଁ ଧାଈଁ କ୍ଲାନ୍ତ ହୋଇଛ- ଶୋଷ କରୁଥିବ ନିଶ୍ଚେ; ପାଣି ପିଇବ?"

ପ୍ରଣିପାତ କଲେ ରାଜା ସାହେବ- "ଆପଣ..."।

"ହଁ ବସ! ତୁମେ ଆସିବା କଥା ଜାଣିଥିଲି। ମୃଗୁଣୀଟି ବାଟ କଢ଼େଇ ଆଣିଲା- ଭଲ ହେଲା।"

"ଆପଣ ତା'ହେଲେ ଦୂରଦର୍ଶୀ- ମାନେ ଭବିଷ୍ୟତଦର୍ଶୀ ମହାମ୍ମା?"

"ଭବିଷ୍ୟତ ତ ତ୍ରିକାଳର ଗୋଟାଏ ପାହାଚ- ଅତୀତ, ବର୍ଉମାନ ଭିତରେ ଗୋଟିଏ ପାହାଚର ତଫାତ୍- କାଳର ସ୍ରୋତରେ ଯାହା ଧୋଇ ହୋଇ ରହିଗଲା ତାହା ଅତୀତ- ଯାହା ଭାସୁଥାଏ ତାହା ବର୍ଉମାନ- ଆଉ ଯାହା ବହିଆସୁଛି ତାହା ଭବିଷ୍ୟତ।"

"ମୋର ଭବିଷ୍ୟତ କଣ କହୁନ୍ତୁନା? ମନ ବଡ଼ ବ୍ୟସ୍ତ ହଉଛି।"

"କଣ ବା କହିବି? କହିଲେ ସାଧୁ ମହାମ୍ମା। ରାଜା ହୋଇ ଜୀବନଯାକ ଶୋଷଣ କରିଛ ପ୍ରଜାଙ୍କୁ। ପ୍ରଜା ପାଳନ କି ପ୍ରଜା ଦଳନ କରିଛ, ତୁମେ ଜାଣ।"

"ସେ ସବୁ ତ ରାଜନୀତିର ଖେଳ ଆଜ୍ଞା।" - ରାଜା ଉତ୍ତର ଦେଲେ।

"ସବୁ ତୁମର ମନଗଢ଼ା ଆଲ- ଯିଏ ଶୋଷଣ କରିପାରେ, ସେ ପୋଷଣ ବି କରିପାରିଥାନ୍ତା। ପ୍ରକୃତ ଶାନ୍ତିର ମାର୍ଗ ପାଇଁ ସାଧନା ଦରକାର।"

"ମୁଁ ସାଧନା କରିବି- ମତେ ଶାନ୍ତିର ମାର୍ଗ ବତାନ୍ତୁ।" -ଖୁବ୍ ଦୃଢ଼ ଭାବରେ କହିଲେ ରାଜା।

"ତେବେ ଏଇ ଆଶ୍ରମରେ ବିଶ୍ରାମ କର-ଏଠି ଅନ୍ତେବାସୀ ହେବାକୁ ଚିନ୍ତା କର। ମୃଗୁଣୀଟି ନିଜ ପ୍ରାଣକୁ ପାଣି ଛଡ଼ାଇ ଧାଇଁଥିଲା ତୁମକୁ ଆହ୍ବାନ କରବାକୁ- ତା' କଥା ଟିକେ ଭାବ।" ସାଧୁ ଉପଦେଶ ଦେଲେ।

"ମୁଁ କଣ ରାଜ୍ୟର କାର୍ଯ୍ୟ ଛାଡ଼ି, ଶିକାର ଛାଡ଼ି ଏଠି ରହିଲେ ଶାନ୍ତି ପାଇବି?" - ରାଜାଙ୍କ ମନରେ ଦ୍ବନ୍ଦ ଥିଲା। ସାଧୁ କହିଲେ, "ସେଇ ସୁଯୋଗ ତୁମକୁ ମିଳିଛି- ବିଚାର କର- ଶାନ୍ତିର ମାର୍ଗ ଲାଗି ତ୍ୟାଗ ହିଁ ଲୋଡ଼ା...।"

ମନ ଖୁବ୍ ଆଦୋଳିତ ହେଲା- ସେଇ ଦ୍ବନ୍ଦମୟ ମନରେ ରାଜା ସାହେବ ଭାବୁଥିଲେ, ସତେ କଣ ସେ ତ୍ୟାଗ କରିବେ ରାଣୀଙ୍କୁ ରାଜକୁମାରଙ୍କୁ, ରାଜପ୍ରାସାଦକୁ, ଆଉ ସବୁଠାରୁ ଆକର୍ଷଣୀୟ ରାଜପଦକୁ...??? ହଠାତ୍ ଧରମାର ଡାକରେ ନିଦ ଭାଙ୍ଗିଗଲା ପରାଶରଙ୍କର।

"ଆଜ୍ଞା ଅଜା କାଶିକାଶି ବେଦମ୍ ହୋଇଗଲେଣି- ଆପଣଙ୍କୁ ଖୋଜୁଛନ୍ତି।"

ଧରମାର ଆତୁର ବିନତିରେ ଉଠିପଡ଼ିଲେ ପରାଶର। ରାତି ଅଧରେ ଏମିତି ଉଠେଇବ– ପୁଣି ତାଙ୍କ ଭଳି ଉଚ୍ଚପଦସ୍ତୁ (ହୁଅନ୍ତୁ ପଛେ ଅବସରପ୍ରାପ୍ତ) ଅଫିସରଙ୍କୁ– ପୁଣି ଚକରା ମଲିକର କାନ୍ଧଣାରେ...। "ନାଃ! ମୁଁ ଯିବି– ଏଠି ତ ମୁଁ ସାହାବ ନୁହେଁ– ନିଜ ଗାଁକୁ ଆସିଛି, ଚକରା ମଲିକ ହିଁ ମୋର ହବ ସାରଥ, ଆଉ ତାକୁ ଧରି ମୋର ରାଜନୀତିର ରଥ ଚାଲିବ– ବହୁତ ସୁବିଧା– ସେ ହରିଜନ– ତା'ରି ସାଙ୍ଗରେ ମିଶିଲେ ସିନା ଉଦାରତା ବଢ଼ିବ– ଆଖିଦୃଶିଆ ହବ।"

କିଛି ନକହି ପରାଶର ଚକରା ମଲିକର ଚାହା ଦୋକାନରେ ପହଞ୍ଚିଲେ। "ଆପଣ ଆସିଲେ ଭଲ ହେଲା– ତରିଗଲି, ସତେକି ଆଉ ବଞ୍ଚିବିନି। ଶ୍ୱାସରୋଗ ଜୋରରେ ଧରିଛି– କେତେବେଳେ କଣ ହବ କେଜାଣି?"

"ଆଉ ଗପନା ଚକରା– ବିଶ୍ରାମ ନିଅ। କାଲି ମୁଁ କଟକରୁ ଡାକ୍ତର ଡକେଇବି– ନଚେତ୍ କଟକ ନେଇ କାହାକୁ ଦେଖେଇବି।" ଲଣ୍ଠନଟା ମିଞ୍ଜି ମିଞ୍ଜି ହୋଇ ଜଲୁଥିଲା; କିରାସିନି କମିଗଲାଣି। "ବାପାରେ – ଲଣ୍ଠନରେ କିରାସିନି ପୁରେଇଦେ– ଲିଭିଯିବ କାଲେ।" ଧରମାକୁ ଡାକି କହିଲା ଚକରା।

"ବାବୁମ, ଦିପଦ କଥା ଥିଲା– ଆସିଚ ତ ଗାଁ'କୁ – ସରଗର ସବୁଯାକ ସୁଖ ମିଲିଗଲା– କେତେଥର ଭାବିଛି– ସତେ କଣ ତୁମେ ଆସିବ– 'କୋଇଲି ଲୋ କେଶବ ଯେ ମଥୁରାକୁ ଗଲା...' ଗୀତ ଗାଇଲା ବେଲେ ତମ କଥା ବହୁତ ଭାବେ।" ନାଲି କନାରେ ଗୁଡ଼େଇ ରଖିଥିଲା ଲେଖାଟେ– ଚକରା ଧୀରେ ଧୀରେ ଖୋଲିଲା। ହାତ ଲେଖା କାଗଜ ଖଣ୍ଡେ ବଢ଼େଇ ଦେଲା ପରାଶରଙ୍କୁ...।

"ତମରି ଲେଖାମ, ଚିହ୍ନିପାରୁନା, ବହୁତ ପୁରୁଣା ତ, ଛିଣ୍ଡି ଆସିଲାଣି...। ତମର ମନେ ନାହିଁନ– ଏଇ ଆମ ସ୍କୁଲର ଯେତେ ମାଷ୍ଟେ ଗଲେଣି– ସମସ୍ତେ ପିଲାଙ୍କୁ ତମର ଏଇ ଗୀତ ପଢ଼ାନ୍ତି– ଆଉ କହନ୍ତି– ଏଇ ନଇତଲିଆ ଗାଁ'ରେ ଜନମ ନେଇ, ପାଠ ପଢ଼ି ମଣିଷ ହୋଇ ପରାଶରବାବୁ କେତେ ଉପରେ– କେତେ ମଣିଷ ଚରଉଛନ୍ତି– ତାଙ୍କ ଭଳି ପାଠ ପଢ଼, ବଡ଼ ମଣିଷ ହୁଅ। ପରାଶର ବାବୁ ଏଇ ମୁଲକର ମଧୁବାବୁ। ତମେ ସେଇ ଗୀତଟି ଯାହା ଲେଖିଥିଲ– ବନ୍ଧାଇଦେଇ ସ୍କୁଲ କାନ୍ଥରେ ଟଙ୍ଗେଇଥିଲି– ବାତ୍ୟା ଆସିଲାନି ଯେ, ସବୁ ଧୋଇ ନେଇଗଲା– ଦେଖନ୍ତୁ– ପ୍ରେମକରା ଗୀତଟା ପାଣି ବାଜି କେମିତି ଲିଭିଗଲା– ଉପର ଦିଭାଡ଼ି ଯାହା ରହିଯାଇଛି...।"

ଚିନ୍ତା କରୁଥିଲେ ପରାଶର ବାବୁ– ଅର୍ଦ୍ଧ ଶତାବ୍ଦୀର ଇତିହାସ ଭିତରେ କେତେ ଯେ ସତକଥା ଲୁଚିଯାଏ। କେତେ ପଛ କଥା ଧୋଇ ହୋଇଯାଏ।

"ବାବୁ ମା ତମେତ ଲେଖିଥିଲ– ମୁଁ ପୁରା ମୁଖସ୍ତ କରିରଖିଛି, ଆଉ ଥରେ

ତଳେ ଲେଖିଦିଅନ୍ତିନି, ଗୀତଟି ପୁରା କରିଦିଅନ୍ତି ତମରି ହାତରେ।" – ଚକରା ଜିଗର କଲା।

ପରାଶର ଚୁପ୍ ରହିଥିଲେ। କୈଶୋରର ସେ ଆବେଗ, ସେ ମମତା, ସେ ସ୍ନେହ ଆଉ ସମ୍ବେଦନ ଭାବ- ପାହାଚ, ପାହାଚ ଦେଇ ଘଷି ହୋଇଗଲାଣି-। "ତାରୁଣ୍ୟର ସ୍ୱପ୍ନ, ଯୌବନର ଦର୍ପ, ଆଉ ପ୍ରଶାସକ ଜୀବନର ଅହଂ ଭାବ – ଆଃ! କୁଆଡ଼େ ଗଲା ସେ ଦିନ। ଯଯାତିକୁ ସିନା ଯୌବନ ମିଳିଥିଲା- ମତେ କଣ ଏବେ କୈଶୋର ମିଳିବ?"- ହସିଲେ ପରାଶର। ଖରସ୍ରୋତା ନଈଟିଏ ପାହାଡ଼ରୁ ଝରଣା ଭଳି ସିନା ବାହାରିଲା- ଆଉ ପାହାଡ଼କୁ ନ ଚାହିଁ ମାଟିଚାଲିଛି- ସମତଳକୁ - ଖୁବ୍ ସମତଳକୁ - ଏବଂ ଯେପର୍ଯ୍ୟନ୍ତ ସମୁଦ୍ରରେ ନ ମିଶିଛି-ସେମିତି ମାଟି ଚାଲିଥିବ।

ହେଲେ ନଈ କେବେ ପଛକୁ ଚାହିଁନି- ସେ ବା କେମିତି (କାହିଁକି) ଚାହିଁଥାନ୍ତେ? ମାତ୍ର ଆଜି ପଛକୁ ଚାହିଁବେ ସେ, ତାଙ୍କର ଭିନ୍ନ ଯୋଜନା ଅଛି, ଆଉ ଏଇ ଯୋଜନା ଲାଗି ଏଇ ପଦଯାତ୍ରା। ଶିକାର ନୁହେଁତ ଆଉ କଣ? ଚକରା ମଲିକର ଜିଗର- "ଲେଖି ଦିଅନ୍ତୁନା ବାବୁ। ତମରି ହସ୍ତାକ୍ଷର- ମନେ ପଡୁନିନା- ତମର ମନେ ନାହିଁ, ହେଲେ ମୋର ମନେ ଅଛି। ନିମମଙ୍ଗଳା ପାଖରେ ସଜ୍ଞାତ ବସିଥିଲେ ଆମେ- ଖେଳିବାରେ ମୁଁ ଫାଷ୍ଟ ଆଉ ପଢ଼ିବାରେ ତୁମେ। ଏଇ ଗୋବରୀ କୂଳେ ନିମମଙ୍ଗଳା ପାଖରେ ତମେ ସେଦିନ ଏଇ କବିତା ଲେଖିଥିଲ- ସର୍କଲର ସବୁ ସ୍କୁଲରେ ଯୋଉ କମ୍ପିଟିସନ୍ ହେଉଥିଲା- ତୁମେ ସେଥିରେ ଏଇ କବିତା ଆବୃତ୍ତି କରି ଫାଷ୍ଟ ହେଲ। ମନେ ନାହିଁ?" ପରାଶର ଚିନ୍ତିତ ହେଲେ- ସାତ ତାଲ ପୋଖରୀ ଭିତରେ କେତେ ଲୁଚା ଫରୁଆ ଭିତରୁ ସ୍ମୃତିର ଫଳକକୁ ଖୋଲୁଛି ଚକରା ମଲିକ- ଅମ୍ଳାନ ସେ ସ୍ମୃତି। ଅକ୍ଷୁର୍ଣ୍ଣ ସେ ଫଳକ। ବାତ୍ୟା ସିନା ଲେଖାଟାର ପଦ ଧୋଇ ଲିଭେଇ ଦେଲା, ଚକରା ମନରେ ତ ସେ ଲେଖା ଅଲିଭା। "ଚକରା ଡାକିବ- ଆଉ ମୁଁ ଲେଖିବି- ପଚାଶ ବର୍ଷ ପରେ ମୁଁ ପ୍ରଥମ ଥର ଲେଖିବି କବିତା- ପୁଣି ଓଡ଼ିଆରେ। ସତେ କଣ ଏହା ସମ୍ଭବ ହେବ? ସତେ କଣ ହାତ ଚାଲିବ? ଓଡ଼ିଆ ଲେଖା ପାଇଁ ଏ ହାତ ଅଥର୍ବ।"

ଅନ୍ଧାରକୁ ଭୃକ୍ଷେପ ନକରି, ନିଜର ଖୋଲପାକୁ ନିଜେ ନଦେଖି ଚକରାକୁ ଆବେଗରେ କୁଣ୍ଢେଇ ପକେଇ କହିଲେ- "ଚକରା ତତେ କଥା ଦେଉଛି। ମୁଁ ଏଇଠି ରହିବି, ଗାଁ'ର ଉନ୍ନତି କରିବି, ତୋ' ସାଙ୍ଗରେ ନଈକୂଲେ ବସି ଗପ କରିବି। ଗାଁ ଦାଣ୍ଡରେ ବୁଲିବି... ବାଗୁଡ଼ି ଖେଳିବି- ଜାମୁକୋଲି ଖାଇବି- ନଈରେ ପହଁରିବି- ମାଙ୍କଡ଼କୁ ଟେକା ମାରିବି...।"

"ମତେ ଥରେ ସଜ୍ଞାତ କହିବିନି?"... ଚକରାର କଣ୍ଠ ଥରୁଥିଲା।

ଦୁଇ ବନ୍ଧୁ ପରସ୍ପରକୁ ଆଲିଙ୍ଗନ କଲେ। ପରାଶରଙ୍କ କଣ୍ଠରେ "ସଙ୍ଗୀତ"। ଚକରା କିଛି କହିଲାନି– ଖାଲି କାନ୍ଦିଲା।

"କିରାସିନି ସରି ଯାଇଛି ଅଜା– ଲଣ୍ଠଣ ଲିଭି ଆସିଲାଣି।"–ଡିବିଟିଏ ଧରି ଧରମା ଆସିଲା।

"ଏମିତି ଡିବି, ଲଣ୍ଠନ ଲଗେଇ ପାଠ ପଢ଼ି ତୁମେ ମଣିଷ ହେଲା– ଏତେ ବଡ଼ ହେଲା– ସବୁ କଥା କଣ ମନେ ପଡୁଛି, ଚକରା ମନରେ ଅବିଶ୍ୱାସ, ପୁଣି ସ୍ୱସ୍ତି।"

ଅନ୍ଧାର ଭିତରେ ସ୍ମୃତି ମଳିନ ହୁଏନା, ଜ୍ୱଳନ୍ତ ହୁଏ– ଆଲୁଅରେ ପୁଣି ଲିଭିଯାଏ– ଏଭଳିମିତି ଅନ୍ଧାରରେ ପରାଶର ସ୍ୱପ୍ନ ଦେଖିଥିଲେ– ଶିକାର କଥା। ସ୍ୱପ୍ନ ସମ୍ଭବ ସେ ଆଶ୍ରମର ସାଧୁ ମହାତ୍ମାଙ୍କର ବାଣୀ କଣ ସତ ? ସେଇ ସାଧୁଙ୍କୁ ଖୋଜି ଖୋଜି ସେ ଏଇଠି। ଏଇ ତାଙ୍କ ଗାଁ, ମନୋହର ପୁର ନାଆଁ– ଆ।। ! ସେ ତେବେ ଏଇଠି ଶାନ୍ତି ଖୋଜିବେ– ସେଥିପାଇଁ ତ ତ୍ୟାଗ ଲୋଡ଼ା। ପରାଶରଙ୍କର ସ୍ୱପ୍ନ ତେବେ ସାର୍ଥକ ହେବ– ଆଉ ଲୋଡ଼ା ନାହିଁ ରାଜପଦ– ଆଉ ଲୋଡ଼ା ନାହିଁ ଶିକାର–।

ଚକରା ମଲିକ ପଚାଶ ବର୍ଷ ତଳର ମଳିନ କାଗଜଟି ଧରି ଗୀତ ଗାଇବାକୁ ଚେଷ୍ଟା କରୁଥିଲା, ପରାଶରଙ୍କର ନିଜ ରଚିତ ଅଥଚ ଆମ୍ଭବିସ୍ମୃତ କବିତାଟି– "ଆହା କି ସୁନ୍ଦର, ଗାଁଆଟି ମୋହର ମନୋହରପୁର ନାଆଁ…।"

ଆଉଥରେ ଗଲା ସଫା କରି ଭଲ କରି ଗୀତ ଗାଇବ ବୋଲି ଚେଷ୍ଟା କରୁକରୁ ଚକରା କାଶି ଉଠିଲା– କାଗଜ ଟିକକ ପରାଶରଙ୍କ ହାତକୁ ବଢ଼ାଇ ଦଉଦଉ, କ୍ଲାନ୍ତ ହୋଇ ଦଉଡ଼ିଆ ଖଟରେ କାନ୍ଥକୁ ଆଉଜି ଶୋଇପଡ଼ିଲା। ତା' ଆଖିରୁ ଲୁହ ବୋହୁଥିଲା– ଜାଣିହେଲାନି ଶ୍ୱାସଜନିତ କାଶରୁ ନା ପ୍ରଶାନ୍ତିରୁ–।

ପରାଶର କିନ୍ତୁ ଚଷମା ଖୋଲି ଆଖିରୁ ଲୁହପୋଛି ଡିବିରି ମିଞ୍ଜି ମିଞ୍ଜି ଆଲୁଅକୁ ଚାହିଁ ରହିଥିଲେ ଏବଂ ଭାବୁଥିଲେ, "ପୁଣି ଥରେ ଜୀବନଟାକୁ କଣ ନୂଆକରି ଗଢ଼ି ହୁଅନ୍ତାନି ?"

SULAKSHANA PATTANAIK

ଡକ୍ଟର ସୁଲକ୍ଷଣା ପଟ୍ଟନାୟକ

ସୁଲକ୍ଷଣା ପଟ୍ଟନାୟକ (୬ ଫେବୃଆରୀ ୧୯୪୮, ଖୋର୍ଦ୍ଧା, ଭାରତ – ୨ ଫେବୃଆରୀ ୨୦୧୫, ପୋର୍ଟ ଅରେଞ୍ଜ, ଯୁକ୍ତରାଷ୍ଟ୍ର ଅମେରିକା) ୧୯୯୧ରେ ଡକ୍ଟର ଶୁକଦେବ ସେନଙ୍କୁ ବିବାହ କରିବା ପରେ ଆମେରିକା ଆସିଥିଲେ। ଆମେରିକା ଆସିବା ପୂର୍ବରୁ ସେ ଉକ୍ଳ ବିଶ୍ୱବିଦ୍ୟାଳୟରୁ ଏମ୍.ଏ. ପାସ୍ କରି କିଛିଦିନ ଖୋର୍ଦ୍ଧା ବାଳିକା ଉଚ୍ଚ ବିଦ୍ୟାଳୟରେ ପ୍ରଧାନ ଶିକ୍ଷୟିତ୍ରୀ ଦାୟିତ୍ୱ ତୁଲାଇଥିଲେ। ଏହାପରେ ସେ ସେଣ୍ଟ୍ରାଲ ଫ୍ଲୋରିଡା ବିଶ୍ୱବିଦ୍ୟାଳୟରୁ ଗଣିତରେ ଏମ୍.ଏ. କଲେ ଓ ପରେ ପରେ ପିଏଚ୍.ଡି. ଡିଗ୍ରୀ ପ୍ରାପ୍ତ ହୋଇ ବେଥ୍ୟୁନ୍-କୁକ୍ମ୍ୟାନ୍ ବିଶ୍ୱବିଦ୍ୟାଳୟରେ ୨୦ ବର୍ଷରୁ ଅଧିକ ସମୟ ପ୍ରଫେସର ଭାବରେ କାର୍ଯ୍ୟ କଲେ। ଅବସରପ୍ରାପ୍ତ ପରେ ସେ ଲେଖାଲେଖିରେ ସମୟ ଦେଲେ ଓ "The Handkerchief and Other Short Stories", "Truth Has Its Way", ଏବଂ "Stream of Life" ନାମରେ ତିନୋଟି ଗଳ୍ପ ସଂକଳନ ପ୍ରକାଶ କଲେ।

ଅଭୁଲା-ଅତୀତ

ସୁରଜିତା ଆମେରିକା ଆସିବାର ହୋଇଗଲାଣି ପଚିଶ ବର୍ଷରୁ ବେଶୀ। ଆମେରିକାର ଆଦବକାଇଦା ରଙ୍ଗଢଙ୍ଗରେ ମିଶିବାକୁ ପାଞ୍ଚ ବର୍ଷରୁ ବୋଧହୁଏ ବେଶୀ ଲାଗିଥିଲା ତାଙ୍କୁ। କିନ୍ତୁ ମନେହୁଏ, ଯେମିତି ସେ ସେଇ ପଚିଶବର୍ଷ ଆଗର ସୁରଜିତା। ମନେହୁଏ ଏଇ ଯେମିତି ସେ ଭାରତ ଛାଡ଼ି ଆସିଛନ୍ତି ଶୁଭଙ୍କରଙ୍କୁ ବିବାହ କରି। ସେତେବେଳେ ତିନି ଚାରିମାସ ତାଙ୍କୁ ଅପେକ୍ଷା କରିବାକୁ ହୋଇଥିଲା ଭିସା ପାଇଁ। ଶୁଭଙ୍କର ଦିନ ଗଣୁଥିଲେ ସୁରଜିତାଙ୍କ ପଥ ଚାହିଁ। କିନ୍ତୁ ସୁରଜିତା ଯେମିତି ଏକ ଦୋଦୁଲ୍ୟମାନ ଅବସ୍ଥାରେ ସେତେବେଳେ। ଏକ ଦିଗରେ ଶୁଭଙ୍କରଙ୍କ ସ୍ନେହ, ପ୍ରେମର ଆକର୍ଷଣ ତାଙ୍କୁ ଆଗକୁ ଟାଣୁଥିଲା, ଅନ୍ୟ ଦିଗରେ ବୋଉ, ସମ୍ପର୍କୀୟ ବନ୍ଧୁମାନଙ୍କ ଅକଳନ ନିଃସ୍ୱାର୍ଥପର ଭଲ ପାଇବା ତାଙ୍କୁ ପଛକୁ ଭିଡୁଥିଲା। ଶୁଭଙ୍କର ଜିତିଲେ। ସୁରଜିତାଙ୍କ ଦୋଦୁଲ୍ୟମାନ ମନ ବାଧ୍ୟ ହେଲା ଏକ ସ୍ଥିରତାକୁ ଗ୍ରହଣ କରି ନେବାକୁ।

ଆସିବାପରେ ଶୁଭଙ୍କର ତାଙ୍କୁ ୟୁରୋପ ନେଇଗଲେ ରୋମ, ପ୍ୟାରିସ୍, ସୁଇଜରଲାଣ୍ଡ ଲଣ୍ଡନ୍ ଇତ୍ୟାଦି। ରୋମାନ୍ କୋଲିସିୟମ୍, ଟ୍ରେଭି ଫାଉଣ୍ଟେନ୍, ଭାଟିକାନ୍ ସିଟି, ମାଇକେଲ ଆଞ୍ଜେଲୋଙ୍କ ଆର୍ଟ, ସ୍ଟାଚ୍ୟୁ ଅଫ୍ ମୋଜେସ୍, ଫ୍ଲୋରେନ୍ସର ମ୍ୟୁଜିୟମଠାରୁ ଭେନିସ୍ର ସେଣ୍ଟମାର୍କ ସ୍କୋୟାର, ପିସାର ଲିନିଙ୍ଗ୍ ଟାୱ୍ବର, ସୁଇଜରଲାଣ୍ଡର ସଲଜ୍‌ବର୍ଗି, ଟିଟ୍‌ଲିସ୍ ମାଉଣ୍ଟେନ୍ ଟପ୍, ପ୍ୟାରିସ୍‌ରୁ ଲଣ୍ଡନ କୃଜ୍, ହୁଭର ଡ୍ୟାମ୍ ଏବଂ ପ୍ୟାରିସ୍‌ର ରିଏଲ୍ ପରଫ୍ୟାମ ଭିତରେ ସେ କିଛିଦିନ ବୁଡ଼ି ରହିଲେ। ଶୁଭଙ୍କର ତାଙ୍କ ମନ ଭୁଲାଇବାକୁ କନ୍‌ଫରେନ୍ସରେ ମଧ ନେଇଗଲେ ପୋର୍ଟରିକୋ, ଭାକେସନ୍‌ରେ ନେଇଗଲେ ମେକ୍ସିକୋ, ବାହାମା, ଭର୍ଜିନ୍ ଆଇଲାଣ୍ଡ... ହାୟାଟ୍, ହିଲ୍‌ଟନ୍, ମାରିୟଟ୍‌ର ପ୍ରାଚୁର୍ଯ୍ୟରେ ସୁରଜିତା ଯେ ଜୀବନକୁ ଉପଭୋଗ କରି ନ ଥିଲେ, ତାହା ନୁହେଁ– କିନ୍ତୁ ଏକ ଅକୁହା ଅଭାବର ଅନୁଭୂତି ଛାଇ ଭଳି ସବୁବେଳେ ତାଙ୍କ ସହିତ ଚାଲିଥିଲା, ଚାଲିଛି ଆଜିବି।

ଭାରତରୁ ଆସିବାର କିଛିଦିନ ପରର ଘଟଣା ମନେପଡ଼େ ସୁରଜିତାଙ୍କର। ଏତେ ବଡ଼ ପ୍ୟାଲେସ୍ ଭଳିଆ ଘରଟାରେ ସେ ଏକା ଏକା। କ୍ଷୀରଟା ବାହାରେ ରଖିଥିଲେ ସିଝେଇ ସିଝେଇ ଘନ ଆଉଟା କରି। ଶୁଭଙ୍କର କ୍ଷୀରି ଖାଇବାକୁ ଭଲ ପାଆନ୍ତି। ଦ୍ୱିପହରରେ ଆଖି ଲାଗିଯାଇଥିଲା ସୁରଜିତାଙ୍କର କିଛି କ୍ଷଣ ପାଇଁ। ହଠାତ୍ ଚମକି ନିଦ ଭାଙ୍ଗିଗଲା ତାଙ୍କର। ବିଲେଇଟା କ୍ଷୀର ଖାଇଗଲାଣି ? ପରେ କିନ୍ତୁ ପ୍ରକୃତିସ୍ଥ ହେଲେ। ଏମିତି ନିବୁଜ ଘର ଯେ ମଶାଟାଏ ବା ମାଛିଟାଏ ପଶି ପାରିବନି। ବିଲେଇ ଆସିବ କେଉଁଠୁ ? ପେଟ୍ ରଖିବା ପସନ୍ଦ ନୁହେଁ ଶୁଭଙ୍କରଙ୍କର। ଭାରତରେ ଥିଲାବେଳେ କେତେ ଥର ବିଲେଇ କ୍ଷୀର ଖାଇ ଦେଇଛି, ଟିକେ ଆଖି ବୁଲାଇଦେଲେ ବା ଅସାବଧାନ ହେଲେ। ସୁରଜିତା ଦୀର୍ଘ ନିଃଶ୍ୱାସ ମାରିଲେ। କାଉ କୋଇଲି ନ ଥିବା ଜାଗା। କାଞ୍ଚନ ଆସିବନି ଏଠାକୁ ବାସନ ମାଜିବାକୁ କି ଗୋବିନ୍ଦ ଆସିବନି ଏଠାକୁ ବଜାର ସଉଦା କରିଦେବାକୁ। କୋଲାହଲ ନାହିଁ। ରଜର ଦୋଲି, କୁଆଁର ପୁନେଇଁର ଚାନ୍ଦ ପୂଜା, ଠୋ ଠୋ ହସ, ଖୁଦୁରିକୁଣୀରେ ସକାଳ ଫୁଲ ତୋଳା, ହୋଲିର ଉଜୁଡ଼ା ରଂଗ ଖେଳ– ସବୁ ବହୁ ଦୂରରେ– ପଛେଇ ଯାଉଛି ସେତିକି ଜୋରରେ– ଯେତିକି ଜୋରରେ ଆଗେଇ ଚାଲିଛି ସୁରଜିତାଙ୍କ ଜୀବନ।

ଆସ୍ତେ ଆସ୍ତେ, ପୋର୍ଟଅରେଞ୍ଜ ନିଜର ଲାଗିବାକୁ ଆରମ୍ଭ କରିଥିଲା ସୁରଜିତାଙ୍କୁ, ପୁଅ ଝିଅଙ୍କୁ ନେଇ। ସମୟର ସ୍ୱଅରେ ସୁରଜିତା ମାଷ୍ଟର କରିଲେ, ପି.ଏଚ୍.ଡି କରିଲେ, କଲେଜ୍‌ରେ ପ୍ରଫେସର ଚାକିରୀ ପାଇଲେ। ସାବଲୀଳ ଭାବେ ଜୀବନ ଗତି ଚାଲିଲା ପୁଅ ଝିଅଙ୍କ ଜଞ୍ଜାଳ ଭିତରେ। କାଲି ଥିଲା ତାଙ୍କ ଜନ୍ମଦିନ।

ରେଷ୍ଟୁରାଣ୍ଟରେ ଡିନର୍, ପୁଅ ଝିଅଙ୍କଠୁ ଉପହାର, ଶୁଭଙ୍କରଙ୍କଠାରୁ ଡାଇମଣ୍ଡ ହୁପ ଇୟରିଂ। କିନ୍ତୁ ସତରେ କ'ଣ ସୁରଜିତାଙ୍କ ମନରେ କିଛି ଅଭାବ ନାହିଁ? ସୁରଜିତା ସେକ୍ସନାଲ ଲେଦର ସୋଫାରେ ଗୋଡ଼ ଲମ୍ବେଇ ଟିକିଏ ସ୍ଟ୍ରେଚ୍ ହେବାକୁ ଆରମ୍ଭ କରିଲେ। ବିରାଟ କଷ୍ଟମ୍-ମେଡ୍ ଲିଭିଙ୍ଗ ରୁମ୍ ଭିତରେ ସେ ୫୫ ଇଞ୍ଚର ହାଇଡେଫିନିସନ ଡିଜିଟାଲ ଟିଭିଟା ବେଳେବେଳେ ତାଙ୍କୁ ବିରକ୍ତ ହିଁ କରେ। ସୁଇଚ୍‌ଟା କ୍ଷଣକ ଭିତରେ ଟିପି ବନ୍ଦ କରିଦେଲେ ପୁଣି। ପୁଅ ହାଇସ୍କୁଲରେ ଏବଂ ଝିଅ କଲେଜରେ ସୋଫାମୋର ପାଠ ପଢ଼ା ପରେ ବାକି ସମୟ ତାର ବନ୍ଧୁମାନଙ୍କୁ ନେଇ ବ୍ୟସ୍ତ। ପୁଅ ଝିଅଙ୍କର ସେପାରେଟ୍ ଫୋନ୍ ଲାଇନ୍। ପ୍ରାୟତଃ ବ୍ୟସ୍ତ ଥାଏ। ଶୁଭଙ୍କର ଖବରକାଗଜ, ସାଇଣ୍ଟିଫିକ୍ ଆମେରିକାନ୍, ସାଇନ୍‌ସ ନିଉଜ୍ ଇରାକ୍ ଓ୍ୱାର ଆଉ ପୃଥିବୀସାରାର ରାଜନୀତିର ଚିନ୍ତାକୁ ନେଇ ବ୍ୟସ୍ତ। ବର୍ଷରେ ୨/୩ ମାସ ଉଇକ୍ ଏଣ୍ଡରେ ଫୁଟବଲ ଗେମ୍ ଆପ୍ୟାୟିତ କରେ ତାଙ୍କୁ। ଜୀବନକୁ ଉପଭୋଗ କରନ୍ତି ସେ ମିନେସୋଟା ଭାଇକିଙ୍ଗ କି ଟାମ୍ପା ବେ ବକେନିୟରଙ୍କ ହାରଜିତ୍ ଭିତରେ।

ଶୁଭଙ୍କର କେବେଠୁ କମ୍ପାନୀର ଡାଇରେକ୍ଟର ହେଲେଣି। ସୁରଜିତାଙ୍କୁ କଲେଜ ଯିବାକୁ ପଡ଼େନି ସେମିଷ୍ଟର ଶେଷ ପରେ ସପ୍ତାହେ ଖଣ୍ଡେ। ସଞ୍ଜରେ ରୁନା ମାଛ ଚପ୍ କରିବେ ଭାବିଛନ୍ତି। ଗରମ ଗରମ ଛାଣିଲେ ଚପ୍ ଗୁଡ଼ା ଖାଇବାକୁ ଭଲ ଲାଗିବ ସମସ୍ତଙ୍କୁ। ହାତରେ କାମ କରିବାକୁ କିଛି ନାହିଁ ଏବେ। ଲେଦର ସୋଫାଟା ଯଥେଷ୍ଟ ପ୍ରଶସ୍ତ। ପିଲୋ ଗୁଡ଼ା ଯଦିଓ ତାଙ୍କୁ ଅଡୁଆ ଲାଗେ, ହେଲେ ବେଳେବେଳେ ଏକା ଏକା ସ୍ଟ୍ରେଚ୍ ହେବାକୁ ତାଙ୍କୁ ଭଲ ଲାଗେ। ସୁରଜିତା ଆଖି ବନ୍ଦ କରିଲେ। କିଏ ଯେମିତି ଟାଣି ନେଲା ତାଙ୍କୁ ପଛକୁ।

ଘର ମନେପଡ଼ିଲା। ବାପା ମନେପଡ଼ିଲେ। ସୁରଜିତାଙ୍କୁ ବୟସ ଯେତେବେଳେ ଛଅ କି ସାତ। ଦ୍ୱିପହର ହୋଇଥାଏ। ନିଛାଟିଆ ଖରାବେଳ। ଦିନଯାକର ରୋଷେଇ, ଠାକୁର ପୂଜା କରି ଖିଆପିଆ ସାରି ବୋଉ ବଡ଼ ଘରେ ଆଖି ବୁଜି ପଡ଼ିଥାଏ। ଖରାଦିନ। ଚାକର ବାକର ହାଲିଆ ହୋଇ ଦାଣ୍ଡ ଘରେ ଗଡ଼ୁଛନ୍ତି। ବାପା କଚେରୀକୁ ଯାଇଛନ୍ତି। ନାମକରା ବଡ଼ ଓକିଲ ସେ ସେତେବେଳେ। ସେମିତି କାଳିଆ କୋଟ୍, ଧଳା ପ୍ୟାଣ୍ଟ ଛୋଟ ଧଳା ଓକିଲ ଟାଇ। ପତଳା ହୋଇ ଛଅ ଫୁଟର ଲମ୍ବା ମଣିଷ। ତାଙ୍କ ବଳିଷ୍ଠ ବ୍ୟକ୍ତିତ୍ୱ ପାଖରେ ସମସ୍ତେ ଯେମିତି ଛୋଟ ବାଙ୍ଗର ହୋଇଯାଆନ୍ତି। ଜିତାଙ୍କ ଛୋଟ ନିରୀହ ଆଖିରେ ବାପା ଯେମିତି ବିରାଟ ପୃଥିବୀ। କାଁ ଭାଁ ଶିଢ ନାହିଁ। ବୋଉ କହିବା ସତେ ଜିତାଙ୍କୁ ନିଦ ଲାଗି ନଥିଲା। ଗୋଡ଼ ଚାପି ଚାପି ଘର ଭିତରୁ ଚାଲିଆସିଲେ। ତଳ ପଚର ଲମ୍ବା ବାରଣ୍ଡାରେ ରୋଷେଇ ଘର ପାଖକୁ

ଆଉଜି ଠିଆ ହେଲେ। ଅଗଣାରେ ଲେମ୍ବୁ ଗଛ, ଖରାଦିନିଆ ଗେଣ୍ଡୁ ଓ ଗୋଲାପ ଗଛ। ପାଚେରି ପାଖକୁ ଆମ୍ବ ଗଛ। ଛୋଟ ଛୋଟ ଆମ୍ବ ଦୋହଲୁଥାଏ। ହଠାତ୍ ଜୋତା ଶବ୍ଦରୁ ବୁଝିପାରିଲେ ବାପା କଚେରୀରୁ ବୋଧେ ଟିକେ ଆଗୁଆ ଫେରିଛନ୍ତି। ଜିତା ସେମିତି କାନ୍ଧକୁ ଆଉଜି ଚାହିଁ ରହିଥିଲେ ବାପାଙ୍କ ଦିଗକୁ, ତାଙ୍କ ଛୋଟ ଛୋଟ ଆଖିରେ ଦୁନିଆ ଯାକର ସମ୍ମାନ ଅଜାଡ଼ି। ଖରାଦିନେ କୁଣ୍ଡରେ ପାଣି ଭରି ରଖି ଦେଇଥାଏ କାଞ୍ଚନ। କାରଣ ପାଣିର ଅଟକଳ ଖରାଦିନେ। ସବୁ ସମୟରେ କଳରେ ପାଣି ଆସେନା। ବାପା ଆସି କୁଣ୍ଡରୁ ପାଣି ନେଇ ହାତ ଧୋଇଲେ। ଆଉ ହାତ ପୋଛି ସେମିତି କୋଟ ପ୍ୟାଣ୍ଟ ଟାଇ ଉପରେ ଜିତାଙ୍କୁ ତୋଳିନେଲେ କାଖକୁ। ଜିତା ସେତେବେଳେ ସେ ଆଶା କରି ନଥିଲେ। ଛୋଟ ମନରେ ବୁଝିଥିଲେ ସେ କାଖ ହେବା ବୟସରେ ଊର୍ଦ୍ଧ୍ୱରେ। କିନ୍ତୁ ଖରାଦିନର ସେ ଅଭାବିତ ଓ ଆଶାତୀତ ମୁହୂର୍ତ ଆଜି ବି ମନ ଭିତରେ ସତେଜ। ସେ ବିରାଟ ଲମ୍ବା, ବଳିଷ୍ଠ ଓ ତୀକ୍ଷ୍ଣ ଦୃଷ୍ଟି ସଂପନ୍ନ ମଣିଷଟିର କାଖରେ ଥିବାର ସେ ନିଗୂଢ଼ ସ୍ମୃତି। ସବୁ ପାଇବାର, ସବୁ ଅଭାବର ଊର୍ଦ୍ଧ୍ୱରେ, ପୂର୍ଣ୍ଣତାର ଅନୁଭବରେ, ଛୋଟ ଜିତା ଜାଣିଥିଲେ ସବୁ କରି ପାରିବାର, ସବୁ ଜାଣି ପାରିବାର, ସବୁ ଦେଖି ପାରିବାର ଗୋଟିଏ ଲୋକ ପୃଥିବୀରେ। ସିଏ ବାପା।

କାଖରେ ଥାଇ ସୁରଜିତା ବାପାଙ୍କୁ ପଚାରିଥିଲେ, "ବାପା ତୁମର ବୟସ କେତେ ?" ବାପା ବୋଧେ ଆଶା କରି ନ ଥିଲେ ସେ ପ୍ରଶ୍ନ ତାଙ୍କଠୁ ସେତେବେଳେ। ମୁହାଁର ଭାବରେ ହାଲକା ଏକ ନରମ ପ୍ରସାରିତ ହସ ହସି କହିଥିଲେ "ପଚାଶ"। ହଠାତ୍ ସୁରଜିତାଙ୍କୁ ମନେ ହେଲା ଯେମିତି ପାଦ ତଲୁ ପୃଥିବୀଟା ଖସିଗଲା କି। ପଚାଶ ବର୍ଷ ?? ଆଖି ପାଇଲାନି ତାଙ୍କର। ସୁରଜିତା ଅଙ୍କରେ ଭଲ। ହରିଲୋ ସାତରେ ନିଜ ବୟସକୁ ସାତରେ ଗୁଣିଲେ ପୁଣି। ଅଣଚାଶ। ପଚାଶ ପୁଣି ଆହୁରି ଅଧିକ। ଆଖି ଲୁହରେ ଜକେଇଗଲା। ଭାବିଲେ ପଚାଶ ବର୍ଷ– ବାପା ମରିଯିବେ। ତାଙ୍କୁ ଛାଡ଼ି ଚାଲିଯିବେ। ପଚାଶ ବର୍ଷଟା ମନେ ହୋଇଥିଲା ସେତେବେଳେ ଆଜିର ଶହେ ବର୍ଷ ହେଲା ଭଳି। ବାପା ଦେଖି ନଥିଲେ ତାଙ୍କ ଆଖିର ଲୁହ, କାରଣ ହଠାତ୍ କିଏ ଦାଣ୍ଡ ଘରେ ଆସି ଡାକିଲା, 'ବାବୁ ଅଛନ୍ତି' ? ବାପା ଆସ୍ତେ ଜିତାକୁ ତଲେ ଛାଡ଼ି କହିଲେ, "ମା' ଯା' ବୋଉକୁ ଉଠା ଚା' କରିବ"। ବ୍ୟସ୍ତତାରେ ସେ ଅପରାହ୍ନଟା କଟିଗଲା। କିନ୍ତୁ ସୁରଜିତାଙ୍କ ମନରେ ସେ ଅପରାହ୍ନର ସ୍ମୃତି ଆଜି ଚାଲିଶ ବର୍ଷ ପରେ ବି ଅକ୍ଷତ ଓ ସତେଜ।

ଗତ ସପ୍ତାହରେ ସୁରଜିତା ସତଚାଲିଶ ବର୍ଷ ବୟସରେ ପହଞ୍ଚିଲେ। ତାଙ୍କର

ଜନ୍ମଦିନ ଥିଲା। ମନେ ହୁଏନା, ଏ ଭିତରେ ଏତେ ବର୍ଷ ଚାଲିଗଲାଣି। ପଚାଶ ବର୍ଷଟା ହାତ ପାହାନ୍ତାରେ। ପଚାଶ ବର୍ଷ ମନେ ହୁଏ ତଥାପି ଯୌବନ। ଲାନ୍‌କୋମ୍, ପ୍ରେସକ୍ରିପ୍ଟିଭ, ଏଷ୍ଟି ଲଡର୍‌ର ଫାଉଣ୍ଡେସନ୍, ମାସ୍କାରା, ଆଇ ସାଡୋ, ଇଭିନିଂ ପରଫ୍ୟୁମ୍‌ର କାଟେଗୋରି ଭିତରେ ବୟସର ଧକ୍କା ହାଲକା ହୋଇଯାଏ। ମେକ୍‌ଅପ୍‌ର କମ୍ ବେଶୀରେ ଆଡ଼େଇ ଦେଇହୁଏ ସହଜରେ ବୟସକୁ। ପଚାଶ ବର୍ଷଟା ଜିତାଙ୍କ ମନରେ ଅନେକ ଭୟ ସଂଚାର କରିଥିଲା। ବାପାଙ୍କୁ ହରେଇବାର ଅକୁହା ବେଦନା ତାଙ୍କ ବିରାଟ ପୃଥିବୀରେ ଭୂମିକମ୍ପ ଆଣିଥିଲା। ଆଜି ହଠାତ୍ ଚାଲିଶ ବର୍ଷ ପରେ ସେ ଚାପା କୋହ ଶୂନ୍ୟ କୋଠରିରେ ମିଳେଇଗଲା। ମନେ ହେଲା ବାପା ଥାଆନ୍ତେ କି ? ସେ ହଠାତ୍ ସାତ ବର୍ଷର ଜିତା ହୋଇ ଜିଜ୍ଞାସା ଭରା ଆଖିରେ ପ୍ରଶ୍ନ କରନ୍ତେ କି ? ସୁରଜିତା ପୁଣି ଚାଲିଗଲା ପଛକୁ।

ଅଗଣାରେ ବିରାଟ ବଗିଚା ଥିଲା। ବାପା ଅବସରରେ ବଗିଚା କାମ କରିବାକୁ ଭଲପାଆନ୍ତି। ମନର କଠିନ ସମସ୍ୟା ସବୁ ମଧ୍ୟ ସେଇ କାମ ଭିତରେ ହିଁ ସମାଧାନ କରିପାରନ୍ତି। ଛୋଟ ଜିତା ଆଉଟିକେ ବଡ଼ ହେଲାପରେ, ଆଉ ଦିନେ, ମଝି ଅଗଣାରେ ସେ ଲେମ୍ବୁ ଗଛ ପାଖେ ବାପାଙ୍କୁ ପଚାରିଥିଲେ, "ବାପା, ସରକାର କିଏ" ?

ବାପା- "ତୁ ଜିତା।"

ଜିତା- "ହେ ନାଁ- ସତ କୁହ ନାଁ ବାପା- ସରକାର କିଏ ?"

ବାପା- "ମୁଁ"।

ଜିତା- "ହେ ନାଁ, ନାଁ, ସତ କୁହ।"

ବାପା- "ତୋ' ବୋଉ, (ବାପା ହସୁ ଥାଆନ୍ତି ଚାପା ଚାପା)

ଜିତା- "ନାଁ, ନାଁ"- (ହସି ହସି ଗଡ଼ିଗଲେ ଜିତା 'ବୋଉ' ନାଁ ଶୁଣି)-
"ଆଉ କିଏ ସରକାର ହୋଇପାରେ କିନ୍ତୁ ବୋଉ ହେବ ସରକାର। କୁହ ନାଁ ବାପା।"

ବାପା- "ଆମେ ସମସ୍ତେ ସରକାର"।

ବୁଝି ପାରିନଥିଲା ସେତେବେଳେ ସୁରଜିତା ସରକାରର ଡେଫିନିସନ୍। ବହୁ ପରେ ବୁଝିଥିଲେ। ଆଉ ସେତେବେଳେ, ଅକଳନ ସମ୍ମାନରେ ବାପା ତାଙ୍କ ଆଖିରେ ଆହୁରି ଉର୍ଦ୍ଧ୍ୱକୁ ଉଠିଗଲେ। ରାଜନୀତିରେ ଗଭୀର ଜ୍ଞାନ ବାପାଙ୍କର। ଆଜି ସୁରଜିତା, ଆମେରିକାରେ କଲେଜ୍ ପ୍ରଫେସର ହୋଇଛନ୍ତି, ହେଲେ ତାଙ୍କର ସୀମିତ ଜ୍ଞାନକୁ ବାପାଙ୍କ ଗଭୀର ଜ୍ଞାନ ସଙ୍ଗେ ତୁଲନା କରିବାକୁ ଲଜ୍ଜା ଲାଗେ ତାଙ୍କୁ। ଯେମିତି ବାପାଙ୍କ ଅଗାଧ ଜ୍ଞାନର ସମୁଦ୍ରରେ ତାଙ୍କର ଜ୍ଞାନ ବିନ୍ଦୁଏ ଜଳ ଭଳି।

ବାପା ଚାଲିଯାଇଥିଲେ ଠିକ୍ ସେ ଘଟଣାର ପଚିଶ ବର୍ଷ ପରେ। ତାଙ୍କୁ

ପଞ୍ଚସ୍ତରୀ ହୋଇଥିଲା ସେତେବେଳେ। ସୁରଜିତା ଆମେରିକାରୁ ଯାଇପାରିଲେନି। ଅତିକ୍ରାନ୍ତ ସମୟ ଭିତରେ ସେ ଆମେରିକାର ସିଟିଜେନ୍ ହୋଇ ଯାଇଛନ୍ତି। ଏବେ ଭାରତ ଯିବାକୁ ଭିସା ଦରକାର। ବୋଉବି ବାପାଙ୍କ ଯିବାର କିଛି ବର୍ଷ ପରେ ତାଙ୍କୁ ଝୁରି ଝୁରି ଚାଲିଗଲା। ପୁଅ ଝିଅଙ୍କ ଆଗରେ ବାପାଙ୍କ ବିଷୟରେ କହିବାକୁ ଇଚ୍ଛା ହୁଏ। କିନ୍ତୁ କହି ହୁଏନା। ସେମାନଙ୍କର ଭିଡ଼ିଓ ଗେମ୍ ଭିତରେ ବାପାଙ୍କୁ ଆଣିବାକୁ ଇଚ୍ଛା ହୁଏନା। ସୁରଜିତା ସୋଫାରୁ ଉଠି ରୋଷେଇ ଘରକୁ ଗଲେ। କାଚ ଝରକା ଦେଇ ପଛ ଅଗଣାକୁ ଚାହିଁଲେ। ଭୃସଙ୍ଗ ଗଛଟି ଝାଙ୍କାଳିଆ ହୋଇ ବଢ଼ୁଛି। ଶୀତ ପର୍ଯ୍ୟନ୍ତ ବଢ଼ିବ ଯାହା। ଭୃସଙ୍ଗ ପତ୍ରର ବାସ୍ନା ଭଲ ଲାଗେ ସୁରଜିତାଙ୍କୁ ଉପମାରେ ବା ମସୁର ଡାଲିରେ। ପୁଅ ଝିଅ ଛୁଅନ୍ତି ନାହିଁ ଯଦିଓ, ବେଲେବେଲେ ଶୁଭଙ୍କର ଖାଆନ୍ତି। କଦଳୀ ଗଛରେ ଭଣ୍ଡାଟିଏ ପଡ଼ିଛି। ଛୋଟ ତିନି ଫୁଟର ସଜନା ଗଛଟି ପବନରେ ନହକା ନହକା ଦୋହଲୁଛି। ଏଇ ସବୁ ଭିତରେ ବାପା ପୁଣି ଝାପ୍‌ସା ହୋଇ ଆସିଗଲେ। ମଝି ଅଗଣାରେ ଲେମ୍ବୁ ଗଛ ଦିଶିଗଲା। ବାପାଙ୍କର ବିରାଟ ବ୍ୟକ୍ତିତ୍ୱ ସୁରଜିତାଙ୍କୁ ଆଚ୍ଛନ୍ନ କରିଦେଲା ପୁଣି କିଛି ମୁହୂର୍ତ୍ତ ପାଇଁ। ପିଛିଲା ଅତୀତର ଅଭୁଲା ମୁହୂର୍ତ୍ତକୁ ସୁରଜିତା ପୁଣି ମନର ଗନ୍ତାଘରେ ସଯତ୍ନେ ଚାବି ଦେଲେ। କେଉଁ ଫାଙ୍କରେ, ନିଛକ, ନିବୁଜ, ଏକୁଟିଆ ଦ୍ୱିପହରରେ ପୁଣି ଚାବି ଖୋଲିବେ, ଯାହା ତାଙ୍କର ସମ୍ପୂର୍ଣ୍ଣ ନିଜର-ଅଭୁଲା ଅତୀତର।

SULOCHANA PATNAIK

ସୁଲୋଚନା ପଟ୍ଟନାୟକ

ସୁଲୋଚନା ପଟ୍ଟନାୟକ ୧୯୫୦ ମସିହାରେ ଓଡ଼ିଶାର ଖୋର୍ଦ୍ଧା ସହରରେ ଜନ୍ମଗ୍ରହଣ କରିଥିଲେ। ଉତ୍କଳ ବିଶ୍ୱବିଦ୍ୟାଳୟରୁ ଓଡ଼ିଆ ସାହିତ୍ୟରେ ଏମ୍.ଏ. ତଥା ଏମ୍.ଇଡ଼ି. ଡ଼ିଗ୍ରୀ ଲଭ କରିବା ପରେ ବିବାହ ପରେ ଯୁକ୍ତରାଷ୍ଟ୍ର ଆମେରିକା ଆସିଥିଲେ। ତିନି ଦଶନ୍ଧିରୁ ଅଧିକ ସମୟ ବିଦେଶରେ ରହିବା ସତ୍ତ୍ୱେ ଓଡ଼ିଆ ସଂସ୍କୃତି ଏବଂ ସାହିତ୍ୟ ସହିତ ତାଙ୍କର ଗଭୀର ସମ୍ପର୍କ ଥିଲା। ତାଙ୍କର ପ୍ରକାଶିତ ଗଳ୍ପ ସଂକଳନ ହେଲା 'ତୁମ କଥା ମୋ କାହାଣୀ'। ଛୋଟ ଛୋଟ ଘଟଣାକୁ ନେଇ ଆକର୍ଷଣୀୟ କାହାଣୀରେ ପରିଣତ କରିବାରେ ତାଙ୍କର ଅସାଧାରଣ କ୍ଷମତା ଥିଲା। ୨୦୧୫-୨୦୧୬ରେ ଦି ଓଡ଼ିଶା ସୋସାଇଟି ଅଫ୍ ଦି ଆମେରିକାସ୍ (ଓସା)ର ଉପସଭାପତି ଥିଲେ। ୨୦୨୪ରେ ଫ୍ଲୋରିଡ଼ାରେ ସେ ଇହଲୀଳା ସମ୍ବରଣ କରିଥିଲେ।

ସ୍ମୃତିର ଶବ

ଅରୁନ୍ଧତୀ, ଭଲପାଇବା ଏକ ଅଜବ ବ୍ୟାଧି। ଥରେ ତୁମ ସହ ପରିଚୟ ହେଲା ପରେ ଏହା ତୁମକୁ ସମ୍ପୂର୍ଣ୍ଣ ଗ୍ରାସ ନ କରି ଛାଡ଼େନା। ଜୀବନର ଉଠା-ପକା, ନୂଆ-ପୁରୁଣା ରାସ୍ତା ବଦଳିଲେ ମଧ୍ୟ ସିଏ ତୁମର ଛାଇ ପରି ତୁମ ସହ ଯୋଡ଼ି ହୋଇ ରହିଯାଏ। ଇଚ୍ଛା କଲେ ମଧ୍ୟ ନିଜ ଠାରୁ ଅଲଗା କରି ହୁଏନି। ଏ ଭିତରେ ସାତ ଶତକ ବିତି ଗଲାଣି। ଜୀବନର ଶେଷ ପାଦରେ ପହଁଚି ଚିନ୍ତା କରୁଛି ମାନସିକ ଅସନ୍ତୁଳନରୁ ବର୍ତ୍ତିବା ପାଇଁ ମତେ କ'ଣ କରିବାକୁ ପଡ଼ିବ ? ଯେତେ ଚିନ୍ତା କଲେ ମଧ୍ୟ କୌଣସି ଅଭାବର, ଗ୍ଲାନିର କାରଣ ଜାଣି ପାରିଲି ନାହିଁ। ଜୀବନରେ ଅନେକ ସମସ୍ୟାର ସମାଧାନ କରିଛି। କିନ୍ତୁ ନିଜ ଜୀବନର ଅକୁହା ପ୍ରଶ୍ନର ଉତ୍ତର ପାଇ ପାରିନାହିଁ। ଆଜି ସେଇ ହଜିଥିବା ସୂତାର ଖିଅ, ଅଡୁଆ ଚିନ୍ତା ସୂତ୍ରରୁ ମୁକୁଳି ଆସିଛି। ଆଜି ମୋ' ହୃଦୟ ତନ୍ତ୍ରୀରୁ ଏକ ସୂକ୍ଷ୍ମ ସୂତା ଖ୍ୟଟିଏ ବାହାରକୁ ମୁଣ୍ଡ ଟେକି ଅନାଇଛି। ଏତେ ସୂକ୍ଷ୍ମ

ଯେ ହୁଏତ ଧରିଲେ ଛିଣ୍ଡି ଯିବାର ସମ୍ଭାବନା ରହିଛି। ଚାପି ହୋଇ ରହିଥିବା ଗୋପନ ସତ୍ୟର ରୁଦ୍ଧ ଦ୍ୱାର ଆଜି ଉନ୍ମୁକ୍ତ ହେବାର ପ୍ରୟାସ କରୁଛି। ହୁଏତ ସେଇ ସୂକ୍ଷ୍ମ ସୂତା ଖିଅକୁ ଧରି ମୁଁ ପାରି ହୋଇଯିବି ମୋ ଅସନ୍ତୁଳନର ସମୁଦ୍ରରୁ। ମୁଁ ଜାଣେ, ସେ ସୂତା ଖିଅର ଅପର ପାର୍ଶ୍ୱରେ ତୁମେ ଅଛ, ଧରି ରଖିଛ ମୋର ବିଶ୍ୱାସର ସୂତାଟିକୁ। ସୂକ୍ଷ୍ମ ହେଲେବି ସିଏ ଲମ୍ବି ଯାଇଛି ତୁମ ପାଖକୁ। ତୁମେ ଯେ ଏଯାଏଁ ମୋତେ ଅପେକ୍ଷା କରିଛ ତା’ ନୁହେଁ। ମୁଁ ଯେ ତୁମକୁ ଏଯାଏଁ ଅପେକ୍ଷା କରିଥିଲି ତା ନୁହେଁ। ମନ ଭିତରେ ଛପି ରହିଥିଲା ମୋର ଅନ୍ତରଙ୍ଗ ଭଲପାଇବା। ମୁଁ ନିଜେ ମଧ୍ୟ ଜାଣି ପାରିନଥିଲି। ଅନେକ କିଛି ପାଇଛି ଜୀବନରେ, ସ୍ତ୍ରୀର ଭଲପାଇବା, ପୁତ୍ରକନ୍ୟା ପ୍ରାପ୍ତିର ଆନନ୍ଦ, ସେମାନଙ୍କୁ ବଡ଼ କରି ନାତିନାତୁଣୀ ଦେଖିବାର ଖୁସି, ଭଲ ଚାକିରି କରି ଭଲରେ ସମୟ ବିତାଇବାର ମୁହୂର୍ତ୍ତ ସବୁ। ସେ ସବୁ ଆସିଛନ୍ତି ଆଉ ଯାଇଛନ୍ତି। କିନ୍ତୁ କିଏ ଯେମିତି ସବୁବେଳେ ଛାଇ ପରି ମୋତେ ଗୋଡ଼ାଇଛି। ଏତେ ଦିନ ପର୍ଯ୍ୟନ୍ତ ସେ ରହସ୍ୟର କାରଣ ମୁଁ ଜାଣି ପାରିନଥିଲି। ଆଜି ଜୀବନର ଅପରାହ୍ନରେ ପହଞ୍ଚିବା ପରେ ଜାଣିପାରିଲି। ପାଇପାରିଲି ତା’ର କାରଣ। ତୁମକୁ ବା ଅନ୍ୟ କାହାକୁ ମୁଁ ଦାୟୀ କରୁନି ସେଥିପାଇଁ ଅରୁନ୍ଧତୀ! କିନ୍ତୁ (ତୁମକୁ) ମୋର ଭଲ ପାଇବାକୁ ଦାୟୀ କରିବାକୁ ମୁଁ କୁଣ୍ଠାବୋଧ କରୁନାହିଁ।

ଏବେ ସବୁ ଥାଇ ମୋର କିଛି ନାହିଁ। ଭାବୁଛି ଧନ ଦଉଲତ କେବେ ପୂର୍ଣ୍ଣ କରିପାରେନା ମନର ଅଭାବକୁ। ମୁଁ ସଂଜୀବ ରାୟ, ଅବସରପ୍ରାପ୍ତ ଆର୍ମି ଜେନେରାଲ, ଆଜି ଚାହୁଁଛି ତୁମକୁ ଦେଖିବାକୁ। ତୁମକୁ କହିବାକୁ ମୋର ଅକୁହା କାହାଣୀ। ତୁମେ ଶୁଣ ବା ନ ଶୁଣ, ବୁଝ ବା ନ ବୁଝ! କିନ୍ତୁ ମୋ’ କାନ୍ଧରୁ ବୋହି ବୁଲୁଥିବା ସେ ସ୍ମୃତିର ଶବକୁ ମୁଁ ଓହ୍ଲାଇ ଦେବାକୁ ଚାହୁଁଛି। ଅରୁନ୍ଧତୀ, ସ୍ମୃତିର ଶବଟିଏ ହୋଇ ତୁମେ ତୁମର ଅଜାଣତରେ ମୋ କାନ୍ଧରେ ଝୁଲୁଥିଲ। ତୁମକୁ ଓହ୍ଲାଇ ଦେଇ ତୁମ ଆଖିରେ ଆଖି ରଖି ତୁମ ସହିତ କଥା କହିବାକୁ ମୋର ପ୍ରବଳ ଇଚ୍ଛା ହେଉଛି। ଚାଲ ଯିବା ଏକାନ୍ତରେ ନଈ କଡ଼ର ବରଗଛର ଛାଇତଳେ ବସିବା। ମୋର ବିତିଥିବା ଦିନଗୁଡ଼ିକର ଘଟଣା ତୁମକୁ ଶୁଣାଇବି। ତୁମେ କହିବ, "ସଂଜୀବ, ଏ ନିରୋଳା ବେଳାକୁ ନଷ୍ଟ କରିବାକୁ ଦିଅନି। ଚାଲ, ଦୁହେଁ ଦୁହିଁଙ୍କର ବାହୁ ବନ୍ଧନରେ ରହି ପରସ୍ପରର ହୃଦୟର କଥା ଶୁଣିବା।" ମୁଁ ତୁମକୁ ପାଖକୁ ଟାଣିନେବି। ତୁମ ହୃଦୟର ସ୍ପନ୍ଦନକୁ ଶୁଣିବାକୁ ପ୍ରୟାସ କରିବି। ତୁମ ହୃଦୟର ପ୍ରତିଟି ଟିକ୍ ଟିକ୍ ଶବ୍ଦରେ ତୁମ ଜୀବନର ହସ କାନ୍ଦର ଘଟଣାବଳୀକୁ ଶୁଣିବି ଆଉ ସାଉଁଟି ନେଇ ସାଇତି ରଖିବି ମୋର ହୃଦୟର କନ୍ଦରରେ, ଯେତେ ଦିନ ରହିଥିବ ଏ ଜୀବନ, ଯେତେ ଦିନ ବୋହି ଚାଲିଥିବ ମୋ ଶିରା

ପ୍ରଶିରାରେ ଲାଲ ତାଜା ରକ୍ତ! ବାସ୍ତରି ବର୍ଷର ଭୀରୁତାକୁ ମୁଁ ଆଜି ପଛରେ ପକାଇ ସାହସୀ ହୋଇଛି ଅରୁନ୍ଧତୀ! ତୁମକୁ ଭଲ ପାଇବାର ସତ୍ୟ ଆଜି ଜାଗରିତ। ତାକୁ କେହି ଅଟକାଇ ପାରିବେନି। ଏ ସମାଜ, ଏ ପରିବାର ଆଉ ସବୁଠାରୁ ବଳୀୟାନ ମନେ ହେଉଥିବା ଆମ ପରିସ୍ଥିତି। ପରିସ୍ଥିତିର ଦାସତ୍ୱରୁ ମୁଁ ଆଜି ମୁକ୍ତ, ସ୍ୱାଧୀନ।

ରାତିର ଶୀତଳ ସ୍ପର୍ଶରେ ମୁଁ ଆଜି ଅନୁଭବ କରୁଛି ଏକ ଅପୂର୍ବ ମାଦକତା। ମୃଦୁ ମନ୍ଦ ପବନରେ ଘ୍ରାଣ କରୁଛି ତୁମ କବରୀରୁ ଆସୁଥିବା ମଲ୍ଲୀର ବାସ୍ନା। ସକାଳର ସୂର୍ଯ୍ୟକିରଣର ଉଷ୍ଣତା ଦେଉଛି ଏକ ଅକୁହା ଜାଗରଣ। ଶୀତଳ ହୋଇ ଯାଇଥିବା ସ୍ନାୟୁରେ ଜୀବନ ହୋଇ ଉଠୁଛି ଭରପୂର। ଜୀବନ ଉଚ୍ଛୁଲି ଯିବା ପୂର୍ବରୁ ତୁମ ସହ ମିଳନର ଆକାଂକ୍ଷାକୁ ସାକାର କରିବାର ଇଚ୍ଛା ଅନନ୍ତରେ ମିଶି ଯାଉଛି। ତୁମେ ଶୁଣୁଛ କି ମୋର ସ୍ୱର? ଥରି ଉଠୁଥିବା ସ୍ୱରରେ ଭରିଛି ଭଲ ପାଇବାର ଅମୃତ। ଶୁଣ ଅରୁନ୍ଧତୀ, ସଂଜୀବ ରାୟର ରାୟ। ତୁମେ ଆଉ ସ୍ଥିର ଶବ ନୁହେଁ। ତୁମେ ଏକ ଜୀବନ୍ତ ପୁତଳିକା। ତୁମେ ସାମିଲ ହୋଇ ଯାଇଛ ମୋର ଅସ୍ତିତ୍ୱରେ। ତୁମେ ମୁଁ, ଆଉ ଆମେ ଏକ। ଭଲ ପାଇବାକୁ ବୁଝିବାକୁ ହୁଏତ ଅନେକ ଡେରି ହୋଇଯାଇଛି। କିନ୍ତୁ ଜୀବନ ସରିନି। ବାକି ଜୀବନର ସମସ୍ତ ମୁହୂର୍ତ୍ତକୁ ମୁଁ ଉପଭୋଗ କରିବାକୁ ପ୍ରତିଜ୍ଞାବଦ୍ଧ। ଯେତେ ସ୍ୱଳ୍ପ ସେ ସମୟ ହେଉନା କାହିଁକି, ମୁଁ ଉପଭୋଗ କରିବି ତୁମକୁ ଭଲ ପାଇବାର ବ୍ୟାଧିର ଯନ୍ତ୍ରଣା। ସେ କ୍ଷତକୁ ମୁଁ ଭରିବାକୁ ଦେବିନି। ତୁମ ହାତ ଧରି ମୁଁ ଚାଲୁଥିବି, ସୀମାରୁ ଅସୀମକୁ, ତୁମ ଭଲ ପାଇବାର ସଂଜୀବନୀ ସୁଧାରେ ଅମର ହୋଇ!

ଅରୁନ୍ଧତୀ, ସେଦିନ ତୁମକୁ ମନକଥା କହି ମନକୁ ହାଲୁକା କରିପାରିବି ବୋଲି ଭାବିଥିଲି। କିନ୍ତୁ ଏ ନିରୋଳା ମୁହୂର୍ତ୍ତ ଓ ନିର୍ଜନତାର ପ୍ରାଚୁର୍ଯ୍ୟତା ଭିତରେ ମୁଁ ବୁଡ଼ି ରହି କୌଣସି କଥା ସମୟରେ କରି ପାରୁନି ଆଜିକାଲି। ଏ କଥା ଶୁଣି ତୁମେ ହସିବ, ଲୋକ ବିଶ୍ୱାସ କରିବେନି। କିନ୍ତୁ ସମୟ ହେଉନି। ଉଠିବାଠାରୁ ଶୋଇବା ପର୍ଯ୍ୟନ୍ତ ରୂପଚାୟ ଗୋଟିଏ କୋଣରେ ଠିଆହୋଇ ମତେ ଦେଖୁଛି, ଦେଖୁଛି ମୁଁ କ'ଣ କରୁଛି। ମୁଁ, ମୋର ଘର, ବାହାର ଏପରିକି ମୋ' ହୃଦୟର ସବୁ ସ୍ଥାନକୁ, ସବୁ ଅନ୍ଧାରିଆ ଗହ୍ୱରକୁ ଝାଙ୍କି ଦେଖୁଛି। ଦେଖୁଛି ତମେ ଅଛ କି? କେଉଁଠି ଛପି ରହିଛ? ମୋ ଛାତିର ସ୍ପନ୍ଦନରେ ମୁଁ ଶୁଣୁଛି ତୁମ ହୃଦୟର ଟିକ୍ ଟିକ୍ ଶବ୍ଦ। ମୁଁ ଭାବେ ସେ ସ୍ପନ୍ଦନରେ ବୁଢ଼ୀ ମାଆର ଅସୁରୁଣୀ ଗପ ପରି ଅନେକ ଗପ କଥା କହୁଛନ୍ତି। କେତେବେଳେ ହରିଣୀର ଆର୍ତ୍ତ କ୍ରନ୍ଦନର ସ୍ୱର, ଅବା କେତେବେଳେ ବାୟୁଣୀର ହୁଙ୍କାର ଆଉ କେତେବେଳେ ଏକ ନରମ ସ୍ୱରର ଝଙ୍କାର ମୋ' ମନକୁ ଛୁଇଁ ଯାଉଛି। ମୁଁ ଫେରି

ଯାଉଛି ସେଇ ଦିନକୁ। ସେଦିନ ଖୁବ୍ ବର୍ଷା ଉଠାଇଥିଲା। ସାଇକେଲରେ ତୁମ ଘରକୁ ଜୋର ଜୋର ପେଡ଼ାଲ ମାରି ମୁଁ ଚାଲୁଥାଏ। ବାସେଲିସାହିର ବଡ଼ ବରଗଛ ପାରି ହେଲା ପରଠୁ ବଡ଼ ବଡ଼ ବରକୋଳିଆ ଟୋପା ପରି ବର୍ଷା ପବନ ସହ ମାଡ଼ି ଆସିଲା। ତୁମ ଘର ମାତ୍ର ତିନିମିନିଟ୍‍ର ରାସ୍ତା। ସେତିକିରେ ମୁଁ ସମ୍ପୂର୍ଣ୍ଣ ଭିଜି ଯାଇଥାଏ। ତୁମ ଘର ପାଖରେ ପହଁଚି ଗେଟ୍ ଖୋଲିବାର ପ୍ରୟାସ କରୁ କରୁ ଦେଖିଲି ଭିତରପଟୁ ତାଲା ପଡ଼ିଛି। ଏଣେ ବର୍ଷା ଓ ପବନ ଜୋରରେ ଛିଞ୍ଚାଡ଼ି ହୋଇ ତା'ର ଅତ୍ୟାଚାର ଆରମ୍ଭ କରି ଦେଇଥାଏ। ଭାବିଲି, ତୁମେ ସବୁ ବୋଧେ ବାହାରକୁ ଯାଇଛ। ହଠାତ୍ ଦେଖିଲି ମଝି ଘର ଝରକାର ପରଦା ଟେକି ତୁମେ ଚାହିଁଲ। ତୁମକୁ ଦେଖି ମନ ଖୁସି ହୋଇଗଲା। ତେଣୁ ସେଇ ବର୍ଷାରେ ଅପେକ୍ଷା କରି ରହିଲି। ଲାଗିଲା ଯେମିତି ଘଣ୍ଟା ଘଣ୍ଟା ବିତି ଯାଉଛି, କେହି ଆସୁନାହାନ୍ତି। କିନ୍ତୁ କିଛି ସମୟ ପରେ ତୁମ ଚାକର ରାମୁ ଛତା ଖଣ୍ଡେ ଧରି ଆସି ଚାବି ଖୋଲି ମୋ ହାତରୁ ସାଇକେଲଟା ଭିତରକୁ ନେଇ ପୋର୍ଟିକୋ ତଳେ ରଖିଦେଇ କହିଲା, 'ସଂଜୁବାବୁ ଆପଣ ଭିତରକୁ ଯାଆନ୍ତୁ, ମୁଁ କବାଟ ବନ୍ଦ କରି ଆସୁଛି'। ତୁମେ ଦାଣ୍ଡଘରକୁ ଆସି ତଉଲିଆଟିଏ ଧରି ଠିଆ ହୋଇଥିଲ। ସେଦିନ କଦଳି ପତ୍ର ରଙ୍ଗର ହାତକଟା ଫ୍ରକଟିଏ ପିନ୍ଧିଥିଲ। ମୁଁ ମନେମନେ ଭାବିଲି ଏତେ ଥଣ୍ଡା ଓ ବର୍ଷାରେ ହାତକଟା ଫ୍ରକଟାଏ କେମିତି ପିନ୍ଧିଛ? ତମେ ମୋ' ହାତକୁ ତଉଲିଆଟା ଦେଇ କହିଲ, 'ବୋଉ କହିଲା, ମୁଣ୍ଡଟା ଆଗ ପୋଛି ନିଅ, ନହେଲେ ଥଣ୍ଡା ଧରିବ'। ମୁଁ ଯନ୍ତ୍ରବତ ତୁମ କଥା ଶୁଣି ଦେହ ମୁଣ୍ଡ ପୋଛି ପକାଇଲି। ଆମେ ଦାଣ୍ଡଘରେ ବସିଲେ ଘର ମଝିରେ ପଡ଼ିଥିବା କାଠ ଟେବୁଲ ଦୁଇ ପାଖରେ ଦୁଇଟି ଚଉକିରେ। କଥା ଆରମ୍ଭ କରିବାକୁ କହିବାକୁ ପଡ଼ିଲାନି। ତୁମେ ଆରମ୍ଭ କଲ ତୁମ ସ୍କୁଲ କଥା, ତୁମ ସାଙ୍ଗ କାମିନୀ କଥା। ମୋର କାମ ଯେମିତି ଖାଲି ଶୁଣିବା କଥା। ତୁମ କଥା ଶୁଣିଲେ ଜାଣେନା କାହିଁକି ମନେହୁଏ ଯେମିତି ଝରଣାଟିଏ କୁଳୁ କୁଳୁ ହୋଇ ବହି ଯାଉଛି। ମନ କହେ ଯେମିତି ମୁଁ ଏମିତି ତୁମ କଥା ଶୁଣୁଥାଏ– ଜୀବନ ବି ଝରଣା ପରି ବୋହି ଯାଆନ୍ତା। ମୋ' ପିଲା ଅବା ବୃଦ୍ଧ ମନ ସେଇଆ ଚାହେଁ। ସିଏ କେମିତି ଏକ ଅଜଣା ଅନୁଭବ।

ଆଜି ଭାବୁଛି, ବିନା କାରଣରେ ସେ ଭଲ ଭଲ ଲାଗିବା, ଏ ସତୁରି ବର୍ଷ ଭିତରେ କେବେ ବି ଅନୁଭବ ହୋଇ ନାହିଁ। ଅରୁନ୍ଧତୀ, ତାକୁ କଣ ଭଲପାଇବା କହନ୍ତି? କେଜାଣି!! ମୁଁ ତ ଆଉ କିଛି ଭାବି ପାରୁନି ଆଜି। ନିଶ୍ଚୟ ଭଲପାଇବା ଏମିତି ଛୋଟ ଛୋଟ ମୁହୂର୍ତ୍ତ ଭିତରେ ଛପି ରହିଥାଏ ପରା! ଅରୁନ୍ଧତୀ, ତୁମେ ଆସନ୍ତୁନି? ପୁଣି ପିଲାଦିନ ପରି ଆମେ ତୁମ ଦାଣ୍ଡଘର ଟେବୁଲର ଦୁଇ ପାଖରେ ବସନ୍ତେ। ତୁମେ

କଥା କୁହନ୍ତ ଆଉ ମୁଁ ବର୍ଷାର ଶବ୍ଦ ଶୁଣୁଥାନ୍ତି। ରାମୁ ଆସି ଆମକୁ ମୁଢ଼ି ଆଉ ପକୋଡ଼ା ଗୋଟିଏ ପ୍ଲେଟ୍‌ରେ ଦିଅନ୍ତା। ଅନ୍ୟମନସ୍କ ହୋଇ ଖାଉ ଖାଉ କେତେବେଳେ ସବୁ ପକୋଡ଼ା ସରିଯାଇଥାନ୍ତା ଆଉ ପ୍ଲେଟରେ ମୁଢ଼ି ଦିଇଟା ଖାଲି ପଡ଼ିଥାଆନ୍ତା। ତୁମେ ଦଉଡ଼ି ଯାଇ ବୋଉଙ୍କଠୁ ଆଉ ପକୋଡ଼ା ମାଗି ଆଣନ୍ତ। ମୁଁ ଇଚ୍ଛା ନଥିବାର ବାହାନା କରନ୍ତି। ଆମେ କେଉଁଦିନ ଚେସ ଖେଳନ୍ତେ ତ କେଉଁ ଦିନ ଲୁଡୁପାଲି ଖେଳନ୍ତେ। ମନେ ଅଛି, ଲୁଡୁ ଖେଳିଲା ବେଳେ ତୁମେ ବେଳେବେଳେ ମାଉସୀଙ୍କୁ ଡାକି ବସାଥ। ତିନିଜଣିଆ ସାପ ଖେଳର ଏକ ନିଆରା ମଜା ଥାଏ। ସାପ ପାଲିର ଶେଷ ସାପ ୯୮ରେ ପହଁଚିଲା ପରେ ତୁମ ହାତର ଚାଲରେ ସାପ ତୁମ ଗୋଟିକୁ ଗିଲି ଦିଅନ୍ତା। ତୁମେ ପୁଣି ଫେରି ଯାଇ '୨' ପାଖରେ ପହଁଚିଯାଆନ୍ତ ଆଉ ରାଗରେ ଖେଳ ଭାଙ୍ଗିଦିଅନ୍ତ। ମୁଁ ହସନ୍ତି। ତୁମେ ଆହୁରି ରାଗନ୍ତ। ମାଉସୀଙ୍କୁ ତୁମକୁ ବୁଝାଇବାକୁ ପଡ଼ନ୍ତା। ଏମିତି ଅନେକ ହସଖୁସି ଦିନମାନଙ୍କର କଥା ସ୍ମୃତିର ଗଣ୍ଢାଘର ଖୋଲି ଆଖି ସାମ୍‌ନାକୁ ଆସି ଯାଉଛନ୍ତି। କାହିଁକି ଜାଣେନି। ଲୋକ କୁହନ୍ତେ, ଅନେକ କାହିଁକିର ଉତ୍ତର ନଥାଏ। ଅନେକ ପ୍ରଶ୍ନ ପ୍ରଶ୍ନରେ ହିଁ ରହିଯାଏ। ଅନେକ ସ୍ମୃତିର ମୃତ୍ୟୁ ହୁଏ। ଆଉ କେଉଁ ସ୍ମୃତି ଶବଟିଏ ହୋଇ ରହିଯାଏ। ମୁଁ ଚାହେଁ ମୋର ସେ ସ୍ମୃତି ମୋ' ସାଥିରେ ଥାଉ– ମୋ' ସହ ମୋ' ଶବ ଯାତ୍ରାରେ ଯାଇ ମୋ' ଜୁଇରେ ଜଳି ଜଳି ପାଉଁଶ ହୋଇଯାଉ।

SURENDRA PATNAIK

ସୁରେନ୍ଦ୍ର ପଟ୍ଟନାୟକ

ସୁରେନ୍ଦ୍ର ପଟ୍ଟନାୟକ ୧୯୪୪ରେ ଖୋର୍ଦ୍ଧାରେ ଜନ୍ମଗ୍ରହଣ କରିଥିଲେ। ସେ ୧୯୧୯ରେ ଆମେରିକା ଆସିଥିଲେ। ୧୯୮୬ରେ ରୋଡ୍ ଆଇଲାଣ୍ଡ ବିଶ୍ୱବିଦ୍ୟାଳୟରୁ ମ୍ୟାନ୍ୟୁଫ୍ୟାକଚରିଂ ଓ ଇଣ୍ଡଷ୍ଟ୍ରିଆଲ୍ ଇଞ୍ଜିନିୟରିଂ ଡିଗ୍ରୀ ହାସଲ କରି ଜେନେରାଲ ଡାଇନାମିକ୍ସ କମ୍ପାନୀରେ ୨୦ ବର୍ଷ କାର୍ଯ୍ୟ କଲାପରେ ଅବସର ଗ୍ରହଣ କରି ବର୍ତ୍ତମାନ କାଲିଫର୍ଣ୍ଣିଆର ଫୋଲ୍‌ସମ୍ ସହରରେ ରୁହନ୍ତି। ଛାତ୍ର ଜୀବନରେ ସେ ଅନେକ କ୍ଷୁଦ୍ରଗଳ୍ପ ଲେଖିଥିଲେ ଯାହା 'ଆସନ୍ତାକାଲି', 'ଝଙ୍କାର', 'ପ୍ରଜାତନ୍ତ୍ର'ରେ ପ୍ରକାଶିତ।

ଦଣ୍ଡଦ୍ୱୀପ

ଉତ୍ତେଜିତ ୟୁରାନିୟମ ପାର୍ଟିକେଲ୍ ଗୁଡ଼ିକୁ ନିବୁଧ କାଚ ଜାରରେ ରଖି ଦେଖୁଥିଲା ରାଉରକେଲା ଇଂଜିନିୟରିଂ କଲେଜର ତରୁଣ ଅଧ୍ୟାପକ ଅବିଶ୍ରାନ୍ତ। ସରୋଜର ଚିଠିଟା ପଢ଼ି ବେଶ୍ ଉତ୍ତେଜିତ ହୋଇ ଉଠୁଥିଲା ଅବିଶ୍ରାନ୍ତ ବେଳକୁ ବେଳ। ଜୀବନଟା ଗୋଟାଏ ଅଶାନ୍ତ ଉପଗ୍ରହ ଭଳି। ଆମେ ସମସ୍ତେ ନାଚୁ... ରକ୍ତର ତାଡ଼ନାରେ ଠିକ୍ ଏଇ ଅସ୍ଥିର ୟୁରାନିୟମ ପାର୍ଟିକେଲ୍ ଭଳି... ନାଚୁଥିବେ ଭାଙ୍ଗି ଚୁରି ଲେଡ଼ (Pb) ଯାଏଁ, ତାପରେ ସେମାନେ ସ୍ଥିର ହେବେ ଆଉ ଆମେ... ନାଚୁଥିବା ରକ୍ତର ଶୀଥଳତା ପ୍ରକାଶ ପାଇବା ଯାଏଁ। ସରୋଜ ଲେଖିଥିଲା "ତୁ ଭାବୁଥିବୁ ମୁଁ ଆମେରିକାରେ ଭଲରେ ଅଛି ବୋଲି। ସବୁ ମିଛ ସାଙ୍ଗ। ଜୀବନଟା ଗୋଟାଏ ମିଥ୍ୟାର ପ୍ରରୋଚନା"। ଯିଏ ଜୀବନରେ ପ୍ରତ୍ୟେକ ମୁହୂର୍ତ୍ତରେ ସଂଗ୍ରାମ କରି ଚାଲିଛି ହାର ମାନିବନି ବୋଲି, ସେ ଲେଖିଛି ବିଫଳତାର ଚରମ ପାଦ ଦେଶରେ।

ଗଲା ମାସରେ ଦେଖା ହୋଇଥିଲା ଗୋଲଖ ସାଙ୍ଗରେ। ଜୀବନରେ ଆଶାଥିଲା ତାର ଦିନେ ନା ଦିନେ ଗୋଟିଏ ନୌବହ ଅଫିସର ହେବ ବୋଲି, ହେଲା ମଧ। କିନ୍ତୁ ଅବିଶ୍ରାନ୍ତ ହୋଇ ପାରିଲାନି ଗୋଟିଏ ଛୋଟ ପାଇଲେଟ୍। ଗୋଲଖକୁ ଦେଖ କି

ଖୁସି ହୋଇ ଯାଇଥିଲା ସେ । କିନ୍ତୁ ଗୋଲଖ ହସି ହସି କହୁଥାଏ "ତାହେଲେ ଜୀବନରେ କିଛି କରି ପାରିଲୁ ଭାଇ, ମୁଁ କିନ୍ତୁ କିଛି ପାରିଲିନି ଏ ଜୀବନରେ । ସମୁଦ୍ର ହିଁ ଜୀବନ, ସମୁଦ୍ର ହିଁ ଜୀବିକା । ପିଲାଦିନେ ଆଶା ଥିଲା ନେଭିରେ ଜଏନ କରିବି । କଲି ମଧ କିନ୍ତୁ ପାରିଲିନି ଜୀବନ । ଯାହାବି କହ... ତୁ ବରଂ ଯଥେଷ୍ଟ ଭଲରେ ଅଛୁ" ସେଦିନ ରାତିରେ ଶୋଇ ପାରି ନଥିଲା ଅବିଶ୍ରାନ୍ତ... "ସତରେ କ'ଣ କେହି ସୁଖରେ ନାହାନ୍ତି ?"

ସେଇ ପ୍ରଶ୍ନଟା ସ୍ପଷ୍ଟ ହୋଇ ଯାଇଥିଲା ଯେତେବେଳେ ତାର ଦେଖା ହୋଇଥିଲା ସୁଜାତା ସାଙ୍ଗରେ । ହଠାତ୍ ଦେଖା ହେଲା ଇନ୍ଦିରା ଗାନ୍ଧୀ ପାର୍କରେ ସୁଜାତା ସାଙ୍ଗରେ । ଆଜି ଯାଏଁ ବାହାବି ହୋଇନି ସିଏ । ଏ ବୟସରେ ସମସ୍ତଙ୍କର ସେଇ ଗୋଟିଏ ପ୍ରଶ୍ନ "ବାହା ହେଇଚ ? ପିଲା ପିଲି କେତୋଟି ?" ଅଦ୍ଭୂତ ଅବିଶ୍ରାନ୍ତ ମଧ ସେଇ ପ୍ରଶ୍ନ ପଚାରିଥିଲା ମହିଳା କଲେଜ ଅଧ୍ୟାପିକା ସୁଜାତା ଦାସଙ୍କୁ । କିଛି କହିଲାନି ସେ । ଟିକିଏ ହସି ଦେଲା ବାସ । କାହାକୁ ଯେ ସେ ଭଲ ପାଉଥିଲା ପଚାରି ପାରିଲାନି ଅବିଶ୍ରାନ୍ତ । କେଉଁ ଏକ ଅଶୁଭ ମୁହୂର୍ତ୍ତରେ ପରିଚୟ ହୋଇଥିଲା ସମସ୍ତଙ୍କର ଗୋଟାଏ କ୍ଲାସ... ଗୋଟାଏ କଲେଜରେ । ଧୂଳି ଝଡ଼ ଭିତରେ ଅପଭ୍ରଷ୍ଟ ଦେଖାଯାଏ ସେଇ ପୁରୁଣା କଲେଜ୍ । ସେଇ ପୁରୁଣା ସ୍ମୃତି । ଧ୍ୟାନଭଗ୍ନ ହେଲା ଅବିଶ୍ରାନ୍ତର, ସୁଜାତା ଜାଣିବାକୁ ଚାହୁଁଚି ତା' ବିଷୟରେ । ବୋହି ଆସୁଥିବା ଲୁହକୁ ଭବିଷ୍ୟତ ପାଇଁ ପୁଞ୍ଜିଭୂତ କରିବା ପାଇଁ ମୁହଁ ବୁଲାଇନେଲା ଅବିଶ୍ରାନ୍ତ । ତା ଜୀବନଟା ଅନେକ ଦୂରରେ ପାଣି ଟାଙ୍କି ଉପରେ ଉଡୁଥିବା ରଙ୍ଗ ବେରଙ୍ଗ ଦୁଇଟା ଗୁଡ଼ି ପରି । ଏଇ ଦୁଇ ରଙ୍ଗର ଗୁଡ଼ି ସୁତାରେ ଅନ୍ୟଟି କଟି ଯାଇ ଭାସି ଚାଲିଯିବ ଅନେକ ଦୂରକୁ । କଣ ବା କହି ବୁଝାଇବି ସୁଜାତାକୁ । ତା ପାଇଁ ଜୀବନଟା ଗୋଟାଏ ଦଣ୍ଡଦ୍ୱୀପ । ଅନେକ ଆସିବେ, ହାତରେ ହାତ ମିଶାଇ ଚାଲିବେ କିଛି ଦୂର, ତାପରେ ସମସ୍ତେ ନିଜ ନିଜର ରାହା ଦେଖି ଚାଲିଯିବେ ଏବଂ ସେ... ଏଇ ନିସଙ୍ଗ ଦଣ୍ଡଦ୍ୱୀପ ଭିତରେ ଏକାନ୍ତ ଭାବେ ବନ୍ଦୀ ।

ଶଶାଙ୍କ ଲେଖିଥିଲା ଗଲାମାସରେ ଢିଅଟିଏ ହୋଇଚି । ସବୁ ଚିଠିରେ ସେଇ ଗୋଟିଏ କଥା "ପଇସା ଅଣ୍ଟୁନାହିଁ, ସରକାର ପ୍ରାଇଭେଟ୍ ପ୍ରାକ୍ଟିସ ବନ୍ଦ କରି ଦେଇଛନ୍ତି" । ତା ସହିତ ସେଇ ପୁରୁଣା କଥା, "ଅବିଶ୍ରାନ୍ତ ଜୀବନଟା ବହୁତ ଛୋଟ । ମାନସିକ ସ୍ଥିରତା ପାଇଁ ତୁ ଯଦି ଏଠି ଭଲ ଝିଅ ପାଉନୁ ତେବେ ଆମେରିକା ଫେରିଯାଇ ବେଥଙ୍କୁ ବାହା ହୋଇଯା" । ପ୍ରାଗଲ୍ବୁ ଶଶାଙ୍କଙ୍କୁ ସେ ବୁଝାଇ ପାରେନା, "ଯେଉଁ ଜୀବନ ଜୀବନ ନୁହେଁ ସେଥିରେ ଆଉ ଗୋଟାଏ ଜୀବନ ମିଶାଇ ହୁଏନା" । ଶଶାଙ୍କ ବୁଝିବ ନାହିଁ ବରଂ ଗାରୁ ଗାରୁ ହେବ । କି ଆଲୋଡ଼ନା ଅଛି ସେ ନାଁ ଚାରେ "ବେଥ

କାନିକର” ସେ ଜାଣେନା। ସ୍ମରଣ ମାତ୍ରେ ସେ ଛଟପଟ ହୁଏ କୌଣସି ଏକ ବେତ୍ରାହତ ସରିସୃପ ପରି। ଅନାହୂତ ସ୍ଫୁର୍ତ୍ତା ଏବଂ ଅପରିସୀମା ଯନ୍ତ୍ରଣାରେ ଜଳି ଉଠୁଥିଲା ଅବିଶ୍ରାନ୍ତ। ୟୁନିଭରସିଟି ଅଫ୍ ରୋଡ଼ା ଆଇଲାଣ୍ଡରେ Ph.D. କଲାବେଳେ ପରିଚୟ ହୋଇଥିଲା ଏଇ ସୁଶ୍ରୀ ତନ୍ଦ୍ରୀ ବେଥ ସାଙ୍ଗରେ। ନିବିଡ଼ ଭାବେ ଭଲ ପାଇ ବସିଥିଲା ବେଥ୍‌କୁ। ଜୀବନରେ ଜଣକୁ ପାଇବାର ସଂଗ୍ରାମ, ଜୀବନରେ ଜଣକୁ ନିଜର କରିବାର କି ଆବେଗ ଆଜି ଯାଏଁ ବୁଝିପାରେନା। ପ୍ରତ୍ୟେକ ସ୍ପନ୍ଦନରେ କେମିତି ଏକ ମିଶ୍ର ଅନୁଭୂତି... ଆନନ୍ଦ ଏବଂ ଯନ୍ତ୍ରଣାର। ଭାରତବର୍ଷର ଜୀବନ ସମୀକ୍ଷା କରୁ କରୁ ବେଥ୍‌କୁ ଆଲିଙ୍ଗନ କରି କୁହେ “ବେଥ! ମୋ ଜୀବନରେ ଗୋଟିଏ ସ୍ୱପ୍ନ। ଆମେ ଝରଣା ପାଖରେ ଘରଟିଏ ତୋଳିବା ଫେରନ୍ତ ପକ୍ଷୀମାନଙ୍କର କୋକିଲ ଶ୍ରାବ୍ୟ ଏବଂ ଶରତର ମୃଦୁ ମୂର୍ଚ୍ଛନାରେ ପୁଲକିତ ହୋଇ ଉଠିବ ସଂଧ୍ୟା”। ପ୍ରାଗଳ୍ଭ ପ୍ରେମିକକୁ କିଛି କହି ପାରେନା ବେଥ। ନିବିଡ଼ ଆଲିଙ୍ଗନ କରି ଚୁମା ଦେଇ କହେ– “ତୁମେ ଯୁଆଡ଼େ ଯିବ ମୁଁ ଯିବା ପାଇଁ ପ୍ରସ୍ତୁତ।” ବେଥ୍ କେବେବି ସ୍ୱପ୍ନରେ ଭାବି ନଥିଲା ଏମିତି ଗୋଟାଏ ପ୍ରାଗଳ୍ଭ ଭାରତୀୟ ଯୁବକର ପ୍ରେମରେ ପଡ଼ିବ ବୋଲି। ପ୍ରୋଗ୍ରାମ୍ କରୁ କରୁ ସେ ହଠାତ୍ ଅନ୍ୟମନସ୍କ ହୋଇଯାଏ। ତାର ଗାଢ଼ ନୀଳ ଆଖିରେ ପହଁରିଯାଏ ଅନ୍ୟମନସ୍କତାର ପ୍ରଲେପ। ଜଣକର ପ୍ରତିଛବି।

Ph.D ପାଇଁ ଥିସିସ୍ ଦେଇ ସାରିବା ପରେ ହଠାତ୍ ବାପାଙ୍କ ପାଖରୁ ଚିଠି ଯାଏ ଅବିଶ୍ରାନ୍ତ। “ବୋଉ ଦେହ ବହୁତ ଖରାପ। ବଞ୍ଚିବାର ଆଶା କମ। ତତେ ଦେଖିବାକୁ ଚାହୁଁଛି”। ବେଥ୍‌କୁ ଏନ୍‌ଗେଜ୍‌ମେଣ୍ଟ ରିଂ ପିନ୍ଧାଇ ଏବଂ ଫେରିବା ପରେ ବିବାହର ଗଭୀର ପ୍ରତିଶ୍ରୁତି ଦେଇ ଫେରି ଆସେ ଅବିଶ୍ରାନ୍ତ।

ଅନେକ ବେଳୁ ସମସ୍ତେ ଲାବରଟେରୀ ଛାଡ଼ି ଚାଲିଗଲେଣି। ଏଥରକ ଚାବିଦେଲା ଅବିଶ୍ରାନ୍ତ। ଘରକୁ ଫେରିବା ବେଳେ ରିଂ ରୋଡର ଧାରରେ ବସନ୍ତ ଉତ୍ତର ମୃଦୁ ମଳୟରେ ଦୋହଲୁଥିବା କୃଷ୍ଣଚୂଡ଼ା ଗଛକୁ ଚାହିଁ ସେ ଚିକ୍କାର କରି ଉଠେ।

“ ତୁ ଚୁପକର ତୁ ଆମେରିକା ଦେଖନୁ। ଯାତନା କାହିଁ ବୁଝିବୁ।”

SASHISEKHAR SATPATHY

ଶଶିଶେଖର ଶତପଥୀ

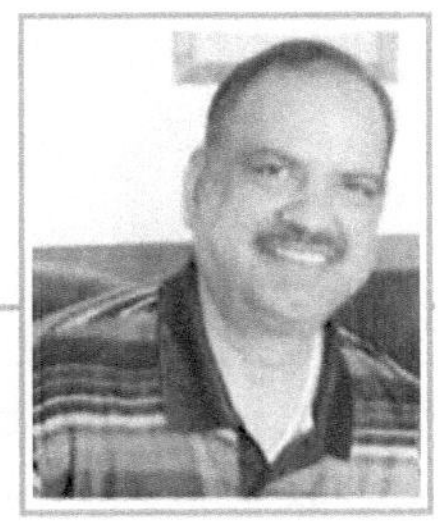

ଶଶିଶେଖର ଶତପଥୀ ୧ ମାର୍ଚ୍ଚ ୧୯୫୬ରେ ଗଞ୍ଜାମ ଜିଲ୍ଲାର ସେରଗଡ଼ ନିକଟସ୍ଥ କାଳିଆଘାଇ ଗାଁରେ ଜନ୍ମଗ୍ରହଣ କରିଥିଲେ। ବଲାଙ୍ଗିର, ପୁରୀ, ବାରିପଦା, କଟକ ଇତ୍ୟାଦି ସହରରେ ବଡ଼ ହୋଇଥିଲେ। ସେ ୧୯୭୨ରୁ ଆମେରିକାରେ ବସବାସ କରୁଛନ୍ତି ଏବଂ ଅଧୁନା ମିଜୌରୀ ବିଶ୍ୱବିଦ୍ୟାଳୟର ପଦାର୍ଥ ବିଜ୍ଞାନ ବିଭାଗରେ ଡିଷ୍ଟିଙ୍ଗୁଇଶ୍‌ଡ୍ ପ୍ରଫେସର ଭାବରେ କାର୍ଯ୍ୟରତ। ସେ ଗଳ୍ପ ଓ ପ୍ରବନ୍ଧ ଲେଖିବାକୁ ଭଲ ପାଆନ୍ତି।

କାଦମ୍ବିକା

ସମୟ ବୋଧେ ଦିନ ତିନିଟା କି' ଚାରିଟା ହେଇଥିବ। ପ୍ରାୟ ଆଠ ଦଶ ମାଇଲ୍ ବାଇସାଇକ୍‌ଲିଂ କଲା ପରେ ମିଜୌରୀ ନଦୀ କୂଳର ଏକ ନିର୍ଜନ ବେଞ୍ଚ ଉପରେ ବସୁ ବସୁ ଶୁଭ୍ରକାନ୍ତ ଭୁଲେଇ ପଡ଼ିଛି। ହଠାତ୍ ଏକ ନାରୀର କଣ୍ଠ ସ୍ୱରରେ ଛାଇ ନିଦଟା ଭାଙ୍ଗିଗଲା।

– ଶୁଭ୍ରକାନ୍ତ, କଣ ଶୋଇପଡ଼ିଲ କି ? ତମ ପାଖେ ବେଞ୍ଚରେ ଟିକିଏ ବସିପାରେ ?

ଶୁଭ୍ରକାନ୍ତ ଆଖି ମକଚି ନିଦରୁ ଉଠିଲା। ବଡ଼ ଆଶ୍ଚର୍ଯ୍ୟର କଥା। ଝିଅଟୋ ତା ନାଁ ଧରି ଡାକୁଛି, ଅଥଚ ସେ ତାକୁ ଆଦୌ ଚିହ୍ନି ପାରୁ ନାହିଁ।

ଝିଅଟିର ଗୌର ବର୍ଷ ଦେହ। ପାଶ୍ଚାତ୍ୟ ବେଶଭୂଷା। ନୀଳ ରଙ୍ଗର ଛିଟ ଛିଟ ହାତକଟା ଗାଉନଟା ପାଦ ପାଖାପାଖି ଲମ୍ବି ଯାଇଛି। ଅଣ୍ଟାରେ ଗୋଟାଏ ଧଳା ରଙ୍ଗର ବେଲ୍‌ଟ ଓ ତାକୁ ମ୍ୟାଚ୍ କରି ପାଦରେ ସୁନ୍ଦର ଧଳା ରଙ୍ଗର ହାଇହିଲ, ଦି' ହାତରେ ଦିପଟ ସରୁଆ କାଟ ଓ କପାଳରେ ଗୋଟେ ଧଳା ରଙ୍ଗର ଟିକିଲି।

ଦୀର୍ଘ ଦୁଇଶ ଚାଳିଶ ମାଇଲ୍ ଲମ୍ବା! କେଟୀ ଟ୍ରେଲ୍‌ଟୋ ମିଜୌରୀର ସେଣ୍ଟଲୁଇସରୁ ବାହାରି ମିଜୌରୀ ନଦୀ କୂଲେ କୂଲେ ନିଘଞ୍ଚ ଜଙ୍ଗଲ, ମକା ଖେତ, ଛୋଟ ବଡ଼ ଝରଣା, ପାହାଡ଼ ପର୍ବତାଦି ଅତିକ୍ରମ କରି, ପଶ୍ଚିମ ପଟେ କ୍ୟାନ୍‌ସାସ୍ ସିଟି ସହର ପାଖେ ସରିଚି। ଆଗରୁ ଏଇ ଟ୍ରେଲ୍‌ଟି ମିଜୌରୀ-କ୍ୟାନ୍‌ସାସ୍-ଟେକ୍ସାସ୍, ଏଇ ତିନୋଟି ପ୍ରଦେଶକୁ ରେଲ ଯୋଗେ ଯୋଗାଯୋଗ କରୁଥିଲା। ଏଇ ତିନୋଟି ପ୍ରଦେଶର ଆରମ୍ଭ ଅକ୍ଷରକୁ ନେଇ ଏମ୍ କେଟୀ ବା ସଂକ୍ଷେପରେ କେଟୀ ଟ୍ରେଲ୍ ଭାବେ ପ୍ରସିଦ୍ଧ ଏଇ ସୁନ୍ଦର ଟ୍ରେଲ୍‌ଟି।

କେଟୀ ଟ୍ରେଲ୍‌ରେ ଅନେକ ଝିଅ ଚାଲନ୍ତି, ସାଇକେଲ୍ ଚଲାନ୍ତି। କିନ୍ତୁ, ଗୋଡ଼ରେ ସାଧାରଣତଃ ଚିପା ହାଫ୍ ପ୍ୟାଣ୍ଟ ଆଉ ଦେହରେ ହାତକଟା ଟି ଶାର୍ଟ ଖଣ୍ଡେ ପିନ୍ଧି। ସାଇକେଲ ଚଲେଇବାକୁ ସୁବିଧା ବୋଲି। ଏ ଝିଅଟି କିନ୍ତୁ ଅତି ଅଭୂତ। ପୂରା ରକ୍ଷଣଶୀଲ ବେଶଭୂଷା ତା'ର। ଆଉ ବଡ଼ କମନୀୟ ତା' ମୁହଁ। ସଦ୍ୟଜାତ ଗୋଲାପ ଫୁଲ ସଙ୍ଗେ ତୁଲନା କରା ଯାଇପାରେ। କଜ୍ଜଳ ଭରା, ମୃଗନୟନା ଆଖି ସହିତ ଲମ୍ବା ନାକ ଓ ଈଷତ୍ ଗୋଲାପି ଓଠ ସାଙ୍ଗକୁ ମନକିଣା ହସ। ଓଡ଼ିଶାର ଲୋକପ୍ରିୟ ସଙ୍ଗୀତକାର ଅଭିଜିତ୍ ମଜୁମ୍‌ଦାରଙ୍କ ଦି' ପଦ ଗୀତ ଶୁଭ୍ରକାନ୍ତର ମନେ ପଡ଼ିଲା – 'ଯିଏ ମୋ ସପନେ ଆସି ନିଦକୁ କଲା ଚୂନା ଚୂନା, ତୁ କି' ସେଇ ନୀଳ ନୟନା, ତୁ କି' ସେଇ ନୀଳ ନୟନା।' କିନ୍ତୁ, କିଏ ଏଇ ଲାବଣ୍ୟବତୀ ଝିଅ, ଯିଏ ଶୁଭ୍ରକାନ୍ତର ନାଁ ଧରି ଡାକୁଚି, ଅଥଚ ଶୁଭ୍ରକାନ୍ତ ତାକୁ ଆଦୌ ଚିହ୍ନି ପାରୁ ନାହିଁ?

କିନ୍ତୁ, ଶୁଭ୍ରକାନ୍ତ ଏ ସବୁ କଥା କ'ଣ ଭାବୁଚି? ଶାସ୍ତ୍ରରେ ଅଛି – 'ସ୍ତ୍ରୀଣାଂ ପଦରଜୋ ରାଜନ୍ ଶକ୍ରସ୍ୟାପି ଶ୍ରୀୟମ୍ ହରେତ୍।' ଅର୍ଥାତ୍ ସ୍ତ୍ରୀ ମାନଙ୍କର ପାଦଧୂଲି ପଡ଼ିଲେ ଆଉ ସେମାନଙ୍କ ଅଯଥା ସଂସ୍ପର୍ଶରେ ଆସିଲେ ସ୍ୱର୍ଗର ଇନ୍ଦ୍ର ବି' ଶ୍ରୀହୀନ ହୋଇଯାଇଆଛି। ଶୁଭ୍ରକାନ୍ତ ତ' ବାହାସାହା ଲୋକ। ଏଇ ଝିଅଟି ସାଙ୍ଗେ କଣ ହାସ୍ୟାଲାପ କରିବା ଠିକ୍ ହବ?

ଏପଟେ ସଂସ୍କୃତ ଶ୍ଲୋକର ତାଡ଼ନା ଓ ବିବେକର କୁଠାରାଘାତ, ସେପଟେ ଅନିନ୍ଦ୍ୟ ସୌନ୍ଦର୍ଯ୍ୟର ଅଧିକାରୀ, ରୂପସୀ ନାରୀର ଆକର୍ଷଣ। ଶୁଭ୍ରକାନ୍ତ କୋଉ ଆଡ଼କୁ ଯିବ, ଜାଣି ପାରିଲାନି। ସ୍ତ୍ରୀ ଲୋକଟିକୁ ତଡ଼ି ଦେଇ ପୂର୍ବ ପରି ଘୁଙ୍ଗୁଡ଼ି ମାରି ଶୋଇବ ନା' ତା' ସାଙ୍ଗେ କିଛି ହସଖୁସି କଥାବାର୍ତ୍ତା କରିବ। ଶୁଭ୍ରକାନ୍ତ ବଡ଼ ଦ୍ୱନ୍ଦ୍ୱରେ ପଡ଼ିଲା।

ରାଜା ଦୁଷ୍ମନ୍ତ ଯେମିତି ଥରେ ଦ୍ୱନ୍ଦ୍ୱରେ ପଡ଼ିଥିଲେ, ମହାକବି କାଳିଦାସଙ୍କ ଶକୁନ୍ତଳା କାବ୍ୟରେ।

ରାଜା ଦୁଷ୍ମନ୍ତ ବଣରେ ଭ୍ରମଣ କରୁ କରୁ ଶକୁନ୍ତଳାଙ୍କ ରୂପରେ ମୁଗ୍ଧ ହୋଇ

ତାଙ୍କୁ ଗାନ୍ଧର୍ବ ରୀତିରେ ବିବାହ କରିଥିଲେ ଓ ପଛେ ଆସି ତାଙ୍କୁ ନେବେ ବୋଲି କଥା ଦେଇଥିଲେ। ଯ଼ା ମଧ୍ୟରେ ଦୁଷ୍ମନ୍ତଙ୍କ କଥା ଭାବି, ଅନ୍ୟମନସ୍କ ରହି, ଆଶ୍ରମକୁ ଆଗନ୍ତୁକ ଅତିଥି ମହର୍ଷି ଦୁର୍ବାସାଙ୍କ ମନମୁତାବକ ସେବା କରି ପାରି ନ ଥିଲେ ଶକୁନ୍ତଲା। ମହର୍ଷି ଦୁର୍ବାସା ତାଙ୍କ ମନକଥା ଯୋଗବଲରେ ଜାଣି, ଉତକ୍ଷିପ୍ତ ହୋଇ ଶକୁନ୍ତଲାଙ୍କୁ ଅଭିଶାପ ଦେଇଥିଲେ ଯେ– 'ତୁ ଯାହା କଥା ଭାବି ମୋ ଚର୍ଚାରେ ଅବହେଲା କରିଚୁ, ସେ ତତେ ଜମାରୁ ଚିହ୍ନିବନି। ବାହା ହବା ତ ଦୂରର କଥା।'

ଅନେକ ଦିନ ଗଡ଼ିଗଲା, କିନ୍ତୁ ସତକୁ ସତ ଦୁଷ୍ମନ୍ତଙ୍କ ଦେଖା ନାହିଁ। ଶେଷରେ ପିତାଙ୍କ ଉପଦେଶରେ ଶକୁନ୍ତଲା ଦୁଷ୍ମନ୍ତଙ୍କ ଦରବାରର ଉପସ୍ଥିତ ହେଲେ ଓ ତାଙ୍କ ପୂର୍ବ ପ୍ରତିଜ୍ଞା କଥା କହିଲେ। ଦୁର୍ବାସାଙ୍କ ଅଭିଶାପ ଯୋଗୁ ଦୁଷ୍ମନ୍ତ ଶକୁନ୍ତଲାଙ୍କୁ ଗ୍ରହଣ କରିପାରୁନଥାନ୍ତି, କିନ୍ତୁ ଅନିନ୍ଦ୍ୟ ସୌନ୍ଦର୍ଯ୍ୟବତୀ ଶକୁନ୍ତଲାଙ୍କୁ ଦେଖି ଛାଡ଼ି ବି' ପାରୁନଥାନ୍ତି।

କାଳିଦାସ ଦୁଷ୍ମନ୍ତଙ୍କ ମନର ଦ୍ୱନ୍ଦ୍ୱମୟ ସ୍ଥିତିକୁ ଗୋଟେ ମହୁ ଖାଇବା ଆଶାରେ ଫୁଲ ଉପରେ ଦୋଲାୟମାନ ଥିବା ଭଅଁରର ସାଙ୍ଗେ ତୁଲନା କରିଛନ୍ତି ପ୍ରସିଦ୍ଧ ଶକୁନ୍ତଲା ମହାକାବ୍ୟରେ–

'ଇଦମୁପନତମେବଂ ରୂପମକ୍ଲିଷ୍ଟକାନ୍ତି, ପ୍ରଥମ ପରିଗୃହୀତଂ ସ୍ୟାନ୍ନବେତି ବ୍ୟବସ୍ୟନ୍। ଭ୍ରମର ଇବ ବିଭାତେ କୁନ୍ଦମନ୍ତଃ ତୁଷାରମ୍, ନ ଚ ଖଲୁ ପରିଭୋକ୍ତୁଂ ନାପି ଶକ୍ନୋମି ହାତୁଂ ॥'

– କେଡ଼େ ସୁନ୍ଦର ସ୍ତ୍ରୀଟିଏ ଏଠି ଉପସ୍ଥିତ ହୋଇଛି ଓ ମୋତେ ବାହା ହେଇଚି ବୋଲି କହୁଚି। ମୋର କିନ୍ତୁ ସେ କଥା ଜମା ମନେ ପଡୁନାହିଁ। ତାକୁ ବାହା ନ ହେଇ ଗ୍ରହଣ କରିବି କେମିତି; କିନ୍ତୁ ଏଇ ଅପରୂପ ସୌନ୍ଦର୍ଯ୍ୟବତୀ ଝିଅଟିକୁ ହାତରୁ ଛାଡ଼ିବାକୁ ବି' ତ' ମନ ଯାଉନି। ସତେ ଯେପରି ସକାଲ ସମୟରେ ଭଅଁରଟିଏ ଶିଶିରସ୍ନାତ ଜୁଇ ଫୁଲଟି ଉପରେ ଦୋଲାୟମାନ ଅବସ୍ଥାରେ ରହିଥାଏ। ଶିଶିର ପଡ଼ିଥିବା ଯୋଗୁ ବିଚରା ଭଅଁରଟି ଫୁଲରୁ ମଧୁ ଆସ୍ୱାଦନ କରିପାରୁନି, କି ଲୋଭରେ ପଡ଼ି ଫୁଲଟିକୁ ଛାଡ଼ିକରି ବି' ଯାଇପାରୁନି। ଫୁଲଟି ଉପରେ ଦୋଦୁଲ୍ୟମାନ ଅବସ୍ଥାରେ ଥାଇ ଭଅଁରଟି ଯେମିତି ଦେଖାଯାଉଚି, ରାଜା ଦୁଷ୍ମନ୍ତ ଠିକ୍ ସେମିତି ଦେଖା ଯାଉଛନ୍ତି ଶକୁନ୍ତଲାଙ୍କ ଆଗରେ।

ବିଚରା ଶୁଭ୍ରକାନ୍ତର ଅବସ୍ଥା ବି' ସେଇପରି ଦୋଦୁଲ୍ୟମାନ। ନା ସୁନ୍ଦରୀ ଝିଅଟିକୁ ଛାଡ଼ିକରି ଯାଇପାରୁଚି, ନା ବିବେକର କୁଠାରାଘାତକୁ ଏଡ଼ି ତା ସାଙ୍ଗେ ମଧୁର ବାର୍ତ୍ତାଲାପ କରି ପାରୁଚି।

ଶୁଭ୍ରକାନ୍ତକୁ ଆଉ ବେଶୀ ସମୟ ଭାବିବାକୁ ପଡ଼ିଲା ନାହିଁ। ତାର ଅନାବନା ଚିନ୍ତାଧାରାରେ ବ୍ୟାଘାତ ଦେଇ ଝିଅଟି କହିଲା – ତଥାପି କଣ ମତେ ଚିହ୍ନିପାରୁନ, ଶୁଭ୍ରକାନ୍ତ ? ମୋ ଘର ପରା ଏଇ ନଦୀ କୂଳରେ, ସେଇ ଯୋଉ ସିକାମୋର୍ ଗଛର ବଣ ଦେଖୁଛ, ତା' ପାଖରେ। ତୁମେ ତ' ମୋ ଘର ଆଗ ବାଟେ ସବୁ ଶନିବାର, ରବିବାର ସାଇକେଲ ଚଲେଇ ଆସ। ଆଉ, ମୋ ଘର ପାଖେ ରହି ମୋ ପାଇଁ କେତେ ପ୍ରେମ କବିତା ବୋଲ, ମନେ ମନେ ବା' କେବେ କେବେ ବଡ଼ ପାଟିରେ ବି। ଏବେ ମନେ ପଡ଼ିଲା ମୁଁ କିଏ ?

ପ୍ରେମ କବିତା ? ଏ ଝିଅଟା କି ଅସମ୍ଭବ କଥା କହୁଚି ?

ଅବଶ୍ୟ ଶୁଭ୍ରକାନ୍ତର କବିତାରେ ବଡ଼ ଆଗ୍ରହ। ତେବେ, ଇଚ୍ଛା ଥିଲେ ବି ଶୁଭ୍ରକାନ୍ତ ତା ଜୀବନରେ ସେତେଟା କିଛି କବିତା ଲେଖିପାରିନି। ଖାଲି କଲେଜ୍ ଜୀବନରେ, କେତେଟା ଦୁର୍ବଳ ମୁହୂର୍ତ୍ତରେ ଜଣେ ଅଧେ ସହପାଠିନୀଙ୍କୁ ଉଦ୍ଦେଶ୍ୟ କରି ଦି' ଚାରିଟା କବିତା ଲେଖିଛି। କିନ୍ତୁ, କେବେ ବି ସାହାସ କରି ସେ କବିତା କାହାକୁ ଦେଇ ପାରିନାହିଁ। ଏବେ ବି ପ୍ରୌଢ଼ ଜୀବନରେ ଶୁଭ୍ରକାନ୍ତ ସେଇ କବିତା କିଛି ସାଇତି ରଖିଛି, ଅତି ଗୋପନରେ। ଆଉ ବେଳେ ବେଳେ ସେ କେହି ନଥିବା ବେଳେ ପଢ଼େ। ଅତୀତର କଥା ମନେ ପକାଏ।

କିନ୍ତୁ, ଯେଉଁ ଶୁଭ୍ରକାନ୍ତ ଯୌବନର ମାଦକତା ଭିତରେ କବିତା ଲେଖି ବି ସାହାସ କରି କାହାକୁ ଦେଇ ପାରିନି, ସେ କୁଆଡ଼େ ପ୍ରେମ କବିତା ଏଇ ଝିଅ ଘର ଆଗରେ ବଡ଼ ପାଟିରେ ଗାଉଥିଲା। ନିହାତି ବାଜେ କଥା। ଶୁଭ୍ରକାନ୍ତ ଆଉ ସ୍ୱପ୍ନ ଦେଖୁନି ତ' ?

ହଠାତ୍ ଶୁଭ୍ରକାନ୍ତ ମନରେ ଗୋଟେ ଅଜଣା ଭୟ ଖେଳିଗଲା। ଏ ଆଉ ଗୋଟେ ଭୂତ କି ଡ଼ାହାଣୀ ନୁହେଁ ତ ? ନା' ସ୍ୱର୍ଗର କୋଉ ଅପ୍ସରା ମଣିଷ ବେଶରେ ଏଠିକି ଆସିଛି, ଶୁଭ୍ରକାନ୍ତ ଉପରେ ଦାଉ ସାଧିବା ପାଇଁ ?

ଭାରତରେ ପ୍ରାକୃତିକ ସୁଷମାର ଗଣ୍ଟାଘର, ନିକାଞ୍ଜନ ବଣ ଜଙ୍ଗଲରେ, ଯେଉଁଠି ମୁନି ରଷିମାନେ ତପସ୍ୟା ସାଧନରେ ବ୍ୟସ୍ତ, ସେଇଠି ସ୍ୱର୍ଗର ଅପ୍ସରା ମାନେ ବି ଥାଆନ୍ତି। ମୁନି ରଷିଙ୍କ ଧ୍ୟାନ ଭଗ୍ନ କରିବା ପାଇଁ। ତା'ଛଡ଼ା ଅନେକ ଦେବଦେବୀ ବି ପ୍ରକୃତିର ନୈସର୍ଗିକ ସୁଷମାରେ ବିହ୍ୱଳ ହୋଇ, ପ୍ରକୃତିକୁ ନିଜ ରହିବା ଜାଗା ଭାବେ ବାଛି ନେଇଛନ୍ତି। ସ୍ୱୟଂ ଶିବ ତ' ନିଜ ସ୍ତ୍ରୀକୁ ଭୁଲି ହିମାଳୟ କୋଳରେ କେଉଁ ଆଦିମ କାଳରୁ ବାସ କରି ଆସୁଛନ୍ତି। ମା' ଗଙ୍ଗା ତ' ଗଙ୍ଗାନଦୀ ଗର୍ଭରେ ହିଁ ରହନ୍ତି।

ଯଦିଓ ଶୁଭ୍ରକାନ୍ତ ଏ ସବୁ କଥା ବହିରେ ପଢ଼ିଛି, ତଥାପି ଭାରତରେ କି

ଆମେରିକାରେ ସେ କୌଣସି ଦେବଦେବୀଙ୍କୁ ପ୍ରତ୍ୟକ୍ଷରେ ଦେଖିନି। ତେଣୁ ସେ ସ୍ଥିରନିଶ୍ଚିତ ଯେ ଏମିତି କିଛି ଦେବଦେବୀ, ଭୂତ, ଡାହାଣୀ ପ୍ରକୃତରେ ନାହାନ୍ତି, କେବଳ ମଣିଷ ମନର କଳ୍ପନା ମାତ୍ର।

ଶୁଭ୍ରକାନ୍ତକୁ ଆଉ ବେଶୀ ଭାବିବାକୁ ପଡ଼ିଲାନି। ତୀର୍ଯ୍ୟକ୍ ଆଖିରେ ଚାହିଁ ଝିଅଟି କହିଲା – ତଥାପି ତମେ ମତେ ଚିହ୍ନିଲନି, ଶୁଭ୍ରକାନ୍ତ ? ମୁଁ ପରା ତୁମ ପ୍ରଣୟିନୀ। ମିଜୌରୀ ନଦୀର ଅଧିଷ୍ଠାତ୍ରୀ ଦେବୀ କାଦମ୍ବିକା। ତମେ ତ ସବୁବେଳେ 'ସୁନ୍ଦର ତୃପ୍ତିର ଅବସାଦ ନାହିଁ, ଯେତେ ଦେଖୁଥିଲେ ନୂଆ ଦିଶୁଥାଇ' ଆଦି ଗୀତ ଗାଇ ମୋ ସୌନ୍ଦର୍ଯ୍ୟର ଭୂୟସୀ ପ୍ରଶଂସା କର। ଏଇ ପରା ଗଲା କାଲି ମଧ୍ୟଯୁଗୀୟ କବି ଗୋପାଳକୃଷ୍ଣ ପଟ୍ଟନାୟକଙ୍କ ପଂକ୍ତି – 'କି ନାଦରେ ପ୍ରାଣ ସଙ୍ଗିନୀ, ଶୁଭୁଛି କଦମ୍ ବନେ, ଶ୍ରୁତିରେ ସୁଧା ବରଷି, ଧୃତି ନାଶେ ମଞ୍ଜି ମନେ।' – ବଡ଼ ପାଟିରେ ବୋଲୁଥିଲ ମୋ ଘର ଆଗେ ସାଇକେଲ୍ ଚଲେଇବା ବେଳେ ? ଯଦିଓ ମିଜୌରୀ ନଦୀ କୂଳରେ କଦମ୍ ବଣ ନାହିଁ, ସିକାମୋର୍ ବଣ ତ' ଭର୍ତ୍ତି।

ଦିନ ଦି' ପହରେ କେଟୀ ଟ୍ରେଲ୍‌ରେ ପାଗଳାମାନଙ୍କ ପରି ରାଧାକୃଷ୍ଣ ପ୍ରେମଲୀଳା ସମ୍ବଳିତ ଗୀତ ସବୁ ମୋ ଘର ଆଗେ ଗାଇବାର ଅର୍ଥ କ'ଣ ? ଯଦି ତମେ ମତେ ଭଲ ନ ପାଉ ଥାଅ ? ନା ମୁଁ ଏ ସବୁ କଥା ମନରୁ ଗଢ଼ି କରି କହୁଚି ?

କାଦମ୍ବିକା ପୁଣି କହିଲା – ପ୍ରଥମେ ପ୍ରଥମେ ମୁଁ ତମ ଉପରେ ରାଗୁଥିଲି। ସାଧାରଣ ମଣିଷ ହୋଇ ସ୍ୱର୍ଗର ଦେବୀଙ୍କୁ ଭଲ ପାଇବାର ଆସ୍ପର୍ଦ୍ଧା। ତୁମର ଆସିଲା କେମିତି ? କିନ୍ତୁ, ଯେତେବେଳେ ଜାଣିଲି, ତୁମର ଏ ପ୍ରେମ ପାର୍ଥିବ ପ୍ରେମଠୁ ଭିନ୍ନ, ସେତେବେଳଠୁ ତୁମ ପ୍ରତି ବି' ମୋ ମନରେ ଗଭୀର ଶ୍ରଦ୍ଧା ଆସିଲା। ତମକୁ ବି' ମୁଁ ଭଲ ପାଇ ବସିଲି।

ଶୁଭ୍ରକାନ୍ତ ବଡ଼ ସନ୍ଦେହରେ ପଡ଼ିଲା। ଇଏ କହୁଚି ତାକୁ ଭଲ ପାଉଛି ବୋଲି। ଆଉ ସେ କୁଆଡ଼େ ଦେବୀ କାଦମ୍ବିକା। ହେଇଥାଇ ପାରେ। ନ ହେଲେ ଏ ଅଚିହ୍ନା ଝିଅଟା ଶୁଭ୍ରକାନ୍ତର ନାଁ ଜାଣିଲା କିପରି ? ଯା' ବି' ସତ ଯେ, କେଟୀ ଟ୍ରେଲ୍‌ରେ ସାଇକେଲ୍ ଚଲେଇବା ବେଳେ, ନିଛାଟିଆ ସମୟରେ, ପ୍ରାକୃତିକ ସୁଷମା ଭରା ମିଜୌରୀ ନଦୀ, ବଣ ପାହାଡ଼ ଘେରା ପ୍ରକୃତିର ଅପରୂପ ସୌନ୍ଦର୍ଯ୍ୟରେ ବିମୁଗ୍ଧ ହୋଇ, ଶୁଭ୍ରକାନ୍ତ ତୁଣ୍ଡରୁ ଅପୂର୍ବ ଉଲ୍ଲାସରେ ପ୍ରେମ ସମ୍ବଳିତ ଓଡ଼ିଆ ଗୀତ ସବୁ ସ୍ୱତଃ ବାହାରି ଆସେ ଓ ସେ ବି ବେଳେ ବେଳେ ଖୋଲା ମନରେ ଗୀତ ସବୁ ବଡ଼ ପାଟିରେ ଗାଇଥାଏ। କିନ୍ତୁ ସତରେ କ'ଣ ଇଏ ସର୍ବବ୍ୟାପୀ ଦେବୀ କାଦମ୍ବିକା, ଆଉ ସେ ଲୁଚି ଲୁଚି ତା' ଗୀତ ସବୁ ଶୁଣୁଥିଲେ ? ମହା ବିପଦର କଥା।

ଶୁଭ୍ରକାନ୍ତର ମନେ ପଡ଼ିଲା ମହାଭାରତର ଶାନ୍ତନୁଙ୍କ କଥା । ଗଙ୍ଗା ନଦୀର ଅଧୃଷ୍ଟାତ୍ରୀ ଦେବୀଙ୍କ ସଂସ୍ପର୍ଶରେ ଆସି ସେ କିପରି ହଇରାଣରେ ପଡ଼ିଥିଲେ । ହସ୍ତିନାପୁର ନରପତି ଶାନ୍ତନୁ ମୃଗୟା କରୁ କରୁ ନଦୀ କୂଳରେ ଅପୂର୍ବ ସୌନ୍ଦର୍ଯ୍ୟବତୀ ଗଙ୍ଗାଦେବୀଙ୍କୁ ଭଲ ପାଇ ବସିଲେ । ସେତେବେଳେ ବ୍ରହ୍ମାଙ୍କ ଦ୍ୱାରା ସ୍ୱର୍ଗରୁ ଅଭିଶପ୍ତା ହୋଇ ଗଙ୍ଗାଦେବୀ ଗୋଟିଏ ସୁନ୍ଦରୀ ନାରୀ ବେଶରେ ମର୍ତ୍ୟକୁ ଆସି ଥାଆନ୍ତି । ଅଭିଶାପରୁ ମୁକୁଳିବାକୁ ହେଲେ ମର୍ତ୍ୟରେ କିଛି ନାରକୀୟ କାଣ୍ଡ କରିବାର ସର୍ତ୍ତ ଥାଏ । ଏବଂ ତା' ସାଙ୍ଗେ ସାଙ୍ଗେ ବଶିଷ୍ଠଙ୍କ ଦ୍ୱାରା ଅଭିଶପ୍ତ ଅଷ୍ଟବସୁଙ୍କୁ ଉଦ୍ଧାର କରିବାର ଯୋଜନା ବି ଥାଏ । ଗଙ୍ଗାଦେବୀ ଏଇ ସର୍ତ୍ତରେ ଶାନ୍ତନୁଙ୍କୁ ବିବାହ କଲେ ଯେ ସେ ଯାହା କଲେ ବି ଶାନ୍ତନୁ କିଛି କହିବେ ନାହିଁ । ଅଷ୍ଟବସୁମାନେ ଶାନ୍ତନୁଙ୍କ ପୁତ୍ର ଭାବରେ ଜନ୍ମ ହୋଇଥିଲେ, କିନ୍ତୁ ଗଙ୍ଗା ଅଭିଶାପ ପୂରଣ କରିବା ପାଇଁ ଜନ୍ମ ସମୟରେ ପ୍ରତ୍ୟେକଙ୍କୁ ବୁଡ଼ାଇ ବୁଡ଼ାଇ ମାରି ଦେଇଥିଲେ । ଏମିତି ସାତଜଣ ସଦ୍ୟଜାତ ଶିଶୁଙ୍କୁ କ୍ରମାଗତ ହତ୍ୟା କଲା ପରେ ଶେଷରେ ଅଷ୍ଟମ ଗର୍ଭରେ ପିତାମହ ଭୀଷ୍ମଙ୍କ ଜନ୍ମ ହୋଇଥିଲା । ଅଷ୍ଟମ ଶିଶୁଟିକୁ ହତ୍ୟା କରିବାକୁ ଗଲାବେଳେ ଶାନ୍ତନୁଙ୍କ ଧୈର୍ଯ୍ୟଚ୍ୟୁତି ହୋଇଥିଲା ଓ ସେ ପ୍ରତିବାଦ କରିଥିଲେ । ସର୍ତ୍ତ ଅନୁସାରେ ଗଙ୍ଗା ଶାନ୍ତନୁଙ୍କୁ ଛାଡ଼ି ଚାଲି ଯାଇଥିଲେ ଓ ଭୀଷ୍ମ ଅଙ୍କେ ବଞ୍ଚି ଯାଇଥିଲେ ଗଙ୍ଗାଦେବୀଙ୍କ ପ୍ରକୋପରୁ ।

କିନ୍ତୁ, ସେ ତ' କୋଉ ପୁରୁଣା ଯୁଗର କଥା । ଇଏ ହେଉଚି କଳିକାଳ । ଶୁଭ୍ରକାନ୍ତ ରାଜା ଶାନ୍ତନୁ ନୁହେଁ, ଜଣେ ସାଧାରଣ ମଣିଷ । ଆଉ ଇଏ ଯେ ଗୋଟେ ଦେବୀ ହୋଇଥିବ, ତା'ର ବି ସମ୍ଭାବନା କମ୍ । ମାତ୍ର, ପୂରାପୂରି ନହେଲେ ବି କଥାଟାକୁ ଅଧାଅଧ୍ୱ ବିଶ୍ୱାସ ନ କରି ରହି ହଉନି । ଠିକ୍ ଯେମିତି ଶୁଭ୍ରକାନ୍ତର ଭଗବାନ ବା ଦେବଦେବୀଙ୍କଠି ବିଶ୍ୱାସ ନ ଥିଲେ ବି ସବୁ ଠାକୁର ଠାକୁରାଣୀଙ୍କୁ ମୁଣ୍ଡିଆ ମାରେ, ଭୋଗ କରେ, ଗୁହାରି କରେ – କାଳେ ସେମାନେ ସତ ହୋଇଥିବେ ।

ସତରେ ଇଏ ଯଦି ମିଜୌରୀ ନଦୀ ଦେବୀ କାଦମ୍ବିକା ହୋଇଥାଏ, ତାହାହେଲେ ସେ କୋଉ ମୁହୂର୍ତ୍ତରେ କିଛି ଅଘଟଣ କରି ଦେଇପାରେ ।

ଆଖି ଆଗରେ ମିଜୌରୀ ନଦୀଟା କୁଳୁ କୁଳୁ ଶବ୍ଦ କରି ତା' ଗନ୍ତବ୍ୟ ପଥରେ ଚାଲିଛି । ଦୀର୍ଘ ଦୁଇ ତିନି ହଜାର ମାଇଲ୍ ଅତିକ୍ରମ କଲା ପରେ ସମୁଦ୍ରରେ ମିଶିବ । ଏଇ ଝିଅଟା ଭଲ ପାଉଚି କହି ନଦୀରେ ତାକୁ ଆଉ ବୁଡ଼ାଇ ଦବନି ତ' ? ଯେମିତି ସ୍ୱୟଂ ଗଙ୍ଗା ଦେବୀ ନିଜର ଶିଶୁ ସନ୍ତାନ ରୂପେ ସପ୍ତବସୁଙ୍କୁ ଜନ୍ମ ଦେବା ପରେ ପରେ ଗଙ୍ଗା ନଦୀରେ ବୁଡ଼େଇ ବୁଡ଼େଇ ମାରିଥିଲେ ଓ ଏକମାତ୍ର ପିତାମହ ଭୀଷ୍ମ ହିଁ ତାଙ୍କ କବଳରୁ ବଞ୍ଚି ପାରିଥିଲେ ?

କିନ୍ତୁ, କାହିଁ ମହାଭାରତର ଏକକ ପୁରୁଷ ପିତାମହ ଭୀଷ୍ମ, ଆଉ କାହିଁ ତେଲଲୁଣ ସଂସାର ଗଢ଼ିଥିବା ଛାର ଶୁଭ୍ରକାନ୍ତ ? ପିତାମହ ଭୀଷ୍ମ ସିନା ଗଙ୍ଗା ଦେବୀଙ୍କ କବଳରୁ ଅକ୍ଷତେ ବର୍ତ୍ତିଗଲେ, ହେଲେ ଶୁଭ୍ରକାନ୍ତ ଏ ଯାବତ୍ ଯେତେ ସବୁ ସ୍ତ୍ରୀ ଲୋକଙ୍କ ସଂସର୍ଶରେ ଆସିଛି, ସେମାନଙ୍କ ମଧ୍ୟରୁ କାହାରି ବି କବଳରୁ ବଞ୍ଚିବାକୁ ସକ୍ଷମ ହୋଇପାରିନି । ଏବେ ପୁଣି ସିଏ ଅଗତ୍ୟା କାଦମ୍ବିକା ହାବୁଡ଼ରେ ପଡ଼ିଚି । କ'ଣ ହବ କେଜାଣି, ବିଧାତାଙ୍କୁ ଜଣା ।

ସାହସ ବାନ୍ଧି ଶୁଭ୍ରକାନ୍ତ କହିଲା – ମା' କାଦମ୍ବିକା, ଆପଣ ମୋ ପ୍ରଣୟିନୀ ନୁହନ୍ତି । ମୁଁ ତ ବାହାସାହା ଲୋକ । ଆପଣ ମତେ ହଇରାଣ ନ କରି ଆପଣଙ୍କ ବାଟରେ ଚାଲି ଯାଆନ୍ତୁ । ମୁଁ ତ ସେ ବେଞ୍ଚଟା ଉପରେ ଆରାମରେ ଶୋଇଥିଲି ।

'ଏ କି କଥା କହୁଚ ଶୁଭ୍ରକାନ୍ତ ? ତମେ ଭଲ କରି ଜାଣିଚ, ତମେ ମତେ ଭଲ ପାଅ । ମୁଁ ତୁମର ଅତି ଅନ୍ତରଙ୍ଗ । ଏଥିରେ କିଛି ଲାଜ କରିବାର ବା ଡରିବାର କୌଣସି କାରଣ ନାହିଁ । ମୁଁ କୋଉ ଭୂତ ଡାହାଣୀ ନୁହେଁ – ଏ ନଦୀର ସ୍ୱୟଂ ଅଧିଷ୍ଠାତ୍ରୀ ଦେବୀ । ମୁଁ ତୁମର ବା ତୁମ ବୈବାହିକ ଜୀବନର କୌଣସି କ୍ଷତି କରିବି ବୋଲି ତମେ ଚିନ୍ତା କରି ପାରିଲ କେମିତି ? ତୁମ ଓ ମୋ ସଂପର୍କ ନିତାନ୍ତ ନିବିଡ଼ । ମୁଁ ତୁମ ଜୀବନର ମଙ୍ଗଳ ହିଁ କରିବି ।'

ହଠାତ୍ ଝଲକାଏ ଥଣ୍ଡା ପବନ ବାଜିଲା ଶୁଭ୍ରକାନ୍ତର ମୁହାଁରେ । ସେପଟେ ଅନେଇ ଦେଖିଲା ବେଳକୁ ବେଞ୍ଚ ଉପରଟା ଖାଲି । ଆକାଶର ନୀଳରଙ୍ଗ ଭେଦ କରି ଭଗଲ୍ ପକ୍ଷୀ ଦି'ଟା ଚକ୍କର ମାରି ଚାଲିଛନ୍ତି, କେଁକଟର ଶବ୍ଦ କରି, ପ୍ରକୃତିର ନିର୍ଜନ ଶୂନ୍ୟତାକୁ ଉପହାସ କରି । ସେପଟେ ଖରସ୍ରୋତା ମିଜୌରୀ ନଦୀ ତା' ବାଟରେ ବହି ଚାଲିଛି କୁଳୁ କୁଳୁ ନାଦରେ, ନିରବଚ୍ଛିନ୍ନ ଭାବେ । ସତେ ଯେମିତି ପ୍ରେମିକ ଓ ପ୍ରେମିକା ବିଷୟରେ ହିସାବକିତାବ ରଖିବାକୁ ତା' ପାଖରେ ମୁହୂର୍ତ୍ତେ ବି ସମୟ ନାହିଁ ।

ଶୁଭ୍ରକାନ୍ତ ଆଖି ମଳି ମଳି ଉଠି ବସିଲା । ଜାଣି ପାରିଲାନି ସେ, କାଦମ୍ବିକା ସତ ଥିଲା, ନା' ସେ ଖାଲି ବେଞ୍ଚ ଉପରେ ଶୋଇ ସ୍ୱପ୍ନ ଦେଖୁଥିଲା ।

NARAYAN CHANDRA RATH
ନାରାୟଣ ଚନ୍ଦ୍ର ରଥ

ନାରାୟଣ ଚନ୍ଦ୍ର ରଥଙ୍କ ଜନ୍ମ ୨୧ ଅକ୍ଟୋବର ୧୯୪୬ ମସିହାରେ ବାଲେଶ୍ୱର ଜିଲ୍ଲାର ଖଣ୍ଟାପଡ଼ା ଗ୍ରାମରେ। ଦିଲ୍ଲୀ ବିଶ୍ୱବିଦ୍ୟାଳୟରୁ ପ୍ରାଣୀ ବିଜ୍ଞାନରେ ବିଜ୍ଞାନ ନିସ୍ନାତ (M.Sc.), ବିଦ୍ୟା ବାଚସ୍ପତି (Ph.D.) ଏବଂ ବିଭିନ୍ନ ବୈଜ୍ଞାନିକ ସଂସ୍ଥାରେ ନିଯୁକ୍ତି ଉପରାନ୍ତରେ ସେ ଏବେ କାର୍ଯ୍ୟ ବିରତ। ତାଙ୍କର ରଚିତ କେତେଗୁଡ଼ିଏ ଗଳ୍ପ ଓଡ଼ିଶା ସୋସାଇଟି ଅଫ୍ ଆମେରିକାଜ୍ ମାଗାଜିନ୍‌ରେ ବିଭିନ୍ନ ସମୟରେ ପ୍ରକାଶ ପାଇଅଛି।

ଜ୍ଞାନ ମନ୍ଦିର

ଭାଗବତରେ ଲେଖା ଅଛି:

> 'ଅନେକ ଲୋକ ଯହିଁ ମିଳି,
> ସେଠାରେ ଉପଜୟୀ କଳି'

ଉପଯୁକ୍ତ କାରଣ, ଯଥା: ସ୍ୱାର୍ଥ ସମ୍ବନ୍ଧୀୟ ଆୟ୍ ଏବଂ ଗୋଷ୍ଠୀ ସଂରକ୍ଷା ପାଇଁ ସାମୟିକ କଳି ହେବା ସ୍ୱାଭାବିକ। କିନ୍ତୁ ଭଗବାନଙ୍କ ପାଇଁ ନିଜ ନିଜ ମଧ୍ୟରେ କଳିଗୋଳ କରିବାଟା ବିବର୍ତ୍ତନବାଦର ବାହାର ନ ହେଲେ ମଧ୍ୟ, ଆଲ୍ଲାଙ୍କ ନାମରେ ସୁନି ଓ ସିଆମାନଙ୍କ ମଧ୍ୟରେ ବିବାଦ; ଚର୍ଚ୍ଚରେ ସେପରି କ୍ୟାଥୋଲିକ ଏବଂ ପ୍ରୋଟେଷ୍ଟାଣ୍ଟ ମାନଙ୍କ ଭିତରେ ବିବାଦ। ସେ ଦୃଷ୍ଟିରୁ ହିନ୍ଦୁଧର୍ମୀ ମାନଙ୍କର ସମସ୍ୟା ଅନେକ ପରିମାଣରେ ହାଲୁକା। ଧର୍ମ ସମସ୍ୟାର ଲାଘବ ନିମନ୍ତେ ଆମ ପୂର୍ବ ପୁରୁଷ, ପିତା, ପ୍ରପିତାମହ ଏବଂ ସାଧୁ ସନ୍ତ ବ୍ୟକ୍ତିମାନେ intelligent Design କରି ଅନେକ ଦେବତା ଏବଂ ଦେବୀ ମାନଙ୍କୁ ସୃଷ୍ଟି କରି ଯାଇଛନ୍ତି। ଯାହା ଫଳରେ ଯୁଗ ଯୁଗ ଧରି ଏପରିକି ଆଜି ପର୍ଯ୍ୟନ୍ତ, ବିଭିନ୍ନ ବାବା ଓ ସାଧୁ ମାନେ ଭଗବାନଙ୍କୁ କଳେ କୌଶଳରେ ଲୋକମାନଙ୍କ ଜୀବନକୁ ଆଣୁଛନ୍ତି। ସେମାନଙ୍କ ପାଇଁ ଯଦିଓ ହିନ୍ଦୁ ମାନଙ୍କ ସଂଖ୍ୟା ଅନ୍ୟ ଧର୍ମାବଲମ୍ବୀଙ୍କ ତୁଳନାରେ ବହୁତ କମ୍, ତେବେ ପ୍ରତି ହିନ୍ଦୁ ମୁଣ୍ଡ ପିଛା

ଦେବାଦେବୀଙ୍କ ସଂଖ୍ୟା ଅନେକ, ଏବଂ ସେମାନଙ୍କ ମାମଲା ମେଣ୍ଟାଇବା ପାଇଁ ଲୋକମାନେ ଅନେକ ସମୟ ପୂଜାପୂଜିରେ ଲାଗିଥାନ୍ତି। ସେ ସିନା ଥିଲା ହିନ୍ଦୁସ୍ତାନର ମାମଲା, କିନ୍ତୁ ଯେଉଁଦିନ ଠାରୁ ହିନ୍ଦୁମାନେ ହିନ୍ଦୁସ୍ତାନ ଛାଡ଼ି ବିଦେଶାଗତ ହେଲେଣି, ଦେବାଦେବୀ ମାନେ ମଧ ସେମାନଙ୍କ ସହିତ ପ୍ରବାସଗମନ ଆରମ୍ଭ କଲେଣି। ପଚାଶ ଷାଠିଏ ବର୍ଷ ଆଗେ ଯେଉଁମାନେ ପାଶ୍ଚାତ୍ୟ ଦେଶମାନଙ୍କୁ ଆସିଥିଲେ ସେମାନେ ନିଜ ନିଜ ଗୃହରେ କୃଷ୍ଣ ଭଗବାନ କିମ୍ବା ଅନ୍ୟାନ୍ୟ ଦେବା ଦେବୀ ମାନଙ୍କ ମୂର୍ତ୍ତି ଅଥବା ତାଙ୍କ ଚିତ୍ର ବା କ୍ୟାଲେଣ୍ଡରକୁ ପୂଜାକରି ସନ୍ତୋଷ ଲାଭ କରୁଥିଲେ। ହେଲେ ସ୍ୱଧର୍ମୀ ଲୋକଙ୍କ ବୃଦ୍ଧି ସଙ୍ଗେ ସଙ୍ଗେ ବିକାଶ ଲାଭ କରିଥିଲା ହିନ୍ଦୁସ୍ତାନ ଭଳି ମନ୍ଦିର ମାନଙ୍କର ଆବଶ୍ୟକତା ଏବଂ ସେହି ନିର୍ଣ୍ଣୟ ନେଇ ବିଭିନ୍ନ ସ୍ଥାନରେ ନୂତନ ମନ୍ଦିର ମାନଙ୍କର ନିର୍ମାଣର ସ୍ୱପ୍ନ ଦେଖ୍ଥିଲେ ହିନ୍ଦୁମାନେ। କିନ୍ତୁ ମନ୍ଦିର ନିର୍ମାଣ ପାଇଁ ଅର୍ଥର ଅନେକ ଆବଶ୍ୟକତା ଥାଏ। ସେ ପ୍ରକାର ଅର୍ଥାଗମନ ନିମନ୍ତେ ଆଞ୍ଚଲିକ ସହଧର୍ମୀ ମାନଙ୍କର ଘନତା, ଘନିଷ୍ଠତା ଏବଂ ଉଦ୍ୟୋଗର ଆବଶ୍ୟକତା ମଧ ଦରକାର। ସେହି ପରିପାର୍ଶ୍ୱିକ ଦୃଷ୍ଟିକୁ ନେଇ ନ୍ୟୁୟର୍କ, ସାନଫ୍ରାନସିସ୍କୋ, ଏବଂ Detroit ଭଳି ସହରରେ ମନ୍ଦିର ନିର୍ମାଣ ଏବଂ ଆଧ୍ୟାତ୍ମିକ ସଂସ୍ଥାମାନଙ୍କର ଅଗ୍ରଗତି ହୋଇଥିବା ସ୍ୱାଭାବିକ। ପୁଣି ମନ୍ଦିରମାନଙ୍କର ମୁଖ୍ୟ ଦେବତାଙ୍କୁ ନିର୍ଣ୍ଣୟ କରିବା ଏବଂ ମନ୍ଦିର ନାମକରଣ କରିବାଟା ଅନେକାଂଶରେ ବ୍ୟକ୍ତି, ଗୋଷ୍ଠୀ ସଚଳତା ଏବଂ ଆର୍ଥିକ ଦାନ ଉପରେ ନିର୍ଭର କରିଥାଏ। ସେଇ ଦୃଷ୍ଟିରୁ କେଉଁଠି ତିରୁପତି ମନ୍ଦିର ତ କେଉଁଠି ଗଣେଶ ମନ୍ଦିର, ଅଥବା ଜଗନ୍ନାଥ ମନ୍ଦିର। ତାହାର ଅର୍ଥ ନୁହେଁ ଯେ ଅନ୍ୟାନ୍ୟ ଦେବଦେବୀ ମାନଙ୍କୁ ସେ ସମସ୍ତ ମନ୍ଦିରରେ ସ୍ଥାନ ଦିଆ ଯାଇନଥାଏ। ତେବେ ସେ ସମସ୍ତ ଦେବତା, ଦେବୀ ଏବଂ ଦଶାବତାର ବିଗ୍ରହ ମାନଙ୍କୁ ମୁଖ୍ୟ ମନ୍ଦିରର ବାହାରେ ଛୋଟ ଛୋଟ କୋଣରେ ସ୍ଥାପନା କରାହୋଇ ରଖାଯାଇଥାନ୍ତି। ଭକ୍ତମାନେ ମୁଖ୍ୟ ଦେବୀ ଓ ଦେବତାଙ୍କୁ ବୃହଦ୍‌ଭାଗରେ ଧ୍ୟାନ ବା ପୂଜା କଲାପରେ ପାର୍ଶ୍ୱଦେବତାଙ୍କ ପାଇଁ ଦଶ ପନ୍ଦର ସେକଣ୍ଡ ଦେବାଟା ଯଥେଷ୍ଟ ମନେ କରନ୍ତି।

ପ୍ରବାସୀ ଭାରତୀୟଙ୍କ ସଂଖ୍ୟା ବର୍ଦ୍ଧନକୁ ନେଇ ଆମେରିକାର ବଡ଼ଠାରୁ ଛୋଟ ସହର ପର୍ଯ୍ୟନ୍ତ ହିନ୍ଦୁ ମନ୍ଦିର ନିର୍ମାଣ ଏକ ସାମ୍ପ୍ରଦାୟିକ ପ୍ରଥା ହୋଇ ପଡ଼ିଥିଲା ? ସେହି ସମୀକ୍ଷା ମଧ୍ୟରେ ଅଗରଭିଲ (Agarville)ରେ ବାସ କରୁଥିବା ହିନ୍ଦୁମାନେ ମଧ ଏକ ମନ୍ଦିର ନିର୍ମାଣର ସ୍ୱପ୍ନ ଦେଖ୍ଥିଲେ। ସ୍ୱପ୍ନ ହିଁ ଯୋଜନାର ସଫଳତାର ପ୍ରଥମ ପଦକ୍ଷେପ। ସଫଳତା ସମ୍ମିଳିତ ଅଧବସାୟ ହୋଇପାରେ କିନ୍ତୁ ତା ପାଇଁ ଉଦ୍ୟମଟା ଅନେକ ଭାଗରେ ବ୍ୟକ୍ତିଗତ। ଅନେକ ଲୋକ ସମାରୋହ କିମ୍ବା ସମ୍ମିଳନୀକୁ ଆସିପାରନ୍ତି

ମାତ୍ର ସେ ସମସ୍ତର ଆବାହକ କେବଳ ଜଣେ ଦୁଇଜଣ ଥାଆନ୍ତି । ସେମାନେ ହେଲେ ପ୍ରକୃତ 'ପଥ ପ୍ରଦର୍ଶକ ନେତା' । ସେହି ପରିଦୃଷ୍ଟିରୁ 'ମନ୍ଦିର ନିର୍ମାଣ ସମ୍ମିଳନୀ'ର ଆବାହକ ଥିଲେ ଅଗରଭିଲର ଏବଂ Panda Brothers Veterinary Clinicsର Proprietor ଡକ୍ଟର Dan ଓରଫ ଧନଞ୍ଜୟ ଓ ଡକ୍ଟର Chuck ଓରଫ ଚକ୍ରଧର ପଣ୍ଡା । ଯଦିଓ Drs Dan ଏବଂ Chuck ପଣ୍ଡା ସହଜିକରଣ ପ୍ରଥାରେ ନିଜର ନାମକୁ ସାମାନ୍ୟ ଖ୍ରିଷ୍ଟିଆନ ପୁଟ ଦେଇଥିଲେ କିନ୍ତୁ ହୃଦୟରେ ସେମାନେ ଥିଲେ ଅସଲ ହିନ୍ଦୁ ଏବଂ ସେହି ପ୍ରେରଣାର ଅନୁଭୂତିରୁ ଦୁହେଁ ମନ୍ଦିର ତୋଳାର ସ୍ୱପ୍ନ ଦେଖିଥିଲେ ଏବଂ meetingର ଆବାହନ କରିଥିଲେ । ମନ୍ଦିର ନିର୍ମାଣ ଯେ ହିନ୍ଦୁ ସମ୍ପ୍ରଦାୟ ପାଇଁ ହିତକାରୀ, ସେଥିରେ meetingର ଯୋଗଦାତାମାନେ ନିଃସନ୍ଦେହ ଥିଲେ । ଅନ୍ତତଃ ପକ୍ଷେ ସାମ୍ପ୍ରଦାୟିକ ସମାବେଶ ସ୍ଥୂଳୀ ଭାବରେ ଲୋକମାନଙ୍କ ମଧ୍ୟରେ ସମ୍ବନ୍ଧ ସ୍ଥାପନରେ ଯେ ମନ୍ଦିର ସାହାଯ୍ୟ କରିଥାଏ, ସେଥିରେ ସମସ୍ତଙ୍କ ବିଶ୍ୱାସ ମଧ୍ୟ ଥିଲା । ମନ୍ଦିରସ୍ଥ ସମୃଦ୍ଧ ସାଧୁ ଭାବନା ଯେ ଲୋକମାନଙ୍କର ଆଧ୍ୟାତ୍ମିକ ଚିନ୍ତାଧାରାକୁ ସ୍ଥୂଳ କରେ ତାହା ମଧ୍ୟ ଅନେକ ଜାଣିଥିଲେ । ପୁନଶ୍ଚ ପିଲାଛୁଆମାନଙ୍କର ଦରକାର ପଡ଼ୁ ନପଡ଼ୁ, ପ୍ରଥମ ପିଢ଼ିର ପ୍ରବାସୀମାନଙ୍କ ପାଇଁ ମନ୍ଦିର ଯେ ପ୍ରୟୋଜନ ଉପଯୋଗୀ ସଂସ୍ଥା ତାହା ଅନୁଭବ କରିବା ପାଇଁ କାହାରିକୁ ଅସୁବିଧା ହୋଇ ନଥିଲା । ଦେଶରୁ ଭ୍ରମଣ କରି ଆସୁଥିବା ବାପା, ମା, ଶାଶୁ, ଶ୍ୱଶୁର, ଓ ଜ୍ଞାତି କୁଟୁମ୍ବଙ୍କ ପାଇଁ ମନ୍ଦିର ଯେ ହିତଜନକ ହୋଇଥାଏ ତାହା ମଧ୍ୟ ଅନେକ ସ୍ୱୀକାର କରିଥିଲେ । ପୁଣି ପୂଜା ପର୍ବାଣିରେ ଅନେକ ବନ୍ଧୁ ମିଳନ ଏବଂ ପ୍ରସାଦ ଭୋଜନ ଯେ ଏକ ଆମୋଦ ଦାୟକ ପରିସ୍ଥିତି ହୋଇଥାଏ, ତାହା ମଧ୍ୟ ଥିଲା ଏକ ଅକାଟ୍ୟ ଯୁକ୍ତି । ସେହି ସମସ୍ତ ଆବଶ୍ୟକତାକୁ ନେଇ ଅଗରଭିଲର ହିନ୍ଦୁମାନେ ସମ୍ମତ ଥିଲେ ମନ୍ଦିର ନିର୍ମାଣ ନିମନ୍ତେ । ହେଲେ କଥାଟା ଆସି ଅଟକିଥିଲା ଯେ 'କେଉଁ ଠାକୁରଙ୍କ ନାମରେ ସେ ମନ୍ଦିର ସ୍ଥାପନ କରାଯିବ' । ଯଦିଓ ସମସ୍ତେ ଭାରତୀୟ ହିନ୍ଦୁ ଏବଂ ସମସ୍ତଙ୍କ ପାଇଁ ସବୁ ଦେବତା ମାନେ ପୂଜ୍ୟ, ହେଲେ ପୁରାତନ ଜୀବନର ଅନୁଭୂତି ଏବଂ ସ୍ୱଭାବ ବର୍ତ୍ତମାନର ଭକ୍ତିକୁ ଅନେକ ଭାବରେ ପ୍ରଭାବିତ କରିଥାଏ । ତେଣୁ ବଙ୍ଗାଳୀମାନଙ୍କ ପାଇଁ କାଳୀ ମନ୍ଦିର, ତାମିଲମାନଙ୍କ ପାଇଁ ବାଲାଜୀ ମନ୍ଦିର, ଓଡ଼ିଆଙ୍କ ପାଇଁ ଜଗନ୍ନାଥ ମନ୍ଦିର ଓ ଗୁଜରାଟୀମାନଙ୍କ ପାଇଁ ବିନାୟକ ମନ୍ଦିର ମୁଖ୍ୟ ମନ୍ଦିର ହେବା ସ୍ୱାଭାବିକ । ସେ ପାଇଁ ଯୁକ୍ତି କରିବା ମଧ୍ୟ ଅସମୀଚୀନ । ଅବଶ୍ୟ ତାହାର ଅର୍ଥ ନୁହେଁ ଯେ ସେ ମନ୍ଦିରରେ ଅନ୍ୟାନ୍ୟ ଠାକୁର ଠାକୁରାଣୀ ମାନେ ବିଜୟ କରିବେ ନାହିଁ । ତେବେ ମନ୍ଦିର ଯାହାଙ୍କ ନାମରେ ହେବ ସେ ହେବେ ମନ୍ଦିରର ମୁଖ୍ୟ ଦେବତା ଏବଂ ତାଙ୍କ ଆରତୀ ପ୍ରଥମେ ହେବା ସ୍ୱାଭାବିକ । ଏ ପ୍ରକାର ଯୋଜନା

ଏବଂ ନାମକରଣରେ ସେ ପ୍ରଧାନ ଦେବତା ଏବଂ ଦେବୀ ମାନଙ୍କର କୃପା ଥାଏ କି ନାହିଁ ତାହା ଅନୁମାନ କରିବା ଅବଶ୍ୟ ମଣିଷ ପକ୍ଷେ ଅସମ୍ଭବ। କିନ୍ତୁ ତର୍କ ଶାସ୍ତ୍ର ଅନୁଯାୟୀ ଦେବାଦେବୀଙ୍କ ପ୍ରାଧାନ୍ୟତା ନିର୍ଭର କରିଥାଏ କତିପେୟ 'ଅର୍ଥଶାଳୀ' ବ୍ୟକ୍ତିଙ୍କ ଉପରେ ଯେଉଁମାନଙ୍କ ଉକ୍ରୁଷ୍ଟ ଅର୍ଥଦାନକୁ ନେଇ ଠାକୁରଙ୍କ ପ୍ରାଧାନ୍ୟ ନିର୍ଣ୍ଣୟ ହୋଇଥାଏ, ବିଗ୍ରହ ପ୍ରତିଷ୍ଠାର ବ୍ୟବସ୍ଥା କରାଯାଇଥାଏ ଓ ତାହା ସହିତ ମନ୍ଦିରର ନାମକରଣ। ସେହି ଚିନ୍ତାଧାରାକୁ ନେଇ Houstonରେ ରାଧାକୃଷ୍ଣ ମନ୍ଦିର, ନ୍ୟୁଜର୍ସିରେ ତିରୁପତି ମନ୍ଦିର ପ୍ରତିଷ୍ଠା ହେବା ସ୍ୱାଭାବିକ, ହେଲେ Agarvilleରେ ହିନ୍ଦୁମାନଙ୍କ ସଂଖ୍ୟା ଅନେକ କମ୍। ତେଣୁ ସେଠାରେ ଯେ କେଉଁ ଦେବତାଙ୍କ ମନ୍ଦିର ପ୍ରତିଷ୍ଠାନ ହେବ ତାହାର ନିର୍ଣ୍ଣୟ ଅନେକ ପରେ କରା ଯାଇପାରିଥାନ୍ତା। କିନ୍ତୁ ହଠାତ୍ BN Rao (ବିଶାଖାପାଟ୍‌ନାମ ନରସିଂହ ରାଓ) ମତ ଦାନ କଲେ ଅଗରଭିଲରେ ଗୋଟିଏ ସାଇବାବାଙ୍କ ମନ୍ଦିର ନିର୍ମାଣ କରିବା ଉପଯୁକ୍ତ ହେବ। ତାଙ୍କ କଥା ସରୁଣୁ ନସରୁଣୁ BB Agarwal (ବ୍ୟାପାରିକ ବୁଦ୍ଧି ଅଗ୍ରୱ୍ୱାଲ) କହିଲେ 'ଶ୍ରୀ ହନୁମାନ ମନ୍ଦିର' ସ୍ଥାପନା, Agarville ପାଇଁ ଠିକ୍ ହେବ। ଅବଶ୍ୟ ଶ୍ରୀ ନରସିଂହମ ଏବଂ ଇଂଜିନିୟର ଅଗ୍ରୱ୍ୱାଲ ଠିକ୍ କହୁଥିଲେ କାରଣ ବିଭିନ୍ନ ସ୍ଥାନରେ ଦୁର୍ଗା, ବିଷ୍ଣୁ ଏବଂ ଶିବଙ୍କୁ ନେଇ ଅନେକ ମନ୍ଦିର ହେଲାଣି କିନ୍ତୁ ସାଇବାବା ଏବଂ ହନୁମାନଙ୍କ ନାମରେ ପାଶ୍ଚାତ୍ୟ ଦେଶରେ ବେଶୀ ମନ୍ଦିର ଥିବା ଶୁଣା ନାହିଁ। ଏ ପ୍ରକାର ମନ୍ଦିର ତୋଲନାରେ ଯେ ଅନେକ ନୂତନତା ଏବଂ ବିଶେଷତା ଥାଇପାରେ ତାହା ନିର୍ଣ୍ଣିତ। ହେଲେ ସମସ୍ତ ଯୁକ୍ତିର ଶେଷ ଥିଲା ଅର୍ଥ ପାଖରେ। Panda Brothers ଦ୍ୱୟ ଥିଲେ professionally ଡାକ୍ତର। ଲୋକମାନଙ୍କ ଚିନ୍ତାଧାରା ଅନୁଯାୟୀ, ଡାକ୍ତରମାନଙ୍କ ସ୍ୱଚ୍ଛଳ ଅର୍ଥାଗମରୁ ସେମାନଙ୍କ ଦାନଭାଗଟା ବିଶେଷ ଭାବରେ ହୋଇଥାଏ, ଯାହାଦ୍ୱାରା ମନ୍ଦିର ପ୍ରତିଷ୍ଠାନଟା ସେମାନଙ୍କ ପକ୍ଷରେ ଥାଏ। ମାତ୍ର Agarvilleରେ ବାସ କରୁଥିବା ହିନ୍ଦୁ ଡାକ୍ତରଙ୍କ ସଂଖ୍ୟା ଥିଲା ଶୂନ୍ୟ। ସେଇ ଦୃଷ୍ଟିରୁ ସମସ୍ତଙ୍କର ବିଶ୍ୱାସ ଥିଲା Panda Brothersଙ୍କ ଉପରେ, ଯଦିଓ ଦୁହେଁ Dan ଓ Chuck ପଣ୍ଡା ଥିଲେ 'ପଶୁ ଭେଷଜ ବିଜ୍ଞାନ ସିଦ୍ଧ' ତେବେ Dan Pandaଙ୍କୁ 'ହନୁମାନ ମନ୍ଦିର ସ୍ଥାପନା ବିଚାର' ପୁଣି, ପ୍ରଥମ meetingରେ, ବିବ୍ରତ କରିଥିଲା। କିନ୍ତୁ meetingର ଆବାହକ ହିସାବରେ Dan Panda ଚୁପ ରହିଥିଲେ। ମାତ୍ର TN Reddy (ତାମିଲନାଡୁ ରେଡ୍ଡୀ)ଙ୍କ ପାଇଁ ସେ ଗୁଡ଼ିକ ଯେମିତି ଅନୁକୂଳ ପ୍ରସ୍ତାବ ନଥିଲା। କିନ୍ତୁ ରେଡ୍ଡୀ ବାବୁ ତାଙ୍କର ଉତ୍ତେଜନାକୁ ଲୁକ୍କାୟିତ କରି ପାରି ନଥିଲେ ଏବଂ ସେ ତାଙ୍କ ମତବ୍ୟ ଅଗତ୍ୟା ପ୍ରଦାନ କରିଥିଲେ। 'ଏତେ ଦେବତା ଦେବୀମାନଙ୍କୁ ଛାଡ଼ି ଏ ହନୁମାନ ମନ୍ଦିରର ସ୍ଥାପନାର ଅର୍ଥଟା କଣ ହେଲା ବା ରାମଭକ୍ତ

ହନୁମାନଙ୍କର ଅନେକ ମନ୍ଦିର ହିନ୍ଦୁସ୍ଥାନରେ ଅଛି ତେବେ ଏଠାରେ ତାଙ୍କ ମନ୍ଦିର ହେବା କ'ଣ ଦରକାର ? ଗୋରୁ ଗାଈମାନେ ଭାରତରେ ପୂଜା ପାଆନ୍ତି; କେତେକ ଲୋକ ମୂଷା ଓ ସାପକୁ ମଧ୍ୟ ପୂଜା କରନ୍ତି । 'ଗଣେଶଙ୍କ ବାହନ ମୂଷା, ଶିବଙ୍କ ବାହନ ଷଣ୍ଢ, ପୁଣି ସାପ, ମୟୂର, ସମସ୍ତଙ୍କ ନାମରେ ଗୋଟିଏ ଗୋଟିଏ ମନ୍ଦିର ତୋଲାଅ'। ସର୍ବସାଧାରଣରେ ରେଡ୍ଡି ବାବୁଙ୍କର ଏ ପ୍ରକାର ମନ୍ତବ୍ୟ BB Agarwalଙ୍କୁ ପ୍ରକାଶ୍ୟ ଅପମାନ ଭଳି ଲାଗିଥିଲା । ସେ ହଠାତ୍ ରାଗରେ ପଞ୍ଚମ ହୋଇ ଉଠିଥିଲେ । 'ରେଡ୍ଡି, ତମେ କ'ଣ କହୁଛ ? ବଜରଙ୍ଗବଲୀ ହନୁମାନ ଦେବତା ନୁହନ୍ତି । ତମେ ହିନ୍ଦୁଧର୍ମ ବିଷୟରେ କ'ଣ ଜାଣିଛ ? ଚାରୁପାଣି ଖାଇ କ'ଣ ଭଗବାନଙ୍କୁ ଡକାଯାଏ ?'

Dan Panda ଭାବୁଥିଲେ ଯେମିତି ମନ୍ଦିରର ନିର୍ମାଣର ସେଇଠି ସମାପ୍ତି ? 'କାହିଁ ଠାକୁରଙ୍କ ପାଖରୁ କଥା ଆସି ପହଞ୍ଚିଲାଣି କିଏ କଣ ଖାଉଛି'। Chuck Panda ଭାବୁଥିଲେ ଏଗୁଡ଼ାଙ୍କ ଦ୍ୱାରା ମନ୍ଦିର କ'ଣ, ସାଙ୍ଗରେ ବସି ମଧ୍ୟ ଚାହା ପିଇ ହେବ ନାହିଁ । ମନ୍ଦିର କୁଆଡ଼େ, ଠାକୁର କୁଆଡ଼େ ? କିଛି ଆରମ୍ଭ ହେବା ପୂର୍ବରୁ ସେଠାରେ କେଉଁ ଠାକୁର ବସିବେ, ତାହା ନେଇ ଏତେ କଳିଗୋଳ । ପରେ କଣ କରିବେ ଏମାନେ ? ମନ୍ଦିର ପ୍ରସ୍ତାବ ଯେ ସେଇଠି ଶେଷ ତାହା ନିଶ୍ଚିତ ଜଣା ପଡ଼ୁଥିଲା । ତେବେ Dan Panda ମନରେ ସ୍ଥିରତା ଆଣି କଥାଟାକୁ ବେଶୀ ଆଗେଇବା ପୂର୍ବରୁ ସମ୍ଭାଳିବାକୁ ଚେଷ୍ଟା କରୁଥିଲେ ? ମାତ୍ର ଏଥର Chuck Panda ତାଙ୍କ ଭାବନାର ଗତିକୁ ରୁଦ୍ଧ କଲେ।"

Chuck Panda କହିଲେ 'ଦେଖନ୍ତୁ, ଆପଣମାନେ ଯେଉଁ ଅବସ୍ଥାରେ ଆସି ପହଞ୍ଚିଲେଣି ତାହାଦ୍ୱାରା ମନ୍ଦିର କଣ ଆମ୍ଭେମାନେ ଗୋଟିଏ ସ୍ଥାନରେ ବସି କଥାବାର୍ତ୍ତା ମଧ୍ୟ କରିପାରିବା ନାହିଁ । ମନ୍ଦିର କଥା ତ ଆରମ୍ଭ ହୋଇନାହିଁ, ସେ ବିଷୟରେ ମଧ୍ୟ ବିଶେଷ ଆଲୋଚନା ହୋଇ ନାହିଁ, ଅର୍ଥାଗମ କଥା କେହି ଭାବି ନାହାନ୍ତି କିନ୍ତୁ ଆପଣମାନେ କେଉଁ ମନ୍ଦିର ହେବ ତାହା ଉପରେ ମାଡ଼ଗୋଳ ଆରମ୍ଭ କଲେଣି, ଭବିଷ୍ୟତ ତ ପରେ ଅଛି । ସେ ହନୁମାନ ମନ୍ଦିର ହେଉ ବା ସୀତାରାମ ମନ୍ଦିର ହେଉ କିମ୍ୱା କାଳୀ ମନ୍ଦିର ହେଉ, ଭଗବାନ ତ ସବୁଠାରେ ଅଛନ୍ତି । ଆପଣମାନେ ସମସ୍ତେ ଗୀତା ପଢ଼ିଛନ୍ତି ? ଗୀତାର ଶେଷ ଅଧ୍ୟାୟ ହେଲା, 'ମୋକ୍ଷ ସନ୍ନ୍ୟାସ ଯୋଗ' ଯେଉଁଥିରେ ଶ୍ରୀକୃଷ୍ଣ ଅର୍ଜୁନଙ୍କୁ କହିଥିଲେ:

'ଈଶ୍ୱରଃ ସର୍ବ ଭୁତାନାଂ ହୃଦ୍‌ଦେଶେ ଅର୍ଜୁନ ତିଷ୍ଟତି,
ଭ୍ରାମୟନ୍ ସର୍ବଭୂତାନି ଯନ୍ତ୍ର ରୁଢ଼ ନି ମାୟୟା'

(୧୮ ଅଧ୍ୟାୟ, ଶ୍ଳୋକ ୬୧)

ତା'ର ଅର୍ଥ ହେଲା ଯେ ଭଗବାନ ସମସ୍ତ ପ୍ରାଣୀଙ୍କ ମଧ୍ୟରେ ନିଜ ମାୟାରେ ପ୍ରକଟିତ ହୋଇଥାନ୍ତି; ତାହା ବୃଷଭ ହେଉ କି ନାଗ ହେଉ କି ପେଚା ହେଉ କିମ୍ବା ମୟୂର ହେଉ; ସେ ସମସ୍ତଙ୍କ ଦେହରେ ବିରାଜିତ। ସେଇ ନଶ୍ୱର ଭାବନାକୁ ନେଇ ଆମ ପୂର୍ବପୁରୁଷ ମାନେ ମୂଷା ଠାରୁ ଆରମ୍ଭ କରି ମୟୂର ପର୍ଯ୍ୟନ୍ତ ସମସ୍ତଙ୍କୁ ପୂଜା କରିବାର ସୁଯୋଗ ଦେଇଛନ୍ତି। ତେବେ ଆଗେ ମନ୍ଦିର ନିର୍ମାଣ ପାଇଁ ଅର୍ଥର ବ୍ୟବସ୍ଥା ହେଉ, ତା'ପରେ ଦେଖାଯିବ ଦୁର୍ଗାମାଧବ ମନ୍ଦିର କରାଯିବ କି ଶ୍ୱାନ ମନ୍ଦିର କରାଯିବ।' Dan Panda ଭାବୁଥିଲେ Chuckର କଣ ଆଜି ମୁଣ୍ଡ ଠିକ ନାହିଁ କି? ସେମାନେ ତ ହନୁମାନଙ୍କ ନାମରେ ଏତେ ମାଡ଼ଗୋଳକୁ ଗଲେଣି, ଇଏ କଣ କହୁଛି 'ଶ୍ୱାନ ମନ୍ଦିର' ନିର୍ମାଣ କରିବ?

ମାତ୍ର Chuck ପଣ୍ଡା ଅନର୍ଗଳ ସ୍ୱରରେ କହି ଚାଲିଥାନ୍ତି ଆପଣମାନେ ଭାବୁଥିବେ, ମୋର ଶ୍ୱାନ ମନ୍ଦିର କହିବାର ତାପର୍ଯ୍ୟତା କ'ଣ? ଦେଖନ୍ତୁ ଆମର ଯେତେ ଦେବତା ଏବଂ ଦେବୀମାନେ ଅଛନ୍ତି, ଆମେ ସେମାନଙ୍କ ବାହନମାନଙ୍କୁ ମଧ୍ୟ ପୂଜା କରୁଛୁ। କିନ୍ତୁ ଆପଣମାନେ କହନ୍ତୁ ସେ ମୂଷା ହେଉ କି ଗରୁଡ଼ ହେଉ, ସେ ସମସ୍ତଙ୍କର ମନୁଷ୍ୟ ପ୍ରତି ଅବଦାନ କ'ଣ? ଗଣେଶଙ୍କ ବାହନ ମୂଷା ମଣିଷର କ'ଣ କ୍ଷତି ଯେ ସେ ନ କରେ, ଲକ୍ଷ୍ମୀଙ୍କ ବାହନ ପେଚା ଶଢ ମନୁଷ୍ୟ ମନରେ ଆତଙ୍କ ଆଣେ? ପୁଣି ନାଗ ସାପ! ଆମ ଦେଶରେ ସାପ କାମୁଡ଼ାରେ ସହସ୍ର ସହସ୍ର ବ୍ୟକ୍ତି ପ୍ରାଣ ହରାଉଛନ୍ତି। ତେବେ କିଏ 'ନାଗ ପଞ୍ଚମୀ' ପାଳୁଛି ତ କିଏ ଶିବରାତ୍ରୀରେ ଷଣ ପୂଜା କରୁଛି? ଅଥଚ ମନୁଷ୍ୟର ବିଶିଷ୍ଟ ବିଶ୍ୱସ୍ତ ପୋଷାଜୀବ 'ଶ୍ୱାନ'ର ପୂଜା ନାହିଁ? ଶ୍ୱାନ, ଯାହାର ବିଶ୍ୱସ୍ତତା ମନୁଷ୍ୟ ପାଇଁ ଏକ ଅବଦାନ, ଅନ୍ଧର ସେ ଆଖି ସମାନ, ତା'ର ତ କୌଣସି ସମୀକ୍ଷା ପୁରାଣରେ ନାହିଁ। ମହାଭାରତରେ କେବଳ ଶ୍ୱାନ ହିଁ ଯୁଧିଷ୍ଠିରଙ୍କ ସହ ସ୍ୱର୍ଗକୁ ଯାଇଥିଲା। ଭୂମିକମ୍ପ ହେଉ କିମ୍ବା ଝଡ଼ ବାତ୍ୟା ହେଉ କିମ୍ବା ଚୋର ଧରିବା ହେଉ ସବୁଠାରେ, ଶ୍ୱାନର ସାହାଯ୍ୟ ନିଆଯାଏ। ହସ୍ପିଟାଲରେ ଶ୍ୱାନ ହିଁ ଯାଇ ରୋଗୀକୁ ଉତ୍ସାହ ଦିଏ। ସେ ସମୟରେ କେହି ହଂସ, ମୂଷା, ଷଣ କିମ୍ବା ସିଂହର ସାହାଯ୍ୟ ନିଅନ୍ତି ନାହିଁ। ମୋତେ ଆଶ୍ଚର୍ଯ୍ୟ ଲାଗୁଛି ଯେ ଆମର ପିତା, ପ୍ରପିତାମହମାନେ କେଉଁ କାରଣରୁ କୁକୁର ଏବଂ ବିଲେଇ, ଯେଉଁମାନେ ମାନବର ବିଶ୍ୱସ୍ତ, ତାଙ୍କୁ କାହିଁକି ଦେବତା ଓ ଦେବୀ ମାନଙ୍କ ବାହନ ହେବାରୁ ବିରତି ଦେଇଥିଲେ। ଅନେକ ଦୃଷ୍ଟିରୁ, ବିଶେଷକରି, ଶ୍ୱାନକୁ, ସେ ସୌଭାଗ୍ୟରୁ ବଞ୍ଚିତ କରି ତାହା ପ୍ରତି ଅନେକ ଅନ୍ୟାୟ କରାଯାଇଛି। ବାସ୍ତବିକ ଶ୍ୱାନ ଭଲି ପ୍ରାଣୀ ମନୁଷ୍ୟର ପୂଜା ଯୋଗ୍ୟ। ଆମେ ବିଶ୍ୱକର୍ମା ପୂଜାଦିନ ମେସିନ୍, କୋଦାଳ, ଲଙ୍ଗଳ ପୂଜା କରୁଛେ କାରଣ ତୋହା

ଦ୍ୱାରା ଆମର କାର୍ଯ୍ୟ ସମ୍ପନ୍ନ ହେଉଛି କିନ୍ତୁ କୁକୁର, ଯେ ମାନବର ଏତେ ବିଶ୍ୱସ୍ତ, ତା'ର ତ କିଛି ଆରାଧନା ହେଉ ନାହିଁ। ମୋ ମତରେ ଅଗରଭିଲରେ ବରଂ ହନୁମାନ ମନ୍ଦିର ନକରି ଶ୍ୱାନ ମନ୍ଦିର ସ୍ଥାପନ କରିବାଟା ବିଶେଷ ସମିଚୀନ ହେବ।'

କଥାରେ କହନ୍ତି 'ଲୋକ ମହରଗରୁ ଯାଇ କାନ୍ତାରରେ ପଡ଼େ'। Chuck Panda ଯେ ହନୁମାନ ମନ୍ଦିର ଦୃଶ୍ୟକୁ ନେଇ ଶ୍ୱାନ ମନ୍ଦିରରେ ସମ୍ବିତ କରିବେ, ଏ ବିଷୟରେ କେହି ଭାବି ନଥିଲେ, ବିଶେଷକରି ତାଙ୍କ ଭାଇ Dan ପଣ୍ଡା।

ଚକ୍ ପଣ୍ଡା କହି ଚାଲିଥାନ୍ତି, 'ଆପଣମାନେ ଜାଣନ୍ତି ଈଶ୍ୱର ହେଲେ ଏକ ସେ ସବୁଠାରେ ଅବସ୍ଥିତ; ଆପଣମାନେ ଦୁର୍ଗାଙ୍କୁ ପ୍ରଣାମ କରନ୍ତୁ ବା ଜଗନ୍ନାଥଙ୍କୁ, କିମ୍ବା ଆଲ୍ଲାଙ୍କୁ ଡ଼ାକନ୍ତୁ ବା ହନୁମାନଙ୍କୁ ଅଥବା ଶ୍ୱାନ ଦେବଙ୍କୁ ବନ୍ଦନା କରନ୍ତୁ, ସେ ସମସ୍ତ ଯିବ ସେଇ ଗୋଟିଏ ଈଶ୍ୱରଙ୍କ ପାଖକୁ ଯାହା ଶଙ୍କରାଚାର୍ଯ୍ୟ କହିଥିଲେ:

'ଆକାଶାତ୍ ପତିତମ୍ ତୋୟଂ ଯଥା ଗଚ୍ଛତି ସାଗରଂ
ସର୍ବ ଦେବ ନମସ୍କାରଃ ଗୋବିନ୍ଦମ୍ ପ୍ରତି ଗଚ୍ଛତି'

ତେଣୁ ମୋ ମତରେ Agarvilleରେ ଶ୍ୱାନ ମନ୍ଦିର ସ୍ଥାପନା ଅନେକ ନୂତନତା ଏବଂ ବିଶେଷତା ଆଣିବ ଏବଂ ତାହା ମଧ ଶ୍ୱାନ ଭଳି ଏକ ବିଶ୍ୱସ୍ତ ପ୍ରାଣୀ ପାଇଁ ଆଧ୍ୟାମିକ ଜଗତରେ ବିଶିଷ୍ଟ ସ୍ଥାନ ସୃଷ୍ଟି କରିବ ଓ ହିନ୍ଦୁ ଧର୍ମ ପନ୍ଥାର ବିବର୍ତ୍ତନ ଆଣିବ। "Everything has a beginning; after all, cultures evolve; we cannot afford to be pedantic".

ଚକ୍ ପଣ୍ଡାଙ୍କ ଏ ବକ୍ତବ୍ୟରେ କେତେକ ଲୋକ ଅଶ୍ୱସ୍ତି ବୋଧ କଲା ଭଳି ଲାଗୁଥିଲେ; ହେଲେ, ଡାନ୍ ପଣ୍ଡା ଅନେକ ପ୍ରୀତି ଲାଭ କରୁଥିଲେ ମନେ ମନେ ଭାବୁଥିଲେ, 'ଭାଇ ହୋ ତୋ ଏଇସା'। ଆଉ ଯାହା ହେଉ ନହେଉ 'ଶ୍ୱାନ ମନ୍ଦିର' ଯେ "Panda Brothers Veterinary Clinic' ପାଇଁ ପ୍ରୟୋଜନୀୟ ହୋଇପାରେ, ସେଥିରେ ସେ ନିଃସନ୍ଦେହ ଥିଲେ।

ANADI NAYAK
ଅନାଦି ନାୟକ

ଅନାଦି ନାୟକ ଓଡ଼ିଶାରେ ଜନ୍ମ ହୋଇଥିଲେ ଓ ବିନୋବା ଭାବେଙ୍କ ଭୂଦାନ ଓ ସର୍ବୋଦୟ ଆନ୍ଦୋଳନରେ ଭାଗନେଇ ସାରା ଓଡ଼ିଶା ପଦଯାତ୍ରା କରିଥିଲେ। ସେ ଜୟପ୍ରକାଶ ନାରାୟଣଙ୍କ ଦ୍ୱାରା ପ୍ରେରିତ ହୋଇ ବିଭିନ୍ନ ସାମାଜିକ କାର୍ଯ୍ୟକ୍ରମର ନେତୃତ୍ୱ ନେଇଥିଲେ। ୧୯୭୫ରେ ଜେଲ ଯାଇଥିଲେ ଓ ସମ୍ପ୍ରତି ସେ ମେରିଲାଣ୍ଡ ରାଜ୍ୟର ଫ୍ରେଡ଼ରିକ୍ ସହରରେ ରହୁଛନ୍ତି। ସେ ଓଡ଼ିଆ ଓ ଇଂରାଜୀରେ ଅନେକ ପୁସ୍ତକ ରଚନା କରିଛନ୍ତି।

ଗାଆଁ: ଝିଅର ବାହାଘର

ଜରରେ ଦେହ ଶୀତେଇ ଉଠୁଥିଲେ ସୁଦ୍ଧା। ସେ ଅଷାଢ଼ରେ ଗାମୁଛା। ଭିଡ଼ି ବର୍ଷାରେ ଭିଜିଭିଜି କାମ କରିଛି। କାରଖାନାର ବାବୁ ଭାୟ୍ୟା ଲୋକେ ବେଳେବେଳେ ତାକୁ ଦୋ ଅକ୍ଷରାରେ ସମ୍ବୋଧନ କରିଛନ୍ତି-ସେ ପ୍ରତିବାଦ କରିନି। ଗାଲିଗୁଡ଼ାକ ତା'ର ଦେହସୁହା ହୋଇ ଯାଇଛି। କୌଣସି ଦୁଃଖ, କୌଣସି ଅପମାନ ତାକୁ ଚଟକଲର କାମ ପ୍ରତି ବିତସ୍ପହ କରିପାରିନାହିଁ। ସେ ଗୀତା ପଢ଼ିନାହିଁ। ଗୀତାର ସ୍ଥିତପ୍ରଜ୍ଞ ପରି ସେ କିନ୍ତୁ ନିରୁଦ୍ବିଗ୍ନ ହେବାକୁ ଚେଷ୍ଟା କରି ଆସିଛନ୍ତି।

ସହରର ଟ୍ରାମ୍ କିମ୍ବା ବସ୍‌ରେ, ରେଲଗାଡ଼ିର ପ୍ରଥମ ଶ୍ରେଣୀ କମ୍ପାର୍ଟମେଣ୍ଟରେ କିମ୍ବା ରିଜର୍ଭ ସିଟରେ ବସି ଆସିଥିବା ଅନେକ ଝିଅ ତା'ର ନଜରରେ ପଡ଼ନ୍ତି। ସେମାନଙ୍କ ଇତିବୃତ୍ତି ଖୋଜିଲେ ହୁଏତ ଜଣାପଡ଼ିବ ସେମାନଙ୍କ ଭିତରୁ ବାର ପଣ ଗାଆଁରୁ ହିଁ: ଆସିଛନ୍ତି। କିନ୍ତୁ ସହରୀ ଜୀବନରେ ଏବେ ସେମାନେ ନିଜକୁ ମିଳାଇ ନେଇଛନ୍ତି। ଲ୍ୟୁହାର ଗିଲାସ ଉପରେ ପିଉଲର କଲେଇ କରି ଦେଲେ ଯେମିତି ଜାଣି ହୁଏନା- ଜିନିଷଟା ପିଉଲ କି ଲ୍ୟୁହା, ଠିକ୍ ସେଇମିତି ସେମାନେ ଗାଆଁରୁ ଆସିଛନ୍ତି କି ସହରରେ ମୂଳରୁ ବଢ଼ିଛନ୍ତି ସମୟକ୍ରମେ ବୁଝି ପାରିବା କଷ୍ଟକର ହୁଏ। କିନ୍ତୁ ଗାଆଁ ଝିଅ -ଏଇ ଶବ୍ଦଟିର ଓଡ଼ିଆ ଭାଷାରେ ଏକ ଭିନ୍ନ ଅର୍ଥ ରହିଛି- ଅନ୍ତତଃ ନୀଳାମ୍ବର ପାଇଁ।

ପନ୍ଦର ବର୍ଷ ତଳେ । ନୀଳାମ୍ବର ପତ୍ନୀକୁ ବାହା ହୋଇଥିଲା । ପତ୍ନୀ ଥିଲା ଗୋଟିଏ ଗାଆଁ ଝିଅ । ପତ୍ନୀର ବୟସ ସେତେବେଳକୁ ଷୋହଳ । ଝିଅମାନଙ୍କୁ ଚଉଦ ବର୍ଷ ଟେଙ୍ଗାଁ ପଡ଼ିଲେ ସ୍ୱାଭାବିକ ଭାବରେ ଯେଉଁ ମନ ଫୁଲାଣିଆ ରୂପର ଝଲକ ସେମାନଙ୍କ ଦେହରେ ଫୁଟି ଉଠେ ପତ୍ନୀ ଦେହରେ ସେତକ ସତେ ଯେମିତି ଲହଡ଼ି ଖେଳୁଥିଲା । ସେ ଗୋରୀ ନ ଥିଲା । ତଥାପି ତା'ର ବର୍ଷ ପୂରାପୂରି କଳା ଥିଲାନି—ଶ୍ୟାମଳ ବର୍ଷ କହିଲେ ଯାହା ବୁଝାଯାଏ, ଠିକ୍ ସେଇମିତି । ଗହିରିଆ କୂଅରୁ ପାଣି କାଢ଼ି, ଘରର ଗାଈ ପାଇଁ ବିଚିଲି କିମ୍ବ ଦାନା ସିଝାଇ, ଶୀତ ଦିନେ ଭୋରରୁ ବାଡ଼ିରେ, ପିଠଉ ବାଟି, ଧାନ ଉଷ୍ଖୋଇ, ରନ୍ଧାବଢ଼ା କରି ଅଜାଣତରେ ଦେହ ତା'ର ମଜବୁତ ହୋଇ ଯାଇଥିଲା । ତା' ସାଙ୍ଗକୁ ପୁଣି ଓଡ଼ିଆ ଘରର ପଖାଳ ଭାତ, ବଡ଼ିଚୂରା ଖାଇ ସେ ବଢ଼ିଚି । ବଳିଲା ବଳିଲା ଦେହରେ ତା'ର ଷୋଳ ବର୍ଷର ପ୍ରଭାବ ବେଶ୍ ବାରି ହୋଇ ପଡ଼ୁଥିଲା । ଅଶୀ ବର୍ଷର ବୁଢ଼ାଠାରୁ ଆରମ୍ଭ କରି ପନ୍ଦର ବର୍ଷର ଟୋକା ଯାଏ ସମସ୍ତଙ୍କ ଆଖିକୁ ସେ ଭଲ ଦିଶୁଥିଲା— କମ କରା ପିଠୁଲାଟିଏ ପରି ।

ପତ୍ନୀର ସେତେବେଳେ ରୂପ କୌଣସି ବୃଦ୍ଧକୁ ତା'ର ତରୁଣ ଅବସ୍ଥାଟା ମନେ ପକାଇ ଦିଏ । ଆଖି ଆଗରେ ଝଲସି ଉଠେ ଷାଠିଏ ବର୍ଷ ତଳେ ବୋହୂ ହୋଇ ଆସିଥିବା ସେ କେଉଁ କଅଁଳ କୁଆଁରୀର ମୂର୍ତ୍ତି—ଲାବଣ୍ୟର ପ୍ରତିଛବି । ହେଲେ ଆଜି କିନ୍ତୁ ସେ ଏକୁଟିଆ, ବିପତ୍ନୀକ । ସମୟର ଦୁଷ୍ଟ ଚକ୍ରାନ୍ତରେ ବୟସ ବଢ଼ିଛି । ଦାନ୍ତ ପଡ଼ିଛି । ବାଳ ପାଚିଛି । ଚମ ବଳି ବଳି ହୋଇଛି । ଖାଲି ରହିଯାଇଛି ଅତୀତର ସ୍ମୃତି । ବୃଦ୍ଧ ନିରାଶ ହୁଏ । ପରକ୍ଷଣରେ ମନରେ ତା'ର ଦେଖାଦିଏ ସୀମାହୀନ ସ୍ନେହ । ଷୋଳ ବର୍ଷରଏଇ ଝିଅଟି କାଲି ସକାଳେ ହୁଏତ ଜନ୍ମ ହୋଇ କୁଆଁକୁଆଁ ଡାକିଥିବ । ଛୋଟବେଳେ ଧୂଳିରେ ଗଡ଼ିଥିବ । ପୋକ ଜୋକ, ଅଳିଆ-ଅସନା, ଭଲ-ମନ୍ଦ, ସୁଖ ଦୁଃଖ-ଦୁନିଆର ସବୁ ଜିନିଷ ଥିବ ତା' ପାଇଁ ନୂଆ । ମାତ୍ର ଆଜି ସେ ଆତ୍ମାଭିମାନରେ ଉଦ୍‌ବୁଦ୍ଧ – ସେ ରୂପସୀ, ସେ ସୁନ୍ଦରୀ, ସେ ଯୁବତୀ । ପୁଣି ସେଇ ହେବ କୁଳବଧୂ... ବୃଦ୍ଧା । ଏଇତ ଜୀବନ ! ବୃଦ୍ଧ ନିରାଶ ହୁଏ । ତା' ଛାତି ଭିତର ଦେଇ ହଲି ଉଠେ ଗୋଟିଏ ଶୁଖିଲା କାଶ । ସେ ଖେଁ ଖେଁ ହୁଏ ।

ପତ୍ନୀ ନାମକ ସେ କୁମାରୀର ତନୁଶ୍ରୀ କେତେ ସନ୍ତାନ ବସ୍ତଲ ଜନକ ଜନନୀର ହୃଦୟରେ ବାସ୍ତଲ୍ୟ ଜଗାଏ । ନିଃସନ୍ତାନ ସ୍ୱାମୀ ସ୍ତ୍ରୀ ତା'ରି ଭିତର ଦେଇ ଦେଖନ୍ତି ଆପଣାର ଛପିଲୋ ଇଚ୍ଛାକୁ । ତା'ରି ପରି ଝିଅଟିଏ ମୋର ଥାଆନ୍ତା କି । ସେମାନେ ମନେମନେ ଭାବନ୍ତି । ଆଉ ଯୁବକ ? ଯୁବକ ନିରୀକ୍ଷଣ କରେ କୁମାରୀର ଅପରୂପ ଲାବଣ୍ୟ– ଥରେ ନୁହେଁ, ଅଜସ୍ର ଥର ସେ ଚାହେଁ ତାକୁ ଦେଖିବାକୁ । ଖାଲି

ସେତିକି ନୁହେଁ, ତା ସୌନ୍ଦର୍ଯ୍ୟକୁ ଉପଭୋଗ କରିବାର ବାସନା ତା' ଭିତରେ ଲେଲିହାନ ହୋଇ ଜଳିଉଠେ। ମାତ୍ର ପରକ୍ଷଣରେ ପଥରୋଧ କରେ ସମାଜ, ନୀତି, ନିୟମ। ମଣିଷର ଶକ୍ତିଠାରୁ ଏମାନେ ଆହୁରି ଶକ୍ତିଶାଳୀ। ଏଣୁ ସେ ଗଛକୁ ଫେରିଯାଏ। କିନ୍ତୁ ମନ ତା'ର ଲଗାମ ମାନେନା। ସ୍ୱପ୍ନରେ, ଶଯ୍ୟାରେ, ମନ ଭିତରେ ସେ କୁମାରୀର ସୌଷ୍ଠବକୁ ନିରୀକ୍ଷଣ କରେ–ଥରେ ନୁହେଁ ଅନେକ ଥର।

ଝିଅମାନେ ଆସନ୍ତି। ବୋହୂ ବୋହୂକା ଖେଳନ୍ତି। ପୁଚି କିମ୍ୱ ତାଆସ ଖେଳରେ ଆଗ ଡାକ ପକାନ୍ତି– ପତନୀ ଅପା, ପତନୀ ଅପା। ପତନୀ ସେମାନଙ୍କ ପାଖକୁ ଆସେ। ଖେଳରେ ଯୋଗ ଦିଏ। ଖାଲି ସେତିକି ନୁହେଁ, ଚୁଆଁଟୁଆଁ, ଗପ କହେ। ନିଜେ ହସେ ଆଉ ଖେଳେ। ସମସ୍ତଙ୍କୁ ମଧ୍ୟ ହସାଏ, ଖେଳାଏ। ଛୋଟ ପୁଅ ପିଲାମାନେ ଧୂଳି ଖେଳୁଖେଳୁ କଜିଆ ଲାଗିଲେ ମୀମାଂସା ପାଇଁ ଛୁଟିଆସନ୍ତି ପତନୀ ପାଖକୁ। ପତନୀ କାହାକୁ ବିଧାଟାଏ, କାହାକୁ ଚୁମାଟାଏ ଦେଇ ଓ ଆଉ କାହାକୁ ନାଲି ଆଖି ଦେଖାଇ ଚୁପ୍ କରିଦିଏ। ବୋଧେ ଦିଏ। ପ୍ରକୃତରେ ଝିଅମାନଙ୍କ ଅପେକ୍ଷା ପୁଅମାନେ ଟିକିଏ ବେଶୀ ଚଗଲା। ହେଲେ ଧୂଳି ଖେଳରେ ପିଲାବେଳେ ସମସ୍ତେ ସମାନ। ପୁଅକି ଝିଅ କି ଅରୁଆ ଉସ୍ନା –କୌଣସିଟିର ବାରଣ ସେଠରେ ନ ଥାଏ।

ସାଙ୍ଗ ମହଲରେ ପତନୀର ବେଶ୍ ନାଆଁ ଥିଲା। ବଡ଼ଲୋକ ଘର ନ ହେଲେ ବି ଥିଲା ଘରର ଗୋଟିଏ ବୋଲି ଝିଅ ଥିଲା ସିଏ। ପଡ଼ାପଡ଼ୋଶୀ ସମସ୍ତଙ୍କ ସାଙ୍ଗରେ ତାଙ୍କ ଘରର ଭଲ ସମ୍ପର୍କ। ଏଣୁ କାହାରି ଘରକୁ ଯିବା ଆସିବା କରିବାରେ ତା ଲାଗି କୌଣସି ଆକଟ ନ ଥିଲା। ସମସ୍ତେ ତାକୁ ଭଲ ପାଉଥିଲେ। ଆଉ କିଏ ?

କଥାରେ ଅଛି ଝିଅମାନେ ଚଂଚଳ ବଢ଼ି ଯାଆନ୍ତି। ବିଜ୍ଞାନ ଏ କଥା ମାନୁ କି ନ ମାନୁ ବିଭିନ୍ନ ଦିଗରୁ ପତନୀ ବଢ଼ି ଚାଲିଲା। ବୟସ ବଢ଼ିବା ସାଙ୍ଗକୁ ପତନୀର ଭାବନାରେ ମଧ୍ୟ ପରିବର୍ତ୍ତନ ଘଟିଲା। ଦଶ ବର୍ଷ ବୟସ ପର୍ଯ୍ୟନ୍ତ ଗାଆଁ ଗୋଟାକ ହେଣ୍ଡି ମାରି କଅଁଲା ବାଛୁରୀ ପରି କୁଦାମାରି ବୁଲିବା ଥିଲା ତା'ର ଏକ ଅଭ୍ୟାସ। ସିଏ ଗଛ ଚଢ଼ୁଥିଲା। ମାଛ ଧରୁଥିଲା। ସମାନ ବୟସର ପୁଅ ପିଲାଙ୍କୁ ବିଧାମାରି, କଜିଆ କରିବାକୁ ଟିକିଏ ହେଲେ ମନରେ ଦ୍ୱିଧା ବୋଧ କରୁନଥିଲା। ତାରୁଣ୍ୟର ବେହରଣ ଧୀରେଧୀରେ ତା'ର ପାଦ ଛୁଇଁଲା ତ କ୍ରମେ ସେ ଉଦାସୀ ହୋଇଗଲା। ପୁଣି ଯେତେବେଳେ ସମୟର ରେଳଗାଡ଼ି ଚଉଦ ବରଷର ଷ୍ଟେସନ ଡେଇଁ ପନ୍ଦରର ପ୍ଲାଟଫର୍ମରେ ଦେଖା ଦେଲା ପତନୀ ଆଉ ସେଦିନର ପତନୀ ନ ଥିଲା। ସେ ଥିଲା ଏକ ସମ୍ପୂର୍ଣ୍ଣ ନୂତନ ପତନୀ।

ଆଖିରେ ତା'ର ଆସିଲା ମାଦକତା। ମନଭିତରେ ଆଉ କାହାକୁ ଖୋଜିଲା

ଭଳି ଅପେକ୍ଷମାନ ଭାବ ସାଙ୍କୁ ଭାବ ଭଙ୍ଗୀରେ ଲଦି ହୋଇଗଲା ଅଜସ୍ର ଭାର କୋମଳତା । ତା' ସାଙ୍ଗରେ ଆସିଲା ଲାଜ, ଅଭିମାନ, ସମ୍ଭ୍ରମ—ଏମିତି କେତେ କଅଣ । ଓଡ଼ିଶାର ଅପନ୍ତରା ଗାଁ ଗହଳିରେ ସାଧାରଣ ଚାଷୀ ମୂଲିଆ ଘରର ଝିଅମାନେ ପାଠ ପଢ଼ି ଥାଆନ୍ତି କ୍ୱଚିତ୍ । ଶହେ ତ ନୁହେଁ ହଜାରକରେ ଜଣେ ଅଧେ । ଦୁନିଆର ଆଲୁଅ ଯେତେ ଦୂର ପଶିବା କଥା ଓଡ଼ିଶା ଗାଁ ଗହଳିରେ ତାହା ସେତେଦୂର ପଶିନାହିଁ । ଏଶୁ ପତନୀର ବିଦ୍ୟା ଯେତିକି ସେତିକିରେ ଦଶମସ୍କନ୍ଧ ବୋଲା ଯିବାରେ ବିଶେଷ କଷ୍ଟପଡ଼ିବ ନାହିଁ । କିନ୍ତୁ ସେକ୍ସପିଅର କିମ୍ବା ଡିକେନ୍ସ ପଢ଼ିବା ଅସମ୍ଭବ ।

ପତନୀର ବାପା ନିମାଇଁ ଦାସ ଦାଣ୍ଡ ହରିପୁରର ଜଣେ ସାଧାରଣ ଚାଷୀବନ୍ଦି ଲୋକ । ଗାଁର ମାମଲତକାରୀ ବିଷୟରେ କୌଣସି କଥାରେ ସେ ମୁଣ୍ଡ ପୂରାନ୍ତି ନାହିଁ । ତାଙ୍କ ହଳ ଭଲ ତ ସିଏ ଭଲ । ତେବେ ପଡ଼ା ପଡ଼ୋଶୀମାନଙ୍କ ମଧ୍ୟରେ ଖାତିରି ତାଙ୍କର ବେଶୀ । ମଳିମୁଣ୍ଡିଆ ଗାଁ ଲୋକଙ୍କ ଭିତରେ ବିଦ୍ୟାବୁଦ୍ଧି ତାଙ୍କର ଟିକିଏ ଅଧିକ —ସେଇଥ୍ ପାଇଁ ।

ଆଗରୁ ନିମାଇଁ ଦାସେ ବେଶ୍ ନିଶ୍ଚିନ୍ତ ଭାବେ ନିଜର କାମ ଚଲାଉଥିଲେ । ଏଥରକ ଆଉ ଗୋଟିଏ ନୂଆ ଚିନ୍ତା ଆସିଲା—ବାଡ଼ୁଅ ଝିଅ ପାଇଁ ବାହାଘରର ବ୍ୟବସ୍ଥା । ପତନୀର ବିଭାଘର ଲାଗି ସେ ଚାରିଆଡ଼େ ଆଖି ପକାଇବାକୁ ଲାଗିଲେ । ପାତ୍ର ଦେଖିବାକୁ ଗଲାବେଲେ କେତେ ରକମର କଥା ମନକୁ ଆସେ । ଘର, ବର ପୁଣି ତା'ର ଚଲାଚଲ ଅବସ୍ଥା— ଏମିତି କେତେ ରକମର କଥା ବିଚାର ଭିତରକୁ ଆଣିବାକୁ ହୋଇଥାଏ ।

ଏହି ହିସାବରେ ପତନୀର ଉପଯୁକ୍ତ ପାତ୍ରଟିଏ ଅନୁସନ୍ଧାନ କରିବା ପାଇଁ ନିମାଇଁ ଦାସଙ୍କୁ କିଛି କମ ଧାଁ– ଦଉଡ଼ କରିବାକୁ ପଡ଼ିଲା ନାହିଁ । ନିଜେ ବରପାତ୍ର ଖୋଜିଲେ । ସାହି, ଭାଇ, ପଡ଼ାପଡ଼ୋଶୀ–ସମସ୍ତଙ୍କ ସାହାଯ୍ୟ ନେଇ ପୂରା ବର୍ଷେ କାଳ ପାତ୍ର ଯୋଗାଡ଼–ଯନ୍ତ୍ରର ଉସ୍ବ ଚାଲିଲା । ହେଲେ ମନ ମାନିଲାନାହିଁ । କେଉଁଠି ବର ଭଲ ତ ଘର ଭଲନୁହେଁ । ପୁଣି ଆଉ କେଉଁଠି ଘର ଭଲ ମିଲିଲେ ବର ଭଲ ମିଲିଲାନାହିଁ । ଏତକ ଅସୁବିଧା ଉପରକୁ ପୁଣି ଘରର ଆଉ ଲୋକଙ୍କର ରାଜି ଉପରେ ସବୁ କଥା ନିର୍ଭର କଲା । ଖାଲି ନିମାଇଁ ଦାସ କହି ଦେଲେ ତ ଚଲିବ ନାହିଁ । ପତନୀର ମାଆ, ତା' ଖୁଡ଼ି, ସାଆନ୍ତ ମା ଆଦି ଯେତେ ମାଇପେ ଘରେ ଅଛନ୍ତି ସମସ୍ତେ ହଁ ନଭରିଲେ ଚଲିବ କେମିତି ? ଏଟା କଅଣ ପୋର୍ଲାମେଣ୍ଟରେ ଭୋଟ ନେବା କଥା ହୋଇଛି ଯେ ୪୯/୫୧ରେ ସମସ୍ୟାର ନିସ୍ପତ୍ତି ହୋଇଯିବ ? ଏଇ ପରା ପରିବାର । ସମସ୍ତେ ପୂରା ମନ ନ ଦେଲେ ଘରଟା ଦି'ଫାଳ ହୋଇଯିବ

ଯେ ! ମନ ନ ମାନିଲେ ବି, ଘରକରି ପଡ଼ିରହିଥିଲେ ଅନେକ କଥା ପେଟରେ ପୁରାଇ ନେବାକୁ ହୁଏ।

ଯାହା ହେଉ ଶେଷରେ ମନଲାଖି ପାତ୍ରଟିଏ ମିଲିଲା ପାଞ୍ଚକୋଶ ଦୂରରେ। ପିଲାଟି ଗାଆଁ ସ୍କୁଲରେ ପଞ୍ଚମ ଶ୍ରେଣୀଯାଏ ପାଠ ପଢ଼ିଛି। ଏବେ ଚାଷବାସରେ ଲାଗିଥିବାରୁ ତାକୁ ଅନେକ ଦିନ ହେଲା ପୋଥିପତ୍ରରୁ ବିଦାୟ ନେବାକୁ ହୋଇଛି। ତଥାପି ରାମାୟଣ କି ଭାଗବତ ଗାଇ ପାରିଲା ପରି ଯୋଗ୍ୟତା ତା'ର ଅଛି। ତା ସାଙ୍ଗକୁ ବାପର ବୁନିଆଦୀ ସ୍ୱରୂପ ଜମି ପରିମାଣ, ବଳଦ ହଳେ, ତିସାଣିଆ ଖଞ୍ଜା, ବାଗବଗିଚା- ଗାଆଁ ଗହଲିରେ ଥିଲା ବାଲା କହିଲେ ଯାହା ବୁଝାଏ ସେଭଳି ସବୁ କିଛି ବ୍ୟବସ୍ଥା ତା ଘରେ ରହିଛି। କୁଟୁମ୍ବ ବେଶୀ ଲୋକଙ୍କର ଗହଲି ନାହିଁ। ପୁଅ ବୋଲି ଗୋଟିଏ। ଶାଶୂ ଶ୍ୱଶୁର ଦି' ପ୍ରାଣୀ। ସାଆନ୍ତ ମାଆ ବୁଢ଼ୀ। ଝିଅ ଦିଟା ବାହା ହୋଇ ଯାଇଛନ୍ତି। ଏଣୁ ପତ୍ନୀର ଭାତ ହାଣ୍ଡି ଟେକିବାରେ ବେଶୀ କଷ୍ଟ କରିବାକୁ ପଡ଼ିବନାହିଁ। ଏଇଆ ଭାବି ତା'ର ମାଆ, ଖୁଡ଼ି, ସାଆନ୍ତ ମାଆ ଆଦି ଘରର ସମସ୍ତ ସ୍ତ୍ରୀଲୋକ ଯେମିତି ଆଶ୍ୱସ୍ତ ହେଲେ, କେନାଲ କୂଲିଆ ଜମି ପାଞ୍ଚମାଣର ପ୍ରଲୋଭନ ସେମିତି ନିମାଇଁ ଦାସକୁ କାବୁ କରିନେଲା। କ୍ରମେ ପ୍ରସ୍ତାବ ଆଗେଇଲା। ଶେଷରେ ନିର୍ଦ୍ଧିଷ୍ଟ ଦିନ ଠିକ୍ ହେଲା- ପତ୍ନୀର ବାହାଘର ହେବ। ଏତେ ଦିନ ହେଲା ମୁଣ୍ଡେଇ ଆସିଥିବା ବୋଝକୁ ଜୀବନର ହାଟ ଭିତରେ କେମିତି ଯେ ଉଧାରିବାକୁ ହେବ- ଏଇ ଚିନ୍ତା ନିମାଇଁ ଦାସ ଓ ତାଙ୍କ ପରିବାରର ସମସ୍ତ ବୟସ୍କଲୋକଙ୍କ ମୁଣ୍ଡ ଭିତରେ ପରାଶ ସୃଷ୍ଟି କରୁଥିଲା। ଏବେ ତା'ର ନିଶ୍ଚିତ ଉପସମର ଭରସା ଦେଖି ସେମାନେ ଆଶ୍ୱସ୍ତ ହେଲେ। କେବଳ ଆଶ୍ୱସ୍ତ ହେଲା ନାହିଁ ପତ୍ନୀ।

(ସଇଁତ୍ରିଶ ବର୍ଷ ତଳେ ଜେଲଖାନାରେ ରାଜନୈତିକ ବନ୍ଦୀ ଥିଲା ବେଳେ ଲେଖା ଯାଇଥିବା ପାଣ୍ଡୁଲିପି ଭିତରୁ କେବଳ 'ସେହି ଗାଆଁ ସେହି ମାଟି' ଓ 'ସାବିତ୍ରୀ' ପ୍ରକାଶ ପାଇଛି। ଉପରୋକ୍ତ ଏ କାହାଣୀଟି ଅପ୍ରକାଶିତ ନୀଳାୟର ଉପନ୍ୟାସର ଏକ ଅଧ୍ୟାୟ-ଲେଖକ।)

KALPANAMAYEE DASH

କଳ୍ପନାମୟୀ ଦାଶ

ମିନିଆପଲିସ୍‌, ମିନେସୋଟା ବାସିନ୍ଦା କଳ୍ପନାମୟୀ ଦାଶ ୧୯୫୦ ମସିହାରେ ଢେଙ୍କାନାଳ ଜିଲ୍ଲାର କାମାକ୍ଷାନଗରଠାରେ ଜନ୍ମଗ୍ରହଣ କରିଥିଲେ। ପିଲାଦିନରୁ ଲେଖାଲେଖିରେ ତାଙ୍କର ଆଗ୍ରହ। ବହୁ ପତ୍ରପତ୍ରିକାରେ ତାଙ୍କର ଲେଖା ପ୍ରକାଶିତ। ସେଥିପାଇଁ ବହୁବାର ପୁରସ୍କୃତ ବି ହୋଇଛନ୍ତି। ୧୯୬୫ ମସିହାରେ ମେଟ୍ରିକ୍‌ ପାସ୍‌ କରି ଶୈଳବାଳା ମହାବିଦ୍ୟାଳୟରେ ପଢୁଥିବା ସମୟରେ ୧୯୬୭ ମସିହାରେ ଆମେରିକା ନିବାସୀ ଡକ୍ତର ଶୀତିକଣ୍ଠ ଦାଶଙ୍କୁ ବିବାହ କରିଥିଲେ। ମାତ୍ର ଆବଶ୍ୟକତା ଅନୁସାରେ ଶାଶୁଘରର ଦାୟିତ୍ୱ ନିର୍ବାହ କରି ୧୯୭୪ ମସିହାରେ ଆମେରିକା ଆସିଥିଲେ।

ପ୍ରୀତି ଦିବସ

ଅବୋଧ ଏଇ ଦିନଟିର ନାମ କାରଣ କରିଥିଲା 'ପ୍ରୀତି ଦିବସ', ଭାଲେଟାଇନ୍‌ ଡେ। ତା' ସ୍ତ୍ରୀର ନାଁ ପ୍ରୀତି ନନ୍ଦା। ସମସ୍ତେ ତାକୁ ନନ୍ଦା ବୋଲି ଡାକନ୍ତି। ଅବୋଧର ସିଏ ପ୍ରୀତି ଏବଂ ସେଇ ପ୍ରୀତି ପାଇଁ ଅପ୍ରୀତିକର ପରିସ୍ଥିତିଟିଏ ସୃଷ୍ଟି କରିଦେଇଥିଲା ଅବୋଧ ନିଜେ। ତା' ପୁଣି ଏ ପ୍ରୀତି ଦିବସ ବା ଭାଲେଟାଇନ୍‌ ଡେ'ରେ। ସେଇଥିପାଇଁ ଆଜି ଏ ନାଟକ। ପିଲାମାନେ କେହି ଏ ଘଟଣା ବିଷୟରେ କିଛି ବି ଜାଣନ୍ତିନି। ଘର ସଂସାର କରି ଯେ ଯାହା ସଂସ୍ଥାନରେ ଅଛନ୍ତି ସେମାନେ। ବାପା ମା ଙ୍କର ଦୈନନ୍ଦିନ ଜୀବନଚର୍ଯ୍ୟାରେ ସେମାନେ ଭାଗ ନିଅନ୍ତିନି। ଆଜି ବୋହୂ ଫୋନ କରି 'ଶୀଘ୍ର ଆସନ୍ତୁ'– ଏତିକି କହି ଫୋନ ରଖି ଦେଲା। ଯେତେ ଡାଏଲ କଲେ ମଧ କୌଣସି ପିଲା ଫୋନ ଧରିଲେ ନାହିଁ। ଘର ଛାଡିବା ପରଠାରୁ ଅବୋଧର ଛାତି ଧଡ଼ପଡ଼ ହେଉଥିଲା। ବୋହୂର ଏତାଦୃଶ ଫୋନ ପାଇ କାନ୍ଦି ପକେଇଲା। ଟ୍ରେନ, ବସ କିମ୍ବା ଫ୍ଲାଇଟରେ ଯିବା ପାଇଁ ଅପେକ୍ଷା କରିବାକୁ ତା' ଧର୍ଯ୍ୟର ବାହାରେ ଥିଲା। ଗାଡ଼ିଟିଏ କରି ସିଧା ସିଧା ବାହାରି ଆସିଲା ନିଜେ ଡ୍ରାଇଭ କରି।

ନିସ୍ତେଜ ହୋଇପଡ଼ିଛି ପ୍ରୀତିନନ୍ଦା । ଅବୋଧ ଚଉକି ଉପରେ ବସି ତା'ର ହାତ ଟିକୁ ଆଉଁସି ଦେଲା । ପାପୁଲିକୁ ନିଜ ଦୁଇ ପାପୁଲି ଭିତରେ ରଖି ଚାପ ଦେଲା । ତା'ର ପ୍ରତିକ୍ରିୟା କିଛି ନାହିଁ । ପୁଅ ଝିଅ ସମସ୍ତେ ଘରେ ଅଛନ୍ତି । ଅଥଚ ଆଢ଼ ଆଖିରେ ବାପାକୁ ଚାହୁଁ ନାହାନ୍ତି । ବୋହୁ ଟିଭି ଟ୍ରେ ଉପରେ ଖାଦ୍ୟ କିଛି ରଖି ଦେଇଗଲା । ଖାଆନ୍ତୁ ବୋଲି ମଧ କହିଲା ନାହିଁ । ଅପରାଧ ବୋଧରେ ଅବୋଧ ଭାଙ୍ଗି ପଡୁଥିଲା । ଖାଇବ କେମିତି । ପିଲାଙ୍କର ଏତାଦୃଶ ବ୍ୟବହାର ତାକୁ ବହୁତ ବାଧୁଛି । ମାର ଏତାଦୃଶ ଅବସ୍ଥା ପାଇଁ ନିଶ୍ଚିତ ତାକୁ ଦାୟୀ କରୁଛନ୍ତି । ପ୍ରସଙ୍ଗ କ୍ରମେ, ପ୍ରୀତି ଥରେ କହିଥିଲା, 'ମାକୁ ଖୁସିରେ ରଖିବା ଦାୟିତ୍ୱ ବାପାଙ୍କର, ପିଲାଙ୍କର ନୁହଁ' । ଅବୋଧର ବହୁବିଧ ଅବହେଳାର ଶିକାର ହୋଇ ପ୍ରୀତି ଅତିଷ୍ଠ ହୋଇ ପଡ଼ିଛି । ଯଦି ପ୍ରୀତିର କିଛି ହୋଇଯାଏ ପିଲାଏ ଆଉ ପାଖ ମାଡ଼ିବେନି । ଅବୋଧର ଆଖି ଜକେଇ ଆସିଲା ।

ତଳୁ କବାଟ ଖୋଲା ଶବ୍ଦ ସହ କୋଲାହଲ ଶୁଭିଲା । ବଡ଼ ପୁଅର ଜଣେ ପଡ଼ୋଶୀ ଏବଂ ବାଲ୍ୟ ବନ୍ଧୁ ଉପରକୁ ଉଠି ଆସିଲେ । ଅବୋଧକୁ ପାଦ ଛୁଇଁ ପ୍ରଣାମ କଲେ । ଉଭୟେ ଡାକ୍ତର । ହାତରେ ନିଜ ନିଜର ଏମରଜେନ୍ସି ବ୍ୟାଗ୍ ଏବଂ କାନ୍ଧରେ ସ୍ଟେଥୋ । ସେତେବେଲକୁ ଅବୋଧ କାନ୍ଦି କାନ୍ଦି ମୁହଁ ଆଖି ନାକ ଫୁଲି ଯାଇଥାଏ । ଉଭୟ ଡକ୍ତର ଏହା ଲକ୍ଷ୍ୟ କରିଛନ୍ତି । ଜଣେ ଧୀର ସ୍ୱରରେ କହିଲେ "ମଉସା ଆପଣ ଖାଇ ନିଅନ୍ତୁ" । ଡ୍ରାଇଭ୍ କରି ଏତେ ବାଟ ଆସିଛନ୍ତି- ବିଶ୍ରାମ ନିଅନ୍ତୁ । ମାଉସୀଙ୍କୁ ଆମେ ଦୁହେଁ ପାଲି କରି ଜଗିବୁ । "ମାଉସୀ ଶେଷ ଯାଏ ମତେ ଘରେ ରଖିବ" ବୋଲି ପିଲାଙ୍କୁ କହିଥିଲେ । ତେଣୁ ଆମେ ଏଇଠି ରଖିଛୁ । ସିଏ ଅତି ଅସୁସ୍ଥ । ତାଙ୍କର ମାନସିକ ଅବସ୍ଥା ସଙ୍କଟାପନ୍ନ । ଅସୁସ୍ଥତାର ଅନ୍ୟ କାରଣ କିଛି ଜଣା ପଡୁନି । ଆମେ ଦେଖୁଚୁ କ'ଣ କରିହବ ।

"ପରେ ଖାଇବି" କହି ଟିଭି ଟ୍ରେ ତାକୁ ଠେଲି ଦେଲା ଅବୋଧ । Vital Sign Record କରି ସେ ଦୁହେଁ ପାଖ କୋଠରୀକୁ ଚଲିଗଲେ । ଆଖି ଲୁହ ପୋଛି ଦେଇ ପ୍ରୀତିର ହାତ ଉପରେ ହାତଟି ରଖିଲା ଅବୋଧ । ଲୁହ ତା' ବାଧା ମାନୁନି । ପ୍ରୀତି ବି ରେସ୍ପଣ୍ଡ କରୁନି । ପାଖ ଟେବୁଲ ନାଇଟ୍ ସ୍ଟାଣ୍ଡ ଉପରେ ଆଖି ପଡ଼ିଗଲା । ଯେଉଁ ଜାଗାରେ ପ୍ରୀତି ତା'ର ଚଷମା, ଗୀତା, ଭାଗବତ ଓ ଉପନିଷଦ ଆଦି ରଖେ- ସେଇଠି ଥୁଆ ହେଇଚି ଖଣ୍ଡେ ନୂଆ ଶାଢ଼ୀ, କଂସା ପାତ୍ରରେ ଖଇ ଏବଂ କିଛି ପଇସା । ପିତଳ ଥାଲିରେ ଘିଅ ବୋତଲ, ଘିଅ ଦୀପ, ଦିଆସିଲି, ଚନ୍ଦନ କାଠ, ଛୋଟ ଚାରି ପତ୍ରିଆ ତୁଲସୀ ଗଛ- ତୁଲସୀ ମଞ୍ଜରୀ ଇତ୍ୟାଦି । ଏଇଟି ପ୍ରୀତିର ପୂଜା ଥାଲି । ତା' ଉପରେ ଏସମସ୍ତ ଦେଖି ଅବୋଧ ଚମକି ପଡ଼ିଲା । ଆହୁରି ତଟସ୍ଥ ହୋଇଗଲା ପ୍ରୀତି

ବେକରେ ଲମ୍ବା ତୁଳସୀର ମାଳ ଦେଖ। ପ୍ରୀତି ! କୋହଭରା କଣ୍ଠରେ ଅବୋଧ ଡାକିଲା। ଆଖି ମେଲାଇ ପ୍ରୀତି ଚାହିଁଲା ଏବଂ ତୁରନ୍ତ ଅନ୍ୟ ଆଡ଼େ ମୁହଁ ବୁଲାଇ ଦେଲା। ସେ ଆଖିରେ ଅବୋଧ ଦେଖ ପାରୁଥିଲା ଯୁଗ ଯୁଗର ସଂଚିତ ଅଭିମାନ। ବହୁତ ଜୋରରେ କାନ୍ଦି ଉଠିଲା ସିଏ। ପୁଅ ଝିଅ ପରସ୍ପରର ମୁହଁ ଚାହିଁଲେ କିନ୍ତୁ ତା ପାଖକୁ କେହି ବି ଆସିଲେନି ବୋଧ ଦେବାକୁ।

କଥା କଟା କାଟି ସମୟରେ ଅଚ୍ଛ ଦିନ ତଳେ ପ୍ରୀତି କହିଥିଲା, ସକ୍‌ସେସ୍‌ କମ୍‌ସ ଉଥ୍‌ ସାକ୍ରିଫାଇସ୍‌ ବୋଲି କହି ଆସୁଛ ତୁମେ। ମୋର ଆଉ ଗୋଟିଏ ଜିନିଷ ସାକ୍ରିଫାଇସ୍‌ କରିବା ପାଇଁ ବାକି ଅଛି। ସେଇଟା ହେଇ ଗଲେ ତୁମକୁ ନୋବେଲ ପ୍ରାଇଜ୍‌ ମିଲିଯିବ। ଆଜି କ'ଣ ତେବେ ପ୍ରୀତି ସେଇ ସାକ୍ରିଫାଇସ୍‌ କରିବା ପାଇଁ ଯାଉଛି... ତା'ର ଜୀବନ।

ଏପରି ବହୁତ କଥା ଭାବି ଭାବି ଅବୋଧର ମନ ଦୋହଲି ଯାଉଥାଏ। ଶିକ୍ଷିତ ପରିବାରର ଝିଅ ପ୍ରୀତିନନ୍ଦା। ଶାସନ ଏବଂ ଶୃଙ୍ଖଳା ଭିତରେ ବଢ଼ିଛି। ସ୍ନେହ ଶ୍ରଦ୍ଧା ଆନ୍ତରିକତାରେ ପ୍ରତିପାଳିତ ପ୍ରୀତି ଅବୋଧର ପରିବାରରେ ନିଜକୁ ମିଶାଇ ଦେଇଥିଲା କ୍ଷୀର ସଂଗେ ନୀର ପରି। ତା'ର ଆଦର ଯତ୍ନ ସ୍ନେହ ମମତା ଏବଂ ସମ୍ବେଦନା ପରିବାରକୁ ପ୍ଳାବିତ କରି ରଖିଥିଲା। ଅବୋଧର ଅବାଧ ପ୍ରେମ ହିଁ ତାର ସ୍ୱର୍ଗସୁଖ।

ବିବାହ ବାର୍ଷିକୀର କିଛି ଦିନ ପୂର୍ବରୁ ଅକସ୍ମାତ ଦିନେ ଅବୋଧ ଘରେ ପହଁଚି ଗଲା। ତା'ର ଆସିବାର ନଥିଲା। ଅଚାନକ ତାକୁ ଦେଖ ସମସ୍ତେ ଖୁସି ହେଇଗଲେ। ପ୍ରୀତିର ଗୋଡ଼ ତଳେ ପଡ଼ୁ ନଥାଏ। ଏକାନ୍ତରେ ପ୍ରୀତିକୁ ଘରେ ପାଇ ଅବୋଧ ବହୁତ ଆଦର କଲା। ରୂପି ରୂପି କହିଲା ପାଣ୍ଠ୍ୟୁରେ ଭାଲେଣ୍ଟାଇନ୍‌ସ ଡେ ପାଳନ କରାହଉଚି। ଓଡ଼ିଆରେ ତାକୁ ପ୍ରୀତି ଦିବସ କୁହାଯିବ। ପାଖରେ ପଇସାପତ୍ର ତ ନାହିଁ ଉପହାରଟିଏ କିଣିବାକୁ– ଭାବିଲି ମୋର ଜୀବନର ପ୍ରଥମ ପ୍ରୀତି ଦିବସଟି ମୋର ପ୍ରାଣର ପ୍ରୀତି ସହିତ ହିଁ କଟେଇବି। ଏ କାର୍ଡ଼ଟି କେବଳ ଆଣିଛି। ହାପି ଭାଲେଣ୍ଟାଇନ୍‌ ଡେ ପ୍ରୀତି– ଆଉ ଥରେ ଗେଲ କରିଦେଇ ପ୍ରୀତି ହାତଟିକୁ ବଢ଼େଇ ଦେଲା କାର୍ଡ଼ଟି। ଅବୋଧ କୋଳରେ ଦର ଆଉଜା ହୋଇ, ପ୍ରୀତି କାର୍ଡ ଖୋଲିଲା। କାର୍ଡରେ ଥିଲା – ପ୍ରୀତି 'ୟୁ ଆର୍‌ ମାଇଁ ଇଭ୍‌ରିଥିଙ୍‌' ଅବୋଧର ହସ୍ତାକ୍ଷର ଆର ପୃଷ୍ଠାରେ। 'ମୋର ସୁଖ ଦୁଃଖକୁ ନିଜର ମନେ କରି ସମସ୍ତ ଅଭାବ ଅସୁବିଧାକୁ ପିଠିରେ ପକାଇ ଯିଏ ମୋ ସହ ତଳ ଦେଇ ଆଗେଇ ଯିବାର ପ୍ରତିଶ୍ରୁତି ଦେଇଛି ତାକୁ ପଛକୁ ପକାଇ ଜୀବନରେ ମୁଁ କୌଣସି ପଦକ୍ଷେପ ନେବିନାହିଁ। ଅବୋଧ।' କାର୍ଡ଼ଟି ଛାତିରେ ଚାପି ଧରି ପ୍ରୀତି କାନ୍ଦି ପକେଇଲା। ଅବୋଧର ଛାତିରେ ଲୋଟି ପଡ଼ି କହିଲା ଏହି ଦିନଟିରେ ପ୍ରତିବର୍ଷ

ତୁମେ ମୋତେ ଭୁଲିଯିବନି। ସବୁ ଛାଡ଼ିଛୁଡ଼ି ଆଜି ଯେମିତି ଛୁଟି ଆସିଲ ମୋ ପାଖକୁ, ପ୍ରତି ବର୍ଷ ସେଇଆ ହିଁ କରିବା। ଏହା ଛଡ଼ା ମୋର ଅନ୍ୟ ଉପହାରରେ ଆବଶ୍ୟକ ନାହିଁ।

ସୁଖ ଦୁଃଖର ସାଥୀ ଏଇ ପ୍ରୀତିଟି ଏ ଯାବତ ଖାଲି ଦୁଃଖରେ ସାଥୀ ହୋଇଚି। ଏଥର ତାକୁ ଛାଡ଼ି ଆଉ ରହି ହେବନି। ଛୋଟ ଚାକିରିଟିଏ କରି, ଛୋଟିଆ ଘର ଭଡ଼ାରେ ନେଇ, ଛୋଟ ଦୁଇ ଭାଇଙ୍କୁ ପାଖରେ ରଖି ପଢ଼ାଉଛି। ନିଜେ ମଧ ଇଭିନିଂ କ୍ଲାସରେ କିଛି କୋର୍ସ ନେଇ ପଢ଼ୁଥିଲା। ଭାଇ ଦୁହେଁ ପାସ କରି ଗଲା ପରେ ପ୍ରୀତିକୁ ନେଇ ପାଖରେ ରଖିବା। ତାକୁ ଛାଡ଼ି ଆଉ ରହି ହେବନି। ଏଇ ଆଶା ଦେଇ ଅବୋଧ ଫେରିଗଲା ଏବଂ ଏହି ଆଶା ନେଇ ପ୍ରୀତିନନ୍ଦା ରହିଗଲା ଗାଁରେ।

ପ୍ରୀତିର କଷ୍ଟ, ପରାକାଷ୍ଠା ଏବଂ ପତିବ୍ରତ୍ୟ ପାଖରେ ହାର ମାନିଲା ଅବୋଧର ଦାରିଦ୍ର୍ୟ। ଅଳ୍ପକେ ସନ୍ତୁଷ୍ଟ ହୋଇଯାଉଥିବା ପ୍ରୀତି ଏଥର ସ୍ୱାମୀ ସହ ସଂସାର ଗଢ଼ିବାକୁ ଆଗ୍ରହୀ ହେଇଗଲା। ଯା ଭିତରେ ଅବୋଧ ଅଧିକ ବେତନର ଚାକିରୀଟିଏ କରିଛି। ଭାଇ ଦୁହେଁ ମଧ ଚାକିରୀ କରି ଅଲଗା ଅଲଗା ସ୍ଥାନରେ ରହିଲେଣି। ଆଜିକାଲି ପ୍ରୀତି ଏବଂ ପରିବାର ଲୋକମାନେ ଅବୋଧର ମିଜାଜରେ କିଛି ପରିବର୍ତ୍ତନ ଲକ୍ଷ୍ୟ କଲେଣି। ଶ୍ଳେଷ ମିଶା କଥାବାର୍ତ୍ତା, ଅହଂକାର ଅଭିମାନର ଛିଟା କିଛି ମାତ୍ରରେ ବାରି ହେଇପଡୁଛି। ପ୍ରୀତି ମନେ ମନେ ଆହତ ହେଲେ ବି ଶାନ୍ତି ଭଙ୍ଗ ଭୟରେ କିଛି କହିଲାନି। ସମସ୍ତଙ୍କର ଆଶା ଓ ବିଶ୍ୱାସ ଯେ ପ୍ରୀତି ପାଖକୁ ଚାଲିଗଲେ ସେ ପୁଣି ଥରେ ସ୍ୱାଭାବିକ ହେଇଯିବ। ଯାହାବି ହୋଉ ପ୍ରୀତିକୁ ଗାଁରୁ ଆଣିବାର ବନ୍ଦୋବସ୍ତ ହେଇଗଲା। ଦୁଇ ଦୁଇ ଥର କଷ୍ଟ ଦେଇ ଅବୋଧ ଆସି ନ ପାରିଲାରୁ ଶାଶୁ ଶଶୁର ବୋହୂକୁ ପଠେଇବା ବନ୍ଦୋବସ୍ତ କରିଦେଲେ। କାଦୁଅ ବନ ବିଲ ଘେରା ଗାଁରୁ ବାହାରିଯିବ ପାଇଁ ବଳଦ ଗାଡ଼ି ଛଡ଼ା ଯାତାୟତର ସୁବିଧା କିଛି ନ ଥିଲା।

ଶଶୁର ବାନ୍ଧି ଦେଲେ ତାଟ। ବଛା ବଛା ବଳଦ, ଶଗଡ଼ିଆ, ସାନ ଦିଅର ଯିବେ ସାଙ୍ଗରେ। ଶାଶୁ ଭର୍ତ୍ତି କରିଦେଲେ ପ୍ରୀତିର ଘରକରଣା ଜିନିଷରେ ବଳଦ ଗାଡ଼ିଟି। ଦୁଇଜଣ ପୋଖତ ମଣିଷ ଦଣ୍ଡ ଧରିବା ପାଇଁ। ବାଟ ବେଶୀ ନୁହଁ କି କମ୍ ବି ନୁହଁ। ନାଲବନ୍ଦ କଢ଼େ କଢ଼େ ଛୋଟ ଛୋଟ ଗାଁ – ବିଲ ତୋଟା ମାଲ ପାର ହୋଇଯିବେ। ଅଚାନକ ଅଶତାଶ ମେଘ ଘୋଟି ଆସିଲା। ବିଜୁଳି ଘଡ଼ଘଡ଼ି କୁଆପଥର ମାଡ଼ି। ପ୍ରମାଦ ଗଣିଲ ଗାଡ଼ିଆଲ। ମେଘ ଅନ୍ଧାରୁକୁ ପେଷ ଅନ୍ଧାର। ଆଉ ଯାଇ ହେଲାନି। ବଳଦ ସହଯୋଗ କଲେନି। ଅଗତ୍ୟା ଗୋଟେ ଘଂଚ ତୋଟା ଭିତରେ ଆଶ୍ରୟ ନେଲେ ସମସ୍ତେ। ପବନର ବେଗ କମିଗଲା। ବର୍ଷା ଅବଶ୍ୟ ବନ୍ଦ ହେଇଗଲା। କିନ୍ତୁ ଅନ୍ଧାର

ରାତ୍ରିରେ ମାତ୍ର ଲଣ୍ଠନ ଆଲୁଅରେ ରାସ୍ତା ବାରି ଅବୋଧ ପର୍ଯ୍ୟନ୍ତ ଯିବା ସମ୍ଭବ ନ ଥିଲା । ଏମିତି ଅବସ୍ଥାରେ ରାତି ଅଁଧାର ତଥା ସରୀସୃପଙ୍କର ଭୟ ରହିଛି । ବଳଦଗୁଡ଼ିକଙ୍କର ନିରାପଦା ପ୍ରଶ୍ନବାଚୀ ଏହିପରି ସମୟରେ । ଭଗବାନଙ୍କୁ ଡ଼ାକି ଡ଼ାକି ପ୍ରୀତି ସହ ରାତିଟି କଟାଇଦେଲେ ସମସ୍ତେ । ଫର୍ଚା ହେଉ ହେଉ କାଳ ବିଳମ୍ବ ନ କରି ଗାଡ଼ି ଜୋଟିଲେ ଗାଡ଼ିଆଳ ।

ଯଥା ସ୍ଥାନରେ ପହଁଚିଗଲେ ସକାଳୁ ସକାଳୁ । ବର୍ଷ ଉଠେଇବା ବେଳରୁ ପ୍ରୀତିର ଡାହାଣ ଆଖ୍ ଡେଉଁ ଥିଲା । ଗାଡ଼ିରୁ ଓହ୍ଲାଉ ଓହ୍ଲାଉ ସମସ୍ତଙ୍କର ଆଖ୍ ପଡ଼ିଗଲା - ଅବୋଧର ଜାଫ୍ରି କବାଟ ସେପାଖେ କେତେ ଜଣ ଝିଅ ଚାହା ପିଉଛନ୍ତି । ଅବୋଧ ସେମାନଙ୍କୁ କ୍ଷୀର ଚିନି କଣ ସବୁ ଦେଉଛି । ପ୍ରୀତିକୁ ଦେଖ୍ ସମସ୍ତେ ଉଠି ଆସିଲେ - ହାତ ବଢ଼ାଇଲେ ସ୍ୱାଗତ ସମ୍ଭାଷଣ କରିବା ପାଇଁ । ମୁହଁରେ ହସଟିଏ ଫୁଟାଇ ପ୍ରୀତି ହାତ ଯୋଡ଼ିଦେଲା । ଅବୋଧ କହିଲା "ଏଇ ମାତ୍ର ଗାଁରୁ ଆସିଛ ତ - ସମୟ ଲାଗିବ ମିଶିବା ପାଇଁ ।" ପ୍ରୀତି ବୁଝି ପାରିଲାନି ତାର ଏମାନଙ୍କ ସହିତ ମିଶିବା ପାଇଁ କେଉଁଠି ରହିଲା ତ୍ରୁଟି । ଅବୋଧର ଏଇ କମେଣ୍ଟ କେଉଁଥ୍ ପାଇଁ । "ତୁମେ ଏମାନଙ୍କ ସହ ଗପସପ କରୁଥାଅ । ମୁଁ ଉପରୁ ଆସୁଛି" । ଦୁଇ କପ ଚା ଧରି ଉପରକୁ ଉଠିଗଲା ଅବୋଧ । ସେ ଝିଅ ଗୁଡ଼ିକ ପରସ୍ପରକୁ ଚାହିଁଲେ - ଚାହାଣିରେ କଣ ଥିଲା କେଜାଣି ପ୍ରୀତିର ଦେହଟା ଚୁରଚୁର ହୋଇ ଯାଉଥିଲା । ମୁହଁରେ ହସ ଫୁଟାଇ ଗତ ରାତିର ଦୁରବସ୍ଥା କଥା ଗପି ଚାଲିଲେ ମଧ ଭିତରଟା ତାର ବହୁତ ଆଘାତ ପାଇଥିଲା । ସେମାନଙ୍କ କଥା ବାର୍ତ୍ତାରୁ ଜାଣିବାକୁ ପାଇଲା ଏ ଛଅ ଜଣିଆ ନନ୍‌ଗୁଡ଼ିକୁ ଧରି ଜଣେ ଆଙ୍ଗଲୋ ଇଣ୍ଡିଆନ୍ ଭଦ୍ର ମହିଳା ଆସିଥିଲେ କିଛି କାମରେ । ପ୍ରୀତିନ୍ଦାଙ୍କୁ ସ୍ୱାଗତ କରିବା ପାଇଁ ସେମାନଙ୍କୁ ଅବୋଧ ଡାକି ଆଣିଥିଲା ରାତ୍ରିଭୋଜନ ପାଇଁ । ବର୍ଷା କୁଆପଥର ରାତି ସାରା ଲାଗିରହିଥିଲା । ତେଣୁ ସେମାନେ ଏଠି ରହି ଯାଇଛନ୍ତି ।

ପ୍ରୀତି ଭାବିଲା, ତାକୁ ସ୍ୱାଗତ କରିବା ପାଇଁ ଅବୋଧର ଉଷ୍ମ ଆଲିଙ୍ଗନ ତ ଯଥେଷ୍ଟ ଥିଲା । ତେବେ ଏମାନଙ୍କୁ ଆମନ୍ତ୍ରଣ କରି ଏ ପ୍ରହସନ କରିବା କଣ ବା ଦରକାର ଥିଲା । ଯୌଥ ପରିବାରରେ ଜନ୍ମ ହେଇ ବଢ଼ିଛି । ଅତିଥ୍ ଅଭ୍ୟାଗତଙ୍କର ଯାତାୟାତ ଘରେ ଲାଗିଥାଏ । ଏହା ତାଙ୍କ ଘରର ପରମ୍ପରା । କିନ୍ତୁ ଏମିତି ? ଏ ବେଳରେ ? ଦେଶ, କାଳ, ପାତ୍ର ନିର୍ବିଶେଷରେ ଏହା ପ୍ରୀତିକୁ ଅନୁଚିତ ଲାଗିଥିଲା । ଅବୋଧଠାରୁ କିଛି ଦୂରଛଡ଼ା ହେଇ ଯିବାର ଅନୁଭବ ତାକୁ ଭିତରେ ଭିତରେ ବ୍ୟତିବ୍ୟସ୍ତ କରୁଥିଲା । ତା' ମୁହଁରେ ଏହାର ଛାପ । ଜଣେ ନନ୍ ତା'ର ହାତ ଧରି ପାହାଚ ପାଖକୁ ନେଇଗଲେ- କହିଲେ ତୁମର ସ୍ୱାମୀକୁ ତୁମେ ବୋଧେ ଖୋଜୁଛ ।

ଉପରକୁ ଯାଇଛନ୍ତି ଦେବୀ ମାଦ୍ରାମଙ୍କ ପାଇଁ ଚା' ନେଇକରି। ପ୍ରୀତିକୁ ବହୁତ ଅପ୍ରତିଭ ଲାଗୁଥାଏ ଏମାନଙ୍କ ସାମନାରେ। କୁଆଡ଼େ ଗଲେ ସେ ଆଙ୍ଗ୍ଲୋ ଇଣ୍ଡିଆନ୍ ଜଣକ ? ସେଇ କ'ଣ ଦେବୀ ମାଦ୍ରାମ। ତେବେ ସେ ଏଠି ନ ବସି ଉପରେ କ'ଣ ପାଇଁ ଅଛନ୍ତି ? ଏବଂ ଅବୋଧ ତାକୁ ତଳେ ବସେଇ ଉପରେ କ'ଣ କରୁଛି ? ପୁଣି ଏ ନନ୍ ଜଣକ ସ୍ବତ ପ୍ରବୃତ ହୋଇ ତାକୁ କହିଁକି ଉପରକୁ ପଠାଉଛନ୍ତି ? ଜୋରରେ ଚାପି ରଖ୍ଲା ସେ ଉଦ୍ଗତ କୋହ ଏବଂ ଉଠିଗଲା ପାହାଚ ଉପରକୁ। ପାହାଚ ଶେଷରେ ବଡ଼ ରୁମଟିଏ। ବେଡ଼ ଉପରେ ଅବୋଧ ଆଉ ସେ ସ୍ତ୍ରୀ ଲୋକ ଚାହା ପିଉଥିଲେ ସାମ୍ନାସାମ୍ନି ବସି – ଆଉ ହସର ବେଶ ସୁଅ ଛୁଟିଥିଲା ସେଠି। ଏହା ସହିବା ପ୍ରୀତିର ସମ୍ଭବ ନଥିଲା। ଭାବିଲା ଏଇଠୁ ଲେଉଟିଯିବ। ଅବୋଧ ଉଠି ଆସି ତାର ହାତ ଧରି ନେଇ ଖଟରେ ବସାଇ ଦେଇ ନିଜେ ତା ପାଖରେ ବସି ପଡ଼ିଲା। ଏବଂ ଚିହ୍ନା କରାଇ ଦେଲା – ଏ ହଉଛନ୍ତି ଦେବରା କ୍ଲାର୍କ। ସମସ୍ତେ ଦେବୀ ବୋଲି ଡାକନ୍ତି। ସିଏ ସତରେ ଦେବୀଟିଏ। କାଲି ରାତି ସାରା ମୁଁ ବ୍ୟସ୍ତ ହେଇ ତୁମର ନିରାପଦା ପାଇଁ ଭଗବାନଙ୍କୁ ଡାକୁଥିଲା ବେଳେ ସିଏ ବି ମୋ ସହିତ ରାତି ସାରା ବସି ପ୍ରାର୍ଥନା କରୁଥିଲେ ତୁମ ପାଇଁ।

'ଏକ୍ସକ୍ୟୁଜ୍ ମି' କହି ପ୍ରୀତି ଉଠିଗଲା ପାଖ ବାଥରୁମକୁ। ତାର ଥମ ଥମ ଚାହାଣିରୁ ଅବୋଧ କିଛି ବୁଝିଲା ? ପାଣି ଛାଟି ଛାଟି ଉତୁରି ଆସୁଥିବା ଲୁହକୁ ଧୋଇ ଧାଇ ଚାପି ଚୁପି ଦେଲା। "ଇୟୋର ୱାଇଫ୍ ସ୍ପିକ୍ ଭେରି ଭେରି ଗୁଡ୍ ଇଂ°ଲିଶ ଅବୋଧ।" ଦେବୀର କଥା ପ୍ରୀତି କାନରେ ପଡୁଥାଏ। ଏଇଭଳି ପରିସ୍ଥିତି ଯେ କୌଣସି ପତି ବା ପତ୍ନୀର ଅସହ୍ୟ ହେବ ହିଁ ହେବ।

ଗୋଟିଏ ମସ୍ତବଡ଼ ଭ୍ୟାନ୍ ଆସିଲା। ଅବୋଧ କହିଲା "ପ୍ରୀତି ତୁମେ ଗାଧୁଆ ପାଧୁଆ କର। ମୁଁ ତୁମ ପାଇଁ ଲଞ୍ଚ ନେଇ ଆସିବି"। ଭ୍ୟାନ୍‌ରେ ବସି ସମସ୍ତ ଅତିଥିଙ୍କ ସହ ଅବୋଧ ଚାଲିଗଲା ଏବଂ ଦୁଇ ଘଣ୍ଟା ପରେ ଲଞ୍ଚ ଧରି ପହଞ୍ଚିଲା। କହିଲା ମୁଁ ଖାଇ ଦେଇଛି ଅତିଥି ମାନଙ୍କ ସହ। ତୁମେ ଖାଇଦିଅ। ଜାଣିଛ ମୁଁ ଆଇଁଷ ଖାଇଲିନି ବୋଲି ଦେବୀ ମଧ ଆଇଁଷ ଖାଇଲାନି। କେତେ ରେସ୍ପେକ୍ କହିଲ ? ଅଭିମାନରେ ପ୍ରୀତି ଫାଟି ପଡୁଥାଏ। କାମବାଲିକୁ ପୂରା ଲଞ୍ଚଟି ଦେଇ ସେ ଉପାସ ରହିଲା। ଅବୋଧ ଅଭୁତ ଚାହାଣିରେ ତାକୁ ଚାହୁଁଥାଏ। କାମବାଲି ଗଲାପରେ ବର୍ଷିଗଲା ପ୍ରୀତି। ସତେ ଧାରା ଶ୍ରାବଣର ବର୍ଷଣମୁଖୀ ମେଘ ଟିଏ। ମୁଁ ଆସି ପହଁଚିଛି – ତୁମେ କହିଲନି ମୋ ସ୍ତ୍ରୀ ଆସି ପହଁଚିଛି, ଅପେକ୍ଷା କରିଥିବ, ମୁଁ ଘରେ ଖାଇବି' କଣ ତୁମ ଅତିଥି ଚର୍ଚାରେ କଳଙ୍କ ଲାଗିଯାଇଥାନ୍ତା ? ଏମିତି ଯଦି କଥା– ମୁଁ ଆସୁ ଆସୁ ମତେ କହିଥାନ୍ତ–

"ରେଡି ହେଇଯା ସମସ୍ତେ ସାଙ୍ଗହୋଇ ଖାଇବାକୁ ଯିବା"। ନିର୍ବୋଧଙ୍କ ପରି ଅବୋଧ ଚାହିଁ ରହିଥିଲା ତାକୁ– ସିଏ ପୁଣି ଚିହିଁକି ପଡ଼ି କହିଲା କି ପାର୍ଥନା କରୁଥିଲ ସାଙ୍ଗ ହୋଇ। ସାଙ୍ଗ ହୋଇ ସ୍କୁଲରେ ବୋଲାଉଥିଲେ ଆହେ ଦୟାମୟ ବିଶ୍ୱ ବିହାରୀ' ସାଙ୍ଗ ହୋଇ କୀର୍ତନ କରନ୍ତି ଅଷ୍ଟ ପ୍ରହରୀବାଲା। 'ହରେ କୃଷ୍ଣ ହରେ ରାମ'। ଆଉ ଏ ଜଣେ ପରା ପୁରୁଷ ସହ ପର ସ୍ତ୍ରୀ। ଏକତ୍ର ବସି କି ପାର୍ଥନା କରୁଥିଲେ ରାତି ସାରା। ଶତାଧିକ ମୋର ତୁମ ପାଇଁ ଜୀବନ ଉତ୍ସର୍ଗ କରିବା।

ପ୍ରୀତିର ଯୁକ୍ତି ଅକାଟ୍ୟ। ଏହି କଥା ମନେ ପକାଇ ସେ ମନମରା ହୋଇ ଯାଏ କିଛି ଦିନ। ତାର ନିରୋଲା ପ୍ରୀତିର ମୂଲ୍ୟ ଏଆଥ ନୁହଁ। ବହୁତ କାନ୍ଦେ ସିଏ, କିଛି କଥା କଟା କାଟି, ଦିନ ଦିନ ଧରି ମନ ଫଟା ଫଟି। ସମୟ ପୁଣି ଗଡ଼ି ଚାଲେ। ଗତ କିଛି ଦିନ ତଲେ ଏହି ଉତ୍ପାତର ପୁନରାବୃତି କରିଥିଲା ପ୍ରୀତି। ଛୁଆପିଲାର ମା' ହେଲା, ଶାଶୁ ହେଲା, ଜେଜେମା ଏବଂ ଆଇ ମଧ ହେଲା କିନ୍ତୁ ଗ୍ରହଣ କରିପାରିନି ଅବୋଧର ଅବହେଲାକୁ। ଭୁଲି ପାରିନି ଅନ୍ତରର ପ୍ରିୟତମ ବୋଲି ଗ୍ରହଣ କରିଥିବା ମଣିଷଟିର ଏ ହେୟଜ୍ଞାନକୁ। ତା'ର ଭୁଲି ଯାଇଥିବା ପ୍ରତିଦିବସର ସାଥିଟିର ଏ ବ୍ୟବହାର ତାକୁ ଦାରୁଣ ଆଘାତ ଦେଇଛି।

ପ୍ରମୋସନ ଉପରେ ପ୍ରମୋସନ ପାଇଛି ଅବୋଧ। ତାର କର୍ମ କୁଶଳତା କାହାକୁ ଅଛପା ନାହିଁ। ତଦ୍ରୁପ ଫଳ ପାଇଲା। ଏଣେତେଣେ ପଇସା ଷ୍ଟକ୍‌ରେ ଇନ୍‌ଭେଷ୍ଟମେଣ୍ଟ କରି ପଇସାକୁ ପାଞ୍ଚ ପଇସା ମଧ କରି ପକାଇଲା। ପିଲାଙ୍କୁ ଦାଣ୍ଟେ ଚାହିଁବାକୁ ତାର ସମୟ ନଥିଲା। ଏ ସ୍ୱାମୀ "ଅବୋଧ" ଏବଂ ପ୍ରତିଦୀବସର ମହାନାୟକ ସେ ସ୍ୱାମୀ "ଅବୋଧ" ଭିତରେ ଆକାଶ ପାତାଳ ପାର୍ଥକ୍ୟ ଦେଖିପାରୁଥିଲା ପ୍ରୀତିନଦୀ।

ପ୍ରତେକ ଷ୍ଟକ୍‌ ବ୍ରୋକରଙ୍କୁ ତାଗିଦ କରିଥିଲା ଅବୋଧ' ମୋ ସ୍ତ୍ରୀ ସହ ଏ ବାବଦରେ ଆଲୋଚନା କରିବନି। ସମସ୍ତ ସହକର୍ମୀଙ୍କୁ ମଧ ତାର ସଞ୍ଚିତ ଅର୍ଥର ତାଲିକା ଦେବା ସହ ତାଗିଦ କରିଦେଇଥାଏ ପ୍ରୀତିକୁ ତା'ର ସେୟାର ବାବଦରେ କିଛି କହିବ ନାହିଁ। ସମସ୍ତେ କୁହାକୁହି ହେଲେ 'କଣ ଲୋକଟା ପାଗଳ କି? ଆମକୁ ଯାହା କହୁଛି – ତାର ସ୍ତ୍ରୀକୁ କହିବା ନାହିଁ ବୋଲି କାହିଁକି କହୁଛି?'

ସମୟ କ୍ରମେ ଏକଥା ପ୍ରୀତିର କାନକୁ ଆସିଲା। ବ୍ୟଥାହତ ପ୍ରୀତି ଚେଷ୍ଟା କରି କଥାଟା ହଜମ କରିନେଲା। କେତେ ସମୟ ଅବା ଅବୋଧ ସହ ସମୟ ପାଉଛି ସିଏ, ସେଇ ସମୟ କ'ଣ ପଇସା ପତ୍ରର ଯୁକ୍ତିତର୍କରେ କଟିଯିବ? ସେ ଦୁହିଁଙ୍କର କଥା କଟାକଟି ମନ ଫଟାଫଟି ହେଲେ ଘରକୁ ଆପଣାର ଲୋକ ଆସିବେନି। ପିଲାଙ୍କର ମାନସିକ ସ୍ଥିତି ଦୋହଲି ଯିବ। ସଞ୍ଚିତ ଅର୍ଥ ଅବୋଧ ନେଇ କଣ କୁଆଡ଼େ

ପଳେଇଯିବ ? ଏଇଥ୍ ପାଇଁ କଣ ଏତେ ପୂଜା ବ୍ରତ କରୁଛି ? ତାର ଠାକୁରମାନେ କଣ ଏତେ ନିଷ୍ଠୁର ହେବେ ତା ପାଇଁ ?

ବଡ଼ ଦନ୍ତରେ ଅପରିମିତ ଧାର୍ଯ୍ୟର ସହ ଏ କଥାକୁ ଆଡ୍ଡେଇଗଲା ଜୀବନ ତମାମ। ଏହା ମନକୁ ତାର ବହୁତ ବାଧୁଛି – ବହୁତ କାନ୍ଦିଛି ସିଏ। ତଥାପି ଆଗେଇଚାଲିଲା ତାର କର୍ତ୍ତବ୍ୟ ନିଷ୍ଠାରେ ଚଉପାଶକୁ ଚକିତ କରି।

ପିଲା ପାଖରୁ ଚାଲିଗଲେଣି। ଅବୋଧ ଛଡ଼ା ଘରସଂସାରରେ ପ୍ରୀତିର କିଛି ଆକର୍ଷଣ ନାହିଁ। ବେଳ ଅବେଳରେ ଅବୋଧର ଅନ୍ୟାୟ ଅବହେଳା ପାଇଁ ଭୀଷଣ ପ୍ରତିବାଦ କରେ। କେବେ କେବେ ଅବୋଧ ଖୁବ ଗୁଢ଼ାଏ ବିରକ୍ତ ହେଇ କଥା ଏଡ଼ାଇ ଦିଏ ତା କେବେ କେବେ କାଲ ହାତୀ ପରି କିଛି ବି ପ୍ରତିକ୍ରିୟା ଦେଖାଏନି। କାମ ଉପଲକ୍ଷେ ଅବୋଧ ବାହାରକୁ ବହୁତ ଯାଏ। ସମୟ କରି କୁଆଡ଼େ ତ ବୁଲି ଯାଏନି – କାମରେ ଗଲାବେଲେ ତ ପ୍ରୀତିକୁ ନେଇ ପାରନ୍ତା। ଯେଉଁଠି ସମ୍ଭବ ସେ ପଇସାଟା ସଂଚୟ କରିବ ଆଟ୍ ଦି କଷ୍ଟ ଅଫ୍ ପ୍ରୀତି। ସେଇଟା ପ୍ରୀତିର ଅସହ୍ୟ ହୁଏ। କ୍ଲାଏଣ୍ଟମାନେ ସହରକୁ ଆସିଲେ କେବେ କେବେ ଘରେ ରଖ୍ଥାଏ। ଏହିପରି ପଇସା ସଂଚୟ କରିବାର ସଉକ ଅବୋଧର ବହୁତ। ଯାହାକି ସେମାନଙ୍କ ଦାମ୍ପତ୍ୟ ଜୀବନର ଶିତ ପ୍ରତିଶତ ସମୟ ନେଇଥାଏ। ପ୍ରୀତି ଅତି ମାତ୍ରାରେ ଅତିଥ୍ ପରାୟଣା। ପିଲା ବେଲରୁ ବନ୍ଧୁ ବାନ୍ଧବଙ୍କ ଗଲା ଅଭିଲାଙ୍କ ମେଲାରେ ବଢ଼ିଛି। ଚଲେଇ ନିଏ। ତାକୁ ବଡ଼ କଷ୍ଟ ଲାଗେ ଯେତେବେଲେ ଅତିଥ୍ଙ୍କ ସାମନାରେ ଅବୋଧ ତାକୁ ହେୟଜ୍ଞାନ କରେ। ଏ ଭଲି ଆଚରଣ କରେ ପ୍ରୀତି ଅପମାନିତ ମନେକରେ। ଅତିଥ୍ମାନେ ତାକୁ ବେଲେବେଲେ ପଚାରନ୍ତି 'କେମିତି ଚାଲିଲୁ ଏତେ ଦିନ ?' ତୋର ଧୈର୍ଯ୍ୟକୁ ଧନ୍ୟବାଦ। ଅତିଥ୍ ଘରେ ଅଛନ୍ତି ବୋଲି ଚୁପଚାପ ସବୁ ସହିଯାଏ। ପରେ ଅବୋଧକୁ ବହୁତ କହେ। କିନ୍ତୁ ଯୋଉ କଥାକୁ ସେଇ କଥା।

ଅବୋଧ ବେଲେ ବେଲେ ଅତି ନିର୍ବୋଧଙ୍କ ପରି କାମ କରେ। ଥରେ ଗୁଡ଼ିଏ କ୍ଲାଏଣ୍ଟଙ୍କ ସହ ପ୍ରୀତିର ଜଣେ ସମ୍ପର୍କିୟା ପହଁଚିଗଲେ। ଉଭୟେ ପରସ୍ପରକୁ ଦେଖ୍ ବହୁତ ଖୁସି ହେଇଗଲେ। ବଡ଼ ଆଶ୍ଚର୍ଯ୍ୟର କଥା ଅବୋଧ ତାଙ୍କର ମାତ୍ରାଧ୍କ ତତ୍ ନେଉଥାଏ। ପ୍ରୀତି ପ୍ରତିବାଦ କଲା। ପୁରୁଷ ଲୋକଙ୍କ କଥା ବୁଝ୍ – ୟାଙ୍କ କଥା ମୁଁ ବୁଝୁଚି। ଅବୋଧ ଚିଡ଼ି ଉଠି କହିଲା "ସ୍ତ୍ରୀ ଲୋକ ଏକାକୀ ଟ୍ରାଭେଲ୍ କରୁଛନ୍ତି – ତାଙ୍କ ଖବର ବୁଝିବା ଆମିର କର୍ତ୍ତବ୍ୟ"। ଇତ୍ୟାଦି ନାନା କଥା। ସିଏ ପୁଣି ଏଭଲି ଭାବରେ କାଣ୍ଟଖ୍ଆନ ହରେଇ ବସିଲା ଯେ ତାଙ୍କ ସହ ବିଭିନ୍ନ ପୋଜ୍ କରି ବଗିଚାରେ, ପାର୍କରେ, ହୋଟେଲରେ ପରିଶେଷରେ ସ୍ଟୁଡିଓରେ ଫୋଟୋ ଉଠାଇଲା। ସେ

ଭଦ୍ରମହିଳା ମନା କରୁଥିଲେ ମଧ୍ୟ ଅବୋଧର ପାଟିତୁଣ୍ଡକୁ ଡରି ସହଯୋଗ କରୁଥିଲେ। ଦୟାକରି ପ୍ରୀତିକୁ ପାଖରେ ଟିକେ ବସେଇଥିଲେ। ଏ ବନ୍ଧ ପାଗଳ ସହ କେମିତି ଚଳୁଚୁ ବୋଲି ସେ ଭଦ୍ର ମହିଳା ଫୁସ୍‌ଫୁସ୍‌ କରି କହିଥିଲେ।

ପ୍ରୀତିର ମାନସିକ ସ୍ଥିତି ପୁରା ଦୋହଲି ଗଲା। କୌଣସି ମତେ ନିଜକୁ ସମ୍ଭାଳିନେଲା ସେମାନେ ଫେରିବା ପର୍ଯ୍ୟନ୍ତ। ସେ ପର୍ଯ୍ୟନ୍ତ ଅବୋଧ ତାକୁ ଗୋଟିଏ ପରଲୋକ ପରି ବ୍ୟବହାର କରୁଥାଏ। ଦିନେ ମୁକାବିଲା ହୋଇଗଲା ତାର ଅବୋଧ ସହିତ। ଜୀବନ ବିକଳରେ ଠାକୁର ଠାକୁରାଣୀଙ୍କୁ ଛୁଇଁ ପକେଇଲା। ରାଣ ନିୟମ ପକାଇଲା। ଯେମିତିକି ଠାକୁର ଘରେ କିଏ ନା ମୁଁ କଦଳୀ ଖାଇନି। ଫୋଟୋଗୁଡ଼ିକ ସବୁ ସିଏ ଫୋପାଡ଼ିଦେଲା ମଧ୍ୟ। କୌଣସି ସ୍ତ୍ରୀ ଏ କଥା ସହିବନି କି କୌଣସି ସଚେତନ ଗୃହସ୍ତ ଏହା କରିବ ନାହିଁ।

ଦିନ ଗଡ଼ିଗଲା– କିନ୍ତୁ ପ୍ରୀତିର ମନରେ ଠକଠକ ହୋଇ ଏସବୁ ଅସନ୍ତୋଷର ଘଟଣା ରହିଗଲା। ସଦାବେଳେ ନିଜକୁ ସେ ଅବହେଳିତା ମନେକରୁଥିଲା। ଜାଣିଶୁଣି ଅଧା ଅଜ୍ଞାନତାବଶତଃ ଏ ସବୁକୁ ଅବୋଧ ବେଖାତିର କରି ଚାଲିଥିଲା। ଯାହା ହେଲେ ବି ପ୍ରୀତି ପ୍ରତିଦିନ ସ୍ୱାମୀର ଶୁଭ ମନାସି ଠାକୁରଙ୍କ ପାଖରେ ମୁଣ୍ଡିଆ ମାରେ। ପ୍ରତି ସନ୍ଧ୍ୟାରେ ଦୀପ ଜଳାଇ ଚଉରା ପାଖରେ ଲୁହ ଗଡ଼ାଏ। ମଝିରେ ମଝିରେ ଶାଢ଼ୀ ଭିତରେ ଲୁଚେଇ ରଖିଥିବା ଭାଲେଣ୍ଟାଇନ୍ ଡେ କାର୍ଡଟି କାଢ଼ି ପଢ଼େ। ଛାତିରେ ଚାପି ଧରି ବହୁତ କାନ୍ଦେ। ତାପରେ ରଖ ଦିଏ। କେଉଁ ଅପଦେବତାର ଅଭିଶାପରେ ତାର ଦାମ୍ପତ୍ୟ ଜୀବନ ଏପରି ନାରଖାର ହେଇଗଲା ? କାହିଁଗଲା ତାର ପ୍ରଥମ ପ୍ରୀତିଦିବସର ସେଇ ଅବୋଧ ଯିଏ ତାକୁ ପଛକୁ ନପକାଇ କୌଣସି ପଦକ୍ଷେପ ନେବେନାହିଁ ବୋଲି ପ୍ରତିଶ୍ରୁତି ଦେଇଥିଲା ? ବୃଥା ସେ ପ୍ରତିଶ୍ରୁତି।

ଗତ ଭାଲେଣ୍ଟାଇନ୍ ଡେ ଦିନଠାରୁ ହିଁ ପ୍ରୀତି ଆଚରଣ କରୁଥିଲା ଏଭଳି। ଆଜି ତା'ର ବେଡ୍ ପାଖରେ ବସି ଅବୋଧ ମନେପକାଇଥିଲା। କି ରୁଦ୍ର ରୂପ ତା'ର ସେ ଦିନ ଠାରୁ। ପଦେ କଥା ଭଲରେ ତା' କହିନି ଆଉ। ମୁହଁକୁ ଚାହିଁ ଚା' କପ୍‌ଟେ କି ପାନ ଖଣ୍ଡେ ବି ହାତକୁ ଦେଇନି। କାନ୍ଦ କାନ୍ଦ ମୁହଁ। ଲୁଚେଇ ଲୁଚେଇ ହୋଇ କାନ୍ଦିବା ଏବଂ ଖିଂକାରୀ ହେଇ କଥାବାର୍ତ୍ତା କରିବା ଅବୋଧ ଲକ୍ଷ୍ୟ କରିଛି। କିନ୍ତୁ ଏଥିପାଇଁ କିଛି ପ୍ରତିକାର କରିନଥିଲା। ଆଜି ତା'ର ଶଯ୍ୟା ପାଖରେ ବସି ପଶ୍ଚାତାପ କରୁଛି। ଗତ ଭାଲେଣ୍ଟାଇନ୍ ଡେ'ରେ ସେ ପ୍ରୀତିକୁ ଓଁଶ୍ କରି ନଥିଲା। ସନ୍ଧ୍ୟାବେଳେ ସେ ଅଫିସର କେତୋଟି ବାଲିକାଙ୍କୁ ନେଇ ନାମୀ ଦାମି ରେଷ୍ଟୁରାଣ୍ଟକୁ ଯାଇଥିଲା। ଖାଇବା ଅର୍ଡର ଦେବା ପରେ ହିଁ ସିଏ ପ୍ରୀତିକୁ ନେଇଥିଲା ଡ୍ରାଇଭରକୁ ପଠାଇ

ଗୋଟେ ଅପ୍ରୀତିକର ପରିସ୍ଥିତି ଇଏ। ଡ୍ରାଇଭର ଆଖିରେ ଅଧିକ କିଛି ନ ପଡ଼ୁ। ବାର ଆଡ଼େ ଗପିବା। ଇଜ୍ଜତ ଜଗି ପ୍ରୀତି ଡ୍ରାଇଭର ସହ ଯାଇଥିଲା। ହସ ଖୁସିରେ ଫାଟି ପଡ଼ୁଥିଲେ ସମସ୍ତେ। ସୁପ୍ ପିଆ ସାରିଥିଲା। ଆପେଟିଜର ମଧ ଅଧା ଅଧ୍ୱ ଖିଆ ସାରିଥିଲା। ତା'ର ସୁପଟି ଘୋଡ଼ାଇ ହୋଇ ରଖାହୋଇଥିଲା। ଅନ୍ୟମାନଙ୍କ ଆଗରେ ନିଜର ଦୁର୍ବଳତାଟା ଧରା ନ ପଡ଼ିବା ପାଇଁ ସୁପ୍ ଢକ ଢକ ଢକ କରି ପିଇଦେଲା। ବାକି ଖାଇବାରେ ହାତ ମାରିଲାନି। ପାଟି ଘା' ହୋଇଛି- ଖାଇ ପାରୁନି ବୋଲି କହିଥିଲା। ଅବୋଧ ଅବଶ୍ୟ ବଡ଼ ଭୁଲଟାଏ ହେଇଟି ବୋଲି ବୁଝିଗଲା – କିନ୍ତୁ ପ୍ରୀତିକୁ ସେଥିପାଇଁ ଭୁଲ ମାଗି ନଥିଲା ବା ଆଦର କରି ପଢ଼େ କହି ନଥିଲା ଘରକୁ ଫେରିଥିଲା। ପ୍ରୀତି ସହିତ ଏବଂ ଅନ୍ୟ ଝିଅମାନେ ନିଜ ନିଜର ଟ୍ୟାକ୍ସି କରି ଫେରିଯାଇଥିଲେ। ଲୁଗା ବଦଳାଇବା ଆଗରୁ ହିଁ ପ୍ରୀତି ଝାମ୍ପି ପଡ଼ିଥିଲା ଅବୋଧ ଉପରକୁ। ରାତି ତମାମ କାନ୍ଦିଥିଲା ଏବଂ ତା ପରଠାରୁ ତା'ର ସ୍ତ୍ରୀ ପଣିଆ ସତେ କି ସମାପ୍ତ ହୋଇଥିଲା। ଖାଇବା ପିଇବା ଠିକରେ କରୁ ନଥିଲା ବା ଅବୋଧକୁ ବନେଇ ଖୁଆଉ ନଥିଲା। ବେଳେବେଳେ କାନ୍ଦିବା ପାଇଁ ବାଥରୁମକୁ ଚାଲିଯାଉଥିଲା।

କିଛି ଦିନ ତଳେ ଏ ସମସ୍ତ କଥା ଏବଂ ଆହୁରି ଅନେକ କଥା ମାନେ ପକାଇ ବହୁତ କାନ୍ଦିଲା ଏବଂ ଅବୋଧକୁ ଉଲୁଗୁଣା ଦେଇଥିଲା। କହିଥିଲା ଯେ 'ତୁମେ ଆଉଗୋଟିଏ ସ୍ତ୍ରୀ ଲୋକକୁ ଧରି ଯଦି ଅଲଗା ରହିଥାନ୍ତ ମୋର ଅଧିକ କ'ଣ କ୍ଷତି ହୋଇଥାନ୍ତା? ମୋ ପାଇଁ ମୁଠାଏ ଖିଆ କଉଡ଼ି ବିଂଚିବ ପାଇଁ ହୁଏ ତା ତମର ସମୟ ନଥିବା।

ଏବେ ଅବୋଧ ହାତ ଯୋଡ଼ି ଦେଲା ପ୍ରଭୁଙ୍କୁ। 'ମୋର ସବୁ ଭୁଲକୁ କ୍ଷମା କରିଦିଅ ପ୍ରଭୁ। ମୋ ଠାରୁ ପ୍ରୀତିକୁ ଛଡ଼େଇ ନିଅନି।' ରାତି ଅନେକ ହେଇସାରିଲାଣି। ଡାକ୍ତର ଦି ଜଣ ଏବଂ ପିଲାଏ ଆସି ପ୍ରୀତିକୁ ଦେଖିଯାଇଥାନ୍ତି। ତାକୁ ଶୋଇବା ପାଇଁ ପରାମର୍ଶ ଦେଉଥାନ୍ତି। କଣ ସବୁ କଥାବାର୍ତ୍ତା ହୋଇ ଅନ୍ୟ ରୁମ୍‌କୁ ଯାଉଥାନ୍ତି। ଜଣେ ବି ତାଙ୍କ ଭିତରୁ ଶୋଇ ନଥାନ୍ତି। ପ୍ରୀତିର ହାତକୁ ଧରି ବହୁତ କାନ୍ଦିଲା। ଜୋରରେ ଜାବୁଡ଼ି ଧରିଲା ତାକୁ। ସତେ କି କାଳ ମୁଖରୁ ବଂଚେଇ ରଖିବ। 'ମୋ ପାଇଁ ଯଦି ସମୟ ଲେଉଟି ଆସିବ ପ୍ରୀତି ତୁମକୁ ଦେଇଥିବି। କଥା ମୁଁ ମରିବା ଯାଏ ନିଶ୍ଚୟ ରଖିବି। ମତେ କ୍ଷମା କରିଦିଅ। ମତେ ତୁମେ ଛାଡ଼ି ଚାଲିଯାଅନି। ପ୍ରୀତିର ଛାତିରେ ମୁଣ୍ଡ ରଖି ଲୁହ ଲାଲ ଏକାକାର କରି ଅବୋଧ କାନ୍ଦୁଥିଲା।

ହଠାତ ଆଲାର୍ମ ବାଜିଲା। ତା' ବେଡ଼ରୁମର ଆଲାର୍ମ ଇଏ।ଏବଂ ସମ୍ବାଦ ଆରମ୍ଭ ହେଲା ଭାଲେଣ୍ଟାଇନ୍ ଡେ'ର। ଅବୋଧ ଚମକି ପଡ଼ିଲା। ୟା ମାନେ ବର୍ଷେ

କଲା ପ୍ରୀତି ଝୁରିଛି। ଝୁରିଛି ତାର ନାଁରେ ନାମିତ ଦିନଟିକୁ ଏବଂ ଆଜି ଏଇ ଅବସ୍ଥାରେ ପହଂଚିଛି। ପୂର୍ବ ଦିଗ ଫରଚା ହେଇଗଲାଣି। ଡାକ୍ତରଙ୍କ ଭିତରୁ ଜଣେ କହିଲେ ମାଉସୀଙ୍କର ଅବସ୍ଥା ଭଲ ଆଡ଼କୁ ଆସୁନି ମଉସା। ହସ୍ପିଟାଲ ନେଇ ଯାଉଛୁ।

ମୁଁ ବି ଯିବି ତାଙ୍କ ସାଙ୍ଗରେ। ଅବୋଧ ଠିଆ ହେଲା।

କିଛି ଦରକାର ନାହିଁ। ଝିଅର ଏ ରୁକ୍ଷ କଥାରେ ରୁଷ୍ଟ ହେଲା ଅବୋଧ।

ଅବସ୍ଥା ସୁଧାରିବାକୁ ବୋହୂ କହିଲା। "ଆପଣ ବିଶ୍ରାମ ନିଅନ୍ତୁ। ଖାଇନାହାନ୍ତି କାଲିଠାରୁ। ଗାଧୁଆ ପାଧୁଆ କରି କିଛି ଖାଇ ନିଅନ୍ତୁ। ମୁଁ ଏବଂ ଆପଣ ସାଙ୍ଗ ହୋଇ ଯିବା।"

ବାହାରେ ଆମ୍ବୁଲାନ୍ସ। ଷ୍ଟ୍ରେଚରରେ ପ୍ରୀତିକୁ ନେଇଗଲେ। ପ୍ରୀତିର ବାସି ଶେଜରେ କ୍ଲାନ୍ତ ଦେହଟାକୁ ଲୋଟାଇ ଦେଲା ଅବୋଧ। ଶେଜ ସେପଟରୁ ଉଠାଇନେଲେ ପିଲାମାନେ ଖଇ, କଉଡ଼ି, ନୂଆ ଲୁଗା, ସିନ୍ଦୂର ଫରୁଆ, ଚୁଡ଼ି, ଚୁଆଚନ୍ଦନ କାଠ, ଘିଅ, ତୁଳସୀ ଗଛ ଏବଂ ଅନନ୍ୟ ଜିନିଷ। ତକିଆରେ ମୁହଁ ମାଡ଼ିଦେଲା ଅବୋଧ। ତକିଆ କଡ଼ରୁ ତା' ହାତରେ ପଡ଼ିଗଲା ସେ ଭାଲେଣ୍ଟାଇନ୍ ଡେ କାର୍ଡଟି। ଯାହାକୁ ପ୍ରୀତିକୁ ପ୍ରଥମ ଭାଲେଣ୍ଟାଇନ୍ ଡେ'ର ଉପହାର ଦେଇଥିଲା ଅବୋଧ। ଆମ୍ବୁଲାନ୍ସର ସ୍ୱର ଦୂରେଇ ଦୂରେଇ ଯାଉଥିଲା।

SHANTI MISHRA
ଶାନ୍ତିଲତା ମିଶ୍ର

ଶାନ୍ତିଲତା ମିଶ୍ର କଟକରେ ରେଭେନ୍ସା କଲେଜ୍‌ରୁ ଓଡ଼ିଆରେ ଏମ୍.ଏ. ପାସ୍ ପରେ ବିବାହ କରି ଆମେରିକା ଆସିଥିଲେ। ଆମେରିକା ରହଣିର ଦୀର୍ଘ ପଇଁଚାଳିଶ ବର୍ଷ ଭିତରେ ବିଭିନ୍ନ ଅନୁଷ୍ଠାନରେ କାମ କରି ତିନି ବର୍ଷ ତଳେ ରିଟାୟର୍ଡ କରି ସ୍ୱାମୀ ପ୍ରସନ୍ନ ମିଶ୍ରଙ୍କ ସହ ରଚେଷ୍ଟର, ମିନେସୋଟାରେ ରହୁଛନ୍ତି। କ୍ଷୁଦ୍ର ଗଳ୍ପ ସଂକଳନ 'ନିସ୍ତବ୍ଧ ସୂର୍ଯ୍ୟ' ଓ କବିତା ସଂକଳନ 'ଗୋଲାପର ପ୍ରତିଟି ପାଖୁଡ଼ା' ପ୍ରକାଶିତ।

ଦିଗ୍‌ବଳୟର ପଛପଟେ

ଅନ୍ୟମନସ୍କ ଭାବେ ନିଜ ଦୃଷ୍ଟିକୁ ସେ ଦୂର ଦିଗ୍‌ବଳୟ ଉପରେ ନିବଦ୍ଧ ରଖି ଏଣୁତେଣୁ ଅନେକ କିଛି ଭାବି ଚାଲୁଥିଲେ। ବସନ୍ତର ଆଗମନରେ ଫୁଲ ଫଳ ଭରା ଧରଣୀର ମୃଦୁ ହସ ତାଙ୍କ ଉପରେ କୌଣସି ପ୍ରକାର ପ୍ରଭାବ ପକାଇ ପାରୁନାହିଁ। ଶରୀର ଭିତରୁ ମନଟା କେତେବେଳେ ବାହାରି ଯାଇ ଏଣେତେଣେ ବୁଲୁଛି ଯେ ତାଆରି ପଛରେ ଗୋଡ଼େଇ ଗୋଡ଼େଇ ତାକୁ ଆୟତ୍ତ କରିବାରେ ସେ କ୍ଲାନ୍ତ ଶ୍ରାନ୍ତ।

ଆଜି ରବିବାର। ଦ୍ୱିପ୍ରହରର ଭୋଜନଟା ଏତେ ରୁଚିକର ହୋଇନଥିଲା। ରାନ୍ଧି ଥିଲେ ତ ସେ ନିଜେ। ତେଣୁ ଅନ୍ୟକୁ ଦୋଷ ଦେଇ ରାଗ ଶୁଝେଇବା ପାଇଁ ସୁଯୋଗ କିଛି ମିଳିଲାନି। କାହା ଉପରେ ବା ଶୁଝେଇ ଥାଆନ୍ତେ। କିଏ ବା ଅଛି ତାଙ୍କ ପାଖରେ। ତେଣୁ ହୋଟେଲକୁ ଯାଇ ଭାତ, ମାଂସ, ଡାଲି, ତରକାରି ପ୍ରଭୃତି ବରାଦ ଦେଇ ଆବଶ୍ୟକତାଠାରୁ ଅତ୍ୟଧିକ ଖାଇଦେଲେ। ଅଧିକ ଭୋଜନ ଯୋଗୁଁ ଶୋଇ ପାରିଲେନି। ଯେତେବେଳେ ପାରେ ସେତେବେଳେ, ଯାହାପାରେ ତାହା ଖାଇଦେଇ ସବୁକୁ ହଜମ କରିଦେବାର ବୟସ ତ କେବେଠାରୁ ଚାଲିଗଲାଣି। ରାଗ ଅଭିମାନରେ ଗୁଡ଼ାଏ ଖାଇଦେଲେ କ'ଣ ହେବ, ଏବେ ଭୋଗିବାକୁ ପଡୁଛି।

ବାଧ୍ୟ ହୋଇ ଶେଯରୁ ଉଠି ଚାଲି ଆସିଲେ ବାଲକୋନିକୁ। ଅନେକବେଳୁ ଲକ୍ଷ୍ୟହୀନ ଭାବେ ଠିଆ ହୋଇ ରହିଥିଲେ ବାଲକୋନିର ବାଡ଼ାକୁ ଭରା ଦେଇ।

ଗୋଡ ଥକିଯିବା ପରେ ଚେୟାରଟାଏ ଟାଣି ଆଣି ବସି ଖବରକାଗଜ ଉପରେ ଆଖ୍ ବୁଲେଇଲେ । ଖବରକାଗଜର ଆଉଆଲରେ ଅନେକ ଥର ଭୁଲେଇ ସାରିଲେଣି ସତ; କିନ୍ତୁ ତାକୁ କ'ଣ ଶୋଇବା କୁହାଯାଏ । ଶେଯରେ ଲୋଟି ଯାଇ ଆରାମରେ ଶୋଇବା ଆଉ ବସି ବସି ଆଖ୍ପତା ଯୋଡା ଶୋଇବାରେ ଅନେକ ତଫାତ୍ ।

ବୟସ ଗଡିଗଲେ ନା ତୁମ ରାଗ କେହି ଶୁଣନ୍ତି ନା ତୁମ ଅଭିମାନ କେହି ବୁଝନ୍ତି । ମନ ଭିତରେ ଅହରହ ଅସନ୍ତୋଷର ନିଆଁରେ ରାଗ ଅଭିମାନକୁ ଫିଙ୍ଗି ତାକୁ ଦଗ୍ଧ କରିବାକୁ ପଡେ । ସେଥାରୁ ଯେଉଁ ଅବଶୋଷର ପାଉଁଶ ଉତ୍ପନ୍ନ ହୁଏ ତାକୁ ଆଖ୍ ଲୁହରେ ଗୋଲେଇ ନିଜ ହାତରେ ନିଜକୁ ପିଛବାକୁ ବାଧ୍ୟ କରାଯାଏ ।

ସୁଦୂର ଦିଗ୍‌ବଳୟକୁ ଅନେକ ଥର ସେ ଏପରି ମୁଗ୍‌ଧ ଦୃଷ୍ଟିରେ ଚାହିଁଛନ୍ତି । ତା'ର ସୌନ୍ଦର୍ଯ୍ୟକୁ ଶତମୁଖର ହୋଇ ପ୍ରଶଂସା କରିଛନ୍ତି । କିନ୍ତୁ ଆଜି ତାଙ୍କୁ ଭାରି ଅଲଗା ଅଲଗା ରହସ୍ୟମୟ ବୋଧ ହେଉଛି । ସତରେ କ'ଣ ଆକାଶ କେବେବି କୌଣସି ବିନ୍ଦୁରେ ଏ ପୃଥିବାକୁ ସ୍ପର୍ଶ କରି ପାରିଛି । ନା...ଏ କେବଳ ଆଖ୍ର ଭ୍ରମ ମାତ୍ର । ଏଇ ଯେମିତି କୌଣସି ସ୍ୱାମୀ ତା ସ୍ତୀର ମନକୁ କେବେ କ'ଣ ଛୁଇଁ ପାରିଛି ନା କୌଣସି ସ୍ତୀ ତା ସ୍ୱାମୀର ମନକୁ ବୁଝି ପାରିଛି । କିନ୍ତୁ ସମସ୍ତେ ଏଇ ବିବାହ ମିଳନ ପାଇଁ ପାଗଳ । କ'ଣ ପାଇଁ !! ଦୂରରୁ ବହୁତ ସୁନ୍ଦର ଦିଶେ ବୋଲି ତ । ସବୁ ମିଶି ଏକାକାର ମନେହୁଏ ବୋଲି ତ । କିନ୍ତୁ ଯେତିକି ଯେତିକି ଦିଗ୍‌ବଳୟର ନିକଟତର ହେଉଥିବ ସେତିକି ସେତିକି ତା'ର ଦୂରତା ଆଖ୍ରେ ପଡୁଥିବ ମାତ୍ର । ଏଇ ବିବାହ ବନ୍ଧନ ପରି । ଦୁଇ ହୃଦୟ ଭିତରେ କେତେ ଯେ ଫାଙ୍କ । ନିକଟତର ହେଲେ ହିଁ ତାହା ଜଣା ପଡେ ।

ଏକଥା ଆଜି ବୁଝି ଲାଭ ବା କ'ଣ । ସେଦିନ ସେ ବୟସରେ ଯଦି ସେ ବୁଝି ଯାଇ ଥାଆନ୍ତେ..... । ତେବେ....ତେବେ କ'ଣ ହୋଇ ଯାଇଥାଆନ୍ତା । ସେ ବିବାହ କରି ନଥାନ୍ତେ । ସନ୍ନ୍ୟାସୀ ହୋଇ ହିମାଳୟ ଉପରେ ଚଢି ଯାଇଥାଆନ୍ତେ । ବୁଝିଥିଲେ ବି ସେ ବିବାହ ନିଶ୍ଚୟ କରି ଥାଆନ୍ତେ ।

ସେଇ ହିଁ ସେଦିନ ''ଝରୋ''ଙ୍କର ରୂପ ଲାବଣ୍ୟରେ ଆକର୍ଷିତ ହୋଇ ନିଜ ଆଡୁ ବିବାହ ପ୍ରସ୍ତାବ ଦେଇଥିଲେ । ବାପା ମା'ଙ୍କର ଅନିଚ୍ଛାକୁ ଅଗ୍ରାହ୍ୟ କରି ନିଜ ଖୁସି ପାଇଁ ବିବାହ ବେଦୀରେ ବସିଥିଲେ । ପୁଣି କ'ଣ ହେଲା ତେବେ ।

କିଛି ବର୍ଷ ହିଁ କଟିଯାଇଥିଲା ଖୁସିରେ । ବିବାହର ଗାଡିଟି ସ୍ୱଭାବ ସୁଲଭ ଗତିରେ ଚାଲୁଥିବାବେଳେ ଆସ୍ତେ ଆସ୍ତେ ମଝିରେ ମଝିରେ ଅଟକି ଯିବାକୁ ଲାଗିଲା । ତା'ପରେ କିଛି ବର୍ଷ ଧକ୍କା ମାରି ଚଲେଇବାକୁ ପଡିଲା । କିନ୍ତୁ ଦିନେ ହଠାତ୍ ସବୁଦିନ ପାଇଁ ବନ୍ଦ

ହୋଇଗଲା । ଯେତେ ଧକ୍କା ମାର, ଯେତେ ତେଲ ଦିଅ, ଯେତେ ସଜାଡ କିଛି କାମ ଦେଲାନି । ଦେଖୁ ଦେଖୁ ଚକାଗୁଡିକ ସବୁ ଖସି ଯାଇଛି ଚାଲିବ ବା କିପରି । ଗାଡିଟି ପୁରୁଣା ସେପରି ହୋଇନଥିଲା । କିନ୍ତୁ ଏଠୁ ସେଠୁ ଭାଙ୍ଗି ଯାଇଥିଲା ଯତ୍ନ ଅଭାବରୁ ।

ନୂଆ ଗାଡି ଆଣି ଚଲେଇବାର ଶକ୍ତି, ସାମର୍ଥ୍ୟ ବା ଦକ୍ଷତା ତାଙ୍କର ଆଉ ନାହିଁ । ସେଇ ପୁରୁଣା ଗାଡିରେ ନୂଆ ଚକ, ନୂଆ ଇଞ୍ଜିନ୍ ଓ କିଛି ତେଲ ଲଗେଇବାର ବ୍ୟବସ୍ଥା କରିବା ହୁଏତ ବୁଦ୍ଧିମାନର କାର୍ଯ୍ୟ । ଶସ୍ତା ଓ ସହଜ ବି ।

‘‘ନିର୍ଝରା’’ ସେଇଦିନୁ କିଛି କଥାକୁ ଗଣ୍ଠି କରି ଯାଇଛନ୍ତି ଯେ ଆଉ ମୁହଁ ବୁଲାଇ ପଛକୁ ଚାହିଁବାର ଆବଶ୍ୟକତା ବି ମନେ କରିନାହାନ୍ତି । ଦୁଇଟି ମଣିଷ ଏକାଠି ରହିଲେ ଖିଟ୍‌ମିଟ୍ ହେବାର ସମ୍ଭାବନା ମଝିରେ ମଝିରେ ଥାଏ । କିନ୍ତୁ ସମସ୍ୟାକୁ ସମାଧାନ କରିବା ପରିବର୍ତ୍ତେ ଏପରି ଦୂରତା ରଖିବାର ମାନେ କ’ଣ ।

ତା’ପରଦିନ ସକାଳୁ ସକାଳୁ ‘‘ନିରଜ ବାବୁ’’ ବାହାରି ଗଲେ ‘‘ନିର୍ଝରା’’ଙ୍କ ବାପାଙ୍କ ଘରକୁ । ଯୋଉଟାକି ନିର୍ଝରାଙ୍କର ଗର୍ବ, ଗୌରବ ଓ ବିଜୟର ନିର୍ଭୟ ଆଶ୍ରୟସ୍ଥଳୀ । ନିରଜ ନିଶ୍ଚୟ ଏଥର କ୍ଷମା ମାଗି ବୁଝେଇ ଶୁଝେଇ ଘରକୁ ନେଇ ଆସିବେ ନିର୍ଝରାଙ୍କୁ । କୃତ୍ରିମ ସ୍ନେହ ଶ୍ରଦ୍ଧା ପୂର୍ଣ୍ଣ ବାକ୍ୟରେ କୋଉ ଖର୍ଚ୍ଚ ଲାଗୁଛି ନା କ’ଣ । ହଁ ତାଙ୍କ ଆତ୍ମ ସମ୍ମାନରେ ଟିକେ ଆଘାତ ଲାଗିବ, ସ୍ୱାଭିମାନ ଆହତ ହୋଇଯିବ । ଗର୍ବ ଟିକେ କ୍ଷୁଣ୍ଣ ହୋଇଯିବ । ହେଉ ପଛେ ଏମିତିରେ ତ ସାରା ଦେହ ଓ ମନର ସମ୍ମାନ ଯାଉଛି ସକାଳ ସଞ୍ଜେ । ସକାଳୁ ଉଠୁ ନ ଉଠୁଣୁ କୁଆମାନେ ଖଟେଇ ହେଉଛନ୍ତି କା କା ରାବ କରି । ମୁଠାଏ ଚାଉଳ ଦେଇ ପାରୁନୁ ଖାଇବାକୁ, ପରିବାର କ’ଣ ପୋଷିବୁ । ରାତି ପର୍ଯ୍ୟନ୍ତ ମଶା ମାଛି ତାଚ୍ଛଲ୍ୟ ହସ ହସୁଛନ୍ତି ଘର ଦ୍ୱାର ସଫା ନକରି ତାଙ୍କ ବଂଶ ବର୍ଦ୍ଧନରେ ସାହାଯ୍ୟ କରୁଛି ନିଜ ବଂଶ ଉଦ୍ଧାର କରିନପାରି କହି ।

ନିଜ ବଂଶ ଆଉ କ’ଣ ବା ଉଦ୍ଧାର କରିବେ । ଗୋଟିଏ ବୋଲି ପୁଅ ସେ ପୁଣି ତା ମାଆ ପାଖରେ ଅଜା ଘରେ । ପ୍ରାୟ ଦୁଇ ବର୍ଷ ହୋଇଗଲାଣି ଝରା ଘର ଛାଡିବାର । ଦୁଇ ପଟୁ ହେଉ ବା ନହେଉ ତାଙ୍କ ନିଜ ଆଡୁ ପୁଣି ଥରେ ମିଶିଯିବାର ଆଗ୍ରହ ଅଛି ସତ; କିନ୍ତୁ କୌଣସି ତତ୍ପରତା ଦେଖେଇ ପାରୁନାହାନ୍ତି ଏପର୍ଯ୍ୟନ୍ତ । ପୁରୁଷ ବୋଲି ଯୋଉ ଅହଂ ଭାବଟା ତାଙ୍କ ମୁଣ୍ଡ ଉପରେ ଖଣ୍ଡା ପରି ଝୁଲୁଛି ତାହା ବିବେକକୁ ସବୁବେଳେ ହାଣିବ ହାଣିବ ବୋଲି ଧମକ ଦେଖୋଉଛି । ଯଦି ଘରୁ ଗୋଡ କାଢିବୁ ହାଣ ଖାଇବୁ । ବିବେକଟା ବି ଡରି ମରି ମୃଷାଙ୍କ ପରି ମନର କୋଉ ଗାତ ଭିତରେ ଚୁପ୍ ଚାପ୍ ପଡି ରହିଛି ।

ଆଜି...ଆଜି ଆଉ କ’ଣ ? ଦେହ ଭଲ ଲାଗୁନି, ମନ ଭଲ ଲାଗୁନି । ଏକା

ଏକା ଏ ଦିଗ୍‌ବଳୟକୁ ଚାହିଁ ଚାହିଁ ଦିନ କେମିତି ବିତେଇବେ । ଅବଶ୍ୟ ସେ ହଁ ଝରାକୁ ଘର ଛାଡ଼ିଯିବାକୁ କହିଦେଇ ଥିଲେ ସେଦିନ । ହଁ ରାଗ ରୋଷରେ କହି ଦେଇଥିଲେ । ଆଗରୁ ବି ସେ ଏମିତି ତ ଅନେକ ଥର କହିଛନ୍ତି କିନ୍ତୁ ସେଦିନ ଧମକ ପୂର୍ଣ୍ଣ କଥାଟା ଏମିତି ବେଦର ଗାର ହୋଇ କାର୍ଯ୍ୟକାରୀ ହୋଇଯିବ ବୋଲି ସେ କ'ଣ ଜାଣିଥିଲେ । ପୁଣି ପୁଅକୁ ନେଇ ଏକବାର ଚାଲିଗଲେ ଯେ ଲେଉଟି ଦେଖିବାର ଆବଶ୍ୟକତା ବି ମନେ କଲେ ନାହିଁ । ଲୋକଟା ତାଙ୍କ ବିନା ବଞ୍ଚିଛି କି ମରିଛି ଜାଣିବା ବି ଲୋଡ଼ା ନାହିଁ ।

ହାୟରେ ଭାଗ୍ୟ । ସେଦିନ ସେଇ ରାଗରେ ସେ ବିବାହର ଘୋର ବିରୋଧୀ ହୋଇ ଉଠିଥିଲେ । ସମସ୍ତଙ୍କୁ ସେ କହିବେ ବିବାହ ନ କରିବାକୁ । କିନ୍ତୁ ଯେତେବେଳେ ସେ ଯୋଉଠି ଯାହାଙ୍କୁ ବିବାହ ନ କରିବାକୁ ଉପଦେଶ ବା ପ୍ରବଚନ ଦେଲେ, ଜଣାଶୁଣା ଲୋକେ ପାଗଳ ଆଖ୍ୟା ଦେଲେ । ଅଜଣା ଲୋକମାନେ ଟେକା ପଥରରେ ସ୍ୱାଗତ କଲେ ।

ସେ ତ ସେବେକାର କଥା ଦୁଇବର୍ଷ ଏହା ଭିତରେ ଚାଲିଗଲାଣି । ଏବେ ସମୟ କିନ୍ତୁ ଆଉ କିଛି ଶିକ୍ଷା ଦେଉଛି । ସନ୍ଧି କରି ବଞ୍ଚିବାକୁ ଫୁସ୍‌ଲୋଉଛି । ହାର ମାନିବାକୁ ପ୍ରବର୍ତ୍ତାଉଛି । ଏକାକୀ ଜୀବନଟା ବେଳୁ ବେଳ ଦୁର୍ବିଷହ ହୋଇପଡ଼ୁଛି । ଦାନ୍ତ ଦେଖେଇ ଅଟ୍ଟହାସ୍ୟ କରୁଛି । ଚଉବନ ବର୍ଷ ବୟସର ଜ୍ଞାନର ପ୍ରାଚୁର୍ଯ୍ୟତା ସତ୍ତ୍ୱେ ଅଜ୍ଞାନ ଅନ୍ଧକାରରେ ଉବୁଟୁବୁ ହେଉଛନ୍ତି ସେ । ସବୁକୁ ପଛରେ ପକାଇ ସେ ଆଗକୁ ବଢ଼ିବେ । ଏମିତିରେ ତ ପ୍ରତ୍ୟେକଟି ଦିନ ଗୋଟିଏ ଗୋଟିଏ ହୋଇ ଜୀବନ କାଲରୁ ଅପସରି ଯାଇ ମୃତ୍ୟୁର ନିକଟବର୍ତ୍ତୀ ହୋଇ ଚାଲିଛି । ସେଥିରୁ ନିସ୍ତାର ନାହିଁ । ପଶ୍ଚାତ୍‌ଧାବନ କରି ସମୟଠାରୁ ବୟସକୁ ଟାଣି ଆଣିବା ମଧ୍ୟ ସମ୍ଭବ ନୁହେଁ । କାଲ ଧୀରେ ଧୀରେ ଚତୁର୍ଦିଗର ସବୁ ରାସ୍ତା ବନ୍ଦ କରି ଦେଇ ଗୋଟିଏ ରାସ୍ତା ଖୋଲି ରଖି ପଛରୁ ଠେଲି ଚାଲୁଛି । ଆଗକୁ ବଢ଼, କୌଣସି ଅନିଚ୍ଛା ବା ଯୁକ୍ତି ତର୍କ ନକରି ।

ସବୁ ପ୍ରକାର ଯୁଦ୍ଧର ମୁକାବିଲା କରିବା ପାଇଁ ସେ ପ୍ରସ୍ତୁତ ହୋଇ ଘରୁ ବାହାରିଲେ ସେଦିନ । ସାହସ ସଞ୍ଚୟତା ଆଜି ନୁହେଁ କିଛି ଦିନ ହେଲା ସେ ଠୁଲ କରି ଚାଲିଛନ୍ତି । ତେଣୁ ଘରୁ ବାହାରି ଯିବାରେ ବିଶେଷ କିଛି ଅସୁବିଧା ହେଲାନି । ବାଟରେ ଭାବି ପ୍ରଶ୍ନଗୁଡ଼ିକର ଆଶୁ ସମାଧାନ କିପରି କରିହେବ ଏକ ସୁବିସ୍ତୃତ ଯୋଜନା ମଧ୍ୟ ମନେ ମନେ ପ୍ରସ୍ତୁତ କରି ଚାଲୁ ଥାଆନ୍ତି ।

ଝରାଙ୍କର ଘର ସାମ୍‌ନାରେ ଗାଡ଼ି ପାର୍କ କଲେ ନୀରଜ । ଫାଟକ ଖୋଲି ପାହାଚ ଚଢ଼ି ଦାଣ୍ଡ କବାଟ ପାଖକୁ ଗଲେ ସତ; କିନ୍ତୁ କଲିଂ ବେଲ୍ ପାଖରେ ହାତଟା

ଅଟକି ଗଲା । ଚିପିବା ପାଇଁ ସାହସ ସଞ୍ଚୟର ନିହାତି ଆବଶ୍ୟକତା ବର୍ତ୍ତମାନ । ନିଃଶ୍ୱାସର ଆତୁଘାତ ବେଶ୍ ପ୍ରଖର ତା ବି ଟିକେ ମନ୍ଥର ହେବା ଦରକାର ଏଇ ପରିସ୍ଥିତିରେ ।

– ‘‘ଡାଡି ତୁମେ !’’ ପଛପଟୁ ‘‘ଚିନ୍ଦର’’ ଡାକ ଶୁଣି ଫେରି ଚାହିଁଲେ ସେ । ବାହାରେ ସାଙ୍ଗମାନଙ୍କ ସଙ୍ଗେ ଖେଳୁଥିଲା ଚିନୁ । ତାଙ୍କୁ ଦେଖ୍ ଦୌଡି ଦୌଡି ଆସି ଜାବୁଡି ଧରିଲା ପଛପଟୁ । ଡାଡି ଡାକଟା ତାଙ୍କୁ ଗୋଡଠାରୁ ମୁଣ୍ଡ ପର୍ଯ୍ୟନ୍ତ ଏକ ବିଦ୍ୟୁତ୍ ଝଟକା ଦେଲା ପରି ସାରା ଶରୀରରେ ଏକ ଅହେତୁକ ଖୁସିର ପ୍ରବାହ ବୁହାଇ ଦେଇଗଲା, ସାରା ଶରୀରକୁ ଝାଳରେ ଓଦା କରି । କଲିଂ ବେଲ୍ ଚିପିଲା ଚିନୁ ।

କବାଟ ଖୋଲିଥିଲେ ଝରା । ଆରେ ଚିନୁ ଏତେବେଲ ଯାଏ....କଥା ଅଟକି ଗଲା ମୁହଁରେ । ଚମକି ପଡିଥିଲେ ସେ । ଆଖିକୁ ବିଶ୍ୱାସ କରି ପାରୁନଥିଲେ । ଚଷମା ଠିକ୍ କଲେ ଆଖିରେ । ଠିକ୍ ଦେଖୁଛନ୍ତି ତ । ଚିନୁ ଆଉ ନିରଜଙ୍କ ଭିତରେ ବେଶ୍ ଶାରୀରିକ ସାମଞ୍ଜସ୍ୟ । ଚଉଦ ବର୍ଷର ଚିନୁ ଏଇ ଦୁଇ ଘଣ୍ଟା ଭିତରେ ଏତେ ବଡ ତ କେବେ ହୋଇନପାରେ । ଏ....ଏ ତେବେ କିଏ । ଖୁସି ହେବେକି ଆଶ୍ଚର୍ଯ୍ୟ ହେବେ ବୁଝି ପାରିଲେନି ଝରା ।

ଘର ଭିତରକୁ ଆସ ବୋଲି କହି ନଥିଲେ ବି ଏକ ନିରବ ନିମନ୍ତ୍ରଣ ଜଣାଇ ଘର ଭିତରକୁ ପଶିଗଲେ ସେ । ଚିନୁ ଆଉ ନିରଜ ତାଙ୍କ ପଛେ ପଛେ । ସାଙ୍ଗମାନଙ୍କୁ ବିଦାୟ ଜଣାଇବା ପାଇଁ ଫେରିଗଲା ଚିନୁ ବାହାର ଖେଳ ପଡିଆକୁ, ଏଇ ଫେରି ଆସିବ କହି ।

– ‘‘କିଏ ସେ ଝିଅ’’ ! ଘର ଭିତରୁ ଝରାଙ୍କ ବାପାଙ୍କର ସ୍ୱର । ଘର ଭିତରକୁ ଚାଲିଯାଇ ଝରା ହୁଏତ ତାଙ୍କ ବାପାଙ୍କ କାନରେ ଚୁପିଚୁପି ତାଙ୍କ ଆସିବା ଖବର କହିଥିବ । ସେ ଆଉ ଦାଣ୍ଡ ଘରକୁ ଆସିଲେ ନାହିଁ, ବାପାଙ୍କୁ ତାଙ୍କର ପଠେଇଦେଲେ ।

ସାମନାରେ ଆସି ଠିଆ ହୋଇଥିବା ବୃଦ୍ଧ ବ୍ୟକ୍ତି ଜଣାକ ତାଙ୍କ ଶ୍ୱଶୁର ସେ ଜାଣନ୍ତି । ଝିଅର ଯେତିକି ଜିଦି ଏ ବୁଢ଼ା ବାପର ବି ଜିଦି କିଛି କମ୍ ନୁହେଁ । ଝିଅର କଥାକୁ ସବୁ ସତ ମାନି ନେଇ ସେ ବି ଦିନେ ଚିଠି ବା ଫୋନ୍ କରି ନାହାନ୍ତି ସତ୍ୟାସତ୍ୟର ଅନୁସନ୍ଧାନ କରିବାକୁ । ସେ ଯାହାହେଉ, ଯାହାର ବା ହେଉ ଓ ଯୋଉପଟୁ ବି ହେଉ ସେ ଆଜି ସମାଧାନ ପାଇଁ ଆସିଛନ୍ତି । ପୂର୍ବ କଥାକୁ ଦୋହରାଇବାକୁ ନୁହେଁ । କିଛି ନଘଟି ଥିବା ପରି ସେ ନମସ୍କାର କରି ଚୌକିଟଏ ଟାଣି ଆଣି ବସିଗଲେ, ଘରଲୋକ କେହି ବସିବାକୁ କହିବା ପୂର୍ବରୁ ।

– ‘ଏଠାକୁ ଆସିବାର କାରଣ ଜଣାଇଲେ ଉପକୃତ ହୁଅନ୍ତି ।’ ବୃଦ୍ଧଙ୍କର

ବେଖାତିର ଭାବ ଗଲା ଆଉ ତୀକ୍ଷଣ ବାକ୍ୟରେ ଅପ୍ରସ୍ତୁତ ହୋଇଗଲେ ନିରଜବାବୁ । ଆଉ କିଛି ପ୍ରକାରେ ବି ତ କଥାବାର୍ତ୍ତା ଆରମ୍ଭ କରାଯାଇପାରିଥାନ୍ତା । ଜଣେ ମଣିଷ, ଜଣେ ସ୍ୱାମୀ ତା ସ୍ତ୍ରୀ ତା ପରିବାର ପାଖକୁ ଆସିବାର କ'ଣ କିଛି କାରଣ ରହିବା ନିହାତି ଦରକାର । ହଁ ସେ ଜାଣନ୍ତି ସେ ମଧୁର ସମ୍ପର୍କରେ ଟିକେ ତିକ୍ତତା ଆସିଯାଇଥିଲା । କ'ଣ ହୋଇଗଲା ସେଠୁ । ଖାଇବାରେ ଯଦି ଟିକେ ଗୋଡି ବାହାରିଯାଏ ତେବେ ପୁରା ଥାଲି ଖାଦ୍ୟ କ'ଣ କେହି ଫୋପାଡି ଦିଏ । ଗୋଡି ଥିବା ସେହି ଅଂଶଟିକୁ ବାହାର କରି କାଢ଼ି ଦେଇ ତାକୁ ଖାଏବି ଆନନ୍ଦ ଉଠାଏ ବି ।

ବୁଲା ବଙ୍କା ନକରି କଥା ସିଧାସଳଖ ଭାବେ ଆରମ୍ଭ କଲେ ନିରଜ ।–'ମୁଁ ଝରା ଓ ଚିନ୍ତୁକୁ ନବାକୁ ଆସିଛି ।'

–କାରଣ

–କାରଣ କ'ଣ ! ସେମାନେ ମୋ ପରିବାର । ମୋର ଦାୟିତ୍ୱ......

କଥା କାଟିଲେ ବୃଦ୍ଧ ଶ୍ୱଶୁର । –'ଏତେ ଦିନ ଯାଏ କୋଉଠି ଥିଲ ।' ପୂର୍ବର ସେଇ ରୁକ୍ଷ ଗଲାର କିଛି ପରିବର୍ତ୍ତନ ନକରି ବିଷାକ୍ତ ଶବ୍ଧ ଗୁଢ଼ାଏ ଏମିତି ନିକ୍ଷେପ କଲେ ଯେ ନିରଜ ବାବୁଙ୍କ ଛାତି ଧଡ଼୍‌କିନା ହୋଇଗଲା । ଯଦିଓ ଏପରି କିଛି ଶୁଣିବା ପାଇଁ ସେ ପ୍ରସ୍ତୁତ ହୋଇ ଆସିଥିଲେ । ଛାତିଟା ରକ୍‌କିନା ହୋଇଗଲା ସତ ତଥାପି ସେ ନିଜକୁ ସହଜ କରିନେଲେ । –'ଦେଖନ୍ତୁ ପୂର୍ବ କଥାକୁ ଆବୃତ୍ତି କରି କିଛି ଲାଭ ନାହିଁ । ମୁଁ ସବୁ ପଛ କଥାକୁ ଭୁଲି ଯାଇଛି । ଝରା ବି ସବୁ କଥାକୁ ଭୁଲି ଯାଇ ପୁଣି ଥରେ ତାଙ୍କ ନିଜ ସଂସାରକୁ ଫେରି ଆସି ସ୍ୱାଭାବିକ ଭାବେ ଜୀବନ ବିତେଇବା ଉଚିତ୍ ।'

–'ତୁମେ ଭୁଲି ଯାଇପାର । କିନ୍ତୁ ଝରା କାହିଁକି ! କିପରି, କେମିତି ଭୁଲିଯିବ ବୋଲି ତୁମେ ଆଶା କରିପାରୁଛ । ସେହି ପୂର୍ବର ରୁକ୍ଷ ଗଲାର ଭାଷା ।'

–'ତା ହୁଏତ ସତ' କିନ୍ତୁ ନିରଜ ଏ ସବୁ କଥାର ଉତ୍ତର ଦେବାକୁ ଇଚ୍ଛା କଲେ ନାହିଁ । ସେ ଏତେ ଦିନ ପରେ ଝରା ଓ ଚିନୁର ମୁହଁକୁ ଦେଖି ବହୁତ ଖୁସି । ତେଣୁ ବୃଦ୍ଧଙ୍କର କଟୁକ୍ତିଭରା ତାଚ୍ଛଲ୍ୟପୂର୍ଣ୍ଣ ପ୍ରଶ୍ନର ଉତ୍ତର ଦେବାକୁ ମନ କଲେ ନାହିଁ ।

ଝରାକୁ ଦେଖିବାକୁ ଆଉ ଥରେ ଆଖି ତାଙ୍କର ଏଣେ ତେଣେ ବିଚରଣ କରୁଛି । –'ଘର ଭିତରକୁ ପଶିଗଲା ଯେ ଆଉ ବାହାରିବାର ନାଁ ଧରୁନି । ମୁଁ କ'ଣ ବାଘ ନା ଭାଲୁ ତାକୁ ଖାଇଯିବି । ଭଦ୍ରାମି ଦୃଷ୍ଟିରୁ ଚା କପେ ତ ଆଣି ଦେଇଯାଆନ୍ତା । ପାଣି ପିଇବକି ବୋଲି ପଚାରନ୍ତା ।'

ଶ୍ୱଶୁରଙ୍କର କଥାର ଉତ୍ତର ଦେବା ତ ଛାଡ ତାଙ୍କ କଥାକୁ କାନରେ ନ ପୂରେଇ

ସେ ଝରାଙ୍କ ଶୋଇବା ଘର ଆଡକୁ ମୁହାଁଇଲେ । ଝରା ଖଟ ଉପରେ ବସି ବାହାରକୁ ଚାହିଁଥାଆନ୍ତି ସତ କିନ୍ତୁ କାନଟା ଏମାନଙ୍କ କଥୋପକଥନରେ ଧ୍ୟାନ ଦେଇଥାଏ । ନିରଜଙ୍କ ପାଦ ଶବ୍ଦ ଶୁଣି ପଛକୁ ଫେରି ଚାହିଁଲେ ସେ ।

ସିଧା କଥାରେ ସେ କଥା ଆରମ୍ଭ କଲେ । –'ଝରା ଘରକୁ ଚାଲ । ପଛ କଥାକୁ ଭୁଲିଯାଆ । ପରେ ମୁଁ ସବୁ ବୁଝେଇବି ।'

–'କଣ ବୁଝେଇବ ! ତୁମ ପାଗଲାମି...ତୁମ ଅଭଦ୍ରାମି....ତୁମ ଅଶିଷ୍ଟାଚାର.... ।' ଯଦିଓ ଉତ୍ତରଟା ବେଶ୍ ରୁକ୍ଷ ଓ କ୍ରୋଧ ଗଳାରେ ବାହାରିଥିଲା ତଥାପି ନିରଜଙ୍କୁ ଶୁଣିବାକୁ ବହୁତ ଭଲ ଲାଗିଲା । ସେ ଏତକ ଶୁଣିବେ ବୋଲି ମଧ ଆଶା ରଖି ନଥିଲେ । ଏହାର ମାନେ ଝରା ବି ତାଙ୍କୁ ମନେ ମନେ ଝୁରିଛି । ନିଜର ଖୁସି ବା ଉସ୍ତୁକତାକୁ ଚାପି ରଖି ସହଜ ଗଳାରେ କଥା ଆରମ୍ଭ କଲେ ନିରଜ ।

–'ଏବେ ମୁଁ ସମ୍ପୂର୍ଣ୍ଣ ରୂପେ ପ୍ରକୃତିସ୍ଥ । ତୁମର ଅଭାବ ମତେ ଅନେକ ଶିକ୍ଷା ଦେଇଛି । ଆଉ ପୂର୍ବ ଭୁଲ୍ ଦ୍ୱିତୀୟ ଥର ହେବ ନାହିଁ । ମୋର ଏକଥାକୁ ଶପଥ ବୋଲି ଧରି ନିଅ ।'

–'ଶପଥ ପୁଣି ତୁମର ! କେତେଥର ଭଙ୍ଗା ହୋଇ ଯୋଡା ଯାଇଛି ସେ ଶପଥ, ତା'ର ଠିକଣା ନାହିଁ । ନା ବହୁତ ଭାବି ଚିନ୍ତି ମୁଁ ଏ ପଦକ୍ଷେପ ନେଇଛି । ପଛକୁ ମୁଁ ଆଉ ଫେରି ନପାରେ ।'

ଏଥର ଅନୁନୟ ବିନୟ କରିବାର ପାଲି ବହୁତ ବଢିଗଲା ନିରଜଙ୍କର । ସେ ଭଲ ଭାବେ ଜାଣନ୍ତି ଏଇ ହିଁ ହେଉଛି ଠିକ୍ ସମୟ ଝରା ପାଇଁ, ସେ ଦୁର୍ଗାଙ୍କ ଅଭିନୟ କରିବାକୁ କେବେ ବି ପଛେଇବ ନାହିଁ । ଆଜି ତା'ର ପାଲି । ତାଙ୍କୁ ସବୁ ପ୍ରକାର ଶାସ୍ତି ଦେବାର । ତାଙ୍କୁ ଅପମାନିତ କରିବାର । ତାଙ୍କ ସପ୍ତ ପୁରୁଷ ଉଦ୍ଧାରିବାର । ଛାଡିବ ବା ସେ କାହିଁକି ।

ମନକୁ ଶକ୍ତ କରିନେଲେ ନିରଜ । ପଥର ନୁହେଁ ପାହାଡ ପରି । ଖାଲି ଝରାର ନୁହେଁ ତାଙ୍କ ବାପାଙ୍କର ବି ବାକ୍ୟ ବଜ୍ରାଘାତକୁ ହଜମ କରିନେବେ ବୋଲି ଠିକ୍ କରିନେଲେ ।

କାରଣ ସେ ଜାଣନ୍ତି ଅଶୀ ଭାଗ ଦୋଷ ତାଙ୍କର ହିଁ ଥିଲା ସେଦିନ । ଶଶାଙ୍କର ପରିବାରକୁ ସାହାଯ୍ୟ କରିବାକୁ ଯାଇ ସେ ନିଜ ପରିବାରରେ ଏମିତି ନିଆଁ ଲଗେଇଦେବେ ବୋଲି କ'ଣ ଜାଣିଥିଲେ ।

ଶଶାଙ୍କର ବଦଲି ହୋଇଯାଇଥିଲା ଏକ ଦୂର ସହରକୁ । ସେ ତା'ସ୍ତ୍ରୀ ଓ ଝିଅକୁ ଏଇ ସହରରେ ଛାଡି ଦେଇ ଯିବାକୁ ବାଧ୍ୟ ହୋଇଥିଲା କିଛି ମାସ ପାଇଁ ।

କାରଣ ନୂଆ ସହରକୁ ଯାଇ ଘର ଯୋଗାଡ କରିବା, ଝିଅର ସ୍କୁଲ୍, ତା ସ୍ତ୍ରୀ ମଧ୍ୟ ଏକ ଅଫିସରେ ଚାକିରି କରନ୍ତି ତାଙ୍କ ପାଇଁ ଚାକିରି ଯୋଗାଡ କରିବା ଶଶାଙ୍କ ପକ୍ଷେ କିଛି ମାସ ଲାଗିଯିବ । ତେଣୁ ସେ ସାଙ୍ଗମାନଙ୍କୁ ଅନୁରୋଧ କରି ଯାଇଥିଲା ତା ସ୍ତ୍ରୀ ଓ ଝିଅକୁ ଦରକାର ବେଳେ ସାହାଯ୍ୟ କରିବା ପାଇଁ ।

ହଁ ନିରଜ ଟିକେ ବେଶୀ ସାହାଯ୍ୟ କରି ଦେଉଥିଲେ ଅନ୍ୟ ସାଙ୍ଗମାନଙ୍କ ଅପେକ୍ଷା । ଏଇ ଥିଲା ତାଙ୍କର ଦୋଷ ।

ସାହାଯ୍ୟ ବାହାନାରେ ବେଳ ଅବେଳରେ ତାଙ୍କ ଘରକୁ ଯାଇ କଫି, ପକୋଡି ଖାଇ ଫେରନ୍ତି । କିଛି ରବିବାରର ଅପରାହ୍ନରେ ତାଙ୍କ ଘରେ ଯାଇ ଟିଭି ଦେଖନ୍ତି ଶଶାଙ୍କର ଝିଅ ସହିତ । ତାଙ୍କୁ ବଜାର ବୁଲେଇ ନିଅନ୍ତି ।

ଏପରିକି ତାଙ୍କୁ ସେଦିନ ସିନେମା ଦେଖେଇ ନେଇ ଯାଇଥିଲେ ଏକାକୀ ଘରେ ବସି ବୋର୍ ହେଉଥିବେ ବୋଲି । ହଁ ଥରେ ଦିଥର ଚାଟ୍ ମଧ୍ୟ ଖାଇବାକୁ ନେଇ ଯାଇଥିଲେ ।

ଏଇ କଥାରେ ଅଗ୍ନି ବର୍ଷା ହୋଇଯାଇଥିଲା ତାଙ୍କ ନିଜ ଘରେ । ସେ ଝିଅକୁ ସାଥିରେ ନେଇ ଯାଇ ପାରିଥାନ୍ତେ ବା ଝିଅକୁ ଶଶାଙ୍କର ସ୍ତ୍ରୀର ସାଥିରେ ଛାଡି ଦେଇ ପାରିଥାଆନ୍ତେ । କିନ୍ତୁ ତାଙ୍କୁ କିଛି ନ ଜଣେଇ ନିଜେ କାହିଁକି ନେଇକି ଗଲେ !

ସତେତ ସେ ନିଜେ ବି ଏକଥା ଜାଣନ୍ତିନି । ଏହା ତାଙ୍କର ନିର୍ବୋଧତା, ଦୁର୍ବଳତା, ଅମାନବିକତା ବିଚାରଧାରା, ପାଶବିକତା ବା ଲୁପ୍ତ କେଉଁ କାମନାର ଆଚରଣରେ ସେଦିନ ସେ ଶିକାର ହୋଇଥିଲେ ସେ ନିଜେ ବି ଜାଣନ୍ତିନି । ଯେ କୌଣସି କାରଣରୁ ହେଉ ଦୋଷ ତାଙ୍କର ଥିଲେ ବି ଝରା ଯେପରି ତାଙ୍କୁ ଦୋଷାରୋପ କରି ତାଙ୍କୁ କଡ଼ା ଭାଷାରେ ଗାଳି ବର୍ଷଣ କରିଥିଲେ ଘଟଣାଟା ସେପରି ମୋଟେ ନୁହେଁ ।

ହଁ ଶଶାଙ୍କର ସ୍ତ୍ରୀ ତାଙ୍କୁ ଭାଇ ବୋଲି ଡାକେ ବୋଲି କ'ଣ ସତରେ ସେ ଭାଇ ହୋଇଗଲେ । ସଂସାର ସେପରି ଭାବେ ସମ୍ପର୍କ ଗଣେନା । ସମାଜ ଦୃଷ୍ଟିରେ ତାହା ଅସାମାଜିକତା ଭାବେ ଗଣାଯାଇପାରେ । ଶଶାଙ୍କର ସ୍ତ୍ରୀକୁ ସେ ଭାଉଜ ବୋଲି ଡାକନ୍ତି ସତ କିନ୍ତୁ ଶଶାଙ୍କର ସୁନ୍ଦରୀ ସ୍ତ୍ରୀର ଚା ପାଇଁ ନିମନ୍ତ୍ରଣକୁ ସେ କେବେ ବି ପ୍ରତ୍ୟାଖ୍ୟାନ କରିପାରନ୍ତି ନାହିଁ । ସବୁ କାମକୁ ପଛରେ ପକାଇ ସେ ଆଗ ଚାଲିଯାଆନ୍ତି ହାଲଚାଲ ବୁଝିବା ବାହାନାରେ ସେଠାକୁ ।

ଶଶାଙ୍କ ତା ସ୍ତ୍ରୀ ଓ ଝିଅକୁ ନେଇ କେବେଠୁ ସୁଖରେ ରହିଛି ତା ନିଜ ସହରର ନିଜ ଘରେ । କିନ୍ତୁ ସିଏ ସବୁ ହରେଇ ଦୁଇ ବର୍ଷ ହେଲା ଜଳିଛନ୍ତି କେବଳ ନିରବରେ ।

ଝରା ପାଖରେ ଯେତେ କ୍ଷମା ମାଗି ଚାଲିଛନ୍ତି ସେ, ଦୂରତା ସେତିକି ବଢ଼ି

ଚାଲିଛି ମାତ୍ର । ପ୍ରାୟ ଚାରିଦିନ ହେବ ସେ ଝରୋ ବାପାଙ୍କ ଘରେ ରହିଲେଣି ।
ବାପା ଝିଅଙ୍କର କଥାର ତୀକ୍ଷ୍ଣ ଶରରେ କ୍ଷତ ବିକ୍ଷତ ହୋଇ କେତେ ବା ଆଉ ସହି
ହେବ । ଏଥର ଯିବା କଥା ମାତ୍ର ସମସ୍ୟାର କୌଣସି ସମାଧାନ ହୋଇପାରିନି
ଏପର୍ଯ୍ୟନ୍ତ । ଝରୋ ତାଙ୍କ ଆଡୁ କୌଣସି ସାମାଧାନ କରିବାକୁ ଚାହୁଁନାହାନ୍ତି ମଧ ।
ସେ ହିଁ ଦୋଷ କରିଛନ୍ତି ଯେତେବେଳେ ସମାଧାନର ରାସ୍ତା ତାଙ୍କୁ ହିଁ ବାହାର କରିବାକୁ
ପଡିବ । କିନ୍ତୁ କିପରି ?

ସେଦିନ ବାଧ୍ୟ ହୋଇ ଫେରିବାର ପ୍ରସ୍ତୁତି କରିବାର ଅଭିନୟ ଆରମ୍ଭ
କରିଦେଲେ । ସେତିକିବେଳେ ଝରୋ ମୁହଁ ଖୋଲିଥିଲେ । ମୁଁ ତୁମ ଘରକୁ ଯିବା
ଅପେକ୍ଷା ତୁମେ ଏଠାରେ ଆସି ସବୁଦିନ ପାଇଁ ରହିଯାଉନ କାହିଁକି । ସବୁ ସମସ୍ୟାର
ସମାଧାନ ହୋଇଯାଆନ୍ତା । ମୁଁ ତ ପନ୍ଦର ବର୍ଷ ଯାଇ ତୁମ ଘରେ ରହିଲି । ଅତି
କମ୍‌ରେ ଘରୁ ବାହାରି ଯାଅ ଧମକଟା ଦବା ଦରକାର ପଡ଼ନ୍ତାନି ବାରମ୍ବାର ।

ହଁ ତା ତ ସତ । ବର୍ତ୍ତମାନ ଝରୋର ସବୁ କଥାରେ ହଁରେ ହଁ ମିଲେଇବା
ନିହାତି ଦରକାର । କିଛି ତ ଉତ୍ତର ମିଲିଲା ସେ ପଟରୁ । କିନ୍ତୁ ସବୁ ସମସ୍ୟାର
ସମାଧାନ ହୋଇଯିବ ନା ବଢ଼ିଯିବ ସେ ବୁଝି ପାରୁନାହାନ୍ତି । ଝରୋ ସହିତ ତା
ବଦ୍‌ମିଜାସ ବାପାଙ୍କୁ ବି ସହ୍ୟ କରିବାକୁ ପଡିବ ଯେ । ତଥାପି ଆଶାର କିଛି ଆଲୋକ
ଦେଖା ଯାଉଛି ସମାଧାନ ପାଇଁ ।

ଯାହା ବି ହେଉ ଝରୋ ତାଙ୍କୁ କିଛି ପରିମାଣରେ କ୍ଷମା କରିଦେଇଛନ୍ତି ବୋଲି
ତାଙ୍କର ମନେ ହେଲା । ଏ ସୁଯୋଗକୁ ହାତ ଛଡ଼ା କରିବା ଠିକ୍ ନୁହେଁ । ଏବେ ସେ
ଏଠାରେ ସବୁଦିନ ପାଇଁ ରହିଯିବେ ବୋଲି କହିଦେଲେ କ୍ଷତି ବା କ'ଣ । ଏଠାରୁ
ଅଫିସ୍ ଯିବା ଟିକେ ବେଶୀ ଦୂର ହୋଇଯିବ ହେଉ ପଛେ । କିଛିଦିନ ପରେ ସେ
ଝରୋକୁ ବୁଝେଇ ଶୁଝେଇ ଘରକୁ ନେଇଯିବେ ।

ସେ ଜାଣିଥିଲେ ଦୋଷ ନଥାଇ ଜୀବନ ନାହିଁ କି ଭୁଲ୍ ନଥାଇ ମଣିଷ ନାହିଁ ।
କିନ୍ତୁ ତାଙ୍କ ଦୋଷ....ତାଙ୍କ ଭୁଲ୍....ର‌ ସମାଧାନ ହୋଇପାରିବ ସେ କେବେ ସ୍ୱପ୍ନରେ
ବି ଭାବୁ ନଥିଲେ ।

ଏବେ ଭାବୁଛନ୍ତି ସ୍ୱାମୀମାନେ ସିନା ଟିକେ ଜିଦ୍ ଖୋର୍ । ଯାହା ବୁଝିଥିବେ
ସେଇଆ କିନ୍ତୁ ତାଙ୍କୁ ମନେଇବା ବେଶୀ କଷ୍ଟ ନୁହେଁ ।

DEVARAJ SAHU

ଦେବରାଜ ସାହୁ

ଦେବରାଜ ସାହୁଙ୍କର ଜନ୍ମ ଡିସେମ୍ବର ୧୫, ୧୯୫୭ରେ ବ୍ରହ୍ମପୁରରେ। ବ୍ରହ୍ମପୁର ବିଶ୍ୱବିଦ୍ୟାଳୟରେ ପଦାର୍ଥ ବିଜ୍ଞାନ ଅଧ୍ୟାପକ ଚାକିରି ପରେ, ମିଚିଗାନ୍ ଷ୍ଟେଟ୍ ବିଶ୍ୱବିଦ୍ୟାଳୟରୁ ପଦାର୍ଥ ବିଜ୍ଞାନରେ ପିଏଚ୍ଡି ପ୍ରାପ୍ତ କରି ଉପଗ୍ରହ ଯନ୍ତ୍ରୀ ଭାବରେ କାର୍ଯ୍ୟ କରନ୍ତି। ସମ୍ପ୍ରତି ମେରିଲାଣ୍ଡର ନର୍ଥ ପଟୋମାକ ସହରରେ ବାସ କରନ୍ତି। ଛାତ୍ର ସମୟରୁ ଲେଖାଲେଖି ମାଧ୍ୟମରେ ସମାଜର ଦୋଷଦୁର୍ବଳତାକୁ ଉପସ୍ଥାପନା କରିବାକୁ ପ୍ରୟାସ।

ରେସିପି

॥ ଏକ ॥

ଟୁଆଁ ଟୁଇଁ ଦି ପ୍ରାଣୀ। ସୁଖେଦୁଖେ ଚଲି ଆସୁଚନ୍ତି। ଟୁଇଁର ରାନ୍ଧିବାରେ ଆଗ୍ରହ। ଭଲ ଜିନିଷ ଅନ୍ୟମାନଙ୍କୁ ଖୁଆଇବାରେ ତାଠୁ ଅଧିକ ଆଗ୍ରହ। କୁଆଁ କୁଇଁ ହେଲା ପରେ ପିଲାମାନଙ୍କ ପାଇଁ ବହୁତ ଜିନିଷ କରିବାକୁ ଇଚ୍ଛା।

କୁଇଁ: ବୋଉ ମୋ ପାଇଁ ପାଲକ ପନିର (ପାଲଙ୍ଗ ଶାଗ ଓ ଛେନା) କରିବକି? ବହୁତ ସୁଆଦ ଲାଗେ ସେଇଟା।

ଟୁଇଁ: ତୁ କେଉଁଠି ପାଲକ ପନିର ଖାଇଥିଲୁକି?

କୁଇଁ: ବୋଉ ମୁଁ ମିନି ମାଉସିଙ୍କ ଘରେ ଖାଇଥିଲି।

ଟୁଇଁ: ମୁଁ ତା ହେଲେ ମିନି ମାଉସିଙ୍କୁ ରେସିପି ପଚାରିବି।

ଟୁଇଁ ମିନି ମାଉସିଙ୍କୁ ଫୋନ କଲା। ମିନି ମାଉସି, ଆପଣଙ୍କ ପାଲକ ପନିର କୁଇଁକୁ ବହୁତ ପସନ୍ଦ ହୋଇଚି। ମୋତେ ତାର ରେସିପି ଦେବେକି?

ହଇଲୋ ଟୁଇଁ, ତୁ ତ ମୋଠୁ ଭଲ ରାନ୍ଧୁଚୁ । ମୁଁ ତୋତେ କଣ ରେସିପି କହିବି ?

ନାଇଁ ମାଉସି,ଆପଣଙ୍କ ରନ୍ଧାଟା କୁଇଁକୁ ଭାରି ଭଲ ଲାଗିଲା । ମତେ ଶିଖେଇ ଦିଅନ୍ତୁ ।

ଆଚ୍ଛା ଠିକ ଅଛି । ମୁଁ ଗୋଟେ ବହିରୁ ସେଇ ରେସିପିଟା ପାଇ ଥିଲି । ସେ ବହିଟା କେଉଁଠି ଅଛି ଖୋଜିକରି ପାଇଲେ ତତେ ଦେବି ।

କିଛି ଦିନ ପରେ ।

ମିନି ମାଉସି, ରେସିପି ବହିଟା ପାଇଲେ କି ?

ହଇଲୋ କୁଇଁ ମୁଁ ସେ ବହିଟା କାହାକୁ ଦେଇଚି ମନେ ପଡୁନି ।

ମିନି ମାଉସି, ମତେ ସେ ବହିର ନାଁଟା କହି ଦିଅନ୍ତୁ ।ମୁଁ କିଣିକି ଆଣିବି ।

ହଇଲୋ ଟୁଇଁ ଏଇ ଗୋଟିଏ ରେସିପି ପାଇଁ ତୁ କଣ ବହିଟିଏ କିଣିବୁ ।

ମାଉସି ବହିର ନାଁଟା କହନ୍ତୁ । ଦୟାକରି ।

ଠିକ ଅଛି । ସେ ବହିଟା ଜଣେ ଓଡ଼ିଆ ଲେଖ୍ଛନ୍ତି ।ନାଁ ତାଙ୍କର ଲକ୍ଷ୍ମୀ ପରିଡ଼ା । ବହିର ନାଁ ହେଲା 'ପୂର୍ବ' ।

ଟୁଇଁ ବହିଟାକୁ ଡାକରେ ମଗାଇଲା । ବହିଟି ପାଇଲା ପରେ ବହୁତ ଆଶାରେ ସୂଚିପତ୍ର ଖୋଜିଲା । ଖୋଜି ଖୋଜି ହାତ ଥକି ଗଲା । ବହିରେ ପାଲକ ପନିରର ନାଁ ଗନ୍ଧ ନାହିଁ ।

॥ ଦୁଇ ॥

ଶୁଣୁଚ: ଆଜି ସଂଧ୍ୟାରେ ଗୋଟେ ପାର୍ଟିକୁ ଯିବାକୁ ପଡ଼ିବ ।

ଦେଖୁଚ: କାହାର ପାର୍ଟି, କେତେଟା ବେଳେ ?

ଶୁଣୁଚ: ମିଠ ଅପାଙ୍କ ପାର୍ଟି, ସଂଧ୍ୟା ସାତଟା ବେଳେ ।

ଦେଖୁଚ: ମିଠ ଅପାଙ୍କ ପାଇଁ କଣ ଉପହାର ଦେବାକୁ ପଡ଼ିବ ।

ଶୁଣୁଚ: ତାଙ୍କ ପୁଅର ଜନ୍ମ ଦିନ, ପୁଅ ପାଇଁ ଗୋଟିଏ ଜାମା ନେଇ ଆସ ।

ଶୁଣୁଚ, ଦେଖୁଚ ମିଠ ଅପାଙ୍କ ଘରେ ସାତଟା ବେଳେ ହାଜର । ମିଠ ଅପା କବାଟ ଖୋଲି କହିଲେ, ତୁମେ ଦିଜଣ ଆମର ପ୍ରଥମ ଅତିଥି । ତୁମେ ଜାଣ, ଆମର ଓଡ଼ିଶା ପଁଚୁଆଲିଟି । ମୁଁ ମଧ ସେଥିରେ ଜଡ଼ିତ । ତୁମେ ଦି ଜଣ ବସ ।ମୁଁ ଗାଧୁଆ ସାରି ପୁଅକୁ ଧରି ଆସିବି ।

ଅପା ଏଇ ଉପହାରଟା ପୁଅ ପାଇଁ ଆଣିଚୁ ? କୋଉଠି ରଖିବୁ ?

ଅପା: ମୁଁ ତ ଗିଫ୍ଟ ଆଣିବାକୁ ମନା କରିଥିଲି । ତୁମେ କାହିଁକି ଆଣିଚ ? ମୋର ନିୟମ, ସମସ୍ତେ ମାନିବାକୁ ପଡ଼ିବ ।

ଶୁଣୁଚ: ଅପା ଛୋଟ ପିଲାଟି, ଜାମାଟା ତାକୁ ବେଶ୍ ମାନିବ। ପିଲାଟା ପାଇଁ ଆଣିଚୁ। ଦୟାକରି ରଖନ୍ତୁ।

ଅପା: ମୁଁ ନିୟମ କରିଚି। ସମସ୍ତେ ସେଇ ନିୟମ ମାନିବେ। ତମେ ଗିଫ୍ଟ୍‌ଟା ଗାଡ଼ିରେ ରଖି ଆସ। ଆମ ଘରେ ରଖି ପାରିବନି।

କାନ ମୁଣ୍ଡ ଆଉଁସି ଦେଖୁଚ ଗାଡ଼ିରେ ଉପହାରଟା ରଖି ଆସିଲେ। ତାପରେ ଚୌକିରେ ବସି ପବନ ସହିତ ଆଲାପ କଲେ।

ସମୟାନୁକ୍ରମେ ଗୋଟି ଗୋଟି କରି ଅତିଥିମାନେ ଆସିଲେ। ନ’ଟା ପର୍ଯ୍ୟନ୍ତ ଅତିଥି ଆସୁଚନ୍ତି।

ମିଠ ଅପା: ତମର ଏତେ ଡ଼େରି କାହିଁକି ?

ଶେଷ ଅତିଥି: ଆମେ ପରା ଅତିଥି, ଆମର ତିଥି, ବାର, ଆଉ ସମୟ କିଛି ନାହିଁ।

ମିଠ ଅପା: ଠିକ ଅଛି। ଆମେ ପ୍ରଥମେ ପିଲାଙ୍କ ପାଇଁ କେକ୍ କାଟିବା।

ମହମବତୀ ଲଗା ହେଲା ଓ କେକ୍ କଟା ସରିଲା। ସମସ୍ତଙ୍କୁ କେକ୍ ବାଣ୍ଟିଲେ।

ଦେଖୁଚ: ଅପା କେକ୍‌ଟା ବହୁତ ସ୍ୱାଦିଷ୍ଟ ହେଇଚି।

ଶୁଣୁଚ: ଅପା କେକ୍‌ଟା କେଉଁଠୁ ଆଣିଚନ୍ତି।

ଅପା: ମୁଁ ପରା ନିଜେ ତିଆରି କରିଚି।

ଶୁଣୁଚ: ଅପା ଏଇଟା କିମିତି କରିଚ।

ଅପା: (ସ୍ମିତ ହସି) ମୁଁ ଇଣ୍ଟରନେଟରୁ ରେସିପି ପାଇଚି।

ଶୁଣୁଚ: ମତେ ସେ ଲିଙ୍କଟା ପଠେଇବେକି ?

ଅପା: (ସ୍ମିତ ହସି) ଗୁଗୁଲ କରିଦେବୁ ? ଆଉ ଲିଙ୍କ କଣ ପଠେଇବି ?

ଶୁଣୁଚ: ନାଇଁ ଅପା, ମତେ ସେ ଲିଙ୍କ୍‌ଟା ପଠେଇବେ। ମୁଁ ଠିକ ରେସିପି ସେଥିରୁ ପାଇପାରିବିନି ?

ଅପା: (ଅନିଚ୍ଛାର ସହ) ମତେ ସମୟ ହେଲେ ପଠେଇବି ?

ଏକ ସପ୍ତାହ ପରେ।

ଶୁଣୁଚ: ଅପା, ମତେ ସେ ଲିଙ୍କଟା ପଠେଇବେକି ?

ଅପା: ପଠେଇବି ?

ଦୁଇ ସପ୍ତାହ ପରେ।

ଶୁଣୁଚ: ଅପା, ମତେ ସେ ଲିଙ୍କ୍‌ଟା ପଠେଇବେକି ?

ଅପା: ପଠେଇବା ?

ପଠେଇବି, ପଠେଇବା, ପଠେଇବି, ପଠେଇବା ।....

ପଠେଇଲେ ପଚାର ।

॥ ତିନି ॥

ଚୁଡ଼ାଣ୍ଡି: ଏପୁଡ଼ୁ ପିକନିକ ।

ଚେପାଣ୍ଡି: ଆଦିବାରାମୁ ପିକ୍ନିକ ।

ଚୁଡ଼ାଣ୍ଡି: ଏକଡ଼ା ପିକନିକ ।

ଚେପାଣ୍ଡି:ପାଠଶାଳା ସମିପାନଲୁ ।

ଚୁଡ଼ାଣ୍ଡି,ଚେପାଣ୍ଡି ପିକ୍ନିକ୍କୁ ଗଲେ । ବହୁତ ଲୋକ ଆସିଚନ୍ତି । ପାଗ ବି ବହୁତ ଭଲ ହୋଇଚି । ପ୍ରତି ପରିବାର ଗୋଟିଏ ଗୋଟିଏ ଜିନିଷ ରାନ୍ଧି ଆଣିଚନ୍ତି । ବହୁତ ମିଠା ଆସିଥିଲା । ରସଗୋଲା, ରସମଲାଇ,ଖିରି, ଛେନାପୋଡ଼, ଗୁଲାବ ଜାମୁନ ଇତ୍ୟାଦି ଆସିଥିଲା । ଗୁଲାବଜାମୁନ ନରମ ହୋଇ ଭାରି ସୁଆଦ ହୋଇଥିଲା ।ତାକୁ କରିଥିଲେ ଜାନକି ଅପା ।

ଚୁଡ଼ାଣ୍ଡି: ଜାନକି ଅପା ! ଆପଣଙ୍କ ମିଠା ଦୋକାନଠୁ ବି ବଳିଗଲା । ମୋତେ ତାର ରେସିପି ଦିଅନ୍ତୁ ।

ଜାନକି ଅପା: ଏଇଟା କରିବା ଭାରି ସହଜ । ମୁଁ ତମକୁ ସବୁ କହିଦେବି ।

ଜାନକି ଅପା ରେସିପି କହିଲେ ଓ ଚୁଡ଼ାଣ୍ଡି ତାକୁ କାଗଜରେ ମନ ଧ୍ୟାନ ଦେଇ ଲେଖିଲେ ।

କିଛି ଦିନ ପରେ ...

ଚୁଡ଼ାଣ୍ଡି:ଅପା, ମୋର ଗୁଲାବଜାମୁନଟା ପଥର ପରି ଟାଣ କାହିଁକି ହେଲା ।

ଜାନକି ଅପା: ତୁ ମୋ ରେସିପି ଠିକ ଭାବେ ଲେଖିଥିଲୁ ତ ।

ଚୁଡ଼ାଣ୍ଡି:ଅପା ମୁଁ ଠିକ ଲେଖି, ଠିକ ରାନ୍ଧିଛି ମଧ ।

ଜାନକି ଅପା: ସେ ପାଉଡ଼ରଟା ଭଲ ହୋଇ ନଥିବ ।

ଚୁଡ଼ାଣ୍ଡି:ଆପଣ କହିବା ଅନୁସାରେ ମୁଁ ସେଇଟା ‘ଲୋଚେ’ ଦୋକାନରୁ କିଣି ଥିଲି ।

ଜାନକି ଅପା: ଚିନି ଶିରା ଠିକ କରିଛୁ ତ ।

ଚୁଡ଼ାଣ୍ଡି: ହଁ ମୁଁ ଠିକ କରିଚି । ଆପଣ ସେଥିରେ ମଇଦା ପକାନ୍ତିକି ।

ଜାନକି ଅପା: ନାହିଁତ ।

ଚୁଡ଼ାଣ୍ଡି: ଆପଣ ସେଥିରେ ଖାଇବା ସୋଡ଼ା ପକାନ୍ତିକି ।

ଜାନକି ଅପା: ନାହିଁ ତ ।

ଚୁଡ଼ାଣ୍ଟି: ତେବେ ମୋ ମିଠା କାହିଁକି ଟାଣ ହେଲା ।

ଜାନକି ଅପା: ରାନ୍ଧିବାରେ ହାତ ଗୁଣ ଥାଏ । ହାତର ବାସ୍ନା ବାଜିଲେ ରାନ୍ଧିବାଟା ଠିକ ଭାବେ ହୁଏ !

॥ ଚାରି ॥

ଦିଦି ଦାଦା ଘରେ ବିଶ୍ରାମ କରି ଶ୍ରମ ଲାଘବ କରୁଥିଲେ । ଶନି ଓ ରବି ଏଇ ଦୁଇ ଦିନ ଟିକେ ଆରାମ କରିବାର ସୁଯୋଗ ମିଳେ । ଦିଦି, ଦାଦା ପିଜା ମଗାଇ ଘରେ ସେ ଖାଦ୍ୟକୁ ଉପଭୋଗ କରୁଥିଲେ । ତା ପରେ ସିନେମା ଦେଖିବାର ଇଚ୍ଛା ଥିଲା । ଫୋନ ବାଜିଲା ।

ଦିଦି, ମୁଁ ଚଗଲି କହୁଚି ।

ଦିଦି: ଚଗଲି, କଣ ଖବର ? ଏତେ ଦିନରେ କିମିତି ମନେ ପଡ଼ିଲା ?

ଚଗଲି: ଦିଦି, ମୁଁ ବଡ଼ ଅସୁବିଧାରେ ପଡ଼ିଚି ।

ଦିଦି: କଣ ଅସୁବିଧା ।

ଚଗଲି: ମୁଁ ଆଜି କେତେ ଜଣଙ୍କୁ ଖାଇବାକୁ ଡାକିଚି ।

ଦିଦି: ଭଲ କଥା । ସେଥିରେ ଅସୁବିଧା କଣ ?

ଚଗଲି: ଚୁଲିରେ ହାଣ୍ଡି ବସିଚି । ଘାଣ୍ଟ ତରକାରି କରିବି ବୋଲି ସମସ୍ତିଙ୍କୁ କହିଚି ।

ଦିଦି: ଆହୁରି ଭଲ କଥା । ସେଥିରେ ପୁଣି ଅସୁବିଧା କଣ ।

ଚଗଲି: ମୋତେ ଭାଗ ମାପ କିଛି ଜଣା ନାହିଁ । ଆପଣ ସାହାଯ୍ୟ ନ କଲେ ଭାସିଯିବି ।

ଦିଦି: ମୋର ଖୁଆପିଆ ସରିଲା । ଦାଦା ଓ ମୁଁ ଏବେ ସିନେମା ଦେଖିବାକୁ ଯିବୁ ।

ଚଗଲି: ଆପଣ ମୋତେ ରେସିପିଟା କହି ଦିଅନ୍ତୁ ।

ଦିଦି: ଠିକ ଅଛି । ତୁ କାଗଜ କଲମ ଆଣେ ।

ଚଗଲି: ଦିଦି, କାଗଜ କଲମ କଣ ଆଣିବି । ଚୁଲିରେ ହାଣ୍ଡି ବସିଚି । ଆପଣ ଯାହା କହିବେ ତାକୁ ହାଣ୍ଡିରେ ପକେଇବି । ଘାଣ୍ଟ ତରକାରି ହବ । ସମସ୍ତେ ଖୁସିରେ ଖାଇବେ ।

ଦିଦି: ହରେ ରାମ, ହରେ ରାମ ।

।। ପାଞ୍ଚ ।।

ଦେଶୀ ବହୁତ ଦିନ ପରେ ସାଙ୍ଗ ବିଦେଶୀଙ୍କୁ ଫୋନ କଲା ।

ବିଦେଶୀ: ତୁ କେଉଁଠି ଅଛୁ ?

ଦେଶୀ: ମୁଁ ପରା ଆମେରିକା ଆସିଚି ।

ବିଦେଶୀ: ତା ଦେଲେ ଆମ ଘରକୁ ଆସ ।

ଦେଶୀ: ନିଷ୍ଚୟ ଆସିବି । ଗୋଟିଏ ସର୍ତ୍ତରେ ।

ବିଦେଶୀ: କଣ ସର୍ତ୍ତ ?

ଦେଶୀ: ମୋ ପାଇଁ ଭଲ ଜିନିଷ ରାନ୍ଧିବ ଓ ତାର ରେସିପି ଦେବ ।

ବିଦେଶୀ: କଣ ଖାଇବାକୁ ଚାହଁ ?

ଦେଶୀ: ମୁଁ ଚାହେଁ ପାଳକ ପନିର, ଗୁଲାବ ଜାମୁନ, ଓ କେକ୍

ବିଦେଶୀ: ଠିକ୍ ଅଛି ।

ବିଦେଶୀ ଘରେ ଭାଳେଣି । ଏ ସବୁ ଜିନିଷ କିପରି ରନ୍ଧା ହେବ । କେଉଁଟାର ହେଲେ ରେସିପି ଜଣା ନାହିଁ ।

ବିଦେଶୀ: କିପରି ଦେଶୀକୁ ସନ୍ତୁଷ୍ଟ କରିବା ।

ବିଦେଶୀଣୀ: ଯାହା ମୁଁ ପାରିବି ତାହା ରାନ୍ଧିବି ।

ଦେଶୀ ଠିକ ସମୟରେ ଆସି ପହଞ୍ଚିଲେ । ଦୁଇ ସାଙ୍ଗ ପରସ୍ପରକୁ ଦେଖି ଅବାକ । ଦେଶୀ ଆସିଚନ୍ତି ସୁଟ୍ ଓ ଟାଇ ପିନ୍ଧି । ବିଦେଶୀ ଧୋତି ପିନ୍ଧି ଓ ଗାମୁଛା ଧରି ଦେଶୀକୁ ସ୍ୱାଗତ କଲେ । ପିଣ୍ଢା ପାଖରେ ପାଣି ଲୋଟା ବି ଥିଲା ।

ଦୁଇ ବନ୍ଧୁ ବହୁତ ସମୟ କଥା ବାର୍ତ୍ତା କଲେ । ବିଦେଶୀ ଦୁଇଟି ପିଢ଼ା ପକାଇ ଖାଇବାକୁ ଡ଼ାକିଲେ ।

ଦେଶୀ: ମୁଁ ପିଢ଼ାରେ କିପରି ବସିବି ।

ବିଦେଶୀ: ଧୋତି ବଦଲେଇବକି ।

ଦେଶୀ: ନାହିଁ କଷ୍ଟେ ମଷ୍ଟେ ସୁଟ୍ ପିନ୍ଧି ପିଢ଼ା ଉପରେ ବସିବି ।

ବିଦେଶୀଣୀ ଖାଇବା ଜିନିଷ ପରସିଲେ । ଖାଇବା ଜିନିଷ ଭାରି ସରଳ– ଭାତ, ଶାଗ, ଓ ଖିରି ।

ଦେଶୀ: ମୋର ବରାଦ ଖାଇବା ଜିନିଷ କାହିଁ ?

ବିଦେଶୀ: ବରାଦଠୁ ଅଧିକ ଜିନିଷ ପରସା ହୋଇଛି ।

ଦେଶୀ: କିପରି ।

ବିଦେଶୀ ବୁଝାଇଲେ । ତୁମେ ବିଦେଶ ଆସିଛ । ବିଦେଶରେ ନିଜ ଘର ପରି

ପରିବେଶରେ ବର୍ତ୍ତମାନ୍ ଅଛ। ସେଇ ସୁଯୋଗ କେତେଜଣଙ୍କୁ ମିଳେ। ତୁମ ନାଁ ଦେଶୀ କିନ୍ତୁ ତୁମେ ବର୍ତ୍ତମାନ୍ ନିଜ ଦେଶରେ ଅଛ ବୋଲି ଭାବ। ପୁରାଣରୁ ଏଇ କଥାଟି ଶୁଣ।

ଧର୍ମପୁତ୍ର ଯୁଧିଷ୍ଠିରଙ୍କୁ ଧର୍ମବକ ପଚାରିଥିଲେ:

କୋ ମୋଦତେ।

(କିଏ ସୁଖୀ ?)

ଯୁଧିଷ୍ଠିର ଉତ୍ତର ଦେଇଥିଲେ:

ପଞ୍ଚମେହନି ଷସ୍ତେବା ଶାକଂ ପଚତି ସ୍ବେ ଗ୍ରହେ

ଅରୁଣୀଚ ଅପ୍ରବାସୀଚ ସ ବାରିଚର ମୋଦତେ।

ଅର୍ଥାତ୍ ଯେଉଁ ଘରେ ପୂର୍ବାହ୍ନରେ ଶାଗ ଭାତ ରନ୍ଧା ହୁଏ, ଯାର କିଛି ରଣ ନାହିଁ ଓ ଯିଏ ପ୍ରବାସୀ ନୁହେଁ, ସେ ହେଉଟି ସୁଖୀ।

ଦେଶୀ ଏଇ ଉତ୍ତର ଶୁଣି ତୃପ୍ତିର ସହ ଭୋଜନ କଲେ।

PRAJESH NANDINI DASH

ପ୍ରଜେଶ ନନ୍ଦିନୀ ଦାଶ

ପ୍ରଜେଶ ନନ୍ଦିନୀ ଦାଶ ୧୯୭୯ରେ ଉତ୍କଳ ବିଶ୍ୱ ବିଦ୍ୟାଳୟରୁ ସମାଜ ବିଜ୍ଞାନରେ ସ୍ନାତକୋତ୍ତର ଡିଗ୍ରୀ ଓ ୧୯୮୭ରେ ଆମେରିକାର ଟେକ୍ସାସ ଷ୍ଟେଟ୍ ବିଶ୍ୱବିଦ୍ୟାଳୟରୁ ଇଲେକ୍ଟ୍ରିକାଲ ଇଂଜିନିୟରିଂ ଡିଗ୍ରୀ ପ୍ରାପ୍ତି ପରେ ଏକ ସମ୍ଭ୍ରାନ୍ତ ବହୁ ରାଷ୍ଟ୍ରିୟ ପରମାଣୁ ରିଆକ୍ଟର ନିର୍ମାତା କଂପାନୀରେ ଇଲେକ୍ଟ୍ରିକାଲ ଇଂଜିନିୟର ଭାବେ ଦାୟିତ୍ୱ ପୂର୍ଣ୍ଣ କାର୍ଯ୍ୟ ନିର୍ବାହ କରିଛନ୍ତି। ତାଙ୍କର ଅନେକ ଗଳ୍ପ ଏବଂ ଜଗନ୍ନାଥଙ୍କ ଅନୁଭୂତିର ଘଟଣା ବିଭିନ୍ନ ଓଡ଼ିଆ ପତ୍ରିକାରେ କ୍ରମାଗତଭାବେ ପ୍ରକାଶ ପାଉଛି। ୨୦୨୪ରେ "The Shoe Thief" ନାମକ ପ୍ରଥମ ଇଂରାଜୀ ପୁସ୍ତକ ପ୍ରକାଶ ପାଇଛି। ସମ୍ପ୍ରତି ସେ ଆମେରିକାର ଟେନେସୀ ରାଜ୍ୟର ଫ୍ରାଙ୍କ୍ଲିନ ସହରରେ ଜଣେ ପ୍ରବାସୀ ଭାରତୀୟ ଭାବେ ସପରିବାରେ ବସବାସ କରୁଛନ୍ତି।

ସେମାନଙ୍କର ଭାଷା

"ଗୁଡ଼ମର୍ଣ୍ଣିଂ! କେମିତି ଅଛ ତୁମେ? ଜାଣି ନଥିଲି ତୁମେ ଘରେ ଅଛ କି ନାହିଁ। କାରଣ ଦୁଇଦିନ ହେଲାଣି ତୁମ ଗାଡ଼ିଟା ଦେଖିବାକୁ ପାଇନାହିଁ..", ସ୍ୱରଟି ଥିଲା ମୋ ପଡ଼ୋଶୀ ମିସେସ ଆନି ଡଂକାନଙ୍କର।

"ହଁ ମୁଁ ଭଲ ଅଛି। କିନ୍ତୁ ଏତେ ସକାଳୁ ଡାକିଲ ଯେ? କଣ କିଛି ଜରୁରୀ କଥା ନା କଣ?", ମୁଁ ପଚାରିଲି ଟେଲିଫୋନରେ।

"ଆରେ ଗୋଟେ ଖରାପ ଖବର ଦବାକୁ ଅଛି। ସେଥିପାଇଁ ଏତେ ସକାଳୁ ଡାକିଲି। ତୁମେ ଶୁଣିଲେ ନିଶ୍ଚେ ଦୁଃଖିତ ହେବ ଯେ ଏବର୍ଷ ଆମ ଫିସ-ପଣ୍ଠର ସବୁଟକ ମାଛ ଏକାବେଳକେ କେମିତି କେଜାଣି ମରିଗଲେ! ଗତବର୍ଷ ଏତେ ବେଳକୁ ଆମ ପଣ୍ଠରେ ଅଠରଟି ମାଛ ଥିଲେ। କେତେ ବଡବଡ ହେଇଯାଇଥିଲେ। ମନେ ପଡ଼ୁଚି? ତୁମେ ତମ 'ଜେଟ୍'କୁ ନେଇ ଆସିବା ଦିନ ଦେଖିଚ ସେମାନଙ୍କୁ -ଠିକ

ବରଫ ପଡ଼ିବା ଆଗରୁ। ଆମେ ମାର୍ଚ ମାସରୁ ଅପେକ୍ଷା କରିଚୁ। ଏଇଲେ ମେ ମାସ ହେଲାଣି। ସେମାନେ ଏପର୍ଯ୍ୟନ୍ତ ବାହାରି ନାହାନ୍ତି ପଦାକୁ। କୁଆଡ଼େ ଗଲେ ସେମାନେ? କଣ ସମସ୍ତେ ମରିଗଲେ? ଗୋଟିଏ ହେଲେ ବି ବଂଚିଲେ ନାହିଁ?" ଏଇ ଥିଲା ମୋର ପଡ଼ୋଶୀଙ୍କ ସହିତ ସେଦିନ ସକାଳର ପ୍ରଥମ କଥାବାର୍ତ୍ତା ଟେଲିଫୋନରେ। ଏଇ କେତୋଟି ମୁହୂର୍ତ୍ତର ବାର୍ତ୍ତାଳାପରେ ଗୋଟିଏ ବ୍ୟଥିତ ସ୍ୱରର ଝଂକାର ମୁଁ ଶୁଣି ପାରୁଥିଲି ଶ୍ରୀମତୀ ଆନି ଡଂକାନଙ୍କ ସ୍ୱରରୁ।

ପଡ଼ୋଶୀଙ୍କ ଦୁଃଖରେ ସହାନୁଭୂତି ପ୍ରକାଶ କଲି, "କଣ କହୁଚ! ଏତେଗୁଡ଼ାଏ ମାଛ ଏକାବେଳକେ ମରିଯିବା ସଂଭବ? ମରିଥିଲେ ତ ନିଶ୍ଚୟ ପାଣିରେ ଭାସିଥାନ୍ତେ? ତୁମେ କଣ ଦେଖିଲଣି ସେ ମଲା ମାଛମାନଙ୍କୁ ପୋଖରିରେ ତମର?" ପଚାରିଲି ମୁଁ।

"ସେଇଥି ପାଇଁ ତ ଆମେ ଏତେ ବ୍ୟଥିତ ଅବସ୍ଥାରେ ରହିଚୁ! ଅବଶ୍ୟ କୌଣସି ପ୍ରମାଣ ନାହିଁ ସେମାନେ ଏଠି ନାହାନ୍ତି ବୋଲି। ହେଲେ ଖରାଦିନ ତ ଆସି ହେଲାଣି। ପାଣିର ତାପମାତ୍ରା ବଦଳିଗଲାଣି– ତଥାପି ବାହାରକୁ ବାହାରୁ ନାହାନ୍ତି କାହିଁକି ପାଣିତଲୁ ଯେ!"

"ଆଚ୍ଛା ମୁଁ ତାହେଲେ ତୁମ ଘରକୁ ଆସୁଚି। ତୁମେ ତମ ଘର ପଛପଟ ଡେକ୍‌ରେ ବସିଚ ତ?" ପଡ଼ୋଶୀଙ୍କୁ ତାଙ୍କର ଏଇ ଦୁଃଖବେଳେ ଟିକେ ଆଶ୍ୱାସନା ଦେବା ଉଚିତ ମନେକଲି।

"ହଁ ହଁ ମୁଁ ପଛପଟ ଡେକ୍‌ରେ ଅଛି। ତୁମେ ଆସିଲେ ଭାରି ଭଲ ହୁଅନ୍ତା। ଆମ ଗେଟ୍‌ ଖୋଲା ଅଛି।"

ଆମେରିକାର ଟେନେସୀ ରାଜ୍ୟର ନ୍ୟାସଭିଲ ସହର ଠାରୁ ତିରିଶ କିଲୋମିଟର ଦକ୍ଷିଣକୁ ସାନ ସହରଟିଏ ଫ୍ରାଙ୍କଲିନ। ପ୍ରେସିଡେଣ୍ଟ ଫ୍ରାଙ୍କଲିନଙ୍କ ନାମରେ ନାମିତ ଏ ସହରଟି ଏବେ ମଧ୍ୟ ଗହଳ ଜନବସତି ଠାରୁ ଅନେକ ଦୂରରେ। କେହି ଜଣେ ସ୍ଥାନୀୟ ଧନୀ ଚାଷୀ ସଂଭବତଃ ତାଙ୍କ ଜମିର ଗୋଟିଏ ବଡ ଅଂଶକୁ କୌଣସି ଲ୍ୟାଣ୍ଡ ଡେଭେଲପରକୁ ବିକ୍ରୀ କରି ଦେଇଥିଲେ। ସେଇ ଜମି ଉପରେ ଆଜି ଆମର ଏ କଲୋନିଟି ଗଢ଼ି ଉଠିଚି।

ଏ କଲୋନିର ବିଶେଷତ୍ୱ ହେଲା ଏହାର ଅତୁଳନୀୟ ପ୍ରାକୃତିକ ସୌଦର୍ଯ୍ୟଭରା ପରିବେଶ। ଏହାର ପଶ୍ଚିମରେ ଆମେରିକାର ବିଖ୍ୟାତ ଆପାଲାଟିଆନ ପର୍ବତମାଳାର ମନୋମୁଗ୍ଧକର ଦୃଶ୍ୟ ସହିତ ପୂର୍ବ ଦିଗରେ ଦେଖିବାକୁ ମିଳେ ଏକ ବିରାଟ ହ୍ରଦ। ସେଇ ହ୍ରଦର ଉଭୟ ପାର୍ଶ୍ୱରେ କଲୋନି ବାସିନ୍ଦାମାନଙ୍କର ବାସଗୃହ। ସମସ୍ତେ ମଧ୍ୟବିତ୍ତ। ସମସ୍ତଙ୍କର ବାସଗୃହ ଆଧୁନିକ ସ୍ଥାପତ୍ୟ ଶୈଳୀରେ ନିର୍ମିତ। ଆଜିକୁ ପ୍ରାୟ

ଷୋହଳ ବର୍ଷ ତଳେ ଆମେ କୋଡ଼ିଏଟି ପରିବାର ନିଜନିଜର ରୁଚି ମୁତାବକ ଏଇ କଲୋନିରେ ଜମି କିଣି ବାସଗୃହଗୁଡ଼ିକୁ ବନେଇଥିଲୁ। ଗୃହ ପ୍ରବେଶ ପୂର୍ବରୁ ସମସ୍ତେ ମିଳିତ ଭାବେ ଏକ ନିୟମାବଳୀର ଚୁକ୍ତିପତ୍ରରେ ମଧ୍ୟ ସ୍ୱାକ୍ଷର କରିଥିଲୁ। ସେଥିରେ ଗୋଟିଏ ସର୍ତ୍ତ ସବୁଠାରୁ ବେଶୀ ଉଲ୍ଲେଖ ଯୋଗ୍ୟ। ସେଇ ସର୍ତ୍ତଟି ଥିଲା — ଏଇ କଲୋନୀର ବାସିନ୍ଦାମାନେ ନିଜ ସଂପତ୍ତି ଭିତରେ ଏପରି କୌଣସି ବଡ଼ଗଛ ଲଗେଇବେ ନାହିଁ ଯାହା ତାଙ୍କ ପଡୋଶୀଙ୍କ ଘର ଝରକାରୁ ଦେଖା ଯାଉଥିବା ହ୍ରଦର ଦୃଶ୍ୟକୁ ଆଉଆଳ କରିଦେବାର ସଂଭାବନା ଥିବ।

ଡଂକାନ୍ ପରିବାରର ଦୁଇ ମହଲା ଘର, ଆମ ଘରର ଦକ୍ଷିଣ ଦିଗରେ । ଆମ ଘରୁ ଚାହିଁଲେ ତାଙ୍କ ଘର ଦେଖାଯାଏ। ମୁଁ ମୋ ରୋଷେଇଘର କାଚ ଝର୍କାରୁ ମଧ୍ୟ ସେମାନଙ୍କ ଘର ପଛପଟ ସୁଇମିଂ ପୁଲ ଓ ପଥର ବନ୍ଧେଇ ମାଛ ପୋଖରି ସମେତ ତାଙ୍କ ବଗିଚାର ଆପଲ ଚେରି ନାସ୍ପାତି ପ୍ରଭୃତି ଫଳଗଛ ଗୁଡ଼ିକୁ ଦେଖିପାରେ। ଦୃଶ୍ୟଟି ଦେଖାଯାଏ ସୁନ୍ଦର ଏକ ତୈଳଚିତ୍ର ପରି । ବିଭିନ୍ନ ରତୁର ଆଗମନରେ ସେମାନଙ୍କର ସେଇ ବଗିଚାର ଗଛମାନଙ୍କର ରୂପ ବଦଳ ଯୋଗୁ ଚିତ୍ରପଟଟି ମଧ୍ୟ ପରବର୍ତ୍ତିତ ହୋଇଚାଲେ ବର୍ଷସାରା।

ଏ କଲୋନିରେ ଆମ ଘରର ସ୍ଥିତିଗତ ବିଶେଷତ୍ୱ ହେଲା ଭିନ୍ନ ପ୍ରକାର। ଘରର ହତାକୁ ଲାଗି ଏକ ବିସ୍ତୀର୍ଣ୍ଣ ପଡ଼ିଆ। ପଡ଼ିଆ ସେପଟେ ପାହାଡ ତଳେ ଟ୍ରାନ୍ସପାସିଫିକ ରେଲଓ୍ଵେର ଏକ ଲେଭଲକ୍ରସିଂ। ସେବାଟେ ଟ୍ରେନ ଚଳାଚଳର ଦୃଶ୍ୟ ଦେଖାଯାଏ ଝର୍କାରୁ। ସେ ଦୃଶ୍ୟ ସହିତ ମଧ୍ୟ ଜଡ଼ିତ ଥାଏ ଅନ୍ୟ ଏକ ଅବଶ୍ୟମ୍ଭାବୀ ଘଟଣା। ଆମ ଘର ପଛପଟେ ବାଡ ଆରପାଖେ ବଡବଡ ଓକ୍‌ଗଛ ତଳ ବୁଦାମାନଙ୍କରେ ବାସ କରନ୍ତି କେତୋଟି କାୟୋଟି (ଏକ ଜାତିର କୋକି ଶିଆଳି) ପରିବାର। ଲେଭଲକ୍ରସିଂ ପାରି ହେବା ପୂର୍ବରୁ ଟ୍ରେନ ହୁଇସିଲ ଦେବାଟା ଏକ ନିୟମିତ ଘଟଣା। କିନ୍ତୁ ସେ ଶବ୍ଦ ଶୁଣାଯିବା ମାତ୍ରେ କାୟୋଟିମାନଙ୍କର ସମ୍ମିଳିତ ପ୍ରତିବାଦ ବା ସଂଗୀତର କୋରସ ଶୁଣାଯିବା ମଧ୍ୟ ଏକ ଦୈନନ୍ଦିନ ଘଟଣା ଆମର ଏ ଅଂଚଳରେ। ବେଳେ ବେଳେ ଖୁବ କରୁଣ ଶୁଭେ ସେମାନଙ୍କର ସେଇ ସମ୍ମିଳିତ ସ୍ୱର। –ବିଶେଷତଃ ଶୀତ ରାତିରେ !

ଆମ ଘରର ବାଡ଼ିପଟଟି ମଧ୍ୟ ବଣୁଆ ହରିଣମାନଙ୍କର ଗମନାଗମନ ଅଂଚଳ। ସେମାନଙ୍କ ଗୋଡ଼କୁ ଦିନେଦିନେ କାୟୋଟିମାନେ ଗୋଡେଇବାର ଦୃଶ୍ୟ ମୋର ସେଇ କିଚେନ ଝରକାରୁ ଦେଖିବାକୁ ମିଳେ।

ଏଇ ସବୁ ପ୍ରାଣୀମାନଙ୍କୁ ନେଇ ଆମ କଲୋନିରେ ଅନେକ ଜଟିଳ ସମସ୍ୟା

ବହୁବାର ଉପୁଜେ। ଦିନେ ରାତିରେ ଗୋଟାଏ କାୟୋଟି ଛୁଆ ବାଟବଣା ହୋଇ ଦୁଁକାନ ଦମ୍ପତିଙ୍କ ବଗିଚା ଭିତରକୁ ପଶି ଆସି ସେମାନଙ୍କର ବାଡ଼ିପଟର ସେଇ ପଥର ବନ୍ଧେଇ ମାଛ ପୋଖରି ଭିତରକୁ ଖସି ପଡ଼ିଥିଲା। ଏ ଖବର ଆମ କଲୋନୀର ପୋଷା କୁକୁରମାନଙ୍କ ପାଖରେ କେମିତି କୋଉସୂତ୍ରେ ପହଁଚି ଗଲା କେଜାଣେ. ପରେପରେ ପ୍ରତି ଘରର ପୋଷା କୁକୁରମାନେ ଏକା ବେଳକେ ଭୁକିବା ଆରମ୍ଭ କରିଦେଲେ। ଯେତେ ଚେଷ୍ଟା କଲେ ବି ସେମାନଙ୍କୁ ଚୁପକରିବା ଆଉ ସଂଭବ ହେଲା ନାହିଁ ସେ ରାତିରେ। ସକାଳକୁ ସେଇ କାୟୋଟି ଛୁଆକୁ ପାଣି ଭିତରୁ ଉଦ୍ଧାର କରା ନଯିବା ପର୍ଯ୍ୟନ୍ତ କୁକୁରମାନଙ୍କ ଭୁକିବା ସେହିପରି ଚାଲିଥାଏ। ସେଦିନ ସାରା ରାତି ଆମ କଲୋନୀର ସବୁ ପରିବାର ଅନିଦ୍ରାରେ କାଳ କାଟିବାକୁ ବାଧ୍ୟ ହେଲେ।

ଏଇ କୁକୁର ମାନଙ୍କ ପ୍ରସଙ୍ଗରେ ଆଉ ଟିକିଏ କହିବା ଉଚିତ। ଆମ କଲୋନିରେ ପ୍ରାୟ ସବୁ ପଡ଼ୋଶୀଙ୍କ ଘରେ ଏକ ବା ଏକାଧିକ ପୋଷା କୁକୁର ଅଛନ୍ତି। ସେମାନେ ଆମ ପିଲାଙ୍କ ଠାରୁ ମଧ୍ୟ ଅଧିକ ସ୍ନେହ ଆଦର ଆମଠାରୁ ଦାବି କରନ୍ତି। ସେମାନେ ଆମ ପିଲାଙ୍କ ସହିତ ଏକା ଖଟରେ ଶୁଅନ୍ତି। ଆମଠାରୁ ଆଦର ଯତ୍ନରେ ସାମାନ୍ୟ ଉଣା ଲକ୍ଷ୍ୟକଲେ ସେମାନେ ଅଭିମାନ କରନ୍ତି। ନଖାଇ ନପିଇ ମୁହଁ ଆଡ଼େଇ ରହନ୍ତି। ଏଇସବୁ ଘଟଣାକୁ ଆମେ ପଡ଼ୋଶୀମାନେ ଲଘୁ ମନେ ନକରି ସେ ବିଷୟରେ ପରସ୍ପର ଭିତରେ ବହୁ ସମୟରେ ଚର୍ଚ୍ଚା କରୁ।

ଏ କଲୋନୀରେ ବାସ କରୁଥିବା ଆମେ ମଣିଷମାନେ ଓ ଆମ ପରିବେଶରେ ବସବାସ କରୁଥିବା ପ୍ରାଣୀ ଜଗତ ପ୍ରତି ସେଇ ସଂବେଦନଶୀଳତା ପରିପ୍ରେକ୍ଷୀରେ ସେଦିନ ଘରୁ ବାହାରି ଡ଼ନକାନଙ୍କ ହତା ଭିତରେ ପଶିବା ଆଗରୁ ମୋର ଆଖି ପଡ଼ିଲା ଆକାଶରେ ଉଡ଼ୁଥିବା ଦୁଇଟି ଶଂଖଚିଲ ବା ଇଗଲଙ୍କ ଉପରେ। ସେମାନେ କଲୋନୀର ଘରଗୁଡ଼ାକ ଉପରେ ଚକା ଭଉଁରୀ କାଟି ଉଡୁଥାନ୍ତି ବହୁ ବେଳୁ। ହଠାତ ଗୋଟାଏ ଶଂଖଚିଲ ତୀର ବେଗରେ ଆକାଶରୁ ଛୁଟି ଆସି ଗୋଲାପ ବୁଦା ମୂଳରୁ କଣ ଗୋଟାଏ ଥଂଟରେ ଧରି ତୀର ବେଗରେ ଆକାଶକୁ ଛୁଟି ଚାଲିଗଲା। ସେ କଣଟାଏ ସେଠୁ ନେଇଗଲା ଦେଖିବାକୁ ମୋର କୌତୂହଳ ହେଲା। କିନ୍ତୁ ସେ ପକ୍ଷୀ ଦୂର ଆକାଶକୁ ଉଡ଼ିଯିବା ପରେ ଦେଖାଗଲା ଅନ୍ୟ ଏକ ଦୃଶ୍ୟ। ତିନୋଟି କୁଆ କୋଉଠି ଥିଲେ ଉଡ଼ିଆସି ଶଂଖଚିଲକୁ ଗୋଡ଼େଇବା ଆରମ୍ଭ କଲେ। ସେମାନେ ତୀବ୍ର ବେଗରେ ଉପର ତଳ ହୋଇ ଚିଲ ପିଛା କରୁଥାନ୍ତି। ଆକାଶର ଅସୀମ ବ୍ୟାପ୍ତି ମଝିରେ, ମୋରି ମୁଣ୍ଡ ଉପରେ ସେମାନେ ଖେଳି ଚାଲିଲେ ଚୋରପୁଲିସ ଖେଳ-

କେତେବେଳେ ବାଦଲ ଭିତରେ ତ ଅନ୍ୟ କେତେବେଳେ ଗଛମାନଙ୍କର ଆଢ଼ୁଆଳରେ ।

ମୁଁ ଡଂକାନଙ୍କ ଘର ହତାର ଗେଟ୍ ଖୋଲିବା ମାତ୍ରେ ତାଙ୍କ ପୋଷା କୁକୁର କୋଟସୀ (ଛଅ ବର୍ଷର ଆଲାସ୍କାନ ହସ୍କି – ବରଫ ଉପରେ ସ୍ଲେଜ ଟାଣିବା କୁକୁର) ଲାଂଜ ହଲାଇ ପ୍ରଥମେ ମତେ ସ୍ୱାଗତ କଲା । ତାର ନୀଲ ରଙ୍ଗର କାଚଗୁଲି ପରି ଆଖି ଯୋଡିକର ଚାହାଣି ସବୁଦିନ ପରି ମୋର ଆଗମନକୁ ମଧୁର ସଂଭାଷଣ ଜଣାଉ ଥାଏ । ତାକୁ ପ୍ରଥମେ ଗେଲ କରି ଦେଇ ମୁଁ ସେ ପଥର ଘେରା ପୋଖରୀ ଦିଗକୁ ମୁହଁଇଲି ।

ଡଂକାନ ପରିବାରଟି ପଶୁ ପକ୍ଷୀମାନଙ୍କୁ ଭାରି ଭଲ ପାଆନ୍ତି ବୋଲି ମୁଁ ପୂର୍ବରୁ ଜାଣିଥିଲି । ମିଃ ଡଂକାନଙ୍କୁ ବୟାଶୀ ବର୍ଷ ଓ ମିସେସ ଡଂକାନଙ୍କୁ ବୟସ ଅଶୀ ହେବା ସତ୍ତ୍ୱେ ସେ ଦୁହେଁ ଆମ ସହରର କୃଷି ବିଭାଗ ପାଇଁ ସ୍ୱେଚ୍ଛା ସେବକ ଭାବରେ ଅନେକ ବର୍ଷ ଧରି କାମ କରି ଆସୁଛନ୍ତି । ଆଜିକାଲି ଅବଶ୍ୟ ସେମାନଙ୍କର କାମର ପରିସର ବହୁତ କମି ଯାଇଥାଏ । କିନ୍ତୁ ଉଦ୍ଭିଦ ଓ ପ୍ରାଣୀମାନଙ୍କ ସଂପର୍କରେ ପ୍ରକାଶ ପାଉଥିବା ନୂଆନୂଆ ବୈଜ୍ଞାନିକ ତଥ୍ୟସବୁକୁ ନେଇ ସେମାନେ ନିଜ ବାଡିବଗିଚାରେ ପରୀକ୍ଷାମୂଳକ ଭାବେ ପ୍ରୟୋଗ କରିବା ସହିତ ସେସବୁ ବିଷୟରେ କଲୋନୀ ବାସିନ୍ଦାଙ୍କୁ ଆବଶ୍ୟକମତେ ସୂଚନା ଓ ପରାମର୍ଶ ଦିଅନ୍ତି ।

ସେଦିନ ସେମାନଙ୍କ ବଗିଚା ଭିତରକୁ ପଶିବା ମାତ୍ରେ ମୋ ଆଖିରେ ପଡିଲା ଏକ ବିଚିତ୍ର ବ୍ୟବସ୍ଥା । ଦେଖିଲି କେତେଟା ବଡ ଗଛରେ ଖଞ୍ଜା ଯାଇଥାଏ କେତେ ଗୁଡିଏ ବାକ୍ସ ଭଳି କାଠରେ ତିଆରି କଣ ସେସବୁ ଜିନିଷ ଯାହା ମୁଁ ପୂର୍ବେ କେବେ ଦେଖି ନଥିଲି ଏ ବଗିଚାରେ । ମିଃ ଡଂକାନ ବଗିଚା ଭିତରେ କାମ କରୁଚନ୍ତି ଦେଖି ମୁଁ ତାଙ୍କୁ ଦୂରରୁ ପଚାରିଲି, "ଗୁଡ଼ମର୍ଣ୍ଣିଂ ! ଆପଣଙ୍କ ବଗିଚାରେ ଏସବୁ ନୂଆ ଜିନିଷର ଆବିର୍ଭାବର ଉଦ୍ଦେଶ୍ୟ କଣ ମିଃ ଡଂକାନ ? "

ଡଂକାନ ମତେ ସ୍ୱାଗତ କରିସାରି ମୋ କୌତୂହଲ ଚରିତାର୍ଥ କରିବା ପାଇଁ କହିଲେ, " ହ୍ୟାଲୋ ମିସେସ ଦାଶ ! ଆପଣମାନେ ଯେଉ ପ୍ରକାର ପ୍ରାଣୀଙ୍କୁ ଘୃଣା କରନ୍ତି ସେଇମାନଙ୍କୁ ସ୍ୱାଗତ କରିବା ଉଦ୍ଦେଶ୍ୟରେ ଏଇ ବ୍ୟବସ୍ଥା । ଏସବୁ ଖୋପଗୁଡାକ ହେଲା ବାଦୁଡି ପାଲନର ଉପକରଣ ।"

"କଣ ହେଲା ବାଦୁଡି ପାଲନ ! ଛିଃ, ବାଦୁଡିଗୁଡାଙ୍କୁ କିଏ ଘରେ ପୋଷେ ? ସେଗୁଡାକ ପରା ରେବିଜ କାରିୟର ! ହାଇଡୋଫୋବିଆ ରୋଗ ହୁଏ ବାଦୁଡି କାମୁଡିଲେ, ଏ କଥା ନିଶ୍ଚୟ ଜାଣନ୍ତି ଆପଣ ?" ବାଦୁଡିଙ୍କ ପ୍ରତି ପିଲାଦିନୁ ମୋର

ଘୃଣାଭାବ ଥିବାରୁ ଏ ପ୍ରଶ୍ନଟା ମୁଁ ହସିକରି ପଚାରିଲି ମିଃ ଡଂକାନଙ୍କୁ ।

ମୋ କଥାରେ ସାମାନ୍ୟ ତାଚ୍ଛଲ୍ୟର ଆଭାସ ପାଇ ମତେ ବଳିଯାଇ ଆହୁରି ବଡ଼ପାଟିରେ ହସି ଉଠିଲେ ଡଂକାନ । କହିଲେ, "ମିସେସ ଦାଶ —ସୃଷ୍ଟିର ସବୁ ପ୍ରକାର ଜୀବନ ପରି ବାଦୁଡ଼ିଙ୍କର ମଧ୍ୟ ଏକ ସ୍ୱାତନ୍ତ୍ର୍ୟକୁ ସ୍ୱୀକାର କରିବାକୁ ହେବ ଆମକୁ । ଏମାନେ ଏଠି ଆମ ବଗିଚାରେ ରହିଲେ ପୋକଜୋକଙ୍କୁ ଖାଇବେ । ଆମକୁ ଆଉ ଲନ୍‌ରେ ପୋକମରା ଔଷଧ ପକାଇବାକୁ ହେବ ନାହିଁ । ଏଇଠି ପ୍ରାକୃତିକ ଉପାୟରେ ପ୍ରାଣୀଜଗତର ଭାରସାମ୍ୟ ରକ୍ଷା କରାଯାଇ ପାରିବ ।"

ପ୍ରାକୃତିକ ଭାରସାମ୍ୟ ପାଇଁ ନିଜ ବଗିଚାରେ ବାଦୁଡ଼ି ପାଳନ ନିହାତ ଜରୁରୀ — ଏଇ ଥିଲା ତାଙ୍କର ଉତ୍ତର । କାଠବାକ୍ସ ଗୁଡ଼ିକୁ ମୋଟା ଦଉଡ଼ିରେ ବାନ୍ଧି ଗଛରୁ ଝୁଲାଇବାକୁ ଚେଷ୍ଟା କରୁଥିଲା ବେଳେ ମିଃ ଡଂକାନ ମତେ ତାଙ୍କ ବାଦୁଡ଼ି ପାଳନ ତତ୍ତ୍ୱ ବୁଝାଇ ଚାଲିଥାନ୍ତି । ଏତିକିବେଳେ ଗଛ ଉହାଡ଼ରୁ ଶୁଣାଗଲା ମିସେସ ଡଂକାନ (ଆନି)ଙ୍କ କଂଠସ୍ୱର, "Hi Mrs Dash ! I am here. Please come to this side"

ଆନିଙ୍କ ଡାକରା ପାଇ ମୁଁ ଆଗେଇଲି । କୋଟ୍‌ସୀ ମୋ ଆଗେଆଗେ ବାଟ କଢ଼େଇ ଚାଲୁଥାଏ ତା ମାଲିକାଣୀଙ୍କ ସ୍ୱରକୁ ଅନୁସରଣ କରି । କୋଟ୍‌ସୀର ଚାଲିଚଳଣ ଅବଶ୍ୟ ସବୁଦିନେ ଏମିତି । ତାଙ୍କ ଘରକୁ ଯେକେହି ଚିହ୍ନା ଅଚିହ୍ନା ଅତିଥିଙ୍କୁ ଦରୱାନ ପରି ଜଗି ରହିବା ତାର ଏକ ବଡ଼ ଦାୟିତ୍ୱ ବୋଲି ସେ ଜାଣେ । ତେବେ ଆନିଙ୍କର ଏ ବିଚକ୍ଷଣ କୁକୁରଟିର ଅନ୍ୟ କେତେକ ବିଶେଷ ଗୁଣ ସଂପର୍କରେ ମୁଁ ବେଶ ଅବଗତ ଥିଲି । କେବଳ ତା ମାଲିକ ମାଲିକାଣୀ ନୁହେଁ ଏଇ ବଗିଚା ଭିତର ମାଛ ପୋଖରିରେ ରହୁଥିବା ମାଛମାନଙ୍କୁ ମଧ୍ୟ ଜଗିବା ଦାୟିତ୍ୱ ତାର ବୋଲି ସେ ବେଶ ଜାଣିଥାଏ । ଗତ ବର୍ଷ ଏକ ଘଟଣାରୁ ମୁଁ ପ୍ରତ୍ୟକ୍ଷ କରିଥାଏ ଏଇ ଆଲାସ୍କାନ ହସ୍କୀ ଜାତିର କୁକୁର କୋଟ୍‌ସୀର ଚରିତ୍ର । ଗତବର୍ଷ ଗ୍ରୀଷ୍ମରୁତୁର ଗୋଟିଏ ସନ୍ଧ୍ୟାର ଘଟଣାକୁ ମୁଁ କଦାପି ଭୁଲିଯାଇ ନପାରେ । ସେଦିନ ମୁଁ ମୋର ଦୁଇବର୍ଷିଆ ଗୋଲ୍‌ଡେନ ରିଟ୍ରିଏଭର " ଜେଟ୍ "କୁ ସାଙ୍ଗରେ ଧରି ଆସିଥିଲି ଆନିଙ୍କ ଘରକୁ । ଆମେ ଆନିଙ୍କର ଏଇ ବଗିଚାରେ ବସି ଗପସପ କରୁକରୁ ଦୂର ପାହାଡ଼ ଉପରେ ଗ୍ରୀଷ୍ମକାଲୀନ ସୂର୍ଯ୍ୟାସ୍ତର ଦୃଶ୍ୟ ଦେଖିବାକୁ ଅପେକ୍ଷା କରିଥାଉ । ଆମ ଚାରିପଟେ କୋଟ୍‌ସୀ ଓ ଜେଟ ଖେଳୁଥାନ୍ତି । ଆମ ଜେଟ୍‌ଟି ଦୁଇବର୍ଷର ହେଲେବି ତାର ବାଲ୍ୟ ସ୍ୱଭାବ କଟିନଥାଏ । ମୁଁ ଆଗରୁ କେତେବାର ଦେଖିଚି ଜେଟ୍ ଆନିଙ୍କ ବଗିଚାକୁ ଆସିବା ମାତ୍ରେ ତାର ପ୍ରଥମ କାମ ହେଇଥାଏ ପୋଖରି ତୁଟକୁ ଦଉଡ଼ି ଯାଇ ପାଣିରେ ଖେଳୁଥିବା ମାଛମାନଙ୍କୁ ଅନାଇବା । ତାର ଚକ୍‌ଚକିଆ

ଶିକାରି ଆଖି ମାଛମାନଙ୍କ ଗତିକୁ ଲକ୍ଷ୍ୟ କରୁଥାଏ। ସେ ହୁଏତ ସୁଯୋଗ ଖୋଜୁଥାଏ ପାଣିକୁ ଝଂପି ପଡ଼ି ଗୋଟାକୁ ମାଡ଼ି ବସିବା ପାଇଁ। ହେଲେ ସେ ପାଣିକୁ ପଶିବାକୁ ଚେଷ୍ଟା କରିବା ମାତ୍ରେ ତା ଉଦ୍ୟମକୁ ପଣ୍ଡ କରିଦେଉଥାଏ କୋଟ୍ସୀ। ମାଛମାନଙ୍କୁ ଆଚୁଆଳ କରି ଠିଆ ହେଇ ପଡ଼ୁଥାଏ ସେ ପ୍ରତିଥର ଜେଟ ସାମନାରେ ପାଣି ଭିତରେ। ହୁଏତ ସେତେବେଲେ ସେ ତା ଭାଷାରେ ଜଣାଇ ଦେବାକୁ ଚାହୁଁଥାଏ – ଖବରଦାର! ଏଠି ସେକଥା ପଟିବ ନାଇଁ ଭାଇ। ଏମାନେ ଆମର ଆଶ୍ରିତ। ତତେ ଶୋଷ ହଉଚି ତ ଚାଲିଯା ପୋଖରି ସେପଟ ତୁଠକୁ। ମନଇଚ୍ଛା ପାଣି ପିଅ; କିନ୍ତୁ ଏମାନଙ୍କୁ ଛୁଅଁ ନା।

ଅଭୁତ କଥା– ମାଛମାନେ ମଧ୍ୟ କୋଟ୍ସୀ ପଛପାଖ ପାଣିରେ ମେଲାବନ୍ଧି ରହି ନିର୍ଭୟରେ ଖେଳନ୍ତି। ଖାଇବାକୁ ଦେଲେ ଡୁବମାରି ଉପରକୁ ଆସି ଖାଆନ୍ତି। ପାଣି ଛିଟିକାରେ ଆମକୁ ଓଦା କରି ଦିଅନ୍ତି। ହେଲେ ଜେଟ ପଟକୁ ଭୁଲରେ ବି ଆସନ୍ତି ନାହିଁ।

ଇତିମଧ୍ୟରେ ଶ୍ରୀମତୀ ଡଂକାନ ମୋ ପାଖକୁ ଆସିଲେ। ଦେଖିଲି ସେ ତାଙ୍କ ହାତ ଉପରକୁ ଟେକି ଗୋଟାଏ ପଲିଥିନ ବ୍ୟାଗ ହଲାଉଥାନ୍ତି। ସେ ମୋ ପାଖରେ ପହଂଚିବା ପୂର୍ବରୁ ମୁଁ ତାଙ୍କ ହାତର ସେଇ ପଲିଥିନ ବ୍ୟାଗରେ କଣ ଅଛି ଜାଣି ପାରିଲି। ପଚାରିଲି, “ କଣ ? ପୁଣି ନୂଆ ମାଛଟାଏ ଏ ପୋଖରିରେ ଆଜି ଛଡାଯିବା ବନ୍ଦୋବସ୍ତ ହେଇଚି କି ? ”

“ହଁ ଆଜି ଗୋଟେ ପରୀକ୍ଷା କରିବୁ। ମୁଁ ସେଥିପାଇଁ ତମକୁ ଡାକିଲି। ଗୋଟେ ନୂଆ ମାଛକୁ ଆଜି ଏ ପୋଖରିରେ ଏକ ପ୍ରକାର ବଲି ଦିଆଯିବା ବ୍ୟବସ୍ଥା କରାଯାଇଚି। ପୋଖରି ପାଣି ଦୂଷିତ କି ନାଇଁ ପରୀକ୍ଷା ପାଇଁ ଏ ବ୍ୟବସ୍ଥା। ଏ ବିଚରାଟି ଯଦି ମରିଯାଏ ତେବେ ତ ଜଣା ପଡିବ ଏ ପାଣି ପୂରା ବିଷାକ୍ତ ହୋଇ ଗଲାଣି। ତମେ ତ ଦେଖିଚ ଆମ ଏ ପୋଖରିରେ ଆରବର୍ଷ ଥିଲେ ଅଠରଟି ମାଛ। ହଁ ସେମାନଙ୍କ ଭିତରୁ ଗୋଟେ ମାଛ ଇତିମଧ୍ୟରେ ମରିଯାଇଚି। ମାଛଟି ମରି ଉପରକୁ ଭାସିବାରୁ ଆମେ ଭାବୁଚୁ ଏ ପୋଖରିର ପାଣି ବୋଧେ ବିଷାକ୍ତ ହେଇଗଲାଣି। ତଥାପି ବାହାରୁ ଲୋକ ଡକାଇ ପୋଖରିର ପାଣି ପରୀକ୍ଷା କରେଇଲୁ। କିନ୍ତୁ ସେମାନେ ପାଣିକୁ ବାରମ୍ବାର ପରୀକ୍ଷା କରି କହିଲେ ସବୁ ଠିକ ଅଛି। ହେଲେ ଅନ୍ୟ ସତରଟି ମାଛ ଗଲେ କୁଆଡେ ? ସେମାନେ ନମିଲିବାରୁ ଆମର ସନ୍ଦେହ ହଉଚି। ଏ ପୋଖରିରେ ସେମାନେ ଥିଲେ ତ ଏତେବେଲକୁ ନିଶ୍ଚେ ପଦାକୁ ବାହାରନ୍ତେଣି। ଆସି ମେ ମାସ ହେଲାଣି। ଶୀତ ଛାଡିଗଲାଣି କେବେଠୁଁ। ତେବେ ଗଲେ କୁଆଡେ ସେମାନେ ? ପୁଣି ଗୋଟାଏ ଦିଇଟା ନୁହେଁ! ସତର ସତରଟା ମାଛ କଣ ଉଭେଇ ଗଲେ ଏକ ସାଙ୍ଗେ ? ଆଶ୍ଚର୍ଯ୍ୟ କଥା ନୁହେଁ?”

ମୁଁ ପାଖକୁ ଯାଇ ଦେଖିଲି ପଲିଥିନ ବ୍ୟାଗରେ ପାଣି ଭିତରେ ପହଁରୁଥାଏ ଗୋଟିଏ ସୁନ୍ଦର ଲାଲ ରଙ୍ଗର ଜାପାନିଜ କଉ ପରି ମାଛଟିଏ। ପ୍ରାୟ ଛ ଇଂଚ ଲମ୍ୱ। ବିଚରା ଜୀବଟି ଭୟଭୀତ ହୋଇ ଆମକୁ ଅନାଇ ଥାଏ ଆଉ ଲାଂଜ ପିଟି ପିଟି ଏପଟ ସେପଟ ହେଇ ପହଁରୁଥାଏ ସେଇ ଟିକକ ପାଣିରେ।

"ଏ ମାଛଟିକୁ ପୋଖରିରେ ଛାଡ଼ାଯିବା ପରେ ଯଦି ନ ବଂଚିବ ତେବେ କିଛି ସମସ୍ୟା ଅଛି ବୋଲି ଭାବିବାକୁ ହେବ" ଶ୍ରୀମତୀ ଡଂକାନ ପୁଣି ଥରେ ପଟିଥିନ୍ ବ୍ୟାଗଟିକୁ ହଲାଇଦେଇ ପ୍ରସ୍ତୁତ ହେଲେ ନୂଆ ମାଛଟିକୁ ନେଇ ପୋଖରିରେ ଛାଡ଼ିବା ପାଇଁ।

ମୁଁ ଦେଖିଲି ପଶୁ ହେଲେ ମଧ୍ୟ କଣ କୋଟସୀ ଗୋଟାଏ ଘଟଣା ଘଟିବାକୁ ଯାଉଚି ଜାଣିପାରିଲାପରି ତା ମାଲକାଣୀଙ୍କ ଗୋଡ଼ପାଖରେ ବସି ପଡ଼ିଥାଏ ଚୁପଚାପ।

ଇତିମଧ୍ୟରେ ମିଃ ଡଂକାନ ମଧ୍ୟ ତାଙ୍କ କାମ ଛାଡ଼ି ଆମ ସାଙ୍ଗେ ଯୋଗ ଦେଲେ। ସ୍ତ୍ରୀଙ୍କ ହାତରୁ ପଲିଥିନ ବ୍ୟାଗଟିକୁ ନେଇ ସେ ପୋଖରୀ କୂଳକୁ ଗଲେ। ପରେପରେ ସେ ପଲିଥିନ ବ୍ୟାଗର ମୁହଁ ଖୋଲି ଦେଇ ମାଛଟିକୁ ଛାଡ଼ିଲେ ପୋଖରି କୂଳର ଅଗଭୀର ଜଳରେ। ଛୋଟମାଛଟି ଲାଂଜ ପିଟି କଲବଲ ହେଇ ପହଁରିବାକୁ ଲାଗିଲା ପଥର ବନ୍ଧା ପୋଖରି ଭିତରେ। ପୋଖରିର ପାଣି ଉପର ସ୍ତରରେ ନିର୍ମଳ ଓ ଦଲମୁକ୍ତ ହୋଇଥିବାରୁ ଆମେ ତାର ଗତିବିଧିକୁ ସ୍ୱଷ୍ଟଭାବେ ଦେଖି ପାରୁଥାଉ।

"ଭଗବାନ ସେ ନମରୁ ଏ ପାଣିରେ" ସ୍ୱତଃପ୍ରବୃତ ଭାବେ ମୋ ପାଟିରୁ ବାହାରି ପଡ଼ିଲା ମାଛଟି ଲାଗି ଏକ ପ୍ରାର୍ଥନା।

ଶ୍ରୀମତୀ ଡଂକାନ ମଧ୍ୟ ତାଙ୍କ ଡାହାଣ ହାତକୁ ଛାତି ଉପରକୁ ନେଇ କ୍ରସ ଚିହ୍ନଟିଏ ଆଙ୍କିଲେ ନିଜ ଦେହ ଉପରେ ଓ କହିଲେ "କାଲି ସକାଲକୁ ଜାଣିବା ଏ ପାଣି ସତରେ ବିଷାକ୍ତ ନା ନୁହେଁ.."

"ନା ନାଏତେ ସମୟ ଅପେକ୍ଷା କରିବାକୁ ପଡ଼ିନପାରେ- କାରଣ ଏଇ ମାଛମାନେ ଦୂଷିତ ପାଣିରେ ବେଶୀ ସମୟ ବଂଚି ପାରନ୍ତି ନାହିଁ", ଖାଲି ପଡ଼ିଥିବା ପଲିଥିନ୍ ବ୍ୟାଗଟାକୁ ନେଇ ଅଲିଆ ବାକ୍ସରେ ପକେଇଦେଇ ଆସିବାକୁ ବାହାରିଗଲେ ମିଃ ଡଂକାନ ଓ ଖୁବ ଶୀଘ୍ର ଫେରି ଆସି ପୁଣି ଆମ ସାଥିରେ ଯୋଗଦେଲେ।

ଆମେ ତିନିଜଣ ପାଣି ପାଖରେ ଠିଆ ହେଇ ନୂଆ ମାଛଟିର ଗତିବିଧି ପ୍ରତି ଦୃଷ୍ଟିଦେଇ ଜୀବଜଗତ ଠାରୁ ଆରମ୍ଭ କରି ଆଜିର ମଣିଷମାନଙ୍କର ଭାଗ୍ୟ ଭବିଷ୍ୟତ ଓ ଆଜିର ପୃଥିବୀରେ ମାନବକୃତ ପରିବେଶ ପ୍ରଦୂଷଣର ଭୟାବହ ପରିଣତି ସଂପର୍କରେ ଆଲୋଚନା କରୁଥାଉ। ଏମିତି କିଛି ସମୟ କଟିଗଲା ପରେ ହଠାତ ଆମର ଲାଲ

ରଙ୍ଗର ମାଛଟି ପାଣିରେ ପହଁରୁଥିବା ବେଳେ କାହାଠାରୁ କିଛି ଈସାରା ପାଇଲା ପରି ଉପରସ୍ତରରୁ ପଡ଼ୁଥିବା ପାଣିଫୁଆରା ସହିତ ମିଶିଯାଇ ତଳ ସ୍ତରକୁ ଡେଇଁ ପଡିଲା। ପ୍ରଥମେ ଏଇ ଆକସ୍ମିକ ମୁହୂର୍ତ୍ତକୁ କୋଟ୍‌ସୀ ଆମକୁ ଚେତାଇ ଦେଲା। ସେ ତର୍କିଯାଇ କାନ ଦୁଇଟିକୁ ଠିଆ କରି କିଛି ସମୟ ସଂପୂର୍ଣ୍ଣ ବିସ୍ତୃତ ହେବାପରି ଚାହିଁ ରହିଲା ମାଛଟିର ଗତିପଥକୁ। ତାପରେ ଏକ ଖେପାକେ ସେ ଠିଆ ହେଇପଡିଲା ପାଣି ଭିତରେ। ଆମ ସମସ୍ତଙ୍କ ଆଖି ଘୁରିବାକୁ ଲାଗିଲା ସେଇ ଗତିଶୀଳ ଛୋଟ ଜୀବଟିର କାର୍ଯ୍ୟ କଲାପ ଉପରେ। ସେ ଯୁଆଡେ ଗଲା ଆମେ ତାକୁ ହିଁ ଅନୁସରଣ କଲୁ। ମାଛଟି ଏଥର ନିର୍ଭୟରେ ବିନା ପ୍ରତିଦ୍ୱନ୍ଦ୍ବିତାରେ ଲୁଚୁକାଳି ଖେଳୁଥାଏ ଆମର ଅନୁସନ୍ଧାନୀ ଆଖିମାନଙ୍କ ସହିତ। ବେଳେବେଳେ କଇଁ ପତ୍ରମାନଙ୍କ ତଳେ ପଶି ରହିଯାଉଥାଏ ତ ପୁଣି ପଥର କନ୍ଦିରେ ଶିଉଳିମାନଙ୍କ ଭିତରେ ଲେସିହେଇ ପାଣି ଉପରକୁ ଉଠିଆସୁଥାଏ। ସତେକି ସେ ଏକ ବିଶାଳ ସାଗରରେ ସନ୍ତରଣ ରତ ତିମିମାଛଟିଏ। ଯାହାର ସାମାନ୍ୟ ହଲଚଲ ହଉଥିବା ଦୃଶ୍ୟକୁ ଆମେ ତିନିଜଣ ଆଗ୍ରହର ସହିତ ଲକ୍ଷ୍ୟକରୁଥାଉ ଓ କିଛି ଗୋଟାଏ ଅପ୍ରତ୍ୟାଶିତ ବ୍ୟାପାର ପାଇଁ ମଧ୍ୟ ଅପେକ୍ଷା କରିଥାଉ। ସେଇ ଛୋଟମାଛଟିର ସ୍ଵାଧୀନତାକୁ କେତେ ସମୟପାଇଁ ଆମେ ପ୍ରକୃତରେ ଖୁବ ଉପଭୋଗ କରୁଥାଉ।

ହଠାତ ଆମକୁ ଆଚମ୍ଭିତ କରିଦେଲା ସେଇ ସଂପୂର୍ଣ୍ଣ ଅପ୍ରତ୍ୟାଶିତ ଘଟଣା। ପରେପରେ ଜଳୀୟ ଜୀବ ଜଗତର ଗୁପ୍ତ ରହସ୍ୟଟି ଏକ ନିର୍ଦ୍ଦିଷ୍ଟ ରୀତିରେ ଆମ ଆଖି ଆଗରେ ନିଜକୁ ଉନ୍ମୋଚିତ କଲା।

ମିଃ ଡଂକାନ ଖୁବ ଉତ୍ତେଜିତ ସ୍ଵରରେ ପାଣିଭିତରକୁ ଆଙ୍ଗୁଠି ଦେଖାଇ ଗୋଟେ ନିର୍ଦ୍ଦିଷ୍ଟ ଶିଉଳି ଲତା ଭିତରେ ଲୁକ୍କାୟିତ ପଥର ସନ୍ଧିକୁ ଚାହିଁବାକୁ ନିର୍ଦ୍ଦେଶ ଦେଲେ, "Look there!" ଠାକଠାକ ହୋଇ ପାଣିଭିତରେ ବୁଡିରହିଥିବା ପଥର ଗୁଡିକର କୋଣ ଭିତରେ ଥିବା ଫାଙ୍କମାନଙ୍କୁ ଆମେ ଆଗ୍ରହରେ ଚାହିଁ ରହିଲୁ। କୋଟ୍‌ସୀ ସେତେବେଳକୁ ପାଣିରେ ପଶି ନିଜର ଆଖୁଏ ଉଠର ପାଣିରେ ଠିଆ ହେଇ ମାଲିକ ନିର୍ଦ୍ଦେଶ କରୁଥିବା ସ୍ଥାନକୁ ଧ୍ୟାନସ୍ଥ ହୋଇ ଚାହିଁ ରହିଥାଏ। କେତୋଟି ମୁହୂର୍ତ୍ତ ମଧ୍ୟରେ ଧୀରେଧୀରେ ବିଭିନ୍ନ ରଙ୍ଗ ବେରଙ୍ଗର ମାଛମାନେ ପଥର ଗୁହା ଭିତରୁ ଗୋଟିଗୋଟି ହେଇ ବାହାରି ଆସିଲେ।

"ହେଇ ଦେଖ-ଏଇଟା ହେଲା ଡେରୀ, ରେଡ଼ ରବିନ, ବୁଇ," ଆତ୍ମବିଭୋର ହୋଇ ଏକ ଦୁଇ ତିନି କରି ଆମେ ଗଣି ଚାଲିଥାଉ ମାଛମାନଙ୍କୁ। ସେମାନେ ପାଣିରେ ଏତେ ଜୋର୍‌ଜୋର ଚକ୍ର କାଟି ଘୂରିବୁଲୁଥାନ୍ତି ଯେ ମୁଁ ସେଇ ଏକା ମାଛକୁ ଦୁଇତିନିଥର ଗଣି ଚାଲିଥାଏ।

ଶେଷରେ ଡଂକାନ ସବୁ ଗଣିସାରି କହିଲେ "ହେଇଟି ଦେଖ…, ନୀମୋ, ଚିପସ୍, ବାହାରି, ମରମେଡ୍, ସ୍ୟାନଡ୍, ରୋଜି,… ହଁ ସମସ୍ତେ ସେଇଟି ଅଛନ୍ତି ହୋ ! ସତରଟାଯାକ ଗୋଟଗୋଟି ହେଇ– ଆଃ ସେମାନେ ସବୁ ବଂଚିଚନ୍ତି ତା ହେଲେ ! ଗତ କେଇମାସ ଧରି ସେମାନେ କେଜାଣି କାହିଁକି ଲୁଚିରହିଥିଲେ। ଆଜି ଏ ନୂଆ ଅତିଥିଙ୍କୁ ସଂଖୋଲିବା ପାଇଁ ସମସ୍ତେ ବାହାରି ପଡିଲେ ସତେକି ତାଙ୍କ ଗୁପ୍ତ ଜାଗାମାନଙ୍କରୁ।"

"ଆଚ୍ଛା ଏମିତି କଣ ସତରେ ହୁଏ ?" ମୁଁ ପଚାରିଲି ସଂପୂର୍ଣ୍ଣ ବିସ୍ମୟଭରା ସ୍ୱରରେ।

"ହେଲା ତ ! ଦେଖିଲେ ଆଜି ଆମେ ସମସ୍ତେ। ଆମ ଆଖି ଆଗରେ ତା ପ୍ରମାଣ ମିଲିଗଲା। ତେବେ ଏ ମଧ୍ୟ ମୋ ପାଇଁ ଏ ବୟସରେ ଏକ ବିରାଟ ଶିକ୍ଷା ମୁଁ ଏତେ ଜାଗାରେ କାମ କରିଚି। ପଶୁ ଶିକାର କରିଚି। ପର୍ବତ ଆରୋହଣଠାରୁ ସମୁଦ୍ର ସନ୍ତରଣ ପର୍ଯ୍ୟନ୍ତ ଅନେକ ଅଭିଜ୍ଞତା ମୋର। ହିଂସ୍ର ଜନ୍ତୁମାନଙ୍କ ବ୍ୟତୀତ ଠେକୁଆ ହରିଣ ବଣୁଆ ଚଢେଇ… ଏମିତିକି ସମୁଦ୍ରରେ ବଡମାଛ ଧରିବାକୁ ରାତିରାତି ବିତେଇଚି, ହେଲେ ମୋର ଏପରି ଧାରଣା କେବେ ନଥିଲା।" ମିଃ ଡଂକାନଙ୍କ ଗଦଗଦ ସ୍ୱରରୁ ମନେହେଲା ଏହା ନିର୍ଣ୍ଣିତ ଭାବେ କୌଣସି ଏକ ଗୁରୁତ୍ଵପୂର୍ଣ୍ଣ ବୈଜ୍ଞାନିକ ଆବିଷ୍କାର।

ଲନ୍ ଚେୟାର ଟାଣିଆଣି ଆମେ ତିନି ବନ୍ଧୁ ସେଇ ପଥର ଘେରା ପାଣି ପାଖରେ ବସି ମାଛମାନଙ୍କ ଖେଳ ଦେଖିବାକୁ ଲାଗିଲୁ। ସବୁ ବିସ୍ମୟ ସରିଯିବା ଲକ୍ଷ୍ୟ କରି କୋଟସୀ ଜୋରରେ ନିଜ ଦେହରୁ ପାଣି ଝାଡିହେଇ ପଡିଲା। ପରେପରେ ସେ ତା ମାଲିକାଣୀଙ୍କ ଗୋଡ ପାଖରେ ଶୋଇ ପଡିଲା।

ମିଃ ଡଂକାନ ପୁଣି କହିଲେ– "ପ୍ରତିବର୍ଷ ଏଇ ମାଛମାନେ ମାର୍ଚ୍ଚ ମାସରେ ପାଣି ଟିକେ ଉଷୁମ ହେଇଗଲେ ପଦାକୁ ଆସନ୍ତି। ଖାଦ୍ୟ ପକାଇଲେ ଟୁପଟାପ୍ କରି ଖାଇ ଦିଅନ୍ତି। ଭଉଁରି କାଟି ଖେଳନ୍ତି। ସତେକି ଏତେ ଦିନେ ଥଣ୍ଡାପରେ ସୂର୍ଯ୍ୟଙ୍କ ଉଠାପକୁ ସେମାନେ ଅପେକ୍ଷା କରି ରହିଥାନ୍ତି। ହେଲେ କିଛିଦିନ ତଲେ ସେମାନଙ୍କ ଦଲର ଗୋଟିଏ ମାଛ କୌଣସି କାରଣରୁ ମରିଯିବା ପରେ ସେମାନେ ସତେକି ଭୟାର୍ତ ନିର୍ବେଦ ଅବସ୍ଥାରେ ପଥର କୋରଡରେ ଶୋଇ ରହିଯିବାକୁ ନିରାପଦ ମନେ କରିନେଲେ। ଯାହା ହଉ ଆଜି ଗୋଟେ ଭଲ ଦିନ। ଏ ପାଣି ବିଶୋଧନ ପାଇଁ ମତେ ଆଉ ଚିନ୍ତା କରିବାକୁ ପଡିବନି"।

ଏ ଥିଲା ମୋର ସେଦିନର ଅନୁଭୂତି ଆମେରିକାରେ ମୋ ପଡୋଶୀଙ୍କ ସହିତ।

ଏ ଘଟଣାର ପ୍ରାୟ ଛମାସ ପରେ ମୁଁ ଭାରତ ଭ୍ରମଣରେ ଆସିଲି। ଭୁବନେଶ୍ଵର

ଏୟାରପୋର୍ଟରୁ ଆମ ଶହିଦନଗର ଘରକୁ ଆସିବା ବାଟରେ ଗୋଟିଏ ହୃଦୟବିଦାରକ ଦୃଶ୍ୟ ମୋ ଆଖିରେ ପଡ଼ିଲା। ହୁଏତ ମୋର ପୂର୍ବଥର ଭାରତ ଭ୍ରମଣ କାଳରେ ଏଭଳି କୁସ୍ଥିତ ଦୃଶ୍ୟ ମୁଁ କେତେବାର ଦେଖିଥିବି। କିନ୍ତୁ କେବେହେଲେ ତାହା ମତେ ଏଥର ପରି ଏତେ ଗଭୀର ଭାବେ ବ୍ୟଥିତ କରିନଥିଲା। ସେ ଥିଲା ଆମ ଗାଡ଼ି ଆଗରେ ଚାଲିଥିବା ଗୋଟାଏ ମୋଟର ବାଇକର ହାଣ୍ଡେଲ ବାରର ଦୁଇକଡ଼େ ଝୁଲୁଥିବା କିଛି ଜୀବନ୍ତ ପ୍ରାଣୀଙ୍କର ଅସହାୟତାର ଦୃଶ୍ୟ। ବାଇକ ଚାଲକଙ୍କର ନୀଳ ଧଳା ଚେକଚେକ ସାର୍ଟ ଓ ହେଲମେଟ ପିନ୍ଧା ମୁଣ୍ଡର ପଛପଟ ଉପରେ ମୋର ଆଖି ବାରମ୍ବାର ଘୂରି ଯାଉଥିବା ବେଲେ ମୋ ମନ ଚାଲି ଯାଉଥିଲା ସେଇ ଝୁଲନ୍ତା ଜୀବନ୍ତ ପ୍ରାଣୀମାନଙ୍କର ଅସମ୍ଭବ ସ୍ଥିତି ଉପରକୁ। ସେଇ ପ୍ରାଣୀ ଗୁଡ଼ିକ ଥିଲେ ସୁନ୍ଦର ଧଳାରଙ୍ଗର ଓ ଚମକ୍ରାର ରାଜକୀୟ ଲାଲ୍ ମୁକୁଟ ପିନ୍ଧା ବାରଟି ଲେଗହର୍ଣ୍ଡ ଜାତିର କୁକୁଡ଼ା ଯାହାଙ୍କର ଗୋଡ଼ଗୁଡ଼ିକୁ ବାନ୍ଧି ଦିଆଯାଇ ସେମାନଙ୍କୁ ଦୁଇଟି ଭାଗରେ ବିଭକ୍ତ କରି ହାଣ୍ଡଲ ବାରରୁ ଝୁଲାଇ ଦିଆଯାଇଥାଏ ତଲମୁହାଁ। ଗତିଶୀଳ ବାଇକର ତାଲେ ତାଲେ ଫାଶୀ ଖୁଣ୍ଟରୁ ଝୁଲୁଥିବା ଆସାମୀ ପରି ସେମାନେ ଆମ କାର ଆଗେଆଗେ ଚାଲିଥାନ୍ତି। ସେମାନଙ୍କର ସୁନ୍ଦର ଧଳା ପରଗୁଡ଼ିକ ଭିତରେ ପବନର ହିଲ୍ଲୋଲ ହେତୁ ମଝିରେ ମଝିରେ ଫୁରଫୁର ହେଇ ଫୁଲି ଉଠୁଥାଏ। ସେମାନଙ୍କର ନାଲି ଥଣ୍ଟ ଓ କଅଁଳିଆ ଚୂଳଲଗା ମୁଣ୍ଡଗୁଡ଼ିକ ପରସ୍ପର ସହିତ ପିଟି ହେଇ ଯିବା ବେଲେ ଅସହ୍ୟ ଯନ୍ତ୍ରଣା ହେତୁ ସେମାନେ ମଝିରେମଝିରେ ଛାଟିପିଟି ହେଇ ନିରର୍ଥକ ଭାବେ ଡେଣା ପିଟିପିଟି ନିଜନିଜର ଅସ୍ତିତ୍ୱକୁ ଜାହିର କରିବାର ବୃଥା ଚେଷ୍ଟା ଚଲାଇ ରଖିଥିଲେ।

ଆମ କାର ସହିତ ମଧ୍ୟ ସେଇ ରାଜରାସ୍ତାରେ ଚାଲିଥାନ୍ତି ବହୁ ସଂଖ୍ୟାରେ ପଦଯାତ୍ରୀଙ୍କ ସମେତ ଗାଡ଼ି ମୋଟର, ଚାରିଚକିଆ ତିନି ଚକିଆ ଦୁଇଚକିଆ ଇତ୍ୟାଦି ଶତାଧିକ ଯାନବାହନ। କାହାରି ନଜର ହୁଏତ ନଥିଲା ସେଇ ଅମାନୁଷିକ ଦୃଶ୍ୟତା ପ୍ରତି ବା ଦେଖି ମଧ୍ୟ ନଦେଖିଲା ପରି ସେମାନେ ନିଜନିଜ ବାଟକାଟି ଚାଲିଯାଉଥାନ୍ତି। କିନ୍ତୁ ସେଇ ଉଭଟ ଦୃଶ୍ୟତା ସବୁରି ଆଖି ଆଗରେ ବହୁ ସମୟ ଧରି ନିଜର ଅସ୍ତିତ୍ୱକୁ ବଜାୟ ରଖି ଆମ ସାମନାରେ ଅଗ୍ରସର ହେଉଥାଏ। ବହୁସମୟ ପରେ ସେଥିରୁ ନିସ୍ତାରର ଏକ ଅଯାଚିତ ସୁଯୋଗ ଆପଆପେ ଆସି ପହଁଚିଗଲା–। ଟିକେ ଆଗକୁ ଯିବା ପରେ ଗୋଟେ ବାହାଘର ପ୍ରସେସନ ଅଯାଚିତ ଭାବେ ଆମ ଆଗପଟୁ ଆସୁଥିବା ଦେଖି ଡ୍ରାଇଭର ଗାଡ଼ି ସ୍ଲୋ କଲା। ଆଲୋକବହୁଲ ପ୍ରସେସନର ବଲିଉଡ ଗୀତର ତାଲେତାଲେ ନାଚୁଥିବା ପଂଝାପଂଝା ଉନ୍ନଡ ଯୁବକ ଯୁବତୀଙ୍କ ମେଲି ଭିତରେ ମିଶିଯାଇ ସେଇ ଉଭଟ ଦୃଶ୍ୟତା କେତେବେଲେ ମୋ ଦୃଷ୍ଟି ଅନ୍ତରାଲକୁ ଚାଲିଗଲା। ଏକ ଦୀର୍ଘ

ନିଶ୍ୱାସ ନେଇ ମୁଁ ଅପେକ୍ଷା କଲି କେତେବେଳେ ଆମଗାଡ଼ି ପହଁଚିବ ଆମ ଘର ପାଖରେ ଶହୀଦନଗରରେ ।

ଏତେ ଦୂର ଯାତ୍ରାରୁ ଆସିଲାପରେ ନିଜଘରେ ପହଁଚିବାର ଉତ୍କଣ୍ଠା ହେତୁ ସେଇ ଅପ୍ରୀତିକର ଦୃଶ୍ୟତା ମୋ ମନକୁ ଆଉ ବେଶୀ ସମୟ ପାଇଁ ଆଦୋଳିତ କଲାନାହିଁ । ଯଦିଓ ମନଭିତରୁ ପାଶୋର ଯାଉନଥାଏ ସେଇ ବିଭତ୍ସ ଚିତ୍ର । ମନକୁ ବୃଥା ଆଶ୍ୱାସନା ଦେବା ଲାଗି ମୁଁ ବରଂ ନିଜ ସହିତ ଏକ ଯୁକ୍ତିସଂଗତ ତର୍କ କରୁଥିଲି ଯେ ହଁ କୁକୁଡ଼ାମାନଙ୍କୁ ଖାଲି ଜୀବବିଶେଷ ଆଖ୍ୟା ଦେଇ ଭାବିବାଟା ବି ତ କେବଳ ବାସ୍ତବତା ପଦବାଚ୍ୟ ହୋଇ ନପାରେ । ଆଜିର ବିଜ୍ଞାନ ଯୁଗରେ ମଣିଷର ପୁଷ୍ଟିକର ଖାଦ୍ୟ ପାଇଁ ମାଂସାହାରର ଆବଶ୍ୟକତା ତ ଆଉ ଏକ ତର୍କର ବିଷୟ ହୋଇ ରହିନାହିଁ । ମୋ ନିଜର ଆମେରିକାଘର ରିଫ୍ରିଜରେଟରରେ ତ ଫ୍ରୋଜନ ଚିକେନ ଭର୍ତ୍ତି ହୋଇ ରହିଥାଏ ।

ସେ ଦେଶର ଖାଦ୍ୟ ତାଲିକାରେ ତ କେବଳ ଚିକେନ ନୁହେଁ–ଫିସ, ଲ୍ୟାମ୍ବ, ମଟନ, ବିଫ୍, ପୋର୍କ ଇତ୍ୟାଦି ଯାବତୀୟ ପଶୁପକ୍ଷୀଙ୍କର ମାଂସର ସ୍ଥାନ ଓ ସେସବୁର ସ୍ୱାଦିଷ୍ଟ ରନ୍ଧନ ପ୍ରଣାଳୀ ସଂପର୍କରେ ଭୂରିଭୂରି ଲିଟରେଚର ଭରପୁର– ତେବେ ଏ ବିଷୟରେ ଏତେଟା ଭାବପ୍ରବଣତାର ଆବଶ୍ୟକତା କଣପାଇଁ ?

ତଥାପି ତା ପରଦିନ ଯେତେବେଳେ ମୁଁ ଆମ ଘରର ପାରିବାରିକ ସ୍ନେହ ସୌହାର୍ଦ୍ୟମୟ ପରିବେଶରୁ ନିଜକୁ କିଛି ସମୟ ପାଇଁ ମୁକ୍ତ କରି ଘର ସାମନା ରାସ୍ତା ଉପରକୁ ବାହାରିଲି ମୋ ଦୃଷ୍ଟି ପୁନି ସେଇ ଧରଣର ଅନ୍ୟଏକ ଉଭଟ ଦୃଶ୍ୟ ଦ୍ୱାରା ଆହତ ହେବାକୁ ବସିଲା । ଘରୁ ବାହାରି ମୁଖ୍ୟରାସ୍ତାରେ କେଇ ପାହୁଣ୍ଡ ନଯାଉଣୁ ହଠାତ ଗୋଟେ ଛୋଟ ଉଠା ଦୋକାନ ପାଖରେ ଲୋକ ହାଉଯାଉ ହେବା ଦୃଶ୍ୟ ମତେ ଆକୃଷ୍ଟ କଲା । ଦେଖିଲି — ଦୋକାନ ପାଖରେ ଗୋଟେ ବଡ଼ ଜାଲି ଲଗା ଜଳଖିଆ ଆଲମାରି ଭଳି ବାକ୍ସରେ ଖୁନ୍ଦାଖୁନ୍ଦି ହେଇ ରଖା ଯାଇଥାଏ ଅନେକ ସଂଖ୍ୟାର ଜୀଅନ୍ତା କୁକୁଡ଼ା, ସତେକି ସେମାନେ ଜୀବନ୍ତ ପ୍ରାଣୀ ନୁହନ୍ତି ଗୁଡ଼ାଏ ଭଙ୍ଗା ଇଟା ବା ପଥର ! ପୁନି ସ୍ଥାନାଭାବରୁ କେତେକ କୁକୁଡ଼ାଙ୍କୁ ଦୋକାନ ମାଲିକ ମୁକ୍ତ ଭାବେ ବୁଲିବାକୁ ଛାଡ଼ିଦେଇଥାଏ ମଧ୍ୟ । ତେବେ ସେମାନେ ବେଶୀଦୂର ପଳେଇ ନଯିବା ଲାଗି ସେମାନଙ୍କ ଆଗରେ କିଛି ଦାନା ରାସ୍ତା କଡ଼ରେ ବୁଣି ଦିଆଯାଇଥାଏ । କୁକୁଡ଼ା ଗୁଡ଼ିକ ସେଇ ଦାନା ଖୁଂଟିବାରେ ଲାଗିଥାନ୍ତି । ସେମାନଙ୍କୁ ସ୍ୱାଧୀନ ଭାବେ ବୁଲୁଥିବା ଦେଖି ମୋ ମନ କିଛିଟା ହାଲୁକା ହେଲା । ସେ ଆଡ଼କୁ ଆଉ ନ ଚାହିଁ ଆଗେଇଲି । କିନ୍ତୁ ବେଶୀ ଦୂର ନୁହେଁ । ଦେଖିଲି ପାଖ ପାନ ଦୋକାନ ଆଗରେ ଲୋକ ଜମିଚନ୍ତି ।

କିଛି ଲୋକ ଖୋଲାଖୋଲାରେ ନିର୍ଦ୍ଧୂମ ସିଗାରେଟ ଟାଣୁଥାନ୍ତି । ସାରା ବାୟୁମଣ୍ଡଳ ସିଗାରେଟ ଧୂଆଁଛନ୍ଦ । ତା ପାଖକୁ ଲାଗି ଗୋଟାଏ ରାସ୍ତାକଡ ଜଳଖିଆ ଦୋକାନ । ଦୋକାନରେ ବଡବଡ ଥାଲିରେ ଦେଉଳ ପରି ସଜା ହେଇ ରହିଥାଏ ବରା ଆଲୁଚପ । ଗୋଟାଏ ବଡ ଗ୍ୟାସଚୁଲି ଉପରେ ବସା ଯାଇଥିବା କରେଇରେ କଡକଡ ଫୁଟୁଥାଏ ତେଲ । ସେଥିରେ ସଦ୍ୟ ଛଣାକାମ ଚାଲିଥାଏ ଆହୁରି ଆହୁରି ବରା ଆଲୁଚପ ଅଂଚଳଟା ମହକୁଥାଏ ବାସ୍ନାରେ ।

କିନ୍ତୁ ମୋ ମନ ଏଯାକେ ବି ମୁକ୍ତ ହୋଇ ନଥାଏ । ପଛରେ ଛାଡି ଆସିଥିବା କୁକୁଡା ଦୋକାନ ଆଗରେ ମୁକ୍ତ ଭାବେ ଘୁରି ବୁଲୁଥିବା ନିରୀହ କୁନିକୁନି ପକ୍ଷୀ କେତୋଟିଙ୍କର ସେଇ କ୍ଷଣିକ ସ୍ୱାଧୀନତା ଆଉ କେତେ ସମୟ ପାଇଁ — ଏଇ ଆଶଙ୍କା ମୋ ମନକୁ ପଛରେ ଛାଡି ଆସିଥିବା କୁକୁଡା ଦୋକାନ ସହିତ ବାନ୍ଧି ରଖିଥାଏ । ହଠାତ ସେଇ କୁକୁଡା ଦୋକାନ ଆଡୁ ଶୁଣାଗଲା, "ଆଜ୍ଞା କେତେ ଦରକାର ? କିଲୋକରୁ ଟିକେ କମ ହେଲେ ଚଲିବ ?" କୌଣସି ରୁକ୍ଷ କଂଠରୁ ଏ ଭାଷା ଶୁଣି ମୋ ଆଖି ସେଇ କୁକୁଡାମାଂସ ଦୋକାନ ଆଡକୁ ଘୁରିଗଲା ।

ଦେଖିଲି ଦୋକାନ ମାଲିକର ହାତ ସେଇ କୁକୁଡା ବାକ୍ସର ଛୋଟ କବାଟ ବାଟେ ଭିତରକୁ ପଶିଚି ଓ ଗୋଟେ ମାଟିଆ ରଂଗର ଚଢେଇକୁ ଧରିବାକୁ ଚେଷ୍ଟା କରୁଚି । ସେ ହାତଟାକୁ ଦେଖି ବାକି ସବୁ ଚଢେଇମାନେ ପ୍ରାଣ ଭୟରେ ଡେଣା ଫଡଫଡ କରି ନିଜକୁ ସେଇ ଯମଦୂତ କବଲରୁ ରକ୍ଷା କରିବାକୁ ପ୍ରାଣପଣେ ଚେଷ୍ଟା କରୁଥାନ୍ତି । ଜୀବନ ରକ୍ଷାପାଇଁ ବିକଳ ଅବସ୍ଥାରେ ସେମାନେ ପରସ୍ପର ଉପରେ ଲଦି ହୋଇ ବାକ୍ସର ଗୋଟେ କଣରେ ଏକାଠି ହୋଇଥାନ୍ତି ଓ ଅତି ବିକଳ ସ୍ୱରରେ ବୋବାଲି ପକାଉଥାନ୍ତି । ହୁଏତ ସେ ବୋବାଲି ଥିଲା ପକ୍ଷୀ ଭାଷାରେ ପ୍ରକାଶିତ କୌଣସି ନିଷ୍ଫଳ ନିବେଦନ ଯାହା ନିକଟରେ ଠିଆ ହେଇଥିବା ମଣିଷମାନଙ୍କ ପାଇଁ ନିହାତି ଦୁର୍ବୋଧ୍ୟ ନଥିଲା । କିନ୍ତୁ ସେମାନେ ନିଶ୍ଚୟ ଇଚ୍ଛା କରୁନଥିଲେ ସେ ଭାଷାର ଅନ୍ତର୍ନିହିତ ଅର୍ଥକୁ ହୃଦୟଙ୍ଗମ କରିବାକୁ ।

କିନ୍ତୁ ମୋ ପାଇଁ ସେଇ ପକ୍ଷୀଭାଷାର ଅର୍ଥ ଥିଲା ସୁସ୍ପଷ୍ଟ । ଯେତେବେଳେ ସଂତ୍ରାସବାଦୀମାନେ ବିନା ବିଚାରରେ ଜଣକୁ ବଲି ପକାଇବା ଉଦ୍ଦେଶ୍ୟରେ ନିର୍ବାଚିତ କରନ୍ତି ଏବଂ ସେ ଦୃଶ୍ୟର ସମ୍ମୁଖୀନ ଅବସ୍ଥାରେ ଥିବା ଅନ୍ୟମାନେ ଯେପରି ବୃଥା ଅନୁନୟ ବିନୟ ସହକାରେ ପ୍ରଲାପ କରୁଥାନ୍ତି ସେହିପରି ଅବସ୍ଥା ଭିତରକୁ ଠେଲି ହେଇ ଯାଇଥାନ୍ତି ଲୁହା ଜାଲିଘେରା ସଂକୀର୍ଣ୍ଣ ବାକ୍ସଟିର ଗୋଟିଏ କୋଣରେ ଲେସି ହେଇଯାଇଥିବା ସେଇ ହୀନଭାଗ୍ୟ ପକ୍ଷୀଗୁଡିକ ।

ସେମାନଙ୍କର ସେଇ ଆପାତତଃ ଦୁର୍ବୋଧ୍ୟ ବିକଳ ବିଳାପକୁ କିଛି ସମୟ କାନ ଦେଇ ଶୁଣିବାକୁ ଚେଷ୍ଟା କଲି ମୁଁ, କାଳେ ସେ ଭିତରୁ କୌଣସି ବୋଧଗମ୍ୟ ଅର୍ଥ ମୋ ଅନ୍ତର ଭିତରେ ପ୍ରତିଧ୍ୱନିତ ହୋଇପାରେ –ଏଇ ଆଶାରେ। କିଛି ସମୟ ପରେ ହଠାତ ମତେ ଶୁଭିଲା, " ନାନା ମୁଁ ନୁହେଁ ମୁଁ ନୁହେଁ ..ମତେ ଛୁଁନା..ମୋ ଡେଣାକୁ ତୁ ସେମିତି ଅସଭ୍ୟ ଭାବେ ମାଡି ବସନା ! ମୁଁ ତତେ କିଛି ମାଗୁନି.. ମତେ ଖାଲି ବଞ୍ଚିବାକୁ ଦେ... କେବଳ ଆଜି ଦିନଟା ଆଜି ଦିନଟା..”

ଏଶେ ପୁଣି କ୍ଷଣକ ପରେ ବାକ୍ସର ପଞ୍ଚପଟୁ ସେମାନେ ଶୁଣିପାରନ୍ତି ସେଇ ପକ୍ଷୀ ଭାଷାରେ, “ହଁ ବ୍ୟାଧ ! ଓଃ ଓଃ ମୋ ଦେହର କାଡିଚାଏ ମାଂସ ପାଇଁ ତୁମେ କେତେ ନିଷ୍ଠୁର ହୋଇପାର ସତେ ! ଠିକ ଅଛି...ଚଲାଅ ତମ କଟୁରି ମୋର ଏଇ ସରୁ ବେକଟି ଉପରେ। ହେଲେ ମୋ ଡେଣା ଯୋଡିକୁ ଏଭଳି ନିର୍ମମ ଭାବେ ମୋଡି ପକାନା, ମୋ ବେକକୁ ଜାବୁଡ଼ି ଧରି ମତେ ଅଣନିଶ୍ୱାସୀ କରିପକାନା..”

ତାପରେ ସବୁ ଶେଷ। ବଞ୍ଚି ଯାଇଥିବା ଅନ୍ୟ ପକ୍ଷୀମାନେ ସେଇ ଛୋଟିଆ ଲୁହାଜାଲି ଘେରା ମରଣ ଯନ୍ତା ଭିତରେ ମୁହୂର୍ତ୍ତକର ଜୀବନ ପ୍ରାପ୍ତ ହୋଇ ପୁଣି ପ୍ରସ୍ତୁତ ହେଉଥାନ୍ତି ଏକ ସ୍ୱଚ୍ଛନ୍ଦ ଜୀବନ ଯାପନ ପାଇଁ। ଦଳବନ୍ଧା ସ୍ଥିତିରୁ ସାମୟିକ ମୁକ୍ତି ପାଇ ସେମାନେ ଧୀରେଧୀରେ ପରସ୍ପର ଠାରୁ ଦୂରଛଡ଼ା ହେବାକୁ ଚେଷ୍ଟା କରୁଥାନ୍ତି। ଏକ ହାଲୁକା ପରିବେଶ ପୁଣି ଫେରି ଆସିଥାଏ ବାକ୍ସ ଭିତର ସଂକୀର୍ଣ୍ଣ ପରିବେଶ ଭିତରକୁ। ସତେକି ଏକ ଦୁଃସ୍ୱପ୍ନ ଏପର୍ଯ୍ୟନ୍ତ ଏକାବେଲକେ ସମସ୍ତଙ୍କୁ ଆକ୍ରାନ୍ତ କରିଥିଲା ! ସୌଭାଗ୍ୟ ବଶତଃ ସେ କାଳ ମୁହୂର୍ତ୍ତଟି କଟିଗଲା..

କିନ୍ତୁ, ଠିକ ସେତିକିବେଳେ ବାକ୍ସ ଭିତରକୁ ପୁଣି ପ୍ରବେଶ କଲା ସେଇ କାଳସର୍ପ ପରି ହାତଟା ! ପରେପରେ ପୁଣି ସେଇ ଡେଣା ଫଡଫଡ ଆଉ ନିରୀହ କୁକୁଡା ମାନଙ୍କର ପୁନର୍ବାର ବିକଳ ଆର୍ତ ଚିତ୍କାର ସହିତ ମଣିଷଙ୍କର ବର୍ବର ବ୍ୟବସାୟିକ ଭାଷା ମତେ ଅସ୍ଥିର କରି ପକାଇଲା–

“ ମୋ ପାଖରେ ଏଇଲେ ହଜାରେ ଟଙ୍କାର ନୋଟ ଭଙ୍ଗେଇବା ପାଇଁ ରେଜା ନାହିଁ ଆଖ୍ଖା। କାଲି ଦେଲେ ଚଲିବ। ଆପଣ ତ ନିତିଦିନିଆ ଗରାଖ। ମୋ ପଇସା କଣ ବୁଡ଼ି ଯାଉଟି ?”

କୁକୁଡା ମାଂସ ଦୋକାନୀ ଗୋଟେ କଳା ପଲିଥିନ ବ୍ୟାଗ ଗ୍ରାହକ ହାତକୁ ବଢେଇ ଦେଲା। ସେଇ କଳା ପଲିଥିନ ଭିତରୁ ମଧ୍ୟ ସଦ୍ୟ ହତ୍ୟା କରାଯାଇଥିବା ପକ୍ଷୀଟିର ରକ୍ତାକ୍ତ ମାଂସ ପୁଲକ ମୋ ଆଖିକୁ ସ୍ପଷ୍ଟ ଦେଖାଯାଉଥାଏ। କେବଳ ଆଖିରେ ନୁହେଁ –କାନରେ ବି ବାଜୁଥାଏ ସେଇ ମୃତ ପକ୍ଷୀର ଭର୍ତ୍ସନା– ହେ ବ୍ୟାଧ !

ଓଃ ଓଃ ମୋ ଦେହର ଏଇ କାଣିଚାଏ ମାଂସ ପାଇଁ ..ଓଃ ଓଃ ମୋ ଡେଣା ଯୋଡାକୁ ଏଭଳି ନିର୍ମମଭାବେ ମୋଡ଼ି ପକାନା, ମୋ ବେକକୁ ... !

ସେଦିନ ଆମେରିକାରେ ମୋ ପଡୋଶୀ ମିସେସ ଡଂକାନଙ୍କ ମାଛ ପୋଖରିକୁ ନବାଗତ ଅତିଥି ମାଛଟି ପାଇଁ ପୋଖରିର ସ୍ଥାୟୀ ବାସିନ୍ଦାଙ୍କର ସେଇ ବନ୍ଧୁତ୍ୱପୂର୍ଣ୍ଣ ସ୍ୱାଗତୋକ୍ତି ମୋ କାନରେ ମଧ୍ୟ ପ୍ରତିଧ୍ୱନିତ ହେଉଥାଏ ଯାହାର ପୃଷ୍ଠଭୂମି ଉପରେ ମୋ ଜନ୍ମ ଭୂମିରେ ଆମ ନିଜ ଘର ପାଖ ରାସ୍ତା ଉପରେ ପ୍ରତିଦିନ ଘଟିଚାଲିଥିବା ସେଇ ବର୍ବର ଅମାନୁଷିକ କାଣ୍ଡର ପ୍ରତିବାଦ ପାଇଁ ମୋ ନିଜ ପାଖରେ ଭାଷାର ଅଭାବ ମୋତେ ଘୋର ଲଜ୍ଜିତ ଆଉ ଅପମାନିତ କରୁଥାଏ।

ମୁଁ ସେଇ ଅଧ ବାଟରୁ ଘରକୁ ଫେରିଆସିଲି। ମୋର ଥମଥମ ମୁହଁ, ଛଲଛଲ ଆଖି ଦେଖି ମୋର ବୟସ୍କ ବାପା ମା ବ୍ୟସ୍ତ ହୋଇ ପଡିଲେ। ପଚାରିଲେ ଅନେକ ପ୍ରଶ୍ନ। ତାର ଉତ୍ତର ଦେବା ପାଇଁ ମୋର ନିଜର ଭାଷା ନ ଥିଲା।

SHASHADHAR MOHAPATRA

ଡଃ ଶଶଧର ମହାପାତ୍ର

ଡଃ ଶଶଧର ମହାପାତ୍ର ବର୍ତ୍ତମାନ ମେରୀଲ୍ୟାଣ୍ଡ (ଆମେରିକା) ରାଜ୍ୟର ବାସିନ୍ଦା । ଆମେରିକାରେ ତାଙ୍କର ରହଣି ୪୨ ବର୍ଷ ପୂରିଗଲାଣି । ତାଙ୍କର ଜନ୍ମ ଯାଜପୁର ଜିଲ୍ଲାର ଅଧୀଷ୍ଟାତ୍ରୀ ଦେବୀ ମା' ବିରଜାଙ୍କ ମନ୍ଦିରର ପୂର୍ବ ଭାଗରେ ୨୨ କି.ମି. ଦୂରରେ 'ନାରୀଗାଁ' ବୋଲି ଏକ ଛୋଟ ଗ୍ରାମରେ ମାର୍ଚ୍ଚ ୧୮, ୧୯୫୫ ମସିହାରେ ହେଇଥିଲା । ପେଶାରେ ଜଣେ ରେଡିଏସନ ଫିଜିସିଷ୍ଟ । ୱାଶିଂଟନ୍ ଡି.ସି.ରେ ଥିବା ୱାଶିଂଟନ୍ ହସ୍ପିଟାଲ ସେଣ୍ଟରରେ ଦୁଇଟି ଡିପାର୍ଟମେଣ୍ଟରେ ଡିରେକ୍ଟର ଭାବେ କାର୍ଯ୍ୟରତ ଥିଲେ । ସମୟ ମିଳିଲେ କବିତା ଓ ଗଳ୍ପ ଲେଖିବା, ଭଜନ ଶୁଣିବା, ବ୍ରିଜ୍ ଖେଳିବାକୁ ପସନ୍ଦ କରନ୍ତି । ତାଙ୍କର ପାଞ୍ଚୋଟି କବିତା ସଙ୍କଳନ (ପ୍ରବାସୀର ଆତ୍ମଲିପି, ସ୍ମୃତି ନିବେଦ୍ୟ, ଚେତନାର ଅଭିବ୍ୟକ୍ତି, ସ୍ୱପ୍ନର ଭଗ୍ନାଂଶ ଓ ନଈ ଆରପାରି ଜହ୍ନ) ଓ ଗୋଟିଏ ଗଳ୍ପ ସଙ୍କଳନ (ଛାତି ତଳର ଅନ୍ଧାର) ଏଯାଏ ପ୍ରକାଶ ପାଇଛି ।

ମାନସିକ ରୋଗୀ

ସ୍ଥାନ ହେଉଛି ୱାଶିଙ୍ଗ୍‌ଟନ୍ ଡି.ସି । ଆମେରିକାର ରାଜଧାନୀ । ବ୍ୟସ୍ତବହୁଳ ଜୀବନ ଏଠି । ଦିନ ବିତି କେମିତି ରାତି ହୁଏ, ମାସ ମାସ, ବର୍ଷ ବର୍ଷ କଟିଯାଏ ଜଣାପଡ଼େନି । ସମୟ ଘୋଡ଼ାପିଠିରେ ବସି ଅନବରତ ଦୌଡ଼ୁଥାଏ । ଏଠି "୧୦୧ କେନିଆନ୍ ଷ୍ଟ୍ରିଟ୍‌"ରେ ଗୋଟିଏ ଦୁଇ ବେଡ଼୍‌ରୁମ୍ ଆପାର୍ଟମେଣ୍ଟରେ ରହୁଥିଲେ ମା'ଟିଏ ଓ ଝିଅଟିଏ । ମା' ନାଁ 'ନୋରା' ଓ ଝିଅଟି ନାଁ 'ସେରା' । ନାଁ ଦୁଇଟି ବେଶ୍ ସୁନ୍ଦର । ଝିଅଟି ମା'ର ଜୀବନ ଆକାଶରେ ସତେକି ପୂର୍ଣ୍ଣିମା ଜହ୍ନଟିଏ । ଆଜି ସେ ମା'ଟି ଏକାକୀ, ଜଣେ 'ସିଙ୍ଗଲ୍ ମଦର' । 'ନୋରା' ଓ 'ଜେଫ୍' ପରସ୍ପରକୁ ଭଲ ପାଇ ଦିହେଁ ଦିନେ ବିବାହ ବନ୍ଧନରେ ବାନ୍ଧି ହେଇଥିଲେ । ସେତେବେଳେ 'ନୋରା'କୁ ଠିକ୍ ଅଠର ବର୍ଷ ଓ 'ଜେଫ୍'କୁ ପଚିଶ । ଦିହେଁ ଦିହିଁକୁ ଭେଟିଥିଲେ ଏକ ପାର୍କରେ । 'ଜେଫ୍'ର ଅତି ସୁନ୍ଦର ଚେହେରା 'ନୋରା'କୁ ବହୁତ ଆକର୍ଷିତ କରିଥିଲା । କହନ୍ତି–ପ୍ରେମ ଅଧିକାଂଶ

ସମୟରେ ହେଇଯାଏ ପ୍ରଥମ ଦେଖାରେ। ଅବଶ୍ୟ ସେମାନଙ୍କ କ୍ଷେତ୍ରରେ ସେଇଆ ହେଇଥିଲା। ପ୍ରଥମେ ଚିହ୍ନାଜଣା, ତା'ପରେ ବାରମ୍ବାର ଦେଖା ସାକ୍ଷାତ୍ ରୂପାନ୍ତରିତ ହେଲା ପ୍ରେମରେ। ପ୍ରେମ ଏକ ଗହିରିଆ ଶବ୍ଦ। ତାଙ୍କ ପ୍ରେମ ଗପ ଭଲି ଲାଗୁଥିଲେ ମଧ୍ୟ ଦିନେ ସତ ହେଲା। କିଏ ଜାଣିଥିଲା ଏ ସମ୍ପର୍କ ଦିନେ ବିବାହ ବନ୍ଧନରେ ଦିହିଙ୍କୁ ବାନ୍ଧିଦେବ ବୋଲି। ଏ ବାହାଘରେ ଦିହିଙ୍କର ବାପା-ମା' ରାଜି ନଥିଲେ। କିନ୍ତୁ, ପ୍ରେମରେ କିଛି ବାଡ଼ବତା ନଥାଏ। କୁହାଯାଏ-ପ୍ରେମ କିଛି ବାଧା ବନ୍ଧନ ମାନେନା। ମାଡ଼ିଯାଏ ନଈବଢ଼ି ଭଲି ବନ୍ଧବାଡ଼ ଭାଙ୍ଗି। ବାପା-ମା' ଯେଉଁମାନେ ଜନ୍ମକରି ଏତେବଡ଼ କରିଥାନ୍ତି, ସେମାନଙ୍କ କଥା ସେତେବେଳେ ବିଷଭଲି ଲାଗେ। ଗୁରୁଜନ ଓ ସାଙ୍ଗସାଥୀମାନେ ଶତ୍ରୁଭଲି ଲାଗନ୍ତି। ଯୌବନର ପ୍ରାରମ୍ଭରେ ଆକାଶଟା ସତେ ଯେମିତି ହାତ ପାହାନ୍ତାରେ ଲାଗେ। ଦୁନିଆରେ ସବୁ ରଙ୍ଗିନ୍ ରଙ୍ଗିନ୍ ଦିଶେ। ବଲିଉଡ଼ ମୁଭି ଭଲି ଅଧିକାଂଶ ସମୟରେ ପ୍ରେମର ହିଁ ଜିତାପଟ ହେଇଥାଏ। ସେମିତି ତାଙ୍କ ଜୀବନରେ ମଧ୍ୟ ଘଟିଥିଲା। ବର୍ଷ ନପୂରୁଣୁ ଝିଅଟିଏ ('ସେରା') ଜନ୍ମ ହେଲା। ଦୁର୍ଭାଗ୍ୟବଶତଃ ଝିଅ ଜନ୍ମ ହେବାର ୨ ବର୍ଷ ପରେ 'ନୋରା' ସ୍ୱାମୀକୁ ଛାଡ଼ପତ୍ର ଦେବାକୁ ବାଧ୍ୟ ହେଲା। 'ଜେଫ୍' ଅନ୍ୟ ଏକ ଝିଅଟିର ହାତଧରି ତା' ନୂଆ ସଂସାରରେ ବ୍ୟସ୍ତ ରହିଲା।

'ନୋରା'ର ସ୍ୱାମୀଟି ପ୍ରାୟ ସବୁବେଳେ ବେକାର। ଅଳସୁଆଟିଏ। କେତେବେଳେ କେମିତି ଗୋଟିଏ କନ୍ସ୍ଟ୍ରକ୍ସନ୍ କମ୍ପାନୀରେ କାମ କରେ। କଥା ଖୁବ୍ ବଡ଼। କାମକୁ କିଛି ନୁହେଁ। କଥାରେ କହନ୍ତି – "ଅଳସୁଆଙ୍କ ବାରବାଟୀ ଚାଷ"। ବିଅର ପିଇ ଟିଭିରେ ସ୍ପୋର୍ଟସ୍ ଦେଖିବା ତା'ର ନିତିଦିନିଆ କାମ। ତା' ଦିନ ଏମିତି ଚାଲେ। ଏଥରେ ସଂସାର ଚଲିବ କେମିତି ? "ବସି ଖାଇଲେ ନଈ ବାଲି ସରେ"। 'ନୋରା' ଗୋଟିଏ କ୍ଲିନିକ୍ରେ 'ଫିଜିସିଆନ୍ ଆସିଷ୍ଟାଣ୍ଟ' ଭାବେ କାମ କରେ। 'ନୋରା' ଝିଅକୁ ସକାଳୁ ଉଠାଇ ପ୍ରସ୍ତୁତ କରାଏ, ବ୍ରେକ୍ଫାଷ୍ଟ ଖୁଆଇ ନିଏ ତାକୁ 'ଡେ-କେୟାର'ରେ ଛାଡ଼ିବାକୁ। ତା'ପରେ ନିଜ କାମକୁ ଯାଏ। ଏମାନେ ଘର ଛାଡ଼ିଲାବେଳେ 'ଜେଫ୍' ବିଛଣାରେ ଶୋଇଥାଏ, କାରଣ ଡେରି ରାତିଯାଏ ନ ଶୋଇ ଗେମସ ଦେଖୁଥାଏ। କାମରୁ ଫେରି 'ନୋରା' ଝିଅକୁ ଆଣି ଘରକୁ ଫେରେ। ଘରେ ପହଂଚି ଦିନର ବ୍ୟବସ୍ଥା କରେ। ଏହା ଭିତରେ ବା' ହେବାର ତିନିବର୍ଷ ବିତିଗଲାଣି। ଏ' ତିନିବର୍ଷ 'ନୋରା'କୁ ତିନି ଯୁଗ ଭଲି ଲାଗିଲାଣି। ଦିନକୁ ଦିନ ଅବସ୍ଥା ସୁଧୁରିବ କ'ଣ ବରଂ ଖରାପ ଆଡ଼କୁ ଗତି କରୁଥିଲା। ଦିହେଁ ପ୍ରାୟ ସବୁଦିନ ଯେ କୌଣସି ବିଷୟ ନେଇ ପାଟିତୁଣ୍ଡ କରୁଥିଲେ। ଆମେରିକା ଭଲି ଦେଶଟି

'ସୁପରପାଓ୍ୱାର' ହେଲେବି ବସି ଶୋଇଲେ କେହି ଖାଇବାକୁ ମୁଠେ ଦେବେନାହିଁ କି ଏମିତି ଲାଇଫ୍ ଷ୍ଟାଇଲକୁ ପସନ୍ଦ କରିବେ ନାହିଁ। ଭେଣ୍ଟିଆ ମଣିଷଟିଏ। କିଛି କାମ ତ କରିବା ଦରକାର। ମଣିଷର ମାନମର୍ଯ୍ୟାଦା ବୋଲି କିଛି ଅଛି ନା ନାହିଁ। କେତେଦିନ ଏମିତି ଅଶାନ୍ତିରେ ରହିବେ। ଶେଷରେ ଅକସ୍ମାତ ଦିହିଁଙ୍କ ଆକାଶରେ ଏକ କଳା ବାଦଲ ଢାଙ୍କି ହେଇଗଲା। ଝଡ଼ଟିଏ ଆସିଲା। ବିରାଟ ଏକ ଝଡ଼। କେମିତି ମୁକାବିଲା କରିବେ ? ଦିନେ ଦିହେଁ ଭଲପାଇ ବା' ହେଇଥିଲେ। 'ନୋରା' ଭାବେ ତା' ଭାଗ୍ୟକୁ ସବୁ ଗୋଲମାଲିଆ ହେଇଯାଉଛି କାହିଁକି ? ସେ କ'ଣ ଏଥିପାଇଁ ଅପରାଧୀ ? 'ଜେଫ୍' ତାକୁ ଧୋକାଦେଲା କାହିଁକି ? ଏ କ'ଣ ଏକ ଅସମାଧିତ ପ୍ରଶ୍ନ ? ତା' ମନ ଭିତରେ ସବୁବେଳେ କାହିଁକି ବଜ୍ରପାତ ହେଉଛି ? ଟିକିଏ ହେଲେ ମନରେ ଶାନ୍ତି ନାହିଁ ? ବହୁତ ଭାବିଚିନ୍ତି ଦିନେ 'ନୋରା' ନିଷ୍ପତିନେଲା ଡିଭୋର୍ସ କରିବାକୁ। କପାଳରେ ଯାହା ଲେଖାଅଛି ନିଷ୍ଚେ ଦିନେ ଭୋଗିବାକୁ ପଡ଼ିବ।

ଫେବୃଆରୀ ମାସ ଶୁକ୍ରବାର ୧୩ ତାରିଖ। ବାହାରେ ଚାଲିଛି ବିରାଟ ତୁଷାର ଝଡ଼। ପ୍ରକୃତିର ଏକ ତାଣ୍ଡବ ଲୀଲା। ରାତିସାରା ବରଫ ପଡ଼ିବ ବୋଲି ପାଣିପାଗ କହିଛି। ୨୦-୨୫ ଇଞ୍ଚ ପର୍ଯ୍ୟନ୍ତ ବରଫ ପଡ଼ିବାର ଆଶଙ୍କା ରହିଛି। ଏ ଏକ ନୂଆ ରେକର୍ଡ। ଏତେ ବରଫ ଏଠି ସାଧାରଣତଃ ପଡ଼େନି। କିନ୍ତୁ, କାଲି ସକାଳରୁ ଝଡ଼ କମିଯିବ ବୋଲି କହୁଛି। ସବୁ ସ୍କୁଲ, କଲେଜ, ସରକାରୀ ଅଫିସ ଓ ତା' କ୍ଲିନିକ୍ ସେଥିପାଇଁ ଆଜି ବନ୍ଦ। ବାହାରକୁ ନ ଯିବାକୁ ଟିଭି ମାଧ୍ୟମରେ ନିର୍ଦ୍ଦେଶ ଦିଆଯାଇଛି। ବାହାରେ ଭୀଷଣ ଥଣ୍ଡା। ହାତଗୋଡ଼ କୋହ୍ଲ ମାରିଯାଉଛି। ପବନରେ ଡ୍ରୋ ଡ୍ରୋ ଶବ୍ଦ ଶୁଭୁଛି। 'ନୋରା' ମନରେ ମଧ୍ୟ ଅଶାନ୍ତ ଆଉ ଏକ ଭିନ୍ନ ଝଡ଼। ଏ ଝଡ଼ କେବେ କମିବାରେ ନାହିଁ। ବରଂ ଦିନକୁ ଦିନ ବଢ଼ି ଚାଲିଛି। ନା ! ତାକୁ କିଛି ଏବେ କରିବାକୁ ପଡ଼ିବ। ନ ହେଲେ ସେ ପାଗଳୀ ହେଇଯିବ। 'ଜେଫ୍'କୁ ସାମ୍ନା କରି କହିବ। ଅନେକ ସାହସ ବାନ୍ଧି 'ଜେଫ୍'କୁ କହିଲା। ଶେଷରେ ସେୟାହିଁ ହେଲା। ଦିହେଁ ରାଜି ହେଲେ ଡିଭୋର୍ସ ପାଇଁ। କୋର୍ଟଯାଇ ଫଇସଲା ହେଇଗଲା। 'ଜେଫ୍'ର ଚାକିରି ନ ଥିବାରୁ ଭରଣପୋଷଣ ପାଇଁ କିଛି ସାହାଯ୍ୟ ମିଳିଲା ନାହିଁ। କିନ୍ତୁ କୋର୍ଟ 'ଜେଫ୍'କୁ ନ ବସିରହି ଶୀଘ୍ର ଚାକିରି ଖୋଜିବାକୁ ତାଗିଦ୍ କଲା। କୋର୍ଟର ନିଷ୍ପତି ଅନୁସାରେ ଝିଅ 'ନୋରା' ପାଖରେ ରହିଲା, ଯେହେତୁ ଝିଅର ଭରଣପୋଷଣପାଇଁ 'ଜେଫ୍' ସକ୍ଷମ ନୁହେଁ। ଡିଭୋର୍ସ ବେଳେ ପିଲାଙ୍କର ଭବିଷ୍ୟତ କୋର୍ଟ ବିଚାରକୁ ନେଇଥାଏ। 'ସେରା'କୁ ଦେଖିବାକୁ ଆସିବାକୁ ଅନୁମତି 'ଜେଫ୍'କୁ କୋର୍ଟ ଦେଇଥିଲେ ମଧ୍ୟ ଛଅ ମାସରେ ଥରେ କେବେ ମନେପଡ଼ିଲେ ଆସିଥାଏ 'ସେରା'କୁ

ଦେଖିବାକୁ। ଏ ଦେଶରେ ଏଇଟା ନୂଆ କଥା ନୁହେଁ। ଏମିତି ସବୁବେଳେ ଚାଲେ। ସେତେବେଳକୁ 'ସେରା'କୁ ମାତ୍ର ଦି' ବର୍ଷ। ତା'ର ଛୋଟ ପିଲାଲିଆ ମନଟି କ'ଣ ବୁଝିବ ଡିଭୋର୍ସ ମାନେ? 'ସେରା' ବଢ଼ିବାକୁ ଲାଗିଲା ଓ ଯେବେ ତା' 'ଡାଡି'କୁ ଖୋଜିଲା, ତା' ମା' ତାଙ୍କୁ ଭୁଲାଇଦିଏ। ମା'ଟି ଏକ ଆହତ ପକ୍ଷୀଭଳି। ଏ'ଦୁନିଆକୁ ଚିହ୍ନିବାକୁ ତା'କୁ ଏତେ ସମୟ ଲାଗିଗଲା। ମାତ୍ର ୧୮ ବର୍ଷରେ ବା' ଘର। ବର୍ଷେ ନ ପୁରୁଣୁ ପିଲାଟିଏ। ସବୁ ଯେମିତି ଖୁବ୍ ଚଞ୍ଚଳ ଚଞ୍ଚଳ ଘଟିଗଲା। ପୂର୍ବରୁ କିଛି ଅଭିଜ୍ଞତା ନଥିଲା ତା'ର। ଲାଗିଲା ଯେମିତି ସେ ଜୀବନ ସଂଗ୍ରାମରେ ହାରିଯାଇଛି। ଦିନେ ସିଏ ଓ 'ଜେଫ୍'କୁ ନେଇ ଅସରନ୍ତି ସ୍ୱପ୍ନ ଦେଖ଼ିଥିଲା। ସେ' ସ୍ୱପ୍ନସବୁ ଏତେଶୀଘ୍ର ଭାଙ୍ଗି ଚୁର୍ମାର ହେଇଗଲା। ଯାହାକୁ ଦିନେ ପାଖରେ ଦେଖ଼ିଲେ ତା' ଦେହସାରା ଏକ ଅଦ୍ଭୁତ ରୋମାଞ୍ଚ ଖେଳିଯାଉଥିଲା, ଆଜି ତା'ର କ'ଣ ହେଲା? ଯେଉଁ 'ଜେଫ୍'କୁ ଦିନେ ଭୂୟସୀ ପ୍ରଶଂସା କରୁଥିଲା, ଆଜି ତା' ଛାଇ ଦେଖ଼ିଲେ ତା' ନାହି ଡେଉଁଛି। ଏବେ ଦେଖ଼ିଲେ ବିଷଖାଇ ଆତ୍ମହତ୍ୟା କରିବାକୁ ତା'ର ଇଚ୍ଛା ହେଉଛି। ଭାବୁଥିଲା 'ଜେଫ୍' ତାଙ୍କୁ ସାହାରା ଟିକେ ଦେବ, ସେ' ବରଂ ତା' ହୃଦୟକୁ ବେଶୀ ପୀଡ଼ା ଦେଲା। ଆଜି ଦିନଟିଏ କି ରାତିଟିଏ ଏତେ ଲମ୍ବାଭଳି ତାକୁ ଲାଗେ। ବେଲେବେଲେ ରାତିଅଧରେ ଅଜବ ସ୍ୱପ୍ନ ଦେଖି ନିଦ ତା'ର ଭାଙ୍ଗିଯାଏ, ଛାତି ଚିରି ହେଇଯାଏ। ଅଦ୍ଭୁତ ସେ ଅନୁଭୂତି। ସେ ଭାବନା ଯେତେବେଲେ ମନ ଭିତରେ ହଠାତ୍ ଉଙ୍କିମାରେ, 'ସେରା'କୁ ତା' ଛାତିକୁ ଲଗାଇ ଜୋରରେ ଜାବୁଡ଼ି ଧରେ। ଆଖିବୁଜି ଦିଏ। ବେଲେବେଲେ ସଞ୍ଜବେଲେ ଉଇକ୍ଏଣ୍ଡରେ 'ସେରା'କୁ ସେହି ପାର୍କକୁ ସ୍ଟ୍ରୋଲରରେ ବୁଲେଇ ନେଲାବେଲେ ନ ଚାହିଁଲେ ବି ଅନେକ ଭାବନା ତା' ମନକୁ ଆପେ ଆପେ ଆସେ। 'ଜେଫ୍' କଥା ଭାରି ମନେପଡ଼େ। ଦୁଇଟି ପ୍ରେମ ପକ୍ଷୀ। ଜଣେ ନିଜେ ବାନ୍ଧିଥିବା ବସାରେ ଆହତ ହେଇ ପଡ଼ିଛି, ଡେଣା ତା'ର କଟି ଯାଇଛି; ଅଥଚ ଆର ପକ୍ଷୀଟି ଅନ୍ୟ କେଉଁ ଇଲାକାରେ ଗଗନ ପବନରେ ଉଡୁଛି। ସେ ଅଟକିଯାଏ। ତଲେ ବସିପଡ଼େ। ଦୀର୍ଘ ନିଃଶ୍ୱାସଟିଏ ଛାଡ଼େ। ଶୂନ୍ୟ ଆକାଶ ଆଡ଼କୁ ଚାହେଁ। କଳାକଳା ବାଦଲ ଭିତରେ ତୃତୀୟା ଜହ୍ନଟିଏ ସେମିତି ଲୁଚକାଲି ଖେଲୁଥାଏ ଯେମିତି 'ସେରା' ତା' କୋଲରେ ମୁହଁ ଲୁଚେଇ ଲୁଚକାଲି ଖେଲେ। ସେ ବେଲେବେଲେ ଏବେ ଆନମନା ହେଇଯାଉଛି, ବାତବଣା ହେଇଯାଉଛି କାହିଁକି? ଏ ଅବସ୍ଥାରେ ତା'ର ମନ ଚାହୁଁଥିଲେ ମଧ ତା' ବାପା-ମା'ଙ୍କ ପାଖକୁ କିଛି ଦିନପାଇଁ ଫେରିଯିବାକୁ, କିନ୍ତୁ କେଉଁ ମୁହଁରେ ସେ ଫେରିଯିବ? 'ନୋରା' ତୋ' ନିଜ ମନକୁ ଟିକେ ବୁଝେଇଦିଏ। ତା' ମନ ଓ ହୃଦୟ ଭିତରେ ଯେଉଁ ଶତଶତ ଦାଗ ସୃଷ୍ଟିହେଇଛି

ସେ ଦାଗସବୁ ଲିଭିବାକୁ ସମୟ ତ ଲାଗିବ। ନା, ତାକୁ 'ସେରା' ପାଇଁ ବଂଚିବାକୁ ପଡ଼ିବ। ତା' ଜୀବନ ସଂଗ୍ରାମରେ ହାର ନମାନି ତା' ସଂଗ୍ରାମକୁ ଜାରି ରଖ଼ିବ। ଦୁନିଆକୁ ଦେଖ଼େଇଦେବ ଯେ, ସେ ଏକ ସଂଗ୍ରାମୀ। ନିଜ ଗୋଡ଼ରେ ଛିଡ଼ା ହେବ। ନିଜ ଗୋଡ଼କୁ ଆହୁରି ସଶକ୍ତ କରିବ। କେଉଁଠି ଢେରାଦେଇ ଛିଡ଼ାହେବା ଦରକାର ନାହିଁ। 'ନୋରା' କେତେ କଷ୍ଟକରି ଝିଅକୁ ପାଲିଲା, ପୋଷିଲା, କେତେ ଭଲପାଇଲା। ଭାବିଲା ପିଲାମାନଙ୍କପାଇଁ ବାପ-ମା'ଙ୍କର ଏ ହେଉଛି ବଡ଼ କର୍ତ୍ତବ୍ୟ, ଅନୁକମ୍ପା ନୁହେଁ। ସେ ନିଜେ ବାପା ଓ ମା'ର ଭୂମିକା ନେବ। 'ସେରା' ଏବେ ଶିଶୁଟିଏ। ତା'ର ବା ଦୋଷ କ'ଣ? ନିଜର ଗୁଜୁରାଣ ମେଣ୍ଟେଇବାପାଇଁ ଏବେ ତାକୁ ଦୁଇଟି ଚାକିରି କରିବାକୁ ପଡୁଛି। ଯେତେବେଲେ ଝିଅକୁ ଡେ'କେୟାରରେ ଛାଡ଼ି କାମକୁ ଯାଏ, ସେତେବେଲେ ତା' ମନରେ ବହୁତ କଷ୍ଟ ହେଇଛି କିନ୍ତୁ, ତା' ପାଖରେ କିଛି ଉପାୟ ନଥିଲା। ସମୟ ଦୌଡ଼ୁଥିଲା ତା' ବାଟରେ। ଚାହୁଁ ଚାହୁଁ ଝିଅଟି ତେରଟି ଫଗୁଣ ଅତିକ୍ରମ କଲା। ବୟସ ବଢ଼ିବା କ୍ରମେ ଝିଅଟିର ଆବଶ୍ୟକତା ବଢ଼ିବାକୁ ଲାଗିଲା। ପିଲାଦିନେ ମା' ଯାହା ଖାଇବାକୁ ଦେଉଥିଲା କି ପିନ୍ଧିବାକୁ ଦେଉଥିଲା ସେଥିରେ ସେ ସିନା ଚଲିଯାଉଥିଲା; କିନ୍ତୁ ଏ ତ ଦେଖାଶିଖା ଯୁଗ। 'ସେରା' ଦେଖେ ତା' ସାଙ୍ଗରେ ପଢ଼ୁଥିବା ଅନ୍ୟ ଝିଅ ସାଙ୍ଗମାନେ ଡିଜାଇନର ଡ୍ରେସ୍ କି ଜୋତା ପିନ୍ଧୁଛନ୍ତି। ସାଙ୍ଗମାନଙ୍କଠୁ ବି ଶୁଣେ ଯେ ସେମାନେ ସେମାନଙ୍କ ମା'ମାନଙ୍କ ସହିତ ଶପିଙ୍ଗମଲ୍‌କୁ ବୁଲି ଯାଉଛନ୍ତି, ଫୁଡ଼୍‌କୋର୍ଟରେ ଫାଷ୍ଟ ଫୁଡ଼୍ ଖାଉଛନ୍ତି, ପାର୍କ ଯାଉଛନ୍ତି, ସିନେମା ଦେଖି ଯାଉଛନ୍ତି, ବେଶ୍ ମଉଜ ମସ୍ତି କରୁଛନ୍ତି। ତା'ର ମନ ହେଲା ସେମିତି ସେ ବି କରନ୍ତା। ମା' ପାଖରେ ଗୁହାରି କଲା। କିନ୍ତୁ ଅନ୍ୟ ମା' ମାନଙ୍କ ଭଲି ତା' ମା' ପାଖରେ ସମ୍ବଲ ନଥିଲା। ଏମିତି ଦିହିଙ୍କ ମଧରେ ଯୁକ୍ତିତର୍କ ବଢ଼ିବାକୁ ଲାଗିଲା। ବେଲେବେଲେ ତା' ଡାଡ଼ିଙ୍କ ଅନୁପସ୍ଥିତି ମଧ୍ୟ ତା' ଅସନ୍ତୋଷର ଏକ କାରଣ ହେଇଗଲା। ଟିନ୍‌ଏଜରମାନଙ୍କୁ ଚଲେଇବା ଏ ଦେଶରେ କାଠିକର ପାଠ। କେବଲ ଯେଉଁମାନେ ବାପା-ମା' ସେହିମାନେ ହିଁ ଜାଣନ୍ତି। 'ସେରା' ଯୌବନ ଜ୍ୱାଲାରେ ଛଟପଟ ହେଉଥିଲାବେଲେ ତା' ମା'ଟି ଏକମାତ୍ର ଝିଅ ଚିନ୍ତାରେ ଆଉଟୁ ପାଉଟୁ ହେଉଥିଲା। ଏମିତି ସଂଘର୍ଷ 'ନୋରା' ପାଇଁ ନିରନ୍ତର ସବୁଦିନେ ଲାଗିରହିଲା।

କ୍ରମେ କ୍ରମେ 'ସେରା'ର ମାନସିକ ଅବସ୍ଥାରେ ପରିବର୍ତ୍ତନ ଆସିଲା, ସେ ପାଗଲୀଟିଏ ଭଲି ଗପିବାକୁ ଆରମ୍ଭ କଲା। ସ୍କୁଲକୁ ଯିବା ବନ୍ଦ୍ କରିଦେଲା। କେତେବେଲେ ପାଗଲୀଟିଏ ଭଲି ଯାଉସ୍ୟାଉ ଗପିଲା ତ କେତେବେଲେ କିଛି ନକହି ନୀରବ ରହିଲା। ମା'ଟି ତାଙ୍କର ପ୍ରାଇମେରୀ କେୟାର ଡକ୍ଟର 'କେଟି ରାଇଡର୍'ଙ୍କୁ

ଦେଖେଇବାକୁ ନେଲା। 'ଡକ୍ଟର ରାଇଡ଼ର' ସେରାକୁ ଜଣେ ମାନସିକ ରୋଗ ବିଶେଷଜ୍ଞ (ସାଇକିଆଟ୍ରିଷ୍ଟ)କୁ ଦେଖେଇବାକୁ ପରାମର୍ଶ ଦେଲେ। 'ନୋରା' ଇଣ୍ଟରନେଟ୍‌ରୁ ଖୋଜି ଜଣେ ବିଶିଷ୍ଟ ସାଇକିଆଟ୍ରିଷ୍ଟ 'ଡକ୍ଟର ଆଲେନ୍‌'ଙ୍କ ସହ ଆପଏଣ୍ଟମେଣ୍ଟ ଠିକ୍ କଲା। ଦିନେ 'ସାରା'କୁ ନେଇ ସାଇକିଆଟ୍ରିଷ୍ଟଙ୍କ କ୍ଲିନିକ୍‌ରେ ପହଂଚିଲା। 'ଡକ୍ଟର ଆଲେନ୍‌' ସେରାକୁ ଦେଖି ବହୁତ ଖୁସିରେ ତା' ସହ କଥାବାର୍ତ୍ତା ହେବାକୁ ଚେଷ୍ଟା କଲେ, କିନ୍ତୁ ସେ କାହିଁକି ଶୁଣିବ ? ସେ ଅନ୍ୟମନସ୍କଭାବେ ବାହାରକୁ ଚାହିଁଥାଏ। କୌଣସି ପ୍ରଶ୍ନର ଉତ୍ତର ଦେଉନଥାଏ। ତା' ନଖକୁ ପାଟିରେ ପୂରାଉଥାଏ। ଡକ୍ଟର ଆଲେନ୍ ତା' ମା'ଠାରୁ ସେରାର ସମସ୍ତ ହିଷ୍ଟ୍ରି ବୁଝିଲେ। ଆଗରୁ ତାଙ୍କ ନିକଟକୁ ଅନେକ ମାନସିକ ରୋଗୀ ଆସିଛନ୍ତି, ଭଲ ହେଇ ଯାଇଛନ୍ତି, ହେଲେ ସେରା ଭଳି ରୋଗୀ ସ୍ୱତନ୍ତ୍ର। ଏତେ କମ୍ ବୟସରେ ମାନସିକ ରୋଗର ଶିକାର ହେବା ତାଙ୍କ ଚିନ୍ତାକୁ ବଢ଼େଇ ଦେଇଥିଲା। ସେରାର ମସ୍ତିଷ୍କର ସିଟି ସ୍କାନ୍ ଓ ଏମ୍.ଆର୍.ଆଇ କରେଇ ଗୋଟିଏ ନର୍ମାଲ୍ ମସ୍ତିଷ୍କଠୁ କ'ଣ ପାର୍ଥକ୍ୟ ରହିଛି ସେ ଜାଣିବାକୁ ପାଇଲେ। ସେହି ଅନୁଯାୟୀ ତା'ପାଇଁ ଏକ ସ୍ୱତନ୍ତ୍ର ଟ୍ରିଟ୍‌ମେଣ୍ଟ ପ୍ଲାନ୍ କଲେ। ନୋରାକୁ କହିଲେ– ସେ ସମ୍ପୂର୍ଣ୍ଣ ଭଲ ନହେବାଯାଏ ତାକୁ ତାଙ୍କ କ୍ଲିନିକ୍‌କୁ ଆଣିବାକୁ। ମାନସିକ ରୋଗୀମାନେ ଭଲ ହେବାକୁ ସାଧାରଣତଃ ବହୁତ ସମୟ ଲାଗେ। ଏ ଜ୍ୱର, ଝାଡ଼ା କି ମୁଣ୍ଡବିନ୍ଧା ହେଇନି ଯେ ସାଂଗେ ସାଂଗେ ଭଲ ହେଇଯିବ। ସେରା ଏମିତି ତା' ମା ସହ ପ୍ରତି ମାସରେ ଆସେ ଟ୍ରିଟ୍‌ମେଣ୍ଟ ହେବାକୁ। ଏମିତି ଦୁଇ ବର୍ଷ ବିତିଗଲା। ଆସ୍ତେ ଆସ୍ତେ ସେରାର ଇମ୍ପ୍ରୁଭ୍‌ମେଣ୍ଟ ହେବାକୁ ଲାଗିଲା। ତା' ବ୍ୟବହାରରେ ପରିବର୍ତ୍ତନ ହେବାକୁ ଲାଗିଲା। ତା' ମା' କଥା ଓ ଡକ୍ଟର ଆଲେନ୍‌ଙ୍କ କଥା ଶୁଣିବାକୁ, ବୁଝିବାକୁ ଲାଗିଲା। ତା' ଭଲ ହେଇଆସିବା କଥା ଶୁଣି ନୋରା ଓ ସେରାର ସାଙ୍ଗମାନେ, ଶିକ୍ଷକମାନେ ଓ ସେମାନଙ୍କର ପଡ଼ୋଶୀମାନେ ଖୁସି ହେବାକୁ ଲାଗିଲେ।

ଦିନେ ଡକ୍ଟର ଆଲେନ୍‌ଙ୍କ ଅଫିସରେ ସେରା ଲକ୍ଷ୍ୟ କଲା ଯେ ଛୋଟରୁ ବଡ଼ ବହୁତ ପେଙ୍ଗୁଇନ୍‌ଙ୍କ ଦଲ୍ ଗୋଟିଏ ଧାଡ଼ିରେ ରଖାଯାଇଛି। ସେ ସବୁ ତାକୁ ବହୁତ ଭଲ ଲାଗିଲା। କିଛି ସମୟ ସେମାନଙ୍କ ସହ ବି ଖେଳିଲା। ତା' ମନରେ ପ୍ରଶ୍ନ ଆସିଲା। ଏତେ ଗୁଡ଼ିଏ ପେଙ୍ଗୁଇନ୍ ଦଲ୍ ପୁଣି ତାଙ୍କ ଅଫିସରେ କାହିଁକି ସେ ରଖିଛନ୍ତି ? ଡକ୍ଟର ଆଲେନ୍‌ଙ୍କୁ ସେ ଏ ବିଷୟରେ ପ୍ରଶ୍ନ କଲା। ଡକ୍ଟର ଆଲେନ୍ କହିଲେ ଯେ, ସେ ପେଙ୍ଗୁଇନ୍‌ଗୁଡ଼ିକ ଏବେ ନୁହେଁ ସେ ଯେବେ ତାଙ୍କ ଅଫିସକୁ ତା' ମା' ସହିତ ପ୍ରଥମକରି ଆସିଥିଲା ତା' ପୂର୍ବରୁ ମଧ୍ୟ ସେଗୁଡ଼ିକ ସେଠି ଅଛନ୍ତି ଓ ସେ ସବୁବେଳେ ସେମାନଙ୍କୁ ଦେଖି ଆସିଛି। କିନ୍ତୁ ସେତେଥର ସେ ଦେଖିଥିଲେ ମଧ୍ୟ ସେତେବେଳେ

ପେଙ୍ଗୁଇନ୍‌ମାନେ ତା' ଦୃଷ୍ଟିକୁ ଆକର୍ଷଣ କରିନଥିଲେ। ଏବେ ଯେହେତୁ ସେ ଭଲ ହେଇଆସିଲାଣି ତେଣୁ ସେ ଯାହା ସବୁ ଦେଖୁଛି ଓ ଯେଉଁ ଜିନିଷ ତା' ମନକୁ ଆକର୍ଷିତ କରୁଛି, ସେ ସବୁ ତା'ର ଖିଆଲ ରହୁଛି। ଡକ୍ଟର ଆଲେନ୍‌ କହିବାକୁ ଲାଗିଲେ- ଏ ଏକ ଲମ୍ବା କାହାଣୀ। ତାଙ୍କର ଏକମାତ୍ର ପୁଅ ଜଷ୍ଟିନ୍‌, ଯିଏକି ଏବେ 'ହାରଭାର୍ଡ' ୟୁନିଭରସିଟିରେ ପଢୁଛି। ଜଷ୍ଟିନ୍‌ ବହୁତ ଭଲ ଛାତ୍ର, ସ୍ମାର୍ଟ ବି। ତାଙ୍କ ପୁଅ ଛୋଟ ପିଲା ଥିଲାବେଲେ ସେ ତା' ସହିତ ସମୟ କେବେ ନ କଟାଇ ସବୁବେଲେ ରୋଗୀ ଦେଖିବା, ବିଭିନ୍ନ ଗବେଷଣାରେ ଲିପ୍ତ ରହିବା, ଦେଶରେ ଓ ଦେଶ ବାହାରକୁ ଯାଇ ତାଙ୍କ ଗବେଷଣାଭିତ୍ତିକ ତଥ୍ୟ ବିଷୟରେ ବକ୍ତୃତା ଦେବା, ଅଫିସ୍‌ରେ ସମୟ କାଟିବା ଓ କେମିତି ବେଶୀ ଅର୍ଥ ଉପାର୍ଜନ କରିହେବ ସେଥିରେ ସେ ଅଧିକ ସମୟ ଅତିବାହିତ କରିବାକୁ ପସନ୍ଦ କରୁଥିଲେ। ଏମିତିକି ଷ୍ଟକ୍‌ ମାର୍କେଟରେ ଅନ୍‌ଲାଇନ୍‌ରେ ସେ ଇନ୍‌ଭେଷ୍ଟ କରନ୍ତି ଓ ସେଥିପାଇଁ ସେ ମଧ୍ୟ ଅନେକ ସମୟ କଟାନ୍ତି। ଘରକୁ ପ୍ରତିଦିନ ଡେରିରେ ଫେରିଲେ ଜଷ୍ଟିନ୍‌ ସେତେବେଲକୁ ଶୋଇଯାଇଥାଏ। ତେଣୁ ତା' ସହିତ ପ୍ରାୟ ଦେଖା ହୁଏନି। ଜଷ୍ଟିନ୍‌ ତା' ପିଲାବେଲେ ପେଙ୍ଗୁଇନ୍‌ମାନଙ୍କୁ ବହୁତ ଭଲପାଉଥିଲା। ଏମିତିକି ସେ କେତେଥର ମୋତେ ଓ ତା' ମମିକୁ କହିଛି 'ପେଙ୍ଗୁଇନ୍‌ ସୋ' ଥରେ ଦେଖେଇ ନେବାକୁ। କିନ୍ତୁ, ମୁଁ ତା' ଉପରେ ବିଗିଡ଼ିଛି ବରଂ କେବେ ଦେଖେଇ ଦେବାକୁ ନେଇନାହିଁ। ଆସ୍ତେ ଆସ୍ତେ ପିଲାଟି ବିଗିଡ଼ି ଗଲା। ଜଷ୍ଟିନ୍‌ ଘରେ କି ବାହାରେ କାହାକୁ କିଛି ନକହି ନିଜେ ନିଜେ ଖେଳେ। କିନ୍ତୁ କ୍ଲାସରେ ତା' ସାଙ୍ଗମାନଙ୍କ ସହ ଖରାପ ବ୍ୟବହାର ପ୍ରଦର୍ଶନ କରେ ଓ ଏମିତିକି ମାଡ଼ଗୋଲ କରେ। କ୍ଲାସରେ ପାଠ ପଢ଼ାହେଲାବେଲେ ଅନ୍ୟମନସ୍କ ରହିବା ଯୋଗୁ ଶିକ୍ଷକଙ୍କଠାରୁ ଗାଲି ଶୁଣିବା ଓ ଏମିତିକି ପ୍ରିନ୍‌ସିପାଲଙ୍କୁ ଘରକୁ ଚିଠି ଆସିବା ପର୍ଯ୍ୟନ୍ତ ଯାଇଛି। ଯେଉଁଦିନ ସେ ଚିଠି ମୁଁ ପ୍ରିନ୍‌ସିପାଲଙ୍କଠୁ ପାଇଲି, ସେ ଦିନ ମୋର ଚେତା ପଶିଲା। ମୋ ଜ୍ଞାନର ଅଭ୍ୟୁଦୟ ହେଲା। ମୁଁ ଜାଣିଗଲି ଯେ ମୁଁ ତା'ପାଇଁ କେତେ ଅନ୍ୟାୟ କରିଛି। ମୁଁ ବି ଦିନେ ତା'ଭଲି ଛୋଟ ପିଲା ଥିଲି। ମୁଁ ମୋ ପିଲାବେଲେ ଚାହୁଁଥିଲି ମୋ ଡାଡ଼ି ଓ ମମି ମୋ ସହିତ ଟିକିଏ ସମୟ କଟେଇବାକୁ ଓ ଖେଳିବାକୁ। ମୁଁ ହଠାତ୍‌ ଅନୁଭବ କଲି ଯେ ମୋତେ କିଛି ନା କିଛି କରିବାକୁ ପଡ଼ିବ, ନଚେତ୍‌ ନେଡ଼ିଗୁଡ଼ କହୁଣିକୁ ବୋହିଯିବ ଓ ମୁଁ ମୋ ପିଲାଟିକୁ ଖୁବ୍‌ଶୀଘ୍ର ହରେଇ ବସିବି। ମୁଁ ବେଶୀ ସମୟ ଅଫିସ୍‌ରେ ନ କାଟି ଜଷ୍ଟିନ୍‌ ସହ କଟାଇବାକୁ ଚେଷ୍ଟା କଲି। ସେ ପ୍ରଥମେ ଧରାଛୁଆଁ ଦେଲାନି। ମୋ କଥା ଶୁଣିଲାନି। ତା' ଇଚ୍ଛା ଯାହା ହେଉଥିଲା ସେ କରୁଥିଲା। ମୁଁ ତଥାପି ଧୈର୍ଯ୍ୟ ନ ହରାଇ ତା' ପଛେ ପଛେ ଲାଗିଲି, ତା'ର ନିକଟତର ହେବାକୁ

ଚେଷ୍ଟାକଲି, କାରଣ ମୁଁ ଜଣେ ସାଇକିଆଟ୍ରିଷ୍ଟ। ସମସ୍ତ ସୂତ୍ର ଲଗେଇ ଜାଣିଲି ଯେ ଆମ ସହରରେ କେଉଁଠି ଓ କେବେ ପେଙ୍ଗୁଇନ୍ ସୋ’ ହେଉଛି ବୋଲି। ଦିନେ ମୁଁ କହିଲି- ଜଷ୍ଟିନ୍, ତୁ ଦିନେ ଚାହୁଁଥିଲୁ ନା ‘ପେଙ୍ଗୁଇନ୍ ସୋ’ ଦେଖିଯିବାକୁ। ଆମ ସହରରେ ଏବେ ଏକ ‘ପେଙ୍ଗୁଇନ୍ ସୋ’ ଚାଲିଛି। ଦିହେଁ ଦେଖିବାକୁ ଗଲେ କେମିତି ହୁଅନ୍ତା ? ସେ ଏକଥା ମୋ’ ପାଟିରୁ ଶୁଣି ବହୁତ ଖୁସି ହେଇଗଲା। ସେ ଏତେ ଖୁସି ହେବାର ମୁଁ କେବେ ମୋ ଜୀବନରେ ଦେଖି ନଥିଲି। ଦିନେ ଦିହେଁ ସୋ’ ଦେଖିବାକୁ ବାହାରିଲୁ। ସୋ’ ଆରମ୍ଭ ହେବା ପୂର୍ବରୁ ଗ୍ୟାଲେରିରେ ପ୍ରଥମ ବେଞ୍ଚରେ ଦିହେଁ ଯାଇ ବସିଲୁ। ପପକର୍ଣ୍ଣ ଖାଇଲୁ।

ସୋ’ ଆରମ୍ଭ ହେଲା। ଦେଖିଲି ଜଷ୍ଟିନ୍ ଆଖି ପିଛୁଲା ନ ମାରି ସୋ’କୁ ଉପଭୋଗ କରୁଛି। କିନ୍ତୁ, ମୋ’ ମନକୁ ଆଉ ଏକ ପ୍ରଶ୍ନ ବିଚଲିତ କରିବାକୁ ଲାଗିଲା। ମୁଁ ଅନେକ କଥା ଭାବି ଚାଲିଥିଲି। ଈଶ୍ୱରଙ୍କ ସୃଷ୍ଟିରେ ମଣିଷ ହେଉଛି ଏକ ଶ୍ରେଷ୍ଠ ପ୍ରାଣୀ, ଜ୍ଞାନୀ, ମାନୀ, ବୁଦ୍ଧିଜୀବୀ ବି। ଦେଖୁଥିଲି ମାଷ୍ଟରଟି (ଟ୍ରେନର) ପେଙ୍ଗୁଇନ୍‌ମାନଙ୍କୁ ଯେମିତି ଟ୍ରେନିଂ ଦେଇଛି, ସେମାନେ ସେମିତି ଖେଳ ଦେଖାଉଛନ୍ତି। ତାଙ୍କୁ କହିଲେ ସମରସଲ୍‌ଟ କରୁଛନ୍ତି, ବିଭିନ୍ନ ଭାବ ଭଙ୍ଗୀରେ ଡେଉଁଛନ୍ତି, ନାଚୁଛନ୍ତି, ଧରାଧରି ହୋଇ ଚାଲୁଛନ୍ତି। ସେମାନଙ୍କୁ ଖୁସିରେ ରଖିବାକୁ ଓ ସେମାନଙ୍କ ଭଲ ପ୍ରଦର୍ଶନ ପାଇଁ ମାଷ୍ଟରଟି ମଝିରେ ମଝିରେ ସେମାନଙ୍କୁ ପିଠିରେ ଆଉଁଶିଦେଇ ମାଛ ଗୋଟିଏ ଲେଖାଏ ଖାଇବାକୁ ଲାଞ୍ଚ ଦେଉଛି। ସେଥିରେ ମାଷ୍ଟରଟି ଖୁସି, ସେମାନେବି ଖୁସି। ମୁଁ ଦେଖୁଥିଲି ବାସ୍ତବରେ ସେମାନଙ୍କ ଭିତରେ କେତେ ନିବିଡ଼ ସେମାନଙ୍କର ଭଲପାଇବା। ମୋ’ ମନରେ ପ୍ରଶ୍ନ ଆସିଲା-ଯଦି ପେଙ୍ଗୁଇନ୍‌ମାନଙ୍କ ଭଳି ଛୋଟ ପ୍ରାଣୀଙ୍କୁ ତାଲିମ ଦେଲେ ସେମାନେ ମଣିଷଙ୍କ କଥା ଶୁଣୁଛନ୍ତି ତେବେ ଆମେ ଶ୍ରେଷ୍ଠ ଜୀବ ମଣିଷହୋଇ କାହିଁକି ସେଟିକି କରିପାରିବା ନାହିଁ ଓ ଆମ ପିଲାମାନେ କାହିଁକି ଆମ କଥା ଶୁଣିବେ ନାହିଁ। ସେହି ଦିନରୁ ମୁଁ ପେଙ୍ଗୁଇନ୍ ଡଲ୍ ମିଳୁଥିବା ଏକ ଷ୍ଟୋରକୁ ଯାଇ ସେମାନଙ୍କୁ କିଣି ଆଣିଲି ଓ ମୋ’ ଘରେ ରଖିଲି। ମୋ’ ପୁଅ ଛୋଟ ଥିଲାବେଳେ ସେମାନଙ୍କୁ ଧରି ସବୁଦିନେ ଖେଳୁଥିଲା। ଏବେ ସେ ବଡ଼ ହେଇଗଲାଣି ଓ କଲେଜ୍‌ରେ ପାଠ ପଢ଼ିଲାଣି। ଭଲ ପାଠ ପଢ଼ି ଏବେ ସେ ‘ହାରଭାର୍ଡ’ରେ ଆଡ୍‌ମିଶନ୍ ନେଇ ପଢୁଛି। ସେ ଘରଛାଡ଼ି ତା’ କଲେଜ ଯିବା ପରେ ପରେ ମୁଁ ସେ ପେଙ୍ଗୁଇନ୍ ଡଲ୍‌ସବୁ ଆଣି ମୋ ଅଫିସରେ ସାଇତି ରଖିଛି। ଏହାର କାରଣ ହେଉଛି ଯେ ମୁଁ ଯେତେବେଳେ ସେମାନଙ୍କ ଆଡ଼କୁ ଚାହୁଁଛି, ସେମାନେ ମୋତେ ମନେ ପକାଇ ଦେଉଛନ୍ତି, ପ୍ରେରଣା ଦେଉଛନ୍ତି, ଏକ ଶିକ୍ଷା ଦେଉଛନ୍ତି- “ସମସ୍ତଙ୍କୁ ଭଲପାଅବୋଲି, ସେମାନଙ୍କୁ କିଛି ସମୟ ଦିଅବୋଲି।”

ଏ ଦୁନିଆରେ ଅନେକ ସମସ୍ୟା ଅଛି, ଯାହାର ସମାଧାନ ଖୁସିରେ ହେଇପାରିବ। ସେଥିପାଇଁ ସମୟ ଦେବାକୁ ପଡ଼ିବ, ବୁଦ୍ଧି ଓ ବିଚାର ଖଟେଇବାକୁ ପଡ଼ିବ। ପ୍ରତ୍ୟେକ ବାପା-ମା ସେମାନଙ୍କ ପିଲାମାନଙ୍କୁ ଭଲ ପାଆନ୍ତି। ତୋ' ମା' ବି ତୋତେ ବହୁତ ଭଲପାଏ। ତୋ' ମା' ଯଦି ତୋତେ ଭଲ କରିବାକୁ ମୋ' ପାଖକୁ ଆଣି ନଥାନ୍ତେ କି ସମୟ ଦେଇ ନଥାନ୍ତେ, ତେବେ ତୁ ସବୁଦିନପାଇଁ ପାଗଳୀଟିଏ ହେଇ ରହିଯାଇଥାନ୍ତୁ। ସେତେବେଳକୁ ଡକ୍ଟର ଆଲେନଙ୍କ ମୁହଁ ଶୁଖୀ ଆସିଥିଲା, କଣ୍ଠ ନରମି ଯାଇଥିଲା, ଆଖିରୁ କେଇ ବୁନ୍ଦା ଲୁହ ଝରି ପଡ଼ୁଥିଲା। ସେରା ସେତେବେଳେ ନିଜେ ବୁଝିପାରିଥିଲା ଯେ ତା' ଅବସ୍ଥା ଦିନେ କାହିଁକି ସେମିତି ହେଇଥିଲା। ଏ ସବୁ ଦେଖି ସେରା ଡକ୍ଟର ଆଲେନଙ୍କୁ କୁଣ୍ଢେଇବାକୁ ଦି'ପାଦ ଆଗକୁ ଗଲା ଓ ଅଙ୍କଲଙ୍କ ଆଖିରୁ ଲୁହ ପୋଛି ଆଉ ନ କାନ୍ଦିବାକୁ ଅନୁରୋଧ କରୁଥିଲା।

SNIGDHA SENAPATI

ସ୍ନିଗ୍ଧା ସେନୋପତି

ସ୍ନିଗ୍ଧା ସେନୋପତିଙ୍କ ଜନ୍ମ ଓଡ଼ିଶାରେ । ଉତ୍କଳ ବିଶ୍ୱବିଦ୍ୟାଳୟରୁ ୧୯୮୧ରେ ଇତିହାସରେ ଏମ୍.ଏ. ଏବଂ ୧୯୮୩ରେ ଆଇନରେ ଡିଗ୍ରୀ ପ୍ରାପ୍ତ କରି ସେ ଓଡ଼ିଶା ହାଇକୋର୍ଟରେ ୬ମାସ ଓ କଲିକତା ହାଇକୋର୍ଟରେ ୭ବର୍ଷର ଆଇନ ପ୍ରାକ୍ଟିସ କରିବା ପରେ ୧୯୯୪ରେ ଡେଟ୍ରୋଇଟକୁ ଆସିଥିଲେ । ସେ ୨୦୦୦ରୁ ଇମିଗ୍ରେସନ ଲ' ଅଫିସର କାର୍ଯ୍ୟ କରୁଛନ୍ତି । ଆମେରିକାନ୍ ଆସୋସିଏସନ୍ ଅଫ୍ ଇଣ୍ଡିଆନ୍ ଅରିଜିନ୍ ସଂସ୍ଥା ମାଧ୍ୟମରେ ବିଭିନ୍ନ ସାମାଜିକ, ସାଂସ୍କୃତିକ ତଥା ରାଜନୀତିକ କାର୍ଯ୍ୟକ୍ରମରେ ଭାଗ ନିଅନ୍ତି । ସେ ଛାତ୍ର ସମୟରେ ଆକାଶବାଣୀ କଟକ କେନ୍ଦ୍ରରେ ବିଭିନ୍ନ କାର୍ଯ୍ୟକ୍ରମରେ ଭାଗ ନେଉଥିଲେ । ସାମାଜିକ ବ୍ୟବସ୍ଥାକୁ ନେଇ ଗପ ଲେଖନ୍ତି ।

ସ୍ୱପ୍ନ

କନିକୁ ଏତେ ଦିନ ପରେ ଦେଖି ଆନନ୍ଦରେ ବିଭୋରିତ ହେଇ ପଡ଼ିଥିଲେ କାବ୍ୟା । ସାତସମୁଦ୍ର ତେଣ ନଇ ପାରିହୋଇ କନି ତାଙ୍କୁ ଦେଖା କରିବାକୁ ଆସିଛି, ନିଜ ଆଖିକୁ ବିଶ୍ୱାସ କରି ପାରିନଥିଲେ ସେ । ତାଙ୍କର ଅତି ପୁରୁଣା ଛୋଟ ଠିକଣା ଖାତାରେ କନି ଓରଫ କନକ ଲତା ରାଉତଙ୍କ ନାଁ ବଡ଼ ବଡ଼ ଅକ୍ଷରରେ ଲେଖାଥିଲା ସିନା କିନ୍ତୁ ଠିକଣା ନଥିଲା । କାରଣ କନିର ଠିକଣା କାହାକୁ ଜଣା ନଥିଲା । ଦୀର୍ଘ ପନ୍ଦରବର୍ଷ ପରେ ଭୁଲିବାକୁ ଚାହିଁ ମଧ୍ୟ ଭୁଲିପାରିନାହାନ୍ତି କନିକୁ । ଢେଙ୍କାନାଳରୁ ଡିଙ୍କିଶାଳ ପର୍ଯ୍ୟନ୍ତ ସୁଖ ଦୁଃଖ ଭଲ ମନ୍ଦ ବଖାଣି ଚାଲିଥିଲେ କାବ୍ୟା, ହେଲେ କନିର ଗାମ୍ଭୀର୍ଯ୍ୟଭରା ଜୀବନ ତତ୍ତ୍ୱ ଯେଉଁଠି ସୁଖ ନାହିଁ ଦୁଃଖ ନାହିଁ, ମାୟା ନାହିଁ, ମମତା ନାହିଁ ଭାବପ୍ରବଣତା ନାହିଁ, କେବଳ ଅଛି ଶାନ୍ତି ଆଉ ଈଶ୍ୱରୀକ ଅନୁଭୂତି । ବଡ଼ ଚମତ୍କାର ଲାଗୁଥିଲା ତାଙ୍କୁ । ସେ ଚାଲି ଯାଉଥିଲେ ଅନେକ ଅନେକ ଦୂରକୁ କନି ସହିତ । ଯେତେ ଦୂରକୁ ଦୂରକୁ ଯାଉଥିଲେ କାବ୍ୟାଙ୍କ ମନ ଓ ଶରୀରରେ ଥିଲା ଅଦ୍ଭୁତ ଆନନ୍ଦ, ଶାନ୍ତି ଆଉ ଅବର୍ଣ୍ଣନୀୟ ଅନୁଭୂତି । ଶେଷରେ ଦୁଇ ବାନ୍ଧବୀ ପହଞ୍ଚିଥିଲେ ଗୋଟିଏ ତୋରଣ ପାଖରେ । କନି କହିଉଠିଥିଲା ଏଇତ ସ୍ୱର୍ଗ, ମୋ ଘର । ଅଟକି ଯାଇଥିଲେ କାବ୍ୟା । ତାଙ୍କର

ମନେ ପଡ଼ିଲା ତାଙ୍କ ଝିଅ ସ୍କୁଲ୍‌ରୁ ଫେରିବ ତା ପାଖେ ଚାବି ନାହିଁ। ପିଲାଟାକୁ ଭୋକ କରୁଥିବ। "ମୁଁ ତୋ ସହିତ ଯାଇପାରିବିନି କନି"। ବିଳିବିଳେଇ ଉଠିଥିଲେ କାବ୍ୟା। କୁଆଡ଼େ ଯିବା ଦରକାର ନାହିଁ ତୁମର, ନିଜ ଘରେ ଶୋଇଛ, ସକାଳ ଛ'ଟା ବର୍ତ୍ତମାନ।" ଠଟ୍ଟା କରୁଥିଲେ ସ୍ୱାମୀ ଆଦିତ୍ୟ। ଉଠିପଡ଼ିଥିଲା କାବ୍ୟା, ଗମ୍ ଗମ୍ ଝାଳ ବାହାରୁଥିଲା ତାଙ୍କ ସ୍ୱପ୍ନରେ ଏତେ ବାସ୍ତବତା, ଯେପରି ଲାଗୁଥିଲା ସେ ସ୍ୱର୍ଗରୁ ବୁଲି ଫେରିଛନ୍ତି ମୁହୂର୍ତ୍ତିକ ଆଗରୁ। କନି ତାଙ୍କ ଜୀବନ ଇତିହାସ ପୃଷ୍ଠାରେ ଏକ ଅବିସ୍ମରଣୀୟ ଚରିତ୍ର ଆଉ ପ୍ରେରଣା ମଧ୍ୟ। ତାଙ୍କର ପ୍ରଥମ ସାକ୍ଷାତ ହୁଏ କନି ସହିତ ଅର୍ଥଶାସ୍ତ୍ର ଶ୍ରେଣୀରେ, ତାପୁଣି କଲେଜର ପ୍ରଥମ ଦିନରେ। ରୋଲ୍‌କଲ୍ ସମୟରେ ଅଧ୍ୟାପକ କନିର ନାଁ ପାଖରେ ଗୋଟିଏ ମୁହୂର୍ତ୍ତ ପାଇଁ ଅଟକି ଗଲେ। ତାଙ୍କର ଲକ୍ଷ୍ୟ ଥିଲା କନିର ହାତ ଉପରେ। ହାତ ଉଠାଇବା ଆଗରୁ ଅଧ୍ୟାପକ ତାଙ୍କୁ ଡାକିନେଇ ସମସ୍ତ ଛାତ୍ର ଛାତ୍ରୀଙ୍କୁ ପରିଚିତ କରାଇ ଦେଇଥିଲେ। କନି ମାଟ୍ରିକୁଲେସନ୍ ପରୀକ୍ଷାରେ ପ୍ରଥମ ଶ୍ରେଣୀରେ ପ୍ରଥମ ଭାବରେ ଉତ୍ତୀର୍ଣ କୃତୀ ଛାତ୍ରୀ। ଅଧ୍ୟାପକଙ୍କ ସହିତ ପୁରା କ୍ଲାସ୍ ହାତ ତାଳି ଦେଇ ଅଭିନନ୍ଦନ ଜଣାଇଥିଲେ। ତେଲ ମଟ୍ ମଟ୍ ଦୁଇଟା ଲମ୍ବା କଳା ବେଣୀ, ଶାନ୍ତ ସରଳ ଚେହେରା, କନିକୁ ଲାଗୁଥିଲା ଯେପରିକି ଏକ ସଦ୍ୟ ପ୍ରସ୍ଫୁଟିତ ଶ୍ୱେତପଦ୍ମ। ଅର୍ଥନୀତି କାବ୍ୟାଙ୍କୁ ଆଦୌ ଭଲ ଲାଗୁନଥିଲା। ପନ୍ଦର ଦିନ ଆଗରୁ ରାଜନୀତି ବିଜ୍ଞାନକୁ ବଦଲେଇବାକୁ ସ୍ଥିର କରିନେଇଥିଲେ ସେ। ଶେଷଦିନ ଟିଉଟରିଆଲ୍ କ୍ଲାସ ପରେ ତାଙ୍କ ନିଷ୍ପତ୍ତିକୁ ବଦଲେଇ ଦେଇଥିଲା କନି। ଖାଲି ସେତିକି ନୁହେଁ ଅର୍ଥନୀତି ବିଷୟରେ ସମସ୍ତ ପ୍ରକାର ସାହାଯ୍ୟ କରିବାର ମଧ୍ୟ ପ୍ରତିଶ୍ରୁତି ଦେଇଥିଲା। କନି ଏକ ଛୋଟ ମଫସଲି ଟାଉନ୍‌ରୁ ଆସିଥିଲେ ମଧ୍ୟ ସବୁ କ୍ଲାସରେ ଅଧ୍ୟାପକଙ୍କ ପ୍ରଶ୍ନ ଶେଷ ହେବା ଆଗରୁ ଉତ୍ତର ଦେଇ ଦେଉଥିଲା। ଇଂରାଜୀ ଉପରେ ଥିଲା ତାର ଅଗାଧ ଦକ୍ଷତା। ଅଧ୍ୟାପକମାନେ କନିର କହିବା ଶୈଳୀକୁ ପ୍ରଶଂସା କରୁଥିଲେ। ସାଙ୍ଗମାନେ 'ଉକ୍ରଳ ଗୌରବ', 'ଉକ୍ରଳର ବରପୁତ୍ରୀ' କହି ଠଟ୍ଟା କରୁଥିଲେ। କିନ୍ତୁ କାବ୍ୟାଙ୍କ ମତରେ କନିଥିଲା 'ଗିଫ୍‌ଟେଡ୍‌'। ପ୍ରତି ମଙ୍ଗଳବାରଦିନ ଅର୍ଥନୀତି କ୍ଲାସପରେ ଇଂରାଜୀ କ୍ଲାସ ଥାଏ ପ୍ରାୟ ଚାରିଘଣ୍ଟା ପରେ। ଏହି ସମୟରେ ଘରକୁ ନଫେରି କାବ୍ୟା କନି ସହିତ ହଷ୍ଟେଲ୍‌ରେ ୨୭ନମ୍ବର ରୁମ୍‌ରେ ଅର୍ଥନୀତି ପଢୁଥିଲେ। ପଢାଉଥିଲା କନି। କନିର ରଣ ସାତଜନ୍ମରେ ସୁଟିବା କଷ୍ଟ ବୋଲି ଭାବୁଥିଲେ କାବ୍ୟା। ବନ୍ଧୁତା ବଢିବା ସହିତ ଦୁଇ ବାନ୍ଧବୀ ଥିଲେ ପରସ୍ପରର ସୁଖ ଦୁଃଖ କାହାଣୀର ଅଭେଦ୍ୟ ଅଙ୍ଗ। କନିର ସ୍ୱପ୍ନ ଥିଲା ଦିଲ୍ଲୀ ସ୍କୁଲ୍ ଅଫ୍ ଇକୋନୋମିକସରୁ ମାଷ୍ଟର୍ସ୍ କରି ଲଣ୍ଡନ ସ୍କୁଲ୍ ଅଫ୍ ଇକୋନୋମିକ୍‌ସରେ ପିଏଚ୍‌ଡ଼ି କରିବ। ସମୟେ ସମୟେ ଘର କଥା କହି ଭାବ

ପ୍ରବଣ ହୋଇଯାଏ କନି। ବାପା ଗୋପାଳ ରାଉତଙ୍କ ପାଇଁ ତା'ମନରେ ଥିଲା ବହୁତ ଦୁଃଖ। ତା ବାପାଙ୍କ କାହାଣୀ ଥିଲା ବଡ଼ ବିଚିତ୍ର। ଅର୍ଥନୀତି ଏମ୍.ଏରେ କୃତିତ୍ୱ ସହ ଉତ୍ତୀର୍ଣ୍ଣ ହୋଇ ଗାଁକୁ ଫେରିଥିଲେ ଗୋପାଳ ରାଉତ। ଯୁବକ ମନରେ ତାଙ୍କର କେତେ ସ୍ୱପ୍ନ। ମାତୃ ପିତୃହୀନ କୃତିଛାତ୍ର ଗୋପାଳ ରାଉତଙ୍କୁ ପାଠ ପଢ଼େଇବାକୁ ଦେଇଥିବା ରୁଣ ବଦଳରେ ତାଙ୍କୁ ବଲିୟାର ସାମନ୍ତରାୟଙ୍କ ରୁଗ୍ଣା, ଅଙ୍ଗୁଠାଛିଆପ କନ୍ୟା କଲ୍ୟାଣୀଙ୍କ ସହିତ ବିବାହ ବନ୍ଧନରେ ବାନ୍ଧି ଦିଆଯାଇଥିଲା, ଘରଜୋଇଁ ଭାବେ। କନିର ଅଜା ବଲିୟାର ସାମନ୍ତରାୟ ଆଖ ପାଖ ଗାଁର ଚାରିଖଣ୍ଡ ମୌଜାର ଧନୀ ଆଉ ମାନ୍ୟଗଣ୍ୟ ବ୍ୟକ୍ତିଭାବେ ପରିଚିତ ଥିଲେ। ନିଜର ଏକମାତ୍ର କନ୍ୟାର ଭବିଷ୍ୟତକୁ ଆଖିଆଗରେ ରଖି କନି ଅଜା ତା' ବାପାଙ୍କୁ ଗାଁରୁ ବାହାରି ନିଜ ସ୍ୱପ୍ନକୁ ସାକାର କରିବାକୁ ସୁଯୋଗ ଦେଇନଥିଲେ। ଗାଁ ସ୍କୁଲର ଶିକ୍ଷକ ହୋଇ କାମ କରିବାକୁ ବାଧ୍ୟ ହେଇଥିଲେ କନିର ବାପା। ସେଇଠି ପଡ଼ିଥିଲା ପୂର୍ଣ୍ଣଚ୍ଛେଦ ତାଙ୍କ ସ୍ୱପ୍ନର। ଅଜା ଆଇଙ୍କ ମୃତ୍ୟୁ ପରେ କନିର ବୋଉ କଲ୍ୟାଣୀ ଦେବୀ ହୋଇଥିଲେ ଅଚଳାଚଳ ସମ୍ପତ୍ତିର ମାଲିକ୍। ଯେ ଥିଲା ତା ବାପାଙ୍କର, ଗାଁରେ କେତେ ପ୍ରକାର ଚର୍ଚ୍ଚା କନିର ବାପାଙ୍କୁ ନେଇ। କିନ୍ତୁ ବାପାଙ୍କ ହୃଦୟରେ ଲୁଚିରହିଥିବା ଦୁଃଖକୁ କନିଠାରୁ ଅଧିକ କେହି ବୁଝି ପାରିନଥିଲେ। ଅଜାଙ୍କର ସ୍ୱାର୍ଥପରତା କଷ୍ଟଦେଇଥିଲା କନିକୁ। ବାପାଙ୍କର ଖୁସି ଆନନ୍ଦ, ଛୋଟଠାରୁ ବଡ଼ ପର୍ଯ୍ୟନ୍ତ ସବୁ କଥାକୁ ବଡ଼ ଗୁରୁତ୍ୱ ଦେଉଥିଲା କନି।

କନିର ନିତିଦିନର ଶୃଙ୍ଖଳିତ ଜୀବନଯାତ୍ରା, ଭାବନା, ଉଚ୍ଚ ଚିନ୍ତାଧାରା, ସୁବ୍ୟବହାର ହଷ୍ଟେଲରେ କାମ କରୁଥିବା ମାଉସୀ ମାନଙ୍କଠାରୁ ଆରମ୍ଭ କରି ପ୍ରଫେସର, ବନ୍ଧୁବାନ୍ଧବୀ ସମସ୍ତଙ୍କୁ ପ୍ରଭାବିତ କରି ରଖୁଥିଲା। ସବୁଠୁ ଆକର୍ଷଣୀୟ ଥିଲା ତାର ମନ ଖୋଲା ହସ। ଖୁବ୍ ଧର୍ମ ବିଶ୍ୱାସୀ ଥିଲା କନି, ରୁମରେ ରଖିଥିବା ଗ୍ରାମଦେବତା ଏବଂ କୁଳଗୁରୁଙ୍କ ଫଟୋକୁ ପ୍ରଣାମ ନକରି ସେ ବୋଧହୁଏ କୌଣସି କାମକୁ ଆରମ୍ଭକରୁ ନଥିଲା। ଏପରିକି ପରୀକ୍ଷା ଫର୍ମକୁ ନେଇ ସ୍ୱୟମ୍ କୁଳ ଗୁରୁଙ୍କ ପାଦକୁ ପାଦରେ ଛୁଏଁଇଲା ପରେ ଦାଖଲ କରିବା, କାବ୍ୟାକୁ ବଡ଼ ଅଜବ ଲାଗେ କନିର ବିଶ୍ୱାସ ଏତେ ଦୃଢ଼ ଏବଂ ବ୍ୟକ୍ତିଗତ ଥିଲା ଯେ ଏ ବିଷୟରେ ପ୍ରଶ୍ନ କରିବାକୁ ଯାଇ ଅଟକି ଯାଉଥିଲେ କାବ୍ୟା। ଆଇ.ଏ. ପରୀକ୍ଷାରେ ପ୍ରଥମ ଶ୍ରେଣୀରେ ପ୍ରଥମ ହୋଇ ଉତ୍ତୀର୍ଣ୍ଣ ହୋଇଥିଲା କନି। କନିକୁ ଅଭିନନ୍ଦନ ଜଣେଇବାକୁ କଲେଜ୍ ୟୁନିୟନ୍ ତରଫରୁ ଏକ ସଭାର ଆୟୋଜନ କରାଯାଇଥିଲା। କନିର ବାପା, ବୋଉ, ଛୋଟ ଦୁଇ ଭଉଣୀ ବନି ଟୁନିଙ୍କୁ ଦେଖିବାକୁ ସୁଯୋଗ ମିଳିଥିଲା କାବ୍ୟାଙ୍କୁ। ମାଉସାଙ୍କ ଖୁସି ଦେଖି ଲାଗୁଥିଲା କନି ତାଙ୍କର ସ୍ୱପ୍ନକୁ ସାର୍ଥକ କରିଛି ଆଉ କରିବ ମଧ୍ୟ। କନି ତାର

ଛୋଟ କୃତଜ୍ଞତା ଭାଷଣରେ ତାର ସମସ୍ତ କୃତିତ୍ୱ ପଛରେ ବାପାଙ୍କ ପ୍ରେରଣା କଥା କହିବାକୁ ଭୁଲିନଥିଲେ ସେଦିନ। ମଉସା, ମାଉସୀ, ବନି, ଟୁନିଙ୍କ ସହ ଆଲାପ ପରେ ଲାଗୁଥିଲା ଯେମିତିକି କନିର ପରିବାର ସହିତ ସମ୍ପର୍କ ଅନେକ ଦିନର। ତାପରେ ଅକ୍ଷୟ ତୃତୀୟା ଯାତ୍ରା, ଦୁର୍ଗାପୂଜା, ଗାଁର ଯାତ୍ରାପାର୍ଟିଦେଖା ଏମିତି କନି ପରିବାର ସହିତ କେତେ ଭଲ ସମୟ କଟାଇଛି କାବ୍ୟା କନି ପରିବାର ସହିତ। କନି ଆଣ୍ଥିବା ଆରିଷା ପିଠା, ଧନୁ ମୁଆଁ, ମଗଜଲଡୁ, ସବୁଠାରୁ ବେଶୀ ଖାଉଥିଲା କାବ୍ୟା।

ସମୟର ସ୍ରୋତରେ ଆଇଏ ୨ବର୍ଷ ଯାଇ ବିଏ ୨ବର୍ଷ ମଧ୍ୟ ଶେଷ ହୋଇ ଆସୁଥିଲା। ପ୍ରତିଥର ପରି ଫର୍ମ ଦାଖଲ କରିବା ଆଗରୁ କୁଳଗୁରୁଙ୍କ ଆଶୀର୍ବାଦ ଆଣିବାକୁ ବାହାରି ପଡ଼ିଲା କନି। ଯିବା ଆଗରୁ କନି ସ୍ୱତଃ ପ୍ରବୃତ୍ତ ଭାବରେ କାବ୍ୟାର ଅକୁହା ପ୍ରଶ୍ନର ଉତ୍ତର ଦେଇଥିଲା... ନିଜ ଇଚ୍ଛାରେ ବା ନିଜ ଭକ୍ତି ପାଇଁ ଗୁରୁଦେବଙ୍କ ପାଖକୁ ଯାଉନଥିଲା କନି। ତା ବୋଉଙ୍କର ଅନ୍ଧ ବିଶ୍ୱାସ ଏବଂ ତାଙ୍କର ଗୁରୁଦେବଙ୍କ ଉପରେ ଅଗାଧ ଭକ୍ତି କନିକୁ ବାଧ୍ୟ କରୁଥିଲା ନିଜ ଇଚ୍ଛା ବିରୁଦ୍ଧରେ ଗୁରୁଦେବଙ୍କ ପାଖକୁ ଯିବାକୁ... କେବଳ ବୋଉଙ୍କ ମନରେ ଖୁସି ଦେବାପାଇଁ ଯାଉଥିଲା ସେ। ବି.ଏ. ପରୀକ୍ଷା ଆଉ ସପ୍ତାହେ ପରେ... କନି ୨ଦିନ ପରେ ହଷ୍ଟେଲ ଫେରିବା କଥା। କନି ଆଉ ଫେରି ନଥିଲା, ଆସିଥିଲା ତାର ଆକସ୍ମିକ ମୃତ୍ୟୁ ଖବର। ପାଦତଳୁ ଖସି ଯାଇଥିଲା ପୃଥିବୀ... କାବ୍ୟାଙ୍କ ପାଇଁ। କନି ପରିବାରର ସ୍ନେହ ଶ୍ରଦ୍ଧା ଆଉ କନିର ପାଠ ପଢ଼ାରେ ସାହାଯ୍ୟ ଚିର ରଣୀ କରି ଦେଇଥିଲା କାବ୍ୟାଙ୍କୁ।

ପରୀକ୍ଷା ଶେଷହେବା ପରଦିନ କନିର ଗାଁକୁ ଯିବାପାଇଁ ବୋଉଙ୍କ ଠାରୁ ବହୁ କଷ୍ଟରେ ଅନୁମତି ମିଳିଥିଲା। ଶୋକାକୁଳ ପରିବାରକୁ ଦେଖି ଭଗବାନଙ୍କ ଉପରେ ବିଶ୍ୱାସ ଟୁଟିଯାଇଥିଲା କାବ୍ୟାଙ୍କର। କଣ କହି ସାନ୍ତ୍ୱନା ଦେବ, ଭାଷା ବାହାରୁନଥିଲା ପାଟିରୁ। କେତେ ସ୍ମୃତି ତାର କନି ସହିତ ତାର ତା ଘରେ।

ପରଦିନ ସକାଳୁ କାବ୍ୟା ଫେରିବା କଥା। ଶୋଇବାକୁ ଯିବା ପୂର୍ବରୁ କନିର ତଳ ଭଉଣୀ ବନିର ହାତ ଲେଖା ଚିଠିଟିଏ ଧରେଇ ଦେଇଥିଲା। ଗୋଟିଏ ନିଶ୍ୱାସରେ ଚିଠିକୁ ପଢ଼ିଦେଇଥିଲା କାବ୍ୟା। ଚିଠିର ସାରାଂଶ ଥିଲା ବଡ଼ ହୃଦୟ ବିଦାରକ। କନି ଆତ୍ମହତ୍ୟା କରିଥିଲା, ଯାହାକୁକି ତାର ପରିବାର ଅପମୃତ୍ୟୁ ଆଖ୍ୟା ଦେଇଥିଲେ। କୁଳଗୁରୁଙ୍କ ବଳାତ୍କାର ତା କୋମଳମନକୁ କ୍ଷତ ବିକ୍ଷତ କରି ଦେଇଥିଲା, ଆତ୍ମହତ୍ୟା ଛଡ଼ା ତା'ପାଇଁ ଅନ୍ୟ ପଥ ନଥିଲା। ଚିତ୍କାର କରି କାନ୍ଦିବାକୁ ଇଚ୍ଛା ହେଉଥିଲା କାବ୍ୟାର। ଅନବରତ ଗଡ଼ି ଚାଲିଥିଲା ଅଶ୍ରୁ ତାଙ୍କ ଆଖିରୁ। ଫେରିବା ପୂର୍ବରୁ କନିର ମୃତ୍ୟୁ ପାଇଁ ଦାୟୀ ଭଣ୍ଡ କୁଳଗୁରୁଙ୍କୁ ଉଚିତ୍ ଶାସ୍ତିର ବ୍ୟବସ୍ଥା ପାଇଁ ମଉସାଙ୍କୁ ଅନୁରୋଧ କରିଥିଲେ।

କାବ୍ୟା ଚିଠି ବିଷୟରେ ଜାଣିଥିବା କଥା ମଉସାଙ୍କୁ ବଡ଼ ସଂକଟରେ ପକେଇ ଦେଇଥିଲା। ପ୍ରତିକାର ତ ଦୂରର କଥା, ଏ ବିଷୟ ଯେପରି ପଦାରେ ନପଡ଼େ ତାର ପ୍ରତିଶ୍ରୁତି ମଧ୍ୟ ଆଦାୟ କରିନେଇଥିଲେ ମଉସା। ଏକଥା ବାହାରକୁ ଚାଲିଗଲେ ତାଙ୍କ ସାରା ପରିବାର ପାଇଁ ଆମ୍ଭହତ୍ୟା ଛଡ଼ା ଅନ୍ୟ ଉପାୟ ରହିବନାହିଁ ବୋଲି କହିଥିଲେ ମାଉସୀ। ଭଣ୍ଡ କୁଳଗୁରୁଙ୍କ ଅସଲ ରୂପ ପଦାରେ ନପଡ଼ିଲେ କେତେ ନିରୀହ ଜୀବନ ଏମିତି କନିପରି ଝଡ଼ି ପଡ଼ିବ, ବୁଝାଇବା ବଡ଼ କଷ୍ଟ ଥିଲା ମାଉସୀଙ୍କୁ।

ଗଭୀର ଦୁଃଖରେ ଫେରିଥିଲେ କାବ୍ୟା। ମଉସାଙ୍କୁ କଥା ଦେଇଥିଲେ ମଧ୍ୟ ବୋଉଙ୍କୁ ସବୁକଥା କହି ପକେଇଥିଲେ କାବ୍ୟା। ବୋଉଙ୍କର ବି ସେଇ କଥା। କନିର ପରିବାର ଯାହା ଠିକ୍ ଭାବିବେ ସେୟା କରିବେ। କାବ୍ୟାଙ୍କ ମନରେ ଅନେକ ପ୍ରଶ୍ନ। କନିର ମୃତ୍ୟୁପାଇଁ ଦାୟୀ କିଏ ? କନି ପରିବାରର ଅନ୍ଧ ବିଶ୍ୱାସ, ସମାଜ ଅବା ସେଇ ଭଣ୍ଡ କୁଳଗୁରୁ ? ଆଇନଜୀବି ଜୀବିକାରେ କେତେ ବାଦି ପ୍ରତିବାଦୀଙ୍କ ପାଇଁ ସେ ଲଢ଼ିଛନ୍ତି। ହେଲେ ତାଙ୍କ ପ୍ରିୟ ବାନ୍ଧବୀର ଆମ୍ଭାର ଶାନ୍ତିପାଇଁ ନ୍ୟାୟତ ଦୂରର କଥା ସବୁଜାଣି ମଧ୍ୟ ନଜାଣିବା ପରି ନୀରବ ରହିବା ବଡ଼ ବିବ୍ରତ କରେ ତାଙ୍କୁ। ନିଜକୁ ବଡ଼ ଅପରାଧୀ ମନେ କରନ୍ତି ସେ। ହେଲେ ମାଉସୀଙ୍କୁ ଦେଇଥିବା ବଚନକୁ ଲକ୍ଷ୍ମଣ ରେଖାର ଦ୍ୱାହିଦେଇ ଚାଲିଛନ୍ତି ସେ। କେତେ ସ୍ୱାର୍ଥପର ଆମେ ସମସ୍ତେ। ଏଇତ ସଂସାରର ବିଚିତ୍ରତା। ସ୍ୱପ୍ନରେ ହେଲେବି କନି ସ୍ୱର୍ଗରେ ଅଛି ଖୁସିରେ ଅଛି ଦେଖି କ୍ଷଣିକର ମଧୁର ସ୍ୱପ୍ନ ଅନୁଭୂତି ବଡ଼ ଶାନ୍ତି ଆଉ ଆନନ୍ଦ ଆଣିଦେଇଥିଲା କାବ୍ୟାଙ୍କ ମନରେ। ଫେରିଆସିଥିଲେ ସେ ତାଙ୍କ ନିତି ଦିନର ସଂସାର ଜୀବନ ଜଂଜାଲକୁ।

BIGYANI DAS

ଡକ୍ଟର ବିଜ୍ଞାନୀ ଦାସ

ଡକ୍ଟର ବିଜ୍ଞାନୀ ଦାସ ଓଡ଼ିଶାର ବାରୀ ଅଞ୍ଚଳର ହଳଦୀବସନ୍ତ ଗ୍ରାମରେ ଜନ୍ମଗ୍ରହଣ କରିଥିଲେ। ଆଇ.ଆଇ.ଟି. ବମ୍ବେରୁ ଗଣିତରେ ପି.ଏଚ୍.ଡି ଡିଗ୍ରୀ ପ୍ରାପ୍ତ କରି ୧୯୯୦ ମସିହା ଶେଷବେଳକୁ ସିଏ ଯୁକ୍ତରାଷ୍ଟ୍ର ଆମେରିକା ଆସିଥିଲେ। ସେ ଜଣେ ଗାଣିତିକ ବିଜ୍ଞାନୀ (ମାଥମେଟିକାଲ ସାଇଣ୍ଟିଷ୍ଟ) ଓ ସଂପ୍ରତି ନୋଆ (ନେସ୍‌ନାଲ୍‌ ଓସେନିକ୍‌ ଆଣ୍ଡ ଆଟମୋସ୍ଫେରିକ ଆଡ୍‌ମିନିଷ୍ଟ୍ରେସନ୍‌)ରେ କାମ କରନ୍ତି। ପ୍ରବାସରେ ତିନି ଦଶନ୍ଧିରୁ ଅଧିକ ସମୟ ରହିବା ସତ୍ତ୍ୱେ ମଧ ସିଏ କ୍ରମାଗତ ଓଡ଼ିଆ ସାହିତ୍ୟ ସାଧନାରେ ନିୟୋଜିତ ରହିଆସିଛନ୍ତି। ଓଡ଼ିଆ ଭାଷାରେ ତାଙ୍କର ୮ଟି କ୍ଷୁଦ୍ରଗଳ୍ପ ସଙ୍କଳନ, ଗୋଟିଏ କବିତା ପୁସ୍ତକ ଓ ଗୋଟିଏ ଉପନ୍ୟାସ ପ୍ରକାଶିତ ହୋଇସାରିଛି। ଡକ୍ଟର ବିଜ୍ଞାନୀ ଦାସଙ୍କର ଗଳ୍ପ ଓ କବିତା ସବୁ କଳ୍ପନାର ସର୍ଜନା ହେଲେ ବି ଅନେକଟା ତାଙ୍କର ପ୍ରବାସୀ ଜୀବନର ଅଭିଜ୍ଞତା ଉପରେ ଆଧାରିତ।

ସ୍ମରଣ

ଅନେକ ଦିନ ପରେ ଏ ରବିବାର ଦିନଟି ମନ ଟିକେ ହାଲୁକା ଲାଗୁଥିଲା। କିଛିଦିନର କ୍ରମାଗତ ବର୍ଷା ପରେ ସକାଳର ସୂର୍ଯ୍ୟୋଦୟ ବହୁତ ଲୋଭିଲା, ବହୁତ ଆକର୍ଷଣୀୟ ଦିଶୁଥିଲା। ସକାଳର ଚାହାପିଆ ସରିବାପରେ ପଛପଟ ଦରଜା ଖୋଲି ଡେକ୍‌ ଉପରେ କିଛି ସମୟ ସୂର୍ଯ୍ୟକିରଣର ସ୍ପର୍ଶ ପାଇବାକୁ ଇଚ୍ଛା ହେଲା। ହେଲେ କବାଟ ଖୋଲିବା ମାତ୍ରେ ଥଣ୍ଡା ପବନ ବାଜି ଶାନ୍ତାର ଦେହ ଥରାଇ ଦେଲା। ଏତେ ଶୀତ! ହଠାତ୍‌ କଣ ରତୁ ବଦଳିଗଲା ନା କ'ଣ? ସାଙ୍ଗେସାଙ୍ଗେ ଭିତରକୁ ପଶିଆସି କବାଟ ବନ୍ଦ କରି ସିଏ ସନ୍‌ରୁମ୍‌ ଅର୍ଥାତ୍‌ ଚତୁର୍ଦ୍ଦିଗରୁ ସୂର୍ଯ୍ୟ ପ୍ରବେଶ କରିବାପାଇଁ ଉଦ୍ଦିଷ୍ଟ କାଚକାନ୍ତର ଘର ଭିତରେ ବସିଲା। ଘର ସାରା ସବୁଆଡ଼େ ଶାନ୍ତି। ପାଟିତୁଣ୍ଡ କରିବାକୁ କେହି ନାହିଁ। ପାଞ୍ଚ ମାସ ଧରି ଦୁଇଟି ଝିଅ ପାଖରେ ରହୁଥିଲେ। ଗତକାଲି ସେମାନେ ନିୟୁର୍କ ଫେରିଗଲେ। ଯାହାହେଲେ ବି ମଝିଆଁ ଝିଅର କୁକୁର ଲିଓ ଚାରିଆଡ଼େ ବୁଲୁଥିଲା।

ବେଲେବେଲେ ବାହାରେ ହରିଣ ଦେଖି ଭୁକୁଥିଲା। ନହେଲେ ଉପର ତଳ ହେଉଥିଲା ଓ ତା' ବେକରେ ଲାଗିଥିବା ଘଣ୍ଟିର ଶବ୍ଦ ସମସ୍ତଙ୍କୁ ତାର ଉପସ୍ଥିତି ଜଣେଇ ଦେଉଥିଲା। ଏବେ ସେମାନେ ସମସ୍ତେ ଯିବାପରେ ଘର ଶୂନ୍ଶାନ୍‌। ସଦାନନ୍ଦ ମନ୍ଦିର ଚାଲି ଯାଇଛନ୍ତି। ସେଠି ସେ ପୁରୁଣା ଘରେ କଣ ପାଣି ଚାଲୁଛି। ତାକୁ ଠିକ୍ କରିବେ। ଗତ ଅଢେଇ ମାସ ଧରି ଶନିବାର ରବିବାର ଦିନମାନଙ୍କରେ ଶାନ୍ତା ବସି ଏକ ପତ୍ରିକା ପାଇଁ କାମ କରୁଥିଲା। ଏବେ ସେ କାମ ସରିଯାଇଛି। ତେଣୁ ସବୁ କିଛି ଫାଙ୍କାଫାଙ୍କା ଲାଗୁଛି।

ଅନେକ ଦିନ ହେଲା ଶାନ୍ତା ସାଙ୍ଗସାଥୀ ମାନଙ୍କ ସହିତ ବି କଥା ହୋଇନି। କେବଳ ସେ ହ୍ୱାଟ୍ସଆପରେ ଯାହା ମେସେଜ୍ ଆସୁଛି। କଥା ନ ହେବାର କାରଣ ହେଲା ଶାନ୍ତା କାହାକୁ ଫୋନ୍ କରିନି କି କେହି ତାକୁ ଫୋନ୍ କରିନାହାନ୍ତି। ସିଏ ଫୋନ୍ ନ କରିପାରିବାର କାରଣ ହେଲା ଯେ, ଯାହା ସହିତ ଫୋନ୍ କଲେ ତ ଅନ୍ତତଃ ଅଧଘଣ୍ଟାଏ ଲାଗିବ। ସେଟିକି ସମୟ ଦେବାକୁ ଶୁଭ ମୁହୂର୍ତ ବାଛିବା ହିଁ କଷ୍ଟକର ବ୍ୟାପାର। ଆଉ ପତ୍ରିକା କାମ କରୁଥିବା ବେଲେ ଯଦି ମଝିରେ କିଛି ବି କାରଣ ପାଇଁ ମନ ଏପଟ ସେପଟ ହୋଇଗଲା, ତେବେ ଅନେକ ଭୁଲ୍ ରହିଯିବ, ପୁନଶ୍ଚ ମୂଳରୁ ହିଁ ଆରମ୍ଭ କରିବାକୁ ପଡ଼ିବ। ସିଏ ଫୋନ୍ ନ କରିଥିବାରୁ ବେଲେବେଲେ ନିଜକୁ ଦୋଷୀ ଭାବେ। ପୁଣି ମନକୁ ଶାନ୍ତ କରିଦିଏ ଏଇଆ ଭାବି କି ଯେ, ତାକୁ ବି ତ କେହି ଫୋନ୍ କରିନାହାନ୍ତି। ସତ କଥା। ତେଣୁ ସିଏ କାହିଁକି ଦୋଷୀ ହେବ ? ତାପରେ ଏ କରୋନା ମହାମାରୀର ଭୟ ପାଇଁ ପ୍ରତ୍ୟକ୍ଷ ଦେଖାସାକ୍ଷାତ, ମିଳାମିଶା ତ ବନ୍ଦ। ଅସଲ କଥା ହେଲା ମୁଖା ପିନ୍ଧି ବେଶୀ ସମୟ ରହିବା ବଡ଼ ଅସୁବିଧାଜନକ। ଯିଏ ରହୁଛନ୍ତି, ତାଙ୍କୁ ମନେମନେ ଧନ୍ୟବାଦ ଦିଏ ଶାନ୍ତା। ଭଗବାନଙ୍କ ଆଶୀର୍ବାଦରୁ ସିଏ ସିନା ଘରେ ରହି କାମ କରିପାରୁଛି, ହେଲେ ଯେଉଁମାନଙ୍କୁ କର୍ମକ୍ଷେତ୍ରକୁ ଯିବା ନିହାତି ଦରକାର, ଯେମିତି ଡାକ୍ତର, ନର୍ସ, ପୋଷ୍ଟ ଅଫିସର କର୍ମଚାରୀ, ଗ୍ରୋସରି ଷ୍ଟୋରର କର୍ମଚାରୀ ଇତ୍ୟାଦି, ସେମାନଙ୍କ କଥା ଭାବି ମନରେ କରୁଣା ଜାଗ୍ରତ ହେଲା।

ତେବେ ଏ ସମୟରେ କିଛି ସାଙ୍ଗମାନଙ୍କୁ ଡ଼ାକି ଫୋନରେ କଥାବାର୍ତା କରିବାକୁ ସ୍ଥିର କଲା ଶାନ୍ତା। ପ୍ରଥମେ ନମ୍ବର ଲଗେଇଲା ଗୀତାର। ଗୀତା ରହେ ଆଟ୍ଲାଣ୍ଟାରେ। ସେମାନଙ୍କର ଟାଇମ୍ ଜୋନ୍ ସମାନ। ସେତେବେଲକୁ ସିଏ ବି ଉଠି ସାରିଥିବା କଥା। ଶାନ୍ତାର ଫୋନ୍ ସିଏ ପ୍ରଥମେ ଧରିଲାନି। ପାଞ୍ଚମିନିଟ୍ ପରେ ପୁଣି ଥରେ ନମ୍ବର ଲଗେଇବାରୁ ଧରିଲା। କହିଲା, "ବା ରେ ଶାନ୍ତା। ମୁଁ ତ ଭାବିଥିଲି ତୁ ଆମକୁ ଭୁଲିଗଲୁ ବୋଲି। କେମିତି ଏତେଦିନ ପରେ ମନେ ପଡ଼ିଗଲା ? ଆଉ, ସମସ୍ତେ କେମିତି ଅଛ ?"

"ଆମେମାନେ ଭଲ ଅଛୁ। ତମେମାନେ କେମିତି ଅଛ କୁହ। ଏମିତି କାମରେ ବ୍ୟସ୍ତ ରହୁଥିଲି ତ? ସେଥିପାଇଁ। କିନ୍ତୁ କାହାକୁ ଭୁଲିନଥିଲି।" - କୈଫିୟତ୍ ଦେଲା ଶାନ୍ତା।

ଗୀତା କହିଲା, "ନାଇଁରେ, ସେମିତି କହିଦେଲି। ମୁଁ ଖବର ପାଇଥିଲି ତୁ ପତ୍ରିକା କାମରେ ସାହାଯ୍ୟ କରୁଥିଲୁ ବୋଲି। ସେଇଟା ତ ବହୁତ ସମୟ ନେଇଯାଏ। ଗଣେଶ କଣ ପରା ଲେଖୁଛନ୍ତି ବୋଲି କହୁଥିଲେ। ପଠେଇଛନ୍ତି ତ? ନା, ଭୁଲିଗଲେ?" - ଗୀତା ପଚାରିଲା।

"ହଁ, ପଠେଇଛନ୍ତି। ତୁ ବଳେ ପଢିବୁନି କି? ଆଉ ଗୋଟିଏ ସପ୍ତାହ ପରେ ବାହାରିଯିବ।" - ଶାନ୍ତା ଜଣେଇଲା।

ଏମିତି ପଦେ ଦିପଦ କଥା ହୋଇଛନ୍ତି କି ନାହିଁ, ଗୀତା କହିଲା, "ଶାନ୍ତା, ମୁଁ ଆଉ ଦଶମିନିଟ୍ ପରେ ଯୋଗ କ୍ଲାସ୍କୁ ଯିବି। ସେଥିପାଇଁ କମ୍ପ୍ୟୁଟର ଖୋଲି ଜୁମ୍ ଲଗେଇବାକୁ ପଡ଼ିବ। ମୁଁ ରଖୁଛି ଏବେ। ଆମେ ଉପରବେଳା କଥା ହେବା। ମୁଁ ଡାକିବି।"

ହେ ଭଗବାନ। ଏ କରୋନା ସମୟରେ ସମସ୍ତେ ତ ବ୍ୟସ୍ତ। କେବଳ ଶାନ୍ତା ପତ୍ରିକା କାମରେ ରହି ନିଜକୁ ବ୍ୟସ୍ତ ଭାବୁଥିଲା। ଏବେ ସମସ୍ତେ ତ ନିଜନିଜର କାମ ବାଛି ନେଇଛନ୍ତି।

ଶାନ୍ତା ଏବେ ସ୍ମରଣ କଲା ନିତା ମାଉସୀଙ୍କୁ। କେମିତି ଅଛନ୍ତି କେଜାଣି? ତାଙ୍କ ପୁଅ ଝିଅ ଦୁଇଜଣଙ୍କର ପିଲାପିଲି ହେବାର ଥିଲା। କଣ ହେଲା କେଜାଣି? ନିତା ମାଉସୀ ବୋଷ୍ଟନରେ ରୁହନ୍ତି। ସିଏ ସଦାନନ୍ଦଙ୍କର ଦୂର ସଂପର୍କୀୟ ମାଉସୀ ହେବେ, ମାନେ ତାଙ୍କ ମା' ଙ୍କର ଖୁଡ଼ୀଙ୍କ ଭଉଣୀର ଝିଅ। ଆଗେ ଯିବାଆସିବା ଲାଗିଥିଲା। ପିଲାମାନେ ହାଇସ୍କୁଲ୍ ଯିବା ଦିନରୁ ସବୁ ଯିବାଆସିବା ଧୀରେଧୀରେ କମିଗଲା। ତେବେ ସଦାନନ୍ଦ ମାଉସୀ ଓ ସେ ମାଉସାଙ୍କ ସହିତ ଅନେକ ସମୟରେ ଫୋନରେ କଥା ହୁଅନ୍ତି। କେବଳ ଶାନ୍ତା ଏଇ ପାଞ୍ଚ, ଛ ମାସ ହେଲା କଥାବାର୍ତ୍ତା କରିପାରିନି।

ନିତା ମାଉସୀ ଫୋନ୍ ଧରିଲେ। ବହୁତ ଖୁସି ହୋଇଗଲେ। କହିଲେ, "ସଦା ତ କହିଥିବ ତତେ। ଆମର ଦୁଇ ଦୁଇଟି ନାତି ହୋଇଛନ୍ତି।"

"କଣ ଯାଆଁଲା? କାହାର ହେଲା? କେବେ ହେଲା? ହଁ ସଦା ସେମିତି କିଛି କହୁଥିଲେ। ମୁଁ ବୋଧହୁଏ ଠିକ୍ ଭାବେ ଶୁଣିନି।"

ନିତା ମାଉସୀ କହିଲେ, "ଯାଆଁଲା ନୁହେଁ। ମୋ ଝିଅର ଗୋଟିଏ ପୁଅ ଜନ୍ମ

ହେଲା ଜୁନ୍ ୧୫ ତାରିଖରେ। ମୋ ପୁଅର ବି ପୁଅଟିଏ ଜନ୍ମ ହେଲା ଜୁନ୍ ୨୩ ତାରିଖରେ।"

"ଇଏତ ଡବଲ୍ ଖୁସି ମାଉସୀ। ତମେ କଣ ତାଙ୍କ ପାଖରେ ଅଛ ?"

"ଆଲୋ ନାଇଁଲୋ। ସେମାନେ ସମସ୍ତେ ଆମକୁ ମନାକଲେ ତାଙ୍କ ପାଖକୁ ଯିବାକୁ। ଯାହା ସେ ଫେସ୍‌ଟାଇମ୍ ଭିଡ଼ିଓ କଲରେ, ଜୁମ୍‌ରେ ଦେଖୁଛୁ। ଭଲରେ ଅଛନ୍ତି ସବୁ। ଏ କରୋନା ପରିସ୍ଥିତି କେବେ ଭଲ ହେଲେ, ଯିବୁ ବୋଲି ଭାବିଛୁ। ମନ ତ ସମ୍ଭାଳି ହେଉନି। ହେଲେ ଆମ୍ଭମାନଙ୍କୁ ତ ବୟସ ହେଲାଣି। ତା' ସହିତ ଏ ଡାଇବେଟିସ୍, ରକ୍ତଚାପ ବି ସବୁ ରହିଛି। ପିଲାମାନେ ଆମ ପାଇଁ ଚିନ୍ତିତ ହେଉଛନ୍ତି। ସେମାନେ ତ କୋଉ ଡ୍ରାଇଭିଙ୍ଗ୍ ଦୂରତାରେ ନାହାନ୍ତି ଯେ ସିଧା ଘରୁ ଡ୍ରାଇଭ୍ କରି ପହଞ୍ଚିଯିବ। ଜଣେ ରହୁଛି ଆଟ୍‌ଲାଣ୍ଟାରେ, ଆଉ ଜଣେ ଚିକାଗୋରେ। ହେଲେ ମନଟା ଜମା ବୁଝୁନି।"

ନୀତା ମାଉସୀଙ୍କୁ ପ୍ରବୋଧନା ଦେବାକୁ ଶାନ୍ତା ପାଖରେ ଭାଷା ନଥିଲା। ନୀତା ମାଉସୀ ଗପି ଚାଲିଲେ ଆହୁରି ଅନେକ କଥା। ଯେଉଁ କଥାକୁ ଡରି ଶାନ୍ତା ଫୋନ୍ ଲଗେଇବାରୁ ଦୂରେଇ ରହେ, ସେଇଆ ହିଁ ଘଟିଲା। ଫୋନ୍ ରଖିଦେବାକୁ କହିପାରୁନଥିଲା। ନୀତା ମାଉସୀ ତ ଗପି ଚାଲିଥିଲେ। ଏ ଭିତରେ ଘଣ୍ଟାଟିଏ ବିତି ଯାଇଥିଲା। ନୀତା ମାଉସୀ ହିଁ ନିଜ ଆଡ଼ୁ ଫୋନ୍ ବନ୍ଦ କଲେ। କହିଲେ, "ଇଏ ଡାକିଲେଣି। ସୁମା ଫୋନ୍ କରିଛି ବୋଧହୁଏ। ଟିକେ ମଝିରେ ମଝିରେ ଡାକୁଥା। ଭୁଲିଯିବୁନି ଯେମିତି। ତୋ ସହିତ ଆହୁରି ବି ଅନେକ କଥା ହେବାର ଥିଲା। ହଉ ସଦାକୁ କହିଦେବୁ। ମଉସାଙ୍କୁ ଟିକେ ଡ଼ାକିବ। ଗପୁଡ଼ା ଲୋକ। ଏକାଏକା ଘର ଭିତରେ ରହି ବଡ଼ ଚିଡ଼ିଚିଡ଼ା ହୋଇଗଲେଣି ସିଏ।"

ଶାନ୍ତା ଭାବିଲା କହନ୍ତା, "ତମେ କ'ଣ କମ୍ ଗପୁକି ମାଉସୀ ?"। ହେଲେ ସେମିତି କିଛି ନ କହି "ଜୁହାର" କହି ସିଏ ଫୋନ୍ ରଖିଲା। ସେତେବେଳକୁ ୧୧ଟା ବାଜିଗଲାଣି। ଆଜି କାହିଁକି ତିଳ ଅପାଙ୍କ କଥା ବହୁତ ମନେପଡ଼ୁଛି। ସିଏ ଅସୁସ୍ଥ ରହୁଥିଲେ। ଏ କରୋନା ପାଇଁ ତାଙ୍କ ମାନସିକ ସ୍ଥିତି ବି ଭଲ ରହୁନଥିଲା। ହେଲେ ଏବେ ଏତେ ସମୟ ହେଲାଣି। ତାଙ୍କ ସହିତ ଫୋନ୍ ଲଗେଇଲେ, ସିଏ ବି ଏବେ ଘଣ୍ଟାଏ ଗପିବେ। ତେଣୁ ବରଂ ଉପରବେଳା ଡାକିଲେ ହେବ। ଏମିତି ଭାବି ଶାନ୍ତା ତରତର ହୋଇ ରାଇସ୍‌କୁକରରେ ଭାତ ବସେଇଦେଲା। ଏଇ ଉସ୍ନା ଚାଉଳ ଏବେ ଖାଉଛନ୍ତି ସେମାନେ। ଏଇଟା କି ଭେରାଇଟି କେଜାଣି ଘଣ୍ଟାଏ ନେଉଛି ଭାତ ହେବାକୁ। ଏ ଚାଉଳ ସହିତ କ୍ଵିନୋ ଚାଉଳ ମିଶେଇ ଏବେ ରନ୍ଧା ହେଉଛି। କିଏ

କେତେବେଳେ କଣ କିଛି ସ୍ୱାସ୍ଥ୍ୟ ଉପକାରିତା ବିଷୟରେ କହିଦେଉଛି ଯେ ବାସ୍ ଚାଲୁଛି ଗୋଟିଏ ପରିବର୍ତ୍ତନ। ଯେମିତି କି କରୋନା କଥା ବାହାରିବା ପରେପରେ କିଏ କେତେ ରକମର ଉପଦେଶ ଦେଇଚାଲିଲେ। ସେ ହଳଦୀ ପାଣି କରି ପିଅ। ମରିଚ ମିଶେଇ ଚାହା ପିଅ। ପ୍ରାଣାୟମ କର। କପାଳଭାତି କର। ଏକଥା ଖାଲି ପବନରେ ଭାସିବାରେ ଲାଗିଲା, ହ୍ୱାଟ୍‌ସଆପରେ ତ ବେଶୀ। ଫରୱାର୍ଡ ଉପରେ ଫରୱାର୍ଡ। ସମସ୍ତେ ଯେମିତି ଏସବୁ ଫରୱାର୍ଡ କରି ଗୋଟିଏ ପୁଣ୍ୟ କାମ କରୁଛନ୍ତି, ସାଙ୍ଗସାଥୀଙ୍କୁ କରୋନାରୁ ବଞ୍ଚେଇବାରେ ସାହାଯ୍ୟ କରୁଛନ୍ତି, ଏମିତି ଭାବି ଖାଲି ଫରୱାର୍ଡ କରିବାରେ ଲାଗିଲେ। ଅନେକ ଲୋକ କହିଲେ, ଯେହେତୁ ଭାରତୀୟ ମାନେ ସବୁ ଶକ୍ତିଶାଳୀ ଗୁଣର ମସଲା ନିତି ବ୍ୟବହାର କରନ୍ତି, ତାଙ୍କ ଭିତରେ କରୋନା ଆକ୍ରାନ୍ତଙ୍କ ସଂଖ୍ୟା କମ୍। ହେଲେ ଏବେ ଦେଖ, ଭାରତରେ କରୋନା ବଢ଼ିବଢ଼ି ଚାଲିଛି। କୁଆଡ଼େ ଗଲା ସେ ମସଲା ମାନଙ୍କର ଶକ୍ତି ?

ଆଉ ସବୁ କାମ ଉପରବେଳା କରିବାକୁ ଭାବି ଶାନ୍ତା ଦୁଇବେଳା ପାଇଁ ଏକାଥରରେ ରାନ୍ଧିଦେବାକୁ ସ୍ଥିରକଲା। ପାଞ୍ଚ ରକମର ତରକାରୀ ଓ ଭଜା କରି ରଖ୍‌ଦେଲା। ନହେଲେ ସଦାନନ୍ଦ ମନ ଊଣା କରିବେ। ଅଧିକ ରକମର ବ୍ୟଞ୍ଜନ ଖାଇବାରେ ସିଏ ଆନନ୍ଦ ପାଆନ୍ତି। ପ୍ରତିଦିନ ଖାଦ୍ୟ କେତେ ରକମ ଗଣନ୍ତି। ତାଙ୍କୁ ସେମିତି କରିବାର ଦେଖ୍‌ଲେ ଶାନ୍ତାକୁ ଖୁସି ଲାଗେ। ସେଥିପାଇଁ ସିଏ ବେଳେବେଳେ ଭର୍ତା ଟିକେ କରି, ଧନିଆ ଚଟଣୀ କରି, କାକୁଡ଼ି କାଟି ଟମାଟୋ ପକେଇ ସାଲାଡ଼ କରି ବି ପାଖରେ ରଖ୍‌ଦିଏ। "ଦେଖ, ଆଉ ତିନି ରକମ ହୋଇଗଲା। ତାକୁ ବି ଗଣ।" ସଦାନନ୍ଦ ହସନ୍ତି। ଆଜି ବି ସେମିତି ଅଢ଼ଅଢ଼ କରି ବାଇଗଣ ଭଜା, ଛତୁ ଭଜା, ଶାଗ, କୋବି ତରକାରୀ ଓ ଡାଲି କରିଦେଲା। ସେମାନେ ଶାକାହାରୀ। ସନ୍ତୁଳିତ ଖାଦ୍ୟ ଖାଉଛନ୍ତି ଯେମିତି କି ଶରୀର ସୁସ୍ଥ ରହିବ। କୌଣସି କାରଣରୁ ଡାକ୍ତରଖାନା ଯେମିତି ଯିବାକୁ ନପଡ଼େ। ବିଶେଷତଃ ଏ କରୋନା ଆସିବା ଦିନରୁ ଆହୁରି ସାବଧାନ ହୋଇଯାଇଛନ୍ତି ସେମାନେ।

ସଦାନନ୍ଦ ମନ୍ଦିରରୁ ଫେରିବା ବେଳକୁ ଦିନ ସାଢ଼େ ଗୋଟିଏ ବାଜି ଯାଇଥିଲା।

"ଏତେ ଡେରି କେମିତି କଲ ? ତମେତ ସାଢ଼େ ବାରଟାରେ ଲଞ୍ଚ ଖାଇବା କଥା।"

ସଦାନନ୍ଦ ଅନ୍ୟମନସ୍କ ଥିଲେ। କହିଲେ, "ଦାମ ଭାଇ ଡାକିଥିଲେ। ବହୁତ ଖରାପ କଥା, ତିଳ ଅପା ଚାଲିଗଲେ।"

"ତିଳ ଅପା ଚାଲିଗଲେ ? କ'ଣ କହୁଛ ତମେ ?" ଆଶ୍ଚର୍ଯ୍ୟ ହୋଇଗଲା

ଶାନ୍ତା। "ଇଏ କେମିତି ସମ୍ଭବ। ମୁଁ ତ ତାଙ୍କୁ ଆଜି ଅପରାହ୍ନରେ ଫୋନ୍ କରିବି ବୋଲି ଭାବିଥିଲି। ହେ ଭଗବାନ। ଏ ତୁମେ କଣ କଲ ?"

ତିଲ ଅପା ଭର୍ଜିନିଆରେ ରହନ୍ତି। ତିନିଘଣ୍ଟାର ବାଟ। ଆଗେ ସେମାନେ ସକ୍ଷମ ଥିବା ବେଳେ ପ୍ରାୟତଃ ସବୁବେଳେ ସବୁ କାର୍ଯ୍ୟକ୍ରମରେ ଦେଖା ହେଉଥିଲା। ଗଣେଶ ପୂଜା, ସରସ୍ୱତୀ ପୂଜା, କୁମାର ପୂର୍ଣ୍ଣିମୀ, ରଜ ପିକ୍ନିକ୍, ସବୁଥିରେ ସିଏ ମହଜୁଦ୍ ଥାଆନ୍ତି। ଦୂରତାକୁ ଖାତର ନକରି ଡ୍ରାଇଭ୍ କରି ପଳେଇଆସନ୍ତି। କେବେକେବେ ଯଦି କାର୍ଯ୍ୟକ୍ରମ ଶାନ୍ତାର ଘର ପାଖରେ ହେଉଥାଏ ତ ସେମାନେ ଶାନ୍ତା ଘରେ ରହିଯାଆନ୍ତି। ହେଲେ ତିଲ ଅପାଙ୍କ ଦେହ ଖରାପ ହେବା ଦିନରୁ ସେମାନେ ଆଉ ଏପଟେ ବେଶୀ ଆସନ୍ତିନି। ବର୍ଷେ, ଦୁଇବର୍ଷରେ କେବେ କେଉଁଠି ବାହାଘରରେ ତାଙ୍କ ସହିତ ଦେଖା ହୋଇଯାଏ।

ଏଇଟ ସୁରଜର ବାହାଘରରେ ଦେଖା ହୋଇଥାଆନ୍ତା। ହେଲେ ଏ କରୋନା ପାଇଁ ସେ ବାହାଘର ସ୍ଥଗିତ ରହିଲା। ତିଲ ଅପା କି କାହାରି ସହିତ ଦେଖା ହୋଇ ପାରିଲାନି।

ଶାନ୍ତା ପଚାରିଲା, "ତିଲ ଅପାଙ୍କୁ ଆଉ କରୋନା ହୋଇଗଲା କି ?"

"ନା, ସେମିତି କିଛି ନୁହେଁ। ସିଏ ରାତିରେ ଭଲରେ ଖୁଆପିଆ କରି ଶୋଇଥିଲେ। ରବିବାର ବୋଲି ଦାମ ଭାଇ ବି ଡେରିରେ ଉଠିଲେ। ତିଲଅପାଙ୍କୁ ଉଠାଇବାକୁ ଯିବାବେଳକୁ ସିଏ ଆଉ ଜୀବିତ ନଥିଲେ।"

"ହେ ଭଗବାନ। ସେଇଥିପାଇଁ କି କଣ, ମୋର ତାଙ୍କ କଥା ଏ ଦୁଇଦିନ ହେଲା ଭାରି ମନେ ପଡୁଥିଲା। ଆଜି ଉପରବେଳା ତାଙ୍କୁ ଫୋନ୍ କରିବି ବୋଲି ଭାବିଥିଲି।"

"ଆଜି ରାତିରେ ତାଙ୍କ ପାଇଁ ଗୋଟିଏ ପ୍ରାର୍ଥନା ସଭା ରଖିବି ବୋଲି ଭାବିଛି। ଏତେ କମ୍ ସମୟରେ କିଏ କେଉଁଠୁ ସବୁ ଯୋଗ ଦେଇ ପାରିବେ କି ନା ଜାଣିନି, ତମେ ଟିକେ ତମ ସାଙ୍ଗସାଥୀଙ୍କୁ ଡାକିବାର ଦାୟିତ୍ୱ ନେବ କି ? ଆମେ ୮ଟା ବେଳକୁ ଜୁମରେ ଏ ପ୍ରାର୍ଥନା ସଭା କରିବା।" – ସଦାନନ୍ଦ କହିଲେ।

"ହଁ, ମୁଁ ସେ କାମ କରିପାରିବି। ହ୍ୱାଟ୍ସଆପ୍ ଗ୍ରୁପରେ ମେସେଜ୍ ବି ପଠେଇ ପାରିବି। ତମେ ଜୁମରେ ସମୟ ବୁକ୍ କରି ମତେ ନମ୍ବର ଦିଅ।"

ହଠାତ୍ ଏମିତି ସବୁ ଘଟିଯିବ ବୋଲି ଶାନ୍ତା କେବେ ଭାବି ନଥିଲା। ଅବଶ୍ୟ ତିଲ ଅପା ଶାରୀରିକ କଷ୍ଟ ପାଉଥିଲେ ଓ ଏମିତି ମରଣ ହୁଏତ ତାଙ୍କର କାମ୍ୟ ଥିଲା। ହେଲେ ଏ କରୋନା ସମୟରେ ମରିବା ବି କାହାର କାମ୍ୟ ହୋଇନପାରେ। କେହି ତ ସାଙ୍ଗସାଥୀ ଯାଇ ପାରିବେନି କି ଶୋକସନ୍ତପ୍ତ ପରିବାର ବର୍ଗଙ୍କ ସହିତ ସମୟ ବିତେଇ ପାରିବେନି।

ତେବେ ହଠାତ୍ ଶାନ୍ତା ଯେମିତି ତ୍ୱରାନ୍ୱିତ ହୋଇଉଠିଲା। ତିନି ଚାରି ଘଣ୍ଟା ଭିତରେ ସିଏ ପ୍ରାୟ ଚାଳିଶିଜଣଙ୍କୁ ଫୋନ୍ କରି ପକେଇଲା। କେବଳ ଗୋଟିଏ, ଦୁଇମିନିଟ୍ ଭିତରେ କଥା। "ତିଳ ଅପା ଚାଲିଗଲେ। ଆଜି ରାତି ୮ଟା ବେଳେ ତାଙ୍କ ପାଇଁ ପ୍ରାର୍ଥନା ସଭା ହେଉଛି ଜୁମରେ। ଆମେ ସମସ୍ତଙ୍କୁ ଇମେଲରେ ଲିଙ୍କ୍ ପଠାଉଛୁ। ନିଶ୍ଚୟ ଯୋଗଦେବେ।"

ଆଉ କାହା ସହିତ ଗପ ମେଲେଇବାକୁ ସମୟ ନଥିଲା। ସମସ୍ତେ ସେକଥା ବୁଝିଲେ। ଯାହାକୁ ଫୋନରେ ପାଇଲାନି, ସେ ସମସ୍ତଙ୍କ ପାଇଁ ମେସେଜ୍ ଛାଡ଼ିଦେଲା।

ରାତି ୮ଟା। ପ୍ରାୟଃ ୮୦, ୯୦ ଜଣ ସାଙ୍ଗସାଥୀ ସମସ୍ତେ ଜୁମରେ ଆସିଲେ। ତିଳ ଅପାଙ୍କ ଦୁଇ ପୁଅ, ଯେଉଁମାନେ ଘଣ୍ଟାଏ ଦୂରରେ ସବୁ ରହୁଥିଲେ, ସେମାନେ ତିଳଅପାଙ୍କ ଘରକୁ ଆସିଥିଲେ ଓ ସେଠାରୁ ଦାମ ଭାଇଙ୍କ ସହିତ ଯୋଗଦାନ କଲେ। ମନ୍ଦିରର ପୁଜାରୀ ମଧ୍ୟ ଜୁମରେ ଯୋଗ ଦେଇଥିଲେ। ଆଜିକାଲିର ପୁଜାରୀ ମାନେ ସମସ୍ତେ ସୋସିଆଲ୍ ମିଡ଼ିଆରେ ଦକ୍ଷ। ଯାହା ବି ଦକ୍ଷ ନ ହୋଇଥାନ୍ତେ, ଏ କରୋନା ମହାମାରୀ ସେମାନଙ୍କୁ ଦକ୍ଷ କରାଇଦେଇଛି। ଏବେ ମନ୍ଦିରର ସମସ୍ତ ପୂଜାପାଠ, ଅର୍ଚ୍ଚନା, ସତ୍ୟନାରାୟଣ ପୂଜା, ସବୁ ସେ ଜୁମ୍ ମାଧ୍ୟମରେ ହେଉଛି, ୟୁଟିଉବ୍ ଓ ଫେସ୍ବୁକ୍ ମାଧ୍ୟମରେ ପ୍ରସାରିତ ହେଉଛି। ସେଥିପାଇଁ କିଛି ସମସ୍ୟା ନଥିଲା। ବରଂ ସମସ୍ୟା ଥିଲା କିଛି ବୟୋଜ୍ୟେଷ୍ଠ ଓଡ଼ିଆ ମାନଙ୍କୁ ନେଇ। ସେମାନେ ବେଲେବେଲେ ମ୍ୟୁଟ୍ ଅନ୍ମ୍ୟୁଟ୍ର ପରୀକ୍ଷଣ କରୁକରୁ କଥା ଉପରେ କଥା କହି ଦେଉଥିଲେ। ହେଲେ ବି କିଛି ସମୟ ପରେ ସବୁକିଛି ସୁରୁଖୁରୁରେ ଚାଲିଲା। ପ୍ରଥମେ ପୁଜାରୀ ମହାଶୟ ଶାନ୍ତି ମନ୍ତ୍ର ଆବୃତ୍ତି କଲେ ଓ ତାପରେ ସମସ୍ତେ ନିଜନିଜର ସ୍ମୃତିଚାରଣ କଲେ। ତାଙ୍କ ଦୁଇ ପୁଅ ଖୁବ୍ ଧୈର୍ଯ୍ୟର ସହିତ ସବୁ ଶୁଣୁଥିଲେ। ତିଳ ଅପାଙ୍କର ପିଲାବେଲର ସାଙ୍ଗ କେତେଜଣ ସେଥିରେ ସାମିଲ୍ ଥିଲେ। ସେମାନେ ବି ନିଜ ସ୍ମୃତିଚାରଣ କରି କେତେକେତେ ସୁନ୍ଦର କଥା କହିଲେ, ଯାହାକୁ ଏପର୍ଯ୍ୟନ୍ତ ଶାନ୍ତା ବି ଜାଣିନଥିଲା। ତିଳଅପା କୁଆଡ଼େ ସ୍କୁଲରେ ସୁଗାୟିକା ଭାବେ ପ୍ରସିଦ୍ଧ ଥିଲେ ଓ ବହୁତ ସୁନ୍ଦର ଓଡ଼ିଶୀ ନାଚୁଥିଲେ। ଅସଲରେ ଶାନ୍ତା ସହିତ ତିଳଅପାଙ୍କର ଦେଖା ହେବାବେଲକୁ ସିଏ ଚାଳିଶି ଟପିଲେଣି। ତେଣୁ ଏତେକଥା ଶାନ୍ତା ଜାଣିବ କେମିତି ?

ତିଳଅପାଙ୍କର ସ୍ମୃତି ସଭା ମାଧ୍ୟମରେ ଏମିତି ଭାବେ ସବୁ ଜଣାଶୁଣା ଲୋକଙ୍କ ସହିତ ବି କଥାବାର୍ତ୍ତା ଓ ଭଲମନ୍ଦ ବୁଝାବୁଝି ହୋଇଗଲା। ପ୍ରାର୍ଥନା ସଭା ତ ଦୁଇଘଣ୍ଟାରେ ସରିଗଲା, ତେବେ ପ୍ରାୟ ତିରିଶିଟି ପରିବାର ତଥାପି ଆହୁରି ଅନେକ ସମୟ ଗପସପରେ ମଞ୍ଜି ରହିଲେ। ଯେତେବେଳେ ରାତି ଗୋଟିଏ ବାଜିଲା, ସେତେବେଳେ ସଦାନନ୍ଦ

ସମସ୍ତଙ୍କୁ କହିଲେ, "ଏବେ ରାତି ଗୋଟିଏ ବାଜିଲାଣି। ଆପଣମାନେ ବିଶ୍ରାମ କରନ୍ତୁ। ଆମେମାନେ କାଲି ବି ରାତିରେ ଘଣ୍ଟାଟିଏ ପାଇଁ ମିଶିବା।"

ଶାନ୍ତା ଏ ଯେଉଁ ସମସ୍ତଙ୍କୁ ସ୍ମରଣ କରୁଥିଲା ଓ ସମସ୍ତଙ୍କୁ ଫୋନରେ ଡାକି କଥାବାର୍ତ୍ତା ହେବାକୁ ଚାହୁଁଥିଲା, ପରବର୍ତ୍ତୀ ଦଶ, ଏଗାର ଦିନ ମଧ୍ୟରେ ସେସବୁ ଘଟିଗଲା।

ତିଳଅପାଙ୍କର ଶେଷକୃତ୍ୟ ସେମାନେ କେବଳ ପରିବାର ଭିତରେ ତିନିଦିନ ପରେ କରିଦେଇଥିଲେ। ହେଲେ ପ୍ରାର୍ଥନା ସଭା ଏଗାରଦିନ ଧରି ଚାଲିଲା। ଶେଷଦିନର ପ୍ରାର୍ଥନା ସଭାରେ ପ୍ରାୟ ତିନିଶହ ପରିବାର ପୃଥିବୀର ସମସ୍ତ ପ୍ରାନ୍ତରୁ ଯୋଗଦାନ କରିଥିଲେ।

ମନେ ପକାଉଥିଲା ଶାନ୍ତା। ଏ ଜୀବନ ସତରେ କଣ? ଆଜି ଅଛି, କାଲି ନାହିଁ। ତିଳ ଅପାଙ୍କ ସହିତ ପ୍ରଥମ ଦେଖା ହୋଇଥିଲା ଏମିତି ଗୋଟିଏ ଗଣେଶ ପୂଜାରେ। ଏଇତ କାଲି ଭଲି ଲାଗୁଛି। ଗୋରା ତକତକ ଦେହ ରଙ୍ଗକୁ ସରୁ, ପତଳା ହୋଇ ସାଢେ ପାଞ୍ଚଫୁଟର ନାରୀ ଜଣେ। ପୂଜାର ସାଜସଜାରୁ ଆରମ୍ଭ କରି ଖାଦ୍ୟ ବଣ୍ଟନରେ ବି ମିଶି ଯାଇଥାଆନ୍ତି। ଶାନ୍ତାକୁ ନୂଆ ଦେଖି ଅତି ସ୍ନେହରେ ପଚାରିଥିଲେ, "ତମେମାନେ କଣ ଏପଟକୁ ନୂଆ ହୋଇ ଆସିଛ?" ଶାନ୍ତାକୁ ସିଏ କାହିଁକି ବହୁତ ଭଲ ଲାଗିଲେ। ଶାନ୍ତା କହିଲା, "ହଁ, ଏଇ ମାସେ ହେଲା ଆସିଛୁ।"

ତାପରେ ଅନେକ ସମୟ ଧରି ଗପସପ କଲେ। ଶାନ୍ତା ଠାରୁ ଫୋନ୍ ନମ୍ବର ନେଲେ। ଗୋଟିଏ ସପ୍ତାହ ପରେ ନିଜ ଘରକୁ ଡାକିଲେ। ସେତେବେଳେ ତିଳ ଅପା ନର୍ଥ ଭର୍ଜିନିଆରେ ରହୁଥିଲେ। ଶାନ୍ତା କହିଲା, "ହେଲେ ଏପର୍ଯ୍ୟନ୍ତ ଆମେ ଗାଡ଼ି କିଣିନୁ।"

ତିଳଅପା କହିଲେ, "ସିଏ ଗୋଟିଏ କଥା। ଭାଇନା ଯାଇ ତମମାନଙ୍କୁ ନେଇ ଆସିବେ। ତମେମାନେ ଆମ ଘରେ ରାତିରେ ରହିଯିବ ଓ ଭାଇନା ପୁଣି ଆସନ୍ତା କାଲି ନେଇ ଛାଡ଼ିଦେଇ ଆସିବେ।"

ଶାନ୍ତା ସଦାନନ୍ଦକୁ ଚାହିଁଲା। "ଜଣାନାହିଁ, ଶୁଣାନାହିଁ; କେବଳ ଗୋଟିଏ ଥର ଦେଖା। ସେମାନେ ଏତେ ସ୍ନେହ ଦେଖାଉଛନ୍ତି କାହିଁକି? ଆମେ କଣ କରିବା।"

ସଦାନନ୍ଦ କହିଲେ, "ଯିବା। ସେମାନେ ଯଦି ଏତେ ଆଦରରେ ଡାକୁଛନ୍ତି, ଯିବାନି କେମିତି? ତାପରେ ଏ ତ ଆମପାଇଁ ନୂଆ ଜାଗା। ଆମର ବି ସାଙ୍ଗସାଥୀ ଦରକାର। ତେବେ ପରଦେଶରେ ଆପଣା ଦେଶର ଲୋକ ସମସ୍ତେ ନିଜର। ତମେ ସେମିତି କାହିଁକି ଭାବୁଛ?"

ଶାନ୍ତା କହିଲା, "ହେଲେ ଆମର ଦୁଇଟି ଛୋଟଛୋଟ ପିଲା। ସେମାନଙ୍କୁ ନେଇ ମତେ କାହାଘରେ ରହିଯିବାକୁ ଭଲ ଲାଗେନି। ତାପରେ ତାଙ୍କ ଭଳି ଏତେ କମ୍ ଜଣା ଲୋକଙ୍କ ଘରେ ରହିବାକୁ ଯଦି ପଡ଼େ, ସିଏ ଆହୁରି ଅସୁବିଧା କଥା। ଆମେ ଚାରିଜଣ, କୋଉଠି କେମିତି ଆଡ୍‌ଜଷ୍ଟ କରିବା ?"

ସଦାନନ୍ଦ ଶାନ୍ତାଙ୍କ ହାତରୁ ଫୋନ୍ ନେଲେ ଓ ତିଳ ଅପାଙ୍କ ସହିତ କଥା ହେଲେ। ଆଉ କିଏ ତାଙ୍କ ଘରକୁ ଏପଟରୁ ଯାଉଛନ୍ତି କି ବୋଲି ପଚାରିଲେ। ତିଳ ଅପା କହିଲେ, "ନାହିଁ। ବେଶି ଲୋକ ଡାକିଲେ, ତମମାନଙ୍କ ସହ ଭଲରେ କଥାବାର୍ତ୍ତା ହୋଇପାରିବିନି, ସେଥିପାଇଁ କେବଳ ତମକୁ ଓ ଏଠି ପାଖର ଦୁଇଟି ପରିବାରକୁ ଡାକିଛୁ।"

ସତରେ ତିଳ ଅପାଙ୍କର ସ୍ନେହ ଯେମିତି ଥିଲା, ବ୍ୟକ୍ତିତ୍ୱ ବି ସେମିତି ଥିଲା। ତାଙ୍କ ପୁଅ ଦୁଇଜଣ ବି ଏ ଛୋଟ ପିଲାମାନଙ୍କୁ ଏମିତି ମଜେଇ କରି ସେଦିନ ରଖିଥିଲେ ଯେ, ସେମାନଙ୍କ କନ୍ଦାକଟା ବନ୍ଦ। ସେ ଦିନଟି ମନେ ପଡ଼ିଲେ ତିଳ ଅପାଙ୍କ ପ୍ରତି ଶ୍ରଦ୍ଧା ଓ କୃତଜ୍ଞତାରେ ହୃଦୟ ପୂରିଯାଏ। ତାଙ୍କରିଠାରୁ ଶାନ୍ତା କେତେ ରୋଷେଇ ଶିଖିଛି। ନହେଲେ ତ ଶାନ୍ତା ଯେବେ ଆମେରିକା ଆସିଥିଲା, କେବଳ ଭାତ ଓ କେତେଟା ତରକାରୀ କରିବା ଛଡ଼ା କିଛି ବି ଜାଣିନଥିଲା। ଶାନ୍ତା ସେଇ ଯେଉଁ ମହାନତାର ଆଭା ତାଙ୍କଠାରେ ଦେଖିଥିଲା, ସିଏ ନିଜେ ବି ସେଇ ଭଲଗୁଣରେ ଅନୁପ୍ରାଣିତ ହୋଇଗଲା। ତାପରେ ଯେତେ ନୂଆଲୋକ ସବୁ ଓଡ଼ିଶାରୁ ଆସନ୍ତି, ତାକୁ ଜଣାପଡ଼ିଲେ, ତିଳଅପାଙ୍କ ପନ୍ଥା ଅନୁସରଣ କରି ସିଏ ଓ ସଦାନନ୍ଦ ସେମାନଙ୍କୁ ଯଥା ପରିମାଣରେ ସ୍ନେହ, ଆଦର ଦେଇ, ଭଲମନ୍ଦରେ ସାହାଯ୍ୟ କରିବାକୁ ପଛାନ୍ତି ନାହିଁ। ତିଳ ଅପା ବେଲେବେଲେ ସେଥିପାଇଁ ଶାନ୍ତାକୁ ପ୍ରଶଂସା କଲେ, ଶାନ୍ତା କହେ, "ଏସବୁ ଆମେ କାହାଠାରୁ ଶିଖିଛୁ କି ଅପା, ତମେ ତ ଆମର ଗୁରୁ।" ଅପା ହସିଦିଅନ୍ତି, "ହେଲେ ତମ ଦୁଇଜଣଙ୍କ ଭଳି ଶିଷ୍ୟ ମିଲିବା ବି ଭାଗ୍ୟର କଥା।"

ସେଇ ତିଳ ଅପା ଆଜି ଆଉ ଏ ସଂସାରରେ ନାହାନ୍ତି। ସେମିତି ସ୍ନେହ ଭରା ଅମୂଲ୍ୟ ବାଣୀ ଆଉ ଶୁଣିବାକୁ ମିଲିବନି। ତେବେ ତାଙ୍କର କର୍ମ, ବନ୍ଧୁ ପଣିଆ, ସ୍ନେହ, ଶ୍ରଦ୍ଧା ଯେ ଅମର, ସେକଥା ସବୁ ତାଙ୍କର ସ୍ମୃତିରେ ହେଉଥିବା ପ୍ରାର୍ଥନା ସଭାରେ ଜଣାପଡ଼ିଛି। ଦୁଃଖ ଲାଗୁଥିଲା ଯେ, ଏମିତି ଏକ ଉପକାରୀ ବନ୍ଧୁଙ୍କର ଅନ୍ତିମ ସମୟରେ ସେମାନେ କିଛି ବି କରିପାରିଲେନି କି ଅନ୍ତିମ କ୍ରିୟାରେ ଭାଗ ନେଇପାରିଲେନି। ତିଳ ଅପା ସମସ୍ତଙ୍କର ସବୁ ଦୁଃଖ ସୁଖ ସମୟରେ ଆସି ପାଖରେ ଠିଆ ହେଉଥିଲେ। ଶାନ୍ତାର ମନେ ପଡ଼ୁଥିଲା, ତିଳ ଅପାଙ୍କର ଆବୃତ୍ତି:

ଆତୁରେ ବ୍ୟସନେ ପ୍ରାପ୍ତେ, ଦୁର୍ଭିକ୍ଷେ, ଶତ୍ରୁସଙ୍କଟେ
ରାଜଦ୍ୱାରେ ଶ୍ମଶାନେ ଚ ଯତିଷ୍ଟତି ସ ବାନ୍ଧବଃ ॥

ଅସୁସ୍ଥତା, ଦୁର୍ଭାଗ୍ୟ, ଦୁର୍ଭିକ୍ଷ, ଶତ୍ରୁଠାରୁ ବିପଦ, ରାଜଦ୍ୱାର, ଏବଂ ଶ୍ମଶାନରେ ଯେଉଁ ବ୍ୟକ୍ତି ପାଖରେ ଥାଏ, ସେ ହିଁ ପ୍ରକୃତ ବନ୍ଧୁ। ତାଙ୍କ ଭାଷାରେ, "ବିଦେଶ ଭୂମିରେ, ସ୍ୱଦେଶର ଲୋକ ଯେତେ ଅଜଣା ହେଲେବି ଆପଣାର। ସେମାନଙ୍କ ଦୁଃଖସୁଖରେ ଯେମିତି ହେଲେବି ଆମେ ଉପସ୍ଥିତ ରହିବାକୁ କର୍ତ୍ତବ୍ୟ ବୋଲି ଭାବିନେଇଛୁ। ଆଉ ଏଇଟା ଆମେ ଶିଖିଛୁ ଆମ ପ୍ରତି ସହୃଦୟତା ଦେଖାଇଥିବା କିଛି ବନ୍ଧୁଙ୍କ ଠାରୁ। ଦୟା, ବନ୍ଧୁତା ଓ ସହଭାଗୀତା ଏ ସବୁ ସଂକ୍ରାମକ ଅଟେ।"

ଶାନ୍ତା ଏମିତି ଏକୁଟିଆ ଚିନ୍ତିତ ହୋଇ ବସିଥିବାର ଦେଖି ସଦାନନ୍ଦ ବାବୁ ପାଖକୁ ଆସିଲେ। ପଚାରିଲେ, "କଣ ହେଲା, ଏମିତି ମନଦୁଃଖରେ ବସିଛ କାହିଁକି ?"

ଶାନ୍ତା କହିଲା, "ମୁଁ ତିଲ ଅପାଙ୍କୁ ସ୍ମରଣ କରୁଥିଲି। ତାଙ୍କର ସେ ଆତୁରେ, ବ୍ୟସନେ ଶ୍ଳୋକକୁ ମନେ ପକାଉଥିଲି। ଆଉ ଦୁଃଖ କରୁଥିଲି ଯେ, ଯେଉଁ ଲୋକ ସମସ୍ତଙ୍କ ପାଇଁ ଏତେ କରୁଥିଲେ, ତାଙ୍କର ଅନ୍ତିମ କ୍ରିୟାରେ ଯାଇ ଟିକେ ଉପସ୍ଥିତ ହେବା ବି ସମସ୍ତଙ୍କ ପାଇଁ ବାରଣ ହୋଇଗଲା। ତାଠାରୁ ବଳି ବ୍ୟଥାର କଥା କଣ ବା' ହୋଇପାରେ ? ଏ କରୋନା ମହାମାରୀ ପାଇଁ ଆଜି ଏ ବନ୍ଧୁତା, ମାନବିକତା ପ୍ରଦର୍ଶନ କରିବାର ମାନସିକତା ବି ବିଲୀନ ହେବାକୁ ବସିଲାଣି।"

ସଦାନନ୍ଦ ଚେୟାରଟିଏ ପାଖକୁ ଟାଣିଆଣି ଶାନ୍ତାଙ୍କ ନିକଟରେ ବସିଲେ। ଶାନ୍ତାଙ୍କର ଦୁଇ ହାତକୁ ନିଜ ହାତରେ ଧରି କହିଲେ, "ତମେ ତିଲ ଅପାଙ୍କୁ ଏ ଯେଉଁ ସ୍ମରଣ କଲ ନା, ତାହା ହିଁ ତାଙ୍କ ପ୍ରତି ସର୍ବଶ୍ରେଷ୍ଠ ଶ୍ରଦ୍ଧାଞ୍ଜଳି। ଏମିତି ସ୍ମରଣ ହିଁ କର। ଈଶ୍ୱରଙ୍କୁ ପ୍ରାର୍ଥନା କର ତାଙ୍କ ଆମ୍ଭର ସଦ୍‌ଗତି ହେଉ। ସିଏ ଆମ ପାଇଁ ଯେଉଁ ଆଦର୍ଶ ଛାଡ଼ି ଯାଇଛନ୍ତି, ତାକୁ ଆମେ ଯଦି ଅନୁସରଣ କରିବା, ସେଇଟା ହିଁ ତାଙ୍କ ଶେଷକୃତ୍ୟ ସମୟରେ ପ୍ରତ୍ୟକ୍ଷ ଉପସ୍ଥିତ ରହିବାଠାରୁ ବଳି ଉତ୍ତମ ବନ୍ଧୁତାର ପ୍ରଦର୍ଶନ ହେବ।

ଏମିତି କହି ସଦାନନ୍ଦ ଦାମ ଭାଇଙ୍କ ପାଖକୁ ଫୋନ୍ ଲଗେଇଲେ।

Jhinu Chhotray

ଝିନୁ ଛୋଟରାୟ

ଝିନୁ ଛୋଟରାୟ ଓଡ଼ିଶାର ସମ୍ବଲପୁରରେ ଜନ୍ମ ଏବଂ ଦୀର୍ଘ ୪୩ ବର୍ଷରୁ ଊର୍ଦ୍ଧ୍ୱ ସମୟ ହେବ ଆମେରିକାରେ ବାସ କରୁଛନ୍ତି। ତାଙ୍କର ପ୍ରଥମ କବିତା ସଂକଳନ 'ଅର୍ଘ୍ୟ' ୨୦୨୩ ଜୁନ୍ ମାସରେ ବିଦ୍ୟା ପବ୍ଲିଶିଂ ଦ୍ୱାରା ପ୍ରକାଶ ପାଇ ବେଶ ଲୋକପ୍ରିୟତା ଅର୍ଜନ କରିଛି। ୫୪ତମ ଓସା ସମ୍ମିଳନୀ ସମୟରେ ଓଡ଼ିଆ ସୋସାଇଟି ଅଫ୍ ଆମେରିକା ତାଙ୍କୁ ସମ୍ମାନିତ କରିଥିଲେ। ୨୦୨୩ ମସିହାରେ ତାଙ୍କର ସାହିତ୍ୟିକ ସୃଜନଶୀଳତା ଏବଂ ପୁସ୍ତକ ଲେଖନ ମାଧ୍ୟମରେ ତାଙ୍କର ଦକ୍ଷତା ପାଇଁ, ସେ ଓସା ୱାଶିଂଟନ ଡ଼ି.ସି. ଓ 'ଇଣ୍ଡିଆନ୍ ପରଫର୍ମିଂ ଆର୍ଟସ ପ୍ରମୋଶନ୍ ଇଙ୍କ' ଦ୍ୱାରା ସ୍ୱୀକୃତି ଲାଭ କରିଥିଲେ। ସେ ବର୍ତ୍ତମାନ ସେଣ୍ଟରଭିଲ୍, ଭର୍ଜିନିଆରେ ରହୁଛନ୍ତି।

ବ୍ୟର୍ଥ ରାଗିଣୀ

'ବରଷେରେ ଘୋର ମେଘ ବରଷେରେ
ପ୍ରିୟ ମୋର ଆସିବକି ବାରେ
ଅତୀତ ପ୍ରିୟାର ଚକ୍ଷୁନୀରକୁ
ପୋଛି ଦେଇଯିବ ଥରେ....'
କିଏ ସେଇ କଳାକାର ? ?

ଆଷାଢ଼ୀ ମେଘର ତାଲେ ତାଲେ ମେଘମଲ୍ଲାର ରାଗିଣୀରେ ତାର ସ୍ୱର ସାଧନା। ଆଃ !! କି ହୃଦୟସ୍ପର୍ଶୀ, ମର୍ମସ୍ପର୍ଶୀ ସ୍ୱର ଝଙ୍କାର... ସତେକି ଅନେକ ଦିନର ଲୁକ୍କାୟିତ ବେଦନାକୁ ସଙ୍ଗୀତ ମାଧ୍ୟମରେ ରୂପ ଦେବା ପାଇଁ ଶିଳ୍ପୀ ଆଜି ଶତ ଚେଷ୍ଟିତା!

ଆଷାଢ଼ର କେଉଁ ଏକ ବର୍ଷଣମୁଖ ଅର୍ଦ୍ଧ ରାତ୍ରିରେ ଦୂରରୁ ଭାସି ଆସୁଥିବା ଏକ ତରୁଣୀର କଣ୍ଠ ସ୍ୱର ସହ ବୀଣାର ଝଙ୍କାରରେ ଅତିଶୟ ଆମ୍ରହରା ହୋଇ ଉଠିଥିଲେ ତୁଲିତଙ୍କ ଶେଯ ଉପରେ ଶୟନରତ ଚିରନ୍ତନ। ସଙ୍ଗୀତର ପ୍ରତିଟି ଶବ୍ଦକୁ ତନ୍ନ ତନ୍ନ

ବିଶ୍ଳେଷଣ କରୁଥିଲେ ସିଏ। ଗାୟିକାର କଣ୍ଠସ୍ୱର କେତେ ମାଧୁର୍ଯ୍ୟପୂର୍ଣ୍ଣ, ଲୟ କେତେ ତୀକ୍ଷଣ, ସଙ୍ଗୀତର ଅର୍ଥ କେତେ ପ୍ରାଣସ୍ପର୍ଶୀ, ପ୍ରାଞ୍ଜଳ !!

'ଧନ୍ୟ ଧନ୍ୟ ଶିଷ୍ୟୀ, ଧନ୍ୟ ତୁମ୍ବର କଳା ସାଧନା। କଣ୍ଠରେ ତୁମ୍ବର କେଉଁ ଏକ ଯାଦୁକରର କାଉଁରୀ ସ୍ପର୍ଶ। ପୁରାଣ ବର୍ଣ୍ଣିତ ଶ୍ରୀ ରାମଚନ୍ଦ୍ରଙ୍କ ପଦକମଲ ସ୍ପର୍ଶରେ ନିର୍ଜୀବ ପାଷାଣ ଜୀବନ୍ତ ନାରୀ ରୂପ ଧାରଣ କଲା ପରି ହେ ଶିଷ୍ୟୀ, ତୁମରି ସ୍ୱର ଲହରରେ ନିର୍ଜୀବ ଆଜି ସଜୀବ। କଣ୍ଠରେ ତୁମ ଶତ କୋକିଲର ରାଗିଣୀ। ଭବିଷ୍ୟତ ତୁମର ଆହୁରି ଉଜ୍ଜ୍ୱଲମୟ ହେଉ। ତୁମେ ହିଁ ବିଶ୍ୱର ସର୍ବ ଶ୍ରେଷ୍ଟ ଗାୟିକାର ଆସନ ଅଳଙ୍କୃତ କର।'

ଗାୟିକାଙ୍କ ପ୍ରତି ଅଶେଷ କୃତଜ୍ଞ ହେଇପଡ଼ିଥିଲେ ଚିରନ୍ତନ ଏବଂ ଢାଳି ଦେଇଥିଲେ ଅଜସ୍ର ଅଜସ୍ର ଆଶୀର୍ବାଦ। ସତେ ଯେପରି ତାଙ୍କର ଅପୂର୍ଣ୍ଣ ପାତ୍ରର ପୂର୍ଣ୍ଣତା ଆଣିବାରେ ଗାୟିକାଟି ଥିଲା ସର୍ବ ପ୍ରଥମ।

ହଠାତ ଅଦିନ ବିଜୁଳି ପରି ଟୁମ୍ବି ତାଙ୍କ ମନରେ ଚମକ ସୃଷ୍ଟି କଲା। ତୁହାଇ ତୁହାଇ ମନେ ପଡ଼ିଲା ତା'ରି କଥା। ଆହା ! ଟୁମ୍ବି ମୋର ଆଜି କେତେ ଲୋକପ୍ରିୟ ହେଇଯିବଣି। ମୃତ୍ୟୁ ସଞ୍ଜୀବନୀର ସ୍ପର୍ଶରେ ମୃତ ପିଣ୍ଡ ପୁନରାୟ ଜୀବନ ଧାରଣ କଲା ପରି ମାଧୁର୍ଯ୍ୟଭରା ଶିଷ୍ୟୀଙ୍କ କଣ୍ଠସ୍ୱର ଚିରନ୍ତନଙ୍କ ହଜିଲା। ମୃତ ଦିନଗୁଡ଼ିକୁ ପୁଣି ଥରେ ଜୀବନ୍ତ କରେଇଦେଲା।

ଦଶ ବର୍ଷ ତଲର ଛିନ୍ନଭିନ୍ନ ଡ଼ାଏରି ପୃଷ୍ଠାକୁ ମନ ଭିତରେ ସାଉଁଟିବାକୁ ଲାଗିଲେ ଚିରନ୍ତନ। ବାଲ୍ୟକାଲରୁ ତାଙ୍କର ଖୁବ ଦୁର୍ବଲତା ଥିଲା ସଙ୍ଗୀତ ପ୍ରତି। ଆଉ ସେଦିନ ଏଇ ସଙ୍ଗୀତ ହୁଏତ ହେଇଥିଲା ତାଙ୍କ ପ୍ରେମବ୍ୟାଧିର କାରଣ। ଭଲ ପାଇଥିଲେ ତାଙ୍କ ସଙ୍ଗୀତ ଛାତ୍ରୀ ଟୁମ୍ବିକୁ।

ମଧ୍ୟ ରାତ୍ରିରେ ରାସ୍ତାର କ୍ଷୀଣ ଆଲୋକରେ ଆଲୋକିତ କୋଠରିଟିର ଏକ ପଲଙ୍କରେ ଶୋଇରହି ମୁଣ୍ଡ ଉପରେ ବୁଲୁଥିବା ସିଲିଙ୍ଗ ଫ୍ୟାନ ଉପରେ ଲୟ ରଖୁ ମନ୍ତୁ ଯାଉଥିଲେ ଚିରନ୍ତନ ତାଙ୍କର ଦୂର ଅତୀତକୁ ମନର ମନ୍ତ୍ରନଦଣ୍ଡ ଦ୍ୱାରା।

.... ହଁ, ଟୁମ୍ବି ତାଙ୍କର କେତେ ସୁନ୍ଦରୀ ଥିଲା ସତେ !! ଲାଳିତ୍ୟଭରା ସ୍ୱରକୁ ମାଦକଭରା ଚେହେରା ... ଖୁବ ଖାପ ଖାଉଥିଲା ଯେମିତି। ଗୋରା ପାନପାତ୍ର ପରି ମୁହଁରେ ବଡ଼ ବଡ଼ ଆଖି, ସରୁ ଗୋଲାପି ଓଠ। ସର୍ବାଙ୍ଗ ସୁନ୍ଦରୀ ଥିଲା ଝିଅଟି। ଟୁମ୍ବି ବୀଣା ଧରି ଯେବେ କଣ୍ଠ ସାଧନା ଆରମ୍ଭ କରିଦିଏ, ମନେହୁଏ ସତେକି କୃଷ୍ଟଭକ୍ତ ମିରାବାଇ ମର୍ତ୍ତ୍ୟରେ ପୁନରାୟ ଆବିର୍ଭୂତା। ଅନେକ ସମୟରେ ଚିରନ୍ତନ ପ୍ରଶ୍ନ କରନ୍ତି 'ଟୁମ୍ବିଲୋ ! ତୋ କଣ୍ଠରେ ଏତେଟା ମାଧୁର୍ଯ୍ୟ, ମୋର ବିଶ୍ୱାସ, ଭବିଷ୍ୟତରେ ତୋର

ଖୁବ ସୁନାମ ହେବ । ସେତେବେଳ ତୁ ତୋ ଚିନୁଭାଇକୁ ମନ ଭିତରୁ ଦୂରେଇ ଦେବୁନିତ ?' ଚୁମ୍ନି ଛଳଛଳ ଆଖିରେ କହି ଉଠେ, "କଣ କହୁଛ ଚିନୁଭାଇ, ମୁଁ ତୁମକୁ ଭୁଲି ପାରିବି ? ତୁମେ ଯେ ମୋ ସଙ୍ଗୀତର ପ୍ରେରଣା ଓ ସାଧନାର ଉସ । ତୁମ ବ୍ୟତିରେକ ମୋ ଉନ୍ନତି ଅସମ୍ଭବ । ଏମିତି ଅଘଟଣ କଥା ମନରେ ସ୍ଥାନ ଦିଅନି ଚିନୁଭାଇ । ବରଂ ଈଶ୍ୱରଙ୍କୁ ପ୍ରାର୍ଥନା କର ଆଜୀବନ ପ୍ରତ୍ୟେହ ସଙ୍ଗୀତ ସାଧନା ବେଳେ ତୁମେ ହିଁ ରହିଥିବ ମୋ ସମ୍ମୁଖ ଶ୍ରୋତା ହେଇ । ତୁମେ ହିଁ ହେବ ମୋ ଏ ଯାତ୍ରାର ପଥପ୍ରଦର୍ଶକ ।"

ଗତାୟୁ ଅତୀତକୁ ରୋମନ୍ଥନ କରୁକରୁ କେତେବେଳେ ଯେ ଚିରନ୍ତନଙ୍କ ଚକ୍ଷୁ ଯୁଗଳ ମୁଦି ହେଇଯାଇଛି ଜାଣିନି ସେ ।

ପ୍ରତ୍ୟେହ ଅର୍ଦ୍ଧ ରାତ୍ରିରେ ଶିକ୍ଷୀତ୍ରୀଙ୍କର ସୁଲଳିତ କଣ୍ଠସ୍ୱର ଶୁଣିବା ପାଇଁ ସତତ ଜାଗ୍ରତ ଥାଆନ୍ତି ଚିରନ୍ତନ । ଏଇ କେତେଦିନ ହେବ ସେଇ ଟିକକ ସମୟ ପାଇଁ ସେ ପାଗଳ ହେଇ ଉଠନ୍ତି ।

ଆଜି ରବିବାର । ମନଟା କେମିତି ଭାରାକ୍ରାନ୍ତ ଲାଗୁଥାଏ । କୁଆଡ଼େ ଯିବା ପାଇଁ ଇଚ୍ଛା ହେଲାନି ଚିରନ୍ତନଙ୍କର । ନିଃସଂଗତା ଦୂର କରିବା ପାଇଁ ବହି ଖଣ୍ଡିଏ ଧରି ବସି ପଡ଼ିଲେ ।

-Good morning, uncle!

ନରମ ଗଲାର କଅଁଳିଆ ସ୍ୱର ଶୁଣି ସଂବିତ ଫେରି ପାଇଲେ ଚିରନ୍ତନ ।

-Good morning! ଭିତରକୁ ଆସ । (ପ୍ରାୟ ସାତ ଆଠ ବର୍ଷର ଗୁଲୁଗୁଲିଆ ଝିଅଟିଏ । ମନେହୁଏ ଏକ ଆଭିଜାତ୍ୟ ସଂପନ୍ନ ପରିବାରର) । ଝିଅଟି ହସହସ ମୁହଁରେ ଆଗେଇ ଆସିଥିଲା ଚିରନ୍ତନଙ୍କ ନିକଟକୁ । ତାକୁ କୋଳରେ ଧରି ପଚାରିଲେ,

– ତୁମ ନାଁ ?

– ସ୍କୁଲରେ ଡାକନ୍ତି ରୂପାଲୀ, ଡାଡି ଡାକନ୍ତି ରୂପା ଆଉ ମମିଙ୍କର ମୁଁ କୁନମୁନ ।

– ଆରେ, ବେଶ୍ ସୁନ୍ଦର ନାଁଗୁଡ଼ିଏ ତ !

– ତୁମେ କେଉଁ କ୍ଲାସରେ ପଢ ?

– joseph convent ରେ standard twoରେ ପଢେ ।

– କେଉଁଠ ରହୁଛ ?

– ଆସ uncle, terraceକୁ ଆସ (ହାତ ଧରି ଟାଣି ନେଇଥିଲା ରୂପାଲୀ) । ଏଇ ସେ ଯେଉଁ ଉଚ୍ଚା ଘରଟା ଦିଶୁନି, ଆଗରେ ଦେବଦାରୁ ଗଛ, ସେଇ ଘରଟା ଆମର । ଡାଡି ପ୍ଲାଷ୍ଟରେ ନୂଆ ଜଏନ୍ କରିଛନ୍ତି ।

- କେତେ ଭାଇଭଉଣୀ ତମର ?

- ମୋର ଭାଇଭଉଣୀ ନାହାନ୍ତି । ମୁଁ ଏକା । ମୋ friends ରୋଜା, ଲଭଲି, ସୋମା, ପିଙ୍କି ସମସ୍ତଙ୍କର କେତେ କେତେ ଭାଇଭଉଣୀ । They have so much of fun.

-ତେବେ ତମର ଗୋଟେ ଫ୍ରେଣ୍ଡ ଦରକାର ନା ? ମୁଁ କଣ ତମ ଫ୍ରେଣ୍ଡ ନୁହେଁ ?

- ତମେ କେମିତି ମୋ ଫ୍ରେଣ୍ଡ ? ତମେତ ଏତେ tall । ମୁଁ ତ ତମ waist ବି ହେବିନି ।

-ଓକ, ତମରି height friend ଟିଏ ଦରକାର ତେବେ ?

-ହୁଁ, exactly .

-ଆଛା, ତମର favorite subject କଣ ?

-ମତେ singing ସବୁ ଠାରୁ ଭଲ ଲାଗେ । ମମି ମତେ ବୀଣାରେ ଗୀତ ଶିଖାନ୍ତି ।

-ଆରେ ବାଃ ! ତମ ମମି ଗୀତ ଜାଣନ୍ତି ?

-ମୋ ମମି ତ expert । ଆସିବ ନା ଅଙ୍କଲ ଆମ ଘରକୁ । ମମିଙ୍କ ଠାରୁ ଗୀତ ଶୁଣି ଆସିବ । ହସି ହସି ଦଉଡ଼ି ଚାଲି ଯାଇଥିଲା ରୂପାଲୀ ।

- ଶୁଣ ଶୁଣ ରୂପା, ଟିକିଏ ଶୁଣିଯାଅ । ଚକୋଲେଟ ନିଅ ।

-କାଲି ଆସିବି ଅଙ୍କଲ । ଆଜି ଡେରି ହେଲାଣି । ମମି ରାଗିବେ ।

ଝିଅଟିର ଯିବାର ବାଟକୁ ଅପଲକ ଦୃଷ୍ଟିରେ ଚାହିଁ ରହିଥିଲେ ଚିରନ୍ତନ । ତାଙ୍କର ଯଦି ଏମିତି ପିଲାଟେ ଥାଆନ୍ତା ଜୀବନର ସବୁତକ ଦୁଃଖ ଭୁଲି ଯାଉଥାନ୍ତେ ସେ । କେତେ ଭାଗ୍ୟବାନ ତା ବାପାମାଆ ସତରେ !

ରୂପାର ପ୍ରତିଦିନ ଯିବା ଆସିବାରେ ଚିରନ୍ତନଙ୍କ ମମତା ଓ ଆକର୍ଷଣ ତା ପ୍ରତି ବଢ଼ିବାକୁ ଲାଗିଲା । ଗୋଟିଏ ଦିନର ବ୍ୟବଧାନରେ ରୂପାକୁ ନ ଦେଖିଲେ ସେ ପାଗଳ ହେଇଉଠନ୍ତି । ନିଃସଙ୍ଗତାର ଭୂତ ତାଙ୍କୁ ଗ୍ରାସ କଲାପରି ମନେ ହୁଏ । ଏଇ କେତେଦିନ ହେବ ରୂପା ସତେକି ତାଙ୍କୁ ଯୋଗେଇଛି ବଞ୍ଚି ରହିବାର ପାଥେୟ । ପୂର୍ବବତ ଜୀବନଟା ଏତେ ଦୁର୍ବିସହ ମନେ ହେଉନି ।

ଦୁଇ ଦିନ ହେବ ରୂପାର ଦେଖା ନାହିଁ । ଚିରନ୍ତନଙ୍କୁ ଖୁବ ଖାଲି ଖାଲି ଲାଗୁଛି । କଣ ହେଲା ରୂପାର ? ଯିବେକି ତାଙ୍କ ଘରକୁ । ବୁଝି ଆସିବେ ।

ନାଁ ଆଜି ଦିନଟା ଅପେକ୍ଷା କରାଯାଉ । ତାପର ଦିନ ଚିରନ୍ତନଙ୍କର ସେଇ

ଅପେକ୍ଷା । ସାମାନ୍ୟ ବିଳମ୍ବରେ ବ୍ୟସ୍ତ ହୋଇ ପଡୁଛନ୍ତି । ବ୍ୟର୍ଥ ଆଶଙ୍କାଗୁଡ଼ିଏ ମନକୁ ସ୍ପର୍ଶ କରି ଯାଉଛି । ଆରେ, ଏ ଯେ ରୂପା ଆସୁଛି । ଦଉଡ଼ି ଯାଇଥିଲେ ତାଙ୍କୁ କୋଳେଇ ଆଣିବା ପାଇଁ ।

— ତୋ ଦେହ ଭଲ ଅଛି ତ ରୂପା ? କାହିଁକି ଆସୁନଥିଲୁ ? ତୋ ଅଙ୍କଲ ଉପରେ ରାଗିଛୁ ?

— ନା... ମୋତେ ନୁହେଁ...

ଜାଣିଛ ଅଙ୍କଲ ? Day before yesterday ଡ଼ାଡ଼ି ମମିଙ୍କୁ କେତେ ମାରିଲେ । ମୁଁ ତ ବାବା ଡରିଗଲି । ସେଥିପାଇଁ ଆସୁନଥିଲି । କାଲେ ଡାଡି ମତେ ମାରିବେ ବୋଲି ।

— ଡାଡ଼ି ତୋ ମମିକୁ ମାରନ୍ତି ?

— ହଁ ଅଙ୍କଲ, ମୋ ଡାଡ଼ି ଖୁବ୍ naughty । ମମିଙ୍କର କିଛି ଦୋଷ ନଥିଲେ ବି ରାତିରେ ଡ୍ରିଙ୍କ କରି ଆସି ମମିଙ୍କୁ ମାରନ୍ତି । ତାଙ୍କ ଗର୍ଲ ଫ୍ରେଣ୍ଡ ମଲ୍ଲିକା ଆଣ୍ଟି ପରା ଖୁବ ଭଲ ଆଉ ମମି bad । ସବୁବେଲେ ସେଇ ତାଙ୍କ ମଲ୍ଲିକା ଆଣ୍ଟିଙ୍କ କଥା ।

ଇସ୍ ! ଏକ କୋମଳମତି ଶିଶୁର ପିତା ବିରୁଦ୍ଧରେ ଅଭିଯୋଗ । ଚାବୁକର ପ୍ରହାର ଅନୁଭବ କରିଥିଲେ ଚିରନ୍ତନ । ମସ୍ତିଷ୍କ ତାଙ୍କର ଘୁରେଇଗଲା । ଏ ଯେ ଏକ ପ୍ରଗଲ୍ଭା ଚପଳମତି ଶିଶୁର ଗୁଳୁରୁ ଗୁଳୁରୁ କଥା ନୁହେଁ । ଏ ଏକ ଦୌତ ଜୀବନର ବ୍ୟଥାଭରା କାହାଣୀ । ଚିରନ୍ତନଙ୍କ ଚକ୍ଷୁ ଯୁଗଳ ଲୋତକପୂର୍ଣ୍ଣ ହୋଇଯାଇଥିଲା । ଝରିପଡ଼ିଲା କେଇ ବୁନ୍ଦା ଅଶ୍ରୁ ।

— ହିଃ ହିଃ ଅଙ୍କଲ କାନ୍ଦୁଛନ୍ତି କହି ତାଲି ମାରି ହସି ହସି ଗଡ଼ିଯାଇଥିଲା ରୂପାଲୀ ।

— ନାଁ, ମୁଁ ତ କାନ୍ଦୁନି । ଦେଖିଲୁ, ଦେଖିଲୁ ମୋ ଆଖିରେ କ'ଣ ପଡ଼ିଗଲା ପରା ।

— Oh I am sorry । ଦିଅ ମୁଁ ଫୁଙ୍କି ଦେଉଛି । ଅଙ୍କଲ, ଆଜି ତ ମତେ ଚକୋଲେଟ ଦେଇନ ?

— ଆରେ ସତେତ ! ହେଇନେ ।

ଅତି ଖୁସିରେ ଖାଇଚାଲିଥିଲା ରୂପାଲୀ ।

—ମୁଁ ଯାଉଛି ଅଙ୍କଲ । ଡେରି ହେଲାଣି । ଡାଡ଼ି ରାଗିବେ । Bye, କାଲି ଆସିବି ।

ଅସହ୍ୟ ମାନସିକ ଯନ୍ତ୍ରଣାରେ ଭାରାକ୍ରାନ୍ତ ଚିରନ୍ତନଙ୍କ ମନ । ଆହା ! କେତେ ହତଭାଗିନୀ ରୂପାର ଜନ୍ମଦାତ୍ରୀ । କେତେ ଅଭିଶପ୍ତା ଜୀବନ ତାଙ୍କର ।

ତେବେ... ତେବେ ସିଏ କଣ ସେଇ ନିଝୁମ ରାତିର ନୀରବ ସାଧିକା, ଯାହାର

କଣ୍ଠରୁ ଝରିପଡ଼େ ଯୁଗଯୁଗର ପୁଞ୍ଜିଭୂତ କରୁଣ ବେଦନା ସଙ୍ଗୀତର ରୂପ ନେଇ? ଯାହାର ସଙ୍ଗୀତ କାନେ କାନେ କହିବୁଲେ ଏକ ଦରଦୀ ହୃଦୟର ବ୍ୟଥାଭରା କାହାଣୀ।

କିନ୍ତୁ... କିନ୍ତୁ କିଏ ସେଇ ମଣିଷ ରୂପୀ ବ୍ୟାଘ୍ର?? ଛିଃ ଛିଃ, ମନୁଷ୍ୟ ହେଇ ଏତେଟା ହିଂସ୍ରତା। ଏଇ ମଦୀପଙ୍କ ଠାରୁ ଜାତ ସଦ୍ୟ ଦରଫୁଟା କଢ଼ିଗୁଡ଼ିକ ଜୀବନ ପ୍ରଭାତରୁ କି ଆଲୋକ ପାଇବେ? କାହାର ଆଦର୍ଶରେ ଅନୁପ୍ରାଣିତ ହେବେ ସେମାନେ? ଚୈତନ୍ୟ, ବୁଦ୍ଧ, ମହାବୀର, ଗାନ୍ଧୀ, ଅରବିନ୍ଦ, ମଦର ଟେରେସା?? ମନେ ମନେ ପ୍ରତିହିଂସା ପରାୟଣ ହେଇ ଉଠୁଥିଲେ ସମାଜସ୍ଥିତ ଏଇ କୀଟାଣୁମାନଙ୍କ ପ୍ରତି। ଆଉ ଅଶେଷ ପ୍ରଶ୍ନ ବାଣରେ ନିଜକୁ ଜର୍ଜରିତ କରି ପକାଇଥିଲେ ଚିରନ୍ତନ।

ରୂପାର ନାଲି ଟୁକୁ ଟୁକୁ ଓଠରେ ଆଜି ଗାମ୍ଭୀର୍ଯ୍ୟର ପ୍ରଲେପ।

– କଣ ହେଇଛି ରୂପା? ମୋ ସାଙ୍ଗରେ କଥା ହେବୁନି?

– ନାଁ। ଆମଘରକୁ ନ ଯିବା ଯାଏ ମୁଁ ତମ ସାଙ୍ଗରେ କଟି।

– ଓଃ, ଏଇଥିପାଇଁ ତୋର ଆଜି ମୁହଁଫୁଲା?

– ଚାଲ, ଏବେ ଚାଲ uncle। ମମି ଆଜି ତମ ପାଇଁ dinner prepare କରିଛନ୍ତି। ହାତ ଧରି ଟାଣି ଟାଣି ନେଇଯାଉଥିଲା ରୂପାଲୀ। ବାଧ୍ୟ ଶିଶୁଟି ପରି ଧୀରେ ଧୀରେ ଅନୁସରଣ କରୁଥିଲେ ଚିରନ୍ତନ।

ମମି ମମି uncleଙ୍କୁ ଆଜି ମୁଁ ଧରି ଆଣିଛି। ତମେ ଏଠି ବସିଥାଅ ଅଙ୍କଲ। ମୁଁ ମମିଙ୍କୁ ଡାକି ଆଣୁଛି। ତଡ଼ିତ ବେଗରେ ଘର ଭିତରକୁ ଚାଲିଯାଇଥିଲା ରୂପା।

ଏକାକୀ ବସି ରହି drawing roomର ସାଜସଜ୍ଜାକୁ ନିରୀକ୍ଷଣ କରୁ ଥିଲେ ଚିରନ୍ତନ। ସାଜସଜ୍ଜା ଖୁବ ଆଡ଼ମ୍ବରପୂର୍ଣ୍ଣ, ରୁଚିସଂପନ୍ନ। ରୁମର ଗୋଟିଏ କୋଣ ବିଜେତାଙ୍କ କପ, ସିଲଡ଼ ଦ୍ୱାରା ଅଧିକୃତ। ବୋଧହୁଏ ରୂପାର ମମିଙ୍କର ଏ ଗୌରବ। ଚିରନ୍ତନ ମନେମନେ ବିଶ୍ଳେଷଣ କରିଯାଉଥିଲେ।

– ଚାଲ ମମି, ଡ୍ରଇଂ ରୁମରେ ଅଙ୍କଲ ଏକା ବସିଛନ୍ତି। ଭିତରେ ରୂପାର ଅଭିଯୋଗ।

– ତୁ ଏଯାଏ କଣ କରୁଥିଲୁ କୁନମୁନ? Tution sir ଯେ study ରୁମରେ। ଆଚ୍ଛା, ମୁଁ ଟିକେ ପରେ ଯାଉଛି। ତୁ ଅଙ୍କଲଙ୍କ ପାଖେ ଥା। ନାରୀ କଣ୍ଠ ସହ ପ୍ଲେଟ ଚାମଚର ରୁଣ୍ଠୁଣ୍ଠୁ ଶବ୍ଦ।

– ହୁଁ। ମମିଙ୍କର ତ ସବୁବେଳେ ଖାଲି କାମ। ଅଭିମାନରେ ଫୁଲିଫୁଲି ରୁମ ଭିତରକୁ ପଶିଆସିଲା ରୂପା।

– ଆଚ୍ଛା ରୂପା, ଏ କପ ସିଲଡ଼ ସବୁ କାହାର?

–ସବୁଗୁଡ଼ା ମମି ମ୍ୟୁଜିକରେ ପାଇଛନ୍ତି । କିନ୍ତୁ ଅଙ୍କଲ, ଯେଉଁଟା smallest ମଝିରେ ଅଛି, ସେଇଟା ମୋର । ରେସରେ ସ୍କୁଲରେ ଫାଷ୍ଟ ହେଇଥିଲି ।

–ଆରେ ବାଃ, ତୁ ତ ମତେ ଏତେ ଭଲ ଖେଳୁ ବୋଲି କହିନୁ ?

– ଅଙ୍କଲ ଏ ଯେଉଁ oil paint, ଏଇଟା ମଲ୍ଲିକା aunti ଡାଡିଙ୍କୁ ତାଙ୍କ birthdayରେ present କରିଛନ୍ତି । is not it beautiful?

– Here is ମମି । ମମି ମମି ଇଏ ମୋ ଅଙ୍କଲ ଅଙ୍କଲ, ଇଏ ମୋ ମମି ।

ଆନନ୍ଦରେ ଉତ୍‌ଫୁଲ୍ଲିତ ହେଇ ଏକ ନିଶ୍ୱାସରେ ଉଭୟଙ୍କୁ ଉଭୟଙ୍କର ପରିଚୟ ଦେବାରେ ପ୍ରତିନିଧୁତ୍ୱ କରିଥିଲା ରୂପାଲୀ । ଆଉ ଅନିଚ୍ଛା ସତ୍ତ୍ୱେ ଚାଲି ଯାଇଥିଲା ନିଜ study roomକୁ ।

ଉଭୟେ ନୀରବ । କଣ୍ଠ ବାଷ୍ପରୁଦ୍ଧ । ଲୋତକ ଭରା ଚକ୍ଷୁ ନେଇ ପରସ୍ପର ଚାହିଁ ରହିଛନ୍ତି ପରସ୍ପରଙ୍କୁ ।

–ଟୁମ୍ଲି ତୁ ?? ତୁ ତେବେ ରୂପାର ଗର୍ଭଧାରିଣୀ ।

–ଚିନୁଭାଇ, ତମେ ??

ଉଭୟଙ୍କ କଣ୍ଠରେ କୋହ । ଥରଥର କଣ୍ଠରେ ଟୁମ୍ଲି କହିଥିଲା, "ହଁ ଚିନୁଭାଇ ଅତୀତର ତୁମରି ଟୁମ୍ଲି ଆଜି ତୁମ ସମ୍ମୁଖରେ ଦଣ୍ଡାୟମାନ । ଏ ହତଭାଗିନୀ କେବେ ବି ଆଶା କରିନଥିଲା ଏମିତି ଆକସ୍ମିକ ଭାବେ ତମର ଦର୍ଶନ ପାଇବ ବୋଲି । କେଉଁଠାରେ ଏତେଦିନ ନିଜକୁ ଛପେଇ ରଖିଥିଲ ଚିନୁଭାଇ ? ତମର କଣ ମୋ କଥା କେବେବି ମନେ ପଡ଼େନା ? ଆମ ଅତୀତର ସ୍ମୃତି ମନରେ ତମ କେବେବି ଆଲୋଡ଼ନ ସୃଷ୍ଟି କରେନା ?? ଟୁମ୍ଲିର ଚକ୍ଷୁରେ ଶ୍ରାବଣର ବନ୍ୟା ।

–ମୋ ହୃଦୟରେ ତୋ ପ୍ରତି ସେଇ ଆକର୍ଷଣ ଅଦ୍ୟାବଧୁ ଅକ୍ଷୟ ଅଛି ଟୁମ୍ଲି .. ସେଇଥିପାଇଁ ତ ଆଜି ତୋ ସହ ଅକସ୍ମାତ ଭାବେ ଦେଖା ।

–ତୁମେ ମତେ ମନେ ରଖିଛ ଚିନୁଭାଇ ? ଟୁମ୍ଲିର ଆବେଗଭରା ପ୍ରଶ୍ନ ।

–ଜୀବନର ପ୍ରଥମ ପ୍ରଣୟକୁ ଭୁଲିଯିବାଟା ଏତେ ସହଜ ନୁହେଁ ଟୁମ୍ଲି । ଅଗ୍ନିକୁ ସାକ୍ଷୀ ରଖି ବେଦୀସ୍ଥ ବ୍ରହ୍ମଣର ମନ୍ତ୍ର ପାଠ ଦ୍ୱାରା ହସ୍ତ ଗ୍ରନ୍ଥିର ସିନା ସମ୍ଭବ ହେଲାନି । କିନ୍ତୁ ମନର ଗ୍ରନ୍ଥି ଯେ ଖୁବ ସୁଦୃଢ । ଛାଡ଼ ସେ ଅତୀତ ଇତିହାସ । ସଙ୍ଗୀତ ସାଧନା ତୋର ପୂର୍ବବତ ଅବ୍ୟାହତ ରହିଛି ତେବେ । ଡ୍ରଇଂ ରୁମରେ ତୋ ଗୌରବର ଚିହ୍ନ ସବୁକୁ ଦେଖିଲେ ମନ ମୋର କୁରୁଲି ଉଠିଛି । ଛାତି ମୋର କୁଣ୍ଢେମୋଟ ହେଇଯାଉଛି ।

–ହଁ ଚିନୁଭୟ, ଏକଲବ୍ୟର ଅସ୍ତ୍ର ସାଧନା ପରି ତୁମରି ସ୍ମୃତିକୁ ସମ୍ବଲ କରି ଟୁମ୍ଲି ତମର ଆଗେଇ ଚାଲିଛି । ଏତେଟା ଲୋକପ୍ରିୟତା ମଧ୍ୟରେ ଗୋଟିଏ ମୁହୂର୍ତ୍ତ

ପାଇଁ ହେଲେବି ଭୁଲି ପାରିନି ତମକୁ। ସହସ୍ର ସହସ୍ର କରତାଲିରେ ଗଗନ ପବନ ଯେବେ ମୁଖରିତ, ପେଣ୍ଡାଲସ୍ଥିତ ରୁମ୍ନି ଖୋଜିଲା। ଖୋଜିଲା ଆଖିରେ ଖୋଜିବୁଲେ ତାର ଅତୀତ ପ୍ରିୟକୁ। ପ୍ରତ୍ୟେକ ସମୟରେ ତମେ ମୋ ହୃଦୟ ବୀଣାରେ ଝଙ୍କାର ସୃଷ୍ଟି କର ଚିନ୍ତୁଭାଇ। ଆଉ ତମରି ଏ ଅଭିଶପ୍ତା ରୁମ୍ନି ନିଝୁମ ରାତିରେ ମେଲେଇଦିଏ ତାର ସଙ୍ଗୀତ ଆସର କେବଳ ତମରି ଅନୁସନ୍ଧାନରେ।

–ତେବେ ତୋରି କଂଠର ସେଇ ମୂର୍ଚ୍ଛନା ପ୍ରତ୍ୟେହ ଅର୍ଦ୍ଧରାତ୍ରିରେ ?

–ହଁ ଚିନୁ ଭାଇ, ଦ୍ୱାରିକାନାଥ ଶ୍ରୀକୃଷ୍ଣଙ୍କ ବଂଶୀସ୍ୱନ ପ୍ରେୟସୀ ରାଧିକାଙ୍କୁ ପାଗଲ କଲାପରି ମୋର ବିଶ୍ୱାସ ଥିଲା, ଦିନେନା ଦିନେ ମୋର ଏ ସ୍ୱର ଆକର୍ଷଣ କରି ଆଣିବ ମୋ ପ୍ରାଣର ଚିନୁଭାଇକୁ। ମୋ ବର୍ଷ ବର୍ଷର ସାଧନା ତେବେ ବ୍ୟର୍ଥ ଯାଇନି ଚିନୁଭାଇ। ତୁମେ ଆଜି ଆସିଛ... ଆସିଛ ତମ ଅଭିଶପ୍ତା ପ୍ରେୟସୀର ଚକ୍ଷୁ ନୀରକୁ ପୋଛିଦେବା ପାଇଁ।

ସବୁ କିଛିର ପରିପୂର୍ଣ୍ଣତା ମଧ୍ୟରେ ମୁଁ ଆଜି ଖୁବ ନିଃସ୍ୱ ଚିନୁଭାଇ। ତୁମରି ସେଦିନର ଚପଳଚ୍ଛଦା ନାୟିକା ଆଜି ଅନ୍ୟର ଚକ୍ଷୁଶୂଳା ଅର୍ଦ୍ଧାଙ୍ଗିନୀ। ତମ ରୁମ୍ନି ପାଇଛି ମାତୃତ୍ୱର ଗୌରବ। ପାଇଛି ଏକ ସମ୍ଭ୍ରାନ୍ତ ବଂଶର କୁଳବଧୂ ହେବାର ସମ୍ମାନ। ଏକ ପଦସ୍ଥ କର୍ମକର୍ତ୍ତାଙ୍କ ଧର୍ମପତ୍ନୀ ହେବାର ସୌଭାଗ୍ୟ। କିନ୍ତୁ ପାଇନି ସ୍ୱାମୀର ସାମାନ୍ୟ ସୋହାଗ। ସ୍ୱାମୀ ଯେ ଅନ୍ୟ ନାରୀ ପ୍ରତି ଆସକ୍ତ।

– ତମେ ବିବାହ କରିଛ ଚିନୁଭାଇ ? ରୁମ୍ନିର ଆବେଗଭରା ପ୍ରଶ୍ନ।

– ନାଁ। ଅତୀତର ସେଇ ସ୍ମୃତିକୁ ପାଥେୟ କରିତ ଏତେଦିନ ହେଲା ବଞ୍ଚିରହିଛି। କଣ ମିଳିବ ଆଉ ସେ ବନ୍ଧନରୁ।

–ତମେ ଏବେ ସୁଦ୍ଧା ଅବିବାହିତ ? (ରୁମ୍ନିର ମୁଖଟି ଆଶାର ପହିଲି କିରଣରେ ସତେ କି ଝଲସି ଉଠିଲା)। କିନ୍ତୁ କାହିଁକି ଚିନୁଭାଇ ? ଜୀବନ ସନ୍ଧ୍ୟାରେ କିଏ ଦେବ ତମକୁ ସାହାଚର୍ଯ୍ୟ। ସାଥୀହୀନ ଜୀବନଯେ ଖୁବ ଦୁର୍ବିସହ।

ତେବେ...ତେବେ ଅବଶିଷ୍ଟ ଜୀବନ ମୋର, ତମରି ସେବାରେ ନିୟୋଜିତ କରିବା ପାଇଁ ଦେଇ ପାରିବ ଏ ଅଧମାକୁ ସାମାନ୍ୟ ସୁଯୋଗ ? ଚରଣ ତଳର ଦାସୀ ହେବାର ଟିକିଏ ଅଧିକାର ? ?

ମୁଁ ତମର ଆଶ୍ରୟ ଚାହେଁ ଚିନୁଭାଇ। ଚାହେଁ ତମରି ସାନିଧ୍ୟ। ମଦ୍ୟପ ସ୍ୱାମୀଙ୍କ ଲାଞ୍ଛନା ସଜ୍ୟ କରିବା ପାଇଁ ମୁ ଆଜି ଅକ୍ଷମ। ମୋତେ କୂଳରେ ଲଗାଅ ଚିନୁଭାଇ। ହେଇ ଦେଖ, ତମ ଅତୀତ ପ୍ରିୟା କିପରି ଉଛୁପ୍ତ ବୈତରଣୀରେ ପୋଡ଼ିଜଲି ନିଃଶେଷ ହେଇଯାଉଛି।

-ଥାଉ, ଥାଉ ଟୁମ୍ଲି। ଜଳି ଯାଇଥିବା ପାଉଁଶରେ ଅଗ୍ନି ସଂଯୋଗ କଲେ ତାହା ଜଳି ଉଠେନା। ତୋ ଚିନ୍ତୁଭାଇର ସରାଗ ଅନେକ ଦିନୁ ମରିଯାଇଛି। ପୁଣି କାହିଁକି ସେ ଆକର୍ଷଣ ?

- ତେବେ ଜୀବନ ଗଂଗୋତ୍ରୀକୁ ପାରିହେବା ପାଇଁ ଦେଇ ପାରିବନି ସାମାନ୍ୟ ସାହାଚର୍ଯ୍ୟ ? ତୁମେ ଏତେ ଭୀରୁ ଚିନ୍ତୁଭାଇ ? ତୁମେ ଏତେ ସ୍ୱାର୍ଥପର ? ?

ସାମାନ୍ୟ ତ୍ୟାଗ ପାଇଁ ଏତେଟା କୁଣ୍ଠିତ ? ଦୁଃଖିନୀ ଟୁମ୍ଲି ପାଇଁ ତମ ମନରେ ଟିକିଏ ହେଲେ ଦୟାର ଉଦ୍ରେକ ହେଉନି ? ? ? ?

-ଏକ ବିବାହିତା ସ୍ତ୍ରୀ ପକ୍ଷରେ ଅନ୍ୟ ପୁରୁଷର ସ୍ୱପ୍ନ ଯେ ମହାପାପ। ଏକ ସାମାନ୍ୟ ନାରୀ ପାଇଁ ନିଜର ସ୍ୱାମୀ, ସନ୍ତାନ ଦ୍ୱାରା ସୁସଜ୍ଜିତ ଘରଟିକୁ ଉଜାଡ଼ି ଦେବାରେ ବ୍ୟର୍ଥ ପ୍ରୟାସ କରନି ଟୁମ୍ଲି। ତୋରି ଚେଷ୍ଟାରେ ଏ ଭଗ୍ନ କୁଟୀର ଖଣ୍ଡିତ ଦିନେନା ଦିନେ ଏକ ବିରାଟ ଅଟ୍ଟାଳିକାରେ ପରିଣତ ହେବ। ପତିପ୍ରାଣା ସତୀ ସାବିତ୍ରୀ ତ ପୁଣି ନିଜର ପତିବ୍ରତ ବଳରେ ସ୍ୱୟଂ ଯମରାଜାଙ୍କ ନିକଟରୁ ନିଜ ମୃତ ସ୍ୱାମୀଙ୍କୁ ଫେରାଇ ଆଣିଥିଲେ। ତେବେ ତୁ କାହିଁକି ତୋର ମଦ୍ୟପ ପଥଭ୍ରଷ୍ଟ ସ୍ୱାମୀଙ୍କୁ ଆଲୋକ ଦେଖାଇବାରେ ଅକ୍ଷମ ହେବୁ? ତୁ ତ ସେଇ ନାରୀମନ୍ତ୍ରେ ଦୀକ୍ଷିତା। ତୁ ପାରିବୁ ଟୁମ୍ଲି... ତୁ ପାରିବୁ। ମୋର ସଂପୂର୍ଣ୍ଣ ବିଶ୍ୱାସ। ଏଥିପାଇଁ ତୋର ଧୈର୍ଯ୍ୟ, ଦୃଢତା, ମନର ବଳ ଓ ଆମୃବିଶ୍ୱାସ ଲୋଡ଼ା।

-ଆଃ, ବନ୍ଦକର ତମର ବକ୍ତବ୍ୟ। ବଧିରା ଟୁମ୍କିର ଶ୍ରବଣେନ୍ଦ୍ରିୟକୁ ଏହା ଯେ ସ୍ପର୍ଶ କରୁନି। ତମେ ଏତେ ନିଷ୍ଠୁର ଚିନ୍ତୁଭାଇ। ବିପର୍ଯ୍ୟୟ ସମୟରେ ସହାନୁଭୂତି ବଦଳରେ ଦେଇ ଚାଲିଛ ରାଶି ରାଶି ଉପଦେଶ। ତୁମେଇ ନା ସେଇ ଚିନ୍ତୁଭାଇ ଯିଏକି ଦିନେ ରୂପସୀ ଟୁମ୍କିର ସଂଗଲାଭ ପାଇଁ ପାଗଲ ହେଇ ଉଠିଥିଲ। ତୁମେଇ ନା ସେଇ, ଜୀବନର ବିପଦ ଆସିଲେ ହାତ ଧରି ମତେ ଉଦ୍ଧାର କରିବାର ସଂକଳ୍ପ ନେଇଥିଲ।

କିନ୍ତୁ... କିନ୍ତୁ କାହିଁକି ଆଜି ଏତେଟା ବିତସ୍ପୃହ। ଅତୀତର ଟୁମ୍ଲି ପରି ବର୍ତ୍ତମାନ ଟୁମ୍ଲିର ନାହିଁ ଭରା ଯୌବନ କି ନାହିଁ ସେଇ ଚମକପ୍ରଦ ଚେହେରା। ଆଜି ସିଏ ଅସୁନ୍ଦରୀ। ଏଇୟା ନା ? ? ?

-ଥାଉ.. ଥାଉ ଟୁମ୍ଲି ତୋ ଚିନ୍ତୁଭାଇ ସଦା ହିତାକାଂକ୍ଷୀ। ତତେ ପଥଭ୍ରଷ୍ଟ କରାଇ କାଳିମାର ପ୍ରଲେପକୁ ତୋ ମୁହଁରେ ଆଦୌ ସହ୍ୟ କରି ପାରିବିନି।

ସୂର୍ଯ୍ୟମୁଖୀର ମନ ନେଇ ବର୍ଷବର୍ଷର
ତପସ୍ୟା ତେବେ ଆଜି ମୋର ବ୍ୟର୍ଥ।
ମୋ ଚକ୍ଷୁ ଯୁଗଳରୁ ଏ ଲୋତକ ଧାରା ତେବେ ଚିରସ୍ରୋତା...

ମୁଁ ଭାବିଥିଲି ଚିନୁଭାଇ, ତମେଇ ବାନ୍ଧିବ ଏ ଲୋତକ ଧାରାର ସେତୁବନ୍ଧ। ତମେଇ ଘୋଷଣା କରିବ ମୋର ଏ ବିନିଦ୍ର ରଜନୀର ପରିସମାପ୍ତି। କିନ୍ତୁ... କିନ୍ତୁ ଏକି ପ୍ରକାର ନିସ୍ପୃଇ ତମର ? ଦୁଃଖିନୀ ଚୁମ୍କିର ଦୁଃଖ ତେବେ ଚିରସାଥୀ। ବିଦାୟ ଚିନୁଭାଇ... ବିଦାୟ।

ଚୁମ୍କିର କଣ୍ଠ ବାଷ୍ପରୁଦ୍ଧ ହେଇ ଆସୁଥିଲା। ନିମନ୍ତ୍ରିତ ଅତିଥିର ସମ୍ମାନ ରକ୍ଷା କରିବା ପାଇଁ ସେ ଯେ ଆଜି ଶକ୍ତିହୀନା।

SATYA PATTANAIK

ସତ୍ୟ ପଟ୍ଟନାୟକ

ସତ୍ୟ ପଟ୍ଟନାୟକ (ଜନ୍ମ ୨୧ ଅକ୍ଟୋବର ୧୯୬୨, ଢେଙ୍କାନାଳ)ଙ୍କର ଦୁଇଟି କବିତା ସଙ୍କଳନ 'ପାଷାଣର ପ୍ରେମ ସଙ୍ଗୀତ' ଓ 'ୟର୍କୋ ଖୋଲାଥାଉ' ଏବଂ ବିଶ୍ୱ ସାହିତ୍ୟକୁ ନେଇ ଦୁଇଟି ଅନୁବାଦ ସଙ୍କଳନ 'କ୍ଷୁଦ୍ରଗଙ୍କର ମୃତ୍ୟୁ ଓ ଅନ୍ୟାନ୍ୟ ଗଳ୍ପ' ଓ 'ଆମ ନିଜ ମାଟି ଓ ଅନ୍ୟାନ୍ୟ କବିତା' ପ୍ରକାଶିତ। ତାଙ୍କର ଜୀବନ ଓ ସାହିତ୍ୟକୁ ନେଇ 'ସତ୍ୟ ପଟ୍ଟନାୟକଙ୍କ ମାଟି ଓ ଆକାଶ' ମଧ୍ୟ ପ୍ରକାଶିତ। ଆମେରିକାରୁ ପ୍ରକାଶିତ ସାହିତ୍ୟ ପତ୍ରିକା 'ପ୍ରତିଶ୍ରୁତି'କୁ ସମ୍ପାଦନା କରିବା ସହିତ ନନ୍‌ପ୍ରଫିଟ୍ ପ୍ରକାଶନ ସଂସ୍ଥା ବ୍ଲାକ୍ ଈଗଲ ବୁକ୍‌ର ପ୍ରତିଷ୍ଠାତା ଓ ପ୍ରକାଶକ ମଧ୍ୟ ସେ। ଶ୍ରୀ ପଟ୍ଟନାୟକ ୧୯୯୮ରୁ ଆମେରିକାରେ ବସବାସ କରିଆସୁଛନ୍ତି।

ବୁଢ଼ାଏ ଲୁହର ତାଜମହଲ

ମୁଁ ଡ୍ରାଇଭର ସିଟ୍‌ରେ। ପାସେଞ୍ଜର ସିଟ୍‌ରେ ବସିଛି ଅରୁଣ ମିଶ୍ର, ବୋଷ୍ଟନ ବିଶ୍ୱବିଦ୍ୟାଳୟର ବୀମା ବିଜ୍ଞାନର ପ୍ରଫେସର, ସିଟ୍‌କୁ ଏକ ଚତୁର୍ଥାଂଶ ପଛକୁ ଢଳେଇ ଆଖି ବୁଜି ଶୋଇଛି। ମୁଁ କଣେଇ ଚାହିଁଲି। ଚବିଶ ଘଣ୍ଟାର ଉଡ଼ାଜାହାଜ ଯାତ୍ରା ପରେ ଯେମିତି ଥକା ଦେଖାଯିବା କଥା ସେମିତି ଲାଗୁନି। ତା ମୁହଁରେ ପ୍ରଶାନ୍ତିର ଝଲକ। ପଚିଶ ବର୍ଷ ପରେ ରେଭେନ୍ସା ବିଶ୍ୱବିଦ୍ୟାଳୟରୁ ବିଶେଷ ନିମନ୍ତ୍ରଣ ପାଇ ବୀମା ବିଜ୍ଞାନ ଉପରେ ପ୍ରେଜେଣ୍ଟେସନ୍ ଦେବାକୁ ଯାଇଥିଲା ସେ। ମୋ ମନରେ କିନ୍ତୁ ଅସଂଖ୍ୟ ପ୍ରଶ୍ନ। ଏବେ ପଚାରିବାଟା କଣ ଠିକ ହେବ ? କାଲେ ଟିଉଟିଡ଼ା ଅନୁଭବ କରିବ ସେ! ମୁଁ କିନ୍ତୁ ନିଜକୁ ରୋକିପାରୁନି। ପ୍ରଶ୍ନ ଅସଂଖ୍ୟ ହେଲେ ମଧ୍ୟ ଗୋଟିଏ ଉତ୍ତର ହିଁ ବାକି ସବୁ ଉତ୍ତରକୁ ବାଟ ଫିଟେଇନେବ, ଏକଥା ମୁଁ ଜାଣେ। ଘରେ ପହଁଚିବାକୁ ଚାଳିଶ ମିନିଟରୁ କମ ଲାଗିବନି। ବୋଷ୍ଟନ ସହରର ଟ୍ରାଫିକ ଆଜି ଟିକେ ଅଧିକା ଲାଗୁଛି ? ଭୁବନେଶ୍ୱରରେ ଟ୍ରାଫିକ ସାଧାରଣତଃ ଅନ୍ୟ ଦିନ ଅପେକ୍ଷା କମ ଥାଏ, ହୁଏତ

ଆଗରେ କେଉଁଠି ଆକ୍ସିଡେଣ୍ଟ ହୋଇଥାଇପାରେ। ସେ ଯାହାବି ହେଉ, ମୋର ଡ୍ରାଇଭିଂରେ ଧାନ ଦେବାଟା ହିଁ ବର୍ତ୍ତମାନର ପ୍ରାଥମିକତା। ଯେଉଁଠି ତା ନିଦ ଭାଙ୍ଗିବ, ସେଇଠି ପଚାରିବି। ଏବେ ଶୋଇଥାଉ ସେ।

ପଚିଶ ବର୍ଷ ତଳେ, ମୋର ପିଏଚ୍.ଡି ପ୍ରୋଗ୍ରାମର ଶେଷ ବର୍ଷ ଅରୁଣ ମିଶ୍ର ଆସି ବୋଷ୍ଟନ ବିଶ୍ୱବିଦ୍ୟାଳୟରେ ପିଏଚ୍.ଡି ପ୍ରୋଗ୍ରାମରେ ଯୋଗଦେଲା। ତା ଆସିବା କଥା ମୁଁ ପ୍ରଥମେ ଜାଣିନଥିଲି। ଆମ ବିଶ୍ୱବିଦ୍ୟାଳୟରେ ଓଡ଼ିଆ ଆଦୌ ନଥିଲେ, ସେତେବେଳେ କାଁ ଭାଁ କେହି ଭାରତୀୟ ଛାତ୍ର ଦେଖାଯାଉଥିଲେ। ବିଶ୍ୱବିଦ୍ୟାଳୟର ଏକମାତ୍ର ଭାରତୀୟ ବଂଶଜ ପ୍ରଫେସର ଡ଼ଃ ଶୁକ୍ଲାଙ୍କ ଘରେ ଦୀପାବଳି ସମାରୋହରେ ପ୍ରଥମଥର ପାଇଁ ଅରୁଣ ମିଶ୍ର ସହ ଦେଖାହୋଇଥିଲା। ଡ. ଶୁକ୍ଲା ତାଙ୍କଘରେ ପ୍ରତିବର୍ଷ ଦୀପାବଳିରେ ବିଶ୍ୱବିଦ୍ୟାଳୟ ତଥା ସହରରେ ରହୁଥିବା ପ୍ରାୟ ପଚାଶ ଭାରତୀୟ ବଂଶଜ ପରିବାରଙ୍କୁ ନିମନ୍ତ୍ରଣ କରନ୍ତି। ଅରୁଣ ମିଶ୍ର ନୂଆ ଆସିଥିବାରୁ ଡ. ଶୁକ୍ଲା ତାକୁ ସମସ୍ତଙ୍କ ସାମ୍ନାରେ ମିଳିତ ଭାବେ ପରିଚୟ କରେଇଦେଇଥିଲେ। ପ୍ରଥମେ ମୁଁ ତାକୁ ବିହାରୀ ବୋଲି ଭାବିଥିଲି। ପରେ ତା ସହିତ ସାମ୍ନାସାମ୍ନି କଥା ହୋଇ ଜାଣିଲି ଯେ ସେ ଓଡ଼ିଆ, କଟକ ଜିଲ୍ଲାର ସାଲେପୁର ପାଖ ଚାନ୍ଦୋଲ ଗାଁର ମେଲଣ ପଡ଼ିଆ ସାମ୍ନାରେ ତାଙ୍କ ଘର।

ଗଣିତରେ ପିଏଚ୍.ଡି ଏବଂ ବୀମା ବିଜ୍ଞାନରେ ପୋଷ୍ଟ ଡକ୍ଟରେଟ୍ ପରେ ବୋଷ୍ଟନ ବିଶ୍ୱବିଦ୍ୟାଳୟରେ ଆସିସ୍ଟାଣ୍ଟ ପ୍ରଫେସର ଭାବେ ଯୋଗଦେଲା ଅରୁଣ ମିଶ୍ର। ସେତେବେଳକୁ ମୁଁ ମଧ ପିଏଚ୍.ଡି ସାରି ସେଇଠି ଅର୍ଥନୀତି ବିଭାଗରେ ଅଧ୍ୟାପନ କରୁଥାଏ। ଯଦିଓ ମୁଁ ଘରସଂସାର କରି ସାଧାରଣ ପ୍ରଫେସର ଭାବେ ଅଧ୍ୟାପନାରେ ରହିଗଲି, ଅରୁଣ ମିଶ୍ର ତାର ସାରା ଜୀବନ ଅଧ୍ୟାପନା ସହିତ ଗବେଷଣାରେ କଟେଇଲା। ବୀମା ବିଜ୍ଞାନରେ ସେ ପୃଥିବୀର ଶୀର୍ଷ ଗଣିତଜ୍ଞଙ୍କ ଭିତରୁ ଜଣେ ହୋଇ ବାହାରିଲା। ତାର ସିଦ୍ଧାନ୍ତକୁ ଆମେରିକାର ସମସ୍ତ ବୀମା କମ୍ପାନୀ ବୀମା ଶୁଲ୍କ ପରିଗଣନା ପାଇଁ ବ୍ୟବହାର କଲେ। ଆମେରିକାର ରାଜ୍ୟ ତଥା କେନ୍ଦ୍ର ସରକାରଙ୍କ ବିଭିନ୍ନ ପ୍ରୋଜେକ୍ଟରେ ସେ ପରାମର୍ଶଦାତା ଭାବେ ନିଯୁକ୍ତି ପାଇଲା। ଅନେକ ଛାତ୍ର ତା ଅଧୀନରେ ପି.ଏଚ୍.ଡି ତଥା ପୋଷ୍ଟ ଡକ୍ଟରେଟ୍ କଲେ। ଖୁବ କମ ବୟସରେ ସେ ବୋଷ୍ଟନ ବିଶ୍ୱବିଦ୍ୟାଳୟର ବୀମା ବିଜ୍ଞାନ ବିଭାଗରେ ଚେୟାର ପ୍ରଫେସର ରୂପେ ଅବସ୍ଥାପିତ ହେଲା। ନିଜକୁ ସବୁବେଳେ କାମରେ ଡ଼ୁବାଇ ରଖିଲା।

ସର୍ବୋପରି ସେ ଥିଲା ଆମ ପରିବାରର ଜଣେ ସଦସ୍ୟ। ଆମ ଘରଠୁ ଦୁଇ ଗଲି ଛାଡ଼ି ସେ ଘର କିଣିଲା, ଗୋଟିଏ କମ୍ୟୁନିଟିରେ। ଠିକ୍ ଏଣ୍ଡରେ, ମଝିରେ ମଝିରେ

ଆମ ଘରେ ହଠାତ ଆସି ପହଁଚିଯାଏ, କିଛି ସମୟ ବିତାଏ, ଲଞ୍ଚ କି ଡିନର ପରେ ଯାଏ । ତା ଘର କିନ୍ତୁ ଗୋଟେ ଚଳନ୍ତା ଲାଇବ୍ରେରୀ । ବେଡ୍, ସୋଫା, ଡାଇନିଙ୍ଗ୍ ଟେବୁଲ – ସବୁଆଡେ ବହି, ଖାତା, କାଗଜ, କଲମଙ୍କ ମେଳା । ତା ଛାତ୍ରମାନେ ବିଶ୍ୱବିଦ୍ୟାଳୟ ଲାଇବ୍ରେରୀ ନଯାଇ ୟା ଘରକୁ ଆସି ପଡ଼ନ୍ତି । ଜଣେ ଛାତ୍ରବତ୍ସଲ ଶିକ୍ଷକ ଭାବେ ସେ ବିଶ୍ୱବିଦ୍ୟାଳୟରେ ଜଣାଶୁଣା ଥିଲା । ଏ ସବୁ ଉପଲବ୍ଧି ସତ୍ତ୍ୱେବି ତାର ହୃଦୟ ଆବେଗଭରା, କୋମଲ, ଗୋଟିଏ ଛୋଟ ପିଲାର ହୃଦୟ ପରି । ଯେତେବେଳେ କୌଣସି କାରଣରୁ ଆଲୋଚନା ଭିତରକୁ ଅପର୍ଣ୍ଣା ଚାଲିଆସେ ସେ ବିଶ୍ୱପ୍ରସିଦ୍ଧ ପ୍ରଫେସରରୁ ପଚିଶବର୍ଷ ତଳର କଲେଜ ଛାତ୍ରଟିଏ ହୋଇଯାଏ ।

ଅପର୍ଣ୍ଣା ମହାପାତ୍ର । ରେଭେନ୍ସା କଲେଜରେ ସ୍ନାତକୋତ୍ତର ଗଣିତରେ ତା'ର ସହପାଠିନୀ ଥିଲା । କେବଳ ସହପାଠିନୀ କହିବାଟା ଉଚିତ ହେବନି, ଅପର୍ଣ୍ଣା ସହିତ ତାର ଏକ ଆବେଗିକ ସମ୍ପର୍କ ଥିଲା । ରେଭେନ୍ସା କଲେଜରେ ତାର ଦୁଇବର୍ଷର ଜୀବନକୁ ନେଇ ସେ ଯେଉଁ ବିବରଣୀ ଗଲା ପଚିଶ ବର୍ଷରେ ମୋତେ ଦେଇଛି, ମୁଁ ନିଶ୍ଚିତ ରୂପେ କହିବି ଯେ ଏ ବୋଧହୁଏ ପ୍ରେମର ସର୍ବୋଚ୍ଚ ଅବବୋଧ ଥିଲା । ପ୍ରେମ ଏଠି ତ୍ୟାଗର ରୂପ ନେଇଥିଲା ।

ତା କହିବା ଅନୁସାରେ, କେବଳ ତାକୁ ଓ ଅପର୍ଣ୍ଣାକୁ ଛାଡ଼ିଦେଲେ, କ୍ୟାମ୍ପସରେ ବାକି ସମସ୍ତେ ସେମାନଙ୍କର ମିଲାମିଶାକୁ ପ୍ରେମର ରୂପ ଦେଉଥିଲେ । ଏ ସମ୍ପର୍କକୁ ନେଇ ଦୁଇ ବର୍ଷ କ୍ୟାମ୍ପସ ଜୀବନରେ ସେମାନଙ୍କ ଭିତରେ କେବେ କୌଣସି ପ୍ରକାରର ଔପଚାରିକ ବାର୍ତ୍ତାଲାପ ହୋଇନଥିଲା ।

କ୍ୟାମ୍ପସ କହିଲେ ଓଡ଼ିଶାର ସର୍ବବୃହତ୍ କଲେଜ ରେଭେନ୍ସାର ପଛକୁ ଲାଗିଥିବା ହଷ୍ଟେଲ ଅଞ୍ଚଲ, ଗୋଟିଏ ପଟରୁ ୱେଷ୍ଟ ହଷ୍ଟେଲ, ଲେଡିଜ୍ ହଷ୍ଟେଲ, ନ୍ୟୁ ହଷ୍ଟେଲ, ଟି.ଆର୍.ଡବ୍ଲ୍ୟୁ ହଷ୍ଟେଲ, ନ୍ୟୁ ପି.ଜି ହଷ୍ଟେଲରୁ ନେଇ ଆର ପଟେ ଇଷ୍ଟ ହଷ୍ଟେଲ ପର୍ଯ୍ୟନ୍ତ – ଏକ ଅଣ୍ଡାକାର ଭୌଗଳିକ କ୍ଷେତ୍ର । ମଝିରେ ଖେଳପଡ଼ିଆ । କ୍ଲାସ ସରିଗଲା ପରେ ଏବଂ ଅନ୍ଧାର ପୂର୍ବରୁ ଏହି ଭୂଖଣ୍ଡ ବେଶ୍ ଚଲଚଞ୍ଚଲ ହୋଇଉଠେ, ସାରା ଦିନ କାହା ସହିତ ଦେଖା ନହୋଇଥିଲେ ମଧ ଏହି ସମୟରେ ପ୍ରାୟ ସମସ୍ତେ ସେଠି ମିଲିଯାଇଥାନ୍ତି ।

ଅରୁଣ ମିଶ୍ର ନ୍ୟୁ ହଷ୍ଟେଲର ଛବିଶ ନମ୍ବର ରୁମରେ ରହୁଥିଲା । ହଷ୍ଟେଲରୁ ବାହାରି କ୍ଲାସକୁ ଯିବା ସମୟରେ ଠିକ୍ ଲେଡିଜ ହଷ୍ଟେଲ ପାଖାପାଖି ହୋଇଥିବାବେଳେ ଅପର୍ଣ୍ଣା ତା ହଷ୍ଟେଲରୁ ବାହାରୋ । କ୍ଲାସ ସରିଲେ ଅପର୍ଣ୍ଣା ତା ସହିତ ଯିବାକୁ ଚାହେଁ । ଯଦି ସେ କ୍ଲାସରୁ ପ୍ରଥମେ ବାହାରି ଆସେ ଅପର୍ଣ୍ଣା ଲମ୍ବା

ପାହୁଣ୍ଡ ପକାଇ ତା ପାଖରେ ପହଁଚିଯାଏ। ଯଦି ସେ କେବେ ପଛରେ ରହିଯାଏ ଅପର୍ଣ୍ଣା ଧିରେଧିରେ ଚାଲେ ସେ ଆସି ଅପର୍ଣ୍ଣା ସହିତ ମିଶିବା ପର୍ଯ୍ୟନ୍ତ। ଅପର୍ଣ୍ଣା ଚାହେଁ ଯେ ହ୍ୟୋସେଲ ସାମ୍ନାରେ ଛିଡ଼ା ହୋଇ କିଛି ସମୟ ତା ସହ ସେ ଗପୁ, ଯଦିଓ କେବେ ମୁହଁ ଖୋଲି କହେନା ଅପର୍ଣ୍ଣା। ଅପର୍ଣ୍ଣା ଗୋରା, ପତଲା, ଲମ୍ବା, ପାହାଡ଼ି ଝରଣା ପରି ଛଲଛଲ, ବନହରିଣୀ ପରି ଚଳଚଞ୍ଚଳ। ସବୁବେଳେ ଶାଢ଼ୀ ପିନ୍ଧେ। ତାକୁ ଲାଗେ ଯେମିତି ଅପର୍ଣ୍ଣା ତା ମନ କଥା ଜାଣିପାରେ ଯେ ଝିଅମାନେ ଶାଢ଼ୀରେ ସୁନ୍ଦର ଲାଗନ୍ତି। କିନ୍ତୁ ତା ନୁହେଁ। ହୁଏତ ଅପର୍ଣ୍ଣାକୁ ଶାଢ଼ୀ ପିନ୍ଧିବାକୁ ଭଲ ଲାଗେ। ଅଥବା ଯେ ଏକ ସଂଯୋଗ ମାତ୍ର? ଅପର୍ଣ୍ଣା ସହ ଚାଲୁଥିବା ସମୟରେ ବେଲେବେଲେ ପବନରେ ଶାଢ଼ୀ କାନି ଆସି ତା ଦେହରେ ଗୁଡ଼େଇ ହୋଇଯାଏ। ତାକୁ ଭଲ ଲାଗେ, ଅପର୍ଣ୍ଣା ଅପ୍ରସ୍ତୁତ ହୁଏ।

ତଥାପି ସେ ଦୁହିଁଙ୍କୁ କେବେ ଲାଗିନି ଯେ ସେମାନଙ୍କ ଭିତରେ ପ୍ରେମ ବୋଲି କିଛି ଥିଲା।

ହ୍ୟୋସେଲ ଛାତ ଆଙ୍ଗିନା ଉପରେ ବସି ଯେତେବେଲେ କାଉ ବୋବାଏ, ତା ରୁମ୍ ମେଟ୍ ଜ୍ଞାନ ରଥ କୁହେ, "ହେଇ ଦେଖ, କାଉ ମଧ ତୁମ ପ୍ରେମକାହାଣୀ ଶୁଣିଛିଲାଣି, କାହିଁକି ମାନିନେଉନ ତୁମେ?" ଥରେ ଜ୍ଞାନ ରଥ ବାଲୁବଜାର ଯାଇ ବିଭୂତି ପଟ୍ଟନାୟକଙ୍କ ଦୁଇ ଖଣ୍ଡ ଉପନ୍ୟାସ ଆଣି ଯାକୁ ଦେଲା ଏବଂ କହିଲା, "ଏଇ ଦୁଇଖଣ୍ଡ ଉପନ୍ୟାସ ସାରିଦିଅ। ପ୍ରେମ କରିବା ଶିଖିଯିବ।" ପୁଣି କେବେକେବେ କୁହେ, "ଅକ୍ଷୟ ମହାନ୍ତି ଗୀତ ଶୁଣ। ଏଇମାନେ ହେଲେ ପ୍ରେମର ରାଜଦୂତ। ଏମାନଙ୍କ ସିଦ୍ଧାନ୍ତ ଅନୁସରଣ କର, ଦେଖିବ କେମିତି ପ୍ରେମକୁ ବୁଝିପାରିବ।"

କହିବା ବାହୁଲ୍ୟ ଯେ ସେ ଏଯାଏଁ ବିଭୂତି ପଟ୍ଟନାୟକଙ୍କ ଉପନ୍ୟାସ ପଢ଼ିନାହିଁ।

ଯେଉଁଦିନ ଦୁହିଁଙ୍କର କ୍ୟାମ୍ପସରେ ଶେଷ ଦିନ, ଅପର୍ଣ୍ଣା ଅରୁଣକୁ ଅନୁରୋଧ କଲା ତାକୁ ବସଷ୍ଟାଣ୍ଡରେ ଛାଡ଼ିବା ପାଇଁ। ସକାଲ ନଅଟାରୁ ଦୁହେଁ ବସଷ୍ଟାଣ୍ଡରେ ଛିଡ଼ା ହେଲେ, ଗୋଟାକ ପରେ ଗୋଟେ ବସ୍ ଛାଡ଼ୁଥିଲା, ଅପର୍ଣ୍ଣା କିନ୍ତୁ ଯାଉନଥିଲା। ତା ମୁହଁରେ ଦୁଃଖର ଛାପ ବେଶ୍ ବାରି ହୋଇପଡ଼ୁଥିଲା। ସେଦିନ ସକାଲୁ ସନ୍ଧ୍ୟାଯାଏ ଦୁହେଁ ସେମିତି ଚୁପଚାପ ଛିଡ଼ା ହୋଇଥିଲେ। ତାକୁ ଅରୁଣ ବାଧ ନକରିଥିଲେ ହୁଏତ ସେ ସେଦିନ ଶେଷ ବସ୍ ବି ଛାଡ଼ିଦେଇଥାନ୍ତା। ବସରେ ବସିବା ପୂର୍ବରୁ ଅପର୍ଣ୍ଣା ତା ମୁହଁକୁ ଚାହିଁଲା। ଅପର୍ଣ୍ଣାର ଆଖିରୁ କେଇ ବୁନ୍ଦା ଲୁହ ଝରି ଧୂଲିରେ ମିଶିଗଲା। ଶେଷ ବୁନ୍ଦା ଲୁହ ଝରିବା ପୂର୍ବରୁ ସେ ପାପୁଲି ପତେଇଦେଲା। ସେଇ ବୁନ୍ଦାଏ ଲୁହରେ ସେ ନିଜର କଳ୍ପନାରେ ତାଜମହଲଟିଏ ଗଢ଼ିଲା।

এ ভিতরে কার আসি অরুণর ড্রাইভওয়েরে রহিলা। মুঁ ডাকিলি, "অরুণ, ଉଠ, ତୁମ ଘର ଆସିଗଲା।"

ଲଗେଜ୍ ଧରି ଅରୁଣ ତା ଘର ଭିତରକୁ ଗଲା। ମୁଁ ତା ପଛେ ପଛେ ଆସିଲି। ମୋ ମନରେ ଥିବା ପ୍ରଶ୍ନସବୁ ବାହାରକୁ ଆସିବାପାଇଁ ବ୍ୟଗ୍ର ହେଉଥିଲେ। ପଚାରିବି କି ନାଇଁ ଭାବୁ ଭାବୁ ମୁଁ ତା ସୋଫା ଉପରେ ବସିପଡିଲି ଓ ମୋ ମୁହଁରୁ ସ୍ୱତଃସ୍ଫୁର୍ତ ଭାବେ ପ୍ରଶ୍ନଟି ବାହାରିଆସିଲା, "ତୁମେ ଅପର୍ଣ୍ଣାକୁ ଭେଟିଲ ?"

ବାସ୍, କେଉଁଠି ଥିଲା ଏତେ ଆବେଗ, ଏତେ କୋହ କେଜାଣି, ଅପର୍ଣ୍ଣା ନାଁ ଶୁଣି ତା ଆଖି ଛଳଛଳ ହୋଇଗଲା, କଣ୍ଠ ବାଷ୍ପାରୁଦ୍ଧ ହୋଇଗଲା ? ତାକୁ ଏକା ଛାଡିଦେବାଟା ଉଚିତ ହେବ ବୋଲି ଭାବି, ଦିନର ପାଇଁ ସନ୍ଧ୍ୟାରେ ଆମ ଘରକୁ ଆସିବାକୁ କହି ମୁଁ ଉଠିଆସିଲି।

ସନ୍ଧ୍ୟାରେ ଆସି ଆମ ଘରେ ପହଁଚିଲା ସେ। ସକାଳର ମେଘ ଖଣ୍ଡ ବର୍ଷ ଯାଇଥିଲା। ଆକାଶ ଥିଲା ବେଶ୍ ନିର୍ମଳ। ଏକଦମ ଶାନ୍ତ ଲାଗୁଥିଲା ସେ। ମୁଁ ଦୁଇକପ ଚା ଧରି ସୋଫା ଉପରକୁ ଆସିଲି। ଚା କପରେ ପ୍ରଥମ ଚୁସ୍କୀ ଦେଇ ସେ କହିଲା, "ଭାଇନା, ମୁଁ ସ୍ଥିର କରିସାରିଛି, ଓଡିଶା ଫେରିଯିବି। ଆସନ୍ତାକାଲି ଇସ୍ତଫା ଦେଉଛି। ଚାରି ସପ୍ତାହରେ ସମସ୍ତ ଜିନିଷ ଓ ଘର ବିକ୍ରୀ କରି ସବୁ ଦିନ ପାଇଁ ଫେରିଯିବି। "

ତା କଥା ଶୁଣି ମୁଁ ଅବାକ୍ ହେଇଗଲି। ଯେ କଣ କହୁଛି ହଠାତ୍। ତା କଥାରେ ମୋତେ କେମିତି ପ୍ରତିକ୍ରିୟା ପ୍ରକାଶ କରିବାକୁ ହେବ, କିଛି ବୁଝିପାରିଲିନି। ତା ମୁହଁକୁ ପ୍ରଶ୍ନଭରା ଆଖିରେ ଚାହିଁଲି ଏବଂ ପଚାରିଲି, "ସତ କୁହ, ଓଡିଶାରେ ତୁମର ଦୁଇ ସପ୍ତାହ କେମିତି ରହିଲା ? ଅପର୍ଣ୍ଣା ସହିତ ଦେଖା ହେଲା ?"

ସେ ଚା କପକୁ ଟି'ପୟ ଉପରେ ରଖି କହିବାକୁ ଆରମ୍ଭ କଲା।

"ମୁଁ ପହଁଚିବାର ଦୁଇଦିନ ପରେ ମୋର ପ୍ରେଜେଣ୍ଟେସନ୍ ଥିଲା। ଗଣିତ ବିଭାଗର ସମସ୍ତ ଛାତ୍ର ଓ ଅଧ୍ୟାପକଙ୍କ ବ୍ୟତୀତ କଲେଜର ଅନେକ ଅଧ୍ୟାପକ ଏହି ପ୍ରେଜେଣ୍ଟେସନରେ ଉପସ୍ଥିତ ଥିଲେ। ପ୍ରେଜେଣ୍ଟେସନ୍ ପରେ ପ୍ରଶ୍ନୋତ୍ତର କାର୍ଯ୍ୟକ୍ରମ ଥିଲା। ଛାତ୍ର ଛାତ୍ରୀମାନେ ଧୈର୍ଯ୍ୟର ସହ ପ୍ରେଜେଣ୍ଟେସନ୍ ଦେଖିବା ପରେ ଅନେକ ମହତ୍ତ୍ୱପୂର୍ଣ୍ଣ ପ୍ରଶ୍ନ ପଚାରିଲେ। କାର୍ଯ୍ୟକ୍ରମ ସରିଗଲା ପରେ ଗଣିତ ବିଭାଗର ଜଣେ ରିସର୍ଚ୍ଚ ସ୍କଲାର ମୋ ସହିତ କିଛି କଥା ହେବାକୁ ଚାହୁଁଛି କହି କଲେଜ ଛକରେ ଥିବା କଫି ସପକୁ ମୋତେ ନିମନ୍ତ୍ରଣ କଲା। ବିନା ଦ୍ୱିଧାରେ ମୁଁ ତା ସହିତ କଫି ସପକୁ ଗଲି। ମୁଁ ଭାବିଲି ଯେ କ୍ୟାରିଅରକୁ ନେଇ ହୁଏତ ତାର କିଛି ପ୍ରଶ୍ନ ଥାଇପାରେ। କୋଣ ଟେବୁଲରେ ବସି ଦୁଇ କପ କଫି ଅର୍ଡର କଲା ପରେ ସେ କିଛି ନକହି

କେବଳ ମୋ ମୁହଁକୁ ଚାହିଁ ରହିଲା। ମୁଁ ଅପ୍ରସ୍ତୁତ ଅନୁଭବ କଲି ଓ କିଛି ବୁଝି ପାରିଲିନି। କ୍ୟାରିୟର ନେଇ କିଛି ତାର ପ୍ରଶ୍ନ ଅଛିକି ବୋଲି ମୁଁ ତାକୁ ପଚାରିଲି। ସେ ସିଧା ପ୍ରଶ୍ନ କଲା ଯେ ମୁଁ ପଚିଶ ବର୍ଷ ତଳେ କାହିଁକି ଦେଶ ଛାଡ଼ି ଚାଲି ଯାଇଥିଲି, ଏ ଭିତରେ ଥରଟେ ହେଲେ ବି ମୁଁ କାହିଁକି ଆସିନଥିଲି। ଯେ ମୋର ଏକଦମ୍ ନିଜ କଥା, ଏ ଝିଅକୁ ମୋ ବିଷୟରେ ଏତେ କେମିତି ଜଣା ବୋଲି ମୋର ସନ୍ଦେହ ହେବାକୁ ଲାଗିଲା। ଏ ଝିଅ କିଏ ହୋଇଥାଇପାରେ ବୋଲି ମୁଁ ମନଭିତରେ ସମୀକରଣ କରିବାକୁ ଆରମ୍ଭ କରିଦେଲି।"

ଅରୁଣ ମିଶ୍ର ଗୋଟେ ନିଃଶ୍ୱାସରେ ଏତିକି କହି ଚୁପ ହୋଇଗଲା ଓ ଚା କପ୍ ଉଠେଇ ଆଉ ଗୋଟେ ଚୁସ୍କୀ ଦେଲା। ଆଗକୁ ଜାଣିବାର ଉତ୍କଣ୍ଠା ମୋ ମନରେ ବଢ଼ି ଯାଇଥିଲା। ତଥାପି ମୁଁ କହିଲି, "ଚା ଟା ଥଣ୍ଡା ହୋଇଯିବଣି। ଦିଅ, ଗରମ କରିଦେବି।"

ମୋ କଥାରେ ବିଶେଷ ଧ୍ୟାନ ନଦେଇ ସେ ତା କଥାକୁ ଆଗକୁ ବଢ଼େଇଲା।

"ମୋତେ ଅଧିକ ସମୟ ଦ୍ୱିଧାରେ ନରଖି ସେ ତାର ପରିଚୟ ଦେଲା। ସେ ଥିଲା ଅପର୍ଣ୍ଣାର ଝିଅ। ଅପର୍ଣ୍ଣା ଓ ମୋ'ର ସମ୍ପର୍କ, ଆମର ଦୁଇବର୍ଷର ଜୀବନକୁ ନେଇ ସେ ଛୋଟରୁ ଛୋଟ ଘଟଣା ସବୁ ଜାଣିଥିଲା। ଝିଅଟିର କଥା ଶୁଣି ମୁଁ ସ୍ତମ୍ଭୀଭୂତ ହୋଇପଡ଼ିଲି। ମୋ ସାମ୍ନାରେ କେବଳ ବହଳ ଅନ୍ଧକାର ଥିଲା। ମୁଁ ବୋଧହୁଏ ଅନ୍ଧ ହୋଇଯାଇଥିଲି। ଝିଅଟି ହଠାତ ମୋତେ ଧରି କଇଁ କଇଁ କାନ୍ଦିଲା। ମୁଁ ଆଖି ଖୋଲି ତାକୁ ଚାହିଁଲି। ତା ଆଖିରୁ ବୁନ୍ଦା ବୁନ୍ଦା ଲୁହ ଝରି ପଡ଼ୁଥିଲା, ଠିକ ଯେମିତି ପଚିଶ ବର୍ଷ ତଳେ ଝରିଥିଲା ଅପର୍ଣ୍ଣା ଆଖିରୁ। ଶେଷ ବୁନ୍ଦା ଲୁହ ତଳେ ପଡ଼ିବା ପୂର୍ବରୁ ମୁଁ ପାପୁଲି ପତେଇ ଦେଲି। ମୁଁ ଦେଖୁଥିଲି ପଚିଶ ବର୍ଷ ତଳେ ଗଡ଼ିଥିବା ବୁନ୍ଦାଏ ଲୁହର ତାଜମହଲ ତରଳି ଯାଉଛି ଏବଂ ପୁଣି ଥରେ ବୁନ୍ଦାଏ ଲୁହ ହୋଇ ମୋ ପାପୁଲିରେ ଅଟକି ଯାଇଛି।"

ମୋ ପାଟିରୁ ହଠାତ୍ ବାହାରି ଆସିଲା, "ଆଉ ଅପର୍ଣ୍ଣା?"

"ଦୁଇ ବର୍ଷ ତଳେ ଅପର୍ଣ୍ଣାର କ୍ୟାନସରରେ ମୃତ୍ୟୁ ହୋଇଛି, ତା ଝିଅ କହିଲା। ଶେଷ ସମୟରେ ସେ ମୋତେ ଅନେକ ଖୋଜିଥିଲା କାଲେ। ଏବଂ ତାର ବିଶ୍ୱାସ ଥିଲା ଯେ ମୁଁ ଦିନେ ଫେରିବି।" ଅରୁଣ କହିଲା।

ଅରୁଣର କଥା ଶୁଣି ମୁଁ ଏକଦମ୍ ମୂକ ପାଲଟି ଗଲି। ସେ କିନ୍ତୁ ସାମାନ୍ୟ ଥିଲା।

ସେ ପୁଣି କହିଲା, ଆସିବା ପୂର୍ବରୁ, ରେଭେନ୍ସା ବିଶ୍ୱବିଦ୍ୟାଳୟରେ ଅପର୍ଣ୍ଣା

ନାଁରେ ଗୋଟିଏ ବୀମା ବିଜ୍ଞାନ ଗବେଷଣା କେନ୍ଦ୍ର ଖୋଲିଲି । ମୁଁ ଏଠାରୁ ଗଲେ ସେଇ କେନ୍ଦ୍ରର ସଂପୂର୍ଣ୍ଣ ବିକାଶ କରିବା ହେଲା ମୋର ଲକ୍ଷ୍ୟ । ଓଡ଼ିଶାରୁ ତଥା ଭାରତର ଅନ୍ୟ ବିଶ୍ୱବିଦ୍ୟାଳୟମାନଙ୍କରୁ ମେଧାବୀ ଛାତ୍ରମାନେ ଏଠାରେ ବୀମା ବିଜ୍ଞାନରେ ଗବେଷଣା କରିବେ । ଏଠାରୁ ଯେଉଁ ପିଲାମାନେ ଡିଗ୍ରୀ ହାସଲ କରି ବାହାରିବେ, ସେମାନେ ବିଶ୍ୱର କୌଣସି ବିଶ୍ୱବିଦ୍ୟାଳୟରେ ଅଧ୍ୟାପନା ତଥା ଅଧିକ ଗବେଷଣା କରିପାରିବେ । ବାକି ଜୀବନ "ଅପର୍ଣ୍ଣା ରିସର୍ଚ୍ଚ ସେଣ୍ଟର ଫର୍ ଆକ୍‌ଚୁଆରିଆଲ ସାଇନ୍‌କୁ ବିଶ୍ୱର ସର୍ବଶ୍ରେଷ୍ଠ ବୀମା ଗବେଷଣା କେନ୍ଦ୍ର କରିବା ମୋର ଏକମାତ୍ର ଲକ୍ଷ୍ୟ ।"

ଏତିକି କହି ସେ ତାର ବାକି ଚା ପିଇବାକୁ ଲାଗିଲା ।

ଯେହେତୁ ତାର ବୋଷ୍ଟନ ବିଶ୍ୱବିଦ୍ୟାଳୟ ଛାଡ଼ି ଚାଲିଯିବାଟା ମୋତେ ନିଜ ପରିବାରର ଜଣେ ସଦସ୍ୟକୁ ହରାଇଲାପରି ଲାଗିବ, ମୁଁ ତାକୁ ଆଉଥରେ ଏ ନିଷ୍ପତ୍ତିରେ ବିଚାର କରିବାକୁ କହିଲି, କିନ୍ତୁ ସେ ଗଲା ପରେ ମନେ ମନେ ଭାବିଲି, "ସାବାସ ଅରୁଣ ମିଶ୍ର ! ତୁ ଅନେକ ବର୍ଷ ତଳେ ବୁଦାଏ ଲୁହରେ ଯେଉଁ କଚ୍ଚନାର ତାଜମହଲ ଗଢ଼ିଥିଲୁ ଏବେ ତା ଜନସମ୍ମୁଖରେ ଛିଡ଼ା ହେବ ଏବଂ ସମାଜର ହିତରେ ଲାଗିବ — ଅପର୍ଣ୍ଣା ରିସର୍ଚ୍ଚ ସେଣ୍ଟର ଫର୍ ଆକ୍‌ଚୁଆରିଆଲ ସାଇନ୍ ।"

TANMAY PANDA

ଡକ୍ଟର ତନ୍ମୟ ପଣ୍ଡା

ଡକ୍ଟର ତନ୍ମୟ ପଣ୍ଡା ଜଣେ ସଫଳ ଶିକ୍ଷାବିତ୍ ଏବଂ ବିଶ୍ୱର ବିଭିନ୍ନ ସ୍ଥାନରେ ଚାରି ଦଶନ୍ଧିରୁ ଅଧିକ ଶିକ୍ଷାଦାନ ଏବଂ ଶିକ୍ଷା ପ୍ରଶାସନିକ ଅଭିଜ୍ଞତା ରହିଛି। ସ୍କଲାରସିପ୍ ଏବଂ ଫେଲୋସିପ୍ ସହିତ ଜଣେ ମେଧାବୀ ଛାତ୍ର, ଏମ୍.ଏରେ ସ୍ୱର୍ଣ୍ଣ ପଦକ ହାସଲ କରିଥିଲେ। ସେ ଦିଲ୍ଲୀ ବିଶ୍ୱବିଦ୍ୟାଳୟର ଦିଲ୍ଲୀ ସ୍କୁଲ ଅଫ୍ ଇକୋନୋମିକ୍ସରୁ ଏମ୍ଫିଲ୍ ଏବଂ ପିଏଚ୍ଡି କରିଥିଲେ। ୩୩ ବର୍ଷ ବୟସରେ ସେ ପୂର୍ବାଞ୍ଚଳ ବିଶ୍ୱବିଦ୍ୟାଳୟରେ ଭାରତର ସବୁଠାରୁ କନିଷ୍ଠ ଡିନ୍ ଥିଲେ ଏବଂ ୪୧ ବର୍ଷ ବୟସରେ ସେ ବିଟ୍ସ ପିଲାନି ଦୁବାଇରେ ପ୍ରଫେସର ଏବଂ ଡିନ୍ ଥିଲେ। ସେ କାନାଡାର ଏକ ଫେଡେରାଲ କର୍ପୋରେସନ୍ 'ବିଦ୍ୟା ପ୍ରକାଶନ ଇନକର୍ପୋରେଟେଡ୍'ର ମୁଖ୍ୟ ପ୍ରତିଷ୍ଠାତା। ଜନ୍ମ ସ୍ଥାନ — ଖୋର୍ଦ୍ଧା, ଭୁବନେଶ୍ୱର ଏବଂ ବାସସ୍ଥାନ— ଟରୋଣ୍ଟୋ, କାନାଡ଼ା।

ଅବ୍ୟକ୍ତ ପ୍ରେମ

ନୋଭାସ୍କୋସିଆର ଶାନ୍ତ ସହର, ପଥର ଟିଆରି ରାସ୍ତା। ରାସ୍ତାର ଦୁଇ କଡ଼ରୁ ସ୍ୱଳ୍ପସୁଲିଆ ପବନରେ ଲାଭେଣ୍ଡରଫୁଲର ବାସ୍ନା ବେଶ ବାରିପଡ଼ୁଥିଲା। ଜନଶୂନ୍ୟ ରାସ୍ତା ଓ ମେଘରେ ଆଚ୍ଛନ୍ନ ଆକାଶ।

ସିତେଶଙ୍କୁ ଘରୁ ବାହାରିବାକୁ ଇଚ୍ଛା ହେଉନି। ଘର ଭିତରେ ଏକାକୀ ରହିବାକୁ ଆହୁରି ଅନିଚ୍ଛା। ବୟସର ଅପରାହ୍ନରେ ପନ୍ନୀଙ୍କ ବିୟୋଗ ଯେତିକି ବାଧୁଥିଲା, ଶବ୍ଦ-ସ୍ପର୍ଶ-ରୂପମୟୀ ବିଚିତ୍ର ଧରଣୀକୁ ପୁଣିଥରେ ପାଞ୍ଚ ଇନ୍ଦ୍ରିୟଦ୍ୱାରା ପାଞ୍ଚ ରୂପରେ ଜାବୁଡ଼ି ଧରିବାକୁ ଇଚ୍ଛା ହେଉଥିଲା।

ଦୀର୍ଘ ଦଶ ବର୍ଷ ପୂର୍ବକଥା, ଜୁଲାଇ ମାସ, ସିତେଶ ତାଙ୍କ conference ପାଇଁ କାଲିଫୋର୍ନିଆ ଯାଇଥିଲେ। ସେଠାରେ ଅକସ୍ମାତ୍ କାମ ବ୍ୟସ୍ତତା ଯୋଗୁଁ ଆଉ ଚାରିଦିନ ଅଧିକା ରହିବାକୁ ପଡ଼ିଲା। ସିତେଶଙ୍କ ପନ୍ନୀ ସୁଧାକର ଦେହ ଅସୁସ୍ଥତା ପାଇଁ ସ୍ୱାମୀଙ୍କ

ସାଙ୍ଗରେ ନ୍ୟାଇ ଘରେ ଥିଲେ। ରୋଗ, ଶୋକ, ସଙ୍କୁଳ ସଂସାରରେ ମୃତ୍ୟୁଟା କେତେବେଳେ ଆସିବ କେହି କହିପାରିବେନି। ସୁଧାଙ୍କ ସମୟ ଅତି କଷ୍ଟରେ କଟୁଥିଲା। ପ୍ରତି ମୁହୂର୍ଭରେ ତାଙ୍କୁ ଲାଗୁଥିଲା, ଏ ଜନ୍ମରେ ବୋଧହୁଏ ସିତେଶଙ୍କୁ ଆଉ ଭେଟି ପାରିବେନି। ସେଥିପାଇଁ ତାଙ୍କ ଜୀବନର ମୂଲ୍ୟବାନ ସମୟକୁ ଏକ ଲମ୍ବା ଚିଠିରେ ଲେଖି ଚାଲିଥାନ୍ତି। ସେହି ସମୟରେ ହଠାତ୍ କାହାର କବାଟ ଖୋଲିବାର ଶଢ ଶୁଣି, ପ୍ରକୃତିସ୍ତ ହେବାକୁ ସୁଧାଙ୍କୁ ସମୟ ଲାଗିଥିଲା। "ସିତେଶଙ୍କୁ ଦେଖି ମୁହଁରେ ମ୍ଲାନ ହସ ଉକୁଟିଲା। ସୁଧାଙ୍କର ବିଶ୍ୱାସ ହେଉନଥିଲା— ତଥାପି କହିଲେ, "ମୋର ଶେଷ ସମୟ ଆସି ଯାଇଛି। ତୁମ ପାଇଁ ମୋର ଶେଷ ଉପହାର, ମୋ ପ୍ରେମ ଭିଜା ରକ୍ତର ଶଢରେ ଲେଖିଛି ନିଶ୍ଚୟ ପଢିବ।" ସେଇ ପଦଟି ତାଙ୍କର ଶେଷ ଶଢ ଥିଲା। ତା'ପରେ ସେ ନିସ୍ତେଜ ହୋଇଗଲେ। ଯେମିତି ଛୋଟିଆ ଫୁଲଟିଏ ଆଖି ମେଲୁ ମେଲୁ ଖରାଧାସରେ ମଉଳି ଯାଏ। ଯେମିତି ବଣରେ ଶିକାରୀର ତୀରବିଦ୍ଧରେ ନିରୀହ ହରିଣଟି କାତରହୋଇ ପ୍ରାଣ ଛାଡେ, ସେହିଭଳି ସୁଧାଙ୍କର ମାଟିର ଶରୀର ପଡ଼ିରହିଲା। ତାଙ୍କୁ ଦେଖି ସିତେଶଙ୍କୁ ଲାଗିଲା, ବହୁ ଦିନର ଶରୀର କଷ୍ଟରୁ ମୁକ୍ତି ପାଇ, ନିଃଶଢ, ଶାନ୍ତ ଓ କମନୀୟ ଭାବରେ ଯେମିତି ମେଘ ଅନ୍ଧକାର ନିର୍ଜନତାରେ ଢାଙ୍କି ହୋଇଯାଇଛି।

ସିତେଶ ବାକରୁଦ୍ଧ ହୋଇ କହିଲେ—

"ଇଏ କ'ଣ ହେଲା ?

ଠିକ୍ ଯେମିତି ମନଗଢା ଗଳ୍ପ— ଏ ଦୃଶ୍ୟ ମୋ ଚର୍ମ ଚକ୍ଷୁରେ ଦେଖିବି ବୋଲି କସ୍ମିନ୍ କାଳେ ମୋର ବିଶ୍ୱାସ ନଥିଲା।"

ତାଙ୍କ ମୃତ୍ୟୁ ପରେ, ସିତେଶ, ସେହି ସମୟକୁ ଫେରିଗଲେ, ଯେଉଁଠି ସେମାନଙ୍କ ଦାମ୍ପତ୍ୟ ଜୀବନ ଆରମ୍ଭ ହୋଇଥିଲା, ସ୍ମତିରେ ସୂତ୍ରଗୁଡ଼ିକୁ ଏକାଠି କରି ଧରି ରଖିବାକୁ ଚେଷ୍ଟା କରୁଥିଲେ। ପ୍ରକୃତିର ନୀଳିମାରେ, ବରଫ ବୁକୁରେ ଏକାନ୍ତରେ ଦୁଇ ଜଣଙ୍କର ଅଭୁଲା ପ୍ରେମ କାହାଣୀ ହଠାତ୍ କବୋଷ୍ଟ କାବ୍ୟ ଭଳି ଶୁଣାଗଲା।

ଦିନ ପରେ ଦିନ ଗଡ଼ି ଚାଲିଲା। ଏହିପରି ପ୍ରାୟ ଦୁଇ ବର୍ଷ କଟିଗଲା। ଏତେ ସୁଦୀର୍ଘ କାଳର ସମ୍ପର୍କ ସୁଧାଙ୍କ ସହିତ ଭୁଲି ହେଉନି। ସକାଳୁ ସକାଳୁ ସୁଧାଙ୍କ କଣ୍ଠ ସ୍ୱରରେ ନିଦ ଭାଙ୍ଗି ଯାଉଛି। "ଡାର୍ଲିଂଗ୍, ଡାଇନିଂ ଟେବୁଲକୁ ଆସ, ଏକାଠି ବ୍ରେକଫାଷ୍ଟ କରିବା।" ବୋଧହୁଏ ଗୋଟିଏ ଅପୂର୍ବ ଆକର୍ଷଣରେ ବନ୍ଦୀ ହୋଇ ଯାଇଥିଲେ ସିତେଶ —ବୟୋବୃଦ୍ଧି ଯୋଗୁଁ ସୁଧାଙ୍କ ଅଭାବଟା ଆହୁରି ତାଙ୍କୁ ବେଶୀ କଷ୍ଟ ଦେଉଥିଲା।

ଦିନେ ଶରତ ସନ୍ଧ୍ୟାରେ, ସବୁଦିନ ଭଳି ଅଭ୍ୟାସବଶତଃ ଦୁଇ କପ୍ ଚାହାକରି, ତାଙ୍କୁ ଧରି ଯେତେବେଳେ ବାରିପଟ ଓକ୍ ଗଛ ପାଖ ଟେବୁଲକୁ ଯାଇ ଦେଖନ୍ତି...

ସେଠାରେ ଆବିଷ୍କାର କରନ୍ତି ସୁଧାତ ସତରେ ନାହାନ୍ତି। ଅସହ୍ୟ ଦୁଖରେ ଭାଙ୍ଗି ପଡ଼ନ୍ତି, ସତେ ଯେମିତି ସୁଧା ମଶାଣିରୁ ଖସି ଆସି ଆଖି ଭିତରେ, ଆଖରୁ ଖସି ଆସି ଛାତି ଭିତରେ ଓ ଛାତିରୁ ଖସି ଯାଇ ମନ ଭିତରେ ମନକୁ ମନ ଜଳିବାକୁ ଲାଗିଛି। ବେଳକୁ ବେଳ ତାଙ୍କୁ ଯେମିତି ସବୁ ମାଡ଼ି ମାଡ଼ି ପଡ଼ୁଛି।

ଯେତେବେଳେ ପୃଥିବୀର ପ୍ରକୃତି ଓ ମାଟିରେ, ସୁଧା ଓ ସିତେଶ ଦୁଇଟି ମାତ୍ର ଅଭିନେତା, ଅଭିନେତ୍ରୀ, ସେମାନେ ସଂସାର-ରଙ୍ଗ ଭୂମିରେ କେତେ ସ୍ଥାନରେ କେତେ ଅଭିନୟ କରିଛନ୍ତି ତାର ହିସାବ ନାହିଁ।

ଜୀବନର ସୁନ୍ଦରତାକୁ ଉପଭୋଗ କରିବା ପାଇଁ, ସେମାନେ ସ୍ଥିର କରିଥିଲେ, ଶେଷ ଜୀବନ ସହର ଠାରୁ ବେଶ ଦୂରରେ ପ୍ରକୃତି କୋଳରେ କଟାଇବେ ବୋଲି। ଦିନେ କିଛି ଜିନିଷ ଖୋଜିବା ପାଇଁ ସିତେଶ ଭିତର ଘରେ ଥିବା ଆଟିକ୍ ଖୋଲିଲେ। ତା ଭିତରଟା ସାନ ହେଲେବି, ଅତି ସୁନ୍ଦର ଭାବରେ ଜିନିଷଗୁଡ଼ିକ ସଜଡ଼ା ହୋଇ ଥୁଆହୋଇଛି। ସେଇଟ ତାଙ୍କ ଆଖି ଗୋଟିଏ ଧଳା ଲଫାପା ଉପରେ ପଡ଼ିଲା। ତା ଉପରେ ସୁଧାଙ୍କ ସୁନ୍ଦର ହାତ ଲେଖା– ବଡ଼ ବଡ଼ ଅକ୍ଷରରେ ସିତେଶଙ୍କ ଉଦେଶ୍ୟରେ। ସିତେଶଙ୍କ ଦେହଟା ଅଜଣା ପୁଲକରେ ଶିହରି ଉଠିଲା। ସେ ପୂର୍ବରୁ ଯେମିତି ସେଇଟିକୁ ଖୋଜୁଥିଲେ, ଚିଠିଟିକୁ ଖୋଲି, ଏକା ନିଶ୍ୱାସକେ ସବୁ ଯେମିତି ପଢ଼ିପକାଇଲେ। ସେଦିନ ରାତିରେ ତାଙ୍କୁ ଜମା ନିଦ ହେଲାନି। ସିତେଶ ଖଟରୁ ଓହ୍ଲାଇ, ଧୀରେ ଧୀରେ ପାଦ ଆଗକୁ ପକାଇଲେ। ନୀଳ ଆଲୁଅରେ ଚିଠିକୁ ପୁଣି ଖୋଜିଲେ। ତାକୁ ଆଣି ବେଡ଼ଉପରେ ବସିଲେ, ସତେ ଯେମିତି ଆଉଥରେ ପଢ଼ିବାକୁ ପ୍ରତ୍ୟେକ ଶଦ୍ଦମାନେ ତାଙ୍କୁ ବାଧ୍ୟ କରୁଥିଲେ। ସେ ଚିଠିଟିକୁ ପଢ଼ିବାକୁ ଆରମ୍ଭ କଲେ,

ଜୁଲାଇ ୨୫ ତାରିଖ :

ଆଜି ମୋ ପ୍ରିୟପୁରୁଷଙ୍କ ଜନ୍ମଦିନ। ମନେ ମନେ ବହୁତ ଖୋଜୁଛି ତୁମକୁ। ମୋର ବୋଧେ ଏ ଜନ୍ମରେ ତୁମ ସହ ଏଇଟା ଶେଷ ଜନ୍ମଦିନ। ମୁଁ ଜାଣିନି, ତୁମେ ଆସିବା ଯାଏଁ ମୁଁ ବଞ୍ଚିଥିବି କି ନାହିଁ.. ଆଉ କାଲିଠାରୁ, ଏହି ପୃଥିବୀର ରୂପ ବଦଳି ଯିବ ମୋ ବିନା। ମୁଁ ଜାଣିଛି ତୁମେ, ମୋ ବିନା ନିଶ୍ଚୟ ଆଖିରୁ ଦୁଇ ଧାର ଲୁହ ଢାଳିବ। କିନ୍ତୁ ମୋ ଝରକା ପାଖ ଗୋଲାପବୁଦାରେ ପକ୍ଷୀମାନେ ତାଙ୍କରି କାକଲିରେ, ସେମାନଙ୍କ ଉଜ୍ଜଳ ଆଖିରେ ମୋତେ ଖୋଜିବେ। ଯିଏ ଜନ୍ମ ହେବ, ମୃତ୍ୟୁ ତ ସୁନିଶ୍ଚିତ। ହେ ଭଗବାନ! ହେ ପ୍ରଭୁ, ଆଜି ସିତେଶଙ୍କ ଶୁଭ ଜନ୍ମଦିନରେ ଏତିକି ମାଗୁଣି, "ମୋ ବିନା ତାଙ୍କୁ ଯେମିତି କୌଣସି ପ୍ରକାର ଅସୁବିଧା ନହେଉ। ସବୁବେଳେ ତାଙ୍କୁ ସାହା ହେବ, ଏହା ମୋର ବିନମ୍ର ମିନତି।"

ଆଶ୍ଚର୍ଯ୍ୟଜନକଭାବେ ମୋର ଏକ ଦୁଃଖଦ ଗୀତ ମନେ ପଡ଼ିଗଲା। ସୁନ୍ଦରୀ ବଧୂଙ୍କୁ ସମାଧିକୁ ନିଆ ହେଉଛି –

ସୁନ୍ଦର ମୃତ ବଧୂ ଆସିବ
ପ୍ରକୃତି କରିବ ଶୋକ,
ସୁନ୍ଦର ରୂପ ବଧୁ ଆସିବ
ଲୁହ ଢାଳ, କର ଶୋକ।

ସିତେଶ ଗଭୀର ବେଦନା ଅନୁଭବ କଲେ। ସେତେବେଲେ ଆଉ ଏକ ନିର୍ଦ୍ଦିଷ୍ଟ ବାକ୍ୟ ତାଙ୍କ ଆଖିକୁ ଆକର୍ଷିତ କଲା। 'ଯେତେବେଲେ ଦିନ ଅନ୍ଧାର ହୋଇଯାଏ, ମୁଁ ତୁମର ସ୍ମୃତିରେ ମୋର ଆଲୋକ ପାଏ।' ଲୁହ ଝରିପଡ଼ିଲା, ଶବ୍ଦଗୁଡ଼ିକୁ ଝାପ୍ସା କରିଦେଲା। ସେତେବେଲେ ସିତେଶ କିଛି ଅବ୍ୟକ୍ତ ପ୍ରେମ ଅନୁଭବ କଲେ। ସୁଧାଙ୍କ ପ୍ରେମ ଅତୀତରେ ସୀମିତ ନଥିଲା। ଏହା ଏକ ଜୀବନ୍ତ ଶକ୍ତି ଥିଲା, ତାଙ୍କ ଆବର୍ତ୍ତମାନରେ ଆଜି ତାହା ଦୁଃଖର ରୂପ ନେଇ ମାର୍ଗଦର୍ଶନ କରୁଛି।

ଏହି ଚିଠି ଦ୍ୱାରା ପ୍ରଭାବିତ ହୋଇ, ସିତେଶ କଲମ ଏବଂ କାଗଜ ଧରିଲେ – ଯାହା ସେ ବହୁବର୍ଷରୁ ଧରିବା ଛାଡ଼ି ଦେଇଥିଲେ। ସେ ସୁଧାଙ୍କ ପାଇଁ ଲେଖିବାକୁ ଆରମ୍ଭ କଲେ, ଅଜାଣତରେ ପୃଷ୍ଠାପୃଷ୍ଠା ଲେଖି ହୋଇଗଲା, ହୃଦୟର ଭାଷା, ସେମାନଙ୍କ ସହଭାଗୀ ଜୀବନର ମିଠା ସ୍ମୃତି, ତାଙ୍କ ଅଭୁଲା ପ୍ରେମ...

ସେ ଚିଠିଟି ଉପରେ ମୋହର ମାରି ପୁରୁଣା ଓକ୍ ଗଛ ପାଖ ଟେବୁଲରେ ତାଙ୍କ ପ୍ରିୟ ସ୍ଥାନରେ ରଖିଲେ। ଯେତେବେଲେ ସେ ପଛକୁ ପାଦ ପକାଇଲେ, ସେ ଏକ କୋମଳ ଉଷ୍ମତା ଅନୁଭବ କଲେ– ସତେ ଯେମିତି ସ୍ୱର୍ଗରୁ ଏକ ନୀରବ ସ୍ୱୀକୃତି ପାଇଲେ।

ସେହି ଦିନଠାରୁ, ସିତେଶ ନୂତନ ଭାବରେ ବଞ୍ଚିବା ଆରମ୍ଭ କଲେ, ପ୍ରତ୍ୟେକମୁହୂର୍ତ୍ତ, ପ୍ରତ୍ୟେକ ନିଃଶ୍ୱାସ, ପ୍ରତ୍ୟେକ ସମ୍ପର୍କକୁ ଆଦର କଲେ। ସେ ବୁଝିପାରିଲେ ଯେ ପ୍ରେମ, ତା'ର ଶୁଦ୍ଧତମ ରୂପରେ, ସମୟ ଏବଂ ମୃତ୍ୟୁକୁ ଅତିକ୍ରମ କରେ। ତାଙ୍କ ଜୀବନର ସନ୍ଧ୍ୟା ସମୟରେ, ସିତେଶ ଅନୁଭବ କଲେ – ପ୍ରେମର ସ୍ଥାୟୀ ଶକ୍ତି ଅନ୍ଧାର ବେଲାରେ ମଧ୍ୟ ଆଲୋକ ପରି ମାନବକୁ କ୍ଷମତା ପ୍ରଦାନ କରେ। ଦିନଗୁଡ଼ିକ ସପ୍ତାହରେ ପରିଣତ ହେଲା, ଏବଂ ସିତେଶଙ୍କ ଦିନଚର୍ଯ୍ୟା ସୂକ୍ଷ୍ମ ଭାବରେ ବଦଳିଗଲା।

ସେ ସହରର ଲୋକଗହଲି ଜାଗାକୁ ଅଧିକ ଥର ଯିବାକୁ ଲାଗିଲେ, ସାଙ୍ଗସାଥି ମାନଙ୍କ ସହ ବେଶୀ ସମୟ ବିତାଇଲେ। ସେ ନଦୀ କୂଲରେ ଥିବା ସୁଧାଙ୍କ ପ୍ରିୟ ବେଞ୍ଚ ପାଖକୁ ଯାଇ ଘଣ୍ଟା ଘଣ୍ଟା ବସୁଥିଲେ, ଯେଉଁଠାରେ ସେମାନେ ଥରେ ସେମାନଙ୍କ ସ୍ୱପ୍ନର

ଜୀବନ୍ତ ଦର୍ପଣ ପରି ପାଣିର ଲହରୀ ଦେଖୁଥିଲେ। ପ୍ରାୟ ସବୁଦିନ ସକାଳେ ସେ ଘର ପାଖ ପାର୍କୁ ଯାଉଥିଲେ। ଏତେ କୋଳାହଳମୟ ପରିବେଶ ନ ଥିଲେବି ସିତେଶ ଏକ ବେଞ୍ଚରେ ଏକା ବସୁଥିଲେ, ଜଣେ ସୁନ୍ଦରୀ ତରୁଣୀ ତାଙ୍କୁ ଦୂରରୁ ପ୍ରତିଦିନ ଦେଖୁଥିଲେ।

ଦିନେ ସାହସ କରି ଆସି ଧୀରେ ଧୀରେ ସିତେଶଙ୍କୁ ପଚାରିଲେ —

'ଆପଣ ସବୁବେଳେ ଏହି ଜାଗାରେ ଏକା କାହିଁକି ବସୁଛନ୍ତି ?

କ'ଣ କାହାକୁ ଅପେକ୍ଷା କରୁଛନ୍ତି କି ?'

ସେ ତାଙ୍କ ପ୍ରଶ୍ନଶୁଣି, ପ୍ରଥମେ ଆଶ୍ଚର୍ଯ୍ୟ ହୋଇ ତାଙ୍କୁ ଚାହିଁଲେ।

ତାପରେ କହିଲେ "ମୁଁ ଏଠି ଏକା ବସି ନାହିଁ, ମୋ ସାଙ୍ଗରେ ସୁଧା ଅଛି। ମୋ ଜନ୍ମ ଜନ୍ମାନ୍ତରର ପ୍ରେମିକା।"

ତରୁଣୀ ତାଙ୍କର ସୁନେଲି କେଶକୁ ସୁନ୍ଦର ନୀଳ ଆଖି ଉପରୁ ଉଠାଇ ଦେଇ, ଆଶ୍ଚର୍ଯ୍ୟରେ ତାଙ୍କୁ ଚାହିଁ ରହିଲେ। ମନରେ ବେଶ୍ କୌତୁହଳ ହେଲା ତାଙ୍କ ବିଷୟରେ ଜାଣିବାପାଇଁ। ତାପରେ ସେମାନଙ୍କର କଥାବାର୍ତ୍ତା ଯୋଗୁଁ ବନ୍ଧୁତା ବଢ଼ିଲା।

ସିତେଶ ଦିନେ ସେହି ସୁନ୍ଦର ତରୁଣୀଙ୍କୁ ତାଙ୍କ ଘରକୁ ଆମନ୍ତ୍ରଣ କଲେ। ସିଏ ତାର ପ୍ରିୟ ବନ୍ଧୁଙ୍କ ସହ ସିତେଶଙ୍କ ଘରକୁ ଗଲେ।

ସିତେଶ, ତାଙ୍କର ବୈଠକ ଖାନାରେ ବସି, ତାଙ୍କର ଓ ସୁଧାଙ୍କର ପ୍ରେମ ଭରା କାହାଣୀ ସବୁ ସେହି ତରୁଣୀଙ୍କୁ ବର୍ଣ୍ଣନା କଲେ, ତାସହ କିଛି ଫୋଟୋ ବି ଦେଖାଇଲେ। କିପରି ମଣିଷ ନଥିଲେ ବି ପ୍ରେମ ବହୁତ ଦିନ ରହିପାରେ, ସ୍ମୃତି କିପରି ଅନ୍ଧାର ରାତିକୁ ଆଲୋକିତ କରିପାରେ ଏବଂ କିପରି ପ୍ରତିଦିନ ଆଶା ନୂତନ ଭାବରେ ଜନ୍ମ ନେଇଥାଏ, ସେ ସବୁ କଥା କହିବା ସମୟରେ, ସୁନ୍ଦରୀ ତରୁଣୀ ତାଙ୍କର ଚା କପ୍ ରୁ ଗୋଲାପି ଓଠଟିକୁ ଖସାଇ ଦେଇ, ସିତେଶଙ୍କୁ ଚାହିଁଲେ। ସବୁ ଆନ୍ତରିକତା ସହ ଶୁଣୁଥିଲେ ଓ ତାଙ୍କର ଆଖି ଆଶ୍ଚର୍ଯ୍ୟରେ ଝଲସୁଥିଲା। ସେହି ଦିନ ଅପରାହ୍ନରେ, ସିତେଶ ସେହି ସୁନ୍ଦରୀ ତରୁଣୀଙ୍କୁ ନେଇ, ବାରିପଟେ ଥିବା ଓକ୍ ଗଛ ପାଖ ଟେବୁଲରେ ବସିଲେ। ସେ ସୁଧାଙ୍କ ପାଇଁ ଶେଷ ଚିଠି ସେଇଟି ଲେଖୁଥିଲେ ବୋଲି ତାଙ୍କୁ ମଧ୍ୟ କହିଲେ।

ସୁନ୍ଦର ତରୁଣୀ ତାଙ୍କୁ କହିଲେ ଆପଣଙ୍କ ମନ ସତରେ ଅକଲନ ପ୍ରେମରେ ଭାରକ୍ରାନ୍ତ ହୋଇରହିଛି। ତାକୁ ଯଦି ଚିଠି ଦ୍ୱାରା ବ୍ୟକ୍ତ କରିପାରିବେ ତାହେଲେ ଭଲହେବ। ଅନୁରୋଧ ଏଡ଼ାଇ ନପାରି, ସେ ଏକ ନୂତନ ଚିଠି ଲେଖିବାକୁ ନିଷ୍ପତ୍ତି ନେଲେ —"କେବଳ ସୁଧାଙ୍କ ଉଦ୍ଦେଶ୍ୟରେ ନୁହେଁ, ବରଂ ଯେଉଁମାନେ ପ୍ରେମକୁ ଶ୍ରଦ୍ଧା କରନ୍ତି ସେମାନଙ୍କ ପାଇଁ।

ଗୋଟିଏ ଫୁଲର ଦୁଇଟି ବୃତ ଭଳି"...

ସ୍ମୃତିର ଆଙ୍ଗୁଳିରୁ ସ୍ନେହର ଧାରା ବୋହି ବୋହି ଗଲା...

"ଯେଉଁମାନେ ଏହା ପାଆନ୍ତି, ସେମାନେ ଜାଣନ୍ତୁ ଯେ ପ୍ରେମ ଏକ କାଳଜୟୀ ଉପହାର । ଏଥିରେ ଆମେ ମନଭରି ହସିବା, ଆମ ଅଭାବବୋଧର ଲୁହ, ଆମର ସ୍ମୃତି ହୋଇ ପୁରା ଜୀବନ ଆମ ସଙ୍ଗେ ରହିବ । ଆଶାକୁ କେବେ ପାଖରୁ ଦୂର କରିବ ନାହିଁ, ଏହା ନୂତନ ଆରମ୍ଭର ବୀଜ । ତାଛଡ଼ା ହାରିବାରେ, ମଧ ଏକ ନୀରବ ପ୍ରତିଶ୍ରୁତି ଅଛି – ସେ ପ୍ରେମର ଆଲୋକକୁ ପୁଣି ଥରେ ଆଲୋକିତ କରେ ।'

ସେ ଚିଠିଟିକୁ ସିଲ୍ କରି ଏକ ଛୋଟ କାଠ ବାକ୍ସ ଭିତରେ ସୁଧାଙ୍କ ଚିଠି ସହ ସେମାନଙ୍କ ଦୁଇଜଣଙ୍କ ଏକ ଫଟୋଗ୍ରାଫ୍ ମଧ ରଖିଲେ । ତାକୁ ତାଙ୍କର ବୈଠକଖାନାର ସେଣ୍ଟର ଟେବୁଲ ଉପରେ ରଖିଲେ ।

ସିତେଶଙ୍କ ମୃତ୍ୟୁର କିଛି ମାସ ପୂର୍ବରୁ, ସେହି ସୁନ୍ଦର ତରୁଣୀଙ୍କୁ ତାଙ୍କ ଘରଟିକୁ ବିକ୍ରି କରିଦେଲେ ।

ସିତେଶଙ୍କ ମୃତ୍ୟୁ ପରେ, ତରୁଣୀ ଜନକ ସେହି ସ୍ମୃତିର ଗଣ୍ଠାଘରଟିକୁ, ତାଙ୍କର "ବୁକ୍ ହାଉସ୍" କରିବେ ବୋଲି ସ୍ଥିର କଲେ । କେବଳ ବର୍ତ୍ତମାନେ ହିଁ ପୁରୁଣା ସ୍ମୃତିକୁ ଉଜ୍ଜୀବିତ କରି ରଖିପାରନ୍ତି । ଦିନେ ତରୁଣୀଙ୍କର ପୁରୁଷ ବନ୍ଧୁ ସେହି ଘରକୁ ଯାଇଥାନ୍ତି । ଏତେ ସୁନ୍ଦର ଘର ଦେଖି କହିଲେ ଆମେ ବିବାହ ପରେ ଏଠି ଆସି ରହିବା । ତରୁଣୀ ଜନକ ତାଙ୍କ କଥା ଶୁଣି ନୀରବ ରହିଲେ । ତା'ପରେ ସିତେଶ ଓ ସୁଧାଙ୍କର ଦୁଇଟି ଚିଠି ତାଙ୍କର ପୁରୁଷ ବନ୍ଧୁକୁ ପଢ଼ିବାକୁ ଦେଲେ ଓ କହିଲେ ମୁଁ ଚାହୁଁଛି ମୋ ପ୍ରେମଟି ଏମିତି ହେବା ଦରକାର । ପୁରୁଷ ବନ୍ଧୁ ଜଣଙ୍କ ଚିଠି ଦୁଇଟି ପଢ଼ି ସାରିଲା ପରେ, ଆଖିରୁ ତାଙ୍କର ଅଜାଣତରେ ଦୁଇଧାର ଲୁହ ଗଡ଼ି ପଡ଼ିଲା । ସିଏ ଅନୁଭବ କଲେ ବିବାହ ଏକ ପ୍ରେମର ପବିତ୍ର ବନ୍ଧନ । ତାହା ଦ୍ୱାରା ଜୀବନ, ଏକ ଗଭୀର ସତ୍ୟକୁ ଆଲୋକିତ କରେ । ପ୍ରେମ, ସ୍ମୃତି ଏବଂ ଆଶା ହେଉଛି ତାହାର ପ୍ରକୃତ ଶକ୍ତି ଯାହା ମାନବତାକୁ ଆକାର ଦିଏ ।

ପୁରୁଷ ବନ୍ଧୁ ଜନକ ଉପଲବ୍ଧି କଲେ, ଏତେ ନିଃସ୍ୱାର ସହ ତାଙ୍କର ପ୍ରେମକୁ ପାଳନ କରିପାରିବେ କି ନାହିଁ ?

ଶେଷରେ ପୁରୁଷ ବନ୍ଧୁ ଜନକ, ସୁନ୍ଦରୀ ମହିଳାଙ୍କୁ ଡାକିକି କହିଲେ— ମୁଁ ଏଇଭଳି ପ୍ରେମ କରିବାକୁ ଚାହୁଁ ଥିଲେ ବି, କରି ପାରିବିନି । ମୋତେ କ୍ଷମା କରିଦିଅ ।

SUNDANDA MISHRA PANDA
ଡ. ସୁନନ୍ଦା ମିଶ୍ର ପଣ୍ଡା

ଡା. ସୁନନ୍ଦା ମିଶ୍ର ପଣ୍ଡା ଜଣେ ପ୍ରକାଶିକା, ଶିକ୍ଷାବିତ୍‌, ସମାଜସେବୀ, ସାହିତ୍ୟିକା। ସେ କଟକରେ ଜନ୍ମ ହୋଇଥିଲେ ଓ ଦିଲ୍ଲୀ ବିଶ୍ୱ ବିଦ୍ୟାଳୟରେ ସଂସ୍କୃତରେ ପିଏଚ୍‌ଡି କରିଛନ୍ତି ଏବଂ ସେ ବିଦ୍ୟା ପବ୍ଲିଶିଂ, ଟରୋଣ୍ଟୋ, କାନାଡ଼ାର ପ୍ରତିଷ୍ଠାତା ଏବଂ CANSA Center for Community and Cultural Development, Toronto, Canada କାନାଡ଼ାରେ ଚେୟାରମ୍ୟାନ ଓ ତାଙ୍କର ପୁସ୍ତକ ପ୍ରକାଶିତଗୁଡ଼ିକ ହେଲା "Lord Jagannath In Sanskrit Literature", 'ନାରୀଶ୍ୱର', 'ନିଭୃତ ମଧୁବନ', 'ଓଡ଼ିଆ ସାହିତ୍ୟ ଓ ସଂସ୍କୃତିରେ ଶ୍ରୀଜଗନ୍ନାଥ', 'ହିତୋପଦେଶ କାହାଣୀ' ଓ 'ଆଣ୍ଡରସନ କାହାଣୀ'। ସମ୍ପ୍ରତି ଟରୋଣ୍ଟୋ, କାନାଡ଼ାରେ ବାସ କରୁଛନ୍ତି।

କୃତଜ୍ଞତା

"ଦୁଃଖ ଠାରୁ ଆରମ୍ଭ କରି କୃତଜ୍ଞତା ପର୍ଯ୍ୟନ୍ତ, ବଞ୍ଚିବାର କଳା ପୁନର୍ବାର ଶିଖିବାକୁ ପଡ଼ିବ ...ଜୀବନର କଠୋର ବାସ୍ତବତାକୁ ମୋତେ ସାମନା କରିବାକୁ ପଡ଼ିବ, ମୁଁ ଏହା ଅନୁଭବ କରିପାରିବି, ଏହା କେବେ ଭାବି ନଥିଲି... ଏହା କଣ ସମ୍ଭବ ?" ନୟନା ଦିନେ କହିଲେ। ବେଳେବେଳେ ସେ ଭାବନ୍ତି, ଭାରତ ଛାଡ଼ି କେତେ ଦୂର ଆସିଛନ୍ତି... ସବୁ କାର୍ଯ୍ୟକୁ ଏବେ ସେ ନିଜେ କରୁଛନ୍ତି, ବୋଲି ନିଜକୁ ବିଶ୍ୱାସ କରିପାରୁ ନାହାନ୍ତି।"

ସମ୍ପ୍ରତି ମହାମାରୀରେ ସ୍ୱାମୀଙ୍କୁ ହରାଇବା ପରେ ନୟନା ଏକାକୀ ହୋଇଯାଇଥିଲେ। ମୋ ଅଜାଣତରେ ମୋ ଜୀବନର ପଥ ଭିନ୍ନ ଦିଗରେ ଗତି କରୁଥିଲା। ଘରର ସବୁ ଭଲମନ୍ଦ ବୁଝିବା ଠାରୁ ଆରମ୍ଭ କରି, ସ୍ୱାମୀଙ୍କର ଉତ୍ତରାଧିକାରୀ ଭାବରେ ସେଉ ବଗିଚା'ର ମାଲିକାନା ପାଇବା ପର୍ଯ୍ୟନ୍ତ, ସବୁଠାରେ ସଂଘର୍ଷ ଓ ସାଲିସ୍‌ କରି ତାଙ୍କ ପାଇଁ ଯେ ଦୈନିନ୍ଦିନ ଜୀବନ ପରିଚାଳନା କରିବା ଯେ କେତେ

କଷ୍ଟକର ହୋଇପଡ଼ିଛି, ସେ ଏହି ବ୍ୟାକୁଳତାକୁ କେବଳ ଉପଲବ୍ଧି କରୁଥିଲେ, ଏହାକୁ ବ୍ୟକ୍ତ କରିବା ପାଇଁ ତାଙ୍କ ପାଖରେ ଭାଷା ଓ ପରିଜନର ଅଭାବ ଥିଲା ।

ଏକତ୍ର ଅବସର ଗ୍ରହଣ କରି ଦୁହେଁ କୃଷକ ହୋଇ ନିଜ ଜମିରେ ଶାନ୍ତିପୂର୍ଣ୍ଣ ଜୀବନଯାପନ କରିବେ ବୋଲି କେତେ ସ୍ୱପ୍ନ ଦେଖିଥିଲେ । କିନ୍ତୁ ଜୀବନ କିଛି ଭିନ୍ନ ପ୍ରକାରର ଉପହାର ତାଙ୍କୁ ଦେଲା... ଏକାକୀ ଜୀବନ ଜୀଇଁବା ପାଇଁ ଜୀବନ ସାଥି ତାଙ୍କୁ ଏକା କରି ଚାଲିଗଲେ ।

ସେଇ ଦିନର ଘଟଣା...

କାନାଡ଼ାର ସଡ଼ବରୀ ସହର ।

ବରଫ, ବରଫ, ବରଫ ! ସବୁଆଡ଼େ ଧଳାର ଚାଦର ବିଛା ହୋଇଛି । ଆଖି ଆଗର ରାସ୍ତାରେ ଚାଲିବା କଷ୍ଟ କର ହୋଇ ପଡୁଛି ।

ସେ ଦିନ ରାତି ।

କାମ ପରେ କାମ । ନୟନା ଘର ସଉଦା କିଣି ସାରି ଭାରି ବ୍ୟାଗ୍ ଧରି ଦୋକାନରୁ ବାହାରିବା ସମୟରେ ଜଣେ ଯୁବକଙ୍କ ସହ ତାଙ୍କର ଭେଟ୍ ହେଲା । ସିଏ ନୟନାଙ୍କୁ ଏକ ପ୍ରଶ୍ନବାଚୀ ଆଖିରେ ଚାହିଁ ରହିଥିଲେ । ନୟନା ଆଶ୍ଚର୍ଯ୍ୟହୋଇ ତାଙ୍କୁ ପଚାରିଲେ କିଛି କାମ ଥିଲାକି ? ନୟନାଙ୍କ ଓଜନ ବ୍ୟାଗକୁ ଲକ୍ଷ୍ୟ କରି ପଚାରିଲେ –

'ମ୍ୟାଡ଼ାମ୍, ମୁଁ କିଛି ସାହାଯ୍ୟ କରିପାରିବି କି ?'

ଏଥିରେ ବିରକ୍ତ ହୋଇ ନୟନା ଅତ୍ୟନ୍ତ କଠୋରଭରା କଣ୍ଠରେ କହିଲେ, "ନା, ଧନ୍ୟବାଦ । ମୁଁ ନିଜେ କରିପାରିବି, କାହାର ସାହାଯ୍ୟ ଲୋଡ଼ା ନାହିଁ ।" ସେ ଆଶା କରୁଥିବା ସ୍ୱର ଅପେକ୍ଷା ନୟନାଙ୍କ ସ୍ୱର ବେଶ୍ କଠୋର ଥିଲା ।

ଏହି ଘଟଣା ପରେ ଟିକେ ବ୍ୟାକୁଳ ଅଶ୍ରୁ ତାଙ୍କ ଆଖି ପତାକୁ ଓଦା କରିଦେଲା । ସେ ଟିକିଏ ନିଜକୁ ଦୋଷୀ ଅନୁଭବ କଲେ କାରଣ ତାଙ୍କ ପ୍ରତିକ୍ରିୟା ସମ୍ଭବତଃ ଯୁବକଙ୍କ ପ୍ରତି ଉପଯୁକ୍ତ ନଥିଲା । ସିଏ ଓଲଟି ସହାୟତା ନିମନ୍ତେ ଯେଉଁ ନିବେଦନ ପୂର୍ଣ୍ଣ କଥା ପଦିକ କହିଥିଲ, ତା' ଅପେକ୍ଷା ମୋ କଥାଟି ବେଶ୍ ଅପମାନ ଜନକ ଥିଲା । କିନ୍ତୁ କଠୋରତାର ବରଫ ଆସ୍ତରଣ ତଳେ ତଳେ କିଛି ପରିମାଣର ଜଳର ସ୍ଥିତି ତ ଅଛି । ସେଥିରେ ମନ ଭିତରେ ଟିକେ କମ୍ପନ ହୁଏ । ମନର ଆକାଶରେ ସତେ ଯେମିତି କଳାର ଦୁଃଖର ବାଦଲ ବୋଲା ହୋଇ ଯାଇଛି । ଖୁବ୍ କଷ୍ଟରେ ବାହାରକୁ ଯିବାକୁ ଚେଷ୍ଟା କଲି । କାଲିର କଥାଟି ବାରମ୍ବାର ମନେ ପଡ଼ୁଥାଏ । ମୁଁ ଅନୁଭବ କଲି –"ମୁଠାଏ ମାଟିର ମଣିଷ ମନରେ କେତେ ଅହଂକାର"... ଜୀବନରେ ଅନ୍ତର୍ଦହନ ପାଇଁ କୌଣସି ନିରାକରଣ ନାହିଁ ? ବରଂ ଥରେ ଆରମ୍ଭ ହେଲେ ଅନ୍ତରକୁ ଜାଳି

ପୋଡ଼ି ପାଉଁଶ କରିଦିଏ। ସେସବୁ ସତ୍ତ୍ୱେ ନୟନା କ୍ଲାନ୍ତ ପଦକ୍ଷେପରେ ଘର ବାହାରକୁ ଗଲେ। କଫି କିଣି ପାଖ ପାର୍କଆଡ଼େ ଯିବାବେଳେ, ପଛରୁ ମ୍ୟାଡ଼ାମ ଡାକ ଶୁଣି ଚମକି ପଡ଼ିଲେ। ଆଶ୍ଚର୍ଯ୍ୟ ହୋଇ, ସେହି ଯୁବକଟିକୁ ଦେଖି କହିଲେ।

ତୁମେ ? ଭଲ ହେଲା ଦେଖା ହୋଇଗଲା।

ନୟନା ନିଜର ଅନୁତପ୍ତ ଭରା କଣ୍ଠରେ କହିଲେ, "ମୁଁ ମୋର ପୂର୍ବର ଦୁର୍ବ୍ୟବହାର ପାଇଁ ଦୁଃଖିତ।"

ସେ ସାମାନ୍ୟ ସ୍ମିତ ହସିକହିଲେ, "ମୋର ନାମ ସିଦ୍ଧାର୍ଥ।"

ନିଜର ପରିଚୟ ଦେଲେ, "ମୁଁ ନୟନା, ଏଇ ପାଖରେ ରୁହେ।"

ବାସ୍ତବତା ରୁକ୍ଷତାକୁ ମିଥ୍ୟା ପ୍ରମାଣିତ କରେ।

ଦିନ ଗଡ଼ିବା ସହିତ ନୟନା ଏବଂ ସିଦ୍ଧାର୍ଥଙ୍କର ବନ୍ଧୁତା ବଢ଼ିବାରେ ଲାଗିଲା। ସେ ନୟନାଙ୍କ ଅନୁରୋଧରେ ତାଙ୍କ ଘରକୁ ଆସିବା ଆରମ୍ଭ କଲେ ଏବଂ ପରେ ସେଉ ବଗିଚାରେ ଥିବା କାର୍ଯ୍ୟରେ ତାଙ୍କୁ ସାହାଯ୍ୟ ମଧ କଲେ। ଦିନେ ଅପରାହ୍ନରେ ସେଉ ବଗିଚାରେ ଦୁହେଁ ବସିଥିବା ସମୟରେ ସିଦ୍ଧାର୍ଥ ପଚାରିଲେ –

"ଆପଣ କେବେ ଗାଡ଼ି ଚଲାଇବା ଶିଖିବା ବିଷୟରେ ଚିନ୍ତା କରିଛନ୍ତି କି ? ଏହା ଆପଣଙ୍କୁ ବେଶ୍ ସ୍ୱାଧୀନତା ଦେବ ଏବଂ ଏବେକା ପରିସ୍ଥିତିକୁ ଟିକିଏ ସହଜ କରିଦେବ ବୋଲି ମୋର ଆଶା।" ନୟନା ଉତ୍ତର ଦେଲେ, "ମୋର ଇଚ୍ଛା ଅଛି, କିନ୍ତୁ ଶିଖିବା ପାଇଁ କେବେ ଚେଷ୍ଟା କରିନାହିଁ।"

ସିଦ୍ଧାର୍ଥ ସମ୍ମାନର ସହ କହିଲେ, ଆପଣ ଚାହିଁଲେ, ମୁଁ ଆପଣଙ୍କୁ ଶିଖାଇ ଦେଇପାରେ।

ସିଦ୍ଧାର୍ଥଙ୍କ ତତ୍ତ୍ୱାବଧାନରେ, ନୟନା ତାଙ୍କ ଡ୍ରାଇଭିଂ ଶିକ୍ଷା ଆରମ୍ଭ କଲେ। ଶିକ୍ଷା ସମୟରେ ଯେଉଁ ଛୋଟ ଛୋଟ ସଫଳତା ପାଉଥିଲେ, ତାହା ତାଙ୍କ ଆତ୍ମବିଶ୍ୱାସ ବଢ଼ାଉଥିଲା। ନୟନା ଓ ସିଦ୍ଧାର୍ଥ ଉଭୟ ନିଜ କଥା ନିଜ ଭିତରେ ବାଣ୍ଟୁଥିଲେ, ବେଶ୍ ଖୁସି ଅନୁଭବ କରୁଥିଲେ।

ନୟନା ଦିନେ ସନ୍ଧ୍ୟାରେ ବାରଣ୍ଡାରେ ବସି ଚା ପିଉପିଉ କହିଲେ – ଜାଣ ସିଦ୍ଧାର୍ଥ, "ମୁଁ କେବେ କଳ୍ପନା କରିନଥିଲି ଯେ …ଅଭିଜ୍ଞତାରୁ ବହୁତ କିଛି ଉପଲବ୍ଧି କରିହୁଏ…" ସିଦ୍ଧାର୍ଥ ଉତ୍ତର ଦେଲେ, "ଆପଣ ନିଜେ ବେଶ୍ ଆତ୍ମପରାୟଣା ଓ କର୍ମଠ।" ସିଦ୍ଧାର୍ଥଙ୍କ ଉପସ୍ଥିତି ନୟନାଙ୍କ ଜୀବନରେ ଏକ ନୂତନ ଶକ୍ତି ଆଣିଦେଇଥିଲା।

ଛୁଟିର ସମୟ ସରିଗଲା। ସିଦ୍ଧାର୍ଥ କଲେଜକୁ ଫେରିବାର ସମୟ ଆସିଗଲା। ନୟନାଙ୍କ ମନରେ ପୁଣି କାହାକୁ ହରାଇବାର ଭାବନା ଆସିଲା। କିନ୍ତୁ ଚୁପ୍ ରହିଲେ।

ସିଦ୍ଧାର୍ଥ କହିଲେ, ଆପଣଙ୍କୁ କଥା ହେବାକୁ ଇଚ୍ଛାହେଲେ ମୋତେ ଫୋନ୍ କରିବେ। ପୁଣି ଆଗ ଛୁଟିରେ ମିଶିବା କହି ସେ ବିଦାୟ ନେଲେ।

ପ୍ରକୃତରେ, ସିଦ୍ଧାର୍ଥଙ୍କ ସହାନୁଭୂତି ହିଁ ତାଙ୍କୁ ଆଗକୁ ବଢ଼ିବାପାଇଁ ସାହାଯ୍ୟ କରିଥିଲା। ସିଦ୍ଧାର୍ଥଙ୍କ ଅନୁପସ୍ଥିତିରେ, ନୟନା ନିଜ ଅନ୍ତରଭିତରେ ଗଭୀର କୃତଜ୍ଞତା ଏବଂ ନୂତନ ପ୍ରେମର ପୁଲକ ଅନୁଭବ କରୁଥିଲେ— ପ୍ରକୃତରେ ଏହା ରୋମାଣ୍ଟିକ୍ ନୁହେଁ ବରଂ ଏହା ଏକ ଗଭୀର କୃତଜ୍ଞତା ପରିପୂର୍ଣ୍ଣ ଏକ ପ୍ରେମ ଥିଲା, ଯାହାକି ସର୍ବଦା ସର୍ବତ୍ର ଅତି ପ୍ରିୟ। ଏହି ବିସ୍ତୃତ ବଗିଚାର ପାଚିଲା ସେଓର ମଧୁର ସୁଗନ୍ଧରେ ବାୟୁ ବି ସତେଜ ଲାଗୁଥିଲା। ନୟନା ଏବଂ ସିଦ୍ଧାର୍ଥ ଏହି ବଗିଚାରେ ଅଗଣିତ ଘଣ୍ଟାଘଣ୍ଟା ସମୟ ବିତାଇଥିଲେ, ସେମାନଙ୍କ ଆନ୍ତରିକତା ସମୟର କୁହୁକରେ ଗଛ ମାନଙ୍କ ଶିରା ପ୍ରଶିରାରେ ମଧ ଆନ୍ତରିକତା ପ୍ରତିଧ୍ୱନିତ ହେଉଥିଲା। ସିଦ୍ଧାର୍ଥ, ବେଶ କର୍ମଠ, ବୁଦ୍ଧିମାନ କିନ୍ତୁ ନୟନାଙ୍କ ସମ୍ପତ୍ତି ପ୍ରତି ଜମା ଆଗ୍ରହୀ ନଥିଲେ। ନୟନାଙ୍କ ମନରେ ସବୁବେଳେ ଶଙ୍କା ରହୁଥିଲା, ମୋ ପରେ ମୋ ସ୍ୱାମୀଙ୍କ ସ୍ମାରକୀ ଏହି ବିଶାଳକାୟ ସେଉ ବଗିଚାକୁ କିଏ ଜୀବନ୍ତ କରି ରଖିବ?

ସିଦ୍ଧାର୍ଥଙ୍କ ଠାରୁ ନୟନା ସେହି ଆଶ୍ୱାସନା ପାଇଥିଲେ।

ତାପରେ, ସେମାନେ ମିଶି ସେଉ ବଗିଚାକୁ ଏକ ସମୃଦ୍ଧ ଉଦ୍ୟୋଗରେ ପରିଣତ କରିଲେ ଓ ପରେ ସୁନେଲି ସ୍ୱପ୍ନ ବାସ୍ତବତାର ଶୀର୍ଷରେ ପହଞ୍ଚିଲା।

ଶୀତରୁତୁ କାନାଡ଼ାକୁ ଶୁଭ୍ର ରଙ୍ଗର ବରଫର ଏକ ଶାନ୍ତ ଆବରଣରେ ଆଚ୍ଛାଦିତ କରୁଥିଲା, ସେତେବେଳେ ସ୍ୱର୍ଗର ଏକ ଯାଦୁକରୀ ଛିଟିକା ଛିଡ଼ି ପଡ଼ିଲା ପରି ମନେ ହେଉଥିଲା। ପ୍ରତ୍ୟେକ ଗଛ ଧବଳ ତୁଷାରର ଶାଢ଼ୀ ପିନ୍ଧି ମୂର୍ତ୍ତି ଭଳି ଠିଆ ହୋଇଥିଲେ, ଏବଂ ଭୂମିର ପୃଷ୍ଠଭୂମିରେ ସବୁଜ ଘାସ ମାନେ ଝୁରା ଝୁରା ବରଫର କୋମଳ ଶବ୍ଦକୁ ନୀରବତା ମଧ୍ୟରେ ପ୍ରତିଧ୍ୱନିତ କରୁଥିଲେ।

ନୟନା ସିଦ୍ଧାର୍ଥଙ୍କ ସହ ବିତାଇଥିବା, ପ୍ରିୟ ମୁହୂର୍ତ୍ତଗୁଡ଼ିକୁ ନିଜ ଭିତରେ ସାଇତି ରଖିଥିଲେ। କ୍ରମଶ ଦିନଗୁଡ଼ିକ ଲମ୍ବ ହେବା ଏବଂ ବସନ୍ତର ହାଲକା ରଙ୍ଗ ପତ୍ରରେ ଦୃଶ୍ୟମାନ ହେଉଥାଏ। ଧୀରେ ଧୀରେ ଶରତ ରତୁର ପ୍ରଥମ ସଙ୍କେତ ଆସିଲା, ଯାହା ସାରା ବିଶ୍ୱକୁ କମଳା, ଲାଲ ଏବଂ ସୁବର୍ଣ୍ଣର ଉଷ୍ମ ରଙ୍ଗରେ ରଙ୍ଗିତ କରୁଥିଲା।

ସେଦିନ ନୟନାଙ୍କ ଫୋନ୍ ଅସମୟରେ ପାଇ ସିଦ୍ଧାର୍ଥଟିକେ ଚିନ୍ତାରେ ପଡ଼ିଗଲେ। ଏକ ତିକ୍ତ-ମିଠା ଯନ୍ତ୍ରଣା ଅନୁଭବ କରୁଥିଲେ। ଶୀତ ବା ବରଫ ରତୁ ଯିବାରେ ନୟନା ଯେତିକି ଆଶ୍ୱସ୍ତ ଅନୁଭବ କରୁଥିଲେ, ସେପଟେ ଏକ ଅଶାନ୍ତ

ଗ୍ରହର ଛାଇରେ ବ୍ୟତିବ୍ୟସ୍ତ ହୋଇପଡୁଥିଲେ । ଅକସ୍ମାତ୍ ନୟନା ସ୍ନାୟୁଗତ କର୍କଟ ରୋଗ ସହିତ ଲଢୁଥିଲେ । ଯଦିଓ ସେ ସାହସର ସହିତ ଲଢୁଥିଲେ, ସେ କାହାକୁ କହୁ ନଥିଲେ । ସେ ଏବଂ ସିଦ୍ଧାର୍ଥ ଉଭୟ ଜାଣିଥିଲେ ଯେ ସମୟ ସେମାନଙ୍କ ପ୍ରିୟ ସେଓ ଗଛର ଡ଼ାଲରୁ ଶରତ ପତ୍ର ପଡ଼ିବା ପରି ଖସିଯାଉଛି ।

ଏକ ସତେଜ ଶରତ ଅପରାହ୍ଣରେ, ନୟନା ଓ ସିଦ୍ଧାର୍ଥ ସବୁଠାରୁ ପ୍ରିୟ ସେଓ ଗଛ ତଲେ ବସିଥିଲେ । ନୟନାଙ୍କ ସ୍ୱର ସ୍ଥିର ଓ ନରମ ଥିଲା, ସିଦ୍ଧାର୍ଥଙ୍କୁ ଚାହିଁ ପ୍ରଶ୍ନ କଲେ, "ମୋତେ ଗୋଟିଏ କଥା ପ୍ରତିଶ୍ରୁତି ଦିଅ, ପ୍ରତିଜ୍ଞା କର ତୁମେ ଏହି ସ୍ଥାନକୁ ନିଜର ବୋଲି ଭାବିବ, ସବୁ ଗଛକୁ ବଞ୍ଚାଇ ରଖିବାର ପ୍ରଚେଷ୍ଟା କରିବ, ଏବଂ ଏହାର ଉନ୍ନତି କିଭଳି ହେବ ତା ପ୍ରତି ଧ୍ୟାନ ଦେବ ।" ଏକଥା ଶୁଣି ସିଦ୍ଧାର୍ଥଙ୍କ ଛାତିରୁ ଦାଲୁକାଏ ମାଂସ ଖସି ପଡ଼ିଲା ଭଳି ଲାଗିଲା । ଉତ୍ତରରେ କହିଲେ "ମୁଁ କରିବି, ନୟନା । ମୁଁ ପ୍ରତିଶ୍ରୁତି ଦେଉଛି ।" ସେ ତାଙ୍କ ଆଖିର ଲୁହ ଲୁଚାଇଲେ ବି ଅଜାଣତରେ ଦୁଇ ଧାର ଲୁହ ଗାଲ ଦେଇ ବୋହି ଗଲା ।

ନୟନା, ତାଙ୍କ ଜୀବନର ଶେଷ ଦିନ ଗୁଡ଼ିକୁ, ସେଉ ବଗିଚାର ପ୍ରତ୍ୟେକ ଗଛକୁ ନିଜ ହାତରେ ଆଉଁସି ଦେଇ, ନିଜ ଆଖିର ଲୁହରେ ତା ପାଦଦେଶକୁ ଭିଜାଇ ଦେଉଥିଲେ ।

କାହିଁକି ଏ ଜୀବନ ଯୁଦ୍ଧଟା ଏତେ ଘନଘଟା ? ମଣିଷ ହାତରେ ସତରେ କ'ଣ କିଛି ନାହିଁ ? ଯେତେ ଏଡ଼ାଇବାକୁ ଚେଷ୍ଟା କଲେବି, ସମୟ ଆଗରେ ଆମକୁ ହାର ମାନିବାକୁ ପଡ଼ିବ ।

ଅବଶେଷରେ ଅନିବାର୍ଯ୍ୟ ଦିନ ଆସିଲା, ସେତେବେଲେ ନୟନା ନୀଳ ଆକାଶକୁ ଝରକା ପଟୁ ଦେଖି ଆଙ୍ଗୁଲିରେ କାହାକୁ ନିର୍ଦ୍ଦେଶ କରୁଥିଲେ । ବାହାରେ କେହି ନଥିଲେ କିନ୍ତୁ ସିଦ୍ଧାର୍ଥଙ୍କ ବକ୍ଷର ରକ୍ତ ବରଫ ପାଲଟି ଗଲା ଓ ଅନୁଭବ କଲେ —"ସତେ ଯେମିତି ଝରକା ପଟେ କିଏ କିଂଖାବର ସାଜ ପିନ୍ଧି ତାର ଦୁଇ ହାତରେ ନୟନାଙ୍କୁ କୋଲାଇ ନେଉଛି ।"

ବାହାରୁ ଗୋଟିଏ ପାରସ୍ୟ- ଗାଲିଚା ବିଛାଇ, ଉଜ୍ଜ୍ୱଳ ଲାଲ ଫଳ ସହିତ ସଜ୍ଜିତ ସେଓ ଗଛଗୁଡ଼ିକ ଗମ୍ଭୀର ନୀରବରେ ଠିଆ ହୋଇଥିଲେ, ମାଲିକାଣୀ ଙ୍କୁ ଶେଷ ବିଦାୟ ଦେବାକୁ ।

ନୟନାଙ୍କ ଶେଷକୃତ୍ୟ ଯଥାମାନ୍ୟରେ ଶେଷ ହେଲା । ସିଦ୍ଧାର୍ଥ ତାଙ୍କ ସ୍ମୃତିକୁ କୋହ ଭିତରେ ସାଇତି ରଖୁଥିଲେ ଓ ତାଙ୍କ ଭିତରେ ଏକ ଜ୍ୱଳନ୍ତ ଦୃଢ଼ତା ପ୍ରଜ୍ୱଳିତ ହେଉଥିଲା । ସେ ସେଦିନ ପ୍ରତିଜ୍ଞା କରିଥିଲେ ନୟନାଙ୍କର ଅମର ଆମ୍ବର ସ୍ଵପନକୁ

ମଳିନ ହେବାକୁ ଦେବେନି । ସିଦ୍ଧାର୍ଥ ଅନୁଭବ କଲେ ଯେ କୃତଜ୍ଞତା କେବଳ ଏକ ଭାବନା ନୁହେଁ ବରଂ ଜୀବନଯାପନର ଏକ ଉପାୟ ।

ପରଦିନ ଶୀଘ୍ର ଉଠିପଡ଼ିଲେ ସିଦ୍ଧାର୍ଥ । ସୂର୍ଯ୍ୟାଲୋକିତ ଅନାବୃତ ଜଗତଦୃଶ୍ୟ ମଧ୍ୟରେ ନୟନାଙ୍କ ଜୀବନ କାହାଣୀଟି ଯେମିତି ସତ୍ୟ ନୁହେଁ ଏକ ମାୟା ଭଳି ମନେ ହେଲା । ମୋର ବିଶ୍ୱାସ, କିନ୍ତୁ ଏହି ସେଇ ଗଛ ଗୁଡ଼ିକ ଅତୀତ, ବର୍ତ୍ତମାନ ଓ ଭବିଷ୍ୟତ ସହିତ ତାଳ ଦେଇ ଏକ କନ୍ଦନାଖଣ୍ଡ ରଚନା କରିବେ— ସେଇଟା ହିଁ ହୁଏତ ସତ୍ୟ, ଯାହା କେବଳ କୃତଜ୍ଞତାରେ ପରିପୂର୍ଣ୍ଣ ।

SIKHANDA SATAPATHY

ଶିଖଣ୍ଡ ଶତପଥୀ

ଶିଖଣ୍ଡ ଶତପଥୀ ଆମେରିକା ସେନାରେ ସୈନିକ ସୁରକ୍ଷା ବିଭାଗର ଅଧ୍ୟକ୍ଷ ରୂପେ କାର୍ଯ୍ୟରତ। ତାଙ୍କର ଜନ୍ମସ୍ଥାନ ପୁରୀ, ଓଡ଼ିଶା। ସେ ବିଟସ୍, ପିଲାନିରୁ ଇଂଜିନିୟରିଂ ଡିଗ୍ରୀ କରିବା ପରେ ଷ୍ଟିଲ୍ ଅଥରିଟି ଅଫ୍ ଇଣ୍ଡିଆ ଲିମିଟେଡ଼ରେ ପାଞ୍ଚବର୍ଷ କାମ କରିଥିଲେ। ୧୯୯୨ ମସିହାରେ ଆମେରିକା ଆସି ମିସୋରି ବିଶ୍ୱବିଦ୍ୟାଳୟରୁ ମାଷ୍ଟର୍ସ ତଥା ୟୁନିଭର୍ସିଟି ଅଫ୍ ଟେକ୍ସସ - ଅଷ୍ଟିନରୁ ପିଏଚଡି ଉପାଧି ଲାଭ କରିଥିଲେ। ସେ ଓଡ଼ିଶା ସୋସାଇଟି ଅଫ୍ ଆମେରିକାର ସମ୍ପାଦକ (୨୦୦୪-୨୦୦୮) ଓ ଉପସଭାପତି (୨୦୧୩-୨୦୧୫) ଭାବରେ କାର୍ଯ୍ୟ କରିବା ସହିତ ବାର୍ଷିକ ସ୍ମରଣିକା, ଊର୍ମିର ଅନେକ ଥର ସମ୍ପାଦନା ମଧ୍ୟ କରିଛନ୍ତି। ସେ ଓଡ଼ିଆ ନାଟକ, ସାହିତ୍ୟ ଓ ଅନ୍ୟାନ୍ୟ ସାଂସ୍କୃତିକ କାର୍ଯ୍ୟକ୍ରମରେ ରୁଚି ରଖ୍ଧାନ୍ତି।

ପ୍ରତ୍ୟୁଷ

ବୋଧହୁଏ ମହାକାଶଯାନଟି ଉଲ୍କାର ସଂସ୍ପର୍ଶରେ ଆସିବାକୁ ଯାଉଥିବ। sensorର ମୃଦୁ ଶବ୍ଦ ତୀବ୍ରରୁ ତୀବ୍ରତର ହେବାକୁ ଲାଗିଥିଲା। କପ୍ଟାନ୍ ଧରଣୀଙ୍କ କ୍ଲାନ୍ତ ଆଖିର ଛାଇ ଛାଇ ନିଦ ଭାଙ୍ଗିଗଲା। ହୁଏତ ଏବେ ଯାନଟିର ବାହ୍ୟ ଚୁମ୍ବକୀୟ ବଳୟକୁ ସକ୍ରିୟ କରିବାକୁ ପଡ଼ିବ। ଏପରି ଚିନ୍ତା କରୁ କରୁ ସହାୟିକା ସ୍ମିତିର ମଧୁର କଣ୍ଠରୁ ଭାସିଆସିଲା– ଚୁମ୍ବକୀୟ ବଳୟର କ୍ଷମତା କାମ କରିବ ନାହିଁ, ତେଣୁ ଦିଗ ବଦଲେଇବାକୁ ପଡ଼ିବ। ହୁଏତ କିଛି ବାଟ ପଛକୁ ଯିବାକୁ ପଡ଼ିପାରେ।

କପ୍ଟାନ୍ ଧରଣୀ ଜଣେ ପ୍ରଖ୍ୟାତ ବୈଜ୍ଞାନିକ। କୃତ୍ରିମ ବୁଦ୍ଧିଶକ୍ତି (artificial intelligence - AI) ଦ୍ୱାରା ନୋଭା, ବ୍ଲାକ-ହୋଲ ଇତ୍ୟାଦି ଉପରେ ଗବେଷଣା ପାଇଁ ସେ ଅନେକ ଉପାଧି ଲାଭ କରିଛନ୍ତି। ବର୍ତ୍ତମାନ କିନ୍ତୁ ସେ ଶଯ୍ୟାଶାୟୀ।

ବିଭିନ୍ନ ଯନ୍ତ୍ରପାତି ମାଧ୍ୟମରେ ଧରଣୀଙ୍କର ଶରୀରର ପ୍ରକ୍ରିୟାକୁ ଜୀବିତ

ରଖାଯାଇଥାଏ। ମସ୍ତିଷ୍କ ଇଲେକ୍ଟ୍ରୋଡ଼ରେ ସଂଯୁକ୍ତ। ଚିନ୍ତାଶକ୍ତି ଦ୍ୱାରା ସେ human-machine interface (HMI)ଟିକୁ ପରିଚାଳନା କରନ୍ତି। ତାଙ୍କର AI ସହାୟିକା ସ୍ମୃତି କମ୍ପ୍ୟୁଟର ହେଲେ ମଧ ଏକ ସଜୀବ ମଣିଷଠାରୁ କିଛି କମ୍ ନୁହେଁ। ସେ ଉପଦେଶ ଦିଏ ସିନା, କ୍ୟାପ୍ଟାନ୍ ଧରଣୀଙ୍କୁ ଅନ୍ତିମ ନିର୍ଣ୍ଣୟ ନେବାକୁ ପଡ଼ିଥାଏ। ଯାନର ଚାରିପଟେ sensor ଓ effector ଭରପୁର। ଧରଣୀ ଯାନର ବେଗ, ଦିଗ ଓ ରକ୍ଷା ମାଧ୍ୟମକୁ ନିର୍ଦ୍ଧାରଣ କରନ୍ତି। ସ୍ମୃତିର କର୍ତ୍ତବ୍ୟ ହେଲା ପରିସ୍ଥିତି ଅନୁଧ୍ୟାନ, ତଦନୁକୂଳ ଉପଦେଶ ଦେବା ସହିତ ଧରଣୀଙ୍କ ଶରୀର ପ୍ରକ୍ରିୟାକୁ ଜୀବିତ ରଖିବା ଓ ଧରଣୀଙ୍କ ନିର୍ଣ୍ଣୟକୁ କାର୍ଯ୍ୟରେ ପରିଣତ କରିବା। ଯନ୍ତ୍ରପାତି ମାନଙ୍କ ସୁରକ୍ଷା ମଧ ସ୍ମୃତିଙ୍କ ଦାୟିତ୍ୱ। ଧରଣୀ ସିନା ନିର୍ଜୀବ ପରି ଶୟ୍ୟାଶାୟୀ, ମାତ୍ର ତାଙ୍କର ମାଂସପେଶୀ, ତ୍ୱଚା, ହୃଦୟ, ଫୁସଫୁସ ଇତ୍ୟାଦି ୨୦-ବର୍ଷ ଯୁବାଠାରୁ ଅଧିକ ଶକ୍ତିଶାଳୀ। ଧରଣୀଙ୍କ ଅଭିଯାନ ହେଲା ପୃଥ୍ୱୀଠାରୁ ପ୍ରାୟ ୧୦୦୦ ଆଲୋକବର୍ଷ ଦୂରରେ ଥିବା ଏକ ନକ୍ଷତ୍ର, ଯେଉଁଠାରୁ ମଣିଷ ମାନଙ୍କ ଉତ୍ପତ୍ତି ବୋଲି ବୈଜ୍ଞାନିକ ମାନେ ନିର୍ଣ୍ଣୟ କରିଛନ୍ତି। ଯେହେତୁ ଏତେଦୂର ଯାତ୍ରା କରିବା ଜୀବନ୍ତ ମନୁଷ୍ୟ ପକ୍ଷରେ ଅସମ୍ଭବ, ବୈଜ୍ଞାନିକମାନେ biotechnology ଓ HMI ଦ୍ୱାରା କୋଷ ପ୍ରକ୍ରିୟାକୁ ନିୟନ୍ତ୍ରଣ କରିଥାନ୍ତି, ଯାହାଦ୍ୱାରା ଶରୀରର କୋଷ ବା ଅନ୍ୟାନ୍ୟ ପକ୍ରିୟାର ବୟୋବୃଦ୍ଧି ଜନିତ ଅବକ୍ଷୟ ଘଟେ ନାହିଁ। ମସ୍ତିଷ୍କଟି quantum computer ସହିତ ଖଞ୍ଜା ହୋଇଛି, ଯାହାଦ୍ୱାରା ଯାନଟିର ଚତୁର୍ପାର୍ଶ୍ୱର ବିବରଣୀ ଆଲୋଚନା କରିବା ସହିତ କ୍ଷଣକ ମଧ୍ୟରେ ଉପଯୁକ୍ତ ନିର୍ଣ୍ଣୟ ନିଆ ଯାଇପାରେ।

ଯାନଟିର ବେଗ ବର୍ଷକୁ ପାଖାପାଖି ଦୁଇ ଆଲୋକ ବର୍ଷ – ଅର୍ଥାତ ଆଲୋକର ବେଗ ଠାରୁ ବେଶୀ। ଯଦିଓ theory of relativity ଅନୁସାରେ ଆଲୋକ ବେଗ ଠାରୁ ଅଧିକ ବେଗରେ ଯିବା ସାଧାରଣତଃ ଅସମ୍ଭବ, quantum entanglement ପ୍ରକ୍ରିୟା (ଯାହାଦ୍ୱାରା ଏକାଧିକ ପରମାଣୁ-କଣ ଅନେକ ଦୂରରେ ଥିଲେ ମଧ ସମାନ ଅବସ୍ଥା ଦର୍ଶାଇଥାନ୍ତି। ଗୋଟିଏ କଣର ଅବସ୍ଥା ପରିବର୍ତ୍ତନ କରାଗଲେ, ଅନ୍ୟ କଣଟିର ଅବସ୍ଥାରେ ମଧ ସମାନ ପରିବର୍ତ୍ତନ ଘଟେ, ଯାହାର ଅର୍ଥ ହେଲା ସୂଚନାଟିର ବେଗ ଅନନ୍ତ) ଉଦ୍ଭାବନ ପରଠାରୁ ବୈଜ୍ଞାନିକମାନେ ଆଲୋକର ବେଗ ଠାରୁ ଅଧିକ ବେଗରେ ଯିବାରେ ସଫଳ ହେଇଥାନ୍ତି।

ସାଇରନଟିର ଶବ୍ଦ ତୀବ୍ରରୁ ତୀବ୍ରତର ହେବାକୁ ଲାଗିଥିଲା। ତାଙ୍କ ସମ୍ମୁଖରେ ସ୍ମୃତିଙ୍କ ଆଲୋକ-ପ୍ରତିମା ଦଣ୍ଡାୟମାନ। ଉଲ୍କା ସଂଘର୍ଷରୁ ଯାନଟି ନିର୍ଚ୍ଛିହ୍ନ ହେଇଯିବା ସମ୍ଭାବନା ୯୫ ପ୍ରତିଶତରେ ପହଁଚିଲାଣି। ଅବିଳମ୍ବେ ନିର୍ଣ୍ଣୟ ନେବାକୁ ପଡ଼ିବ। ଧରଣୀ

ସେନ୍‌ସର୍‌ମାନଙ୍କ ତଥ୍ୟ ଅନୁଧ୍ୟାନ କରି ଆଗତମାନ ଉଲ୍‌କାର ଆକାର, ସ୍ଥିତି ଓ ବେଗ ଆକଳନ କଲେ। ସତରେ ଚୁମ୍ବକୀୟ ବଳୟର ଶକ୍ତି ଯଥେଷ୍ଟ ନ ହୋଇପାରେ। ଯଦିଓ ଧକ୍କା ଲାଗିବାର ସମ୍ଭାବନା କମ୍, ଚୁମ୍ବକୀୟ ଆକର୍ଷଣ ଯୋଗୁ ଯନ୍ତ୍ରପାତି ମାନଙ୍କ ସ୍ମୃତି କୋଷ ନଷ୍ଟ ଭ୍ରଷ୍ଟ ହେଇଯାଇପାରେ। ତାଙ୍କ ମସ୍ତିଷ୍କ ଇଲେକ୍ଟ୍ରୋଡ଼୍‌ଗୁଡ଼ିକ ବିଗିଡ଼ି ଯାଇପାରନ୍ତି ଯାଦ୍ୱାରା ତାଙ୍କର ମତିଭ୍ରମ ମଧ୍ୟ ହେଇପାରେ! Ursha Major constellationର ଅରୁନ୍ଧତୀ-ବଶିଷ୍ଠ ତାରାଯୁଗଳ ଆଡ଼ୁ ଦିଗ ପରିବର୍ତ୍ତନ କରି Ursa Minor Constellationର ଧ୍ରୁବ ତାରା ଆଡ଼କୁ ମୁଁହାଇବାକୁ ନିର୍ଦ୍ଦେଶ ଦେଲେ, ଧରଣୀ।

ଧ୍ରୁବ ତାରାକୁ ଦେଖ୍ ପୃଥ୍ୱୀରେ ନାବିକମାନେ ଦିଗ ନିରୂପଣ କରୁଥିଲେ। ଅରୁନ୍ଧତୀ ନକ୍ଷତ୍ରକୁ ଦର୍ଶନ କରି ନବବିବାହିତ ମାନେ ଦାମ୍ପତ୍ୟ ଜୀବନର ମଙ୍ଗଳ କାମନା କରୁଥିଲେ। ମହାକାଶରେ ମଧ୍ୟ ସେହି ତାରା ମାନଙ୍କ ସହାୟତା ନେବାକୁ ପଡୁଛି ଭାବି ଧରଣୀଙ୍କ ମନରେ କୌତୁକ ବୋଧ ହେଲା।

ଅରୁନ୍ଧତୀ ତାରା କଥାରୁ ହେଉ କିମ୍ୱା ଉଲ୍‌କାର ଚୁମ୍ବକୀୟ ବଳର ପ୍ରଭାବରେ ହେଉ, ତାଙ୍କ ମସ୍ତିଷ୍କରେ ନୂଆ ଚେତନାର ଢେଉ ସୃଷ୍ଟିହେଲା। ପିତାମାତା, ଘର, ସ୍ତ୍ରୀ ସମସ୍ତଙ୍କ କଥା ମନେପଡ଼ିଗଲା। ଯେତେବେଳେ ସେ ମହାକାଶ ଯାତ୍ରାର ନିର୍ଣ୍ଣୟ ନେଇଥିଲେ, ସ୍ତ୍ରୀ ପ୍ରଜ୍ଞା କେତେ କାନ୍ଦିଥିଲେ। ନିଜେ ବଂଚି ଥାଉଁଥାଉଁ ପୁଅକୁ ଚିରଦିନ ପାଇଁ ହରାଇବେ ବୋଲି ବାପାମାଆ ନୀରବରେ ଆମ୍ୱରୋଦନ କରୁଥିଲେ। ଭାବାବେଶରେ କିନ୍ତୁ ଧରଣୀ ଥିଲେ ନିର୍ବାକ। ସେମାନଙ୍କୁ ବୁଝାଇବା ପାଇଁ ତାଙ୍କ ପାଖରେ ଶବ୍ଦ ନଥିଲା। କର୍ତ୍ତବ୍ୟର ଡ଼ାକରାରେ ସେ ତୁରନ୍ତ ବାହାରି ଗଲେ। ମହାକାଶଯାନଟି ଛାଡ଼ିବା ସମୟ ହେଇଯାଉଥିଲା। କାହାକୁ ବୋଧେଇବା ପାଇଁ ସମୟ ମଧ୍ୟ ହେଲାନାହିଁ।

ଏବେ କାହିଁକି ହଠାତ ଧରଣୀଙ୍କ ମନକୁ ଆସିଲା, ହୁଏତ ତାଙ୍କର କିଛି କହିବାର ଥିଲା। ସତରେ କଣ ପ୍ରଜ୍ଞାଙ୍କ ଅନୁନୟ ବିନୟକୁ ଉପେକ୍ଷା କରି, ନିଜର ଚିନ୍ତାଧାରାକୁ ପ୍ରାଧାନ୍ୟ ଦେଇ ସେ ଠିକ କଲେ? ହୁଏତ ଶେଷବିଦାୟ ଦେବାପାଇଁ ପ୍ରଜ୍ଞା କିଛି କହିଥାନ୍ତେ, ହୁଏତ ବିଗତ ଜୀବନର ବାକି ରହିଯାଇଥିବା କଥା ବର୍ଖାଣି ଥାନ୍ତେ, ଯାହା ତାଙ୍କର ପାଥେୟ ହେଇଥାନ୍ତା। ତାହା ଏବେ ମନକୁ ଏତେ ଉଦ୍‌ବେଲନରୁ ରକ୍ଷା କରିଥାନ୍ତା। ସେ ସବୁ ଅକୁହା କଥା କଣ କାଳଗର୍ଭରେ ଅନନ୍ତ କାଳ ପାଇଁ ଲୁଚିଗଲା? ଗୋଟିଏ ପୁଅ ଓ ଗୋଟିଏ ସ୍ୱାମୀର କର୍ତ୍ତବ୍ୟ ସେ କଣ ଠିକରେ ନିର୍ବାହ କଲେ?

କହିଥିଲେ ବି ଲାଭ କଣ ହେଇଥାନ୍ତା? ସ୍ତ୍ରୀ କଣ କର୍ତ୍ତବ୍ୟ ଡାକରାକୁ ତାଙ୍କଠାରୁ

ବଡ ବୋଲି ବୁଝିଥାନ୍ତେ ? ବାପା, ମା କଣ ମଣିଷ ଜୀବନରେ ନିଜ ଅପେକ୍ଷା ବିଶ୍ୱର ରହସ୍ୟ ନିରୂପଣକୁ ବଡ ବୋଲି ମାନିଥାନ୍ତେ ? ହୁଏତ କଥାଟା ଆଗକୁ ବଢିଥିଲେ ସେମାନେ emotional blackmail କରିଥାନ୍ତେ, ସମ୍ପର୍କର ଦ୍ୱାହି ଦେଇଥାନ୍ତେ, ଜୀବନରେ ବାକିଥିବା କର୍ତ୍ତବ୍ୟର ସୂଚୀଦେଇ, ଦୋଷାବହକରି ଦେହମନକୁ ବାନ୍ଧିଦେଇଥାନ୍ତେ। ତେଣୁ ସେ ସୁଯୋଗ ନଦେଇ ନିର୍ଦ୍ୱନ୍ଦ, ନିଃଶବ୍ଦ ଚିଉରେ ବାହାରି ଆସିବାଟା ବୋଧହୁଏ ଉଚିତ ଥିଲା। ତ୍ୟାଗରୁ ହିଁ ସଫଳତା ମିଳେ, ସ୍ୱାର୍ଥାନ୍ଵେଷରୁ ନୁହେ ! କିନ୍ତୁ ଏଇଟା ତାଙ୍କର ତ୍ୟାଗ ନା ସ୍ୱାର୍ଥାନ୍ଵେଷ ? ମନର ଆନ୍ଦୋଳନ ଘନିଭୁତ ହେବାକୁ ଲାଗିଥିଲା। କେତେ ପ୍ରଶ୍ନବାଚୀ, କେତେ ପ୍ରହେଳିକା ! ସାରା ଜୀବନର ଦୃଶ୍ୟ, ଅସମ୍ପୂର୍ଣ୍ଣ ଅଭିଳାଷ, ଅଛିଣ୍ଡା ସମାଧାନ ସବୁ ମାନସପଟରେ ଏକକାଳୀନ ଉଙ୍କି ମାରୁଥିଲେ।

ସାଇରନ୍‌ର ଶିଧ ତୀବ୍ରରୁ ତୀବ୍ରତର ହେବାକୁ ଲାଗିଥିଲା। ସ୍ମିତିର ଚାହାଣୀରେ କିଛି ଅଲଗା ଭାଷା। ଠିକ୍ ପ୍ରଜ୍ଞାଙ୍କ ପରି ସ୍ମିତହସରେ ସେ ଯେପରି କହୁଛନ୍ତି – ମୁଁ ତୁମର ମନର ଭାଷାକୁ ଠିକ୍ ବୁଝିପାରୁଛି ! ଏ କଣ ସତରେ ତାଙ୍କର ମନର ଗହନବନରେ ଲୁଚିରହିଥିବା ଭାବଧାରା ନା ଉଲକାର ଚୁମ୍ବକୀୟ ବଳର ପ୍ରଭାବରେ ମତିଭ୍ରମ ? ବିଗତ ୧୦୦ ଆଲୋକ ବର୍ଷର ଯାତ୍ରାରେ ଏଭଳି ଚିନ୍ତାଧାରା ବା ଅବସାଦ ତାଙ୍କ ମନକୁ କେବେ ଉଦବେଲିତ କରି ନ ଥିଲା। ବାଟରେ କେତେ ନୋଭାର ଆଲୋକରେ ସେ ଉଦଭାଷିତ ହେଇଛନ୍ତି, କେତେ black holeର ଘନ ଆକର୍ଷଣରୁ ଯାନଟିକୁ ସୁରକ୍ଷାରେ ଆଣିଛନ୍ତି। ଗ୍ୟାଲାକ୍ସିମାନଙ୍କ ମଧ୍ୟରେ ଗଲାବେଳେ, ଛୋଟବଡ କେତେ ତାରା ନକ୍ଷତ୍ର ଭିତରେ, ରଥଯାତ୍ରାର ଗହଳିରେ ରଥ ଆଡକୁ ଅନ୍ୟାୟାସରେ ଗଲି ଯିବା ପରି, ମସୃଣଭାବେ ଖସି ଯାଇଛନ୍ତି। ଆଜି କାହିଁକି ଏ ସାମାନ୍ୟ ଉଲକାଟି ତାଙ୍କ ମନକୁ ଗୋଟିଏ ଦିଗକୁ ଟାଣି ନେଉଛି ? ଯେଉଁ ପୃଥିବୀକୁ ସେ କେଉଁକାଳରୁ ଛାଡି ଆସିଲେଣି, ତା କଥା କାହିଁକି ବାରମ୍ବାର ମନକୁ ଆସୁଛି ?

ଉଲକାଟି ନିକଟରୁ ନିକଟତର ହେବାକୁ ଲାଗିଥିଲା। ସାଇରନ୍‌ଟି ତୁହାକୁ ତୁହା ଅଝଟ ଶିଶୁ ଭଳି ବାଜିଚାଲିଥିଲା। ସ୍ମିତିର କଥାଗୁଡିକ କେଉଁ ଦୂରରୁ ଏକ ଗୁମ୍ଫା ଭିତରୁ ଆସୁଥିବା ପରି ଲାଗୁଥିଲା। ସ୍ମିତିର ଆଲୋକ-ପ୍ରତିମାଟି ପ୍ରିୟତମା ପ୍ରଜ୍ଞାଙ୍କ ରୂପ ପରି ପ୍ରତୀତ ହେଉଥିଲା। ସ୍ମିତି ଓ ପ୍ରଜ୍ଞା କଣ ସମଭାବା, ସମକାୟା ? ତାଙ୍କର HMI କଣ malfunction କରୁଛି ? ଏଣେ ଯାନଟିର sensor ମାନଙ୍କ ଶକ୍ତି କ୍ଷୀଣ ହେଲାବେଳେ ଆଉ ଏକ ଚୁମ୍ବକୀୟ ଶକ୍ତି ତାଙ୍କ ମନକୁ ଯୋରରେ ଟାଣିନେଉଛି। ଉଲକାତ ଅନେକ ଦୂରରେ ଅଛି ! ପୃଥିବୀ ବି ୧୦୦ ଆଲୋକ ବର୍ଷ ଦୂରରେ।

ତଥାପି ଉଲ୍କା ଭିତରେ ଆଉ ଗୋଟିଏ ପୃଥିବୀ କାହିଁକି ଦିଶୁଛି ? quantum entanglementର ପ୍ରଭାବ ନୁହେଁ ତ ? ସେହି ନୂତନ ପୃଥିବୀରେ ସେହି ସେହି ପରିଚିତ ମୁହଁ ସବୁ ଦିଶିଯାଉଛନ୍ତି । ଯଜ୍ଞଶାଳାରୁ ଉଠୁଥିବା ଘୂର୍ଣ୍ଣାୟମାନ ଧୁଆଁକୁଣ୍ଡଳୀ ଭିତରୁ ରୁଷିଗଣଙ୍କ ଝାପସା ମୁହଁରୁ ଭାସି ଆସୁଛି:

ପୁନରପି ଜନମମ୍ ପୁନରପି ମରଣମ୍ ପୁନରପି ଜନନୀ ଜଠରେ ଶୟନମ୍ ।

ଚିର ବିଦାୟର ସ୍ମିତହାସ୍ୟ ଧରି ମହାକାଶ ଯାନଟିରେ ଅରୁନ୍ଧତି ନକ୍ଷତ୍ର ଆଡ଼କୁ ଦ୍ରୁତଗତିରେ ସ୍ମୃତି ରୂପୀ ପ୍ରଜ୍ଞା ଅପସରି ଗଲାବେଳେ, ଉଲ୍କା ପିଣ୍ଡର ଗଭୀର ପ୍ରଦେଶରେ ଶଙ୍ଖ ହୁଳହୁଳିର ଆମନ୍ତ୍ରଣରେ ମଗ୍ନ ହୋଇଯାଉଥିଲେ, ଧରଣୀ, ଏକ ନୂତନ ପ୍ରତ୍ୟୁଷର ଆବାହାନୀରେ ।

ରେଡିଓରେ ସନ୍ଧ୍ୟା ସମାଚାର ଭାସି ଆସୁଥିଲା: କାର ଦୁର୍ଘଟଣାରେ ପ୍ରଖ୍ୟାତ ବୈଜ୍ଞାନିକ ଦମ୍ପତି ଧରଣୀ ଓ ପ୍ରଜ୍ଞାଙ୍କ ଦେହାନ୍ତ ।

TAPAS RANJAN SAHOO

ତାପସ ରଂଜନ ସାହୁ

ତାପସ ରଂଜନ ସାହୁ ବୁର୍ଲା ଏବଂ ଆଇ.ଆଇ.ଟି., ଖଡ଼ଗପୁରରେ ଇଂଜିନିୟରିଂ ଡିଗ୍ରୀ ହାସଲ କରି ଇନ୍‌ଫରମେସନ ଟେକ୍ନୋଲୋଜିରେ କାମ କରନ୍ତି। ସେ ସ୍ଥାନୀୟ ଓଡ଼ିଆ ସମାଜ, ଜଗନ୍ନାଥ ମନ୍ଦିର ତଥା 'ଓଡ଼ିଶା ସୋସାଇଟି ଅଫ୍ ଆମେରିକାସ୍(ଓସା)'ର ଜଣେ ନିରନ୍ତର ସ୍ୱେଚ୍ଛାସେବୀ। ଗଳ୍ପ ଓ କବିତା ଲେଖିବା ବ୍ୟତୀତ ନାଟକ ରଚନା ସହିତ ସଂପାଦନା, ନିର୍ଦ୍ଦେଶନା ତଥା ମଂଚ ପ୍ରଯୋଜନା ମାଧ୍ୟମରେ ଓଡ଼ିଆ ଭାଷା, ସାହିତ୍ୟ ଓ ସଂସ୍କୃତିର ବିକାଶ ଦିଗରେ ସେ ସର୍ବଦା ପ୍ରଚେଷ୍ଟାରତ। ୧୯୯୮ ମସିହାରେ ସେ ଇଣ୍ଟରନେଟ୍‌ରେ ସର୍ବ ପ୍ରଥମ ଓଡ଼ିଆ ପତ୍ରିକା 'ସଂବିତ୍' (www.sambit.com) ପ୍ରତିଷ୍ଠା ଓ ସଂପାଦନା କରିଥିଲେ। ତାଙ୍କର କବିତା ସଂକଳନ 'ସୁନ୍ଦର ସମୟ, ସୁନ୍ଦର ପୃଥିବୀ' ୨୦୦୬ରେ ପ୍ରକାଶିତ।

ମୂଲଦୁଆ

ଏଇତ ଆସିଗଲା କାର୍ତ୍ତିକ ପୂର୍ଣ୍ଣିମା। ଶୀତର ପହିଲି ପରଶରେ ଜୁବୁ ବୁଡ଼େଇ ଯାଇଥିବା ଦେହକୁ ଶାଲ୍‌ ତଳେ ଉସ୍କୁମେଇ ଦେଇ କାଉ ରାବିବାର ଅନେକ ପୂର୍ବରୁ ଉଠି ପଡ଼ିଲାଣି ଗୀତି। ସକାଳୁ ଉଠି ଦୀପ, ସଲିତା ସଜାଡ଼ିବାକୁ ହେବ। କଦଳୀ ପାଟ, ସୋଲ ତିଆରି ଡ଼ଙ୍ଗାରେ ଏ ଯାଏଁ ପତକା ଲାଗିନି। ତା ପରେ ସଜବାଜ ହୋଇ ସହଲ ବାହାରିବାକୁ ହେବ। ଡଙ୍ଗା ଭସାଇବାର ପବିତ୍ର ପୂର୍ଣ୍ଣିମା ଆଜି। ପୂର୍ବପୁରୁଷଙ୍କର ଗୌରବମୟ ସ୍ମୃତି ଉନ୍ମୋଚନ କରିବାର, ପତିମାନଙ୍କର ଶୁଭ ମନାସି, ବନ୍ଦାପନା କରି ମେଲାଣି ଦେବାର ଦିନ ଆଜି। କ'ଣ ଯେ କହିବାକୁ ହୁଏ ଡଙ୍ଗା ଭସାଇବା ବେଳେ...?

"ଏ ଅଳସୁଆ, ଉଠ, ପାଞ୍ଚଟା ବାଜିଲାଣି। ଆଉ ଡଙ୍ଗା ଭସାଇବା ବେଳେ କ'ଣ କହିବାକୁ ହେବ ମତେ କହିଦିଅ, ମୁଁ ଭୁଲିଗଲିଣି। ଉଠ, ଜଲ୍‌ଦି ଉଠ।"

ଗୀତି ମୋ'ର ଗେହ୍ଲା ଝିଅ। ମୋ'ର ସାଙ୍ଗ-ସାଥୀ, ସୁଖ-ଦୁଃଖ, ଆଶା-

ଆକାଂକ୍ଷା ସବୁ କିଛି। ମା' ତା'ର ଡାକ୍ତରାଣୀ। ଗୀତି ଚାଲି ଶିଖିବା ପରଠୁ ଦୂର ଯାଗାରେ ଚାକିରି। ମାସରେ ଦୁଇ ତିନିଥର ଆମ ପାଖକୁ ଆସେ; ନହେଲେ ଆମେ ଯାଇ ବୁଲି ଆସୁ। ଗୀତିର ପାଠପଢ଼ା ଆରମ୍ଭ ହେବା ଦିନଠୁ ଆମ ଦୁଇଜଣଙ୍କ ମଧ୍ୟରେ ମତ ପାର୍ଥକ୍ୟ। ରୀତିର ଇଚ୍ଛା ଥିଲା ତା' ଝିଅ ବୋର୍ଡିଂ ସ୍କୁଲରେ ପଢ଼ିବ। ଆମର ତ ଏକା ଜାଗାରେ ପୋଷ୍ଟିଂ ହେବାର ଆଶା କମ୍। ହେଲେ ବି ବଦଲି ଚାକିରି। ସବୁଦିନ ତ ଏକାଠି ରହି ହେବନି। ତେଣୁ ଗୀତି ବୋର୍ଡିଂ ସ୍କୁଲରେ ରହିଲେ ସବୁ ଝାମେଲାରୁ ମୁକ୍ତି। ମୋ'ର ଏଥିରେ ଭିନ୍ନ ମତ ଥିଲା। ବାପା, ବୋଉ ବି ସଂପୂର୍ଣ୍ଣ ବିରୋଧ କଲେ। ଗୋଟିଏ ବୋଲି ନାତୁଣୀକୁ ଏଡ଼େ ଟିକେବେଳୁ ବାହାରେ ଛାଡ଼ିବାକୁ ଆକଟ କଲା। ସୁତରାଂ, ଗୀତି ରହିଲା ମୋ' ପାଖରେ। ବାପା, ବୋଉ ଅଧିକାଂଶ ସମୟ ଆମ ସହ ରହନ୍ତି। କିନ୍ତୁ କେଉଁ ପର୍ବପର୍ବାଣିରେ କିମ୍ୱା ଶ୍ରାଦ୍ଧକର୍ମ ଇତ୍ୟାଦି ପାଇଁ ମଝିରେ ମଝିରେ ଗାଁକୁ ବରାବର ଯା'ନ୍ତି। ରୀତି ତା'ପରେ ପ୍ରସ୍ତାବ ଦେଇଥିଲା ଗୀତିକୁ ଇଂରାଜୀ ମାଧ୍ୟମରେ ପଢ଼ାଇବାକୁ। ମୁଁ କିନ୍ତୁ ଏକ ରକମ ଜବରଦସ୍ତ ଓଡ଼ିଆ ସ୍କୁଲରେ ତା'ର ନାଁ ଲେଖାଇ ଦେଇଥିଲି। ସେଇଦିନୁ ରୀତିସହ ମୋ'ର ମନାନ୍ତର। ଗୀତି ଏବେ ପଞ୍ଚମ ଶ୍ରେଣୀରେ। ଖୁବ୍ ଭଲ ପଢୁଛି।

ଗୀତି କଞ୍ଚାମାଟିର ଗଦାଟିଏ। ଯେମିତି ଛାଞ୍ଚରେ ପଡ଼ିବ ସେମିତି ଗଢ଼ାହେବ। ମୁଁ ତା'କୁ ମୋ' ସ୍ୱପ୍ନ ଅନୁଯାୟୀ ଗଢ଼ିବାକୁ ଚାହେଁ, ମୋ କଳ୍ପନାର ସଂପୂର୍ଣ୍ଣ ଝିଅଟିଏ କରିବାକୁ ଚାହେଁ। ପିଲାଟି ଦିନରୁ ସେ ବଢ଼ି ଆସିଛି ତା' ବୁଢ଼ୀମା' କୋଳରେ। ବୋଉ ତା'କୁ ଶିଖାଇଛି ଓଡ଼ିଆଘରର ସମସ୍ତ ଶାଷଣା, ରୀତିନୀତି। ବୋଉ ସେମିତିକା ନିହାତି ପୁରୁଣା କାଳିଆ ମନୋବୃତ୍ତିର ନୁହେଁ – ଯେଉଁଠି ଯେପରି ଅନ୍ଧ ବିଶ୍ୱାସ, କୁସଂସ୍କାର ଦେଖିଛି ଆମର ନିୟମ କାନୁନ୍‌ରେ, ନିର୍ଦ୍ୱନ୍ଦ୍ୱରେ କାଢ଼ି ଫୋପାଡ଼ି ଦେଇଛି ସେ। ଯୁଗ ଅନୁଯାୟୀ ସେ ସବୁରେ କିଛି କିଛି ପରିବର୍ତ୍ତନ ବି କରି ନେଇଛି ଅବିଳମ୍ୱେ। ବାରମାସର ତେର ପର୍ବ, ଚଉଦ ପର୍ବାଣି, ସେ ସବୁର ମହତ୍ତ୍ୱ – ପୌଷରେ ମକର ଓ ଶାମ୍ୱ, ମାଘରେ ଅଗ୍ନି ପୂର୍ଣ୍ଣିମା ଓ ଶ୍ରୀପଞ୍ଚମୀ, ଫଗୁଣରେ ଦୋଳ, ଚୈତ୍ରରେ ପଣା ସଂକ୍ରାନ୍ତି, ଜ୍ୟେଷ୍ଠରେ ସାବିତ୍ରୀ ଓ ରଜ, ଶ୍ରାବଣରେ ରାକ୍ଷି ଓ ଜନ୍ମାଷ୍ଟମୀ, ଆଶ୍ୱିନରେ ମହାଳୟା, ଦଶହରା ଓ କୁମାର ପୂର୍ଣ୍ଣିମା, କାର୍ତ୍ତିକରେ ପୁଣି ଦୀପାବଳୀ ଆଉ ପ୍ରଥମାଷ୍ଟମୀ – ସବୁ ଜାଣିଛି ଗୀତି।

କାର୍ତ୍ତିକ ସରିଲା, ମାର୍ଗଶିର ଆରମ୍ଭ ହେବ। ସବୁ ଦୁଆରବନ୍ଧରେ ଗୁରୁବାର ଦିନ ଚିତା ପକାଇବ ବୋଉ। ସକାଳୁ ଉଠି ଚାଉଳଚୂନା ଗୋଲି ହାତ ଆଙ୍ଗୁଠିରେ ଆଙ୍କିଦେବ ଫୁଲପତ୍ରରେ ସଜାଇ ମା' ଲକ୍ଷ୍ମୀଙ୍କର ସରୁପାଦ ଦୁଇଟିକୁ। ଦାଣ୍ଡ ଦୁଆର

ମୁହଁରୁ ଠାକୁର ଘରଯାଏ ବାଟ କଢ଼େଇ ନେବ ତାଙ୍କୁ ତାଙ୍କ ଆସନ ଯାଏ । ଧନଧାନ୍ୟରେ ଭଣ୍ଡାର ପୁରି ଉଠିବାକୁ ମନାସିବ । କାହିଁ କେତେ ବର୍ଷରୁ କରି ଆସିଲେ ବି ବୋଉର ଚିତା ଆଙ୍କିବାର ସେ ଶୈଳୀରେ ଏତେ ଟିକେ ବି ଭଙ୍ଗା ପଡ଼ିନି । ବରଂ ସୁନ୍ଦରରୁ ଅଧିକ ସୁନ୍ଦର ଦିଶେ ପ୍ରତ୍ୟେକ ଥର । ଆମେ କାଲେ ଗୋଡ଼ରେ ମାଡ଼ି ଚକଟି ଦେବୁ, ସେଥିପାଇଁ ଜମା ଉଠିବାକୁ ଦିଏନା ଆମକୁ ବଡ଼ି ଭୋରରୁ । ଏଥରକ ବୋଉ ଗାଁକୁ ଯାଇଛି, ମାଣବସା ସାରି ଫେରିବ ।

“ ଆ କା ମା ଭୈ୪...”, ମୁଁ କହିଲି ।

ଉଠି ଦେଖିଲାବେଳକୁ ଦୁଆରମୁହଁଯାକ ଚିତାରେ ଭର୍ତ୍ତି । ଏତେ ସକାଳୁ ଉଠି ଗୀତି ଚାଉଳଚୂନା ଗୋଲି ଆଙ୍କି ପକାଇଛି ବୁଢ଼ୀମା’ଠୁ ଶିଖିଥିବା ଝୋଟି ଚିତାର ନକ୍ସା । ଏଡ଼େଟିକେ ଝିଅ ଏତେ ସୁନ୍ଦର, ନିଖୁଣ ଭାବରେ ପରିପକ୍ବତାର ନିଦର୍ଶନ ଦେଇପାରିଛି ଦେଖି ମୋ ଛାତି କୁଣ୍ଢେ ମୋଟ ହୋଇଗଲା ଗର୍ବମିଶା ଆନନ୍ଦରେ । ନୂଆ ଜାମା ପିନ୍ଧି, ସଲିତା, ଦୀପ, ଧୂପ, ଦୁବ, ବରକୋଲିପତ୍ର, ଭୋଗସହ ଡ଼ଙ୍ଗା ଧରି ସଜ ହୋଇଗଲାଣି ଗୀତି । ଏବେ ତା’ ସହ ଯିବାକୁ ହେବ ଡ଼ଙ୍ଗା ଭସାଇବାପାଇଁ ନଦୀ କୂଳକୁ । ଟିକି ଓଡ଼ିଆ ସାଧବାଣୀର ସମସ୍ତ ବନ୍ଦାପନା, ମେଲାଣି କାର୍ଯ୍ୟ ସମାପନ ହେଲାଯାଏ ଅପେକ୍ଷା କରିବାକୁ ହେବ । ତା’ପରେ ଘରକୁ ଫେରିଲେ ଜଲଖିଆଉପରେ କଥା ଅଛି ତା’କୁ ଶୁଣାଇବାକୁ ହେବ ବାଲିଯାତ୍ରାର କାହାଣୀ – ୧୭୦୦ ବର୍ଷ ତଲର ଗୌରବମୟ କଳିଙ୍ଗ ସଂସ୍କୃତିର କାହାଣୀ । ଐତିହାସିକ କଳିଙ୍ଗ–ବାଲି ଯାତ୍ରାରେ ଦୁଃସାହସିକ କଳିଙ୍ଗ ସାଧବପୁଅମାନଙ୍କର ସୁଦୂର ଇଣ୍ଡୋନେସିଆର ବାଲିଦ୍ୱୀପକୁ ବାଣିଜ୍ୟ ଉପଲକ୍ଷ୍ୟରେ ନୌଯାତ୍ରାର ବିବରଣୀ । ଏମିତି ଅନେକ କାହାଣୀ ଶୁଣେ ସେ ମୋ’ଠୁ ପ୍ରତିଦିନ । ପ୍ରତ୍ୟେକ ଭାଷାରେ ବିଶ୍ୱବିଖ୍ୟାତ ଯେତେ ଯେତେ କାହାଣୀମାଳା ମୁଁ ପଢ଼ିଛି, ସେ ସବୁଥରୁ ବୟସ ଉପଯୋଗୀ କଥା ଶୁଣାଏ ତା’କୁ । କାହାଣୀର ପଛ ଥାଏ ଇତିହାସରୁ ବିଜ୍ଞାନଯାଏ ବିଭିନ୍ନ ବିଭାଗଦେଇ ବିସ୍ତୃତ । ଅସାଧାରଣ ସ୍ମୃତିଶକ୍ତି ଗୀତିର । ଅବିକଳ ମନେ ରଖିବାର ଅଭୁତ ଶକ୍ତି । ବୁଦ୍ଧିମତୀ ଛାତ୍ରୀଟିଏ ପରି ଆଷ୍ଟମାଡ଼ି ସବୁ ଶୁଣିଯାଏ, ସହଜରେ ବୁଝିଯାଏ ସେ । ବୟସାଭିବୃଦ୍ଧି ଅନୁଯାୟୀ ଏକ ପୂର୍ଣ୍ଣାଙ୍ଗ ଶିକ୍ଷା କାର୍ଯ୍ୟକ୍ରମ ବି ତା’ ପାଇଁ ମୁଁ ମନେ ମନେ ତିଆରି କରି ରଖିଛି ।

ଅନେକ ଦିନରୁ ସର୍ବଗୁଣସଂଲଗ୍ନା ଏବଂ ସନ୍ତୁଳିତ ବ୍ୟକ୍ତିତ୍ୱସଂପନ୍ନା ଏକ ସଂପୂର୍ଣ୍ଣ ଝିଅର କଳ୍ପନା ମୋ ଭିତରେ ଖେଳୁଛି । ପ୍ରଥମେ ଥିଲା ସେ କଳ୍ପନାର ଅନ୍ଧେଷଣ ମୋ ଭାବୀ ସ୍ତ୍ରୀ ମଧ୍ୟରେ – ଆସିଲା “ରୀତି” । ରୀତି ଭିତରେ ମିଳିଲା ମୋତେ ଏକ ସ୍ୱାଧୀନ ଚିନ୍ତାଧାରା, ଏକ ଦୃଢ଼ ? ବ୍ୟକ୍ତିତ୍ୱ, ଏକ ସ୍ୱତନ୍ତ୍ର ନାରୀ ଶକ୍ତି । କିନ୍ତୁ ଅଭାବ

ରହିଗଲା ଏକ ଓଡ଼ିଆ ଗୃହିଣୀର, ଏକ ନାରୀସୁଲଭ ସ୍ୱଭାବ–କୋମଳ ଲାଲିତ୍ୟର। ମୋ କଞ୍ଚନାର ବାସ୍ତବ ରୂପାନ୍ତର କେତେଦୂର ସମ୍ଭବ ମୁଁ ଜାଣିନି। କିନ୍ତୁ ସେ ଅନ୍ଦେଷଣର ଅନ୍ୟନାମ ଏବେ ମୁଁ ରଖିଛି "ଗୀତି"।

ଡ଼ଙ୍ଗାଭସା ପରେ ଗୀତିକୁ ବାଲିଯାତ୍ରା ଗପ କହିସାରି ତା' ସ୍କୁଲରେ ଛାଡ଼ି ଆସିଲି। ଆଜି ତା'ଙ୍କ ସ୍କୁଲରେ ଅନେକ ପ୍ରତିଯୋଗିତା ହେବାର ଅଛି। ଘରକୁ ଫେରିବାର କିଛି ସମୟ ପରେ ଆସି ପହଞ୍ଚିଲା ରୀତି। ଅଳ୍ପ ସମୟ ଭିତରେ ହିଁ ସେ ତା' ଆସିବାର କାରଣ ଜଣାଇଲା।

"ଦେଖ, ଏବେ ଗୀତିକୁ ଇଂରାଜୀ ସ୍କୁଲରେ ଭର୍ତ୍ତି କରିବାର ଠିକ୍ ବେଳ ଆସିଛି। ଆଉ ବେଶିଦିନ ଓଡ଼ିଆ ସ୍କୁଲରେ ପଢ଼ିଲେ ସେ ପୁରା ବର୍ଷଟିଏ ହରାଇପାର। ତା' ବିଷୟରେ ମୁଁ ସେଣ୍ଟାଲ ସ୍କୁଲର ପ୍ରିନ୍ସିପାଲଙ୍କ ସହ କଥା ହୋଇ ଆସିଛି। ସେ ଷ୍ଟାଣ୍ଡାର୍ଡ ଫାଇଭରେ ହିଁ ନେବାକୁ ରାଜି ଅଛନ୍ତି, କାରଣ ଗୀତି ଆମର ଖୁବ୍ ଇଣ୍ଟେଲିଜେଣ୍ଟ ବୋଲି ମୁଁ ତାଙ୍କୁ କହିଥିଲି। ମୁଁ ତା'କୁ ଆଜି ନେବାକୁ ଆସିଛି। ଏବେ ଆଡ଼ମିଶନ୍ କଲେ ଏଇ ସେସନ୍ରେ ହିଁ ସେମାନେ ନେଇଯିବେ।"

ଅନେକ ଦିନ ହେଲ ଆମେ ସେ ବିଷୟରେ କଥା ହୋଇ ନ ଥିଲୁ। ରୀତି ହଠାତ୍ ଏ କଥା ଉଠାଇବାରୁ ମୁଁ ଆଶ୍ଚର୍ଯ୍ୟ ହେଲି। ଗୀତିର ଓଡ଼ିଆ ସ୍କୁଲରେ ପଢ଼ିବା ନେଇ ସେ ଯେ ସନ୍ତୁଷ୍ଟ ନୁହେଁ, ମୁଁ ଜାଣିଛି। କିନ୍ତୁ ତା'କୁ ଇଂରାଜୀ ସ୍କୁଲରେ ପଢ଼ାଇବାକୁ ସେ ଯେ ଏମିତି ଜିଦ୍ କରିବ ମୁଁ ଭାବି ନ ଥିଲି। ବାପା, ବୋଉ ଓ ମୋ'ର ଓଡ଼ିଆ ସ୍କୁଲ ସପକ୍ଷରେ ମତ ଥିଲା। ବୋଉ ଥରେ ଠଚ୍ଚାରେ କହିଥିଲା, "ଠିକ୍ ଅଛି, ତୋ'ର ପୁଅ ହେଲେ ତୁ ତା'କୁ ଇଂରାଜୀରେ ପଢ଼ାଇବୁ। ଝିଅ ମୋର ତା' ମାତୃଭାଷାରେ ପଢ଼ିବ।" ବାପା, ବୋଉ ଉଭୟ ବର୍ତ୍ତମାନ ଗାଁରେ। ଏମିତି ତରବରରେ ମୁଁ କ'ଣ ଠିକ୍ କରିବି ଜାଣି ପାରିଲିନି।

ରୀତିର ଯୁକ୍ତି ଇଂରାଜୀ ମାଧମରେ ଶିକ୍ଷା ବିଷୟରେ – ଇଂରାଜୀ ସ୍କୁଲରେ ପଢ଼ିଲେ ପିଲାଟିଏର "ଫ୍ଲୁଏନ୍ସି" ବଢ଼ିବ, ସେ ଅଧିକ "ସ୍ମାର୍ଟ"... ଇତ୍ୟାଦି ଇତ୍ୟାଦି। ସେଇ ବିଷୟରେ ସେ ଅନେକଥର ପରୋକ୍ଷରେ ମୋତେ ଶୁଣାଇଛି। ଭାବିଚିନ୍ତି ତା'କୁ ବୁଝାଇବା ଭଲି କହିଲି –

"ରୀତି, ଟିକେ ଭିତରେଇ କଥାଟାକୁ ଦେଖ। ବୁଝିବାକୁ ଚେଷ୍ଟା କର। କେବଳ ଗୋଟାଏ ଭାଷାକୁ ନେଇ, ପାଠ ପଢ଼ିବାର ଗୋଟାଏ ମାଧମକୁ ନେଇ ଯଦି ଆମର ଏ ମତ ପାର୍ଥକ୍ୟ, ତେବେ ତାହା ନିରର୍ଥକ, ଭିତ୍ତିହୀନ ଏବଂ ଯୁକ୍ତିହୀନ। ଇଂରାଜୀ ଗୋଟିଏ ଭାଷା ମାତ୍ର। କେବଳ ଏଇ ଗୋଟିଏ ଭାଷାରେ ପାରଦର୍ଶିତା ଆଣିବା ପାଇଁ ସମସ୍ତ

ଶିକ୍ଷାର ମାଧ୍ୟମ ରୂପେ ତା'କୁ ବ୍ୟବହାର କରିବା କ'ଣ ନିହାତି ଦରକାର ? ଇଂରାଜୀରେ ଭଲ ଦଖଲ ଆଣିବାପାଇଁ କ'ଣ ଏହା ଏକମାତ୍ର ଉପାୟ ? ଇଂରାଜୀ ଭାଷା ଶିକ୍ଷା କରିବା କ'ଣ ଏତେ କଠିନ ଯେ ତା'କୁ ମାତୃଭାଷା ରୂପେ ଶିକ୍ଷା କରାଯିବା ଏକାନ୍ତ ଆବଶ୍ୟକ ?"

"ସେ କଥା ତମେ ଭଲ ଭାବରେ ହୃଦୟଙ୍ଗମ କରିଥିବ। ଯେ କୌଣସି ଇଂରାଜୀ ସ୍କୁଲର ପିଲାସହ ଆମ ଓଡ଼ିଆ ସ୍କୁଲର ପିଲାର 'ଷ୍ଟାଣ୍ଡାର୍ଡ଼' ତମେ ତୁଳନା କରି ଦେଖପାର। ସେମାନଙ୍କ "ସ୍ମାର୍ଟ୍‌ନେସ୍", "କଲ୍‌ଚରଡ଼୍" ବ୍ୟବହାର ଦେଖପାର...", ରୀତି ବିରକ୍ତ ହୋଇ କହିଲା।

ଏଇ କେତୋଟି ବାକ୍ୟରେ ମୁଁ ଚୁପ୍ ହୋଇଗଲି। ଜାଣିଛି, ରୀତି ଏଇ ଯୁକ୍ତି ହିଁ ବାଢ଼ି ବସିବ। ମାନୁଛି, ସେ ବି ଠିକ୍ କହୁଛି, କିନ୍ତୁ ଆଂଶିକ ଭାବରେ। ଏ ସବୁ ପ୍ରଶ୍ନର, ଯୁକ୍ତିର ସଠିକ୍ ଉତ୍ତର ଯେ ମୋତେ ଜଣା ନାହିଁ, ସେ କଥା ନୁହେଁ। ବରଂ ଏ ବିଷୟରେ ମୋ'ର ମତାମତ ଭୂମିସ୍ପର୍ଶ-ରହିତ ବର୍ଷାବିନ୍ଦୁ ପରି ନିର୍ମଳ, ପରିଷ୍କାର। ଯଥା ସମ୍ଭବ ଧୀର ସ୍ୱରରେ ତାକୁ କହିଲି –

"କେଉଁ "ଷ୍ଟାଣ୍ଡାର୍ଡ଼" ବିଷୟରେ ତମେ କହୁଛ ? ବୁଦ୍ଧିମତ୍ତାର ନା ଇଂରାଜୀ ଭାଷାରେ ପାରଦର୍ଶିତାର ? କୌଣସିଟିରେ ବି ଓଡ଼ିଆ ବିଦ୍ୟାଳୟରେ ପାଠ ପଢ଼ୁଥିବା ଛାତ୍ରର ମାନ ନ୍ୟୂନ ହେବାର କୌଣସି ଯୁକ୍ତି ମୁଁ ଲକ୍ଷ୍ୟ କରି ପାରୁନାହିଁ। ଏକଥା ନିଶ୍ଚୟ ସତ ଯେ ଇଂରାଜୀ ସ୍କୁଲର ସମସ୍ତ ଛାତ୍ର ବୁଦ୍ଧିମତ୍ତାରେ ଓଡ଼ିଆ ବିଦ୍ୟାଳୟର ଛାତ୍ରଙ୍କଠାରୁ ଉଚ୍ଚରେ ନୁହଁନ୍ତି। ଛାତ୍ରର ବୌଦ୍ଧିକ ଶକ୍ତି କୌଣସି ଭାଷା ବା ମାଧ୍ୟମ ଉପରେ ନିର୍ଭର କରେ ନାହିଁ। ଯିଏ ବୁଦ୍ଧିମାନ ସେ ଯେ କୌଣସି କାର୍ଯ୍ୟରେ, ଯେ କୌଣସି କ୍ଷେତ୍ରରେ ଅଧିକ ଗୁଣବତ୍ତା ନିଶ୍ଚୟ ପ୍ରଦର୍ଶନ କରିବ। ଇଂରାଜୀ ଭାଷାରେ ଦଖଲ ବିଷୟ ବି ସେହିପରି। ତମେ ତ ନିଜେ ଜାଣିଥିବ ଓଡ଼ିଆ ବିଦ୍ୟାଳୟମାନଙ୍କରେ ପଢ଼ା ଯାଉଥିବା ଇଂରାଜୀ ପାଠ୍ୟ ଓ ବ୍ୟାକରଣର "ସିଲାବସ୍" ବିଷୟରେ। କେଉଁଠି କ'ଣ କିଛି କମ୍ ରହି ଯାଉଛି କି ସେଠି ? ଯଦି ରହି ଯାଉଥାଏ, ତା' ହେଲେ ତାହା ପୂରଣ କରିବା ଆମର କର୍ତ୍ତବ୍ୟ।

ଆଉ ରହିଲା "ସ୍ମାର୍ଟନେସ୍" କଥା, "କଲ୍‌ଚରଡ଼୍" ବ୍ୟବହାରର କଥା। ଏଇଠି ଗୋଟିଏ ବିରାଟ ବଡ଼ କଥା ଉଠାଇଛ ତୁମେ, ଯେଉଁଟା ଦୁଇଟି ଭିନ୍ନ ଭିନ୍ନ ସଂସ୍କୃତିକୁ ନେଇ; ଶାଳୀନ ଆଚାର ବ୍ୟବହାରର ଦୁଇ ପ୍ରକାର ସଂଜ୍ଞାକୁ ନେଇ। ଆମ ଘରେ ଆମେ ଭଲ ପିଲା ବୋଲି କାହାକୁ କହୁ ? ଶାନ୍ତ, ଶିଷ୍ଟ, ସୁଧାର ପିଲାଟିଏର ଆଦର୍ଶ ସବୁବେଳେ ଆମ ଉଦାହରଣ ଭିତରକୁ ପଶି ଆସେ ନାହିଁ କି ? ଓଡ଼ିଆ ପିଲାଟିଏ

ପିଲାବେଳୁ "ବିଦ୍ୟାରୁ ବିନୟତା" ରୂପକ ଭୂଷଣ ଅଧିକାର କରିବାକୁ ଶିଖେ। ଗୁରୁଙ୍କୁ ପରଂବ୍ରହ୍ମ ମାନି ଭକ୍ତି କରେ। ଏ କ୍ଷେତ୍ରରେ ସେ ନିଜ ଶିକ୍ଷକ ବା ଗୁରୁଜନମାନଙ୍କ ସହ ତଥା କଥିତ "ସ୍ମାର୍ଟ୍" ଭାବରେ କିପରି ବ୍ୟବହାର କରିବା ଆମେ ଆଶା କରିବା? ନିଜ ପିତା ମାତାଙ୍କ ସହ "ହାୟ", "ହାଲୋ"ର ପ୍ରୟୋଗ ତମେ ପସନ୍ଦ କରିବ କି? ପ୍ରତ୍ୟେକ ଉକ୍ତିରେ, ପ୍ରତ୍ୟେକ ବାକ୍ୟରେ ଭଦ୍ରାମିର ଦ୍ୱାହି ଦେଇ କେତୋଟି "ଫର୍ମାଲ୍" ଇଂରାଜୀ ଶବ୍ଦ ବ୍ୟବହାର କରି ଶିଖିବା କ'ଣ ନିତାନ୍ତ ପକ୍ଷେ "କଲ୍‌ଚରଡ୍" ବ୍ୟବହାରର ପରିଚାୟକ! ଯଦି ବା ହୋଇଥାଏ ତାହା କ'ଣ କେବଳ ଇଂରାଜୀ ବିଦ୍ୟାଳୟରୁ ଶିଖିହେବ? ତା' ଛଡ଼ା ଅନ୍ୟ ଭାଷାରେ ବି କ'ଣ ଶାଳୀନ ବ୍ୟବହାର ଉପଯୋଗୀ ଶବ୍ଦର ଅଭାବ ଅଛି? ଯଦି ସେପରି ମନେ ହେଉଥାଏ, ତେବେ ତାହା କେବଳ ସେ ଭାଷା ବିଷୟରେ ଆମର ଦୁର୍ବଳ ଜ୍ଞାନ ହିଁ ଦର୍ଶାଇବ। ମାନୁଛି, କେବଳ ଇଂରାଜୀ କହିବାର ବେଗ ବା "ଫ୍ଲୁଏନ୍ସି"ର ଅଭାବ ଆମେ ଓଡ଼ିଆ ବିଦ୍ୟାଳୟର ପିଲାଙ୍କଠାରେ ଦେଖିବାକୁ ପାଉ। କିନ୍ତୁ ସେ ଅଭାବ ଗୀତି କ୍ଷେତ୍ରରେ ରହିବ ନାହିଁ; ସେ ଦାୟିତ୍ୱ ମୋ'ର। କୌଣସି ଭାଷା କହିବାର ବେଗ ଏବଂ ସାବଲୀଳତା ନିୟମିତ ପ୍ରୟୋଗାଭ୍ୟାସ ଉପରେ ନିର୍ଭର କରେ। ତମେ ଦେଖିବ, ଗୀତି ଭଳି ବୁଦ୍ଧିମତୀ ଛାତ୍ରୀ ପକ୍ଷରେ ତାହା ସମସ୍ୟା ପଦବାଚ୍ୟ ବି ହେବ ନାହିଁ।"

ମୋ'ର ଲମ୍ବା ଚଉଡ଼ା ଭାଷଣରେ ରୀତି ଇତଃସ୍ତତଃ ହୋଇ ପଡ଼ିଲା। କିଛି ସମୟର ନୀରବତା ପରେ ସେ ବୋଧହୁଏ ତା'ର ଶେଷ ବାଣ ଆକାରରେ ବାଢ଼ି ବସିଲା ଏଇ ପ୍ରଶ୍ନଟି–

"ଇଂରାଜୀ ବିରୁଦ୍ଧରେ ଏ ସମସ୍ତ ଯୁକ୍ତି ପରେ, ଓଡ଼ିଆ ସପକ୍ଷରେ ତମର ଯୁକ୍ତି କ'ଣ? ଓଡ଼ିଆ ଭାଷାକୁ ନେଇ ତମେ ଯେଉଁ ଏତେ ଚର୍ଚ୍ଚା କରୁଛ, ଶୁଦ୍ଧ ଓଡ଼ିଆରେ ବା ଅନ୍ୟ ଯେ କୌଣସି ଭାରତୀୟ ଭାଷାରେ ଇଂରାଜୀ ଶବ୍ଦ ବ୍ୟବହାର ନ କରି ବାକ୍ୟଟିଏ କହିବା ଯେ କେତେ କଠିନ ଓ ଦୁଷ୍କର କେବେ ଚେଷ୍ଟା କରି ଦେଖିଛ? ତା' ଛଡ଼ା ଗୀତିକୁ ଓଡ଼ିଆ ମାଧ୍ୟମରେ ପଢ଼ାଇବାର ଜିଦ୍ ପଛରେ ତମର ଉଦ୍ଦେଶ୍ୟ କ'ଣ? ତା' ଭବିଷ୍ୟତ ବିଷୟରେ ତମେ କ'ଣ ଠିକ୍ କରିଛ? ତା'କୁ କ'ଣ ଓଡ଼ିଆ ଅଧ୍ୟାପିକା ବନାଇବାକୁ ଚାହଁ? ଯଦି ସେପରି ନୁହେଁ ତା' ହେଲେ ସେ ଇଂରାଜୀରେ ପଢ଼ିଲେ କ୍ଷତି କ'ଣ? ବରଂ ଡାକ୍ତର, ଇଂଜିନିୟର କିମ୍ବା ଅନ୍ୟ ଯାହା କିଛି ବି ହେବାପାଇଁ ପରେ ଇଂରାଜୀରେ ହିଁ ତ ପଢ଼ିବାକୁ ପଡ଼ିବ!"

ରୀତିର ଏଇପରି ଆକ୍ଷେପମୂଳକ ପ୍ରଶ୍ନ କେତୋଟି ମୋତେ ପ୍ରକୃତରେ ଉତ୍ତେଜିତ କରି ପକାଇଲେ। ମୁଁ ଅଗତ୍ୟା କହି ପକାଇଲି –

“କୌଣସି ଭାରତୀୟ ଶବ୍ଦ ବ୍ୟବହାର ନ କରି ତମେ ଶୁଦ୍ଧ ଇଂରାଜୀରେ ତମର ସମସ୍ତ ଭାବ, ଅନୁଭବ ଓ ସମସ୍ତ ଉକ୍ତି ପ୍ରକାଶ କରି ପାରିବ କି ? ଯଦି ପାରିବ, ତେବେ ମାର୍ଗଶିର ମାସ ଗୁରୁବାରରେ ମାଣ ବସାଇ ଲକ୍ଷ୍ମୀଙ୍କୁ ପୂଜା କରିବା ଅବା ଖୁଦୁରୁକୁଣି ଓ୍ସାର ବିଧିକୁ କିପରି ପ୍ରକାଶ କରିବ ମୋତେ କୁହ ତ ! ବଡ଼ି ସଜନାଛୁଇଁ ତରକାରୀ ଅବା ଶାଗ ଲଗାଇ ପଖାଳ ଖାଇବାର ଦୃଶ୍ୟ କିପରି ବର୍ଣ୍ଣନା କରିବ କୁହ ତ ! ଭାବ ପ୍ରକାଶ ଓ ବିନିମୟ କରିବାରେ ସାହାଯ୍ୟ କରିବା ଭାଷାର କାର୍ଯ୍ୟ। ସେଥିପାଇଁ ଆବଶ୍ୟକସ୍ଥଳେ ଏକାଧିକ ଭାଷାର ସାହାଯ୍ୟ ଲୋଡ଼ିବାରେ ମୋ’ର ଆଦୌ କୌଣସି ଆପତ୍ତି ନାହିଁ। ମୁଁ କେବେ ବି ଇଂରାଜୀ ନ ଶିଖିବାକୁ କହୁନାହିଁ, କିମ୍ବା ଗୀତିକୁ ଓଡ଼ିଆ ଅଧ୍ୟାପିକା ବନାଇବା ବି ମୋ’ର ଲକ୍ଷ୍ୟ ନୁହେଁ। ନିଜ ଭବିଷ୍ୟତ ନିଜେ ଠିକ୍ କରିପାରିଲାଭଳି ବ୍ୟକ୍ତିତ୍ୱଟିଏ ତା’ ଭିତରେ ଗଢ଼ିବାର ପ୍ରଚେଷ୍ଟା କେବଳ ମୁଁ କରୁଛି।

ତାପରେ, ଓଡ଼ିଆ ଭାଷାକୁ ଆକ୍ଷେପ କରି ଯେଉଁ କଥା ତମେ କହୁଛ ତାହା ପ୍ରକୃତରେ ମୋତେ ଖୁବ୍ କଷ୍ଟ ଦେଉଛି। ମୁଁ ପ୍ରଥମରୁ କହିଛି, ଯଦି ପାଠପଢ଼ାର ମାଧ୍ୟମକୁ ନେଇ ଆମର ମତ ପାର୍ଥକ୍ୟ, ତେବେ ତାହା ଭିତ୍ତିହୀନ। ମୋ’ର ଯୁକ୍ତି କେବଳ ଗୋଟିଏ ଭାଷାକୁ ନେଇ ନୁହେଁ, ବରଂ ଗୋଟିଏ ସଂସ୍କୃତିକୁ ନେଇ। ଗୀତି ଓଡ଼ିଆ ମାଧ୍ୟମ ସ୍କୁଲ୍‌ରେ ପଢ଼ିଲେ କିଛି ବି ହରାଇବ ନାହିଁ। କିନ୍ତୁ ଇଂରାଜୀ ମାଧ୍ୟମରେ ପଢ଼ିଲେ ହରାଇବ କେବଳ ତା’ର ମାତୃଭାଷା ନୁହେଁ, ବରଂ ତା’ର ନିଜସ୍ୱ ସଂସ୍କୃତି; ହରାଇବ ଏକ ସ୍ୱାଧୀନ ଗର୍ବ, ଏକ ସ୍ୱତନ୍ତ୍ର ଅଭିମାନ। ମାତୃଭାଷା ଭାବରେ ଓଡ଼ିଆ ହୁଏତ ତା’କୁ ଶିଖାଇ ହେବ; କିନ୍ତୁ ଓଡ଼ିଆ ହେବାର ସ୍ୱାଭିମାନ, ଓଡ଼ିଆ ହେବାର ସ୍ୱତନ୍ତ୍ର ଗର୍ବ କିଏ ଆଣିଦେବ ତାକୁ ? ଓଡ଼ିଆ ଘରର ରୀତିନୀତି, ଚାଲିଚଲନ, ଓଡ଼ିଶାର ଗୌରବମୟ ଇତିହାସ, ତା’ର ଉର୍ବର ସାହିତ୍ୟ, ସମୃଦ୍ଧ ସଂସ୍କୃତି, ଭାସ୍କର୍ଯ୍ୟ ଓ ସ୍ଥାପତ୍ୟରେ ବିଶ୍ୱବିଖ୍ୟାତ ଲୋକପ୍ରୀତିର ମୂଳମନ୍ତ୍ର କିଏ ଶିଖାଇବ ତା’କୁ ? ଓଡ଼ିଆଣୀର ଶାଳୀନା, ରୁଚିମନ୍ତ ଓ ଶାଳୀନ ବ୍ୟବହାର ଶିଖିବାରୁ ବଞ୍ଚିତା ହୋଇଯିବନି କି ସେ ? ଜଣେ ଭାବୀ ଡାକ୍ତର ବା ଇଂଜିନିୟର ପକ୍ଷରେ ନିଜ ରାଜ୍ୟ, ନିଜ ସଂସ୍କୃତି କିମ୍ବା ନିଜ ମାତୃଭାଷା ବିଷୟରେ ଶିକ୍ଷା କରିବା କୌଣସି ବାଧାବିଘ୍ନ ସୃଷ୍ଟି କରିପାରିବ କି ?

ପରିଶେଷରେ, ଓଡ଼ିଆ ଭାଷା ସପକ୍ଷରେ ଆଉ କେଇ ପଦ। ଇଂରାଜୀ ସାହିତ୍ୟରେ ଟମାସ୍ ହାର୍ଡିଙ୍କ ଜନପ୍ରିୟତା ଓ ଖ୍ୟାତି ବିଷୟରେ ତ ତମେ ଜାଣିଥିବ। ଓଡ଼ିଆ ସାହିତ୍ୟରେ ତା’ଙ୍କ ସହ ତୁଳନା କରାଯାଏ ସରସ୍ୱତୀ ଫକୀରମୋହନଙ୍କୁ। କିନ୍ତୁ ପ୍ରକୃତ ମାନଦଣ୍ଡରେ ତୁଳନା କଲେ ଫକୀରମୋହନ ହାର୍ଡିଙ୍କଠାରୁ ଅନେକ ଉଚ୍ଚର। ଉଭୟ ମାଟି, ଗୋଡ଼ିର ମନୁଷ୍ୟକୁ ନେଇ ଗଳ୍ପ, କବିତା, ଉପନ୍ୟାସ ଲେଖିଥିଲେ

ସେଇ ଇତର ଶ୍ରେଣୀର ଲୋକମାନଙ୍କର ଜୀବନକୁ ନେଇ ସେମାନେ ଆମ ଆଗରେ ଛାଡ଼ି ଯାଇଛନ୍ତି ଅନେକ ପରମ ସୃଷ୍ଟି। ଅଥଚ ଫକୀରମୋହନଙ୍କର ବୈଶିଷ୍ଟ୍ୟ କ'ଣ ଥିଲା ଜାଣ? ସେ ନିଜର ଅଭୁତ ସାରସ୍ବତ ସାଧନା-ଶକ୍ତି ବଳରେ ଏକ ଭାଷାକୁ ଏବଂ ଜାତିକୁ ମୃତ୍ୟୁ ମୁଖରୁ କେବଳ ରକ୍ଷା କରିଗଲେ ନୁହେଁ, ବରଂ ତା'କୁ ଏକ ସମ୍ମାନଜନକ ମୂଳଦୁଆ ଉପରେ ସଗର୍ବରେ ଠିଆ କରାଇବାର ଶକ୍ତି ଓ ସାମର୍ଥ୍ୟ ଦେଇଗଲା। ଆମର ଏଇ ଜାତିର, ଆମ ମାତୃଭାଷାର କରୁଣ ଜୀବନ ସଂଗ୍ରାମର କାହାଣୀ ପଢ଼ିଲେ ତମେ ବି ହୃଦୟଙ୍ଗମ କରିବ ଏହାକୁ ସମୃଦ୍ଧ କରିବାରେ ତମର କର୍ତ୍ତବ୍ୟବୋଧ ବିଷୟରେ। କିନ୍ତୁ ଖୁସିର କଥା, ବର୍ତ୍ତମାନ ଏହା ଏକ ସଂପୂର୍ଣ୍ଣ ବିକଶିତ ସମ୍ମାନଜନକ ସ୍ଥାନରେ ବିଦ୍ୟମାନ। ଏହାର କାରଣ ଏହାର ସ୍ବତନ୍ତ୍ର ସୁଦୃଢ଼ ଭିତ୍ତି, ଶକ୍ତ ମୂଳଦୁଆ। ଗୀତିକୁ ମୁଁ ସେହିଭଳି ଦୃଢ଼ଦ୍ବର ସମସ୍ତ ଉପାଦାନ ଦେଇ ଶକ୍ତ କରିବାକୁ ଚାହେଁ। ତା' ଗଠନ ପ୍ରକ୍ରିୟାରେ ନିୟୋଜିତ ପ୍ରତ୍ୟେକ ପରମାଣୁକୁ ଟିକିନିଖି ପରଖି ନିରିଖି ଏକ ସନ୍ତୁଳିତ ମୂଳଦୁଆ ସୃଷ୍ଟି କରିବା ମୋ'ର ପରିକଳ୍ପନା, ଯାହା ଉପରେ ସେ ହସିକୁଦି ଗଢ଼ିହେବ ନିର୍ଦ୍ବନ୍ଦ୍ବରେ, ନିର୍ଭୟରେ ଏବଂ ସ୍ବଚ୍ଛନ୍ଦ ଭାବରେ। ଇଂରାଜୀମିଶା ଓଡ଼ିଆରେ କହିଲେ ସେ ହେବ ଏକ ପରଫେକ୍ଟ୍ ଝିଅ।"

ସେତିକି ବେଳକୁ ଗୀତି ଫେରିଲା ସ୍କୁଲରୁ। ଡ଼େଇଁ ଡ଼େଇଁ ଘର ଭିତରକୁ ପଶି ଆସୁ ଆସୁ କହିଲା, "ବାପା, ବାପା, ଆଜି ନା, ଆମ ସ୍କୁଲରେ ବକ୍ତୃତା ପ୍ରତିଯୋଗିତା ହେଉଥିଲା – ବାଲିଯାତ୍ରା ବିଷୟରେ। ମୁଁ ସେଥିରେ ଆମ ଶ୍ରେଣୀରେ ପ୍ରଥମ ହୋଇଛି…"।

ହଠାତ୍ ତା' ମା'କୁ ଦେଖି ଗୀତି ଖୁବ୍ ଖୁସିଟାଏ ହୋଇଗଲା ଓ ଟିକେ ଅଟକିଯାଇ କହିଲା, "ହାଲୋ ମମି, ହାଉ ଆର୍ ୟୁ? ହ୍ବେନ୍ ଡିଡ୍ ୟୁ କମ୍?" ତା'ପରେ ଆଉ ଇଂରାଜୀରେ କହି ନ ପାରି କହିଲା, "ମମି, ଜାଣିଛ, ମୁଁ ଆଜି ଘରେ ଚିତା ପକାଇଛି। ବୁଢ଼ିମା' ଗାଆଁକୁ ଯିବା ଆଗରୁ ମୋତେ ଶିଖାଇ ଦେଇ ଯାଇଛି… ଦେଖିବ ଆସ…

… ଭଲ ହୋଇଛି ନା… ?"

SUVASRI DAS

ଶୁଭଶ୍ରୀ ଦାସ

ଶୁଭଶ୍ରୀ ଦାସ ୧୯୯୪ ମସିହାରୁ ଆମେରିକାର ନ୍ୟୁଜର୍ସିରେ ରହୁଛନ୍ତି। ବୃତ୍ତିରେ ଆଇଟି ପ୍ରଫେସନାଲ। ଲେଖାଲେଖିରେ ଶ୍ରଦ୍ଧା ପିଲାଦିନରୁ। ଓଡ଼ିଶାର ପ୍ରତିଷ୍ଠିତ ଖବରକାଗଜ 'ସମାଜ'ର ସମ୍ପାଦକୀୟ ପୃଷ୍ଠାରେ ତାଙ୍କ ଲେଖା ନିୟମିତ ଭାବରେ ପ୍ରକାଶିତ ହୁଏ। ଓଡ଼ିଆ ଭାଷା ମାଧ୍ୟମରେ ଆଗାମୀପିଢ଼ିକୁ ନିଜ ମୂଲମାଟି ସହ ଯୋଡ଼ି ରଖ଼ିବାର ଉଦ୍ୟମ କରି 'ଓଡ଼ିଆ ସ୍କୁଲ ୟୁଏସ୍ଏ' ନାମକ ଏକ ସ୍ୱେଚ୍ଛାସେବୀ ଅନୁଷ୍ଠାନ ପ୍ରତିଷ୍ଠା କରିଛନ୍ତି। ଏହି ଅନୁଷ୍ଠାନ ଆମେରିକାରେ ରହୁଥିବା ଓଡ଼ିଆ ବଂଶୋଭବମାନଙ୍କୁ ଓଡ଼ିଆ ଶିକ୍ଷା ଦେବା ସହ, ଓଡ଼ିଶାର ଓଡ଼ିଆ ମାଧ୍ୟମରେ ପଢ଼ୁଥିବା ହାଇସ୍କୁଲ ଛାତ୍ରଛାତ୍ରୀମାନଙ୍କୁ ଇଂରାଜୀ ଶିକ୍ଷା ଦେବାର ପ୍ରଚେଷ୍ଟା ଜାରି ରଖ଼ିଛି। ଲେଖିକା, ଓଡ଼ିଆ ସୋସାଇଟି ଅଫ୍ ଆମେରିକାର ଜଣେ ଆଜୀବନ ସଦସ୍ୟା।

ନାଲି ଡାକବାକ୍ସରୁ ଇ-ମେଲ୍

ଛୋଟ ଆଇଫୋନ୍ଟି ଉପରେ ଆଙ୍ଗୁଠି ବୁଲାଇ ସକାଳୁ ସକାଳୁ ଆସିଥିବା 'ଇ-ମେଲ୍' ଗୁଡ଼ିକ ଉପରେ ଆଖ଼ି ବୁଲାଇ ଆଣୁଥିଲି ମୁଁ। ଆଖ଼ି ଅଟକିଗଲା ହଠାତ୍। ଠିକଣାଟି ଅଚିହ୍ନା ଥିଲେ ବି ନାଁ'ଟିରେ ଓଡ଼ିଆ ଚିହ୍ନାଭାବ ଥିଲା। ଇ-ମେଲଟିକୁ ଖୋଲିଲି। ସମ୍ବୋଧନରେ ଆଧୁନିକତାର ଛାପ ସୁସ୍ପଷ୍ଟ। 'ହାଏ'। ଆଗକୁ ପଢ଼ି ଚାଲିଲି। ଇଂରାଜୀରେ ଦୁଇ ଚାରିଧାଡ଼ି। ବିଷୟବସ୍ତୁ ସ୍ୱଷ୍ଟ ଏବଂ ସଂକ୍ଷିପ୍ତ। ବିଦେଶରେ ରହି ପାଠ ପଢ଼ନ୍ତି। ଛୁଟିରେ ଘରକୁ (ଓଡ଼ିଶା) ଯାଇଥିବା ବେଳେ ଗ୍ରାନ୍ଥ ମା'ଙ୍କଠାରୁ ମୋର ଲେଖା ଉପରେ ମତାମତ ଶୁଣି ମୋ ପାଖକୁ ଏକ ଚିଠି ଲେଖ଼ିବାପାଇଁ କହିଥିଲେ। ଗ୍ରାନ୍ଥ ମାଆଙ୍କ ଚିଠିଟିକୁ ସ୍କାନକରି 'ଇ-ମେଲ'ଟିରେ ପଠାଇଛନ୍ତି ମୋ ପାଖକୁ।

ଇ-ମେଲର ଚାରିଧାଡ଼ିକୁ ଦୁଇଥର ପଢ଼ିଲି। ଏଡ଼ାଇ ଯିବା କଥା ନୁହେଁ। ଆଧୁନିକତାର ଛାପ ଭିତରେ ଯୁବପିଢ଼ିର ମନ ଭିତରେ ଜେଜେମା'ଙ୍କ ପ୍ରତି ରହିଥିବା

ଆପଣାର ଭାବଟି ପରିଷ୍କାର ଭାବେ ଦିଶୁଥିଲା ମୋତେ। ମାତ୍ର କେତୋଟି ଦିନ ଛୁଟି ଭିତରେ, ଜେଜେମା'ଙ୍କ ସହ ସମୟ କଟାଇବା, ତାଙ୍କ କଥା ଶୁଣିବା, ତାଙ୍କ ମନ ବୁଝିବା ଆଉ ନିଜ କର୍ମବ୍ୟସ୍ତତା ଭିତରେ ତାଙ୍କ ଚିଠିଟିକୁ ସ୍ଥାନ୍ କରି ମୋ ପାଖକୁ ପଠାଇବା ପଛରେ ଥିବା ଖୋଲା ଆଉ ଅନ୍ତରଙ୍ଗ ମନଟିକୁ ମନେ ମନେ ପରଖୁଥିଲି ମୁଁ। ଜେଜେମାଆଙ୍କ ସ୍ନେହର ବଳୟ ଭିତରେ ଝଟକୁଥିବା ମନଟିଏ ସତେ ଯେମିତି ସାଇତା ହୋଇଥିଲା ଆଧୁନିକତାର ଖୋଲପା ଭିତରେ।

କୌତୁହଳ ବଢ଼ି ଚାଲିଥିଲା। ଇ-ମେଲ ସହ ଯୋଡ଼ା ହୋଇଥିବା ଫାଇଲଟିକୁ ଖୋଲିଲି ମୁଁ। ହାତଲେଖା ଓଡ଼ିଆ ଚିଠି। ସମ୍ବୋଧନରେ ଲେଖାଥିଲା 'ଆଦରଣୀୟା'…।

'ହାଏ'ରୁ 'ଆଦରଣୀୟା'ର ଲମ୍ବାରାସ୍ତାର ଦୋ'ଛକି ଉପରେ ବର୍ତ୍ତମାନ ସହ ଶକ୍ତ ଏକ ଧକ୍କା ଖାଇଥିଲା ଅତୀତ। ଛିଟିକି ପଡ଼ିଥିଲି ମୁଁ ଦୂରକୁ, ବହୁତ ଦୂରକୁ।

ଦ୍ୱିପହରର ଉଦୁଉଦିଆ ଖରାବେଳରେ, ସାଇକେଲର କ୍ରିଂ ଶବ୍ଦ ସହ ଖାକିପ୍ୟାଣ୍ଟ ପିନ୍ଧିଥିବା ଚିଠିବାଲାର 'ଚିଠି ଆସିଛି' ସ୍ୱର, ଖରାବେଳର ଲାଗିଆସୁଥିବା ନିଦଟାକୁ ଚାଙ୍କିରି ଭାଙ୍ଗିଦିଏ ସଭିଙ୍କର। ଅଟକି ଯାଇଥିବା ବିଶ୍ରାମଗୁଡ଼ିକ ପୁଣିଥରେ ବୁଲିବାକୁ ଆରମ୍ଭ କରନ୍ତି ଅନେକଙ୍କ ହାତରେ। ବଡ଼ବଡ଼ ପାହୁଣ୍ଡ ପକାଇ, ଗାମୁଛାରେ ମୁହଁରୁ ଝାଲପୋଛି ଧାଆଁ ଯାଆନ୍ତି ଅଜା। ଛୋଟଛୋଟ ପାଦରେ ଏକରକମ ଦୌଡ଼ି ଦୌଡ଼ି ଅଜାଙ୍କୁ ଅନୁସରଣ କରେ ମୁଁ।

ଅଜାଙ୍କ ହାତକୁ ଚିଠି ବଢ଼ାଇ ନାରଣମଉସା ଫେରନ୍ତି। ସାଇକେଲର କ୍ରିଂ ଶବ୍ଦ ଓ 'ଚିଠି ଆସିଛି'ର ସ୍ୱର ଗୋଟିଏ ଘରୁ ଆଉ ଗୋଟିଏ ଘରକୁ ଡେଇଁଚାଲେ। ଉଠା ଦାଣ୍ଡପିଣ୍ଢାର ଆରାମଚେୟାର ଉପରେ ଆଉଜାଇ ହୋଇ ଚିଠି ଖୋଲନ୍ତି ଅଜା। ତାଙ୍କ କାନ୍ଧ ଉପରେ ମୁହଁ ରଖି ଚିଠିର ଅକ୍ଷରଗୁଡ଼ିକୁ ଚାହିଁରୁହେ ମୁଁ ବଲବଲ ହୋଇ। ସମ୍ବୋଧନରେ ଲେଖାଥାଏ 'ମାନନୀୟ ବାପା' ଭକ୍ତି ଓ ସମ୍ମାନସହ ସଂସ୍କାରର ପରିଭାଷା। ପିଲାମାନଙ୍କୁ ଉପଯୁକ୍ତ ସଂସ୍କାର ଦେଇଥିବାର ସ୍ୱୀକୃତି ଜଣାଇ ଫୁଲିଉଠେ ଅଜାଙ୍କ ହାତୁଆ ଛାତିଟା ଏକ ଦୀର୍ଘଶ୍ୱାସ ସହ। ଆନନ୍ଦ ଅନୁଭବର ଭାବ ଖେଲିଉଠେ ତାଙ୍କ ମୁହଁରେ।

ଚିଠି ଉପରେ, ଡାହାଣ ପଟକୁ ତାରିଖ ଓ ସମୟର ହସ୍ତାକ୍ଷର ଦାୟିତ୍ୱ ଓ କର୍ତ୍ତବ୍ୟବୋଧର ସୂଚନା ଦେଇଥାନ୍ତି। ଘରର ସମସ୍ତଙ୍କୁ ଯଥାମାନ୍ୟ, ପ୍ରଣାମ, ସ୍ନେହ ଇତ୍ୟାଦି ଉଲ୍ଲେଖପରେ ବିଷୟବସ୍ତୁ ଆରମ୍ଭ ହୋଇଥାଏ। ପଢ଼ିଚାଲନ୍ତି ଅଜା। କେତେବେଳେ ଚାକିରିକ୍ଷେତ୍ରରେ ପଦୋନ୍ନତି ଖବର ତ କେତେବେଳେ

ଜୀବନରେ କଠିନ ସମସ୍ୟାର ସାମ୍ନା କରିବାର ଅଭିଯୋଗ। କେତେବେଳେ ନିୟମିତ ଔଷଧ ଖାଇବାର ତାଗିଦ୍। ରାଜନୀତି, ସାହିତ୍ୟ, ବିଜ୍ଞାନ କିଛି ବି ବାଦ୍ ପଡ଼େନି। ସଂଯତ, ଶୃଙ୍ଖଳିତ ଶବ୍ଦର ସଂଯୋଗରେ ଲିଖିତ ଚିଠିଟି କେବଳ ବାର୍ତ୍ତା ନୁହେଁ, ଭାବକୁ ଆବୋରି ରଖିଥାଏ ଖୁବ୍ ଶକ୍ତ ଭାବରେ। ଚିଠିଟିକୁ ପଢ଼ିବାବେଳେ ଅଜାଙ୍କ ମୁହଁର ରେଖା ଓ ଭାବ ବଦଳିଚାଲେ ଅନୁରୂପକ ଭାବେ। ମୁଗ୍ଧ ଦର୍ଶକପରି ଭାବ ଓ ଭାଷାର ଅପୂର୍ବ ସମନ୍ଵୟ ଓ ପ୍ରତିକ୍ରିୟାକୁ ଅବୁଝା ଆଖିରେ ନିରୀକ୍ଷଣ କରିଚାଲେ ମୁଁ ପ୍ରତିଥର।

ଚିଠିର ଶେଷପୃଷ୍ଠାଟି ଭିନ୍ନ ଥାଏ। ଅନ୍ୟ ପୃଷ୍ଠାଗୁଡ଼ିକରେ ସଜାଡ଼ି ହୋଇ ରହିଥିବା ଗୋଲ ଗୋଲ ଅକ୍ଷରଗୁଡ଼ିକ ହଠାତ୍ ଟେପଟା ଆଉ ଅସଜଡ଼ା ହୋଇଉଠିଥାନ୍ତି। ଅକ୍ଷର ଉପରେ ଚଢ଼ିଯାଇଥାଏ ଅକ୍ଷର। କେବେ କେବେ କିଛି ଅକ୍ଷର ଅସ୍ପଷ୍ଟ ହୋଇଉଠିଥାନ୍ତି। ଅଜା ବଢ଼ାଇଦିଅନ୍ତି ଚିଠିଟିକୁ ମୋ ହାତକୁ, ଆଈଙ୍କୁ ଦେବାପାଇଁ। ଆଖିରୁ ଲୁହପୋଛନ୍ତି ଅଜା। ଖୁସିର ନା ଦୁଃଖର ?

ବିଳମ୍ବିତ ରାତିରେ ପିତଳ ଡିବିରୁ ସରିଆସୁଥିବା ବଳିତା ତଳେ ଆଈ ଖୋଲିବସନ୍ତି ଚିଠିଟିକୁ। ଅଧାଭଙ୍ଗା ଚଷମାଟିକୁ ଆଖିରେ ସଜାଡ଼ି ଓଦା ହାତର ପାପୁଲିକୁ କାନିରେ ପୋଛି, ଚିଠିଟି ଉପରେ ବୁଲାଇ ଆଣନ୍ତି ସନ୍ତର୍ପଣରେ। ନିର୍ଜୀବ ଅକ୍ଷରଗୁଡ଼ିକ ସତେଜ ହୋଇଉଠନ୍ତି ତାଙ୍କ ହାତର ପରଶରେ।

'ମୁଁ ଭଲ ଅଛି'। ଶବ୍ଦଗୁଡ଼ିକର ଅର୍ଥ ନୁହେଁ ଅକ୍ଷରଗୁଡ଼ିକର ଲେଖାର ଶୈଳୀରୁ ହିଁ ପଢ଼ିନିଅନ୍ତି ସେ ଶବ୍ଦାର୍ଥ। ଅକ୍ଷରଗୁଡ଼ିକ ଯେତିକି କମ୍ ବଙ୍କା, ତେଢ଼ା ହୋଇଥାନ୍ତି ସେଇ ଅନୁସାରେ ବୁଝିନିଅନ୍ତି ସେ 'ଭଲ ଅଛି'ର ସଂଜ୍ଞାଟିକୁ। କେବେକେବେ ଶୃଙ୍ଖଳା ହସଟିଏ ମିଳାଇଯାଏ ତା' ଓଠରେ। ପୁଣି କେବେ କେବେ ଲୁଗା କାନିରେ ଆଖି ପୋଛିନିଅନ୍ତି। ଚିଠିରେ ଲେଖାଥିବା ଅକ୍ଷରଗୁଡ଼ିକ ଭିତରେ ଲେଖିଥିବା ହାତଟିର ପ୍ରତିଟି କମ୍ପନ ଅନୁଭବ କରୁଥାନ୍ତି ସେ। ଡିବିରୁ ସଲିତା ସରିବା ପର୍ଯ୍ୟନ୍ତ ପଢ଼ୁଥାନ୍ତି ସେ ଚିଠିଟିକୁ।

ଅବୁଝା ଆଖିରେ ଜୁଲୁଜୁଲୁ ହୋଇ ଚାହିଁରହେ ମୁଁ ତାଙ୍କୁ ଦୂରରୁ। ନିଦ ଆସିଯାଏ। ସକାଳୁ ଉଠି ଚାରିଭାଙ୍ଗ ହୋଇ ତାଙ୍କ ତକିଆ ତଳେ ରହିଥିବା ଚିଠିଟି ଆନମନା କରେ ମୋତେ ଅନେକବାର।

ତୋଫାଜନ୍ଥ ଆଲୁଅ ତଳେ, ମାଟି ଦୁଆର ମଝିରେ ପଡ଼ିଥିବା ସଉପ ଉପରେ ବସି ଲଣ୍ଠନର ବତିଟିକୁ ବେଶ୍ ତେଜିଦେଇ ଚିଠିର ଉଭର ଲେଖନ୍ତି ଅଜା।

ଘରର ସମସ୍ତଙ୍କ ଭଲ-ମନ୍ଦ, ଗାଁ ଖବର, କଠିନ ସମସ୍ୟାକୁ ସାମ୍ନା କରିବାର

ସହଜ ଉପାୟ, ଆଗକୁ ବଢ଼ିବାର ପ୍ରେରଣା ଇତ୍ୟାଦିରେ ପୂରିଉଠେ ଚିଠି। ସମ୍ବୋଧନରେ ଲେଖାଥାଏ 'ମା'ରେ।

ଦୁଇ ଗାଲରେ ଦୁଇ ହାତର ପାପୁଲି ଲଗାଇ ଅଜାଙ୍କର କଲମଟିକୁ ଚାହିଁରହିଥାଏ ମୁଁ। କେବେକେବେ ଚିଠିର ଶେଷ ଧାଡ଼ିର ଅକ୍ଷରଗୁଡ଼ିକ ଫୁଲିଉଠନ୍ତି ହଠାତ୍। ଚମକିପଡ଼ି ଅଜାଙ୍କ ମୁହଁକୁ ଚାହେଁ ମୁଁ। 'କାକର ପଡ଼ୁଛି' କହି ଚଷମା କାଢ଼ି ଆଖି ପୋଛନ୍ତି ଅଜା। ଆଖିରୁ ପଡ଼ୁଥିବା 'କାକର'ର ଉଷ୍ଣତାକୁ ପଢ଼ିବାର ବୟସଠାରୁ ବେଶ୍ ଦୂରରେ ଥିଲେ ବି ଅନୁଭବ କରେ ଦୁଇଟୋପା ଲୁହର ଅନ୍ତରଙ୍ଗତାକୁ। ଭାଷା ଆଉ ଭାବସହ ଅନ୍ତରଙ୍ଗତାର ସ୍ୱାକ୍ଷର ଥିବା ଚିଠିଟିକୁ ତା' ପରଦିନ ସ୍କୁଲ ଯିବା ବାଟରେ ନାଲି ଡାକବାକ୍ସ ଭିତରେ ପକାଇଦେଇଥାଏ।

ମନ ଭିତରର ଭାବ ଯେତେବେଳେ ପ୍ରକାଶ ପାଇବାପାଇଁ ବାଟ ଖୋଜେ ସେତେବେଳେ ସେ ଖୋଜିବୁଲେ ଏକ ମାଧ୍ୟମ। କଲମ ମୁନରେ ଆଙ୍କି ହୋଇଯାଏ ଅଙ୍କା ବଙ୍କା ଗାରଗୁଡ଼ିଏ। ମନର କଥାକୁ ତୋଳିଧରେ ଅକ୍ଷର। ମନର ଭାବକୁ ଜାବୁଡ଼ି ଧରେ ଭାଷା। ମନ ଭିତରର କୋହ ଅଜାଡ଼ି ହୋଇପଡ଼େ ଖାଲି କାଗଜ ଉପରେ। ମାଧ୍ୟମଟି ଜୀବନ୍ତ ହୋଇଉଠେ। ଛୋଟିଆ ନାଁଟିଏ ଯୋଡ଼ି ହୋଇଯାଏ- 'ଚିଠି'।

ପ୍ରକୃତିସ୍ଥ ହେଲି ମୁଁ। ଓଡ଼ିଆ ଭାଷା ଆଉ ଭାବର ଏଇ ଘଡ଼ିସନ୍ଧି ମୁହୂର୍ତ୍ତରେ ସତେଯେମିତି ଆଶାର ଆଲୋକ ଚିକ୍ ଚିକ୍ ହୋଇ ଜଳିଉଠିଲା ଆଖି ସାମ୍ନାରେ। ଭାଷା, ଭାବ ଓ ଆତ୍ମୀୟତାର ଏକ ମାଧ୍ୟମଟି ସତେ ଯେମିତି ସେତୁବନ୍ଧ ରୂପେ ଲମ୍ବି ଯାଉଥିଲା ଦୂରକୁ।

ମନେପଡ଼ୁଥିଲା- ପ୍ରତିବର୍ଷ ପରି ଏବର୍ଷ ଉତ୍କଳ ଦିବସରେ ଅନେକ ସତର୍କ ଓ ସଚେତନ ଓଡ଼ିଆଙ୍କ ସ୍ୱର। ପ୍ରତିବାଦ ଖେଳାଇ ହୋଇଯାଇଥିଲା ଓଡ଼ିଆ ଭାଷାର ସ୍ଥିତି ଓ ଭବିଷ୍ୟତର ଆଶଙ୍କାରେ। ଇଂରାଜୀ ଫଳକ ଉପରେ କଳା ଲଗାଇ ନିଜର ପ୍ରତିକ୍ରିୟା ଉପସ୍ଥାପିତ କରିଥିଲେ କିଛି ଓଡ଼ିଆପ୍ରେମୀ। ସଭାସମିତି ଓ ଖବରକାଗଜ ମାଧ୍ୟମରେ ନିଜର ମତାମତ ପ୍ରକାଶ କରିଥିଲେ ଓଡ଼ିଆଭାଷାର ଭବିଷ୍ୟତର ପ୍ରଶ୍ନବାଚୀକୁ ଆଖି ଆଗରେ ରଖି।

ଅନୁଭବ କରୁଥିଲି ମୁଁ, ଭାଷଣ, ତର୍କ, ସମାଲୋଚନା, ପ୍ରତିବାଦଠାରୁ ଟିକିଏ ଦୂରକୁ ଯାଇ ଯଦି ଆମେ 'ହାତଲେଖା ଓଡ଼ିଆ ଚିଠି'ର ମାଧ୍ୟମକୁ ଆପଣାର କରିପାରିବା ତେବେ କେବଳ ଓଡ଼ିଆ ଭାଷା ନୁହେଁ, ଓଡ଼ିଆଙ୍କ ଭାବ ଓ ସଂସ୍କାର, କାଳିଭଳି ପୁଣିଥରେ ଆମ ଭିତରେ, ପ୍ରତିଟି ଓଡ଼ିଆ ଭିତରେ ଉଜ୍ଜୀବିତ ହୋଇପାରିବ, ଏଥିରେ ସନ୍ଦେହ ନାହିଁ।

ଚିଠି ଏକ ମାଧ୍ୟମ, ଏକ ବଳିଷ୍ଠ ମାଧ୍ୟମ। ଗୋଟିଏ ଭାଷାକୁ ବଞ୍ଚାଇ ରଖିବା ପାଇଁ 'ଭାବ'ର ଆବଶ୍ୟକତାକୁ ଅସ୍ୱୀକାର କରିହୁଏନି। ପିଢ଼ିରୁ ପିଢ଼ି ଭିତରେ ବଢ଼ି ଚାଲିଥିବା ଦୂରତା ଓ ଫାଟକୁ ଭାବ, ଅନୁଭବ ଓ ଆମ୍ମୀୟତା ହିଁ ଦୂର କରିପାରିବ। ଭାଷାକୁ ବଞ୍ଚାଇବା ପାଇଁ ହେଲେ ଭାଷାକୁ ପ୍ରଥମେ ଭଲପାଇବାକୁ ପଡ଼ିବ। ଏଥିରେ ଦ୍ୱିମତ ନାହିଁ।

ନାଲି ଡାକବାକ୍ସର ବ୍ୟବହାର ଏଯାବତ୍ ବେଶ୍ ଜମିଆସିଛି ଯ଼ା ଭିତରେ। ହେଲେ ଟେକ୍‌ନୋଲୋଜିର ପ୍ରଭାବରେ ଆହୁରି ସହଜ ଓ ସରଳ ହୋଇଉଠିଛି ଚିଠି ପଠାଇବାର ପଦ୍ଧତି। ହାତଲେଖା ଚିଠିଟିକୁ ଫୋନ୍‌ର କ୍ୟାମେରା ଭିତରେ ତୋଲିଦେଇ ଇ-ମେଲ୍ କରିବାର ସହଜ ପଦ୍ଧତି ନିକଟତର କରିପାରିଛି ଭାବର ଆଦାନପ୍ରଦାନକୁ।

ଦୀର୍ଘଶ୍ୱାସ ନେଲି ମୁଁ। ଇ-ମେଲ୍‌ରେ ଟାଇପ୍ ହୋଇଥିବା ଅକ୍ଷରର ବାର୍ତ୍ତା ସହ ହାତଲେଖା ଅକ୍ଷରର ଆମ୍ମୀୟତାକୁ ପରଖୁଥିଲି ନିଜ ଅଜାଣତରେ। ହାତ ପାପୁଲି ଭିତରେ ଥିବା ଫୋନ୍‌ଟିର ଛୋଟ ସ୍କ୍ରିନ୍‌ଟିରେ ଝଲସୁଥିବା ଓଡ଼ିଆ ଚିଠିଟି ଉପରେ ହାତବୁଲାଇ ଆଣିଲି ମୁଁ।

ମା', ମମତା, ମାତୃଭୂମି ଓ ମାତୃଭାଷାର ମହ ମହ ମହକ, ମହକି ଉଠୁଥିଲା ଚାରିପଟେ।

LIPIKA MOHAPATRA

ଲିପିକା ମହାପାତ୍ର

ଲିପିକା ମହାପାତ୍ରଙ୍କ ଜନ୍ମ ୨୧ ଏପ୍ରିଲ ୧୯୭୪ରେ। ବିଜ୍ଞାନରେ ସ୍ନାତକ ଓ ଏମ୍‌ବିଏ ଡିଗ୍ରୀ ହାସଲ କରି ସୂଚନା ଓ ପ୍ରାଦୌଗିକ କ୍ଷେତ୍ରରେ କାର୍ଯ୍ୟ କରନ୍ତି। ତାଙ୍କର ଦୁଇଟି କ୍ଷୁଦ୍ରଗଳ୍ପ ସଂକଳନ 'କାଲିଫର୍ଣ୍ଣିଆରେ ସୂର୍ଯ୍ୟାସ୍ତ' ଓ 'ସ୍ପର୍ଶ' ପ୍ରକାଶିତ। ତାଙ୍କର କ୍ଷୁଦ୍ରଗଳ୍ପ, ଅନୁବାଦ ଓ ଆର୍ଟିକିଲ୍ 'ସମ୍ବାଦ', 'ପ୍ରମେୟ', 'ସମାଜ' ଆଦି ସମ୍ବାଦପତ୍ରମାନଙ୍କରେ ନିୟମିତ ପ୍ରକାଶିତ ହୋଇଆସୁଛି। ସମ୍ପ୍ରତି ସେ ଯୁକ୍ତରାଷ୍ଟ ଆମେରିକାର କାଲିଫର୍ଣ୍ଣିଆରେ ରୁହନ୍ତି।

ଚିଠି

ସୂର୍ଯ୍ୟାସ୍ତ କାଳ। ନାରଙ୍ଗୀ ରଙ୍ଗର ଆକାଶ ଅନ୍ଧାରରେ ବୁଡ଼ିଯିବା ଆଗରୁ ପକ୍ଷୀଙ୍କର ବିଦାୟ କାଳୀନ ସଙ୍ଗୀତ ଶୁଣିବାକୁ ସତେ ଅବା ଦଣ୍ଡେ ଅଟକି ଯାଇଥାଏ। ରାସ୍ତା ବତି ଗୁଡ଼ିକ ଜଳି ଉଠିବା ସହ ଦାଣ୍ଡରେ ଖେଳୁଥିବା ଛୋଟ ପିଲେ ଘରକୁ ବାହୁଡ଼ି ଗଲେଣି ନିଶ୍ଚୟ। ସେମାନଙ୍କର କୋଲାହଳ ଆଉ ଶୁଭୁନାହିଁ। ମୁଁ ବାରଣ୍ଡାରେ ବସି ଦିଗବଳୟକୁ ଚାହିଁଥାଏ। ବୋଧହୁଏ ବୟସର ଅପରାହ୍ନରେ ହିଁ ସୂର୍ଯ୍ୟାସ୍ତ ମାତ୍ରାଧିକ ମନୋରମ ଦିଶେ। ଘର ବାହୁଡ଼ା ପକ୍ଷୀଙ୍କ କାକଳୀ ବିଦାୟ ବିଗୁଲ ଭଳି ଶୁଭେ। ଅଦୂରରେ କେଉଁ ମନ୍ଦିରରେ ସନ୍ଧ୍ୟା ଆଳତି ଶୁଭୁଛି। ଝଲକାଏ ଶୀତଳ ପବନରେ ମୁଁ ଶାଲଟିକୁ ଦେହ ଉପରେ ଜାକି ଆଣି ଘର ଭିତରକୁ ଉଠିଗଲା ବେଳକୁ ହିଁ ରଘୁ ଚା' କପ ସହ ବନ୍ଦ ଲଫାପାଟିଏ ମୋ ସାମ୍ନାରେ ରଖିଦେଇ କହିଲା, ବାବୁ ସେଇ ଯୋଉ ମିଲିଟାରି ବାଲା ସାମ୍ନା ଘରକୁ ଆସି ରହିଛନ୍ତି ତାଙ୍କ ବାବୁଆଣୀ ମୋତେ ଏଇ ଚିଠିଟି ଆପଣଙ୍କୁ ଦେଇଦେବାକୁ କହିଲେ।

ରଘୁ ବାରଣ୍ଡା ଲାଇଟ୍ ଜଳାଇ ଦେଇ ଚାଲିଗଲାଣି। ଆଖି ଉପରେ ଚଷମା ସଜାଡ଼ି ନେଇ ଚିଠିଟିକୁ ଓଲଟ ପାଲଟ କଲି। ନୀଲ ଲଫାପା ଉପରେ ବାମ ପାଖରେ ଛୋଟ ଛୋଟ ଅକ୍ଷରରେ ଲେଖା ହୋଇଛି– ଶିଷ୍ଟୀ ଚୌଧୁରୀ। କିଏ ଏ ଶିଷ୍ଟୀ ମୋ

ନିଜ ପ୍ରଶ୍ନ ମୋତେ ଦ୍ବନ୍ଦରେ ପକାଇଦେଲା । ଲଫାପାଟିକୁ ସନ୍ତର୍ପଣରେ ଖୋଲନ୍ତେ ଭିତରେ ଦେଖିଲି ଚାରି ଭାଙ୍ଗ ହୋଇ ଧଳା କାଗଜଟିଏ । ଆଶ୍ଚର୍ଯ୍ୟ ସେଥିରେ ଗୋଟିଏ ସୁଦ୍ଧା ଅକ୍ଷର ଚିହ୍ନ ବର୍ଷ ନାହିଁ । ଏମିତି ରହସ୍ୟମୟ ଚିଠି ମୋତେ କିଏ କାହିଁକି ଅବା ଦେବ । ରଘୁ ଖୁବ୍ ବିଶ୍ବସ୍ତ । କାହାଠୁ ଚିଠିଟିଏ ଆଣି ଆଉ କାହା ନାଁ କହିବ ଏଭଳି ଦାୟିତ୍ବ ହୀନ କାମ ସେ କରିବ ନାହିଁ । ଅତଏବ ଅକ୍ଷର ଶୂନ୍ୟ ଚିଠିଟି ଦେଇ କେହି ଜଣେ କିଛି ମେସେଜ୍ ମୋ ପାଖରେ ପହଞ୍ଚାଇବାକୁ ଚାହୁଁଛି କି ।

ପାଖା ପାଖି ଦୁଇ ସପ୍ତାହ ହେଲାଣି ମୋ ଘର ସାମ୍ନାରେ ଘର କିଣି ଆମର ଯେ ନିରୋଳା ଅଞ୍ଚଳକୁ ଆପଣାଇ ନେଇଛନ୍ତି ରିଟାୟାର୍ଡ୍ ଆର୍ମୀ ଅଫିସର୍ ଗୌତମ ଚୌଧୁରୀ । ଦୁଇ ଦିନ ତଳେ ତାଙ୍କ ସହ ମୋର ଥରୁଟିଏ ମାତ୍ର ଭେଟ ହୋଇଥିଲା । ମଣିଂ ଠାକ ସମୟରେ ସମୟରେ ମୁହଁ ମୁହିଁ ହୋଇ ଗଲାରୁ ପରସ୍ପରକୁ ଅଭିବାଦନ ଜଣାଇ ଦୁହେଁ କିଛି ଦୂର ଗପସପ କରି ଆଗେଇ ଯାଇଥିଲୁ । ପରିଚୟର ଆଦାନ ପ୍ରଦାନ ପରେ, ଦୁଇବର୍ଷ ତଳୁ ମୋ ପତ୍ନୀଙ୍କର ବିୟୋଗ ଓ ଏକମାତ୍ର ପୁଅ ଆମେରିକାରେ ରହୁଛି ଶୁଣି, ଏକୁଟିଆ ଲାଗିଲେ ତାଙ୍କ ଘର ଆଡ଼େ ଟିକିଏ ବୁଲି ଆସିବାକୁ ପ୍ରସ୍ତାବ ଦେଇଥିଲେ ।

ତାଙ୍କ ସହଧର୍ମିଣୀ ସେଇ ସମ୍ଭ୍ରାନ୍ତ ନାରୀ ମୂର୍ତ୍ତିଙ୍କୁ ଥରେ ଦୁଇ ଥର କାର ଡ୍ରାଇଭ୍ କରି ଯିବା ଆସିବା କରିବା ଦେଖିଛି । ମାତ୍ର ମୁହଁଟି ଦେଖିପାରିନାହିଁ । ତା' ଛଡ଼ା କାଗଜ ଖଣ୍ଡେ ଲଫାପାରେ ପୁରାଇ ସେ ବା ମୋ ପାଖକୁ କାହିଁକି ପଠାଇବେ ।

ତେବେ ସିଏ କ'ଣ ମୋର ଶିଖୀ ।

ମୋ ଉପରେ ଅଜାଡ଼ି ହୋଇ ପଡ଼ିଲା ପରସ୍ତ ପରସ୍ତ ଅତୀତ । ସେଇ ନାଁ ଟିକୁ ଯେତେ ବାର ମୁଁ ନିଜ ଛାତି ତଳେ କବର ଦେଇଛି ସେତେଥର ସେ ଆହୁରି ଜୀବନ୍ତ ହୋଇ ମୋର ନିଶ୍ବାସକୁ ଶିଥିଲ କରିଦେଇଛି । ସରଳ ଭାଷାରେ କହିଲେ, ମୁଁ ତାକୁ ଭଲ ପାଉଥିଲି । ଆଉ ସେ ମୋତେ ନିଃସ୍ବାର୍ଥପର ଭାବରେ ତା'ର "ସ୍ବାମୀ" ବୋଲି ଶ୍ରଦ୍ଧା ଗ୍ରହଣ କରି ନେଇଥିଲା ।

ମୋ ମା' ଶିଖୀକୁ ବୋହୂ କରିବ ବୋଲି ନାନା ସ୍ବପ୍ନ ସଜେଇଥିଲା । ଶିଖୀ ତା'ର ବିବାହ ବୟସର ଶେଷ ପାହାଚରେ ଥାଇବି ଧୈର୍ଯ୍ୟର ସହିତ ମୋର ଚାକିରୀ ପାଇଁ ଅପେକ୍ଷା କରିଥାଏ ଏବଂ ତାଙ୍କ ଘରେ ତା' ନିମନ୍ତେ ପ୍ରସ୍ତାବ ଆସୁଥିବା ଯୋଗ୍ୟ ବରପାତ୍ର ମାନଙ୍କୁ ବିଭିନ୍ନ ଆଳରେ ମନା କରିଦେଉଥାଏ । ଏହିପରି ଥିଲା ତା'ର ମୋ ଉପରେ ଅଗାଧ ବିଶ୍ବାସ । ଆଉ ମୋର ଭଲ ପାଇବା ଉପରେ ଭରସା ।

ଯାହାଡେ ମୁଁ ଉପଯୁକ୍ତ ଚାକିରି ନପାଇ ହତାଶ ହେଲାବେଳକୁ ବିଦେଶରେ

ଏକ ଉଚ୍ଚ ଦରମାର ଚାକିରୀ ପ୍ରଲୋଭନ ମୋ ପଥ ଭ୍ରାନ୍ତ କଲା। ମୋ ଜୀବନରେ ଗୋଟିଏ ଅଧ୍ୟାୟକୁ ପରିସମାପ୍ତି କରି ମୁଁ ମାଡ଼ି ଚାଲିଲି ଉତ୍‌ଶୃଙ୍ଖଳ ବଢ଼ି ପାଣି ପରି। କିଛି ପାଇବାକୁ ହେଲେ କିଛି ହାତଛଡ଼ା କରିବାକୁ ହୁଏ ଏହା ହିଁ ମୋ ମୁଣ୍ଡରେ ସବାର ହୋଇ ରହିଲା।

ପାଇବାର ବିପୁଳତା ସାମ୍ନାରେ ହରାଇବା ମାତ୍ରା ଏତେ ଇତର ମନେ ହେଲା ଯେ ବାହା ହୋଇ ଜଞ୍ଜାଲରେ ପଶିବାକୁ ମନା କରି ଦେଇ ମୁଁ ବିଦେଶ ମୁହାଁ ହେଲି। ଗଲାବେଲେ ଶିଳ୍ପୀକୁ ବେପରୁଆ ଭାବରେ କହିଦେଇଥିଲି ସେ ଆଉ କାହାକୁ ବାହା ହୋଇଯାଉ।

ଯଦିଓ ମୋରି ନିର୍ଭର ପ୍ରତିଶ୍ରୁତିରେ ସେ ତା' ଭବିଷ୍ୟତ ମୋ ଉପରେ ଛାଡ଼ିଦେଇଥିଲା। ତଥାପି ମୋ ଯିବା ଖବରରେ ସେ ବିଦ୍ରୋହ କଲାନାହିଁ। କିମ୍ବା ତାକୁ ଛାଡ଼ି ନଯିବାକୁ ନେହୁରା ହେଲାନାହିଁ। ତା'ର ଏହି ସ୍ୱାଭିମାନ ହିଁ ମୋ ଆତ୍ମାକୁ ଖିନ୍‌ ବିନ୍‌ କରିଦେଉଛି ତାହା ମୁଁ କିଛିଦିନ ପରେ ଅବଶ୍ୟ ବୁଝିପାରିଲି। ସେତେବେଲେ ମୁଁ ସମ୍ପୂର୍ଣ୍ଣ ଉପାୟହୀନ।

କିଛିଦିନ ପରେ ମା'ଠାରୁ ଶୁଣିଲି ତା'ର ବାହାଘର ହୋଇଯାଇଛି। ତା'ପରେ ମୁଁ ଆଉ ଶିଳ୍ପୀର ଖବର ରଖ୍ଖି ନଥିଲି। ଜୀବନ ତା'ବାଟରେ ଗଡ଼ି ଚାଲିଲା। ମୁଁ ଯଥା ସମୟରେ ବିବାହ କରି ସଂସାରରେ ମଜ୍ଜିଗଲି।

କିନ୍ତୁ ବେଲେ ବେଲେ ଅତୀତ ମନେ ପଡ଼ିଯାଏ। ସେତେବେଲେ ପାଣି ବିହୁନେ ମାଛଟିଏ ପରି ମୁଁ ଛଟପଟ ହୁଏ। ଶିଳ୍ପୀର ପବିତ୍ର ନିଷ୍କପଟ ଭଲପାଇବା ଓ ବିଶ୍ୱାସକୁ ପ୍ରତାରଣାର ବିଷଦେଇ ହତ୍ୟା କରିବାର ଅପରାଧ ବୋଧ ମୋତେ ଖାଇ ଗୋଡ଼ାଏ। ସେତେବେଲେ ଆକଣ୍ଠ ହ୍ୱିସ୍କି ପାନ ହିଁ ମୋତେ ବଞ୍ଚି ରହିବାରେ ସାହାଯ୍ୟ କରେ।

ୟା ଭିତରେ ଅନେକ ବର୍ଷ ଅତୀତ ହୋଇ ଗଲାଣି। ବିଦେଶ ଛାଡ଼ି ମୁଁ ସ୍ୱଦେଶକୁ ପ୍ରତ୍ୟାବର୍ତ୍ତନ କରିଥାଏ। ପତ୍ନୀଙ୍କ ଇଚ୍ଛା ପୁଅକୁ ଅମର ଦଶ ବର୍ଷ ବୟସ ହେଲା ଏଥର‌କ ଜନ୍ମଦିନ ଖୁବ୍‌ ଧୁମଧାମରେ ପାଳନ ହେବ।

ସେଦିନ ଘରେ ବନ୍ଧୁ ପରିଜନଙ୍କ ଭିଡ଼। ଅନେକ ଆୟୋଜନ, ହଠାତ୍‌ ଏକ ଫୋନ ଆସିଲା। ସେପଟୁ ଥରେ ଦୁଇଥର ହାଲୋ ଶୁଣି ଏତେ କୋଲାହଲରେ ମଧ ମୁଁ ବାରି ପାରିଲି ଶିଳ୍ପୀ ସ୍ୱର। ମୁଁ ସବୁ ଭୁଲିଯାଇପାରେ ମାତ୍ର ଶିଳ୍ପୀ ସ୍ୱରକୁ କେଭେ ନୁହେଁ। ସେ ଜଣେ ଶୁଭାକାଂକ୍ଷୀ ବନ୍ଧୁ ଭଲି କଥା ହେଲା। ଫୋନ୍‌ ନମ୍ବର ମୋର ଜଣେ ବନ୍ଧୁଙ୍କ ଠାରୁ ପାଇଥିବା କଥା କହିଲା।

କଥା ପ୍ରସଙ୍ଗରେ ମୁଁ କହିଲି, "ଯାହା ହେଲା ସେଥିରେ ମୋର କିଛି ଭୁଲ୍ ନଥିଲା, ପରିସ୍ଥିତି ସେଇମିତି ହୋଇଥିଲା। ବର୍ତ୍ତମାନ ପୂର୍ବ କଥାକୁ ନେଇ ଅନୁଶୋଚନାରେ ସମୟ ନଷ୍ଟ ନକରି ଦୁହେଁ ପରସ୍ପର ସାନିଧ୍ୟରେ ଆନନ୍ଦ ସାଉଁଟିବା ଉଚିତ ହେବନାହିଁ କି। ତୁମ ସହ କେବେ ଦେଖା ହେଲ ଭଲ ହୁଅନ୍ତା। ତୁମ ସ୍ୱାମୀ କିମ୍ବା ମୋ ସ୍ତ୍ରୀ କେହି ଜାଣିବେନାହିଁ ଆମେ ଗୋପନରେ ଆମ ସମ୍ପର୍କ ଜାରି ରଖିବା।"

"ତୁମେ ଅନ୍ୟାୟ କରିଛ ! ଯଦି କହୁଚ ଭେଟହେବାକୁ ତେବେ ଭେଟହେବା, ମାତ୍ର ବୟସର ଅପରାହ୍ନରେ। ଏବେ ନୁହେଁ।", ସେ କହିଲା ସ୍ୱସ୍ଥ ଏବଂ ନମ୍ର କଣ୍ଠରେ।

ଯା ପରେ ମୁଁ କ'ଣ କହିବି ଜାଣି ପାରୁନଥିଲି ଆଉ ସେ ମୋ ଉତ୍ତର ଅପେକ୍ଷାରେ ନିରବ ଥିଲା।

ଆଜିର ଯୁଗରେ ପାପ ପୁଣ୍ୟ କିଏ ଖାତିର କରୁଛି। ଯିଏ ମୋତେ ଦିନେ ସ୍ୱାମୀ ଆସନରେ ବସାଇ ଥିଲା ଆଜି ମୋତେ ଏପରି ବନ୍ଧୁ ସୁଲଭ ବ୍ୟବହାର କରିବାଟା ମୁଁ ସହଜରେ ଗ୍ରହଣ କରିପାରୁନଥାଏଁ। ମୁଁ ତା' ପ୍ରତି ଅନ୍ୟାୟ କରିଛି, ସେ ମୋତେ ଗାଲି ଦେଉ, ଅଭିମାନ କରୁ, ମାତ୍ର ଆମ ଭିତରେ ଏପରି ଏକ ଶୂନ୍ୟତା ସୃଷ୍ଟି ନକରୁ।

ଶିଖୀ ନିଜେ ଟାଣିଥିବା ଏକ ଲକ୍ଷ୍ମଣ ରେଖା ପାରିହେବାକୁ ଚାହୁଁନଥିଲା। ଆଉ ମୁଁ ଚାହୁଁଥିଲି ମୋଠିଁ ତା'ର ପୂର୍ଣ୍ଣ ସମର୍ପଣ ଠିକ୍ ପୂର୍ବପରି।

ଯା ପରେ ତା'ଠାରୁ ଆଉ ଫୋନ୍ ପାଇ ନଥିଲି। ମୋ ପାଇଁ ଯଦି ତା' ପରିବାରେ କିଛି ଅଶାନ୍ତି ଉପୁଯେ, ଏଇ ଆଶଙ୍କାରେ ମୁଁ କୌଣସି ଯୋଗାଯୋଗ ରଖିନଥିଲି।

ଭିତରେ ଭିତରେ କିନ୍ତୁ ମୁଁ ତାକୁ ଝୁରୁଥାଏ !

ତାକୁ ସବୁ ବେଳେ ମନେ ପକେଇବା ମୋର ଏତେ ଅଭ୍ୟାସଗତ ହୋଇଗଲା ଯେ ସେଇ ଝୁରିବାରେ ହିଁ ମୁଁ ଅମାପ ଶାନ୍ତି ପାଉଥିଲି। ତା' ସ୍ମୃତି ମୋ ଠାରୁ ଇଞ୍ଚେ ବି ଦୂରେଇ ନଥିଲା। ତା' ସ୍ୱାଭିମାନ ଆଗରେ ମୋ ଭଲପାଇବା ହାରିଗଲା ସିନା। ମୋର ସକଳ ପ୍ରାୟଶ୍ଚିତ ସେ ସ୍ୱାଭିମାନର ନିଆଁରେ ପାଉଁଶ ହୋଇଗଲା ସିନା ହେଲେ ମୋର ଗୋଟିଏ ମାତ୍ର ଅବଶୋଷ– ମୁଁ ତାକୁ ଛାଡ଼ି ଚାଲିଯିବାଟା ଥିଲା ମୋର ମୂର୍ଖାମି। କିନ୍ତୁ ତା' ପ୍ରତି ମୋର ପ୍ରେମ ଥିଲା ସୂର୍ଯ୍ୟଙ୍କ ପରି ସତ। ଶିଖୀ ସେ ପ୍ରେମକୁ ସନ୍ଦେହ ନକରୁ।

ଆଜି ଚିଠିଟି ପାଇ ମୋର ବିସ୍ମୟର ସୀମା ଟପିଯାଇଥିଲା। ଭାବିଲି ସନ୍ଧ୍ୟାରେ ଚୌଧୁରୀ ବାବୁଙ୍କ ଘରକୁ ଯିବି ଏବଂ ଚିଠିଟିର ରହସ୍ୟ ଉନ୍ମୋଚନ କରିବି। ହୁଏତ ଆଉ କାହା ଉଦ୍ଦେଶ୍ୟରେ ବାହାରିଥିବା ଚିଠିଟିଏ ବାଟ ହୁଡ଼ି ମୋ ହାବୁଡ଼େ ପଡ଼ି

ଯାଇଛି । ସନ୍ଧ୍ୟାବେଳେ ଶ୍ୱାକିଂରୁ ଫେରି ଚୌଧୁରୀ ବାବୁଙ୍କ ଘରକୁ ଯିବି ବୋଲି ମନସ୍ଥ କଲି ।

ସତରେ କ'ଣ ଶିକ୍ତୀ ମୋର ପଡ଼ୋଶୀ ହୋଇ ମୋରି ଘର ସାମ୍ନାରେ ଆସି ରହୁଟି । ଏହି ପରି ଏକ ଦୁର୍ଲଭ ଭାବନାରେ ଦିନ ତମାମ ମୋ ମୁହଁରେ ଖୁସି ଭଳି କିଛି ହାଲ୍କା ଅନୁଭବ ଲେସି ହୋଇଥାଏ । ଗୋଟାଏ ଆଶଙ୍କା ଘାରୁଥାଏ ମୋତେ, ଯଦି ସତରେ ଶିକ୍ତୀ ମୋ ପଡ଼ୋଶୀ ହୋଇ ଆସିଥାଏ ତେବେ ୟେ ଚଉଷଠି ବର୍ଷ ବୟସର ବୃଦ୍ଧକୁ ଦେଖିଲେ ଶିକ୍ତୀ ଚିହ୍ନି ପାରିବ ତ । ଯଦି ମୋତେ ଦେଖି ଭାବିବ ହେଃ କିଏ ଏ ବୁଢ଼ାଟା । ତା'ର ହେୟ ଭାବ ସହି ହେବ ତ । ତା' ଛଡ଼ା ସମୟ ବି ମୋ ଶିକ୍ତୀ ଚେହେରାରେ କେଉଁପରି ନିର୍ଦ୍ଦୟ ଛାପ ଛାଡ଼ିଦେଇଥିବ ।

ଏପରି ଅନେକ ଆଶଙ୍କା, ଉତ୍କଣ୍ଠା, ଉସାହ ଆଦି ଫେଣ୍ଟା ଫେଣ୍ଟି ଭାବ ସହ ସନ୍ଧ୍ୟା ଉପନିତ ହେଲା । ମୁଁ ଦର୍ପଣ ସାମ୍ନାରେ ଠିଆ ହୋଇ ଏପରି ଅନ୍ୟ ମନସ୍କ କେବେ ହେଲା ପରି ତ ମନେ ପଡ଼ୁନାହିଁ । ରଘୁ କେତୋଟି ଇସ୍ତ୍ରିକରା ସାର୍ଟ୍ ଆଣି ରଖିଦେଇ ଗଲା ବେଳେ ମୋ ପ୍ରିୟ ଧଳା ଟି'ସାର୍ଟ୍ ଟା ନଦେଖି ରଘୁ ଉପରେ ଅୟଥା ବିରକ୍ତ ହେଲି କାହିଁକି । ସେ ସାର୍ଟ୍ ଟି କାଢ଼ି ମୋତେ ଦେଲାବେଳେ ନମ୍ର ଭାବରେ କହିଲା, "ବାବୁ, ଏଇଟା ତଲକୁ ରହିଯାଇଛି ଆପଣ ଦେଖିପାରିନାହାନ୍ତି ।"

ମୋ ଭିତରେ କ'ଣ ହେଉଛି ମୁଁ ନିଜେ ସୁଦ୍ଧା ବୁଝିପାରୁ ନଥିଲି ।

ମୁହଁରେ ଯଥା ସମ୍ଭବ ସହଜ ଭାବଟିଏ ଫୁଟାଇ ମୁଁ ପହଞ୍ଚିଲି ଚୌଧୁରୀ ବାବୁଙ୍କ ଦରଜା ସାମ୍ନାରେ । ଘଣ୍ଟି ବଜାଇବା ଅବ୍ୟବହିତ ପୂର୍ବରୁ ଚୌଧୁରୀ ବାବୁ କବାଟ ଖୋଲି ସାଦର ସମ୍ଭାଷଣ କଲେ, "ନମସ୍କାର ଆଜ୍ଞା, ଆସନ୍ତୁ ।" ମୋତେ ଭିତରକୁ ଶଂଖୋଲି ନେଲେ ।

"ଆପଣ କିପରି ଜାଣିଲେ ମୋର ଆଗମନ ।"

"ଦେଖୁ ନାହାନ୍ତି କ୍ୟାମେରା ଲଗା ହୋଇଛି ପରା । ଆପଣ ନିଜ ଗେଟ୍ ଖୋଲି ଆମ ଦରଜା ସାମ୍ନାକୁ ଆସିବା ପର୍ଯ୍ୟନ୍ତ ସବୁ ସେଇ କ୍ୟାମେରାରେ କ୍ୟଦ୍," କହି ଏକ ଖୋଲା ହସ ହସିଲେ ଚୌଧୁରୀ ମହାଶୟ ।

ମୁଁ ମନେ ମନେ କହିଲି, କ୍ୟଦ୍ ତ ମୁଁ ବହୁକାଳୁ, ଆପଣଙ୍କ ପନ୍ତୀଙ୍କ ପାଖରେ ।

ସତ କହିଲେ ଆଜ୍ଞା । ମୋଟ ଉପରେ ଆଜିର ସମାଜରେ ଆମେ ସମସ୍ତେ ଟେକ୍ନୋଲଜିର ବନ୍ଦି । ଏଇ ସାମାନ୍ୟ ଗୋଟିଏ ଫୋନ୍ ଉପରେ ଆମେ କେତେ ପରିମାଣରେ ନିର୍ଭରଶୀଳ । ନହେଲେ ମୁଁ ଆପଣଙ୍କ ବାସଭବନକୁ ଆସୁଛି ବୋଲି ଜଣାଇଥାନ୍ତି କିପରି । କହିଲି ମୁଁ ।

ଉଚ୍ଚସ୍ୱରରେ ହସି ଉଠିଲେ ଦୁହେଁ ପୁରୁଣା ବନ୍ଧୁ ପରି ।

ଡ୍ରଇଂ ରୁମରେ ରୁଚି ସମ୍ପୂର୍ଣ୍ଣ ସାଜ ସଜ୍ଜା । ସୋଫାରେ ଡେକୋରେଟିଭ ପିଲୋର ଶୁଭ୍ର ସିଲ୍କ୍ କଭର ଠୁଁ ଆରମ୍ଭକରି ପୂର୍ବ ପାଖ କାନ୍ଥରେ ବିଶାଳ ଏକ ମନ୍ଦିରର କଳା ଧଳା ଛବି ଖୁବ୍ ସୁନ୍ଦର ମ୍ୟାଚ କରୁଛି । ଦ୍ୱାର ମୁହଁରେ ଲମ୍ବ କାନଭାସରେ ଗୋଟିଏ ପଦ୍ମ କଭର ବ୍ଲାକ ଆଣ୍ଡ ହ୍ୱାଇଟ୍ ତୈଳଚିତ୍ର ଦେଖି ମୁଁ ବୁଝିଗଲି ଏହା ଶିଳ୍ପୀ ହିଁ ଆଙ୍କିଚି ।

ଥରେ ତାକୁ ପଚାରିଥିଲି, "କେଉଁ ଫୁଲ ତୋର ବେଶୀ ପସନ୍ଦ ଶିଳ୍ପୀ ।"

"ଫୁଲମାତ୍ର ହିଁ ଶିଶୁ ଭଳି ପବିତ୍ର ଆଉ ସୁନ୍ଦର, ହଁ ତୁମେ ଯଦି ତୁମ ପ୍ରଶ୍ନର ଉତ୍ତର ଚାହୁଁଚ ତେବେ ମୁଁ କହିବି - ପଦ୍ମ । ପଦ୍ମ କଢ଼ଟିଏ ଦେଖ, ଫୁଟିବା ପୂର୍ବରୁ ସତେ ଯେମିତି ଯୋଡ଼ ହସ୍ତରେ ଇଶ୍ୱରଙ୍କ ଶରଣରେ ଯିବାକୁ ଉଦ୍ୟତ ।"

ଘର ଭିତରକୁ ଚୌଧୁରୀ ବାବୁଙ୍କ ପତ୍ନୀଙ୍କ ପ୍ରବେଶ ସହଜ ଥିଲା । ଚାହା ସହ ଟ୍ରେଟି ଯନ୍ରେ ଟେବୁଲ୍ ଉପରେ ରଖିଦେଇ ସେ ମୋ ଆଡ଼େ ଚାହିଁ ଈଷତ ଅଭିମାନ ଭରା କଣ୍ଠରେ କହିଲେ, ଆମର ଅତି ନିକଟ ପଡ଼ୋଶୀଙ୍କ ପାଦ ଆମ ଘରେ ପଡ଼ିବାକୁ ଏତେଦିନ ଲାଗିଗଲା ।

ଏଇ ଯେ ମୋ ଶିଳ୍ପୀ ମୁଁ ସ୍ୱସ୍ତ ହେଲି ।

ମୁଁ ତାକୁ ଦେଖୁଥାଏଁ ।

ବୟସର ଛାପ କାହା ଚେହେରାକୁ ଆହୁରି କମନୀୟ କରିପାରେ ଦେଖି ମୋତେ ଆଶ୍ଚର୍ଯ୍ୟ ଲାଗିଲା । ବେକ ଯାଏ ଝରି ଆସିଚି କେଶ ରାଶି । ଦୁଇ ଭ୍ରୂଲତା ମଝିରେ ବିନ୍ଦିଟିଏ ସାଧବ ବୋହୂ ପରି ଗାଢ଼ ନାଲି । ମଥାରେ ସେଇମିତି ବିନ୍ଦି ସେ ଦିନେ ଲଗଉଥିଲା ମୋ ଲାଗି, ଆଜି କ'ଣ କେବଳ ଚୌଧୁରୀ ବାବୁଙ୍କ ଲାଗି । ମୋ ପ୍ରଶ୍ନ ଶାଣିତ ଛୁରିକା ପରି ମୋରି ହୃଦୟରେ ଆଘାତ ଦେଲା । ବାଇଗଣୀ ସୁତା ଶାଢ଼ୀଟିଏରେ ସେ କିପରି ଦିଶୁଥିଲା ମୁଁ ବର୍ଣ୍ଣନା କରିପାରିବି ନାହିଁ, କିନ୍ତୁ ମୋର ମନ ହେଉଥିଲା ତା' କୋଳରେ ମୁଣ୍ଡ ରଖି ଦଣ୍ଡେ ଶୋଇରହନ୍ତି କି । ଏତେ ଶାନ୍ତ, ଉଦାର ଘର ପରିବେଶରେ କେବଳ ଚୌଧୁରୀ ବାବୁଙ୍କ ଅନୁପସ୍ଥିତିରେ ହିଁ ମୁଁ ନିଶ୍ଚୟ ଶିଳ୍ପୀକୁ ଯୋଡ଼ ହସ୍ତରେ ଏହି ଅନୁମତି ମାଗିଥାନ୍ତି ।

ଚୌଧୁରୀବାବୁ ମୋ ହାତକୁ ଚାହା କପଟି ବଢ଼ାଇଦେଲେ, ମୁଁ ନିଜ ଭାବନାରୁ ନିଷ୍କ୍ରାନ୍ତ ହେଲି । ଚୌଧୁରୀବାବୁ ଖୁବ୍ ମଜାଦାର ଲୋକ । ଚମତ୍କାର ଢଙ୍ଗରେ ତାଙ୍କ ମିଲିଟାରି ସମୟର ଘଟଣା ସବୁ ବର୍ଣ୍ଣନୋ କରୁଥା'ନ୍ତି । ତାଙ୍କ କଥା ଶୁଣି ମୋର ମନେପଡ଼ିଗଲା ରିଡର ଡାଇଜେଷ୍ଟ ପତ୍ରିକାର ଏକ ସ୍ତମ୍ଭ "ହ୍ୟୁମର ଇନ୍ ୟୁନିଫର୍ମ" । ଯେଉଁଥିରେ ମିଲିଟାରୀ ବାଲାଙ୍କ ଦୈନନ୍ଦିନ ଜୀବନରେ ମଜାଲିଆ ସତ୍ୟ ଘଟଣା ମାନ

ପ୍ରକାଶିତହୁଏ । ଗୋଟିଏ ଗୋଟିଏ ଘଟଣା ଚୌଧୁରୀବାବୁ ଏମିତି ବର୍ଣ୍ଣନା କରୁଥା’ନ୍ତି ଯେ ମୁଁ ହସ ରୋକି ପାରୁ ନଥାଏ । ଏତି ମଧ୍ୟରେ ମୁଁ କିନ୍ତୁ ଆଖି କୋଣରୁ ଦେଖୁଥାଏ ମୁଁ ନଦେଖିଲା ବେଳେ ଶିଳ୍ପୀ ମୋତେ ଚୁପି ଚୁପି ଦେଖୁଛି ।

କ’ଣ ଦେଖୁଥିବ ସେ ମୋ ମୁହଁରେ । ଅତୀତରେ ଯାହାର ସ୍ୱରକୁ ସେ ଆମ୍ଭର ଆବାଜ ବୋଲି ମନେକରୁଥିଲା, ଯାହାର ଆଖିକୁ ସେ ଦିନେ ମୁହଁଟେକି ଚାହିଁବାର ସାହାସ କରିନଥିଲା । ଇଏ ସେଇ ଲୋକ ଯିଏ ତା’କୁ ଏଡ଼େବଡ଼ ଧୋକା ଦେଇଚି ।

ଯ଼ା ଭିତରେ କେତେବେଳେ ସମୟ ବିତିଗଲା ଜାଣିହେଲା ନାହିଁ । ମୁଁ ଯିବାକୁ ବାହାରିଲି । ରାତ୍ରି ଭୋଜନ ନିମନ୍ତେ ଦୁହେଁ ମୋତେ ବାଧ କରନ୍ତେ, ରଘୁ ଖାଦ୍ୟ ବନେଇ ଚାହିଁ ବସିଥିବ ଆଉ କେବେ ଆଖା କହି ବିନୟ ସହକାରେ ମୁଁ ଯିବାକୁ ଉଦ୍ୟତ ହେଲି ।

ହାଲକା ଶୀତ ପଡ଼ିଥାଏ ।

“ରୁହନ୍ତୁ ମୁଁ ଆପଣଙ୍କୁ ଫାଟକଯାଏ ବଳେଇ ଆସୁଛି । ଡ଼ିନର ପୂର୍ବରୁ ଅନ୍ତତଃ ଛୋଟିଆ ଡ୍ରିଙ୍କ୍ ଟିଏ ହୋଇଯିବ! କହି ଚୌଧୁରୀ ବାବୁ ଘର ଭିତରକୁ ପଶିଗଲେ ସମ୍ଭବତଃ ଶାଲଟିଏ ଆଣିବା ଲାଗି ।

ଶିଳ୍ପୀ ମୋରି ଏତେ ନିକଟରେ ଠିଆ ହୋଇଥାଏ । ହାଲକା ଜହ୍ନ ଆଲୁଅ, ବଗିଚାର ଫୁଲଙ୍କ ବାସ୍ନା, ଆଉ ମୋର ମନ, ସମସ୍ତିଙ୍କର ସେଇ ଗୋଟିଏ ଇଚ୍ଛା– ଶିଳ୍ପୀକୁ ମୋ ଛାତି ଉପରକୁ ଟିକିଏ ଆଉଜାଇ ଆଣନ୍ତି!

ଏତିକିବେଳେ ଚିଠି କଥା ମନେ ପଡ଼ିଗଲା । ପଚାରିଲେ ଯଦି ସେ ପଠାଇ ନାହିଁ ବୋଲି କୁହେ । ହୁଏତ ଭାବିପାରେ ମୁଁ ତା’ ଠାରୁ ଚିଠିଟିଏ ପାଇବାକୁ ଆତୁର ହେଉଛି । ଯେ ବୟସରେ ମୋ ଠିଁ ଏମିତି ପାଗଳ ପ୍ରେମିକ ଲକ୍ଷଣ ଆଦୌ ଶୋଭା ପାଇବନାହିଁ । ଏତେସବୁ ଚିନ୍ତା ଭିତରେ ବି ହଠାତ୍ ମୁଁ ତାର ହାତକୁ ମୋର କମ୍ପିତ ଛାତି ପାଖରେ ତୋଲି ଧରିଲି । ତା’ ମୁହଁର ଭାବ ଦେଖିବାକୁ ମୋର ଆଦୌ ସାହାସ ନଥିଲା । କମ୍ପିତ କଣ୍ଠରେ ଏତିକି ମାତ୍ର ମୋ ମୁହଁରୁ ବାହାରିଗଲା– ମୋତେ କ୍ଷମା କରିଦିଅ ଶିଳ୍ପୀ!

ଚୌଧୁରୀ ବାବୁଙ୍କର ପ୍ରତ୍ୟାବର୍ତ୍ତନ, ବର୍ଷିବାକୁ ଥିବା ମେଘମାଳା ଜମାରୁ ନବର୍ଷି ଅପସରି ଗଲା ଭଳି ଆଉ ଯାହା ବି କହିଥା’ନ୍ତି ସେ ଶଢ ସବୁ ମୋ ଭିତରକୁ ଲେଉଟିଗଲେ । କିଛି ପଚାରି ପାରିଲି ନାହିଁ । ସେଦିନ ରାତିରେ ଘରକୁ ଫେରି ଚିଠିଟିକୁ ଓଲଟପାଲଟ କରି ଭଲ କରି ଦେଖିଲି । ନା, ସମ୍ପୂର୍ଣ୍ଣ ସାଦା କାଗଜ! ଶିଳ୍ପୀ ଏମିତି ଚିଠି ପଠେଇ କ’ଣ ମଜା ଦେଖୁଛି । ମୋ ପ୍ରତାରଣାର ନୀରବ ଜବାବ ଦେଉଛି ।

ପ୍ରଶ୍ନ ମାନ ଢେଉ ଭଳି ଉଠୁଥାଏ ମୋ ମନରେ ଏବଂ ମିଳେଇ ଯାଉଥାଏ ଉତ୍ତର ବିହୁନେ। ଚିଠିଟିରେ ମୁଁ ମନେ ମନେ ଶବ୍ଦ ସଜାଉଥାଏ ଓ ଲିଭାଉଥାଏ। ଏହି ପ୍ରକ୍ରିୟା ଭିତରେ ସତେକି ମୁଁ ସ୍ୱୟଂ ଶିଳ୍ପୀ ପାଲଟି ଯାଉଥିଲି। ମୋ ଆଖିରେ ନିଦ ମୋତେ ଚିଠିରୁ ଅଲଗା କରିବା ପୂର୍ବରୁ ନିଷ୍ପତ୍ତି ନେଲି କାଲି ସକାଳେ ନିଶ୍ଚୟ ତାକୁ ଫୋନ୍ କରି ଚିଠି କଥା ପଚାରିବି।

ପରଦିନ ସଂଧ୍ୟାରେ ଫୋନ୍ କରିବାଲାଗି ରିସିଭର ଉଠାଇଲି। ଚୌଧୁରୀବାବୁ ସନ୍ଧ୍ୟା ଭ୍ରମଣରେ ଯାଇଥିବେ। ମୋତେ ଇଶ୍ୱରଭିୟୁ ଦେବାକୁ ଯିବାଭଳି ଚିନ୍ତା ଘାରିଥାଏ। ଯଦି ଚୌଧୁରୀବାବୁ ରିସିଭର ଉଠାଇବେ ତେବେ କ'ଣ କହିବି ଆଗରୁ ଭାବି ରଖିଥାଏ। କିନ୍ତୁ ସେପଟୁ ଶିଳ୍ପୀର ସ୍ୱର ଶୁଣି ନିଶ୍ଚିନ୍ତ ହେଲି। ସେ ବିନା ପ୍ରହେଲିକାରେ ପଚାରିଲା,

"ଚିଠି କଥା ପଚାରିବ ନା।"

"ହଁ।"

"ଚିଠିରେ ମୁଁ ବ୍ୟକ୍ତ କରିବାକୁ ଚାହୁଁଥିଲି ତୁମ ପ୍ରତି ମୋର ଭଲ ପାଇବାର ଗଭୀରତା। ମୋର ଇଚ୍ଛା ଅନିଚ୍ଛା ସକାଶେ ଅତୀତରେ ତୁମ ପାଖରେ କେବେ ସ୍ଥାନ ନଥିଲା। ମୋର ସେହି ଅକୁହା ମନକଥା ତୁମ ଲାଗି ନିରର୍ଥକ ମାତ୍ର। ତେଣୁ ଭାବିଲି ତୁମକୁ ଅକ୍ଷରବିହୀନ ଚିଠିଟିଏ ଦେବା ଯାହା ସେଥିରେ ପୁଲାଏ ଲେଖିବା ଏକା କଥା।" କିଛି କ୍ଷଣ ନିରବ ରହିଲା ସେ।

କୁହ, ଅଟକି ଗଲ ଯେ।

"ତଥାପି ମନ ବୁଝିଲାନି। ତେଣୁ ରଘୁ ହାତରେ ପଠାଇଦେଲି ଚିଠିଟିଏ। ତୁମେ ସେଥିରୁ ଯାହା ପଢିବ ଯାହା ବୁଝିବ ତାହା ଏକାନ୍ତ ଭାବେ ତୁମ ଉପରେ ନିର୍ଭର କରେ।"

ତା'ପରେ ରିସିଭର ଆରପଟୁ ମୋତେ କାନ୍ଦ ଭଳି କିଛି ଶୁଭିଲା। ଶିଳ୍ପୀ କାନ୍ଦୁଥିଲା। ସଙ୍ଗେ ସଙ୍ଗେ ନିଜକୁ ସଂଯତ କରି କହିଲା,

"ପ୍ରେମ ଏକ ଦିବ୍ୟ ଅନୁଭବ ଏହା କ୍ଷଣିକ ଉତ୍ତେଜନା କଦାପି ନୁହଁ। ମୁଁ କହିଥିଲି ନା ବୟସର ଅପରାହ୍ନରେ ଭେଟ ହେବ ଆମର।। ମୁଁ ମୋ କଥା ରଖିଲି।" ସେ ପୁଣି କହିବାକୁ ଲାଗିଲା–

ଆମର ଏକମାତ୍ର ଝିଅ ଯେତେବେଳେ କାନାଡାରେ ପଢିବା ସକାଶେ ଯାଇ ସେଠାରେ ବିବାହ କଲା, ମୋ ସ୍ୱାମୀ କାନାଡା ସିଟିଜନସିୟ ନେଇଗଲେ। ସେଠାରେ ଆମର ରିଟାୟାରମେଣ୍ଟ ଯୋଜନା ବନାଇଲା। ଝିଅର ବି ସେଇ ଇଚ୍ଛା। କିନ୍ତୁ ମୁଁ ଯାଆକୁ

କିଛି ଦିନ ଇଣ୍ଡିଆରେ ରହିବାକୁ ବାଧ୍ୟ କଲି। କହିଲି, ଯଦି ଆମ ଦେହରେ କାନାଡ଼ାର ଊଣ୍ଡ଼ର ଯିବନାହିଁ ତେବେ! ଅନ୍ତତଃ ଶୀତ ତମାମ ଆମେ ଏଠାରେ ବିତାଇ ପାରିବା। ଯାହା ହେଉ ପ୍ରସ୍ତାବ ମନକୁ ପାଇଲା ବାପ ଝିଅଙ୍କର।

ମନେ ଅଛି ତୁମର। ସେ ପଚାରିଲା।

କେଉ କଥା।

ତୁମ ପୁଅ ଜନ୍ମଦିନ ସମୟରେ ମୋତେ ତୁମର ସ୍ଥାୟୀ ଠିକଣା କହିଥିଲ।

ହଁ। କହିଲି ମୁଁ।

ମୁଁ ତୁମର ଜଣେ ବନ୍ଧୁଙ୍କୁ ପଚାରି, ତୁମର ଆଉ ଠିକଣା ବଦଲି ନାହିଁ ଜାଣିବା ପରେ ବାସ ଏହି ଅଞ୍ଚଲରେ ଘର କିଣିବାକୁ ମନସ୍ତ କଲି। ମୋ ସ୍ୱାମୀ ବି ଏଠାର ପାହାଡ଼ ଘେରା ପ୍ରାକୃତିକ ପରିବେଶ ଦେଖି ବିହ୍ୱଲ ହେଲେ। ଚାଲିଆସିଲୁ ତୁମର ପଡ଼ୋଶୀ ହେବାକୁ।

ମୁଁ ମୂକ ପରି ଶୁଣୁଥାଏ ହେଲେ ମୋ ପାଖରେ କହିବା ଲାଗି କିଛି ନାହିଁ। "ତୁମକୁ ହରାଇ ମୋ ପୃଥିବୀ ଶଢ ଶୂନ୍ୟ", କହିଲି ମୁଁ।

ସେ ହସିଲା।

"ପ୍ରତାରଣାର ବିଷ ଜ୍ୱାଲାରେ ତୁମଠୁ ଅଧିକ ମୁଁ ଜଳୁଛି।" ଆହତ କଣ୍ଠରେ କହିଲି ମୁଁ।

"ପ୍ରେମରେ କମ୍‍, ବେଶୀ ଏସବୁ ଶଢର ପ୍ରଚଳନ ହୁଏନାହିଁ ମହାଶୟ", ସେ କହିଲା।

"ଅର୍ଥ।"

"ଈଶ୍ୱର ବିଶ୍ୱାସରେ ଯେପରି କମ୍‍ ବେଶୀ ନଥାଏ ପ୍ରେମ ଠିକ୍‍ ସେହିପରି। ପ୍ରେମ ଶାଶ୍ୱତ। ଜୀବନ ସହ ମୃତ୍ୟୁ ପରି ପ୍ରେମ ସହ ଯନ୍ତ୍ରଣାର ସମ୍ପର୍କ ଖୁବ୍‍ ନିବିଡ଼ ଓ ସତ୍ୟ। ଆମେ ଦୁହିଁଙ୍କୁ ସେହି କଠିନ ସତ୍ୟକୁ ସାମ୍ନା କରିବାକୁ ପଡ଼ିବ।"

ସେ କହୁଥାଏ ଆଉ ମୁଁ ତା'ର ସ୍ୱର ମାଧ୍ୟମରେ ତାକୁ ଦେଖୁଥାଏ। ତା' ସ୍ୱର କରୁଣତା ତା'ମୁହଁରେ ବାରି ହୋଇ ପଡୁଛି। କଜ୍ଜଲ ମଖା ଆଖି ଯୋଡ଼ିକ ତା'ର ଛଲ ଛଲ, ଲୁହ ଟୋପାଏ ସେ ଅଟକାଇ ରଖିଛି ବହୁ କଷ୍ଟରେ।

ଆମେ ଦୁହେଁ ନିରବ ଥିଲୁ।

ନିରବରେ କିନ୍ତୁ ଅନେକ କିଛି କଥା ପରସ୍ପରକୁ କହୁଥାଉ। କେତେବେଲେକୁ ସେ କହିଲା, ମୁଁ ଫୋନ ରଖୁଛି।

ସେଦିନ ରାତିରେ ମୁଁ ଚିଠିଟି ପୁଣି ଥରେ ପଢ଼ିବାପାଇଁ ଚେଷ୍ଟା କଲି। ଆରାମ

ଚେୟାରରେ ଦେହକୁ ଲୋଟାଇ ଦେଇ ଚିଠିକୁ ଛାତି ଉପରେ ରଖି ଦେଖୁଥାଏ କାଳେ କାଗଜର କେଉଁ କନ୍ଦିରେ ଅକ୍ଷରଟିଏ ଦୃଶ୍ୟ ହୋଇଯିବ । ଯେଉଁ ଗୋଟାକ ମୋ ଶିଞ୍ଜୀର ବ୍ୟଥାରୁ କିଞ୍ଚିତ ପରିବହନ କରୁଥିବ ।

କେଡେ ବିକଳ ହୋଇ ସେ ଚାହୁଁଥିଲା ଆମର ଯୁଗ୍ମ ଜୀବନ, ଆଉ ମୁଁ କେଡ଼େ କଠୋର ଭାବରେ ପ୍ରତ୍ୟାଖ୍ୟାନ କରିଥିଲି ତା'ର ପ୍ରେମ ଆବେଦନକୁ ।

ମୁଁ ତା'କୁ ଛାଡ଼ି ଆସିଲା ପରେ ତା'ଲାଗି ଆସିଥିବା ବିବାହ ପ୍ରସ୍ତାବକୁ ତା'ର ବିବାହ ବୟସ ଗଡ଼ିଯିବାନେଇ କି କାରଣ ଦର୍ଶାଇଥିବ । ଏହାତ ଆଉ କହିନଥିବ ଯେ ସେ ଯାହାକୁ ମନ ଭିତରେ ବିବାହ କରିସାରିଥିଲା ସେ ମହାଶୟ ତା'କୁ ଛାଡ଼ି ଚାଲିଗଲେ ।

ମୁଁ ଚିଠିଟିକୁ ନିରେଖି ଦେଖିଲି ।

କ୍ରମଶଃ ଅକ୍ଷର ମାନ ଆମ୍ବପ୍ରକାଶ କରିବାରେ ଲାଗିଲେ । ମୁଁ ଚିଠିର ପ୍ରତ୍ୟେକ ଶବ୍ଦ ବାରମ୍ବାର ପଢ଼ି ସୁଦ୍ଧା କ୍ଲାନ୍ତ ହେଲିନାହିଁ ।

ଶେଷରେ ଚଷମା କାଢ଼ି ମୁଁ ଆଖି ପୋଛିଲି ।

RABIRASMI SAHOO
ରବିରଶ୍ମି ସାହୁ

ରବିରଶ୍ମି ସାହୁ ୧୯୬୫ ମସିହାରେ ଓଡ଼ିଶାର କଟକ ସହରରେ ଜନ୍ମଗ୍ରହଣ କରିଥିଲେ। ସେ ଆର.ଇ.ସି., ରାଉରକେଲା ଏବଂ ଜାଭିଅର ଇନଷ୍ଟିଚୁଟ ଅଫ୍ ଟେକ୍ନୋଲୋଜି, ଭୁବନେଶ୍ୱରରୁ ଶିକ୍ଷା ସମାପ୍ତ କରି ଭାରତ ସରକାରଙ୍କ ଯୋଜନା ଆୟୋଗ ଅଧୀନରେ ବରିଷ୍ଠ ପ୍ରଣାଳୀ ବିଶେଷଜ୍ଞ ଭାବେ କାର୍ଯ୍ୟ କରିଥିଲେ। ଓଡ଼ିଶାରେ ଥିବା ସମୟରେ ସେ ଅନେକ ସାହିତ୍ୟ ସଂଗଠନ ସହିତ ସକ୍ରିୟ ଭାବେ ଜଡ଼ିତ ଥିଲେ। ୧୯୯୬ ମସିହାରେ ସେ ଆମେରିକା ଆସିବା ପରେ ବି, ଓଡ଼ିଆ ସାହିତ୍ୟ ପ୍ରତି ତାଙ୍କ ଗଭୀର ଭାବନା ଓ ଭଲପାଇବା ଅଟୁଟ ରହିଛି। ୨୦୦୦ ମସିହାରେ ସେ ଆବୃତ୍ତି ନାମରେ ଗୋଟିଏ ଅନଲାଇନ ପତ୍ରିକା ଆରମ୍ଭ କରିଥିଲେ। ବର୍ତ୍ତମାନ ସେ କାଲିଫର୍ନିଆର ବେକର୍ସଫିଲ୍ଡରେ ରହୁଛନ୍ତି। ଅବସର ସମୟରେ ଲେଖାଲେଖି ବ୍ୟତୀତ ସେ ସ୍ଥାନୀୟ ଶିକ୍ଷା ଅନୁଷ୍ଠାନଗୁଡ଼ିକର ବିଜ୍ଞାନ, ପ୍ରଯୁକ୍ତି, ଇଞ୍ଜିନିୟରିଂ ଓ ଗଣିତ ସମ୍ପର୍କୀୟ କାର୍ଯ୍ୟକ୍ରମର ଉନ୍ନତି ପାଇଁ କାମ କରିଥାଆନ୍ତି।

ହାମଲେଟ୍

ଶନିବାର ଠିକ ଦୁଇଟା ପାଖା ପାଖି ସେମାନେ ରାସ୍ତା ସେପାଖରୁ ଆସନ୍ତି। ସେତେବେଳେ ସୂର୍ଯ୍ୟ ଟିକିଏ ମୁଣ୍ଡ ଉପରୁ ଢଳି ଆସୁ ଥାଏ। ସେ ବଡ଼ କୋଠା ଘର ଦୁଇଟି ଭିତରୁ ଠେଲି ପେଲି ହେଇ ବାହାରି ଆସୁଥିବା ଦୁଇ ଧାର କିରଣ ମାଟି ଛୁଇଁବା ଆଗରୁ ଧକ୍କା ଖାଉଥାଏ ରାସ୍ତା କଡ଼ର ସେଇ ବଡ଼ ଗଛଟିରେ। କିଛି କିରଣ ଗଛର ପତ୍ର ସବୁର ଫାଙ୍କ ସବୁରୁ ବାହାରି ଆସି ସୃଷ୍ଟି କରୁଥାଏ ଏକ ଅପୂର୍ବ ପରିବେଶ। ସେ ପରିବେଶଟା ଆହୁରି ମନୋରମ ହେଇ ଉଠୁଥାଏ, ଯେତେବେଳ ସେ ଦୁଇଜଣ ସେ ଗଛକୁ ଅତିକ୍ରମ କରୁଥାନ୍ତି, ଆଉ ଛିଟା ଛିଟା ସୂର୍ଯ୍ୟ କିରଣ ପଡ଼ୁଥାଏ ସେମାନଙ୍କ ଉପରେ। ଲାଇବ୍ରେରୀର ରିସେପସନ ଡେସ୍କ ପାଖରୁ କାଚ ଦୁଆର ପଛ ପଟୁ ଅଜୟ ସବୁଦିନ ଉପରବେଲା ଦେଖେ ସେମାନଙ୍କୁ। ଗଲା ଦୁଇମାସ ହେଲା ପ୍ରତି ଶନିବାର ସେମାନେ ଏମିତି ଆସନ୍ତି।

ଅଜୟର ବି ଦେଖୁ ଦେଖୁ ଅଭ୍ୟାସରେ ପଡ଼ି ଗଲାଣି। ତେଣୁ ଶନିବାର ଉପରବେଳା ଦୁଇଟା ବାଜିବା ପୂର୍ବରୁ ସେ ଚାହିଁ ରହେ ସେଇ ରାସ୍ତା ପଟକୁ। ସେମାନଙ୍କୁ ଦେଖିବା ସାଙ୍ଗ ସାଙ୍ଗ ବି ଉପଭୋଗ କରେ ସୂର୍ଯ୍ୟ ଆଲୁଅର ଗଛ ପତ୍ର ସାଙ୍ଗ ଲୁଚା ଛପା ଖେଳକୁ। ସେମାନେ ଟିକେ ଲାଇବ୍ରେରୀ ପାଖ ହେଇ ଆସିଲେ ବେଶୀ ସ୍ପଷ୍ଟ ଦେଖାହୁଏ ଯେ ସେମାନେ ହାତ ଧରା ଧରି ହେଇ, ପାଦରେ ପାଦ ମିଳେଇ, ଗପି ଗପି ଆସୁଥାନ୍ତି। ଭଦ୍ରବ୍ୟକ୍ତି ଜଣକ ପ୍ରାୟତଃ ଧଳା ରଙ୍ଗର ପୋଷାକ ପିନ୍ଧିଥାନ୍ତି, ଆଉ ଭଦ୍ର ମହିଳା ଜଣକ ନୀଳ ରଙ୍ଗର। ଦୁହିଁଙ୍କ ଯୋଡ଼ି ବହୁତ ସୁନ୍ଦର ଲାଗେ ଅଜୟକୁ। ବେଳେ ବେଳେ ଅଜୟ ଦେଖିଛି ଦୁଇ ଜଣ ଚାଲୁ ଚାଲୁ ଜୋରରେ ହସୁବି ଥାଆନ୍ତି। ରାସ୍ତା ସେପଟରେ ପହଞ୍ଚି ଭଦ୍ରମହିଳା ଜଣକ ରାସ୍ତା ପାରିହେବା ବଟନକୁ ଚାପିଦେଇ ପୁଣି କଥାବାର୍ତ୍ତା ଆରମ୍ଭ କରିଦିଅନ୍ତି। ଯେତେବେଳ ରାସ୍ତା ପାରିହେବାର ସଙ୍କେତ ଆସେ ସେମାନେ ସାଙ୍ଗ ହେଇ ରାସ୍ତା ପାରି ହୁଅନ୍ତି। ଦୁଇଜଣ ଯାକ ଲାଇବ୍ରେରୀ ଦୁଆର ପର୍ଯ୍ୟନ୍ତ ଆସନ୍ତି। ଲାଇବ୍ରେରୀ ଭିତରକୁ ପଶିବା ପୂର୍ବରୁ ଭଦ୍ର ମହିଳା ଜଣକ ଠିଆ ହେଇ କିଛି ସମୟ ତାଙ୍କୁ କଣ କଣ ସବୁ କହନ୍ତି। ଭଦ୍ରବ୍ୟକ୍ତି ଜଣକ ତାଙ୍କ କଥା ଶୁଣୁ ଶୁଣୁ ସମ୍ମତି ଜଣେଇଲା ପରି ମୁଣ୍ଡ ହଲାଉଥାନ୍ତି। ତାପରେ ଭଦ୍ରବ୍ୟକ୍ତି ଜଣକ ରିସେପସନରେ ଲାଇବ୍ରେରୀ କାର୍ଡ଼ ଦେଖେଇ ଲାଇବ୍ରେରୀ ଭିତରକୁ ପଶିଗଲା ପରେ, ଭଦ୍ରମହିଳା ଜଣକ ଫେରିଯାନ୍ତି ସେଇ ପଟ ରାସ୍ତା ଆଡ଼କୁ। ଦୁଇ ଜଣ ଯାକ ପ୍ରାୟ ପାଖା ପାଖି ବୟସର ଲାଗନ୍ତି। ସେମାନଙ୍କୁ ଦେଖି ଅଜୟ ଭାବେ ସେମାନେ ସ୍ୱାମୀ ସ୍ତ୍ରୀ ହୋଇ ପାରନ୍ତି। ଲାଇବ୍ରେରୀକୁ ପଶିଲା ବେଳେ ଭଦ୍ରବ୍ୟକ୍ତିଙ୍କ ସାଙ୍ଗରେ ଅଜୟର ପ୍ରାୟ ଦେଖା ହୁଏ। ଆଖିରେ ଆଖି ପଡ଼ିଲା ମାତ୍ରେ ତାଙ୍କ ମୁହଁରେ ଛୋଟ ହସଟିଏ ଖେଳିଯାଏ। ପାଖା ପାଖି ଛଅ ଫୁଟ ଉଚ୍ଚତାର ବହୁତ ଅମାୟିକ ଭଦ୍ରବ୍ୟକ୍ତି ଜଣଙ୍କ ମୁହଁରେ ସେ ହସଟା ବହୁତ ମାନେ। ଆଉ ସେମିତି ହସି ହସି ସେ କହନ୍ତି – ଗୁଡ଼ ଆପ୍ଟରନୁନ ୟଙ୍ଗ ମ୍ୟାନ। ଅଜୟ ବି ହସି ହସି ଗୁଡ଼ ଆପ୍ଟରନୁନ କହେ। ଭଲ ଲାଗେ ଅଜୟକୁ ଏମିତି ଜଣେ ଖୁସିବାସିଆ ଲୋକ ଦେଖି। ଲାଇବ୍ରେରୀକୁ ପ୍ରତିଦିନ ବହୁତ ଲୋକ ଆସନ୍ତି। କିନ୍ତୁ ଏ ଭଦ୍ରବ୍ୟକ୍ତି ଜଣଙ୍କ ଟିକିଏ ଅଲଗା। କିଛି ଗୋଟିଏ ନିଶ୍ଚୟ ଥିଲା ତାଙ୍କ ପାଖେ, ଯାହାକି ଯେ କୌଣସି ମଣିଷକୁ ଆପଣେଇ ପାରିବ। ଆଉ ସେଇ ଆପଣାର ପଣଟା ହିଁ ଅଜୟକୁ ତାଙ୍କ ଆଡ଼କୁ ଟାଣି ନେଇଥିଲା। ପ୍ରତିଦିନର ଏ ଦେଖା ଚାହାଁରେ କେମିତି ଗୋଟିଏ ଅଜଣା ସମ୍ପର୍କ ବଢ଼ି ଉଠିଥିଲା ତାଙ୍କ ସାଙ୍ଗରେ।

ଲାଇବ୍ରେରୀର ପଚ ଥାକ ପାଖରେ ଯାଇ ବହୁତ ସମୟ ଧରି ଶେକ୍ସପିଅରଙ୍କ ବହି ଗୁଡ଼ିକ ଖେଳେଇବା ତାଙ୍କର ଗୋଟିଏ ନିୟମିତ ଅଭ୍ୟାସ ଥିଲା। କିନ୍ତୁ ସେ

ବହି ଦେଖିବା ଆରମ୍ଭ କରି ଦିଅନ୍ତି ଲାଇବ୍ରେରୀର ପ୍ରଥମ ସେକ୍ସନରୁ। ପ୍ରତି ଥାକରୁ ଗୋଟିଏ ଗୋଟିଏ ବହି କାଢ଼ି ଦେଖନ୍ତି। ପ୍ରାୟ ତିରିଶ-ଚାଳିଶ ମିନିଟ ପରେ ସେ ପହଞ୍ଚି ଯାଆନ୍ତି ଶେଷ୍ଵପିଅରଙ୍କ ବହି ରହିଥିବା ସେକ୍ସନରେ। ଆଉ ପ୍ରାୟ ଘଣ୍ଟାଏ ଉପରେ ରହନ୍ତି ସେଇ ସେକ୍ସନରେ। ପ୍ରତି ବହିକୁ କାଢ଼ି ଆଣି ପ୍ରଥମ କିଛି ପୃଷ୍ଠା ପଢ଼ନ୍ତି। ତା ପରେ ଯତ୍ନର ସହିତ ସେ ବହିକୁ ଥାକରେ ତା ଜାଗାରେ ରଖ଼ି ଦେଇ ଆଉ ଗୋଟିଏ ବହି ଉଠାନ୍ତି। ବହି କାଢ଼ିବା ଆଉ ପୁଣି ରଖ଼ିବା ଶୈଳୀରୁ ଅଜୟ ଜାଣିପାରେ ଭଦ୍ରବ୍ୟକ୍ତି ଜଣଙ୍କ ବହି ସବୁକୁ ବହୁତ ଭଲ ପାଆନ୍ତି। ଏତେ ଦିନ ଲାଇବ୍ରେରୀରେ କାମ କରି କରି ତାର ଏତିକି ଅଭିଜ୍ଞତା ହେଇଛି ଯେ, ବହି ଧରିବା ଆଉ ପଢ଼ିବା ଶୈଳୀରୁ ସେ କହି ଦେଇ ପାରିବ, ଜଣେ ବହିକୁ କେତେ ଭଲ ପାଏ। ଭଲ ପାଉଥିବା କିଛି ଜିନିଷ ସବୁକୁ ବ୍ୟବହାର କଲାବେଲେ ନିଜର ଯତ୍ନଶୀଳତା ଜଣା ପଡ଼ିଯାଏ। କିଛି ସମୟ ବହି ସବୁ ଦେଖ଼ି ଦେଖ଼ି ସେ ଗୋଟିଏ ବହି ଧରନ୍ତି ଆଉ ଲାଇବ୍ରେରୀ ମଝିରେ ଥିବା ପଢ଼ା ଟେବୁଲ ପାଖକୁ ଯାଇ ସେ ବହିକୁ ପଢ଼ନ୍ତି।

ପ୍ରାୟ ଚାରି ଘଣ୍ଟା ପରେ ସେଇ ଭଦ୍ରମହିଲା ଜଣକ ଆସନ୍ତି। ସେ ବି ରିସେପସନରେ କାର୍ଡ ଦେଖେଇ ଭିତରକୁ ଯାଆନ୍ତି। ଏକା ଥିଲାବେଲେ କେମିତି ଅଲଗା ଲାଗନ୍ତି ସେ। ଭଦ୍ରବ୍ୟକ୍ତିଙ୍କ ସାଙ୍ଗରେ ଥିବା ବେଲର ପ୍ରଗଲ୍ଭତା ତାଙ୍କ ପାଖରେ ନଥାଏ। ଅଜୟ ବହୁଥର ଚେଷ୍ଟା କରିଛି ଭଦ୍ରମହିଲାଙ୍କ ସାଙ୍ଗେ ଟିକେ କଥା ହେବା ପାଇଁ। ଉପରେ ପଡ଼ି ବହୁତ ଥର 'ହେଲୋ' ବୋଲି କହିଛି। କିନ୍ତୁ ଭଦ୍ରମହିଲା ଜଣଙ୍କ 'ହେଲୋ' କହି କଥା ନ ବଢ଼େଇ ପଢ଼ା ଟେବୁଲ ପାଖକୁ ଚାଲି ଯାଆନ୍ତି। ସେ ଭଦ୍ରବ୍ୟକ୍ତିଙ୍କ ଭଲି ନୁହନ୍ତି। ମୁହଁଟି ହସ ହସ ହେଲେବି ଭଦ୍ରବ୍ୟକ୍ତିଙ୍କ ପରି ଉପରେ ପଡ଼ି କଥା ହେବାକୁ ବୋଧେ ଚାହାନ୍ତି ନାହିଁ। ପଢ଼ା ଟେବୁଲ ପାଖରେ ବସି ଭଦ୍ରବ୍ୟକ୍ତିଙ୍କ ସହିତ କଣ ଟିକେ କଥା ହୁଅନ୍ତି। ତା ପରେ ଦୁଇ ଜଣ ଯାକ ଆସନ୍ତି ଇସୁ କାଉଣ୍ଟରକୁ ବହିଟିକୁ ନିଜ ନାଁରେ ଇସୁ କରିବା ପାଇଁ। ଏଇ ଲାଇବ୍ରେରୀରେ ବହି ସବୁ ପଦର ଦିନ ପାଇଁ ଇସୁ କରାଯାଏ। କିନ୍ତୁ ବହି ନେବାର ପରଦିନ ଭଦ୍ର ମହିଲା ଜଣକ ସେ ବହି ନେଇ ଆସନ୍ତି, ଆଉ ବହିଟିକୁ ଲାଇବ୍ରେରୀ ବାହାରେ ଥିବା ଡ୍ରପ ବକ୍ସରେ ପକେଇ ଦିଅନ୍ତି। ଆଉ ତା ପର ଶନିବାର ଦିନ ସେମାନେ ପୁଣି ଆସନ୍ତି, ଆଉ ପୁଣି ସବୁ କଥାର ପୁନରାବୃତ୍ତି ଘଟେ।

ଅଜୟ କାମ କରେ ସେ ଲାଇବ୍ରେରୀରେ। ଲାଇବ୍ରେରୀ ସେତେ ବଡ଼ ନୁହେଁ। ତେଣୁ ମାର୍କ, ସାରା ଆଉ ସେ, ତିନି ଜଣ ମିଶି ସବୁ କାମକୁ ଚଲେଇ ନିଅନ୍ତି।

ଲାଇବ୍ରେରିଆନ୍ ମିସେସ ସ୍ମିଥ ତାଙ୍କ ଅଫିସ ଭିତରେ ବସିଥାନ୍ତି। ଲାଇବ୍ରେରୀକୁ ଆସୁଥିବା ଲୋକମାନଙ୍କ ସାଙ୍ଗରେ ତାଙ୍କର କଥାବାର୍ତ୍ତା ପ୍ରାୟ ନଥାଏ। ସାରା ସବୁବେଳେ ଇସୁ ସେକ୍ସନରେ ବସେ। ଇସୁ ସେକ୍ସନ ପୂର୍ବରୁ ପଡ଼େ ରିସେପ୍ସନ ଡେସ୍କ। ଅଜୟ ପ୍ରାୟ ରିସେପ୍ସନରେ ବସେ। ତେଣୁ ସେମାନଙ୍କ ସାଙ୍ଗରେ ପ୍ରତି ଶନିବାର ତାର ଦେଖା ହୁଏ। ଏ ଭିତରେ ଏମିତି ହେଇ ଯାଇଥିଲା ଯେ, ଅଜୟ ପ୍ରତି ଶନିବାର ସେମାନଙ୍କର ଆସିବାକୁ ଚାହିଁ ବସୁଥିଲା। ଆଉ ରବିବାର ଦିନ ରିସେପ୍ସନ ଡେସ୍କ ପାଖରୁ ସେ କାଚ ଦୁଆର ଦେଇ ଅନେଇ ବସୁଥିଲା କେତେବେଳେ ଭଦ୍ର ମହିଲା ଜଣକ ବହିଟିକୁ ଡ୍ରପ ବକ୍ସରେ ଆଣି ପକେଇବେ।

ଦିନେ ସେମାନେ ବହି ଇସୁ କରି ଗଲା ପରେ ଅଜୟ ସେମାନଙ୍କୁ ଅନେଇ ଥିଲା ସେମାନେ ତା ଆଖିର ସୀମା ବାହାରକୁ ଚାଲିଯିବା ପର୍ଯ୍ୟନ୍ତ।

'ଦୁଇଜଣଙ୍କର ବ୍ୟକ୍ତିତ୍ୱ ବହୁତ ସୁନ୍ଦର ନା?' ବାସ୍କେଟ ଭିତରେ ବହି ସବୁ ସଜାଡ଼ି ରଖୁ ରଖୁ ସାରା ପଚାରିଲା।

ଅଜୟ ବୁଲି ଅନେଇଲା ସାରାକୁ। ସେ ଦୁଇ ଜଣଙ୍କ ପ୍ରତି ଅଜୟର କୌତୁହଳତାକୁ ଲକ୍ଷ୍ୟ କରିଛି ସାରା। ସାରା ଜାଣିଛି ଅଜୟ ତା ଆଡ଼କୁ ବୁଲି ଅନେଇଥିବ, ତେଣୁ ତା ଆଡ଼କୁ ନ ଅନେଇ ସେ କହି ଚାଲିଲା

'ଜାଣିଛୁ ଏ ଭଦ୍ର ବ୍ୟକ୍ତି ଜଣକ ଜଣେ ନାମକରା ଇଂରାଜୀ ପ୍ରଫେସର ଥିଲେ। ତାଙ୍କ ନାଁ ଜେମସ ରିଡ଼। ଅବସର ନେବା ପରେ ଏଇ ସହରକୁ ନୂଆ ଆସିଛନ୍ତି। ଭଦ୍ର ମହିଲା ଜଣକ ତାଙ୍କ ସ୍ତ୍ରୀ।'

'ହଁ, ଦୁଇଜଣଙ୍କର ବ୍ୟକ୍ତିତ୍ୱ ବହୁତ ସୁନ୍ଦର। ଯେ କେହି ହେଉନା କାହିଁକି, ଏ ଦୁଇ ଜଣଙ୍କୁ ଭଲ ହିଁ କହିବ। ଇଂରାଜୀ ପ୍ରଫେସର, ସେଇଥି ପାଇଁ ସବୁବେଳେ ଶେକ୍ସପିଅରଙ୍କ ବହି ସବୁ ପଢ଼ୁଛନ୍ତି।'

ଏବେ ସାରା ଅଜୟକୁ ବୁଲି ଅନେଇଲା। ସାରା କିଛି କ୍ଷଣ ଚୁପ ରହିଲା। ତା ଆଖିକୁ ଦେଖି ଅଜୟ ଜାଣି ନେଲା ଯେ ସାରା କିଛି କହିବ ନ କହିବ ଭିତରେ ଅଛି। ଟିକେ ଗମ୍ଭୀର ହେଇ ସାରା କହିଲା

'କିନ୍ତୁ ଗୋଟିଏ କଥା ମୁଁ ବୁଝି ପାରୁନାହିଁ, ସେ କେବଳ ଶେକ୍ସପିଅରଙ୍କ ହାମଲେଟ ବହିଟିକୁ କାହିଁକି ସବୁଥର ଇସୁ କରି ନେଉଛନ୍ତି। ଏତେ ବଡ଼ ବହି ନୁହେଁ ଯେ ତାଙ୍କୁ ପଢ଼ିବାକୁ ସପ୍ତାହେରୁ ଅଧିକା ସମୟ ଲାଗିବ। ସପ୍ତାହେ ବି ରଖୁନାହାନ୍ତି ତା ପରଦିନ ଫେରେଇ ଦେଉଛନ୍ତି। ହୁଏତ ଲାଇବ୍ରେରୀରେ ବହିଟିକୁ ଅନ୍ୟ କିଏ ଖୋଜି ପାରେ ଭାବି ଫେରେଇ ଦେଉଥିବେ।'

ଅଜୟ ପାଇଁ ଏଇଟା ଗୋଟିଏ ନୂଆ ଖବର ଥିଲା। ସେ ଟିକେ ନିର୍ଶ୍ଚିତ ହେବା ପାଇଁ ପଚାରିଲା

'ସତରେ ସେ ହାମଲେଟ୍ ଛଡ଼ା ଆଉ କିଛି ବି ବହି ନେଉ ନାହାନ୍ତି ?'

ମୁଣ୍ଡ ହଲେଇ ନା କହିଲା ସାରା।

ଥରେ ଲାଇବ୍ରେରୀ ଭିତରେ ବୁଲୁ ବୁଲୁ ଅଜୟ ଦେଖିଲା ଭଦ୍ରବ୍ୟକ୍ତି ଜଣଙ୍କ ପଢ଼ା ଟେବୁଲ ପାଖରେ ବସି ବହିଟିଏ ପଢ଼ି ଚାଲିଛନ୍ତି। ସେ ତାଙ୍କ ପାଖକୁ ଯାଇ ତାଙ୍କୁ ପଚାରିଲା

'ମିଷ୍ଟର ରିଡ଼, ଆପଣ କେମିତି ଅଛନ୍ତି ?'

ସେ ମୁହଁ ଉପରକୁ ଉଠେଇ ଅନେଇଲେ ଆଉ ହସ ହସ ମୁହଁରେ କହିଲେ – 'ଭଲ ଅଛି'। ତା ପରେ ହାତ ଠାରି କହିଲେ ତାଙ୍କ ପାଖରେ ବସିବା ପାଇଁ। ଅଜୟ ଯାଇ ତାଙ୍କ ପାଖରେ ବସିଲା। ସେ ପଚାରିଲେ

'ତୁମେ କଣ ଲାଇବ୍ରେରୀର କର୍ମଚାରୀ ?'

ଆଶ୍ଚର୍ଯ୍ୟ ହେଇଗଲା ଅଜୟ। ସବୁଦିନ ରିସେପସନରେ ତାକୁ ଦେଖୁଛନ୍ତି।

ଅଥଚ ଏ ପର୍ଯ୍ୟନ୍ତ ଜାଣିନାହାନ୍ତି ଯେ, ସେ ଏ ଲାଇବ୍ରେରୀର ଜଣେ କର୍ମଚାରୀ ବୋଲି।

'ହଁ, ମୁଁ ଏ ଲାଇବ୍ରେରୀରେ ଦୁଇ ବର୍ଷ ହେଲା କାମ କରୁଛି।'

'ତୁମେ ଲାଇବ୍ରେରୀରେ କାମ କରୁଛ ମାନେ ତୁମକୁ ପଢ଼ିବାକୁ ଭଲ ଲାଗୁଥିବ। ତୁମେ ଶେକ୍ସପିଅରଙ୍କ ଲେଖା ପଢ଼ିବାକୁ ଭଲ ପାଅ ?'

ମୁଣ୍ଡ ହଲେଇ ଅଜୟ କହିଲା – 'ନା ଏତେ ପଢ଼େନି।'

'ତା ହେଲେ ତମେ ଏଇ ବହିରୁ ଆରମ୍ଭ କର। ହାମଲେଟ୍ ଶେକ୍ସପିଅରଙ୍କର ସବୁଠୁ ଭଲ ଲେଖା। ଥରେ ହାମଲେଟ୍ ପଢ଼ିଲେ, ତମେ ଶେକ୍ସପିଅରଙ୍କୁ ଭଲ ପାଇ ବସିବ।'

ଅଜୟ ମୁଣ୍ଡ ହଲେଇ ହଁ ମାରିଲା। ତା ପରେ ରିସେପସନକୁ ଯିବାର ବାହାନା ଦେଖେଇ ତାଙ୍କ ପାଖରୁ ପଲେଇ ଆସିଲା। ଆଉ କିଛି ସମୟ ତାଙ୍କ ପାଖରେ ରହିଲେ, ସେ ସେଇଠି ତାକୁ ବସେଇ ବସେଇ ହାମଲେଟ୍ ପଢ଼େଇଦେବେ।

ତା' ପରଠୁ ସେ ପଢ଼ିଲା ବେଳେ ଶେକ୍ସପିଅରଙ୍କର ବହି ଉପରେ ଭାଷଣ ଶୁଣିବା ଡରରେ, ଅଜୟ କେବେ ନିଜେ ଯାଇ ତାଙ୍କୁ କିଛି ପଚାରେନି। ତଥାପି ଏ ଭିତରେ ଅଜୟର ଆହୁରି କେତେ ଥର ଭଦ୍ରବ୍ୟକ୍ତିଙ୍କ ସାଙ୍ଗରେ ମୁହାଁ ମୁହିଁ ହେଇଛି ସେ ଟେବୁଲ ଉପରେ ବହି ପଢ଼ୁଥିବା ବେଳେ। ଶେକ୍ସପିଅରଙ୍କର ବହି ସବୁ ବିଷୟରେ

କିଛି କିଛି ଶୁଣିଲା ପରେ, କୌଣସି ନା କୌଣସି କାରଣ ଦେଖେଇ ଅଜୟ ସେଠୁ ପଳେଇ ଆସେ। ଆଉ ଦିନେ ଏମିତି ଲାଇବ୍ରେରୀ ଭିତରେ ବୁଲୁ ବୁଲୁ ଅଜୟର ମୁହାଁ ମୁହିଁ ହେଇ ଗଲା ଭଦ୍ରବ୍ୟକ୍ତି ସାଙ୍ଗରେ। ଶେକ୍ସପିଅରଙ୍କର ବହି ଥାକରୁ ବହି ସବୁ ଗୋଟି ଗୋଟି କରି ଦେଖୁଥିଲେ ଭଦ୍ରବ୍ୟକ୍ତି ଜଣଙ୍କ। ଅଜୟ ବାଟ ଭାଙ୍ଗି ପଳେଇବାକୁ ବସିଥିଲା, ସେ କିନ୍ତୁ ପଛରୁ ଡାକିଲେ – 'ୟଙ୍ଗ ମ୍ୟାନ କେମିତି ଅଛ?' ଅଜୟ ଭଲ ଅଛି ବୋଲି କହିଲା।

'କଣ ଶେକ୍ସପିଅରଙ୍କର ବହି ନେବା ପାଇଁ ଆସିଥିଲ? ଆସ ଆସ ମୋର ସରି ଗଲାଣି। ତୁମେ ଏଠି ମୋ ସାଙ୍ଗରେ ବହି ଦେଖି ପାର। ମୋର କୌଣସି ଆପତ୍ତି ନାହିଁ।'

ଭଦ୍ରବ୍ୟକ୍ତିଙ୍କ ଏମିତି କଥାରେ ଟିକେ ଆଶ୍ଚର୍ଯ୍ୟ ହେଇ ଗଲା ଅଜୟ। ଭଦ୍ରବ୍ୟକ୍ତି ଜଣଙ୍କ ତାକୁ ବହି ନେବାକୁ ଆସିଥିବା ଆଉ ଜଣେ କିଏ ବୋଲି ଭାବିଲେ କି? ଥାକ ମାରା ବହି ଗୁଡ଼ିକ ଉପରେ ହାତ ବୁଲେଇ ବୁଲେଇ ସେ ପୁଣି କହିବା ଆରମ୍ଭ କଲେ।

'ଜାଣିଛ ବହି ଗୁଡ଼ିକର ବି ଜୀବନ ଥାଏ। ବହିକୁ ଭଲ ପାଇବା ଶିଖିଲେ, ବହି ଭିତରର ଚରିତ୍ର ସବୁ ତମ ସାଙ୍ଗେ କଥା ହେବା ଆରମ୍ଭ କରିଦେବେ। ମୋତେ ଯେତେବେଳେ କୌଣସି କାରଣରୁ ଅଶ୍ୱସ୍ତି ଲାଗେ, ମୁଁ ବହି ସବୁର ସାହାରା ଖୋଜେ। ବହି ମେଳା ଭିତରେ ରହିଲେ ମତେ ଲାଗେ ମୋ ଚାରିପଟେ ମୋର ସାଙ୍ଗ ସାଥି ମାନେ ଘେରି ରହିଛନ୍ତି। ବହି ଗୁଡ଼ିକୁ ଭଲ ପାଇବା ଶିଖିଲେ, ତା ଭିତରୁ ତମେ ସବୁ ସମସ୍ୟାର ସମାଧାନ ପାଇ ପାରିବ।'

ଅଜୟ ପଳେଇ ଯିବାକୁ ଭାବୁଥିଲା, କିନ୍ତୁ ହଠାତ ଏମିତି ଚାଲି ଯିବାଟା ଅଭଦ୍ରାମି ହେବ ଭାବି କଥା ବୁଲେଇବାକୁ ଯାଇ ତାଙ୍କ ହାତରେ ଥିବା ହାମଲେଟ ବହିଟିକୁ ଦେଖେଇ ପଚାରିଲା

'ମିଷ୍ଟର ରିଡ଼, ଏ ବହିଟା ଆପଣଙ୍କର ଅତି ପ୍ରିୟ ନା?'

ସେ ମୁଣ୍ଡ ଟୁଙ୍ଗାରି ହଁ ମାରିଲେ। ଆଉ କହିଲେ – 'ଆରେ ବାଃ, ତୁମେ ମୋ ନାଁ ବି ଜାଣି ଯାଇଛ।' ମନକୁ ପୁଣି କଣ କୁଟିଲା କେଜାଣି, ଅଜୟ ପୁଣି ପଚାରିଲା।

'ମିଷ୍ଟର ରିଡ଼ ଗୋଟିଏ କଥା ପଚାରିବି। ଆପଣ ଏଇ ହାମଲେଟ ବହିଟାକୁ ଏତେ ଥର ନେଉଛନ୍ତି କାହିଁକି? ଗତ କେତେ ସପ୍ତାହ ହେଲା ଆପଣ ଏ ବହିଟାକୁ ହିଁ କେବଳ ଇସୁ କରୁଛନ୍ତି। ବହିଟା ଏତେ ବଡ଼ ନୁହେଁ ଯେ ପଢ଼ିବାକୁ ଆପଣଙ୍କୁ ଚାରି ସପ୍ତାହ ଲାଗିବ?'

ସେ କିଛି ନ କହି ଅଜୟ ମୁହଁକୁ ଗୋଟିଏ ଅବୁଝା ଚାହାଣି ନେଇ ଅନେଇଲେ

ଯେ, ଅଜୟ ଭାବିଲା ବୋଧହୁଏ ଏମିତି ପ୍ରଶ୍ନ ପଚାରିବାଟା ଠିକ୍ ହେଇ ନାହିଁ। ହୁଏତ ଘରେ ସେ ବହିଟିକୁ ପଢ଼ି ପାରୁ ନାହାନ୍ତି କିମ୍ବା ତାଙ୍କ ପଢ଼ା ସରିବା ଆଗରୁ ସେ ଭଦ୍ର ମହିଳା ଜଣଙ୍କ ବହିଟିକୁ ଫେରେଇ ଦେଉଛନ୍ତି। ଅଜୟ ଆଉ କିଛି ନକହି ଚୁପ ଚାପ ସେଠୁ ଚାଲି ଆସିଲା।

ଅଜୟକୁ ବହି ପଢ଼ିବାକୁ ଭଲ ଲାଗେ। କିନ୍ତୁ ଶେକ୍ସପିଅରଙ୍କ ବହି ସବୁ ଯେମିତି ଇଂରାଜୀରେ ଲେଖା ହେଇଥାଏ, ସେ ଇଂରାଜୀ ତାକୁ ଭଲ ଲାଗେନି। କିନ୍ତୁ ଯା ଭିତରେ ଭଦ୍ରବ୍ୟକ୍ତିଙ୍କର ହାମଲେଟ୍ ପଢ଼ିବା ଦେଖି, ତାର କାହିଁକି ଟିକେ ମନ ହେଲା ହାମଲେଟ୍ ପଢ଼ିବା ପାଇଁ। ପ୍ରକୃତ କଥା ହେଲା ଭଦ୍ରବ୍ୟକ୍ତିଙ୍କର ବ୍ୟକ୍ତିତ୍ୱ ଏମିତି ଯେ ସେ ସହଜରେ କାହାକୁ ବି ପ୍ରଭାବିତ କରି ପାରିବେ ଆଉ ଇଚ୍ଛା ଜଗେଇ ପାରିବେ ବହିଟିଏ ପଢ଼ିବା ପାଇଁ। ସେଇଥି ପାଇଁ ବୋଧହୁଏ ସେ ଜଣେ ଭଲ ଇଂରାଜୀ ପ୍ରଫେସର ଥିଲେ। ହାମଲେଟର ଗୋଟିଏ କପି ରିସେପସନ ପାଖରେ ରଖି ସେ ପଢ଼ିବାକୁ ଆରମ୍ଭ କଲା। ଗୋଟିଏ ଶନିବାର ସେ ହାମଲେଟ୍ ବହିଟି ଧରି ପଢୁଛି ଭଦ୍ରମହିଳା ଜଣଙ୍କ ଆସିଲେ। ତାର ଗତାନୁଗତିକ ଶୈଳୀରେ ଅଜୟ ତାଙ୍କୁ ଗୁଡ଼ ଆଫ୍ଟରନୁନ କହିଲା। ସେ ବି ଗୁଡ଼ ଆଫ୍ଟରନୁନ କହିଲେ, କିନ୍ତୁ ଅନ୍ୟ ଦିନ ଭଳି ଚାଲି ନଯାଇ ତା ହାତରେ ହାମଲେଟ୍ ବହିଟିକୁ ଦେଖି ପଚାରିଲେ

'ତୁମକୁ ଶେକ୍ସପିଅରଙ୍କ ବହି ପଢ଼ିବାକୁ ଭଲ ଲାଗେ ? ହାମଲେଟ୍ ପଢୁଛ ମାନେ ଶେକ୍ସପିଅର ଭଲ ହିଁ ଲାଗୁଥିବେ।'

'ନା ମୋତେ ଶେକ୍ସପିଅରଙ୍କ ଇଂରାଜୀ ପଢ଼ିବାକୁ ସେତେ ଭଲ ଲାଗେନି। କିନ୍ତୁ ମିଷ୍ଟର ରିଡ୍କର ହାମଲେଟ୍ ପଢ଼ା ଦେଖି ଆଉ ତାଙ୍କ ସାଙ୍ଗେ କଥା ହେଲା ପରେ, ମୋର ବି ଟିକେ ମନ ହେଉଛି ଶେକ୍ସପିଅରଙ୍କ ବହି ପଢ଼ିବାକୁ। ଏବେ ହାମଲେଟରୁ ଆରମ୍ଭ କରିଛି।'

ବହୁତ ଖୁସି ହେଇଗଲେ ଭଦ୍ରମହିଳା ଜଣଙ୍କ, ଆଉ ହସି ହସି କହିଲେ – 'ବହୁତ ଭଲ। ବହୁତ ଭଲ।'

ଗୋଟିଏ ଶନିବାର ସେମାନେ ଆସିଲେ ନାହିଁ। ଅଜୟ ରିସେପସନ ଡେସ୍କ ପାଖରୁ ଅନେଇ ବସିଥିଲା। ଉପରବେଲା ପାଞ୍ଚଟା ବାଜି ଯାଇଥିଲା। ଅଜୟ ଜାଣିଗଲା ସେମାନେ ଆଉ ଆସିବେ ନାହିଁ। ଏମିତିରେ ସାତଟାରେ ଲାଇବ୍ରେରୀ ବି ବନ୍ଦ ହେବ। ଏଇ ଦୁଇ ମାସ ଭିତରେ ଏଇଟା ଥିଲା ପ୍ରଥମ ଶନିବାର ଯେଉଁଦିନ ସେମାନେ ଆସି ନଥିଲେ। ହୁଏତ ସହର ବାହାରକୁ ଯାଇଥାଇ ପାରନ୍ତି। ସବୁ ଶନିବାର ଲାଇବ୍ରେରୀ ଆସିବାଟା କିଛି ଜରୁରୀ ନ ଥାଇପାରେ ତାଙ୍କ ପାଇଁ।

କାଲି ରବିବାର ବି ଆସି ପାରନ୍ତି । ଅଜୟ ତା ନିୟମିତ କାମରେ ମନ ଦେବାକୁ ଚେଷ୍ଟା କଲା । ତା ପରଦିନ ବି ସେମାନେ ଆସି ନଥିଲେ । ଅଜୟ ଜାଣିଥିଲା ସେମାନେ କାର୍ଯ୍ୟଦିବସ ଗୁଡ଼ିକରେ ଆସିବେ ନାହିଁ । ଯଦି ଆସିବେ ତେବେ ଆସନ୍ତା ଶନିବାରହିଁ ଆସିବେ । ତେଣୁ ଅଜୟ ସେମାନଙ୍କ କଥା ମୁଣ୍ଡରୁ କାଢ଼ି ତାର ନିଜ କାମରେ ଲାଗିଗଲା ।

ତା ପର ଶନିବାର ଉପରବେଳା ଅଜୟ ରିସେପସନରେ ବସିଥିବା ବେଳେ କାଚ ଦୁଆର ଦେଇ ଦେଖି ପାରିଲା ସେ ଦୁଇ ଜଣ ପୁଣି ଆସୁଛନ୍ତି । ବହୁତ ଖୁସି ହେଇ ଯାଇଥିଲା ଅଜୟ, ଆଉ ଭଦ୍ରବ୍ୟକ୍ତିଙ୍କୁ ଗତ ଶନିବାର ନ ଆସିବାର କାରଣ ପଚାରିବାକୁ ଚାହୁଁଥିଲା । କିନ୍ତୁ ପଚାରି ପାରିଲା ନାହିଁ । ଭଦ୍ରବ୍ୟକ୍ତିଙ୍କୁ ଛାଡ଼ି ଭଦ୍ରମହିଳା ଫେରିଲା ବେଳେ ଅଜୟ ନିଜକୁ ସମାଲି ନ ପାରି ପଚାରିଲା

'ମିଷ୍ଟର ରିଡ଼ ଗତ ଶନିବାର ଦିନ ଆସି ନଥିଲେ । ବୋଧହୁଏ ବାହାରକୁ ଯାଇଥିଲେ ।'

'ତାଙ୍କର ଡ଼ାକ୍ତରଙ୍କ ପାଖରେ ଚେକ ଅପ ଥିଲା । ତେଣୁ ଆସି ପାରି ନଥିଲେ ।'
'ସବୁ କିଛି ଠିକ ଅଛି ତ ?'
'ହଁ ସବୁ କିଛି ଠିକ ଅଛି ।'
'ମିଷ୍ଟର ରିଡ଼ଙ୍କୁ ଶେକ୍ସପିଅରଙ୍କ ବହି ପଢ଼ିବାକୁ ଭଲ ଲାଗେ ।'
'ହଁ ସେ ଇଂରାଜୀ ପ୍ରଫେସର ଥିଲେ । ତାଙ୍କର ପି.ଏଚ୍.ଡ଼ି. ଶେକ୍ସପିଅରଙ୍କ ଲେଖା ଉପରେ । ଦୁଇ ବର୍ଷ ହେଲା ଅବସର ନେଇଛନ୍ତି ଚାକିରିରୁ । ଆଉ ଛଅ ମାସ ହେଲା ଏଇ ଜାଗାକୁ ଆସିଛୁ ।'

ଭଦ୍ର ମହିଳା ଆଉ କଥା ନ ବଢ଼େଇ ଚାଲିଗଲେ । କିନ୍ତୁ ଏତିକି କଥାବାର୍ତ୍ତା ବି ସେ ଅଜୟ ସାଙ୍ଗରେ ଆଗରୁ କରି ନଥିଲେ । ହୁଏତ ଅଜୟର ହାମଲେଟ ପଢ଼ିବା ଦେଖି ସେ ଟିକେ ତା ସାଙ୍ଗେ ସହଜ ହେଇ ଯାଇଥିଲେ ।

ଏ ସବୁ ଶୁଣିଲା ପରେ ଅଜୟର ଭଦ୍ରବ୍ୟକ୍ତିଙ୍କ ପ୍ରତି ସମ୍ମାନ ବହୁତ ବଢ଼ିଗଲା । ଶେକ୍ସପିଅରଙ୍କ ଲେଖା ଉପରେ ପି.ଏଚ୍.ଡ଼ି. କରିଥିବା ବ୍ୟକ୍ତି ଜଣଙ୍କ ଶେକ୍ସପିଅରଙ୍କ ବହିଟିକୁ ବାରମ୍ବାର ପଢ଼ିବା ସ୍ୱାଭାବିକ । ସମ୍ଭବତଃ ସେ ବହିର କିଛି ନୂଆ ବିଶ୍ଳେଷଣ ସେ କରିବାକୁ ଚେଷ୍ଟା କରୁଥିବେ ।

ଦିନେ ରବିବାର କାଉଣ୍ଟରରେ ବସିଥିବା ବେଳେ ଅଜୟ ଦେଖିଲା ଭଦ୍ରମହିଳା ଜଣଙ୍କ ବହିଟିକୁ ଧରି ଡ୍ରପ ବକ୍ସ ଆଡ଼କୁ ଯାଉଛନ୍ତି । ସେ ବହିଟିକୁ ଡ୍ରପ ବକ୍ସ ଭିତରେ ପକେଇବାକୁ ଚେଷ୍ଟା କରୁଥିଲେ, କିନ୍ତୁ ଡ୍ରପ ବକ୍ସ ପୁରା ଭରି ଯାଇଥିଲା । ତେଣୁ ବହିଟି

ଭିତରକୁ ଯାଉ ନଥିଲା । ଅଜୟ ଦୁଆର ଖୋଲି ବାହାରକୁ ଗଲା ଆଉ ଭଦ୍ର ମହିଲା ଜଣଙ୍କୁ କହିଲା

'ଗୁଡ଼ ମର୍ଷିଙ୍ଗ ମିସେସ ରିଡ଼, ଡ୍ରପ ବକ୍ସଟି ପୁରା ଭରି ଯାଇଛି, ବହିଟି ମୋତେ ଦେଇ ଦିଅନ୍ତୁ, ମୁଁ ନେଇଯିବି । ଆଉ ଆପଣ କେମିତି ଅଛନ୍ତି ? ମିଷ୍ଟର ରିଡ଼ କେମିତି ଅଛନ୍ତି ?'

'ଗୁଡ଼ ମର୍ଷିଙ୍ଗ ଅଜୟ । ବହୁତ ବହୁତ ଧନ୍ୟବାଦ । ଆମେ ସମସ୍ତେ ଭଲ ଅଛୁ । ଆଉ ତୁମର ସବୁ କେମିତି ଚାଲିଛି ?'

ଏ ଭିତରେ ଭଦ୍ରମହିଲା ଜଣଙ୍କ ଅଜୟର ନାଁ ବି ଜାଣି ଯାଇଥିଲେ । ଭଦ୍ରମହିଲା ଜଣଙ୍କ ତାକୁ ତା ନାଁ ଧରି ଡାକିବାଟା, ଭଲ ଲାଗିଲା ଅଜୟକୁ । କଥା ବଢେଇବାକୁ ଯାଇ ଅଜୟ ପଚାରିଲା ।

'ମିଷ୍ଟର ରିଡ଼ ପ୍ରାୟ ପ୍ରତି ଶନିବାର ଏଇ ବହିଟିକୁ ନେଉଛନ୍ତି । ଆପଣ ଏବେ ବହିଟିକୁ ଫେରେଇଦେବେ । କିନ୍ତୁ ମିଷ୍ଟର ରିଡ଼ ଆସନ୍ତା ଶନିବାର ଦିନ ଆସି ଏଇ ବହିଟାକୁ ପୁଣି ଇସୁ କରିବେ । ମିଷ୍ଟର ରିଡ଼ କଣ ପୁରା ବହିଟିକୁ ପଢି ପାରୁ ନାହାନ୍ତି ?'

ଏତକ କହି ଦେଇ ଅଜୟ ଭାବିଲା ଭଦ୍ରମହିଲା ଜଣଙ୍କ ହୁଏତ ଖରାପ ଭାବି ପାରନ୍ତି, ଯେ ସେ ଅଯଥାରେ ତାଙ୍କ କଥାରେ ମୁଣ୍ଡ ପୁରାଉଛି । କିନ୍ତୁ ଅଜୟକୁ ନ ଅନେଇ ଭଦ୍ରମହିଲା ଜଣଙ୍କ କହିଲେ – 'ଜିମ ଏ ବହିଟିକୁ ବହୁତ ଥର ପଢ଼ିଛନ୍ତି ।'

ମିଷ୍ଟର ରିଡ଼ଙ୍କ ପ୍ରଥମ ନାଁ ଜେମସ । ତେଣୁ ସେ ମିଷ୍ଟର ରିଡ଼ଙ୍କୁ ଜିମ ଡାକୁଥିଲେ ।

'କିନ୍ତୁ ଅନ୍ୟ ବହି ନ ନେଇ ଏଇ ବହିକୁ ବାରମ୍ବାର ନେଉଛନ୍ତି କାହିଁକି ?'

'ସେଦିନ କହିଥିଲି ନା ଜିମ ଶେକ୍ସପିଅରଙ୍କ ବହି ଉପରେ ପି.ଏଚ.ଡ଼ି. କରିଛନ୍ତି । ତାଙ୍କୁ ଶେକ୍ସପିଅରଙ୍କ ବହି ପଢିବାକୁ ବହୁତ ଭଲ ଲାଗେ । ଆଉ ହାମଲେଟ ତାଙ୍କ ଅତି ପ୍ରିୟ ।'

'ହଁ ଯେ, ମୁଁ ଗତ ଦୁଇ ମାସ ହେଲା ଦେଖୁଛି, ସେ କେବଲ ଏଇ ହାମଲେଟ ବହିଟି ନେଉଛନ୍ତି । ଆପଣ ତା ପର ଦିନ ଆସି ବହିଟିକୁ ଫେରେଇ ଦେଉଛନ୍ତି । ଲାଇବ୍ରେରୀର ନିୟମ ହିସାବରେ ଆପଣ ପନ୍ଦର ଦିନ ବହିଟିକୁ ରଖ୍ ପାରିବେ ।'

ଅଜୟ ଜଣେଇ ଦେବାକୁ ଚେଷ୍ଟା କରୁଥିଲା ଯେ ସେ ଏମିତି ସବୁ ରବିବାର ବହି ଫେରେଇବା ଦରକାର ନାହିଁ ।

'ତାଙ୍କର ବହି ଥାକରେ ହାମଲେଟବି ଅଛି । ତେଣୁ ବହିଟିକୁ ପନ୍ଦର ଦିନ ରଖିବା କିଛି ଦରକାର ନାହିଁ ।'

ଆଶ୍ଚର୍ଯ୍ୟ ହୋଇ ଅଜୟ ଅନେଇଲା। ଭଦ୍ରମହିଳାଙ୍କ ମୁହଁକୁ ଆଉ ଭାବି ଚାଲିଥିଲା
– 'ବହି ଯଦି ଘରେ ଅଛି ଲାଇବ୍ରେରୀରୁ ଇସ୍ୟୁ କରି ନେବାର ଅର୍ଥ କଣ?'

ଭଦ୍ରମହିଳା ଜଣଙ୍କ ବୋଧେ ବୁଝି ପାରିଲେ ଅଜୟର ମନ ଭିତରର ଦ୍ୱନ୍ଦକୁ
ଆଉ କହିଲେ।

'ଆସନ୍ତା ଶନିବାର ଦିନ ଯେବେ ସେ ପୁଣି ଲାଇବ୍ରେରୀକୁ ଆସିବେ, ସେ
ଭୁଲିଯାଇଥିବେ ଯେ ଗତ ସପ୍ତାହରେ ସେ ହାମଲେଟ୍ ପଢ଼ିଥିଲେ। ତୁମକୁ ଯେଉଁ ପ୍ରତି
ଶନିବାର ସେ ଦେଖୁଛନ୍ତି, ସେ ଭାବୁଥିବେ ପ୍ରଥମ ଥର ପାଇଁ ତୁମକୁ ଭେଟୁଛନ୍ତି।
କାରଣ ସେ ଜଣେ ଅଲ୍‌ଜହେଇମର ରୋଗୀ।'

ଅଜୟ ଭଦ୍ରମହିଳାଙ୍କ ମୁହଁକୁ ବଲ୍‌ବଲ୍ କରି ଅନେଇଥିଲା। କିଛି ନ କହି ସେ
ହାତ ବଢ଼େଇଲା ହାମଲେଟ୍ ବହିଟିକୁ ଭଦ୍ରମହିଳାଙ୍କ ହାତରୁ ନେବା ପାଇଁ।

SWAPNA LATA RATH

ସ୍ୱପ୍ନ ଲତା ରଥ

ସ୍ୱପ୍ନଲତା ରଥ ଅମଲାପଡ଼ା, ଢେଙ୍କାନାଳରେ ଶୈଶବ ଓ ଆଦ୍ୟଯୌବନ ଅତିବାହିତ କରିଛନ୍ତି । ଢେଙ୍କାନାଳ ମହାବିଦ୍ୟାଳୟରୁ ଦର୍ଶନ (ସମ୍ମାନ) ସ୍ନାତକ ସାରିବା ପରେ, ଉକ୍ରଳ ବିଶ୍ୱବିଦ୍ୟାଳୟରୁ ଦର୍ଶନ ଶାସ୍ତ୍ରରେ ସ୍ନାତୋକ୍ତର ଓ ଅନୁଗୋଳ ବି.ଇଡ଼ି କଲେଜରୁ ବି.ଇଡ଼ି କରିବା ପରେ କିଛି ବର୍ଷ ଶ୍ରୀଅରବିନ୍ଦ ପୂର୍ଣ୍ଣାଙ୍ଗ ଶିକ୍ଷାକେନ୍ଦ୍ରରେ ଶିକ୍ଷାଦାନ କରିଛନ୍ତି । ଢେଙ୍କାନାଳରେ ଥିବାବେଳେ ସନ୍ଧ୍ୟାତାରା ସାହିତ୍ୟ ସଂସଦର ଆଜୀବନ ସଭ୍ୟ ଭାବେ ସାହିତ୍ୟ ସେବା ସହିତ ସଂସଦର ସାଙ୍ଗଠନିକ କାର୍ଯ୍ୟରେ ସକ୍ରିୟ ଭାଗ ନେଉଥିଲେ । ସଂଗଠିକା ଭାବେ ଉତ୍ତର ଆମେରିକାର ବିଭିନ୍ନ କବିତା ଆସରର ପରିଚାଳନା କରିବା ସହ ନାଟକ ରଚନା ଓ ନିର୍ଦ୍ଦେଶନାରେ ରୁଚି ରଖନ୍ତି । ଉତ୍ତର ଆମେରିକାରେ ଓଡ଼ିଆ ଭାଷା ଓ ସାହିତ୍ୟର ସେବା ଓ ସମୃଦ୍ଧି ପାଇଁ ଯଥାସାଧ୍ୟ ପ୍ରୟାସ କରନ୍ତି ।

ଆଶୀର୍ବାଦ

ଏୟାରପୋର୍ଟରୁ ବାହାରି ଗାଡ଼ି ହାଇଓ୍ୱେ ଉପରକୁ ଆସିବା ବେଳକୁ ଆରତୀ ଆଖିରୁ ଟପ୍ ଟପ୍ ହୋଇ ଲୁହ ଝରିଗଲା, ଚେଷ୍ଟାକଲେବି ସେ କାନ୍ଦ ବନ୍ଦକରି ପାରିଲା ନାହିଁ । ସୁମନ୍ତ ଥଟ୍ଟାକଲେ, "ଅଠର ବର୍ଷ ବାହାହେଲା ପରେ ବି ନୂଆ ବାହା ହେଇ ବାପା ମା'ଙ୍କୁ ଛାଡ଼ି ଶାଶୁଘର ଗଲାପରି କାନ୍ଦୁଛ ? ମାଡ଼ାମ୍! ଆପଣ ନିଜ ଘରକୁ ଯାଉଛନ୍ତି, ଯେଉଁଠି ଆପଣଙ୍କର ଏଇ ଅଧମ ସ୍ୱାମୀ ଆଶ୍ରୟ ନେଇଛି ମାତ୍ର" । ପଛରୁ ମିଲି କହୁଥିଲା "Mom don't forget what Aee said… ସେ ଦୂରରେ ଥିଲେ ବି ତାଙ୍କ ମନ ଆଉ ପ୍ରାନ ସବୁବେଳେ ଆମୋ ପାଖୋରେ ଅଛି" । ପୂରା ଓଡ଼ିଆରେ ଏକାସାଙ୍ଗରେ ଧାଡ଼ିଏ!!! ଆରତୀର ମୁହଁରେ ହସ ଫୁଟି ଉଠିଲା । ସେ କଳ୍ପନା କରିପାରୁନଥିଲା ମିଲିର ଓଡ଼ିଆ କହିବା ଏତେ ଭଲହେଇଯାଇଛି ଏଭିତରେ । ପିଲାବେଳୁ ମିଲିକୁ ଓଡ଼ିଆ ଶିଖେଇ ଶିଖେଇ ବାର ବର୍ଷରେ ସେ ଯାହା କରିପାରିନଥିଲା, ବାପାମା'ଙ୍କର ଛ'ମାସର ରହଣି ଭିତରେ ସେ କାମ ହେଇଗଲା ।

ସୁମନ୍ତ ଗୀତ ଲଗେଇଲେ... ଜଗନ୍ନାଥ ହୋ', ଶୁଣୁ ଶୁଣୁ ଆରତୀ ଗୀତ ଚେଞ୍ଜ କରିବାକୁ କହିଲା। ପିଲାମାନଙ୍କର ପାଟିତୁଣ୍ଡ ଆରମ୍ଭ ହେଇଯିବ। ସେମାନଙ୍କ ପାଟିତୁଣ୍ଡ ଶୁଣିବାକୁ ଏବେ ଯମା ମୁଡ୍ ନାହିଁ ତାର। ପଛରୁ ମଣ୍ଟୁ ପାଟିକଲା, "It is ok mom, don't worry, I have my mp3 on. By the way I love to hear this song when aja sings everynight."। ଏକଥା ପୁଣି ମଣ୍ଟୁ କହୁଚି, ବିଶ୍ୱାସ ଲାଗିଲାନି ଆରତୀକୁ। ଭଜନ କି ପୁରୁଣା ହିନ୍ଦୀଗୀତ ଶୁଣିଲେ ଯାହାର ମୁଣ୍ଡ ଖରାପ ହେଇଯାଏ। ଯା'ହେଉ ବାପାଙ୍କ ଆଶୀର୍ବାଦ।

ଘରେ ଗୁରୁଜନଙ୍କର ଅଭାବ ସବୁବେଳେ ଆରତୀକୁ ଏକ ଶୂନ୍ୟତାବୋଧ ଆଣିଦିଏ। ଅନେକ ବର୍ଷ ତଳେ ସୁମନ୍ତଙ୍କର ବାପା ବୋଉ ଆସିଥିଲେ, ସେତେବେଳେ ମଣ୍ଟୁ ତିନି ବର୍ଷର ମିଲି ବର୍ଷକର ହୋଇଥାନ୍ତି। ଆରତୀ ଓ ସୁମନ୍ତ ଯଥାସାଧ୍ୟ ଚେଷ୍ଟା କରିଥିଲେ ସେମାନଙ୍କୁ ଖୁସି ରଖିବାକୁ। ନୂଆ ଜାଗା ଦେଖି, ନାତି-ନାତୁଣୀଙ୍କ ସାଙ୍ଗରେ ଖେଳିବାର ସୁଯୋଗ ପାଇ ପ୍ରଥମେ ପ୍ରଥମେ ବହୁତ ଖୁସିଥିଲେ ସେମାନେ। ଆସ୍ତେ ଆସ୍ତେ କିନ୍ତୁ ଆପାର୍ଟମେଣ୍ଟର ସଂକୀର୍ଣ୍ଣ ବାତାବରଣ, ଦିପହର ବେଳର ନିଃଶବ୍ଦତା ଭିତରେ ସେମାନେ ଅନିଶ୍ୱାସୀ ବୋଧକଲେ। ସୁମନ୍ତ ପିଏଚଡି କାମରେ ବ୍ୟସ୍ତ ରହୁଥିଲେ। ଆରତୀ ନୂଆ ନୂଆ କାମ ଆରମ୍ଭ କରିଥାଏ। ପିଲାମାନେ ଡେ କେୟାର ଯାଉଥିଲେ। ଶାଶୁଙ୍କ ପାଖରେ ମିଲି-ମଣ୍ଟୁଙ୍କୁ ଛାଡ଼ିଯିବାକୁ ସୁମନ୍ତ ଠିକ୍ ଭାବୁ ନଥିଲେ। ଏମିତିବି ଶ୍ୱଶୁରଙ୍କ ପସନ୍ଦ ଅନୁଯାୟୀ ରନ୍ଧାରନ୍ଧିରେ ତାଙ୍କ ଉପରେ ବହୁତ କାମ ପଡ଼ିଯାଉ ଥିଲା। ଛୋଟ ପିଲାଟିକୁ ବେବିସିଟର ପାଖରେ ଛାଡ଼ି ଆରତୀର କାମକୁ ଯିବା ଶାଶୁ ଶ୍ୱଶୁର ଦୁହିଁଙ୍କୁ ପସନ୍ଦ ନଥିଲା। ଛ'ମାସର ଭିସା ଥିଲେବି ତିନିମାସରେ ଫେରିଗଲେ। ତାପରେ ସେମାନେ କେବେବି ଆମେରିକା ଆସିବା ପାଇଁ ଆଗ୍ରହ ଦେଖେଇନାହାନ୍ତି, ଅଥଚ ସୁମନ୍ତ ତାଙ୍କର ଏକମାତ୍ର ପୁଅ, ତିନି ଝିଅଙ୍କ ତଳେ ସବୁଠୁ ସାନ ପୁଅ। ଆରତୀର ଅନୁରୋଧକୁ ବାରମ୍ବାର ଏଡ଼ାଇ ଦେଇଛନ୍ତି ସୁମନ୍ତ, ସେମାନେ ନିଜେ ନଚାହିଁଲାଯାଏ ଡାକିବେନି କହି। ତିନି ନଣନ୍ଦଙ୍କ ପାଖରୁ ଆରତୀକୁ କିଛି କମ୍ ଶୁଣିବାକୁ ପଡ଼ିନି ସେଥିପାଇଁ।

ଆମେରିକାରେ ଅଠରବର୍ଷର ଘର ସଂସାର ଭିତରେ ବାପାମାଙ୍କର ଏଇ ପ୍ରଥମ ଆଗମନ। ବାପାଙ୍କ ଚାକିରୀ, ସାନ ଭାଇ ଭଉଣୀମାନଙ୍କର ପାଠପଢ଼ା, ବାହାଘର ଭଉଣୀ-ଭାଉଜ ମାନଙ୍କର ଡେଲିଭରୀ ଇତ୍ୟାଦିର କାରଣ ଦେଖାଇ ବାପା, ମା ଆରତୀର ନିମନ୍ତ୍ରଣକୁ ରଖିପାରିନଥିଲେ। ପ୍ରତିଥର ଭାରତ ଗଲାବେଳେ ଆଠ ସପ୍ତାହର ରହଣି ଶାଶୁଘର, ବାପଘର, ବନ୍ଧୁବାନ୍ଧବ, ସପିଂ ଇତ୍ୟାଦି ଭିତରେ ବଣ୍ଟାକୁଟା ହୋଇ କେମିତି

ସରିଯାଏ ଜଣାପଡ଼େନି। ମା'କୁ ମୁଣ୍ଡିଆ ମାରି ବିଦାୟ ନେବା ବେଳେ ଆରତୀ ହିସାବ କରେ ସମୁଦାୟ କେତେ ସମୟ କଟେଇଛି ସତରେ ମା' ସହିତ। ପ୍ରତିଥର ଦେଖିବା ବେଳକୁ ବାପା ମାଙ୍କର ବୟସ ଆଉ ଦୁଇ/ତିନି ବର୍ଷ ବଢ଼ିଯାଇଥାଏ। ଆରତୀ ବ୍ୟସ୍ତହୁଏ ମନେ ମନେ ଭାବେ ସତରେ ସେମାନେ ଆସିବେ, ତା ଘର ସଂସାର ଦେଖିବେ। ଶେଷରେ ତା ସ୍ୱପ୍ନ ସତ ହେଲା ବାପା ମା ଛଅ ମାସ ପାଇଁ ଆସିବାକୁ ରାଜିହେଲେ।

ଛଅ ମାସ! କେତେ ଶୀଘ୍ର ଚାଲିଗଲା ସମୟ। କାଲିପରି ଲାଗୁଛି, ସୁମନ୍ତ ଠଟ୍ଟା କରୁଥିଲେ ବାପା ମା ଆସିବେ ବୋଲି ଝିଅର ପାଦ ତଳେ ଲାଗୁନି। ବାପା ମାଙ୍କର ଭିସା ହେଇଯିବା ଖବର ପାଇବା ପରଠାରୁ ବହୁତ ଖୁସିଥିଲା ଆରତୀ। ସତରେ ସେତେବେଳେ ମନଟା କେମିତି ଉଡୁଥିଲା। ବ୍ୟାକୁଳ ହୋଇ ଅପେକ୍ଷା କରିଥିଲା ସେମାନଙ୍କୁ ଏୟାରପୋର୍ଟରେ ସ୍ୱାଗତ କରିବାର ମୁହୂର୍ତ୍ତକୁ। ମନେ ମନେ ଡରୁଥିଲା ଶାଶୁ, ଶ୍ୱଶୁରଙ୍କ ପରି ବୋର୍ ହେଇ ଫେରିଯିବାକୁ ଚାହିଁବେନିତ! ବାହାଘର ପରେ ଏଇ ପ୍ରଥମ ଥର ପାଇଁ ବାପା ମା'ଙ୍କ ସହିତ ଏକା ସାଙ୍ଗରେ ଏତେଗୁଡ଼ାଏ ଦିନ କଟେଇବାର, ସେମାନଙ୍କ ଯତ୍ନ ନେବାର, ମନଖୋଲା ଗପ କରିବାର ସୁଯୋଗ ମିଳିଲା। ବାହାଘର ପୂର୍ବରୁ ବାପାଙ୍କ ପାଇଁ ଚା, ଜଳଖିଆ ତିଆରି କରିବା ଦାୟିତ୍ୱ ଥିଲା ତାର। ତା ହାତ ତିଆରି ଚାହା ବାପାଙ୍କର ପସନ୍ଦ ଥିଲା ବୋଲି ବହୁତ ଗର୍ବ କରୁଥିଲା ମନେ ମନେ। ସେମାନଙ୍କ ଆଡ୍‌ଜଷ୍ଟମେଣ୍ଟରେ ସୁବିଧା ପାଇଁ ପ୍ରଥମ ଦୁଇ ସପ୍ତାହ ଛୁଟି ନେଇ ଘରେ ରହିଥିଲା। କିନ୍ତୁ ଦ୍ୱିତୀୟ ଦିନରୁହିଁ ମା' ରୋଷେଇ ଘରର ଦାୟିତ୍ୱ ନେଇଗଲା। ବାପା ତା ସାଙ୍ଗରେ ଫାର୍ମର'ସ ମାର୍କେଟ୍ ଓ ଗ୍ରୋସରୀ ଷ୍ଟୋର ଯିବା ଆରମ୍ଭ କରିଦେଲେ। ଚାହୁଁ ଚାହୁଁ ଦୁଇ ସପ୍ତାହ ବନ୍ଧୁବାନ୍ଧବ ମାନଙ୍କ ବିଷୟରେ ଆଲୋଚନା, ମନ୍ଦିର ଦର୍ଶନ, ମଲ୍ ବୁଲା, ଫାର୍ମର'ସ ମାର୍କେଟ ଓ ଗ୍ରୋସରୀ ଷ୍ଟୋରକୁ ଟ୍ରିପ୍ ଆଉ ମା'ର ଓଡ଼ିଆ ପିଠାପଣା, ତରକାରୀ ଇତ୍ୟାଦିର ସ୍ୱାଦ ଭିତରେ କୁଆଡ଼େ ଚାଲିଗଲା। ପ୍ରଥମ ଦିନ କାମରେ ଜମା ମନ ଲାଗିଲାନି, ବାରମ୍ବାର ଘରକୁ ଫୋନ୍ କରିଥିଲା। ପରଦିନ କାମକୁ ବାହାରିଲା ବେଳେ ବାପା ତାଗିଦ୍ କରିଥିଲେ, "ବ୍ୟସ୍ତ ହେବୁନି, ଆମେ ଦରକାର ପଡ଼ିଲେ ଫୋନ୍ କରିବୁ, ତୁ କାମରେ ମନ ଦେ"।

ଘରର ବାତାବରଣ ଆସ୍ତେ ଆସ୍ତେ ବଦଳିବାକୁ ଲାଗିଲା। ଘରର ବାସ୍ନା ଭାନିଲା / ରୋଜ / ଲାଭେଣ୍ଡର୍ ରୁ ଚନ୍ଦନ / ଚମ୍ପା / ଧୂଣାରେ ବଦଳିଗଲା। ସପ୍ତାହରେ ଥରେ ପୂଜା ପାଉଥିବା ଠାକୁରଙ୍କ ଫୋଟୋ ପାଖରେ ସକାଳ ଓ ସଂଜରେ ଦୀପ ଆଉ ଧୂପ ଲାଗିଲା। କିଚେନ୍ ସକାଳୁ ରାତି ଯାଏଁ ବ୍ୟସ୍ତ ରହିଲା। ସୁମନ୍ତ ବି ଏନ୍‌ଜୟ

କରୁଥିଲେ ବାପା ମାଙ୍କ କମ୍ପାନି । ଡାଇନିଂ ଟେବୁଲ୍‌ରେ ବାପାଙ୍କ ସାଙ୍ଗରେ ପଲିଟିକ୍‌ସ୍‌, ଇକୋନୋମିକ୍‌ସ୍‌କୁ ନେଇ ଢେଙ୍କାନାଳରୁ ଡିଙ୍ଗିଶାଳ ଯାଏଁ ଆଲୋଚନା ଆଉ ମାର ସ୍ୱାଦିଷ୍ଟ ହାତରନ୍ଧା ଭିତରେ ଶୀଘ୍ର ବେଡ୍‌କୁ ଯିବାର ଅଭ୍ୟାସ କେତେବେଳେ ବଦଳିଗଲା ସେ ନିଜେ ଜାଣିପାରିଲେନି । ସୁଯୋଗ ଦେଖି ଆରତୀକୁ ଚିଡ଼େଇବାପାଇଁ ମା'କୁ କହୁଥିଲେ, "ମା, ଆପଣ ଝିଅକୁ ରନ୍ଧା ଶିଖେଇଲେନି କାହିଁକି, ଏମିତି ସ୍ୱାଦିଷ୍ଟ ଖାଇବା ମୋତେ ସବୁବେଳେ ମିଳନ୍ତା । ଝିଅ ଜନମ ଚୁଲୀମୁଣ୍ଡକୁ ଏକଥା ମାନିବାକୁ ଆପଣଙ୍କ ଝିଅ ରାଜି ନୁହେଁ ।" ବାପା ହସି ହସି ଉପଦେଶ ଦିଅନ୍ତି, "Way to a ,man's heart is through his stomach." ଆରତୀ ମନେ ମନେ ଗରଗର ହୁଅ, "ହୁଁ କେବେ ରାନ୍ଧିନି... ଏତେବର୍ଷ ପରେ ଏମିତି କଂପ୍ଲେନ୍‌ କରନ୍ତି, ଶାଶୁ, ଶ୍ୱଶୁରଙ୍କ ଆଗରେ ଫୁଲେଇ ହୋଉଛନ୍ତି, ଏତେକାମ ଭିତରେ ଛ' ଟିଅଣ ନ'ଭଜା ରାନ୍ଧିବାକୁ ସମୟ କାହିଁ" ? ସୁମନ୍ତ ବହୁତ ଖୁସି ରହୁଥିଲେ, ଏତେଦିନ ପରେ ଘରଟା ଘର ପରି ଲାଗୁଚି ବୋଲି ଆରତୀକୁ କହୁଥିଲେ । ବାପା ମା' ବୋର୍ ହେବେନି ବୋଲି ଜି.ଟିଭି, ସୋନି ଚାନେଲ୍ ନେଇ ଆସିଲେ । ଆରତୀ ବି ଖୁସି ଥିଲା, ମନେହେଉଥିଲା ସେ ଯେମିତି ସେଇ ସ୍କୁଲ୍ କଲେଜ୍ ପଢ଼ିଲା ବେଳର ଆରତୀ ପାଲଟି ଯାଇଛି ।

ବାତାବରଣ ବଦଳିବା ସାଙ୍ଗରେ କିନ୍ତୁ ପିଲାମାନଙ୍କର ହାବଭାବ ବଦଳିଗଲା । ବାପା ମା'ଙ୍କ ଆସିବା ପରେ ପରେ ସେମାନେ ସଂଧ୍ୟାବେଳେ ବେଶୀ ସମୟ ନିଜନିଜ ରୁମ୍‌ରେ କଟେଇଲେ, ଖାଲି ଗୁଡ୍ ନାଇଟ୍ କହିବାକୁ ଆସନ୍ତି ଯାହା । ଚିକେନ୍ ସାଣ୍ଡଉଇଚ୍, ସ୍ପାଗେଟି, ନୁଡୁଲ୍‌ସ, ପିଜା, ଯାହା ବି ହଉ ଧରିକି ନିଜ ରୁମ୍‌କୁ ପଳାନ୍ତି । ଆରତୀ ଯଦିଓ ବୁଝେ ବାପା, ମା'ଙ୍କ ମନ ଦୁଃଖ ହେଉଛି କିଛି କରିପାରେନି । ମିଲି-ମଣ୍ଟୁଙ୍କ ସହିତ କଥା ହେଲେବି କିଛି ବିଶେଷ ଲାଭ ହେଲାନି । ଟିନ୍ ଏଜର୍ ପିଲା ! ବାପା, ମାଙ୍କ ସହିତ ଓଡ଼ିଆରେ କଥା ହେବାର ବାଧ୍ୟବାଧକତା, ଡାଇନିଂ ଟେବୁଲ୍‌ରେ ସନ୍ତୁଲା, ଘାଣ୍ଟ, ମାଛବେସର ପରି ବିଭିନ୍ନ ପ୍ରକାର ଖାଣ୍ଟି ଓଡ଼ିଆ ଖାଦ୍ୟର ଭିଡ଼ ପାଖରୁ ଦୂରରେ ରହିବାକୁ ସେମାନେ ଉଚିତ୍ ମନେକରୁଥିଲେ । ଆରତୀ ବି ଏତେ ମଞ୍ଜି ଯାଇଥିଲା ଏଇ ନୂଆ ବାତାବରଣ ଭିତରେ ଯେ ଏସବୁ ନୋଟିସ୍ କଲାବେଳକୁ ବହୁତ ଡେରି ହେଇଯାଇଥିଲା । ଦିନେ ସୁମନ୍ତ ବୋଉ ହାତରନ୍ଧା ଚିଙ୍ଗୁଡ଼ି ଘାଣ୍ଟ ଖାଉ ଖାଉ ଖାଉ ବହୁତ ପ୍ରଶଂସା କରୁଥିଲେ । ବାପା କହିଥିଲେ, "ଯେତେଯାହାହେଲେ କଣ ହେବ ନାତିନାତୁଣୀଙ୍କ ମନକୁ ଜିଣିପାରିଲାନି, ତାଙ୍କରି ପାଇଁଟ ଆସିବା କଥା" । ପରଦିନ ସୁମନ୍ତ ମିଲି ମଣ୍ଟୁଙ୍କୁ ଟେବୁଲ୍‌ରେ ବସି ଖାଇବାକୁ କହିଥିଲେ । ମଣ୍ଟୁ ହୋମ୍‌ୱାର୍କର ଥାଲ ଦେଖାଇ ରୁମ୍‌ରେ ଖାଇବ ବୋଲି ଜିଦ୍ କଲା, ସୁମନ୍ତ ବୁଝେଇବାକୁ ଚେଷ୍ଟା କଲେ,

କିନ୍ତୁ ମଣ୍ଡୁ ଯୁକ୍ତିକଲା ଆଉ କିଛି କଥା ନଶୁଣି ରୁମ୍‌କୁ ଚାଲିଗଲା। ମିଲି ଯଦିଓ ଟେବୁଲ୍‌ରେ ବସିଲା, ପୁରା ସମୟ ମୁହଁ ଫୁଲେଇ ବସିଥିଲା। ସୁମନ୍ତ ଚୁପଚାପ୍ ଖାଉଥିଲା। ବାପା, ମା ବି ପୁରା ସମୟ ନୀରବ ରହିଲେ। ସେଇ ନିରବତାର ବୋଝ ଖୁବ୍ ଭାରି ମନେହୋଇଥିଲା ଆରତୀକୁ। ମିଲି ରୁମ୍‌କୁ ଗଲାପରେ ବାପା, ମାଙ୍କ ମୁହଁକୁ ଚାହିଁପାରୁନଥିଲା ସେ। କଣ ଭାବୁଥିବେ ସେମାନେ, କି ଅସଭ୍ୟ ବ୍ୟବହାର ପିଲାମାନଙ୍କର। ରାତିରେ ସୁମନ୍ତଙ୍କ ପାଖରେ କାନ୍ଦି ପକେଇଥିଲା ସେ। ଗଲା ପନ୍ଦରବର୍ଷରେ ଥରେ ବି ପିଲାମାନଙ୍କ ପାଇଁ ସେ ଏମିତି ଲଜ୍ଜାବୋଧ କରିନଥିଲା। ସୁମନ୍ତ ବୁଝେଇଥିଲେ, "ସେମାନେ ଭଲ ଓଡ଼ିଆ କହିପାରନ୍ତିନି, ଆମେ ଚାରିଜଣଙ୍କ ଗପସପ ଭିତରେ ସେମାନେ ବୋଧେ ଇଗ୍ନୋର୍ଡ ଫିଲ୍ କରୁଛନ୍ତି"। ସତକଥା, ଏକଥା କେମିତି ଆରତୀ ବୁଝିନଥିଲା ଯେ ଏଭିତରେ ସେ ପିଲା ଦୁଇଜଣଙ୍କୁ ଏତେ ନେଗ୍ଲେଟ୍ କରିଛି। ନିଜ ଅଜାଣତରେ ପିଲାମାନଙ୍କ ସହ ଏକ ଦୂରତ୍ୱ ସୃଷ୍ଟି ହେଇଯାଇଛି। ପିଲା ଦୁଇଜଣଙ୍କ ପସନ୍ଦ ଅନୁଯାୟୀ ଖାଇବା, ତାଙ୍କ ସାଙ୍ଗରେ ବାହାରକୁ ବୁଲିଯିବା, ତାଙ୍କ ସାଙ୍ଗରେ ଗପସପ କରିବା ସବୁକେମିତି ବନ୍ଦ ହେଇଯାଇଛି। ନିଜେ ବାପା ମା'ଙ୍କ ଝିଅ ହେଉ ହେଉ ନିଜ ପନ୍ଦର ବର୍ଷର ପୁଅ ଆଉ ୧୩ବର୍ଷର ଝିଅଙ୍କ ପାଖରୁ ଦୂରେଇ ଯାଇଛି କେତେବେଲେ। ଏମିତିରେ ତ ସୁମନ୍ତଙ୍କ ପାଖରେ କେବେ ସମୟ ନଥାଏ। ତେଣୁ ଆରତୀ ସବୁବେଲେ ବ୍ୟସ୍ତ ଥାଏ ସେମାନଙ୍କୁ ବିଜି ରଖିବାରେ। ଗଲା ଦୁଇ ତିନି ସପ୍ତାହ ହେଲାଣି ସେ ବ୍ୟସ୍ତ ରହିଯାଇଛି ମା-ବାପାଙ୍କ ସହିତ। ବାପା, ମା ଆସିବା ପୂର୍ବରୁ ପିଲାମାନଙ୍କୁ ବୁଝେଇଥିଲା ସୁନାପିଲା ହେବ, ଜିଦ୍ କରିବନି, ପାଟିତୁଣ୍ଡ କରିବନି, ସେମାନେ ସୁନାପିଲା ହେବାର ଭଲ ରାସ୍ତା ବାଛିନେଇଛନ୍ତି। ସୁମନ୍ତ ସବୁବେଲେ କାମରେ ବ୍ୟସ୍ତ, ଅଫିସ୍ କାମ ନଥିଲେ ଘରେ ରିଲାକ୍ସ କରିବେ, ଘରଭିତରେ କାମ ଖୋଜି ନିଜକୁ ବ୍ୟସ୍ତ ରଖିବେ। ତା ସାଙ୍ଗରେ ଏବେ ଗପ କରିବାକୁ ବାପା ମିଲିଯାଇଛନ୍ତି। ନିଜକୁ ନିଜେ କଥା ଦେଲା କାଲିଠୁ ପୁଣି ପିଲାମାନଙ୍କ କଥା ଆଗ ବୁଝିବ। ସୁମନ୍ତ ଯାହା କହିଲେ ସତକଥା, ଓଡ଼ିଆରେ କଥା ହେବା ପ୍ରୋବ୍ଲେମ୍ ହେଇଯାଉଛି ବୋଧେ। କିନ୍ତୁ ଓଡ଼ିଆ କଥା ବୁଝି ତ ପାରିବେ। ଆଟ୍‌ଲିଷ୍ଟ ବାପାଙ୍କ ସହିତ କଥା ହେଇପାରିବେ। ଏମିତି ଦୂରେଇ ଦୂରେଇ ରହିଲେ ବାପା ମା'ଙ୍କ ସାଙ୍ଗରେ ମିଶି ପାରିବେନି। କିଛିଗୋଟେ କରିବାକୁ ପଡ଼ିବ।

ପରଦିନ ସକାଲୁ ବାପା ମା'ଙ୍କ ପାଖରେ ପିଲାମାନଙ୍କ ବ୍ୟବହାର ପାଇଁ ମନଦୁଃଖ କରି ସେମାନଙ୍କ ପ୍ରୋବ୍ଲେମ୍ ଜଣେଇଥିଲା। ମା' ଆଶ୍ୱାସନା ଦେଇଥିଲେ, ବ୍ୟସ୍ତ ନହେବାକୁ ବୁଝେଇଥିଲା। ପିଲାମାନଙ୍କ କଥା ବୁଝିବାକୁ ଉପଦେଶ ଦେଇଥିଲା।

ଅଫିସ୍ ଯିବା ଆଗରୁ ଆରତୀ ଫ୍ରିଜରୁ ଚିକେନ୍ ବାହାର କରି ସିଙ୍କରେ ରଖିଥିଲା। ମା' ଚିକେନ୍ ଖାଏନି, ସେଥିପାଇଁ ତାକୁ କହିଯାଇଥିଲା ଚିକେନ୍ ରାନ୍ଧିବାକୁ ବ୍ୟସ୍ତ ନହେବପାଇଁ। ଘରକୁ ଫେରିବାବେଳକୁ କିନ୍ତୁ ଚିକେନ୍ କରି ହେଇସାରିଥିଲା। ଆରତୀ କିଛି କହିବା ଆଗରୁ ମା' କହିଥିଲା, "ବ୍ୟସ୍ତ ହେବୁନି, ଯମା ରାଗ ପଡ଼ିନି, ପିଲାମାନେ ଖାଇବା ପରେ ରାଗ ପକେଇଦେବି"। ସେଦିନ ପ୍ରଥମ ଥର ପାଇଁ ମଣ୍ଟୁ-ମିଲି ମା'ର ହାତରନ୍ଧା ଖାଇଥିଲେ। ସେମାନେ ଖୁସିରେ ଖାଉଥିବା ଦେଖି ମା ମୁହଁରେ ଖୁସିର ଝଲକ ସ୍ପଷ୍ଟ ଦେଖାଯାଉଥିଲା। ତା'ପରଠାରୁ ମା' ମିଲି ମଣ୍ଟୁଙ୍କ ପସନ୍ଦ ଅନୁସାରେ କିଛିନା କିଛି ରାନ୍ଧିବାକୁ ଆରମ୍ଭ କଲା। କୋଉଠୁ ଏତେ ନୂଆ ରେସିପି ଶିଖିଥିଲା କେଜାଣି। ମିଲି-ମଣ୍ଟୁ ପ୍ରତିଥର ଆଇଠୁ ରେସିପି ରଖିବାକୁ ରିମାଇଣ୍ଡ କରିବାକୁ ଭୁଲୁନଥିଲେ।

ଧୀରେ ଧୀରେ ଘରର ପରିସ୍ଥିତି ବଦଳିବାକୁ ଲାଗିଲା। ସନ୍ଧ୍ୟାବେଳେ ଅଜା ଆଇ ନାତି ନାତୁଣୀଙ୍କ ହସଖୁସିରେ ଜମିଲା। କେବେକେବେ ବାପା ମିଲି-ମଣ୍ଟୁକୁ ହୋମୱାର୍କରେ ସାହାଯ୍ୟ କଲେ। ଆଇର ଖାଣ୍ଟି ଓଡ଼ିଆକୁ ବୁଝିବା ନାତି-ନାତୁଣୀଙ୍କୁ ଅସୁବିଧା ହେଲାନି କି ନାତିନାତୁଣୀଙ୍କର ଖଣ୍ଟି ଓଡ଼ିଆ ବୁଝିବା ପାଇଁ ଅଜା ଆଇଙ୍କର ଅସୁବିଧା ହେଲାନି। ଶନିବାର ରବିବାର ବୁଲାବୁଲିରେ ଯାଏ, କେବେ ଓଡ଼ିଆ ବନ୍ଧୁମାନଙ୍କ ଘର ତ କେବେ ସାଇଟ୍ ସିଂ ରେ, କେବେ ପୁଣି ଲଙ୍ଗ୍ ଉଇକ୍ଏଣ୍ଡରେ ଲଙ୍ଗଟ୍ରିପ୍। ଏ ବୟସରେ ବି ବାପା, ମା ବୁଲିବାକୁ ଭଲ ପାଉଥିଲେ, ନୂଆଜାଗା ଦେଖି ବହୁତ ଖୁସି ହେଉଥିଲେ। ଆମେରିକାର ପର୍ଯ୍ୟଟନ ସୁବିଧାର ଶତମୁଖ ପ୍ରଶଂସା କରନ୍ତି ବାପା। ବାପାଙ୍କର ଖୁସି ଆଉ ଉସାହ ଦେଖିଲେ ଆରତୀର ଯାତ୍ରାଜନିତ କ୍ଲାନ୍ତି ଦୂର ହେଇଯାଏ। ସୁମନ୍ତ ଡ୍ରାଇଭ୍ କରିବାକୁ ଭଲ ପାଆନ୍ତି, ତେଣୁ ବାହାରକୁ ଯିବା ପ୍ଲାନ୍ କରିବା ବିଶେଷ ଅସୁବିଧା ହୁଏନି। ଯେତେ କମ୍ ସମୟର ପ୍ଲାନ୍ ହେଇଥିଲେବି ମା' ପୁରା ଟ୍ରିପ୍ ପାଇଁ ଘରତିଆରି ଖାଇବା ରେଡ଼ି କରିଦେଉଥିଲା। ବାହାରେ ଖାଇବା ସେମାନଙ୍କୁ ଭଲ ଲାଗୁନଥିଲା। ସୁମନ୍ତ ଏନ୍ଜୟ କରୁଥିଲେ ଘରତିଆରି ଖାଇବା। କିନ୍ତୁ ପିଲାମାନଙ୍କୁ ପସନ୍ଦ ନଥିଲା ସେସବୁ। ସେମାନେ ଜିଦ୍ କରୁଥିଲେ ଫାଷ୍ଟଫୁଡ୍ ପାଇଁ। ତାକୁ ସପୋର୍ଟ କରି ଅସୁବିଧାରେ ପଡ଼ୁଥିଲା ଆରତୀ। ପିଲାମାନଙ୍କୁ ଖରାପ ଅଭ୍ୟାସ କରେଇଛି ବୋଲି ବାପାମା'ଙ୍କଠାରୁ ଗାଲି ଶୁଣିବା ବେଳେ ସୁମନ୍ତ ଆରତୀକୁ ଚାହିଁ ହସୁଥାନ୍ତି। ରାଗ ଲାଗୁଥିଲେବି କହିପାରେନି ଯେ ଏଇ ଅଭ୍ୟାସ ପଛରେ ଏଇ ସୁମନ୍ତଙ୍କର ହାତ। ତାଙ୍କର ମହାମନ୍ତ୍ର 'ଯେ ଦେଶ ଯାଇ ସେ ଫଳ ଖାଇ'। ଲଙ୍ଗଟ୍ରିପ୍ ଗୁଡ଼ାକରେ ଅଶାନ୍ତିର ବଡ଼ କାରଣ ଥିଲା ଗୀତ। ବାପା-ମା କହିବେ ଭଜନ ଲଗା,

ମିଲି-ମଣ୍ଟୁ ଚାହିଁବେ ହିନ୍ଦିମୁଭି ଗୀତ ନହେଲେ ପପ୍ ମ୍ୟୁଜିକ୍, ଆଉ ସୁମନ୍ତ ଲଗେଇବେ ପୁରୁଣା ହିନ୍ଦୀ ଗୀତ। ସେଇ ବାହାନାରେ କିନ୍ତୁ ମିଲି ମଣ୍ଟୁ ଡାଡ଼ିଙ୍କୁ ମନେଇ ଏମ୍‌ପିଥ୍ରି ହାସଲ କରିପାରିଲେ।

ଚାହୁଁ ଚାହୁଁ ପିଲାମାନଙ୍କର ସମର ଭେକେସନ୍ ଆସିଗଲା। ଏତେବର୍ଷ ପରେ ପ୍ରଥମ ଥର ପାଇଁ ପିଲାମାନଙ୍କ ପାଇଁ ସମର୍‌ଭେକେସନ୍‌ରେ ଏନ୍‌ଗେଜ୍‌ମେଣ୍ଟ ନେଇ ଆରତୀ ନିଶ୍ଚିନ୍ତ ଥିଲା। ବାପା ମା' ଘରେ ଅଛନ୍ତି ତେଣୁ ପିଲାଙ୍କ ପାଇଁ ଆଉ ବିଶେଷ କିଛି ଚିନ୍ତା ନାହିଁ।

କେତେଟା ଇଭିନିଂ କ୍ଲାସ୍‌ଯିବା ଛଡ଼ା ପ୍ରାୟ ଘରେ ରହିବେ। ବେଶୀ ସମୟ ଅଜାଆଇଙ୍କ ପାଖରେ ରହିଲେ ପିଲାମାନେ ଓଡ଼ିଆ ଶିଖିଯିବେ ଆଉ ବାପାମାଙ୍କ ଦିପହର ବେଳାର ଏକୁଟିଆ ଭାବ ବି ଦୂରହେଇଯିବ ଭାବି ଖୁସି ଥିଲା ଆରତୀ। ପ୍ରଥମ କିଛିଦିନ ବେଶ୍ ଭଲରେ ଗଲା। ଆସ୍ତେ ଆସ୍ତେ ଦୁଇପକ୍ଷରୁ ମୃଦୁ ଅଭିଯୋଗ ଆରମ୍ଭ ହେଇଗଲା, "ତୋ ପିଲାମାନେ ଖାଲି ଟିଭି ଦେଖୁଛନ୍ତି, କଥା ଶୁଣୁନାହାନ୍ତି, ମଣ୍ଟୁ କିଛି ନକହି ବାହାରକୁ ପଳେଇଲା, ମିଲି ଘଣ୍ଟା ଘଣ୍ଟା ଫୋନ୍‌ରେ ଗପୁଛି", "ଅଜା ଇଜ୍ ସ୍ନୋରିଂ ଟୁ ମଚ୍, ଟେଲ୍ ହିମ ନଟ୍ ଟୁ ସ୍ଲିପ୍ ଅନ୍ ଦି କାଉଚ୍, ଆଇ ଇଜ୍ ଅଲଉଏଜ୍ ଟେଲିଂ ଇଟ୍ ଇଟ୍" ଇତ୍ୟାଦି ଇତ୍ୟାଦି। ତା' ଭିତରେ ବି ବନ୍ଧୁତ୍ୱ ଗଢ଼ିଉଠୁଥିଲା। ଭାଷା ଆଉ ଏକ ସମସ୍ୟା ନଥିଲା। ଯଦିଓ ଆଇ ସାଙ୍ଗରେ ଏତେ ଗପସପ ଜମୁନଥିଲା, ଅଜାଙ୍କ ସାଙ୍ଗରେ ମଣ୍ଟୁର ଗପସପର ଜୁଆର ଛୁଟୁଥିଲା। ସୁମନ୍ତ ବାପାଙ୍କୁ ଠଟ୍ଟା କରୁଥିଲେ, "ମୁଁ ଭାବୁଥିଲି ବାପାଙ୍କ ପାଖରୁ ପିଲା ଓଡ଼ିଆ ଶିଖିବେ, କିନ୍ତୁ ବାପାତ ଓଡ଼ିଆ କହୁନାହାନ୍ତି। ନାତି ନାତୁଣୀଙ୍କୁ ହାତ କରିବାପାଇଁ। ମାତୃଭାଷାକୁ ପାସୋରିଯିବେ ଶେଷରେ"। ସୁମନ୍ତ କି ଆରତୀ ଯଦି ପିଲାଙ୍କୁ ଓଡ଼ିଆରେ କଥାବାର୍ତ୍ତା କରିବାକୁ ମନେ ପକାନ୍ତି, ବାପା ହସି ହସି ଉତ୍ତର ଦିଅନ୍ତି, "ହୃଦୟର ଭାବକୁ ପ୍ରକାଶ କରିବାପାଇଁ ବା ବୁଝିବା ପାଇଁ ମାତୃଭାଷା ଲୋଡ଼ା ନୁହେଁ, ସବୁଭାଷାର ସେ ଶକ୍ତି ରହିଛି, ସେଥିପାଇଁ ଲୋଡ଼ା ଶ୍ରଦ୍ଧା ଆଉ ଆନ୍ତରିକତା। ଜୋର୍ ଜବରଦସ୍ତିରେ ଶ୍ରଦ୍ଧାର ଅଭିବୃଦ୍ଧି ହୁଏନା, କ୍ଷୟ ହୁଏ। ସେମାନେ ଓଡ଼ିଆ ନକହିପାରିଲେ କଣ ହେଲା, ମୁଁ ତ ଇଂରାଜୀ କହୁଛି। ତାଙ୍କ ଆଉ ତ ତାଙ୍କ ସାଙ୍ଗରେ ଓଡ଼ିଆରେ ଏକତରଫା କଥାବାର୍ତ୍ତା ଚଳେଇଛି। ମିଲି କି ମଣ୍ଟୁର ମନ କଥା ଜାଣିବାରେ ତାର କିଛି ଅସୁବିଧା ହଉନି। ତୁମେତ ପିଲାଙ୍କୁ ଆମେରିକାନ୍‌ମାନଙ୍କ ମେଲରେ ବଢ଼େଇଲ, ସେମାନେ ନିଜ ଭାବକୁ ପ୍ରକାଶ କରିବାକୁ ତାଙ୍କ ଭାଷାକୁ ମାଧ୍ୟମ କଲେ, ମୋ ବିଚାରରେ ଏଥିରେ ତାଙ୍କର ଦୋଷ ନାହିଁ"।

ଆସ୍ତେ ଆସ୍ତେ ଆରତୀ ହୃଦୟଙ୍ଗମ କରିଥିଲା, ଘର, ପରିବାର, ସମାଜ ଓ

ଜୀବିକାର ଛେଦାଛେଦି ଜାଲ ଭିତରେ ତା' ବ୍ୟସ୍ତ ବିବ୍ରତ ଜୀବନ ଶୈଳୀକୁ ନେଇ ବାପା-ମାଙ୍କ ମନରେ ଅନେକ ପ୍ରଶ୍ନବାଚୀ। ବାପା କୁହନ୍ତି, "ଆମର ସେଠି ଏବେ ମର୍ଡର୍ଷ୍ଟ ଏଜ୍‌ର ସବୁ ସୁବିଧା ହେଇଗଲାଣି, ରହିବାକୁ କିଛି ଅସୁବିଧା ହେବନି। ଏଠି ଗୁଡ଼ାଏ ଅଚିହ୍ନା ଲୋକଙ୍କ ମେଳରେ ପଡ଼ି ରହିଛ କାହିଁକି, ଏଥର ଫେରି ଚାଲ। ପାଠ ପଢ଼ିବାକୁ ଆସିଥିଲ, ପଢ଼ାସରିଲା, ବେଶ୍‌ କିଛିଦିନ ଚାକିରୀ ବି କରିଲ, ଆମେରିକାନ୍‌ ବିଲାସ ବ୍ୟସନ ଭୋଗ କଲ, ମଜ ମଜ୍‌ଲିସ୍‌ କରିଲ, ଏଥର ଫେରି ଚାଲ"। ଚେଷ୍ଟା କରିବି ଆରତୀ ବୁଝେଇପାରେନା ସେମାନଙ୍କୁ, ଉତ୍ତର ଦେଇପାରେନି ତାଙ୍କ କାହିଁକିର ପ୍ରଶ୍ନକୁ। ନିଜ ସମ୍ପର୍କୀୟ, ନିଜ ଜନ୍ମମାଟି, ଜନ୍ମରୁ ପରିଚିତ ବାତାବରଣ, ସବୁଥିରୁ ଦୂରରେ ରହି ନିଜ ଅସ୍ତିତ୍ୱ, ନିଜ ପରିଚୟର ସୁରକ୍ଷା ପାଇଁ ଏ ସଂଘର୍ଷର କାରଣ ସେ ନିଜେ ତ ବୁଝିନି ଏଯାଏଁ, ଆଉ କାହାକୁ ବୁଝେଇବ କ'ଣ! କିଛି ପାଇବାକୁ ହେଲେ କିଛି ହଜେଇବାକୁ ହୁଏ, କିନ୍ତୁ ସେ ନିଜେ ହିସାବ ରଖିନି କେତେ ହଜେଇଛି ଆଉ କେତେ ପାଇଛି। ଅନେକ ଖୁସିର ମୁହୂର୍ତ୍ତ ଆସିଛି ଅଥଚ ନିଜ ଆତ୍ମୀୟ ସ୍ୱଜନଙ୍କୁ ସେ ଖୁସି ବାଣ୍ଟିବାର ସୁଯୋଗ ମିଳିନି। ଅନେକ ଦୁଃସହ ସମୟ ଆସିଛି, ଦୁଃଖକୁ ଛାତିତଳେ ଚାପିଦେଇ ଆଗକୁ ବଢ଼ିଯିବାକୁ ହେଇଛି। ସମୟ ଅଟକିଯାଇନି ମୁହୂର୍ତ୍ତକ ପାଇଁ। ମୁହୂର୍ତ୍ତ ମୁହୂର୍ତ୍ତ ହୋଇ କେତେବେଲେ ଅଠରବର୍ଷ ଚାଲିଯାଇଛି। ଅଠରବର୍ଷ ଭିତରେ ସାତ ଆଠ ଥର ଇଣ୍ଡିଆ ଯାଇଛି। ସମ୍ପର୍କୀୟ ଓ ଆତ୍ମୀୟ ସ୍ୱଜନଙ୍କର ଉପସ୍ଥିତିକୁ ଉପଭୋଗ କରିବାର ସୁଯୋଗ ପାଇଛି। କିନ୍ତୁ ସୁଯୋଗକୁ ମନଭରି ଉପଭୋଗ କରିବା ପୂର୍ବରୁ ପୁଣି ନିଜକର୍ମସ୍ଥାନକୁ ଫେରିଆସିବାକୁ ହେଉଛି। କିନ୍ତୁ ସେ କେବେ ଆପତ୍ତି କରିନି, ଜୀବନର ବାସ୍ତବତାକୁ ମାନିନେବାକୁ କୁଣ୍ଠାବୋଧ କରିନି। ଏଥିପାଇଁ ସୁମନ୍ତଙ୍କ ସହଯୋଗ ତାକୁ ସବୁବେଲେ ଶକ୍ତି ଆଉ ସାହସ ଦେଇଛି। ଅଧ୍ୟାୟ ପରେ ଅଧ୍ୟାୟ ହୋଇ ଜୀବନର ପୃଷ୍ଠା ଓଲଟି ଯାଇଛି।

ସୁମନ୍ତଙ୍କର ପିଏଚ୍‌ଡି ଆଉ ନୂଆ ନୂଆ ଜବ୍‌, ନିଜର ମାଷ୍ଟର୍ସ, ପ୍ରେଗ୍‌ନାନ୍‌ସି, ଡେଲିଭରି, ପିଲାମାନଙ୍କର ଡାଇପରଡେଜ୍‌, ଟଡ୍‌ଲର୍‌ ଟାଇମ୍‌, ପ୍ରି ସ୍କୁଲ ତା' ସାଙ୍ଗରେ ସବୁକୁ ସୁବିଧା ହେଲା ପରି ନିଜ ପାଇଁ ଜବ୍‌ର ଅନ୍ବେଷଣ ଭିତରେ ତା' ଘର ସଂସାରର ପ୍ରଥମ ଅଧ୍ୟାୟର ଅନ୍ତଃ ହୋଇଥିଲା ଯେବେ ସେ ଜବ୍‌ ପାଇ ଚାକିରୀରେ ଜଏନ୍‌ କରିଥିଲା। ସୁମନ୍ତ ଯେତେବେଲେ ଗ୍ରିନ୍‌ କାର୍ଡ଼ ପାଇବାପରେ ସ୍ଥିର କରିଥିଲେ ଘର କିଣିବାକୁ ସେତେବେଲେ ତ ନୂଆ ଜବ୍‌, ନିଜର ଏବଂ ପିଲାମାନଙ୍କର ସାଙ୍ଗସାଥୀ, ଏଲିମେଣ୍ଟାରି ସ୍କୁଲ୍‌ ପାଠପଢ଼ା ଏବଂ ଅନ୍ୟାନ୍ୟ ଆକ୍ଟିଭିଟିରେ ଭରପୂର ଦ୍ୱିତୀୟ ଅଧ୍ୟାୟର ଶେଷ ହେଇଥିଲା। ପ୍ରଥମ ଥର ପାଇଁ ଆରତୀ ଅନୁଭବ କରିଥିଲା ଏ ଦେଶ ଆଉ

ତାଙ୍କ ପାଇଁ ବିଦେଶ ନୁହେଁ। ଜନ୍ମଭୂମି ନହେଲେବି ଏ ଦେଶ ତାଙ୍କୁ କିଛି ଅପରଚୁନିଟି ଦେଇଛି, ତାଙ୍କର ଅନେକ ସ୍ୱପ୍ନ ବାସ୍ତବରେ ରୂପାନ୍ତର ହେଇଛି କେବଳ ଏଇ ଦେଶର ସୁବିଧା ସୁଯୋଗ କାରଣରୁ। ବି.ଏସ.ସି ପାସ୍ କରି ବାହାହେବା ପରେ ସେ କେବେ ଭାବି ନଥିଲା ପିଲାଦିନରୁ ମନ ଭିତରେ ବଢ଼ିଥିବା ସ୍ୱପ୍ନଟି ଆଉ କେବେ ସତ ହେବ, ସେ ଚାକିରି କରିବ, ନିଜସ୍ୱ ଏକ ପରିଚୟ ନେଇ ଦୁନିଆ ଆଗରେ ଠିଆ ହେବ। ସୁମନ୍ତଙ୍କ ଉସାହ ପାଇ ସେ ବି ମାଷ୍ଟର୍ସ କରିଲା, ଚାକିରି କଲା। ବିଦେଶରେ, ସମ୍ପୂର୍ଣ୍ଣ ଅପରିଚିତ ସହରରେ ଅଳ୍ପ କେତେଜଣ ପରିଚିତଙ୍କ ଗହଣରେ ସେମାନେ ଏବେ ପ୍ରତିଷ୍ଠିତ। ନିଜର, ପିଲାମାନଙ୍କର ଭବିଷ୍ୟତ ସୁରକ୍ଷା ନେଇ ବିଭିନ୍ନ ଯୋଜନା ଭିତରେ ଇଣ୍ଡିଆ ସବୁବେଳେ ଆଲୋଚନା ପରିସରକୁ ଆସେ। କିନ୍ତୁ ପ୍ରତିଥର ଆଲୋଚନା ବେଳେ ଇଣ୍ଡିଆ ଫେରିଯିବାର ଯୋଜନା କେବଳ ଆଲୋଚନାରେ ସୀମିତ ରୁହେ। ନିତିଦିନିଆ ଜୀବନର ବାସ୍ତବତା ପାଖରେ ଭାବ ପ୍ରବଣତା ହାରିଯାଇ ବାଟବଣା ହୁଏ। ଛୋଟଛୋଟ ସମସ୍ୟାକୁ ନେଇ ମନ ବ୍ୟସ୍ତ ରୁହେ। ଗୋଟିଏ ସମସ୍ୟାର ସମାଧାନ ନହେଉଣୁ, ଆଉଗୋଟିଏ ସମସ୍ୟା ମୁଣ୍ଡଟେକି ଠିଆ ହେଇଯାଏ, ଗୋଟିଏ ଯୋଜନାର ପରିପୂରଣ ନହେଉଣୁ ଆଉ ଗୋଟିଏ ଯୋଜନା ସଫଳତାର ଶୀର୍ଷମଣ୍ଠନ କରିବାକୁ ବ୍ୟାକୁଳ ହୋଇ ଅପେକ୍ଷା କରୁଥାଏ। ଇଣ୍ଡିଆ ଫେରିଯିବାର ଯୋଜନା ସେମାନେ ଏଯାଏଁ କରିପାରି ନାହାନ୍ତି। କିନ୍ତୁ ମନ ଭିତରେ ଇଣ୍ଡିଆ ଫେରିଯିବାର ଆଶାଟିଏ ତଥାପି କୋଉଠି ଲୁଚିରହିଛି ଆରତୀର, ମଝିରେ ମଝିରେ ମନକୁ ଉସୁକାଏ, ପରିବାର ଆୟ୍ମୀୟ ସ୍ୱଜନଙ୍କର ଆକର୍ଷଣ ମନକୁ ବ୍ୟାକୁଳ କରେ। ବିଶେଷ କରି ଏବେ ଯେତେବେଳେ ପିଲାମାନେ ଭାରତୀୟ ସଂସ୍କୃତି, ଓଡ଼ିଆ ସଂସ୍କୃତିକୁ ହତାଦର କରି ଆମେରିକୀୟ ସଂସ୍କୃତିର ଢଙ୍ଗ ରଙ୍ଗକୁ ଆପଣେଇ ନିଅନ୍ତି, ସେତେବେଳେ ବେଶୀ ମନେପଡ଼େ ଭାରତ- ଓଡ଼ିଶା, ଛାଡ଼ିଆସିଥିବା ସମାଜର ରୀତିନୀତି, ଶୃଙ୍ଖଳାର ନିୟମ। କୋଉଠି କିଛି ହିସାବରେ ଭୁଲ ରହିଗଲା ପରି ମନେହୁଏ। କିନ୍ତୁ ସୁମନ୍ତଙ୍କର ଏଥିପାଇଁ କିଛିବି ବିବ୍ରତବୋଧ ଦେଖିନି ସେ। ନିହାତି ଅସମ୍ଭାଳ ଅବସ୍ଥା ନହେଲେ ସୁମନ୍ତ ପାଟି ଖୋଲନ୍ତିନି। ପିଲାମାନଙ୍କୁ ନେଇ ସବୁ ନିଷ୍ପତ୍ତି ଆରତୀ ଉପରେ ଛାଡ଼ିଦେଇ ସେ ନିଶ୍ଚିତ। ଆରତୀକୁ ଏକା ଖୋଜିବାକୁ ହୁଏ ନିଜ ପ୍ରଶ୍ନର ଉତ୍ତର। ଅନେକ ସମୟରେ ଉତ୍ତର ମିଳେନା, ପିଲାଙ୍କ ବୟସ ବଢ଼ିବା ସାଙ୍ଗରେ ନୂଆ ପ୍ରଶ୍ନ, ନୂଆ ଦ୍ୱନ୍ଦ୍ୱ ଭିତରେ ବାଟବଣା ହୁଏ। ଇଣ୍ଡିଆରେ ଥିଲେ ଏମିତି ହେଇନଥାନ୍ତା ସେମିତି ହେଇନଥାନ୍ତା ଭାବି ସନ୍ତୁଳି ହୁଏ ନିଜ ଭିତରେ।

ଦିନେ ମିଲି ବହୁତ ଜିଦ୍ କରିଥିଲା। ସାଙ୍ଗ ଘରକୁ ସ୍ଲିପଓଭର ପାଇଁ ଯିବାକୁ।

ଆମେରିକାନ୍ ସାଙ୍ଗ ନୂଆ ନୂଆ ପରିଚୟ; ସ୍ଲିପ୍‌ଓଭର ପାଇଁ ମନା କରିଥିଲା ଆରତୀ। ବାସ୍ ସେତିକିରେ ମିଲିର ମୁଣ୍ଡ ଖରାପ ହେଇଗଲା। କାନ୍ଦିକାଟି, ପାଟିତୁଣ୍ଡ କରି ଘରକୁ କଂପେଇଲା। ବାପା ମା' ଆଶ୍ଚର୍ଯ୍ୟ ହେଇ ଯାଇଥିଲେ, ଗେହ୍ଲେଇ ମିଲିର ରୁଦ୍ର ରୂପ ଦେଖି। ଆରତୀ ବି କମ୍ ଆଶ୍ଚର୍ଯ୍ୟ ହେଇନଥିଲା, କେବେ ଦେଖିନଥିଲା ମିଲିର ଏମିତି ରୂପ ଆଗରୁ। କିନ୍ତୁ ମନେପଡ଼ିଗଲା 'ଟିନ୍‌ଏଜ୍'। ଗଲା ଦୁଇବର୍ଷ ଧରି ଏଇ ଶବ୍ଦ ଦୁଇଟିର ରାଜତ୍ୱ ଚାଲିଛି ଘରେ। ମଣ୍ଡର ଜିଦ, ସମୟେ ସମୟେ ଅର୍ଥହୀନ ଯୁକ୍ତିତର୍କ, ବେପରୁଆ ଜବାବ୍ ଏବେ ବି ଚାଲିଛି। ମିଲି ଟିନ୍ ଏଜ୍‌ର ଦ୍ୱିତୀୟ ସଂସ୍କରଣ!! କେହିଜଣେ ଥରେ ଉପଦେଶ ଦେଇଥିଲା ଟିନ୍ ଏଜ୍‌ର ପିଲାଙ୍କୁ ସମ୍ଭାଳିବା ପାଇଁ ପ୍ରଥମେ ନିଜକୁ ସମ୍ଭାଳିବା ଦରକାର। କିନ୍ତୁ ବାପା ମା'ଙ୍କ ଉପସ୍ଥିତିରେ ମିଲିର ଏ ପ୍ରକାର ବ୍ୟବହାର ଆଗରେ ନିଜକୁ ସମ୍ଭାଳିବା ସହଜ ନଥିଲା ଆରତୀ ପାଇଁ। ଖୁବ୍ ରାଗିଥିଲା ମିଲି ଉପରେ। ମିଲି ଦୁଇଦିନ ଧରି ନିଜ ରୁମ୍‌ରୁ ବାହାରିଲାନି। ପରେ ଏକ ଅଶ୍ୱସ୍ତିକର ପରିବେଶ ସୃଷ୍ଟି ହେଲା। ସୁମନ୍ତ, ଆଜ୍ ଇଉଜୁଆଲ୍, ମା-ଝିଅଙ୍କ ପ୍ରୋବ୍ଲେମ୍‌ରେ ପଶିବାକୁ ଚାହିଁଲେନି, ବରଂ ଆରତୀକୁ ଉପଦେଶ ଦେଇଥିଲେ ଗିଲ୍‌ଟି ଫିଲ୍ ନକରି ମିଲିକୁ ଟାଇମ୍ ଦେବା ପାଇଁ। ମା ବାପା କଣ ଭାବୁଥିବେ ଭାବି ଖରାପ ଲାଗୁଥିଲା ଆରତୀକୁ। ମା' ନିଜ ଆଡ଼ୁ ତାକୁ ବୁଝେଇଥିଲା, ମିଲିକୁ ବୁଝେଇବାପାଇଁ ବାଧ୍ୟ କରିଥିଲା। ଆରତୀ ମା' ପାଖରେ ନିଜକୁ ସମ୍ଭାଳି ପାରିନଥିଲା। ଛୋଟପିଲାଙ୍କ ପରି କାନ୍ଦିପକେଇଥିଲା। ଅନେକଦିନରୁ ଛାତିତଳେ ବାନ୍ଧିହୋଇ ରହିଥିବା ପ୍ରଶ୍ନ ସବୁ ମା'ପାଖରେ ଆପଣାଛାଏଁ ଫିଟିବାକୁ ଲାଗିଲେ। ମା' ବୁଝେଇଥିଲା, "ଜେନେରେସନ୍ ଗ୍ୟାପ୍, ବୟସର ଦୋଷ ସବୁକାଳେ ରହିଥିଲା ସବୁକାଳେ ରହିବ। ପିଲାମାନେ ଚାରିପାଖେ ଯାହା ଦେଖିବେ ସେସବୁକୁ ଅନୁସରଣ କରିବେ, ଶିଖିବାକୁ ଚେଷ୍ଟା କରିବେ। ସେଇଥରୁ ଦୁନିଆର ଭଲ ମନ୍ଦ ଜାଣିବେ ନିଜେ ନବୁଝିଲା ଯାଏଁ ବୁଝିବେନି ଭୁଲ୍ କ'ଣ, ଠିକ୍ କ'ଣ। ସେଥିରେ ତାଙ୍କର କିଛି ଦୋଷ ନାହିଁ। ଏତ ସୃଷ୍ଟିର ନିୟମ। କିନ୍ତୁ ତୋତେ ଅନ୍ତର୍ଦୃଷ୍ଟିକୁ ଜାଗ୍ରତ ରଖିବାକୁ ପଡ଼ିବ। ସେମାନଙ୍କୁ ସ୍ନେହର ଶୃଙ୍ଖଳରେ ବାନ୍ଧି ରଖିବାକୁ ହେବ। କିନ୍ତୁ ଏତେ ଜୋରରେ ନୁହେଁ ଯେ ସେମାନେ ଅନିଃଶ୍ୱାସୀ ହେଇ ମୁକ୍ତିପାଇଁ ଆଉ କାହାର ଆଶ୍ରୟ ନେଇ ନିଃଶ୍ୱାସ ମାରିବାକୁ ବାଟଖୋଜିବେ"। ଆରତୀ ଉତ୍ତର ଦେଇଥିଲା, "ଇଣ୍ଡିଆରେ ଆମେ ଯେଉଁ ପରିବେଶରେ, ଯେଉଁ ସାମାଜିକ ଶୃଙ୍ଖଳା ଭିତରେ ବଢ଼ିଥିଲୁ ସେଇ ପରିବେଶରେ ପିଲାଙ୍କୁ ବଢ଼େଇବା ସହଜ ହେଇଥାନ୍ତା ନିଶ୍ଚୟ, ଏଠି ପିଲାଙ୍କୁ ଠିକ୍‌ରେ ବଢ଼େଇବା ବହୁତ କଷ୍ଟ"। ମା' ହସି ହସି ଉତ୍ତର ଦେଇଥିଲା,

"ଏଇ ସମାଜରେ ବଢ଼ିବା, ସାମାଜିକ ଚଳଣିକୁ ଅନୁକରଣ କରିବା ପଛରେ ହାତ ରହିଛି ତୁମମାନଙ୍କର ନିଷ୍ଠୁଡ଼ି, ସେମାନଙ୍କ ଆଗରୁ ତୁମେ ଏ ସମାଜକୁ ଆଦରି ନେଇଛ। ନିଜକୁ ସୁହେଇଲାଭଳି ସବୁ ସୁବିଧା ସୁଯୋଗକୁ ଉପଭୋଗ କରିଛ। ଅନେକଦିନରୁ ନିଜ ଦେଶ ଛାଡ଼ି ଏ ଦେଶକୁ ଆପଣେଇ ନେଇଛ। ତୁ ଯେଉଁ ସମାଜ, ଯେଉଁ ପରିବେଶ କଥା କହୁଛୁ ଆଉ ସେ ସମୟ ନାହିଁ, ପରିବେଶ ନାହିଁ, ଏବେ ସେଠିବି ସମାଜର ରଙ୍ଗ ଢଙ୍ଗ ବହୁତ ବଦଳି ଯାଇଛି। ଖାଲି ଏତିକି କଥା ସେଠି ରହୁଥିବା ଲୋକମାନେ ସମୟ ସାଙ୍ଗରେ ତାଳଦେଇ ବଦଳିଯାଇଛନ୍ତି, ଲୋକଙ୍କ ସାଙ୍ଗରେ ସମାଜ ଆଉ ସାମାଜିକ ନିୟମ ବି ସ୍ୱତଃ ବଦଳି ଯାଇଛି। ତୁ ଯେଉଁ ସମୟର କଥା କହୁଛୁ, ସେ ସମୟରେ ତୋର ଭୂମିକା ଆଜି ଏଇ ମୁହୂର୍ତ୍ତରେ ତୋର ଭୂମିକା ଭିତରେ ଆକାଶ ପାତାଳ ପ୍ରଭେଦ। ଆଜି ତୁ ମା' ଭୂମିକାରେ ରହି ତୋ ପିଲାଙ୍କର ସୁରକ୍ଷା ପାଇଁ ଚିନ୍ତା କରୁଛୁ, ସେତେବେଳେ ତୁ ପିଲା ଥିଲୁ, ସେତେବେଳେ ତୋର ଭଲ ମନ୍ଦ ବିଚାର କରିବାର ଶକ୍ତି ନଥିଲା, ସାଙ୍ଗ ସାଥୀଙ୍କର ପ୍ରଭାବରେ, ବାହାର ଦୁନିଆର ଚାପରେ ତୁ ବି ଆପତ୍ତି କରୁଥିଲୁ, ଅଭିଯୋଗ କରୁଥିଲୁ। ଶୃଙ୍ଖଳାର ଆଉଆଲରେ ତୋ ସୁରକ୍ଷା ପାଇଁ ଆମକୁ ସଜାଗ ରହିବାକୁ ହେଉଥିଲା। ସେଇ ଏକା ସମାଜ, ସେଇ ଏକା ମାଟି ପାଣି ପବନ ଭିତରେ ବି ଅନେକ ନୂଆ ପ୍ରଶ୍ନ ନେଇ ସମୟ ଆମ ପାଖରେ ଠିଆ ହୋଇଯାଉଥିଲା। ପ୍ରଶ୍ନର ଉତ୍ତର ଖୋଜିବା ପାଇଁ, ସମସ୍ୟାକୁ ସମାଧାନ କରିବା ପାଇଁ ଆମେ ସମସ୍ତେ ବାଟ ଖୋଜୁଥିଲେ, ସମୟ ସହିତ ସଂଗ୍ରାମ କରୁଥିଲେ। କିନ୍ତୁ ଠିକ୍ ବାଟ ବତେଇବାର ଦାୟିତ୍ୱ ଥିଲା ଆମର। ସବୁବେଳେ ସଫଳତା ମିଳୁଥିଲା ତା ନୁହେଁ, କିନ୍ତୁ ପ୍ରଚେଷ୍ଟା ଜାରି ରହିଥିଲା। ଅଭିଯୋଗ, ଆପତ୍ତି, ଯୁକ୍ତିତର୍କ, ଭୁଲ୍ ବୁଝାମଣା ଭିତରେ ବି ପିଲାଙ୍କ ପାଇଁ, ଘରର ଶାନ୍ତି ପାଇଁ ଧୈର୍ଯ୍ୟ ଧରିବାକୁ ହେବ, ସେମାନଙ୍କ ଭୁଲ୍ ପାଇଁ କ୍ଷମା କରିବାକୁ ପଡ଼ିବ, ଦୃଢ଼ ହୋଇ ସମାଧାନର ବାଟ ଖୋଜିବାକୁ ହେବ"।

ମା କୋଳରେ ମୁଣ୍ଡ ରଖି ଆରତୀ ଚୁପ୍ ଚାପ୍ ଶୋଇ ଶୋଇ ଭାବୁଥିଲା, "କେଜାଣି ସତରେ ତାକୁ ସମାଧାନର ରାସ୍ତା ସବୁବେଳେ ମିଳିବ କି ନାହିଁ, ସତରେ କ'ଣ ସୁରୁଖୁରୁରେ ପିଲାଙ୍କୁ ମଣିଷ କରିପାରିବ ସେ।" ଆଖିଖୋଲି ମା'ର ମୁହଁକୁ ଚାହିଁଲା ସେ। ଆରତୀର ମୁଣ୍ଡ ଆଉଁସିଦେଇ ମା ହସି ହସି କହୁଥିଲା, "ତୁ ଏଠି ଘୋଡ଼ା ଚଢ଼ାଉରୁ ଘାସ କଟା ଯାଏଁ ସବୁ କାମ ଭିତରେ ବ୍ୟସ୍ତ ରହି ଯେଉଁ ଚିନ୍ତାରେ ଘାରି ହେଉଛୁ, ଇଣ୍ଡିଆରେ ଥାଇ ଚାକର, ପୂଜାରୀ, ଡ୍ରାଇଭର, ବନ୍ଧୁ, ବାନ୍ଧବଙ୍କ ଘେରରେ ରହି ତୋ ଭଉଣୀ ଆଉ ଭାଉଜ, ସେଇ ଏକା ମନ୍ତ "ପିଲାଙ୍କୁ ମଣିଷ କେମିତି

କରିବୁ” ଘୋଷୁଛନ୍ତି ଅହରହ । କିନ୍ତୁ ଆହୁରି ଚାଲିବାକୁ ହେବ ଏବେଠୁ ଥକିପଡ଼ିଲେ ଚଲିବନି । ବ୍ୟସ୍ତ ହୋ’ନା, ଧୈର୍ଯ୍ୟ ଧର ।”।

“ବ୍ୟସ୍ତ ହୋ’ନା, ଧୈର୍ଯ୍ୟ ଧର” । ଚାରିଟି ଶବ୍ଦରେ ଯେମିତି ଚାରିଯୁଗର ଆଶୀର୍ବାଦ ଢାଲିହେଇଗଲା ଆରତୀ ଉପରେ । ଏଇତ ସଂସାରର ନିୟମ, ଜୀବ ଥିଲା ଯାଏଁ ବାପା ମା’ଙ୍କୁ ଧୈର୍ଯ୍ୟର ସହିତ ସନ୍ତାନର ସୁରକ୍ଷା ପାଇଁ ମାନସିକ, ଶାରୀରିକ ଉଭୟ ସ୍ତରରେ ସଂଗ୍ରାମ ଜାରି ରଖିବାକୁ ପଡ଼ିବ । ସବୁ ଝଡ଼ଝଞ୍ଜା ଭିତରେ ପରିବାରର ଶାନ୍ତି ପାଇଁ ଶାନ୍ତ ରହି ଶକ୍ତି ସଞ୍ଚୟ କରିବାକୁ ହେବ । ସତରେ ଆହୁରି ଅନେକ ବାଟ ବାକି ରହିଛି । ଏ ବୟସରେ ବି ବାପା ମା’ ଟାଙ୍କ ସଂଗ୍ରାମ ଜାରି ରଖିଛନ୍ତି, ସମୟ ସାଙ୍ଗରେ ନିଜକୁ ଖାପ ଖୁଏଇ ପିଲାମାନଙ୍କର ଖୁସିରେ ଖୁସି ରହି ଶାନ୍ତିର ବାର୍ତ୍ତା ବାଣ୍ଟୁଛନ୍ତି । ଆରତୀ ହାତ ଯୋଡ଼ି ଜଗନ୍ନାଥଙ୍କୁ ମନେ ମନେ ପ୍ରାର୍ଥନା କଲା, “ପ୍ରଭୁ ମୋତେ ଧୈର୍ଯ୍ୟ ଦିଅ, ଶକ୍ତି ଦିଅ”।

“କାହାକୁ ନମସ୍କାର କରୁଛ ?”, ପଚାରିଲେ ସୁମନ୍ତ । ପ୍ରକୃତିସ୍ଥ ହେଲା ଆରତୀ । ଏ ଭିତରେ ସେମାନେ ଆସି ଘରେ ପହଞ୍ଚିଗଲେଣି । ଗାଡ଼ିରୁ ଓହ୍ଲେଇ ମିଲି ଗେହ୍ଲେଇ ହେଇ ପଚାରୁଥିଲା “ସୋନିଆ ଘରକୁ ଯାଇ ପାରିବି ?”

ଗାଡ଼ିରୁ ଓହ୍ଲେଇ ଓହ୍ଲେଇ ମନ୍ଟୁ ଆବୃତ୍ତି କରୁଥିଲା ବାପାଙ୍କର ପ୍ରିୟ ପଂକ୍ତି, “ବୈକୁଣ୍ଠୋ ସମାନ ଆହା ଅତେ ସେଇ ଘରୋ, ପରସ୍ପରେ ସ୍ନେହୋ ଯହିଁ ଥାଏ ନିରନ୍ତୋରୋ ।”

ମନ୍ଟୁର ଓଡ଼ିଆ କବିତା ଆବୃତ୍ତି ଶୁଣି ଆରତୀ ସୁମନ୍ତଙ୍କୁ ଚାହିଁଲା । ସୁମନ୍ତ ହସୁଥିଲେ । ସେ ହସ ସଞ୍ଚରିଆସିଲା ଆରତୀର ଓଠକୁ ।

“ଘର କେତେ ଖାଲି ଖାଲି ଲାଗୁଛି, ଛ ମାସର ଘୋ ଘୋ ଭିତରେ ସମୟ କୁଆଡ଼େ ପଲେଇଲା ସତରେ”, କହିଲେ ସୁମନ୍ତ ।

କବାଟ ଖୋଲୁ ଖୋଲୁ ଆରତୀ ଭାବୁଥିଲା ଛ’ମାସ ଶୀଘ୍ର ଚାଲିଗଲା ସିନା କିନ୍ତୁ ଏଇ ଛ’ମାସର ସ୍ମୃତି ସାରା ଜୀବନ ପାଇଁ ଆଶୀର୍ବାଦ ହେଇ ରହିବ ତା ପାଇଁ ତା ପରିବାର ପାଇଁ ।

MANOJ PANDA

ମନୋଜ ପଣ୍ଡା

ମନୋଜ ପଣ୍ଡା, ଜଣେ ଗଭୀର ଚିନ୍ତକ, ସୂକ୍ଷ୍ମବେଦୀ ଗଳ୍ପକାର ଓ ଅନନ୍ୟ କଥାଶିଳ୍ପୀ। ଭାରତ ଓ ଆମେରିକାରୁ ଇଞ୍ଜିନିୟରିଂ ଓ କମ୍ପ୍ୟୁଟର ବିଜ୍ଞାନରେ ଉଚ୍ଚଶିକ୍ଷା ଲାଭ କରିଥିବା ଏହି ବୈଜ୍ଞାନିକ ମନ, ଜୀବନ ଘଟଣାବଳୀର ଗଭୀର ଅର୍ଥ ବୁଝିବାରେ ଏକ ଅନନ୍ୟ ଦୃଷ୍ଟିକୋଣ ରଖନ୍ତି। ତାଙ୍କ ଗଳ୍ପ ଗୁଡ଼ିକ କେବଳ ଘଟଣା ବର୍ଣ୍ଣନା ନୁହେଁ– ସେମାନେ ମନୁଷ୍ୟର ଆଭ୍ୟନ୍ତରିକ ସଂଘର୍ଷ, ଆଶା, ଭୟ, ଭାବନା ଓ ଆତ୍ମସନ୍ଦେହର ଏକ ଗଭୀର ବିମ୍ବ ଅଙ୍କନ କରେ। ବେଶ କିଛି ବର୍ଷ ଧରି ସରକାରୀ ଓ ବେସରକାରୀ ମଞ୍ଚରେ ତାଲମେଲ ରଖିଥିବା ସତ୍ତ୍ୱେ ତାଙ୍କ ହୃଦୟ ଅନୁବାଦ ହୁଏ ଗଳ୍ପର ଅଭିବ୍ୟକ୍ତିରେ। ପ୍ରତି ଗଳ୍ପରେ ସେ ଜୀବନର ଏକ ଅନୁଶୀଳନ କରନ୍ତି– ଯାହା ବେଳେବେଳେ ଆତ୍ମସାକ୍ଷାତକାର ଭଳି ଲାଗେ, ବେଳେବେଳେ ଜୀବନ ଉପରେ ପୁନଃ ଚିନ୍ତନ କରିବା ପାଇଁ ବାଧ୍ୟ କରେ। ମନୋଜଙ୍କ କଥାଗୁଡ଼ିକ କେବଳ ଗଳ୍ପ ନୁହେଁ– ଏଗୁଡ଼ିକ ହେଉଛି ଜୀବନର ଅନ୍ତଃସ୍ୱର, ଅନୁଭୂତିର ରେଖାଚିତ୍ର ଓ ଅନ୍ତର୍ଯାତ୍ରାର ଦିଗଦର୍ଶନ। ସେ ଗଳ୍ପ ମାଧ୍ୟମରେ ଜଣେ ଶ୍ରୋତାକୁ ନିଜ ଅନ୍ତର ଜଗତ ସହିତ ପୁନଃ ସଂଲାପ କରିବା ପାଇଁ ଅନୁପ୍ରେରିତ କରନ୍ତି।

ଶୀତୁଆ ସକାଳର ଦିନଟିଏ

ଅସରାଏ ବର୍ଷା ହୋଇ ଛାଡ଼ି ଯାଇଛି। ଅକ୍ଟୋବର ମାସ। ଥଣ୍ଡା ଟିକେ ଟିକେ ହେଲାଣି। ନ୍ୟୁୟର୍କ ସହର। କିଛି ଦିନ ପରେ ବରଫ ପଡ଼ିବ। ଆଜି ଟିକେ ସହଳ ଫର୍ଚ୍ଚା ହେଇ ଗଲାଣି। ଦୀପଙ୍କର ତାର କନଡୋ ବାହାର ଉପର ଫ୍ଲୋର ଝରକାର ମୋଟା ପରଦା ଆଢେଇ ବାହାରକୁ ଚାହିଁଲା। ବ୍ୟାୟାମ ସମୟ। ଦୀପଙ୍କରର ଡାକନାମ ଦୀପୁ। ପିଲାଦିନୁ ବହୁତ ଈଶ୍ୱର ବିଶ୍ୱାସୀ। କଟକରେ ପିଲାଦିନରୁ ଭଲ ଅଭ୍ୟାସ ଆପଣେଇଛି। ସକାଳ ସାଢେ ଚାରି ବ୍ରହ୍ମ ମୁହୂର୍ତ୍ତରେ ଉଠି ଆସନ ପ୍ରାଣାୟାମ ଧ୍ୟାନ ଆଦି କରେ। ଆମେରିକାରେ ଛାତ୍ର ଥିବା ସମୟରେ ଦୌଡ଼ିବା, ଜିମ ଯିବା ଆଦି ଆରମ୍ଭ କରିଛି।

ଆଜି ଉଇକଏଣ୍ଡ। ଅଧିକ ଫାଙ୍କା ସମୟ। ତଳ ପୋର୍ଟରେ ଥିବା ସାଇକେଲ

ବାହାର କଲା । ମୁଣ୍ଡରେ ହେଲମେଟ୍ ଲଗେଇ ସାଇକ୍ଲିଂର ଡ୍ରେସ ପିନ୍ଧି ବାହାରି ଗଲା । ଆଜି ବେଶୀ ସମୟ ବାହାରେ କଟେଇବାକୁ ମିଳିବ । ସ୍ତ୍ରୀ ଜେନିର ସ୍ୱର୍ଗବାସ ପରେ ସେ ଏକୁଟିଆ । ପୁଅ ଦୂର ସହରରେ ଚାକିରି କଲାଣି । ଦିନେ ଅଧେ ତାର ଗାର୍ଲଫ୍ରେଣ୍ଡକୁ ନେଇ ଆସେ । ଦୁଇ ତିନି ଦିନ ରହି ଯାଏ । ପ୍ରତି ସପ୍ତାହରେ ବାପ ପୁଅ ଦୁଇ ତିନି ଥର ଟେଲିଫୋନରେ କଥା ହୁଅନ୍ତି । ହଡ଼ସନ ନଦୀ ତା ମାନହଟ୍ଟନ ଘରଠୁ ବେଶୀ ଦୂର ନୁହେଁ । ନଈ କୂଳେ କୂଳେ ସାଇକେଲ ଚଲେଇ ଯିବ ସେଣ୍ଟ୍ରାଲ ପାର୍କ । ସେଇଠି ୫ କିଲୋମିଟର ଦୌଡ । ତା'ପରେ ବାଟରେ ହେଲଥ ରେଷ୍ଟୋରାଁରେ ସ୍ୱାସ୍ଥ୍ୟକର ମିକ୍ସଡ୍ ଫଳ ପରିବା ସୁଥୁ ପିଇ ଘରକୁ ଫେରିବ । ଏହା ତାର ପ୍ରତି ଶନିବାରର ରୁଟିନ ।

କଅଁଳିଆ ଖରା ପଡ଼ିଗଲାଣି । ସୁଲୁସୁଲିଆ ପବନ ବି ମୁହଁକୁ ସାଉଁଲେଇ ଦେଉଛି । ପାହାନ୍ତି ସୂର୍ଯ୍ୟକିରଣ ହଡ଼ସନ ପାଣିରେ ଚକଚକ କରି ପ୍ରତିଫଳିତ ହେଉଛି । ଏ ଭିତରେ ୮ କିଲୋମିଟର ପାର ହେଇ ଗଲାଣି ଯେ ଜଣା ପଡ଼ିଲାନି । ସେଣ୍ଟ୍ରାଲ ପାର୍କ । ନଭଶ୍ଚୁମ୍ବୀ ଅଟ୍ଟାଳିକା ଅରଣ୍ୟରେ ୮୪୩ ଏକର ସବୁଜ ବନାନୀର ଆଭା । ଅଶାନ୍ତ ସହରର ପ୍ରଶାନ୍ତ ଅବକାଶ । ୧୮୫୮ ମସିହାରେ ଫ୍ରେଡେରିକ୍ ଲମସ୍ଟେଡ୍ ଏବଂ କଲଭର୍ଟ ଭକ୍ସଙ୍କ ଦ୍ୱାରା ପରିକଳ୍ପିତ ଏହି ଆଇକନିକ୍ ସବୁଜ ଭୂଭାଗ ପାହାଡ, ଶାନ୍ତ ହ୍ରଦ ଏବଂ ଚାଲିବା ପଥର ଏକ ବିବିଧ ଦୃଶ୍ୟ ପ୍ରଦାନ କରିଥାଏ । ପରିଦର୍ଶକମାନେ ପାର୍କର ସୁନ୍ଦର ବଗିଚା ଦେଇ ବୁଲିବେ, ଏକ ନୌକା ଡଙ୍ଗା ଭଡ଼ା କରି ହ୍ରଦକୁ ଉପଭୋଗ କରିପାରିବେ, କିମ୍ବା ନାମ୍ବୁର୍ଗ ବ୍ୟାଣ୍ଡସେଲର ମନୋମୁଗ୍ଧକର ପ୍ରଦର୍ଶନ ଦେଖିପାରିବେ । ବେଥେସଡା ଫାଉନଟେନଠାରୁ ଲୋବ ବୋଟ୍‌ହାଉସ ପର୍ଯ୍ୟନ୍ତ, ସେଣ୍ଟ୍ରାଲ ପାର୍କର ସୌନ୍ଦର୍ଯ୍ୟ ଏବଂ ସମୃଦ୍ଧ ଇତିହାସ ଉଭୟ ସ୍ଥାନୀୟ ତଥା ପର୍ଯ୍ୟଟକଙ୍କ ପାଇଁ ଏକ ଗନ୍ତବ୍ୟ ସ୍ଥଳ ଭାବରେ ପରିଣତ କରିଥାଏ, ଯାହା ବାର୍ଷିକ ୩୫ ନିୟୁତ ପର୍ଯ୍ୟଟକଙ୍କୁ ଆକର୍ଷିତ କରିଥାଏ । ଏହା ବିଗ୍ ଆପଲର ଏହା ଏକ ପ୍ରମୁଖ ଆକର୍ଷଣ ।

ଦୀପୁ ସାଇକେଲକୁ ସଠିକ ସ୍ଥାନରେ ରଖ ୫ କିଲୋମିଟର ଦୌଡ଼ି ସାରି ହ୍ରଦ କୂଳର ବେଞ୍ଚ ଉପରେ ବସିଲା ଥକା ମାରିବା ପାଇଁ । ସୁନ୍ଦର ପରିବେଶ । ପକ୍ଷୀମାନଙ୍କ କଳରବ । ଏ ଭିତରେ ସେ ଚାଲିଗଲା ତା'ର ଅତୀତକୁ । ତା'ର ବାପା ଥିଲେ ଓଡ଼ିଶାର ପ୍ରଖ୍ୟାତ ଭେଷଜ ମହାବିଦ୍ୟାଳୟର ଶିକ୍ଷକ । ମା' ସୁଗୃହିଣୀ । ଦୁଇ ଛୋଟ ଭଉଣୀ । ଦୀପୁ ଗୋଟିଏ ପୁଅ । ସବୁଠୁ ବଡ଼ । ଭଉଣୀମାନେ ପଢ଼ୁଥିଲେ ବାଳିକା ଉଚ୍ଚ ବିଦ୍ୟାଳୟରେ । ଦୀପୁ ଥିଲା ସହରର ଏକ ନମ୍ବର ବିଦ୍ୟାଳୟର ଅଗ୍ରଣୀ ଛାତ୍ର । ପାଠ ବ୍ୟତୀତ ତର୍କ, ସାଧାରଣ ଜ୍ଞାନ, ପରେଡ, ସମରଶିକ୍ଷାର୍ଥୀ ବାହିନୀ । କ୍ରିକେଟରେ ସ୍କୁଲକୁ ପ୍ରତିନିଧିତ୍ୱ କରୁଥିଲା । ସେଥିପାଇଁ ସବୁ ଶିକ୍ଷକଙ୍କ ସେ ଥିଲା ଅତି ପ୍ରିୟଭାଜନ ।

ଭଞ୍ଜଭୂମି ଭଞ୍ଜନଗରଠାରୁ ୫ କିଲୋମିଟର ଦୂର କୃଷ୍ଣରାଜପୁର ଗ୍ରାମରେ ଦୀପୁର ଅଜା ଘର। ଧୂଳି ମାଟିର ରାସ୍ତା। ଅସଂଖ୍ୟ ଗଛଲତାଙ୍କ ଗହଳି ଭିତରେ ଥିବା ଧାଡ଼ି ଧାଡ଼ି ନୁଆଁଶିଆ ନଡ଼ା ଛପର ଘରଗୁଡ଼ିକ ଆଜି କାଲି କୋଠାଘର ହୋଇଗଲାଣି। ଗୋବର ଲିପା ମାଟି କାନ୍ଥରେ ଝୋଟି ଚିତା ଏବଂ ଚାଳ ଉପରେ ଛନ୍ଦାଛନ୍ଦି ଲାଉ କଖାରୁ ଲତା ଆଜି ଆଉ ଦେଖିବାକୁ ମିଳୁନି। କିନ୍ତୁ ୭୦ ଦଶକରେ, କବି ବିନୋଦ ନାୟକଙ୍କ ଭାଷାରେ 'ପୋଇ ଶାଗ ଆଉ ପାଣି କଖାରୁର ଲତା, ମାଡ଼ି ମାଡ଼ି ଆସି ଟପିଲାଣି ଘର ମଥା, ସଜନାର ଶାଖୁଁ, ଝୁଡ଼ିପଡ଼େ କେତେ ଫୁଲ, ବାଡ଼ ଦେହେ ପୁଣି ଅପରାଜିତାର ଛଟା' ଏହି ଗାଁ ପ୍ରତି ସମ୍ପୂର୍ଣ୍ଣ ପ୍ରଯୁଜ୍ୟ ଥିଲା। ଗାଁର ସିନ୍ଦୂରା ଫଟା ଉଜ୍ଜ୍ୱଳ ମୁହଁ, ସବୁଜ ଗହଳିଆ ତୋଟା, ହାତ ଗଣତି କୁଅଁ। ଚାଦିନୀ, ଆଖୁ ପାଉ ନ ଥିବା ବିଲବଣ, କଇଁ ପଦ୍ମ ଭରା ପୋଖରୀ। ତୁଠ ପଥର, ଅସରନ୍ତି ଧାନ କ୍ଷେତ, ନିର୍ମଳ ଆକାଶ, ଶଗଡ଼ ଦନ୍ତା, ଗାଡ଼ିଆଲ ଭାଇର ସୁର, ପିଲାଙ୍କ ଧୂଳିଖେଳ, ସନ୍ଧ୍ୟାର ମହଳଣ ପଢ଼ା ଖରା, ମଠ ପଛର ଡେଙ୍ଗା ନଡ଼ିଆ ଗଛ, ରୁଷିଆ ଗଉଡ଼ର ଗୋହିରି ଉଠୁଆଲରୁ ଗୋରୁ ପଲ ପଛର ବେତରେ ହୁର ହୁର ଡାକ, ଗାଁ ପାଖର ବାଉଁଶ ବଣ, ବଞ୍ଚୁରିକିଆ ଚାଟଶାଳୀ ଘର ଆଦିରେ ଫୁଟି ଉଠୁଥିଲା ପ୍ରକୃତି। ସାରଲ୍ୟର ମନୋରମ ଅଭିସାର। ଯୋଗୀ କେନ୍ଦରା ବଜାଇ ଗୀତ ଗାଉଥିଲା –'ଭଜୁକିନା ରାମ ନାମରେ କୁମର ଭଜୁକିନା ରାମ ନାମ, ଭଜି ନ ପାରିଲେ କୁଳ ଚନ୍ଦ୍ରମାରେ ବାନ୍ଧି ନେବ କାଳ ଯମ...' ଜୀବନର ଚରମ ସତ୍ୟକୁ ମନେ ପକେଇବା ପାଇଁ। ତେଲ ଲୁଣ ଦହଗଞ୍ଜ ସଂସାରରେ ମଣିଷକୁ ତା'ର ସଭାର ଅନୁଭବ ପାଇଁ ପୂର୍ବଜମାନଙ୍କର ଏହା ଥିଲା ଏକ ଚମକ୍କାର ପ୍ରୟାସ ଯାହାକି ଏବେ ଶୁଣିବାକୁ ମିଳୁ ନାହିଁ।

ବୋଉ। ଭଉଣୀ ମାନଙ୍କ ସହ ସେ ସବୁ ଖରା ଛୁଟିରେ ଅଜା ଘରେ ମାସେ ଖଣ୍ଡେ ରହେ। ମାମୁଁ ମାଇଁ। ତାଙ୍କ ପିଲାମାନେବି ଆସନ୍ତି। ସବୁ ଭାଇ ଭଉଣୀଙ୍କ ସହ ବହୁତ ମଜା ହୁଏ। ବେଳେ ବେଳେ ରସେଲକୋଣ୍ଠ ଘାଇକୁ ବୁଲି ଆସନ୍ତି। ଦୀପୁ ମନେ ପକାଏ ସ୍କୁଲରେ ପଢ଼ିଥିବା ଗୋଦାବରୀଶ ମହାପାତ୍ରଙ୍କ 'ଜାତିର ଧକ୍କା' ଗଳ୍ପ ଯାହା ନାରସେନା ନାଇଡୁକୁ ବହୁ ଦୂରକୁ ଠେଲି ଦେଇଥିଲା। ସେ ଜାଣି ନ ଥିଲା ସେପରି ଏକ ଘଟଣା ତାର ପରବର୍ତ୍ତୀ ଜୀବନରେ ଘଟିବ ବୋଲି।

ଏହା ହେଉଛି ଦଶମ ଶ୍ରେଣୀର ଖରାଛୁଟି ବେଳର କଥା। ଦୀପୁ ଆସିଥାଏ ଅଜା ଘରକୁ। ସେ ଥିଲେ ଜଣେ ସ୍ୱାଧୀନତା ସଂଗ୍ରାମୀ ତଥା ଗଣ୍ୟମାନ୍ୟ ସାହିତ୍ୟିକ। ସଂସ୍କୃତ, ଇଂରାଜୀ ଓଡ଼ିଆରେ ଅଗାଧ ବ୍ୟୁପ୍ଥି। ତାଙ୍କ ସମୟରେ କଲିକତା ବିଶ୍ୱବିଦ୍ୟାଳୟରୁ ଦର୍ଶନ। ସାହିତ୍ୟରେ ସ୍ୱର୍ଣ୍ଣପଦକଧାରୀ। ବହୁତ ବର୍ଷ ବ୍ରହ୍ମପୁର

ବିଶ୍ୱବିଦ୍ୟାଳୟରେ ଅଧ୍ୟାପନା କଲା ପରେ ସେ ବର୍ତ୍ତମାନ ଅବସରପ୍ରାପ୍ତ। ଗାଁରେ ରହୁଛନ୍ତି। ଅଜା କହିଲେ 'ଆରେ ଦୀପୁ.. ତୋ ବୋଉ କହୁଥିଲା ତୁ ସାହିତ୍ୟରେ ଭଲ କରୁ ବୋଲି ବାପା ବର୍ଷା ବିଷୟରେ ଓଡ଼ିଆରେ ରଚନାଟିଏ ଲେଖିଲୁ। ଦେଖିବା କେମିତି ଲେଖିଛୁ।'

ଦୀପୁ ଏମିତି ଲେଖିଲା। 'ରାତ୍ରିର ଘନ କବରୀ ତଳେ ଘୁମେଇ ପଡେ ଦିନ। ତାରା ଖଚିତ ଓଢ଼ଣାଟି ଖୁବ୍ ମାନେ। ଆଉ ତା' ଭିତରେ ଚନ୍ଦ୍ରିମା ଲୁଚକାଲି ଖେଳେ କୁମୁଦିନୀର ଆହତ ଚକ୍ଷୁରେ। ତନ୍ଦ୍ରାତପ ତଳେ ସ୍ନିଗ୍ଧ ଆଲୋକର ଚପଳ କୋଲାହଲ। ଆଉ ଚକୋର। ପ୍ରେମ ପ୍ଲାବିତ। ଚନ୍ଦ୍ରିକାର ସୁଷମାରେ। ଆରେ ଏ ତ ବରଷା ରାଣୀ ବି ଆସିଲେଣି। ଆଦ୍ୟ ଆଷାଢ଼ର ବାରିଧାରା ଚାତକର ଅମୃତ। ଦୂର ତାଳବଣ୍ଡ ଭାସି ଆସେ କେତେ ଶତାୟିତ ତରଙ୍ଗ। କାଦମ୍ବିନୀରେ ତଡ଼ିତ ଲତା। ଉଷ୍ଣ ଓଷ୍ଠରେ ସ୍ନିତହାସ୍ୟ। ଶୁଭ୍ର ଦନ୍ତ ପଙ୍କ୍ତି। ମୁକ୍ତାର ଚମକ। ଟପ ଟପ ପାଣିର ଅର୍କେଷ୍ଟା। ଆଉ କେବେ ବାତଗୁଲ୍ମର ଦୁନ୍ଦୁଭି। ଜାଗ୍ରତ ପ୍ରହରୀର ସୁଦୀପ୍ତ ଅଭିବାଦନ। ଭିନ୍ନ ଏକ ମାଦକତା। ଅଦ୍ୱିତୀୟ ରୋମାଞ୍ଚ। ଅଭାବନୀୟ ଅନୁଭୂତି। ପ୍ରକୃତିର କାଉଁରୀ ପରଶରେ ଆଖି ମୁଦି ହୋଇ ଆସେ। ତା' ସହିତ ସ୍ୱପ୍ନର ସପ୍ତଶୟ୍ୟା। ମୋହିନୀର ଯାଦୁକରୀ ସ୍ପର୍ଶରେ ତୃପ୍ତି। ସଂତୃପ୍ତି। କିଛି ପ୍ରହରରେ ଆସିବେ ସୂର୍ଯ୍ୟଦେବ। ନୂତନ ଆଶା। ଅଭୀପ୍ସା ନେଇ।

ନିଝୁମ ରାତିର ସାଥୀଟିଏ ଖୋଜେ ପଥିକ। ନକ୍ଷତ୍ର ଖଚିତ ଆକାଶ ତଳେ ଜ୍ୟୋତ୍ସ୍ନା ବିଧୌତ ପଥ। ନେପଥ୍ୟରେ ହିଙ୍କାରିର ଶତାୟିତ ପ୍ରତିଧ୍ୱନି। ମୁଁ। ମୋ ଭିତର ମୁଁ। ଆମର ସହପଥ ନିରବତା ଆଉ କିଛି ନିର୍ବାକ ତରୁ ପଙ୍କ୍ତି। ଖୁବ୍ କଥା ହେଇ ଚାଲିଥାଉ। ସେହି ଝିପି ଝିପି ବର୍ଷାର ଛାଇ ଅନ୍ଧାରରେ।ଏକ ଅନିର୍ଦ୍ଦିଷ୍ଟ ଗନ୍ତବ୍ୟ ଅଭିମୁଖେ।

ଅଜା ଯେତେବେଳେ ପଢ଼ିଲେ, ତାଙ୍କ ମୁଖରେ ଖେଳିଗଲା ଏକ ସ୍ନିତ ହସ। ବାଃ ସାହିତ୍ୟ ସାଧନାର ଫଳ ହିସାବରେ ଭଗବାନ ଉପଯୁକ୍ତ ଦାୟାଦଟିଏ ଦେଇଛନ୍ତି।

ତା'ପରଦିନ ସକାଳ। ବୈଠକ ଘରୁ ଅଜା ଡାକ ପକେଇଲେ 'ଏ ଦୀପୁ... ଦେଖ କିଏ ତତେ ଭେଟିବାକୁ ଆସିଛି'। ଯେତେବେଳେ ଦୀପୁ ଆସିଲା ଅଜା ପରିଚୟ କରାଇଦେଲେ। 'ଏ ହେଉଛି ଦୀପା। ମୋ ସାଙ୍ଗ ଦୁର୍ଗା ଚରଣ ବୋଷଙ୍କ ନାତୁଣୀ। ସେମାନେ ଆର ସାହିରେ ରହନ୍ତି। ଏମାନେ ହେଲେ ଜଣେ ପ୍ରସିଦ୍ଧ ଓଡ଼ିଆ ସ୍ୱାଧୀନତା ସଂଗ୍ରାମୀଙ୍କ ବଂଶଧର। ଦୁର୍ଗା ମୋ ସାଙ୍ଗରେ ବିଶ୍ୱବିଦ୍ୟାଳୟରେ ଅର୍ଥନୀତି ପଢ଼ାଉଥିଲା। ଆମେ ଦୁହେଁ ଏକ ଗାଁର। ତେଣୁ ଅବସର ପରେ ବି ପାଖରେ ଅଛୁ। ବନ୍ଧୁ ଦର୍ଶନ ହେଉଛି। ଦୀପା ଦୁର୍ଗାର ବଡ଼ପୁଅ ମୁକ୍ତିକାମୀ ବୋଷର ବଡ଼ ଝିଅ। ମୁକ୍ତି ଭାରତୀୟ

ପ୍ରଶାସନିକ ସେବାର ବରିଷ୍ଠ ଅଫିସର। ସପରିବାର ଭୁବନେଶ୍ୱରେ ରହନ୍ତି। ଦୀପାର ମା ବାଣୀବିହାରରେ ଇଂରାଜୀ ଅଧ୍ୟାପିକା। ଦୀପା ଭୁବନେଶ୍ୱର ୟୁନିଟ ୧ ହାଇସ୍କୁଲରେ ଅଷ୍ଟମ ଶ୍ରେଣୀର ଛାତ୍ରୀ। ତୋ ଭଳି ସେ ବି ଶ୍ରେଣୀରେ ପ୍ରଥମ ହୁଏ। ଗୀତ, ନାଚ ଛଡ଼ା ଗଭୀର ଈଶ୍ୱର ବିଶ୍ୱାସୀ। ସାହିତ୍ୟକୁ ବହୁତ ଭଲପାଏ। ମୁଁ ତୋ ଲେଖାକୁ ଦୁର୍ଗାକୁ ଦେଖେଇଲି। ସେ ବହୁତ ଖୁସି ହୋଇ ନାତୁଣୀକୁ ଦେଖେଇଲା। ଦୀପାବି ତୋ ଭଳି ତାର ମା ଭାଇ ସହ ଜେଜେ ଘରକୁ ସବୁ ଖରା ଛୁଟିରେ ଆସେ। ଆଜି ଦୀପା ଆସଛି ଲେଖକକୁ ଦେଖବାକୁ। ଯା ତା ସହ କଥା ବାର୍ତ୍ତା କର।' ଏତିକି କହି ଅଜା କୃତ୍ତିବାସ ପଣ୍ଡା ଆର ଘରକୁ ଚାଲିଗଲେ।

ଦୀପୁ ତାର ମା ରଙ୍ଗ ଆଣିଛି। ତୋଫା ଗୋରା। ମଧ୍ୟମ ଉଚ୍ଚତା। ଯୋଗାଭ୍ୟାସ ଦ୍ୱାରା ସ୍ୱାସ୍ଥ୍ୟ ଉନ୍ନତ। ହସ ହସ ମୁହଁ। ଦୀପା ମଧ୍ୟ ଗୋଟିଏ ଚାଉଳରେ ଗଢ଼ା। ପାତଳ ଚେହେରା ଓ ଟିକିଏ ଶ୍ୟାମଳୀ। ସୁନ୍ଦର ମୁହଁ। ଦୁଇ ବେଣୀ ପଛରେ। ମଝି ସିନ୍ଥା। ସରଳ ପରିଧାନ। ହସଖୁସିଆ ଝିଅଟିଏ। ଦୀପା କହିଲା 'ଦୀପୁ ଭାଇ... ତୁମ ରଚନାଟି ପଢ଼ିଲି। ବହୁତ ବଢ଼ିଆ ହେଇଛି। ନିଜେ ଧନ୍ୟବାଦ କହିବା ପାଇଁ ଆସିଲି'। ଦୀପୁ ଟିକେ ଅପ୍ରତିଭ ହୋଇ ହସ କରି କହିଲା 'ନାଇଁ ମ ସେମିତି କିଛିନାହିଁ। ଜାଣି ଖୁସି ଲାଗିଲା କି ମୋ ଲେଖାଟି ତୁମର ପସନ୍ଦ ହେଲା। ଠିଆ ହେଲ କାହିଁକି। ବସ ବସ।' ଏପରି ସ୍କୁଲ, ପାଠ, ସଉକ ଇତ୍ୟାଦି କଥା ହେବା ଭିତରେ ଦୀପୁର ବୋଉ କିଛି ଜଳଖିଆ ନେଇ ଆସିଲେ। କହିଲେ 'ଆରେ ପିଲେ। କେତେ ବେଲରୁ କଥା ହେଉଛ। ଭୋକ ହେବଣି। କିଛି ଖାଇ ନିଅ'। ଦୀପା ଠିଆ ହୋଇ ମାଙ୍କ ଗୋଡ ଛୁଇଁ ନମସ୍କାର ହେଲା। ଏମିତି କିଛି ସମୟ କଥା ହେଲା ପରେ ଦୀପା ବିଦାୟ ନେଇ ଘରକୁ ଆସିଲା। ଏ ଭିତରେ ଦୀପୁର ସାନ ଭଉଣୀ ରୂପାବି ଦୀପାର ସାଙ୍ଗ ହେଇଗଲା। ତେଣୁ ଛୁଟି ସାରା ପରିବାର ଭିତରେ ଯିବା ଆସିବା ଚାଲିଲା।

ଛୁଟି ସରିଲା ପରେ ସମସ୍ତେ ନିଜ ନିଜ ସହରକୁ ଫେରି ଆସିଲେ। ଦୀପାର ବାପା ମା ବି କଟକ ଆସନ୍ତି ଦୀପୁ ଘରକୁ। ଦୀପୁର ବାପା ମା ବି ଯାଆାନ୍ତି ଭୁବନେଶ୍ୱର। ଦୀପା। ଦୀପୁ ପରସ୍ପର ମିଳା ମିଶା ହେବାର ସୁଯୋଗ ମିଲେ। ଏମିତି ପାରିବାରିକ ଘନିଷ୍ଠତା ବଢ଼ି ଚାଲିଲା। ସମୟ କ୍ରମେ ଦୀପା ଭାବେ ସେ ଦୀପୁ ଭାଇ ସହ ବେଶୀ ସମୟ କଟାନ୍ତା କି ? କିନ୍ତୁ ଲାଜରେ କିଛି କହିପାରେନି।

ଚାହୁଁ ଚାହୁଁ ବର୍ଷଟିଏ ବିତିଗଲା। ଏକାଦଶ ଶ୍ରେଣୀ ବୋର୍ଡ ପରୀକ୍ଷା ମୁଣ୍ଡ ଉପରେ। ଦୀପୁ ପଢ଼ା ପଢ଼ିରେ ମନ ଦେଲା। ପରୀକ୍ଷାରେ ବି ବହୁତ ଭଲ କଲା। ଯେଉଁ ଦିନ ଫଳ ବାହାରିବ, ସେହି ଦିନ ସକାଲୁ ସକାଲୁ ମୁକ୍ତି ବାବୁ ସପରିବାର ଦୀପୁ

ଘରେ ଫୁଲ ତୋଡ଼ା । ମିଠା ହାଣ୍ଡି ନେଇ ହାଜର । ଯେହେତୁ ମୁକ୍ତି ବାବୁ ଶିକ୍ଷା ବିଭାଗର
ସଚିବ, ଫଳ ତାଙ୍କ ପାଖକୁ ଆଗରୁ ଆସି ଯାଇଥିଲା । ଦୀପୁ ସମଗ୍ର ଓଡ଼ିଶାରେ ପ୍ରଥମ
ସ୍ଥାନ ଅଧିକାର କରିଛି । ଖବର କାଗଜର ମୁଖ୍ୟ ପୃଷ୍ଠାରେ କୃତି ଛାତ୍ରଙ୍କ ତାଲିକାରେ
ଶୀର୍ଷ ସ୍ଥାନରେ ଦୀପୁ ବା ଦୀପକଙ୍କର ପଣ୍ଡା । ଅଭିନନ୍ଦନର ସୁଅ ଛୁଟିଛି । ଦୀପା କିନ୍ତୁ ସବୁ
ଠାରୁ ବେଶୀ ଖୁସି । ଗୋଡ ତଳେ ଲାଗୁନି । ଦୀପୁ ଭାଇକୁ ନିଜ ହାତରେ ମିଠା ଖୋଇ
ଅଭିନନ୍ଦନ କରିବାକୁ ଭୁଲି ନାହିଁ ।

ଧୀରେ ଧୀରେ ଦିନ ବିତିଲା । ଦୀପୁ ରେଭେନ୍ସାରେ ଆଇଏସସି ବିଜ୍ଞାନ ନେଇ
ଦୁଇ ବର୍ଷ ପଢ଼ିଲା । ଦୀପାର ସ୍କୁଲ ପଢ଼ା ପଢ଼ି ଚାଲିଥାଏ । ଆଇଏସସିର ଶେଷ ବର୍ଷରେ
ଇଞ୍ଜିନିୟରିଂ ମହାବିଦ୍ୟାଳୟ ମାନଙ୍କର ପ୍ରବେଶିକା ପରୀକ୍ଷା । ମନଦେଇ ନ ପଢ଼ିଲେ
ସିଟ ମିଳିବନି । ଦୀପୁ ସର୍ବ ଭାରତୀୟ ଆଇଆଇଟିମାନଙ୍କ ପ୍ରବେଶିକା ପରୀକ୍ଷାରେ
ଉଚ୍ଚ ସ୍ଥାନରେ ରହି ପାସ କଲା । ଏଣେ ଆଇଏସସିର ବିଶ୍ୱବିଦ୍ୟାଳୟ ପରୀକ୍ଷାରେ
ପ୍ରଥମ ଦଶମ ଜଣଙ୍କ ଭିତରେ ରହିଲା । ଆଇଆଇଟି ଖଡ଼୍ଗପୁରରେ କାଉନ୍ସେଲିଂ
ଦକ୍ଷିଣ ପୂର୍ବ ଭାରତୀୟ ଉର୍ଦ୍ଧ୍ୱ ଛାତ୍ର ଛାତ୍ରୀଙ୍କ ପାଇଁ । ଦୀପୁ ଆଇଆଇଟି ବମ୍ବେରେ
କମ୍ପୁଟର ବିଜ୍ଞାନ ପଢ଼ିବାକୁ ଚୟନ କଲା । ଏହି ସମୟରେ ଦୀପାର ମାଟ୍ରିକ ପରୀକ୍ଷା ।
ଖୁବ ପରିଶ୍ରମ କରିଛି । ତାର ବି ପରୀକ୍ଷା ଫଳ ବାହାରିଲା । ଖୁସିର କଥା ଯେ ସେ ବି
ପ୍ରଥମ ଦଶ ଜଣଙ୍କ ଭିତରେ ସ୍ଥାନ ପାଇ ବିଜେବି କଲେଜରେ ଆଇଏସସି ବିଜ୍ଞାନରେ
ଆଡ଼ମିସନ ନେଲା ।

ଆଜି ଯାଉଛି ଦୀପୁ ବମ୍ବେ । କୋଣାର୍କ ଏକ୍ସପ୍ରେସରେ ବଲେଇ ଦେବାକୁ
ଆସିଛି ଦୀପା ଭୁବନେଶ୍ୱର ଷ୍ଟେସନକୁ । ଆଖ୍ରେ ଲୁହ । ଦୀପୁ ଭାଇକୁ ଆଉ ପ୍ରତି
ମାସରେ ଥରେ କିମ୍ବା ଦୁଇ ଥର ଦେଖା ହେବନି । ଦୀପୁ ଚାଲିଗଲା ବମ୍ବେ । ଦୀପା
ଫେରି ଆସିଲା ଘରକୁ । ଦୁଇ ବର୍ଷ ଭିତରେ ଚିଠି ଦିଆନିଆ ଚାଲିଥାଏ । ସେମେଷ୍ଟର
ଛୁଟିରେ ଦୀପୁ ଆସିଲେ ଦେଖା ହୁଏ । ଦୀପାର ରୋଗୀ । ଦେଶ ମାତୃକାର ସେବା
କରିବା ଜୀବନର ଲକ୍ଷ୍ୟ ଥିଲା । ତେଣୁ ସେ ପୁଣେ ସ୍ଥିତ ସାମରିକ ଭେଷଜ
ମହାବିଦ୍ୟାଳୟରେ ପଢ଼ିବା ପାଇଁ ପ୍ରବେଶିକା ପରୀକ୍ଷା ଦେଇ ସିଟ ପାଇଲା । ଆଇଏସସି
ପରୀକ୍ଷାରେ କୃତିତ୍ୱର ସହ ଉର୍ଦ୍ଧ୍ୱ ହେଲା ପରେ ପୁଣେ ଯିବା ପାଇଁ ପ୍ରସ୍ତୁତ ହେଲା ।
ବମ୍ବେ ଗଲା ବେଲେ ବାଟରେ ପୁଣେ ଷ୍ଟେସନ । ତେଣୁ ସେହି ଶିକ୍ଷା ବର୍ଷ ଆରମ୍ଭରେ
ଦୁଇ ଜଣ ଏକାଠି ଭୁବନେଶ୍ୱରୁ କୋଣାର୍କ ଏକ୍ସପ୍ରେସ୍ ବାହାରିଲେ ।

ଦୀପା ମନ ବହୁତ ଖୁସି । ରାସ୍ତାରେ କେତେ ଗପ । ଘରୁ ଆଣିଥିବା ଖାଦ୍ୟକୁ
ଟ୍ରେନରେ ଦୁଇ ଜଣଙ୍କ ପାଇଁ ବାଡ଼ି ଦିଏ । ମିଶିକି ଖାଆନ୍ତି । ତା ପର ଦିନ ରାତି ୪ଟା

ବେଳେ ପୁଣେ ଆସେ। ପ୍ରଥମ ଥର ପାଇଁ ଦୀପୁ, ଦୀପା ସହ ଯାଇ ତାର ଆଡ଼୍‌ମିସନ କରି ନିଜ ଇନ୍‌ଷ୍ଟିଚ୍ୟୁଟକୁ ଫେରି ଆସିଲା। ଏହି ଦୁଇ ବର୍ଷରେ ସେମାନେ ଛୁଟିରେ କେବେ ଲୋନାଭଲା ଯାଆନ୍ତି ତ କେବେ ବମ୍ବେ ମେରିନ ଡ୍ରାଇଭ, ଭିହାର ଲେକ, ଆରେ କଲୋନୀ ପାର୍କ, ବା ଅନ୍ୟ କିଛି ଜାଗାରେ ଏକାଟି ସମୟ ବିତାନ୍ତି। କିନ୍ତୁ ପାଠ ପଢ଼ାରେ କେବେ ହେଲା କରନ୍ତିନି। ଦୀପୁର ଡିଗ୍ରୀ ପଢ଼ା ଶେଷ ହୋଇ ଗଲା। ଇନ୍‌ଷ୍ଟିଚ୍ୟୁଟର ସ୍ୱର୍ଣ୍ଣ ପଦକ ପ୍ରାପ୍ତ କଲା। ଏହା ପରେ ବୋଷ୍ଟନ ସ୍ଥିତ ବିଶ୍ୱ ପ୍ରସିଦ୍ଧ ଏମଆଇଟିରେ ପିଏଚଡି ପାଇଁ ମନୋନୀତ ହେଲା। ଏଣେ ଦୀପାର ତୃତୀୟ ବର୍ଷ। ଆଉ ଦୁଇ ବର୍ଷ ଅଛି ପଢ଼ା ଶେଷ ପାଇଁ।

ଦୀପାର ବାପା ମା ବି ଦୀପୁକୁ ପସନ୍ଦ କରୁଥିଲେ ଜ୍ୱାଇଁ କରିବା ପାଇଁ। ଭାବୁଥିଲେ ଦୀପୁ ଆମେରିକା ଯିବା ପୂର୍ବରୁ ନିର୍ବନ୍ଧ କରିବା ପାଇଁ। ସେଦିନ ଦୀପୁ ଘରେ ପହଞ୍ଚି ଏହାର ପ୍ରସ୍ତାବ ଦେଲେ। ଦୁଇ ପରିବାର ଜାଣିଥିଲେ ଯେ ଦୀପୁ ଦୀପା ପରସ୍ପରକୁ ଭଲ ପାଆନ୍ତି ବୋଲି। ତେଣୁ ଏଥରେ କିଛି ଅସୁବିଧା ହେବା କଥା ନୁହେଁ। କିନ୍ତୁ ବିଧିର ବିଧାନ ବିଚିତ୍ର। ଦୀପୁର ବାପା ରକ୍ଷଣଶୀଳ ବ୍ରାହ୍ମଣ। ତାଙ୍କ ନନା ମାନେ ଦୀପୁର ଜେଜେ ଶାସନୀ ପୁରୋହିତ। ତାଙ୍କ ଅନୁମତି ବିନା ଘରର କୌଣସି ଶୁଭ କାର୍ଯ୍ୟ ହୋଇ ପାରିବ ନାହିଁ। ଯେତେବେଳେ ଏ ପ୍ରସ୍ତାବ ତାଙ୍କ କାନରେ ପଡ଼ିଲା ସେ ରୋକ‌ଟୋକ ଶୁଣାଇଦେଲେ 'ଏ ଅଜାତି ବିବାହ ହୋଇ ପାରିବ ନାହିଁ। ସେମାନେ କାୟସ୍ତ। ଆମ ପୂର୍ବ ପୁରୁଷ ପିଣ୍ଡ ପାଇବେ ନାହିଁ। ଲୋକେ କଣ କହିବେ। ଯଦି ମୋ କଥା ନ ଶୁଣିବ ମୋ ମଲା ମୁହଁ ଦେଖିବ। 'ଏମିତି କଡ଼ା କଥା ଶୁଣି ସମସ୍ତଙ୍କ ବୁଦ୍ଧି ବଣା। ଦୀପା ଦୀପୁ ହତଭମ୍ବ। କଣ କରିବେ ?'

ଦୀପୁ ଗୀତା ସବୁଦିନେ ପଢ଼େ, ବୁଝେ। ତାର ଗଭୀର ଅର୍ଥ ବିଶ୍ଲେଷଣ କରି ନିଜ ଜୀବନରେ ପାଳନ କରିବାକୁ ଚେଷ୍ଟା କରେ। ଶ୍ରୀଭଗବାନ ଗୀତାର ଜ୍ଞାନ କର୍ମ ସନ୍ନ୍ୟାସ ଯୋଗରେ କହିଛନ୍ତି ଯେ...,

ଚାତୁର୍ବର୍ଣ୍ଣ୍ୟଂ ମୟା ସୃଷ୍ଟଂ ଗୁଣକର୍ମବିଭାଗଶଃ।

ଅର୍ଥ ହେଲା ମନୁଷ୍ୟମାନଙ୍କର ଗୁଣ। କର୍ମ ଅନୁସାରେ, ମୁଁ ଚାରି ପ୍ରକାର ବର୍ଷ ବା ବୃତ୍ତି ସୃଷ୍ଟି କରିଥିଲି। ଯଦିଓ ମୁଁ ଏହି ଶ୍ରେଣୀ ବିଭାଗର ସ୍ରଷ୍ଟା ଅଟେ, ମୋତେ ଅକର୍ତ୍ତା ତଥା ଚିରନ୍ତନ ବିବେଚନା କର। କୌଣସି କର୍ମ ମୋତେ ପ୍ରଭାବିତ କରେ ନାହିଁ, କୌଣସି କର୍ମଫଳ ପ୍ରତି ମୋର ସ୍ପୃହା ନାହିଁ। ଯେଉଁମାନେ ମୋତେ ଏହି ରୂପରେ ଜାଣନ୍ତି, ସେମାନେ କର୍ମଫଳର ବନ୍ଧନରେ ବାନ୍ଧି ହୁଅନ୍ତି ନାହିଁ। ପ୍ରାଚୀନ କାଳରେ ମୁକ୍ତିକାମୀ ମହାପୁରୁଷମାନେ ଏହି ସତ୍ୟକୁ ଜାଣି ତଦନୁସାରେ କର୍ମ କରୁଥିଲେ।

ଅତଏବ ସେହି ପ୍ରାଚୀନ ସନ୍ତମାନଙ୍କର ପଦାଙ୍କ ଅନୁସରଣ କରି ତୁମେ ମଧ୍ୟ ତୁମର କର୍ତ୍ତବ୍ୟ କରିବା ଉଚିତ ।

ଶ୍ରୀଭଗବାନ ତ କହିଲେନି ସାଂଖ୍ୟା ଅନୁସାରେ ଜାତି ନିର୍ଦ୍ଧାରିତ ହୁଏ ବୋଲି । ଦୀପାର ପରିବାରର କାର୍ଯ୍ୟ କଳାପ ଆମ ପରିବାର ପରି । ତେବେ ସେମାନେ ଅଲଗା ଜାତିର ହେଲେ କିପରି ? ଏ ସାଂଖ୍ୟା ସବୁ କିଏ । କାହିଁକି ଜାତି ବିଭାଗ ସହ ଯୋଡ଼ିଲା ? ଜ୍ଞାନୀ, ଗୁଣୀ ଲୋକ ମାନେ ଏହା ବୁଝି ପାରନ୍ତି ନାହିଁ କାହିଁକି ? ଏହି ପ୍ରକାରର ନୀଚ ସ୍ତରର ଚିନ୍ତାଧାରା ସମାଜକୁ ବିକଳାଙ୍ଗ କରି ଦେଉ ନାହିଁକି ? ଖାଲି କଣ ଶୁଆ ଭଳି ମନ୍ତ୍ର ଗାଇ, ଫୁଲ, ଦୀପ ଆଦି ବିଧ୍ ବିଧାନ କଲେ କଣ ଜୀବନ ଉନ୍ନତ ହୁଏ ? ବିଜ୍ଞାନ ଦ୍ୱାରା ମଣିଷ ଉପକୃତ ହେଉଛି କାରଣ ଏହାର ସିଦ୍ଧାନ୍ତ ଗୁଡ଼ିକର ଉପଯୋଗ କରାଯାଉଛି । ଆଧ୍ୟାମ୍ମିକ ଧର୍ମଗ୍ରନ୍ତ, ପୂଜା ପଦ୍ଧତି ଆଦି ସେହି ସତ୍ୟ ଉପରେ ପ୍ରତିଷ୍ଠିତ । ଏହାର ବ୍ୟାବହାରିକ ପ୍ରୟୋଗ ବିନା ଏହା ନିରର୍ଥକ । ଖାଲି ଆକ୍ଷରିକ ଅର୍ଥ ଜାଣି ତାପୂର୍ଯ୍ୟ ରହିତ କାର୍ଯ୍ୟ କଲେ ବିପର୍ଯ୍ୟୟ ଅବଶ୍ୟମ୍ଭାବୀ । ଏହା ଜଳ ଜଳ କରି ସବୁଠି ଦେଖା ଯାଉଛି । ଏହି ବଦ୍ଧମୂଳ ଭୁଲ ବୁଝିବା ସମସ୍ୟାର ସମାଧାନ ଏ ପାର୍ଥିବ ଜଗତରେ କେବେ ସମ୍ଭବ ହେବ ? ବୋଧହୁଏ ସଂସାର ଦୁଃଖପୂର୍ଣ୍ଣ ସାଂଖ୍ୟା ସହ ଏହି ଅପରିଣାମଦର୍ଶିତା ନିବିଡ଼ ଭାବରେ ଜଡ଼ିତ । ଯିଏ ବୁଝି କାମ କଲା ସେ ତରିଲା ।

ଜେଜେ ତ ନଛୋଡ଼ବନ୍ଧା । ଯେତେ ବୁଝେଇଲେ ବି ବୁଝୁ ନାହାନ୍ତି । ଜେଜେଙ୍କ କଥା ତ ଭାଙ୍ଗି ହେବନି । ସେ ପରିବାରର ମୁରବି । ସେ ଯାହା ହେଉ ଏବେ ପାଇଁ ନିର୍ବନ୍ଧ ସ୍ଥଗିତ ରହିଲା । ଦୀପୁ ଆମେରିକା ଯିବା ପାଇଁ ସଜବାଜ ହେଲା ।

କାଳ ଢେଉ କାହାକୁ ଅପେକ୍ଷା କରେନା । ପ୍ରତି ବର୍ଷ ଛୁଟିରେ ଆସିଲେ ପୁଣି ନିର୍ବନ୍ଧ କଥା ଉଠେ । ପୁଣି ସେହି ଉଭର । ଶେଷରେ ଦୀପୁ ଦୀପା ଏହି ସମ୍ପର୍କକୁ ଆଗେଇ ନ ନେବା ପାଇଁ କୋହଭରା ହୃଦୟରେ ନିଷ୍ଠି ନେଲେ । ନିଜର ବଡ଼ ମାନଙ୍କ ପାଇଁ ସମ୍ମାନ । ନିଜ ପ୍ରେମ ଭିତରେ ଗୋଟିଏକୁ ବାଛିବା କିଛି ବ୍ୟକ୍ତି ବିଶେଷଙ୍କ ପାଇଁ ଦୁରୂହ ବ୍ୟାପାର ହୁଏ ଯେଉଁଠି ସାମାଜିକ ରୀତି ନୀତି ସପକ୍ଷରେ ପ୍ରେମକୁ ନୀତି ଯଜ୍ଞରେ ଆହୁତି ଦେବାକୁ ପଡିଥାଏ । ଏହା ଯେ କେତେ କଷ୍ଟ ସାଧ୍ୟ ତାହା ଅନୁଭବିହିଁ ବୁଝି ପାରିବ ।

ଏ ଯେଉଁ ମଣିଷ, ଜାତି, ଦେଶ ଭିତରେ ସୀମା ରେଖା ଟଣା ହୋଇଛି ତାହା ମାନବୀୟ ପୂର୍ଣ୍ଣତାର ଅପରିପକ୍ୱତା, ନୁହେଁକି ? ପରାଧୀନତାର ଶୃଙ୍ଖଳରେ ସ୍ୱାଧୀନତାର ସ୍ୱାଦ ନିରାନନ୍ଦର ସମ୍ୟକ ସାଂଖ୍ୟା ଯାହାକି ଜୀବନ ଗତିପଥରେ ବିଭିନ୍ନ ବିଦ୍ରୋହର ଭୂମିକା ଗ୍ରହଣ କରେ । ବନ୍ଧନର କ୍ଷତର ତୃଷା ସତେ ଯେପରି ମେଣ୍ଢେ ସ୍ୱାନ ଶୁଷ୍କ ଅସ୍ତି

ଚର୍ବଣ ନିର୍ଗତ ସ୍ୱଶୋଣିତର ଆସ୍ୱାଦନରେ। କିନ୍ତୁ କ୍ଷତ ଭିତରେ ଅକ୍ଷତ। ସମସ୍ୟା ଭିତରେ ସମାଧାନ। ତା ପାଇଁ ନା ଅଛି ଅନୁସନ୍ଧାନ ନା ଅଛି ଅନୁସନ୍ଧିସ୍ସା। କ୍ଷତର ବାହ୍ୟ ଆବରଣର କାହାଣୀ ଯେଉଁ ଚରିତ୍ର ମାନେ ସୃଷ୍ଟି କରିଛନ୍ତି ସେମାନେ ବି ବେଶ ବଦଲାଇ ଉପଶମର ସ୍ରଷ୍ଟା ହୋଇ ପାରନ୍ତିଓଏହା ଚିନ୍ତନ ସାପେକ୍ଷ। ସାଲିସ ବିହୀନ ନାରସେନାମାନଙ୍କୁ ସମାଜ ଚଳଣିର ଧକ୍କା ଅଫେରନ୍ତା ରାଜ୍ୟକୁ ଠେଲି ଦିଏ।

ଏ ଭିତରେ ଦୀପୁର ପିଏଚଡି ସରି ଯାଏ। ତା ପରେ ହାର୍ଭାର୍ଡ ବିଜିନେସ ସ୍କୁଲରେ ଏମ୍‌ବିଏ କରେ। ସେ ଦିନର ଏକ ଅଳସ ଅପରାହ୍ନ। ହାର୍ଭାର୍ଡ ସ୍କ୍ୱାୟାରରେ ଏକ ଭାରତୀୟ ଲୋକ ମହୋତ୍ସବ ପାଳିତ ହେଉଥାଏ। ଦୀପୁ ଯାଇଥାଏ ସେଠାକୁ। ସେଠି ଦେଖୁଥିବା ବେଳେ କେତେବେଳେ ଏକ ଆମେରିକୀୟ ଶ୍ୱେତାଙ୍ଗୀ ଯୁବତୀ ତା ପାଖରେ ଛିଡା ହେଲାଣି ସେ ଜାଣିନି। ଦୀପୁ ସୁଦର୍ଶନ ଯୁବକ। ନ ପଚାରିଲେ ଯୁରୋପୀୟ ଭାବି ନେବା ଥୟ। ଝିଅଟି ପଚାରିଲା 'କ୍ଷମା କରିବେ, ଏ ଲୋକ ନୃତ୍ୟ ବିଷୟରେ ଆପଣ ଜାଣନ୍ତି କି ? ମୁଁ ଦେଖୁଛି ଆପଣ ଖୁବ ଉପଭୋଗ କରୁଛନ୍ତି।' ଦୀପୁ କହିଲା 'ନିଶ୍ଚୟ... ହାଇ... ଆଇ ଆମ ଦୀପଙ୍କର ଏଣ୍ଡ ୟୁ ?' ଏପରି କର ମର୍ଦ୍ଦନ କଳାପରେ ଦୀପୁ ଖୁବ ସୁନ୍ଦର ଭାବରେ ସେହି ଅରୁଣାଚଳିୟ ଲୋକ ନୃତ୍ୟକୁ ପୂର୍ବାପର ସଙ୍ଗତି ସହ ବୁଝାଇ ଦେଲା। ଝିଅଟି କହିଲା 'ମୁଁ ତୁମର ଜ୍ଞାନ ଦ୍ୱାରା ବହୁତ ପ୍ରଭାବିତ। ତୁମର ଘନ କୃଷ୍ଣ କେଶ, ଶରୀର ଗଠନ। ବର୍ଣ୍ଣ ଦେଖି ମୁଁ ଭାବିଥିଲି ତୁମେ ଜଣେ ଇଟାଲୀୟ କିମ୍ବା ସ୍ପେନୀୟ ହୋଇଥିବ। କିନ୍ତୁ ମୁଁ ଜାଣି ଆଶ୍ଚର୍ଯ୍ୟ ଯେ ତୁମେ ଜଣେ ଭାରତୀୟ। ମୋ ନାଁ ଜେନି। ମୁଁ ହାର୍ଭାର୍ଡ ମେଡିକାଲ୍ ସ୍କୁଲର ଜଣେ ଡାକ୍ତରୀ ଛାତ୍ର। ଏହି କାର୍ଯ୍ୟକ୍ରମ ପରେ ଆମେ ନିକଟସ୍ଥ ସ୍ଥାରବକ୍ସକୁ କଫି ପାଇଁ ଯାଇପାରିବା କି ?' ଦୀପଙ୍କର କହିଲା 'ନିଶ୍ଚୟ...'। ସବିଶେଷ ପରିଚୟ ଆଦାନ ପ୍ରଦାନ ହେଲା କାଫେରେ। କଥା ହେଉ ହେଉ ଚାରି ଘଣ୍ଟା କେମିତି ବିତି ଗଲା ଦୁହେଁ ଜାଣି ପାରିଲେ ନାହିଁ। ଶୁଭରାତ୍ରି କହିବା ସମୟରେ ସେମାନେ ସ୍ଥିର କଲେ କି ଆସନ୍ତା ଉଇକ୍‌ଏଣ୍ଡରେ ପୁଣି ଭେଟିବେ। ଏମିତି ଡେଟିଂ କରୁ କରୁ ସେମାନେ ପରସ୍ପରର ନିକଟତର ହେଲେ।

ଜେନି ନୀଳନୟନା, ବ୍ଲଣ୍ଡ। ଜାତିରେ ଇହୁଦୀ। ଦୀପୁର ଦୁଇ ବର୍ଷଆ ଏମ୍‌ବିଏ ସରି ଆସିଲାଣି। ଥରେ ରାତିରେ ଜେନିର ଆପାର୍ଟମେଣ୍ଟରେ ଡିନର ପରେ ଜେନି ପଚାରିଲା 'ଦୀପୁ, ଆଜି ମୁଁ କେମିତି ଦେଖାଯାଉଛି ?' ଜେନି ନିଜକୁ ଆକର୍ଷଣୀୟ ଭାବରେ ସଜାଇ ଥାଏ। ଦୀପୁ କହିଲା 'ତୁମେ ଅତି ସୁନ୍ଦର ଦେଖାଯାଉଛ।' ଜେନି କହିଲା 'ମୁଁ ତୁମ ପୂର୍ବରୁ କେବେହେଲେ କାହାକୁ ଡେଟ କରି ନାହିଁ। ମୁଁ ନିଜକୁ ନିଶ୍ଚିତ କରିଥିଲି ଯେ ମୁଁ ମୋ ପ୍ରେମ ସ୍ୱପ୍ନର ମଣିଷ ପାଇଁ ମୁଁ ନିଜକୁ ସାଇତି ରଖିବି। ମୁଁ

ମାଧ ତୁମ ପରି ଭେଗାନ ଏବଂ ମୁଁ ଜୀବନରେ କଦାପି ମଦ୍ୟପାନ କିମ୍ବା ଅନ୍ୟ ମାଦକ ଦ୍ରବ୍ୟ ସେବନ କରି ନାହିଁ। ମୋର ପିତାମାତା ମାଧ ମୋ ପରି ଅଟନ୍ତି। ମୁଁ ସେହି ଦୃଷ୍ଟିରୁ ବହୁତ ରକ୍ଷଣଶୀଳ। ମୁଁ ତୁମକୁ ମୋ ମନ ଦେଇ ବସିଛି। ମୋର ହୃଦବୋଧ ହେଉଛି ତୁମେ ମୋର ସେହି ବହୁ ପ୍ରତୀକ୍ଷିତ ସ୍ୱପ୍ନର ପୁରୁଷ। ମୁଁ ତୁମର ଭଦ୍ର, ଶାନ୍ତଶିଷ୍ଟ ଆଚରଣକୁ ବହୁତ ପସନ୍ଦ କରେ। ଏତେ ଦିନର ଦେଖା ସାକ୍ଷାତରେ ତୁମେ ମୋତେ ଚୁମ୍ବନଟିଏ ବି ଦେଇନ। ଏହା ଏ ଦେଶରେ ଅତ୍ୟନ୍ତ ବିରଳ ଅଟେ। ତୁମର କୌଣସି ଖରାପ ଅଭ୍ୟାସ ନାହିଁ। ତୁମେ ଏତେ ଯତ୍ନଶୀଳ ଏବଂ ସ୍ନେହୀ। ମୁଁ ମୋ ପିତାମାତାଙ୍କୁ ଭେଟ କରିବା ପାଇଁ ତୁମକୁ ଆମ ଘରକୁ ନେବାକୁ ଚାହେଁ।' ଦୀପୁ କହିଲା 'ଜେନି, ଦୟାକରି ତୁମେ ମୋତେ ଏହା ବିଷୟରେ ଚିନ୍ତା କରିବାକୁ ଦୁଇ ଦିନ ଦେଇ ପାରିବ କି? ଏହା ଜୀବନରେ ଏକ ବଡ ନିଷ୍ପତ୍ତି।' ଜେନିର ଓଠରେ ଦୁଷ୍ଟାମୀର ମୁରୁକି ହସ। ଆଖି ନଚାଇ କହିଲା 'ନିଶ୍ଚୟ... ଦୟାକରି ମୋତେ ନିରାଶ କରିବ ନାହିଁ'।

ଦୀପୁ ତାର ଆପାର୍ଟମେଣ୍ଟକୁ ରାତିରେ ଫେରି ଆସିଲା। ମନେ ପଡିଗଲା ଦୀପା କଥା। ସମାଜର ଧରା ବନ୍ଧା ନିୟମ ଆଗରେ ହାର ମାନିଥିଲା। ଆଜି ଜେଜେ ଚାଲିଗଲେଣି। ବାପା, ବୋଉ ତାର ଇଚ୍ଛା ବିରୁଦ୍ଧରେ କେବେ ବି ଯାଇ ନାହାନ୍ତି। ଏ ଦେଶରେ ଏପରି ସଂସ୍କାରି ଝିଅ ମିଳିବା ଦୁର୍ଲ୍ଲଭ। ଏହି ପ୍ରାୟ ଦୁଇ ବର୍ଷ ଭିତରେ ସେ କେବଳ ପବିତ୍ର ପ୍ରେମ। ନିଚ୍ଛକ ଭାବ ଅନୁରାଗରେ ତାକୁ ବାନ୍ଧି ଦେଇଛି। ସେ ପୂର୍ବ ଭୁଲକୁ ଦୋହରାଇବ ନାହିଁ। ରାତି ୧:୩୦ ବାଜିଲାଣି। ସାଙ୍ଗେ ସାଙ୍ଗେ ଫୋନ ଲଗେଇଲା ଜେନିକୁ। ଜେନି ସତେ ଯେପରି ତାର ଫୋନ ଅପେକ୍ଷାରେ ଥିଲା। ଟେଲିପାଥ। ଗୋଟିଏ ରିଂରେ ଫୋନ ଉଠେଇଲା। ହଁ, ଜେନି ତୁମ ପ୍ରସ୍ତାବରେ ମୁଁ ଏକମତଓଏକା ନିଃଶ୍ୱାସରେ ଦୀପୁ କହିଲା। ସତେ ଯେପରି ଏକ ବଡ଼ ବୋଝ ଛାତିରୁ ଓହ୍ଲେଇ ଗଲା। ଦୁଇ ଜଣଙ୍କ ଆଉ ନିଦ ନାହିଁ। କଥା କହୁ କହୁ କେତେ ବେଳେ ରାତି ପାହି ଯାଇଛି ଜଣା ପଡିଲାନି।

ଦୁଇ ଦିନ ପରେ ଜେନି ଘରେ ଲଞ୍ଚରେ ଦେଖା। ଜେନିର ବାପା। ମା ଦୁଇ ଜଣ ବୋଷ୍ଟନର ଜଣା ଶୁଣା ଡାକ୍ତର। ଜେନି ତାଙ୍କର ଏକ ମାତ୍ର ଝିଅ। ସମ୍ଭ୍ରାନ୍ତ ପରିବାର। ଦୀପୁକୁ ଦେଖ ଦୁଇ ଜଣ ବହୁତ ଖୁସି ହେଲେ। ଦୀପୁ ତାର ବାପା, ବୋଉକୁ ବି ଜଣାଇ ଦେଲା ଫୋନରେ। ଜେନିର ଫୋଟୋଟିଏ କୁରିଅର କରିବାକୁ ଭୁଲିଲା ନାହିଁ।

ଏମବିଏ ସରିବା ପୂର୍ବରୁ ପ୍ରଖ୍ୟାତ ବ୍ଲାକରକ କମ୍ପାନୀରେ ମୋଟା ଅଙ୍କରେ ଇନଭେଷ୍ଟମେଣ୍ଟ ବ୍ୟାଙ୍କର ଚାକିରି ଅଫର ଆସି ଗଲା। ଜେନିର ବି ଥିଲା ଶେଷ

ବର୍ଷ। ଦୁଇ ଜଣ ନ୍ୟୁୟର୍କ ମୁଭ ହୋଇ ଗଲେ। ଦୀପୁର ଚାକିରୀ। ଜେନିର ପ୍ରସିଦ୍ଧ ସ୍କ୍ଲୋନ କେଟରିଂ ହସ୍ପିଟାଲରେ ରେସିଡେନ୍ସି ଆରମ୍ଭ ପୂର୍ବରୁ ଦୁଇ ଜଣ ମାୟାମୀ ବୁଲି ଆସିଲେ ଏକ ସପ୍ତାହ ପାଇଁ। ପ୍ରଥମେ ଗୋଟିଏ ଆପାର୍ଟମେଣ୍ଟ ଭଡ଼ା ନେଇ ରହିଲେ। ଛ ମାସ ପରେ ଅପ୍ଲାଉନ ଓ୍ବେଷ୍ଟଚେଷ୍ଟରରେ ଘର କିଣିଲେ ଜେନି ବାପା ମାଙ୍କ ଘର ପାଖରେ। ଏହା ପରେ ଉଭୟ ହିନ୍ଦୁ, ଇହୁଦୀ ରୀତିରେ ବାହାଘର ହେଲା। ଦୀପୁର ବାପା ମା। ଦୁଇ ଭଉଣୀ ଆସିଥିଲେ ଆମେରିକା ବାହାଘର ପାଇଁ। ଦୀପୁ ଟିକେଟ ପଠେଇ ସବୁ ବ୍ୟବସ୍ଥା କରି ଦେଇଥିଲା। ସମସ୍ତେ ଖୁସି ବାସିରେ ରହିଲେ।

ଏ ଭିତରେ ଜେନି ସବୁ ହିନ୍ଦୁ ରୀତି ନୀତି ଶିଖି ଗଲାଣି। ବହୁତ ବୁଦ୍ଧିମତୀ। ଖୁବ ଶୀଘ୍ର ଓଡ଼ିଆ ଶିଖି ଯାଇଛି। ଲାଇବ୍ରେରୀରୁ ବହି ଆଣି ଭାରତୀୟ ଓଡ଼ିଆ ରାନ୍ଧଣା ବି ଶିଖିଛି। ହାତରେ ଖାଇବା ତାର ପସନ୍ଦ। ଶାଢ଼ୀ, ଶାଲବାର କମିଜ ଆଦି ଭାରତୀୟ ଡ୍ରେସରେ ପିନ୍ଧିବାରେ ତାର କିଛି ଅସୁବିଧା ନ ଥିଲା। ବିଶେଷ କରି ଶାଢ଼ି ଜେନିକୁ ବହୁତ ମାନେ। ଯେତେ କର୍ମ ବ୍ୟସ୍ତ ଥିଲେ ବି ଜେନି ପରିବାର ପାଇଁ ଦିନର ରାନ୍ଧେ। ସମସ୍ତେ ଏକାଠି ଖାଆନ୍ତି। ଦୁଇ ଜଣ ବେଳେ ବେଳେ ମନ୍ଦିର କିମ୍ବା ଭାରତୀୟ ଉତ୍ସବକୁ ଯାଆନ୍ତି। ନିଜକୁ ଓଡ଼ିଆଣି ଭାବରେ ସ୍ବାମୀ ସହ ଖୁସିରେ ରହିବା ପାଇଁ ଟିକିଏ ବି ହେଲା କରିନି। ଦୀପୁ ଭାବେ ଜେନି ବୋଧେ ପୂର୍ବ ଜୀବନରେ ଭାରତୀୟ ଥିଲା।

ଦୁଇ ବର୍ଷ ପରେ ଜେନିର କୋଳକୁ ପୁଅଟିଏ ଆସିଲା। ଶ୍ରଦ୍ଧାରେ ନାମ ରଖିଲେ ହରି କ୍ରିଷ୍ଣ (ସାଙ୍ଗ ମାନେ ଡାକିଲେ ହ୍ୟାରୀ କିମ୍ବା କ୍ରିସ)। ସମୟ ଗଡ଼ି ଚାଲିଲା। ଜେନି ପୁଅକୁ ଭାରତୀୟ ସଂସ୍କୃତି ଅନୁଯାୟୀ ବଢ଼େଇଲା। ହରିକୁ ଶୃଙ୍ଖଳିତ ଆମ୍ନିର୍ଭରଶୀଳ ହେବାକୁ ଜେନି ଶିଖାଏ। ସକାଳେ, ସଂଜେ ମା' ପୁଅ ପ୍ରାର୍ଥନା କରନ୍ତି। ବର୍ଷକୁ ବର୍ଷ ସପରିବାର ଭାରତ ଯାଇ ବୁଲି ଆସନ୍ତି। ଦୀପୁର ବାପା ମା ବି ଜେନି ଭଲି ସୁଯୋଗ୍ୟ ବୋହୁ ପାଇ ବହୁତ ଖୁସି।

ହରି ସ୍କୁଲ ସାରି କଲେଜ ଗଲା। ସ୍କୁଲର ଭାଲେଡିକ୍ଟୋରିଆନ। ଟେନିସ ଚାମ୍ପିୟନ। ଗଣିତ। ପଦାର୍ଥ ବିଜ୍ଞାନ ଅଲିମ୍ପିଆଡ଼ରେ ଆମେରିକାକୁ ପ୍ରତିନିଧିତ୍ବ କରି ସ୍ବର୍ଷ ପଦକ ପାଇଛି। ଏମଆଇଟିରେ ପଢ଼ିଲା ବାପା ପରି। ସମୟ କ୍ରମେ ଉଭୟ ଦୀପୁ। ଜେନି ବରିଷ ଡାଇରେକ୍ଟର ହୋଇଗଲେଣି। ଦୀପୁର ବାପା। ଜେନିର ବାପା ମା ରିଟାୟାର୍ଡ। ଦୁର୍ଭାଗ୍ୟ ବଶତଃ ହରିର ଶେଷ ବର୍ଷ ବେଳେ ଜେନିର କର୍କଟ ରୋଗ ଚିହ୍ନଟ ହେଲା। ଦୁଃଖର ଛାୟା ପରିବାର ବର୍ଗଙ୍କ ଉପରେ ଘୋଟିଗଲା। ଛ ମାସ ହେଇଛି କି ନାହିଁ ପରିସ୍ଥିତି ସିରିଅସ ହେଲା। ଡାକ୍ତର ମାନେ ମାସେ ସମୟ ଦେଲେ।

ଦୀପୁ ଚାକିରୀରୁ ଲମ୍ବା ଛୁଟି ନେଇ ଜେନି ପାଖରେ ବାକି ସମୟ କଟେଇଲା। ଶେଷରେ ଏକ ବର୍ଷଣ ମୁଖର ରାତିରେ ଦୀପୁ କୋଳରେ ମୁଣ୍ଡ ରଖିଥିଲା ବେଳେ ଜେନି ଶେଷ ନିଃଶ୍ୱାସ ତ୍ୟାଗ ଗଲା। ସତେ ଯେପରି ପ୍ରକୃତି ଦୁଇ ପ୍ରେମୀଙ୍କ ସଂସାର ସମାପ୍ତିରେ ଅଶ୍ରୁଳ ବିଦାୟ ଦେଉଛି। ଜଣେ ଓଡ଼ିଆ ସନ୍ତୁ ବାହୁଡ଼ା ଦାସ ଲେଖିଥିଲେ।

ନୂଆ ଘର ଖଣ୍ଡେ ଦିନେ ପୁରୁଣା ହେବ,

ମାରିବ ଶୂନ୍ୟ ଲହଡ଼ି ଥୟ ନ ହୋଇବ।

ଉଇ ଚରିଗଲେ ଗଣ୍ଠି ବତାମାନ ଯିବ ଫିଟି,

ଛାଉଣି ଉଡ଼ିଶ ଗଲେ କାନ୍ତୁ ପଡ଼ିବ।

ନୂଆ ଘର ଦିନେ।

ନୂଆଁ ଘର ପୁରୁଣା ହୋଇ ଭାଙ୍ଗି ଗଲା ପରି ଯିଏ ଶରୀର ନେଇ ଜନ୍ମ ହୋଇଛି ସେ ଶରୀରର ମୃତ୍ୟୁ ନିଷ୍ଠିତ। ଗୀତାରେ କୁହାଯାଇଛି ଯାହାର ମୃତ୍ୟୁ ହୋଇଛି ତାର ପୁନର୍ଜନ୍ମ ନିଷ୍ଠିତ। ତେଣୁ ତୁମେ ଏହି ଅନିବାର୍ଯ୍ୟ ଘଟଣା ପାଇଁ ଶୋକ କରିବା ଉଚିତ ନୁହେଁ।

ଦୀପୁ ମନକୁ ବୁଝାଇ ଚାଲିଥାଏ। ତା'ର ମନେ ପଡ଼ିଗଲା ଗୀତାର ଶାଶ୍ୱତ ବାଣୀ।

ବାସାଂସି ଜୀର୍ଣ୍ଣାନି ଯଥା ବିହାୟ

ଶୀତୁଆ ସକାଲର ଦିନଟିଏ

ନବାନି ଗୃହ୍ଣାତି ନରୋଽପରାଣି।

ତଥା ଶରୀରାଣି ବିହାୟ ଜୀର୍ଣ୍ଣା-

ନ୍ୟନ୍ୟାନି ସଂଯାତି ନବାନି ଦେହୀ।

ଭଗବାନ ଶ୍ରୀକୃଷ୍ଣ ଆମ୍ଭର ଅମରତ୍ୱ, ଯାହା ଶରୀର ନଷ୍ଟ ହେବା ସହିତ ନଷ୍ଟ ହୁଏ ନାହିଁ, ବିଷୟରେ ବର୍ଣ୍ଣନା କରି ଅର୍ଜୁନଙ୍କୁ ଦିବ୍ୟ ଜ୍ଞାନ ପ୍ରଦାନ କରିଛନ୍ତି। ଯେପରି ଜଣେ ବ୍ୟକ୍ତି ପୁରାତନ ବସ୍ତ୍ର ତ୍ୟାଗ କରି ନୂତନ ବସ୍ତ୍ର ଧାରଣ କରିଥାଆନ୍ତି, ସେହିପରି ମୃତ୍ୟୁ ସମୟରେ ଆମ୍ଭ ଜରାଜୀର୍ଣ୍ଣ ଶରୀର ତ୍ୟାଗ କରି ଏକ ନୂତନ ଶରୀର ଧାରଣ କରେ। ଆମ୍ଭର ମୃତ୍ୟୁ ନାହିଁ। ଆମେ ଶରୀର ନୁହଁ ଆମ୍ଭ। ଜେନି ଏବେ ବି ସୂକ୍ଷ୍ମ ଭାବରେ ପାଖରେ ଅଛି। ଏ କଥା ପୁଅକୁ ବି ବୁଝେଇଲା।

ଦୀପୁ, ହରି ବନ୍ଧୁ ପରିଜନଙ୍କ ସହାୟତାରେ ଜେନିର କ୍ରିୟା କର୍ମ ଶେଷ କଲେ। ହରି ସ୍ନାତକ ସାରି କାଲିଫର୍ଣ୍ଣିଆରେ ସ୍ଟାନଫୋର୍ଡରେ ପିଏଚଡି କରିବାକୁ ଗଲା। ଦୀପୁ ତାର ବଡ଼ ଘର ବିକ୍ରି କରି ମାନହାଟାନରେ ଗୋଟିଏ କନଡୋ କିଣି ସିଫ୍ଟ ହୋଇଗଲା।

ଚାକିରୀରେ ବ୍ୟସ୍ତ ହୋଇ ଜେନି ଦେହାନ୍ତରର ଦୁଃଖ ଭୁଲିବାକୁ ଚେଷ୍ଟା କଲା। ଯୋଗ, ଧ୍ୟାନ, ବ୍ୟାୟାମ, ସ୍ୱାଧ୍ୟାୟରେ ଫୁରୁସତ ସମୟ କଟେଇଲା। ଚାରି ବର୍ଷ ପରେ ହରିର ପିଏଚଡି ସରିଲା। ସେ ଆମାଜନ କମ୍ପାନୀ ସାନଫ୍ରାନସିସ୍କୋରେ ରିସର୍ଚ ସାଇଣ୍ଟିଷ୍ଟ ଭାବରେ ନିଯୁକ୍ତି ପାଇଲା। ତାର ପିଏଚଡି ସହପାଠୀ ବିଦିଶା ତ୍ରିବେଦୀ ତାର ଗାର୍ଲଫ୍ରେଣ୍ଡ। ସେ ମାଇକ୍ରୋସଫ୍ଟରେ ରିସର୍ଚ ସାଇଣ୍ଟିଷ୍ଟ। ଦୁଇ ଜଣ ବେଳେ ବେଳେ ତିନି ଚାରି ଦିନ ପାଇଁ ନ୍ୟୁୟର୍କ ବୁଲି ଆସନ୍ତି।

ଶୀତୁଆ ସକାଳରେ ସ୍ମୃତିର ରୋମନ୍ଥନରେ ସେହି ସେଣ୍ଟ୍ରାଲ ପାର୍କ ବେଞ୍ଚରେ ଦୁଇ ଘଣ୍ଟା ବିତି ଗଲାଣି। ଦୀପୁ ପ୍ରକୃତିସ୍ଥ ହେଲା। ଘରକୁ ଫେରିବାକୁ ପଡିବ। ଧୀରେ ଧୀରେ ସାଇକେଲ ଷ୍ଟାଣ୍ଡ ଆଡକୁ ଚାଲିବା ଆରମ୍ଭ କଲା। ଏ କଣ? ଅନତି ଦୂରରେ ଅନ୍ୟ ଏକ ବେଞ୍ଚରେ ସମ୍ବଲପୁରୀ ଶାଢ଼ୀ ପରିହିତା ଜଣେ ମହିଳା ବସିଥିବା ଭଳି ଦେଖା ଯାଉଛି। ନିଶ୍ଚୟ ଓଡ଼ିଆ ହୋଇ ଥିବେ। ଏକାକୀ ବସି ସେ କୌଣସି ଚିନ୍ତାରେ ମଜ୍ଜି ଯାଇଥିବା ପରି ଜଣାଯାଉଛି। ଦୀପୁ ସେ ଦିଗରେ ଅଗ୍ରସର ହେଲା। ସକାଳୁ ସକାଳୁ କାଇଁ ବାଁ ଆଖି ଡେଉଁଛି। ବୋଉ କହିଥିଲା ଏହା ବନ୍ଧୁ ଦର୍ଶନର ଲକ୍ଷଣ। ଯେତିକି ଯେତିକି ସେ ଆଗକୁ ଗଲା ମୁହଁଟି ଚିହ୍ନା ଚିହ୍ନା ପରି ଲାଗିଲା। ଏ ନ୍ୟୁୟର୍କ ସହରରେ ସକାଳୁ ସକାଳୁ ସେଣ୍ଟ୍ରାଲ ପାର୍କକୁ କିଏ କାଇଁ ଓଡ଼ିଆ ସ୍ତ୍ରୀ ଲୋକ ଆସିବ। ଏମିତି ଭାବି ଭାବି ବେଞ୍ଚ ପାଖରେ ପହଁଚିଲା। ଆରେ ଏ ତ ଅତି ପରିଚିତ ମୁହଁ! ହଠାତ ପାଟିରୁ ବାହାରି ଆସିଲା। ଦୀପା... ତୁମେ ଏଠି? ଚମକି ପଡି ଠିଆ ହେଲେ ଭଦ୍ର ମହିଳା। ଭାବନା ଶୋଭାଯାତ୍ରାରେ ପୂର୍ଣ୍ଣଚ୍ଛେଦ ପକାଇ। ଚାରି ଚକ୍ଷୁର ମିଳନ ହେଲା। ଦୀପୁ ଭାଇ... ତୁମେ... ଦୁହିଁଙ୍କର ଆଖି ସଜଳ। ଏତେ ଦିନ ପରେ ସମ୍ପୂର୍ଣ୍ଣ ଅପ୍ରତ୍ୟାଶିତ ଭାବରେ ଦେଖା। ଦୀପା କୁଣ୍ଢେଇ ପକେଇଲା ଦୀପୁକୁ। ଦୁଇ ଜଣଙ୍କ ଆଖିରେ ଲୋତକର ବନ୍ୟା। ମୋତେ ତୁମେ କାହିଁକି ଛାଡି ଦେଇଗଲ। ଏମିତି ଗୋଟିଏ ମୁହୂର୍ତ୍ତ ନାହିଁ କି ତୁମକୁ ମୁଁ ଭୁଲି ଯାଇଛି। ଦୀପାର କୋହ ଅସମ୍ଭାଳ। ଅଜଣା ଅଶୁଆ ଜାଗାରେ ଏପରି ପୁନର୍ମିଳନ ଦେବୀ କୃପାରୁ ହିଁ ସମ୍ଭବ। ସେହି କୋହରେ ବି ଭରି ରହିଛି ଆନନ୍ଦର ଉଚ୍ଛ୍ୱାସ। ସବୁ ଦୁଃଖ, ସନ୍ତାପ ଧୋଇ ହୋଇଗଲା କ୍ଷଣିକ ମଧ୍ୟରେ। ଭଗିରଥଙ୍କ ସ୍ୱର୍ଗରୁ ଗଙ୍ଗା ଆଣି ନିଜ ପୂର୍ବଜ ମାନଙ୍କୁ ପୁନର୍ଜୀବନ ଦେଲା ପରି।

ହସି ହସାଇବାରେ ଅଛି ଯେଉଁ ଆନନ୍ଦ
ପରମାନନ୍ଦ ଏରେ ଯେହ୍ନେ ମକରନ୍ଦ।।
ମୁଠା ମୁଠା ସ୍ମୃତି ଗୁଡ଼ି ଦେଇଛି ସେହି ମିଳନକୁ ସ୍ୱପ୍ନ ପରି ବିଗତ ଦିନର

ଅନୁଭବ ଚିତ୍ର ଲହରୀରେ। ଐଶୀ ଶକ୍ତିର ଅଲୌକିକତାର ଏକ ମୂର୍ତିମନ୍ତ ପ୍ରକାଶ। ସତ୍ୟର ସ୍ୱୀକାରୋକ୍ତିରେ ବିରହ ତପସ୍ୟାର ନବ ଦିଗନ୍ତ। ଚମତ୍କାର ଘଟଣା ଚକ୍ର। ଦୁହେଁ ପ୍ରକୃତିସ୍ଥ ହେଲେ। ଦୀପୁ ଯତ୍ନରେ ଦୀପାକୁ ବେଞ୍ଚରେ ବସାଇ ତା ପାଖରେ ବସିଲା। ସେହି ଅପାଶୋରା ମୁହଁଟିରେ ବୟସର ଛାପ ବାରି ହେଉଛି। କିନ୍ତୁ ସୌମ୍ୟ ପବିତ୍ର ସୌନ୍ଦର୍ଯ୍ୟର ଆଭା ଆଜିବି ଅଟୁଟ। ସ୍ୱଷ୍ଟ। ପ୍ରଥମ ପ୍ରଶ୍ନ ଦୀପୁର। ବିବାହ କଲ ? ନାଁ… ଦୀପୁ ଭାଇ ତୁମେ ଥିଲ ମୋ ସ୍ୱପ୍ନର ନାୟକ। ଆଉ କିଏ ତୁମ ସ୍ଥାନ ନେଇ ପାରିବ ନାହିଁ। ତୁମର ବାଟ ଚାହିଁ ଚାହିଁ ଆଜି ବି ମୁଁ ଅବିଆଡ଼ି। ଆଉ ତୁମେ ? ଦୀପାର ପ୍ରଶ୍ନ ଦୀପୁକୁ। ମୁଁ ବି ତୁମ ଭଳି ଏକା। କିନ୍ତୁ ତ୍ୟାଗର ଗାରିମା। ପରାକାଷ୍ଠାରେ ତୁମେ ମୋ ଠାରୁ ବହୁତ ଉପରେ। ମୋର ପୁଅଟିଏ ଅଛି। ଏମିତିରେ ଦୀପୁ ତାର କାହାଣୀ କହିଲା। ଏବେ ଦୀପା, ତୁମ କଥା କୁହ।

ଦୀର୍ଘ ନିଃଶ୍ୱାସ ନେଇ ଦୀପା ଆରମ୍ଭ କଲା। ଦୀପୁ ସହ ସମ୍ପର୍କର ଡୋରି ଛିଡ଼ିଯିବା ପରର ଜୀବନ ଯାତ୍ରା। କହି ଚାଲିଲା କିଛି ମାସ ତ ମୁଁ ଜାଣି ପାରିଲି ନାହିଁ ତୁମ ବିନା କିପରି ବଞ୍ଚିବି। ଜୀବନର ଘନ ଘଟା କର୍ମ ଫଲ ସହିକି ଚାଲିବାକୁ ପଡ଼ିବ ନିଜ କର୍ମ ଈଶ୍ୱର ଭରସାରେ ଭଗବାନ ଗୀତାରେ କହିଲେ—

କର୍ମଣ୍ୟେବାଧିକାରସ୍ତେ ମା ଫଲେଷୁ କଦାଚନ।
ମା କର୍ମଫଲହେତୁର୍ଭୂର୍ମା ତେ ସଙ୍ଗୋଽସ୍ତ୍ୱକର୍ମଣି।।

କର୍ମ କରିବାରେ ତୁମର ଅଧିକାର ଅଛି, କିନ୍ତୁ କର୍ମର ଫଲରେ ତୁମର ଅଧିକାର ନାହିଁ। ନିଜକୁ କେବେ ବି ତୁମର କର୍ମ ଫଲର କାରଣ ଭାବେ ବିବେଚନା କରନାହିଁ, ବା କର୍ତ୍ତବ୍ୟହୀନତା ପ୍ରତି ଆକୃଷ୍ଟ ହୁଅନାହିଁ।

ମେଡିକାଲ ପଢ଼ା ସରିଲା ପରେ ଭାରତୀୟ ସେନାରେ ଡାକ୍ତର ହିସାବରେ ଯୋଗ ଦେଲି। ପ୍ରଥମ ପୋଷ୍ଟିଂ ଆର୍ମି ହେଡ଼କ୍ୱାର୍ଟର ହସ୍ପିଟାଲ, ଦିଲ୍ଲୀ। ଏହା ପରେ ଭାରତର ବିଭିନ୍ନ ଜାଗାକୁ ଟ୍ରାନ୍ସଫର ହେଲା। କାର୍ଗିଲ ଯୁଦ୍ଧରେ ଆହତ ସୈନ୍ୟ ମାନଙ୍କୁ ସେବା କରିବାର ସୌଭାଗ୍ୟ ମିଳିଥିଲା। ଦେଶ ପାଇଁ ଜୀବନ ଉତ୍ସର୍ଗ କରି ଦେଲି। ଆହତ ସୈନିକମାନଙ୍କ ଧୈର୍ଯ୍ୟ। ମନୋବଲରୁ ମୁଁ ବହୁତ ଶିଖିଲି ନିଜ ଜୀବନକୁ ବୁଝିବା ପାଇଁ। ଦିନ ପରେ ଦିନ ଗଡ଼ି ଚାଲିଲା। ସେନାର ମେଡିକାଲ କୋରର ଉଚ୍ଚତମ ସୋପାନରେ ପହଞ୍ଚି ଅବସର ନେଲି। ବର୍ତ୍ତମାନ ମିଳିତ ଜାତିସଂଘର ଏକ ଅଧିକାରୀ ଭାବରେ ୩ ବର୍ଷ ପାଇଁ ନ୍ୟୁୟର୍କରେ ପୋଷ୍ଟିଂ। ଦୁଇ ମାସ ହେଲା ଆସିଲିଣି। ପାଖରେ ଆପାର୍ଟମେଣ୍ଟରେ ରହୁଛି। ଯେତେବେଲେ ସମୟ ମିଲେ ଏହି ପାର୍କରେ ବସେ। ଏକାନ୍ତରେ। ଭଲ ଲାଗେ। କିନ୍ତୁ ତୁମେ ତ ମୋ ମନର ମଣିଷ। କେବେ ଭୁଲି

ନାହିଁ ତୁମକୁ। କର୍ମର ବଙ୍କା ଟଙ୍କା ଗୋଲୋକ ଧନ୍ଦା ଆମକୁ ପୁଣି ମିଶିବାର ସୁଯୋଗ ଦେଲା ଯାହାକି ମୋ ଭାବନା ପରିସୀମାର ବହୁତ ବାହାରେ ଥିଲା। ଏତିକି କହି ପ୍ରଶ୍ନିଳ ଦୃଷ୍ଟିରେ ଦୀପୁ ଆଡକୁ ଚାହିଁଲା। ଏହା ପରେ ଜୀବନର ଗତି କୁଆଡେ ଯିବ, ତାର ଉତ୍ତର ପାଇବା ପାଇଁ।

ଦୀପୁ ଏକାଗ୍ର ଚିତ୍ତରେ ଶୁଣୁଥିଲା। ଭାବୁଥିଲା ସେ ଦୀପା ଠାରୁ କେତେ ତଳେ। ପବିତ୍ର ସମ୍ପର୍କର ପୂଜାଫୁଲଟିକୁ ହୃଦୟ ଭିତରେ କେତେ ଯତ୍ନରେ ସାଇତି ରଖିଛି। ଧନ୍ୟ ଦୀପା। ଧନ୍ୟ ତୁମ ଜୀବନ। ଦୀପୁ ପରିଚିତ ହେଉଥିଲା ବାସ୍ତବ ପ୍ରେମର ସଂଜ୍ଞା ସହିତ। ପ୍ରେମହିଁ ଧୈର୍ଯ୍ୟ। ପ୍ରେମ ହିଁ ଦୟା। ଏଥିରେ ଈର୍ଷାର ଅବକାଶ ନାହିଁ। ଏହା ଗର୍ବର ବହୁ ଦୂରରେ। ଏଥିରେ ନା ଅଛି ଅପମାନ ନା ଅଛି କ୍ରୋଧ। ଏହା ଭୁଲକୁ ମନେ ରଖେ ନାହିଁ। ପ୍ରେମ ଭଲ। ଖରାପ ସମୟରେ ସହଭାବୀ ହୁଏ। ଏହା ସର୍ବଦା ସୁରକ୍ଷା, ବିଶ୍ୱାସ ସକାରାମ୍ପକତାରେ ପ୍ରତିଷ୍ଠିତ। ସର୍ବଂସହା ସେ। ଏହା ସର୍ବଦା ସଦ ଗୁଣର ସଂରକ୍ଷଣ କରେ। ସ୍ୱର୍ଗୀୟ ପ୍ରେମ କେବେ ବିଫଳ ହୁଏ ନାହିଁ।

ମାର୍ମିକ ନୀରବତା ପରସ୍ପରର ଆବେଗ। ପୁନର୍ମିଳନର ଆନନ୍ଦର ଫେଣ୍ଟାଫେଣ୍ଟି ଭାବନାକୁ ମାପୁଥିଲା। ଭବିଷ୍ୟତ ଚିନ୍ତନର ଅବୁଝା ମାପଦଣ୍ଡରେ। ମୌନତା କେତେ କଥା କହେ ତାହା ବୁଝି ହୁଏନା ଯେପରି ମନ ମହ୍ଲାରର ଝଙ୍କାର ଅବୁଝା ରହି ଯାଏ।

ଦୀପୁ କହିଲା 'ତୁମେ। ମୁଁ ଆଜି ଏକା। ଭଗବାନଙ୍କ ଏହା ନିର୍ଦ୍ଦେଶ ଯେ ଏହି ପରି ଆମେ ପୁଣି ମିଶିବା। ନିୟତିର ଖେଳରେ ଆମେ ସବୁ ସୂତା ଟଣା କଣ୍ଢେଇ। ଚାଲ ଆଜି ଠାରୁ ଆମେ ଏକାଠି ରହିବା। ମୁଁ ମୋର ଭୁଲର ପ୍ରାୟଶ୍ଚିତ କରିବାର ସମୟ ଆସିଛି। ମୁଁ ଏହାକୁ ହାତଛଡା କରିବାକୁ ଚାହେଁ ନାହିଁ। ତୁମେ ଯେତେବେଳେ ଯେମିତି ଚାହିଁବ ମୁଁ ତୁମକୁ ବିବାହ କରିବାକୁ ପ୍ରସ୍ତୁତ। କଣ କହୁଛ ?'

ଦୀପାର ଆନନ୍ଦାଶ୍ରୁ ଥମିବାର ନାମ ନେଉନି। ଦୀର୍ଘ ପ୍ରତୀକ୍ଷାର ଏପରି ପୋଏଟିକ ଅନ୍ତ ହେବ ତାହା ସମ୍ପୂର୍ଣ୍ଣ ଅଚିନ୍ତନୀୟ ଥିଲା କିଛି ଘଣ୍ଟା ପୂର୍ବରୁ। ଦୁହେଁ ଚାଲିଲେ ଦୀପୁର କନଡୋ ଅଭିମୁଖେ। ଜୀବନର ଆଗାମୀ ଯାତ୍ରା ପାଇଁ ପରସ୍ପରର ସହଯାତ୍ରୀ ଭାବରେ। ନୂତନ ପ୍ରତିଶ୍ରୁତି ସହ ଜୀବନ ସନ୍ଧ୍ୟାର ସମାପନ ଯାଏଁ। ମୁକ୍ତ ବନ୍ଧନ ଯେ ପୃଷ୍ଠଭୂମି। ବିସ୍ମୟ ଏ ଦୁନିଆ। ଅଭୁତ ଏ କର୍ମର ଗତି।

ଅନ୍ଧକାର ଆସେ ଆଲୋକ ପ୍ରକାଶର ପ୍ରସ୍ତୁତି ପାଇଁ। ସମୟର ପାଣି ଫୋଟକାରେ, ତାର ଅବସ୍ଥିତିର ସଦୁପଯୋଗ ଖୁବ୍ କମ କରନ୍ତି। ଅଧିକାଂଶ ଫୋଟକା କେବେ ଫୁଟିବ ସେହି ଚିନ୍ତାରେ ବ୍ୟସ୍ତ ଏବଂ ଚିନ୍ତା କେବେ ଚିତାରେ ବଦଳିଯାଏ ଜାଣି ହୁଏନା। ▪

SURYASNATA RATH

ସୂର୍ଯ୍ୟସ୍ନାତା ରଥ

ସୂର୍ଯ୍ୟସ୍ନାତା ରଥ ୧୯୮୪ ମସିହାରେ ଭୁବନେଶ୍ୱରରେ ଜନ୍ମଗ୍ରହଣ କରିଥିଲେ। ପେଶାରେ ସେ ଜଣେ ସଫ୍ଟୱେୟାର ଇଞ୍ଜିନିୟର। କର୍ମବ୍ୟସ୍ତ ଜୀବନରୁ କିଛିଟା ସମୟ ବାହାର କରି ଓଡ଼ିଆ କ୍ଷୁଦ୍ରଗଳ୍ପ ଲେଖିବାକୁ ଭଲ ପାଆନ୍ତି।

ଅଚିହ୍ନା

ବାହାରେ ଝିପ୍ ଝିପ୍ ବର୍ଷା। ଦି ଦିନ ହେଲାଣି ଘରେ ବସି ବସି ଭାରି ବିରକ୍ତ ଲାଗିଲାଣି। ଅଫିସ ଛୁଟି ଥିଲା। ଗାଁକୁ ନଯାଇକି ବଡ଼ ଭୁଲ କରିଛି ସେ। ଖଟରେ ଗଡ଼ି ଗଡ଼ି ଟିଭି ରିମୋଟକୁ ଚିପୁ ଚିପୁ ଭାବୁଥିଲା ଅଭିଷେକ। ଅଫିସ କାମ ଚାଲିଥିଲା ବେଳେ ଖାଇବାକୁ ସମୟ ହୁଏନା। କିନ୍ତୁ ଏବେ ବନ୍ଦ ଅଛି ବୋଲି କଣ କରିବ ସେ ବୁଝି ପାରୁନି। ନୂଆ ଜାଗା। ନୂଆ ଚାକିରି। ତାର କେହି ସେମିତି ସାଙ୍ଗବି ନାହାନ୍ତି ଏଠି। ଗୋଟେ ଦିଟା ମୁଭି ଦେଖିଲା ପରେ ଆଉ କିଛି ଦେଖିବାକୁ ଇଚ୍ଛା ନାହିଁ। ଟିକେ ଥଣ୍ଡା ଜ୍ୱରବି ଧରିଛି ତାକୁ। ସେଥିପାଇଁ ଏ ପାଗରେ ବାହାରି ହେଉନି।

ଘରେ ମା' ପାଖେ ଥିଲେ ଏତେ ବେଳକୁ ଗୋଟେ କପ ଅଦା ଚା' ସାଙ୍ଗକୁ ଗରମ ଗରମ ପିଠାଉ ମିଳି ସାରନ୍ତାଣି। ଛାଡ଼... ଭାବିକି ଲାଭ କ'ଣ... ନିଜକୁ ହିଁ ତ କରିବାକୁ ପଡ଼ିବ। ରୋଷେଇ ଘରକୁ ପାଦ ବଢ଼ାଉ ବଢ଼ାଉ କଲିଂ ବେଲ ଶୁଣିଲା ସେ। ଏଇ ଟାଇମରେ କିଏ ହେଇପାରେ ! ରୁମମେଟ ଫେରି ଆସିଲା କି ତା ଗାଁରୁ? ନା... ସେ ତ ଲମ୍ବା ଛୁଟି ନେଇକି ଯାଇଛି। କବାଟ ଖୋଲିଲା ଅଭିଷେକ। ଆଗରେ ଠିଆ ହେଇଥିଲେ ଜଣେ ମଧ୍ୟବୟସ୍କ ବ୍ୟକ୍ତି। ହସ ହସ ମୁହଁରେ। ପିନ୍ଧିଥିଲେ ସଫା ଧଲା କୁର୍ତ୍ତା ପାଇଜାମା ଆଉ ହାତରେ ଗୋଟେ ଛୋଟ ବ୍ୟାଗ। ତାଙ୍କୁ କେବେ ଦେଖିଲା ପରି ଆଦୌ ମନେ ପକେଇ ପାରିଲାଣି ସେ। କିଛି କହିବା ଆଗରୁ ଭଦ୍ରବ୍ୟକ୍ତି ଆରମ୍ଭ କଲେ "ବାବା ପୁପୁଲ... କେମିତି ଅଛୁ କିରେ ? ଚିହ୍ନ ପାରିଲୁ ? ନା ନା.. ତୁ କେମିତି

ଚିହ୍ନିବୁ। କୁନି ପିଲାଟେ ଥିଲୁ ଯେବେ ମତେ ଦେଖିଥିଲୁ। ଦେଖୁ ଦେଖୁ କହୁଥିଲୁ ମଉସା, ଲଡ଼ୁ ଆଣିଛ ? ମୋ ପିଠି ଉପରେ ବସୁଥିଲୁ। ଲୁଚକାଲି ଖେଳୁଥିଲୁ। ଆଉ ଗୋଡ଼ାଗୋଡ଼ି ଖେଳିଲା ବେଳେ ମୁଁ ତତେ ନଧରି ପାରିଲେ ହସି ହସି ଗଡ଼ି ଯାଉଥିଲୁ। ଆରେ... ଏତେ କଥା କହିଲିଣି। କିନ୍ତୁ ମୋ ପରିଚୟଟା ଦେଇନି। ମୁଁ ସନାତନ ମଉସା। ତୋ ବାପାର ପିଲା ଦିନର ସାଙ୍ଗ। ଏଇ ସହରରେ ମୋର କିଛି କାମ ଥିଲା। ଭାବିଲି ତୋ ସାଙ୍ଗେ ଟିକେ ଦେଖା କରିଦେବି। "କହି କହି ଘର ଭିତରକୁ ପଶି ଆସିଲେ ଭଦ୍ର ବ୍ୟକ୍ତି ଅଭିଷେକର ଉତ୍ତରକୁ ଅପେକ୍ଷା ନକରି। ଚକିତ ହେଇ ଚାହିଁଥିଲା ଅଭିଷେକ। କିଏ ଇଏ ? କେବେ ତ ଦେଖିଲା ପରି ମନେ ପଡୁନି! କିନ୍ତୁ ତା ଡାକ ନାଁ ଟା ଜାଣିଲେ କେମିତି ? ଘର ଫୋନଟା ଖରାପ ହେଇ ପଡ଼ିଛି। ନହେଲେ ହୁଏତ ଏବେ ସେ ମାକୁ ପଚାରି ଦେଇଥାନ୍ତା। କଣ କରିବ ଭାବୁ ଭାବୁ ଦେଖିଲା ମଉସା ସୋଫା ଉପରେ ବସି ନିଜ ପସରା ମେଲେଇ ସାରିଲେଣି। ବେସନ ଲଡ଼ୁ, କାକରା, ମୁଢ଼ିକି, ଗଜା ସବୁ ସବୁ ଗୋଟିଏ ଗୋଟିଏ କରି ବ୍ୟାଗରୁ କାଢୁଛନ୍ତି। କହିଲେ "ଏସବୁ ଆଣିଛି ତୋ ପାଇଁ। ତୋ ରୋଷେଇ ଘରଟା ଦେଖେଇଲୁ। ତତେ ଆଜି ବଢ଼ିଆ ଚା କରି ପିଆଉଛି ରହ।" ଅତି ଆପଣାର ମନେ ହେଉଥିଲେ ସେ। ଅଳ୍ପ ସମୟ ଭିତରେ ତା ଅସ୍ତବ୍ୟସ୍ତ ରୋଷେଇ ଘରକୁ ସଜାଡ଼ି ପକେଇଲେ ସେ। ଗରମ ଗରମ ଚା ସାଙ୍ଗକୁ ଗୋଟେ ଥାଲିରେ ପକୁଡ଼ି ତା ହାତକୁ ବଢେଇ ଦେବା ଭିତରେ କେତେ କଣ ଗପି ଚାଲିଥିଲେ ମଉସା। ତାଙ୍କ କଥା ଭିତରେ ଏତେ ଆତ୍ମୀୟତା ଥିଲା ଯେ ଚାହିଁକି ବି ମନା କରି ପାରୁନଥିଲା ଅଭିଷେକ। ରାତିର ଖାଇବା ମେନୁ ବି ସ୍ଥିର କରି ସାରିଥିଲେ ମଉସା ଯଃ ଭିତରେ। ଡାଲି, ଚାଉଳ, ପରିବା ଘରେ ଯାହା ଯେମିତି ଥିଲା ସବୁ ବାହାର କରି ଧୁଆ ଧୋଇ ଆରମ୍ଭ କରି ସାରିଥିଲେ ତାର ବାରଣ ସତ୍ତ୍ୱେ କହୁଥିଲେ "ଏକୁଟିଆ ବ୍ୟାଚେଲର ପିଲା କଣ ଖାଉଥିବୁ ମୁଁ କଣ ବୁଝି ପାରୁନି ? ନିଶ୍ଚେ ସେଇ ତଳ ହୋଟେଲରୁ ଇଆଡୁ ସିଆଡୁ କିଛି ମଗେଇ ଖାଇ ଦେଉଥିବୁ ଆଉ ତା ପରେ ପେଟ ଖରାପ କରୁଥିବୁ। ତୋର ଏଇ ନହ ନହକା ଚେହେରାକୁ ଦେଖି ମୁଁ ସବୁ ବୁଝି ପାରୁଛି। ଆଜିକାଲିକା ଟୋକା ତମେ ମାନେ ନଖାଇଲେ ବଳ କୁଆଡୁ ଆସିବ ?" ମଉସାଙ୍କ ପାଟିରେ ସତେ ଯେମିତି ଗୋଟେ ଗପର ପେଡ଼ି ଥିଲା ଆଉ ହାତରେ ଥିଲା ଅମୃତ! ତା'ପରଦିନ ବି ରହିଲେ ସେ ଆଉ ଭିନ୍ନ ଭିନ୍ନ ରକମର ଜିନିଷ ରାନ୍ଧି ଖୁଆଇ ଚାଲିଲେ ଅଭିଷେକକୁ। ରାତିରେ ଗୋଡ଼ ହାତ ସବୁ ଘସାଘସି କରି ପୂରା ତାର ଦେହଟାକୁ ଠିକ କରିଦେଲେ। ଇତଃସ୍ତତଃ ହୋଇ ପଡ଼ିଥିବା ପୂରା ଘରଟାକୁ ଓଲେଇ ପୋଛି ସଫାବି କରି ଦେଇଥିଲେ। କେମିତି ଗୋଟେ ଅଭୁତ ସ୍ନେହରେ

ବାନ୍ଧି ପକେଇଥିଲେ ତାକୁ ମାତ୍ର ଗୋଟେ ଦିଟା ଦିନରେ ମନ କହୁଥିଲା ଏ ମଉସା ଯିଏ ବି ହୁଅନ୍ତୁ... ଆଉ କିଛି ଦିନ ରହିଯାନ୍ତେ କି !

ପରଦିନ ସକାଳ । ଉଠୁ ଉଠୁ ଟିକେ ଡେରି ହେଇଯାଇଥିଲା ଅଭିଷେକର । ଉଠି ଦେଖ୍ଲା ବେଳକୁ ମଉସା ନାହାନ୍ତି । ନା ଶୋଇବା ଘରେ... ନା ଗାଧୁଆ ଘରେ... ଆଉ ତାଙ୍କ ବ୍ୟାଗବି ନାହିଁ । ଟିକେ ବ୍ୟସ୍ତ ଲାଗିଲା ତାକୁ । ଦି ଦିନ ଏତେ ଗପିଲେ ଆଉ ଏମିତି କେମିତି ହଠାତ ଚାଲିଗଲେ ! କିଛି ନକହି ! ନିଜ ଫୋନକୁ ଖୋଜିଲା ସେ । ଡ୍ରଇଂ ରୁମ ଟେବୁଲରେ ରଖିଥିଲା ବୋଧେ ସେ ଓୟାଲେଟ ସାଙ୍ଗୋ ଦି ଟା ଯାକ ନାହିଁ ! ଚମକି ପଡ଼ିଲା ସେ ! ଅଜଣା ଅଶୁଣା ଲୋକକୁ ଏମିତି ମୂର୍ଖଙ୍କ ପରି ଘରେ ପୁରେଇ ସେ ଭୁଲ କରି ଦେଇନି ତ ! ଯେତିକି ଦୁଃଖ ଲାଗୁଥିଲା ତାଉ ବେଶୀ ରାଗ ଆସୁଥିଲା ନିଜ ଉପରେ । ହଠାତ ନିଜ ଫୋନ ରିଂରେ ପ୍ରକୃତିସ୍ଥ ହେଇ କପବୋର୍ଡ ଖୋଲିଲା ସେ । ଓୟାଲେଟଟା ବି ସେଇଠି ହିଁ ଥିଲା । ସବୁ ଟଙ୍କା, ଏଟିମ କାର୍ଡବି ସୁରକ୍ଷିତ ଥିଲା । ଆଉ ଥିଲା ଗୋଟେ ଚିଠି । ଛି! କେମିତି କେଜାଣି ସେ ସନ୍ଦେହ କରୁଥିଲା ! ପଢ଼ିବା ଆରମ୍ଭ କଲା ସେ... “ବାବୁରେ... ତୁ ନିଶ୍ଚେ ଭାବୁଥିବୁ କିଏ ଏଇ ମଉସା ଆଉ କାହିଁକି ଆସିଥିଲେ ? ସତ କହିବାକୁ ଗଲେ ମୁଁ ତୋର ବାପାଙ୍କ ସାଙ୍ଗ ନୁହେଁ । ଦିନେ ଏମିତି ତଳ ଦୋକାନରେ ତତେ ତୋ ସାଙ୍ଗ ସାଙ୍ଗେ କଥା ହେଉଥିବାର ଶୁଣିଥିଲି । ସେଇଠୁ ତୋ ନା ଆଉ ବହୁତ କିଛି ଜାଣିଥିଲି ତୋ ବିଷୟରେ... ତୁ କାହିଁକି ଭାରି ନିଜର ନିଜର ଲାଗିଲୁ... ଠିକ ମୋ ପୁଅ ପରି... ଗୋଟେ ଦୁଇ ଦିନ ତୋ ସାଙ୍ଗେ ବିତେଇବାକୁ ଇଚ୍ଛା ହେଲା । ବୟସ ଥିଲା ବେଳେ ବହୁତ ପଇସା କମେଇ ଥିଲି ମୁଁ । ସ୍ତ୍ରୀ ଚାଲିଗଲା ପରେ ବାପା ମା ଦି ଜଣଙ୍କର ଭୂମିକା ନିଭେଇ ପିଲାଙ୍କୁ ବଡ଼ କଲି । କିନ୍ତୁ ବିଫଳ ହେଇଗଲି... ପାଠ ପଢ଼େଇଲି, ଚାକିରି କରେଇଲି... କିନ୍ତୁ ହୁଏତ ମଣିଷ ପଣିଆ ଟିକେ ଶିଖେଇ ପାରିଲିନି ! ନିଜ ନିଜ ଜୀବନରେ ସେମାନେ ବ୍ୟସ୍ତ ଆଉ ସେଇ ବ୍ୟସ୍ତ ଦୁନିଆରେ ନିଜ ବାପା ପାଇଁ ତାଙ୍କ ପାଖେ ସ୍ଥାନ ନାହିଁ । ସ୍ନେହ କାଙ୍ଗାଲ ମଣିଷଟେ ମୁଁ ! ସବୁ ଚେହେରା ଭିତରେ ମୋ ପିଲାଙ୍କ ଚେହେରା ଖୋଜେ... ଆଉ ଏମିତି ଘୁରି ବୁଲେ... କେବେ କେବେ ଗୋଟେ ଗୋଟେ ମୁହଁ ଭାରି ଆପଣାର ଲାଗନ୍ତି ଆଉ ମୁଁ ସେମିତି ସୁଯୋଗ ଜମା ଛାଡ଼ିବାକୁ ଚାହେଁନା... କିଛି ସମୟ ବିତେଇବାକୁ ପାଗଳ ହେଇଉଠେ ଆଉ ସେଇ ଭଲ ମୁହୂର୍ତ୍ତଗୁଡ଼ାକ ନିଜ ମନ ଭିତରେ ସାଉଁଟି ନିଏ । ଏମିତି ମିଛ ପରିଚୟ ଦେଇ ତୋ ଘରେ ରହି ଯଦି ତତେ କଷ୍ଟ ଦେଇଛି, ବୁଢ଼ା ଲୋକଟା ଭାବି କ୍ଷମା କରିଦେବୁ । ତୁ ଭଲରେ ରହରେ ବାବୁ... ଭଗବାନ ତୋର ମଙ୍ଗଳ କରନ୍ତୁ ।”

କୋହ ଉଠୁଥିଲା ଅଭିଷେକର। ଲୁହ ରୋକିବାକୁ ଚେଷ୍ଟା କରୁଥିଲା ସେ। କେବେ କେବେ ପରିଚୟ ଦରକାର ପଡ଼େନା... ଅଚିହ୍ନା ମାନେବି ସମ୍ପର୍କର ଡୋରିରେ ବାନ୍ଧି ପାରନ୍ତି। କିଏ ଥିଲେ ସେ ଅପରିଚିତ ସତରେ! କାନ୍ଥରେ ଲାଗିଥିବା ଫୁଲମାଲ ଦିଆ ବାପାଙ୍କ ଫୋଟୋଟାକୁ ଦେଖୁଥିଲା ସେ। ଆଜି କାହିଁକି ସେ ଭାରି ମନେ ପଡ଼ୁଥିଲେ!!!

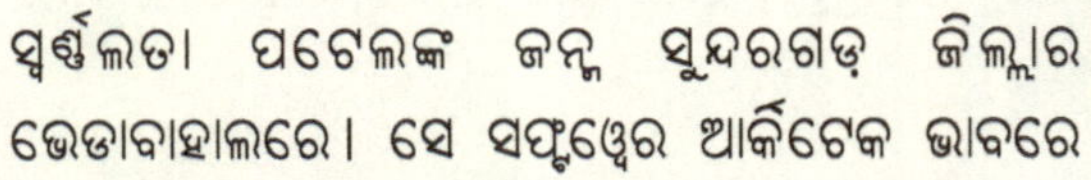

SWARNALATA PATEL
ସ୍ୱର୍ଣ୍ଣଲତା ପଟେଲ

ସ୍ୱର୍ଣ୍ଣଲତା ପଟେଲଙ୍କ ଜନ୍ମ ସୁନ୍ଦରଗଡ଼ ଜିଲ୍ଲାର ଭେଡ଼ାବାହାଲରେ। ସେ ସଫ୍ଟ୍‌ୱେର ଆର୍କିଟେକ ଭାବରେ ଆମେରିକାରେ କାମ କରନ୍ତି। ତାଙ୍କର ଅନେକ ଟେକ୍ନିକାଲ ପେଟେଣ୍ଟ ରହିଛି। ସେ ଓଡ଼ିଆ କ୍ଷୁଦ୍ରଗଳ୍ପ ସଂକଳନ 'ସମ୍ପର୍କର ରଙ୍ଗ' ତଥା ଇଂରାଜୀ '25 Incredible Women in Science and Technology' ବହିର ଲେଖିକା। ସେ କଥା ନବପ୍ରତିଭା ପୁରସ୍କାରରେ ସମ୍ମାନିତ। ସେ ଅବସର ସମୟରେ ପରିବାର ସାଙ୍ଗେ ସମୟ ବିତାଇବାକୁ ଏବଂ ଲେଖାପଢ଼ା କରିବାକୁ ବହୁତ ଭଲ ପାଆନ୍ତି। ତାଙ୍କ ମତରେ ସାହିତ୍ୟ ସମାଜରେ ସହାନୁଭୂତି ଓ ସମ୍ବେଦନାର ସେତୁ ତିଆରି କରେ। ସାହିତ୍ୟର ସମାଜ ପ୍ରତି ଅବଦାନ ଅତୁଳନୀୟ।

ଅପହଞ୍ଚ ଇଲାକା

ଇଞ୍ଜିନିୟରିଂ ପଢ଼ିବାବେଳେ ତିନିହେଁ ହଷ୍ଟେଲର ଗୋଟିଏ ରୁମ୍‌ରେ ରହୁଥିଲେ ଅନିତା, ଶୀଲା ଏବଂ ସୁପ୍ରଭା। କାଚ ଉପରେ ଲାଇଟ ପକାଇ ଇଞ୍ଜିନିୟରିଂ ଡ୍ରଇଂ କରିବାଠାରୁ ଭୁବନେଶ୍ୱର ମାଷ୍ଟର କ୍ୟାଣ୍ଟିନରେ ଚାଟ ଖାଇବା ଯାଏ ସବୁକାମ ମିଶିକି କରୁଥିଲେ। ଠିଆମଜାରେ କେହି କାହାଠୁ କମ୍ ନୁହନ୍ତି। କାହାଘରୁ ବାଡ଼ି ପିଜୁଲି କି ମିଠେଇ ଆସିଲେ ତିନିହେଁ ଭାଗକରି ଖାଉଥିଲେ। ଶେଷ ପରୀକ୍ଷା ଦିନ ଭାରି ମନ ଖରାପ କଲେ। ଶୀଲା ଭଲ ଲାଗୁନି ବୋଲି ଜମା ଖାଇଲାନି। ଘରକୁ ଯିବାର ଉତ୍ସାହଟା ସାଙ୍ଗମାନଙ୍କୁ ଛାଡ଼ିକି ଯିବାର ବିଷାଦରେ ଫିକା ପଡ଼ି ଯାଇଥିଲା। ସବୁଦିନ କଥା ହେବେ ବୋଲି କଥା ଦେଇ ତିନିହେଁ ଘରକୁ ଫେରିଲେ।

ସମୟ ଗଡ଼ି ଚାଲିଲା। ସୁପ୍ରଭା ବାଙ୍ଗାଲୋରର ଗୋଟିଏ ସଫ୍ଟ୍‌ୱେୟର କମ୍ପାନୀରେ ଚାକିରି କଲା। କିଛି ବର୍ଷ ପରେ ବାପାଙ୍କ ସାଙ୍ଗଙ୍କ ପୁଅଙ୍କୁ ବାହା ହୋଇ ସେଇଠି ଘର କିଣି ରହିଲା।

ଶୀଲା ବାହା ହୋଇ ଆମେରିକା ଆସିଲା । ଘରେ ପିଲା ଛୁଆଙ୍କୁ ନେଇ ତା ସଂସାର ।

ଅନୀତା ତା ପରିବାର ନେଇ ଆମେରିକାରେ । ସେ ଓ ତା' ସ୍ୱାମୀ ଗୋଟିଏ କମ୍ପାନୀରେ ଚାକିରି କରନ୍ତି । ଏତେ ବ୍ୟସ୍ତତା ଭିତରେ ମଧ୍ୟ ଛୁଟିଦିନମାନଙ୍କରେ ତିନି ସାଙ୍ଗ ଗପର ଆସର ଖୋଲନ୍ତି ।

ସୁପ୍ରଭା କୁହେ, 'ତୁମେ ଦୁହେଁ ତ ସ୍ୱର୍ଗପୁରୀରେ ଯାଇ ରହିଲ । ତୁମ କଥାରୁ ଯାହା ଜାଣିଲି, ସେଠି ଲୋକମାନେ ଖୁବ୍ ମେଳାପୀ ଓ ହସହସ । ରାସ୍ତାଘାଟ କି ସୁନ୍ଦର, ଅଳିଆ ଗଦାର ନାଁ ନାହିଁ । ମଶା ନାହାନ୍ତି କି ମାଛି ନାହାନ୍ତି । ଏଠି ଟ୍ରାଫିକ୍‌ଟା ଏଇ କିଛି ବର୍ଷରେ ବହୁତ ବଢ଼ିଯାଇଛି । ସହରର ଗୋଟିଏ ମୁଣ୍ଡରୁ ଆର ମୁଣ୍ଡକୁ ଯିବା ପାଇଁ କାରରେ ତିନି ଘଣ୍ଟା । ଟ୍ରାଫିକ ହର୍ଣ୍ଣରେ କାନ ବଧିର ହୋଇଯିବ । ପୁଅର ସ୍କୁଲରେ ଏଲ୍.କେ.ଜି ପାଇଁ ଲକ୍ଷେ ଟଙ୍କା ଡୋନେସନ୍ । ସେଇଥିରେ ପୁଣି ସିଟ୍ ମିଳୁନି ।

କାଲି ବାପାମା' ଗାଁରୁ ଆସିଛନ୍ତି । ବାଡ଼ିପଟ ପାଳଛତୁର ଯେଉଁ ସୁଆଦ, କେଉଁ ସୁପର ମାର୍କେଟରେ ଯେତେ ଦାମ ଦେଲେ ବି ମିଳିବନି । ମା' ହାତର ରାନ୍ଧଣା ଖାଇବାରେ ଗୋଟେ ଆତ୍ମତୃପ୍ତି । ମୋ ପୁଅର ସବୁ କଥାରେ ଆଇମା । ସେ ଆଇମା'ଙ୍କ ସାଙ୍ଗେ ଖେଳିବ, ଆଇମା' ଦେଲେ ହିଁ ଖାଇବ, ଆଇମା' ଗପ କହିଲେ ହିଁ ଶୋଇବ ।'

ଶୀଲା କୁହେ, 'କେଡ଼େ ଭାଗ୍ୟ ତୋର । ଗତମାସ ମାଉସୀ ପୁଅ ଭାଇଙ୍କ ବାହାଘର ବେଳେ ଗାଁକୁ ଯାଇଥିଲୁ । ଆଉ ଦି'ମାସ ପରେ ଦଶହରାରେ ପୁଣି ଯିବୁ । ବାପା ମା' ମଝିରେ ଆସି ପାରୁଛନ୍ତି । ଆମର ସେତିକି ହୋଇ ପାରୁନି । କେତେ ବର୍ଷରେ ଥରେ ଗାଁକୁ ଯାଉଛୁ ।'

'ହେଲେ ଏଠି ଆମେରିକାର ସୁଖ କାହିଁ ? କେତେବେଲେ ପାୱାରକଟ୍, ପାଣି ଆସୁନି ତ ପୁଣି କେତେବେଲେ ଗ୍ୟାସ ସରିଗଲାଣି ବୋଲି ଲାଇନ୍‌ରେ ରହିବାକୁ ପଡ଼ୁଛି । ଏତେ ଧୂଳି ଯେ ପ୍ରତିଦିନ ଘର ଓଲାଇବାକୁ ପଡ଼ୁଛି । ଚାକର ପିଲାଟି ଅଛି ବୋଲି ଏତେଟା ଜଣାପଡ଼ୁନି ।' ସୁପ୍ରଭାର ପ୍ରତ୍ୟୁତ୍ତର ।

ଅନୀତା କଥା ଯୋଡ଼େ, 'ତୋ ଘରେ ସିନା ଚାକର ପିଲାଟିଏ ଅଛି, ଏଠି ମାତ୍ର ଦୁଇଘଣ୍ଟା କାହାକୁ କାମ କରିବାକୁ ଡାକିବା ପାଇଁ ଭାରି ହଇରାଣ ଓ ମହଙ୍ଗା । ସବୁକାମ ନିଜେ କରିବାକୁ ପଡ଼ୁଛି । ମୋ ଝିଅର ଜନ୍ମବେଳେ ମୋ ଶାଶୁ କିମ୍ବା ମା' ଆସି ପାରିଲେନି । ମୁଁ ଯେ କେତେ ହଇରାଣ ହେଲି, ଖାଲି ମୁଁ ଜାଣିଛି ।

ଏଠି ସବୁ ପର୍ବପର୍ବାଣିକୁ ଆମେ ଖୁବ୍ ଝୁରି ହେଉ । ଗାଆଁର ପିଠାପଣା, ଆମ୍ବୁଅତା

ବହୁତ ମନେପଡେ । ଏଇଟି ବର୍ଷାରେ ଭିଜା ମାଟିର ଗନ୍ଧ ଅପେକ୍ଷା ଗାଁ ମାଟିର ବାସ୍ନା ବେଶୀ ସମ୍ମୋହନ କରେ । ଏଇ ତାରାମାନଙ୍କଠାରୁ ଆମ ଗାଁର ତାରା ବେଶୀ ଦାଉ ଦାଉ ଜଳନ୍ତି ।'

ଶୀଳା ଘରେ ରୁହେ । ଘରେ ବି କିଛି କମ୍ କାମ କି ? ହେଲେ ଅନୀତା ଚାକିରି କରେ ବୋଲି ଶୀଳା ଭାବେ, ସେ ତା' ଜୀବନରେ କିଛି କମ ହାସଲ କରିଛି । ସେ ଅନୀତାକୁ କୁହେ,'ତୁ ତ ଆରାମରେ ଅଫିସ ଯାଉଛୁ । ଅଫିସରେ ସମସ୍ତଙ୍କ ସାଙ୍ଗେ ମିଶୁଛୁ । ଯାହା ଇଚ୍ଛା ତାହା କିଶି ପାରୁଛୁ । ନିଜର ବୋଲି ଗୋଟିଏ ଅସ୍ତିତ୍ୱ ଅଛି । ମୁଁ ତ ଡ୍ରକଏଣ୍ଡ ଛାଡି ସବୁବେଳେ ଘରେ ରହୁଛି । ଯେତେ ଟି.ଭି ଦେଖିଲେ କି ଇଣ୍ଟରନେଟ୍‍ରେ ସିନେମା ଦେଖିଲେ ବି ସମୟ ସରୁନି । ସବୁଦିନ ବି ଘରଲୋକଙ୍କ ସାଙ୍ଗେ କ'ଣ କଥା ହେବ ?'

ଅନୀତାର ଓଲଟା କଥା । 'ଥଣ୍ଡା ହେଉ କି ବର୍ଷା ହେଉ, ସକାଳ ଛଅଟାରୁ ଉଠିବା ଯେ କେତେ କଷ୍ଟ, ସେଇଟା ଜଣେ ଭୁକ୍ତଭୋଗୀ ହିଁ କହିପାରିବ । ଅଫିସରେ ଡେଡଲାଇନ୍‍ର ପ୍ରେସର । ଅଫିସରୁ ଫେରିଲା ପରେ ପୁଣି ରୋଷେଇ ବାସ । ଜୀବନଟା ଗୋଟେ ଗତାନୁଗତିକ ରୁଟିନ୍ ହୋଇଗଲାଣି । ଟିକେ ଭଲରେ ନିଃଶ୍ୱାସ ମାରିବାକୁ ବି ଡର, କାଲେ ସମୟ ସରିଯିବ । ମୁଁ ତ ଭାବେ, କାଲେ ଘରେ ରହିଲେ ଭାରି ଆରାମ ।'

ଜଟିଳ ବୀଜଗଣିତ ଭଳିଆ ଆଲୁରୁବାଲୁରୁ ଲୋଚାକୋଚା ଜୀବନର ଅଙ୍କାବଙ୍କା ବାଟ । ଦୂରରେ ଥିବା ସବୁ ଜିନିଷଗୁଡା ବେଶ ସୁନ୍ଦର ଦେଖା ଯାଉଥିଲେ, ଯାହାକୁ ଛୁଇଁ ହେଉନଥିଲା କି ଧରି ହେଉନଥିଲା । ମୋହିନୀ ରୂପ ଦେଖାଇ ସୁଦୂର ଦୁର୍ବୋଧ ଦୃଶ୍ୟ ପ୍ରଲୋଭିତ କରୁଥିଲେ, ହେଲେ ଅମୃତ ବହୁତ ଦୂରରେ । ସମସ୍ତେ ଏକ ଅପହଞ୍ଚ ଛଲାକାକୁ ଝୁରି ହେଉଥିଲେ ।

KUKU DAS

କୁକୁ ଦାସ

କୁକୁ ଦାସ ତିନି ଦଶନ୍ଧିରୁ ଅଧିକ ସମୟ ଧରି କାଲିଫର୍ଣ୍ଣିଆ ବେ'ଏରିଆରେ ନିଜ ପରିବାର ସହିତ ବାସ କରୁଛନ୍ତି। ଓଡ଼ିଆ ସଂସ୍କୃତି ଏବଂ ଇତିହାସର ପ୍ରଚାର ଓ ପ୍ରସାର ପାଇଁ ୨୦୦୦ ମସିହାରେ ଆରମ୍ଭ ହୋଇଥିବା ଶିକ୍ଷା ଏବଂ ମାନବ ବିକାଶରେ ଉତ୍କର୍ଷତା କେନ୍ଦ୍ର ଭାବରେ ଜଣାଶୁଣା ଆନ୍ତର୍ଜାତୀୟ ଗୁରୁକୁଳ (ଆଇ-ଗୁରୁକୁଳ) ସଂଗଠନର ସେ ହେଉଛନ୍ତି ସହ ପ୍ରତିଷ୍ଠାତା। ସେ OSA ବାର୍ଷିକ ସମ୍ମିଳନୀର ସାଂସ୍କୃତିକ ଅଧ୍ୟକ୍ଷ, ୨୦୧୦ OSA ସମ୍ମିଳନୀ (ସାନ ଫ୍ରାନ୍ସିସ୍କୋ)ର ସଂଯୋଜକ, OSAର ଉପସଭାପତି (୨୦୧୧-୧୩) ଏବଂ OSAର ସଭାପତି (୨୦୧୯-୨୩) ଭାବରେ କାର୍ଯ୍ୟ କରିଛନ୍ତି। ସେ OSA ଜାତୀୟ ସ୍ତରରେ ଓଡ଼ିଆ ଭାଷା ଆନ୍ଦୋଳନର ନେତୃତ୍ୱ ନେବାରେ ଗୁରୁତ୍ୱପୂର୍ଣ୍ଣ ଭୂମିକା ଗ୍ରହଣ କରିଥିଲେ ଏବଂ ତାଙ୍କର ପ୍ରୟାସରେ OSA, ବାର୍ଷିକ ସମ୍ମିଳନୀ ଏବଂ ଅଧ୍ୟାୟ ସ୍ତରୀୟ କାର୍ଯ୍ୟକ୍ରମ ଉଭୟ ସମୟରେ ଓଡ଼ିଆ ଶଦ୍ଦାବଳୀ ଏବଂ ବକ୍ତୃତା ପ୍ରତିଯୋଗିତା ପ୍ରଚଳନ କରିଛି। ସେ ଗଳ୍ପ ଓ କବିତା ଲେଖନ୍ତି।

କୁସୁମ କଥା

ଜାନୁଆରୀ ମାସ ଶୀତୁଆ ସକାଳର କଅଁଳିଆ ଖରାଟା ବିଛେଇହେଇ ପଡ଼ିଛି ଶୋଇବା ଘରର ଖଟ ଉପରେ। ଉଠିବାକୁ ଇଚ୍ଛା ହେଉଥିଲେ ବି ଦେହଟା ଅବଶ ହେଇ ଯାଉଛି କୁସୁମଙ୍କର। ଆଖି ବନ୍ଦ କଲେ ସେ। ପଲକରେ କେତେବେଳେ ତିରିଶ ବର୍ଷ ଆମେରିକାରେ କଟି ଯାଇଛି, ତାଙ୍କୁ ଜଣା ପଡ଼ିନି। ଆଜି ଜୀବନର ଅପରାହ୍ନରେ ହାତ ବଢେଇ ପିଲା ଦିନର ସ୍ମୃତିଗୁଡ଼ିକୁ ସାଉଁଟି ଆଣିବାକୁ ଇଚ୍ଛା କଲାବେଳେ ସବୁ ଯେମିତି ଝାପ୍ସା ହେଇଯାଏ। କାଲି ମଝି ରାତିରେ ଫୋନ ଘଣ୍ଟିରେ ତାଙ୍କର ନିଦ ଭାଙ୍ଗି ଯାଇଥିଲା। ବିଦେଶରେ ତିନି ଦଶନ୍ଧି ଧରି ରହିଲା ପରେ ମଧ୍ୟ ଆଜିବି ଘର ଲୋକଙ୍କର ଏଠିକା ସେଠିକା ଦିନ ରାତିର ତଫାତ ବୁଝିବାରେ ଭୁଲ ହେଇଯାଏ। ଦିନେ ଦିନେ ମାଉସୀ ମଝି ରାତିରେ ଫୋନ କରି ପକାନ୍ତି। ଧରିଲେ ପଚାରନ୍ତି ମା' କୁସୁମ କ'ଣ

କରୁଛ, ଖାଇ ସାରିଲୁଣି। ନିଦରେ ଆଖ୍ ମଲୁମଲୁ କୁସୁମ କୁହେ ମାଉସୀ, ପ୍ରଣାମ। ତୁ ଫୋନ ଏବେ ରଖ। ମୁଁ ତୋ ସଙ୍ଗେ ପରେ କଥା ହେବି। କାଲି ରାତିରେ ଫୋନ୍ ଆସିଲା ପରେ ତାଙ୍କୁ କିନ୍ତୁ ଆଉ ନିଦ ନାହିଁ। ଫୋନ ଆରପଟୁ ଭାଇନା ଗମ୍ଭୀର ସ୍ୱରରେ କହିଥିଲେ ମିନୁ ନାନୀର ଦେହ ଭଲ ନାହିଁ। ଡାକ୍ତରଖାନାରେ ଭର୍ତ୍ତି ହେଇଛି। ଏବେ ଭଗବାନ ଭରସା। କରୋନା ମହାମାରୀ ପୃଥିବୀର ଚାରିଆଡ଼େ ବ୍ୟାପିଗଲା ପରେ ଜୀବନର ମୂଲ୍ୟ କେମିତି ବଦଳି ଯାଇଛି। ପ୍ରତିଦିନ ଟିଭି, ରେଡ଼ିଓରେ ଏ ବିଚିତ୍ର ରୋଗର ତାଣ୍ଡବ ଲୀଳା ଦେଖ୍, ଶୁଣି ମନ କେମିତି ଭୟରେ କାଠ ପାଲଟି ଗଲାଣି। କେତେବେଳେ ଉପରୁ ଡାକରା କାହା ପାଖରେ ପହଞ୍ଚି ଯାଉଛି, ତା' ଭଗବାନଙ୍କୁ ଜଣା। ଆଖିପତା ନିଦରେ ଭାରି ହେଇ ଯାଉଛି। ଅଜାଣତରେ କମ୍ୱଳଟିକୁ ଦେହ ଉପରକୁ ଟାଣି ନେଲେ କୁସୁମ।

କୁସୁମରେ ସ୍କୁଲରେ ଖୁବ ଧୁମଧାମରେ ପାଲନ ହୁଏ ଅଗଷ୍ଟ ପନ୍ଦର। ଜାତୀୟ ପତାକା ଉତ୍ତୋଳନ ସହିତ ହୁଏ ପ୍ରଭାତ ଫେରି। ହାତରେ ତ୍ରିରଙ୍ଗା ଧରି, ଧାଡ଼ି ବାନ୍ଧି ରଘୁପତି ରାଘବ ରାଜରାମ ଗୀତ ଗାଇ ଗାଇ ସାହି ସାହି ବୁଲିଲା ବେଳେ ମନଟା ଯାଇ ଥାଏ ବୁନ୍ଦି ଲଡ଼ୁ ରେ। ସ୍ଥାନୀୟ ଜିଲ୍ଲାପାଲ ମୁଖ୍ୟ ଅତିଥି ହେଇ ପତାକା ଉତ୍ତୋଳନ କରିବାକୁ ଆସନ୍ତି। ସାଙ୍ଗରେ ଆଣିଥାନ୍ତି ବୋଝେ ଲଡ଼ୁ ପିଲାମାନଙ୍କ ପାଇଁ। ଭଲ ଗୀତ ଗାଏ ବୋଲି କୁସୁମକୁ ମିଲି ଥାଏ ଦୁଇଟା ଲଡ଼ୁ। ଆଜି ଚଉଦ ତାରିଖ। କୁସୁମ ମନ ଭାରି ଦୁଃଖ। ଜାତୀୟ ସଙ୍ଗୀତ ଅଭ୍ୟାସ ବେଳେ ଆଜି ଖେଲ ଦିଦି ସଫା ସଫା କହି ଦେଇଛନ୍ତି ଯେଉଁମାନେ କାଲି ଜାତୀୟ ସଙ୍ଗୀତ ଗାଇବେ, ସେମାନଙ୍କୁ ନୂଆ ୟୁନିଫର୍ମ ପିନ୍ଧିବାକୁ ପଡ଼ିବ। କୁସୁମ ଭଲ ଗୀତ ଗାଏ ବୋଲି ସ୍କୁଲରେ ଶିକ୍ଷକ ଶିକ୍ଷୟତ୍ରୀ ତାକୁ ବହୁତ ଭଲ ପାଆନ୍ତି। କିନ୍ତୁ ପ୍ରଥମ କରି କାଲି ବୋଧେ ସେ ଗୀତ ଗାଇ ପାରିବନି। ଗତ ସପ୍ତାହରେ ଘରେ ଆସି କହିଥିଲା ମୋର ନୂଆ ୟୁନିଫର୍ମ ଦରକାର। ତା' କଥାକୁ ଘରେ କେହି ବିଶ୍ୱାସ କରି ନଥିଲେ। ମିନୁ ନାନୀ, ରୁନୁ ନାନୀ କହିଥିଲେ ତୋର ସବୁ ନାଟ। ନୂଆ ଡ୍ରେସ ପିନ୍ଧିବା ପାଇଁ ଏଇଟା ଗୋଟେ ନୂଆ ବାହାନା। ଭାଇନା କିଛି ନଶୁଣିଲା ପରି କ୍ରିକେଟ ବ୍ୟାଟଟା ଧରି ଖେଲିବାକୁ ବାହାରି ଯାଇଥିଲେ। ବାପା ଯାଇଛନ୍ତି ଅଫିସ କାମରେ କଟକ। ବୋଉ କହୁଥିଲା ବାପା ଆସିଲେ କହିବ ବୋଲି। ଆଜି ଆସି ଚଉଦ ତାରିଖ ସନ୍ଧ୍ୟା ହେଲାଣି। ବାପା ଆସିବାର ନାଁ ଗନ୍ଧ ନାହିଁ। ଆସନ୍ତା କାଲି ଯେତେବେଳେ ଦିଦି ତାକୁ ନୂଆ ୟୁନିଫର୍ମ ନାହିଁ ବୋଲି ସିଧା ସିଧା ମନା କରିଦେବେ, ତା' ସାଙ୍ଗ ସାଥି ମାନେ କେତେ ହସିବେ। ବହୁତ ଚିଡ଼େଇବେ। ଲଡ଼ୁ ମିଲିବା କଥା ତ ଛାଡ଼। ଆଠ ବର୍ଷର କୁନି ଝିଅ କୁସୁମର ମନ ଉପରେ ଦୁଃଖର

କଳାମେଘ ଯେମିତି ଘୋଟେଇ ଆସିଲା। ଆଖରୁ ଝରିଲା ଶ୍ରାବଣର ଧାର। ଆଜି ପେଟରେ ଭୋକ ନାହିଁ। ସନ୍ଧ୍ୟା ପ୍ରାର୍ଥନା ସାରି ମୁଣ୍ଡିଆ ମାରିଲା କୁସୁମ। ହେ ଦୟାମୟ ବିଶ୍ୱ ବିହାରୀ, ମୋ ଡାକ ଟିକେ ଶୁଣ। କିଛିଟ ମ୍ୟାଜିକ କର। କାନ୍ଦି କାନ୍ଦି ନଖାଇ ନପିଇ ଆଖ ଫୁଲେଇ ସେଦିନ ସନ୍ଧ୍ୟାରୁ ଶୋଇ ପଡ଼ିଥିଲା କୁସୁମ। ହଠାତ୍ ବୋଉ ଡାକରେ ନିଦ ଭାଙ୍ଗି ଗଲା ସକାଳୁ ସକାଳୁ। ତୁ କଣ ଆଜି ସ୍କୁଲ ଯିବୁନି ? ସେପଟେ ଦିଲ୍ଲୀ ଦୂରଦର୍ଶନରୁ ଶୁଭୁଥିଲା ପ୍ରଧାନମନ୍ତ୍ରୀ ଇନ୍ଦିରା ଗାନ୍ଧୀଙ୍କର ଲାଲ୍ କିଲା ଉପରୁ ଦେଶବାସୀଙ୍କୁ ସମ୍ବୋଧନ। ଧୀରେ ଆଖ ଖୋଲିଲା କୁସୁମ। ଏଁ.. ଇଏ କ'ଣ ? ମଶାରୀ ବାଡ଼ରେ ହାଙ୍ଗରରେ ଝୁଲୁଥିଲା ଗୋଟେ ସୁନ୍ଦର ନୂଆ ସ୍କୁଲ ୟୁନିଫର୍ମ। ସେ'ତ ଶୋଇଲାବେଳେ କିଛି ନଥିଲା। ନିଶ୍ଚୟ ଭଗବାନ ତା'ର ଡାକ ଶୁଣିଛନ୍ତି। ମୁହଁରେ ଫିକ୍ କରି ହସଟିଏ ଖେଳିଯାଇଥିଲା କୁସୁମର। ତରବରରେ ମୁଣ୍ଡରେ ବେଣୀ ପକାଉ ପକାଉ ବୋଉ ଗୋଟେ ବଡ଼ ଚୁମା ଦେଇ କହିଥିଲା, ଯାଆ ଏଥର ମନ ଦେଇ ଜାତୀୟ ସଙ୍ଗୀତ ଗାଇବୁ। ଭାଇନା ସାଇକେଲ ଧରି ବାହାରୁ ଡାକ ଛାଡ଼ିଥିଲେ, ଶୀଘ୍ର ଆସ। ତୋ ଯୋଗୁଁ ମୋର ବି ଡେରି ହେଲାଣି। କୁସୁମର ଆଖ କିନ୍ତୁ ଖୋଜୁଥିଲା ମିନୁ ଆଉ ରୁନୁ ନାନୀଙ୍କୁ। ଦେଖେଇବ ତା'ର ନୂଆ ଡ୍ରେସକୁ। ଦୁହେଁ କେତେ ଅଳସୁଆ। ଏବେବି ଶୋଇଛନ୍ତି।

ବହୁତ ଦିନ ପରେ କୁସୁମ ଜାଣିଥିଲା ଚଉଦ ତାରିଖ ରାତିର ରହସ୍ୟକୁ। ସେଦିନ ବୋଉଠୁ ଖବର ପାଇଲାପରେ ବାପା ଫୋନ କରିଥିଲେ ତାଙ୍କର ଜଣେ ବନ୍ଧୁଙ୍କୁ। ସେ ଥିଲେ ସ୍ଥାନୀୟ ବମ୍ଭେ ଡାଇଙ୍ଗ ଲୁଗା ଦୋକାନର ମାଲିକ। ଦୋକାନରେ କାମ କରୁଥିବା ଲୋକଟି ସନ୍ଧ୍ୟାବେଳେ ଘରେ ଆଣି ଦେଇ ଯାଇଥିଲା ନୂଆ କନା। ଦୁଇନାନୀ ଲାଗିପଡ଼ିଥିଲେ ରାତିଯାକ ୟୁନିଫର୍ମ ସିଲେଇରେ। ମିନୁ ନାନୀ ଉଷା ସିଲେଇ ଟ୍ରେନିଂ ନେଇ ସିଲେଇରେ ଥିଲା ଧୁରନ୍ଧର। ରୁନୁ ନାନୀ ହେମ, କାଜ, ବୋତାମ ଲଗେଇବାରେ ସାହାଯ୍ୟ କରିଥିଲେ। ପୂରା ରାତି ପାହି ଯାଇଥିଲା ସିଲେଇ ସାରୁ ସାରୁ। ସକାଳୁ ଶୋଇଯାଇଥିଲେ ଦୁଇଜଣ। ନାନୀମାନଙ୍କ ପ୍ରତି କୃତଜ୍ଞତାରେ ମନଭରି ଯାଇଥିଲା କୁସୁମର। ମୋ ନାନୀ ଦୁନିଆରେ ସବୁଠୁ ଭଲ କହି ପାଟି କରି ଉଠିଥିଲା ସେ।

ଆରେ, ଦିନ ଆସି ଆଠଟା ବାଜିଲାଣି, କେତେ ସ୍ୱପ୍ନ ଦେଖୁଛ। ହାତରେ ଖବରକାଗଜ ଧରି ଘର ଭିତରକୁ ଆସିଥିଲେ ସ୍ୱାମୀ ସୁବୋଧ। କହିଥିଲେ, ଶୁଣୁଛ, ମୁଁ ବିନୟ ସାଙ୍ଗରେ କଥା ହେଲି। ଏବେ ସେ ସୁପର କେୟାର ହସ୍ପିଟାଲର ହୃଦବସ୍ତ ବିଭାଗର ମୁଖ୍ୟ। ସେଇଟ ମିନୁ ନାନା ଅଛନ୍ତି। ଏବେ ତାଙ୍କର ଦେହ ବହୁତ ଭଲ

ଅଛି। ଦେହରେ ସୋଡ଼ିୟମ ପଟାସିୟମ ଟିକେ ଏପଟ ସେପଟ ହେଇଥିଲା। ଏବେ ସାଲାଇନ ଲାଗିଛି। ଚବିଶ ଘଣ୍ଟା ଡାକ୍ତରଙ୍କ ତତ୍ତ୍ୱାବଧାନରେ ରହିଲା ପରେ ଘରକୁ ଛାଡ଼ିଦେବେ। ଅବାକ ହେଇ ଚାହିଁଥିଲା କୁସୁମ। ଆଜି ବି ସେ କାଳିଆ ଠାକୁର ତା'ର କଥା ଶୁଣିଛନ୍ତି। ଭକ୍ତିରେ ହାତଦୁଇଟି ଯୋଡ଼ି ହେଇଯାଇଥିଲା ତା'ର।

JAGYNASENEE LENKA

ଯାଜ୍ଞସେନୀ ଲେଙ୍କା

ଓଡ଼ିଶାର ତାଲଚେର ସହରରେ ୧୯୮୨ ମସିହାରେ ଜନ୍ମ ଗ୍ରହଣ କରିଥିଲେ। ତାଙ୍କର ଶିକ୍ଷା ବି.ଏସ୍‍ସି (ଫିଜିକ୍ସ), ବି.ଏଡ୍‍. ଏବଂ ଏମ୍‍.ବି.ଏ. ପରେ ସେ ଶିକ୍ଷକତା ଆରମ୍ଭ କରିଥିଲେ। ସାହିତ୍ୟ ନିଜର ଭାବନା, ଚିନ୍ତାଧାରା ଏବଂ ଚଳଣିର ଏକ ଦର୍ପଣ ବୋଲି ସେ ବିଶ୍ୱାସ ରଖନ୍ତି।

ଖରାଛୁଟି

ଓଃ କି ଗରମ। ଏ ଖରାରୁ ତ୍ରାହି ମିଳିବନି। ଏମିତି କହୁ କହୁ ଘନଶ୍ୟାମ ବାବୁ ଘର ଭିତରକୁ ପଶିଲେ। ବାହାର ତାତିରେ ତାଙ୍କ ମୁଁହ ଟି ସତେ ଯେମିତି କଳାକାଠ ପଡ଼ିଯାଇଛି ଆଉ ଦେହଟା ଗୋଟାପଣ ଝାଳରେ ଜୁଡ଼ୁଜୁଡ଼ୁ ଓଦା। ତାଙ୍କ ସ୍ତ୍ରୀ ସୁମିତ୍ରା ହାତକୁ ଗାମୁଛା ଖଣ୍ଡେ ବଢ଼େଇ ଦେଇ ଗିଲାସେ ଦହିପାଣି ଦେଲେ ପିଇବାକୁ। ଆରାମ ଚୌକିରେ ବସିପଡ଼ି ପୋଛିପାଛି ହୋଇ ସେ ଦହି ଗିଲାସଟି ପିଇଲେ।

ଘନଶ୍ୟାମ ବାବୁଙ୍କୁ ମନେମନେ ହସୁଥିବାର ଦେଖି ସୁମିତ୍ରା କୌତୁହଳ ହୋଇ ପଚାରିଲେ 'କଣ ହେଲା କି ?' ଏତେ ଯେ ମନେ ମନେ ହସୁଛ। ଘନଶ୍ୟାମ ବାବୁ ଗୋଟେ ଦୀର୍ଘ ନିଃଶ୍ୱାସ ଛାଡ଼ି କହିଲେ, ବୁଝିଲ ସୁମିତ୍ରା। ଆଜି ବଜାରରେ ଜିନିଷ କିଣୁଥିବା ବେଳେ ସ୍କୁଲରୁ ଫେରୁଥିବା କିଛି ପିଲାଙ୍କୁ ଦେଖିଲି। ପିଲାମାନେ ବହୁତ ଖୁସିରେ କଥା ହେଉଥାନ୍ତି ଯେ ଖରାଛୁଟି ଆରମ୍ଭ ହେଇଗଲା ଆଉ କେମିତି କ୍ରିକେଟ ଆଉ ମୋବାଇଲ ଗେମ୍ ଖେଳିବେ।

ସୁମିତ୍ରା ସାଙ୍ଗେ ସାଙ୍ଗେ କହି ବସିଲେ, ହାଁ ଏ ପୁଅ ପିଲାଙ୍କର କାମ କଣ ଯେ ? ଦିନରାତି କ୍ରିକେଟ ଖେଳ ଚାଲିବ ଆଉ କାହାର ଝରକା, କାର କାଚ ଭାଙ୍ଗିବ। ମୁଁ ଯାଏ ସେପଟେ ଭାତ ବସିଛି, ଏ ଯୋଉ ଗରମ ଯେ ରୋଷେଇ କରିବାକୁ ବିଲକୁଲ

ଇଚ୍ଛା ହେଉନି । ଏତିକି କହି ସୁମିତ୍ରା ଉଠି ଯାଉଥିବା ବେଳେ ଘନଶ୍ୟାମ ବାବୁ ତାଙ୍କ ହାତକୁ ଧରି କହିଲେ, 'ଆଛା ଶୁଣ, ଟିକେ ଏଠି ବସ ତା'ପରେ ଯାଇ ରୋଷେଇ କରିବ ।' ହଉ କହୁଛ ଯଦି ଟିକେ ବସିଯାଏ କହି ସୁମିତ୍ରା ଗୋଟେ ଖୁସିର ହସଟିଏ ଦେଲେ । ଘନଶ୍ୟାମ ବାବୁ ସତେ ଯେମିତି ନିଜ ପୁରୁଣା ସ୍ମୃତିର ପିଟାରାକୁ ଖୋଲି କଣ ଗୋଟେ ଖୋଜୁଥିଲେ ।

ସତରେ କି ମଜା ସେ ପିଲାଦିନ, ସାଙ୍ଗସାଥୀ, ଗାଁ ପୋଖରୀ ଆଉ ବାଗୁଡ଼ି ଖେଳ । ଖରା ହେଉ କି ବର୍ଷା ସକାଳୁ ପଖାଳ ଗଣ୍ଡେ ଖାଇଦେଇ ବାହାରି ଯାଉଥିଲୁ ସ୍କୁଲ । କେବେ କେବେ ସାଇକେଲ ଯିବାକୁ ମିଳୁଥିଲା, ନହେଲେ ସବୁଦିନ ଚାଲିଚାଲି ଦୁଇଟା ଗାଁ ଦେଇ ଯିବା ବେଳେ ବାଟରେ ଗାଁ ଠାକୁରାଣୀଙ୍କୁ ମୁଣ୍ଡିଆ ମାରି ବାହାରିବା, କୁସୁମ ଖୁଡ଼ିର ଗାଈ ଚରେଇ ନେଇ ଯିବା, ଧନିଆ ଦାଦାଙ୍କ ଦୋକାନର ଚା ବାସନା, କୃଷ୍ଣଚୂଡ଼ା ଫୁଲରେ ଖେଳ, ଆଉ ସ୍କୁଲ ମାଷ୍ଟେଙ୍କ ପାଠ ପାଇଁ ମାଡ଼ ଭାରି ନିଜର ଲାଗୁଥିଲା । ସ୍କୁଲରୁ ଫେରି ଗାଁ ପୋଖରୀରେ ଡେଇଁ ପଡ଼ି ଗାଧୁଆ ସାରି, ତା'ପରେ ବୋଉ ହାତରନ୍ଧା ଉସୁନା ଭାତ ସହିତ ମୁଗଜାଇ ଡାଲମା, ଆଳୁ ଚକଟା ଆଉ ଗରମ ଗରମ ସୁନୁସୁନିଆ ଶାଗ ଭଜା ସତେ ଯେମିତି ଅମୃତ ଲାଗୁଥିଲା ।

ବୁଝିଲ ସୁମିତ୍ରା ଖାଲି ମୁଁ ନୁହେଁ ତୁମେ ବି ତ ଏମିତି ସ୍ମୃତିରେ ରହିଥିବ ବୋଲି କହି ଘନଶ୍ୟାମ ବାବୁ ସୁମିତ୍ରାଙ୍କୁ ଚାହିଁଲା ବେଳେ ଦେଖିଲେ, ସତରେ ସେ ଯେମିତିଗୋଟେ ଅଲଗା ଦୁନିଆକୁ ଚାଲିଯାଇଥିଲେ । ସୁମିତ୍ରା ଇତସ୍ତତଃ ହୋଇ କହିଉଠିଲେ, ହଁ ସେ ଆମ୍ବ ତୋଟା, ରଜସଜବାଜ, ପିଠାପଣା, ଜେଜେ ବାପାଙ୍କର ଡ଼ଗଡ଼ମାଲିର ପ୍ରଶ୍ନ ଆଉ ଜେଜେମାର ଗାଲି । ଜାଣିଛ ଶିକାରୁ ଘିଅ ଲୁଟେଇକି ଖାଇବାର ମଜା ବି କିଛି ଅଲଗା ଥିଲା । କହୁକହୁ ଆଖି ଓଦା ହେଇଯାଇଥିଲା ସୁମିତ୍ରାଙ୍କର, ଆଉ ଗୋଟେ ଭିନ୍ନ ଖୁସିର ଝଲକ ଦିଶୁଥିଲା ତାଙ୍କ ମୁହଁରେ ।

ଏକ ଗମ୍ଭୀର ସ୍ୱରରେ ଘନଶ୍ୟାମ ବାବୁ କହୁଥିଲେ, କିନ୍ତୁ ଏବେର ପିଢ଼ିର ପିଲାମାନଙ୍କ ପିଲାଦିନଟି ସତେ ଯେମିତି ମୋବାଇଲ ଆଉ କମ୍ପ୍ୟୁଟରରେ ସୀମିତ ହୋଇ ରହିଯାଇଛି । ବାପା ମା'ମାନଙ୍କର କାମ ବ୍ୟସ୍ତତା, ସ୍ୱଚ୍ଛଳ ଆର୍ଥିକ ଅବସ୍ଥା ଆଉ ପ୍ରତିଯୋଗିତାର ଚାପରେ ପିଲାମାନେ ନିଜର ଖରାଛୁଟିକୁ ବି ହରାଇ ବସିଛନ୍ତି ।

ସୁମିତ୍ରା ତାଙ୍କ କଥାକୁ କାଟି କହିଲେ, ମୁଁ କିନ୍ତୁ ତୁମ କଥାରେ ସହମତ ନୁହେଁ । ଖରାଛୁଟି କାଲି ଯାହା ଥିଲା ଆଜି ବି ସେଇଆ ଅଛି, କିନ୍ତୁ ତାକୁ ଉପଭୋଗ କରିବାର ଜରିଆ ବଦଲି ଯାଇଛି । ପୋଖରୀ ବଦଲି ଯାଇଛି ସୁଇମିଙ୍ଗ ପୁଲରେ, ଗାଁ ବନିଯାଇଛି ରିସୋର୍ଟ ଆଉ ମାମୁଁ ଘର ବନିଯାଇଛି ଇଣ୍ଟରନେଶନାଲ ଡେଷ୍ଟିନେସନ । ଆଜି ବି

ସମୟ ସେତିକି କିନ୍ତୁ ଆମେ ମାନେ ନିଜର ଜୀବନକୁ ଏତେ ବ୍ୟସ୍ତ କରିଦେଇଛେ କି ସେଥିରେ ଆମ ଆଗାମୀ ପିଢ଼ି ଜୀବନର ସରଳତା ଆଉ ସମ୍ପର୍କର ମଧୁରିତାରୁ ଦୂର ଏକ ଯାନ୍ତ୍ରିକ ଦୁନିଆରେ ବଡ଼ ହେଉଛନ୍ତି ।

ଘନଶ୍ୟାମ ବାବୁ ଏକମତ ହୋଇ କହିଲେ ହାଁ ଏଇଟା ଆମ ପିଢ଼ିର କର୍ତ୍ତବ୍ୟ କି ଆଗାମୀ ପିଢ଼ିକୁ AI -Acknowledging Intensity ବିଷୟରେ ଅବଗତ କରେଇବା । ସୁମିତ୍ରା କିଛି ନ ବୁଝିପାରି ପଚାରିଲେ Artificial Intelligence ଶୁଣିଥିଲି ହେଲେ ଏଇଟା ପୁଣି କଣ ?

ଘନଶ୍ୟାମ ବାବୁ ହସି ହସି କହିଲେ ତା ମାନେ ହେଲା ସଠିକ ସୁଯୋଗର ସଠିକ ପରିମାଣରେ ସଦୁପଯୋଗ କରିବା । ହଠାତ ଝରକାର କାଚ ଭାଙ୍ଗିବାର ଶବ୍ଦରେ ଦୁଇ ଜଣ ଦୌଡ଼ିଗଲେ ଦେଖିବାକୁ । ମନେ ମନେ ଭାବୁଥିଲେ ଯାହା ହେଉ କିଛି ପିଲାମାନେ ତ ମୋବାଇଲ କି କମ୍ପ୍ୟୁଟରରେ ନ ଖେଳି ବାହାରେ ଖେଳୁଛନ୍ତି ।

"ଚାଲନ୍ତୁ ଏକ ସୁନ୍ଦର ସନ୍ତୁଳିତ ନୈତିକତାର ଦୁନିଆ ବନେଇବାରେ ଯୋଗଦାନ କରିବା ।"

DEBU PANDA

ଦେବୁ ପଣ୍ଡା

ଦେବୁ ପଣ୍ଡା ଜଣେ ଆଇ.ଟି. ପ୍ରଫେସନାଲ ଭାବରେ କାର୍ଯ୍ୟରତ। ସେ ସାନ୍‌ଫ୍ରାନ୍‌ସିସ୍କୋ ବେ ଅଞ୍ଚଳରେ ରୁହନ୍ତି। ସେ ଉଭୟ ଓଡ଼ିଆ ଏବଂ ଇଂରାଜୀରେ କବିତା ଏବଂ କାହାଣୀ ଲେଖନ୍ତି। ସେ ପାଞ୍ଚଟି ବୈଷୟିକ ପୁସ୍ତକ ଏବଂ ପଚାଶରୁ ଅଧିକ ବୈଷୟିକ ପ୍ରବନ୍ଧ ଲେଖିଛନ୍ତି। ସେ ତାଙ୍କର ୟୁଟ୍ୟୁବ୍ ଚ୍ୟାନେଲରେ (https://www.youtube.com/@debupanda) ତାଙ୍କର ଭିଜୁଆଲ୍ କାହାଣୀ ଏବଂ କବିତା ପ୍ରକାଶ କରନ୍ତି।

ବୁଡ଼ି ଅଂଚଳର ଲୋକ

ବିଜୁଲିବତୀକୁ ଖୁବ ଘୃଣା କରେ ମୋର ମାମା ହେମବତୀ। ସେ କୁହେ, 'ଇଏ ବିଜଲି ବତୀ, ମୋର ଗାଁ, ମୋର ଘରଦୁଆର, ଖେତଖଲା ସବୁକୁ ଖାଇଦେଲା।' ଆମେ ଜେଜେମାଙ୍କୁ ମାମା ଆଉ ଜେଜେବାପାଙ୍କୁ ବାବା ବୋଲି ଡାକୁ। ମାମା ସବୁଦିନ ମୋତେ ମହାଭାରତ, ରାମାୟଣ ଛଡ଼ା ତା' ଗାଁର କାହାଣୀ କହେ। ସେ ତୃତୀୟ ଶ୍ରେଣୀ ପର୍ଯ୍ୟନ୍ତ ପାଠପଢ଼ିଥିଲେ ବି କେତେ ପୁରାଣ ତାର କଣ୍ଠସ୍ଥ। ହୀରାକୁଦ ନଦୀବନ୍ଧର ଜଳଭଣ୍ଡାରରେ ନିର୍ମଜ୍ଜିତ ୩୫୦ରୁ ଊର୍ଦ୍ଧ୍ୱ ଗାଁ ମଧ୍ୟରୁ ମୋ ବାବା, ମାମାଙ୍କର ଗାଁ ରମେଲା ଗୋଟିଏ। ସେମାନେ ବିସ୍ଥାପିତ ହେବାର ୩୫ ବର୍ଷରୁ ଊର୍ଦ୍ଧ୍ୱ ହୋଇଗଲା। ଗାଁ ମାଟିକୁ ଝୁରିଝୁରି ବାବା ଚାଲିଗଲେ ଛ'ମାସ ହେଲା। ଏବେ ମାମା ବିଛଣା ଧରିଛି, ଆଉ ଉଠୁନି।

ଭାରତ ସ୍ୱାଧୀନ ହେଲା। ଦେଶର ଲୋକେ କେତେ ଖୁସି। ଦିନେ ଖବର ଆସିଲା ମହାନଦୀ ଉପରେ ବଡ଼ ବନ୍ଧଟାଏ ଗଢ଼ାହବ ହୀରାକୁଦରେ। ବିଦ୍ୟୁତଶକ୍ତି ଉତ୍ପାଦନ ହେବ, ଜଳ ସେଚନର ସୁବିଧା ହେବ... ବନ୍ୟାର ପ୍ରକୋପରୁ କେତେ ସହର, ଗାଁ ବଞ୍ଚିବ। ହେଲେ ହୀରାକୁଦ ଜଳଭଣ୍ଡାରରେ ରମେଲା ପରି କେତେ ଶହ

ଗାଁ ନିମର୍ଜିତ ହେଇଯିବ... ଦେଢ଼ଲକ୍ଷରୁ ଅଧିକ ଲୋକଙ୍କୁ ତାଙ୍କ ଭିଟାମାଟିରୁ ବିସ୍ଥାପିତ ହେବାକୁ ପଡ଼ିବ। ରମେଲା ପରି ସବୁ ଗାଁରେ ଦୁଃଖର ଛାୟା ଖେଲି ଯାଇଛି। ସରକାର ତରଫରୁ ଆଶ୍ୱାସନା ଦିଆହେଇଛି- ତାଙ୍କୁ ସବୁ ସାହାଯ୍ୟ, ସହାୟତା ମିଲିବ। ଦିନେ ଗ୍ରାମବାସୀଙ୍କ ସଭା ହେଲା ଜଗନ୍ନାଥ ମନ୍ଦିରରେ। ମାମା ଗାଁର ମୁଖ୍ୟା ଲୋକମାନଙ୍କୁ କହିଲା, "କେଣ୍ଟ ଡରହା ଲୋକମାନେ ତୁମେ ମାନେ ଆଃ... ତୁମେ ମାନେ ଯିବ ତ ଯ... ମୁଁ ଇଠାନେ ଜନମ ହେଁଛେ... ଇନ ମରମୀ... ଦେଖମୀ କେନ ସରକାର ମତେ ଭଗାବା।" ମାମା ଖୁବ ସାହସୀ, କାହାକୁ ଡରେନି, ଯାହା ତା ମନକୁ ଆସେ ସେ କହି ଦିଏ। ମୁଁ ମାମାଠୁ କେତେ କଥା ଶିଖିଛି... ଗଛରୁ ଆମ୍ବ, ପିଜୁଳି ତୋଳିବା... ସାପ ମାରିବା... ନାଟକୀୟ ଭଙ୍ଗୀରେ କାହାଣୀ କହିବା।

      ମୋର ବାବା ପାଖ ଗାଁରେ primary ସ୍କୁଲରେ ଶିକ୍ଷକ ଥିଲେ। ସମସ୍ତେ ତାଙ୍କୁ ଖଗ ମାଷ୍ଟ୍ରେ ବୋଲି ଜାଣନ୍ତି। ତାଙ୍କୁ ନିତି ଚାରିକୋଶ ବାଟ ଚାଲି ଚାଲି ଯିବାକୁ ପଡୁଥିଲା। ମାମା ଘର, ଚାରି ପିଲା ସମ୍ଭାଲିବା ବ୍ୟତୀତ ଦଶ ଏକର ଜମିର ଚାଷ ଦେଖେ, ଘରେ ପୁଣି ଗାଈ, ବଲଦ ମିଶି କୋଡ଼ିଏ। ଗାଁ ଚାରିପଟେ ଜଙ୍ଗଲ। ମୋ ବାପା କହୁଥିଲେ, ଥରେ ତାଙ୍କ ଗାଁକୁ ଗୋଟେ ବାଘ ପଶି ଆସିଥିଲା। ଲୋକେ ଧନୁ, ତୀର ଧରି ତା ପଛରେ ଦୌଡ଼ିଲା ପରେ ବାଘଟା ତାଙ୍କ ଘର ଭିତରକୁ ପଶିଗଲା। ସେତେବେଲେ ଘରେ ଏକା ମାମା ଆଉ ତା' ଚାରିପିଲା ଥିଲେ। ମାମା ଲଣ୍ଠନ ଆଉ ବାଡ଼ିଟାଏ ଧରି ବାଘର ସାମ୍ନା କଲା। ୩-୪ ଘଂଟା ପରେ ଶିକାରୀଟାଏ ଆସି ବାଘକୁ ଗୁଲି ମାରି ଶୀକାର କଲା। ଆଖ, ପାଖ ଗାଁରେ ସେଦିନୁ ମାମାଙ୍କର ସାହସ ବିଷୟରେ ସମସ୍ତେ ଜାଣନ୍ତି।

      ମାମାର କଥା ଶୁଣି ପୁନି ପତି କହିଲେ, "ମୁଁ ଜାଣିଛେ ତୁଇ କେତେ ସାହସୀ ଆଉ... ହେଲେ ଇଟା ବାଘନୁହେ ଗା - ସରକାର ସଂଗେ ଲଢ଼ିବାର ଲାଗି ପଡ଼ବା... ଆମର କାନା ମନ ଅଛେ।"

      ତା'ପରେ ମାମା ସରପଞ୍ଚ ଉପରେ ଚିଲେଇ କହିଲା, "କାନା ଗୋ ଦାଦା... ତୁମେ ପରେ ଇଂରେଜମାନଙ୍କର ସଂଗେ ଲଢ଼ିଥିଲ- ଜହଲ ଯାଇଥିଲ, ଆଉ କାନା ମିଲିଲା... କଦା...।" ସରପଞ୍ଚବାବୁ ନିର୍ବିକାର... କିଛି ସମୟପରେ କହିଲେ, "ହେମ ବୁଇ, ଦେଶର ଭଲ ହେବା... ତେମଟା ହେଲେ... ବିଜଲୀବତୀ ଲାଗବା ସବୁ ଆଡ଼େ ସମ୍ବଲପୁର, କଟକନେ ମହାନଦୀ, କାଠଜୋଡ଼ି ନଦୀର ବଢ଼ିର ପ୍ରକୋପ କମିଯିବା...।"

      ମାମା ତାଙ୍କର କଥା କାଟି କହିଲା, "ଆମକେ କାନା ମିଲବା କହ... କେନ କଟକର ଲୁକକୁ ବଚାବାର ଲାଗି ଆମର ଘର ଦୁଆର ବୁଡ଼େଇ ଦେବେ... ଆମେ

କାନା ସ୍ୱାଧୀନ ନୁହେଁ ଇ ଦେଶେ... ତୁମେମାନେ ଯେ ଯିବ ୟ... ଘର, ଖେତ ଖଳା... ଗାଏ, ବଳଦ, ମୋର ଜଗନ୍ନାଥ ଗୁଡ଼ି ଛାଡ଼ିକରି ମୁଇଁ ନାଇଁ ଯାଏଁ।"

ମାମାର ସଂସାର ଏଠି। ପାଖର ଗୋଟେ ଗାଁରେ ସେ ଜନ୍ମ ହେଇଥିଲା। ତା ପାଇଁ ସମ୍ବଲପୁର, କଟକର ମହତ୍ତ୍ୱ କ'ଣ।

ତା'ପରଦିନ ସରକାରୀ ଅଫିସର ଆସିଲେ... ମନ୍ଦିର ସାମ୍ନାରେ ବସି ଗାଁ ଲୋକଙ୍କୁ ବୁଝେଇଲେ। ଜମି କିଣିବା, ଘର ତୋଳିବା ପାଇଁ ପ୍ରଚୁର ଟଙ୍କା ଦିଆ ହେବ– ନୂଆ ଜାଗାରେ ସେମାନେ ସୁରୁଖୁରୁରେ ନୂଆ ଜୀବନ ଆରମ୍ଭ କରି ପାରିବେ। ଏଠି ମଫସଲରେ କ'ଣ ଅଛି ବଡ଼ ଗାଁ କିମ୍ୱା ସହରରେ ରହି ପାରିବେ। ସେମାନଙ୍କ ଉପରେ ବି ପାଟି ତୁଣ୍ଡ କଲା ମାମା। ସେମାନେ ତାକୁ ବୁଝେଇବାକୁ ଚେଷ୍ଟା କଲେ କିଛି ଚିନ୍ତା କରିବାର ନାହିଁ... ବାବାଙ୍କ ବଦଲି ହେଇଯିବ ଏକ ଭିନ୍ନ ସ୍କୁଲକୁ... ବଡ଼ ଜାଗାରେ ପିଲାମାନେ ଭଲ ପାଠ ପଢ଼ି ପାରିବେ..."

ଆଉ ସପ୍ତାହ ପରେ ତାଙ୍କୁ ଛାଡ଼ିବାକୁ ପଡ଼ିବ ତାଙ୍କ ଗାଁ। ବଡ଼ କଷ୍ଟରେ ମାମା ରାଜି ହେଇଛି ଗାଁ ଛାଡ଼ିବା ପାଇଁ। ସେତେବେଳେ ବସ, ଟ୍ରେନର ସୁବିଧା ନ ଥିଲା, କେତେବା ଜିନିଷ ନେଇ ପାରିବେ ସାଥରେ ? ସେ ଯୌତୁକରେ ଆଣିଥିବା ଲୁହାବାକ୍ସ ଆଉ ଦୁଇ ତିନିଟା ମୁଣିରେ ତା'ର ଗହଣା, କଂସା ବାସନ, ଲୁଗା ପଟା ଯାହା ପୂରେଇବା ଆରମ୍ଭ କଲା।

କାଲି ସକାଳେ ଛାଡ଼ିବାକୁ ଗାଁ ହେବ ସେମାନଙ୍କୁ। ସବୁ ଲୋକେ ଜଗନ୍ନାଥ ମନ୍ଦିର ସାମ୍ନାରେ ବସି ଶୋକ କରୁଛନ୍ତି ତାଙ୍କ ଗାଁର ଅକାଳ ମୃତ୍ୟୁର। ମାମା ବି ଥୟ ହୋଇ ବସି ପାରିଲାନି କେଉଁଠ। ତା ଖେତ ଆଡ଼େ ଟିକେ ବୁଲି ଆସିଲା। ଏ ବର୍ଷତ ଖୁବ ଭଲ ଫସଲ ହେଇଛି। କେମିତି ଲହ ଲହ ହେଇ ହସୁଛନ୍ତି ଧାନ ଗଛଗୁଡ଼ା। ସତେ ଯେମିତି ଉପହାସ କରୁଛନ୍ତି। ଏଥର ତୁ ଆଉ ଆମକୁ କାଟି ପାରିବୁନି ତୋ ଦାଆରେ – ତୁ ଆଉ ନୂଆଖାଇ ପାରିବୁନି ଏଥର।

ଜଗନ୍ନାଥଗୁଡ଼ିକୁ ଯାଇ ପାଟି କଲା ଠାକୁରଙ୍କୁ– ତୁ କେତେ ନିଷ୍ଠୁର... ଆମର ଘର ବୁଡ଼େଇ ଦେବୁ... ତୁ କ'ଣ ଏତେ ଅସହାୟ ଯେ ନିଜର ମନ୍ଦିରର ବି ତୁ ବଞ୍ଚାଇ ନାଇଁ ପରବାର। ମନ୍ଦିର ସାମ୍ନାରେ ବସି ବାରିକ ଶଙ୍କର ଖ଼ଉର କରୁଥାଏ ସବୁ ପୁରୁଷମାନଙ୍କର। ସତେ ଯେମିତି ଶ୍ରାଦ୍ଧ କରା ହେଉଛି ରମେଇଲା ଗାଁର। କେବେ କାହା ସଂଗେ ଦେଖା ହେବ କେଜାଣି– ସମସ୍ତେ ଭିନ୍ନ ଭିନ୍ନ ସ୍ଥାନକୁ ନିର୍ବାସିତ ହେଉଛନ୍ତି। ବାବାଙ୍କ ଝାରସୁଗୁଡ଼ା ପାଖରେ ଥିବା ଏକ ସ୍କୁଲକୁ ବଦଲି ହେଇ ଯାଇଛି। ମାମାତ କେବେବି ବାହାରକୁ ଯାଇନି – ତା ମନରେ କେତେ ଯେ ଉତ୍କଣ୍ଠା।

ସନ୍ଧ୍ୟାରେ ଯାଇ ଗାଈ,ଗୋରୁଙ୍କୁ ଶେଷଥର ପାଇଁ ଖାଇବାକୁ ଦେଲା । ତା ପ୍ରିୟ ଗାଈ ଗୁରବାରି ଆଉ ତା' ବାଛୁରୀ ବୁଧୁକୁ କୁଣ୍ଠାଇ ଧରି କାନ୍ଦିଲା । ଏମାନେ ବି ତା ପରିବାର । ଏମାନଙ୍କୁ ଛାଡ଼ି ଚାଲିଯିବେ ସେମାନେ । ଗୁରବାରି ଯେମିତି ସବୁ କଥା ବୁଝିପାରି ମାମାର ମୁହଁକୁ ଚାଟି ସତେ ଯେମିତି ସାନ୍ତ୍ୱନା ଦେଉଥିଲା । ସନ୍ଧ୍ୟା ବୁଡ଼ି ଅନ୍ଧାର ହୋଇଗଲା... ବାବା ପହଁଚିଲେ ଲଣ୍ଠନଧରି... "ହେମ କାନ୍ଦ କରୁଛୁ – ଅନ୍ଧାରେ – ଭୋରନୁ ବାହାରମା..."

"ହଏଗୋ ଇ ଗୁରବାରି ଆଉ ବୁଧୁକେ ନାଇଁ ନେଇ ପାରନ୍ତା କାଏଗୋ ..ଇମାନେ ପାନିନେ ଭାସି ଗଲେ ଆମକୁ ପାପ ନାଇଁ ଲାଗେ ।"

"କାନ୍ଦ କରମା ..ପୁନିରତ ଶହେଟା ଅଛନ ..ସବୁକୁ ଛାଡ଼ି କରି ନାଇଁ ଯାଉଛେ ।"

ମାମା, ବାବା ସବୁ ଗାଈ, ବଳଦମାନଙ୍କର ପଘା ଖୋଲିଦେଇ ଘରକୁ ଆସିଲେ । ସେ ରାତିରେ ରୋଷେଇ ବନ୍ଦ । ସକାଳର ଯାହାଥିଲା ପିଲା ଖାଇଲେ- ବାବା, ମାମା ଖାଲି ପେଟରେ ଶୋଇଲେ । ସୂର୍ଯ୍ୟ ନୂଆଦିନର ଉନ୍ମାଦନା ଆଣୁଥାଏ ପୃଥିବୀରେ- ହେଲେ ୨ ୬୦୦୦ ପରିବାରଙ୍କ ପାଇଁ ନେଇ ଆସିଛି ନୂଆ ଉତ୍କଣ୍ଠା... ତାଙ୍କ ମନରେ ଭରି ଦେଇଛି ଦୁଃଖର ଛାୟା । ଲୋକେ ତାଙ୍କର ନିଜର ଘରଦ୍ୱାର ଛାଡ଼ି, ସୁଖଶାନ୍ତି ପରିତ୍ୟାଗ କରି ବାହାରିଛନ୍ତି ଏକ ଅଜଣା ଭବିଷ୍ୟତର ସନ୍ଧାନରେ ? ଏହା କଣ ଦେଶର ଉନ୍ନତି ପାଇଁ ତ୍ୟାଗ ନୁହେଁ ? ବାବା, ମାମା ବି ବାହାରିଲେ ପିଲାଙ୍କ ସହ । ମାମାର ଚକ୍ଷୁରେ ଅଶ୍ରୁର ବନ୍ୟା । ମାମାର ମୁଣ୍ଡଉପରେ ଲୁହା ବାକ୍ସ... ବାବା ଧରିଛନ୍ତି ଗୋଟାଏ ବସ୍ତା... ଆଉ ମୁଣି । ଦୁଇ କୋଶ ଚାଲିଲା ପରେ ପହଁଚିଲେ ରେଳ୍ୱେଲରେ । ଟ୍ରକ ପଛରେ କେତେ ଲୋକ ବସିଲେ ତା'ର ହିସାବ ନାହିଁ... ପିଲାଙ୍କ ନିଶ୍ୱାସ ନେବା ପାଇଁ ସ୍ଥାନ ନାଇଁ । ଆସିଲାବେଲେ ମହାନଦୀକୁ ଅଭିଶାପ ଦେଲା- "ମୋର ଘରକୁ ତୁଇ ଖାଉଛୁ – ଏଣ୍ଡା ଦିନ ଆସବା ତୁଇ ଶୁଖ୍ କରି କଣ୍ଡା ହେଇଯିବୁ- ତୋର ଦିହେ ଆଉ ପାଏନ ନାଇଁ ରହେ ।"

ଅଧଦିନର ଟ୍ରକରେ ଯାତ୍ରା କରିଲା ପରେ ପହଁଚିଲେ ଝାରସୁଗୁଡ଼ା । ସେଠୁ ଭୋକଶୋଷରେ ପୁଣି ଦୁଇ କୋଶ ଚାଲିଲା ପରେ ପହଞ୍ଚିଲେ- ବାବାର ନୂଆ ସ୍କୁଲ । କିଛିବି ବଢୋବସ୍ତ ନାହିଁ ସରକାର ତରଫରୁ । ସେଠି ଗୋଟେ class ରୁମ୍‌ରେ ରହିଲେ କିଛି ଦିନ । ତା ପରେ ପାଖରେ ଭଡ଼ାରେ ରହିଲେ ସେମାନେ । ଗୋଟାଏ କୋଠରୀରେ ଛଅ ପ୍ରାଣୀ । ଘରେ କିଛି ନାହିଁ । ତଳେ ଶୁଅନ୍ତି । ପୋଖରୀ ବି ବହୁତ ଦୂରରେ । ଗାଁରେ କେତେ ସୁବିଧାଥିଲା ତାଙ୍କର । ସେ ତେଲ ଆଉ ଲୁଣ ଛଡ଼ା କେବେ

କିଛି କିଶିନି । ଏଠି ଚାଉଳ, ପରିବା କିଣିଲେ ରନ୍ଧା ହେଉଛି । ଏଠି ବିହାରୀ ଦୁଧବାଲା ମହିଷୀ କ୍ଷୀର ଦେଉଛି । ସେଟା ପୁଣି ପାଣିଆ । ତା' ଗୁରବାରି କଥା ମନେ ପଡ଼େ । ତା ବାଡ଼ିର ସଜନା, ଅମୃତ ଭଣ୍ଡା, ଆମ୍ବ, ପିଜୁଳି ଗଛକୁ ଝୁରୁଥାଏ ପ୍ରତିଦିନ ।

ଏ ପର୍ଯ୍ୟନ୍ତ ସରକାରଠୁ କିଛି ସହାୟତା ମିଳିନାହିଁ । ବାବାଙ୍କର ଶିକ୍ଷକ ଚାକିରିର ଦରମାରେ କେମିତି କଷ୍ଟରେ ଚଳିଛନ୍ତି ତାହା ସେମାନେ ଜାଣିଛନ୍ତି । ମାମା ସାହି ପଡ଼ିଶାଙ୍କୁ ତା' ଗାଁ କଥା କୁହେ । ଦିନେ ଜଣେ ପଡ଼ୋଶୀ କହିଲା "ଇ ବୁଢ଼ି ଅଞ୍ଚଳର ଲୋକମାନଙ୍କର କେତେ ଭାଉରେ – ଯେତେବେଳେ ଦେଖିଲେ ଆମର ଇଟାଥିଲା, ସେଟା ଥିଲା । ଇନ୍ଧନ ତକ ଖଟ ଜୁଡ଼େ ଘିନି ନୁହେ ପାରନ ।"

ସତରେ ସେମାନଙ୍କର ତାଙ୍କ ଦୁଃଖ କେହି ବୁଝନ୍ତିନି । ତାଙ୍କର ପୁଣି ନୂଆ ପରିଚୟ 'ବୁଢ଼ି ଅଞ୍ଚଳର ଲୋକ' । ସେମାନେ ନିଜ ଦେଶରେ ସତେ ଯେମିତି ବିଦେଶୀ ପାଲଟି ଯାଇଛନ୍ତି । ସେଦିନୁ ବାହାର ଲୋକଙ୍କୁ ମାମା ତା ଗାଁ, ଘର ବିଷୟରେ କହିବା ବନ୍ଦ କରିଦେଲା ।

ପଣ୍ଡିତ ନେହେରୁ ଆସି ହୀରାକୁଦ ବନ୍ଧକୁ ଦେଶକୁ ଉପହାର ଦେଲେ । ସବୁଠି ବିଜୁଳି ଆସିଲା । ବହୁତ ଜାଗାରେ କେନାଲ ଆସି ଜଳ ସେଚନର ବ୍ୟବସ୍ଥା ହେଲା – ସେଠି ଚାଷୀମାନେ ଖୁସି । ହେଲେ ବୁଢ଼ି ଅଞ୍ଚଳର ଲୋକଙ୍କ ଥଇଥାନର ପାଇଁ ଦିଆହେଇଥିବା ପ୍ରତିଶ୍ରୁତି କେବଳ ଫାଇଲରେ ରହିଗଲା । ସରକାରଠୁ ଘର ତୋଳିବା ପାଇଁ ଯେତେ ଟଙ୍କା ମିଳିଲା ସେଥିରେ ଗୋଟାଏ କାନ୍ଥ ତୋଳିବା ଅସମ୍ଭବ । ଦଶ ଏକର ଜମିପାଇଁ ଯେତେ ଟଙ୍କା ମିଳିଲା ସେଥିରେ ଗୋଟାଏ ଏକର ଚାଷଜମି କିଣି ପାରିଲେ । ବେଲେ ବେଲେ ଅନ୍ୟ ବୁଢ଼ି ଅଞ୍ଚଳର ଲୋକଙ୍କ ସହ ଦେଖା ହୁଏ । ସମସ୍ତେ ସଂଘର୍ଷ କରୁଛନ୍ତି ବଞ୍ଚିବା ପାଇଁ । ଯେଉଁ ମାନେ ବଡ଼ ବଡ଼ ଚାଷୀ ଥିଲେ ସେମାନେ ଏଠି ଚପରାସି କି ପୂଜାରୀ ଭାବେ କାମ କରୁଛନ୍ତି ।

ହୀରାକୁଦ ଆଉ ମହାନଦୀ ଉପରେ ମାମା ରାଗ କମି ନାହିଁ । ତା ରୁମରେ ସେ କେବେ ଲାଇଟ ଜଳାଏ ନାହିଁ । ଏବେବି ଲଣ୍ଠନ ଲଗାଇ ରଖେ । ତା ରାଗ ଏତିକିଏ ତା ଆଖିରେ glaucoma ହୋଇ – ତାକୁ ଆଉ କିଛି ଦେଖା ଯାଉନି । ବିଜୁଳିବତୀ ଜଳିଥାଉ କି ନ ଥାଉ ତାର ପରବାୟ ନାହିଁ ଏବେ ।

ମତେ ତା ମନ କଥା ସବୁ କୁହେ । କେତେ କଷ୍ଟ କରି ତା ପିଲାଙ୍କୁ ମଣିଷ କରିଛି । ଝିଅମାନଙ୍କର ବାହା କରିଛି । ବାବାଙ୍କ ସାଥିରେ ଚାରିଧାମ, ଦିଲ୍ଲୀ, କଲିକତାରୁ ବୁଲି ଆସିଛି ହେଲେ ତାକୁ ତା ଗାଁ ରମେଳା ଛାଡ଼ି ଆଉ କିଛି ଭଲ ଲାଗେନା । ଏବେବି ତା ଜଗନ୍ନାଥ ଗୁଡ଼ିକୁ ଝୁରୁଥାଏ । ତା ଗୁରବାରିକୁ ନାଁ ଧରି ଡାକେ । ଦିନେ

କହିଲା। ଖରାଦିନେ ପରା ମହାନଦୀର ପାଣି କମିଗଲେ ତାଙ୍କ ମନ୍ଦିରର ମୁଣ୍ଡି ଦେଖାଯାଏ ଦୂରରୁ। ସେ କେମିତି ଟିକେ ଦେଖି ଆସନ୍ତା। ଜଳଭଣ୍ଡାରର ମଝିରେ ପରା ଗୋଟାଏ ପାହାଡ଼ ଛୋଟ ଦ୍ୱୀପ ପାଲଟି ଯାଇଛି। ସେଠି ପରା ଲୋକେ ଛାଡ଼ି ଆସିଥିବା ଅନେକ ଗାଈ ଗୋରୁ ଅଛନ୍ତି। ସେଠି କଣ ତା ଗୁରବାରି କି ବୁଢ଼ୁ ଥିବେକି ?

ବାବା ସରକାରଠୁ ନିଜର ପାଉଣା ପାଇଁ ତହସିଲ ଅଫିସ, କୋର୍ଟ, କଚେରୀ ଦୌଡ଼ି ଦୌଡ଼ି ସେପାରି ଚାଲିଗଲେ। ବାବାଙ୍କ ଚାଲିଯିବା ପରେ ମାମା ପୁରାପୁରି ଭାଙ୍ଗି ପଡ଼ିଲା। ଆଗରୁ ଆଖିରେ ଦେଖା ନ ଗଲେ ବି କେତେ ପିଠାପଣା, ମାଂସ ପୁରୁଗା ରାନ୍ଧି ପକାଏ। ବାବା ଗଲାପରେ ତାର ରନ୍ଧାବଢ଼ା, ପୂଜାପାଠ ବନ୍ଦ ହୋଇଗଲା। ଦିନସାରା ଖାଲି ତା ଖଟରେ ଶୋଇ ଖାସୁଛି ଆଉ ତା ଗାଁ ବିଷୟରେ ବିଳବିଳେଇ ହେଉଛି। ତା ଘର, ତା ବାଡ଼ି, ତା ଗୁରବାରି, ତା ଜଗନ୍ନାଥ ଗୁଡ଼ି କଥା। ଡାକ୍ତର ଆଶା ଛାଡ଼ିଦେଇଛନ୍ତି ତା ଠିକ ହେବାର। ଆଜି ବାହୁଡ଼ା ଯାତ୍ରାର ସନ୍ଧ୍ୟାରେ ମୁଁ, କକା ମାମାର ଖଟ ପାଖେ ବସି ଥାଉ। ସେ ମୋ ଆଡ଼େ ଚାହିଁ କହିଲା "ଏ ବାବୁ ତୁଇ ଜଲ୍‌ଦି ବଡ଼ ହେଇକରି... collector କି ମନ୍ତ୍ରୀ ବନିକରି ବୁଢ଼ି ଅଞ୍ଚଲର ଲୋକ ମାନଙ୍କର ଦୁଃଖର ସମାଧାନ କରବୁ।" ମୋତେ engineer ବନିବାର ଇଚ୍ଛାଥିଲେ ବି ମାମାକୁ କେବେ କହିନି – କାରଣ ସେ ବିଜୁଳୀଶକ୍ତିକୁ ଖୁବ ଘୃଣା କରେ।

ମୁଁ କିଛି କହିବା ପୂର୍ବରୁ ସେ ପାଟି କରି କହିଲା "ମୁଇଁ ବୁଢ଼ି ଅଞ୍ଚଲର ନୁହେଁ ଗୋ... ଆମର ଗାଁ ରମେଲ... ଚାଲଗୋ ଆମର ଗାଁର ରଥ ଦେଖ..." ତା' କଥା ଅସ୍ପଷ୍ଟ ହେଇ ଆସୁଥିଲା। ଆଉ କିଛି କହିବା ପୂର୍ବରୁ ତା ପାଟି ବନ୍ଦ ହେଇଗଲା। କିଛି ସମୟ ପରେ କକା ତା ନାଡ଼ୀ ଦେଖି କହିଲେ– "ମୋର ମା ମରି ଗଲାରେ ବାବୁ... ସେ ତାର ରମେଲାକେ ଝୁରି ଝୁରି ପଲେଇ ଗଲା।" ଦୁଃଖରେ ମୋ ଆଖିରୁ ଲୁହର ବନ୍ୟା ଆରମ୍ଭ ହୋଇ ଯାଇଥାଏ। ମୋ ବୁଢ଼ି ଅଞ୍ଚଲର ମାମାର ଶେଷ ସମ୍ମାନରେ ଘରର ସବୁ ବିଜୁଲିବତୀ ବନ୍ଦ କରିଦେଇ– ମାଙ୍କୁ ଲଣ୍ଠନଟାଏ ଜଲେଇବାକୁ କହିଲି।

SATYAJIT PATTANAIK
ସତ୍ୟଜିତ ପଟ୍ଟନାୟକ

ଶ୍ରୀଜଗନ୍ନାଥ ଧାମ ପୁରୀ ସହରରେ ଜନ୍ମିତ ଶ୍ରୀଯୁକ୍ତ ସତ୍ୟଜିତ ପଟ୍ଟନାୟକ ପରବର୍ତ୍ତୀ ସମୟରେ ଭୁବନେଶ୍ୱର ଏବଂ କଟକରୁ ଶିକ୍ଷାଲାଭ କରି ବୃତ୍ତିଗତ ଚିକିତ୍ସକ ଭାବେ ଅବସ୍ଥାପିତ ଥିଲେ। ୨୦୦୨ରେ କାନାଡା ଆସିବା ପରେ ଅଧ୍ୟୟନ ଓ ଜୀବିକା ନିର୍ବାହ କରିବା ସହ ସେ ନିୟମିତ ଭାବରେ ଗଳ୍ପ ଓ କବିତା ଲେଖନ୍ତି ଏବଂ ପଢ଼ନ୍ତି।

ପାଷାଣୀ

ଶାରଦୀୟ ଚନ୍ଦ୍ରମା ଅର୍କ ପ୍ରାଙ୍ଗଣରେ ମୁଠା ମୁଠା ଜ୍ୟୋତ୍ସ୍ନାଲୋକ ବିଞ୍ଛି ଦେଉଥିଲା ଯେପରି। ଅନତି ଦୂରରୁ ମହୋଦଧି ବୁକୁ ଛୁଇଁ ମୃଦୁ ସମୀରଣଟା ଆସୁ ଆସୁ ବେଳାଭୂମିର ବନରାଜି ଭିତରେ ପଥହରା ହୋଇ ଭୀତିପ୍ରଦ ଶବ୍ଦ ସଞ୍ଚାରଣ କରି ଚାଲିଥିଲା। ଅହରହ କାର୍ଯ୍ୟରତ ବାରଶ’ କାରିଗରରେ ରାଜାଦେଶ... ଯଥାଶୀଘ୍ର ସୂର୍ଯ୍ୟମନ୍ଦିର ନିର୍ମାଣ କାର୍ଯ୍ୟ ସମ୍ପୂର୍ଣ୍ଣ କରିବାକୁ ପଡ଼ିବ।

ନଭଶ୍ଚୁମ୍ବୀ, ଦୃପ୍ତ ଦଣ୍ଡାୟମାନ ମୁଖଶାଳା ସମ୍ମୁଖରେ ହସ୍ତରେ ନିହାଣ, ମୁଗୁର ଧରି ପାଷାଣ ବୁକୁରେ ଜୀବନ ସୃଷ୍ଟି କରିବାରେ ବ୍ୟସ୍ତ ଥିଲେ ଶିଳ୍ପୀ। ଅସମ୍ପୂର୍ଣ୍ଣ ନାଟ୍ୟ ମନ୍ଦିରର ପାଷାଣ ଗାତ୍ରରେ ଦେବ–ନର୍ତ୍ତକୀର ନେତ୍ର ପଟଳରେ ଶେଷ ସ୍ପର୍ଶ ଦେବା ପରେ ପରେ ଶିଳ୍ପୀ ନର୍ତ୍ତକୀର ଚକ୍ଷୁ ଯୁଗଳରେ ଏକ ଅଲୌକିକ ଚମକ ଅନୁଭବ କରି ଅଭିଭୂତ ହୋଇ ପଡ଼ିଲେ। ହାତରୁ ନିହାଣ, ମୁଗୁର ଖସି ପଡ଼ିଲା। ପ୍ରତିମାର ପାଦ ତଳେ ବସି ପଡ଼ି, ଅପରୂପ ଠାଣିରେ ନୃତ୍ୟରତା ନର୍ତ୍ତକୀକୁ ଅପଲକ ନେତ୍ରରେ ଦେଖିବାରେ ଲାଗିଲେ ଶିଳ୍ପୀ। ଯେତେ ଦେଖୁଥିଲେ ସେତେ ବିମୋହିତ ହୋଇ ଉଠୁଥିଲେ। କି ଅଭୁତ ସେ ଭାସ୍କର୍ଯ୍ୟ! ପ୍ରତୀତ ହେଉଥାଏ ସତେ ଅବା ମନ୍ଦିର ଗାତ୍ରରେ ପାଷାଣ ପ୍ରତିମା ନୁହେଁ, ଜୀବନ୍ତ ରୂପ ପରିଗ୍ରହଣ କରି ଏକ ଅପସରା ନୃତ୍ୟ ପରିବେଷଣ କରୁଛି! ହଠାତ୍ ମୋହଗ୍ରସ୍ତ ସମ ଶିଳ୍ପୀ ସ୍ୱଗତୋକ୍ତି କଲେ, ‘ହେ ଦେବ–ନର୍ତ୍ତକୀ, ସତେ କିବା ତୁମେ ଅମରାବତୀ ତ୍ୟାଗ କରି ଏ ଧରାବକ୍ଷରେ ଅବତୀର୍ଣ୍ଣ ହୋଇ ପାରିବ... ତୁମର ସାନିଧ୍ୟ ଆଶାୟୀ ଏହି ଅକିଞ୍ଚନ ନିମନ୍ତେ...ବାରେ ମାତ୍ର ହେଉ ପଛେ...? ତୁମର ଏ ଅପରୂପ ଲାବଣ୍ୟ,

ମୋହନୀୟ ଠାଣି, ଅଲୌକିକ ମୁଦ୍ରା, ସର୍ବୋପରି ସେ ଘାତକ କଟାକ୍ଷ ...ମୋତେ ସମ୍ପୂର୍ଣ୍ଣ ସମ୍ମୋହିତ କରି ଦେଇଛି। ନା..ନା..ତୁମ୍ଭର ବିଚ୍ଛେଦ ଅସହନୀୟ...।'

ଅଖଣ୍ଡ ନୀରବତା ଯେତେବେଳେ ଶିଷ୍ୟଙ୍କ ଧୈର୍ଯ୍ୟ ସୀମା ଲଙ୍ଘନ କଲା, ସେ ଆହତ କଣ୍ଠରେ ପୁନରୋକ୍ତି କଲେ...'ତେବେ ତୁମେ କ'ଣ ସତରେ ପାଷାଣୀ...ନା...ମୋ ସହିତ ଛଳନା କରୁଛ...?' କ୍ଷୋଭ ଭରା ସ୍ୱରରେ ପୁନଶ୍ଚ କହିଲେ,'ତା'ହେଲେ ତୁମେ ମୋର ସମସ୍ତ ଅନୁନୟକୁ ଉପେକ୍ଷା କରୁଛ ପ୍ରିୟେ...ଉତ୍ତମ...ତେବେ ତୁମେ ମଧ୍ୟ ଶୁଣି ରଖ... ମୁଁ ତୁମରି ପୟର ସମୀପରେ ଶେଷ ନିଃଶ୍ୱାସ ପର୍ଯ୍ୟନ୍ତ ତୁମର ପ୍ରତୀକ୍ଷା କରିବି...!' ଅଭିମାନରେ ଶିଷ୍ୟ ନର୍ତ୍ତକୀ ପ୍ରତିମାର ପଦ ଯୁଗଳରେ ମଥା ପାତି ଶାୟିତ ରହିଲେ।

କ୍ଷଣ ପରେ ଘଡ଼ି...ଘଡ଼ି ପରେ ପହର...ବ୍ୟତୀତ ହେବାରେ ଲାଗିଥାଏ। ନିକଟବର୍ତ୍ତୀ ଜନପଦରୁ ଶ୍ୱାନ ଶୃଗାଳଙ୍କର ସ୍ୱନ ରହି ରହି ଭାସି ଆସୁଥାଏ। ବିଳମ୍ବିତ ପ୍ରହରରେ ରାତ୍ରିର ନିସଙ୍ଗତାକୁ ଭଙ୍ଗ କରି ବିରହୀ ଚକୋର ଟା ବେଳେ ବେଳେ ବିଳପି ଉଠୁଥାଏ।

ଛମ୍...ଛମ୍...ଛମ୍...ନୂପୁର ନିକ୍ୱଣରେ ହଠାତ୍ ନିଦ୍ରାଭଙ୍ଗ ହୁଅନ୍ତେ, ମସ୍ତକରେ ସୁକୋମଳ ସ୍ପର୍ଶ ଅନୁଭବ କଲେ ଶିଷ୍ୟ...ସାରା ଶରୀରରେ ଏକ ତଡ଼ିତ୍ ଶିହରଣ ଖେଳିଗଲା ଯେପରି ! ଅଗର ଚନ୍ଦନର ଅପୂର୍ବ ସୁଗନ୍ଧରେ ବାୟୁମଣ୍ଡଳ ଭରି ଉଠୁଥିଲା ଏବଂ ଏକ ସ୍ୱର୍ଗୀୟ ଆଭାରେ ଚତୁର୍ଦ୍ଦିଗ ଉଭାସିତ ହେଉଥିଲା। ଏଁ...ଏ କ'ଣ ଦେଖୁଛି...'ବିସ୍ଫାରିତ ନେତ୍ରରେ ଶିଷ୍ୟ ଯାହା ଦେଖିଲେ ତାହା ଅବିଶ୍ୱସନୀୟ ପ୍ରତୀତ ହେଉଥିଲା...ସେହି ସୁଢ଼ଳ ଗ୍ରୀବା, ତୀକ୍ଷ୍ଣ ସୁଦୀର୍ଘ ନାସିକା, କୁଙ୍କୁମ ସୁଶୋଭିତ ଲଲାଟ, ସାଗରର ଗଭୀରତା ନେଇ ଢଳ ଢଳ ନୟନ ଯୁଗଳ...ଏ ଯେ ତାଙ୍କର ବହୁ ପ୍ରତୀକ୍ଷିତ ମାନସୀ...ଦେବ-ନର୍ତ୍ତକୀ ! ତା'ର ସୁକୋମଳ କ୍ରୋଡ଼ରେ ସ୍ଥାପିତ ଶିଷ୍ୟଙ୍କ ମସ୍ତକଟିରେ ଧୀରେ ଧୀରେ ହସ୍ତ ଚାଳନା କରୁଥିବା ବେଳେ ଗ୍ରୀବା ନତ କରି ତା'ଙ୍କ ମୁଖକୁ ଅବଲୋକନ କରି ଚାଲିଥିଲା ନର୍ତ୍ତକୀ...! କିଛି କହିବେ ବୋଲି ଚେଷ୍ଟା କରି ମଧ୍ୟ ଶିଷ୍ୟଙ୍କର ବାକ୍‌ସ୍ଫୁରିତ ହେଲା ନାହିଁ...କେବଳ ଓଷ୍ଠ ଯୁଗଳ ଥରି ଉଠିଲା। ସଙ୍ଗେ ସଙ୍ଗେ ଚମ୍ପା-କଢ଼ି ସମ ଅଙ୍ଗୁଳିରେ ଶିଷ୍ୟଙ୍କର ଓଷ୍ଠ ଥାପି, ନର୍ତ୍ତକୀ ମସ୍ତକ ହଲାଇ ଇଙ୍ଗିତରେ ବାରଣ କଲା କିଛି କହିବା ନିମିଉ। ହଠାତ୍ ଶୂନ୍ୟବାଣୀ ସମ ଏକ ବୀଣାଝିଣା କଣ୍ଠ ସ୍ୱର ତାଙ୍କର ଅନ୍ତଃକରଣରେ ଝଙ୍କୃତ ହେଲା,'ମୁଁ ଯେ କେବଳ ତୁମରି ପାଇଁ ଆସିଛି...ଅମରାବତୀ ଛାଡ଼ି...ଦେବର୍ଷିଷ୍ୟ ଶ୍ୱେତକେତୁ...! ଏହି ପୁନର୍ମିଳନ ମୁହୂର୍ତ୍ତ ପାଇଁ ଯୁଗ ଯୁଗାନ୍ତର ଧରି ଅପେକ୍ଷାରତ ଏ ଦେବ-ନର୍ତ୍ତକୀ ବାସବଦତ୍ତା...ଅଥଚ ତୁମେ ଏହି ସ୍ୱଳ୍ପ ମୁହୂର୍ତ୍ତର ବିଚ୍ଛେଦ ସହ୍ୟ କରି ପାରୁନାହଁ !'

ମନ୍ତ୍ରମୁଗ୍ଧ ପ୍ରାୟ ଶିଳ୍ପୀ ନର୍ତ୍ତକୀ ମୁଖକୁ ଚାହିଁ ତା'ର କଥାମୃତ ପାନ କରି ଚାଲିଥିଲେ...ତାଙ୍କୁ ପ୍ରତୀତ ହେଉଥିଲା ଯେପରି ନର୍ତ୍ତକୀ ସହିତ ତାଙ୍କର ସମ୍ବନ୍ଧ ଅନନ୍ତ ଯୁଗରୁ। ପୁନଶ୍ଚ ହୃଦୟର ଅନ୍ତକୋଣରେ ଝଙ୍କୃତ ହେଲା, 'ହେ ଦେବ, ସତରେ କ'ଣ ତୁମେ ତୁମର ଅତୀତ ବିଷୟରେ ବିସ୍ମୃତ...ବିସ୍ମରଣ ହୋଇ ଯାଇଛି ଅମରାବତୀର ସେହି ଦେବସଭା କଥା...? ମୋର ନୃତ୍ୟ ପ୍ରଦର୍ଶନରେ ପ୍ରୀତ ହୋଇ ଦେବରାଜ ଦେବସଭା ନାଟ୍ୟ ମଣ୍ଡପରେ ସ୍ଥାପନ ନିମିଉ ତୁମକୁ ମୋର ଏକ ପ୍ରତିକୃତି ଗଢ଼ିବା ନିମନ୍ତେ ଆଦେଶ ଦେଇ ଥିବା କଥା...ଆଉ ସେହି ଅବସରରେ ତୁମର ଓ ମୋ ଭିତରେ ଅଙ୍କୁରିତ ମଧୁର ସମ୍ପର୍କ...ତା'ପରେ ଗାନ୍ଧର୍ବ ରୀତିରେ ଆମର ବିବାହ...ଆଃ ...କି ସୁନ୍ଦର ଥିଲା ତୁମ ସହିତ ବିତାଇ ଥିବା ସେ ଅବିସ୍ମରଣୀୟ ମୁହୂର୍ତ୍ତ ଗୁଡ଼ିକ...ତୁମର କ'ଣ କିଛି ବି ସ୍ମରଣ ନାହିଁ...?' ଉତ୍ତର ପ୍ରତ୍ୟାଶୀ ନର୍ତ୍ତକୀର ସ୍ୱର କ୍ଷୋଭ ଓ ଅଭିମାନର ଆର୍ଦ୍ରତାରେ ଯେ ସିକ୍ତ ତାହା ଶିଳ୍ପୀ ବାରି ପାରିଲେ...ଆବେଗର ଉଚ୍ଛ୍ୱାସରେ ତା'ର ହସ୍ତ କମଳକୁ ନିଜର ଦୁଇ ହସ୍ତ ଦ୍ୱାରା ସ୍ୱୀୟ ମୁଖମଣ୍ଡଳରେ ଚାପି ରୁମିବାରେ ଲାଗିଲେ...! ଭାବୋଚ୍ଛ୍ୱାସର ପ୍ରତିକ୍ରିୟାରେ ବିରହ ବିଧୁରା ନର୍ତ୍ତକୀ ମଧ୍ୟ ମଥା ନତ କରି ଶିଳ୍ପୀଙ୍କ ଲଲାଟରେ ଆଙ୍କି ଦେଲା ଏକ ଚୁମ୍ବନ। ଏ କ'ଣ ହେଲା...ସେ କୁହୁକ ଚୁମ୍ବନର ତଡ଼ିତ୍ ପ୍ରବାହରେ ଶିଳ୍ପୀଙ୍କ ସାରା ଶରୀର ଆଲୋଡ଼ିତ ହେବାରେ ଲାଗିଲା...ରୋମାଞ୍ଚିତ ହୋଇ ଉଠିଲା ସ୍ନାୟୁସମୂହ...। ଧମନୀ ଏବଂ ଶିରା-ପ୍ରଶିରାରେ ରକ୍ତ ପ୍ରବାହ ଯେପରି ଉତ୍ତପ୍ତ ଲାଭା ସଦୃଶ ଧାବମାନ ହେଉଥିଲା... ବର୍ଦ୍ଧିତ ହୃଦ୍-କମ୍ପନ ସହ ଶ୍ୱାସ ପ୍ରଶ୍ୱାସ ଖରରୁ ଖରତର ହୋଇ ଉଠୁଥିଲା...!

ଅରୁଣୋଦୟ ମାତ୍ରକେ ଯେପରି ରାତ୍ରିର କାଳିମା ଅପସରି ଯାଏ ଠିକ୍ ସେହିପରି ଶିଳ୍ପୀଙ୍କ ଅନ୍ତଶ୍ଚକ୍ଷୁ ଉପରୁ ମାନବୀୟ ଅଦୃଷ୍ଟର ପରଦା ହଟିଯାଇ ଥିଲା...କ୍ଷଣିକ ନୀରବତାର ଅନ୍ତରେ ଯେତେବେଳେ ସେହି ନୈସର୍ଗିକ ସ୍ୱର ପୁନଃ-ଝଙ୍କୃତ ହେଲା, ଶିଳ୍ପୀଙ୍କ ମାନସ ପଟଳରେ ନର୍ତ୍ତକୀର କାହାଣୀ ଚଳଚ୍ଚିତ୍ରବତ୍ ଦୃଶ୍ୟମାନ ହେବାରେ ଲାଗିଲା... 'ଦେବରାଜଙ୍କ ବିନା ଅନୁମତିରେ ସ୍ଥାପିତ ଆମର ଏ ସମ୍ପର୍କ କାଳକ୍ରମେ ଦେବରାଜ ଙ୍କୁ ଆଉ ଅଛପା ହୋଇ ରହିଲା ନାହିଁ; ଆଉ ତା'ଙ୍କ କ୍ରୋଧ ପ୍ରତିଫଳିତ ହୋଇ ଥିଲା... ଦେବସଭା ନାଟ୍ୟ ମଣ୍ଡପ ରେ...ମୋର ନୃତ୍ୟ ପରିବେଷଣ ବେଳେ ସେହି ଦୁର୍ଭାଗ୍ୟପୂର୍ଣ୍ଣ ଦୁର୍ବଳ ମୁହୂର୍ତ୍ତରେ... କ୍ରମାଗତ ଭାବେ ମୋର ନୃତ୍ୟର ଲୟ ଓ ତାଳ ଭଙ୍ଗ ହେଉଥିଲା ଯେତେବେଳେ ମୋର ଦୃଷ୍ଟି ଏବଂ ଧ୍ୟାନ ବାରମ୍ବାର ଆକର୍ଷିତ ହେଉଥିଲା ସଭାସ୍ଥିତ ତୁମରି ପ୍ରତି...! ଏଥିରେ କ୍ରୋଧିତ ଦେବରାଜଙ୍କ ଦ୍ୱାରା ଅଭିଶପ୍ତ ହୋଇ ତୁମେ ମର୍ତ୍ତ୍ୟ ଲୋକରେ ଜନ୍ମ ନେଲ ଆଉ କଠୋର ଦଣ୍ଡାଦେଶ ଯୋଗୁଁ ମୁଁ

ପାଷାଣ ଖଣ୍ଡରେ ପରିବର୍ତ୍ତିତ ହେଲି... ହୁଏତ ଅନିର୍ଦ୍ଦିଷ୍ଟ କାଳ ପାଇଁ...। କିନ୍ତୁ ବିଧି ଆମ ନିମନ୍ତେ କିଛି ସୁ-ବିଧାନ ରଖିଥିଲା ନିଶ୍ଚୟ ! ସୌଭାଗ୍ୟକ୍ରମେ, ଆମେ ଦୁଇ ଜଣ ସୂର୍ଯ୍ୟନାରାୟଣଙ୍କ ଉପାସକ ଥିଲେ; ତେଣୁ ସୂର୍ଯ୍ୟଦେବଙ୍କ ହସ୍ତକ୍ଷେପ ଏବଂ ଆମ ଦୁହିଁଙ୍କର କ୍ଷମା ପ୍ରାର୍ଥନାରେ ଶାନ୍ତ ହୋଇ ଦେବରାଜ ଉଭୟଙ୍କୁ ମର୍ତ୍ତ୍ୟମଣ୍ଡଳରେ ସେହି ସୂର୍ଯ୍ୟଦେବଙ୍କ ଅଲୌକିକ ମନ୍ଦିର ନିର୍ମାଣ କାର୍ଯ୍ୟରେ ଯୋଗଦାନ ପୂର୍ବକ ପୁନର୍ମିଳିତ ହେବା ନିମିତ୍ତ ତଥା ଅଭିଶାପ ମୁକ୍ତ ହୋଇ ଅମରାବତୀ ପ୍ରତ୍ୟାବର୍ତ୍ତନ ନିମନ୍ତେ ଅନୁମତି ପ୍ରଦାନ କରିଥିଲେ...।' ପୁନଶ୍ଚ ନୀରବତା ବିଦ୍ୟମାନ ହେଲା।

ଅତୀତର ପରିଚିତି ଜାଣି ଶିଳ୍ପୀଙ୍କ ବୁକୁ ଏକ ଅଜଣା ପୁଲକରେ ପୁଲକିତ ହେଉଥିଲା...ମନ ଅନିର୍ବଚନୀୟ ଆନନ୍ଦରେ ଭରି ଯାଇଥିଲା...ସ୍ୱର୍ଗୀୟ ପ୍ରଣୟ ପରଶରେ ନବ ପ୍ରଣୟୀ ପରାୟ ଉନ୍ମାଦିତ ହେଉଥିଲା ! ନିମୀଲିତ ଚକ୍ଷୁରେ ଶିଳ୍ପୀ ଦେଖି ପାରୁଥିଲେ ନର୍ତ୍ତକୀ ମୁଖମଣ୍ଡଳରେ ସବୁ କିଛି ହରାଇ ଫେରି ପାଇବାର ଗର୍ବିତ ଆଭାସ...ଅତି ସୁନ୍ଦର ଢଳ ଢଳ ନୟନ ଯୁଗଳରେ ଥିଲା ଏକ ଅଭୁତ ଚମକ...ଯେପରି ଭରି ରହିଥିଲା ଯୁଗ ଯୁଗର ମିଳନର ଅଭୀପ୍‌ସା... ମୋହାଚ୍ଛନ୍ନ ଭାବେ ଶିଳ୍ପୀ ନର୍ତ୍ତକୀ ଉଦ୍ଦେଶ୍ୟରେ ବାହୁ ପ୍ରସାରୀ କମ୍ପିତ ଗଳାରେ ସମ୍ଭାଷଣ କଲେ, 'ହେ ପ୍ରାଣପ୍ରିୟେ...ବାସବଦତ୍ତା...ଏ ଶ୍ୱେତକେତୁ କୁ...ଚିର କାଳ ପାଇଁ ତୁମର ବନ୍ଧନରେ ବାନ୍ଧି ନିଅ...' ମିଳନ ପିୟାସୀ ନର୍ତ୍ତକୀ ଯେପରି ବହୁ ଯୁଗ ରୁ ଏହି ପ୍ରତୀକ୍ଷିତ ମୁହୂର୍ତ୍ତ ଅପେକ୍ଷାରେ ଥିଲା...ପଲକ ମାତ୍ରକେ ଶିଳ୍ପୀଙ୍କୁ ପ୍ରଗାଢ ଆଲିଙ୍ଗନରେ ଆବଦ୍ଧ କଲା....! ଦୁଇଟି ବିରହ ବିଧୁରିତ ଆମ୍ବାର ଏହି ମହା ମିଳନର ମୂକ ସାକ୍ଷୀ ଭାବେ ଦଣ୍ଡାୟମାନ ମୁଖଶାଳା ଯେପରି ଚାନ୍ଦ୍ରବିଧୌତ ରଜନୀର ଛାପି ଛାପିକା ଅନ୍ଧକାର ଆଢୁଆଳରେ ମୁହଁ ଲୁଚାଇବା ପାଇଁ ବୃଥା ପ୍ରୟାସ କରୁ ଥିଲା। ରାତ୍ରିର ଶେଷ ପ୍ରହର ସୂଚୀତ କରି ଚକୋରଟା ଚକୋରୀ ସହ ଉଡ଼ି ଚାଲିଗଲା... ଦୂରରୁ ସମୁଦ୍ରର ଧୀର ଗମ୍ଭୀର ନିର୍ଘୋଷ ରହି ରହି ରାତ୍ରିର ନୀରବତା ଭଙ୍ଗ କରୁଥିଲା।

ଅରୁଣୋଦୟର ଆଗାମୀ ସୂଚନା ଦେଇ ପୂର୍ବାକାଶ ରକ୍ତାଭ ହୋଇ ଆସୁଥିଲା...ଅର୍କକ୍ଷେତ୍ର ନାଟ୍ୟ ମନ୍ଦିର ଗାତ୍ରେ ନୃତ୍ୟରତ ଦେବନର୍ତ୍ତକୀ ପୂର୍ବବତ୍ ଅପରୂପ ଭଙ୍ଗୀରେ ଛନ୍ଦ ତୋଳୁଥିଲା ...ପ୍ରତିମା ପାଦ ନିକଟରେ ଲୋଟୁଥିଲା ଶିଳ୍ପୀଙ୍କର ନିଷ୍ପନ୍ଦ ଶରୀରଟା। ଆଲିଙ୍ଗନ ମୁଦ୍ରାରେ...ମୁଖମଣ୍ଡଳ ଭରି ଯାଇଥିଲା ଏକ ସୁଖଦ ପ୍ରଶାନ୍ତିରେ ...ଉନ୍ମୀଲିତ ଚକ୍ଷୁ ଯୁଗଳର ଅପଲକ ଦୃଷ୍ଟି ନଭୋପରି ପ୍ରାଣପ୍ରିୟାର ଗନ୍ତବ୍ୟ ପଥ ଉପରେ ନିବଦ୍ଧ ଥିଲା ଯେପରି....

MANORAMA CHOUDHURY
ମନୋରମା ଚୌଧୁରୀ

ମନୋରମା ଚୌଧୁରୀ, ଶ୍ରୀକୃଷ୍ଣ ପ୍ରେମରେ ଅନୁପ୍ରାଣିତ ଜଣେ ସାହିତ୍ୟପ୍ରେମୀ, ପେଶାରେ ଗୃହିଣୀ ଓ ନିଶାରେ କବି, ଆମେରିକାରେ ରହୁଥିବା ଜଣେ ପ୍ରବାସୀ ଓଡ଼ିଆ! ତାଙ୍କର ପ୍ରକାଶିତ ପୁସ୍ତକ 'ଅଷ୍ଟନାୟିକା: ତତ୍ତ୍ୱ ଓ କବିତା', ସାହିତ୍ୟାକାଶରେ ଏକ ଅନବଦ୍ୟ ସୃଷ୍ଟି। ସେ ଜଣେ କବି, ଲେଖିକା, ପ୍ରାବନ୍ଧିକା, ଗୀତିକାର ଓ ଚିତ୍ରକାର ହେବା ସହ ଅଧିକାଂଶ ସମୟ ଭାରତର ଗ୍ରାମାଞ୍ଚଳରେ ଶିକ୍ଷା, ସ୍ୱାସ୍ଥ୍ୟ ଓ ସୁସ୍ଥତା ଏବଂ ହସ୍ତତନ୍ତ ଶିଳ୍ପ ସଂରକ୍ଷଣ ଦିଗରେ ଉପରେ ଗୁରୁତ୍ୱ ଦେଉଥିବା ବିଭିନ୍ନ ସମାଜସେବୀ ସଂସ୍ଥା ସହ ଅନେକ ବର୍ଷରୁ ଜଡ଼ିତ। ସେ ବ୍ରହ୍ମପୁରର ଶଶିଭୂଷଣ ରଥ ମହିଳା ମହାବିଦ୍ୟାଳୟରୁ ମନୋବିଜ୍ଞାନରେ ସ୍ନାତକ ଡିଗ୍ରୀ ଏବଂ ଭଞ୍ଜ ବିହାର ବିଶ୍ୱବିଦ୍ୟାଳୟ (ସ୍ୱର୍ଣ୍ଣ ପଦକ) ଏବଂ ବେଷ୍ଟଲି କଲେଜରୁ ବ୍ୟବସାୟ ପ୍ରଶାସନରେ (MBA) ସ୍ନାତକୋତ୍ତର ଡିଗ୍ରୀ ହାସଲ କରିଛନ୍ତି।

ଗୃହିଣୀ

ମାନସୀ ଆଜି ସକାଳୁ କେତେ ଥର ତା' ଆଲମାରୀରେ ଥିବା ଥାକ ଥାକ ହାତବୁଣା ଶାଢ଼ିଗୁଡ଼ିକ ଉପରେ ଆଖି ବୁଲାଇ ସାରିଲାଣି। ସନ୍ଧ୍ୟା ବେଳେ ଗୋଟିଏ ବଡ଼ ବନ୍ଧୁ ମିଳନର ଅବସର ଅଛି। ବହୁତ ଜଣଙ୍କ ସହ ଦେଖା ହେବାର ସମ୍ଭାବନା ଅଛି। ଯାହାର ବେଶୀ ଲୁଗାପଟା ନଥାଏ ସେ ଏକ ପ୍ରକାରର ସମସ୍ୟା, କିନ୍ତୁ ଯଦି ଆବଶ୍ୟକତାରୁ ଅଧିକ ଥାଏ, ତେବେ ତାହା ବି କିଛି କମ ସମସ୍ୟା ନୁହଁ। ଅନେକ ଜଣ ହୁଏତ ପାଶ୍ଚାତ୍ୟ ବେଶଭୂଷାରେ ଥିବେ। କିନ୍ତୁ ଚାଳିଶି ବର୍ଷ ପାଖାପାଖି ଆମେରିକାରେ ରହିବା ପରେ ମଧ୍ୟ, ମାନସୀ ତା'ର ମାଟି ମା'ର ମମତାକୁ ଭୁଲି ପାରିନି। ଉତ୍ତର ଆମେରିକାର ବୋଷ୍ଟନୁ ତିରିଶ ମାଇଲ ଦୂରରେ ସେ ତା'ର ସ୍ୱାମୀ ଏବଂ ପୁଅ ଝିଅଙ୍କ ସହ ରହେ। ପ୍ରାୟତଃ ବିବାହିତ ଜୀବନ କଟି ଯାଇଛି ଜଣେ ପ୍ରବାସୀ ଓଡ଼ିଆ ହିସାବରେ। ଜୀବନ ବହି ଚାଲିଛି ପିଲାଙ୍କୁ ମଣିଷ କରିବାରେ। ବର୍ତ୍ତମାନ ବୟସର ଅପରାହ୍ନରେ ସିଏ। ମାନସୀ ପାଠ ପଢ଼ିଥିଲେ ମଧ୍ୟ ଚାକିରି କରି ପାରିନି ଅବା କରିବାକୁ ଚାହିଁନି,

ତାହା ଏକ ଆଲୋଚନାର ବିଷୟ। ସାଙ୍ଗ ସୁଖ ମେଲରେ ଅନେକ ଥର କଟାକ୍ଷ ଶୁଣିଛି ଗୃହିଣୀମାନଙ୍କ ସମାଜରେ ଭୂମିକା। କମ ଏବଂ କେବଳ ଘରକରଣା ସେମାନଙ୍କ କର୍ତ୍ତବ୍ୟ ବୋଲି। ଘର ସମ୍ଭାଳିବା ଏକ ଗୁରୁତ୍ୱପୂର୍ଣ୍ଣ ଦାୟିତ୍ୱ ବୋଲି ଅନେକ ଲୋକ କେବେ ଭାବି ପାରନ୍ତିନି। ଆଉ ଏ କଥା ମାନସୀର କେବେ ହଜମ ହୁଏନି। ମନେ ମନେ ଭାବେ ଡ୍ରାଇଭର, ରାନ୍ଧୁଣିଆ, ଗୃହ-ସହାୟକ ଆଦି ବିନା ଭଗବାନ ଜାଣନ୍ତି ପିଲାଙ୍କୁ ସେ କେମିତି ମଣିଷ କରିଛି। ସ୍ୱାମୀ ସବୁବେଳେ କାମରେ ବ୍ୟସ୍ତ। ପିଲାଙ୍କୁ ସ୍କୁଲ ନେବା ଆଣିବା ବାଦେ ଟେନିସ, ପହଁରା, ନାଚ, କରାଟେ ଆଦି ଅନେକ ଶିକ୍ଷାନୁଷ୍ଠାନକୁ ନେବାଆଣା କରିବାରେ ତା'ର ଅଧା ଜୀବନ ଗାଡ଼ିରେ ବିତି ଯାଇଛି। ଅବଶ୍ୟ ସେ ଅନ୍ୟ ଉପରେ ନିର୍ଭର କରିବାକୁ ଭଲ ପାଏନି କିମ୍ବ 'ଚାକର/ଚାକରାଣୀ' ଶବ୍ଦର ବ୍ୟବହାର ଭଲପାଏନି, କିନ୍ତୁ ବିନା ସାହାଯ୍ୟରେ ଏ ଦେଶରେ ଚଳିବା କାଠିକର ପାଠ ଏକଥା ଅନୁଭବ ନିଶ୍ଚୟ କରିଛି। ଯଦି ସେ ଚାକିରୀ କରିଥାନ୍ତା ଦରମା ପାଇଥାନ୍ତା, ଏ କଥା ସତ..ତେବେ ଡେ-କେୟାର, ଆୟା ଅବା ଡ୍ରାଇଭରକୁ ତ ପଇସା ଦେଇଥାନ୍ତା ପିଲାଙ୍କ ଜଂଜାଳ ସମ୍ଭାଳିବାରେ। ତାହେଲେ ଯାହା ସଂଚୟ ହେଲା ତାହା ତା'ର ରୋଜଗାର ନୁହେଁ କି? ଲୋକେ ଦିନ ନଅଟାରୁ ପାଞ୍ଚଟା ଯାଏଁ ଚାକିରି କରନ୍ତି ବୋଲି ଦରମା ପାଆନ୍ତି, କିନ୍ତୁ ଜଣେ ଗୃହିଣୀ ତ ଚବିଶ ଘଣ୍ଟା କାମ କରେ ବିନା ଦରମାରେ। ତେଣୁ ଗୃହିଣୀମାନଙ୍କର ସାମାଜିକ ଭୂମିକାକୁ ନେଇ ସେ ଅନେକ ଥର ଭାବିଛି ଏବଂ ଅନ୍ୟମାନଙ୍କ କଟାକ୍ଷକୁ ମନେମନେ ତିରସ୍କାର କରିଛି।

ଏତିକି ବେଳେ ଝିଅ, ମାନୀ ଆସି ଡାକିଲା, 'ମାମା, ସେତେ ବେଳଠୁ ଆଲମାରୀରେ କଣ ଖୋଜୁଛ? ଆଜି କୋଉଠି କି ଯିବାର ଅଛି କି?'

'ଆରେ.. ମାନୀ କେତେ ବେଳେ ଆସିଲୁ? ସୁଜିତ ବି ଆସିଛନ୍ତି?'

'ନା.. ନା.. ସେ ଆସିନାହାନ୍ତି। ତାଙ୍କର ଆଜି dinner meeting ଅଛି, ଡେରିରେ ଆସିବେ। ମୋର ଅଫିସ କାମ ଆଜି ଟିକିଏ ଶୀଘ୍ର ସରିଗଲା ତ, ତେଣୁ ଭାବିଲି ଟିକିଏ ଘର ଆଡ଼େ ବୁଲି ଆସିବି। ସତ କହିବାକୁ ଗଲେ ତମ କଥା ବହୁତ ମନେ ପଡୁଥିଲା।' ମାନୀ ତା' ସ୍ୱାମୀ ସୁଜିତ ସହ ପଞ୍ଚାଳିଶୀ ମିନିଟ ଦୂରରେ ବୋଷ୍ଟନ ପାଖାପାଖି ରହେ। ତିନି ବର୍ଷ ହେଲା ବାହାହେଇଛି। ବର୍ତ୍ତମାନ ମା' ହେବାକୁ ଯାଉଛି। ପାଞ୍ଚ ମାସ ବାକି ଅଛି। ଉଭୟେ ବଡ଼ ଚାକିରି କରନ୍ତି। ହେଲେ ଏମିତି ଖବର ନ ଦେଇ ଆଉ ସୁଜିତକୁ ସାଙ୍ଗରେ ନ ଆଣି ମାନୀ କେବେ ଆସି ନଥିଲା। ଆଜି ଏଇଟା ପ୍ରଥମ।

'ମାନୀ ସତ କହିଲୁ, ସବୁ ଠିକ ଅଛି ତ? କିଛିଟା କଥା ହଜମ ନହେଲା ଭଳି ମନ ହେଉଛି।' ମୋର ତୀରଟା ଠିକ୍ ଜାଗାରେ ବାଜିଗଲା।

'ମାମା, ତୁମେ କେମିତି ପେଟ ଚିପି କଥା କାଢ଼ି ଦିଅ ଯେ ? କଥାଟା ସେମିତି କିଛି ନୁହେଁ, କିନ୍ତୁ ସୁଜିତ ଡେରିରେ ଫେରିଲେ କିମ୍ବା ଘର କାମରେ ସାହାଯ୍ୟ ନ କଲେ ଟିକେ ଚିଡିଚିଡି ଲାଗେ। ଆଜି ବି ସେମିତି ଲାଗୁଥିଲା। ତେଣୁ ମନ ହାଲୁକା କରିବା ପାଇଁ ଚାଲି ଆସିଲି।'

'ଆଚ୍ଛା... ତୁ ଭୁଲି ଯାଉଛୁ, ଏମିତି କେତେ ଥର ପାପା ଡେରିରେ ଫେରନ୍ତି, ଅବା ତୁମେ ଦୁହେଁ ଭାଇ ଭଉଣୀ ବିନା କାରଣରେ ରଗାରୁଷା ଗଣ୍ଡଗୋଳ କର। ଭାବିଲୁ ମୋର ମୁଣ୍ଡ କେତେ ଖରାପ ହୋଉଥିବ। କିନ୍ତୁ ସେତେବେଳେ ମୁଁ ଘରର ଶାନ୍ତି ପାଇଁ ସବୁ ମାନସିକ ପୀଡ଼ାକୁ ସହି ନେଉଥିଲି। ସଂସାର କରିଥିଲେ ପଥର ପଡିଲେ ସହି। ଏମିତି ଛୋଟ ଛୋଟ କଥାରେ ମନ ଖରାପ କରିବାଟା ଠିକ ନୁହେଁ। ହସ ଗେଲରେ ସ୍ୱାମୀକୁ ମନ କଥା କହିବା, ମନେଇବା ମଧ୍ୟ ଏକ କଳା। ତୁ ବି ପାରିବୁ, ମୋ ଝିଅ ଉପରେ ମୋର ଖୁବ ବିଶ୍ୱାସ।'

'ହଁ ମାମା, ଡାକ୍ତର କହୁଛନ୍ତି pregnancyରେ ଏମିତି ଖାଲିଟାରେ hormone ଉପର ତଳ ହୁଏ। ଛାଡ଼ ସେ କଥା..ତାଙ୍କର ଆଜି ଖାଇବା ବାହାରେ ତେଣୁ ମୋର ବିଶେଷ କାମ ନଥିଲା। ତୁମ ହାତରନ୍ଧା ଖାଇଦେଇ ଯିବି ବୋଲି ଚାଲି ଆସିଲି। ଦେଖିଲା ବେଳକୁ ତୁମେ କୁଆଡେ ଗୋଟେ ବାହାରିଛ। ତୁମେ କୁହ ତ, ତୁମର ଆଜି କୋଉଠି କି ଯିବାର ଅଛି ?'

'ହଁ ..ଗୋଟିଏ ବଡ଼ ସଭା ଅଛି ଯୋଉଠିକୁ କେତେ ଜଣ ମାନ୍ୟଗଣ ଅତିଥ ବାହାରୁ ଆସୁଛନ୍ତି ବକ୍ତୃତା ଦେବା ପାଇଁ। ଯେଉଁମାନେ ସବୁ ଶୁଣିବାକୁ ଆସିବେ ସେମାନଙ୍କ ଭିତରୁ କେତେକଙ୍କୁ ହୁଏତ ତୁ ଜାଣିଥିବୁ। ସକାଳୁ ଭାବୁଛି କୋଉ ଶାଢ଼ି ପନ୍ଧିବି।'

ମାନୀ ହସ ହସ କହିଲା, 'ଏତେ ଲୁଗା ଯା ପାଖେ ଥାଏ ତା'ର ବେଶୀ ଚିନ୍ତା। ମନେ ଅଛି ତୁମେ ମୋତେ ଆଉ ଭାଇକୁ ଏକଥା କେତେଥତ ଶୁଣେଇଥିବ। ହା..ହା.. ମୁଁ କେବେ ବି ବୁଝି ପାରେନି ତୁମେ ଏତେ ଗୁଡାଏ ଲୁଗା କାହିଁକି କିଣ ଆଣ। ଏଠାକାର ପାଗ ହିସାବରେ ଶାଢ଼ି କିମ୍ବା ଦେଶୀ ଲୁଗା ବହୁତ କମ ପିନ୍ଧା ହୁଏ। ତୁମେ ଆଜି ଆଇ ଦେଇଥିବା ପଚିତ୍ର ଶାଢ଼ି ପିନ୍ଧନ... ସେଇଟା ତ ତୁମକୁ ଖୁବ ମାନେ।'

ଛୋଟ ହେଲେ ବି ମାନୀ କଥା ସତ। ଏଠାକାର ପରିବେଶରେ ଅନେକ ଭାରତୀୟ ପୋଷାକ ପିନ୍ଧି ହୁଏନା। ତଥାପି ମୋତେ ଯେତେବେଳେ ସୁଯୋଗ ମିଳେ ମୁଁ କେବଳ ଶାଢ଼ି ପିନ୍ଧିବାକୁ ଭଲପାଏ। ମାନୀର କହିବା ଅନୁସାରେ ସେଇ ପଚିତ୍ର

ଶାଢ଼ିଟି ମୋର ଭାରି ପ୍ରିୟ, ଖାଲି ଭାରତ ଗଲାବେଲେ ମା' ଦେଇଥିଲା ବୋଲି ନୁହେଁ, ହାତବୁଣା ଖଣ୍ଡୁଆ ପାଟ ଦିହରେ ଓଡ଼ିଆ ଚିତ୍ରଶିଳ୍ପୀର ସୂକ୍ଷ୍ମ କାରୁକାର୍ଯ୍ୟ ଖୁବ ନିଖୁଣ ଭାବେ ଫୁଟି ଉଠିଛି ସେଥିରେ। ଦୁଇ ବର୍ଷ ତଳେ ଜଣେ ଗୁଜୁରାତୀ ସାଙ୍ଗ ତାଙ୍କ ଦୀପାବଲି ଉସବରେ ଡାକିଥିଲେ। ଆମେ ସ୍ୱାମୀ ସ୍ତ୍ରୀ ପ୍ରଥମ କରି ଯାଇଥିଲୁ। ତେଣୁ ଯିବା ପୂର୍ବରୁ ଟିକିଏ ଦୋଦୋପାଞ୍ଚ ହେଉଥିଲି କାରଣ ଅନ୍ୟ ଆମନ୍ତ୍ରିତ ଅତିଥିମାନଙ୍କୁ ଆମେ ବେଶୀ ଜାଣିନଥିଲୁ, କ'ଣ ବା କଥାବାର୍ତା କରିବୁ! ତେଣୁ ଭାବିଲି ଏମିତି କିଛି ଗୋଟାଏ କରିବା ଦରକାର ଯାହାକି ଅନ୍ୟମାନଙ୍କ ସହ ମିଳାମିଶା କରିବାରେ ସାହାଯ୍ୟ କରିବ। ସେତେବେଲେ ଏହି ପଚଚିତ୍ର ଶାଢ଼ିଟିକୁ ପିନ୍ଧିଥିଲି ଆଉ ସେହି ଶାଢ଼ିର ଆକର୍ଷଣ ଖୁବ କାମରେ ଆସିଥିଲା। ଜଣେ ଜଣେ କରି ଅନେକେ ଶାଢ଼ି ବିଷୟରେ ପଚାରିଥିଲେ। ଉତ୍ତର ଦେବାକୁ ହେଲେ ଖାଲି ଶାଢ଼ି ନୁହେଁ, ଓଡ଼ିଶା ବିଷୟରେ ଅବା ଭାରତ ବିଷୟରେ କଥା ହେବାକୁ ସୁଯୋଗ ମିଲିଯାଏ, ନୂଆ ସାଙ୍ଗ ବନେଇବାରେ ଯଥେଷ୍ଟ ସାହାଯ୍ୟ କରିଥାଏ ସେଇଟା। ସେତିକି ନୁହେଁ ପରେ କେତେ ସାଙ୍ଗଙ୍କ ପାଇଁ ଏଭଲି ଶାଢ଼ି କିଣିବାର ବ୍ୟବସ୍ଥା କରିଦେଇଛି ସିଏ। ଦୁଇ ଜଣ ବୟସ୍କ ଦମ୍ପତିଙ୍କୁ ଭାରତ ଗଲେ ଓଡ଼ିଶା ପର୍ଯ୍ୟଟନରେ ଯିବା ପାଇଁ ପ୍ରେରିତ ମଧ କରିପାରିଛି ସିଏ।

'ମାମା, କୋଉ ଭାବନାରେ ହଜି ଗଲ?'

"ଆଚ୍ଛା ମାନୀ, ପଚାରୁଥିଲୁ ନା ମୁଁ କାହିଁକି ଏତେ ଲୁଗା କିଣେ? ଓଡ଼ିଶାରେ ରହୁଥିଲେ ବାର ମାସରେ ତେର ପର୍ବ, ଆଉ ନୂଆ ଲୁଗା ଖଣ୍ଡେ ପିନ୍ଧି ସାଙ୍ଗ ସାଥ ମେଲରେ ଯେଉଁ ସୁଖ ମିଲୁଥିଲା ସେ ସୁଖ ଏଠି ଏତେ ବେଶୀ ମିଲେନି। ହେଲେ କେବେ ଭାବିବୁ ଯଦି ପର୍ବପର୍ବାଣି ନଥାନ୍ତା, ଲୋକେ ଯଦି ବେଶୀ କିଣାକିଣି ନ କରିଥାନ୍ତେ ତେବେ ବୁଣାକାର ମାନଙ୍କ ପରିବାର କିପରି ଚଲିଥାନ୍ତେ? ଖାଲି ଲୁଗାପଟା ନୁହେଁ ଅନ୍ୟ ଘରର ଅନ୍ୟାନ୍ୟ ସାଜସଜା, ଆଦିବାସୀ ମାନଙ୍କ ହସ୍ତତନ୍ତ ଓ ଗହଣା, ଚିତ୍ରକଳା, ପିତଳ ମୂର୍ତ୍ତି, ଆଚାର, ପାମ୍ପଡ଼ ଆଦି ଯାବତୀୟ ଦ୍ରବ୍ୟ ଯାହା କିଣା ହୁଏ ତା ପଛରେ କିଏ ନା କିଏ ତାକୁ ତିଆରି କରେ ତାର ପରିବାରର ଭରଣ ପୋଷଣ କରିବା ପାଇଁ। ଜଣେ କିଣିଲେ ସିନା ଆଉ ଜଣେ ବଞ୍ଚିବ, ତୁମ ଅର୍ଥନୀତି କ'ଣ କହୁଛି?"

'ହଁ.. ବୁଝୁଚି ମାମା। ମୋର ଚାକିରି ତ ସେଇଆ। ତୃତୀୟ ବିଶ୍ୱ ଦେଶମାନଙ୍କୁ ଉନ୍ନତ କରିବା ପାଇଁ ନୀତି ନିୟମ ପ୍ରଣୟନ ଓ ଆନ୍ତର୍ଜାତୀୟ ସ୍ତରରେ ସେଗୁଡିକ ଲାଗୁ କରିବା ଦିଗରେ ପ୍ରଚେଷ୍ଟା କରିବା ମୋ କାମ। ତେଣୁ ତୁମ କଥା ମୁଁ ବୁଝି ପାରୁଚି। ସତରେ ତୁମେ କେତେ ଜଣଙ୍କ ପାଇଁ କେତେ କଥା ଭାବ। ବେଲେ ବେଲେ ଲାଗେ ତୁମେ ଜଣେ super efficient extraterrestrial machine."

ମାନୀକୁ ବୟସ ହେଲାଣି । ବାହା ହେଇ ମା ହେବାକୁ ଯାଉଛି । ସେ ବୁଝେ ମାମା ତାର ଖାଲି ଗୃହିଣୀ ନୁହେଁ, ବିଭିନ୍ନ ବିଷୟରେ ତା'ର ଜ୍ଞାନ ଓ ଅଭିଜ୍ଞତା ବେଶ୍ ଗଭୀର । ପଢ଼ିବାକୁ ବହୁତ ଭଲପାଏ ସିଏ, ଆଉ ଚାକିରୀ କରୁନଥିଲେ ମଧ ଘରେ ବିଭିନ୍ନ ବିଷୟର ଚର୍ଚ୍ଚାରେ ସିଏ ଭାଗ ନିଏ । ବାପା ଓ ଭାଇଭଉଣୀଙ୍କ ସମସ୍ୟାର ସମାଧାନ ବି ସେ ଅନେକ ସମୟରେ କରେ । ତେଣୁ ମାନସୀ ଓ ମାନୀର ସମ୍ପର୍କ ପ୍ରାୟ ବାନ୍ଧବୀ ପର୍ଯ୍ୟାୟର, ଯେଉଁଠି ମନଖୋଲା କଥା ପାଇଁ ଅଧିକ ସୁଯୋଗ ଥାଏ ।

'ତୋର ମନେ ଅଛି, ପିଲାବେଳେ ଯେବେ playgroup ସବୁ ହେଉ ଥିଲା ଆଉ ମୋର ସାଙ୍ଗମାନେ ସବୁ ଆସୁଥିଲେ । ସେମାନେ ଚାକିରି କରନ୍ତି ବୋଲି ସବୁବେଳେ ସେମାନଙ୍କ ସୁବିଧା ଅନୁଯାଇ ଦିନ ନିର୍ଦ୍ଧାରଣ ହେଉଥିଲା । ସତେ ଯେମିତି ମାଁ କାମ କରେନି ବୋଲି ମୋର କିଛି କାମ ନଥିଲା । ସାହି ପଡ଼ିଶା ବନ୍ଧୁବାନ୍ଧବ ନଥିବା ଆମେରିକାରେ ଘରସଂସାର ଚଲେଇବା ଗୋଟିଏ ସମ୍ପୂର୍ଣ୍ଣ ବିନା ବେତନର ଚବିଶ ଘଣ୍ଟିଆ ଚାକିରୀ ।'

ମାନସୀ ଏତେ ବର୍ଷପରେ ବି ଯେବେ ଶୁଣେ, ଜଣେ ସ୍ତ୍ରୀ ଯାହାର ଚାକିରୀ ନାହିଁ ତାକୁ 'housewife' କୁହାଯାଉଛି, ତାର ମନ ବିଦ୍ରୋହ କରି ଉଠେ । ଓଡ଼ିଆରେ ଗୃହିଣୀର ଅର୍ଥ ହୁଏତ 'ଗୃହ ଯାହାର ରଣୀ' କିମ୍ବା 'ଗୃହର ରାଣୀ,' ସେଇଠି ଇଂରାଜୀରେ housewife ଶବ୍ଦର ଅନୁବାଦ କାହିଁକି ଖାପ ଖାଏନି । ପ୍ରଥମେ ପ୍ରଥମେ ମନ ବିଦ୍ରୋହ କରୁଥିଲା । ଆଜିକାଲି କିନ୍ତୁ ସେ ଏ ବିଷୟରେ ଖୋଲାଖୋଲି ଭାବେ ଅନ୍ୟମାନଙ୍କ ଆଗରେ ଜଣେ ଗୃହିଣୀ କିପରି ସମାଜ ଗଢ଼ିବାରେ ଏବଂ ଦେଶର ଅର୍ଥନୈତିକ ବ୍ୟବସ୍ଥାକୁ ସୁଦୃଢ଼ କରିବାରେ ସାହାଯ୍ୟ କରେ ତା ଉପରେ ଚର୍ଚ୍ଚା କରେ । ଧୀର ପାଣି ପଥର କାଟେ! ତାର ଏ ପ୍ରୟାସ ଧୀରେ ଧୀରେ ଅନ୍ୟମାନଙ୍କୁ ପ୍ରୋତ୍ସାହିତ କରିଛି ନିଶ୍ଚୟ । କାରଣ କିଛି ଦିନ ତଳେ ଗୋଟିଏ ସଂସ୍ଥା ଯିଏକି ନାରୀ ସଶକ୍ତିକରଣ ଉପରେ କାମ କରନ୍ତି ତାକୁ ଡାକିଥିଲେ ଏ ବିଷୟରେ ଅନ୍ୟମାନଙ୍କୁ ପ୍ରୋତ୍ସାହିତ କରିବା ପାଇଁ । ସେଦିନ ଏକ ନୂତନ ସଫଳତାର ସ୍ୱାଦ ଥିଲା ମାନସୀର ଯାତ୍ରା ପଥରେ ।

'ମାନୀ, ଶାଶୁଘରେ ସବୁ ଭଲ ? ନଣଦର ମେଡ଼ିକାଲ ପାଠପଢ଼ା କେତେଦୂର ଗଲା ?'

'ସେମାନେ ସମସ୍ତେ ଭଲ ଅଛନ୍ତି । ବୋଷ୍ଟନରେ ନଣଦଙ୍କ residency ହେଇଯାଇଛି । କିନ୍ତୁ..ମୋର ଟିକିଏ ଚିନ୍ତା ।'

'ଅଭିନନ୍ଦନ ଜଣାଇ ଦେବୁ ତାକୁ । ମୁଁ ବି ବହୁତ ଦିନ ହେଲା ସମୁଦ୍ରଣୀଙ୍କ ସାଙ୍ଗେ କଥାବାର୍ତ୍ତା ହେଇନି । କିନ୍ତୁ ତୋର କାହିଁକି ଚିନ୍ତା ଶୁଣେ ?'

'ସେମିତି ବଡ଼ ଚିନ୍ତା ନୁହଁ, କିନ୍ତୁ ନଣନ୍ଦ ପାଖରେ ରହିଲେ ମୋର ଦାୟିତ୍ୱ ବଢ଼ି ଯିବ। ଏଠାରେ ଦାଖଲ ହେବ ପୂର୍ବରୁ ସେ ଅନେକ ଥର ଘରକୁ ଆସିଲେଣି। ଯୋଉ ପର୍ଯ୍ୟନ୍ତ ତାଙ୍କର ରହିବା ବ୍ୟବସ୍ଥା ହେଇନି ସେ ଆମ ପାଖରେ ରହିବେ। ଆମର ଦୁଇ ବଖରା ଆପାର୍ଟମେଣ୍ଟ। ଗୋଟିଏ ବଖରା ଏବେ ମୁଁ ଛୁଆ ପାଇଁ ସଜେଇବା ଆରମ୍ଭ କରିଛି। କିନ୍ତୁ ସେ ଆସି ରହିଲେ ମୁଁ ଜାଣିନି କେମିତି କରିବି। ତା ବାଦେ ଶାଶୁଙ୍କର ମୋଠୁ ବହୁତ ଆଶା ଯେ ମୁଁ ଯେମିତି ତାଙ୍କ ଝିଅକୁ କେବେ କୌଣସି ଅସୁବିଧା ନ କରେ। ସତେ ଯେମିତି ସେଇ ଭାଇ ଭଉଣୀ ଦୁହେଁ ହିଁ କାମକୁ ଯିବେ... ଆଉ ମୁଁ ଖାଲି ଘରେ ବସିଛି।'

'ଦେଖ ମାମୁନି, ଭବିଷ୍ୟତରେ ଏମିତି ହେଇପାରେ ସେମିତି ହେଇପାରେ ଭାବି ଚିନ୍ତା କରିବା ଠିକ ନୁହଁ। ତୁ ତ ଆମେରିକାରେ ବାହାହେଇଚୁ। ଭାରତରେ ଆମ ବାହାଘର ବେଳେ ଝିଅମାନଙ୍କୁ ଅନେକ କଥା ସହିବାକୁ ପଡ଼ୁଥିଲା। ଆଉ ତୋ ଆଇଙ୍କ ସମୟର କଥା ଯଦି ନେବା, ସେତେବେଳେ ତ ଝିଅ ମାନଙ୍କୁ ଘରେ ରୀତିମତ ସଂସ୍କାର ଶିକ୍ଷା ଯାଉଥିଲା। ସେ ସମାଜ ଥିଲା ପୁରୁଣାକାଳିଆ, ହେଲେ ବର୍ତ୍ତମାନର ପିଲେ ପାଠ ପଢ଼ିଲେଣି, ସେମାନଙ୍କ ଆଖି ଖୋଲି ଗଲାଣି। ମା ହେଉ କି ଶାଶୁ ହେଉ ସେମାନେ ନିଜେ ହୃଦୟଙ୍ଗମ କଲେଣି, ଯୋଉ କଷ୍ଟ ଆମେ ଆମ ଶାଶୁ ମାନଙ୍କଠୁ ପାଇଛୁ ସେଇଟା ଆମକୁ ଶିଖେଇ ଦେଇଛି ଯେ ସେମାନଙ୍କ ଭଳି ବ୍ୟବହାର ନକରି ଆମେ ନୂଆ ଉଦାହରଣ ସୃଷ୍ଟି କରିବା ଦରକାର। ତୋ ଶାଶୁ ଘର ସହ ମିଳାମିଶା ସ୍ନେହର ସମ୍ପର୍କ ଯଦି ଠିକ ରଖିଥିବୁ ତେବେ ଭଲମନ୍ଦ କି ସୁବିଧା ଅସୁବିଧା କଥା ସିଧା ସଳଖ ତାଙ୍କ ସହ କଥା ହେଇ ପାରିବୁ। ଅଢ଼େଇ ଅକ୍ଷର ପ୍ରେମର, ଯିଏ ବୁଝେ ସିଏ ହିଁ ଜ୍ଞାନୀ।'

'ତୁମ କଥା ବୁଝୁଚି ମାମା। ତଥାପି ତାଙ୍କ ଘର ସହ ମିଳାମିଶାରେ ଟିକିଏ ସଂକୋଚ କାହିଁକି ରହି ଯାଏ କେଜାଣି।'

'ମୁଁ ଯଦି ତୋତେ ଉଦାହରଣ ସହ ବୁଝେଇବି ତେବେ ଧରିନେ ଦୁଇଟା ଫଳ ଗଛ। ସେମାନେ ଅଲଗା ପାଣି ପବନ ମାଟିର ପରିବେଶରେ ବଢ଼ନ୍ତି ଆଉ ଅଲଗା ଅଲଗା ଫଳ ଫଳାନ୍ତି। ଆମେ ଯଦି ସେଇ ଦୁଇ ଅଲଗା ଫଳଠୁଁ ଏକା ଭଳିଆ ସ୍ୱାଦ ଆଶା କରିବା ତେବେ ସେଇଟା କେମିତି ହେବ ? ଆମ ଲାଳନ ପାଳନ ଭିନ୍ନ ପରିବେଶରେ। ଆମେ ଏକା ପରି ହେଇ ପାରିବନି କିନ୍ତୁ ସ୍ନେହ ଶ୍ରଦ୍ଧାର ପରିଭାଷା ଗୋଟିଏ। ତେଣୁ ମିଳିମିଶି ରହିବା ପାଇଁ ଉଦ୍ୟମ ନିଶ୍ଚୟ କରି ପାରିବା। ସବୁବେଳେ ମନ ରଖ, ଭଲ ପାଇବା ଦେଇଥିଲେ ଭଲ ପାଇବା ମିଳେ। ନହେଲେ କ୍ରୋଧ କ୍ରୋଧକୁ ଜନ୍ମ ଦିଏ।'

ମାନୀ ହସି ଦେଇ କହିଲା, 'ତୁମର ଏ ଉଦାହରଣ ମୋର ଘୋଷା ହେଇ ଗଲାଣି। ହଷ୍ଟେଲରେ ଥିଲା ବେଳେ ମତେ ଏଇ କଥା କହି ପଚାର ସବୁ ପରିବା ମିଶିଲେ ଘାଣ୍ଟ ତରକାରୀ କେମିତି ସୁଆଦ ଲାଗେ।'

ମାନସୀ ଏକ ଆମୃସନ୍ତୋଷର ନିଶ୍ବାସ ନେଇ କହିଲେ, 'ମୋ ଝିଅ ମୋ ଠୁଁ ଅଧିକ ପଢିଛି, ବୁଝିଛି, ଜାଣିଛି ବୋଲି ମୋର ବିଶ୍ବାସ।'

ମାନୀ କିନ୍ତୁ କହି ଚାଲିଥିଲା, 'ଏତେ ଦିନ ହେଲା ମୁଁ ତୁମକୁ ଦେଖୁଥିଲି ଓ ଶୁଣୁଥିଲି, କହିବାକୁ ଗଲେ ତୁମକୁ ହିଁ ପଢି ଆସିଛି। ଏବେ ବାହା ହେଲା ପରେ ଅନେକ ଶୁଣିଥିବା କଥା ଅଙ୍ଗେ ନିଭଉଚି। ଜଣେ ମା ଘରେ ରୋଷେଇ କରେ। କିନ୍ତୁ କଣ ଖାଇବାକୁ ରନ୍ଧା ହେବ, କଣ ପରିବାପତ୍ର ବା ଆସବାବପତ୍ର କିଣାହେବ, ଘର ମରାମତିରେ କୋଉଠି କଣ ସୁବିଧା ହେବ, ପିଲାଏ କୋଉ ସ୍କୁଲ ଯିବେ, କୋଉ activity କରିବେ, ଆଜି ବିଜୁଳି ମିସ୍ତ୍ରୀ ତ କାଲି ପାଣି ମିସ୍ତ୍ରୀ ଇତ୍ୟାଦି ଇତ୍ୟାଦି.. ସବୁ ପଛରେ ତ ଗୋଟେ ଗୃହିଣୀର ହାତ ଥାଏ। ତୁମଠୁ ଶିଖିତି ଜଣେ ସିଦ୍ଧହସ୍ତ ଗୃହିଣୀ ବିନା ଘର ସୁରୁଖୁରୁରେ ଚଲେନା, ଏ କଥା ପାପା ମଧ ବୁଝନ୍ତି। ଘର ସଫା ଠୁ ଆରମ୍ଭ କରି ଆମ ଦୁହିଁକୁ ଏପଟ ସେପଟ ନେବା ଆଣିବା ଭିତରେ ଯେ ତୁମ ମୁଣ୍ଡରେ କେତେ କ'ଣ ଗଣନା ବିଚାର ଚାଲିଥିବ, ମୁଁ ଏବେ ମୋ ଘର ଚଲାଇଲା ବେଳେ ବୁଝି ପାରୁଛି। ବିନା ବେତନରେ ତୁମେ ଆମପାଇଁ ଚବିଶ ଘଣ୍ଟା ଖଟୁଥାଅ। ତା ବାଦେ କାହା ସଂଗେ କିପରି ବ୍ୟବହାର, କୋଉଠି ଚୁପ ରହିବା ଆବଶ୍ୟକ ଏବଂ କୋଉଠି ପାଟି ଫିଟାଇବା ଦରକାର।'

ମାନସୀ ମନେ ମନେ ଖୁସି ହେଉଥିଲେ ଝିଅ କଥା ଶୁଣି, ଏବଂ ମାନୀ କହି ଚାଲିଥିଲା ଜଣେ ବଡ଼ ବିଚକ୍ଷଣ ଗବେଷିକା ପରି।

'ମୁଁ ଏୟା ବି ବୁଝୁଚି ଗୃହିଣୀର କାମ ଖାଲି ଘରେ ସୀମିତ ନୁହେଁ। ତୁମ ପରି ହଜାର ହଜାର ମାମା ଯିଏ କି ଚାକିରି କରୁନଥିବେ କିନ୍ତୁ ସେମାନଙ୍କ ଲାଗି ଦେଶର ଅର୍ଥନୈତିକ ବ୍ୟବସ୍ଥା ପରିଚାଲିତ ହେଉଥିବ। ସେମାନେ ହେଲେ ସମାଜର ମେରୁଦଣ୍ଡ ଯାହା ଲାଗି ପରିବାର, ସମାଜ, ସଭ୍ୟତା ମୁଣ୍ଟଟେକି ଗର୍ବରେ ଛିଡା ହୁଏ। କିନ୍ତୁ ଅନେକ ସମୟରେ ସେମାନେ unsung hero ହେଇ ରହିଯାଆନ୍ତି। ସତରେ କୋଉ Ivy league ସ୍କୁଲରେ ମିଳିବନି ଯାହା ଜଣେ ନିଜ ଘରେ ଶିଖେ, ଆଉ ମା ଠୁ ବଳି ଦୁନିଆରେ ଶିକ୍ଷକ ନଥିବେ।'

'ମାନୀ, ତୋ କଥା ସତ। ତୁଣ୍ଡ ବାଇଦ ସହସ୍ର କୋଷ। ଜଣେ ଗୃହିଣୀ ବାହାରେ ଚାକିରୀ ନ କଲେ ମଧ ଯେ କୌଣସି ଜିନିଷର ପ୍ରଚାର ପ୍ରସାର ସହଜରେ

କରିପାରେ ଏବଂ market influence କରିପାରେ। ଆମର ଏଠି ଆମେରିକାରେ ସପ୍ତାହ ଶେଷରେ ଅନେକ ଘରୋଇ କିମ୍ବା ପ୍ରବାସୀ ଭାରତୀୟ ସାମାଜିକ ସଂସ୍ଥା ମାନଙ୍କର ବନ୍ଧୁ ମିଳନ ଉସ୍ବ ହୁଏ, ତୁ ଜାଣୁ। ସେଠାକାର କଥାବାର୍ତ୍ତା ଛଳରେ ଯେଉଁ ବିଷୟ ସବୁ ଚର୍ଚ୍ଚା ହୁଏ ତାହା ତ ଅର୍ଥନୀତିର ବୀଜ ବୁଣେ।'

ଆଜି ମାନସୀଙ୍କ ଛାତି ଗର୍ବରେ ଫୁଲି ଉଠୁଥିଲା ଖାଲି ଝିଅ ଉପରେ ନୁହେଁ ନିଜ ଉପରେ ମଧ୍ୟ। ଏତେ ବର୍ଷର ବଳିଦାନ ଆଜି ଆଖି ଆଗରେ ଅବିକଳ ପ୍ରତିବିମ୍ବ ପରି ମନେ ହେଉଛି। ଅଲିଅଲି ତାଙ୍କ କୁନି ଝିଅ ମାନୀ, ଆଜି ଏତେ ବୁଦ୍ଧିମତୀ ପରି କଥା କହୁଛି। ତାଙ୍କର ଏତେ ବର୍ଷର ପ୍ରୟାସ ଶବ୍ଦରେ ପ୍ରକାଶିତ ହେଉଛି। ଆଜିର ପିଲାଙ୍କୁ ସଂସ୍କାର ଶିକ୍ଷା ଦେଇ ମଣିଷ କଲେ ସେମାନେ କାଲିର ସଭ୍ୟ ସମାଜ ଗଢ଼ନ୍ତି। ଜଣେ ବୋହୂ, ପତ୍ନୀ, ମା ଓ ଶିକ୍ଷୟତ୍ରୀ ଆଦି ଅନେକ ଭୂମିକାରେ ନିଜକୁ କାଠଗଡ଼ାରେ ସେ କେତେ ଥର ଛିଡ଼ା କରି ନଥିବେ ? ପରିବାର ପରିବେଶର ଶାନ୍ତି ଅକ୍ଷୁର୍ଣ ରଖିବା ପାଇଁ ମନ ଭିତରେ ଚାଲିଥିବା ଅନ୍ତର୍ଦ୍ଦ୍ୱନ୍ଦ୍ୱର ପରିଧି ଖୁବ ବ୍ୟାପକ। ତା'କଣ କେଉଁ ଯୁଦ୍ଧ ଠାରୁ କମ ! ସେ ଯୁଦ୍ଧର ମାନସୀ ପରି ଅନେକ ଗୃହିଣୀ ଜଣେ ଜଣେ ନିରସ୍ତ ସୈନିକ। ବଡ଼ ପ୍ରସଙ୍ଗରେ ଦେଖିବାକୁ ଗଲେ, ସେଇ ଛୋଟ ଶାନ୍ତିମୟ ଘରୋଇ ପରିବେଶ ଅନ୍ତତଃ ଏକ ଶାନ୍ତିମୟ ସମୁଦାୟ ଓ ଜାତି ଗଠନରେ ସାହାଯ୍ୟ କରେ।

'ମାମା, ପୁଣି ମଜ୍ଜି ଗଲ କୋଉ ଭାବନାରେ ? କହିବ ଯଦି ଶାଢ଼ିଟା ତୁମ ପାଇଁ ଇସ୍ତ୍ରୀ କରିଦେବି। ତୁମେ ମୋ ପାଇଁ ଟିକିଏ ଚାଟ ତିଆରି କରିଦିଅ ତା'ପରେ ready ହେବ।'

'ମାନୀ, ତୋ ସଙ୍ଗେ ବହେ କଥା ହେଇଗଲେ ମୋ ମନ ବି କୁଣ୍ଠେମୋଟ ହେଇଯାଏ, ହାଲୁକା ବି ହେଇଯାଏ। Always remember, a big sheltering tree sprouts from a small seed. ଯେତେ ବଡ଼ ଆଶ୍ରୟଦାୟୀ ବୃକ୍ଷ ହେଉ ପଛେ ସେ ଗୋଟିଏ ଛୋଟ ମଞ୍ଜିରୁ ହିଁ ଗଜା ହୁଏ। ତେଣୁ ଯେବେ ଯେବେ ଗୃହୀଣୀର ସତ୍ତାକୁ ନେଇଁ ପ୍ରଶ୍ନବାଚୀ ଉଠେ ମୋ ମନରେ, ତୋ ମନରେ ଓ ଅନ୍ୟମାନଙ୍କ ମନରେ ପ୍ରଶ୍ନ ଉଠିବା ଦରକାର...' ସଂସାର ଗଢ଼ିବାରେ ଗୃହିଣୀର ଭୂମିକା କମ ରହିଲା କେଉଁଠି ? ଏହାକୁ ଏକ ପେଶା ବୋଲି ଧରି ନେବାରେ କୁଣ୍ଠା କାହିଁକି ? ଏଇଟା ଏକ ବିଚାର କରିବାର କଥା !'

DEBAJANI PATNAIK
ଦେବଯାନୀ ପଟ୍ଟନାୟକ

ଦେବଯାନୀ ପଟ୍ଟନାୟକ ଟେକ୍ସାସ୍ ରାଜ୍ୟର ହ୍ୟୁଷ୍ଟନ ସହରରେ ନିଜ ପରିବାର ସହିତ ରୁହନ୍ତି। ସେ ଗଳ୍ପ ଓ କବିତା ଲେଖିବା ବ୍ୟତୀତ ସେ ଅଭିନୟରେ ରୁଚି ରଖନ୍ତି ଓ କୋରିଓଗ୍ରାଫି ମଧ୍ୟ କରନ୍ତି।

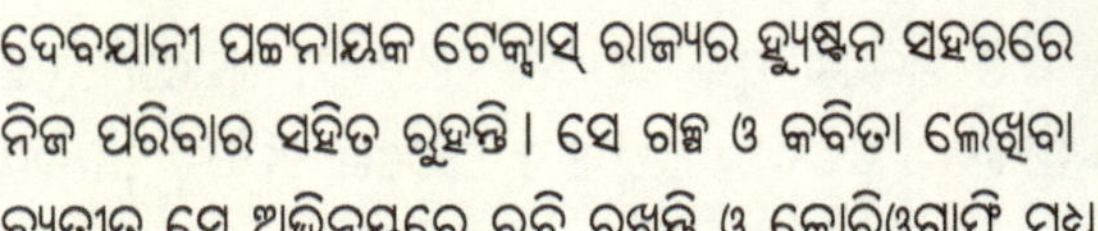

ଚାତକ ମୁଁ, ବର୍ଷାର ଅପେକ୍ଷାରେ

ରେଡ଼ିଓରୁ ଗୀତ ବାଜି ଚାଲିଛି। ବାଲ୍‌କୋନିରେ ବସି ଗୀତ ଶୁଣୁ ଶୁଣୁ ତଳକୁ ଚାହିଁଲା ରିନି। ଆଜି କାହିଁକି କେହି ଆସିଲେନି ଖେଳିବାକୁ? ଟାଇମ୍ ତ ହୋଇଗଲାଣି! ୪ବର୍ଷର ଝିଅ ରିନି, ଆଉ ଦୁଇ ତିନି ମାସ ପରେ ୫ବର୍ଷ ହେବ ତାକୁ। ଭାରି ବୁଦ୍ଧିଆ। କାନ୍ତୁରେ ଟିକ୍ ଟିକ୍ ହୋଇ ଚାଲୁଥିବା ଘଡ଼ିକୁ ବୁଲିପଡ଼ିକି ଚାହିଁଲା ସେ, ଯେମିତି ପୁରା ପୁରି ଜାଣିଛି ଘଡ଼ି ଦେଖ୍! ୫ଟା ହେବଣି ନିଶ୍ଚୟ। ପୁଣି ଥରେ ଉଙ୍ଗୁଁକି ଚାହିଁଲା ତଳକୁ, ଆରେ ହେଇ ସମସ୍ତେ ତ ଆସିଗଲେଣି! ହାତ ହଲେଇ ହଲେଇ ଖୁସିରେ ହାଏ କରିବାକୁ ଲାଗିଲା ରିନି, ହେଲେ ଉପରକୁ ଅନେଇବାକୁ କାହାର ଟାଇମ୍ ନାହିଁ! ସବୁ ଦୌଡ଼ା ଦୌଡ଼ି ହୋଇ ଖେଳିବାରେ ଲାଗିଛନ୍ତି। ଆଜି ବୋଧେ ଟାଗ୍ ଖେଳୁଛନ୍ତି ସମସ୍ତେ, ମନେ ମନେ କହିଲା ରିନି।

ଭାରି ବୁଢ଼ିଲା ଶୁଢ଼ିଲା ଝିଅ ରିନି, ହେଲେ ବେଳେ ବେଳେ ମୁହଁ ଶୁଖେଇଦିଏ। ତା ଶୁଖିଲା ମୁହଁ ଦେଖିଲେ ଛାତିଟା କୋରେଇ ହୋଇଯାଏ। ହେ କାଳିଆ କଣ ପାଇଁ ଏତେ ଦୁଃଖ ଦେଇଛ? ଯଦି ଦେଲ ମତେ ଦେଇଥାନ୍ତ, ମୋ ରିନିକୁ, ମୋ ଆଖି ପିତୁଳାକୁ କାହିଁକି ଦେଲ ଏ କଷ୍ଟ? ମୁହଁକୁ ମୋର ଅନେଇ ଦେଇ ସବୁ ବୁଢ଼ିଯାଏ ରିନି! ଫିକ୍ କିନା ହସି ଦିଏ ଆଉ କହେ ଆରେ ମୁଁ ତ ପ୍ରାଙ୍କ୍ କରୁଥିଲି! ଲୁକ୍ ଆଟ୍ ୟୋର୍ ଫେସ୍! ହାଃ, ହାଃ, ହାଃ, ହାଃ। ପାଟିରେ ହାତ ଚାପି ହସିବାରେ ଲାଗେ ସେ,

ଇସ୍ କି ମିଠା ସେ ହସ! ତା ସାଥେ ହସ୍ୁ ହସ୍ୁ ଆଖ୍ ମୋର ଜକେଇ ଆସେ। ଚାଣି ନେଇ ବହୁତ୍ ସାରା ଗେଲ କରିଦିଏ ମୋ ଧନକୁ, ଆଉ ମନେ ମନେ ନିଜକୁ ବୁଝାଏ, ସବୁ ଠିକ୍ ହୋଇଯିବ।

କେତେବେଲୁ ବାକ୍ଖୋନିରେ ବସିଛି ରିନି। କ୍ଷୀରଟା ନେଇ ଚାଲିଗଲି ତା ପାଖକୁ। ମତେ ଆସିବାର ଦେଖ୍ ଭାରି ବିକଲ ହୋଇ କହିଲା,' ମମି, କ୍ୟାନ୍ ଆଇ ଗୋ ଟୁ ପ୍ଲେ ଉଇଥ୍ ଦେମ୍ ପ୍ଲିଜ୍? ପ୍ଲିଜ୍, ପ୍ଲିଜ୍, ପ୍ଲିଜ୍! ମୁହାଁଟା ମୋର ଶୁଖ୍ଗଲା। ୪ବର୍ଷର ଛୁଆଟା ମୋର ଏବେ ଖେଲିବନି ତ ଆଉ କେବେ ଖେଲିବ? କ୍ଲାସ୍ ଥ୍ୱାନରେ ତ ପଢିଲାବେଲକୁ ବ୍ୟାଗରେ ବ୍ୟାଗେ ହୋମ୍-ଓ୍ବର୍କ୍ ଧରି ଆସିବ, ଆଉ ଟାଇମ୍ ମିଲିବ କି ନାହିଁ କେଜାଣି! ମନେ ମନେ ଅଙ୍କ କଷିବାରେ ଲାଗିଗଲି ମୁଁ, ସେତେବେଲକୁ ମୋ ରିନିଟା ଠିକ୍ ହୋଇଯାଇଥିବ ନା! ହଠାତ୍ ରିନିର ' ମମି, ମମି 'ଡାକରେ ପ୍ରକୃତିସ୍ଥ ହେଲି। ହଁ, ହଁ, ଯିବା, ତୁ ଆଗେ କ୍ଷୀରଟା ପି ଦେ ତ, ତା ପରେ ଯିବା। ଢକ୍ ଢକ୍ କରି ଏକା ନିଃଶ୍ୱାସରେ କ୍ଷୀରଟକ ପି ଗଲା ରିନି। ମୋ ହାତରେ ଖାଲି ଗ୍ଲାସ୍ ଟା ଧରେଇଦେଇ କହିଲା,' ସି ମମି, ଆଇ ଫିନିସ୍, ଲେଟ୍ସ ଗୋ ନାଓ। ପୁଣି କଣ ବାହାନା କରିବି? ପୁଣି କଣ ମିଛ କହିବି? କେମିତି ତା କୁନି ମନଟାକୁ ଭୁଲେଇବି? ମନଟା ମୋର ସନ୍ତୁଲି ହୋଉଥିଲା ଭିତରେ ଭିତରେ। ନିଜକୁ ଶହେଥର ଗାଲି ଦେଇ ସାରିଲିଣି, ଠକୁଛି ମୋ ଛୁଆଟାକୁ ବୋଲି। ହଠାତ୍ ମନେ ପଡିଗଲା ତା ନୁଆ ଟ୍ୟ କଥା, ତା ଫେବ୍ରେଟ୍ ପ୍ରିନ୍ସେସ୍ ଜାସ୍ମିନ୍, କିଛି ଦିନ ତଲେ କିଣିକି ଆଣିଥିଲି। ଲୁଚେଇକି ରଖିଛି। ଏମିତି ଥରେ ଥରେ ଅଝଟ ହେଲେ, ମୁଁ ବାହର କରେ ଲୁଚେଇକି ରଖିଥିବା ଟ୍ୟ ସବୁ। ଆଖିକୁ ବଡ ବଡ କରି କହିଲି,' ଆରେ ରିନି! ତୁ ଯଦି ତଲକୁ ଖୋଲିବାକୁ ଯିବୁ, ତା ହେଲେ ମୁଁ ଯୋଉ ବିଉଟିଫୁଲ୍ ଗିଫ୍ଟ ଆଣିଛି, ତାକୁ ନେବ କିଏ? ରିନି ମୁହାଁଟା ସରପ୍ରାଇଜ୍ ଗିଫ୍ଟ ଶୁଣି ଜଲିଉଠିଲା। ତାକୁ ଆହୁରି ଆତୁର କରିବାକୁ କହିଲି, ଗେସ୍ ହ୍ବାଟ୍! ଦାଟ୍ ଇଜ୍ ୟୋର ଫେବ୍ରେଟ୍, ତୁ ଜଦି ତଲକୁ ଯିବାକୁ ଜିଦି ନ କରିବୁ ତାହେଲେ ଦେବି। ଓକେ, ଓକେ, ମମି, ପ୍ଲିଜ୍ ଦେଖାଥ କଣ ଗିଫ୍ଟ! ପ୍ଲିଜ୍, ପ୍ଲିଜ୍, ପ୍ଲିଜ୍! ଗିଫ୍ଟ ବକ୍ସଟା ଆଣି ତା ଆଗରେ ଥୋଇଦେଲି। ଖୁସିରେ ଗଦ୍ ଗଦ୍ ହୋଇ ରାପର ଟା ଚିରିଦେଇ ଡେଇଁପଡିଲା ରିନି ଚେୟାରରୁ ଜାସ୍ମିନ୍ ଟ୍ୟ ଟାକୁ ଦେଖ୍। ପଡୁ ପଡୁ ଧରିଦେଲି ମୁଁ ତାକୁ। ବହୁତ୍ ଥର ଏମିତି ହୋଇଛି ଆଗରୁ, ଅତି ଖୁସି ହେଲେ ଭୁଲି ଯାଏ ସେ...। ଭୁଲି ଯାଏ ସେ...କଣ୍ଠରୁଦ୍ଧ ହୋଇ ଯାଉଥିଲା ମୋର ଭାବିକି। ରିନି ଭୁଲିଯାଏ ଯେ ସେ ଠିଆ ହୋଇପାରୁନି..., ସେ ଚାଲିପାରୁନି ତା' ବୟସର ପିଲାଙ୍କ ଭଲି..., ସେ ଦୌଡିପାରୁନି ତା ସାଙ୍ଗ ଏମିଲି ପରି...।

କୋଳରେ ତାକୁ ନେଉ ନେଉ ଲୁହ ବୋହିଚାଲିଥିଲା ମୋ ଆଖିରୁ ମୋ ଅଜାଣନ୍ତରେ, ମୋ ଅକଥନୀୟ ବେଦନାର କେବେ ଅନ୍ତ ହେବ ? କେବେ ମୋ ରିନି ତା କୁନି କୁନି ପାଦରେ ଚାଲିବ ? ତା ପାଉଁଜି ପିନ୍ଧା ପାଦରେ ରୁଣ୍ ଝୁଣ୍ କରି କେବେ ଘର ସାରା ଦୌଡ଼ିବୁଲିବ ? ମୋ ଲୁହ ସବୁ ଟୁପ୍ ଟାପ୍ ହୋଇ କେତେବେଳୁ ରିନି ମୁହଁ ଉପରେ ବରଷି ଚାଲିଛି ମୁଁ ଜାଣିନି । କୁନି କୁନି ହାତରେ ତା ମୁହଁରୁ ଲୁହଗୁଡ଼ା ପୋଛି, ମୋ କାନିକୁ ଟାଣି ନେଇ ମୋ ଲୁହ ପୋଛିଦେଲା ରିନି । କହିଲା, ' ଡୋଣ୍ଟ୍ କ୍ରାଏ, ମୋର ପରା ଥେରାପି ଚାଲିଛି ! ମୁଁ ତ ଗୁଡ୍ ଗର୍ଲ୍, ସବୁ ଏକ୍ସରସାଇଜ୍ କରୁଛି । ଦେଖ୍‌ବ, ମୁଁ କେତେ ଶୀଘ୍ର ଚାଲିବି ! ତମେ ଓ୍ୱୋରିଡ୍ ହେଲେ କେମିତି ହେବ ? ଇଟ୍ ଉଇଲ୍ ଟେକ୍ ଟାଇମ୍ । ତା ଡାଡି କହୁଥିବା କଥା ଉଡ଼ା ସବୁ କପି କରି ଗପି ଗଲା ମୋ ଆଗରେ । କାନ୍ଦୁ କାନ୍ଦୁ ଫିକ୍ କିନା ହସି ଦେଲି ମୁଁ ତା କଥା ଶୁଣି, କପିଷ୍ କୋଉଠାର କହି ଗାଲକୁ ତାର ଚିପି ଦେଲି । ତା ଆଶାଭରା ଆଖି ଦେଖି ମୋର ବି ଦମ୍ଭ ଆସିଗଲା । ତା କପାଳକୁ ଗେଲ କରୁ କରୁ ସ୍ୱଗତୋକ୍ତି କଲି, ' ହଁ, ସବୁ ଠିକ୍ ହୋଇଯିବ । ମୋ ରିନି ମାମା ନିଶ୍ଚୟ ଠିଆ ହେବ ତା ଗୋଡ଼ରେ । ଧୀରେ ଧୀରେ ତାକୁ ତା' ଚେୟାରରେ ବସି ବସି ସବୁ କିଛି ଭୁଲି ଯାଇ ରିନି ତା' ନୂଆ ଖେଳଣା ଜାସ୍ମିନ୍‌କୁ ଦେଖେଇ ଚାଲିଲା ତା ସାଙ୍ଗ ମାନଙ୍କୁ ବାଙ୍କୋନିରୁ । ଆଉ ମୁଁ ଭାବୁଥିଲି କେତେ ସରଳ, କେତେ ନିରିହ, କେତେ ସୁନ୍ଦର ଏ ଶିଶୁ ମନ, କେତେ ଅକ୍ଷୟ ଦୁଃଖ ସବୁ ତାଙ୍କ ପାଖରେ ।

ରେଡିଓରେ ବାଜି ଚାଲିଛି କିଶୋର ଦା'ଙ୍କ କଣ୍ଠରୁ ରୁକ୍ ଯାନା ନେହିଁ ତୁ କହିଁ ହାର୍ କେ, କାଁଟୋ ପେ ଚଲ୍ କେ ମିଲେଁଗେ ସାୟେ ବାହାର୍ କେ... ହଁ, ମୋର ବି ଆଉ ରହିବାର ନାହିଁ, ଥକିବାର ନାହିଁ, ଯେ ପର୍ଯ୍ୟନ୍ତ ରିନି ତା ପାଦରେ ଠିଆ ହୋଇନି । ମୁଁ ବି ଚାତକ ଭଳି ଅନେଇ ବସିଛି ସେ ଦିନକୁ ଯେବେ ରିନି ମାମା ମୋର ହାତଦିଟାକୁ ମେଲେଇ ଦେଇ ଦୌଡ଼ି ଆସିବ ମୋ କୋଳ ଭିତରକୁ..? ହଠାତ୍ ରିନିର ତାଳି ଶଢରେ ମୁଁ ଚମକି ପଡ଼ିଲି । ମନେ ପଡ଼ିଗଲା ରିନିର ଥେରାପିଷ୍ ଆସିବାର ଟାଇମ୍ ହୋଇଗଲାଣି । ଦୌଡ଼ିଲି ଘର ଭିତରକୁ କାମ ସାରିବାପାଇଁ । ଆଉ ରିନି ତାର ଖୁସି ହୋଇ ତାଳି ମାରି ମାରି ଦେଖି ଚାଲିଥାଏ ସାଙ୍ଗମାନଙ୍କ ଖେଳ ଜାସ୍ମିନ୍ ଟୟକୁ ଧରି...

SASMITA MOHANTY
ସସ୍ମିତା ମହାନ୍ତି

ସସ୍ମିତା ମହାନ୍ତି ଭୁବନେଶ୍ୱରର ଝିଅ, କଟକର ବୋହୂ, ଏବେ ଆମେରିକାର ସାନ୍‌ଫ୍ରାନ୍‌ସିସ୍କର ବାସିନ୍ଦା। ବୃତ୍ତିରେ ଶିକ୍ଷକତା। ନିଜ ଚାରିପାଖର ଜୀବନ ଯନ୍ତ୍ରଣା, ଗହଳଚହଳ ପୁଣି ନିଃସଙ୍ଗତାକୁ ସଶକ୍ତ ଢଙ୍ଗରେ ପ୍ରକାଶ କରି ପାରନ୍ତି। ତାଙ୍କ ଲେଖା ଓଡ଼ିଶାର ବିଭିନ୍ନ ଖବରକାଗଜ ତଥା ପତ୍ରପତ୍ରିକାରେ ପ୍ରକାଶିତ ହୋଇ ଅନେକ ପ୍ରଶଂସା ସାଉଁଟି ପାରିଛି।

ଗୌରୀ: ଜଣେ ନାରୀର କାହାଣୀ

କଢ଼ ଲେଉଟାଇଲା ଗୌରୀ।

ବେଡ ନଂ ୨୧। ଫିମେଲ ୱାର୍ଡ। ଦିଲ୍ଲୀ ଚିକିସାଳୟ। ଘଣ୍ଟାଏ ତଳେ ତା' କୋଳକୁ ଝିଅଟିଏ ଆସିଛି। ସେ ଖୁସିରେ ନାଚିବା କଥା କିନ୍ତୁ ସେ ଖୁସି ହୋଇପାରୁନି ବରଂ ତାକୁ ଖୁବ୍‌ କାନ୍ଦ ମାଡ଼ୁଛି। ଝିଅର ଲାଲ ଟୁକୁଟୁକ୍‌ ମୁହଁଟିକୁ ଦେଖି ଖୁସିରେ ଗଦଗଦ ହେବା ପରିବର୍ତ୍ତେ ସେ ଖୁବ୍‌ ଦୁଃଖୀ ହୋଇଯାଉଛି। ଇଚ୍ଛା କରି ବି ଝିଅର ଗାଲରେ ସେ ବାତ୍ସଲ୍ୟ ପ୍ରେମରେ ଚୁମାଟିଏ ଦେଇ ପାରୁନି। ତିନି ତିନିଟି ଝିଅ। ଏ ଅଭାବୀ ସଂସାରକୁ ତିନୋଟି ଝିଅ। ଖୁବ୍‌ ଦୁଃଖୀ ହୋଇପଡ଼ୁଥିଲେ ଗୌରୀ। ଗୋଟେ ପରେ ଗୋଟେ ତିନୋଟି ଝିଅକୁ ଜନ୍ମ ଦେଇଥିବାରୁ ନିଜକୁ ଖୁବ୍‌ ଦୋଷୀ ମନେକରୁଥିଲେ। ଶାଶୁ, ଶ୍ୱଶୁରଙ୍କ କଥା ତା' କାନରେ ବାଜୁଥିଲା। ସମୀରଙ୍କ କଥା ତା' ଛାତି ଥରାଇ ଦେଉଥିଲେ।

କଅଁଳା ଶିଶୁଟି। ନିଷ୍ପାପ। କ'ଣ ଅବା ଜାଣେ ସେ। ଗଭୀର ନିଦ୍ରାରେ ଶୋଇଛି। ତା' ମୁହଁକୁ ଦେଖିଦେଲେ ସବୁ କଷ୍ଟ କୁଆଡେ ଉଭେଇ ଯାଉଛି। ଖୁବ୍‌ କ୍ଲାନ୍ତ ଆଉ ଅବଶ ଲାଗୁଛି ଦେହଟା। ନ ରୁହଁଲେ ବି ଆପେ ଆପେ କେଇଟୋପା ଲୁହ ଆଖି ଦେଇ ବାହାରି ଆସୁଛି। ସେଇଟା ଆନନ୍ଦର କି ଦୁଃଖର ସେ ଜାଣିପାରୁନି। ରୋଗୀ, ତାଙ୍କ ସଂପର୍କୀୟ ହାଉଯାଉ ଏ ହସ୍ପିଟାଲରେ। ଜିଲ୍ଲା ହସ୍ପିଟାଲ୍‌ ଖୁବ୍‌ ବଡ। ଦୁଇ ହଜାର ଶଯ୍ୟା ବିଶିଷ୍ଟ ବିଭିନ୍ନ ପ୍ରକାର ଅତ୍ୟାଧୁନିକ ଯନ୍ତ୍ରପାତି, ପରୀକ୍ଷାଗାର ଏଠାରେ ଉପଲବ୍ଧ। କିନ୍ତୁ କର୍ମଚାରୀର ଅଭାବ। ଡାକ୍ତରମାନେ ଯେଉଁ ନର୍ସିଂହୋମ କିମ୍ବା ବେସରକାରୀ କ୍ଲିନିକରେ ବ୍ୟସ୍ତ। ଟଙ୍କା ରୋଜଗାର କରିବାର ଅନେକ ଦ୍ୱାର। ରୋଗୀକୁ ଶୋଷଣ। ମାନବିକତା ବୋଲିଲେ କିଛି ହିଁ ନାହିଁ।

ଦଲାଲମାନଙ୍କର ଉପଦ୍ରବ ବି କିଛି କମ୍ ନୁହେଁ। ସରକାରୀ କର୍ମଚାରୀଙ୍କ ଦଲାଲି ତାହୁଁ ବଳି। ପଇସା ଲୁଟିବାରେ ଓସ୍ତାଦ୍। ରୋଗୀଙ୍କୁ ବେସରକାରୀ ନର୍ସିଂହୋମକୁ ଡାକିନେଇ ରୀତିମତ୍ ଲୁଟ୍ପାଟ୍।

ଆଖି ବୁଜି ଆସୁଥିଲା ଗୌରୀର। ଚିନ୍ତା ଆଉ କଷ୍ଟଜନିତ ଅନିଦ୍ରା ତାକୁ ବିଗତ ଦୁଇଦିନ ହେଲା ଶୁଆଇ ଦେଇନାହିଁ। ଯେତେଥର ଆଖି ବୁଜିଛି ଆଖି ଆଗରେ ଭାସି ଉଠିଛି ତା'ର ତାଳିପକା ସଂସାରର ନକ୍ସା। କାନରେ ବାଜିଛି ସମୀରର କଥା।

ହଁ ସମୀର। ତା'ର ସ୍ୱାମୀ ନହେଲେ ବି ସ୍ୱାମୀ। ତା' ସିନ୍ଥିରେ ସିନ୍ଦୂର ଦେଇ ଅଗ୍ନିକୁ ସାକ୍ଷୀ କରି ବିବାହ ବେଦୀରେ ହାତଗଣ୍ଠି ନ ପଡିଲେ ବି ସେ ତା' ସ୍ୱାମୀ। ମନରେ ଆଉ ହୃଦୟରେ। ଦୁନିଆ ଆଖିରେ ସେ ତା'ର ସାନ ଦିଅର। କିନ୍ତୁ ତା' ପାଇଁ ସେ ଆଜି ସଂପୂର୍ଣ୍ଣ। ତିନୋଟି ପିଲାର ମାଆ। ଏଥିପାଇଁ ଅନେକ କଷ୍ଟ ସହିଛି ସେ। ତା'ର ଏଥିରେ ତିଳେମାତ୍ର ଦୋଷ ମଧ ନାହିଁ। ଜଣେ ନାରୀ କେତେ ଲୁଟିଥାନ୍ତା ନିଜ ସହ ଅବା।

ବିବାହ ପ୍ରସ୍ତାବ ଆସିବା ପରେ ସେ ଖୁବ୍ ଖୁସିଥିଲା ଅନ୍ୟ ଝିଅମାନଙ୍କ ଭଳି। ଏକ ଅଜଣା ପୁଲକରେ ସେ ରୋମାଞ୍ଚିତ ହୋଇ ଉଠୁଥିଲା। ସବୁ ଜିନିଷ ତାକୁ ନୂଆ ନୂଆ ଲାଗୁଥିଲା। କେହି ଜଣେ ଛୁଇଁ ଦେଲେ ଚମକି ଉଠୁଥିଲା। ଶୋଇ ଶୋଇ କେତେ କ'ଣ ଭାବୁଥିଲା। ମନେ ମନେ ଏବେ କାଳ୍ପନିକ ସଂସାର ଗଢ଼ି ସାରିଥିଲା। ଦିନେ ହେଲେ କଥା ହେବାର ସୁଯୋଗ ନଥିଲା ତା' ପାଖରେ। ନା ଫୋନ୍ ଥିଲା, ନା ମୋବାଇଲ। ଗାଁରେ ଗୋଟେ ହିଁ ଟେଲିଫୋନ୍। କଥା ହେବାକୁ ହେଲେ ସେଠାକୁ ଯାଇ କଥା ହେବାକୁ ପଡୁଥିଲା। ସେଠାରେ ପୁଣି କେତେ ଚାହିଟାପରା ଏବେକାର କଥା ହୋଇଛି ଯେ, ମୋବାଇଲରେ, ମେସେଞ୍ଜରରେ, ହ୍ୱାଟ୍ସଅପ୍ରେ କେତେ କଣ ହେଉଛି। ବିପ୍ଳବ ବିଜନେସ୍ମ୍ୟାନ୍। ଦେଖିବାକୁ ଶାନ୍ତ, ସୁନ୍ଦର। ଅଳ୍ପ ଅଳ୍ପ କଥା ଆକର୍ଷଣୀୟ ବ୍ୟକ୍ତିତ୍ୱ। ଫଟୋ ଆଉ ସତର ବିପ୍ଳବ ଭିତରେ କିଛି ହିଁ ପାର୍ଥକ୍ୟ ନଥିଲା। ବିବାହ କାର୍ଯ୍ୟ ଖୁବ୍ ଧୁମ୍ଧାମ୍ରେ ସରିଲା। ଲୋୟାର ମିଡିଲ କ୍ଲାସ୍ ଫ୍ୟାମିଲି। ତା' ବାପା ତଥାପି ସାଧ୍ୟ ମତେ ସବୁକିଛି ତାକୁ ଦେଇଥିଲେ। କୁଆଁରୀ ମନରେ ପୁଲାଏ ଆଶା ଆଉ ସ୍ୱପ୍ନ ନେଇ ଗୌରୀ ଯାଇଥିଲା ତା' ଶାଶୂ ଘରକୁ। ତା' ପାଦ ଖୁସିରେ ମାଟିରେ ଲାଗୁନଥିଲା। ନଣନ୍ଦ, ଶାଶୂ, ଶ୍ୱଶୁର ଖୁବ୍ ଭଲ। ସେ ନିଜକୁ ଗର୍ବିତ ଆଉ ଧନୀ ମନେକରୁଥିଲା। ଭଲ ଘର, ଗାଡି, ଗାଁରେ ପ୍ରତିପତି ଥିଲା ତା ଶ୍ୱଶୁରଙ୍କର।

ଶେଷରେ ତା' ଜୀବନରେ ବି ଆସିଥିଲା ସେଇଦିନ। ଯୋଉ ଦିନକୁ ସବୁନାରୀ ଉତ୍କଣ୍ଠା ସହ ଅପେକ୍ଷା କରିଥାନ୍ତି। ବାସର ରାତି। ଘରସାରା ଫୁଲଭର୍ତି। ଶେଯସାରା

ରଜନୀ ଗନ୍ଧା ଆଉ ଗୋଲାପ ଫୁଲରେ ବିଛାଡି ହୋଇପଡିଛି। କୋଠରିରେ ସବୁ ଜିନିଷ ଝାପ୍‌ସା ଆଲୁଅରେ ଖୁବ୍‌ ଆକର୍ଷଣୀୟ ଦେଖାଯାଉଛି। ସବୁ ଜିନିଷ ଖୁବ୍‌ ବ୍ୟବସ୍ଥିତ ଭାବରେ ଥୁଆ ହୋଇଛି। କୋଠରି ମଝିରେ ଖୁବ୍‌ ସୁନ୍ଦର ପଲଙ୍କ। ଗୌରୀର ଛାତି ଫୁଲି ଉଠୁଥାଏ ଏବେ ଅଜବ୍‌ ଶିହରଣ ଦେହ ସାରା ଖେଳି ବୁଲୁଥାଏ। କାନ୍ତ୍‌ ଘଣ୍ଟାରେ ରାତ୍ରି ୧୧ଟା। ସମସ୍ତେ ବିଛଣାରତ। ବିପ୍ଲବ କୋଠରିକୁ ଆସିଲେ, ଧୀରେ ଓଢ଼ଣୀ ଉଠାଇ ତା ଗାଲକୁ ଛୁଇଁଲେ। ବିଦ୍ୟୁତ୍‌ ତରଙ୍ଗ ତା’ର ସମଗ୍ର ଶରୀରକୁ ଆସନ୍ନ କରିଦେଲା। ଆଖ୍‌ବୁଜି ଦେଲା ଗୌରୀ। ଗାଲ ଦେଇ ଉପରକୁ ଉଠୁଥିବା ହାତଟା ହଠାତ୍‌ ଅଟକି ଗଲା ଯେ। ଆଖ୍‌ ଖୋଲି ଧୀରେ ରୁହିଁଲା ଗୌରୀ। କିନ୍ତୁ ଏ କ’ଣ। ବିପ୍ଲବ ଶୋଇବାର ଉପକ୍ରମ କରୁଛନ୍ତି ଯେ କିଛି କଥାବାର୍ତ୍ତା ନାହିଁ। ଭୟରେ ଶିହିର ଉଠିଲା ଗୌରୀ। ବିପ୍ଲବର କ’ଣ ଦେହ ଖରାପ ନା ଆଉ କ’ଣ। ଲଜ୍ଜା ବଶତ ଗୌରୀ ଆଉ ଆଗକୁ ବଢ଼ିଲାନି। ସେ ନିଜକୁ ସଂଜତ କରିନେଲା। ମନକୁ ବୁଝାଇ ଦେଲା।

ବିପ୍ଲବଙ୍କ ଶାରୀରିକ ଅସୁସ୍ଥତା ଥାଇପାରେ। ଦେଖୁଦେଖୁ ବିପ୍ଲବ ଶୋଇ ପଡିଲେଣି। ଆଶା ଆଶଙ୍କାରେ ରାତି କଟିଗଲା। ଦିନଟା– ସାରା ତାକୁ ଜମା ଭଲ ଲାଗିଲାନି। ତା’ର ବିବାହିତା ସାଙ୍ଗ ମାନସୀ, ରୁନୁ, ସବିର ବାସରରାତି କଥା ମନେ ପଡିଲା ତା’ର। ସେ ନିଜେ ନିଜେ ହସି ପକେଇଲା। ଲାଜେଇ ଗଲା ବି। ଦିନ ସାରା ବିପ୍ଲବ କାମରେ ବ୍ୟସ୍ତ ରହିଲେ। କାହାକୁ ପେମେଣ୍ଟ କୋଉଠି କ’ଣ କାମ ସବୁ ବୁଝୁବୁଝୁ ସନ୍ଧ୍ୟା ନଈଁ ଆସିଲା। ସୂର୍ଯ୍ୟ ବୁଡିବା କ୍ଷଣ। ଅଜଣା ଆଶଙ୍କା ତାକୁ ପୁଣି ଆବୋରି ବସିଲା। ରାତ୍ରି ଘନେଇଲା। ବିପ୍ଲବ ଆସିଲେ। କଥା ହେଲେ, କିନ୍ତୁ ନାରୀ ଜୀବନରେ ବାସରରାତିରେ ଯାହା ଘଟିବା କଥା ଜମା ଘଟିଲାନି। ଭୟ ଆଉ ଆଶଙ୍କାରେ ଦିନ ଆଉ ରାତ୍ରି ସବୁ କଟିଲିଲା ତା’ର। ବିପ୍ଲବକୁ ନେଇ ମନରେ ବିରାଟ ପ୍ରଶ୍ନବାଚୀ। ପୁଣି ଅନ୍ଧାର ଆସିଲା। ଗୌରୀର କୋଠରିରେ ଝାପ୍‌ସା ଆଲୁଅ ଜଳିଲା। ବିପ୍ଲବ ଆଉ ସେ।

ସବୁ ଲାଜ ଛାଡିଦେଲା ଗୌରୀ। ବିପ୍ଲବକୁ ନିଜ ଛାତିକୁ ଆଉଜାଇ ଆଣିଲା। ପ୍ରତିକ୍ରିୟା ବିହୀନ ବିପ୍ଲବ। ସତେ ଯେମିତି ଜଡତା ତାଙ୍କର ସବୁ ଅଂଶକୁ ଗ୍ରାସ କରି ନେଇଛି। ସଙ୍ଗ ସୁଖ ପାଇଁ ଆମନ୍ତ୍ରଣ କଲା ଗୌରୀ। ବିପ୍ଲବ ପ୍ରତିକ୍ରିୟା ହୀନ। ସେଇ ରାତିରେ ପ୍ରଥମ କରି ଗୌରୀ ଜାଣିଲା ଯେ ତା’ ସ୍ୱାମୀ ନପୁଂସକ। ତା’ର ପ୍ରେମ କରିବାର ଶକ୍ତି ନାହିଁ କି ସନ୍ତାନ ଉତ୍ପାଦନ କରିବାର ତାକତ୍‌ ବି ନାହିଁ। ସେ ଗୋଟେ ଜଡ ମଣିଷ।

ସେଦିନ ରାତି ସାରା ସେ କାନ୍ଦିକାନ୍ଦି ସକାଳ କରିଦେଇଥିଲା। ଘରକୁ ଯିବ ବୋଲି ଖବର ଦେଇଥିଲା। ଘରେ ଯାଇ ମାଆ ପାଖରେ କାନ୍ଦି କାନ୍ଦି ସବୁ କଥା

କହିଥିଲା । ଆଉ ତା' ଶାଶୂଘରକୁ ଯିବନି ବୋଲି ରୋକ୍‌ଠୋକ୍ ମନା କରିଦେଲା । ଝିଅର ଏପରି ନିଷ୍ପତ୍ତିରେ ଘର ଲୋକେ ହତବାକ୍ ହୋଇଗଲେ । ବିପ୍ଳବକୁ ନେଇ ନାମୀଦାମୀ ଚିକିତ୍ସକଙ୍କ ପାଖରେ ଚିକିତ୍ସା ଚଳିଲା । କିନ୍ତୁ ଲାଭ ହେଲାନି । ଜଣେ ନପୁଂସକ ପାଖରେ ପୁରୁଷତ୍ୱର ଲକ୍ଷଣ ଦେଖାଗଲାନି । ଘରେ ବିଚାରବିମର୍ଷ ଚଳିଲା । ତା'ପରେ ସମସ୍ତେ ମିଶି ନିର୍ଣ୍ଣୟ କରିଦେଲେ ଗୌରୀର ଭାଗ୍ୟ । ସମୀରକୁ ନେଇ ସେ ଘର ସଂସାର କରିବ । । ଆଉ ବିପ୍ଳବ ତା'ର ସ୍ୱାମୀ ହୋଇରହିବ । କି – ଅଜବ କଥା ସତରେ । ଗୌରୀର ମନକଥା କେହି ବି ବୁଝିଲେନି । କାନ୍ଦି କାନ୍ଦି ତା' ଆଖି ଲୁହ ଶୁଖିଗଲା । ଆଖି ପତା ଫୁଲି ଲାଲ ଦିଶିଲା । ପ୍ରତିବାଦର ସ୍ୱରକୁ ସାମାଜିକ ବିଧି ବ୍ୟବସ୍ଥାର ନ୍ୟାୟ ଦେଇ ରୂପି ଦିଆଗଲା ।

ମନରେ କୋହ ଛାତିରେ କବର ଦେଲା । ତା'ର ବାରମ୍ବାର ମନା ସତ୍ତ୍ୱେ ତାକୁ ନେଇ ତା'ର ଶ୍ୱଶୁର ଘରେ ଛାଡ଼ି ଦିଆଗଲା । କ'ଣ କରିଥାନ୍ତା ଗୌରୀ । ନିଜ ଘରଲୋକ ଯେତେବେଳେ ନିଷ୍ପତ୍ତି ନେଉଛନ୍ତି । ବହୁତ ଥର ଭାବିଥିଲା ମରିଯିବ ବୋଲି । ନତୁବା ଘରଛାଡ଼ି ଚଳିଯିବ ବୋଲି କିନ୍ତୁ କିଛି କରି ପାରିଲାନି । ବାବାମାଆଙ୍କ ଭଲ ପାଇବା ଆଗରେ ତା'ର ସବୁ ନିଷ୍ପତ୍ତି ଫିକା ପଡ଼ିଗଲା ।

ଅନିଚ୍ଛା ସତ୍ତ୍ୱେ ତା' ଦେହକୁ ଭୋଗ କରି ଚଳିଲା ସମୀର । ଆଉ ଉପାୟ ମଧ ନଥିଲା । ଶାଶୂଘର ଲୋକ ଏସବୁ ପାଇଁ ସୁଯୋଗ ସୃଷ୍ଟି କରି ଦେଉଥିଲେ । କ୍ରମେ ସେ ହେଲା ଅନ୍ତଃସତ୍ତ୍ୱା । ମାଆ ହେବାର ସୁଖରେ ତା'ର ସବୁ ଦୁଃଖ ବନ୍ଧା ପଡ଼ିଗଲା । ସମୀରକୁ ମନରେ ମନରେ ସ୍ୱାମୀ ମାନିନେଲା– କିନ୍ତୁ ତାକୁ କାହାରି ଆଗରେ ଦେଖାଇ ପାରିଲାନି । ସମୀର ତା'ର ଭଲ ମନ୍ଦ ସବୁ କଥା ବୁଝୁଥିଲେ । ବିପ୍ଳବ କେବେ ଆପତ୍ତି ବା ଅଭିଯୋଗ ମଧ କରୁ ନ ଥିଲେ । ନିଜ କାମକୁ ନେଇ ବ୍ୟସ୍ତ ରହୁଥିଲେ ସେ ।

ଝିଅଟା ଧୀରେ ଧୀରେ ବଡ ହେଲା । ଘର ସାରା ଆନନ୍ଦ । ସେ ସବୁ ଆନନ୍ଦ ଭିତରେ ବି ନିଜକୁ ଦୁଃଖୀ ଭାବୁଥିଲା । ଦୋଷୀ ଭାବୁଥିଲା । ବଡ ଝିଅ ଦେବାର ଚାରିବର୍ଷ ନପୁରୁଣୁ ତା କୋଳକୁ ଆଉ ଗୋଟେ ଝିଅ ଆସିଲା । ରୂପା । ତା' ଶାଶୂଙ୍କ ମନ ଦୁଃଖ । ଦୁଇ ଦୁଇଟା ଝିଅ । ଆଜିର ଯୁଗରେ ପୁଣି । ପ୍ରଥମ ଝିଅ ହେବାବେଳେ ଯେଉଁ ଆନନ୍ଦ ଥିଲା ଦ୍ୱିତୀୟ ଝିଅ ବେଳକୁ ସେଇ ଉସ୍ତାହ କିମ୍ବ ଉଦ୍‌ଯାପନ ନଥିଲା । ସେ ଅବା କ'ଣ କରିଥାନ୍ତା ଯେ । ପୁଅ କିମ୍ବ ଝିଅ ଜନ୍ମ କୋଉ ହାତର କଥା ଯେ । ଶାଶୂଙ୍କର ବ୍ୟବହାର ତାକୁ ଅତିଷ୍ଠ କରି ପକାଉଥିଲା । ଛାତି ତଳର ଦୁଃଖ ଜମାଟ ବାନ୍ଧି ଚଳିଥିଲା । ସମୀର ସବୁକଥା ଶୁଣୁଥିଲେ ଦେଖୁଥିଲେ କିନ୍ତୁ କିଛି କହୁ ନଥିଲେ । ସେ କାହାକୁ ମନର କଥା କହିବ ।

ଦିନେ ସମୀର କହିଲେ – "ଥାଉ, ଆଉ ନୁହେଁ, ଏବେ ମୁଁ ନିଜେ ବିବାହ କରିବି।"

ଏଇ ପଦକ କଥା, ତା' ପାଦତଳୁ ମାଟି ଖସାଇ ଦେଲା। ତା' ଛାତି ଭିତରର ଦୁକ୍‌ଦୁକିଟା ବନ୍ଦ ହେଉ ହେଉ ରହିଗଲା। କିଛି ଭାବି ପାରିଲାନି ସେ.. ଓଃ କି କଷ୍ଟ ସତରେ। ସମୀର ଯଦି ବିବାହ କରିନେବେ, ତା'ର ଅବସ୍ଥା କ'ଣ ହେବ। ଯାହାର ମୁହଁକୁ ରହିଁ ଏ ଘରେ ଏଯାଏଁ ସେ ପଡ଼ିରହିଛି ସେ ମୁହଁ ବୁଲେଇ ଦେଲେ କ'ଣ କରିବ ସେ। ଏଇ କଥା ଭାବିଭାବି ତାକୁ ଜ୍ୱର ଆସିଗଲା। ସମୀରକୁ ବୁଝାଇବାକୁ ଚେଷ୍ଟା କରିଥିଲା। କହିଥିଲା ଝିଅପୁଅ ସବୁ ସମାନ। ଝିଅ ବରଂ ପୁଅଠୁ ଢେର ଭଲ ଆଜିର ଯୁଗରେ। ଶେଷରେ ନିଷ୍ପତି ହେଲା ଆଉ ଗୋଟେ ପିଲା କରିବାର। ଯେଉଁଟା ପୁଅ ହେବ। ଘର ପାଇଁ ପୁଅଟେ ଲୋଡ଼ା।

ଗୌରୀ ଏସବୁରେ ଯଦିଓ ବିଶ୍ୱାସ କରୁନଥିଲା, ବାଧ୍ୟ ହେଲା ଆଉ ଥରେ ଅନ୍ତଃସଭା ହେବାକୁ। ଠାକୁରଙ୍କୁ ଡାକିଲା। ମାନସିକ କଲା। ପୁଅଟେ ପାଇଁ ଭଗବାନଙ୍କୁ ଆକୁଳ ନିବେଦନ କଲା। ତା'ର ପୁଅ ଦରକାର। ଏ ଦୁଇଦୁଇଟା ଝିଅ ଅନ୍ତତଃ ତା' ପାଇଁ ଅଲୋଡ଼ା।

ଡେଲିଭରି ଡେଟ୍‌ର ମାସକ ଆଗରୁ ଆସି ବାପଘରେ ଥିଲା ସେ। ଗର୍ଭ ଯନ୍ତଣା ବଢ଼ିବାରୁ ଗତ ରାତିରେ ଜିଲ୍ଲା ହସ୍ପିଟାଲକୁ ତା' ବାପା ମାଆ ନେଇ ଆସିଥିଲେ। ସକାଳୁ ସକାଳୁ ଝିଅଟେ ହେବାର ଖବର ଯେତେବେଳେ ତା' କାନରେ ପଡ଼ିଲା, ସେ ଛାତି ଫଟାଇ କାନ୍ଦିଥିଲା। ଡାକ୍ତର, ନର୍ସ, ଆମ୍ମୀୟ ସମସ୍ତେ ବହୁତ ବୁଝାଇଥିଲେ। କିଛି ବୁଝି ନଥିଲା କାନ୍ଦିଲା ଯେ କାନ୍ଦିଲା। କାନ୍ଦି କାନ୍ଦି ଛାତି ଭିଜେଇ ଦେଲା। ଝିଅ ହେବା ଖବର ଶୁଣି ଶାଶୂଘର ଲୋକ କେହି ଆସିଲେନି। ଦେହ ଦୁର୍ବଳ ଯୋଗୁ ଦିନ ସାରା ସାଲାଇନ୍ ଚଲିଲା। ନିଜ ଛୁଆର ମୁହଁଟାକୁ ରହିଁବାକୁ ତାକୁ କଷ୍ଟ ଦେଉଥିଲା। ପୁରା ଶରୀର ଅସମ୍ଭବ ଭାବେ ଦୁର୍ବଳ ଲାଗୁଥିଲା ତାକୁ। ତା'ର ସମସ୍ତ ଉସାହ ମରି ସାରିଥିଲା। ସେ ପୁନଶ୍ଚ ତା' ଆଖି ଆଗରେ ଏକ ଅନାଗତ ଭବିଷ୍ୟତର କାଳ୍ପନିକ ଦୃଶ୍ୟ ବାରମ୍ବାର ନାଚୁଥିଲା।

ଛୁଆର କଇଁ କଇଁ କାନ୍ଦରେ ଛାଇ ନିଦ ଭାଙ୍ଗିଗଲା ଗୌରୀର। ଛୁଆର ମୁହଁକୁ ଥନରେ ଚୁପି ଦେଇ ଦମ୍ ନେଲା ସେ।

ନା ତାକୁ ବଂଚିବାକୁ ହେବ। କାହାରି ପାଇଁ ନହେଉ ପଛକେ ଏଇ ଛୁଆ ତିନୋଟି ପାଇଁ ତାକୁ ବଂଚିବାକୁ ହେବ।

BIKASH CHANDRA ROUT
ବିକାଶ ଚନ୍ଦ୍ର ରାଉତ

କଟକ ଜିଲ୍ଲାର ନିଆଳିରେ ଜନ୍ମିତ ବିକାଶ ଚନ୍ଦ୍ର ରାଉତ ବର୍ତ୍ତମାନ ଟେକ୍ସାସ୍ ରାଜ୍ୟର ଅଷ୍ଟିନ୍ ସହରରେ ରୁହନ୍ତି । ସେ ସଫ୍ଟଓ୍ୱେର ଇଞ୍ଜିନିୟର ଭାବରେ କାମ କରନ୍ତି ଏବଂ ଗଳ୍ପ ଓ କବିତା ମଧ୍ୟ ଲେଖନ୍ତି ।

ବୁଢ଼ା ଗଛ

ଆମ ଘର ଆଗରେ ଗୋଟେ ଆମ୍ବ ଗଛ ଥିଲା । ଯେତେବେଳେ ଗଛଟି ଯୁବକ ଥିଲା ସେତେବେଳେ ଆମେ ସମସ୍ତେ ତାକୁ ଆଦର କରୁଥିଲୁ । ତା' ମୂଳରେ ଖତ, ପିଡ଼ିଆ, ସାର ଦେଉଥିଲୁ । କାରଣ ସେ ଆମକୁ ଫଳ ଦେଉଥିଲା । ତା'ର ଘଞ୍ଚ ପତ୍ର ଆମକୁ ଛାଇ ବି ଦେଉଥିଲା । ତେଣୁ ସବୁ ଆଦର ସତ୍କାରର ପାତ୍ର ସେ ଥିଲା । ଗଛ ଶିୟରେ ମୁଣ୍ଡଦେଇ ଆମେ ଶୋଉଥିଲୁ । ତାକୁ କୁଣ୍ଢେଇ କେତେ ଗେଲ ବି କରୁଥିଲୁ । ଗଛ ଯଦି କେବେ ଝାଉଁଳି ଯିବାର ଦେଖୁଥିଲୁ ସଂଗେ ସଂଗେ ପାଣି ଆଣି ଢାଳି ଦେଉଥିଲୁ । ଆମେ ସମସ୍ତେ ବ୍ୟତିବ୍ୟସ୍ତ ହେଇ ପଡୁଥିଲୁ କେତେ କେତେ କୀଟନାଶକ ଔଷଧ ସିଞ୍ଚୁଥିଲୁ ।

ସମୟ କ୍ରମେ ଗଛଟି ବୁଢ଼ା ହେବାରେ ଲାଗିଲା । କେବେ ଫଳ ହେଲା ତ କେବେ ନାହିଁ । ଯଦି ବା ଫଳ ହେଲା ପୂର୍ବଠୁ ଅନେକ ମାତ୍ରାରେ କମ । ଡାଳ ଗୁଡ଼ିକ ଗୋଟି ଗୋଟି ହେଇ ଶୁଖି ଛିଡ଼ିବାରେ ଲାଗିଲୋ । ପତ୍ର ଝଡ଼ି ଗଛ ମୂଳ ଅପରିଷ୍କାର ହେଲା । ପତ୍ର ପଚି ସେଥିରୁ ଦୁର୍ଗନ୍ଧ ଆସିଲା । ଧୀରେ ଧୀରେ ଆମେ ଗଛର ମୂଳ ମାଡ଼ିଲୁନି । ପାଣି ମୁଦେ ବି ଗଛମୂଳେ ଦେଲୁନି । ଖତ ପିଡ଼ିଆ ଦେବା ତ ଦୂର କଥା ଲେଉଟା ଗଛକୁ ଗାଳି ଦେବାରେ ଲାଗିଲୁ । 'ଏବର୍ଷ ବାତ୍ୟାରେ ଗଛଟା ଉପୁଡ଼ି ପଡ଼ନ୍ତାନି ! ଆ'ପରର ଅମୁକ ଗଛ ଗତ ବାତ୍ୟା ସମ୍ଭାଳି ନପାରି ଉପୁଡ଼ି ପଡ଼ିଲା । ଏତେ ବୁଢ଼ା ଗଛ ହେଲାଣି ଏତେ ବଡ଼ ବଡ଼ ବାତ୍ୟା କେମିତି ସହୁଛି କେଜାଣି ?' ଇତ୍ୟାଦି ଇତ୍ୟାଦି ।

କେହି କେହି ପଡ଼ୋଶୀ ବି ଗୁପ୍ତ ମନ୍ତ୍ରଣା ଦେଇଥାନ୍ତି । 'ବୁଢ଼ା ଗଛଟା ଘର ସାମ୍ନାକୁ ଆଉ ଶୋଭା ପାଉନି । କାଠ ହଣାଲି ଡାକି ହାଣି ଦିଅ ।'

ଗତ କାଲି ରାତିରେ କେଉଁ ଏକ ଅଜଣା ବାତ୍ୟାରେ ଗଛଟି ଉପୁଡ଼ି ପଡ଼ିଛି । ଘରେ ସମସ୍ତେ ଉପରକୁ ମନ ଦୁଃଖ ହେଲାଭଳି ଅଭିନୟ କରୁଛନ୍ତି । କିନ୍ତୁ ଭିତରେ ଭିତରେ ଖୁସି ହେଲା ପରି ଲାଗୁଛନ୍ତି । ଯେମିତି କହୁଛନ୍ତି 'ଯାହା ହେଇଚି ଭଲ ହେଇଚି' । ମୁଁ କିନ୍ତୁ ଖୁସି ହେଇପାରୁନି । ଗଛଟି ଉପୁଡ଼ି ପଡ଼ିଲା ପରେ ଘରେ ଯେମିତି ଗୋଟେ ଶୂନ୍ୟସ୍ଥାନ ସୃଷ୍ଟି ହେଇଚି । ଯାହା କେବେ ବି ପୂରଣ ହେଇପାରିବନି । ସେ ମୃତ ଗଣ୍ଡିଟାକୁ ଧରି କ‌ଇଁ କ‌ଇଁ ହୋଇ କାନ୍ଦିବାକୁ ଇଚ୍ଛା ହେଉଛି । ତା'ମାନେ ମୁଁ ଯେ ସୁନାପିଲା ଥିଲି ତାହା ନୁହେଁ । ଅନ୍ୟମାନଙ୍କ ପରି ମୁଁ ବି ଗଛଟିକୁ କମ୍ ଗାଲି ଦେଇନି । ବୁଢ଼ା ଗଛଟିର ଭଲ ମନ୍ଦ ବି ଦିନେ ବୁଝିନି । ତା' ମୂଳରେ ମୁଦ୍ୟେ ପାଣି ବି ଦେଇନି । ଅଥଚ ସେ ଆଜି ମରିଗଲା ପରେ ମୋର ଏ ଭାବାନ୍ତର କ'ଣ ପାଇଁ ? ଏ ବୁଢ଼ା ଗଛଟିର ଅବସ୍ଥା ଦେଖି ମୋର ବୃଦ୍ଧାବସ୍ଥା କଥା ଭାବି ମୁଁ ବିଚଲିତ ନୁହେଁ ତ ?

ମଲା ଗଛଟି କିନ୍ତୁ ମୋ କାନରେ ଯେମିତି ଫିସ୍ ଫିସ୍ କରି କହୁଛି 'ଏ ସୃଷ୍ଟିକୁ ଯେ ଆସିଛି ସେ ଦିନେ ନା ଦିନେ ଯିବ । ଆଜି ମୁଁ ଯାଉଚି କାଲି ତୁ ଯିବୁ । କିନ୍ତୁ ବୃଦ୍ଧାବସ୍ଥାରେ ଟିକେ ସ୍ନେହ ମିଳିଲେ ଅତ୍ତତଃ ଶାନ୍ତିରେ ମରି ପାରିବ' ।

SWAGATIKA MOHANTY

ସ୍ୱାଗତିକା ମହାନ୍ତି

ସ୍ୱାଗତିକା ମହାନ୍ତି ଉଡ୍ସ୍କ୍ ମ୍ୟାରିଲାଣ୍ଡରେ ରୁହନ୍ତି । ସେ ଓଡ଼ିଆ ଗପ କବିତା ପଢ଼ିବାକୁ ଭଲ ପାଆନ୍ତି ।

ରବିବାର ମାଛ ଧରା

ଶନିବାର ରାତି, ଆଖିରେ ଜମା ବି ନିଦ ନାହିଁ । କୁହୁ, ପିହୁ ଙ୍କର କି ଗପ ଚାଲିଛି ଯେ ସରୁନି ।

ସେପଟେ ଜେଜେମା ପାଟି କରି ତାଗିଦ କରି କେତେ ଥର କହି ସାରିଲାଣି, ଆରେ ଜଲ୍ଦି ଶୋଇପଡ଼ । କାଲି ସକାଳୁ ଉଠି ପୁଣି କେତେ କାମ ।

ହେଲେ ତା କଥା କିଏ ଶୁଣୁଛି ?

ଆଲୋ ମା', କାଲି ପା ରବିବାର ! ଟିକେ ଡେରିରେ ଉଠିଲେ ଚଲିବ । ଏୟା କହି ପିହୁ ଆଉ କୁହୁ ଚୁପି ଚୁପି ତାଙ୍କ ଗପରେ ମଜ୍ଜି ଗଲେ । ଫୁସୁରୁ ଫୁସୁରୁ ହେଇ ରବିବାରରେ କଣ କଣ କରିବେ ସେ ଯୋଜନା ସବୁ କରିବାକୁ ଲାଗିଲେ ।

କୁହୁ କହିଲା, କାଲି ସକାଳୁ ଜଳଖିଆ ସାରି, ଆଗେ ପାଠ ପଢ଼ାପଢ଼ି ସାରି ଦେବା । ତା ପରେ ବୁଢ଼ିଆ, ରୁବି, ବେବି ମାନଙ୍କୁ ଏକାଠି କରି ତୟା ଜେଜେଙ୍କ ପୋଖରୀକୁ ଗାଧୋଇବାକୁ ଯିବା । ଖୁବ ପହଁରିବା ଆଉ ଖେଳିବା ସେଠି ।

ଖରାଦିନ ଯେ, ଦୁଇପ୍ରହର ବେଳକୁ ବହୁତ ଗରମ ହେଇଯିବ । ମା' ବାହାରକୁ ଯିବାକୁ ଦେବନି । ଯାହା ସବୁ କରିବାର ଅଛି ଦିନ ୧୨ଟା ଭିତରେ ସାରିବାକୁ ପଡ଼ିବ । ତା'ପରେ କଙ୍କି ଆଉ ପ୍ରଜାପତି ଧରିବା ପାଇଁ ସ୍କୁଲ ପଡ଼ିଆକୁ ଯିବା ।

ଏ ସବୁ ଶୁଣି, ପିହୁ ହଠାତ୍ ଉଠି ବସି ପଡ଼ି ପଚାରିଲା, ତା' ହେଲେ, ବାପାଙ୍କ ସହିତ ମାଛ ଧରିବାକୁ କେତେବେଳେ ଯିବା ?

ଆଜି କାଲି ଭଲି ସେତେବେଳେ, ଗାଁରେ ମାଛ ମାର୍କେଟ ନ ଥିଲା । ମାଛ ଖାଇବାକୁ ଇଚ୍ଛା ହେଲେ, ପୋଖରୀରୁ ମାଛଧରା ହେଉଥିଲା ।

କୁହୁ ଆଉ ପିହୁଙ୍କ ଘରେ, ପ୍ରତି ରବିବାରରେ ମାଛଭଜା ଆଉ ତରକାରୀ ହେବା ନିଶ୍ଚିତ। ନ ହେଲେ କୋହାରି ବି ତୃଣ୍ଡିରେ ଭାତ ଗଳିବା ଅସମ୍ଭବ। କୁହୁ ପିହୁ ତ ସେମିତି ଦୁଇଟା ବିଲେଇ। ମାଛ ଭଜା ବାସ୍ନାରେ ହିଁ ଭାତଖିଆ ପକେଇବେ। ସେ ପାଇଁ ପ୍ରତି ରବିବାରରେ ପୋଖରୀରୁ ମାଛ ଧରିବାଟା ଯେମିତି ଗୋଟେ ସାପ୍ତାହିକ ପ୍ରଥା ପାଲଟି ଯାଇ ଥିଲା ତାଙ୍କ ଘରେ।

କୁହୁ ଆଉ ପିହୁଙ୍କ ବାପା ଖୁବ ଭଲ ଜାଲ ପକେଇ ଜାଣନ୍ତି। ପ୍ରତି ରବିବାରରେ ସେ ଦୁଇପିଲାଙ୍କୁ ନେଇ ବାଡ଼ିବିଲ ପୋଖରୀକୁ ମାଛ ଧରିବା ପାଇଁ ଯାନ୍ତି। ପିହୁ ଆଉ କୁହୁ ଘରର ସବୁଠୁ ସାନ ଛୁଆ ଆଉ ବାପାଙ୍କର ଅତି ଗେଲହା। ପିଲାମାନଙ୍କର ମାଛ ପାଇଁ ଏତେ ଆଗ୍ରହ ଦେଖି, ବାପା ସେ ଦୁଇ ଜଣଙ୍କୁ ମାଛ ଧରିବା ପାଇଁ ସାଙ୍ଗରେ ନେଇକି ଯାନ୍ତି।

ମାଛ ଧରିବା ବେଳେ ଯେଉ ଦୁଇ-ତିନି ଘଣ୍ଟା ସେମାନେ ବାପାଙ୍କ ସହିତ ବ୍ୟତୀତ କରନ୍ତି, ସେ ସମୟ ତକ ଯେମିତି ବାପା ଖାଲି ତାଙ୍କର। ସେ ସମୟରେ ବାପା ତାଙ୍କ ନୀତି ବାଣୀ କୁହନ୍ତି। ମନଛୁଆଁ ଗପ ଶୁଣାନ୍ତି ଆଉ କୁହୁ ଆଉ ପିହୁଙ୍କର ଅତି ପ୍ରିୟ ମାନସାଙ୍କ ବି ପଚାରନ୍ତି। ପିହୁ ଆଉ କୁହୁ ଯେମିତି ବାପାଙ୍କର ପାଟିରୁ ବାହାରୁ ଥିବା ପ୍ରତିଟି ଶବ୍ଦକୁ ଗିଲି ପକାନ୍ତି। ଗୋଟେ ବି ତଳେ ପକାନ୍ତିନି।

ଚାତକ ପରି ଦୁଇ ଜଣ ରବିବାରର ସେ ମାଛ ଧରା ସମୟକୁ ଅପେକ୍ଷା କରି ରହିଥାନ୍ତି।

ଆଉ ଯାହା ହେଉ କି ନ ହେଉ, ଚଳିଯିବ। କିନ୍ତୁ ମାଛ ଧରା— ଜମା ବି ମିସ ହେଇ ପାରିବନି।

ଏମିତି ସବୁ ରବିବାର ପାଇଁ ଯୋଜନା କରୁ କରୁ, ଅଜାଣତରେ କେତେ ବେଳେ ଦୁଇ ଜଣ ଶୋଇ ପଡ଼ିଛନ୍ତି।

ରବିବାର ସକାଳ – ଅଳସ ଭାଙ୍ଗି ଉଠିଲା ବେଳକୁ ସକାଳ ସାଢ଼େ ୮ଟା। ଜେଜେ ମା ଜୋରରେ ପାଟିକରି କହି ଉଠିଲା, ଆରେ ଉଠିବନି କି? ବାପା ମାଛ ଧରିବାକୁ ପଲେଇଲେଣି।

ତାକୁ ଶୁଣି, ନିଦ ଯେମିତି କୁଆଡ଼େ ଚମ୍ପଟ ମାରି ପଲେଇଲା। ଦୁଇଜଣ ଉଠି ଧାଇଁଲେ ଦାଣ୍ଡ କବାଟ ଆଡ଼କୁ। ଦାଣ୍ଡରେ ବାପାଙ୍କୁ ନ ଦେଖି, ଦୁଇ ଜଣଙ୍କର ଗଙ୍ଗା ଯମୁନା ବହି ଚାଲିଲା। ବାପା ଆଜି ମାଛ ଧରିବାକୁ ତାଙ୍କୁ ସାଙ୍ଗରେ ନେଇ ଗଲେନି ଯେ?

ବୋଉ ଆଉ ଜେଜେ ମା ଆସି କେତେ ବୁଝେଇଲେ। ହେଲେ ସେ ଅଶ୍ରୁର ସ୍ରୋତ ଜମା ବି ବନ୍ଦ ହେଉ ନ ଥାଏ।

ରୁବି, ବୁଢ଼ିଆ ଆସି ପୋଖରୀକୁ ଗାଧୋଇ ଯିବା ପାଇଁ ଡାକିଲେ। ହେଲେ କୁହୁ ପିହୁ ଯେମିତି ସ୍ଥାଣୁ ପାଲଟି ଯାଇଥିଲେ। କିଛି ବି ପ୍ରତିକ୍ରିୟା ନାହିଁ। ମୁହଁକୁ ଫୁଲେଇ, ଗାଲରେ ହାତଦେଇ, ଦୁଇ ଜଣ ଦାଣ୍ଡ ବାରଣ୍ଡାରେ ବସି ରହିଲେ।

ଖାଇବା ପିଇବା ସବୁ ବନ୍ଦ। ପାଠ ପଢ଼ା ତ ଦୂର କଥା। ନିଜ ମଧ୍ୟରେ କଥା ବି ହେଉ ନ ଥାନ୍ତି।

ମନକୁ ମନ ପଚାରି ହେଉଥାନ୍ତି, ବାପା ତ ତାଙ୍କର କେବେ ଏମିତି କରନ୍ତିନି? ଆଜି କଣ ହେଲା? କଣ କାରଣ ହେଇ ପାରେ ଭାବି ଭାବି, ଦୁଇ ଜଣଙ୍କର କୋହ ଆହୁରି ବଢ଼ି ଚାଲି ଥାଏ।

ଏ ସବୁ ଦେଖ଼, ବଡ଼ ଭଉଣୀ ଆଉ ଭାଇ, କବାଟ କଣରେ ଲୁଚି ଲୁଚି ଖୁବ ହସୁଥାନ୍ତି। ମା ବି ମୁରୁକି ମୁରୁକି ହସୁଥାନ୍ତି।

କଣ ମୁଣ୍ଡରେ ପଶିଲା କେଜାଣି, କୁହୁ ହଠାତ ଉଠି, ସିଡ଼ି ତଳ ଘରକୁ ଦୌଡ଼ି ଗଲା। ସିଡ଼ି ତଳ ଘର ହେଲା ବାପାଙ୍କର ମାଛ ଧରା ଜାଲ ଆଉ କୁହୁ ପିହୁଙ୍କର ଦୁଇଟି କୁନି କୁନି ମାଛ ବାଲ୍ଡି ରଖିବା ସ୍ଥାନ। ପିହୁ ବି ତା ପଛରେ ଧାଇଁ ଗଲା। Power cutରେ ପୂରା କୋଠରୀ ଭିତରଟା କିଟ କିଟ ଅନ୍ଧାର ହେଇଥାଏ। ଅନ୍ଧାରରେ ଦୁଇ ଜଣ ସେ ଘରଟାକୁ ପୂରା ଘାଣ୍ଟି ପକେଇଲେ। ଆଜି ଆଉ ଅସରପା, ଝିଟିପିଟି କି ପିମ୍ପୁଡ଼ିର ଭୟ ନାହିଁ। ତନା ଘନା ଖୋଜା ପରେ, ଜାଣିଲେ ଯେ ବାପାଙ୍କ ମାଛଧରା ଜାଲ ସେଠି ନାହିଁ। ଖାଲି ତାଙ୍କ କୁନି ବାଲ୍ଡି ଦୁଇଟି ଥୁଆ ହେଇଛି।

ଜାଲ ନ ପାଇ, ଦୁଇ ଜଣ ଆହୁରି ଜୋରରେ ବୋବାଳି ଛାଡ଼ିଲେ। ବୋଧ ହେଇଗଲା କି ସତରେ ଆଜି ବାପା ତାଙ୍କୁ ନ ନେଇ ଏକା ଏକା ମାଛ ଧରିବାକୁ ଚାଲି ଯାଇଛନ୍ତି।

ମନରେ ରାଗ ଅଭିମାନ ଭରି, ଦୁଇ ଜଣ ନିଷ୍ପତ୍ତି ନେଲେ, ଆଜିଠୁ ବାପାଙ୍କ ସହିତ ତାଙ୍କର କଟି। ଆଉ ସେ କଥା ହେବେନି ବାପାଙ୍କ ସହିତ।

କିଛି ସମୟ ପରେ, ବାପାଙ୍କ ପାଟି ଶୁଭିଲା– ଆରେ ମୋ ଦୁଇ ବିଲୋଇ, ଗୁଣ୍ଡ ଆଉ ମୁଣ୍ଡି କୁଆଡ଼େ ଗଲେ? ଆଜି କଣ ମୋ ସହିତ ମାଛ ଧରିବାକୁ ଯିବେନି କି?

ଯେମିତି ଏ କଥା କାନରେ ବାଜିଛି, କୁହୁ ପିହୁଙ୍କ ଖୁସି ଦେଖେ କିଏ? ଝାଉଁଳି ଯାଇଥିବା ଦୁଇଟି ଫୁଲ ଉପରେ କିଏ ଯେମିତି ପାଣି ଛିଟିକା ପକେଇ ଦେଲା। ପାଣି ଛିଟିକା ତା ନୁହଁ, ବାଲଟିଏ ପାଣି କିଏ ଢାଲି ଦେଲା ବୋଧ ହୁଏ।

କୁନି କୁନି ବାଲ୍ଡି ଦୁଇଟା ଧରି, ଦୁଇ ଜଣ ଦାଣ୍ଡ ଦୁଆର ମୁହଁରେ ହାଜର।

ବାପାଙ୍କୁ କୁଣ୍ଢେଇ ପକେଇ, ଅଭିମାନ ଆଉ ଉକ୍ରଷାଭରା କଣ୍ଠରେ ପଚାରିଲେ,

“ବାପା ତୁମେ କୁଆଡ଼େ ଯାଇଥିଲ ? ଆଉ ତୁମ ଜାଲ କୁଆଡ଼େ ଗଲା ?”

ବାପା କହିଲେ, ଜାଲକୁ ମୂଷା କାମୁଡ଼ି କଣା କରି ଦେଇଥିଲା। ତାକୁ ଟିକେ ମରାମତି କରେଇବା ପାଇଁ ନେଇ ଯାଇଥିଲି। କାହିଁ କଣ ହେଲା କି ?

ଦୁଇ ଜଣଙ୍କ କୁନି ଓଠରୁ ହସ ଛୁଟି ଆସିଲା। ଗୋଟେ ଛୋଟ ଆଶ୍ୱାସନା ତାଙ୍କ ହୃଦୟରେ ଭରି ଯାଇଥିଲା କି, “କିଛି ବି ହେଇ ଯାଉ, ରବିବାର ମାଛ ଧରା ପାଇଁ, ବାପା ସେ ଦୁଇ ଜଣଙ୍କୁ ସାଙ୍ଗରେ ନେବାକୁ କେବେ ବି ଭୁଲିବେ ନାହିଁ।”

ପିହୁ ଆଉ କୁହୁ ଏବେ ବଡ଼ ହେଇଗଲେଣି। ବାହାରେ ଚାକିରି କରି ରହିଲେଣି।

ବାପା, ବୋଉ ତାଙ୍କର କେବେ ଠୁ ଗାଁ ଛାଡ଼ି ଭୁବନେଶ୍ୱରରେ ଆସି ରହିଲେଣି। ଏବେ ବି ଯେବେ କୁହୁ ଆଉ ପିହୁ ବାପା /ମାଙ୍କୁ ଦେଖା କରିବାକୁ ଘରକୁ ଯାନ୍ତି, ତାଙ୍କ ବାପା ମନେ ପକେଇ ଦୁଇ ବିଲେଇଙ୍କ ପାଇଁ ମାଛ ଅବଶ୍ୟ ଆଣନ୍ତି।

ARJUN PUROHIT
ଅର୍ଜୁନ ପୁରୋହିତ

ମୋର୍ ସମ୍ବଲପୁରକେ ଲାଗିକରି ସଂକରମା ବୁଲି ଗାଁଥି ୧୯୩୪ ସାଲେ ଜନମ୍ । ବାପାର୍ ବାରଂବାର ବଦଲି ଲାଗି ମୋର୍ ସ୍କୁଲ୍ ପଢ଼ା ଅବିଭକ୍ତ ସମ୍ବଲପୁର୍ ଜିଲ୍ଲାର ନାନା ଠାନେ ପଡ଼ିଛେ (ଭଟ୍ଲି, ଖଡ଼ିଆଲ୍, ସମ୍ବଲପୁର, ପଦମପୁର ଆଉ ବରପାଲି) । ତେହେରୁ ଗଂଗାଧର ମେହେର୍ କଲେଜ୍(I.A), ରେଭେନ୍(B.A.) ଆଉ ପାଟନା (M.A.)ରେ ପଢ଼ା ସାରିକରି ରେଭେନ୍ଥ୍ ଚାର ବଚ୍ଛର ମନସ୍ତତ୍ତ୍ୱ ପଢ଼ାଲି । ୧୯୬୨ରେ Commonwealth Scholarship ପାଇକରି Western Australiaରେ ମନସ୍ତତ୍ତ୍ୱରେ Ph.D. କରି ୧୯୬୫ରେ କାନାଡ଼ାର୍ Queen's Universityର National Research Council Post-Doctoral Fellow ହେଇକରି ଆଏଲି । ଦୁଇ ବଚ୍ଛର୍ ଉତ୍ତରୁ Beechgrove Regional Children's Centerର Chief Psychologist ଆଉ Queen's University Adjunct Professor of Psychology and Psychiatry ଭାବେ କାମ୍ କଲି ୧୯୯୩ ବଚ୍ଛର୍ ତକ୍ । ତାର୍ ପରେ ୧୩ ବଚ୍ଛର୍ Private Practice କଲି ବେଶିକରି car accidentରେ ଜଖମ ହେଇଥିବା ରୋଗୀମାନଙ୍କର Close Head Injury/Neuropsychology ବାବଦରେ । କାନାଡ଼ାକେ କର୍ମଭୂମି କରି ଆଏଲି, ଧୀରେ ଧୀରେ କାନାଡ଼ା ମୋର୍ ମର୍ମଭୂମୀ ହେଲା ।

କଣାମାଷ୍ଟ୍ରଂକର୍ କୁଠି*

କଥାନୀଟା ସୁରୁହେସି ୧୯୪୦-୪୫ ପାଖପାଖ ସମ୍ବଲପୁରର ଝାଡୁଆପଡ଼ାଥି । ମୋର୍ ମାମୁଘର୍ ବଡ଼୍ ସଡ଼ଖର ମଝାମଝି ବେନି ସୁପକାରଙ୍କର୍ କପଡ଼ାଦୁକାନ୍ ସାମ୍ନାଥ ଗୁଚେ ଗଲି ପାଖେ, ଜେନେ ନାମଜାଦା ପୁଜାରିଜମାର ବଡ଼୍ ବଡ଼୍ ପକ୍କାଘରଗୁଡ଼ାକ ଭର୍ତି ହେଇଥିଲା । ଗଲିକେ ଲାଗିକରି ମାମୁଘରର ଗୁଚେ ବଢ଼େଟେ ବୈଠକ୍ କୁଠି ଥିଲା ଜେନେ ଦିନବେଲେ ମୋର୍ ବଡ଼୍ଖାବାପା(ମାଁର୍ ବାପା) ପଡ଼ାର ଜନାଶୁନା ଲୁକମାନଙ୍କର୍ ସାଂଗେ ବୁଝାଶୁନା କରୁଥିଲେ । ପଡ଼ାର ଲୁକେ ମୋର୍ ବଡ଼୍ଖାବାପାକେ

ବହୁତ୍ ମାନୁଥିଲେ ଆଉ ଯଦି କିଛି ସମାଜନେ ସମସ୍ୟା ହେଉଥିଲା ତାଙ୍କର ମତାମତ୍ ଖୁଜୁଥିଲେ। ଯେତ୍ତା ବେଳ ବୁଡ଼ିଯିବା ବୈଠକ୍ କୁଠି ପଢ଼ାକୁଠି ହେଇ ଯାଇସି ଆଉ ପଢ଼ାର୍ ବଡ଼୍ ଭାଗି ଶିଶୁ ଶ୍ରେଣୀନୁ ପଂଚମ ଶ୍ରେଣୀତକ୍ ଛୁଆମାନେ ଲାଲ୍‌ଟିନ୍ ଆଉ ବହିବସ୍ତା ଧରିକରି କୁଠି ହାଜର। କୁଠିକେ ଖାଲି ପାଠ୍ ପଢ଼ାହେସି କହେଲେ ଠିକ୍ ନାଇଁ ହେବା। କଣାମାଷ୍ଟେ ଏତ୍ତାକରି ଜାଗାକେ ସଂଖଳିଥିଲେଜେ ସବୁ ପିଲାଟୁକେଲ ଇନକେ ଆସବାର ଲାଗି ଟାକିଥିସନ୍। ମାଷ୍ଟେ ସମସ୍ତଂକୁ ନିଜର ପୁଅଝି ବାଗିର ବେଭାର କରୁଥିଲେ। ସାରା ଗଲିଟା ସଂଜବେଲର ଦୁଇଘଂଟା ଛୁଆମାନକର ଘୋଘାଥ ଦୁଲକୁ ଥିଲା। କୁଠି ପଢ଼ବାର ମଜା ସ୍କୁଲନେ ନାଇଁ ମିଲେ। କେତେ ଛୁଆ ସ୍କୁଲ୍ ନାଇଁଜାଇକରି ଖାଲି କୁଠିକେ ଆଏସନ୍।

ଧାଡ଼ୁଆଆପଢ଼ାଥ କଣାମାଷ୍ଟେ ଖାଲିଗୁଟେ ବଢ଼ିଆ ମାଷ୍ଟର ନୁହନ୍, ସେ ଗୁଟେ ଅନୁଷ୍ଠାନ୍ ଆନ୍। ତାଙ୍କର ସଥର ନାଁଟା କାଣାଆଏ କିହେ ନାଇଁ ଜାନି। ଆଉ ସେ କେନ୍ତାକରି କଣା ହେଲେ ସେଟାଭି କାହାକେ ଜନା ନାଇଁ। ଆଞ୍ଜା କେନ୍ଦ୍ର ସ୍କୁଲର ମାଷ୍ଟର ନୁହନ୍ କିନ୍ତୁ ସେ ସବୁ ବିଷୟକେ ପଢ଼େଇ ପାରସନ୍। ଆମର ପଢ଼ାଥ ତାଙ୍କର ବାଗିର ଆଉ ଜନାକେତେ ଲୁକ ଅନୁଷ୍ଠାନ୍ ବାଗିର ଥିଲେ। କେଦାମାଇକେ କିଏ ନାଇଁଜାନି ? ତାଙ୍କର ଚାଲିଚଲନ୍ କଥାବାର୍ତା ପିନ୍ଧନଉଠନ୍ ପକ୍ଵ ମାଇନ୍ଜିମାନକର ବାଗିର ଅରୁନ୍ ବୁଟିକେ ଫୁଟବଲ ଲାଗି ଆଉ ନରପେଠାକେ ବଢ଼େପେଟ୍ ଲାଗି ସବେ ଜାନସନ୍। ଆଉ ମାଲୁ ବାଉରୀ ସ୍ନେହ ବାଉରୀ କଥା କାଣା କହମା। କିନ୍ତୁ କଣାଆଞ୍ଜାକେ ସବେ ନିଜର ଘରର ସିଆନ୍ ଲୁକବାଗିର ଆଦର ଆଉ ସକାର କରୁଥିଲେ। ଆଞ୍ଜା ସବୁଦିନ ସଖାଲେ କଠଉ ମାଡ଼ିକରି ବର୍ହମ୍ପୁରାଗୁଡ଼ି ଘାଁଟେ ମହାନଦୀଥ ଗାଧୁକରି ମନ୍ତ ଜପି ଜପି ଘର ଫିରୁଥିଲାବେଲେ ପଢ଼ାର ଲୁକେ ତାଙ୍କୁ ଜୁହାର କରି ଆଶୀର୍ବାଦ୍ ନେଉଥିଲେ। ଆଞ୍ଜାକୁ ସମସ୍ତଂକର ନାଁ ଜନା ଥାଏ ଆଉ ଜାହାକେ ଭେଟନ୍ ତାଙ୍କର ଘରର ସମସ୍ତଂକର ଦିହପା କଥା ପଚରଉଥିଲେ। ତାଙ୍କର କାହାର ଉପରେ ରିଷା ହେବାର୍ କେହି ନାଇଁଜାନି। ସେ କେଭେ କାହାକେ କିଛି ନାଇଁ ମାଗୁଥାଇ ପଢ଼ାବାର ଲାଗି। କିଏ ମାଷ୍ଟ ଆଠ୍ ଅନା ତ କିଏ ବାର ଅନା ତ କିଏ ଟଂକାଟେ ଦିଅନ୍। ଆଭ କେତେଜନ୍ ପଏସା ନାଇଁ ଦେଇକରି ଗାମୁଛାଟେ କି ଆଉ କାଣା ଗୁଟେ ଦିଅନ୍। ହେଁଟା ହେଲା ତାଙ୍କର କମାନୀ।

ମୋର ଜାନବାକେ ଆଞ୍ଜାକରର ନିଜର ପୁଅଝି ନାଇଁଥାଇ ହେଥର ଲାଗି ଆମେ ସବେ ତାଙ୍କର ପୁଅଝି। ଆମର ଛୁଆମାନକର ବୟସ ପାଁଚନୁ ଦସ ବଛର ପାଖପାଖ। ସେ ଭିତରେ ନାନା ପର୍କାର ପିଲା ଥିଲୋ। ଛୁଆମାନେ ମଝି ମଜିଥ ମାଡ଼

ଲାଗନ୍, ଚବରା ଅଁପରା ହୁଅନ୍। କିଏ କାହାକେ କୁତକୁତାଲାନ ତ କିଏ କାହାକେ କେବିଦେଲାନ। କୁଠି ନାନା ମିଜାଜର ଗୁଦୁଁ ଛୁଆ ଜମା ହେଇଥାନ୍ : ଲାଜକୁଲା, ସୁତର, ଖେଚଡ଼ିଆ, ମୁର୍କିହସା, ଦ୍ରହରା। ଆଙ୍ଖା କେନ୍ତାକରି ସମସ୍ତଙ୍କୁ ସଂଖଲୁଥିଲେ ଆଉ ଭିନ୍ ଭିନ୍ ଶ୍ରେଣୀର ଅଲଗା ଅଲଗା ବିଷୟଥ୍ ପଢ଼ଉଥିଲେ ସେଟା ତାହାଁକୁ ଜନା। କାହାକେ ଅଁକ, କାହାକେ ବ୍ୟାକରଣ, କାହାକେ ହସ୍ତାକ୍ଷର ତ ଆଉ କାହାକେ ବର୍ଣବୋଧ! ମୋତେ ସବୁଥୁ ମଜାଲାଗୁଥିଲା ତାଁକର କଥାନୀ। ଦୁଇଘଣ୍ଟା ଉତ୍ତରୁ ଆମେ ଖେଲି ଖେଲି ଘର ଫିର୍ଥିଲୁ।

ଆମର ଧାଡ଼ୁଆପଡ଼ାଟା ଧାଡ଼ୁଆ (ଆରଣ୍ୟକ) ବ୍ରାହ୍ମନ୍ ମାନକର ବହୁତ୍ ପୁରୁଣା ବସ୍ତି। ପ୍ରାୟ ପାଁଚଶ ତଲେ ସଂବଲପୁର ରଜା ପୁରୀନୁ କେତେ ଘର୍ ବାହ୍ମନ୍ ମାନକୁ ଆନଲେ ଆଉ ରାଇଜର ସବୁ ସାଂସ୍କୃତିକ୍ କାର୍ବାର୍ ତାଁକର ହାତେ ସଁପି ଦେଲେ ଆଉ ସଂବଲପୁରେ ମହାନଦୀକେ ଲାଗିକରି ଜାଗାଟାକେ ତାଁକର ଲାଗି ବନେଇ କରି ତାଁକର ଭରନ୍ ପୁଷନ୍ ଲାଗି କେତେ ଖଁଡ଼୍ ଗାଁ ଦେଲେ। ହେଁ ସମିଆଥ୍ ରଜା ଚୌହାନ୍ ବଁଶର ଥିଲେ କିନ୍ତୁ ବାକିସବୁ ଲୁକ ଆଦିବାସୀ ଥିଲେ। ତେହେରୁ ପ୍ରାୟ ଦୁଇଶ ବଛର ପରେ ମୁସଲମାନେ ପୁରୀ କଟକ ଖଁଡ଼୍କେ ଦଖଲ କଲେ ଆରୁ ବାହ୍ମନ୍ ମାନକୁ ଅତ୍ୟାଚାର କଲେ। ସେଥିର୍ ଲାଗି ଅନେକ୍ ବାହ୍ମନ୍ ସଂବଲପୁର୍ ପଲେଇ ଆୟଲେ। ହେମାନେ ଜନାହେଲେ ଉଡ଼ିଆ ବାହ୍ମନ୍ ବଲିକରି ଆଉ ଧାଡ଼ୁଆପଡ଼ାକେ ଲାଗିକରି ନଁଦପଡ଼ାନେ ରହେଲେ। ଦୁଇପଡ଼ାଥୁ ସଂବଲପୁରର ବଡ଼୍ ଭାଗି ନାମ୍ ଜାଦା ଲୁକ ବାହାରିଛନ୍। ଇମାନକର୍ ଭିତରୁ ବହୁତ୍ ମୋର୍ ବଇସିଆ ଲୁକ କଣାମାଷ୍ଟଁକ କୁଠି ପାଠ୍ ପଢ଼ିଥିଲେ।

ଇ କୁଠିସାଁଗେ ମୋର୍ ସଁପର୍କ ସିଧା ସଲଖ୍ ନାଁ ଥାଇ। ସଂବଲପୁର ମୋର୍ ମାମୁଘର ଆୟ। ଆମର ଗାଁ ସଁକର୍ମା ସଂବଲପୁରୁ ଆଘ ତିନ୍ ମାଇଲ୍ ଦୂରେ ଥିଲା। ଏଖେଁ ସଂବଲପୁର ସାଁଗେ ମିଶିକରି ଗୁଟେ ପଡ଼ା ବାଗିର୍ ହେଲାନ। ମୁଁ ପହେଲା ପାଁଚ୍ ବଛର୍ ଗାଁଥ୍ ବଢ଼ିଛେଁ। ତେହେରୁ ବାପା ରେଭେନୁ ଇନ୍‌ପେକ୍‌ର ହେଲା ଉତରୁ ତାଁକର୍ ସାଁଗେ ଭଟଲି ଯାଇକରି ଶିଶୁ ଶ୍ରେଣୀଥ୍ ପଢ଼ଲି। ତେହେରୁ ବାପାକେ ବଦଲି ହେଲା ଖଡ଼ିଆଲ୍ ଯେନେ ମୁଁ ତୃତୀୟ ଶ୍ରେଣୀ ତକ୍ ପଢ଼ଲି।

ଖଡ଼ିଆଲଟା ଜଁଗଲିଜାଗା ଥିଲା ଆଉ ମୋର ସବୁ ସାଁଗ ଆଦିବାସୀ ଛୁଆ ଥିଲେ। ମୋର ଖଟିଆଲ ରହନିଟା ବହୁତ୍ ମଜେଦାର୍ ଥିଲା।

ଏଖେ ବୁଝାହେଲାବେଲେ ସେ ସମିଆର ମଜାକଥାମାନ ମନେ ପଡ଼ୁଥିସି। ଡାହିମାଁକିଡ଼ି, କସ୍ତୁର୍ କନ୍ଦା ପାନିବୁଡ଼ିକରି ଆନବାର, ଗୁଲେଥ୍‌ର ସୁରୁ ସୁରୁ ଚଢ଼େଇ

ମାରିବାର, ଗଛ ଚଢ଼ିକରି ଚଢ଼େଇମାନଙ୍କର ଗୁଡ଼ାଥ ଗରା ଦେଖିବାର, ଜଙ୍ଗଲ୍‌ ବୁଲିବୁଲି ଲଟାବୁରୋ ଖାଇବାର ଆଉ ମାକଡ଼ ମାନଙ୍କୁ ବିରଡ଼ାବାରଟା ଇସବୁ ସହର ଜାଗାଥ କାହିଁ ପାଇବ। ସ୍କୁଲ୍‌ ସରିଗଲେ ବେଲ୍‌ ବୁଡ଼ିଯିବାର ତକ୍‌ ଖୁଲିଥ ବାଟି, ଡୁଡୁ, ଗୁଲିଡ଼ଂଡ଼ା, ବହୁଚୁରୀ, ଲୁକଲୁକାନି ବଗିର କେତେନେଇ କେତେ ଖେଲ। ବାପା ଭି ଖୁସ୍‌। ସେ ଖଡ଼ିଆଲର ଯୁବରାଜ୍‌ ଅନୁପ ସାଏ ସାଂଗେ ଶିକାର କରି ଯାନ୍‌ ଆଉ ରାତି ହେଲେ ପେଟ୍ରୋମାକ୍ସ ଲଗେଇ କରି ଡାକ୍ତର ବାବୁ ଆଉ ପୁଲିସ୍‌ ବାଲା ମାନକର ସାଂଗେ ତାସ୍‌ ଖେଲିଯାନ୍‌। କିନ୍ତୁ ମୋର ମା ଲାଗି ଇଟା ଜେଲ୍‌ ଖାନା ବାଗିର। ତାଂକର ଡାକ୍ତର ବାବୁର କନିଆଁକେ ଛାଡ଼ିଦେଲେ ଆଉ ସାଂଗ ନାଇଁ ଥାଇ; ହେଥର ଲାଗି ସବୁବେଲେ ବିତ୍‌ ବିତା ହେଲା। ହେଥର ଲାଗି ମୋର ବାପା ମୋର ସ୍କୁଲର ଲଂବା ଛୁଟି ହେଲେ ମାକେ ଆଉ ମୋତେ ସଂବଲପୁରେ ମାମୁଘରେ ଛାଡ଼ି ଦିଅନ୍‌।

ମାମୁଘରେ ମା ମହାଖୁସ୍‌ କିନ୍ତୁ ମୋତେ ବହୁତ୍‌ ବିତ୍‌ ବିତା ଲାଗେ। ମା ତାଂକର ସାଂଗମାନଂକର ସାଂଗେ ଗପ ସପ ମଜା ମଜଲିସ୍‌ କରି ମାତିଥାନ୍‌ ଆଉ ମୁଁ ମୋର ସାଂଗମାନକୁ ଝୁରୁଥାଏଁ। ସଂବଲପୁରର ଛୁଆମାନକର ଖେଲ୍‌ ମାନେ ଖଡ଼ିଆଲର ଖେଲ୍‌ ବାଗିର ମଜେଦାର ନାଇଁ ଥାଇ ଆଉ ସେମାନକର ବୁଲିଭି ଟିକେ ଭିନେ ଥିଲା। ସେମାନେ ମୋତେ ଜଂଗଲି ଆଉ ଗାଁଅଲିଆ ବଲୁଥିଲେ। ହେଥର ଲାଗି ଛୁଟି କେବେ ଖତମ୍‌ ହେବା ବଲି ଟାକିଥାଏଁ। ଥରେ ସଂଝ୍‌ ବେଲେ କୁଠିର କବାଟ୍‌ ପାଖେ ଠିଆହେଇକରି ଡୁଂଗୁଥିଲି। ମାସ୍ଟେ ମୋତେ ଦେଖକରି କହେଲେ, "ହେନେ କାଁକରି ଠିଆ ହେଇଛୁ। ଭିତରକେ ଆ।" ତେହେରୁ ପଚରେଇ କରି ମୋତେ ପ୍ରଥମ ଶ୍ରେଣୀର ଛୁଆମାନଂକର ସାଂଗେ ବସାଲେ। ମୋର ସବୁ ସମସ୍ୟା ଖତମ୍‌! କୁଠିୁ ଫିରିକରି ମାକେ ସବୁ କହେଲି ଆଉ ମୋର ଲାଗି ଗୁଟେ ସିଲେଟ୍‌, ପ୍ରଥମ ଶ୍ରେଣୀର ବହି, ଖାତା, ବସ୍ତାନୀ ଆଉ ଲାଲ୍ଲିନ୍‌ ଘିନି ଦେବାକେ କହେଲି। ଦେଖିଲିଜେ ଆମର ଖଡ଼ିଆଲର ମାସ୍ଟେ ଆମକୁ ଟିକେ ଜହ ଶିଖେଇଥିଲେ। ହେଥର ଲାଗି ଯେତେବେଲେ ମାସ୍ଟେ ପ୍ରଶ୍ନ ପଚରଭଥିଲେ ମୁଂ ଆଘ ହାତ୍‌ ଟେକିଦିଏଁ ଆଉ ଫଟାଫଟ୍‌ ଜବାବ୍‌ ଦେଇଦିଏ। ସେଦିନୁ ଛୁଆମାନଂକର ବିରଡ଼ାବାରଟା ବଂଦ୍‌ ହେଇ ଗଲା।

ସେଦିନୁ ମୁଁ ଖୁସ୍‌ ମା ବି ଖୁସ୍‌। ଛୁଟି ସରିଗଲେ ଖଡ଼ିଆଲ ଫିରିଯାଉଁ। ଖଡ଼ିଆଲଥ ଆମେ ତିନ୍‌ ବଛର ରହେଲୁଁ ଆଉ ସବୁଛୁଟି ମୁଁ କଣାମାସ୍ତଂକର କୁଠିକେ ଯାଇଥିଲି। ଈ କୁଠିୁ ଝାତୁଆପଢ଼ଥ ବହୁତ୍‌ ପିଲାଟୁକୀ ମୋର ଆଜୀବନ୍‌ ସାଂଗ ହେଲେ। ମୋର ବଇସିଆ ଲୁକେ ଅନେକ୍‌ ଚାଲିଗେଲନ। ଈମାନକର ଭତରୁ ଅନେକ୍‌ ନେତା, ବଟ ଅଫିସର ନା ନା ବିଷୟଥ ଶିକ୍ଷକ/ପ୍ରଫେସର, ଉକିଲ୍‌ ଇତ୍ୟାଦି ବାହାରିଛନ୍‌। ମୋର

କଣାମାଷ୍ଟର୍ କୁଠି ସାଙ୍ଗ ରାଜେନ୍ଦ୍ର ସୁପକାର ଚିକାଗୋନେ ଇଂଜିନିଅର୍ ଥିଲେ; ଦୁଇ ବଚ୍ଛର୍ ହେଲା ସେଖି ଚାଲିଗଲେନ୍ ।

ମୁଁ କାନାଡ଼ାକେ ତିରିଷ ବଚ୍ଛରର ଜୁଆନ୍ ହେଇକରି ଆସି ଥିଲି; ଏଘେଁ ନବେ ବଚ୍ଛରର ବୁଢ଼ାହେଇକରି ବସିଛେଁ । ସବୁବେଲେ ମୋର୍ ଛୁଆବେଲର୍ କଥା ମନେ ପଡ଼ୁଥ୍ୟସି । କାଁକରି କେଜାନି କଣା ମାଷ୍ଟ୍ରଁକର୍ କୁଠିଥ୍ ପଢ଼ଲାବେଲର୍ କେତେ ଖଟା ମିଠା କଥା ବାରଂବାର୍ ମନେ ପଡ଼ୁଥ୍ୟସି । ସେ ଭିତରୁ ଗୁଟେ ଘଟନା ବେସିକରି ମନେ ପଡ଼ସି ।

ଇଟା ମୋର୍ ଦୁତୀୟ ଶ୍ରେଣୀର ସମିଆର କଥା । ମୁଁ କୁଠିଥ୍ ମୋର ସାମନା ଧାଡ଼ିଥ୍ ଅରୁ ବଲିକରି ଟୁକେଲ୍ ଗୁଟେ ବସେ । ଅରୁକେ ତାର୍ ମା ସ୍ନୋ ପାଉତର୍ ମଖେଇ ଆଖ୍ଥ୍ କଜଲ ଦେଇକରି ତାର୍ ବାଲ ରାଁପିକରି ବାସ୍ନାତେଲ୍ ମଖେଇକରି ଗୁଟେ ଲାଲ୍ ଗଲଗଲ ଫିତା ଲଗେଇକରି ଆଉ ବଢ଼େ ସୁନ୍ଦର ଫ୍ରକ୍ ପିନ୍ଧେଇ କୁଠିକେ ରୁପ ବାଗିର ଭେଷ କରି ପଠାନ୍ । ମୋତେ ସର୍ଦ ହେଇଥିଲେଭି ତାର ତେଲର୍ ବାସ୍ନ ଶୁଁଘି ପାରୁଥାଁ । ତାର କୁଟି କୁଟି ବାଲ ଲାଲ୍ଟିନର୍ ଉଁଠିଆଥ୍ ଚକ୍ ଚକ୍ କରୁଥିଲା । ମୋତେ ଏତେ ଭଲ ଲଗିଲାଯେ ମୁଁ ତାର ବାଲକେ କଲେ କଲେ ସୁଁଆଁଲି ଦେଲି । ତାର ଉତରୁ ଯାହାହେଲା କାଣା କହେମି । ଅରୁ ସାଁଗେ ସାଁଗେ ଉଲଟି କରି ଏଡ଼େ ଏଡ଼େ ଆଖ୍କରି କହେଲା," ଖବର୍ଦାର୍ ସିଂଘାନିନକା ଜଂଗଲି ଗାଁଠିଲିଆ ପିଲା । ମୋର୍ ବାଲକେ ଛୁଁଆଁବାର୍ ତୋର ଏତେ ଦମ୍ । ତୋତେ ବିହାହେମି ଆଉ ସବୁଦିନ ତୋର୍ ଖାନାଥ୍ ବନେକରି ମିର୍ଚା ଦେମି । ସଝାଲେ ବାହାର୍କେ ଗଲାବେଲେ ଜାନବୁ କେଡ଼ା ଜଲାବାଜେ"। ଇ ବୁଆ, ଇତାର ରିଷା ଦେଖ୍କରି ମୋର୍ ପେଣ୍ଟ ଉଦୋ ହେବାର୍ ଉପରେ । ମୁଁ ଡ଼ର୍ହେ ମୁଷା ବାଗିର ମୁହଁଟା ଗାଡ଼ିକରି ବସିଲି । ମୋର୍ ସାଁଗ ଦେବେନ୍ ଇସବୁ ନାଟକ୍ ଦେଖୁଥିଲା ଆଉ ମୋତେ କହେଲା, "ଇ ଅରୁଟା ଗୁଟେ ଚଁଡ଼ୀ ଆଏ"। ମୁଁ ବଲିଲି, "ଖାଲି ଚଁଡ଼ୀ ? ପୁରା କଟକ୍ ଚଁଡ଼ୀ !" ଦେବେନ୍ ମୋର ପିଠିକେ ଥପୁଡ଼େଇକରି କହେଲା, "ନାଁଇବୋ, ଇ ଅରୁଟା ଖାଲି ଟିକେ ଦେଖେଇହେସି । ବାଘବାଗିର ଗର୍ଜିସି କିନ୍ତୁ ସଥେଁ ବିଲେଇଟେ ଆଏ । କିଛି ନାଁଇଁକରିପାରେ । ନାଁଇଁ ଘବରାବୁ ।"

କୁଠି ଯେଡ଼ା ସରିଛେ ଘର୍କେ ଗଲି ନାଁଇଁ ଖାଇକରି ସିଧା ଖଟକେ ଗଲି । କାହିଁ ଶୁଇ ପାର୍ତି । ମୋର୍ ମୁଡ଼େଁ ମହା ଚିନ୍ତା । ମୋର ମନ୍ଟା ଖାଲି ଘାରିହେଉଥାଏ ଇ ଅରୁ ଯଦି ମୋତେ ବିହା ହେବା ମୋର୍ ଜୀବନଟା ମାରା ହେଇଯିବା । ମୋର ମା ମୋର ଉପରେ ନିଗା ରଖ୍ଥାନ୍ । ମୋର ଖଟେ ବସଲେ ଆଉ ବଏଲେ, "କାଁକରି

ନାଇ ଖାଏଲୁ ଆଉ ମୁଁହଟା ଫେଙ୍କା କରି ଶୁଇଛୁ। କୁଠି କାଣା ହେଲା କାଁ ?" ମୁଁ
ବସିପଡ଼ିଲି ଆଉ ମାଁର ଭୁଜନୀ ହାତକୁ ମୋର ମୁଣ୍ଡେଁ ଦେଇକରି କହେଲି, "କିରିଆ
କର !" ମାଁ ବ୍ୟଏଲେ, "କାଁକରି ?" "ମୋତେ ହେଁ ଅରୁସାଙ୍ଗେ ବିହା ନାଁଇ କରାବ"
ବଇଲି। ମା ହସଲେ ଆଉ ବ୍ୟଏଲେ, "ଇ ବୁଆ ! ଅରୁ ତ ଏତେ ସୁନ୍ଦର ଟୁକେଲ
ଆଏ, ତୁଇ କାଁକରି ହେଟାକେ ନାଁଇ ବିହାହେବୁ ?" ମୁଁ କହିଲି, "ନାଁଇଗୋ ମା,
ତୁମେ ନାଁଇ ଜାନି। ଅରୁ ମହା ଚଣ୍ଡ଼ୀଟେ"। ମା ହସଲେ ଆଉ ବ୍ୟଏଲେ, "ଆଉ
ଇଛେନ୍ ବିହା ଘରର ଚିନ୍ତା ନାଁଇ କର। ଆ ଟିକେ ଖାଇକରି ଶୁଇପଡ଼ୁ। କାଲି ମୁଁ
ଅରୁର ମା ସାଁଗେ କଥା ହେମି।"

ଇଟା ହେଲା ପ୍ରାଏ ଅଶୀ ବଚ୍ଛର ତଲର କଥା। କିନ୍ତୁ ଇଥର କହେମି କାଣାହେଲା
ଦୁଇ ବଚ୍ଛର ତଲେ। ମୋର କାମ୍ ଧଂଦା ସରିଗଲା ପରେ ଆମେ ଦୁଇ ବୁଢ଼ା ବୁଢ଼ି
କାନାଡ଼ାର୍ କିଙ୍ଗ୍ସନ୍ ବଲି ଛୋଟ୍ ସହରଥ୍ ଅନ୍ତାରିଓ ହ୍ରଦ ପାଖେ ଗୁଟେ ଫ୍ଲେଟ୍ ନେଇକରି
ଅଛୁଁ।ଇଟା ଜାନୁଆରୀ ମାସର କଥା। ଗଲା ହପ୍ତାୟାକ ପ୍ରାଏ -୨୦ ଡ଼ିଗ୍ରୀ ଥଣ୍ଡ଼ା
ହେଉଥାଏ। ମୋର ସଖାଲେ ଚାଲିୟିବାର ଅଭ୍ୟାସ୍। -୧୦ଡ଼ିଗ୍ରୀ ତକ୍ ପବନ୍ ବେଶୀ
ନାଇ ବୁହୁଥ୍ଲେ ଚାଲିହେସି। -୨୦ ଡ଼ିଗ୍ରୀଥ ବାହାରେ ରହେଲେ ନାକନୁ ପାନି
ବାହାର୍ଲେଁ ଗୁନା ହେଇୟାଇସି। ସେଥ୍ଲାଁଗି ଆମେ ଦୁହେଁ ମିଲ୍ ଗଲୁ ଚାଲବାକେ
ଗାଡ଼ି ଧରିକରି। ଥୁଡ଼େ ଦୁର ଚାଲୁଛୁଁ ଆଉ ଦେଖିଲୁଁ ଗୁଟେ ଦେଶୀ ମାହେଜୀ walker
ଧରିକରି ଆଉ ତାଁକର ସାଁଗେ ଗୁଟେ ବୁଢ଼ା ବାଡ଼ି ଧରିକରି ଚାଲୁଛନ୍। ପାଖକେ
ୟାଇକରି ଦେଖିଲା ବେଲେ ବିଶ୍ୱାସ ନାଇ ହେଲା ଅରୁ ଆଉ ଦେବେନ୍ ଇନେ
ପଇଁତେରା ମାରୁଛନ୍ !! ବହୁତ୍ ଉଷ୍ତ୍ ହେଲୁ ଚାରିଜନ। ତେହେରୁ ପୁଟ୍ଲାପୁଟ୍ଲି
ହେଇକରିଲ ଗଲୁଁ food courtକେ ବସିକରି ଗପ ମାର୍ବାକେ। ମୁଁ କହେଲି,
"ମୁଁ ଜାନିଥ୍ଲି ତୁମେ ଦୁହେ ବିହା ହେଇଛ। କିନ୍ତୁ କିଙ୍ଗ୍ସନ୍ ବାଗିର୍ ଛୋଟ୍ ଜାଗାକେ
ଥଂଡ଼ାଦିନେ କେନ୍ତା ଆସିଗଲ ? ଆମକୁ ଟିକେ ଖବର୍ ଭି ନାଁଇ ଦେଲା।" ଦେବେନ୍
ବ୍ୟଏଲେ, "ଆମର ବୁଇ ଲଂଡ଼ନନେ ଆଉ ବାବୁ ଟର୍ଂଟୋନେ କାମ କର୍ସନ୍। ଆଘ
ବୁଇକେ ଦେଖ୍କରି ଇଛେନ୍ ଟର୍ଂଟୋନେ ଅଛୁଁ ମାସେ ହେଲା। ବାବୁର୍ କାମ୍ ଥ୍ଲା
ଇନର ବେଂକ୍ ସାଁଗେ। ବାବୁ ବ୍ୟଏଲା ଚାଲ ତୁମକୁ freezing rain ହେଲେ ରାସ୍ତାର
ଦୁହି ଆଡ଼େ ଗଛ ପତର କେନ୍ତା ଚକ୍ ଚକାସି ଦେଖାମି।" "ଆମକୁ ମିଲଥ ଛାଡ଼ି
ଦେଇଛେ ଆଉ କାମ୍ ସରଲେ ଆସିକରି ନେଇୟିବା।"

ଦୁଇ ଘଂଟା ତକ୍ ଜୁନ୍ହା କଥା ସବୁ ଶୋର୍ କରି କରି ପୁରା ମଜା କଲୁଁ।
ମୁଁ ଗୁଟେ ଗ୍ରୀକ୍ ଜଲଖ୍ୟା ଦୁକାନୁ ଚାରିଟା କଗଜ୍ ଦନାଥ୍ ଆଲୁଭଜା (French

fries) ଆଉ ଗୁଟେ ଶ୍ରୀଚର ମାର୍କା ମିର୍ଚା ରସ ବୁତଲ୍ ଆନିଲି । ଆରାମ୍ କରି ଖାଇଖାଇ କଥା ହେଲୁ । ଦେବେନ୍ ଆଉ ମୁଁ ପୂରା ଲାଡୁ ହେଇଗଲୁନ୍ । ଦୁହିଁ ବର କନିଆଁକେ ବାତ ହେଇଛେ । ଅରୁ ବୁଢ଼ି ହେଲେଭି ତାର୍ ଆଘ ବାଗିର୍ ଚେହେରାର୍ ଝଲକକେ ତାର୍ ମୁଁହର ବୟସର ଗାର ଭିତରେ ବାରି ହେଇ ପାରୁଛେ । ତାର ଚଂଡ଼ୀ ରୂପ ବଦଲେ ହସ ହସ ମୁଁହ କେତେ ସୁଂଦର ଦିଶୁଛେ । ତାର୍ ବାଲ ଆଘର ବାଗିର କୁଁଚି କୁଂଚି ନାଁଇ ହେଲେଭି ଧୋବ୍ ଫର ଫର ହେଇକରି ବଢ଼ିଆ ଦଶୁଛେ । ମୋର ଶୋର ପଡ଼ିଗଲା ଇ ବାଲର୍ ଲାଗି ମୋର୍ କେଂତା ଦୁର୍ଦଶା ହେଇଥିଲା । ମୁଁ ଗୁଟେ ବାହାନା କରି ଅରୁକେ କହେଲି, "ଦେଖ ତ, ତୁମର ମୁଁଡ଼େ କାଣାଗୁଟେ ପଡ଼ିଛେ" ଆଉ ଉଠିକରି ତାର୍ ବାଲକେ ଅଁଡ଼ାଲି ଦେଲି । ଅରୁ ମୁଲକି ହସିକରି ମୋର ଆଡ଼େ ଦେଖ୍ ଦେଖ ମୋର୍ ଦନାଥ ଅଧା ବୁତଲ ମିରଚା ରସ ଢ଼ଲିଦେଲା, ଆଉ ବଂଲା, "ତୁମେ ଭାବିଛ ମୁଁ ପାଶରି ଦେଲିନ ବଲି !" ତେହେରୁ ଦେବେନ୍ ଆଉ ମୁଁ ହଁସି ହଁସି ଅଥା ହେଇଗଲୁ । ମୋର ଶ୍ରୀମତୀ ଇସବୁ କାଣା ହେଉଛେ ନାଁଇ ଜାନି ପାରିବଲି ଆମର ମୁହଁ ମାନକୁ କାବା ହେଇ କରି ଦେଖୁଥାନ୍ ! ଆମେ ତିନିଜନ ଏକା ସାଂଗେ କହେଁଲୁ, "ଇଟା କଣା ମାଷ୍ଟଂକର କୁଟିର ଇତିହାସର ଗୁଟେ ଅଧ୍ୟାୟ !"

ପ୍ରାଏ ଅଧା ଘଂଟା ଉତରୁ ତାଂକର ପୁଓ ଆଏଲା ଆଉ ସେମାନେ ଟରୋଂଟୋ ଫିରିଗଲେ । ଏଂଟା ଗୁଟେ ଅଚାନକ୍ ମଜାଦାର ଘଟନା ହେବା ବଲି କିଏ ଜାନିଥିଲା ? ଆମେ ଦୁଇଜନ ଉଷ୍ଟତ୍ ହେଇକରି ଘରକେ ଫିରିଲା ବେଲେ ମୋର୍ ଶ୍ରୀମତୀ ମୋତେ ପଚାରିଲେ କାଣା ହେଲାଏ ଆମେ ପାଗଲ୍ ବାଗିର୍ ହଁସୁଥିଲୁଁ ଆଲୁଭଜା ଖାଏଲାବେଲେ । ସବୁ ଶୁନିକରି ମୋତେ କହେଲେ "ଏବୁ ଜାନିଥ, ଭୁଲାରେଭି ମୋର ବାଲେ ହାତ୍ ଦେବ ବେଲେ କାଣା ହେବା !" ମଲି !!

*ଇଥ୍ ବଡ଼ ଭାଗୀ ଐତିହାସିକ୍ କିଂତୁ କିଛି କାଲ୍ପନିକ୍ ଜିନିଷ ଅଛେ । ନାଁ ମାନେଭି ବଦଲା ଯାଇଛେ ।

DR PRASANNA PATI

ଡାକ୍ତର ପ୍ରସନ୍ନ ପତି

ଭାରତ ଓ ଆମେରିକାକୁ ମୁଁ କେବେ ତୁଳନାତ୍ମକ ଦୃଷ୍ଟିରୁ ଦେଖିନି, ଦୁହେଁ ଅଲଗା ଅଲଗା ପୃଥିବୀ

୨୫, ଅଗଷ୍ଟ ୧୯୨୫ରେ ସମ୍ବଲପୁର ଜିଲ୍ଲାରେ ମୋର ଜନ୍ମ। ମୋର ପିତା ସମ୍ବଲପୁର ଡେପୁଟି କମିଶନର ଅଫିସରେ ୧୭ବର୍ଷ ବୟସରୁ କାମ ଆରମ୍ଭ କରିଥିଲେ। ମୋର ଜେଜେବାପା ମଧୁସୂଦନ ପତି ସମ୍ବଲପୁର ଜିଲ୍ଲାରେ ରେଭିନ୍ୟୁ ଏଜେଣ୍ଟ ଭାବେ କାମ କରୁଥିଲେ। ଥରେ ଫିରିଙ୍ଗୀ ଅଫିସର ଜନ୍ ଲୁକାସଙ୍କ ସହିତ ଶିକାର କରିବାକୁ ଜଙ୍ଗଲକୁ ଯାଇଥିଲେ। ଦୁଇଜଣଯାକ ମଞ୍ଚା ଉପରେ ବସି ବାଘକୁ ଜଗି ଥାଆନ୍ତି। ମୋ ଜେଜେବାପାଙ୍କୁ ପାଇଖାନା ଲାଗିଲା ଓ ସେ ତଳକୁ ଓହ୍ଲେଇ କିଛି ଦୂରରେ ପାଇଖାନା କରିବାକୁ ଗଲେ। ସେ ପାଇଖାନା କରିବା ସମୟରେ ଯେଉଁ ପତ୍ର ଶବ୍ଦ ହେଲା, ତାହାକୁ ଫିରିଙ୍ଗୀ ଅଫିସର ବାଘ ଭାବି ଗୁଳି ଚଳାଇଲେ ଓ ମୋ ଜେଜେବାପାଙ୍କର ଘଟଣାସ୍ଥଳରେ ମୃତ୍ୟୁ ହେଲା। ତାଙ୍କ ମୃତ ଶରୀରକୁ ସକାଳେ ଶଗଡ଼ଗାଡ଼ିରେ ସମ୍ବଲପୁର ଅଣାଗଲା। ପୋଲିସ ଆସି ସମ୍ବଲପୁର ଜିଲ୍ଲାସ୍କୁଲରେ ମୋ ବାପା ମୃତ୍ୟୁଞ୍ଜୟ ପତିଙ୍କୁ ଖବର ଦେଲେ।

ମୋ ବାପାଙ୍କ ଉପରେ ତାଙ୍କର ବିଧବା ମା ଓ ଦୁଇଟି ସାନ ଭାଇ ଭଉଣୀଙ୍କର ଦାୟିତ୍ୱ ପଡ଼ିଲା। ଡେପୁଟି କମିଶନର କାର୍ଯ୍ୟାଳୟରେ ତାଙ୍କୁ କିରାଣି ଚାକିରି ସହ ଘରେ ରହି ପଢ଼ିବା ପାଇଁ ଅନୁମତି ମିଳିଲା। ସେ ୧୯୧୭ରେ କଲିକତା ବିଶ୍ୱବିଦ୍ୟାଳୟରୁ ମାଟ୍ରିକ୍ ପାସ୍ କଲେ। ମୋ ବାପା ମା'ଙ୍କର ବାଲ୍ୟବିବାହ ହୋଇଥିଲା।

ମୋ ଅଜା ଜଣେ ଶିକ୍ଷକ ଥିଲେ। ଏବେ ହୀରାକୁଦ ବନ୍ଧ ତଳେ ହଜିଯାଇଥିବା ରମ୍ଫେଲା ଗାଁରେ ସେ ରହୁଥିଲେ। ମୋ ଜେଜେବାପା ଓ ଅଜା ବାପା ମା'ଙ୍କ ବିବାହ ପିଲାଟିଦିନରୁ ସ୍ଥିର କରିଦେଇଥିଲେ।

ମୋ ପିଲାଦିନ ବହୁତ ଅସ୍ୱଚ୍ଛଳତା ଭିତରେ କଟିଥିଲେ ବି କେବେ କିଛି ଅଭାବ ଅନୁଭବ ହୋଇନଥିଲା। ବାପା କହୁଥିଲେ, ଭଲ ପଢ଼ ଓ ଭଲ ଖେଳ। ଗଳ୍ପ ଉପନ୍ୟାସ ପଢ଼ିବାପାଇଁ କି ଗୀତ ଶୁଣିବା ପାଇଁ ଆମକୁ ଅନୁମତି ନଥିଲା। ସ୍ଥାନୀୟ କଂଗ୍ରେସ ଅଫିସରେ ଛୋଟ ଲାଇବ୍ରେରୀଟିଏ ଥିଲା। ଗାନ୍ଧିଜୀଙ୍କ 'ମାଇଁ ଏକ୍‌ପେରିମେଣ୍ଟ ଉଇଥ୍ ଟ୍ରୁଥ୍', ହିଟଲରଙ୍କ 'ମେନ୍ କ୍ୟାମ୍ପ' ଏବଂ ଅନ୍ୟାନ୍ୟ କିଛି ବହି ମୁଁ ସେଇଠି ପଢ଼ିଥିଲି। ବର୍ଷାଦିନେ ମହାନଦୀ ଉଚ୍ଛୁଳୁଥିବା ବେଳେ ସାଙ୍ଗମାନଙ୍କ ସହିତ ପହଁରିବାକୁ ଭଲ ପାଉଥିଲି। ଆମେ ଶୀତଳଷଷ୍ଠୀ ଓ ରଥଯାତ୍ରା ସମୟରେ ସେବା କରୁଥିଲୁ। ମୁଁ ୧୯୪୨ରେ ପାଟଣା ବିଶ୍ୱବିଦ୍ୟାଳୟରୁ ମାଟ୍ରିକ ପାସ୍ କଲି। ଓଡ଼ିଶାରେ ମୋର ସ୍ଥାନ ଚତୁର୍ଥ ଥିଲା।

ସ୍କୁଲରେ ଗଣିତ ଓ ଇତିହାସ ଭଲ ହେଉଥିବାରୁ ମୋର କଳା (ଆଇ ଏ) ପଢ଼ିବାକୁ ଇଚ୍ଛା ଥିଲା। ବାପା ମୋତେ ହେଡ଼ମାଷ୍ଟର କେ.ସି. ମହାନ୍ତିଙ୍କ ପାଖକୁ ନେଲେ। ସେ କହିଲେ ଯେ, ଦ୍ୱିତୀୟ ବିଶ୍ୱଯୁଦ୍ଧ ପରେ ବିଜ୍ଞାନର ଆବଶ୍ୟକତା ସବୁକ୍ଷେତ୍ରରେ ରହିବ। ତେଣୁ ସେ ବିଜ୍ଞାନ ପଢ଼ିବା ଉଚିତ। ମୋର ବଡ଼ ଦୁଇ ଭାଇ କଳା ପଢ଼ୁଥିଲେ, କିନ୍ତୁ ମୁଁ ବିଜ୍ଞାନ ପଢ଼ିଲି। ପ୍ରଥମବର୍ଷର ଛାତ୍ର ହୋଇ ମଧ୍ୟ ରେଭେନ୍‌ସା ମହାବିଦ୍ୟାଳୟ ପଶ୍ଚିମ ଛାତ୍ରାବାସର ସହ ସମ୍ପାଦକ ଭାବରେ ନିର୍ବାଚିତ ହୋଇଥିଲି। ପଶ୍ଚିମ ଛାତ୍ରାବାସର ଲାଇବ୍ରେରୀ ଓ ପଠନକକ୍ଷର ଦାୟିତ୍ୱ ମୋତେ ଦିଆଯାଇଥିଲା। ଗଣିତ, ପଦାର୍ଥ ବିଜ୍ଞାନ ଓ ସାହିତ୍ୟ ଭଲ ହେଉଥିଲେ ମଧ୍ୟ ମୁଁ ରସାୟନ ଶାସ୍ତ ଓ ଉଦ୍ଭିଦ ବିଜ୍ଞାନରେ ଭଲ କରୁନଥିଲି। ଅଗଷ୍ଟ ୮, ୧୯୪୨ରେ ଗାନ୍ଧିଜୀ ଭାରତଛାଡ଼ ଆଦୋଳନର ଡାକରା ଦେଲେ। କଲେଜରେ ଧର୍ମଘଟ ଆରମ୍ଭ ହୋଇଗଲା ଓ କଲେଜସାରା ଆମେ ନାରାବାଜି ଆରମ୍ଭ କରିଦେଲୁ। ଇଂରେଜ ସରକାର କଲେଜ ବନ୍ଦ କରିଦେଲେ ଓ ଆମକୁ ଚବିଶ ଘଣ୍ଟା ମଧ୍ୟରେ ହଷ୍ଟେଲ ଖାଲି କରିବାକୁ କୁହାଗଲା। ମୁଁ ସମ୍ବଲପୁର ଫେରିଲି। ମାସେ ପରେ ସରକାରଙ୍କ ପାଖରୁ ବାପାଙ୍କ ନାଆଁରେ ଚିଠି ଆସିଲା। ମୁଁ କଲେଜ ଆନ୍ଦୋଳନରେ ନେତୃତ୍ୱ ନେଇଥିବାରୁ ମୋତେ କଲେଜରୁ ବହିଷ୍କାର କରାଗଲା। ଡ଼: ପ୍ରାଣକୃଷ୍ଣ ପରିଜା ପ୍ରିନ୍ସିପାଲ ଥାଆନ୍ତି। ମୋର ବଡ଼ଭାଇ, ଯିଏ ପୁରୀରେ ସ୍କୁଲ ସବ୍-ଇନ୍‌ସ୍‌ପେକ୍ଟର ଥିଲେ ମୋ ତରଫରୁ ପ୍ରିନ୍ସିପାଲଙ୍କୁ ମୋତେ କଲେଜରେ ପ୍ରବେଶ କରାଇବାକୁ ଅନୁରୋଧ କଲେ। ମୋ ସହିତ ୫୭ଜଣ ଛାତ୍ରଙ୍କୁ ବହିଷ୍କାର କରାଯାଇଥିଲା। ଡା. ପରିଜାଙ୍କର

ଚିଠି ଆସିଲା ଯେ, କ୍ଷମାପ୍ରାର୍ଥନା ପତ୍ର ଦାଖଲ କଲେ ପୁନଃପ୍ରବେଶ ମିଳିବ। ସେୟା କଲି। ମାସକୁ ପନ୍ଦରଟଙ୍କା ଛାତ୍ରବୃଭି ସହିତ ମୋର ମାଗଣା ଶିକ୍ଷା ମିଳୁଥିଲା। ହଷ୍ଟେଲରେ ପ୍ରତି ମିଲ୍ ଚାରିଅଣା ଥିଲା, ଶୁକ୍ରବାର ସଂଧ୍ୟା ମିଲ୍ ମାଛ ତର୍କାରି ଯୋଗୁ ପାଞ୍ଚଅଣା ଥିଲା। ମୋ ସହିତ ମୋର ଯେଉଁ ସାଙ୍ଗମାନେ ହଷ୍ଟେଲରେ ରହୁଥିଲେ, ସେମାନଙ୍କ ମଧ୍ୟରେ ନରସିଂହ ସ୍ୱାଇଁ (ଡି.ଜି. ପୋଲିସ), ପଦାରବିନ୍ଦ ମହାପାତ୍ର (ସମାଜ ସମ୍ପାଦକ ରାଧାନାଥ ରଥଙ୍କ ଜ୍ୱାଇଁ) ଅନ୍ୟତମ। ସେ ସମୟରେ ସମ୍ବଲପୁର ଓ ଗଡ଼ଜାତ ଅଞ୍ଚଲର ଛାତ୍ରମାନଙ୍କୁ ପୂର୍ବ ଛାତ୍ରାବାସରେ ରହିବାପାଇଁ ଦିଆଯାଉଥିଲା। କିନ୍ତୁ ମୋର ବଡ଼ଭାଇ ଡ. ପ୍ରଫୁଲ୍ଲ ପତି ସେଠାରେ ଆଗରୁ ଚାରିବର୍ଷ ରହିଥିବାରୁ ମୋତେ ପଶ୍ଚିମ ଛାତ୍ରାବାସରେ ରଖେଇଥିଲେ।

ମୁଁ ଓଡ଼ିଶା ମେଡ଼ିକାଲ କଲେଜର ପ୍ରଥମ ବ୍ୟାଚର ଛାତ୍ରଥିଲି। ପିଏସସି ଦ୍ୱାରା କୋଡ଼ିଏ ଜଣ ଛାତ୍ରଙ୍କୁ ବଛାଯାଇ ଆଡମିସନ୍ ଦିଆଯାଇଥିଲା। ସାମୁଏଲ୍ ଦାସ, ଆଇସିଏସ ସେତେବେଲେ ଚେୟାରମ୍ୟାନ୍ ଥିଲେ। ପରେ ମୟୂରଭଞ୍ଜର ମହାରାଜା ୩ଲକ୍ଷ ଟଙ୍କା କଲେଜକୁ ଦେଇଥିଲେ ଓ ତାଙ୍କ ନାଆଁରେ କଲେଜର ନାମ ସାମନ୍ତ ଚନ୍ଦ୍ରଶେଖର ଭଞ୍ଜ ମେଡ଼ିକାଲ କଲେଜ ହୋଇଥିଲା। ଫାଇନାଲ ଏମ୍ ବି ବି ଏସରେ ମୁଁ ସର୍ଜରୀ ପ୍ରାକ୍ଟିକାଲରେ ଫେଲ୍ ହୋଇଥିଲି, କିନ୍ତୁ ଛମାସ ପରେ ପାସ୍ କଲି। ୧୯୪୯ରେ ଏମ୍ ବି ବି ଏସ ସରିଲା ପରେ ହାଉସ୍ ଅଫିସର ଭାବେ କାମ ଆରମ୍ଭ କଲି। ୧୦୦ ଟଙ୍କା ଷ୍ଟାଇପେଣ୍ଡ ମିଳୁଥିଲା, ସେଥିରୁ ବାପାଙ୍କ ପାଖକୁ ସମ୍ବଲପୁର ୫୦ଟଙ୍କା ପଠେଉଥିଲି। ମୋର ସାନ ଦୁଇଭାଇ ପଢୁଥିଲେ ଓ ବାପାଙ୍କ ଦରମା ମାତ୍ର ୭୫ଟଙ୍କା ପ୍ରତିମାସ ଥିଲା।

୧୯୪୪ରେ ମେଡ଼ିକାଲ କଲେଜରେ ଆମେ ବଙ୍କିମ ଚନ୍ଦ୍ରଙ୍କ ବଙ୍ଗଲା ନାଟକ 'ସାହାଜାହାନ'ର ଓଡ଼ିଆ ଅନୁବାଦ କରି ଡ୍ରାମା କରିବାକୁ ସ୍ଥିର କଲୁ। ଆମ କ୍ଲାସରେ କୌଣସି ଛାତ୍ରୀ ନ ଥିବାରୁ ସାହାଜାହାନଙ୍କ ଝିଅ ଭୂମିକାରେ ଅଭିନୟ କରିବା ପାଇଁ ମତେ ବଛାଗଲା। ମେକଅପ୍ ଆର୍ଟିଷ୍ଟ ମାନେ କଲିକତାରୁ ଆସିଥିଲେ। ମୋ ପରି ପତଲା ଶାବନା ପୁଅପିଲାକୁ କେମିତି ଗୋଟେ ସୁନ୍ଦରୀ ରାଜକୁମାରୀରେ ପରିବର୍ତ୍ତନ କଲେ ମୁଁ ଏବେ ବି ବିଶ୍ୱାସ କରିପାରୁନି। ମୋ ପାଖରେ ଫଟୋଟିଏ ଥିଲେ ଆପଣଙ୍କୁ ଦେଖାଇଥାନ୍ତି। ବଲାଙ୍ଗୀରର ଡ. ରାମପ୍ରସାଦ ମିଶ୍ର, ଯେ ପରେ ପାଟଣା ରାଜାଙ୍କ ଅର୍ଥମନ୍ତ୍ରୀ ଭାବେ କାମ କଲେ, ସାହାଜାହାନ ଭୂମିକାରେ ଅଭିନୟ କରିଥିଲେ। ଆମେ ଦୁଇଦିନ ଶୋ କଲୁ। କଟକର ବିଶିଷ୍ଟ ବ୍ୟକ୍ତିମାନେ ଡ୍ରାମା ଦେଖିବାକୁ ଆସିଥିଲେ। ୧୯୪୫ରେ ଟିପୁ ସୁଲତାନ ଡ୍ରାମା ହୋଇଥିଲା ଏବଂ ଯଦିଓ ପର ବ୍ୟାଚରେ ଦୁଇଜଣ

ଝିଅ ଥିଲେ, ମୋତେ ପୁଣିଥରେ ଝିଅ ପାର୍ଟ ଦିଆଗଲା। ସେତେବେଳେ ଝିଅମାନଙ୍କୁ ଷ୍ଟେଜକୁ ଆସି ଡ୍ରାମା କରିବା ସ୍ୱୀକୃତି ନଥିଲା।

ଓଡ଼ିଶା ସେତେବେଳେ ମହତାବ ଓ ପରେ ଚୌଧୁରୀଙ୍କ ଶାସନକାଳରେ ଭଲ ଥିଲା। କୌଣସି ପ୍ରକାରର ଲାଞ୍ଚମିଛ ନଥିଲା। ମୋର ସାଢ଼େ ନଅବର୍ଷ କଟକ ରହଣି ବେଶ୍ ସୁଖପ୍ରଦ ଥିଲା।

୧୯୫୧ ମସିହାରେ ଆମେରିକାନ୍ ମେଡ଼ିକାଲ୍ ଆସୋସିଏସନ୍ ଓ ଭାରତୀୟ ମେଡ଼ିକାଲ ଆସୋସିଏସନ୍ ମିଳିତ ଚୁକ୍ତି ସ୍ୱାକ୍ଷର କଲେ ଯେ ଭାରତୀୟ ଡାକ୍ତରଙ୍କୁ ପୋଷ୍ଟ ଗ୍ରାଜୁଏଟ୍ ଟ୍ରେନିଂ ପାଇଁ ଆମେରିକାରେ ସୁବିଧା ଦିଆଯିବ। ମୁଁ ନ୍ୟୁରୋଲଜି ପାଇଁ ଦରଖାସ୍ତ ଦେଲି ଓ ଦିଲ୍ଲୀକୁ ଇଣ୍ଟରଭ୍ୟୁ ପାଇଁ ଗଲି। ପେନ୍ସିଲଭାନିଆ ରାଜ୍ୟର ୱାରେନ୍ ସହରରେ ଅବସ୍ଥିତ ଏକ ମାନସିକ ହସ୍ପିଟାଲରେ କାମ କରିବା ପାଇଁ ମତେ ସେମାନେ ବାଛିଲେ। ଜୁଲାଇ ୧୬, ୧୯୫୨ରେ ହସ୍ପିଟାଲରେ ପହଂଚି ଦେଖିଲି ଯେ ନ୍ୟୁରୋଲୋଜି ବଦଳରେ ମତେ ମନସ୍ତତ୍ତ୍ୱ ବିଭାଗରେ ନିଆଯାଇଛି।

ଜୁନ୍ ୨୦, ୧୯୫୨ରେ ମୁମ୍ବାଇରୁ ପି.ଓ. କର୍ଫ୍ୟୁ ନାମକ ଜାହାଜ ଧରିଲି। ଜାହାଜଟି ସେତେ ବଡ଼ ନଥିଲା ଓ ସେଥିରେ କିଛି ବିଟ୍ରିଶ ସୈନିକ ମାଲୟେସିଆରୁ କମ୍ୟୁନିଷ୍ଟମାନଙ୍କ ସହ ଯୁଦ୍ଧ ସାରି ଘରକୁ ଫେରୁଥିଲେ। ସେମାନେ ବଡ଼ ଖୁସି ମିଜାଜର ଥିଲେ, ଜୋରସୋରରେ କଥା ହେଉଥିଲେ ଓ କୋଲାହଲ କରୁଥିଲେ। ଜାହାଜରେ ମାତ୍ର ବାରଜଣ ଭାରତୀୟ ଥିଲେ। ମୌସୁମୀବାୟୁର ପ୍ରବେଶ ଆରବସାଗରକୁ ଭୟଙ୍କର ରୂପ ଦେଉଥିଲା। ବିଦେଶୀ ଖାଦ୍ୟ ଆମକୁ ଭଲ ଲାଗୁନଥିଲା। କିନ୍ତୁ ଖେଳିବା ପାଇଁ ଡେକ୍ ଉପରେ ଅନେକ ବ୍ୟବସ୍ଥା ଥିଲା। ଆମେ ତିନିଜଣ ଭାରତୀୟ ଗୋଟିଏ ଛୋଟ କ୍ୟାବିନରେ ରହୁଥିଲୁ। ଜଣେ ବ୍ୟକ୍ତି ଗୋଆରୁ ଇଂଲଣ୍ଡ ସବୁଦିନ ପାଇଁ ରହିବାକୁ ଯାଉଥିଲେ। ଅନ୍ୟଜଣକ ଚେନ୍ନାଇରୁ ଇଂଲଣ୍ଡ ପଢ଼ିବାପାଇଁ ଯାଉଥିଲେ। ମଝିରେ ଆମକୁ ୟେମେନ୍, ପୋର୍ଟ ସୟେଦ୍ ଓ ଆଲଜିରିଆରେ ରହି ଜିନିଷ କିଣିବାର ସୁବିଧା ଦିଆଯାଇଥିଲା।

ନ୍ୟୁୟର୍କ ସହରକୁ ପ୍ରଥମଥର ଦେଖି ବିଶ୍ୱାସ କରିପାରିଲିନି। ଖୁବ୍ ସୁନ୍ଦର ଲାଗିଥିଲା! ମୋର ଧାରଣାର ବାହାରେ ଥିଲା। ପ୍ରଥମେ ଯେଉଁ କିଛି ଆମେରିକୀୟଙ୍କ ସହିତ କଥାବାର୍ତ୍ତା ହେଲି ଖୁବ୍ ଭଲ ଲାଗିଥିଲା। ଭାରତ ଓ ଆମେରିକାକୁ ମୁଁ କେବେ ତୁଳନାତ୍ମକ ଦୃଷ୍ଟିରୁ ଦେଖିନି। ଦୁହେଁ ଅଲଗା ଅଲଗା ପୃଥିବୀ।

କିଛି ବିଷୟରେ ଭାରତ ତୁଳନାରେ ଆମେରିକା ଭଲ– ଯେମିତିକି

ଔଦ୍ୟୋଗୀକରଣ। କିନ୍ତୁ ସାମାଜିକ ଦୃଷ୍ଟିକୋଣରୁ ଏଠି ଅନେକ ପ୍ରକାରର ଅସୁବିଧା ରହିଛି। ମୁଁ ୧୯୫୨ରୁ ମାନସିକ ରୋଗ ବିଶେଷଜ୍ଞ ଭାବେ କାମ କରୁଛି ଓ ଅନେକ ରୋଗୀଙ୍କୁ ଦେଖୁଛି– ଏହା ମୋର ହୃଦୟର କଥା।

୧୯୭୪-୭୫ରେ ମିଲ୍‌ସ ଫର୍ମାଙ୍କ ନିର୍ଦ୍ଦେଶିତ 'ୱାନ୍‌ ଫ୍ଲିୁ ଓଭର ଦି କୁକୁସ ନେଷ୍ଟ' ସିନେମା ଆମ ହସ୍ପିଟାଲରେ ସୁଟିଂ ହୋଇଥିଲା। ଜ୍ୟାକ୍‌ ନିକଲସନ୍‌ ମୁଖ୍ୟ ଭୂମିକାରେ ଥିଲେ। ମୋତେ ମାନସିକ ରୋଗ ବିଶେଷଜ୍ଞର ଛୋଟ ଭୂମିକାଟିଏ ଦିଆଯାଇଥିଲା। ୮୦ ସେକେଣ୍ଡର ରୋଲପାଇଁ ୧୦ଘଣ୍ଟା ସୁଟିଙ୍ଗ କରିବାକୁ ପଡ଼ିଥିଲା। ୬୫୮ ଆମେରିକୀୟ ଡଲାର ମିଲିଥିଲା ଏଇ ଛୋଟ ରୋଲ ପାଇଁ। ମୋ ନାଁ ଡାକ୍ତର ସୋଞ୍ଜି ଥିଲା। ଏଇ ସିନେମାକୁ ୧୯୭୫ରେ ଅନେକ ଓସ୍କାର ପୁରସ୍କାର ମିଲିଥିଲା। ୧୯୮୬ରେ ଅବସର ନେଲାପରେ ମୁଁ ଗପ ଲେଖିବା ବିଷୟରେ ଗୋଟିଏ କୋର୍ସ କଲି ଓ ଡାକ୍ତର ସୋଞ୍ଜି ନାଆଁରେ ଗପ ସଂକଲନଟିଏ ପ୍ରକାଶ କଲି। ୨୦ଟି ଗପ ଲେଖିବାକୁ ମୋତେ ୧୪ ବର୍ଷ ଲାଗିଥିଲା।

ମୁଁ 'ଆମେରିକାନ୍‌ ବୋର୍ଡ଼ ଅଫ୍‌ ସାଇକିଆଟ୍ରି ଆଣ୍ଡ ନ୍ୟୁରୋଲୋଜି'ରେ ଡିପ୍ଲୋମାଟ୍‌ ଓ 'ଫରେନ୍‌ସିକ୍‌ ସାଇକିଆଟ୍ରି ଆଣ୍ଡ ମେଣ୍ଟାଲ ହେଲଥ ଆଡ୍‌ମିନିଷ୍ଟେ୍ରଟର'ଭାବେ କାମ କରିଛି। ଆମେରିକାନ୍‌ ସାଇକିଆଟ୍ରିକ୍‌ ଆସୋସିଏସନର 'ଲାଇଫ୍‌ ଫେଲୋ' ଓରେଗାନ୍‌ ଷ୍ଟେଟ୍‌ ହସ୍ପିଟାଲରେ ୨୮ ବର୍ଷ କାମ କରିଛି। ଅବସର ପରେ ବି ମୁଁ ଓରେଗନ ହସ୍ପିଟାଲରେ କନସଲଣ୍ଟାଣ୍ଟଭାବେ କାମକରୁଛି। ପଇସା ବହୁତ କମ, କିନ୍ତୁ ମନରେ ଶାନ୍ତି ମିଲେ।

ଯୁବ ଡାକ୍ତରମାନଙ୍କୁ କହିବି ଯେ, ସେମାନେ ସମାଜର ପୀଡ଼ିତ, ଦଲିତ ଓ ଗରିବ ସମ୍ପ୍ରଦାୟଙ୍କୁ ତାଙ୍କର ସେବା ଉପଲବ୍ଧ କରାନ୍ତୁ। ନିୟମିତ କିଛି ସେବାଭିତ୍ତିକ ଚିକିତ୍ସା କରନ୍ତୁ। ଅଛ ବର୍ଗ, ପଛୁଆ ସମ୍ପ୍ରଦାୟକୁ ପଛରେ ଛାଡ଼ି ଆମେ ଗୋଟିଏ ସୁନ୍ଦର ପୃଥିବୀ ଗଢ଼ିପାରିବା ନାହିଁ। ରୋଜଗାର ଜୀବନର ସବୁକିଛି ନୁହଁ।

ମୋର ମାନସିକ ରୋଗ ବିଶେଷଜ୍ଞ ହେବା ଏକ ଈଶ୍ୱରଦତ୍ତ ସୁଯୋଗ ବୋଲି ଭାବେ। ହଜାର ହଜାର ରୋଗୀଙ୍କର ମନସ୍ତତ୍ତ୍ୱକୁ ଜାଣିବାର ସୁଯୋଗ ପାଇଛି ଓ ସେବାକରି ଆନନ୍ଦ ଲାଭ କରିଛି। ତେଣୁ ଏଇଟି ମୋର ସବୁଠୁ ପ୍ରିୟ ଚରିତ୍ର। ଏଇ ଉତ୍ତର ବୟସରେ ଜୀବନକୁ ସହଜ ଓ ନିୟମବଦ୍ଧ କରିଛି। ପ୍ରତିଦିନ ଚାରିମାଇଲ୍‌ ଚାଲୁଛି। ପତ୍ନୀଙ୍କୁ ଘରକାମ ଯଥା ଭାକ୍ୟୁମ୍‌ କ୍ଲିନିଂ, ଘରପୋଛା, ଲୁଗାସଫା, ବଗିଚାକାମ ଇତ୍ୟାଦିରେ ସାହାଯ୍ୟ କରୁଛି। ଆଉ ଲେଖିପାରୁନି। କିଛି ଭାରତୀୟ ଓ ଆମେରିକୀୟ ବନ୍ଧୁଙ୍କୁ ନେଇ ଗୋଟିଏ ଷ୍ଟଡ଼ି ଗ୍ରୁପ୍‌ କରିଛୁ ୧୯୮୬ରୁ। ଦୁଇଥର ଗୀତା, ଥରେ

ଉପନିଷଦ ଓ ଧର୍ମପଦ ସାରିଲୁଣି। ଗୀତା ଉପରେ ଇଶ୍ୱରନ୍ ଲେଖିଥିବା ବହି ଯାହା ୨୦୧୧ରେ ପ୍ରକାଶିତ ହୋଇଛି, ଏବେ ତା’ ଉପରେ ଚର୍ଚ୍ଚା କରୁଛୁ। ମୁଁ ଦିନକୁ ନଅ ଘଣ୍ଟା ଶୁଏ। ଅନେକ ବର୍ଷତଳେ କମ୍ପ୍ୟୁଟରଠୁ ଦୂରେଇ ରହିବାକୁ ସ୍ଥିର କରିଥିଲି। ସେଇଥିପାଇଁ ଚିଠି ଲେଖିବାରେ ଟାଇପ୍ ରାଇଟର ବ୍ୟବହାର କରୁଛି। ପତ୍ନୀ ଇ-ମେଲ୍ କରନ୍ତି। ଏବେ ଜୀବନର ଶେଷ ସମୟପାଇଁ ପ୍ରସ୍ତୁତ ହେଉଛି। କିଏ ଜାଣିଛି ସେ କେତେବେଳେ ଆସି ପହଁଚିବ। ମୋର ପାଉଁଶକୁ ପ୍ରୟାଗରେ ପକାଇବାକୁ କହିଛି।

ନୋର୍ମା ସହ ବିବାହ ୪୩ ବର୍ଷ ହୋଇଗଲା। ତାଙ୍କର ବୟସ ଏବେ ବୟାଅଶୀ। ସେ ଓହିଓ ରାଜ୍ୟରେ ଜନ୍ମ ଓ ବଡ଼ ହୋଇଛନ୍ତି। ମୋର ସମସ୍ତ ପତ୍ନୀ ଆମେରିକୀୟ ଓ ନର୍ସ। ଚାରି ପିଲା ମୋର ପୂର୍ବ ଦୁଇ ବିବାହରୁ। କେହି ଜଣେ ଡାକ୍ତର ହେଲେ ନାହିଁ। ସେମାନଙ୍କ ସହ ମୋର ନିବିଡ଼ ସମ୍ପର୍କ। ଏଇ ବୟସରେ ମୁଁ ଅତୀତ ସହ ସାଲିସ୍ କରି ସାରିଛି।

ଭୌଗୋଳିକ ପରିବେଶ, ସୀମାରେଖା ମୋର ଭାବନାକୁ କେବେ ପ୍ରଭାବିତ କରିପାରିନି। ମୁଁ ପଞ୍ଚଷଠି ବର୍ଷ ତଳେ ଓଡ଼ିଶା ଛାଡ଼ିଥିଲେ ମଧ୍ୟ ଏବେବି ମୋ ଭିତରେ ମୁଁ ଜଣେ ସମ୍ପୂର୍ଣ୍ଣ ଓଡ଼ିଆ। ମୋ ପିଲାଦିନ, ମୋ ଜନ୍ମସ୍ଥାନ, ସେ ମାଟି, ତା’ର ସୁଗନ୍ଧ ଏବେବି ମୋ ପାଖରେ ସତେଜ। ମୁଁ ଆଗାମୀ ସମସ୍ତ ଜନ୍ମରେ ସେଇ ବାପା, ମା’ ଓ ମାଟିର କୋଳରେ ଜନ୍ମ ନେବାକୁ ଚାହିଁବି।

SHANTILATA (MOHAPATRA) MISHRA

ଶାନ୍ତିଲତା (ମହାପାତ୍ର) ମିଶ୍ର

ନିଷ୍ଠା ଓ ପରିଶ୍ରମର ଫଳ ଆମ ଜୀବନ

ସେଇ ଦିନଟି ମୋର ସ୍ପଷ୍ଟ ମନେଅଛି। ବାରବାଟି ଗାର୍ଲ୍‌ସ ସ୍କୁଲରେ ଭର୍ତ୍ତି କରିବା ପାଇଁ ମୋ ବାପା ଆମ ଗାଁରୁ ବାଲେଶ୍ୱର ଆଣିଥିଲେ ମୋତେ। ଆମ ପରିବାରରେ ପୂର୍ବରୁ କୌଣସି ଝିଅ ସ୍କୁଲକୁ ଯାଇନଥିଲେ। ମୁଁ ସେତେବେଳେ ସାତ ବର୍ଷର ଥିଲି, ମୋତେ କେବଳ ଅକ୍ଷର ପଢ଼ିବା ଓ ମିଶାଣ ଫେଡ଼ାଣ ହିଁ ଜଣାଥିଲା। ଯେତେବେଳେ ମୋ ଭାଇ ଏବଂ ବଡ଼ବାପା ପୁଅମାନେ ଟ୍ୟୁସନ ହେଉଥିଲେ, ମୋତେ ସେଠି ବସିବା ପାଇଁ ଅନୁମତି ମିଳିଲା। ମୋ ବାପାଙ୍କର ବିଶ୍ୱାସ ଥିଲା ଯେ ମୁଁ ଗଣିତରେ ଭଲ କରିବି। ମୋ ମା'କୁ ଆମ ସହିତ ଆସିବା ପାଇଁ କହିବା ପାଇଁ ସେ ବହୁତ ପରିଶ୍ରମ କରି ମୋ ଜେଜେମାକୁ ମନେଇଲେ। ଯେହେତୁ ପୂର୍ବରୁ ମୁଁ ସ୍କୁଲ ଯାଇନଥିଲି ଶ୍ରେଣୀରେ ବସିବା ପୂର୍ବରୁ ମୋତେ ପରୀକ୍ଷା ଦେବାକୁ ହୋଇଥିଲା। ଯଦିଓ ମୁଁ ଗଣିତ ଓ ସାହିତ୍ୟରେ ଭଲ କଲି ସାଧାରଣ ଜ୍ଞାନରେ ମୋର ସେତେ ଭଲହୋଇପାରିଲା ନାହିଁ। ଏପରିକି ମୁଁ ମୋ ଦେଶ ଓ ରାଜ୍ୟର ନାଁ ଜାଣିନଥିଲି। ବାରବାଟି ଗାର୍ଲ୍‌ସ୍‌ ସ୍କୁଲର ଚତୁର୍ଥ ଶ୍ରେଣୀରେ ମୋର ଔପଚାରିକ ଶିକ୍ଷା ଆରମ୍ଭ ହେଲା। ଯେହେତୁ ସେଠାରେ ଛାତ୍ରୀଙ୍କ ଅପେକ୍ଷା ଡେସ୍କ ସଂଖ୍ୟା କମ ଥିଲା, ମୋତେ ଭୁଇଁରେ ବସିବାକୁ କୁହାଗଲା। ଆମେ ନିମ୍ନ ମଧ୍ୟବିତ୍ତ ପରିବାରରୁ ଥିଲୁ, ମୋର ପୋଷାକ ଅତି ସାଧାରଣ ଥିଲା, ମୋ ଶ୍ରେଣୀର ତିରିଶରୁ ଅଧିକ ଛାତ୍ରୀ ସହରାଞ୍ଚଳରୁ ଥିଲେ। କିଛିମାସ ଭିତରେ ଶିକ୍ଷୟିତ୍ରୀମାନେ ଗଣିତରେ ମୋର ଦକ୍ଷତା ଓ ପ୍ରଖର ସ୍ମୃତିଶକ୍ତି ସହ ଅବଗତ ହେଲେ। ସପ୍ତମ ଶ୍ରେଣୀରେ ଛାତ୍ରବୃତ୍ତି ନିମନ୍ତେ ଆମ ସ୍କୁଲରୁ ମୋ ସମେତ ତିନିଜଣ ଛାତ୍ରୀଙ୍କୁ ପରୀକ୍ଷା ଦେବାପାଇଁ

ଚୟନ କରାଗଲା । ଅନ୍ୟ ଦୁଇ ଛାତ୍ରୀ ଟ୍ୟୁସନ ଯାଉଥିଲେ । ମୋତେ ଟ୍ୟୁସନ ଦେବାପାଇଁ ମୋ ବାପାଙ୍କର ସମ୍ବଳ ନଥିଲା, ତା'ଛଡ଼ା ମୁଁ ଯାହା ପଢୁଥିଲି ମୋର ମନେ ରହୁଥିଲା । ମୋର ଆତ୍ମବିଶ୍ୱାସ ମଧ୍ୟ ପ୍ରବଳ ଥିଲା । ଦିନେ ପ୍ରାର୍ଥନା ସଭାରେ ମୁଁ ଟିକେ ବିଳମ୍ବରେ ପହଞ୍ଚିଲା ବେଳକୁ ଦେଖିଲି ଯେ ସମସ୍ତେ ତାଳି ମାରୁଛନ୍ତି । ମୋ ସାଙ୍ଗ ମୋ କାନରେ ଧୀରେ କହିଲା ଯେ ସ୍କୁଲରୁ କେବଳ ମୁଁ ହିଁ ଛାତ୍ରବୃତ୍ତି ଲାଭ କରିଛି । ମାସିକ ପନ୍ଦର ଟଙ୍କାର ସେଇ ଛାତ୍ରବୃତ୍ତି ମୋ ଜୀବନକୁ ବଦଳେଇ ଦେଇଥିଲା । ମୋ ବାପା ମା' ମୋତେ ସ୍କୁଲରେ ଆଗକୁ ପଢ଼ିବାକୁ ସ୍ଥିରକଲେ ଏବଂ ମୋ ଭଉଣୀମାନଙ୍କୁ ସେଇ ରାସ୍ତାରେ ଆଗକୁ ବଢ଼େଇଲେ । ହାଇସ୍କୁଲରେ ଶିକ୍ଷୟିତ୍ରୀମାନେ ମୋତେ ସବୁବେଳେ ପ୍ରୋତ୍ସାହିତ କରୁଥିଲେ ଏବଂ ମୁଁ ଆଗକୁ ପଢ଼ିବାକୁ ଲାଗିଲି । ୧୯୬୪ରେ ଯେତେବେଳ ମୁଁ ମୋ ଶ୍ରେଣୀରେ ସର୍ବଶ୍ରେଷ୍ଠ ଛାତ୍ରୀ ଭାବରେ ହାଇସ୍କୁଲ ପାସ୍ କଲି, ବୃତ୍ତିର ପରିମାଣ ପଇଁତିରିଶ ଟଙ୍କା ପ୍ରତି ମାସ ଥିଲା ଏବଂ ତାହା ମୋର କଲେଜ ଯିବାକୁ ନିଶ୍ଚିତ କଲା । ମୋ ବଡ଼ଭାଇ ମୋ'ଠୁ ଦୁଇ ଶ୍ରେଣୀ ଉପରେ ଥିଲେ ଏବଂ ମୁଁ ତାଙ୍କର ବହି ବ୍ୟବହାର କରୁଥିଲି । ମୋ ବାପାଙ୍କର ଆୟ କମ୍ ଥିବାରୁ ମୋତେ କଲେଜରେ ଦରମା ଦେବାକୁ ପଡୁନଥିଲା । ତେଣୁ ମୋ ଛାତ୍ରବୃତ୍ତି ଆମର ଛଅ ସନ୍ତାନ ବିଶିଷ୍ଟ ପରିବାର ପାଇଁ ଅତିରିକ୍ତ ଆୟ ଭାବରେ ପରିଗଣିତ ହେଲା ।

କଲେଜ ଜୀବନ ସ୍କୁଲ ତୁଲନାରେ ଭିନ୍ନ ଥିଲା । ୧୯୬ ଛାତ୍ରଛାତ୍ରୀଙ୍କ ମଧ୍ୟରେ ମାତ୍ର ବାରଜଣ ଝିଅ ଥିଲେ । ଆମକୁ ହାଲ୍କା ରଙ୍ଗର ଶାଢ଼ିରେ ସମସ୍ତ ଶରୀର ଢାଙ୍କିବାକୁ ପଡୁଥିଲା । ଅଧ୍ୟାପକ ନଆସିବା ପର୍ଯ୍ୟନ୍ତ ଆମକୁ ବାହାରେ ଅପେକ୍ଷା କରିବାକୁ ପଡୁଥିଲା ଏବଂ ପ୍ରଥମ ଧାଡ଼ିରେ ବସିବାକୁ ହେଉଥିଲା । ମୁଁ ଗଣିତ ଓ ବିଜ୍ଞାନରେ ଭଲ କରୁଥିଲି । ପ୍ରଥମ ପରୀକ୍ଷାରେ ମୁଁ ସମସ୍ତ ବିଷୟରେ ସବୁଠୁ ଅଧିକ ନମ୍ବର ରଖିଲି ଏବଂ ପ୍ରୁଥମାନଙ୍କୁ ତାହା ଠିକ୍ ଲାଗିଲାନାହିଁ । ମୋତେ ଚାହିଟାପରା ଶୁଣିବାକୁ ପଡୁଥିଲା । ସୌଭାଗ୍ୟବଶତଃ ମୋ ପଦାର୍ଥବିଜ୍ଞାନ ଅଧ୍ୟାପକ ସେଇ ସମୟରେ ମୋତେ ପରାମର୍ଶ ଦେଉଥିଲେ । ୧୯୬୫ରେ ମୁଁ ନେସନାଲ୍ ସାଇନ୍ସ ଟ୍ୟାଲେଣ୍ଟ ସର୍ଚ ପରୀକ୍ଷା ଦେଲି ଏବଂ ଏହି ବୃତ୍ତି ପାଇବାରେ ଓଡ଼ିଶାରେ ପ୍ରଥମ ଝିଅ ହେବାର ଗୌରବ ଅର୍ଜନ କଲି । ଆମର ଯେଉଁ ସମ୍ପର୍କୀୟମାନେ ନାରୀଶିକ୍ଷା ବିରୋଧରେ ଆକ୍ଷେପ କରନ୍ତି, ମୋ ମା' ତା'ର ଜବାବରେ କୁହନ୍ତି- ସରକାର ମୋ ଝିଅକୁ ସ୍କୁଲରେ ରଖିଛନ୍ତି, ମୁଁ ନୁହେଁ । ସେଇ ଛାତ୍ରବୃତ୍ତି ଦ୍ୱାରା ମୁଁ କଲିକତା ଓ ଦିଲ୍ଲୀରେ ଗ୍ରୀଷ୍ମ ଛୁଟିରେ "ସମର ସ୍କୁଲ"ରେ ଯୋଗ ଦେଇ ପାରିଥିଲି ଓ ବାହାର ଦୁନିଆକୁ ଖୁବ୍ ନିକଟରୁ ଦେଖିଥିଲି । ମୁଁ ପ୍ରଗତିଶୀଳ ଅଣ ଓଡ଼ିଆ ଝିଅମାନଙ୍କର ଚଳଣିକୁ ଅନୁସରଣ କଲି ଓ ଅନେକ ତଥ୍ୟ ଜାଣିଲି । ଉତ୍କଳ ବିଶ୍ୱବିଦ୍ୟାଳୟରୁ ପଦାର୍ଥ

ବିଜ୍ଞାନରେ ସ୍ନାତକୋଉର ଡିଗ୍ରୀ ହାସଲ କରି କଲିକତାର ସାହା ଇନ୍‌ଷ୍ଟିଚ୍ୟୁଟ ଅଫ୍‌ ନ୍ୟୁକ୍ଲିୟାର ଫିଜିକ୍‌ରେ ଫେଲୋସିପ ପାଇଁ ଦରଖାସ୍ତ କଲି। ୧୯୭୦ ଓ କଲିକତାରେ ନକ୍ସଲପନ୍ଥୀଙ୍କ ଉପାତ। ଆମେ କୋଡ଼ିଏ ଜଣ ଥିଲୁ ଏବଂ ଅଧିକାଂଶ ପିଏଚ୍.ଡ଼ି ପାଇଁ ଆମେରିକାର ବିଭିନ୍ନ ବିଶ୍ୱବିଦ୍ୟାଳୟରେ ଆବେଦନ କରୁଥାଆନ୍ତି। ମୋର ବି ଇଚ୍ଛା ଥିଲା। ମୁଁ ଜାଣିଥିଲି ଯେ ମୋ ପରିବାରରେ ଏ ବିଷୟରେ ମାର୍ଗଦର୍ଶନ କରିବା ପାଇଁ କେହି ସକ୍ଷମ ନଥିଲେ। କିନ୍ତୁ ସାରା ଜୀବନ ମୋତେ ଲାଗିଛି ଯେ କିଛି ଈଶ୍ୱରୀୟ ଶକ୍ତି ମୋର ଶିକ୍ଷକ, ବନ୍ଧୁ ବା ମାର୍ଗଦର୍ଶକ ହୋଇ ମୋତେ ରାସ୍ତା ଦେଖାଉଛି।

ଆମେରିକୀୟ ବିଶ୍ୱବିଦ୍ୟାଳୟକୁ କେମିତି ଆବେଦନ ପତ୍ର ଦାଖଲ କରିବାକୁ ହୁଏ ମୋତେ ଜଣା ନଥିଲା। ମୁଁ ମୋର ସମସ୍ତ ଜିପିଏ ସହିତ ପ୍ରଫେସର ତାରା ପ୍ରସାଦ ଦାସଙ୍କୁ ଚିଠି ଲେଖିଲି। ତାଙ୍କ ନିକଟରୁ ତତ୍‌କ୍ଷଣାତ୍ ଉତ୍ତର ଆସିଲା ଯାହା ମୋତେ ଚମକ୍ୃତ କରିଥିଲା। ୧୯୭୨ରେ ଏସ୍.ୟୁ.ଏନ୍.ୱାଇ ଆଲବାନିରେ ମୋର ଆଡ଼ମିଶନ୍ ହେଲା। ସେତେବେଳକୁ ମୋତେ ପ୍ରାୟ ତେଇଶି ବର୍ଷ। ମୋ ପାଇଁ ଉପଯୁକ୍ତ ବରପାତ୍ର ଯୋଗାଡ଼ ନକରିପାରୁଥିବାରୁ ମୋ ବାପା ମା'ଙ୍କୁ ଲୋକମାନଙ୍କଠୁ ବିଭିନ୍ନ କଥା ଶୁଣିବାକୁ ପଡ଼ିଥିଲା। ମୁଁ ଦେଖିବାକୁ ସାଧାରଣ ଥିଲି ଏବଂ ଆମ ବର୍ଗରେ ଉଚିତ୍ ବରଟିଏ ପାଇବାପାଇଁ ମୋ ଶିକ୍ଷାଗତ ଯୋଗ୍ୟତା ଟିକେ ଅଧିକ ଥିଲା। ଠିକ୍ ଏହି ସମୟରେ ମୋ ସବା ସାନଭଉଣୀର ଦେହ ହଠାତ୍ ଖରାପ ହେଲା ଏବଂ ତାକୁ ଭଲ କରିବାର ଦାୟିତ୍ୱ ମୁଁ ନିଜେ ବହନ କଲି। ଡାକ୍ତରୀ ଅବହେଳା ଯୋଗୁ ୧୯୭୨ରେ ମୁଁ ମୋର ପାଞ୍ଚମାସର ଗୋଟିଏ ଭଉଣୀକୁ ହରେଇଥିଲି, ଯଦିଓ ବାପା ଈଶ୍ୱରଙ୍କ ଭରସାରେ ଏଇ ଭଉଣୀକୁ ଛାଡ଼ିଦେବାପାଇଁ ପରାମର୍ଶ ଦେଲେ ମୁଁ କିନ୍ତୁ ତାଙ୍କ କଥା ନମାନି ତାକୁ କଟକ ବଡ଼ଡାକ୍ତରଖାନାକୁ ନେଇ ନ୍ୟୁରୋସର୍ଜରୀ ବିଭାଗରେ ରଖିଲି। ମୋର ପରମ ବାନ୍ଧବୀଙ୍କ ବାପା ଜଜ୍ ଥିଲେ ଓ ତାଙ୍କ ପରିବାରର ଅନ୍ୟମାନେ ମଧ୍ୟ ସରକାରୀ ସ୍ତରରେ ଭଲ ଭଲ ପଦ ପଦବୀରେ ଥିଲେ। ସେମାନଙ୍କ ସାହାଯ୍ୟରେ ମୋ ଭଉଣୀ ଭଲ ହୋଇଗଲା। ଏଇ କଷ୍ଟଦାୟକ ସମୟରେ ମୋର ସାକ୍ଷାତ ହେଲା ମୋ ଭବିଷ୍ୟତର ଜୀବନସାଥୀଙ୍କ ସହିତ, ସଂଯୋଗ କ୍ରମେ ସେ ମୋ ବାନ୍ଧବୀଙ୍କ ସହିତ ଲାବ୍‌ରେଟୋରୀରେ କାମ କରୁଥିଲେ। ମୁଁ ତାଙ୍କୁ ପୂର୍ବରୁ ଥରେ ଭେଟିଥିଲି ଏବଂ ଆଉ ଥରେ ସର୍ଜରୀ ବିଭାଗରେ ତାଙ୍କ ସାମ୍ନାସାମ୍ନି ହୋଇଗଲି। ସେ ସର୍ଜରୀ ବିଭାଗରେ ପ୍ରଶିକ୍ଷଣ ନେଉଥିଲେ ଏବଂ ମୋ ଭଉଣୀର ପରିସ୍ଥିତିକୁ ମଧ୍ୟ ଠିକ୍ ଭାବେ ବୁଝିପାରିଥିଲେ। ଡାକ୍ତର ଉମାବଲ୍ଲଭ ମିଶ୍ରଙ୍କ ସହିତ ସେଇଠି ଦେଖା, ସେଇ ଦେଖାରୁ ସମ୍ପର୍କ ଓ ଆମେ ପରସ୍ପର ପ୍ରତି ବଚନବଦ୍ଧ ହେଲୁ।

ଯଦିଓ ତାଙ୍କ ପରିବାର ଆମ ବିବାହ ବିରୋଧରେ ନଥିଲେ ମୋର ଆଗରୁ ଶିକ୍ଷାଲାଭ କରିବାର ମହତ୍ତ୍ୱାକାଂକ୍ଷା ସପକ୍ଷରେ ନଥିଲେ। ସେଇ ସମୟରେ ମୋର ଦୃଢ଼ତା ସାମ୍ନାରେ ମୁଁ ହାର ମାନିବା ଅବସ୍ଥାରେ ନଥିଲି। ମୁଁ "ନାରୀ ଅଧିକାରବାଦ" ଶବ୍ଦ ଶୁଣିବା ପୂର୍ବରୁ ହିଁ ନାରୀବାଦୀ ଥିଲି। ମୁଁ ଅଟଳ ଥିଲି। ଜୁଲାଇ ୧୯୭୨ରେ ଆମର ବିବାହ ହେଲା ଓ ଓଡ଼ିଶା ସରକାରଙ୍କ ଅନୁଦାନରେ ଆଲବାନି ଆସିବା ପାଇଁ ମୁଁ ଉଡ଼ାଜାହାଜ ଟିକେଟ କିଣିଲି। ତାଙ୍କ ଝିଅ ଉଚ୍ଚ ଶିକ୍ଷା ପାଇଁ ବିଦେଶ ଯିବ ବୋଲି ମୋ ବାପା ଖୁବ୍ ଖୁସି ଥିଲେ। ମୁଁ ମୋ ନବବିବାହିତ ପତିଙ୍କୁ ନୂଆଦିଲ୍ଲୀ ଏୟାରପୋର୍ଟରେ ଛାଡ଼ି ସାଥିରେ ଆଠ ଡଲାର ଓ ଅଠର କିଲୋ ବହି ଧରି ଆସି ପହଁଚିଲି ଆମେରିକାରେ। ତାଙ୍କର ଜଣେ ଛାତ୍ର ଆସି ମୋତେ ଏୟାରପୋର୍ଟରୁ ନେବ ବୋଲି ପ୍ରଫେସର ଦାସ ମୋତେ ଆଗରୁ ଟେଲିଗ୍ରାମ କରିଥିଲେ। ମୋ ଜୀବନର ନୂତନ ଅଧ୍ୟାୟ ଆରମ୍ଭ ହେଲା। ମାସିକ ଦୁଇଶହ ଅଶୀ ଡଲାରରେ ଜୀବନ ଯାପନ କରିବା ସହଜ ନଥିଲା। ପରେ ଉମା "ସ୍ଟାଉସ୍ ଭିସା"ରେ ଆସି ମୋତେ ଯୋଗଦେଲେ। ଆଇନ୍ ଅନୁସାରେ ଜଣେ "ସ୍ଟାଉସ୍ ଭିସା"ରେ କାମ କରିପାରିବ ନାହିଁ। ତେଣୁ ସେତିକି ଡଲାରରେ ଦୁଇଜଣ ଚଳିବା ଆହୁରି କଷ୍ଟକର ହେଲା। ଇ.ସି.ଏଫ.ଏମ୍.ଜି. ପରୀକ୍ଷା ଦେଇ ଏଠିକାର ଡାକ୍ତର ଡିଗ୍ରୀ ପାଇବାକୁ ତାଙ୍କୁ ପ୍ରାୟ ଅଢ଼େଇ ବର୍ଷ ଲାଗିଲା। ଏଭିତରେ ଆମର ପ୍ରଥମ ସନ୍ତାନ ଜନ୍ମ ହେଲା। ଆମେ ସବୁ ଦିଗରୁ ସଂଘର୍ଷ କଲୁ। ସେଇ ଭିତରେ ମୋର ପ୍ରିୟ ବାନ୍ଧବୀ ଯେ ଆମ ଦୁହିଁଙ୍କୁ ମିଳାଇଥିଲା, ତାର କ୍ୟାନସରରେ ମୃତ୍ୟୁ ହେଲା। ଏ ଘଟଣା ଆମ ମନୋବଳ ଭାଙ୍ଗିଦେଲା। ଜୁଲାଇ ୧୯୭୫ରେ ଉମା ପ୍ରଥମ ଚାକିରି ପାଇଲେ ଓ ପରେ ପରେ ଗ୍ରୀନକାର୍ଡ। ଆମେ ଗୋଟିଏ କାର ଓ ଟେଲିଭିଜନ କିଣିଲୁ। ଉମା ମେମୋରିଆଲ ସ୍ଲୋନ୍ କେଟେରିଙ୍ କ୍ୟାନସର ସେଣ୍ଟରରେ ଜୁନ୍ ୧୯୭୮ରେ ତାଙ୍କର ରେସିଡେଣ୍ଟ ସାରିଲେ ଏବଂ ମୁଁ ନଭେମ୍ବର ୧୯୮୦ରେ ପିଏଚ୍.ଡ଼ି ସାରିଲି। ଆମର ଦୁଇ ପିଲାଙ୍କୁ ନେଇ ଆମେ ନୂଆ ଘରେ ପ୍ରବେଶ କଲୁ। ଉମା ଯେଉଁଠି ରେସିଡେଣ୍ଟ କରୁଥିଲେ ମୁଁ ସେଠି ମେଡିକାଲ ଫିଜିକ୍‌ରେ ବର୍ଷେ ଫେଲୋସିପ୍ କଲି। ମେଡିକାଲ ଫିଜିକ୍ ସେତେବେଳେ ନୂଆ ବିଷୟ ଥିଲା। ମୁଁ କିଛି ସମୟ ଘରେ ରହି ପିଲାଙ୍କୁ ବଡ଼ କରିବାକୁ ସ୍ଥିର କଲି। ଆମର ତୃତୀୟ ସନ୍ତାନ ୧୯୮୨ରେ ଜନ୍ମ ହେଲା।

ମୁଁ ଘରେ ବସି ବସି ବ୍ୟସ୍ତ ବିବ୍ରତ ହୋଇ ପଡ଼ିଥିଲି। ମୁଁ ବୌଦ୍ଧିକ ନିଷ୍କ୍ରିୟତା ତଥା ଆର୍ଥିକ ନିର୍ଭରତାକୁ ବେଶୀ ସମୟ ଉପଭୋଗ କରିପାରିଲିନି। ମୁଁ କାମ କରିବାକୁ ଚାହିଁଲି। ମୋର ଅଧିକ ଶିକ୍ଷାଗତ ଯୋଗ୍ୟତା ସାଙ୍ଗକୁ କମ ଅଭିଜ୍ଞତା ମୋତେ କାମ

ମିଳିବାରେ ପ୍ରତିକୂଳ ସାବ୍ୟସ୍ତ ହେଲା । ଶେଷରେ ନ୍ୟୁୟର୍କ ସହରସ୍ଥିତ ବ୍ରୁକଲିନ ଅଞ୍ଚଳରେ ଚାକିରି ପାଇଲି କିନ୍ତୁ ଯିବାଆସିବା କଷ୍ଟଦାୟକ ଥିଲା । ଆମ ପିଲାମାନେ ମୋତେ ସହଯୋଗ କଲେ ଏବଂ କଷ୍ଟ ସଙ୍ଗେ ମୁଁ ଅଫିସ୍ ଜାରି ରଖିଲି । ଚାକିରି ଯାଗାରେ ମଧ୍ୟ ଅନ୍ୟ ପ୍ରକାରର ଅସୁବିଧା ସାମ୍ନା କରିବାକୁ ପଡ଼ିଲା । ୧୯୮୬ରେ ଉମା ନ୍ୟୁୟର୍କର ନ୍ୟୁବର୍ଗ ସହରରେ ଏକ ଚାକିରିରେ ଯୋଗଦେଲେ । ଆମେ ଦୁହେଁ ଘରର ଦୁଇ ବିପରୀତ ଦିଗରେ ଚାକିରି କରୁଥିଲୁ ଓ ପିଲାଙ୍କ ପାଇଁ ଚାଇଲ୍ଡକେୟାର ବ୍ୟବସ୍ଥାର ମଧ୍ୟ ସୁବିଧା ଠିକ୍ ନଥିଲା । ଦିନେ ଏପ୍ରିଲର ଗୋଟିଏ ସକାଳେ ଆଇ-୮୭ ହାଇୱେରେ ଉମାଙ୍କର ଗାଡ଼ି ଦୁର୍ଘଟଣା ଆମକୁ ନ୍ୟୁବର୍ଗ ସହରରେ ଘର କିଣିବା ପାଇଁ ବାଧ୍ୟ କଲା ଏବଂ ପିଲାମାନଙ୍କୁ ଉମାଙ୍କ ଅଫିସରେ ଗୋଟିଏ ମାଇଲ ଦୂରରେ ଥିବା ସ୍କୁଲରେ ଭର୍ତି କରେଇଲୁ । ମୁଁ ନ୍ୟୁୟର୍କ ସହରରେ ଥିବା ବେଥ୍ ଇସ୍ରାଏଲ୍ ହସ୍ପିଟାଲରେ ଯୋଗଦେଲି । ମୋତେ ପ୍ରତିଦିନ ସକାଳ ପାଞ୍ଚଟାରେ ଉଠି ବିକନରୁ ଗ୍ରାଣ୍ଡ ସେଣ୍ଟ୍ରାଲ ନିମନ୍ତେ ପାଞ୍ଚ ପଚାଶରେ ଟ୍ରେନ୍ ଧରିବାକୁ ପଡ଼ୁଥିଲା । ଟ୍ରାଫିକ୍ ନଥିବା ଦିନରେ ମୋର ଯିବା ଆସିବାରେ ଚାରିଘଣ୍ଟାରୁ ଅଧିକା ଲାଗୁଥିଲା । ବେଥ୍ ଇସ୍ରାଏଲ୍ ହସ୍ପିଟାଲରେ ମୁଁ ମୁଖ୍ୟ ମେଡ଼ିକାଲ ଫିଜିସିଷ୍ଟ ଥିଲି ।

ଏହି ସମୟରେ ଉମା କାମ କରୁଥିବା ବିକିରଣ ଚିକିତ୍ସା କେନ୍ଦ୍ର ସଞ୍ଚାଳକମାନେ ତାକୁ ବିକ୍ରୀ କରିବାକୁ ସ୍ଥିରକଲେ । ଆମେ ସେତେବେଳକୁ ଅନ୍ୟମାନଙ୍କ ଅଧୀନରେ କାମ କରି ପରିଶ୍ରାନ୍ତ ଅନୁଭବ କରି ସାରିଥିଲୁ, ସେଥିପାଇଁ ଆମ ନିଜର ବିକିରଣ କେନ୍ଦ୍ର ଆରମ୍ଭ କରିବା ପାଇଁ ସ୍ଥିର କରିଥିଲୁ । ପ୍ରାୟ କୋଡ଼ିଏ ମାସର ଅକ୍ଲାନ୍ତ ପରିଶ୍ରମ ପରେ ଆମର ଚିକିତ୍ସା କେନ୍ଦ୍ର ଆରମ୍ଭ ହେଲା । ଧନରାଶିରେ ଅସୁବିଧା ହେବ ନାହିଁ ବୋଲି ମୁଁ ବେଥ୍ ଇସ୍ରାଏଲରେ ଆଉ ଛଅମାସ କାମ କଲି । ଆମେ ସେବା ମନୋବୃତ୍ତି ନେଇ ରୋଗୀମାନଙ୍କ ସେବା କରି ଚାଲିଲୁ, ଆମ କେନ୍ଦ୍ର ଲୋକପ୍ରିୟତା ଖୁବ୍ ବଢ଼ିଲା । ଆମକୁ ଆମେରିକାନ୍ କ୍ୟାନସର ସୋସାଇଟି ଏବଂ ନ୍ୟୁୟର୍କ ରାଜ୍ୟ ଆସେମ୍ଲି ତଥା ସିନେଟରେ ସମ୍ମାନିତ କରାଗଲା । ଦୀର୍ଘ ବାଇଶି ବର୍ଷର ଜନସେବା ପରେ ଆମେ ସେବାନିବୃତ୍ତ ହେଲୁ । ଏବେ ନିଜ ପାଇଁ ଜୀଇବାର ସମୟ ଆସିଲା ।

ପଛକୁ ଫେରିଚାହିଁଲେ ଲାଗେ, ମୁଁ ଯେମିତି ମୋ ସମୟ ପୂର୍ବରୁ ଜନ୍ମ ହୋଇଥିଲି । ଏ କାହାଣୀ ସେଇ ଦୁଇଜଣଙ୍କର କାହାଣୀ ଯେଉଁମାନେ ପରସ୍ପର ପ୍ରତି ସାରାଜୀବନ ବିଚନବଦ୍ଧ ରହି ଏକ ଅଜଣା ଦେଶରେ ଜୀବନର ଗତି ପଥରେ ଅଗ୍ରସର ହୋଇଛନ୍ତି । ଆମ ପରିବାର ନିକଟରୁ ଆମେ ସେମିତି ସହାୟତା ପାଇନଥିଲୁ । ଦୁଃଖଦ ମୁହୂର୍ତ୍ତମାନଙ୍କରେ ପାଖରେ ଛିଡ଼ା ହେବାପାଇଁ ଏ ଦେଶରେ ଆମର କେହି ନଥିଲେ ।

ଆମେ ଈଶ୍ୱରଙ୍କ ନିକଟରେ ଗଭୀରଭାବେ କୃତଜ୍ଞ ଯେ ସିଧା ଛିଡ଼ାହୋଇ ସମ୍ମାକୁ ଦେଖିବାପାଇଁ ଓ ଅନ୍ୟର ସେବା କରିବା ପାଇଁ ସେ ଆମକୁ ପ୍ରଚୁର ଶକ୍ତି ଦେଇଛନ୍ତି। ଏଇ ଦେଶ ଆମ ପିଲାମାନଙ୍କୁ ଆଦୌ ପକ୍ଷପାତ କରିନି। ନିଷ୍ଠା ଓ ପରିଶ୍ରମର ଫଳ ସର୍ବଦା ପ୍ରାପ୍ତ ହୋଇଥାଏ। ଆମର ଜୀବନ ହିଁ ତାର ପ୍ରମାଣ।

PRATAP DAS

ପ୍ରତାପ ଦାସ

ସ୍ୱପ୍ନର କେବେ ମୃତ୍ୟୁ ନାହିଁ

ଉଣେଇଶ ଏକାବନରେ ମୋର ଜନ୍ମ ପୁରୀରେ। ୧୯୬୬ରେ ପୁରୀ ଜିଲ୍ଲା ସ୍କୁଲରୁ ମୁଁ ହାଇସ୍କୁଲ୍ ପାସ୍ କଲି। ମୋ ବାପା ଶ୍ରୀ ବିଭୂତି ଭୂଷଣ ଦାସ ଜଣେ ଜେଲର ଥିଲେ। ସେ ବାଲେଶ୍ୱର ଜିଲ୍ଲାର ସୋରୋ ନିକଟବର୍ତ୍ତୀ ଅନନ୍ତପୁରରୁ ଥିଲେ। ମୋ ମାଆ ଶ୍ରୀମତି ପ୍ରଭାତି ଦାସ ଥିଲେ ଖୋର୍ଦ୍ଧା ଟାଉନରୁ। ସରକାରୀ ଚାକିରି ଯୋଗୁ ବାପା କେବେ ବାଲେଶ୍ୱରରେ ରହିନଥିଲେ, ସହରରୁ ସହରକୁ ଯିବାକୁ ପଡ଼ୁଥିଲା। ମୋ ପରିବାର ସଙ୍ଗୀତ ପ୍ରତି ପ୍ରଚୁର ଆଗ୍ରହ ଥିଲା ଓ ମୋ ବାପା ମା' ଆମକୁ ସଙ୍ଗୀତ ଓ ନୃତ୍ୟ ଶିଖିବା ନିମନ୍ତେ ପ୍ରୋତ୍ସାହିତ କରୁଥିଲେ। ଯେତେବେଳେ ମୋତେ ଦୁଇ କି ତିନିବର୍ଷ ମୋ ବାପା ମା' ଲକ୍ଷ୍ୟ କଲେ ଯେ ମୁଁ ଯେଉଁଠି ନା ସେଇଠି ପ୍ରାକୃତିକ ଭାବେ ଡ୍ରମ ବଜେଉଛି। ଗୀତ ଗାଇବା ଓ ତାବ୍ଲା ବଜେଇବାରେ ମୋର ଭୀଷଣ ଆଗ୍ରହ ଥିବାର ସେମାନେ ମଧ୍ୟ ଲକ୍ଷ୍ୟ କଲେ। ସେମାନେ ମୋ ପାଇଁ ଗୋଟିଏ ଛୋଟ ତାବ୍ଲା କିଣି ଆଣିଲେ ଏବଂ ମୁଁ ବଜେଇବା ଆରମ୍ଭ କରିଦେଲି। ଚାହୁଁ ଚାହୁଁ ମୁଁ ଅନେକ ସଙ୍ଗୀତ ପ୍ରୋଗ୍ରାମରେ ବଜେଇବା ଆରମ୍ଭ କଲି ଓ ଛୋଟକାଟିଆ ସ୍ଟାର୍ ହେଇଗଲି।

ମୋ ବାପା ବଦଳିହୋଇ କଟକ ଆସିଲେ। କଳାବିକାଶ କେନ୍ଦ୍ରର ପ୍ରତିଷ୍ଠାତା ବାବୁଲାଲା ଦୋଷୀ ଓ କବିଚନ୍ଦ୍ର କାଳିଚରଣ ପଟ୍ଟନାୟକ ବାପାଙ୍କର ଭଲ ସାଙ୍ଗ ଥିଲେ। ମୋର ତାବ୍ଲା ଓ ଓଡ଼ିଶୀରେ ଜ୍ଞାନକୁ ପରଖିବା ନିମନ୍ତେ ସେ ମୋତେ କଳାବିକାଶ କେନ୍ଦ୍ର ଓ କାଳିଚରଣ ପଟ୍ଟନାୟକ ନିକଟକୁ ନେଲେ। କେ.ଭି.କେ ରାଓ ସେତେବେଳେ

ଆକାଶବାଣୀ, କଟକର ଡିରେକ୍ଟର ଥିଲେ । ସେ ମୋ ତାବଲା ବଜେଇବାର ନିପୁଣତାକୁ ଦେଖି ମୋତେ ଶିଶୁ ସଂସାର କାର୍ଯ୍ୟକ୍ରମରେ ବଜେଇବାକୁ ଦେଲେ । କିଛି ଦିନ ପରେ ମୁଁ ଦେଖିଲି ଯେ ତାବଲା ଓ ଶାସ୍ତ୍ରୀୟ ସଂଗୀତ ଅପେକ୍ଷା ମୋତେ ଆଧୁନିକ ଗୀତ ବେଶୀ ଭଲଲାଗୁଛି । କୌଣସି ଗୀତକୁ ଶୁଣି, ମନେରଖି, ଠିକ୍ ସେହିପରି ଉପସ୍ଥାପନା କରିବାର କଳା ମୋ ପାଖରେ ଥିଲା ।

ମୋ ଭାଇଙ୍କୁ ହରିଶ ମହାପାତ୍ର ନାମକ ଜଣେ ବ୍ୟକ୍ତି ଟ୍ୟୁସନ କରୁଥିଲେ । ସେ ଅକ୍ଷୟ ମହାନ୍ତିଙ୍କ ଘନିଷ୍ଠ ବନ୍ଧୁ ଥିଲେ । ଦୁହେଁ ଦିନେ ସନ୍ଧ୍ୟାରେ ଆମ ଘରେ ପହଂଚିଗଲେ ଗୋଟିଏ ରେଡିଓ ପ୍ରୋଗ୍ରାମ ଶୁଣିବା ପାଇଁ । ସେଇ ସନ୍ଧ୍ୟା କଥା ମୋର ମନେଅଛି । ମୁଁ ତାଙ୍କୁ ଦେଖି ଲାଜ କଲି । ମୁଁ ଭଲ ବଜାଏ ବୋଲି ହରିଶ ଭାଇ ତାଙ୍କୁ କହିଲେ । ସେ ଏମିତି ମୋତେ ପଚାରିଦେଲେ ମୁଁ କଣ ବଜେଇ ପାରିବି ବୋଲି । ମୁଁ ତାଙ୍କର ଗୋଟିଏ ଗୀତ ଗାଇ ତାବଲା ବଜେଇଥିଲି । ସେ ଆଶ୍ଚର୍ଯ୍ୟ ହୋଇଥିଲେ କିନ୍ତୁ ମୁଁ ଛୋଟ ଥିଲି ବୋଲି ତାଙ୍କର ଧ୍ୟାନ ମୋ ଆଡ଼କୁ ଯାଇନଥିଲା । ମୋ ଭଉଣୀ ତାଙ୍କୁ ଧର୍ମପୁଅ ଭାବେ ଗ୍ରହଣ କରିଥିଲା, ସେହି ହେତୁ ସେ ଆମ ଘରକୁ ଅନେକ ସମୟରେ ଆସୁଥିଲେ । ତା'ପରେ ମୋ ବାପାଙ୍କର ବ୍ରହ୍ମପୁର ବଦଲି ହୋଇଗଲା ଓ ମୁଁ ଆକାଶବାଣୀ ତଥା କଳାବିକାଶ କେନ୍ଦ୍ର ସହିତ ସମସ୍ତ ସମ୍ପର୍କ ହରେଇଲି । ତାପରେ ବାପା ପୁରୀ ଆସିଲେ ଓ ମୁଁ ପୁରୀ ଜିଲ୍ଲା ସ୍କୁଲ ଓ ପରେ ସାମନ୍ତ ଚନ୍ଦ୍ରଶେଖର ମହାବିଦ୍ୟାଳୟରେ ପୁଣି ଥରେ ସକ୍ରିୟ ହେଲି । ମୁଁ ଶ୍ରୀକୃଷ୍ଣ ଗୁରୁ ନାମକ ତାବଲା ଶିକ୍ଷକଙ୍କ ପାଖରୁ ତାଲିମ ନେଲି ଓ ବିଭିନ୍ନ କାର୍ଯ୍ୟକ୍ରମରେ ଭାଗନେଲି । ମୋ ତାବଲା ଅଭ୍ୟାସ ନେଇ ସେ ଖୁସି ନଥିଲେ । ଦିନେ ସେ ମୋ ତାବଲା ଖାତାରେ ମୁଁ କେବେ ତାବଲା ବାଦକ ହୋଇପାରିବିନି ବୋଲି ଲେଖି ମୋତେ ତାଲିମ ଦେବା ବନ୍ଦ କରିଦେଲେ । ମୁଁ ୧୯୬୬ରେ ହାଇସ୍କୁଲ ପାସ କଲି ଓ ପରେ ପରେ ମୋ ବାପାଙ୍କର କଟକ ବଦଲି ହେଲା ।

ଯେଉଁଦିନ ରେଭେନ୍ସା କଲେଜରେ ମୋର ଆଡମିସନ ହେଲା ମୁଁ ଡରି ଯାଇଥିଲି । ରେଭେନ୍ସାର ବଡ଼ କ୍ୟାମ୍ପସ ସାଙ୍ଗକୁ ମୋର କେହି ସାଙ୍ଗ ନଥିଲେ । ଧୀରେ ଧୀରେ ମୁଁ ବିଭିନ୍ନ ସାଂସ୍କୃତିକ କାର୍ଯ୍ୟକ୍ରମରେ ଭାଗନେଲି ଓ ବାର୍ଷିକ ଦିବସ, ଡେ ସ୍କଲାର ତଥା ପୂର୍ବ / ପଶ୍ଚିମ ଛାତ୍ରାବାସ କାର୍ଯ୍ୟକ୍ରମମାନଙ୍କରେ ଗୀତ ମଧ୍ୟ ଗାଇଲି । ତା'ବ୍ୟତୀତ ମୁଁ ଅକ୍ଷୟ ମହାନ୍ତି, ସିକନ୍ଦର ଆଲାମ, ପ୍ରଣବ ପଟ୍ଟନାୟକ, ପ୍ରଫୁଲ୍ଲ କର, ସୁବାସ ଦାସ, ତୃପ୍ତି ଦାସ ଆଦି କଳାକାରଙ୍କ ସହିତ ମଧ୍ୟ ତାବଲା ବଜେଇଲି । ସେମାନେ ଆମ ଘରକୁ ଆସନ୍ତି ଏବଂ ମୋ ବାପାଙ୍କୁ ଅନୁରୋଧ କରନ୍ତି ସହର ବାହାରକୁ

କନସର୍ଟରେ ମୋତେ ନେବାପାଇଁ। ମୋ ବାପା ବିସ୍ମିତ ହୁଅନ୍ତି ଯେ ମୁଁ କ'ଣ ସେତେ ଭଲ ତାବଲା ବାଦକ! ୧୯୬୬ରୁ ୧୯୭୨ ମଧ୍ୟରେ ଅକ୍ଷୟ ମହାନ୍ତିଙ୍କ ସହ ମୁଁ ପାଞ୍ଚଶହରୁ ଅଧିକା ପ୍ରୋଗ୍ରାମ କରିଥିବି। ଖୋର୍ଦ୍ଧାରେ ଗୋଟିଏ ପ୍ରୋଗ୍ରାମ ସମୟରେ ମୋର ଗୁରୁସାରଙ୍କ ସହିତ ଦେଖା ହେଲା। ମୁଁ ଏଠି କ'ଣ କରୁଛି ବୋଲି ସେ ପଚାରିଲେ। ମୁଁ ଉତ୍ତର ଦେଲି ଯେ ଅକ୍ଷୟ ମହାନ୍ତିଙ୍କ କାର୍ଯ୍ୟକ୍ରମରେ ମୁଁ ତାବଲା ବଜେଉଛି। ସେ ବିଶ୍ୱାସ କରିପାରିନଥିଲେ।

୧୯୭୩ରେ ମୁଁ ଉତ୍କଳ ବିଶ୍ୱବିଦ୍ୟାଳୟରୁ ମନସ୍ତତ୍ତ୍ୱରେ ଏମ୍.ଏ. ପାସ୍ କରି ଆମେରିକା ଆସିଲି। କିନ୍ତୁ ସଙ୍ଗୀତକୁ କେବେ ଛାଡ଼ିନଥିଲି। ଆମେରିକୀୟ ଓଡ଼ିଆମାନଙ୍କ ଦ୍ୱାରା ଗଠିତ ସଂସ୍ଥା 'ଓସା' କିଛି ବର୍ଷ ତଳେ ଜନ୍ମ ନେଇଥାଏ। ଓସାର ସାଂସ୍କୃତିକ ବିଭାଗରେ ମୁଁ ସକ୍ରିୟ ହେଲି। ଓଡ଼ିଶାର କଳାକାରମାନଙ୍କୁ ଆମେରିକା ଆଣିବାର ସ୍ୱପ୍ନ ମୋ ମନରେ ବୀଜ ବୁଣିଲା। ୧୯୭୯ରେ ମୁଁ ଅକ୍ଷୟ ମହାନ୍ତି ଓ ନୃତ୍ୟାଙ୍ଗନା ମିନତୀ ମିଶ୍ରଙ୍କୁ ଆଣିଲି। ସେମାନେ ଥିଲେ ଆମେରିକାରେ ପ୍ରଥମ ଓଡ଼ିଆ କଳାକାର। ଇଣ୍ଡିଆନ୍ ପର୍ଫର୍ମିଙ୍ଗ୍ ଆର୍ଟସ ପ୍ରମୋସନ ନାମରେ ଏକ ନନ୍-ପ୍ରଫିଟ୍ ସଂସ୍ଥା ଆରମ୍ଭ କଲି ଯାହାର ମୁଖ୍ୟ କାମ ହେଲା ଓଡ଼ିଆ ଗାୟକ ତଥା ନୃତ୍ୟ ଶିକ୍ଷୀମାନଙ୍କୁ ଆମେରିକା ଆଣିବା। ଏଯାବତ୍ ଏହି ସଂସ୍ଥା ପଚସ୍ତରୀରୁ ଊର୍ଦ୍ଧ୍ୱ କଳାକାରଙ୍କୁ ପିୱ ଭିସା ମାଧ୍ୟମରେ ଆମେରିକା ଆଣିଛି।

ପଦ୍ମବିଭୂଷଣ ଗୁରୁ କେଲୁଚରଣ ମହାପାତ୍ର ୧୯୯୬ରେ ଆସି ଆମ ଘରେ ଗୋଟେ ମାସ ରହିଥିଲେ। କଟକ ସାଆଁନ୍ତ ସାହିରେ ସେ ଆମର ପଡ଼ୋଶୀ ଥିଲେ। ମୁଁ ଏହି ନୃତ୍ୟ କଳାକୁ ଦେଖି ତା' ପ୍ରେମରେ ପଡ଼ିଗଲି ଓ ଆମେରିକାରେ ଏହାର ପ୍ରସାର ପ୍ରଚାର କରିବା ନିମନ୍ତେ ନିଷ୍ଠି ନେଲି। ପଦ୍ମଶ୍ରୀ ସଂଯୁକ୍ତା ପାଣିଗ୍ରାହୀ ଓ ପଦ୍ମଶ୍ରୀ ରଘୁନାଥ ପାଣିଗ୍ରାହୀ ଏକ ସଂସ୍ଥା ମାଧ୍ୟମରେ ଓଡ଼ିଶାର ଯେଉଁ କଳାକାରମାନେ ଏଠିକୁ ଆସିବା ପାଇଁ ସାହାଯ୍ୟ ଚାହୁଁଛନ୍ତି ତାଙ୍କୁ ଆଣିବା ପାଇଁ ପ୍ରେରଣା ଦେଲେ। ପଦ୍ମଶ୍ରୀ ଗଙ୍ଗାଧର ପ୍ରଧାନ ଓଡ଼ିଶାର ପ୍ରସାର ଦିଗରେ କ'ଣ କରାଯିବା ଉଚିତ ବୋଲି ମୋତେ ରାସ୍ତା ଦେଖାଇଲେ। ଆମେ ଦେଖିଲୁ ଯେ ଅନ୍ୟ ଭାରତୀୟ ସମ୍ପ୍ରଦାୟ ସେମାନଙ୍କ ନିଜ ନିଜ ରାଜ୍ୟରୁ କଳାକାରମାନଙ୍କୁ ଏଠିକୁ ଆଣୁଛନ୍ତି, ତେବେ ଆମେ କାହିଁକି ପାରିବୁନି? ମୁଁ ଏଠିକାର ଅନେକ ଓଡ଼ିଆଙ୍କ ସହିତ ସମ୍ପର୍କ ସ୍ଥାପନ କରି ଏ ବିଷୟରେ ଚର୍ଚ୍ଚା କଲି। ଆମ ୱାଶିଂଟନ ଡିସିରେ ପ୍ରଥମ ଓ ଦ୍ୱିତୀୟ ବିଶ୍ୱ ଓଡ଼ିଶୀ ସମାରୋହ ଆୟୋଜନ କଲୁ। ତା'ପରେ ଆଇ.ସି.ଆର ଏବଂ ସଂଗୀତ ନାଟକ ଏକାଡେମୀ ଅନୁରୋଧରେ ତୃତୀୟ ଓ ଚତୁର୍ଥ ବିଶ୍ୱ ଓଡ଼ିଶୀ ସମାରୋହ ଭୁବନେଶ୍ୱରରେ

ଆୟୋଜିତ କଲୁ ଯେଉଁଠି ପାଞ୍ଚଶହରୁ ଅଧିକ ନୃତ୍ୟଶିଳ୍ପୀ ଭାଗ ନେଇଥିଲେ। ଓଡ଼ିଶା ସରକାରଙ୍କ ସହାୟତାରେ ଓ ଜି.କେ.ସି.ଏମ୍ ରିସର୍ଚ୍ଚ ସେଣ୍ଟର ଆନୁକଲ୍ୟରେ ଆମେ କଳିଙ୍ଗ ଷ୍ଟାଡ଼ିୟମ୍‌ରେ ପାଞ୍ଚଶହ ପଚସ୍ତରୀ କଳାକାରଙ୍କୁ ନେଇ ପ୍ରୋଗ୍ରାମ କରିଥିଲୁ।

ସ୍ୱପ୍ନର କେବେ ମୃତ୍ୟୁ ହୁଏ ନାହିଁ। କିନ୍ତୁ ଏହାକୁ ଚିହ୍ନିବା ଓ ସାକାର କରିବା ନିମନ୍ତେ ଉପଯୁକ୍ତ କାର୍ଯ୍ୟପନ୍ଥା ଅବଲମ୍ବନ କରିବା ଆବଶ୍ୟକ। ସ୍ୱପ୍ନ ହୁଏତ ଛୋଟ ହୋଇପାରେ, କିନ୍ତୁ ସେଠି ପହଁଚିବା ପାଇଁ ଲୟ ଓ ରାସ୍ତା ତିଆରି କରିବାକୁ ହୁଏ। ଯେଉଁମାନେ ଦାରିଦ୍ର୍ୟ ନିରାକରଣ, ନାରୀ ସଶକ୍ତୀକରଣ, ଗ୍ରାମ୍ୟ ବିକାଶ, ଶିକ୍ଷା ଇତ୍ୟାଦି ଦିଗରେ ଜୀବନବ୍ୟାପୀ ସାଧନାରତ, ମୁଁ ତାଙ୍କ ପାଇଁ ଗର୍ବ ଅନୁଭବ କରେ। ମୋ ପାଇଁ ଜୀବନର ଏକ ଉଦ୍ଦେଶ୍ୟ ରହିଛି– ତୁମେ ହୁଏତ ବ୍ୟବସାୟ, ବୃତ୍ତି, ପାରିବାରିକ କ୍ଷେତ୍ରରେ ସଫଳତା ହାସଲ କରିଥାଇପାର, କିନ୍ତୁ ଅନ୍ୟ ଜଣଙ୍କର ଜୀବନକୁ ଛୁଇଁବାରେ ହିଁ ଅସଲ ବାହାଦୁରୀ। ଭାରତ ହେଉ ବା ଆମେରିକା, ହଜାର ହଜାର ଅଭାବଗ୍ରସ୍ତ ବ୍ୟକ୍ତି ଅଛନ୍ତି ଯାହାଙ୍କର ସାହାଯ୍ୟ ଲୋଡ଼ା। ନିଜ ପାଇଁ ତ ସମସ୍ତେ ଜୀଅନ୍ତି, ଜୀବନରେ ସମସ୍ତଙ୍କୁ ଥରେ ଅନ୍ୟପାଇଁ ଜୀଇବା ଆବଶ୍ୟକ।

ମୋ ମାଆ ଯିଏ କେବେ ହାଇସ୍କୁଲ ଯାଇ ନଥିଲା ସେ ହିଁ ମୋତେ ଅନ୍ୟ ପାଇଁ ଜୀଇବାର ମହାନୁଭବତାକୁ ଶିଖାଇଥିଲା।

ପରିଶେଷରେ କହିବି ଯେ ମୋତେ ଫୁଲମାଲ ବା କରତାଳି ନମିଲୁ, କିନ୍ତୁ ମୋ ସ୍ୱପ୍ନକୁ ଯଥାସାଧ୍ୟ ସାକାର କରିପାରିଥିବାର ତୃପ୍ତି ନେଇ ଶାନ୍ତିରେ ମରିପାରିବି। ହାରିଛି କି ଜିତିଛି ବଡ଼ କଥା ନୁହେଁ, କିନ୍ତୁ ଚେଷ୍ଟା କରିଛି। ବାକି ସବୁ ସେଇ ଚକାଡୋଳାଙ୍କ ନିକଟରେ ସମର୍ପିତ।

GAGAN PANIGRAHI

ଗଗନ ପାଣିଗ୍ରାହୀ

ଗଗନ ପାଣିଗ୍ରାହୀ ବାଲେଶ୍ୱର ଜିଲ୍ଲା ଅନ୍ତର୍ଗତ ବରୁଣସିଂ ଗ୍ରାମରେ ୧୯୫୬ ମସିହାରେ ଜନ୍ମ। ଦିଲ୍ଲୀ ସ୍ଥିତ ଜବାହରଲାଲ ନେହେରୁ ବିଶ୍ୱବିଦ୍ୟାଳୟରୁ ଜିନେଟିକ୍ସରେ ଏମ୍ଫିଲ୍ ଓ ପିଏଚ୍ଡି ଉପାଧି ହାସଲ କରି ସେ କାନାଡ଼ାକୁ ଉଚ୍ଚଶିକ୍ଷା କରିବା ପାଇଁ ଆସିଥିଲେ। ସମ୍ପ୍ରତି ସେ କାନାଡ଼ାର ଟରୋଣ୍ଟୋ ସହରରେ ଥିବା ପ୍ରସିଦ୍ଧ ହସ୍ପିଟାଲ୍ ଫର୍ ସିକ୍ ଚିଲ୍ଡ୍ରେନ୍‌ରେ ଜିନେଟିକ୍ସ ଏଣ୍ଡ ଜିନୋମିକ୍ସ ବାଇୟୋଲଜିରେ ଗବେଷଣା କରୁଛନ୍ତି। ବୃଉିରେ ଜଣେ ବୈଜ୍ଞାନିକ ହେଲେ ହେଁ ଓଡ଼ିଆ ସାହିତ୍ୟ ପ୍ରତି ତାଙ୍କର ଅନେକ ଆଗ୍ରହ ଓ ଶ୍ରଦ୍ଧା। ତାଙ୍କର ତିନୋଟି କବିତା ସଙ୍କଳନ 'ଫୁଲ ବଗିଚା' (୨୦୧୬), 'ପ୍ରତିଚ୍ଛବି' (୨୦୧୭) ଓ 'ଭାବ– ଅନୁଭବ' (୨୦୨୪) କାବ୍ୟମୋଦୀ ପାଠକ ମହଲରେ ଆଦୃତ ହୋଇଛି। ନିଜ ଜୀବନର ଅଭିଜ୍ଞତାକୁ ସେ ଗଦ୍ୟ ମାଧ୍ୟମରେ 'ଯାହା କଲି ଯାହା ପାଇଲି' ପୁସ୍ତକରେ ପ୍ରକାଶ କରିଛନ୍ତି। ସେ ନାଟକରେ ଅଭିନୟ ଓ ଚିତ୍ରାଙ୍କନ କରିବାରେ ମଧ୍ୟ ରୁଚି ରଖନ୍ତି। ଉତ୍ତର ଆମେରିକାରେ ଓଡ଼ିଆ କଳା, ସାହିତ୍ୟ ଓ ସଂସ୍କୃତି ପ୍ରସାରଣ କରିବା ଯୋଗୁଁ ଆମେରିକାରେ ଥିବା ଓଡ଼ିଶା ସୋସାଇଟି ଅଫ୍ ଆମେରିକାଜ୍ ତରଫରୁ ତାଙ୍କୁ 'କଳାଶ୍ରୀ' ଉପାଧି ପ୍ରଦାନ କରାଯାଇଛି।

ଘର

ଚାଦର ପରି ଘୋଡ଼େଇ ହୋଇ ରହିଥିବା ଧୂଆଁଳିଆ ଧୂସରିଆ କୁହୁଡ଼ି କେତେ ବେଳରୁ ଦୂରେଇ ଗଲାଣି। ସକାଳ ସୂର୍ଯ୍ୟ କିରଣ ବରଗଛ ଡାଳର ଫାଙ୍କ ଦେଇ ଦାଣ୍ଡ ଉପରେ ବିଛାଡ଼ି ହୋଇ ପଡ଼ିଥାଏ। ଦାଣ୍ଡ ଚିତ୍ର ବିଚିତ୍ର ଦେଖାଯାଉଥାଏ। ଘର ସାମନା ପୋର୍ଟିକୋ ଖରାରେ ମୁଁ ଚଉକି ଖଣ୍ଡିଏ ପକେଇ ବସିଥାଏ। ହାତରେ ଥାଏ ଦାଶ ବେନହୁରଙ୍କ ଗଦ୍ୟ ପ୍ରବାହ ପୁସ୍ତକର ପ୍ରଥମ ଭାଗଟି। ସେଇଠି ବସି ମୁଁ ଅନେକ ସମୟ ଧରି ଦାଣ୍ଡ ଆଗ ବରଗଛକୁ ଅନେଇଥାଏ। ଅନାବନା ଲତା ସବୁ ବରଗଛ ଦେହରେ ଶାଢ଼ୀ ପିନ୍ଧିଲା ପରି ଲଟେଇ ହୋଇ ରହିଥାନ୍ତି। ଲତାର ମଝିରେ ମଝିରେ ଶୋଭା ପାଉଥାଏ ବାଇଗଣିଆ ରଙ୍ଗର ଫୁଲ, ଠିକ୍ ଛପା ଶାଢ଼ୀ ପରି। ଧୂସରିଆ ଗାରଗାରିଆ ଗୁଣ୍ଠୁଚି ମୂଷା

ଆମେ ପିଲାଦିନେ ଡାଳ ମାଙ୍କୁଡ଼ି ଖେଳିଲା ଭଳି ଏ ଡାଳରୁ ସେ ଡାଳ ଡେଇଁ ଡେଇଁ ଡାଳ ପତ୍ର ଦୋହୋଲେଇ ଦେଉଥାଆନ୍ତି। ଖରାରେ ଘର ଚଟିଆ ଦୁଇଟି ବାଉଁଶ ଖୁଣ୍ଟ ଉପରେ ବସି ଖୁଣ୍ଟା ଖୁଣ୍ଟି ହେଉଥାନ୍ତି। ବରଗଛରୁ ଶୁଖିଲା ହଳଦିଆ ପତ୍ର ଶରତ ରାତିରେ ଗଙ୍ଗାଶିଉଳି ଝରିଲା ପରି ମୃଦୁ ପବନରେ ଏକ ପରେ ଏକ ଝରି ପଡୁଥାନ୍ତି। ଦାଣ୍ଡ ଶୁଖିଲା ପତ୍ରରେ ଭରି ଯାଉଥାଏ। ଦେଖୁଥାଏ, ଶାଖା ମାନଙ୍କରୁ ପୁଣି କଅଁଳ ସବୁଜିଆ ପତ୍ର ଗଜରିବାରେ ଲାଗିଗଲେଣି। କିଛି ଦିନ ଅନ୍ତେ ମନ୍ଦାର ଫୁଲିଆ ନାଲି ଚହ ଚହ ବରଫଳ ଶାଖା ମାନଙ୍କରେ ଶୋଭା ପାଇବେ। ଜାତି ଜାତିକା ରଙ୍ଗ ବେରଙ୍ଗର ପକ୍ଷୀମାନେ ଆସି କିଚିରି ମିଚିରି ସ୍ୱନ କରି ଫଳ ଖାଇବାରେ ଲାଗିଯିବେ। କେତେ କାଳର ଏ ବରଗଛ, କିଏ ଜାଣେ। ବର୍ଷ ବର୍ଷ ଧରି କେତେ ଗ୍ରୀଷ୍ମ କେତେ ବର୍ଷା ମୁଣ୍ଡ ଟେକି ସହି ଆସିଲାଣି। ବାପାଙ୍କ କହିବା ଅନୁସାରେ ସେ ତାଙ୍କ ହେତୁ ହେବା ଠାରୁ ଏ ବର ଗଛ ଦେଖ୍ ଆସିଛନ୍ତି। ତାଙ୍କ ଜୀବନ କାଳରେ ବି ଏ ଗଛର ବୟସ କେତେ, ତାଙ୍କୁ କେହି ବୟସ୍କ ବ୍ୟକ୍ତି ଠିକ୍ ଭାବରେ କହିବାତ ଦୂରର କଥା ଅନୁମାନ କରିବି କହିପାରି ନାହାନ୍ତି। ବୟସ ବଢ଼ିବା ସଙ୍ଗେ ସଙ୍ଗେ ଗଛର କଳେବର ବୃଦ୍ଧି ହୋଇ ଦୁମକୁ ପାଇଲାଣି। ଗାଁ ଆର ମୁଣ୍ଡ ଉପର ସାହିରେ କେହି ଅଜଣା ଲୋକ ଯଦି ଗାଁକୁ ଆସି ପଚାରନ୍ତି, "ଗୋବିନ୍ଦ ପାଣିଗ୍ରାହୀଙ୍କ ଘର କେଉଁଠି।" ଲୋକେ କହନ୍ତି, "ଏଇ ଗୋହିରିରେ ନାକ ସିଧା ଚାଲିଯିବ, ଡାହାଣ ହାତି ଯେଉଁଠି ବଡ଼ ବରଗଛଟିଏ ଦେଖିବ ଠିକ୍ ତାହାରି ମୂଳରେ ଯେଉଁ ମାଟି କାନ୍ଥ ଚାଳ ଘରଟି, ସେଇଟା ତାଙ୍କ ଘର।" ବରଗଛ ଆମ ବଂଶର ନିସାଣ। ଏ ବରଗଛ, ଏହାର, ଓହଲ, ଶାଖା, ପ୍ରଶାଖା, ପତ୍ର ଓ ଫଳ, କେଡ଼େ ଆମ୍ଭୀୟ।

ବିମାତା ଲଳିତା ଓ ତାଙ୍କ ପୁତ୍ର ମାନଙ୍କ ସହିତ ମନମାଳିନ୍ୟ ହେବାରୁ ପ୍ରପିତାମହ ଦୌତାରୀ ପାଣିଗ୍ରାହୀ, ମୂଳ ବାସ ସ୍ଥାନ ପରିତ୍ୟାଗ କରି ଏହି ବରଗଛ ମୂଳରେ ପ୍ରଥମେ ନିଜ ପରିବାର ରହିବା ପାଇଁ ଘରଟିଏ ନିର୍ମାଣ କରିଥିଲେ। ମାଟି କାନ୍ଥ ଉପରେ ନଡ଼ା ଛପର ଘର ଓ ଘର ଆଗକୁ ବରଗଛ ପର୍ଯ୍ୟନ୍ତେ ଲମ୍ବିଯାଇଥିବା ନାଲି ମୋଟା ବାଲିରେ ଦାଣ୍ଡ। ଘରର ଆଗପଟେ ଉଚ କାନ୍ଥ ଓ ଉଚ ପିଣ୍ଡା। ପିଣ୍ଡା ମାନଙ୍କରେ କଳା କଳା ଶାଳ କାଠର ଖୁଣ୍ଟ। ମୁଖ୍ୟ ଦ୍ୱାରର କବାଟ ମଜବୁତ କଳା ତାଳ ପଟା ଓ ବୃହତ ଲୌହ କଣ୍ଟାରେ ନିର୍ମିତ। କବାଟ ଉଚ ହେଇ ନଥିବାରୁ ମୁଣ୍ଡ ନୁଆଁଇ ଘର ଭିତରକୁ ପଶିବାକୁ ପଡୁଥିଲା। ଘରକୁ ପଶିବା ମାତ୍ରେ ଖୁହାଲ ଘର। ଆଉ ଏକ ଦୁଆରବନ୍ଧର ଯାଉଁଳି କବାଟ ପାରିହେଲେ ଅଗଣା। ଅଗଣାର ଦକ୍ଷିଣ ପଟକୁ କୋଠରୀ ଭିତରେ ଆଉ ଏକ କୋଠରୀ, ଯେଉଁଟାକି ପ୍ରଥମ ଶୋଇବା କୋଠରୀ। ବାଟ ମୁହଁରେ ଥିବା ପ୍ରବେଶ

କୋଠରୀରେ ଚାଉଳ ରହିବା ପାଇଁ ବଡ଼ ବଡ଼ କଉଡ଼ିମାନ ଭାଡ଼ି ଉପରେ । ତାହାର ଡାହାଣ ପଟକୁ ଦ୍ୱିତୀୟ ଶୋଇବା କୋଠରୀ । ତା ସାମନାରେ ଢିଙ୍କି । ତାକୁ ଲାଗି ଝରକା ନଥିବା ଆମାର ଘର । ଆମାର ଘରେ ଧାନ ରହିବା ସଙ୍ଗେ ସଙ୍ଗେ କାଠରେ କୁଟିକମ ହେଇଥିବା ଠାକୁର ଖଟୁଲିରେ ଗୃହ ଦେବତା ଆଣ୍ଠୁଆ ଗୋପାଳ । ପ୍ରପିତାମହ ଦୈତାରୀ ପାଣିଗ୍ରାହୀ ଆଣ୍ଠୁଆ ଗୋପାଳଙ୍କର ପିତୁଳ ବିଗ୍ରହ ସେ କାଲରେ ବୃନ୍ଦାବନରୁ ଆସି ପ୍ରତିଷ୍ଠା କରିଥିବା କଥା ବାପା ଓ କକା ତାଙ୍କ ମାଆଙ୍କ ପାଖରୁ ଶୁଣିଥିଲେ ବୋଲି କହନ୍ତି । ପୂର୍ବ ପଟ ଈଶାଣ କୋଣକୁ ରୋସେଇ ଘର, ଘରଟି ଅନ୍ଧକାରମୟ । ତା ଭିତରେ କେବଳ ଭାତ ହାଣ୍ଡି ରହେ, ରୋସେଇ ହୁଏ ବାହାରେ । ତାଲ ପଟାରେ ଛାତ ଓ ତା ଉପରେ ମାଟି ପକେଇ ଦ୍ୱିତୀୟ ମହଲା, ଯାହାକୁ କି କୋଠା କୁହାଯାଏ । ଦୁଇ ପଟରେ ଦୁଇଟି ବିଶାଳକାୟ ମାଟିରେ ଗଢ଼ା ଅଙ୍କା ବଙ୍କା ତେଢ଼ା ପାହାଚ କୋଠା ଉପରକୁ ଯିବାକୁ । ଗୋଟିଏ ଦକ୍ଷିଣ ପଟକୁ ଓ ଅନ୍ୟଟି ପଶ୍ଚିମ ଓ ଉତ୍ତର ପଟକୁ । ଘରର ପଛପଟକୁ ନିତି ବ୍ୟବହାର୍ଯ୍ୟ ପୋଖରୀ । ବାଡ଼ିରେ ଆମ୍ବ, ବେଲ, କଇଥ, ତାଲ, ନିମ, ତେନ୍ତୁଳି, କରଞ୍ଜ ଓ ବାଉଁଶ ବୁଦା ।

ବାପା କହନ୍ତି ପ୍ରପିତାମହ ଦୈତାରୀ ପାଣିଗ୍ରାହୀ ଓ ପିତାମହ ରାଧାନନ୍ଦ ପାଣିଗ୍ରାହୀଙ୍କ ଜୀବନ କାଳ ସେଇ ମାଟି ଘରେ କଟିଥିଲା । ବାପା ଓ କକା ଶୈଶବ କାଲରୁ ତାଙ୍କ ପିତାଙ୍କୁ ହରେଇ ବସିଥିଲେ । ଘରର ଉତ୍ତୋରତ୍ତର ଉନ୍ନତି କରିବାତ ଦୂରର କଥା ଭାଇ ଭଗାରିଙ୍କ ଷଡ଼ଯନ୍ତ୍ରରେ ଦୁନିଆରେ ଗଣ୍ଠେ ଖାଇ ଖଣ୍ଡେ ପିନ୍ଧି ବଞ୍ଚି ରହିବା ବି ଏକ ସମୟରେ ତାଙ୍କ ପକ୍ଷରେ କଠିନ ହେଇପଡ଼ିଥିଲା । ବାପାଙ୍କର ଭର୍ଷାକୁଲାର ଯାକେ ପଢ଼ା । ଅଳ୍ପ ପାଠ ଯୋଗୁଁ ଛୋଟ ଦଫାଦାରୀ ଚାକିରୀ । ମାସକୁ ଛଅ ଟଙ୍କା ଦରମା । ସେଇଥିରେ ଘରର ସମସ୍ତ ଗୁଜୁରାଣ ମେଣ୍ଟେଇ ଦୁଃଖେ ସୁଖେ ଅଭାବକୁ ଦେହର ଆଉ ଏକ ଅଙ୍ଗ ଭାବି ଚଲିବାକୁ ପଡ଼ୁଥିଲା । ବଳକା କାହିଁ ଯେ ଘରର ଉନ୍ନତି କରିବା ଦିଗରେ ପଦକ୍ଷେପ ନେବାକୁ ସାହସ କରିବେ । ବାପା ସବୁବେଲେ କହନ୍ତି, "ଗୋପାଳଜୀ କରନ୍ତୁ, ମୋ ପିଲାମାନଙ୍କର ଡେଣା ଲାଗିଯାଉ, ପର ଲାଗିଯାଉ, ଉଡ଼ି ଯାଆନ୍ତୁ, ସେତିକି ଯାହା ମୋର ଆଶା, ଆଉ ଘର ଦ୍ୱାର ନହେଲା ନାହିଁ ।" ତେଣୁ ସେଇମିତି ସେଇ ଘରେ ସେ ତାଙ୍କର ଜୀବନ କାଳ ବିତେଇ ଦେଇଥିଲେ ।

ବରଗଛକୁ ଅନେଇ ଅତୀତର କଥା ମନେ ପକଉ ପକଉ କଅଁଲା ବାଛୁରୀର ହମ୍ଭା ରଡ଼ି ଶୁଣି ମୁଁ ଦାଣ୍ଡ ପଟରୁ ଘର ପଛପଟକୁ ଚାଲିଗଲି । ଆମ୍ବ ଗଛ ଛାଇରେ ଗାଈଟି ପଘା ଦ୍ୱାରା ଖୁଣ୍ଟରେ ବନ୍ଧା ହୋଇଥାଏ । ବାଦାମୀ ରଙ୍ଗର ଗାଈଟି, ମୁଣ୍ଡରେ ଚାନ୍ଦ । ସାନ ଭାଇ ମାନା ବଡ଼ ପାଟି କରି ଘର ଭିତରେ ଅନ୍ୟ ମାନଙ୍କୁ ପଚାରୁଥାଏ,

"ଗାଈ ଦୁହାଁ ହେଲାଣିକି ନାହିଁ। କେତେବେଳେ ଦୁହିଁବ। ବାଛୁରୀ ରଡ଼ି ଛାଡ଼ିଲାଣି,
ଉଛୁର ହେଲାଣି।" ସାନ ଭାଇ ସହିତ କଥା ହେଇ ଜାଣିଲି ଆଜିକାଲି କୁଆଡ଼େ ଆଉ
ଆଗ ଭଳି ଗାଁରେ ଗୁହାଳ ନାହିଁ କି ବଳଦ ବା ଗାଈ କେହି ରଖୁ ନାହାନ୍ତି। ଟ୍ରାକ୍ଟର
ଦ୍ୱାରା ଚାଷ, ବଳଦ ରଖୁଛି କିଏ। ଓମ୍‌ଫେଡ଼ରୁ କ୍ଷୀର ମିଳୁଛି, ଗାଈ କିଏ ପାଳୁଛି।
ଗୋରୁ ଗାଈ ନଥିବାରୁ ଖତ ହିସାବରେ ଗୋବର ଜମିରେ ପଡ଼ୁନାହିଁ, ତା ବଦଳରେ
ପଡ଼ୁଛି ସାର।

ଗାଈ ଓ ଗୁହାଳ କଥା ପଡ଼ିଲାରୁ ପୁଣି ମନେ ପଡ଼ିଲା ବାପାଙ୍କ କଥା। ବାପା
କହନ୍ତି ପ୍ରଥମେ ଆମ ଦାଣ୍ଡଘରେ ଗୁହାଳ ଥିଲା। କକା ଚାକିରୀ କରିବା ପରେ ଅଣ୍ଟାରେ
ଦୁଇ ପଇସା ହେଲାରୁ ସେ କୁଆଡ଼େ ପ୍ରଥମ କରି ଘର ଭିତରୁ ଗୁହାଳ ଉଠେଇ ଦେଇ
ବାହାରେ ଦୁଇ ବଖରା ଗୁହାଳ ଘର ତିଆରି କରେଇଥିଲେ। ଗୋଟିଏ ବଖରା ବଳଦ
ମାନଙ୍କ ପାଇଁ ଓ ଅନ୍ୟଟି ଟିକିଏ ବଡ଼, ଗାଈ ଓ ବାଛୁରୀ ରହିବା ପାଇଁ। ଗୁହାଳ
ଉଠିଗଲା ସତ ହେଲେ ତାହାର ପ୍ରଭାବ ସେ କୋଠରୀରୁ ଗଲା ନାହିଁ। ଆମେ
ଦେଖିବାରେ ସବୁଦିନେ ସେ କୋଠରୀଟି ସତ୍‌ସତିଆ, ବର୍ଷ ସାରା ଜରକେ। ଆମେ
ଯେତେବେଳେ ଘରଟି କାହିଁକି ସତ୍‌ସତିଆ ବୋଲି ବାପାଙ୍କୁ ପ୍ରଶ୍ନ କରୁ, ବାପା କହନ୍ତି,
"ଏଇ ଘରେ ଜେଜେବାପା ଦୌତାରୀ ପାଣିଗ୍ରାହୀଙ୍କ ଅମଲରୁ ଗୁହାଳ ଥିଲା।
ଗୋମୂତ୍ରରେ ଥିବା ଲୁଣ ଅଂଶର ପ୍ରଭାବରୁ ଘରଟି ଅଦ୍ୟାବଧି ଜଲମା ଧରୁଛି। କାହ୍ନୁଆଁ
(କକା) କୃପାରୁ ଏହା ସୁଧୁରିଚି।" ଆମେ ଆଶ୍ଚର୍ଯ୍ୟ ହେଉଥିଲୁ ଘର ଭିତରେ ପୁଣି
ଗୁହାଳ! ତା ସଂଗେ ସଂଗେ ଖୁସି ହେଉଥିଲୁ ଆଉ ତାରିଫ୍ କରୁଥିଲୁ କକାଙ୍କର ଘରକୁ
ପରିବର୍ତ୍ତନ ଦିଗରେ ଉଉମ ପଦକ୍ଷେପକୁ।

ବାଡ଼ି ପଟ ପିଣ୍ଡାରେ ବସି ଭଉଣୀ ଦୁଇଜଣ ଓ ଭାଇବୋହୂମାନେ ସନ୍ଧ୍ୟାରେ
ପୋଡ଼ ପିଠାର ଯୋଜନା କରୁଥାନ୍ତି। ମୁଁ ଜାମ କୋଳି ଗଛମୂଳରେ ବସି ସେମାନଙ୍କର
କଥୋପକଥନ ଶୁଣୁଥାଏ। ପିଠା ପାଇଁ ଚୁନା କିପରି କୁଟିବେ ସେଇଯାକୁ ନେଇ
ଆଲୋଚନା। ଚାଉଳ ବାଟିବେ ନା ହେମ ଦସ୍ତାରେ କୁଟିବେ ନା ମିକ୍ସିରେ ଚୁନା
କରିବେ। ନାନୀ କହୁଥାଏ ସେ ଶିଳରେ ବାଟିଦେବ। ତା କହିବା ଅନୁସାରେ "ଚାଉଳ
କେତେକି। ସାଆଙ୍ଗେ ହେଇଯିବ। ଏଇରକମ କେତେ କରିଚି ନା, ତମେ ଆଜିକାଲିକା
ପିଲା, ସବୁଥିରେ ଖାଲି କିସ ନା ମିକ୍ସି।" ସାନ ଭଉଣୀ ମଞ୍ଜୁ କହୁଥାଏ, "ମୁଁ
ହେମଦସ୍ତାରେ କୁଟିଦେମି।" ବୋହୂ ଦୁଇଜଣ କହୁଥାନ୍ତି, "ନାନୀମାନେ ତମେ କେହି
ଜମା ବ୍ୟସ୍ତ ହୁଅନି ମିକ୍ସିରେ ଚୁନା କରିଦବା, ଜଲଦି ହେଇଯିବ, କାହାରି କିଛି
କରିବା ଦରକାର ନାହିଁ।" ଶେଷକୁ ବୋହୂମାନଙ୍କର ଜିତାପଟ, ମିକ୍ସିରେ ଚାଉଳ

ଚୁନା କରିବାର ଶେଷ ନିଷ୍ପତି ନିଆ ହେଲା । ମୁଁ ଅବଗତ ଥିଲେ ବି ମଜାରେ କହିଲି, "ଆରେ, ଢିଙ୍କିରେ କୁଟୁନ!" ସମସ୍ତେ ହୋ ହୋ ହେଇ ହସିଲେ । ନାନୀ ତା ପଟା ପଟା ଦାନ୍ତକୁ ଦେଖେଇ ଖୁବ୍ ଜୋରରେ ହସିଲା । କହିଲା, "ଗଗନା! (ଗେଲରେ ସେ ମୋତେ ବେଳେ ବେଳେ ଗଗନା ଡାକେ) ବେ, ଆଜିକାଲି ଆଉ ଢିଙ୍କି ଅଛିନା, ତୁ କହୁଚୁ ।" ସତରେ ଆଜିକାଲି କୁଆଡ଼େ ଗାଁରେ ଆଉ ଢିଙ୍କି ନାହିଁ କି ଢିଙ୍କିଶାଳ ନାହିଁ । ଢିଙ୍କିର ଆଉ ଆବଶ୍ୟକତା ନାହିଁ, ସବୁ ମେସିନରେ, ଢିଙ୍କି ଏବେ ଗ୍ରାମ ମାନଙ୍କରେ ସ୍ୱପ୍ନ । ଏପରିକି ଚୂଡ଼ା ଓ ଚୁନା କୁଟିବା ମଧ୍ୟ ମେସିନ୍‌ରେ । ଘରର ପୂର୍ବ ପଟକୁ ଆମର ଢିଙ୍କିଶାଳ ଥିଲା । ଅନେକ ସ୍ମୃତି ତା ଭିତରେ । ଅନେକ ସମୟ ବି ସେଇଠି ଆମର ବିତିଚ୍ଛି । ମାଆ, ଗାଁର ଧାନକୁଟୁଣୀ ନୀଲା ନାନୀ ଓ ମଡ଼ି ନାନୀ ସହିତ ଧାନ କୁଟି ବର୍ଷକ ପାଇଁ ଚାଉଳ କରି ରଖେ । ମାଆକୁ ସାହାଯ୍ୟ କରିବାକୁ ଯାଇ ପର୍ବପର୍ବାଣୀ ମାନଙ୍କରେ ଆମେ ମଧ୍ୟ ବର୍ଷରେ ଅନେକ ବାର ତା ସହିତ ଚୁନା କୁଟିଛୁ । ରାଢ଼ି ସାହି ଭଗି ଠାକୁମା ଆଉ ଗଉଡ଼ ସାହି ଭୁକ ସେଇଠି ମୁଢ଼ି ଭାଜନ୍ତି । ଆମ ପିଲାମାନଙ୍କର ଛୋଟ ଖେଳନା ଢିଙ୍କିଟିଏ ମଧ୍ୟ ସେଇଠି ଅଧା କାନ୍ଥ କଡ଼କୁ ପଡ଼ି ଥିଲା । ମାଆ କହିବା ଅନୁସାରେ କକାଙ୍କ ପ୍ରଚେଷ୍ଟାରେ ଢିଙ୍କିଶାଳଟି ମଧ୍ୟ ଘର ଭିତର ବଙ୍ଗଲାରୁ ପୂର୍ବ ପଟକୁ ଉଠି ଆସିଥିଲା ।

ଦୈତାରୀ ପାଣିଗ୍ରାହୀ ଘର ତିଆରି କରିବା ପରେ ଯଦି କିଛି ପରିବର୍ତନ ଘର ପାଇଁ କରାଯାଇଛି ତାହା କେବଳ କକାଙ୍କ ଦ୍ୱାରା ସମ୍ଭବ ହୋଇପାରିଥିଲା । ଏକ ମାତ୍ର ସାନ ଭାଇର ଏପରି ପାରିଲା ପଣ ଦେଖ ବାପା କଥାରେ କଥାରେ କହନ୍ତି , "ମୋ କାହୁଆଁ, କାହୁଆଁ ଯାହା କରିବ, କାହୁଆଁ ଯାହା କହିବ, କାହୁଆଁଙ୍କୁ ପଚାର, କାହୁଆଁଙ୍କୁ ପଚାରି କହିବି ।" ଜମିବାଡ଼ି ସଂକ୍ରାନ୍ତୀୟ ହେଉ ବା ପଇସା କଉଡ଼ି କଥା ହେଉ, କେହି ଗାଁ ବାଲା ଯଦି ଆସି ବାପାଙ୍କୁ କିଛି କହନ୍ତି ବା ହଇରାଣ ହରକତ କରନ୍ତି, ବାପା କହନ୍ତି, "କାହୁଆଁ ଆସିଲେ ତାକୁ ପଚାରିବୁ, ତାକୁ କହିବୁ ଯାହା କହିବା କଥା । ମଣି, ମୋ ପାଖରେ କହିଲେ କିଛି ଫଳିବନି ।" ଯଦି କାହାର କିଛି ଗଣ୍ଠଗୋଲିଆ ମନବୃଭି ଥାଏ ସିଏ ଆଉ ଡ଼ରରେ ଆସେ ନାହିଁ । କକାଙ୍କୁ ସମସ୍ତଙ୍କର ଡର ।

ପିଲାଟି ଦିନରୁ କକାଙ୍କ ଦେହର ବର୍ଣ୍ଣ ଟିକିଏ ନିରସା ଶ୍ୟାମଲ ଥିବାରୁ ତାଙ୍କର ବାପା, ମା, ଭାଇ ଓ ପାଖ ପଡ଼ିଶା କେତେ ଜଣ ତାଙ୍କୁ ସସ୍ନେହେ କାହୁଆଁ ନାମରେ ଡାକୁଥିଲେ । ଆମେ ଶୁଣିବାରେ ବାପା ତାଙ୍କର ଶେଷ ସମୟ ପର୍ଯ୍ୟନ୍ତ ତାଙ୍କୁ କାହୁଆଁ ଇ ଡାକୁଥିଲେ । କକା ଗାଁ ସ୍କୁଲରେ ଦୀର୍ଘ ଏଗାର ବର୍ଷ ସୁନାମର ସହିତ ଶିକ୍ଷକତା କରିଥିଲେ । ସ୍କୁଲରେ ଶିକ୍ଷକ ଥିବାରୁ ଆମେ ସମସ୍ତେ ତାଙ୍କୁ ପିଲାଟି ଦିନରୁ "ସ୍କୁଲ

ବାପା" ବୋଲି ସମ୍ବୋଧନ କରୁଥିଲୁ, କାଳକ୍ରମେ ତାହା ଅପଭ୍ରଂଶ ହେଇ "ଇସ୍କୁଲବାପା" ହେଇଗଲା। ଗାଁରେ ଶିକ୍ଷକତା କରିବା ପରେ ସେ ଗାଁ ଛାଡ଼ି ବାହାରେ ଚାକିରୀ କରିବାକୁ ଚାଲିଗଲେ। ତାଙ୍କ ପିଲାଛୁଆଙ୍କୁ ନେଇ ସବୁବେଳେ ସରକାରୀ କ୍ୱାଟର ମାନଙ୍କରେ ରହିଲେ। ମଝିରେ ମଝିରେ କେବଳ ଘରର ଦୁଃଖ ସୁଖ ଭଲ ମନ୍ଦ ବଡ଼ ଭାଇଙ୍କ ଠାରୁ ବୁଝିବାକୁ ଗାଁକୁ ଆସନ୍ତି। ରାତିଏ ବା ଖୁବ୍ ବେଶୀରେ ଦି ରାତି ରହି ପୁଣି ଲେଉଟି ଯାଆନ୍ତି। ଘରକୁ ଆସିଥିଲା ବେଳେ ଗାଁରୁ ପାଞ୍ଚ ଦଶ ମୁଖିଆ ଲୋକ ଦେଖା କରିବାକୁ ଆସନ୍ତି। ମୁରବି ଗୁରୁଜନ ସ୍ତରର ବୟସ୍କ ଲୋକେ କହନ୍ତି "କାହୁଁ ଆସିଛି", ଗାଁ ଲୋକେ କହନ୍ତି "ଗୋପାଳ ମାଷ୍ଟ୍ରେ ଆସିଛନ୍ତି", ଆଉ ଆମେ କହୁ "ଇସ୍କୁଲ ବାପା ଆସିଲେଣି।" ସିଏ ଆସିଲେ ନୂଆ ନୂଆ ଜିନିଷ ଆମ ଗାଁ ଘରେ ଘଟେ। ସେ ଆମ ଭଳି ପୋଖରୀ ଜଳ ପିଅନ୍ତି ନାହିଁ। ଆମକୁ ଏହା ବଡ଼ କୌତୁକ ଲାଗେ। ଘରେ ଆମର ନଳକୂପ ବା କୂପ ନଥିଲା। ଆମକୁ କୁହାଯାଏ ଗାଁର କେଉଁ ନଳକୂପରୁ ଯାଇ ପାଣି ଆଣିବାକୁ। ମୁଁ ଓ ମୋ ଉପର ଭାଇ ଦଇନ, ଆମେ ଦୁଇ ଜଣ ଯାଇ କେତେବେଳେ ମିଲବାଡ଼ିରୁ ତ କେତେବେଳେ ଗାଁ ରେଲ ଷ୍ଟେସନ ନଳକୂପରୁ ବାଲଟିରେ ବାଡ଼ି ଖଣ୍ଡିଏ ଲଗେଇ କାନ୍ଧରେ ପାଣି ଭରି ଆଣୁ। ବାପା ରଖିଥିବା ଆଲମାରୀ ଚିନି ଜାରରୁ ଚିନି ବାହାରି ଚା ତିଆରି କରାହୁଏ। କକା ଆସିଲେ ଚିନି କେବଳ ବାହାରେ। ଭଦ୍ର ଲୋକଙ୍କ ସହ କକା ବସି ଚା ପିଅନ୍ତି, ଆମେ କୌତୁହଳରେ ଦେଖୁ। ବାପାଙ୍କର ଅଭ୍ୟାସ ନଥାଏ ଚା ପିଇବାର, ଗରମ ଚା ତ ଆହୁରି ଦୂରର କଥା, ଅକାଳେ ସକାଳେ କେମିତି କେତେବେଳେ ପିଇଲେ ଥଣ୍ଡା କରି ଏକାବେଳେକେ ପିଇ ଦିଅନ୍ତି। ବାପା ଗାଁରେ ରହି ଜମିଜମା ଚାଷବାସ କଥା ବୁଝନ୍ତି। ପ୍ରତି ଶୀତରେ ଧାନ ଅମଳ ପରେ କକା ଆସି ତାଙ୍କ ଭାଗ ଧାନ ବିକ୍ରୀ କରି ଟଙ୍କା ଧରି ଚାଲି ଯାଆନ୍ତି।

ସେତେବେଳେକୁ ଘରେ ଆମେ ପିଲାମାନେ ଆଠ ଜଣ। ସାନଟି ଆସି ନଥାଏ। ବଡ଼ ତିନିଜଣଙ୍କୁ ଛାଡ଼ିଦେଲେ ବାପା, ମାଆ ଆଉ ଆମେ ପିଲା ପାଞ୍ଚ ଜଣ ସଭିଁଏ ଶୀତଦିନେ ସେଇ ପ୍ରଥମ ଶୋଇବା କୋଠରୀରେ ତଳେ ହେଁସ ମଶିଣା ପାରି ଶୋଉ। ଦକ୍ଷିଣ ପଟକୁ ଛୋଟ ଝରକାଟିଏ ଚଟାଣ ଠାରୁ ଟିକିଏ ଉପରକୁ, ଗବାକ୍ଷ କହିଲେ ଉତ୍ୟୁକ୍ତି ହେବନି। ତହିଁରେ ତାର ଜାଲି ଲାଗିଥାଏ। ସେଥିରୁ ଆସୁଥିବା ଆଲୁଅରୁ କେବଳ ବାହାରେ ଦିନ କି ରାତି ହେଲା ଜଣାପଡ଼େ, କୋଠରୀ ଆଲୋକିତ ହେବା ଦୂରର କଥା। ଗମ୍ଭିରା କୋଠରୀ ଭିତରଟି ବେଶ୍ ଉଷ୍ମ। କେବଳ ଯେ ଆମେ ଶୋଉ ତା ନୁହଁ, ତା ଭିତରେ ବାପାଙ୍କର ଗୋଟିଏ ଛୋଟ ଆଲମାରୀ ଓ ବଡ଼ କାଠ

ସିନ୍ଦୁକ ମଧ୍ୟ ଜାଗା ଆବୋରି ବସିଥାନ୍ତି । ଜାଗା କମ୍ ଥିବାରୁ ରାତିରେ କିଏ କାହା ଉପରେ ଗୋଡ଼ ଥୋଇ ଶୋଇଲାଣି, କିଏ କାହାର କନ୍ତା ଟାଣି ନେଲାଣି, କିଏ କାହାକୁ ଗୋଇଠା ମାରିଲାଣି, କାହାର ପରିସ୍ରା ବି ହେଇଗଲାଣି, ସେଇଠି ସବୁ ପ୍ରକାରର ଚାଲେ । ଖରାଦିନ ହେଲେ ଆମେ ବାହାରକୁ ବାହାରୁ, ଦାଣ୍ଡ ପାରି ପିଣ୍ଡା, ଘର ଭିତର ପିଣ୍ଡା, ଯିଏ ଯୁଆଡ଼େ ପାରିଲା ମଶିଣା ଖଣ୍ଡେ ପାରି ମଶାରୀଟିଏ ଟାଣି ଶୋଇଲା । ଦ୍ୱିତୀୟ କୋଠରୀଟିରେ କକା ତାଙ୍କର ଆସବାବ ପତ୍ର ଯାହା ଯେମନ୍ତେ ଥୋଇ ବଡ଼ କୋଲପଟିଏ ପକେଇ ଚାବି ନେଇ ଚଲେଇ ଯାଆନ୍ତି । ଆମେ ତାଙ୍କ କୋଠରୀଟିକୁ କହୁ "ଖୁଡ଼ୀଘର ।" ଯେବେ କକା ଗାଁକୁ ଆସନ୍ତି ବାହାର ଲୋକ ଲଗେଇ ଅଲନ୍ଦୁ ଝଡ଼ା ଝଡ଼ି କରି ପରିଷ୍କାର ପରିଚ୍ଛନ୍ନ କରାନ୍ତି ।

୧୯୬୩ ମସିହାରେ ଆମ ଅଜାଣତରେ ବଡ଼ ନନାଙ୍କର ବିବାହ ସମ୍ପନ୍ନ ହେଇଗଲା । ନା ଥିଲା ବାଣ ରୋଷଣୀ, ନା ବାଜା ମହୁରୀ । ବାପାଙ୍କ ହାତରେ ପଇସା କାହିଁ ଏ ସବୁ ଲୋକ ଦେଖାଣିଆ ଜିନିଷ କରିବାକୁ । କନ୍ୟା ଘରେ ସାତ ଦିନ କଟେଇ ନିରାଡ଼ମ୍ବରରେ ବଡ଼ନନାଙ୍କର ବିଭାଘର ସରିଥିଲା । ତାର ବର୍ଷକ ପରେ ନୂଆ ବୋହୂ ଘରକୁ ଆସିଲେ । ନବ ଦମ୍ପତିଙ୍କ ପାଇଁ କୋଠରୀଟିଏ ନିହାତି ଆବଶ୍ୟକ । ତେଣୁ ସେମାନଙ୍କୁ ବାପା ନିଜ ଶୋଇବା କୋଠରୀଟି ବିନା ପ୍ରଶ୍ନରେ ବିନା ଆଲୋଚନାରେ ଦେଇ ଦେଲେ । ସେଇଦିନ ଠାରୁ ବାପାଙ୍କ ହାତରୁ ନିଜ ଶୋଇବା କୋଠରୀଟି ଚାଲିଗଲା, ସେଇ ପରିସ୍ଥିତିରେ ବାପା ମାଆ ତାଙ୍କର ପାଞ୍ଚଟି ଶାବକଙ୍କୁ ନେଇ ଯାଆନ୍ତି କୁଆଡ଼େ । ଆମେ ଯେତେ ଖୁସି ହେଉଥିଲୁ ନୂଆ ଭାଉଜଙ୍କୁ ଦେଖି ସେତିକି ମନ ଦୁଃଖ ହେଇଗଲା । ଦିନେ ଦେଖିଲୁ ଆମର ହେଁସ, ମଶିଣା, କନ୍ତା, ଛିଡ଼ା କନ୍ତା ସବୁ ପାହାଚରେ ଦକ୍ଷିଣ ପଟ କୋଠା ଉପରକୁ ଉଠିଗଲା । ଆମକୁ ବି ବିଛଣା ସହିତ ଉପରକୁ ଯିବାକୁ ପଡ଼ିଲା । ପ୍ରଶସ୍ତ ଜାଗା କିନ୍ତୁ ତା ଉପରେ । ବାଗୁଡ଼ି ଖେଳିଲେ, ଫୁଟବଲ୍ ଖେଳିଲେ ବି ଜାଗାର ନିଅଣ୍ଟ ହେବନି । ଯେତେ ଗଡ଼ାଗଡ଼ି କଲେ ବି କରାଯାଇପାରେ । ତେଣୁ ଆମକୁ ସେଇଟା ବେଶ୍ ସୁହେଲା । ରାତିରେ ଶୋଇଲା ବେଳେ ମୁଁ ବିଛଣା ଉପରେ ଶୁଏ, ଉଠିଲା ବେଳକୁ ଭୁଇଁରୁ ଉଠେ । ସକାଳୁ ଉଠିଲେ ବାବନା ଭୂତ ଭଲି ଧୂଳି ସର ସର, ମୋତେ ଚିହ୍ନିବା କଠିନ । କାନ୍ତ କଡ଼ରେ ହାଣ୍ଡି, ଆଟିକା, କଲସି, ମାଠିଆ ଇତ୍ୟାଦି ଥାଏ । ବେଳେ ବେଳେ ଗଡ଼ା ଗଡ଼ି କରି ଆମେ ସେମାନଙ୍କ ପାଖରେ ପହଞ୍ଚି ଯାଉଥିଲୁ । ଆମ ପାଖରୁ ଧକ୍କା ଖାଇ ସେମାନେ ବି ଆମ ସହିତ ଗଡ଼ା ଗଡ଼ି ହୁଅନ୍ତି । ଉପରେ ଶୋଇବାରୁ ସବୁଠାରୁ କିନ୍ତୁ ଅଧିକ ଅସୁବିଧା ହେଉଥିଲା ବାପା ମାଆଙ୍କୁ । ଆମ ମାନଙ୍କର କାମ ସେଇଠି ସରିଯାଉଥିଲା ହେଲେ

ସେମାନେ ରାତିରେ ପରିସ୍ରା କରିବାକୁ ଉଠିଲେ ତାଙ୍କୁ ସବୁ ସମୟରେ ପାହାଚରେ ତଳକୁ ଆସିବାକୁ ପଡୁଥିଲା। ପାହାଚ ଗୁଡ଼ିକ ପୁଣି ଅଙ୍କା ବଙ୍କା, ତେଢ଼ା। ବେଳେ ବେଳେ ଅନ୍ଧାରରେ ପାହାଚରୁ ପାଦ ଖସିଯିବାର ଦୃଷ୍ଟାନ୍ତ ବି ଅଛି। ତା ଛଡ଼ା ଆମେ ଯଦି ସନ୍ଧ୍ୟା ବେଳେ କେବେ ତଳେ ଶୋଇ ପଡ଼ିଛୁ ତେବେ କଥା ସରିଲା। ମାଆ ଆମକୁ ଟେକି ନପାରି ଘୋଷରା ଟଣା କରି, ଯଦି ନହେଲା ବିଧା ଚାପୁଡ଼ା ମାରି ଉଠେଇ ଉପରକୁ ନେଇଥାଏ। ଟେକି ପାରିଲେବି ପାହାଚରେ ଚଢ଼ି ଉପରକୁ ନେବା ଦୁଷ୍କର ବ୍ୟାପାର। ମାଡ଼ ଖାଇ ନିଦରେ ମୁଁ ଉଠିଯାଏ, ତହିଁ ପର ଦିନ ସକାଳକୁ ଜାଣି ପାରେନି କେତେବେଳେ ଉପରକୁ ଗଲି।

ଖରାଦିନେ, ବର୍ଷା ଦିନେ କୋଠା ଉପରେ ବେଶ୍ ଚଳି ଯାଉଥିଲା, ଫାଙ୍କା ଫାଙ୍କା ଲାଗୁଥିଲା। କିନ୍ତୁ ଶୀତଦିନେ ଖୋଲା ଉପର ଯୋଗୁଁ ଶୀତର ପ୍ରକୋପ, ତେଣୁ ଶୋଇବା କଠିନ। କେଉଁଠି ଶୋଇବୁ। ବାହାର ପିଣ୍ଡାରେ ତ ସମ୍ଭବ ନୁହଁ। ତେଣୁ ବାପା ମାଆ ବସି ମସୁଧା କଲେ ଦାଣ୍ଡ ଘରେ ଶୋଇବାର। ସେ ଘରଟା ସବୁବେଳେ ଜରକେ। ସନ୍ତ ସନ୍ତିଆ ପାଣି ଜରକାରେ ଶୋଇଲେ ପିଲାମାନଙ୍କୁ ସନ୍ନିପାତ ହେଇଯିବ ବୋଲି ଉଆସ ଲୋକେ କହିଲେ। କିନ୍ତୁ ବାପା ମାଆ ନିରୁପାୟ, ନାଚାର। ପ୍ରଥମ ଶୀତ ବେଳେ ତଳେ ବେଶ୍ ମୋଟା ପାଳ ହେଁସ ଆଦି ପାରି ଦିଆଗଲା। ତା ଉପରେ କନ୍ଥା ମଶିଣା ବିଛେଇ ଶୋଇବା ହେଲା। ବାପା ସେ ଘରେ ପଡ଼ିଥିବା ଖଟ ଉପରେ ଶୋଇଲେ, ଆଉ ଆମେ, ମାଆ ଓ ପାଞ୍ଜଟି ପିଲା, ତଳେ। ପ୍ରଥମ ଶୀତ ସେମିତି କଟିଲା। ଦ୍ୱିତୀୟ ଶୀତ ବେଳକୁ ଆଗରୁ ବାପା ମସୁଧା କଲେ କକାଙ୍କୁ କହିବେ, ସେ ଯଦି ତାଙ୍କର କଠୋରୀର ଚାବି ଦେଇ ଦିଅନ୍ତି, ସେ ଘରେ ସମସ୍ତେ ଶୋଇ ପାରନ୍ତେ। ୟା ଭିତରେ କକା ଅନେକ ଦିନ ସରକାରୀ ଚାକିରି କରି ବାହାରେ ରହିଲେଣି, ପଇସା କମେଇଲେଣି, ସ୍କୁଲ୍ ସବ୍‌ଇନ୍‌ସ୍ପେକ୍ଟର। ବେଶ୍ ଲୋକ ତାଙ୍କୁ ଚିହ୍ନିଲେଣି, ଭଦ୍ର ସମାଜରେ ମିଶିଲେଣି। ହୁକୁମ ଆଦେଶ କରିବାରେ ଧୁରନ୍ଧର ହେଇଗଲେଣି, ପାଞ୍ଚ ପଚାଶ ଲୋକ ଖାତିର କରି ଦୂରରୁ ମୁଣ୍ଡ ନୁଆଁଇ ନମସ୍କାର କଲେଣି। କକା ଥରେ ଗାଁକୁ ଆସିଥାନ୍ତି। ବାପା ବେଲ କାଲ ଉଣ୍ଟି ନିଜର ଅଗ୍ରଜ ପଣିଆକୁ ଆୟୁଧ କରି କହିଲେ, “କାହୁଆରେ! ତୋତେ ଗୋଟେ କଥା କହନ୍ତି, ତୁ ତ ଏଠାରେ ରହୁନୁ, ଘରଟା ତୁଚ୍ଛାକୁ ତାଲା ପଡ଼ୁଛି, ପିଲାମାନେ ପାଣି ଜରକା ଘରେ ହନ୍ତସନ୍ତ ହେଇ ଶୋଉଛନ୍ତି, ଭାଉଥିଲି ତୁ ଯଦି କୁଞ୍ଚି କାଠିଟା ଦିଅନ୍ତୁ ସେଇଘରେ ଆମେ ସବୁ ଶୋଇ ପଡ଼ନ୍ତେ ରେ।” ଏତକ ଶୁଣିବା ମାତ୍ରେ କକା କହି ଉଠିଲେ “ତମେ କଣ ଚାହୁଁଚ, ମୁଁ ଏଠିକି ନଯାସେ। ମୋର ଏଠାରେ କିଛି ସତ୍ତ୍ୱ ନରହୁ। କଣ ତମର

ଉଦ୍ଦେଶ୍ୟ।" ଏତକ ଶୁଣିବା ମାତ୍ରେ ବାପାଙ୍କ ଗାଲରେ କିଏ ଚାପୁଡ଼ାଟେ ପକେଇଲା ପରି ଲାଗିଲା। ସଙ୍ଗେ ସଙ୍ଗେ ବାପା କହିଲେ, "ନାହିଁରେ, ସେକଥା ମୁଁ ଜମା ଚାହିଁବିନି। ତୁ ସେ କଥା କାହିଁକି ଭାବୁଚୁ। ହଉ, ଯାହା ତୋର ଇଚ୍ଛା ସେଇଆ ହବ।" ବାପା କହନ୍ତି, ଯିଏ ଯାହା କହିଲା ସବୁ କଥାରେ "ହଉ ମାରିଦବ, କାହାରି ସହିତ କେବେ କିଛି ଯୁକ୍ତି ତର୍କ ବିତଣ୍ଡା କରିବନି।" ବାପା ସେଦିନ "ହଉ" ମାରିଦେଇ ଆଉ ସେ ପ୍ରସଙ୍ଗ କେବେ ହେଲେ ଉଠେଇ ନାହାନ୍ତି। ସାନ ଭାଇଟାକୁ ଆଉ କଣ କହନ୍ତେ ଯେ। ବାପାଙ୍କୁ ବାର ବର୍ଷବେଳେ କକାଙ୍କୁ ଜମାରୁ ଚାରିବର୍ଷ, ସେତିକି ବେଳେ ସେମାନଙ୍କ ବାପା, ରାଧାନନ୍ଦ ପାଣିଗ୍ରାହୀ ଜୀବନର ଅଧା ବୟସରେ ଆଖି ବୁଜି ଦେଇଥିଲେ। ବାପା ଛେଉଣ୍ଡ ଛୋଟ ଭାଇଟାକୁ କାଖେଇ କୋଲେଇ ବଡ଼ କରିଛନ୍ତି, କଣ ରାଗିବେ, ନା ନାଲି ଆଖି ଦେଖେଇବେ, ନା ଘୃଣା କରିବେ। ତଥାପି ମାଆ ଥରେ ପଚାରିଥିଲା, "ତମେ ପଚାରିଲ, ଖୁକ ବାପା (କକାଙ୍କ ପ୍ରଥମ ଝିଅ ନାଁ ଖୁକ ବୋଲି ମାଆ ତାଙ୍କୁ ଖୁକବାପା ବୋଲି ସମ୍ବୋଧନ କରେ) କିସ କହିଲେ।" ବାପା, ମାଆର କଥାକୁ ବାଆଁରେଇ ଦେଇ କହିଲେ, "ଆମ ଭାଇ ଭାଇ ଭିତର କଥା, ତୁ ସେଥିରେ କାହିଁକି ମୁଣ୍ଡ ପୁରଉଛୁ, ସିଏ ଯାହା କହିଲା ତୋର କଣ ଗଲା।" ମା ଚୁପ୍ ରହିଲା। କେବଳ ସେଇ ବର୍ଷ ଶୀତ କାହିଁକି, ଦାଣ୍ଡଘର ସନ୍ତ ସନ୍ତିଆରେ ଆମେ ବାପା, ମାଆ, ଭାଇ ଓ ଭଉଣୀମାନେ ଶୋଇ ବର୍ଷ ବର୍ଷ ଧରି ଅନେକ ଶୀତ ରାତି ବିତେଇଲୁ।

ଚାକିରୀର ଶେଷ ଭାଗକୁ ମଝିରେ ମଝିରେ କକା ଗାଁକୁ ଆସି ବାପାଙ୍କୁ ତାଙ୍କ ଅବସର ଦିନର ନଅଁ କଥାଛଳରେ ଦେଖାନ୍ତି। ଭବିଷ୍ୟତରେ କଣ କଣ ଘର ପାଇଁ କରାଯିବ ଦିନ ଦ୍ୱିପହରେ ସ୍ୱପ୍ନ ଦେଖାନ୍ତି। "ଏଇଠି ଏମିତି ଗେଟ୍ ହେବ, ସେଇଠି ସେମିତି ଦକ୍ଷିଣ ଦୁଆରି କୋଠରୀ ହେବ, ପବନ ଯା ଆସ ପାଇଁ ଏମିତି ବଡ଼ ବଡ଼ ଝରକା ଲାଗିବ, ଏଇଠି ନଡ଼ିଆ ଗଛ ଲାଗିବ, ଏଇଠି ଫୁଲ ବଗିଚା ," ଅମୁକ ହବ ସମୁକ ହବ ଢିଙ୍କି ବଗ ଇତ୍ୟାଦି ଇତ୍ୟାଦି। ବାପାଙ୍କର ତ କରିବାର କିଛି କ୍ଷମତା ନାହିଁ, ତେଣୁ ବାପା ସବୁ କଥା ଶୁଣିଯାଆନ୍ତି, "ହଉ" ମାରି ଚୁପ ହେଇ ରହନ୍ତି। ଆମେ ବି କକାଙ୍କ କଥା ଶୁଣୁ। ସତକୁ ସତ କେଉଁ ଏକ ବର୍ଷ ଶୀତଦିନେ କେତେ ଜଣ ଆଦିବାସୀ ଲୋକ ଆସି ମୂଲଦୁଆ ପାଇଁ ପୂର୍ବପଟେ ମାଟି ବି ପକେଇଲେ। ତାହା ଆମେ ଦେଖିଲୁ, ଭାବିଲୁ ସତରେ ନୂଆ ଘର ହବ, ଖୁସିରେ କୁରୁଲି ଉଠିଲୁ। ହେଲେ ଶେଷକୁ କକା ବାଲେଶ୍ୱରରେ ବାଡ଼ି କିଣି ପକ୍କା ଘରଦ୍ୱାର କରି ପରିବାର ନେଇ ରହିଗଲେ, ଗାଁକୁ ଆଉ ଅବସର ପରେ ଫେରିଲେ ନାହିଁ, ଘର କରିବାତ ଦୂରର କଥା।

 য়া ভিতরে বর্ষ পরে বর্ষ বিতিগলা। আমে পিলামানে বড় হেইগলু, ପ୍ରାଇମେରୀ ସ୍କୁଲ ପାଠ ଶେଷ କରି ହାଇସ୍କୁଲ ଗଲୁ। ଆଉ ସେ ଛୋଟ ଦାଣ୍ଡଘରେ ଏତେ ଗୁଡ଼ାଏ ବଡ଼ ବଡ଼ ପିଲାଙ୍କୁ ଧରି ବାପା ମାଆଙ୍କର ଶୋଇବା ସମ୍ଭବ ହେଲାନି। ଖରାଦିନ ଛୁଟିରେ ଯେଉଁ ଭାଇମାନେ ବାହାରେ ରହୁଥିଲେ ସେମାନେ ଘରକୁ ଆସିଲେ ଆହୁରି ସମସ୍ୟା ବଢ଼ିଯାଏ। ଘର ନିକଟରେ ଆମ ଗାଁ ମାଇନର୍ ସ୍କୁଲ। କେତେକ ଶିକ୍ଷକ ସେଠାରେ ବାସ କରନ୍ତି ଓ ଛୁଟି ମାନଙ୍କରେ ଘରକୁ ପଳାନ୍ତି। ଆମେ ସବୁବେଳେ ସ୍କୁଲ ହତାରେ ସମୟ କଟେଇବାକୁ ସୁଖ ପାଉଥିଲୁ। ବାପା କହନ୍ତି, "ମୁଁ ପାଠ ପଢ଼ିନି, ମୋ ପାଠ କମ୍, ଦେଖୁନ, କାହୁଁଆଁ ପାଠ ପଢ଼ିଟି ବୋଲି ପାଞ୍ଚ ପଚିଶ ଲୋକ ତାକୁ ମାନୁଚନ୍ତି, ଦେଶ ବିଦେଶ ବୁଲୁଟି, ତମେ ମାନେ କାହୁଁଆଁ ପରି ପାଠ ପଢ଼। ପାଠ ପଢ଼ କି ନପଢ଼, ଖାଲି ସ୍କୁଲରେ ଶିକ୍ଷକଙ୍କ ପାଖରେ ବସି କଣ କଥା ହଉଛନ୍ତି ଶୁଣ। ସେଇଟା ସାଇ ପଡ଼ିଶାଙ୍କ ଘରେ ବା ବଜାରରେ ବସିବା ଠାରୁ ଭଲ।" ଭାଇମାନେ ସମସ୍ତେ ଭଲ ପଢ଼ୁଥିବାରୁ ସ୍କୁଲର ଶିକ୍ଷକମାନେ ମଧ ଆମକୁ ଆଦର କରୁଥିଲେ। ସ୍କୁଲରେ ପଢ଼ା ପଢ଼ି ବସାଉଠା କରୁ କରୁ ବାହାର ପକ୍କା ବାରଣ୍ଡାରେ ଶୋଇବା ଆରମ୍ଭ କଲୁ। ଅଙ୍ଗୁଳି ପ୍ରବେଶାତ ବାହୁ ପ୍ରବେଶ୍ୟ। ଖରା ହେଉ ବର୍ଷା ହେଉ ରାସ୍ତାରେ କାଦୁଅ ହେଉ, କୌଣସି ଗୋଟିଏ ରାତିବି ଛୁଟିମାନଙ୍କରେ ସ୍କୁଲକୁ ଯାଇ ଶୋଇବାରେ ବାଦ୍ ପଢ଼େନି। ସ୍କୁଲ ବାରଣ୍ଡାରେ ବିଜୁଳି ବତୀଟିଏ ଜଳେ, ବତୀ ଚାରିପାଖେ ବିଭିନ୍ନ ଆକାର ପ୍ରକାର ପୋକ ମାନଙ୍କର ସମାବେଶ। ପୋକ ଖାଇବାକୁ ବେଙ୍ଗମାନେ ପହଞ୍ଚନ୍ତି ଓ ବେଙ୍ଗଙ୍କୁ ଖାଇବାକୁ ବେଳେ ବେଳେ ସାପ ମଧ ହାଜର ହେବାର ଦୃଷ୍ଟାନ୍ତ ରହିଛି। ଏଇମିତି ପୋକ ଜୋକ, ଝିଟିପିଟି, ବେଙ୍ଗ, ଅସରପା, ସାପଙ୍କ ଗହଣରେ ଆମମାନଙ୍କର ରାତି କଟି ଯାଉଥିଲା। କିଛି ବର୍ଷ ପରେ ଆମେ ଘର, ସ୍କୁଲ ଓ ଗାଁ ଛାଡ଼ି କଲେଜରେ ପଢ଼ିବାକୁ ସହର ମାନଙ୍କୁ ଚାଲିଗଲୁ।

ବାଡ଼ି ପଛପଟ ଜାମ କୋଲି ଗଛରୁ ପକ୍ଷୀଟିଏ ଫଡ଼ ଫଡ଼ ଶଦ କରି ଉଡ଼ିଗଲା। ଶୁଖ୍ଖିଲା ପତ୍ର କେତୋଟି ଖସ୍ ଖସ୍ ହେଇ ତଳେ ଖସି ପଡ଼ିବାରୁ ମୁଁ ଉପରକୁ ଚାହିଁଲି। ଗଛଟି ୟା ଭିତରେ ୫ଙ୍କୋଲିଆ ହେଇ ଅନେକ ବଡ଼ ହୋଇଗଲାଣି। ଗଛର ପତ୍ର ଫାଙ୍କ ଦେଇ ଦେଖିଲି ଶୀତ ଦିନର ଧୂସର ଆକାଶ। ସାନ ଭାଇ ମୁଁ ଗଛକୁ ଅନେଇବାର ଦେଖି କହିଲା। "ଏ ଗଛରେ ଜ୍ୟେଷ୍ଠ ମାସ ବେଳକୁ ବହୁତ ଜାମକୋଲି ଧରେ। ବେଶ୍ ବଡ଼ ବଡ଼ ମାଛ ଆଖ୍ ଭଳି କଳା ମଟ ମଟ କୋଲି। କୋଲି ପାଚିଲେ ଜାଲ ତଳେ ଧରି ଡାଲ ହଲେଇ ଦେଲେ ଢେର କୋଲି ଜାଲ ଭିତରେ। ଭାରି ମିଠା, ହଁ ପ୍ରଥମେ ପ୍ରଥମେ ଆମେ ବହୁତ ଖାଉ। ଶେଷ ଆଡ଼କୁ ଛାଡ଼ି ଦଉ। କୁଆଡ଼ୁ କୁଆଡ଼ୁ

ଚଢେଇ ଆସି କୋଲି ଖାଇ ଯାଆନ୍ତି, ତଳେ ପକେଇ ଅସନା ଅବର୍ଜଣା କରନ୍ତି। କେତେ ମଣିଷ ସଫା କରିବ।" ତା କଥା ଶୁଣି ମନେ ପଡ଼ିଗଲା ଆମ ପିଲାବେଳର ଆମ୍ଭ ଧାଡ଼ିରେ ଥିବା ବଡ଼ ଜାମକୋଲି ଗଛ କଥା। ସେଥିରେ ବି କୋଲି ଜ୍ୟେଷ୍ଠମାସ ମଝିରେ ପାଚୁଥିଲା। ମାଆ କହେ "ଜେଷ୍ଟ ଜାମ।" ମୂଲିଆ ଲଗେଇ ଆମ ପାଇଁ ବିଛେଇ ଦିଏ, କଳା ମଟ ମଟ ମିଠା କୋଲି। ଆମେ ଖାଉ ଜିଭ ବାଇଗଣୀ ରଙ୍ଗ ଧରିବା ପର୍ଯ୍ୟନ୍ତ। ସାଇ ପଡ଼ିଶା ବି ଆସି ଖାଆନ୍ତି। ବଡ଼ ନନା ଯେତେବେଳେ ରୋଜଗାର କ୍ଷମ ହେଲେ କିଛିଟା ଉପୁରି ପଇସାବି ତାଙ୍କ ହାତକୁ ଆସିଲା। ସେ ପରିସ୍ଥିତିରେ ଘରର କିଛି ପରିବର୍ଦ୍ଧନ କରିବାକୁ ତାଙ୍କର ମନ ବଳିଲା। ମସୁଧା କଲେ ପୁରୁଣା ଘରକୁ ଯୋଡ଼ି ପୂର୍ବ ପଟକୁ ଆଉ ଦୁଇଟି କୋଠରୀ ଓ ପକ୍କା ବାରଣ୍ଡା କରିବେ। ପୂର୍ବ ପଟ ଘର ଭାଙ୍ଗି ତାକୁ ଲଗେଇ ମାଟି କାନ୍ଥରେ ଆଉ ଦୁଇଟି କୋଠରୀ ତିଆରି ହେଲା, ବଡ଼ ବଡ଼ ଝର୍କା, ଦୁଆର ବନ୍ଧରେ ବେଶ୍ ଉଚ୍ଚ ଯାଉଁଲି କବାଟ ବି ଲାଗିଲା। ଭବିଷ୍ୟତରେ ଅଧିକ କୋଠରୀ କରି ଉତ୍ତର ପଟରୁ ପୁର ବୁଲି ଆସିବାର ଆଶା ରଖାଗଲା। ପାଞ୍ଚଟି ଇଟା ପାହ୍ୟା ମଧ ଉଠିଲା ଛପରକୁ ଧରି ରଖିବାକୁ। ପିଣ୍ଡା ପକ୍କା ହେବାପାଇଁ ବାହାର ପଟ ସୀମାରୁ ଇଟା ଦିଆହେଲା। ଘର ଯେଉଁ ଯୋଡ଼ା ହେଲା ତାପରେ ପୁର ନ ବୁଲି ସେଇମିତି ଖୋଲା ଅବସ୍ଥାରେ ଅନେକ ବର୍ଷ ରହିଲା। ବାଟ ବନ୍ଦ କରିବାକୁ କବାଟ ପରିବର୍ତ୍ତେ ବାଉଁଶ ତାଟି ଖଣ୍ଡେ ଲାଗିଲା। ଅନେକ ସମୟରେ ତାଟି ଖୋଲାଥିଲେ ବୁଲା କୁକୁର ଘର ଭିତରକୁ ପଶି ସବୁ ଅପବିତ୍ର କରେ, ପୁନଃ ପବିତ୍ର କରିବାକୁ ଯାଇ ଗୋବର ପାଣି ପଡ଼େ। ମାଆ ପାଟି କରେ। କିଛି ଦିନ ସମସ୍ତେ ସତର୍କ ହେଇ ତାଟି ବନ୍ଦ କରନ୍ତି, ପୁଣି ଯିଏକୁ ସିଏ। ଏଇମିତି କବାଟ ବଦାଳରେ ତାଟି ଦେହ ସୁହା ହେଇଗଲା।

କେଉଁ ଏକ ଦିନେ ଆମେ ଦେଖିଲୁ କରତିଆ ଆସି ବଡ଼ କରତରେ ଆମ ପ୍ରିୟ ଜାମକୋଲି ଗଛ କାଟିବାରେ ଲାଗିଛନ୍ତି। ପଚାରିବାରୁ ଜାଣିଲୁ କୁଆଡେ ସେଥିରୁ ପଟା ତିଆରି ହୋଇ ଘରର ପୁର ବୁଲିବ, ଆଉ ନୂଆ ଯେଉଁ କୋଠରୀ ହେବ ତହିଁରେ କବାଟ ଝରେକା ଲାଗିବ। ବଡ଼ନନାଙ୍କର ଏ ପ୍ରକାରର ଉଭଟ ଯୋଜନା ଆମ ଜାମ କୋଲି ଗଛକୁ ନେଇ। ଜାଣି ମନ ଦୁଃଖ ହେଲା କିନ୍ତୁ ଆମ ପିଲାଙ୍କ ମନ କଥାକୁ ପଚାରୁଛି କିଏ। ଜାମ ଗଛର ଗଣ୍ଡି ପଟା ହେବାପାଇଁ ବାଡ଼ି ପିଣ୍ଡାରେ ମାସ ବର୍ଷ ଧରି ପଡ଼ି ରହିଲା। ଇତି ମଧରେ ଘରେ ଆଉ ଅଧିକ କିଛି କରିବାକୁ ନନାଙ୍କର ସ୍ପୃହା କମିଯିବାରୁ ଘର ଖଣ୍ଡିଆ ହୋଇ ରହିଲା। ଜାମ ଗଣ୍ଡି ପଡ଼ି ପଡ଼ି ସେଥିରେ ଉଇ ମାନେ ରାଜୁତି ଆରମ୍ଭ କରିଦେଲେ। ପଟା କଣ ହେବ। ଶେଷକୁ କାଠ ଚିରା ହୋଇ ଜାଳେଣି

କାମରେ ବ୍ୟବହୃତ ହେଲା । କୋଳି ଖାଇବା ବି ଗଲା, କବାଟ ଝରକା ହେବା ବି ଗଲା । କଇଁଛ ବି ଗଲା, କରିଆବି ଗଲା । ପୁର ବୁଲି ପାରିଲା ନାହିଁ କି ବାଡ଼ି ପଟ କବାଟ ଲାଗି ପାରିଲା ନାହିଁ । ଯେଉଁ ଇଟା ପାହ୍ୟା ଉଠିଥିଲା ସେଠୁ ଇଟାଯାଇ ଅନ୍ୟ କାମରେ ଲାଗିଲା । ଏତିକି ହେଲା ଯେ ଦୁଇ ବଖରା ଘର ହେବାରୁ ଆମେ ଆଉ ସ୍କୁଲକୁ ଛୁଟି ମାନଙ୍କରେ ଶୋଇବାକୁ ଯାଇ ନାହୁଁ ।

ଅଚାନକେ ବାପା ଚାଲିଯିବାରୁ ସବୁ କିଛି ଘରେ ବର୍ଷକ ପାଇଁ ସ୍ଥଗିତ ରହିଲା । ଘର ଶୋକାଚ୍ଛନ୍ନ । ଦ୍ୱିତୀୟ ଭାଇ ପଦୁନନାଙ୍କର ବିବାହ ବି ଅଟକିଲା । ବାପାଙ୍କର ବର୍ଷକିଆ ପରେ ଧୀରେ ଧୀରେ ପୁଣି ଘର ପୂର୍ବାବସ୍ଥାକୁ ଫେରି ଆସିବାକୁ ଲାଗିଲା । ପଦୁନନାଙ୍କର ବିବାହ ସମ୍ପନ୍ନ ହେଲା । ଯେଉଁ କୋଠରୀ ଦୁଇଟି ନୂତନ କରି ହେଇଥିଲା ଗୋଟିକରେ ପଦୁନନା ବିବାହ ପରେ ରହିଲେ । ବାଇ ଚଢ଼େଇଙ୍କ କୁଟା କାଠି ପକେଇବା ଓ ।ସେମାନଙ୍କର ମଳମୂତ୍ର ଦାଉରୁ ନିଜକୁ ଓ ନବବିବାହିତା ପନ୍ତୀଙ୍କୁ ରକ୍ଷା କରିବାକୁ ଯାଇ ଉପରେ ବାଉଁଶ ଥିଆରି ଚେଞ୍ଝଡ଼ା ପଦୁନନା ପକେଇଲେ । ଆର କୋଠରୀଟିରେ ଆମେ ସବୁ ଅବିବାହିତ ଭାଇମାନେ ଦୁଇଟି ଖଟ ପକେଇ ରହିଲୁ । ଆଉ ତାର ନାଁ ଦେଇଦେଲୁ "ବ୍ୟାଚଲ।ସ କଲୋନି ।" ବ୍ୟାଚଲରସ କଲୋନି ବହୁତ ଦିନ ଧରି ଚାଲିଲା । ଛୁଟିଦିନ ମାନଙ୍କରେ ସମସ୍ତେ ଆସିଲେ ପାଠ ପଢ଼ା ସେଇଠି ହୁଏ । ଓଡ଼ିଆ "ସମାଜ" ଓ ଇଂରାଜୀ "ଷ୍ଟେଟ୍ସମ୍ୟାନ" ଖବର କାଗଜ ପଢ଼ାହୁଏ । ପଦୁନନାଙ୍କ ଶ୍ୱଶୁର ଘର ପ୍ରଦତ୍ତ ସଦ୍ୟ ଆନିତ ନୂତନ ଫିଲିଫ୍ସ୍ ସ୍କିପର ରେଡ଼ିଓ ବି ଶୁଣାଯାଏ । ପରେ ପରେ ସେଇ "କଲୋନି"ରୁ ଯିଏ ଯୁଆଡ଼େ ବାହାରକୁ ପଳେଇଗଲେ । ଘର ଉପରେ ସେପରି ଆଉ ମାଡ଼ ପଡ଼ିଲା ନାହିଁ । ସେତେବେଳକୁ "ଖୁଡ଼ୀଘର" କୋଲପର କୁଣ୍ଢିକାଠି ମିଳିଯାଇଥିଲା ହେଲେ ବାପା ଆଉ ନଥିଲେ ।

ଅଳସ ଅପରାହ୍ନର ମଉଳା ସୂର୍ଯ୍ୟ ତେନ୍ତୁଳି ଗଛ ଓ ବାଉଁଶବୁଦାର ଉହାଡ଼ରେ ତଳକୁ ଖସି ଆସିବାର ଉପକ୍ରମ କରୁଥାନ୍ତି । ରହି ରହି କପୋତଟିର ଡାକ ଭାଙ୍ଗୁଥାଏ ନୀରବତାର ଆସ୍ତରଣକୁ । ଦିହକୁ ସୁହେଇଲା ଭଲି ଉତ୍ତମ ତାପମାତ୍ରା । ମଧ୍ୟାହ୍ନ ଭୋଜନ ପରେ ପିଲାଦିନ କଥା ମନେ ପକେଇ ଆମ୍ବତାଳ ମାନଙ୍କରେ ବଉଳ ଆସିଲାଣି କି ନାହିଁ ମୁଁ ଗଛ ପରେ ଗଛ ବୁଲି ବୁଲି ଦେଖୁଥାଏ । ଏ ଆମ୍ବଗଛ ମାନଙ୍କ ସହିତ ଆମର ବାଲ୍ୟକାଳରୁ ପରିଚୟ । ଏମାନଙ୍କର ଆମେ ନାଁ ବି ଦେଇଥିଲୁ । ବାଡ଼ିପଟ ପିଣ୍ଢାରେ ଭଉଣୀ ଦୁଇଜଣ ରାତିର ପୋଡ଼ ପିଠା ପାଇଁ ପ୍ରସ୍ତୁତି ଚଲେଇ ଦେଲେଣି । ନାନୀ କୋରଣୀରେ ନଡ଼ିଆ କୋରି ରଖୁଥାଏ ଓ ସାନ ଭଉଣୀ ତାଲ ଗଜା ଶିଳରେ ବାଟୁଥାଏ । ଘର ପୋଷା ବିରାଡ଼ିଟି ତାଙ୍କ ପାଖରେ ବସି ହାତ ଚାଟୁଥାଏ, ନାଲି ଲମ୍ବ ଜିଭ

ବାହାର କରି ହାଇ ମାରି ଅଳସ ଭାଙ୍ଗୁଥାଏ । ଭାଇ ବୋହୂମାନେ ଘର ଭିତରେ ମିକ୍ସିରେ ଚାଉଳ ଗୁଣ୍ଠ କରି ଚୁନା କରିସାରିଲେଣି । ବଡ଼ ଭିଣୋଇ ବାଡ଼ିଆଡ଼ ଖରାରେ ଘାସ ମଝିରେ ଖଣ୍ଡେ ଚଉକି ପକେଇ "ସମାଜ" ପଢୁଥାନ୍ତି । ଆଜୀବନ ଶିକ୍ଷକତା କରିଥିବାରୁ ପଢାପଢି ପ୍ରତି ତାଙ୍କର ସବୁବେଲେ ସରାଗ, ଆଗ୍ରହ । ଖବର କାଗଜ ଖଣ୍ଡେ ପାଇଲେ ପ୍ରଥମ ପୃଷ୍ଠାରେ ମୋଦୀଙ୍କର ଦେଶ ବାସୀଙ୍କୁ ବିକାଶ ସମ୍ବନ୍ଧୀୟ ପାହାଡ଼ ସମାନ ଫଙ୍ଗା ବାକ୍ୟବାଣର ଖବର ଠାରୁ ଆରମ୍ଭ କରି ପଛ ପୃଷ୍ଠାର ଯାଦୁ କାଛୁ ଉପଶମ ପାଇଁ ମଲମ ବିଜ୍ଞାପନ ପର୍ଯ୍ୟନ୍ତ ଆମୂଲ ଚୂଲ ପଢନ୍ତି । ଚେୟାର ଖଣ୍ଡେ ଆଣି ମୁଁ ଭଉଣୀମାନଙ୍କ ପାଖରେ ବସିଲି । ଏମିତି ଏକୁଟିଆ ନାନୀ ପାଖରେ ଥିଲେ ସେ ଅନେକ ଦୁଃଖ ସୁଖ ହୁଏ । ମାଆ କଥା ମନେ ପକାଏ, ପୁରୁଣା ଦିନର ଦୁଃଖ କଷ୍ଟ ମନେ ପକେଇ ଦୁଃଖ କରେ, ଖୁସି ବି ହୁଏ ଯେ ସବୁ ଭାଇମାନେ ତାର ଏବେ ପାରିଗଲେଣି । ମୋତେ ଦେଖି କହିଲା, "ମାଆ ଚାଲି ଯିବାର ଦି ବର୍ଷ ହେଇଗଲା, ଏଇ କାଆଳି ପୁରି ନାଗୁରୁ, ଜମାରୁ ବିଶ୍ୱାସ ହଉନି ।" ନଡ଼ିଆ କୋରୁ କୋରୁ ପୁଣି କହିଲା "ଗଗନା ! ତୁ ଯଦି ସତରେ ଏ ବାଡ଼ି ଘର କିଣି ନଥାନ୍ତୁ, ଆମେ କିସ କରିଥାନ୍ତେ କହନା । ମୁଁ ଶୁଣିଚି, ମାଆ ମଝିରେ ମଝିରେ କହେ ଯେ, ମ ଗଗନ ଯଦି ଝୁକବାପା ପାଖରୁ ଏ ଘର ବାଡ଼ି କିଣି ନଥାନ୍ତା, ଆଉ ମ ବାବୁଲି ଯଦି ତିନିଟା ପକା କୋଠରୀ କରି ନଥାନ୍ତା, ଘର ଯେମିତି ଭାଙ୍ଗିଗଲା ନା, ମ ଛୁଆ ପିଲା ହୀନ ଛିନ୍ ହେଇଯାଇ ଥାନ୍ତେ, ବରଗଛ ମୂଲରେ ପଲ୍ଲା ମାରି ରହିଥାନ୍ତେ । ଠାକୁରେ ମ ଛୁଆଙ୍କୁ ଭଲରେ ରଖନ୍ତୁ । ଏଇମିତି କହି ମାଆ କାଦେ, ମାଆ କଥା ମନେ ପଡ଼ିନେ ମୋତେ ବି ଦୁଃଖ ନାଗେ, ମାଆ ମୋର କେତେ କଷ୍ଟ ନକରିଚି ଏତେ ଛୁଆଙ୍କୁ ପାଲିବା ନାଗି, ବାପାର ତ କ୍ଷମତା ନଥିଲା, ଚିରା ଶାଢ଼ୀ ପିନ୍ଧି ବେଲ କଟେଇଚି, ସାଇ ପଡ଼ିଶା କେତେ କଥା ମ ମାଆକୁ ନ କହିଛନ୍ତି ।" ନାନୀ ଏମିତି ମାଆ କଥା କହି ପୁରୁଣା କଥା ଗପି ଗପି ନିଜେ କାଦି ପକେଇଲା, ଲୁଗା କାନିରେ ଆଖି ପୋଛିଲା । ମୁଁ ତାକୁ ବୁଝେଇଲି, କହିଲି, " ନାନୀ, ଗଲା କଥା ଗଲାଣି, କଥାରେ କହନ୍ତି ଗଲା କଥା ଗଲା, ଆଖି ନାତି ମଲା, ସେ କଥା ଆଉ କାହିଁକି ଭାବୁଚୁ । ବାପା ଗୋଟିଏ କଥା କହନ୍ତି ମୋର ସବୁବେଲେ ମନେ ପଡ଼େ । ସେ କହିଥିଲେ, "ଭୂମି କନ୍ୟା ଗୋରୁ, ଭାଗ୍ୟ ପରା ପର" । ଯାହାର ଯେଉଁ ଜମି ପାଇବାର ଥିବ ତାକୁ କେହି ନେଇ ପାରିବନି, କେବେ ହାତ ଛଡ଼ା ହବନି । ଆମେ ଖାଲି ବାଡ଼କୁ ବତା, ସେଇ ଗୋପାଳଜୀ ସବୁ ପରା କରଉଚନ୍ତି ବୋଲି ମା କହେ ।" ମୋ କଥା ଛଡ଼େଇ ନେଇ ସାନ ଭଉଣୀ ମଞ୍ଜୁ କହିଲା, "ଛାଡ଼ ସେ ବେକାର କଥା, କିଛି ଚେଷ୍ଟା କରିବନି, ଗୁଡ଼ ନ୍ୟୁଜଇକି ଘର

ପିଣ୍ଡାରେ ବସିବ, ଆଉ ଜମି ତମ ପାଖକୁ ଖାଲି ଦଉଡ଼ିକି ଆଇବନା, ନାଜ ନାହିଁ, ଗୋପାଳଜୀ ପରା କରୁଚି, ହୁଃ, ମୋ ମାଆ କଥା ଜାଣିନୁ ନା।" ତା କଥା ଶୁଣି ସମସ୍ତେ କାହୁ କାହୁ ହସି ପକେଇଲେ।

ସମସ୍ତେ ବାହାରକୁ ପଳେଇଯିବା ପରେ କେବଳ ସାନଭାଇ ଦୁଇଜଣ ଓ ବଡ଼ ନନାଙ୍କର ପିଲାପିଲି ଘରେ ରହିଥିଲେ। ପଦୁନନା ମାର୍କୋଣାରେ ବିଏ ବିଏଡ୍ କରି ପ୍ରଧାନ ଶିକ୍ଷକ ହେଲେ। ଦଇନନନା ରାଉରକେଲାରେ ଇଞ୍ଜିନିୟରିଂ ପାସ କରି ଷ୍ଟିଲ୍ ପ୍ଲାଣ୍ଟରେ ଚାକିରୀ କରିବାରୁ ରାଉରକେଲାରେ ରହିଗଲେ। ମୁଁ ବାଲେଶ୍ୱରରୁ ଭୁବନେଶ୍ୱର, ଭୁବନେଶ୍ୱରରୁ ଦିଲ୍ଲୀ ଓ ଦିଲ୍ଲୀରୁ କାନାଡ଼ା ଚାଲିଆସିଲି। ବାବୁଲି ରାଜସ୍ଥାନ ଜୟପୁରରୁ ଇଞ୍ଜିନିୟରିଂ ପାସ ପରେ ବମ୍ବେ, ବମ୍ବେରୁ ଆଲାହାବାଦ, ଆଲାହାବାଦରୁ ମେଲ୍ବୋର୍ଣ୍ଣ ଚାଲିଗଲା। ବାପାଙ୍କ ପରେ ବଡ଼ନନା ଚାଷବାସ ଦେଖିବା ପରଠାରୁ କକାଙ୍କୁ ପ୍ରତି ବର୍ଷ ତାଙ୍କ ଜମି ବାବଦରେ ଧାନ ବିକ୍ରୀ କରି ପଇସା ଧରେଇ ଦେଉଥିଲେ। ବାପାଙ୍କ ଅନ୍ତେ ସେଥିରେ ସେ ବେଜବାବି ହେଲେ, କଥା ରଖି ପାରିଲେ ନାହିଁ। ଧୀରେ ଧୀରେ କକାଙ୍କର ନନାଙ୍କ ପ୍ରତି ଆସ୍ଥା ମଧ୍ୟ ଟୁଟିବାକୁ ଲାଗିଲା। ଯେହେତୁ ତାଙ୍କ ପିଲାମାନେ ବାହାରେ ରହି ଚାକିରୀ ବାକିରୀ କରୁଥିଲେ ସେମାନଙ୍କର କାହାରି ସମୟ ନଥିଲା ଜମିଜମା ଗାଁରେ ଯାଇ ଦେଖିବାକୁ। ଏ ପାଇଁ ସେମାନଙ୍କ ମଧ୍ୟରୁ ଅନେକ ଅନିଚ୍ଛା ପ୍ରକାଶ ବି କରୁଥିଲେ। ସର୍ବୋପରି ଦେହରେ କାଦୁଅ ଛିଟା ନପଡ଼ିଲେ କଣ ଚାଷ ହୁଏ। ଦେହରେ କିଏ କାଦୁଅ ଲଗେଇବାକୁ ଇଚ୍ଛୁକ। ଇତି ମଧ୍ୟରେ କକା ନ୍ୟାୟତଃ ଯିଏ ଯାହା ପାଇବାର କଥା ବାପା ଓ କକା ଦୁଇଭାଇଙ୍କ ଭିତରେ ଜମି ଓ ଘର ବାଡ଼ି ଭାଗ ବଣ୍ଟରା ନନାଙ୍କ ସହିତ କଥାବାର୍ତ୍ତା କରି ଶେଷ କରିଦେଇଥିଲେ। ବଡ଼ ନନା କହନ୍ତି, "ବାପା ମୋତେ କହିଚନ୍ତି କାହୁଁଆ ଯାହା ଇଚ୍ଛା ନବ ତୁ ମାନିବୁ, ଅରାଜି ହବୁନି।" ଭାଗ ପରେ ଆମ ଚାରି ପୁରୁଷର ମାଟିଘର, ବାଡ଼ି ଓ ପୋଖରୀ କକାଙ୍କ ଭାଗରେ ପଡ଼ିଲା। ଆମେ ପୂର୍ବପଟ ଜମି ଆମ ଧାଡ଼ି ସହ ନେଇଥିଲୁ। ଏହା ଅନେକ ଦିନ ପରେ ମୋର ଦୃଷ୍ଟିଗୋଚରକୁ ଆସିଲା। କକା ଚାହୁଁ ନଥିଲେ ସେ ଥାଉଁ ଥାଉଁ ତାଙ୍କ ସମ୍ପତ୍ତି ଅନ୍ୟ କେହି ତୋଷରପାତ କରନ୍ତୁ। ନିଜ ପିଲାମାନେ ତାଙ୍କ ହକ୍ ଦାବୀରୁ ଯେପରି ବଞ୍ଚିତ ନହୁଅନ୍ତୁ। ତେଣୁ ତାଙ୍କ ମନକୁ ଆସିଲା ଜମି ସବୁ ବିକ୍ରୀ କରି ଟଙ୍କା ବ୍ୟାଙ୍କରେ ରଖି ଦେବାକୁ ବା ତାଙ୍କ ପରିବାରର ଅନ୍ୟ ହିତକର କାର୍ଯ୍ୟରେ ଲଗେଇବାକୁ।

୧୯୯୧ ମସିହା ମେ ୩୦ ତାରିଖରେ ଲିଖିତ କକାଙ୍କର ଖଣ୍ଡିଏ ନୀଳ ରଙ୍ଗର ଏରୋଗ୍ରାମ ଟରୋଣ୍ଟୋର ଗ୍ରେନଭିଲ ସ୍ଥିତ ଠିକଣାରେ ଡାକ ମାଧ୍ୟମରେ ଆସି

ମୋର ହସ୍ତଗତ ହେଲା। ସନ୍ତର୍ପଣରେ ଚିଠିଟି ଖୋଲିଲି। କକାଙ୍କର ସେହି ଚିରାଚରିତ ଶୁଦ୍ଧ ସୁନ୍ଦର ଓଡ଼ିଆ ଭାଷା ଓ ଗୋଲ ଗୋଲ ସୁନ୍ଦର ଅକ୍ଷର, ଯାହା ସହିତ ମୁଁ ବେଶ୍ ପରିଚିତ। ଅନ୍ୟାନ୍ୟ ଖବର ସହିତ ମୁଖ୍ୟ ଖବର ଥିଲା ତାଙ୍କ ଭାଗରେ ପଡ଼ିଥିବା ଜମି ଖଣ୍ଡିଏ ସେ ବିକ୍ରୀ କରିବାକୁ ଇଚ୍ଛୁକ। ଜମି ବିକ୍ରୀ କରିବାର ଇଚ୍ଛା ପ୍ରକାଶ କରିବା ଇଏ ତାଙ୍କର ପ୍ରଥମ, ଆଗରୁ ତାଙ୍କଠାରୁ କେବେ ଶୁଣି ନଥିଲି। ସେଥିରେ ସେ ଧାଡ଼ିଟିଏ ଲେଖିଥିଲେ "ଏହା ପୈତୃକ ସଚ୍ଚ ଅଟେ। ତୁ ନେବାକୁ ଅରାଜି ହେଲେ ଓ ମୋତେ ଲିଖିତ ଭାବେ ଜଣାଇଲେ ମୁଁ ଅନ୍ୟକୁ ଦେବି" ଘଞ୍ଚଘଞ୍ଚ "ବାକି ଘରୋଇ ବାଡ଼ି କଥା ତୁ ଆସନ୍ତା ବର୍ଷ ଆସିଲେ ଗୋଟିଏ ଫାଇନାଲ ନିଷ୍ପତ୍ତି କରିଦେବା। ଅନ୍ୟାନ୍ୟ ପୈତୃକ ସଚ୍ଚ ବିକ୍ରୀ କରିବା ନାହିଁ।"

ଚିଠିଟି ପଢ଼ି ଉଁ କି ଚୁଁ ନହୋଇ ତା ଉପରେ ମୁଁ ଦୁଇ ସପ୍ତାହ ବସିଗଲି। ହେଲେ ବିଭିନ୍ନ ଦିଗରୁ ଯାବତୀୟ ଚିନ୍ତା ଦିନ ରାତି ପାଣି ଅତଡ଼ା ଖାଇ ପଶିଆସିଲା ପରି ମନ ଭିତରକୁ ପଶି ଆସୁଥାଏ। ଜମି କିଣିବି ନା କିଣିବିନି। କିଣିଲେ ମୋର ସେ ଜମି ହେବ କଣ। ଯେତକ ଅଛି ସେତେକ ତ ଉତ୍ତମ ରୂପେ ଚାଷ କରିହେଉନାହିଁ। ସବୁବେଳେ ସେ ପାଇଁ ଅଶାନ୍ତି, ଅଧିକ କଣ ଦରକାର। ମୋ ପିଲାପିଲି ସେଠାକୁ ଯିବାର ସମ୍ଭବ ନୁହେଁ, ତେଣୁ କାହା ପାଇଁ କିଣିବି। ଏମିତି ଦ୍ଵନ୍ଦ୍ଵର ଜାଲ ମୋତେ ଢାଙ୍କି ପକଉଥାଏ। ଶେଷକୁ ମାସେ ଯିବା ଉଭାରୁ ପତ୍ର ଖଣ୍ଡିଏ ଭାବି ଚିନ୍ତି ଲେଖିଲି, ଘର, ଘରବାଡ଼ି ଲଗାତ ସମସ୍ତ ଜମି ଏକ ସମୟରେ ବିକ୍ରୀ କରିଦେବାର ପ୍ରସ୍ତାବ ଆଗତ କରି। ଯଥା ସମୟରେ ସେ ଚିଠି ଖଣ୍ଡକ ପାଇ କକା ଲେଖିଲେ "ତୋର ତା।୧୪-୭-୯୧ରିଖ ଚିଠି ପାଇଛି। ତୋର ମନୋଭାବ ତଥା ଶେଷ ନିଷ୍ପତ୍ତି ଚିଠିଟି ମୋର ହୃଦବୋଧ ହେଲା। ତୋର ଏହି ନିଷ୍ପତ୍ତି ଫଲରେ ଅନେକ ବିଷୟ ସମାଧାନ ହେବ।" ଏହା ଲେଖି ସେ ତାଙ୍କ ସମସ୍ତ ଜମିର ତାଲିକା ମୂଲ୍ୟ ସହ ପଠେଇଲେ। ସମ୍ପୂର୍ଣ୍ଣ ମୂଲ୍ୟ ଏକ ଲକ୍ଷ ଟଙ୍କା। ସେ ତାଲିକା ମଝିରେ ପୁଣି ଲେଖିଥିଲେ "ଉପରୋକ୍ତ ସମସ୍ତ ପୈତୃକ ସମ୍ପତ୍ତିର ଦାୟିତ୍ଵ ତୁ ଗ୍ରହଣ କରିଥିବାରୁ-ଗୋଟିଏ ଲୋକାପବାଦରୁ ଆମ ପରିବାର ମୁକ୍ତି ପାଇବା ସଙ୍ଗେ ସଙ୍ଗେ-ଗୋଟିଏ ବଂଶର ଉପଯୁକ୍ତ ଦାୟାଦ ହିସାବରେ ତୋର ଦୃଢ଼ ପଦକ୍ଷେପ ସର୍ବଦା ପ୍ରଶଂସନୀୟ। ଏହା ତୋ ଜୀବନରେ ଗୋଟିଏ ମହତ୍ କାର୍ଯ୍ୟ ବୋଲି ଗ୍ରହଣ କରିବୁ। ଇତି। ତୋର ବାପା- (ସ୍ଵାକ୍ଷର)- ୨୯-୮-୯୧"

ଏ ପତ୍ର ପାଇବା କ୍ଷଣି ଭାବିଲି ନିଷ୍ପତ୍ତି ନେବାର ବେଳ ଆସିଗଲା, ପଡ଼ିଲା ଭାଲିଣି। କହିତ ଦେଇଥିଲି ସମସ୍ତ ଜମି ଓ ଘର ବାଡ଼ି କିଣିବି ବୋଲି। ସତରେ ଜମି

କିଣିବି କି ନାହିଁ। କିଣିବି। କାହା ପାଇଁ କିଣିବି। କାହିଁକି କିଣିବି। ସାଙ୍ଗମାନେ ଆଲୋଚନା ମାଧ୍ୟମରେ କହନ୍ତି ଭୁବନେଶ୍ୱରରେ ଫ୍ଲାଟ କିଣିବା କଥା। ଅନେକ ବି କିଣିସାରିଲେଣି। ସିଏ ସମୀଚୀନ। ମାତ୍ର ଭ୍ୟ ଜମି ପୁଣି ଗାଁରେ କଉଁ ମଫସଲ ପାଣି କାଦୁଅ ଜାଗାରେ। ଏ ଜମିର ଭବିଷ୍ୟତରେ ମୂଲ୍ୟ ବା କଣ। ଏହା କେବଳ ନିଜର ଭାବପ୍ରବଣତା ଓ ନିଜର କଷ୍ଟମୟ ଶ୍ରମ ଅର୍ଜିତ ଡ଼ଲାରର ଅପବ୍ୟୟ ନୁହେଁ ଆଉ କଣ।

ସେତେବେଳେ ନୂଆ ନୂଆ ଆମେ ଟରୋଣ୍ଟୋ ଆସିଥାଉ। ସ୍ତ୍ରୀ ସବିତାଙ୍କର ନୂତନ ଚାକିରୀକୁ ମୋର ବି ନୂତନ ଚାକିରୀ। ଭାରତ ଛାଡ଼ିବା ଆଗରୁ ନିଜର ଓ ଭାଇ ମାନଙ୍କର ଅନେକ ରଣ ଥିଲା। ସବୁ ପରିଶୋଧ କରିସାରିଲା ପରେ ସଞ୍ଚି ସଞ୍ଚି ପାଖରେ ମାତ୍ର ପନ୍ଦର ହଜାର ଡ଼ଲାର ଗଚ୍ଛିତ। ସେତେବେଳେ ଗୋଟିଏ ଡ଼ଲାର ବିନିମୟରେ ମାତ୍ର ଆଠଟି ଭାରତୀୟ ମୁଦ୍ରା। ତେଣୁ ଲକ୍ଷେ ଟଙ୍କା ପାଇଁ ଅତି କମରେ ବାର ହଜାର ଡ଼ଲାରର ଆବଶ୍ୟକ। ଏହା ଭାବି ଦୁଶ୍ଚିନ୍ତା ଓ ମନସ୍ତାପରେ ସମୟ କଟୁଥାଏ। ମୋର ମନକଥା ପନ୍ତୀ ସବିତା ଜାଣିପାରି କହିଲେ “ଯଦି ତମର ଇଚ୍ଛା ହେଉଟି କିଣିବାକୁ, ତେବେ କିଣନ। ମୁଁ ତମ ପଛରେ କଣ ନାହିଁ। ନିଜ ଜନ୍ମସ୍ଥାନ ତ କିଣୁଛ, ଆଉ ତ କୁଆଡ଼େ ଉଡ଼େଇ ଦଉନ, ଏତେ ଚିନ୍ତା କାହିଁକି।” ମୋତେ ଏଇ ପଦକ କଥା ସାହସ ଦେଲା, ଆକାଶରେ ନେଇ ବସେଇ ଦେଲା ଭଲି ଲାଗିଲା। ତଥାପି ପର ମୁହୂର୍ତ୍ତରେ ମନ ଦ୍ୱନ୍ଦରେ ଆଉଟୁପାଉଟୁ ହେଉଥାଏ। ଅନେକ ସାଙ୍ଗମାନଙ୍କର ପରିବାର ଭାରତ ଗଲେ ଗାଆଁକୁ ନଯାଇ ଭୁବନେଶ୍ୱରରେ ହୋଟେଲରେ ରହି ପ୍ରତ୍ୟାବର୍ତ୍ତନ କରନ୍ତି। ଆମର ଯଦି ସେଇୟା ହେଲା ତେବେ କେବଳ ଅର୍ଥ ଶ୍ରାଦ୍ଧ ଅଯଥାରେ ହେବ। ଫଳ କିଛି ହେବନି। ସେତିକି ବେଳେ ମନେ ପଡ଼ିଲା ଅନେକ ବର୍ଷ ଆଗରୁ ହାଇସ୍କୁଲ ପାଠ୍ୟ ପୁସ୍ତକରେ ପଢ଼ିଥିବା ରନ୍ନାକର ପତିଙ୍କର “ଗ୍ରାମ୍ୟ ଜୀବନ” ପ୍ରବନ୍ଧରୁ କେତୋଟି ଧାଡ଼ି, “ଜନନୀ ଜନ୍ମଭୂମିଶ୍ଚ ସ୍ୱର୍ଗାଦପୀ ଗରୀୟସୀ, ଯେଉଁ ଗ୍ରାମରେ ଜନ୍ମଗ୍ରହଣ କରି ତାହାର ପାଣି, ପବନ, ତରୁଲତା ସଙ୍ଗେ ଆମ୍ଭମାନଙ୍କର ଶିଶୁଜୀବନ ଓତଃପ୍ରୋତଃ ଭାବରେ ଜଡ଼ିତ, ସେହି ଜନନୀସ୍ୱରୂପା ଜନ୍ମଭୂମିର ଉନ୍ନତି ପ୍ରତି ରୁଦ୍ଧନେତ୍ର ହେବା ମାନବଧର୍ମ ଓ ମାନବ ମର୍ଯ୍ୟାଦାର ବିରୋଧୀ।” ଏହାକୁ ମନେ ପକେଇ ମୋ ବାଲ୍ୟକାଳର କଥା ମନେ ପଡ଼ିଲା। ମନେ ପଡ଼ିଲା ସେଇ ଦାଣ୍ଡ ଆଗରେ ବରଗଛ ଆମ୍ୟ ତୋଟା। ଖରାଦିନିଆ ସନ୍ଧ୍ୟାରେ ପୋଖରୀ ହୁଡ଼ାରେ ସୁଲୁସୁଲିଆ ପବନ। ରଡୁ ପରେ ରଡୁର ଦୃଶ୍ୟ ପରିବର୍ଦ୍ଧନ ଠିକ୍ ଚଳଚିତ୍ର ଦେଖିଲା ଭଲି, ଭଲିକି ଭଲି। ପିଲାଦିନେ ଯେଉଁ ଜମିକୁ ଯାଉଥିଲୁ ସେ ଜମି ଗୁଡ଼ିକ ମନେ ପଡ଼ିଲା। ସବୁ ଭାଇ ଭଉଣୀଙ୍କ ଜନ୍ମ ସେଇଠି, କଉଡ଼ି ଲଗା ଷଟ ଘରର ଚିହ୍ନ ମାଟି କାନ୍ଥରେ, ନିଜର ଜନ୍ମସ୍ଥାନ, ମୋଟ

ଉପରେ ବଂଶର ଭିଟା ମାଟି। ମାଆ ବୁଢ଼ୀ ସହିତ ସାନ ଭାଇଙ୍କ କଥା ମନେ ପଡ଼ିଲା। ଆଜି ନକିଣିଲେ କାଲି କାହାକୁ ହସ୍ତାନ୍ତର ହେଇଯିବ। ଚିରଦିନ ପାଇଁ ବାଲ୍ୟକାଳର ସ୍ମତି ବିସ୍ମତିର ଗଭୀର ମହାସାଗର ଅତଳ ଗର୍ଭରେ ଲୀନ ହେଇଯିବ। ମାଟି ମାଆର ଡାକ କାନରେ ପଡ଼ିଲା। ହୃଦୟ ବିଦାରି ପକେଇଲା। ଆଉ ଗୋଟିଏ ଦିନ ବିଲମ୍ବ ନକରି ଟଙ୍କା କକାଙ୍କ ଉପଦେଶ ଅନୁଯାୟୀ ଶ୍ୱଶୁରଙ୍କ ମାର୍ଫତରେ ପଠାଇଲି। ବଡ଼ନନା, ସାନ ଭାଇ ଭଗ ଓ ଶ୍ୱଶୁରଙ୍କ ସହଯୋଗରେ କକା ସମସ୍ତ କାଗଜ ପତ୍ର କାମ ଶେଷ କରି ମୋତେ ପତ୍ର ଖଣ୍ଡିଏ ଲେଖିଦେଲେ। କକାଙ୍କ ଭାଗରେ ପଡ଼ିଥିବା ସମସ୍ତ ପୈତୃକ ସଂପତ୍ତିର ମାଲିକ ହିସାବରେ କକା ମୋତେ ଦାୟିତ୍ୱ ଦେଲେ, ଏକ ଲକ୍ଷ ୨୦ ହଜାର ଭାରତୀୟ ମୁଦ୍ରା ବିନିମୟରେ ସମସ୍ତ କବାଲା ଖର୍ଚ୍ଚ ସହିତ। ଏହା ମୋ ଜୀବନର ଏକ ମାଇଲ ଖୁଣ୍ଟ। ଅଧିକନ୍ତୁ କକାଙ୍କ ଆନ୍ତରିକ ଇଚ୍ଛା ଅନୁସାରେ ଘର ଡିହ ଖଣ୍ଡିକ ମୋର ବର୍ଷକର ପୁତ୍ର ସୋମନ ନାମରେ ଦାନ ପତ୍ର କରିଦେଲେ।

ଘରବାଡ଼ି କିଣା ହେବା ପରେ ସାନଭାଇ ବାବୁଲି ଥରେ ଛୁଟିରେ ଅଷ୍ଟ୍ରେଲିଆରୁ ଆସିଥାଏ। ସେ ସେତେବେଳେ ଆଗରୁ ବାକି ଥିବା ଉତ୍ତର ପଟେ ତିନୋଟି ବଖରା ଘର କରି ପୁର ବୁଲେଇ ଦେବାକୁ ଇଚ୍ଛା ପ୍ରକାଶ କଲା। ବଡ଼ନନା କହିଲେ "ନାହିଁ ନାହିଁ ସେମିତି ନୁହେଁ, ଯଦି କରିବା ଭଲକି କରିବା, ସେପଟରୁ ଆଗ ପୁରୁଣା ଘର ଭାଙ୍ଗି ନୂଆ ତିଆରି କରିବା।" ଏତେ ସବୁ ଘର ଭଙ୍ଗା ଭଙ୍ଗି କରି କରିବାକୁ ତାର ସାହସ ନହେବାରୁ ସେ ମଙ୍ଗିଲା ନାହିଁ। ତାର ଗାଁରେ ଘର କରିବାର ଇଚ୍ଛା କହିବାକୁ ଗଲେ ଅନେକ ଦିନରୁ। ଯେତେବେଳେ ସେ ଜୟପୁର ରାଜସ୍ଥାନରେ ଇଞ୍ଜିନିୟରିଂ ପଢ଼ୁଥିଲା ସେତେବେଳେ ଜବାହରଲାଲ ନେହେରୁ ବିଶ୍ୱବିଦ୍ୟାଳୟ, ଦିଲ୍ଲୀକୁ ଆସି କେବେ କେବେ ମୋ ପାଖରେ ଛାତ୍ରାବାସରେ ରହୁଥିଲା। ଆମେ ସେତେବେଳେ କପର୍ଦକ ଶୂନ୍ୟ। ତଥାପି ଦୁଇ ଭାଇ ଗାଁରେ କିପରି ଘର କରିବା ସେ ବିଷୟରେ କାଗଜରେ ଗାର କାଟି କଳ୍ପନା ଜଳ୍ପନା କରୁଥିଲୁ। ସେତେବେଳେର ସେ କଳ୍ପନା କେବଳ ଦୂରଦିଗନ୍ତର ଅସ୍ପଷ୍ଟ ଅଦୃଶ୍ୟ ସ୍ୱପ୍ନ ବୋଲି କହିଲେ ଅତ୍ୟୁକ୍ତି ହେବନାହିଁ। ମାତ୍ର କିଏ ଜାଣିଥିଲା ସେଇ ସ୍ୱପ୍ନ ଦିନେ ବୀଜ ରୂପେ ସୁପ୍ତ ଅବସ୍ଥାରେ ଥିଲା, ପାରିପାର୍ଶ୍ୱିକ ଅବସ୍ଥାକୁ ଅପେକ୍ଷା କରି। ଏବେ ଜଳବାୟୁର ପରିସ୍ଥିତି ଅନୁକୂଳ ହେବାରୁ ଅଙ୍କୁରୋଦ୍ଗମ ହେବାକୁ ଲାଗିଲା। ବାବୁଲିର ଅର୍ଥଦାନ, ସାନଭାଇ ଭଗ, ମାନା ଓ ପୁତୁରା ଜିତୁର ସହାୟତାରେ ପ୍ରଥମେ ତିନୋଟି ପକ୍କା କୋଠରୀର ଯୋଜନା କାର୍ଯ୍ୟକାରୀ ହୋଇ ସମାପନ ହେଲା। ସମସ୍ତେ ଖୁସିହେଲେ। ମାଆ ଅନୁଜ ବାବୁଲିର ଗୁଣଗାନ କଲା। ଚଉରା ମୂଳରେ ସଞ୍ଚ୍ଚି ସଲିତା ଜଳି ଲିଭି ସାରିଥିଲା, ଶଙ୍ଖ ବାଜି ସାରିଥିଲା।

ସନ୍ଧ୍ୟାର ଆଗମନ । ଅନ୍ଧାରର କଳା ପରଦା ଧୀରେ ଧୀରେ ଓହ୍ଲେଇ ଆସୁଥାଏ । ହାଲ୍‍କା ଜାନୁଆରୀ ମାସର ଶୀତ । ବାଡ଼ି ପଟେ କୋଲାହଳ । ବାହାର ଚୁଲୀର ଧୂଆଁରେ ଆଖପାଖ ଧୂମାୟିତ । ମଝିରେ ମଝିରେ ଧୂଆଁ ସହିତ ଚୁଲିର ନିଆଁ ଧାସ ଉପରକୁ ଉଠି ଆସୁଥାଏ । ଚାରି ପାଖରେ ଚୌକିରେ ଚାଦର, ସ୍ୱେଟର ଆଦି ଘୋଡ଼େଇ ହୋଇ ଭାଇ, ଭାଇ ବୋହୂ, ନାନୀ ଓ ଭିଣୋଇ ମାନଙ୍କର ଭିଡ଼ । କିଏ ଦୂରରୁ ଚୁଲିକୁ ଅନେଇଥାଏ ତ କିଏ ପାଖରେ ବସି ହାତ ଦୁଇଟିକୁ ନିଆଁରେ ଦେଖେଇ ସେକୁଥାଏ । ସାନ ଭଉଣୀ ମାଞ୍ଜୁ ଓ ସାନ ଭାଇ ଭଗ ପୋଡ଼ ପିଠା ପ୍ରସ୍ତୁତି ପଥରେ ଆଗେଇ ଚାଲିଥାନ୍ତି । ଭାଇ ବୋହୂମାନେ ଉପାଦାନ ଓ ଉପକରଣ ମାନ ପାଖରେ ଆଣି ଯୋଗାଇ ଦେଉଥାନ୍ତି । ଉପଦେଶର ଅଭାବ ନଥାଏ, ସବୁ ଦିଗରୁ ଉପଦେଶମାନ ତୀର ଭଳି ଆସୁଥାନ୍ତି, ଯାଉଥାନ୍ତି । ହେଲେ ସେଥିରେ ପ୍ରକୃତ କାମ କରିବାବାଲାଙ୍କର କିଛି ଅସୁବିଧା ହେଉ ନ ଥାଏ । ସେମାନେ କୌଣସି ଉପଦେଶକୁ ଗ୍ରହଣ କଲାଭଳିଆ ଲାଗୁନଥାନ୍ତି । ତାଙ୍କ କାମ କାରସାଦିରୁ ଜଣା ପଡ଼ୁଥାଏ ଏ ସବୁ କାମରେ ସେମାନେ, ପୋଖତ, ଧୁରନ୍ଧର, ଅନେକ ଦିନରୁ କରିଆସିଲେଣି । କେତେଜଣ ଏପଟ ସେପଟ ଯାଆ ଆସ କରି ରାତ୍ରି ଭୋଜନ ତିଆରି କରିବାରେ ବ୍ୟସ୍ତ । କେତେକ ଫାଙ୍କା ଆବାଜ କରିବା ବାଲା ମଝିରେ ମଝିରେ ଆସି "କେତେ ଦୂରଗଲା" ପଚାରି ଦେଇ ପଳେଇଯାଉଥାନ୍ତି । ମୋଟା ମୋଟି କହିବାକୁ ଗଲେ ଏକ ଖୁସିହାସିର ଫୁଆରା ଉପରକୁ ଉଠୁଥାଏ । ମୁଁ ମୋ କ୍ୟାମେରାଟି ଧରି କିପରି ଚୁଲି ନିଆଁ ସହିତ ପୋଡ଼ ପିଠାର ଫୋଟୋ ଉଠିବ ତାର ଉପାୟ ଖୋଜିବାରେ ଲାଗିଥାଏ । ପୋଡ଼ ପିଠା ତିଆରି ହବାର ଦୃଶ୍ୟ ମୁଁ ଅନେକ ଦିନ ଧରି ଗାଁରେ ଦେଖିବାକୁ ପାଇ ନଥିଲି । ଏମାନଙ୍କର କଳା କଉଶଳ ଦେଖି ପଚାରିଲି, "ତୁମେମାନେ ଏ ସବୁ ମାଆ ପାଖରୁତ ଶିଖିଥିବ ନିଶ୍ଚେ, ହେଲେ ଶିଖିଲ କେବେ । ମାଆ କଥା ଆସିବାରୁ ସାନ ଭାଇ ବାବୁଲି କହିଲା "ମୁଁ ଯେତେବେଲେ ଆସେ ମାଆ ପୋଡ଼ ପିଠା ମୋ ପାଇଁ ନିର୍ଦ୍ଦିଷ୍ଟ କରେ ।" ସଙ୍ଗୋ ସଙ୍ଗୋ ଭାଇ ବୋହୂ ନୀହାରିକା କଥା ଯୋଡ଼ିଲେ, କହିଲେ "ସତରେ, ଅଷ୍ଟେଲିଆ ନନା ଯେବେ ଆସନ୍ତି ମାଆ ପୋଡ଼ ପିଠା କରନ୍ତି ।" ସମସ୍ତଙ୍କ ମୁହଁରେ ମାଆଙ୍କ କଥା । ମାଆଙ୍କର ବିଯୋଗ ମାତ୍ର ଦୁଇ ବର୍ଷ ତଲର । ନିକଟରେ ଶ୍ରାଦ୍ଧ ଯାଇଥିବାରୁ ତାର ଅନୁପସ୍ଥିତି ସମସ୍ତଙ୍କ ମନରେ ଖେଲୁଥାଏ । ଲାଗୁଥାଏ ସତେ ଯେପରି ମାଆ ନଙ୍କାଁ ନଙ୍କାଁ ଆସୁଛି, ସେ ଘର ଖଟ ଉପରେ ଶୋଇଛି, ବାରଣ୍ଡା ସୋଫାରେ ବସିଛି । ବାବୁଲି କହିଲା, "ମାଆ କହେ ଯେଉଁ ବର୍ଷ ଘର ଭାଙ୍ଗିଗଲା ନା, ସେ ଭଙ୍ଗା ଘର ଭିତରୁ କୁଆଡ଼େ ସେ କାନ୍ଦଣା ଶୁଣେ, ତାକୁ ଲାଗେ ଯେପରି କିଏ ଜଣେ ଠିଆ ହୋଇ ସକେଇ ସକେଇ କାନ୍ଦୁଚି,

କେତେ ଥର ମୋତେ କହିଛି, ତୁ ଘର କରି ନଥିଲେ ଆମେ ବରଗଛ ମୂଳରେ ରହିଥାନ୍ତୁ।" ଏତକ କହି ସେ ଭାବ ପ୍ରବଣ ହୋଇ ଉଠିଲା। ପୋଡ଼ ପିଠା ଜନିତ କାର୍ଯ୍ୟକ୍ରମ ସୁଚାରୁ ରୂପେ ସମାପ୍ତ ହେଇ ଆସୁଥିବାରୁ ସମସ୍ତେ ଘର ଭିତରକୁ ରାତ୍ରି ଭୋଜନ ପାଇଁ ମୁହେଁଲେ। କଥାଟି ସେଇଟି ରହିଗଲା।

ହେଲେ ଘର ଭାଙ୍ଗିଯିବା ପ୍ରସଙ୍ଗଟି ମୋ ମନରୁ ନିଦ ହେଲା ପର୍ଯ୍ୟନ୍ତ ଗଲାନାହିଁ। ଚାରି ପୁରୁଷର ଘର। ଜମି କିଣାହେଲା, ତିନୋଟି ପକ୍କା କୋଠରୀ କରାହେଲା, ହେଲେ ପୁରୁଷାନୁକ୍ରମିକ ରହି ଆସିଥିବା ପୁରୁଣା ମାଟି ଘର କିପରି ଓ କାହିଁକି ଭାଙ୍ଗିଲା। ମଝିରେ ଥରେ ଘର ଛପର ଉଡ଼ିଯାଇ ପାଣି ପଡ଼ୁଥିବାରୁ ମୁଁ ଘରେ ପହଞ୍ଚି ଅସନ୍ତୁଷ୍ଟ ହୋଇଥିଲି। ପଇସା ଦେବାରୁ ଘର ଛପର କରା ହେଇଥିଲା। ପୁଣି ସେଇ କଥା। କାହିଁକି। ସେତେବେଳେ ବଡ଼ନନା ତାଙ୍କ ପିଲାପିଲି ଓ ବୁଢ଼ୀ ମାଆକୁ ନେଇ ଗାଁରେ ଥିଲେ। ସାନ ଦୁଇଭାଇ ବି ଥିଲେ। ଏମିତି କିଛି ବର୍ଷ ଚାଲିଥିଲା। ସାନ ଭାଇମାନେ ଜମି ବାଡ଼ି ବୁଲିବାରୁ କଙ୍କଡ଼ାକୁ ଗୋଲି ପାଣି ସୁହେଇଲା ଭଳି ବଡ଼ନନାଙ୍କୁ ଏଇଟା ବେଶ୍ ସୁହେଇଲା। ଏଇ ସୁଯୋଗ ନେଇ ସେ ଘରକୁ ମାସେ ଦୁଇମାସରେ ଥରେ ଆସିଲେ। କୁଆଡ଼େ ରହୁଚନ୍ତି, କୁଆଡ଼େ ଯାଉଚନ୍ତି କାହାରିକୁ ପଉଆ ମିଳିଲା ନାହିଁ। ସମସ୍ତେ କେବଳ ଦିନରାତି ସନ୍ଦେହ କରିବାରେ ରହିଲେ। ଏ ସବୁ ନେଇ ମୁଁ ପରିବାର ବର୍ଗଙ୍କ ଠାରୁ ପତ୍ର ପାଉଥିଲି। ସେଥିରୁ ଜାଣିବାକୁ ପାଉଥିଲି ଘରେ ନିଜ ନିଜ ଭିତରେ ବୁଝାମଣାର ଅଭାବ ହୋଇ ମନୋମାଳିନ୍ୟ ବଢ଼ିଛି। କ୍ରମେ କ୍ରମେ ପରସ୍ପର ଭିତରେ ବିଶ୍ୱାସ ତୁଟିଯାଇ ସମ୍ପର୍କ ମଧ୍ୟ ତୁଟିବାକୁ ଆରମ୍ଭ କଲାଣି। ମୋର କିନ୍ତୁ ତଥାପି ଏକଥାକୁ ବିଶ୍ୱାସ ହେଉ ନଥାଏ। ଦିନେ ପୁତୁରା ଜିତୁ ପାଖରୁ ଚିଠିଟିଏ ପାଇଲି। ବିଚରା ସମସ୍ତ ବିବରଣୀ ସହ ଅତ୍ୟନ୍ତ ଦୁଃଖ ପ୍ରକାଶ କରି ଚିଠି ଖଣ୍ଡିଏ ସେ ଲେଖିଥିଲା। ଚାରି ପୁରୁଷର ମାଟି ଘର ସମସ୍ତଙ୍କ ଜାଣତରେ ଭାଙ୍ଗି ଧରାଶାୟୀ ହୋଇ ଯାଇଛି ବୋଲି ଲେଖିଥିଲା। ମନମାଳିନ୍ୟକୁ ମେଣ୍ଟାଇବା ପାଇଁ ଦୃଢ଼ ପଦକ୍ଷେପ ନେଇ ଅତି ଶୀଘ୍ର ଏହାର କିଛିଟା ସମାଧାନର ପନ୍ଥା ବାହାର କରିବାକୁ ସେ ମୋତେ ନିବେଦନ କରିଥିଲା। ସେ ଲେଖିଥିଲା, "ଭାଗ କରିବା ପାଇଁ ଉପଯୁକ୍ତ ମୁରବିଙ୍କ ଅଭାବ। କାରଣ, ଯେଉଁ ବ୍ୟକ୍ତି ନ୍ୟାୟ ତଥା ଲୋଭଶୂନ୍ୟ, ସେ ଏ କାମ କରି ପାରିବେ। ଆଉ ମଧ୍ୟ ସେ ବ୍ୟକ୍ତିର ଅନ୍ୟମାନଙ୍କ ପ୍ରତି ଜାହିର / କର୍ତ୍ତବ୍ୟ ଥିବ। ତେଣୁ ମୋ ମତରେ ତମେ ହିଁ ଯୋଗ୍ୟ।" କିଛିଟା ଖବର ମୁଁ ଆଗରୁ ପତ୍ର ମାଧମରେ ପାଇଥିଲି। ଏସବୁ ପଢ଼ି ପରିସ୍ଥିତିକୁ ମୁକାବିଲା କରିବା ପାଇଁ ମୁଁ ଆଗରୁ ନିଜକୁ ପ୍ରସ୍ତୁତ କରାଇ ନେଇଥିଲି। ମୋ ଯିବାର ପନ୍ଦର ଦିନ ଆଗରୁ ପନ୍ତୀ ସବିତା ଭାରତ ଭ୍ରମଣରେ ଯାଇ ସାରିଥିଲେ। ଓଡ଼ିଶାରେ

ପହଞ୍ଚି ସେ ଯଥାରୀତି ଗାଁକୁ ଯାଇ ବିସ୍ମିତ ହେଲେ ସମସ୍ତ ଦେଖି। ଫୋନରେ ତାଙ୍କ ସହିତ କଥାଭାଷା ହେଲାବେଳେ ମୁଁ ପଚାରିଥିଲି, "କଣ ଦେଖିଲ। କଣ ପରିସ୍ଥିତି। ମୋତେ କହିବକି।" ସେ ଅଧିକ କିଛି ନକହି ଏତକ କହିଥିଲେ, "ଆସ, ତମେ ତମ ନିଜ ଆଖିରେ ଦେଖିବ।" ଏହା ଶୁଣି ସନ୍ଦିହାନ ମନ ନେଇ ମୁଁ ଭାରତ ଭ୍ରମଣରେ ବାହାରିଲି।

ଓଡ଼ିଶାରେ ପହଞ୍ଚି ଗାଁକୁ ଯାଇ ସମସ୍ତ ଦୃଶ୍ୟ ସ୍ୱଚକ୍ଷୁରେ ଦେଖିଲି। ସମସ୍ତ ଘଟଣା ଜାଣିବାକୁ ଚେଷ୍ଟା କଲି। ନୂଆ ନୂଆ ଆସିଥିବା ଭାଇବୋହୂ ନୀହାରିକା ତାଙ୍କର ଅଭିଜ୍ଞତା ମୋ ଆଗରେ କହି ବସିଲେ, କିପରି ଦିନେ ମେଘ ରାତିରେ ଭୟଙ୍କର ଶବ୍ଦକରି ଅନ୍ଧାରରେ କାନ୍ଥ ଭୁଶୁଡ଼ି ଗଲା। ମୋ ଆଗେ ନିରୋଳାରେ ବୃଦ୍ଧା ଅସହାୟା ମାଆ ଲୁହ ଗଡ଼େଇଲା। କହିଲା, "ବାପାରେ, ମୋହରି ଆଖି ଆଗରେ ଚାରି ପୁରୁଷର ଘର ଆଜି ଭୁଶୁଡ଼ି ଗଲା, କେହି ଦାୟିତ୍ୱ ନେଲେନି, କେହି ବୁଝିଲେନି, ମୁଁ କିଛି କରି ପାରିଲିନିରେ, ଏ ବୁଢ଼ୀ କଥା କିଏ ଶୁଣୁଛି। ମୋ ଜୀବନଟା ଯାକ ମୁଁ ତ କାହାର କେବେ ଅନିଷ୍ଟ ଚିନ୍ତା କରିନି, ମୁଁ ତ ମୋ ଜୀବନ ସାରା ଦୁଃଖୀ, ମୁଁ ମୋ ସୁଖ ଦୁଃଖରେ ଥାଏ, କିଏ କାହିଁକି ଏ ଅଭିସମ୍ପାତ ମତେ ଦେଲା, ମୋ ଘର ଭାଙ୍ଗିଲା।" ଟିକିଏ ରହିଯାଇ ନାକ ପୋଛି ପୁଣି କହିଲା, "ଗୋସାଙ୍ଗ ଦୈତାରୀ ପାଣିଗ୍ରାହୀ କରିଯାଇଥିଲା, ତ ବାପ, ଜଜବାପ କିଛି କରି ନଥିଲେ। ତମେ ମାନେ ଯଦି ଯୋଗ୍ୟ ଆଉ ଥରେ ଘର କରିବ, ମୁଁ ତ ବୁଢ଼ୀ ହେଲିଣି, ମୋର ବା ଆଉ କେତେ ଦିନ। ପିତୃ ପୁରୁଷ ସ୍ୱର୍ଗରେ ରହି ଦେଖିବେ, ଖୁସି ହେବେ। ମୁଁ ତ ଆଉ ନଥିବି ଦେଖିବାକୁ।" ଏତକ କହି ଆଉ ଥରେ ଆଖିରୁ ତାର ଡବ ଡବ ହେଇ ଲୁହ ଗଡ଼ି ପଡ଼ିଲା। ସେଇଠି ତାହାରି ଗାଢ ସବୁଜିଆ କନ୍ଥା ଲୁଗାର କାନି ଟାଣି ନେଇ ତା ଆଖିରୁ ଲୁହ ପୋଛିଦେଇ କହିଲି, "ହଉ, ତୁ କାନ୍ଦନା।" ବାପାଙ୍କ ଭଳିଆ "ହଉ"ଟିଏ ମାରିଦେଲି। ପୁଣି କହିଲି, "ତୁ ବ୍ୟସ୍ତ ହଉନା, ମାଟି ଘର ଭାଙ୍ଗି ଗଲା, ପକ୍କା ଘର ହବ, ଏଇ ବରଗଛ ମୂଲେ ହବ, ତୁ ଦେଖିକି ମରିବୁ, ହେଲା।" ଆଶ୍ୱାସନା ପାଇ ସେ ବି ବାପାଙ୍କ ଭଳିଆ "ହଉ" ମାରି ଦେଇ ତୁନି ହେଲା। ମାଆ ଆଗରେ ନ କାନ୍ଦିଲେ ବି, ଉପରକୁ ନ ଦେଖେଇଲେ ବି, ମୋ ଅନ୍ତର ସେତେବେଳେ କାନ୍ଦୁଥିଲା।

ଖବର ପାଇଲି ବଡ଼ନନା ଅବାଟକୁ ଯାଇ ଏମିତି ଭଉଁରୀରେ ପଡ଼ିଚନ୍ତି ଯେ ଆଉ ସେଥିରୁ ସେ ମୁକୁଳି ଆସିବା ଅସମ୍ଭବ। ପିଲାମାନଙ୍କ କଥା ବୁଝିବାକୁ କେହି ନାହାନ୍ତି। ଜମିବାଡ଼ି ଦେଖିବାକୁ କେହି ନାହିଁ। ସାନ ଭାଇମାନଙ୍କ ପାଖରେ ପଇସା ନାହିଁ। ଘର ଛପର କରିବ କିଏ। ବଡ଼ନନା ମଝିରେ ମଝିରେ କହୁଥିଲେ "ଗଗନ,

ଘରର ଛପରଟା କଲାନି, ଏ ଘର ଆଉ ରହିବ ନା।" ମୁଁ ଏକଥା ଅନ୍ୟ ମାନଙ୍କୁ ଠୁଁ ଶୁଣି ଆଶ୍ଚର୍ଯ୍ୟ ହେଲି। ମନେ ମନେ ଭାବିଲି, ଗଗନ ତ ଏଠାରେ ରହୁନି, ଘର ଛପର କରିବ କାହିଁକି। ଯେଉଁମାନେ ରହୁଚନ୍ତି ସେମାନେ ତ ଛପରଟା ଅତି କମ୍‌ରେ କରିପାରିଥାନ୍ତେ। ଏ ପ୍ରଶ୍ନର ଉତ୍ତର ଦେବାକୁ କେହି ନଥିଲେ। କାହାକୁ ବା ପଚାରିଥାନ୍ତି।

ଗତସ୍ୟ ସୂଚନା ନାସ୍ତି। ଏଇଆ ଭାବି ଅତୀତକୁ ନେଇ ଗୋଲେଇ ଘାଣ୍ଟିହେବାକୁ ମୋର ଆଉ ଇଚ୍ଛା ବା ସମୟ ନଥିଲା। କିପରି ଆଗକୁ ଆଗକୁ ଚାଲିବୁ, ଭବିଷ୍ୟତକୁ ଆଖି ଆଗରେ ରଖି ଘର ତିଆରି କରିବୁ ସେଇ ଯୋଜନାରେ ରହିଲୁ। ପତ୍ର ମାଧ୍ୟମରେ ଭାଇ ମାନଙ୍କ ସହିତ ଯୋଗାଯୋଗ କରି ଓ ଘରେ ପତ୍ନୀ ସବିତାଙ୍କ ସହ ଆଲୋଚନା କରି ଘର ତିଆରି କରିବାର ଯୋଜନା ଚାଲିଲା। ଅନେକ ଦିନରୁ ସବିତାଙ୍କର ଆନ୍ତରିକ ଇଚ୍ଛା ଥିଲା ଗାଁରେ କେତେ ବଖରା ଘର କରିବାକୁ। ସେ କହନ୍ତି, "ଗାଁରେ ଏତେ ଲୋକ ଘର କରୁଛନ୍ତି, ଆମେ କରିବାନି କାହିଁକି। ତା ସହିତ ଆମ ଦୁଇ ଭାଇଙ୍କର ଜବାହରଲାଲ ନେହେରୁ ବିଶ୍ୱବିଦ୍ୟାଳୟର ଛାତ୍ରାବାସରେ ବସି ଦେଖୁଥିବା ସ୍ୱପ୍ନକୁ ରୂପାୟିତ କରିବାକୁ ଏବଂ ମାଆକୁ ଦେଇଥିବା ପ୍ରତିଶ୍ରୁତିକୁ ଫଳବତୀ କରିବାକୁ, ଘର ତୋଳିବାର ଯୋଜନା ଚାଲିଲା। ଯେ ଯାହାର କ୍ଷମତା ଅନୁସାରେ ଘର ତିଆରି କରିବାରେ ସାହାୟ୍ୟ କରିବାକୁ ଆଗଭର ହେଇ ଆଗେଇ ଆସିଲେ। ବଡ଼ଭାଇ ଦୀନ ନନାଙ୍କ ତତ୍ତ୍ୱାବଧାନରେ ଘର ତିଆରି କାମ ଚାଲିଲା। ରାଉରକେଲାରୁ ସେ ସିମେଣ୍ଟ ପଠେଇଲେ। ଟ୍ରକ୍ ଆସି ଗାଁରେ ବୋଝେଇ ଖଲାସ କଲା। ତା ସହିତ ଇଲେକଟ୍ରିକ ସରଞ୍ଜାମ ମଧ୍ୟ ସାନ ଭାଇ ଭଗ ଯାଇ ରାଉରକେଲାରୁ ଆଣିଲା। ସମସ୍ତଙ୍କର ଅକ୍ଲାନ୍ତ ପରିଶ୍ରମରେ ବର୍ଷକ ଭିତରେ ଘର ଛିଡ଼ା ହେଲା। ତହିଁ ପର ବର୍ଷ ସପରିବାର ଗାଁରେ ପହଞ୍ଚିଲୁ ଘର ପ୍ରତିଷ୍ଠା ପାଇଁ। ବନ୍ଧୁବର୍ଗ ପରିବାର ଆସି ଗାଁରେ ରୁଣ୍ଡ ହେଲେ। କକା ଓ ମାଆଙ୍କ ଗହଣରେ ସାରା ପରିବାର ବର୍ଗଙ୍କର ଫୋଟୋ ଛାତ ଉପରେ ରହି ତୋଲା ହେଲା। ମାଆ ବରଗଛ ମୂଲେ ଘରର ଶୁଭ ଦେଇ ମାର୍ବଲ ପଥରରେ ଘରର ନାମାନୁସାରେ ଫଳକ ଦାଣ୍ଡ କାନ୍ଥରେ ଲଗେଇଲା "ମାଧବୀ ଗୋବିନ୍ଦ।" ମାଆଙ୍କ ନାଁ ମାଧବୀ ଓ ବାପାଙ୍କ ନାଁ ଗୋବିନ୍ଦ। ସମସ୍ତେ ଖୁସିରେ କରତାଳି ଦେଲେ। ଅଶୀରୁ ଉର୍ଦ୍ଧ ବର୍ଷୀୟ ପିତୃତୁଲ୍ୟ କକା ଆନନ୍ଦରେ ଗଦ୍‌ଗଦ୍‌ ହେଇ କହିଲେ, "ମୋ ପୈତୃକ ସମ୍ପତ୍ତି ଓ ପୈତୃକ ଭିଟା ମାଟି ଆଜି ମୋ ଉପଯୁକ୍ତ ଦାୟାଦ ମାନଙ୍କ ହାତରେ। ମୋର ଯୋଗ୍ୟ ସନ୍ତାନମାନେ କୋଠା ପିଟି ଆଜି ଛାତ ଉପରୁ ସମସ୍ତଙ୍କର ଫୋଟୋ ଉଠୁଛନ୍ତି। ମୋ ଇହକାଳ ଭିତରେ ମୋ ଆଖି ଏଇଆ ଦେଖ୍‌ଲା। ମୋ ପାଇଁ ଯ଼ା ଠାରୁ ଗର୍ବର କଥା ଆଉ କଣ ହେଇପାରେ।" ସେଇ ବାକ୍ୟରୁ ଝରି ପଡ଼ୁଥିଲା

ତାଙ୍କ ହୃଦୟରୁ ଆମ୍ଭ ସନ୍ତୋଷର ସ୍ଫୁଲିଙ୍ଗ । ସେ କହିବା ବେଳେ ମୁଁ ମନେ ମନେ ତାଙ୍କ ପ୍ରତି ପ୍ରଣିପାତ ଜଣାଉଥ୍ଲି ।

"ମାଧବୀ ଗୋବିନ୍ଦ ।" ସାମନାରେ ପୋର୍ଟିକୋ । ତାକୁ ଲାଗି ପୂର୍ବ ପଟକୁ ପକ୍କାର ତୁଳସୀ ଚଉରା । ଘର ଭିତରକୁ ପଶିଲେ ପ୍ରଥମେ ଦାଣ୍ଡଘର । ଦାଣ୍ଡଘରେ ମାଆର ଫୋଟୋକୁ ବେଢ଼ି ତାର ସାତ ପୁଅ ଓ ବୋହୂମାନଙ୍କର ଫୋଟୋ । ଘର ଭିତରେ ପକ୍କା ଅଗଣା । ଅଗଣାରେ ଠିଆହୋଇ ଉପରକୁ ଚାହିଁଲେ ଦେଖାଯାଏ ଆକାଶ ଚୁମ୍ବୀ ବାଡ଼ି ଆଡ଼ର ତାଳଗଛ । ଅଗଣାକୁ ବେଢ଼ି ବାରଣ୍ଡା ଓ ପାଞ୍ଚଟି ବଖରା ଘର । ଡାହାଣ ପଟକୁ ପୂଜାଘର । ସେଠାରେ ଦୈତାରୀ ପାଣିଗ୍ରାହୀଙ୍କ ଅମଳର ଆଣ୍ଠୁଆ ଗୋପାଳଙ୍କ ପିଉଳ ବିଗ୍ରହ ମାର୍ବଲର ଆସ୍ଥାନ ଭିତରେ । ସାମନାକୁ ବସା ଉଠା ପାଇଁ ବାରଣ୍ଡା । ବାରଣ୍ଡାକୁ ଲାଗି ଗ୍ୟାସ୍ ଚୁଲି ଥାଇ ରୋଷେଇ ଘର । ଡାହାଣ ପଟେ ଛାତ ଉପରକୁ ଯିବାକୁ ସିଡ଼ି । ଛାତ ଉପରୁ ଚଉଦିଗକୁ ଚାହିଁଲେ ସବୁଜିମାରେ ଭରପୁର । ପଶ୍ଚିମ ପଟେ ତେନ୍ତୁଳି ଗଛ, ପୂର୍ବକୁ ତାଳ, ଆମ୍ବ ଓ ବାଉଁଶ ଗଛମାନଙ୍କର ସମାହାର । ଉତ୍ତରକୁ କେଉଁ କାଳର ସେଇ ପ୍ରିୟ ବରଗଛ ଓ ଦକ୍ଷିଣରେ ଜାମ ଓ ଆମ୍ବ । ଅନ୍ଧକାର ରାତିରେ ଉପରକୁ ଚାହିଁଲେ ତରାଟ ଫୁଲ ଫୁଟିଲା ପରି ତରା ଭରା ଆକାଶ । ଜହ୍ନରାତିରେ ପାଖ ନଡ଼ିଆ ଗଛ ବାହୁଙ୍ଗାରେ ଜହ୍ନ ଆଲୁଅ ପଡ଼ି ଚିକ୍ ଚିକ୍ କରେ । ଏ ସବୁ ସତ୍ତ୍ୱେ ଦୟାନନ୍ଦନାଙ୍କ ମନ ମାନିଲା ନାହିଁ । ସେ ବେଶ୍ ଭଲ ଅର୍ଥ ବିନିମୟରେ ଘର ଉପରେ ପାଣି ଟାଙ୍କି ବସେଇ ଗଭୀର ନଳକୂପ ପକେଇ ଚବିଶ ଘଣ୍ଟା ପାଣିର ବ୍ୟବସ୍ଥା କଲେ । ପକ୍କାର ଗାଧୁଆ ଘର, ଦେଶୀ ଓ ବିଦେଶୀ ଠାଣିରେ ଉତ୍ତମ ଶୌଚାଳୟର ବନ୍ଦୋବସ୍ତ କରି ସେଠାକୁ ପାଣି ସରବରାହର ବ୍ୟବସ୍ଥା କରେଇଲେ । କିଛି ପଇସା ତାଙ୍କ ଅଟକଳରୁ ଅଧିକ ହେବାରୁ ସାନଭାଇ ବାବୁଲି ତାକୁ ଭରଣା କଲା ।

ରାତି ପାହି କେତେ ବେଳୁ ସକାଳ ହେଲାଣି । ନିର୍ମଳ ଆକାଶ । ବାଡ଼ିପଟ ଆମ୍ବଗଛ ଡାଳ ଦେଇ ତେରଛା ସୂର୍ଯ୍ୟ କିରଣ ଖୋଲା ଜାଗାରେ ପଡ଼ିଥାଏ । ତହିଁ ଆଗ ସନ୍ଧ୍ୟାରେ ପୋଡ଼ ପିଠା ହେଉଥିବା ବାହାରର ନାଲି ଟହ ଟହ ଚୁଲି ଲିଭିଯାଇ କେବଳ ଅଙ୍ଗାର ଓ ପାଉଁଶ । ଘର ଭିତର ପକ୍କା ଅଗଣାରେ କଡ଼େଇରେ ପୋଡ଼ ପିଠା । ତା ଉପରେ ଦରପୋଡ଼ା କଦଳୀ ପତ୍ର, କଳା ଅଙ୍ଗାର ଓ ପାଉଁଶ । ସାନ ଭାଇ ସରଞ୍ଜାମ ଆଣି ପୋଡ଼ ପିଠା ଝଡ଼ା ଝଡ଼ି କରି କାଟିବାର ଉପକ୍ରମ କରୁଥାଏ । ତା ଚାରି କଡ଼ିଆ ବସି ଘର ପୋଷା ବିଲେଇ ମାନଙ୍କର ମିଆଁଉ ମିଆଁଉ ଶବ୍ଦ । ପିଠା କଟା ହେବାର ଦେଖ୍ ମୁଁ ଓ ସାନଭାଇ ବାବୁଲି ଯାଇ ବିଲେଇଙ୍କ ସାଙ୍ଗରେ ପିଠା ଆଶାରେ ବସିଲୁ । ସୁସ୍ୱାଦୁ ବାସନାରେ ପାଖଆଖ ମହକି ଉଠୁଥାଏ । ସାନଭାଇ ଭଗ ପନିଙ୍ଖର ସଦ୍‌ବ୍ୟବହାର

କରି ପୋଡ଼ ପିଠା କାଟିବାରେ ଲାଗିଲା। ପ୍ରାତଃ ଭୋଜନର ସମୟ। ଛୋଟ ଛୋଟ ଖଣ୍ଡମାନ ଯିଏ ଯେମନ୍ତେ ନେଇ ଖାଇବାରେ ଲାଗିଲେ। ମୁଁ ବି ଖାଇଲି। ଖାଇବା ବେଳେ ଲେଖିଥିବା "ଓଡ଼ିଆଣି ଘରେ ପିଠାପଣା" କବିତାରୁ ଦୁଇ ପଦ ମନେ ପଡ଼ିଗଲା।

"ମୁଆଁ ପୋଡ଼ ପିଠା ଖଣ୍ଡ ଖଣ୍ଡ ହୋଇ ନଡ଼ିଆ ନବାତ ସାଥେ,
ମିଠା ମାଲପୁଆ କେଡ଼େ ସୁଆଦିଆ କଦଳୀ ଗୁଡ଼ ସହିତେ।
ଓଡ଼ିଆ ଘରର ପିଠା ପଣା ଯିଏ ଥରେ ଖାଇଅଛି ଜାଣ,
ଭୁଲିବନି ସିଏ, ପୁଣି ଖାଇବାକୁ ମନ ହେବ ଛନ ଛନ।"

ମାଆ ପାଖରୁ ଶିଖି ସାନ ଭାଇ ଓ ଭଉଣୀମାନେ ଗତ ରାତିରେ ତିଆରି କରିଥିବା ଇଏ ସେଇ ଓଡ଼ିଆ ଘରର ପୋଡ଼ପିଠାର ନମୁନା। ଅବିକଳ ମାଆର ହାତ ତିଆରି, ଯାହାର ସ୍ୱାଦୁ ଓ ମହକ ନିଆରା।

ପୋଡ଼ ପିଠା ଖାଇ ସାରିବା ପରେ ବାଡ଼ିଆଡ଼େ କ୍ୟାମେରା ଧରି ବୁଲି ବାହାରିଲି। ମୋ ସହିତ ସାଥୀ ଦେବାକୁ ପତ୍ନୀ ସବିତା, ଅନ୍ୟ ବଡ଼ ସାନ ଭାଇ, ଭାଇ ବୋହୂ, ପୁତୁରା ମାନେ ଆସିଲେ। ଜାନୁଆରୀ ଶେଷର ନରମ ନିର୍ମଳ ସକାଳ। ବାଡ଼ିପଟେ ସତେକି ପ୍ରକୃତି ତା ପସରା ମେଲେଇ ଦେଇଛି। ସୂର୍ଯ୍ୟ କିରଣ ପଡ଼ି ଆମ୍ବ, କମଲା, ଡାଲିମ୍ବ, ଆତ, କରମଙ୍ଗା, ଓଉ ଓ ପିଜୁଳି ଗଛ ତଳେ ଛାଇ ଆଲୁଅର ଲୁଚକାଲି ଖେଳ। ଆମ୍ବ ଗଛ ଡାଲରେ ମାଟିଥାଏ ଅର୍କିଡ୍ର ଲତା। ପ୍ରାକୃତିକ ପରିବେଶରେ ବେଶ ସବୁଜ ହୃଷ୍ଟପୁଷ୍ଟ ଦେଖାଯାଉଥାଏ। ଫୋଟୋଟିଏ ତୋଲିଲି।

ସକାଳ ଚାହା ଓ ପୋଡ଼ ପିଠା ପରେ ଭିଣୋଇ ତାଙ୍କର "ସମାଜ" ଖଣ୍ଡକ ଧରି ସକାଳ ଅଧା ଖରା ଅଧା ଛାଇରେ ଚଉକି ପକେଇ ପଢ଼ିବାକୁ ବସିଗଲେଣି। ବୋହୂମାନେ ତାଙ୍କ ପାଇଁ ହାତ ପାଆନ୍ତରେ ସାଇତା ଯାଇଥିବା ବଡ଼ ବଡ଼ ବାତାପି ଗଛରୁ ନିଜେ ନିଜେ ତୋଲିସାରିଲେଣି। ବାତାପି ଗୁଡ଼ିକର ଆକାର ପ୍ରଦର୍ଶନୀକୁ ଯିବା ତୁଲ୍ୟ। ଏଥିକି ବେଳେ ସାନ ଭାଇ ଆସି ପତ୍ନୀ ସବିତାଙ୍କୁ ଡାକିଲା, "ବୋଉ, ଚାଲ ସେ ପଟ ଗଛରୁ କମଲା ତୋଲା ହେବ, କେବଳ ତମ ଆସିବାକୁ କେତୋଟି କମଲା ରଖାଯାଇଥିଲା, ତମକୁ ଭଲ ଲାଗେ ସେଇ କମଲା।" ଆମେ ସମସ୍ତେ ଆରପଟକୁ ଗଲୁ, ଗଛରୁ କମଲା ତୋଲା ହେବା ଦେଖିବାକୁ। ତୋଲିଲା ବେଳେ କେଉଁଟି କିଏ ଧରି ପାରୁଥାଏ ତ କେଉଁଟା ତଳେ ପଡ଼ିଯାଉଥାଏ। ଏପରି ଦୃଶ୍ୟ ଢେର ହାସ୍ୟରୋଳ ସୃଷ୍ଟି କଲା। କିଛି ସମୟ ପରେ ଲଙ୍କା ଓ ଲୁଣ ଦେଇ କମଲା ଖିଆହେଲା। ମାଧାହ୍ନ ଭୋଜନରେ ଓଉ ଖଟା କରିବା ପାଇଁ ଗଛରୁ ସଦ୍ୟ ଓଉ ତୋଲା ହେଲା। କଦଳୀ

ଗଛରୁ କଞ୍ଚା କଦଳୀ ଆସିଲା । ସେ ପଟେ ବିଶାଳକାୟ ଖମ୍ବ ଆଲୁ ଖୋଲା ହୋଇ ଆସିଲା । ଏ ସବୁ ଦେଖି କିଛି ସମୟ ପାଇଁ ମୁଁ ମନେ ମନେ ଭାବ ବିହ୍ୱଳ ହୋଇ ପଡ଼ିଲି । କାହାକୁ କିଛି ନକହି ଯାଇ ଦୂରରେ ମୋର ପ୍ରିୟ ବାଲ୍ୟକାଳରୁ ପରିଚିତ ପୋଖରୀ ହୁଡ଼ାରେ ନଡ଼ିଆ ଗଛ ପାଖରେ ଏକୁଟିଆ ନୀରବରେ ବସିଲି ।

ନଈଁ ଆସିଥିବା ବାଉଁଶ ବୁଦାରୁ ଶୁଖା ପତ୍ରମାନ ପବନରେ ଚକ୍ରି ପରି ଘୁରି ଘୁରି ପୋଖରୀ ପାଣିରେ ପଡ଼ୁଥାନ୍ତି । କାଠ ଖୁମ୍ପାଟିଏ ଆର ପଟ ବାଡ଼ିର କଦମ୍ବ ଗଛ ଗଣ୍ଡିରେ ବସି ଖୁମ୍ପି ଖୁମ୍ପି ଖଟ ଖଟ ଶବ୍ଦ କରୁଥାଏ । ଲାଗୁଥାଏ ଯେପରି ଶୁଙ୍ଖଲା କାଠ ଉପରେ କିଏ ଜଣେ ହାତୁଡ଼ୀରେ ଜୋରରେ ବାଡ଼ଉଚି । ପୋଖରୀ ପାଣି ନିର୍ମଳ । ପାଖ ତାଳଗଛ ମାନଙ୍କର ତହିଁରେ ପ୍ରତିବିମ୍ବ । ଏତିକି ବେଳେ ଦେଖିଲି ବଡ଼ ମାଛଟିଏ ଉପରକୁ ଲମ୍ଫ ଦେଇ ଶବ୍ଦକରି ପାଣି ଭିତରେ ବୁଡ଼ିଗଲା । ଧୀରେ ଧୀରେ ଅଗଣିତ ଲହଡ଼ି ତହିଁରୁ ଉତ୍ପନ୍ନ ହୋଇ କୂଳକୁ ଆସି କୁଆଡ଼େ ମିଳେଇ ଗଲେ । ସାନ ଭାଇଙ୍କ କହିବା ଅନୁସାରେ ପୋଖରୀରେ ଅନେକ ବଡ଼ ମାଛ ଅଛନ୍ତି । ସତରେ ଗତବର୍ଷ ଆମ ଆଗରେ ପାଞ୍ଚଟି ବଡ଼ ଭାକୁର ବି ଧରାଯାଇଥିଲା । ସେଇଠି ବସି ବାପା ମାଆଙ୍କ କଥା ମନକୁ ଆସିଲା । ବାପା ତ ଦେଖି ପାରିଲେନି ଆମେ ଅଳ୍ପ ବୟସର ହେଇଥିଲୁ, ସେ ଗୋଟିଏ ସନ୍ତସନ୍ତିଆ କୋଠରୀରେ ଏତେ ପିଲାଙ୍କ ସହ ଶୋଇ ଚାଲିଯାଇଥିଲେ । ମନକୁ ବୁଝେଇ ନିଜକୁ ନିଜେ ସାନ୍ତ୍ୱନା ଦେଲି, ଅତି କମ୍‌ରେ ମାଆ ତ ତାର ଅନ୍ତିମ ସମୟ ଏଇ ପକ୍କା ଘରେ ପନ୍ଦର ବର୍ଷ ଧରି ସାନ ଦି ପୁଅ, ବୋହୂ ଓ ନାତିଙ୍କ ମେଳରେ କଟେଇଲା । ସେ ପାଇଁ ଅବଶୋଷ ନାହିଁ । ଆମେ ବି ବଡ଼ କଷ୍ଟରେ ଏ ପଟ ସେ ପଟ ଶୋଇ, ଗାଁ ସ୍କୁଲ ପିଣ୍ଢାରେ ଶୋଇ ସମୟ କଟେଇଥିଲୁ । ଏବେ କିନ୍ତୁ ଆମେ ଗାଁକୁ ଆସିଲେ ଏଇ ଘରେ ସବୁ ବନ୍ଧୁବର୍ଗ, ଭାଇ, ଭାଉଜ, ଭଉଣୀ, ଭିଣୋଇଙ୍କ ସହିତ ଏକଜୁଟ ହେଇପାରୁଚେ, ସୁଖ ଦୁଃଖ ହେଇ ପାରୁଚେ । ପୁଣି ପିଲାମାନେ ଭାରତ ଆସିଲେ ହୋଟେଲରେ ରହିବା ଅପେକ୍ଷା ଗାଁରେ ରହିବାକୁ ସୁଖ ପାଉଛନ୍ତି । ଏଠାକାର ପ୍ରାକୃତିକ ପରିବେଶ, ପ୍ରଦୂଷଣ ବିହୀନ ନିର୍ମଳ ବାତାବରଣ ଓ ବିଶେଷ କରି ପରିବାର ବର୍ଗଙ୍କ ସ୍ନେହ ଶ୍ରଦ୍ଧା ସେମାନଙ୍କୁ ବିମୋହିତ କରୁଛି ।

ଏଇୟା ଭାବୁ ଭାବୁ ଫେରିଗଲି ଦୀର୍ଘ ଅଠେଇଶି ବର୍ଷ ତଳର ଟରୋଣ୍ଟୋରେ ଆପାର୍ଟମେଣ୍ଟରେ ରହିବା ବେଳକୁ, ଯେତେବେଳେ ମନ ମଧ୍ୟରେ ଦ୍ୱନ୍ଦ୍ୱ ଆସୁଥିଲା, ଗାଁରେ, ମଫସଲରେ ଜମି କିଣିବୁ ନା କିଣିବୁନି । ଏବେ ନିଜକୁ ନିଜେ ପଚାରି ହେଉଛି, ଗାଁରେ ଏ ଭିଟାମାଟି, ଏ ଘର, ଏ ଘରେ ସମୟ ବିତେଇବା, ବନ୍ଧୁ ପରିଜନଙ୍କ ସହ ହସ ଖୁସି ହେବା, ଏହାର ଭାଉ କେତେ । ସର୍ବୋପରି ଏ ଭିଟା ମାଟିର ମହକ,

ଡ଼ଲାର ଦ୍ୱାରା ହେଉ କି ଟଙ୍କା ଦ୍ୱାରା ହେଉ, ଏହାର ମୂଲ୍ୟ କି ବିଶ୍ୱର କୌଣସି ମୁଦ୍ରାରେ ମୂଲେଇ ହୁଏ।

ଏତିକି ବେଳେ ସାନଭାଇ ଆସି ପାଖରେ ପହଞ୍ଚି ଭାବନାର ଖିଅ ଛିଣ୍ଡେଇ ପକେଇ ପଚାରିଲା, "କିସ ଏକା ଏଠି ବସିକି ଭାବୁଚ।" ମୁଁ କହିଲି, "ନାହିଁ କିଛି ନାହିଁ, ଚାଲ୍ ଘର ଭିତରକୁ ଯିବା।"

CHANDRA MISRA

ଚନ୍ଦ୍ରା ମିଶ୍ର

ଫିଲାଡେଲ୍ଫିଆରେ ରହୁଥିବା ଚନ୍ଦ୍ରା ମିଶ୍ର ଜଣେ ଅବସରପ୍ରାପ୍ତ ମେଡିକାଲ୍ ବୈଜ୍ଞାନିକ। ଉତ୍ତର ଆମେରିକାରେ ସେ ପ୍ରଥମ ଓଡ଼ିଆ ସେବିକା ଯିଏ ଆମେରିକାର ଗ୍ୱିନେଡ଼୍ ମରସି କଲେଜରୁ ଗ୍ରାଜୁଏଟ୍ ହୋଇ ଫିଲାଡେଲ୍ଫିଆର ଆଲବର୍ଟ ଆଇନଷ୍ଟାଇନ୍ ହସ୍ପିଟାଲ ଆଦିରେ ବିଭିନ୍ନ ବିଭାଗରେ କାମ କରିଛନ୍ତି। ଓଡ଼ିଆ ଆଉ ଇଂରାଜୀ ଭାଷାରେ ଗଳ୍ପ, କବିତା ଲେଖିବାକୁ ସିଏ ଭଲ ପାଆନ୍ତି। କାମରୁ ଅବସର ନେଲାପରେ ଓଡ଼ିଶା ଆଉ ଆମେରିକାରେ ନର୍ସିଂ ପାଠର ଉନ୍ନତି ପାଇଁ ସିଏ ସ୍ୱେଚ୍ଛାସେବା କରନ୍ତି।

ଆମେରିକାରେ ସ୍କୁଲରେ ମୋ ପିଲାଙ୍କ ପାଠ ପଢ଼ା ଆରମ୍ଭ ଆଉ ପ୍ରଥମ ପର୍ବ ପାଳନର ଅନୁଭୂତି

ମୋ ବାହାଘର ପରେ ଆମେ ମୁମ୍ବଇରେ ସାତବର୍ଷ ରହିଲୁ। ତା'ପରେ ଆମେରିକା ଆସି ସେଠାରେ ଚାକିରି କରିବା ପାଇଁ ସୁଧାଂଶୁ ଠିକ୍ କଲେ। ଆମ ବାହାଘର ପୂର୍ବରୁ ସିଏ ଆମେରିକାରେ ପୋଷ୍ଟଡକ୍ ଭାବରେ କିଛି ବର୍ଷ କାମ କରିଥିଲେ। ୧୯୧୧ ମସିହା ଏପ୍ରିଲ ମାସରେ ଆଗ ସୁଧାଂଶୁ ଆମେରିକା ଏକା ଆସିଲେ କାମ ପାଇଁ। ପରେ ମୁଁ ସେଇ ବର୍ଷ ସେପ୍ଟେମ୍ବର ମାସ ୨୩ ତାରିଖ ଦିନ ପିଲାଙ୍କ ସହ ମୁମ୍ବଇରୁ ଆସି ଚିକାଗୋ ମହାନଗରରେ ପହଂଚିଲି। ସାଙ୍ଗରେ ମୋର ଛ ବର୍ଷର ଝିଅ ସୀମା ଆଉ ଚାରି ବର୍ଷର ପୁଅ ବବି ଥିଲେ। ଡେଲ୍ଟା ଉଡ଼ା ଜାହାଜରେ ଆମେ ତିନି ଜଣ ଚବିଶ ଘଣ୍ଟା ପରେ ଆସି ଚିକାଗୋରେ ପହଁଚିଲୁ। ମଝିରେ ବ୍ରସେଲରେ ରହିବାକୁ ହୋଇଥିଲା କାରଣ ସେତେବେଳେ ଆଜିକାଲି ପରି ସିଧାସଳଖ ଆସିବାର ସୁବିଧା ନ

ଥିଲା ଆମେରିକା ଆସିବାକୁ। ଛ ମାସ ଆଗରୁ ସୁଧାଂଶୁ ଆସି ଚିକାଗୋରେ କାମରେ ଯୋଗ ଦେଇଥିଲେ। ତାଙ୍କ କାମ ପାଖରେ ରୋଲିଙ୍ଗମେଡୋ ଉପନଗରରେ ଫ୍ଲାଟ୍‌ଟିଏ ଭଡ଼ାରେ ନେଇଥିଲେ। ସେପ୍ଟେମ୍ବର ମାସରେ ବିମାନ ବନ୍ଦରରୁ ଘରକୁ ଗାଡ଼ିରେ ଆସିଲା ବେଳେ ଟିକେ ଥଣ୍ଡା ଲାଗୁଥିଲା କିନ୍ତୁ ଏତେ ଦିନ ପରେ ସମସ୍ତେ ଏକାଠି ହେବାର ଖୁସିରେ ମୁଁ ଥଣ୍ଡା ବୋଲି ଖାତିର କରୁ ନ ଥିଲୁ। ସେଦିନ ରାତିରେ କିଛି ଖାଇ ଆମେ ଶୋଇ ପଡ଼ିଲୁ ଗୋଟିଏ ଖଟରେ ଚାରିଜଣ ଯାକ। ସବୁ ଆଡ଼ ଭିନ୍ନ ଥିଲା। ଘର କାଠରେ ତିଆରି ହୋଇଥିଲା ଆଉ ରୋଷେଇ ଘର, ଗାଧୁଆ ଘର ବ୍ୟତୀତ ସବୁଆଡ଼େ କାର୍ପେଟ ଥିଲା। ଯାତ୍ରା ଯୋଗୁ ଆମେ ସେଦିନ ବହୁତ ଥକି ଯାଇଥିଲୁ। ତେବେ ବି ପିଲାମାନେ ଅନେକ ପ୍ରଶ୍ନ ସୁଧାଂଶୁଙ୍କୁ ପଚାରିବାରେ ଲାଗିଥିଲେ।

ପରଦିନ ସକାଳୁ ଉଠିଲା ପରେ ଜଳଖିଆ ଖାଇଲା ପରେ ସୁଧାଂଶୁ ମତେ ଏଠିକାର ଚୁଲି, ଲୁଗାସଫା କରିବା, ବାସନ ଧୋଇବା ଯନ୍ତ୍ରକୁ କେମିତି ବ୍ୟବହାର କରିବାକୁ ହେବ ସେ ବିଷୟରେ କିଛି କହିଲେ ଆଉ ନିଜେ ଚଳାଇ ଦେଖେଇ ଦେଲେ। ମତେ କହିଲେ ପିଲାମାନେ ଉଠିଲା ପରେ ତାଙ୍କୁ ସ୍କୁଲକୁ ନେଇ ତାଙ୍କ ନାଁ ଲେଖେଇବାକୁ ହେବ ପଢ଼ା ପାଇଁ। ମୁଁ କାବା ହୋଇ କହିଲି, କାଲି ରାତିରେ ଆମେ ଆସି ପହଁଚିଲୁ ଆଉ ଆଜି ପିଲାଙ୍କୁ ସ୍କୁଲରେ ଭର୍ତ୍ତି କରିବାର ଯୋଜନା ? ମୋ ଚକିତ ମୁହଁ ଦେଖି ସୁଧାଂଶୁ ବୁଝି ପାରିଲେ ମୋ ମନର ପ୍ରଶ୍ନ। ଟିକିଏ ହସି କହିଲେ ହଁ, ଏଠାରେ ସବୁ ପିଲାମାନଙ୍କୁ ତାଙ୍କ ରହିବା ଜାଗାରେ ଥିବା ସ୍କୁଲରେ ପ୍ରବେଶ କରି ଦିଆଯାଏ ବୟସ ହିସାବରେ। ତେଣୁ ପିଲାଥିବା ଲୋକମାନେ ଭଲ ଜାଗା ଯୋଉଠି ସ୍କୁଲ ଭଲ ଥବ ସେଠାରେ ଘର ନିଅନ୍ତି, ତା ହେଲେ ପିଲାମାନେ ଭଲ ସ୍କୁଲରେ ପଢ଼ି ପାରିବେ। ଆଜି ଠିକ୍ ଦୁଇଟା ବେଳେ ସ୍କୁଲ ଅଫିସରେ ପହଁଚିବାକୁ ହେବ ବୋଲି କହି ସୁଧାଂଶୁ କାମକୁ ବାହାରିଗଲେ। ଜୋତା ପିନ୍ଧିବା ବେଳେ କହିଲେ, ଏବର୍ଷର ସ୍କୁଲ ଏଠାରେ ସେପ୍ଟେମ୍ବର ୪ତାରିଖରୁ ଆରମ୍ଭ ହୋଇ ଗଲାଣି, ତେଣୁ ପିଲାମାନଙ୍କୁ ଜଲଦି ସ୍କୁଲରେ ଦାଖଲ କରାଇ ଦେଲେ ତାଙ୍କର ପଢ଼ାରେ ଅତି ବେଶୀ କିଛି ବ୍ୟତିକ୍ରମ ହେବନି। ତାଙ୍କ କଥା ନ ବୁଝି ବୁଝିଲା ପରି ମୁଣ୍ଡ ଟୁଙ୍ଗାରି ମୁଁ ବଡ଼ ହଁଟେ ମାରିଦେଲି। ମନେ ମନେ ଭାବିଲି ମୁଁ କୁଆଡ଼େ ଆସିଗଲି। ମୁମ୍ବାଇରେ ଏବେ ସକାଳ ସମୟରେ କାମବାଲି ଘର କାମରେ ସାହାଯ୍ୟ କରିବାକୁ ଆସୁ ଥାଆନ୍ତା ଆଉ ଚାହା କପେ ବନେଇ ଦେବା ପାଇଁ ଆଗ ମୁଁ ତାକୁ ଫରମାସ କରି ବସନ୍ତି। ଅଦା, ଚାହା ମସଲା ପକାଇ ଆମ କାମ ବାଲି ବିଦୁ ଅତି ସୁନ୍ଦର ଚାହା କପ୍ ଦେଇଦିଏ ମତେ ନିତି। ଏଠ ତ କୁଆ କି କୋଇଲି ବି ଦିଶୁ ନାହାନ୍ତି, ହଁ ବାହାରେ ଖାଲି ଗାଡ଼ି କେତୋଟି ଗୋଟାକ

ପର ଗୋଟେ ଯିବାର ଦେଖା ଯାଉଚି ଝର୍କା ଭିତରୁ। କିଛି ଲୋକ ତାଙ୍କ କୁକୁରମାନଙ୍କୁ ନେଇ ଚାଲିବାକୁ ଯିବାର ବି ଦେଖା ଯାଉଥିଲା। ସାଙ୍ଗରେ କୁକୁର ହଗିଲେ ତାକୁ ପୋଛିବା ପାଇଁ ଜରିଟିଏ ଧରିଲା ପରି ଦେଖା ଯାଉଥିଲା ମତେ ଝରକା ଭିତରୁ।

ସୁଧାଂଶୁ କାମରୁ ଠିକ୍ ଦିନ ବାରଟା ବେଳେ ଆସିଗଲେ। ଘରେ ମଧ୍ୟାହ୍ନ ଭୋଜନ ପାଇଁ ଅଳ୍ପ ଟିକେ ଖାଇ ପିଲାଙ୍କୁ ନେଇ ସ୍କୁଲରେ ଦାଖଲ କରାଇବା ପାଇଁ ଆମେ ସଜ ହୋଇ ବାହାରି ପଡିଲୁ। ସ୍କୁଲରେ ପହଁଚିଲାବେଳକୁ ଦେଖିଲି କିଛି ପିଲା ମାନେ ବାହାରେ ଖେଳ ପଡିଆରେ ଖେଳୁ ଥାଆନ୍ତି ଆଉ ଦୁଇ ଜଣ ବଡ଼ ଲୋକ ତାଙ୍କର ଦେଖା ଶୁଣା କରୁ ଥାଆନ୍ତି। ବୋଧେ ଶିକ୍ଷକ ହୋଇଥିବେ ବୋଲି ମନେ ମନେ ଭାବିଲି ? ସେମାନେ ଆମକୁ ହାତ ହଲାଇ ସ୍ୱାଗତ କଲେ। ଆମେ ବି ହସି ଦେଲୁ ଆଉ ହାତ ହଲାଇଦେଲୁ ସେମାନଙ୍କୁ। ପିଲା ଦୁହେଁ ଆମ ଦେହକୁ ଲାଗି ଚାଲୁ ଥାଆନ୍ତି। ବୋଧେ ଅଜଣା ଜାଗା ଯୋଗୁ ଡର ଲାଗୁଥିଲା ଦୁହିଁଙ୍କୁ। ଆମକୁ ସ୍କୁଲର ଅଫିସରେ ସେକ୍ରେଟାରୀ ନାନ୍ଦୀ ବସିବାକୁ କହିଲେ ପାଖରେ ଥିବା ସୋଫାରେ। ମୁଁ ଚାରିଆଡ଼କୁ ଅନାଉଥାଏ। କାନ୍ଥରେ ସୁନ୍ଦର ଚିତ୍ର ସବୁ ଟଙ୍ଗା ହୋଇଥାଏ। କିଛି ସମୟ ପରେ ସ୍କୁଲର ପ୍ରିନସିପାଲ୍ ମେରୀ ରସନିକ୍ ଆସି ଆମ ସାଙ୍ଗେ କଥା ହେଲେ। ମୁଁ ସାଙ୍ଗରେ ପିଲାଙ୍କର ମାର୍କଶିଟ୍, ସାର୍ଟିଫିକେଟ୍ ସବୁ ବାହାର କରି ଦେଖେଇବାକୁ ଗଲା ବେଳକୁ ସିଏ କହିଲେ, କିଛି ଦରକାର ନାହିଁ। କେବଳ ଆମର ସେଇ ସହରରେ ରହିବାର ସବୁତ୍ ଆଉ ପିଲାଙ୍କ ଜନ୍ମ ପ୍ରମାଣ ପତ୍ର ଦିଅନ୍ତୁ। ବାସ୍ ସେତିକିରେ ପିଲା ଦୁହିଁଙ୍କର ଆଡ୍‌ମିସନ୍ ହୋଇଗଲା। କଣ ଅଳ୍ପ କିଛି ଲେଖିବାକୁ ଆଉ ପଢ଼ିବାକୁ ଜଣେ ଶିକ୍ଷୟତ୍ରୀ ଆସି ଦେଇଥିଲେ ପିଲାଙ୍କୁ। ଆମେ ଦୁହେଁ ବାହାରେ ଅପେକ୍ଷା କରି ରହିଲୁ। ମୁଁ ଡରୁଥିଲି କାଳେ ପିଲାମାନେ ଡରି କିଛି କହିବେନି ଶିକ୍ଷୟତ୍ରୀ ପ୍ରଶ୍ନ ପଚାରିଲେ ? ସେମାନେ ତ ନୂଆ ଏଇ ଯାଗାରେ ବୋଲି ! କିଛି ସମୟ ପରେ ମୋର ପିଲା ଦୁହେଁ ଗୋଟାଏ ଲେଖେ ଲଲିପପ୍ ହାତରେ ଧରି ହସି ହସି ବାହାରକୁ ଆସି ଆମ ପାଖରେ ହାଜର ହେଲେ। ମୁଁ ପଚାରିଲି କଣ ସବୁ ପଚାରିଲେ ଟିଚର୍ ତୁମକୁ ? ଉତ୍ତରରେ ମୋ ଝିଅ କହିଲା କିଛି ନାହିଁ ଖାଲି କିଛି ପ୍ଲାଷ୍ଟିକ ଲେଗୋ ପଟଳକୁ ଯୋଡିବାକୁ କହିଲେ। ସେଇଠୁ ମନରେ ଭାବିଲି ଏ ଦେଶରେ ଖେଳ ଦ୍ୱାରା ପିଲା ମାନଙ୍କର ପାଠରେ ଥିବା ଜ୍ଞାନର ପରିମାଣ ମାପ କରାଯାଏ। ବବି ମୋ ପୁଅ କିଛି ନ କହି ମତେ ତାର ଲଲିପୟରେ ନାଲିଆ ହୋଇଥିବା ଜିଭକୁ ଦେଖେଇଦେଲା। ଘୋଷି ଦେଇ ପ୍ରଶ୍ନର ଉତ୍ତର ଉଦ୍ଧାରି ଦେବା ଏଠାକାର ପ୍ରଣାଳୀ ନୁହେଁ। ମୁଁ ଦେଖିଲି ଅନ୍ୟ ପିଲାମାନେ ଭିନ୍ନ ଭିନ୍ନ ପୋଷାକ ପିନ୍ଧିଥିଲେ। ସାର୍ବଜନୀନ ସ୍କୁଲରେ ପିଲାମାନେ ୟୁନିଫର୍ମ ପୋଷାକ

ପିନ୍ଧିବାକୁ ହେବନି ବୋଲି ଜାଣିଲି। ଭାବିଲି ଭଲ ହେଲା, ନହେଲେ ୟୁନିଫର୍ମ କିଣିବାକୁ ପଡ଼ି ଥାଆନ୍ତା ସାଙ୍ଗେ ସାଙ୍ଗେ ପିଲାଙ୍କ ପାଇଁ।

ମୋର ମନେ ପଡ଼ିଗଲା ମୋ ଝିଅ ସୀମାର ଆଡ଼ମିଶନ୍ ମୁୟ୍ଞ୍ଚରେ କଲାବେଳେ ନର୍ସରୀ ସ୍କୁଲ ପାଇଁ କେତେ ପ୍ରଶ୍ନ ପଚାରି ଥିଲେ ସ୍କୁଲର ଶିକ୍ଷୟତ୍ରୀ ତାଙ୍କୁ। ମନେ, ମନେ ଠାକୁରାଣୀଙ୍କୁ ମୁଣ୍ଠିଆ ମାରିଲି, ଯାହେଉ ବିନା ବାଧାରେ ପିଲାଙ୍କର ସ୍କୁଲରେ ପ୍ରବେଶ ହୋଇଗଲା। ସେଦିନ ଶୁକ୍ରବାର ଥିଲା ତେଣୁ ପିଲାମାନେ ସୋମବାରଠାରୁ ସ୍କୁଲ ଯିବା ପାଇଁ କଥାହେଲା। ଆମେ ଖୁସିରେ ଘରକୁ ଫେରି ଆସିଲୁ ଆଉ ସେଦିନ ସନ୍ଧ୍ୟା ବେଳେ ପିଲାଙ୍କୁ ନେଇ ଆମେ ଲଙ୍ଗ ଜନ୍ ସୀଲଭର ରେସ୍ଟୋରାଣ୍ଟରେ 'ଫିସ ଓ ଚିପ୍ସ' ଖାଇବାକୁ ଖୁସିରେ ଗଲୁ। ପିଲାଙ୍କ ପାଇଁ ନୂଆ ସ୍କୁଲ ବ୍ୟାଗ ଆଉ ଟିଫିନ୍ ବାକ୍ସ ନେଇ ଆସିଲୁ ଗୋଟିଏ ବଡ଼ ବିଭାଗୀୟ ଦୋକାନରୁ। ଦୋକାନର ନାଁ କେ ମାର୍ଟ ଥିଲା ଆଉ ଦୋକାନଟି ବହୁତ ବଡ଼ ଥିବାର ମନେ ପଡ଼ୁଛି। ସେତେବେଳେ ମୁୟ୍ଞ୍ଚରେ ଏତେ ବଡ଼ ବିଭାଗୀୟ ଦୋକାନ ମୁଁ ଦେଖି ନ ଥିଲି।

ସୋମବାର ଠାରୁ ପିଲାଦୁହେଁ ସ୍କୁଲ ଯିବା ଆରମ୍ଭ କଲେ। ସବୁଦିନ କାଗଜରେ ପିଲାଙ୍କ ଶିକ୍ଷୟତ୍ରୀ କିଛି ଲେଖି ତାଙ୍କ ହାତରେ ଆମ ପାଇଁ ବାର୍ତ୍ତା ପଠାଇ ଦିଅନ୍ତି। ମୁଁ ସେ ସବୁରେ ଏତେ ଗୁରୁତ୍ୱ ନ ଦେଇ ପିଲାମାନେ ଘରକୁ ଆସିଲେ ତାଙ୍କୁ ପଚାରି ବସେ ତାଙ୍କର ଦିନଟି କିପରି ସ୍କୁଲରେ କଟିଲା ବୋଲି। ପୁଅକୁ ପଚାରେ କିଏ ନୂଆ ସାଙ୍ଗ ମିଳିଲେ ବୋଲି, ଝିଅକୁ ପଚାରେ କଣ ନମ୍ବର ଆସିଲା କୋଉ ବିଷୟରେ। ଦେଖୁ ଦେଖୁ ଦୁଇ ସପ୍ତାହ କଟିଗଲା। ମୁଁ ଏଠିକାର ନୂଆ ପରିବେଶ ସାଙ୍ଗେ ବ୍ୟବସ୍ଥିତ ହେବା ପାଇଁ ବ୍ୟସ୍ତ ରହିଲି। କୋଉଠାରେ ଆମ ଭାରତୀୟ ଦୋକାନ ଅଛି, ସଜ ମାଛ କୋଉଠି ମିଳିବ ଆଉ ମନ୍ଦିର କୋଉଠି ଅଛି ଇତ୍ୟାଦି। ଅନ୍ୟ ଭାରତୀୟ ଲୋକଙ୍କୁ ସ୍କୁଲରେ ଦେଖିଲେ, ପଚାରି ବୁଝୁ ଥିଲି ଏ ସବୁ ବିଷୟ ? ବଡ଼ କଥା ହେଲା ମୁଁ କୋଉଠି କଲେଜ ଯାଇ କିଛି ପଢ଼ି ପାରିବି ସେକଥାଟି ମୋ ମନରେ ବାରମ୍ବାର ଘୁରି ବୁଲୁଥିଲା। କାରଣ ପିଲା ମାନେ ସ୍କୁଲ ଆଉ ସୁଧାଂଶୁ କାମକୁ ଗଲା ପରେ ମୁଁ ଘରେ ଭାରି ଏକୁଟିଆ ଅନୁଭବ କରୁଥିଲି। ମୁୟ୍ଞ୍ଚ ପରି ନୂଆ ଯାଗାରେ ସାଙ୍ଗ, ସାଥୀ କେହି ନ ଥିଲେ। ଭାବିଲି କଲେଜ ଗଲେ କିଛି ଲୋକଙ୍କ ସାଙ୍ଗେ ମିଶିବି ଆଉ ତାଙ୍କ ସାଙ୍ଗେ କଥା କହି ବନ୍ଧୁତା କରିବାର ସୁଯୋଗ ମିଳିବ।

ସେଦିନ ଶେଷ ଗୁରୁବାର ହୋଇଥାଏ ଅକ୍ଟୋବର ମାସର। ମୁଁ ମନେ ମନେ ଭାବୁଥାଏ ଆମ ଦେଶରେ ଦୁର୍ଗା ପୂଜା ପାଳନ ହୋଇଯାଇଥିବ ବୋଲି। ସ୍କୁଲରୁ ଫେରି ଝିଅ ସୀମା କହିଲା ମମି ଦେଖ ଆମ ସ୍କୁଲରେ କାଲି ହାଲୋଉଇନ୍ ପାର୍ଟି

ହେବ । ମୋ କ୍ଲାସର ସବୁ ପିଲାମାନେ ଡ୍ରେସ୍‌ଅପ୍ ହୋଇ ଆସିବେ କିଛି ଖାସ୍ ଚରିତ୍ର ଭାବେ, ତେଣୁ ମୁଁ ବି କିଛି ଗୋଟେ ବ୍ୟକ୍ତିଙ୍କ ଚରିତ୍ର ହୋଇ ସ୍କୁଲ୍ ଯିବି । କିନ୍ତୁ ସିଏ କେଉ ଚରିତ୍ର ହେବ ବୋଲି ମୁଁ ଭାବିଲି ? ହଠାତ୍ ମତେ ଏ ସବୁକଥା କିଛି ବୁଝିଲା ପରି ଲାଗିଲାନି ! ଆମ ଆଡେ କଞ୍ଜନାର ଚରିତ୍ର ନେଇ ଏଭଳି ପର୍ବ ପିଲାଙ୍କ ପାଇଁ ସ୍କୁଲରେ ପାଳନ ହେବାର କୌଣସି ଉଦାହରଣ ମନରେ ଆସୁ ନଥିଲା । ଝିଅକୁ ଖାଇବା ଦେଉ ଦେଉ କହିଲି, ହଁ ତୁ ଆମର ଭାରତୀୟ ରାଜଜେମା ହୋଇ ଯିବୁ । ମୋ କଥା ଶୁଣି ଝିଅ ଖୁସି ହୋଇଗଲା । କାରଣ ସିଏ ଜାଣିଥିଲା ରାଜଜେମା ମାନେ ସୁନ୍ଦର ଲୁଗା ପିନ୍ଧିବା ସାଙ୍ଗରେ ଅନେକ ଝଲସୁଥିବା ଗହଣା ପିନ୍ଧନ୍ତି । ଝିଅ କଥା ଭାବିଲା ପରେ ଭାବିଲି ପୁଅ ପାଇଁ ବି କିଛି ଗୋଟେ ଚରିତ୍ର ଭାବିବାକୁ ହେବ । ଭାବିଲି ନୂଆ କରି ପୁଅ ପାଇଁ ଯୋଡ ଧଲା ପାଇଜାମା, କୁର୍ତା, ନେହେରୁ ଟୋପି ଆଉ ଚପଲ୍ ଖଦୀ ଭଣ୍ଡାରରୁ କିଣି ଥିଲି ତାକୁ ପିନ୍ଧେଇ ତାକୁ ଭାରତୀୟ ନେତାର ଚରିତ୍ର ମୋରାରଜୀ ଦେଶାଇ କରି ପଠେଇଦେବି ସ୍କୁଲକୁ । ସୁଧାଂଶୁଙ୍କର ଝୁଲା ମୁଣି ଟିକୁ ପୁଅ କାନ୍ଧରେ ପକାଇ ଦେବାକୁ ଭାବି ଝୁଲା ବ୍ୟାଗ୍‌ଟିକୁ ଛୋଟ କରିଦେବି ବୋଲି ଭାବି ସୁତା, ଛୁଞ୍ଚି, କଇଁଚି ଖୋଜିଲି । ବାସ୍ ସବୁ ଠିକଣା କଲା ପରେ ପିଲାମାନଙ୍କୁ କହିଲି ଚାଲ ଆଜି ଜଲ୍‌ଦି ଖାଇ ଶୋଇପଡିବ କାରଣ କାଲି ତୁମେ ଦୁହେଁ ସ୍କୁଲକୁ ଖାସ୍ ପୋଷାକ ପିନ୍ଧି ଯିବା ପାଇଁ ସମୟ ଲାଗିବ । ଜାଣିନି ସେ ଦୁହେଁ କଣ ବୁଝିଲେ କିନ୍ତୁ ଦୁହେଁ ହସି ଦେଇ ଶୁଭରାତ୍ରି କହି ଶୀଘ୍ର ଶୋଇବାକୁ ଚାଲିଗଲେ । ସେତେବେଲେ ତ ଇଣ୍ଟରନେଟ୍ ଯୁଗ ନ ଥିଲା । ତେଣୁ ଏଇ ହାଲୋଉଇନ୍ ପର୍ବ କଣ, କେମିତି କାହିଁକି ଆମେରିକାରେ ପାଳନ କରାଯାଏ ନ ଜାଣି ଥିବାରୁ ମନଟା ଆଉଟୁ, ପାଉଟୁ ହେଉଥାଏ । ନିଜ ଉପରେ ବୁହାଏ ବିରକ୍ତ ହେଲି ଯେ କାହିଁକି ଆଗରୁ ପିଲାମାନେ ଆଣିଥିବା କାଗଜ ଦେଖ୍ ନ ଥିଲି । ଜାଣି ଥିଲେ କାହାକୁ ପଚାରି ବୁଝ୍ ଥାଆନ୍ତି ଅବା ପାଠାଗାରରୁ ବହିଟିଏ ଆଣି ଏଇ ପର୍ବ ବିଷୟରେ କିଛି ପଢି ଥାଆନ୍ତି ? ପାଠାଗାର ଆଉ ବହି ନାଁ ଶୁଣି ମୋ ମୁଣ୍ଡରେ କିଛି ନୂଆ ବୁଦ୍ଧି ଆସିଗଲା ପରି ଲାଗିଲା । ମନେ ପଡିଲା ଝିଅ କହୁଥିଲା ତାକୁ ତା ଶିକ୍ଷୟତ୍ରୀ ବହି ଦେଇଥିଲେ ଏଠିକାର ପର୍ବ ବିଷୟରେ ଜାଣିବା ପାଇଁ । ଝିଅର ବ୍ୟାଗ୍ ଖୋଲି ଦେଖିଲି ଯୋଡିଏ ଛୋଟିଆ ବହି ସ୍କୁଲ ବ୍ୟାଗରେ ଥିଲା, ଥାଙ୍କସ୍ ଗିଭିଙ୍ଗ୍‌ର ଟର୍କୀ, ହାଲୋଉଇନ୍‌ର ଟ୍ରିଟ୍ ଅର ଟ୍ରିକ୍ ବହି ଦୁଇଟି ଥିଲା । ଖୁସିରେ ଗଦ୍ ଗଦ୍ ହୋଇ ହାଲୋଉଇନ୍ ପର୍ବର ବହିଟି ଖୋଲି ପଢିଲି । ପିଲାଙ୍କ ବହି ହୋଇ ଥିବାରୁ ଜଲ୍‌ଦି ବହି ପଢା ସାରି ପାରିଲି । ବହିରୁ ଜାଣିଲି ଗ୍ରୀଷ୍ମ ଦିନର ଶେଷ ଦିନ ଆଉ ଶୀତ ଦିନର ଆରମ୍ଭ ବୋଲି ଏଇ ପର୍ବ ପାଳନ କରାଯାଏ । ପିଲା ମାନେ

ବିଭିନ୍ନ ପ୍ରକାର ପୋଷାକ ପିନ୍ଧି ପାଖ ଘରକୁ ଟ୍ରିଟ୍ ପାଇଁ ସାଙ୍ଗ ହୋଇ ଯାଆନ୍ତି। ଯା ହେଉ ମନରେ ଖୁସି ଆସିଲା କାରଣ ମୁଁ କିଛି ଜାଣିଲି ହାଲୋଉଇନ୍ ପର୍ବ ବିଷୟରେ। ମନକୁ ମନ କହିଲି ଯେତେବେଳେ ସ୍କୁଲକୁ ପିଲାଙ୍କ ପାଇଁ ଯିବି କିଛି ଜାଣିବା ଦରକାର ତାଙ୍କ ପର୍ବ ବିଷୟରେ! ମନେ ମନେ ଖୁସି ହେଲି ଯେମିତି ଗୋଟେ ବଡ଼ କାମ କଲି ବୋଲି।

ପରଦିନ ପିଲାଙ୍କ ସାଙ୍ଗୋ ତାଙ୍କ ସ୍କୁଲ ବ୍ୟାଗରେ ହାଲୋଉଇନ୍ ପାର୍ଟି ପାଇଁ ସବୁ ଜିନିଷ ସଜାଡ଼ି କରି ଦେଲି ଆଉ କହିଲି, ମୁଁ ଠିକଣା ସମୟରେ ପହଁଚି ତାଙ୍କ ପୋଷାକ ଆଉ ଅନ୍ୟ ଉପସାଧନ ସବୁ ପୋଷାକ ସହିତ ପିନ୍ଧେଇ ଦେବାରେ ସାହାଯ୍ୟ କରିବି। ଘରଠାରୁ ପିଲା ଙ୍କ ସ୍କୁଲ ବେଶୀ ଦୂର ନ ଥିଲା। ଠିକ୍ ଦିନ ଏଗାରଟା ବେଳେ ମୁଁ ସ୍କୁଲରେ ପହଁଚିଗଲି। ସାଙ୍ଗରେ ପିଲାମାନଙ୍କ ପାଇଁ ମୁଁ କିଛି ନଡ଼ିଆ ଲଡ଼ୁ ଘରେ କରି ଟ୍ରିଟ୍ ଭାବେ ନେଇଥିଲି। ମତେ ଜଣା ନ ଥିବାରୁ ପୂର୍ବଦିନ ଦୋକାନରୁ କିଛି କ୍ୟାଣ୍ଡି କିଣି ଆଣି ନ ଥିଲି। ସବୁ ଟ୍ରିଟ୍ ସ୍କୁଲ ରୋଷେଇ ଘର କାଉଣ୍ଟର ଉପରେ ଜରିରେ ରଖା ହୋଇଥିଲା। ମୁଁ ବି ସେଇଠି ମୋ ସାଙ୍ଗରେ ନେଇଥିବା ନଡ଼ିଆ ଲଡ଼ୁଟକ ରଖି ମୋ ପିଲାଙ୍କୁ ସାହାଯ୍ୟ କରିବା ପାଇଁ ତାଙ୍କ କ୍ଲାସକୁ ଚାଲିଗଲି। ଆଗ ଝିଅର ପୋଷାକ ସବୁ ଠିକ୍ କଲା ପରେ ପୁଅ ପାଖକୁ ଯାଇଥିଲି। ଦେଖିଲି ମୋ ପୁଅ ବବି ମତେ ଦେଖି ଦୌଡ଼ି ଆସି କାନ୍ଦ କାନ୍ଦ ହୋଇ କହିଲା 'ମମି କେତେ ଡେରିରେ ତୁମେ ଆସିଲ'? ମୁଁ ହସି ଦେଇ କହିଲି ତୋ ନାନୀ ପାଖକୁ ଆଗ ଯାଇଥିଲି ପରା! ତାପରେ ଆମେ ସବୁ ମା ମାନେ ମିଶି ନିଜ ଆଉ ଅନ୍ୟ ପିଲା ମାନଙ୍କୁ ପୋଷାକ ପିନ୍ଧେଇବାରେ ସାହାଯ୍ୟ କରିବାରେ ବ୍ୟସ୍ତ ରହିଲୁ କିଛି ସମୟ ପାଇଁ। ସବୁ ପିଲାମାନେ ତାଙ୍କ ପୋଷାକରେ ବହୁତ ଭିନ୍ନ ଦେଖା ଯାଉ ଥାଆନ୍ତି। କେତେ ପିଲା ମୁହଁରେ ରଙ୍ଗ ଲଗାଇ ପଶୁ, ପକ୍ଷୀ, ଫଳ, ଫୁଲ ଆଉ ଗଛ ଭଳି ପୋଷାକରେ ନିଜକୁ ସଜାଇ ଥାଆନ୍ତି। କେତେ ପିଲା କାଗଜ ଡ଼ିବାରେ ପଶି ନିଜକୁ ପାର୍ସଲ ବୋଲି ଦେଖେଇବାକୁ ଚେଷ୍ଟା କରି ଥାଆନ୍ତି। ପିଲାମାନେ, କିଏ ଡାକ୍ତର ତ କିଏ ଡାକବାଲା ପୋଷାକ ପିନ୍ଧି ଖୁସିରେ କ୍ଲାସରେ ବସି ଥାଆନ୍ତି।

କିଛି ସମୟ ପରେ ଶ୍ରେଣୀ ହିସାବରେ ପିଲାମାନେ ନିଜ କ୍ଲାସ ସାମନାରେ ଧାଡ଼ିରେ ଠିଆ ହୋଇ ଅପେକ୍ଷାରେ ରହିଲେ ବ୍ୟାୟାମଶାଳାକୁ ଯିବା ପାଇଁ। ମୁଁ ଦୂରରେ ଥାଇ ଦେଖିଲି ମୋ ଝିଅ ସୀମା ତାର ରାଜକନ୍ୟା ପୋଷାକ ପିନ୍ଧି ହସ ହସ ଧାଡ଼ିରେ ଅପେକ୍ଷା କଲା ସମୟରେ ଅତି ସୁନ୍ଦର ଦେଖା ଯାଉଥିଲା। ପୁଅ ବବି ତାର ଭାରତୀୟ ନେତା ପୋଷାକରେ ଧାଡ଼ିର ଆଗରେ ଠିଆ ହୋଇ ମତେ ଅନାଇ ହାତ ହଲାଉ ଥିଲା।

ପିଲାମାନେ ତାଙ୍କ ହାତରେ ଗୋଟିଏ ମୁଣା ଧରି ଧର୍ଯ୍ୟର ସହିତ ଧାଡିରେ ଛିଡା ହୋଇ ଥାଆନ୍ତି । କିଛି ସମୟ ପରେ ସ୍କୁଲର ପ୍ରିନସିପାଲ୍ ଆଉ ଅନ୍ୟ ଶିକ୍ଷକ, ଶିକ୍ଷୟିତ୍ରୀ ମାନେ ସ୍କୁଲ ବ୍ୟାୟାମଶାଳାରେ ଏକାଠି ହେଲେ । ଗୋଟିକ ପରେ ଗୋଟିଏ କ୍ଲାସ୍‌ର ନାଁ ଡକା ହେଲା । ପିଲାମାନେ ଧାଡି ହୋଇ ଆସି ନିଜ ମୁଣାରେ କିଛି କ୍ୟାଣ୍ଡି ବଡ଼ମାନଙ୍କ ପାଖରୁ ନେଇ ନିଜ କଷ୍ଟ୍ୟୁମ୍ ଦେଖେଇବାର ସୁଯୋଗ ପାଇଲେ । ମା, ବାପା ମାନେ ତାଲି ମାରି ସେମାନଙ୍କୁ ଉସ୍ସାହିତ କରିଥିଲେ । ପିଲାଙ୍କ ମୁହଁର ହସ ଦେଖି ମୁଁ ଭାବିଲି ଏଇ ପର୍ବର ପ୍ରଭାବ ମୋ ପିଲାଙ୍କ ପାଇଁ ବହୁତ ଭଲ ହେବ । ସେମାନେ କେବଳ ପଢା ନୁହଁ ଅନ୍ୟ ସାମାଜିକ ସମାବେଶରେ ଅନ୍ୟ ପିଲାଙ୍କ ସହିତ ମିଶିବାର ସୁଯୋଗ ପାଇଲେ । ଆମେ ମା ମାନେ ଏକାଠି ହୋଇ ପରସ୍ପରଙ୍କୁ ଜାଣିବାର ସୁଯୋଗ ପାଇଲୁ । ମୋ ଘର ତିଆରି ନଡ଼ିଆ ଲଡୁ ସମସ୍ତଙ୍କୁ ଭଲ ଲାଗିଲା ଆଉ ମତେ ସେ ମିଠା ତିଆରି କରିବାର ପ୍ରଣାଳୀ ଲେଖି ଦେବା ପାଇଁ ଅନେକ ଅନୁରୋଧ ଆସିଥିଲା । ସେଦିନ ଠାରୁ ଆମେ ଏଇ ପର୍ବରେ ନଡ଼ିଆ ଲଡୁ କରି ସମସ୍ତଙ୍କୁ ବାଣ୍ଟିବା ପାଇଁ ଚେଷ୍ଟା କରୁ । କିଛି ଭିନ୍ନ ମିଠା ଦେବା ପାଇଁ ପିଲାଙ୍କୁ । ଆମେରିକାରେ ପ୍ରଥମ ପର୍ବ ପାଳିବାର ଅନୁଭବ ଏବେବି ମୋ ମନରେ ଘୁରି ବୁଲେ ଅକ୍ଟୋବର ମାସ ଆସିଲେ ।

TAPAN PADHI

ତପନ ପାଢ଼ୀ

ତପନ ପାଢ଼ି ରାଜକନିକାରେ ୧୯୬୩ ମସିହାରେ ଜନ୍ମଗ୍ରହଣ ପରେ ଓଡ଼ିଶାର ବିଭିନ୍ନ ଅଞ୍ଚଳରେ ଯଥା ଧର୍ମଗଡ଼, ବାରିପଦା, ଜଗତସିଂହପୁର, ଢେଙ୍କାନାଳରେ ବାସ କରିଛନ୍ତି। ଛୋଟବେଳୁ ଓଡ଼ିଆ ନାଟକ ଓ ସାହିତ୍ୟ ପ୍ରତି ବହୁତ ଶ୍ରଦ୍ଧା। ଜଗତସିଂହପୁର SK Academy ମାଧ୍ୟମିକ ବିଦ୍ୟାଳୟରେ best actor award ଓ ଢେଙ୍କାନାଳ BB High Schoolରେ ବୋର୍ଡ ପରୀକ୍ଷାରେ ପ୍ରଥମ ସ୍ଥାନ ପାଇଥିବା ଯୋଗୁ ନିଜକୁ ଗର୍ବିତ ମନେ କରନ୍ତି। REC ରାଉରକେଲାରୁ ପାସ୍ କରିବା ପରେ ଅମେରିକାକୁ ଉଚ୍ଚଶିକ୍ଷା ପ୍ରାପ୍ତି ଓ କର୍ମସ୍ଥଳୀ କରି କର୍ପୋରେଟ୍ ଜୀବନରେ ସଫଳତା ଅର୍ଜନ କରିଛନ୍ତି। ପ୍ରବାସୀ ଓଡ଼ିଆ ଭାବେ କେମିତି ଆମେ ଏକତାରେ ସଂସ୍କୃତିର ସମୃଦ୍ଧି କରିପାରିବୁ ସେଥିପାଇଁ ଚେଷ୍ଟିତ। OSAର ସଭାପତି ଏବଂ ଦୁଇଥର କନ୍ଭେନର ହେଇ ଓଡ଼ିଆ ସଂସ୍କୃତି ନେଇ ଗର୍ବ କରନ୍ତି। ଓଡ଼ିଆ ଡ୍ରାମା ଲେଖିବା ଓ ନିର୍ଦ୍ଦେଶନା ଦେବାକୁ ବହୁତ ଭଲ ପାଆନ୍ତି।

ରଙ୍ଗ: ଆମ୍ରକାହାଣୀ ଉପରେ ଆଧାରିତ

୧୯୭୪ ମସିହା। ଜଗତସିଂହପୁର ଶ୍ରୀକୃଷ୍ଣ ଏକାଡ଼େମୀର ବାର୍ଷିକ ଉସ୍ସବ ବିପୁଳ ଜନସମାରୋହ। ପ୍ରତ୍ୟେକ ଛାତ୍ରଙ୍କର ପରିବାରବର୍ଗ ଏକାଠି ହୋଇଛନ୍ତି ଉସ୍ସାହିତ କରିବାକୁ ସବୁ ପ୍ରତିଯୋଗୀମାନଙ୍କୁ। ମୁଖ୍ୟ ଆକର୍ଷଣ ଛୋଟ ଛୋଟ ପିଲାମାନଙ୍କୁ ନେଇ ପ୍ରସ୍ତୁତ ହୋଇଥିବା ଗୀତିନାଟ୍ୟ କେବଳ ଷଷ୍ଠ ଓ ସପ୍ତମ ଶ୍ରେଣୀର ଛାତ୍ରମାନଙ୍କ ଦ୍ୱାରା ପରିବେଷଣ ହେବ 'ଶ୍ରୀୟା ଚାଣ୍ଡାଲୁଣୀ'। ପରଦା ଖୋଲିବା ପରେ ପରେ ପ୍ରଥମ ଦୃଶ୍ୟରେ ପ୍ରଚୁର କରତାଳି ସହ ମଞ୍ଚକୁ ପ୍ରବେଶ କରିଛନ୍ତି 'ଶ୍ରୀଜଗନ୍ନାଥ' ଭୂମିକାରେ ଏହି ଅଧମ। ମୁଖସ୍ଥ କରିଥିବା ଗୀତ ଓ ଡାୟଲଗ୍‌ରେ କିଛି ତ୍ରୁଟି କରିନାହିଁ। ଶ୍ରୀୟା ଭୂମିକାରେ ସୂର୍ଯ୍ୟ ମହାପାତ୍ର ମଧ୍ୟ ଅତି ଉଚ୍ଚକୋଟୀର ଅଭିନୟ କରିଛନ୍ତି।

ଏ ଦୃଶ୍ୟଟି ଏବେ ବି ମୋ ଆଖି ଆଗରେ ନାଚି ଉଠେ। ମନେ ପଡ଼ିଯାଉଛି ସେ ପିଲାଦିନ କଥା। ପରେ ଶୁଣିବାକୁ ପାଇଲି ଯେ ମୋର ସେଇ ସାଂଗ ସୂର୍ଯ୍ୟ

ବାଣୀବିହାରରେ ଛାତ୍ରନେତା ହେଇ ସଭାପତି ପଦରେ ବସ୍ ପୋଡ଼ାପୋଡ଼ିରେ ବି ସାମିଲ୍ ହେଇଥିଲା। ଯଦିଓ ବାପାଙ୍କର ତାଗିଦା ଥାଏ କେବଳ ପାଠ ଉପରେ, ମୋର ଖେଳ ଓ ନାଟକ ପ୍ରତି ବହୁତ ଆଗ୍ରହ ଥିଲା। ସେଇ ଷଷ୍ଠ ଶ୍ରେଣୀରେ ମୁଁ ଭଲ ଅଭିନୟ କରେ ବୋଲି ଯେ ସର୍ବେଶ୍ୱର ସାର୍ ମୋତେ ଜଗନ୍ନାଥ ଭୂମିକା ଦେଇଥିଲେ ସେଇଟା କହିବା ଠିକ୍ ହେବନାହିଁ। କାରଣ ଆମକୁ ସାର୍ ଆଗରୁ ଜାଣି ନ ଥିଲେ କେବଳ ମୋର ରୂପ ଓ ବର୍ଣ୍ଣକୁ ନେଇ ସାର୍ ଜାଣିଥିଲେ ଜଗନ୍ନାଥ କେବଳ ତପନ ପାଢ଼ୀ ହେଇପାରିବ। ବହୁତ ଦିନପରେ ଏଇଟା ମୋତେ ବୁଝା ପଡ଼ିଲା। କିନ୍ତୁ ସ୍କୁଲ ସରିଲାପରେ ପରେ ପ୍ରତିଦିନ ଯେଉଁ ରିହର୍ସାଲ୍ ପ୍ରାୟ ଦୁଇ ମାସର ପ୍ରସ୍ତୁତି ଆଜି ପର୍ଯ୍ୟନ୍ତ ମୋର ଜଳଜଳ ହେଇ ମନେଅଛି। ଗୋରା ଓ ସୁନ୍ଦର ଦେଖା ଯାଉଥିବା ଛାତ୍ରଟିକୁ ଲକ୍ଷ୍ମୀ ଭୂମିକା ମିଳିଥିଲା। ମୋର କିନ୍ତୁ ଜଗନ୍ନାଥ ଭୂମିକା ପାଇଁ ମନଟା ବହୁତ ଖୁସିଥିଲା ଓ ଅନ୍ୟ ସାଙ୍ଗମାନେ ଈର୍ଷା ବି କରିଥିଲେ। ନିଜ ଚମଡ଼ା ରଙ୍ଗ ଯେ ଜୀବନର ଚଲାପଥରେ କେତେବଡ଼ ଇମ୍ପାକ୍ଟ ପକେଇବ ତାହା ମୁଁ ଏବେ ଅନୁଭବ କରୁଛି ଯେତେବେଳେ ମୁଁ ଆମେରିକାରେ ପ୍ରାୟ ୩୦ବର୍ଷ ରହିଲା ପରେବି।

ତିନି ଭାଇ ଓ ଦୁଇ ଭଉଣୀ ମୋର। ମୋ ମା'ଙ୍କ ଭାଷାରେ ମୋ ମଝିଆ ପୁଅ ଟିକିଏ ଶ୍ୟାମଳ। ଭାଇମାନେ ଚିଡ଼ାନ୍ତି। କାଳିଆ ଟୋକା ଯାହାହେଉ ଛୋଟବେଳୁ ମୁଁ ନିଜ ରଙ୍ଗ ପାଇଁ କେବେ ବି ମନକୁ ଛୋଟ କରିନି। କେମିତି ସମସ୍ତଙ୍କର ପ୍ରିୟ ହେଇପାରିବି ସେଇଟା ସବୁବେଳେ ପ୍ରଚେଷ୍ଟା ମୋର ଏଇ ଗୁଣଟା କେବେ ମୋ ଭିତରେ ପ୍ରକାଶ ପାଇଲା ସେଇଟା ମୋର ହେତୁ ନାହିଁ।

ବାପା ଥିଲେ ସରକାରୀ ଚାକିରିଆ। ତାଙ୍କର ପୋଷ୍ଟିଂ ଥିଲା ରାଜକନିକାରେ ତହସିଲଦାର ଭାବେ ଯେବେ ମୋର ଜନ୍ମହେଲା। ମୋ ମା'ଙ୍କର ଭାଷାରେ ବାପା ଏକ ବହୁତ ବଡ଼ ଏକୋଇଶିଆ ଭୋଜିର ଆୟୋଜନ କରିଥିଲେ ଯେଉଁଥିରେ କନିକା ରଜା ପରିବାର ଯୋଗ ଦେଇଥିଲେ। ଏଇଟା କେବଳ ମୋତେ ମା' ବାରମ୍ବାର ଶୁଣେଇଛନ୍ତି କାରଣ ମୁଁ ନିଜକୁ ଧନ୍ୟ ମନେ କରେ ଯେମିତି ହେଲେ ଆଜି ପର୍ଯ୍ୟନ୍ତ ମୋତେ ରାଜକନିକା ଯିବା ପାଇଁ ସୁଯୋଗ ଆସିଲେ କେବଳ ମା'ଙ୍କର ସେ କାହାଣୀ ମନେପଡ଼େ ଯେ କେମିତି ମୋ ଜେଜେମା ମୋତେ ଉଦୁଉଦିଆ ଖରାରେ ଶୁଆଉଥିଲେ କେବଳ ମୋ ଦେହ ହାତ ଓ ହାଡ଼ ଟାଣ ହେବାପାଇଁ। ଭଲଭାବରେ ଦେହରେ ସୋରିଷ ତେଲ ମାଲିସ୍ ପରେ ଖରାରେ ଶୁଆଇବା ମୋ ଜେଜେମାଙ୍କର ଅଭ୍ୟାସ। ତେଣୁ ମୋର ଏ ଶ୍ୟାମଳ ବର୍ଣ୍ଣକୁ ମୁଁ କେବଳ ତାଙ୍କରି ପାଇଁ ହେଇଛି ବୋଲି ବେଲେବେଲେ ଦାବି କରିଥାଏ।

ବାପାଙ୍କର ପୋଷ୍ଟିଂ ତା'ପରେ ବିଧର୍ମଗଡ଼ରେ ହେଲା। ମୁଁ ନୂଆ ନୂଆ କଥା କହି ଶିଖୁଥାଏ। ନିଜ ବଡ଼ଭାଇକୁ ଦାଦା କହିବା ପାଇଁ ମୁଁ ସେଇଠୁ ଶିଖିଲି ମଧ୍ୟ। ଆମ ପରିବାର ଏକ ଜଏଣ୍ଟ ଫ୍ୟାମିଲି। ତେଣୁ ମୋର ଯେତେ ସାନ ଭାଇ ଓ ଭଉଣୀ ସମସ୍ତେ ମୋ ବଡ଼ଭାଇଙ୍କୁ ଦାଦା ବୋଲି ଡାକନ୍ତି। କଳାହାଣ୍ଡିରୁ ବାପାଙ୍କର ବଦଲିହେଲା ବାରିପଦା। ବାପା ଆମମାନଙ୍କୁ ଏକ ଭଡ଼ାଘରେ ରଖିବା ପାଇଁ ବ୍ୟବସ୍ଥା କରିଥିଲେ। କିନ୍ତୁ ସରକାରୀ କ୍ୱାର୍ଟର୍ସ ମିଳିବା ପାଇଁ ସବୁ ଠିକ୍ ହେଇଗଲା। କିଛିଦିନ ପାଇଁ ଆମେ ସମସ୍ତେ ମୋ ମାଙ୍କର ମାମୁଙ୍କ ଘରେ ରହିବାର ବ୍ୟବସ୍ଥା ହେଲା। ମୋ ମାଙ୍କର ମାମୁଘରେ (ମୋର ଅଜା) ବାରିପଦାରେ ଏକ ପ୍ରତିଷ୍ଠିତ ପରିବାର। ମା'ଙ୍କର ବଡ଼ ମାମୁ (ମୋର ବଡ଼ ଅଜା) ଶ୍ରୀ ହରିଶ ମିଶ୍ର ଓ ସାନମାମୁ ଶ୍ରୀ ସୁରେଶ ମିଶ୍ର ଏବେ ବି ମନେ ଅଛି। ତୃତୀୟ ଶ୍ରେଣୀର ଛାତ୍ର ମୁଁ ବିଷ୍ଣୁ ଅଜାଙ୍କ ଘରେ ରାଧାକୃଷ୍ଟ ଭଜନ ଓ ମାଇଁ ଇନ୍ଦ୍ରାଣୀ ମିଶ୍ର ଇତ୍ୟାଦିଙ୍କର ଗୀତର ଆସର 'ମୟୂରୀ ଗୋ ତୁମ ଆକାଶେ ମୁଁ' ଗୀତଟି ସେତେବେଳେ ପ୍ରଥମ ଥର ପାଇଁ ମୁଁ ଶୁଣିଥିଲି। ସୁରେଶ ଅଜା ଓ ଅନ୍ୟ କଳାକାର ମାନଙ୍କର ହାରମୋନିୟମ୍ ଓ ତବଲାବାଦ୍ୟରେ ସେ ସନ୍ଧ୍ୟାଗୁଡ଼ିକ ମୋ ପାଇଁ ଅତି ମର୍ମସ୍ପର୍ଶୀ। ଏବେ ବି ଜଳଜଳ ହେଇ ମନେପଡ଼େ ସେ ପିଲାଦିନର କଥା।

ବାରିପଦାରୁ ବାପାଙ୍କର ବଦଲି ହେଲା ଉଦଲାକୁ। ଉଦଲାରେ ମୁଁ ଚତୁର୍ଥ ଓ ପଞ୍ଚମଶ୍ରେଣୀ ପଢ଼ିଲି। ବୃତ୍ତି ପରୀକ୍ଷାରେ ସିଲେକ୍ସନ ପାଇଁ ବାପାଙ୍କର ତାଗିଦା ଥାଏ। କେବଳ ପ୍ରଥମ ପୋଜିସନଟା ହେବା ଦରକାର। ଯାହାହେଉ ବାପାଙ୍କର ଆଶାକୁ ମୁଁ କୌଣସି ଉପାୟରେ ପୂରଣ କରୁଥିଲି। ପଞ୍ଚମ ଶ୍ରେଣୀରେ ମୋ ସହିତ ପ୍ରତିଦ୍ୱନ୍ଦ୍ୱିତା କରୁଥିଲା ଆମ ଉଦଲା ହାଇସ୍କୁଲର ହେଡ଼ମାଷ୍ଟରଙ୍କର ଝିଅ ଭାଗ୍ୟ। କିନ୍ତୁ ବାର୍ଷିକ ପରୀକ୍ଷାରେ ପ୍ରଥମସ୍ଥାନ ମୋତେ ମିଳିଥିଲା। ଭାଗ୍ୟର ସିଂଘାଣୀ ବୋହୁଥିବା ମୁହଁଟା ଏବେ ବି ମନେଅଛି।

ଉଦଲାରୁ ବାପା ଆସିଲେ ଜଗତସିଂହପୁର। ଏଠି ମୁଁ ଷଷ୍ଠଶ୍ରେଣୀରେ ଜଏନ୍ କଲି ଏସ୍କେ ଏକାଡେମୀରେ। ଶ୍ରୀକୃଷ୍ଟ ଏକାଡେମୀ ବହୁତ ବଡ଼ ଓ ପ୍ରସିଦ୍ଧ। ଆମ ସରକାରୀ ଘରଟା ବି ବହୁତ ବଡ଼ ଥିଲା। ଆମ ଘର ପାଖରେ ଖଗ ଚୌଧୁରୀଙ୍କର ଚାଉଳ ମିଲ୍। କଣ୍ଟତରୁ ବିଶ୍ୱାଳ ଡାକ୍ତର ଭାବରେ ପ୍ରତିଷ୍ଠିତ ଆମର ପଡ଼ୋଶୀ ଥିଲେ। କଣ୍ଟତରୁ ବାବୁଙ୍କର ଦୁଇପୁଅ ଓ ଖଗ ବାବୁଙ୍କର ଝିଅ ତଇନା ଅପା ଆମ ଘରକୁ ଯିବା ଆସିବା କରନ୍ତି। ଆମ ଘରେ ରଜଦୋଳି ବନ୍ଧା ହେଇଥିଲା ଏକ ବଡ଼ ଆମ୍ବ ଗଛରେ। ଯଦିଓ ମୋର ଇଚ୍ଛାଥାଏ ତଇନାଅପା ମୋତେ କୁହନ୍ତୁ ଦୋଳି ଠେଲିବା ପାଇଁ କିନ୍ତୁ ସେ ସବୁବେଳେ ମୋ ବଡ଼ଭାଇକୁ ଡାକନ୍ତି ଦୋଳି ପାଇଁ। ମୋର ରାଗ ଭାବ ବଢ଼ିଥିଲା

ତାଙ୍କ ପ୍ରତି । କିନ୍ତୁ ସେ କିଶୋର ଅବସ୍ଥାରେ ଗୁଡ଼ାଏ ଆଶା ନିରାଶାରେ ପରିଣତ ହୁଏ । ନିଜର ରଂଙ ଟିକେ ମଇଲା ବୋଲି ମୋତେ ଏ ସୁଯୋଗ ବୋଧେ ମିଳୁନଥିଲା । ସପ୍ତମ ଶ୍ରେଣୀ ବୃଢ଼ି ପରୀକ୍ଷାରେ ପୁଣି ପ୍ରଥମସ୍ଥାନ ପାଇଲି ଏବଂ ବାପାଙ୍କର ଟ୍ରାନ୍ସଫର ହେଇଗଲା ଢେଙ୍କାନାଳ ।

ବ୍ରଜନାଥ ବଡ଼ଜେନା ହାଇସ୍କୁଲରେ ମୁଁ ଅଷ୍ଟମ ଶ୍ରେଣୀରେ ନାମ ଲେଖାଇଲି । ହଠାତ୍‍ କମ୍ପିଟିସନ୍‍ ବହୁତ ବଢ଼ିଗଲା ଏତେ ଗୁଡ଼ାଏ ଏନ୍ଆର୍ଟିଏସ୍‍ ସ୍ଟୁଡେଣ୍ଟ ସବୁ ଗାଁରୁ ଆସିଥାନ୍ତି ସମସ୍ତେ ପ୍ରାୟ ସ୍କଲାରସିପ୍‍ ପାଇଥାନ୍ତି । କ୍ଲାସ୍‍ ଟିଚରମାନେ ବହୁତ ସିନ୍‍ସିୟର ଏବଂ ଭଲ । ପ୍ରଥମ ବର୍ଷଟା ମୋତେ ଭାରି ଅଖାଡୁଆ ଲାଗିଲା ଖାପଖୁଆଇବାକୁ । ଅମିତାଭ, ପ୍ରଶାନ୍ତ, ମନୋରଂଜନ, ପ୍ରଭାତ ଇତ୍ୟାଦି ବହୁତ ମେଧାବୀ ଛାତ୍ରମାନେ ମୋର କମ୍ପିଟେଟର ହେଇଗଲେ । କ୍ଲାସରେ ଫାଷ୍ଟ ହେବାଟା ଏତେ ସହଜ ଲାଗିଲାନି । ତଥାପି ବାପାଙ୍କର ତାଗିଦା ସେମିତି ଜାରିଥାଏ ଯେ କ୍ଲାସରେ ଫାଷ୍ଟ ହେବାକୁ ପଡ଼ିବ । କୌଣସି ଉପାୟରେ ବି.ବି. ହାଇସ୍କୁଲରୁ ମୁଁ ହାଇସ୍କୁଲ ସାର୍ଟିଫିକେଟ ପରୀକ୍ଷାରେ ପାସ୍‍ କଲି । କ୍ଲାସରେ ପ୍ରଥମ ହେଲି । ସହରରେ ଚର୍ଚ୍ଚାର ବିଷୟ ହେଲା ଯେ ତପନ ପାଢ଼ୀ ଏଥର ବେଷ୍ଟ ଟେନ୍ଥରେ ଆସିଲାନି ଯଦିଓ ଆମ ପୂର୍ବ ବର୍ଷ ମୋର ସିନିୟର ପ୍ରଶାନ୍ତ ସାହୁ ଓଡ଼ିଶାରେ ପ୍ରଥମସ୍ଥାନ ଅଧିକାର କରିଥିଲେ ।

ଢେଙ୍କାନାଳ ସହର ମୋ ପାଇଁ ଏକ ଅଭୁତ ଇମ୍ପାକ୍ଟ ପକାଇଥିଲା । ଜୀବନ ପ୍ରଥମ ଅନୁଭୁତି ସବୁ ମୋର ଢେଙ୍କାନାଳରେ ହେଲା ଯଥା ଖେଳକୁଦଠାରୁ ଆରମ୍ଭ କରି ଡିବେଟ୍‍, ଆର୍ଏସ୍ଏସ୍‍ ପ୍ରଭୃତିରେ ବିବି ହାଇସ୍କୁଲର ଶିକ୍ଷକମାନେ (ଲେଙ୍କାସାର, ମାୟାଧର ସାର୍‍, ବସନ୍ତ ସାର୍‍, ପ୍ରଫୁଲ୍ଲ ସାର୍‍, ଓ ସର୍ବୋପରି ଆମ ପ୍ରଧାନ ଶିକ୍ଷକଙ୍କ ମୋ ଉପରେ ଯେଉଁ ପ୍ରଭାବ ପଡ଼ିଥିଲା ତାହା ମୁଁ ଶଢରେ ପ୍ରକାଶ କରିପାରିବି ନାହିଁ ।

ଜୀବନର ଏ ଚଲାପଥରେ ଅନେକଙ୍କ ସହିତ ମିଶିଛି । ଯେମିତି ସକାଳେ ଚାଲିବାକୁ ଗଲାବେଳେ, ବିପରୀତ ଦିଗରୁ ଆସୁଥିବା କେହି ଅଜଣା ବ୍ୟକ୍ତିଙ୍କୁ ଦେଖିଲେ କେବଳ 'ହାଇ' କହୁ । କିନ୍ତୁ କେତେବେଳେ କିଛି ଲୋକମାନଙ୍କ ସହିତ କିଛି ସମୟ ଠିଆ ହେଇ କଥାହେଉ ସେ ଯେଉଁ କନେକ୍ସନ, ସେଇଟା ସମସ୍ତଙ୍କ ସହିତ ହୁଏ ନାହିଁ । ସେମିତି ମୋ ଜୀବନରେ ବହୁତ କମ ବନ୍ଧୁଙ୍କ ସହିତ ସେ ମନର କନେକ୍ସନ୍‍ ହେଇଛି । ଯେମିତି ଢେଙ୍କାନାଳର ମୁନା ସାଂଗ ମୋର ଏବେ ବି ମନେ ଅଛି । ପାରାଡ଼ାଇସ୍‍ ହୋଟେଲରେ ଦୋସା ଖାଇବାକୁ ଯିବାରେ ଯେଉଁ ଆନନ୍ଦ ଆଜି ପର୍ଯ୍ୟନ୍ତ ଅବା କୌଣସି ରେଷ୍ଟୁରାଷ୍ଟରେ ମୋତେ ମିଳିନାହିଁ ।

ଢେଙ୍କାନାଳ ଛାଡ଼ିଲା ପରେ ବାଲେଶ୍ୱରକୁ ଆସିଲୁ । ବାପାଙ୍କର ପୋଷ୍ଟିଂ ହେଲା

ନୀଳଗିରିର ଏସ୍.ଡ଼ି.ଓ. ଭାବରେ । ଫକୀରମୋହନ କଲେଜରେ ପଢ଼ିଲା ବେଳେ ଛାତ୍ର ନେତା ଭାବରେ ସଉକଟା ବି ପୂରଣ ହେଲା । ବିଜ୍ଞାନ ସମାଜର ସମ୍ପାଦକ ଭାବରେ, ମୋର ସହସମ୍ପାଦକ ଦେବାନନ୍ଦ ପତି ଏବେ ଆମଷ୍ଟନରେ ଅବସ୍ଥାପିତ । ଫକୀର ମୋହନ କଲେଜର ଇତିହାସ ଓ କଲେଜ ଶିକ୍ଷକମାନେ ମୋ ଜୀବନରେ ବଡ଼ ପ୍ରଭାବ ପକାଇଥିଲେ । କଲେଜ ଛାଡ଼ି ମୁଁ ରାଉରକେଲା ଇଂଜିନିୟରିଂ କଲେଜରେ ଇଲେକ୍ଟ୍ରିକାଲ ଇଂଜିନିୟରିଂ ପଢ଼ିବାକୁ ଗଲି । ପ୍ରଥମ ସପ୍ତାହରେ ଦେଖା ହେଇଥିବା ମୋର ଭବିଷ୍ୟତ ସ୍ତ୍ରୀଙ୍କ ସହିତ । ସେ ଚାରିବର୍ଷର ଏକ ଅଭୁତ ପ୍ରଭାବ ଆମ ସବୁ ଷ୍ଟୁଡ଼େଣ୍ଟମାନଙ୍କ ଉପରେ । ଆଶୁତୋଷ, ଜଗନ୍ନାଥ, ଅମରେଶ ଇତ୍ୟାଦି ବନ୍ଧୁମାନେ ମୋ ପାଇଁ ସାରା ଜୀବନରେ ସ୍ଥାୟୀ ବନ୍ଧୁ ହେଇଗଲେ । ଆମେରିକା ଆସିବା ନିଶାଟା ମୋ ପାଇଁ ଟିକିଏ ଅଧିକ ଅତିରଂଜିତ ହେଇଥିବ ଓ ମୋ ବନ୍ଧୁମାନେ ସେଥିରେ ସବୁ ଆକୃଷ୍ଟ ହେଇଗଲେ । କିଛି ସାଙ୍ଗମାନେ ମିଶି ଆମେ ଗୋଟେ ବୁକ୍‌ଲେଟ୍ ପବ୍ଲିଶ୍ କଲୁ ଯାହାର ନାମ ଥିଲା 'ROTGAD' । ଆମର ସିନିୟର ମିହିର ମହାନ୍ତି ମୋତେ ଗୋଟେ କପି ଦେଲେ । 'Realisation of the Great American Dream' ପାଠ ପଢ଼ିବାକୁ ଆସିଲି North Dexton State Universityରେ Professor Bill Perrizoଙ୍କ ପାଖରେ ରିସର୍ଚ କଲି । ଅନ୍ୟ ଛାତ୍ର ବ୍ରଜେନ୍ଦ୍ର ପଣ୍ଡା ଏବେ କମ୍ପ୍ୟୁଟର ସାଇନ୍‌ରେ ପ୍ରଫେସର । ମୁଁ ଏବେ ସିଆର୍‌ଏସ୍ ହେଲ୍‌ଥରେ ଡାଇରେକ୍ଟର ଅଫ୍ ଆନାଲିଟିକ୍ ଭାବେ ଅବସ୍ଥାପିତ ।

ଜୀବନର ଏସବୁ ଅନୁଭୂତିରେ ବେଳେବେଳେ ମନେହୁଏ ଆମର ରଂଗ ଆବିର୍ଭାବର ଖୁବ୍ ବଡ଼ ଜରୁରୀ ପ୍ରଭାବ ସବୁ କ୍ଷେତ୍ରରେ । କେମିତି ଚାକିରି କ୍ଷେତ୍ରରେ, ପରିବାର ଭିତରେ, କିମ୍ବା ସମାଜରେ ବିଶେଷ କରି ଆମେରିକାରେ କର୍ପୋରେଟ୍ ୱାଲ୍ଡ଼ରେ ଆମମାନଙ୍କୁ ଅଧିକ ପରିଶ୍ରମ କରିବାକୁ ପଡ଼ିଥାଏ । Edison ଓ Teslaଙ୍କ ମଧ୍ୟରେ ଯେଉଁପରି ପରସ୍ପର ପ୍ରତି ଏକ ପ୍ରତିଯୋଗିତା କରି ଚାଲିଥିଲା ଠିକ୍ ସେମିତି ଆମର ଗୋରାମାନେ ନିଜକୁ ଉଚ୍ଚାସନରେ ରଖିବାକୁ ସବୁବେଳେ ପସନ୍ଦ କରିଥାନ୍ତି । ଏଇଟା ତ ପୃଥିବୀର ନିୟମ । ଏଇଟା ଯେ କେବେ ବଦଳିବ ସେଇଟା ମୋର କାଇଁ ବିଶ୍ୱାସ ନାହିଁ ।

PRABHAT NALINI PATNAIK
ପ୍ରଭାତ ନଳିନୀ ପଟ୍ଟନାୟକ

ପ୍ରଭାତ ନଳିନୀ ପଟ୍ଟନାୟକଙ୍କ ଜନ୍ମ ୨୬ ଜୁଲାଇ ୧୯୫୨ରେ ଗଞ୍ଜାମ ଜିଲ୍ଲାର ଭଞ୍ଜନଗରରେ। ମସ୍ୟବିଜ୍ଞାନରେ ପିଏଚ୍ଡ଼ି ଡିଗ୍ରୀ ହାସଲ କରି ଓଡ଼ିଶା ସରକାରଙ୍କ ଅଧୀନରେ ଡେପୁଟି ଡାଇରେକ୍ଟର ଫିସେରିଜ୍‌ରୁ ସେବାନିବୃତ୍ତ। ଟେନାସି ରାଜ୍ୟର ନାସଭିଲେ ସହରରେ ରୁହନ୍ତି। ସେ ସମାଜସେବା ଓ ଲେଖାପଢ଼ାରେ ରୁଚି ରଖନ୍ତି।

ଘାସକଟାରୁ ଘୋଡ଼ାଚଢ଼ା

ପୂର୍ବ ଆକାଶ ଅପେକ୍ଷା ପଶ୍ଚିମ ଆକାଶ ପ୍ରବାସର (ଆମେରିକା) କେତେକ ରାଜ୍ୟରେ ତୁଷାରପାତ ବହୁଳ ପରିମାଣରେ ପଡ଼ିବାର ଦେଖାଯାଏ। ଥରେ ଥରେ ଆଣ୍ଟାର୍କଟିକାଠାରୁ ମଧ୍ୟ ତାପମାତ୍ରା କମ ହେବାର ସୂଚନା ଅଛି। କିନ୍ତୁ ଶୀତ ଦିନରେ ପ୍ରାୟ ସବୁ ରାଜ୍ୟରେ କିଛି ତୁଷାରପାତ ସହ ଶୀତର ଲହରୀ ପରିବେଶ ଅନୁଭବ କରିବାକୁ ପଡେ। ଏହି ଶୀତର ଲହରୀ ପ୍ରକୋପ ବେଳେ ମନେପଡେ ପ୍ରବାସରେ ଏଇ ପରିସ୍ଥିତି ସବୁକୁ ଖାପଖୁଆଇ ଚଲିବାକୁ ହେଲେ ଦୈନନ୍ଦିନ ଜୀବନ ପାଇଁ ଦରକାର ପଡ଼ିଲେ ଘର କାମରେ ବ୍ୟବହାର ହେଉଥିବା ଯନ୍ତ୍ରପାତି କାମଠାରୁ ଆରମ୍ଭ କରି ଗାଡ଼ି ଚଲେଇବା ସବୁ ଜାଣିବାକୁ ପଡ଼ିବ।

ଯେମିତି କଥାରେ ଅଛି ‘ଘାସ କଟାରୁ ଘୋଡା ଚଢ଼ା’ ଜାଣିଥିଲେ, ବିପଦ ନ ପଡ଼ଇ ଭଲେ। ତେଣୁ ସମସ୍ତେ ଜୀବନରେ କିଛି କିଛି ଦରକାରୀ କାମ ନିଜେ ଶିଖିବା ଓ ଜାଣିବା ଦରକାର।

ପୂର୍ବ ଆକାଶ ଆମ ଭାରତ, ଉଷ୍ଣ ପ୍ରବାହର ଦେଶ ହେଲେ ମଧ୍ୟ ହିମାଳୟ ପର୍ବତମାଳା ତଳେ ଥିବା ଜାମ୍ମୁ-କାଶ୍ମୀର, ଲଦାଖ, କାରଗିଲ ଇତ୍ୟାଦି ଅତ୍ୟନ୍ତ ଥଣ୍ଡା ତୁଷାରପାତ ଅଞ୍ଚଲ ଭାବେ ପରିଗଣିତ। ପ୍ରାୟ ଡିସେମ୍ବର ବାଇଶି ତାରିଖରୁ ଜାନୁୟାରୀ

ଏକତିରିଶି ତାରିଖ ପର୍ଯ୍ୟନ୍ତ ଏହି ଅଞ୍ଚଳ ମାନଙ୍କରେ ବିୟୁକ୍ତ ଚାଳିଶ ଡିଗ୍ରୀ ତାପମାତ୍ରା ହେବା ଲକ୍ଷ କରାଯାଏ। ଏହି ଚାଳିଶ ଦିନର ଭୀଷଣ ଥଣ୍ଡା ଅବଧି ସମୟକୁ ଏଠାରେ 'ଚିଲା-ଇ-କାଲାନ୍' ବୋଲି କୁହାଯାଏ। ଏହି ସମୟରେ ଘରେ ଘରେ ପାଣି ପାଇପ ଗୁଡିକ ବରଫ ହୋଇଯାଏ ଓ ଜନଜୀବନ ଚଳିବା କଷ୍ଟକର ହୋଇଯାଇ ଥାଏ। ଭାରତର ଏହି ଅଞ୍ଚଳ ଛଡା କେତେକ ରାଜ୍ୟର ପାହାଡିଆ ଅଞ୍ଚଳଗୁଡିକ ମଧ୍ୟ ଶୀତ ରତୁରେ ସାମାନ୍ୟ ଧୂସରା ତୁଷାରରେ ଆଚ୍ଛାଦିତ ହେବାର ଦେଖାଯାଏ। ଏହି ପତଳା ଧୂସରା ତୁଷାରର ଧଳା ଗାଲିଚା ଦେଖ୍ବାକୁ ଯେତିକି ମନୋରମ ଓ ସେତିକି ଉପଭୋଗ୍ୟ। ଥଣ୍ଡା ପରିବେଶ ଅଞ୍ଚଳ ଗୁଡିକ ହେଲା ଦାର୍ଜିଲିଂ, ଓଡ଼ିଶାର କୋରାପୁଟ, କେଉଁଝର ଓ ଫୁଲବାଣୀ ଜିଲ୍ଲାର ଦାରିଙ୍ଗିବାଡି ଇତ୍ୟାଦି। ବ୍ରିଟିଶ ଶାସନ ସମୟରେ ଇଂରାଜୀ ଫିରିଙ୍ଗି ମାନେ ଏହି ଅଞ୍ଚଳ ମାନଙ୍କରେ ରହିବାକୁ ଇଚ୍ଛା କରୁଥିଲେ ଓ ରହୁଥିଲେ ମଧ୍ୟ। ଏହି ଥଣ୍ଡା ଅଞ୍ଚଳମାନଙ୍କର ପ୍ରଶସ୍ତ ରାସ୍ତା ସବୁ ବ୍ରିଟିଶ କର୍ମଚାରୀମାନେ ତିଆରି କରିଥିଲେ। ଫୁଲବାଣୀ ଜିଲ୍ଲାରେ ଥିବା 'ଦାରିଙ୍ଗିବାଡି' ତୁଷାରପାତର ଅନୁପମ ପାଇଁ ଏହାକୁ ଓଡ଼ିଶାର 'କାଶ୍ମୀର' ବୋଲି କୁହାଯାଏ।

ଫୁଲବାଣୀ ଜିଲ୍ଲାରେ ମସ୍ୟ ବିଭାଗ ଜିଲ୍ଲା ଅଫିସର ଥିବା ସମୟରେ 'ଦାରିଙ୍ଗିବାଡି'ର ତୁଷାରପାତ ଦେଖ୍ବା ପାଇଁ ସୁଯୋଗ ପାଇଥିଲି। ଧୂସରା ଧଳା ତୁଷାର ଓ ସବୁଜ ଜଙ୍ଗଲର ଥଣ୍ଡାଳିଆ ପରିବେଶ ଅତ୍ୟନ୍ତ ମନୋରମ।

ଆଖପାଖ ଗାଁର କନ୍ଧ, କୋଛୁ ଲୋକମାନେ ବିନା ଶୀତ ବସ୍ତ୍ରରେ ଶୀତରେ ଥରୁଥିବା ଦୃଶ୍ୟ ବି ମୋ ପାଇଁ ଦୁଃଖ ଦାୟକଥିଲା। ସେମାନେ କିନ୍ତୁ ସେଇ ପରିବେଶ ସହ ଅଭ୍ୟସ୍ତ। ଭଗବାନଙ୍କର ସବୁ କିଛି ବରାଦ ବା ଦାନ ଭାବି ଛନ୍ଦବିହୀନ ଶାନ୍ତିର ଜୀବନକୁ ଆପଣେଇ ନେଇଚଲନ୍ତି।

ମୋର ପ୍ରଚେଷ୍ଟାରେ ସେଇ ନିରଳସ, ନିଷ୍କପଟ ଆଦିବାସୀଙ୍କ ପାଇଁ ଜିଲ୍ଲାପାଲ କିଛି ଘୋଡାଇବା କମ୍ବଳ, ପିନ୍ଧିବା ଲୁଗା ଜିଲ୍ଲା ଉନ୍ନୟନ ପାଣ୍ଠିରୁ ଦେଇଥିଲେ।

ବର୍ତ୍ତମାନ, ଓଡ଼ିଶାର କାଶ୍ମୀର କୁହାଯାଉଥିବା ଏହି "ଦାରିଙ୍ଗିବାଡି" ବ୍ଲକ ଏକ ସୁନ୍ଦର ଟୁରିଷ୍ଟ ଜାଗା ହୋଇଛି। ଶୀତଦିନରେ ପର୍ଯ୍ୟଟକଙ୍କ ସମାଗମ ବହୁତ।

ତୁଷାରପାତ ଦେଶ ଆମେରିକାର ମ୍ୟୁଜିକ ସିଟି (ନେସଭିଲ ସହର) ଟେନେସିକୁ ପ୍ରବାସୀଟିଏ ହୋଇ ବିବାହ ପରେ ମତେ ଆସିବାକୁ ପଡିଲା। ଏ ଦେଶରେ ଚଳିବାକୁ ହେଲେ ଘର ବାହାର ସବୁ କାମ ସହ କାର୍ ଚଳାଇବା ଜାଣିଥିଲେ ଦୈନନ୍ଦିନ ଚଳଣୀ ସୁବିଧା ହୋଇଥାଏ। ଆମ ସମୟରେ ଏଇ କାମ ପ୍ରାୟ ମଧ୍ୟବିତ ପରିବାର ଝିଅମାନେ ଶିଖ୍ବାର ସୁଯୋଗ ପାଇ ନଥାନ୍ତି। ତେଣୁ ମୁଁ ଶିଖ୍ ନଥିଲି। ମୋ ଭଲି ପ୍ରାୟ ବହୁତ

ପ୍ରବାସୀ ମାନେ ଏ ଦେଶକୁ ଆସିବା ସମୟରେ ଏହି କାମ ସବୁ ଜାଣି ନଥାନ୍ତି। ସମସ୍ତେ ଆସିବା ପରେ ହିଁ ଦରକାର ପଡିଲେ ଶିଖନ୍ତି। ଏଇଠି ସବୁ କାମ ନିଜକୁ ହିଁ ନିଜେ କରିବାକୁ ପଡେ। ଆମେରିକାର ସବୁ ଯାଗାରେ ସମାନ ତୁଷାର ପାତ ହୁଏ ନାହିଁ, କେଉଁଠି ବେଶୀ ତ କେଉଁଠି କମ, କେତେ ଯାଗାରେ ମଧ ତୁଷାର ପଡିବା ଜଣାଯାଏ ନାହିଁ। ତଥାପି ଶୀତର ଲହରୀ ସବୁଠାରେ ରହେ। ଭୀଷଣ ଶୀତ ପ୍ରକୋପରେ ଘରେ ହିଟର ଲଗାଇ ଚଳିବାକୁ ପଡେ। ବର୍ଷର ପ୍ରାୟ ପାଂଚ ଛ'ମାସ ଥଣ୍ଡା ରହେ। ଆମ 'ମ୍ୟୁଜିକ୍ ସିଟି' ନେସଭିଲ, ଟେନେସିରେ ସେପ୍ଟେମ୍ବର ଶେଷ ଅକ୍ଟୋବର ଆରମ୍ଭ ବେଳକୁ ପ୍ରାୟ ଥଣ୍ଡା ପଡିଯାଏ। ଏପ୍ରିଲରେ କ୍ରମେ ତାପ ମାତ୍ରା ବଢେ। ଖରା ପଡିଲେ ହିଁ ପରିବେଶର ଫୁଲ ଫଳଭରା ସୌନ୍ଦର୍ଯ୍ୟ ଦେଖିବାକୁ ମିଳେ। ଯେପରି ଭାରତରେ ଶୀତ ଦିନରେ ଫୁଲ ଫଳ ଚାରିଆଡେ ଭରା ଭରା ହୋଇ ସୁନ୍ଦର ଦିଶେ। ଏ ଦେଶରେ କିନ୍ତୁ ଜାନୁଆରୀ ଶୀତର ଲହରୀ 'ଡାଫୋଡିଲ' ଫୁଲ ଫୁଟିଥାଏ। ଧଳା ବରଫରେ ହଳଦିଆ ଡାଫୋଡିଲ ଫୁଲ ଦେଖିଲେ ସେକ୍ସପିଅରଙ୍କର ଡାଫୋଡିଲ କବିତା ମନେ ପଡିଯାଏ।

ଏ ଦେଶର ବାତାବରଣକୁ ନେଇ ବଗିଚାର ଅନ୍ୟ ଫୁଲ ଫଳ ଗଛ ଏପ୍ରିଲରୁ ସେପ୍ଟେମ୍ବର-ଅକ୍ଟୋବର ଯାଏ ହିଁ ସତେଜ ରହନ୍ତି। ଏହି ପାଂଚ ଛ ମାସ ରାସ୍ତା, ସହର, ଘର ବଗିଚା, ଅଫିସ ବଗିଚା ସବୁ ବିଭିନ୍ନ ରଙ୍ଗର ଗଛ, ଫୁଲ ଫଳରେ ସୁନ୍ଦର ଦିଶେ। ମେପଲ ଗୋଟିଏ ବଡ ଗଛ, ତା' ପରି ଆଉ କେତେ ବଡ ଗଛର ପତ୍ର ଗୁଡିକ ସାତ ରଙ୍ଗ ହୋଇଯାଏ। ମନେହୁଏ ପ୍ରକୃତି ରାଣି ଯେମିତି ରଙ୍ଗ ରଙ୍ଗିଆ ସାତ ରଙ୍ଗ ଶାଢୀରେ ସଜାଇ ହୋଇ ବସିଛି। ଏହି ସମୟରେ ରାସ୍ତାର ଦୁଇ କଡ ରଙ୍ଗିନ୍ ପତ୍ର ଗଛ ଗୁଡିକୁ ଦେଖିଲେ ମନ ଉଲ୍ଲାସରେ ଭରିଯାଏ। ଗୋରା ସାହେବ ମାନଙ୍କର ଆମେରିକା ସଉଖ୍ୟନ ଦେଶ। ସେମାନେ ନିଜ କାମ ନିଜେ କରି ଖାଇବା ପିନ୍ଧିବା ଓ ସଉଖ୍ୟନ୍‌ରେ ସମୟ କଟାଇବା ବୋଧେ ଜାଣନ୍ତି। ଫୁଲରେ ସବୁ ଯାଗା ବହୁତ ସୁନ୍ଦର ସଜା ହୋଇ ଥାଏ। ଖରା ଦିନ ବା ସମର ସିଜନର ଏହି ମନୋରମ ଅତ୍ୟନ୍ତ ରୋମାଂଚ ଭରା। ବାହାର ପାର୍ଟି ପିକନିକ ପ୍ରାୟ ଏହି ସମୟରେ ସୁନ୍ଦର ସୁନ୍ଦର ପାର୍କରେ ହୁଏ। ବିଭିନ୍ନ ଷ୍ଟେଟ୍‌କୁ ମଧ ବୁଲିଯିବାକୁ ଏହି ସମୟ ବେଶ ଅନୁକୂଳ ହୋଇଥାଏ। ପିଲାମାନଙ୍କୁ ସମର ଭେକେସନ ସ୍କୁଲ ଛୁଟିରେ ବୁଲି ଯିବା ପାଇଁ ସୁବିଧା ହୋଇଥାଏ। ଆମ ଦେଶର ଯାତ୍ରା, ପୂଜା ପର୍ବ ପରି ଏଇ ସମର ସମୟଟି କୋଲାହଲ ମନେହୁଏ। ଦୋକାନ ବଜାରର ସପିଂଗ୍ ସମୟ। ଗୋରା ସାହେବ ମାନେ ପ୍ରାୟ ଗଲଫ ଖେଳନ୍ତି। ସମର ସିଜନ ପରେ ଶୀତ ଆସିଲେ ଟିକିଏ ଝୁମ୍ପୁରା ତୁଷାର ଥରେ ପଡିଲେ

ଗଛ ସବୁ ଝାଉଁଳି ଯାଆନ୍ତି । ଝାଉଁଳା ଗଛ ଦେଖିଲେ ମନ ଦୁଃଖ ହୋଇଯାଏ । ପାଣି ପାଗରେ ଆନାଉନସ ହୁଏ ତୁଷାର ପଡ଼ିବ । ଯଦି ଆମେ ଆଗରୁ ଜାଣି ପାରୁ ଏହି ତୁଷାର ପରେ ପୁଣି ଗରମ କେତେ ଦିନ ଅଛି ବିକଳରେ ବଗିଚା ଫୁଲକୁ ଆଉ କେତଟା ଦିନ ଦେଖିବୁ ଭାବି ଫୁଲ ଗଛରେ ମୋଟା ଚଦର/କମ୍ବଳ ଘୋଡ଼ାଇ ଦେଉ । ତୁଷାର ଯଦି ଟିକେ ଛିଂଟି ଦେବାର ଥାଏ ସେ ସବୁ ସେହି ଚଦର/ କମ୍ବଳ ଉପରେ ପଡ଼େ ଓ ଫୁଲ ଗଛ ବଂଚି ଯାଏ । ତା' ପର ଦିନ ଫୁଲ ଗଛ କମ୍ବଳକୁ ବାହାର କରି ଶୁଖେଇ ଆସନ୍ତା ବର୍ଷ ପାଇଁ ରଖିବାକୁ ପଡ଼େ । କିନ୍ତୁ ଫୁଲ ଫଳ ଗଛକୁ ସେଇ ସେପ୍ଟେମ୍ବର ଯାଏ ହିଁ ବଗିଚାରେ ଦେଖିବାକୁ ମିଳେ । ସତେଜ ଫଳନ୍ତି ଫଳ ଗଛ ଓ ଫୁଲ ଗଛ ଯାକ ତୁଷାରରେ ଝାଉଁଳି ଗଲେ ପୁରା କଳା ହୋଇ ଯାଆନ୍ତି । ଥରେ ଥରେ ଆଖିରେ ଲୁହ ଜକେଇ ଯାଏ । ଉପାୟ ଶୂନ୍ୟ । ପ୍ରକୃତି ରାଣୀ କାହା ହାତରେ ? ଘର ଭିତରେ ଘରର ଉଭାପରେ ଲାଇଟ ଦେଇ ବଂଚି ପାରିବା ଭଳି କେତେକ ଫୁଲ ଗଛକୁ କୁଣ୍ଡରେ ଲଗାଇ ଘରକୁ ନେଇ ଆସୁ ।   ଖରା ପଡ଼ିଲେ ପୁଣି ସେଗୁଡ଼ିକୁ ବାହାରକୁ ନେଉ । ଏ ହେଲା ତୁଷାର ପାତ ଦେଶର ଗଛର ଜୀବନ ଓ ଗଛ ପାଇଁ ଆମର ଗରମ ଓ ଶୀତ ଛକା ପଂଝା ଭିତରେ କର୍ମ ତତ୍ପରତା ।

ଏଇ ଶୀତ ଦେଶର ଘର ସବୁ କାଠ ପଟାରେ ତିଆରି ।   ଘର ଛାତ ଟାଇଲ ପରି ଗଡ଼ାଣିଆ ହୋଇଥାଏ । ରବର ଓ ପିଚୁରେ ତିଆରି ଟାଇଲ ପରି ଖଣ୍ଡ ଖଣ୍ଡ ସିଙ୍ଗଲସ ଛାତରେ ପଡ଼େ । କାରଣ ବରଫ ପାଇଁ ହେଉ ବା ଝଡ଼ି ତୋଫାନ ପାଇଁ ହେଉ ଯଦି ଛାତ କେଉଁ ଯାଗାରେ ଖରାପ ହେଲା ତା'ହେଲେ ଏହି ଛୋଟ ଛୋଟ ସିଙ୍ଗଲସକୁ ବାହାର କରି ନୂଆ ସିଙ୍ଗଲସ ପକାଇ ମରାମତି କରି ହେବ । ଛାତ ଗଡ଼ାଣିଆ ହେବା ଦ୍ୱାରା ତୁଷାର ପଡ଼ିଲେ ଖରାରେ ତରଳି ପାଣି ତଳକୁ ଗଡ଼ାଣିଆରେ ଗଡ଼ିଯାଏ । ଥରେ ଥରେ ଖରା ନ ହେଲେ ଦୁଇ ତିନି ଦିନରୁ ବେଶୀ ବରଫ ଜମି ରହିଯାଏ । ଏଇ ଜମି ରହିଥିବା ତୁଷାର ଯଦି ପୂର୍ଣ୍ଣିମା ସମୟରେ ହୁଏ, ପୂର୍ଣ୍ଣିମା ଜହ୍ନରେ ତୁଷାର ପଡ଼ିଥିବା ଛାତ, ଘର ଚାରିପଟ ବାହାର ଓ ରାସ୍ତା ସବୁ ଦେଖିବାକୁ ଏତେ ଅନୁପମ ଯେ, ସେଇ ଧଳା ଫର ଫର ସୁନ୍ଦର ଗାଲିଚାର ଓଢ଼ଣୀ ପରି ସୌନ୍ଦର୍ଯ୍ୟ ଦେଖିଲେ ଆଖି ଫେରାଇ ହୁଏନି । ଏଠିକା ଘରର ଝରକା ସବୁ କାଚ ଝରକା । ଏଇ କାଚ ଝରକା ଦେଇ ପୂର୍ଣ୍ଣିମା ଜହ୍ନର କିରଣ ବରଫର ପ୍ରତିଫଳିତ ହୋଇ ଘରଟି ସାରା ଉଜ୍ଜଳିତ କରିଥାଏ । ଘର ଭିତରର ପ୍ରତିଫଳିତ ଆଲୋକକୁ ଦେଖି ବହୁତ ଖୁସି ବି ଲାଗେ ।

ଏହି ଖୁସି ଭିତରେ, ଏ ସମୟର ଦୁଃଖର କାରଣ ହେଲା ତୁଷାର ପଡ଼ିଲେ ବହୁତ କାମ ପଡ଼ିଯାଏ ।

ପ୍ରଥମ କାମ ଗାଡି ପାଇଁ ବା ନିଜେ ଚାଲିବା ପାଇଁ ନିଜ ଡ୍ରାଇଭଓ୍ୱେରେ ଲୁଣ ପକାଇବ । କାରଣ ତୁଷାର ଲୁଣରେ ତରଳି ଯିବ । କାର ନେବା ପାଇଁ ସୁବିଧା ହେବ । ଯଦି ବେଶୀ ତୁଷାର ପଡିବ ଓ ଦୁଇ ତିନି ଦିନ ଯାଏ ଖରା ହେବନି ତା ହେଲେ ସେଇ ତୁଷାର ଥଣ୍ଡାରେ ଶକ୍ତ ବରଫ ହୋଇଯିବ । ବରଫକୁ ପୁଣି ଶୀତ ଲୁଗା, ଟୋପି, ଜୋତା ପିନ୍ଧି ବଡ ଲୁହା ଚଟକା ସି ବେଲରେ ଖୋଲିଲା ପରି ଆଡେଇଲେ ଯାଇ ଗାଡି ଘରୁ ବାହାର କରି ହେବ । ମୁଖ୍ୟ ରାସ୍ତା ପାଇଁ ମୁନିସିପାଲିଟି ପୂର୍ବରୁ ସବୁ ରାସ୍ତାରେ ଲୁଣ ପକାଇବା ବ୍ୟବସ୍ଥା କରିଥାଏ । ଯଦ୍ୱାରା ରାସ୍ତାରେ ସହଜରେ ବରଫ ତରଳି ଯାଏ ଓ ଗାଡି ଚାଲିପାରେ । ଇଏ ହେଲା ଦୈନଦିନ କାମ ଭିତରେ ଶୀତ ଦିନରେ ଗୋଟିଏ ବଡ ଅଧିକା କାମ । ଏଡିକି ନ କରି ପାରିଲେ ଅଫିସ, ଦୋକାନ ବଜାର ସବୁ ଯିବା ଅସୁବିଧା । ଅବଶ୍ୟ ଲୋକ ଡକାଇ ପଇସା ଦେଇ କରେଇ ହେବ । କିନ୍ତୁ ନିଜେ କଲେ ତା'ର ଆନନ୍ଦ ନିଆରା ।

ବରଫ ଭରା ବାତାବରଣରେ ଶୀତ ବସ୍ତ୍ର ପିନ୍ଧି ଏଇ କାମ କରିବାକୁ ଆନନ୍ଦ ଲାଗେ । ଶୀତ ଜଣା ପଡେ ନାହିଁ ।

ଦ୍ୱିତୀୟ କାମ ହେଲା ଘର ଭିତରର ଉଷ୍ମ ବଢାଇବା । ପ୍ରଥମତଃ ବିଯୁକ୍ତ ଉଷ୍ମାପରେ ଆମେ ଘର ଭିତରେ ରହି ପାରିବାନି । ଦିତୀୟତଃ ଘରର ପାଣି ପାଇପ କାଲେ ବରଫରେ ଚାଣ ହୋଇ ଫାଟି ଯିବ ସବୁ ଘର ଯାକ ପାଣି ହୋଇଯିବ । ସେଥ୍ ପାଇଁ ପୂର୍ବ ଦିନରୁ ସବୁ ଟେପକୁ ଟିକେ ଖୋଲି ପାଣିକୁ ଟୋପା ଟୋପା ପଡିଲା ପରି ରଖିବାକୁ ପଡେ । ଯେଉଁଥ୍ ପାଇଁ ପାଇପ ଭିତରର ପାଣି ବରଫ ହେବାର ସଂଭାବନା କମ ହୁଏ । ତଥାପି କାଠ ଘରକୁ ଭରସା ନାହିଁ । ବହୁ ଅସୁବିଧାର ସମ୍ମୁଖୀନ ହେବାକୁ ପଡେ ।

ଖରା ଦିନେ କାଲେ ବେଶୀ ଗରମରେ କାଠ ଘର ଜଳି ଯିବ ସେଇଥ୍ ପାଇଁ ଏସି (ଏୟାର କଣ୍ଡିସନ) ନିୟନ୍ତ୍ରଣ ଓ ଶୀତ ଦିନେ କାଲେ ପାଣି ପାଇପ ବରଫ ହୋଇ ଫାଟି ଯିବ ଘର ଭାସି ଯିବ ସେଥ୍ପାଇଁ ଉଷ୍ମାପ ନିୟନ୍ତ୍ରଣ କରିବାକୁ ପଡେ ।

ଆମେରିକା ଚଳଣୀରେ ଏହି ସବୁ କାମ ନିଜେ ହିଁ କରିବାକୁ ପଡେ । କେହି କାହାକୁ ନିର୍ଭର କରନ୍ତି ନାହିଁ । ନିଜ ବଗିଚାର ଘାସକଟାରୁ ଅଫିସ କାମ ନିଜକୁ ହିଁ କରିବାକୁ ପଡେ । ଯିଏ ଯେତେ ବଡ ଚାକିରୀ ବା ଯେତେ ଉପାର୍ଜନ କ୍ଷମ ହେଲେ ମଧ୍ୟ ସେ ନିଜେ ରୋଷେଇ, ବଗିଚା କାମ, ଘାସକଟା, ଘରର ଛୋଟ ମୋଟ ମରାମତି କାମ, ନିଜ ଗାଡି ନିଜେ ଧୋଇବା, ଚଲାଇବା, ଦରକାର ପଡିଲେ ଗାଡିର ଛୋଟ ମରାମତି କାମ, ବଜାର ସଉଦା, ପିଲାଙ୍କୁ ସ୍କୁଲ କଲେଜ ସମୟରେ ନବା ଆଣିବା ସହ

ଅନ୍ୟାନ୍ୟ ଦାୟିତ୍ୱ କାମ କରିବାକୁ ପଡେ। ସକାଳୁ ସଂଧ୍ୟା ଯାଏ ଯନ୍ତ୍ର ପରି ଦୌଡି ସପ୍ତାହର ପାଂଚ ଦିନ କଟାଇବାକୁ ପଡେ। ଶନିବାର, ରବିବାର ଛୁଟି ଦିନରେ ନିଜର ରହିଯାଇଥିବା କାମ ସାରି ବନ୍ଧୁ, ସାଙ୍ଗ, ବଜାର ବୁଲା ଇତ୍ୟାଦି ଆମୋଦ ପ୍ରମୋଦ ପାଇଁ ସମୟ କରିବାକୁ ପଡେ। ଏ ଦେଶରେ ଏହିପରି ଏକ କର୍ମତତ୍ପର ଜୀବନ ବିତାଉଥିବା ଲୋକମାନେ ସୁଖୀ ଜୀବନ ବୋଲି ପରିଗଣିତ ହୁଅନ୍ତି। ମୋର ମନେ ଅଛି ପୂର୍ବତନ ରାଷ୍ଟ୍ରପତି ମିଷ୍ଟର ଓବାମା ନେସଭିଲ, ଟେନେସିକୁ ସରକାରୀ ଗସ୍ତରେ ଥିବା ବେଳେ ନିଜେ ଗାଡିରୁ ଓହ୍ଲାଇ ନିଜ ଖାଦ୍ୟ ନିଜେ କିଣିଥିଲେ। ଯାହାକି ଆମ ଦେଶରେ ଉଚ୍ଚସ୍ତରୀୟ ଅଫିସର ବା ମନ୍ତ୍ରୀ ମାନେ ଏପରି ନିଜ କାମ କରିବା ବହୁତ କମ।

ଏଇ ଦେଶରେ ଏପରି ନିଜ କାମ ନିଜେ କରି ସ୍ୱାବଲମ୍ଭନ ହୋଇ ଚଳିବାର ଜୀବନ ଶୈଳୀରେ ଏକ ଭିନ୍ନ ସ୍ୱାଦ ଥାଏ ବୋଲି ମୁଁ ମନେକରେ।

ମୋର ଆମେରିକାରେ ବହୁ ବର୍ଷ ରହଣୀରେ ଉପରୋକ୍ତ କାମ ଅଭ୍ୟସ୍ତ ଥିଲେ ମଧ୍ୟ ୨୫ ତାରିଖ ଡିସେମ୍ବର ୨୦୨୨ରେ ଏକ ଇଁଚ୍ ତୁଷାର ପଡିବ ବୋଲି ନିଉଜରୁ ଜାଣିଥିଲି। ଶୀତର ଲହରୀ ପାଇଁ ଘର ଭିତର ଓ ବାହାରର ଯାହା ତତ୍ତ୍ୱାବଧନା ନେବା କଥା ନେଇଥିଲି। ପାଣି ଟେପ ସବୁ ଟିକେ ଖୋଲା ରଖିଥିଲି। ତଥାପି ୨୬ ତାରିଖ ସକାଳୁ ଦେଖିଲା ବେଳକୁ ପାଣି ଟେପରୁ ସରୁରେ ଆସୁଛି। ୱାଟର ହିଟରୁ ଗରମ ପାଣି ଆସୁନି। ବାହାରେ ପ୍ରାୟ ତିନି ଇଂଚ ବରଫ ପଡିଛି। ପ୍ରକୃତି ରାଣୀ ଧଳା ବରଫରେ ସୁନ୍ଦର ଦିଶୁଛି। ଭାବିଲି ପାଣି ପାଇପ ବୋଧେ ଫ୍ରିଜ କରିଛି କିନ୍ତୁ ପାଣି ତ ସରୁରେ ଆସୁଛି ଖରା ପଡିଲେ ଠିକ ହୋଇଯିବ। ତା' ଛଡା ଛୁଟିରେ କାହାକୁ ଡାକିବି କ'ଣ କରିବି ? ଏ ଦେଶରେ ତ ଗୋଟିଏ ବଡ ପର୍ବ ଖ୍ରୀଷ୍ଟ ମାସ। ପ୍ରାୟ ସମସ୍ତେ ଛୁଟିରେ ରହନ୍ତି। ଖ୍ରୀଷ୍ଟମାସ ଡେ ଛୁଟିରେ କେହି ଘରକୁ ଆସି ପାରିବେନି। ଉପାୟହୀନ ହୋଇ ୱାଟର ହିଟର ଟି ଅଫ କରି ଏପଟ ସେପଟରେ ଦିନଟି ଗଲା। ୨୭ ତାରିଖ ସକାଳୁ ସେଇ ଅବସ୍ଥା, ପାଣି ଆସୁନି।

ବିଭିନ୍ନ ଚିନ୍ତା ଭିତରେ ଘର ପଛପଟ କାଚ ଝରକା ଖୋଲି ଦେଖିଲି ଲଣ୍ଡ୍ରି ରୁମରୁ ସରୁ ନାଳଟିଏ ପରି ପାଣି ବହି ଯାଉଛି। ପାଣି ବୋଧେ ତିନି ଦିନ ହେଲାଣି ଏମିତି ବହୁଛି। ଅବାକ ହୋଇ ସବୁ ଦେଖିଲା ବେଳକୁ ଲଣ୍ଡ୍ରି ରୁମରେ ୱାସିଂଗ ମେସିନ କନେକସନ ପାଣି ପାଇପରେ ବରଫ ଜମି ଫାଟି ଯାଇଛି ଓ ପାଣି ନାଳ ପରି ବହି ଚାଲିଛି। ଦୁଇଟି ଯାକ ରୁମରେ ପୁରା ଆଣ୍ଠୁଏ ପାଣି। ବାହାରର ମୁନିସିପାଲିଟି ପାଣି କନେକସନ ବନ୍ଦ କରିବା ଶୈଳୀ ମୁଁ ଦେଖିଥିଲି କିନ୍ତୁ କେବେ ନିଜେ ବନ୍ଦ କରି ନଥିଲି। ସେ ଲୁହା ଓଜନିଆ ଘୋଡଣୀ ଉଠାଇବା ମୋ ପକ୍ଷେ ବହୁତ କଷ୍ଟ। କେବେ

ନକରିବା କାମ ପୁଣି ଏତେ କଷ୍ଟ କାମ। ଯାହା ହେଉ ଚେଷ୍ଟା କରି ତିନିଇଂଚ ବରଫ ଭରା ଶୀତରେ ବାହାରର ପାଣି କନେକସନ୍‌କୁ ପୁରା ଲକ୍‌ କଲି।

ଏ ଦେଶରେ ତ ସବୁ ଫୋନରେ କାରବାର। ଘର ଇନ୍‌ସୁରାନ୍‌ସ, ପ୍ଲମ୍ବିଂ କମ୍ପାନୀ ସମସ୍ତଙ୍କୁ ଫୋନ କରିବାରେ ଦିନ ଦୁଇ ହୋଇଗଲା। ପୁଣି ପାଣି କାମ ପାଇଁ ଭଲ ପ୍ଲମିଙ୍ଗ କମ୍ପାନି ହିଁ ଦରକାର। ଖ୍ରୀଷ୍ଟମାସ ପାଇଁ ପ୍ଲମିଙ୍ଗ କମ୍ପାନୀର ରେକର୍ଡିଂଗ ମେସେଜ ଆସୁଛି।   କେହି ଧରୁ ନାହାନ୍ତି କି କେହି ଶୁଣୁ ନାହାଁନ୍ତି। ଶେଷକୁ ଭାବିଲି ନିଜେ ଯିବି। ବରଫରେ କାର ଚଲାଇଲେ ବିପଦ।   କାଲେ କେଉଁଠି ଚକା ସ୍ଲିପ କରିବ। ତେଣୁ ପ୍ରାୟ ଦୁଇ ମାଇଲ ଚାଲି ଚାଲି ହିଲର ପ୍ଲମିଙ୍ଗ ପାଣି ଅଫିସକୁ ଯିବାକୁ ପଡିଲା। ଖ୍ରୀଷ୍ଟମାସ ଛୁଟି ପାଇଁ ଏତେ ବଡ ଅଫିସରେ ଗୋଟିଏ ମେନେଜର।   ସେ କହିଲେ ନେସଭିଲରେ ଏଇ ଥର ଏତେ ବରଫ ପଡିଛି ଯେ ବହୁତ ଘରର ଏଇ ପରିସ୍ଥିତି। ତେଣୁ ମୋ ରିପୋର୍ଟିଂ ନମ୍ବର ୪୧୬୭। ଆସନ୍ତା ଦଶଦିନ ପରେ ହିଁ ମୋ ଘରକୁ ସେମାନେ ଆସିବେ। କିଛି ଉପାୟ ନ ଦେଖି ଭଲ କମ୍ପାନୀ କଥା ମନରୁ ଛାଡିଲି। ଘରକୁ ଆସି ଆଗରୁ ଚିହ୍ନିଥିବା ଯେତେ ମେକାନିକ (ପ୍ଲମ୍ବର)କୁ ଡାକି ୨୮ ତାରିଖ ସଂଧ୍ୟାରେ ପାଇପ କାମ ହଠାତ୍ ଚଲିଲା ପରି କରାଇଲି। ଏହି କାମ କରାଇଲା ବେଳେ ଜାଣିଲି ଯେ, ମୁଁ ଏତେ ବୋକା, ଓ୍ୱାସିଂଗ ମେସିନ ପାଖର ସୁଇଚ ଅଫ କରି ଦେଇ ଥିଲେ ସେଇଠି ସେଇ ପାଣି ବାହାରିବା ବନ୍ଦ ହୋଇ ଯାଇ ଥାନ୍ତା। ଘର ସାରାର ପାଣି ଆଉ ବନ୍ଦ କରିବାକୁ ପଡି ନଥାନ୍ତା କି ମୁଁ ତିନି ଦିନ କାଲ ହଇରାଣ ହେବାକୁ ପଡି ନ ଥାନ୍ତା। ଭାବିଲି ଏଇ ଦେଶ ପାଇଁ ମୋ ଭଳିଆ ବୋକାମାନେ ବୋଧେ ଠିକ ନୁହଁନ୍ତି। କିଛି ବ୍ୟସ୍ତ, କାନ୍ଦ ଓ ହସ ଭିତରେ ଭାବିଲି ମଣିଷତେ ତ ପୁଣି ପରିସ୍ଥିତିକୁ ସମ୍ଭାଳି ଚଲିବାକୁ ପଡିବ। ଯେମିତି ଆମେ ଛୋଟରୁ ଜାଣିଛେ।

'ଯେ ଦେଶ ଯାଇ ସେ ଫଳ ଖାଇ'।   ସବୁ ତ ସହିବାକୁ ପଡିବ। ମୋ ରହଣୀରେ ବହୁତ କିଛି କାମ ଶିଖ୍‌ଥିଲେ ମଧ ଏହି ପ୍ଲମର କାମରେ ହେଲା କରି ଦେଇ ଥିବାରୁ କେତେ ହଇରାଣ ହେବାକୁ ପଡିଲା। ତେଣୁ ମଣିଷ ମାତ୍ରକେ 'ଘାସ କଟାରୁ ଘୋଡା ଚଢ଼ା' ଶିଖ୍‌ବା ଦରକାର।

ପ୍ରଭୁ ଜଗନ୍ନାଥ ତ ଆମେରିକାରେ ଆସି ରକ୍ଷଛନ୍ତି। ତାଙ୍କୁ କୋଟି ପ୍ରଣାମ ଦେଇ, ଏହା ହିଁ ମନର ସାନ୍ତ୍ୱନା ଭାବିଲି।

BARUN PANI

ବରୁଣ ପାଣି

୧୬ ଜାନୁଆରୀ, ୧୯୫୮ରେ ବରୁଣ ପାଣି ଚକ୍ରଧରପୁରରେ ଜନ୍ମଗ୍ରହଣ କରିଥିଲେ। ଇଲେକ୍ଟ୍ରିକାଲ ଇଞ୍ଜିନିୟରିଂରେ REC, ରାଉରକେଲାରୁ ବିଟେକ୍ ଓ ଆଇଆଇଟି, ଖଡ଼ଗପୁରରୁ ଏମ୍‌ଟେକ୍ ଡିଗ୍ରୀ କରିବା ପରେ ସେ ୧୯୮୮ରେ ଆମେରିକା ଆସିଥିଲେ। ଅକ୍ଟୋବର ୧୦, ୨୦୧୯ରେ ତାଙ୍କର ଦେହାନ୍ତ ହୋଇଯାଇଛି। ତାଙ୍କର ଅନେକ କବିତା ବିଭିନ୍ନ ପତ୍ରପତ୍ରିକାରେ ପ୍ରକାଶିତ। କବିତା ଲେଖିବା ବ୍ୟତୀତ ସେ ସଙ୍ଗୀତ, ଇତିହାସ ଓ ଦର୍ଶନ ଆଦିରେ ମଧ୍ୟ ରୁଚି ରଖ୍‌ଥିଲେ।

ଅଜଣା ଦେଶରେ ଓଡ଼ିଆଟିଏ ହେଇ ରହିଛି

ପ୍ରତ୍ୟେକ ଜୀବନ ଏକ ଏକ କାବ୍ୟ। ହେଲେ କୋଉଠି ଆରମ୍ଭ ଆଉ କୋଉଠି ଶେଷ ତା'ଉପରେ କାହାର ନିୟନ୍ତ୍ରଣ ନଥାଏ। ବାପା, ମାଆ, ଭାଷା, ଦେଶ ଜାତି, ସାଙ୍ଗିଆ ଏ ସବୁ ଯଦିଓ ଜନ୍ମ ସାଙ୍ଗରେ ନିର୍ଦ୍ଧାରିତ, ଜୀବନ ବହିଚାଲେ ଏକ ମୁକୁଳା ଝରଣା ପରି କେଉଁ ଅଜଣା ରାଇଜକୁ, ନିଜକୁ ବିଲୀନ କରିଦେବାକୁ। ନିଜକୁ ସବୁବେଳେ ଯାଯାବର କହିଆସିଛି, ଆଉ ଜୀବନ ବି ମୋତେ ଯାଯାବର କରିଛି, ସନ୍ଧ୍ୟାବେଳର କଳନା ପରି କେତୋଟି ଘଟଣା ମାଧ୍ୟମରେ ଏଇ ଲେଖାରେ ଆଙ୍କିବି କିଛି ରଙ୍ଗ ହୁଏତ ଆପଣଙ୍କୁ ଆମୋଦିତ କରିବ। ମୋର ପ୍ରଥମ ସ୍ମୃତି ହେଉଛି ପଇସା ଗଣିବାର ଅକ୍ଷମତା, ଠିକ୍ ଯେତେବେଳେ ମୁଁ ଅଙ୍କ ସହିତ ପରିଚିତ ହେଲି, ବୁଝିଲି ଯେ ପଇସା ଗଣିବା ପାଇଁ ଅଙ୍କ ଶିଖିବା ଦରକାର, ହେଲେ ସେତିକିବେଳେ ଟଙ୍କା ୬୪ ପଇସାରୁ ୧୦୦ ନୂଆ ପଇସା ହେଲା। ଚାରି ପଇସା, ମାନେ ଅଣାଏ, ଆଉ ଚାରିଅଣା ମାନେ ୧୬ ପଇସା ଆଉ ୨୫ ନୂଆ ପଇସା। ଏ ସବୁ ଭିତରେ ମୁଁ ବୁଝି ପାରିଲି ଅଙ୍କ ମୋ ଦ୍ୱାରା ହେବ ନାହିଁ।

ମାହୁନ୍ତ ସହ ହାତୀ, ମାଙ୍କଡ଼ ସହ ଭାଲୁ ନାଚ, କେଳା, ଆଉ, ସାପ ଅପସରି ଯାଉଥିଲେ ସିନେମା ଧିରେ ଧିରେ ମନୋରଂଜନର ମାଧ୍ୟମ ହେଇଚାଲିଥିଲା। ପଦଚ୍ୟୁତ ରାଜା ଓ ଜମିଦାର ମାନେ ସିନେମାହଲର ନୂଆ ମାଲିକ ହେଉଥିଲେ,

ହେଲେ ବ୍ରିଟିଶ ସମୟର ଛାପ ଆମେ ଛୋଟବେଳରୁ ଦେଖିଥିଲୁ। ଜର ହେଲେ ରବିନ୍‌ସନ୍ ବାର୍ଲି, ଆରୋରୁଟ୍ ବିସ୍କୁଟ୍, ବା ହର୍ଲିକ୍‌ସ ଖାଇବା, ଆଫଗାନ୍ ସ୍ଟୋର ଲୋକପ୍ରିୟତା ଏବଂ ଏଲ୍ ଏମ୍ ପି ଡାକ୍ତରଙ୍କ ଦ୍ୱାରା ଚିକିତ୍ସା ଘରେ ଘରେ ଲୋକପ୍ରିୟ ଥିଲା, ଆଜିବି କିଛି କିଛି ପରାଧୀନତାର ଏଇ ଛାପ ସବୁ ରହିଯାଇଛି ଆମେ କେବେ ସ୍ୱାଧୀନ ହେଲେ ଯେ? ମୋ ଜାତକ ଲେଖା ହେଇଥିଲା ଜନ୍ମ ପରେ ପରେ, ମୁଁ ଏକ ନାସ୍ତିକ ହେବି, ଆଉ ବୋଧେ ହେଲି ବି, ହେଲେ ଆରମ୍ଭଟା ସେମିତି ନ ଥିଲା। ଅନୁଶୀଳନତା ଆଉ ଧର୍ମପରାୟଣତା ଭଲ ପିଲାର ଲକ୍ଷଣ। ଛୋଟବେଳୁ ମୁଁ ଭଲପିଲାଟିଏ ହେବାକୁ ଚାହିଁଥିଲି।

ଜୀବନର ପ୍ରଥମ ପାଂଚ ବର୍ଷ ମୋର ଜନ୍ମଭୂମି ଚକ୍ରଧରପୁରରେ କଟିଛି, ରେଳୱେ କଲୋନୀର ଜୀବନ, ଯେଉଁଠି ବିମଳ ମିତ୍ର ଆଉ ସାତକୋଡ଼ି ହୋତାଙ୍କ ସୃଜନୀ ଦୁନିଆକୁ ଅନବଦ୍ୟ ସାହିତ୍ୟ ଦେଇଛି ସେଇ ମାଟି ଧୂଳିରେ ମୁଁ ଗଠିତ।

ଛୋଟବେଳୁ ବିଭିନ୍ନ ଭାଷା ଶିଖିବାର ସୁଯୋଗ ମିଳିଥିଲା। ଓଡ଼ିଶା ବାହାରେ ଗୋପବନ୍ଧୁ ଜୟନ୍ତୀ ଆଉ ରଥଯାତ୍ରା ଚକ୍ରଧରପୁରରେ ହେଉଥିଲା। ଘର ଭିତରେ ଆମେ ସବୁ ଓଡ଼ିଆ ଥିଲୁ। ଚକ୍ରଧରପୁର ପରେ ବାପାଙ୍କ ବଦଲି ହୁଏ ବନ୍ଧମୁଣ୍ଡା, ରାଉରକେଲା ପାଖରେ ଏକ ରେଳୱେ ନଗରୀ। ତା'ପରେ ଆମେ ଚାଲିଆସୁ ଖଡ଼ଗପୁର, ସନ ୧ ୯ ୬ ୬–୧ ୯ ୭ ୨। ମୋର ଗଠନାତ୍ମକ ଜୀବନ ଏଇ ସହରରେ। ଆଠବର୍ଷ ବୟସରେ ମୁଁ ପହଂଚିଲି ଖଡ଼ଗପୁର ସହରରେ। କଲୋନାଇଜେସନର ଏକ ସୁଦୃଢ଼ ଗଡ଼ ହେଉଛି ଖଡ଼ଗପୁର। ସହରଟି ଦୁଇ ଭାଗରେ ବିଭକ୍ତ, ଭାରତୀୟ ଲୋକଙ୍କ ପାଇଁ ଏକ ବିରାଟ କଲୋନୀ ଆଉ ବ୍ରିଟିଶ କର୍ମଚାରୀମାନଙ୍କ ପାଇଁ ସଫା ସୁତୁରା ପାଚେରୀ ଘେରା ଏକ ମନୋରମ ଅଞ୍ଚଳ। ଆଜି ବି ଆପଣ ଦେଖି ପାରିବେ ସହରଟିର ବିଭାଜନର ଜଳ ଜଳ ଚିହ୍ନ। ଜୀବନର ପ୍ରତ୍ୟେକ କ୍ଷଣରେ ଦଉଡ଼ି ବଳା ଆଉ ଛିଣ୍ଡା ଚାଲିଥାଏ। ଖଡ଼ଗପୁରରେ ଥିଲାବେଳେ ମୋର ପରିବେଶରେ ଅନେକ ପରିବର୍ତ୍ତନ ଆସିଥିଲା। ସ୍ୱାଧୀନତାର ମଶାଲରେ ଜୀବନକୁ ଜାଳିଦେଇଥିବା ଯୁବକମାନେ ବୃଦ୍ଧ, କ୍ଲାନ୍ତ, ଆଉ ନିରାଶ ହେଇ ସାରିଥିଲେ, ବାପାଙ୍କ ମୁହଁରେ ମୁଁ ସ୍ପଷ୍ଟ ଦେଖି ପାରୁଥିଲି ସେଇ ନିରାଶ ଭବିଷ୍ୟତର ଛାୟା। ଦିଓଟି ଯୁଦ୍ଧ ଆଉ ଜାତୀୟ ଭାବନାରେ ସଂକୁଚିତ ଦେଶର ଜନତା ଧୀରେ ଧୀରେ ଗରିବ ହେଇ ଚାଲିଥିଲେ। ନିକ୍‌ସନ୍ ଆଉ ଚାରୁ ମଜୁମ୍‌ଦାର ରାବଣ ହେଇସାରିଥିଲେ, ଇନ୍ଦିରା ଗାନ୍ଧୀ ମାଆ ଦୁର୍ଗା। ହେଇ ସାରିଥିଲେ। ନକ୍‌ସଲ୍‌ବାଡ଼ିର ପ୍ରଥମ ପର୍ଯ୍ୟାୟର ହିଂସାର ନିଆଁରେ ଖଡ଼ଗପୁର ଜଳି ଚାଲିଥିଲା। ମୁଁ ଏକ ଦେଶଭକ୍ତ ହେଇସାରିଥିଲି। ବାପା ସର୍ବସ୍ୱାନ୍ତ

ହେଇ ସାରିଥିଲେ। ମୋର ପ୍ରିୟ ଭୂଗୋଳରେ ସାର୍ ନଳିନୀକାନ୍ତ ମହାପାତ୍ର ଆଉ ସାଙ୍ଗ ନିରଞ୍ଜନ ପଣ୍ଡା ହିଂସାର ଶିକାର ହେଇସାରିଥିଲେ।

ଖଡ଼ଗପୁର ମୋତେ ଚାରୋଟି ବିରାଟ ଅନୁଭବ ଦେଇଛି। ସ୍କୁଲ ପାଖରେ ମାଂସ ବଜାର ଥିଲା, ଏଣୁ ମୁଁ ନିରାମିଷାଶୀ ହେଲି। ମୋର ପ୍ରଚଣ୍ଡ ଦେହ ଖରାପ ହେଇଥିଲା, ଡବଲ ଟାଇଫୟେଡ୍। ମୃତ୍ୟୁ ମୁଖରୁ ଫେରିଥିଲି, ଦେହ ଖରାପ ହେବା ପରେ ମୋର ଖେଳାଖେଳି ବନ୍ଦ ହେଇଗଲା। ସମୟ ବିତିଲା ବହି ପଢ଼ି, ଓଡ଼ିଆ ହିନ୍ଦୀ ଓ ବଙ୍ଗଳା ସାହିତ୍ୟ ସହ ମୋର ଅନ୍ତରଙ୍ଗ ପରିଚୟ ହେଲା। ଆଇଆଇଟିରେ ତେନ୍ତୁଳି ପାଲିବା ପାଇଁ ଯାଇ ତଡ଼ା ଖାଇ କହିଥିଲି, ମୁଁ ଏଇ କଲେଜରେ ପଢ଼ିବି, ଆଉ ତେନ୍ତୁଳି ପାଲି ଖାଇବି। କିନ୍ତୁ ଅବଚେତନ ମନ ଭିତରେ ଦାରିଦ୍ର୍ୟ ପ୍ରତି ମୋର ଏକ ଘୃଣା ଆସି ସାରିଥିଲା। ଆଉ ମନେ ମନେ ପଣ କରି ନେଇଥିଲି, ପଇସା ରୋଜଗାର କରିବି, ଗରିବ ହେଇ ରହିବି ନାହିଁ। ଖଡ଼ଗପୁରରେ ସବୁଠୁ ବଡ଼ ଅନୁଭବ ମୋତେ ବୟସରୁ ବଡ଼ କରିଦେଇଥିଲା। ଆର୍ଥିକ ପରିସ୍ଥିତି ପାଇଁ ଅନେକ ସମୟରେ ଅନାହାରରେ ସମୟ କଟୁଥିଲା। ଅନାହାରର କିଛି ଗ୍ଲାମର ନାହିଁ, ଅନାହାର ଯନ୍ତ୍ରଣାମୟ, ବିଶେଷ କରି ଏ ତେର ବର୍ଷର ବାଳକ ପାଇଁ। ସବୁ ଦେବୀଦେବତାମାନେ ଧୀରେ ଧୀରେ ଉଭେଇ ଯାଉଥିଲେ, ହେଲେ ଜାତୀୟତାବାଦର ଦଉଡ଼ି ଛିଣ୍ଡି ନ ଥିଲା।

ଏଇ ସମୟରେ ବଂଗଳାଦେଶ ଯୁଦ୍ଧ ଆରମ୍ଭ ହେଲା ଆଉ ଖଡ଼ଗପୁରର ବାୟୁସେନା ଦଳ ଏହି ଯୁଦ୍ଧରେ ଭାରତର ବିଜୟ ପାଇଁ ମୁଖ୍ୟ ଅଂଶ ଗ୍ରହଣ କରିଥିଲେ। ଆମେ ସବୁ ମିଗ୍ ୨୧, ମିଗ୍ ୨୯ ବିମାନ ଗଣି ଗଣି ରଖୁଥିଲୁ ସତେ ଯେମିତି ଆମ ଗଣନା ଉପରେ ବିମାନର ସୁରକ୍ଷା ନିର୍ଭର କରେ।

ଏଇ ଯୁଦ୍ଧ ପର ପରେ ବାପାଙ୍କ ପୁଣି ବଦଲି ହେଲା ବନ୍ଦମୁଣ୍ଡାକୁ। ମୁଁ ବଡ଼ ହେଇ ସାରିଥିଲି, ସ୍ୱପ୍ନ ବି ଦେଖି ସାରିଥିଲି, ଇଞ୍ଜିନିୟର ହେବି, ନିଜେ ଗରିବ ହେଇ ରହିବିନି। ସମୟ ଗଡ଼ି ଚାଲିଲା।

ଇଞ୍ଜିନିୟର ହେଲି, ଖଡ଼ଗପୁର ଯାଇ ପାଠ ବି ପଢ଼ିଲି, ଆଉ ତା' ପରେ ବୁଝିଲି, ବାସ୍ତବରେ ମୁଁ ଭୁଲ କରିଛି, ଇଞ୍ଜିନିୟର ଚାକିରି ମୋ ପାଇଁ ନୁହଁ। ଚେୟାର ଟେବୁଲ ଆଉ ଏୟାରକଣ୍ଡିସନ୍ ଆଶାରେ କମ୍ପ୍ୟୁଟର ବିଭାଗରେ ଚାକିରି କଲି। ମୋର ଗରିବପଣ ଦୂରେଇ ଗଲା ଏବଂ ଜୀବନସଂଗୀନିଟିଏ ବି ବାଛି ନେଇଥିଲି, ଆଉ ଘଡ଼ି କଣ୍ଟା ପରି ମୋର ଜୀବନ ସୁରଖୁରୁ ଚାଲିବା ଆରମ୍ଭ କଲା। ବିଭିନ୍ନ ରାଜନୈତିକ ଓ ବୈଷୟିକ କାରଣରୁ କମ୍ପ୍ୟୁଟରର ଚାହିଦା ଚାରିଆଡ଼େ ବଢ଼ି ଚାଲିଲା।

ଆମେ ଆସି ପହଞ୍ଚିଲୁ ନ୍ୟୁୟର୍କ ସହରରେ ଗୋଟିଏ ଗୋଟିଏ ଚାକିରି ନେଇ। ଆମେରିକା ଆସିବାର କାରଣ ଥିଲା ଗୋଟିଏ। କଥା ଥିଲା ପାଞ୍ଚ ଲକ୍ଷ ଟଙ୍କା ଜମା କରିବି, ତା'ପରେ ଫେରିଯିବି। ସେର ପୂରିଲା, ମାଣ ପୂରିଲା ହେଲେ ପୁତା ଆଉ ଉଠିଲାନି। ଦୀର୍ଘ ତିରିଶ ବର୍ଷ ଆଉ ସାତଟି ପ୍ରଦେଶରେ ରହି ରହି ମୁଁ ଯୁବକରୁ ବୃଦ୍ଧ ହେଇଗଲି, ଶେଷରେ ଏଇ ଦେଶ, ଏଇ ସଭ୍ୟତାକୁ ଆପଣେଇ ନେଲି। ଏବେ ତ ଖାଲି ଅପେକ୍ଷାରେ ବସିଛି, ଅଜଣା ଦେଶରେ ଓଡ଼ିଆଟିଏ ହେଇ ରହିଛି। ଆମ ବାରିଆଡ଼େ ନଡ଼ିଆ ଗଛଟିଏ ଥିଲା। ସେ ନଡ଼ିଆ ଗଛଟି ମୋତେ ସବୁବେଳେ ଡାକେ। ଆଜି ବି ସ୍ପଷ୍ଟ ଭାବେ ମୁଁ ଦେଖିପାରେ ମୋର କାଳ୍ପନିକ ଆଖ୍ ଜରିଆରେ ସେଇ ନିଷ୍ଫଳ ଦୁର୍ବଳିଆ ନଡ଼ିଆ ଗଛଟିକୁ। ବାପା, କାକା, ଦଦେଇ ମାସ ମାସ ଧରି ଖଞ୍ଜାରେ ଲୁଣ କିଣି ଗଛତଳେ ଦେବା ମନେ ପଡ଼େ। ଫଳ ତ ଦୂରର କଥା କେବେ ଯେ ଗଛଟି ମରିଯିବ, ତା'ର କିଛି ଠିକଣା ନାହିଁ। କିନ୍ତୁ ସେ ନଡ଼ିଆ ଗଛଟି ମରେ ନାହିଁ। ସେଇଭଳି ତା'ର ଦୁର୍ବଳିଆ ଅସ୍ତିତ୍ବକୁ ଜାହିର କରି ଠିଆ ହେଇ କହି ଚାଲିଥାଏ ସେଇ ଗୋଟିଏ କାହାଣୀ, କହି ଆସିଛି ସବୁ ଯୁଗରେ ସବୁ ପୁରୁଷଙ୍କୁ। ଶିବରାତ୍ରି ଆଉ ରଜପର୍ବ ମାଆ ମଙ୍ଗଳା ପୂଜା ଆଉ ମକର ପର୍ବରେ ପାଲଟି ଗଲେ, ବୋଇତି କଖାରୁ ଡିଙ୍ଗା ହୋଇଗଲା, କିନ୍ତୁ ନଡ଼ିଆ ଗଛଟି ରହିଗଲା।

ପ୍ରତ୍ୟେକ ଯାଯାବରର କାହାଣୀରେ ଏଇ ଦୁର୍ବଳିଆ ନଡ଼ିଆ ଗଛଟିର ଅସ୍ତିତ୍ବ ଅଛି। ପାଞ୍ଚଶହ ବର୍ଷ ତଳେ ଏକ ଗରିବ ବ୍ରାହ୍ମଣ ସାକ୍ଷୀଗୋପାଲରୁ ଅର୍ଥ ଓ ଜୀବିକା ସନ୍ଧାନରେ ସିଂହପୂମି ପାଇଁ ଚଲା ଆରମ୍ଭ କରିଥିଲା ତା'ର ସାମାଜିକ, ଧାର୍ମିକ ଓ ଆର୍ଥିକ ସମ୍ବଳର ଚିହ୍ନ କିଛି ନଡ଼ିଆ ପିଠିରେ ଲଦିନେଇଥିଲା। ଆଜିବି ସେଇ ନଡ଼ିଆ ଗଛଟିରେ ଲୁଣପକା ଚାଲିଛି ହେଲେ ସିଂହଭୂମର ମାଳଭୂମିରେ ନଡ଼ିଆ କାହୁଁ ଫଳିବ? ମୁଁ ଚାଲି ଆସିଛି ସାତ ସାଗର ପାରିହୋଇ। ତିରିଶ ବର୍ଷ ପରେ ଥରେ ଥରେ ଯେତେବେଳେ ଅନ୍ଧାର ରାତିଟାରେ ଖଟ ଉପରେ ପଡ଼ି ରହି ଅତୀତର କଳନା କରେ ହଠାତ ନଡ଼ିଆ ଗଛଟି ଆସି ଉଭା ହୁଏ ଭୂତ ପରି, ମୋର ନିଦ ଉଭେଇ ଯାଏ। ପୁଅଝିଅକୁ ମନ୍ଦିର ନେଇ ଯାଏ ପ୍ରତି ସପ୍ତାହରେ। ମହାଭାରତ କଥା, ଅବୋଲକରା କାହାଣୀ କହି ହିନ୍ଦୀ ସିନେମାର ଡିଭିଡି ଆଣି ଚେଷ୍ଟା କରି ଚାଲିଛି ଅବିରତ ନଡ଼ିଆ ଗଛଟିରେ ଲୁଣ ଦେବାକୁ। କ୍ୟାପିଟାଲିଜିମ୍‌ର ରାଜଧାନୀରେ ନିଷ୍କାମ କର୍ମର ସମ୍ବାଦ ପଢ଼େଇ ଚାଲିଛି ମୋର ଅବୋଲକରାମାନଙ୍କୁ। ନଡ଼ିଆ ଗଛଟିର ଅସ୍ତିତ୍ବ ରହିଥିବ, ଯେତେଦିନ ଯାକେ ଯାଯାବର ମଣିଷ ଅର୍ଥ, ସମ୍ବଳର ସନ୍ଧାନରେ ବହି ଚାଲିଥିବ, ସାକ୍ଷୀଗୋପାଲରୁ ସିଂହଭୂମକୁ ବା ଭାରତରୁ ଆମେରିକାକୁ। ▪

TAPASI MOHAPATRA

ତାପସୀ ମହାପାତ୍ର

ତାପସୀ ମହାପାତ୍ରଙ୍କ ଜନ୍ମ ଜୁନ ୧୫, ୧୯୭୫ରେ ଜନ୍ମ ବ୍ରହ୍ମପୁରରେ। ସେ ପଦାର୍ଥ ବିଜ୍ଞାନରେ ସ୍ନାତକ ଏବଂ ଏମ୍.ସି.ଏ ଡିଗ୍ରୀ ହାସଲ କରି ଏଲ୍.ଏନ୍.ଟି. ଇନ୍ଫୋଟେକ୍‌ରେ ଜଣେ ଆଇ.ଟି. ପ୍ରଫେସନାଲ ଭାବେ ଚାକିରୀ ଜୀବନ ଆରମ୍ଭ କରନ୍ତି ୧୯୯୯ ମସିହାରେ। ତାପସୀ ବର୍ତ୍ତମାନ ଯୁକ୍ତରାଷ୍ଟ ଆମେରିକାର କନେକ୍ଟିକଟ ରାଜ୍ୟ ସ୍ଥିତ ହାର୍ଟଫୋର୍ଡ ସହରରେ ଟ୍ରାଭେଲର୍ସ ଇନ୍‌ସୁରାନ୍ସ କମ୍ପାନୀରେ ସିନିଅର ବିଜିନେସ ସିଷ୍ଟମ ପ୍ରଡକ୍ଟ ଆନାଲିଷ୍ଟ ଭାବେ କାର୍ଯ୍ୟରତା। ନିଜର ଅନୁଭବ, ବିଚାରକୁ ପ୍ରକାଶ କରିବାର ତୀବ୍ର ଇଚ୍ଛା ତାଙ୍କୁ ଲେଖନୀ ଚାଳନା କରିବା ପାଇଁ ବାଟ କଢ଼େଇଥାଏ। ଆମେରିକାରେ ଦୀର୍ଘ ତେଇଶି ବର୍ଷର ରହଣି ଭିତରେ ଚାକିରି ଓ ପରିବାର ସହିତ ତାପସୀ ତାଙ୍କର ସଂଗୀତ, ଓଡ଼ିଶୀ ନୃତ୍ୟ ଏବଂ ଓଡ଼ିଆ ସାହିତ୍ୟ ସାଧନାକୁ ଜାରି ରଖିଛନ୍ତି।

ବିବର୍ତ୍ତନ

ଦୀର୍ଘ ତେଇଶି ବର୍ଷର ଆମେରିକା ରହଣି ଭିତରେ ଏ ଦେଶ ମୋତେ କେତେ ଓଡ଼ିଆ କରି ରଖିଛି, କେତେ ଭାରତୀୟ ଭାବ ବାକି ଛାଡ଼ିଛି ବା କେତେ ପରିମାଣରେ ଆମେରିକୀୟ କରି ସାରିଛି, ସେଇ ହିସାବ କରିବାକୁ କେବେ ବି ଚେଷ୍ଟା କରି ନାହିଁ। ପରିବର୍ତ୍ତନଶୀଳ ଦୁନିଆରେ ମୁଁ ଅବା କେମିତି ଅପରିବର୍ତ୍ତିତ ହୋଇ ରହିଥାନ୍ତି! ଗୋଟିଏ ବର୍ଷର କାର୍ଯ୍ୟଜନିତ ଚୁକ୍ତିପତ୍ର ଧରି ଏକୁଟିଆ ଆସିଥିବା ଖାଣ୍ଟି ଓଡ଼ିଆଣୀ ଝିଅଟି ଭାରତୀୟ ମୂଲ୍ୟବୋଧରେ ଜୁଡ଼ୁବୁଡ଼ୁ ହେଇ ଆମେରିକା ମାଟିରେ ପାଦ ଦେଲାବେଳେ ସମ୍ପୂର୍ଣ୍ଣ ଭାବେ ଅଜ୍ଞ ଥିଲା ଯେ ଏଇ ପରଦେଶ ତାର ଜୀବନର ପରବର୍ତ୍ତୀ ପର୍ଯ୍ୟାୟରେ କର୍ମଭୂମି ପାଲଟି ଯିବ। ନିଜ ବୟସର ପ୍ରାୟ ଅଧା ସମୟ ବିତିଛି ଆମେରିକାରେ। ବୈବାହିକ ଜୀବନ ଏଠି ଆରମ୍ଭ କରିଛି କହିଲେ କିଛି ଭୁଲ ହେବ ନାହିଁ। ପିଲା ଛୁଆ ଘର ସଂସାର ସବୁ ଏଇ ମାଟିରେ। ଓଡ଼ିଆ ପ୍ରାଣ

ଯେତିକି ଯୋଡ଼େ, ଭାରତ ମାଁକୁ ତା ଠାରୁ ଅଧିକ ଝୁରେ, ଆମେରିକା ମାଟିକୁ ବି ସେତିକି ଲୋଡ଼େ। ଏଇ ସମସ୍ତଙ୍କ ଟଣା ଓଟରା ଭିତରେ ମୋର ସନ୍ତୁଳନଟା ଠିକ ରହିପାରେ ବୋଲି ମୋତେ ଅନୁଭୂତ ହୁଏ।

୨୦୦୨ ମସିହାରେ ଇନ୍‌ଫୋଟେକ କମ୍ପାନୀ ତରଫରୁ ନୁଆଁ ନୁଆଁ ଆମେରିକା ଆସିଥିଲି। ସେଣ୍ଟଲୁଇସରେ ଅବସ୍ଥିତ ଏଡ଼୍‌ଉଆର୍ଡ଼ ଜୋନ୍‌ ଅଫିସରେ ମୋଡ୍ୟୁଲ୍ ଲିଡ଼୍ ଭାବେ କାମ କରୁଥିଲି। ମୋର କାର୍ଯ୍ୟ ଦକ୍ଷତା ପାଇଁ ଅଫିସରେ ବହୁତ ଆଦର, ମାନ୍ୟତା ମିଳୁଥିଲା। କିଛି ବି ପ୍ରଶଂସା ମିଳିଲେ ବହୁତ ଖୁସି ଲାଗୁଥିଲା, ପରଦେଶରେ ମୋ ଦେଶ, ମୋ ଓଡ଼ିଶାକୁ ଗୌରବାନ୍ୱିତ କରିବାର ଏଇଟା ଥିଲା ମୋର ଛୋଟିଆ ଏବଂ ପ୍ରଥମ ପ୍ରୟାସ। ଅଫିସରେ କାମ ଚାପରେ ସାଙ୍ଗ ସାଥି ପାଇଁ ଆଦୌ ସମୟ ନଥିଲା। ସହକର୍ମୀମାନଙ୍କ ନାମ ଏବଂ କାମ ଛଡ଼ା ସେମାନଙ୍କ ବିଷୟରେ ଅଧିକା କିଛି ଜାଣିବାର ମୌକା ମିଳୁ ନଥିଲା। ଗୋଟିଏ ପ୍ରୋଜେକ୍ଟ ପାର୍ଟିରେ ନୁଆଁ କରି ଆସିଥିବା ଜଣେ ଚେନ୍ନାଇ ସହକର୍ମୀ ସହିତ କଥା ହେଉଥିଲି। ମୁଁ ଓଡ଼ିଶାରୁ ବୋଲି ନିଜର ପରିଚୟ ଦେଲି। 'ସତରେ କଣ ତମେ ଓଡ଼ିଶାରୁ? ଆବଭାବ, ବେଶଭୁଷାରୁ ତ ଜମା ଜଣା ପଡ଼ୁ ନାହିଁ!' ଆଶ୍ଚର୍ଯ୍ୟ ଚକିତ ହୋଇ ସହକର୍ମୀ ଜଣକ କହିଲେ। 'ମାନେ?', ଛେପ ଢୋକୁ ଢୋକୁ ମୁଁ ପଚାରିଲି। ମୋ କଥାକୁ ଅଣଶୁଣା କରି କହି ଚାଲିଲେ, "ବହୁତ ଗରିବ ରାଜ୍ୟଟେ ଓଡ଼ିଶା। ଏଇଟା ସେଇ ରାଜ୍ୟ ନା ଯେଉଁଟା ପ୍ରତି ବର୍ଷ ବନ୍ୟା, ବାତ୍ୟା, ମରୁଡ଼ି ବା ଅନ୍ୟ କିଛି ପ୍ରାକୃତିକ ଦୁର୍ବିପାକ ଦ୍ୱାରା ଆକ୍ରାନ୍ତ ହୋଇଥାଏ?' କଥାଟା ନିଛକ ସତ ହେଲେ ବି ତାଙ୍କ ସ୍ୱରର ବ୍ୟଙ୍ଗଭରା ଇଂଗିତକୁ ମୁଁ ଜମା ସହ୍ୟ କରି ପାରିଲି ନାହିଁ। ଓଡ଼ିଆ ମାନ, ଓଡ଼ିଆ ଅଭିମାନରେ ଉବୁଟୁବୁ ମୁଁ ମୋ ରାଗକୁ ନିୟନ୍ତ୍ରଣରେ ରଖିବା ପାଇଁ ଯଥାସାଧ୍ୟ ଚେଷ୍ଟା କରୁଥିଲି। 'ହଁ ଠିକ କହୁଛନ୍ତି', ନିଜକୁ ପ୍ରକୃତିସ୍ଥ କରୁ କରୁ କହିଲି। "ବାଆ ବତାସ ଆମର ଚିରଦିନ ସାଥି। ଦରିଆ କୂଳରେ ଘର କରିଛୁ ଯେତେବେଳେ, ଡ଼ରିବୁ କାହିଁକି? ବିପଦକୁ ଦମ୍ଭର ସହିତ ସାମନା କରିବା ହେଉଛି ଆମର ଜନ୍ମଗତ କଳା। ତେବେ ଏତିକି ମନେ ରଖନ୍ତୁ ଯେ, ସେଇ ଗରିବ ରାଜ୍ୟରୁ ଆସି ମୁଁ ଆପଣଙ୍କର ମ୍ୟାନେଜର ଭାବେ କାମ କରୁଛି। ସେଇ ଗରିବ ରାଜ୍ୟର ଲୋକ ପାଖକୁ କାମରେ ସାହାଯ୍ୟ ମାଗିବା ପାଇଁ ଆପଣ ଦିନକୁ ଦଶ ଥର ଆସୁଛନ୍ତି। କିଛି ତ ବିଶେଷତ୍ୱ ଥିବ ସେଇ ଓଡ଼ିଶା ରାଜ୍ୟର! କିଛି ତ ସ୍ୱତନ୍ତ୍ରତା ଥିବା ସେଇ ଓଡ଼ିଆର!!" ରାଗରେ ଚେନ୍ନାଇ ବା ତାମିଲନାଡ଼ୁ ବିଷୟରେ କିଛି ଏପଟ ସେପଟ କଥା କହି ନଥିବାରୁ ମୁଁ ନିଜକୁ ମନେ ମନେ ସାବାସୀ ଦେଉଥିଲି। ସେ ଦିନ ମୋ

ଓଡ଼ିଆ ସଂସ୍କାର ମୋ ଦେଶ ବାହାରେ ଆଉ ଗୋଟିଏ ଭାରତୀୟକୁ ବା ଆଉ ଗୋଟିଏ ଭାରତୀୟ ରାଜ୍ୟକୁ ଅପମାନ କରିବାରୁ ନିବୃତ୍ତ କରିଥିଲା ।

ଆଉଥରେ ସେମିତି ଅନୁରୂପ ଏକ ଅନୁଭୂତି ହୋଇଥିଲା ୨୦୦୫ ମସିହାରେ, ହାର୍ଟଫୋର୍ଡ଼ ରେ । ଗୋଟିଏ ସମାରୋହରେ ଦିଲ୍ଲୀର ଜନୈକ ବନ୍ଧୁ ମୋତେ ସାଉଥ୍ ଇଣ୍ଡିଆ (ଦକ୍ଷିଣ ଭାରତ)ରୁ ବୋଲି ପରିଚୟ କରାଇଲେ । ମୁଁ ସାଙ୍ଗେ ସାଙ୍ଗେ ତାଙ୍କୁ ସଂଶୋଧନ କରି, ମୁଁ ଓଡ଼ିଶାରୁ ବୋଲି କହିଲି । "ଦିଲ୍ଲୀ ତଳକୁ ସବୁ ଜାଗା ଆମ ପାଇଁ ଦକ୍ଷିଣ ଭାରତ", ବନ୍ଧୁ ଜଣକ ହସି ହସି କହିଲେ । ତାଙ୍କର ଏଇ ଉଡ଼ା ଟିପ୍ପଣୀରେ ସେଠାରେ ଉପସ୍ଥିତ ଅନ୍ୟମାନେ ବି ଖୁବ ମଜା ନେଉଥିଲେ । ଓଡ଼ିଶା ଏବଂ ଅନ୍ୟ ସବୁ ରାଜ୍ୟ କଣ ଉପହାସର ପ୍ରସଙ୍ଗ ଥିଲା ? ଏତେ ଭଦ୍ର, ଶିକ୍ଷିତ ଲୋକ ହୋଇବି ଓଡ଼ିଶା ତଥା ଅନ୍ୟ ରାଜ୍ୟମାନଙ୍କୁ ଦକ୍ଷିଣ ଭାରତର ଅନ୍ତର୍ଗତ କରିବା ବା ଦକ୍ଷିଣ ଭାରତକୁ ଅବମାନନା କରିବା କଥାର ତାତ୍ପର୍ଯ୍ୟ ମୁଁ ଆଜି ପର୍ଯ୍ୟନ୍ତ ବୁଝିପାରି ନାହିଁ । ଆକ୍ଷେପ କରି ଦିଲ୍ଲୀ ବିଷୟରେ ଅନେକ କଥା କହିବାର ଅବକାଶକୁ ଉପେକ୍ଷା କରି ସେମାନଙ୍କର ଭୌଗଳିକ ଜ୍ଞାନକୁ ମୁଁ ସେଦିନ ପ୍ରଶ୍ନ କରିଥିଲି । ଭାରତ ଆମର ଦେଶ, ଭାରତୀୟତା ଆମର ପରିଚୟ; ଭାରତ ବାହାରେ ରହି ପରସ୍ପର ସହିତ ସୌହାର୍ଦ୍ୟପୂର୍ଣ୍ଣ ବ୍ୟବହାର ବଦଳରେ ପରସ୍ପରର ଗୋଡ ଟଣାଟଣି, ଚାହିଟାପରା (ପ୍ରୟାସ) ସହିତ ମୁଁ ଜମାରୁ ସହମତ ହୋଇପାରିଲି ନାହିଁ । ଓଡ଼ିଆ ମନ ସାଥେ ସାଥେ ଭାରତୀୟ ପ୍ରାଣଟାକୁ ବହୁତ ବାଧ୍ୟଥିଲା ସେଦିନ । ଓଡ଼ିଶା ପକ୍ଷନେଇ ଅନେକ ସମୟ ପର୍ଯ୍ୟନ୍ତ ଯୁକ୍ତିତର୍କ (ନିଜର ମତାମତ ପ୍ରକାଶ) କରିଥିଲେ ବି ଦିଲ୍ଲୀ କିମ୍ବା ଅନ୍ୟ କୌଣସି ରାଜ୍ୟ ବିଷୟରେ ମୁଁ କିଛି କଟୁ ମନ୍ତବ୍ୟ ଦେବା ପୂର୍ବରୁ ମୋର ଓଡ଼ିଆ ସଂସ୍କାର ଓ ଭାରତୀୟ ମୂଲ୍ୟବୋଧ ମୋ ବାଟ ଓଗାଳି ଠିଆ ହୋଇଥିଲା; ଏବଂ ସେଥିପାଇଁ ମୋ ମାଟି ଓ ମୋ ଜାତିକୁ ପୁନଃ କୃତଜ୍ଞତା ଜଣେଇଥିଲି !

ଏଇ ଭିତରେ ଅନେକ ବର୍ଷ ବିତିଯାଇଛି । ଏମିତି ଅନେକ କିଛି ଘଟଣା ବି ଘଟିଯାଇଛି । ଧୀରେ ଧୀରେ ଆମେରିକାରେ ପ୍ରବାସୀ ଓଡ଼ିଆ, ପ୍ରବାସୀ ଭାରତୀୟଙ୍କ ସଂଖ୍ୟା ବି ବଢ଼ି ଚାଲିଛି । ଅଫିସ, ମଲ, ଗ୍ରୋସେରୀ ଦୋକାନ, ପାର୍କରେ ପ୍ରତିଦିନ କେତେ ନୂଆ ଭାରତୀୟ ଓ ଓଡ଼ିଆ ମୁହଁ ସହିତ ଭେଟ ହେଉଛି । ସ୍କୁଲ ଖେଳ ଟିମ୍ରେ ଭାରତୀୟ ବଂଶଜ, ବିଶେଷ କରି ଓଡ଼ିଆ ଛୁଆଙ୍କୁ ଫୁଟବଲ, ବେସବଲ, ସକର ଆଦି ଖେଳିବାର ଦେଖିଲେ ଛାତି କୁଣ୍ଡେମୋଟ ହେଇଯାଉଛି । ମୋର ଅଣ-ଓଡ଼ିଆ ଏବଂ ଆମେରିକୀୟ ବାନ୍ଧବୀମାନେ ଯେତେବେଳେ ଓଡ଼ିଆ ଶାଡ଼ୀ, ଓଡ଼ିଆ କୁର୍ତା,

ଓଡ଼ିଆ କପଡ଼ା, ପିପିଲି ଚାନ୍ଦୁଆ, ଓଡ଼ିଆ ତାରକସି କାମର ଜିନିଷ ଆଦି ଆଣିବାକୁ ବରାଦ ଦେଉଛନ୍ତି, ଅନେକ ଆମ୍ଭସନ୍ତୋଷ ମିଳୁଛି। ଆମେରିକାରେ ଭାରତୀୟ, ଓଡ଼ିଆ ଲୋକଙ୍କୁ ଉଚ୍ଚସ୍ତରୀୟ ପଦପଦବୀରେ ଦେଖ୍ ମନଟା ସାଗରବେ କୁରୁଲି ଉଠୁଛି। ଅଫିସରେ ସହକର୍ମୀମାନଙ୍କୁ ଅବସର ବିନୋଦନ ପାଇଁ ଭାରତକୁ ଯିବା ଦେଖିଲେ ମୋ ଖୁସିର ସୀମା ପାଉନାହିଁ। କର୍ମକ୍ଷେତ୍ରରେ କୌଣସି ଓଡ଼ିଆଙ୍କୁ ଉନ୍ନତି କରିବାର ଦେଖିଲେ, ତାଙ୍କୁ ବଢ଼ାଇ ଦେବା ଅବସରକୁ ମୁଁ ଆଦୌ ଚରଛଡ଼ା କରେ ନାହିଁ।

ତେବେ ଏବେ ବି ଓଡ଼ିଆ ସମାରୋହରେ ଗଂଜାମୀ, କଟକୀ, ଭୁବନେଶ୍ୱରିଆ, ବାଲେଶ୍ୱରିଆ ଇତ୍ୟାଦି ଶବ୍ଦ ଶୁଣିବାକୁ ମିଳୁଛି। ଠଟ୍ଟା ମଜାରେ ବ୍ୟବହାର ହେଉଥିବା ଶବ୍ଦ ସବୁ ଅନେକ ସମୟରେ ଅପ୍ରୀତିକର ବିବାଦ ଆଡ଼କୁ ଟାଣିନେବାର, ଅନ୍ୟକୁ ଆଘାତ ଦେବାର ଘଟଣା ମୋ ପାଇଁ କିଛି ନୂଆ ନୁହେଁ। ଆମେରିକାରେ ମୁଁ ଏମିତି ଅନେକ ଓଡ଼ିଆ ଭାଷା ଭାଷୀ ବାଦ ବିବାଦକୁ ସାମନା କରିଛି, ସବୁ ଜିଲ୍ଲା ଓ ଭାଷାର ସମାନତାକୁ ନେଇ ଓଡ଼ିଆ ସାଙ୍ଗମାନଙ୍କ ଆଗରେ ଅନେକ ଯୁକ୍ତି ବି ବାଢ଼ିଛି। କିନ୍ତୁ କୌଣସି ନିର୍ଦ୍ଦିଷ୍ଟ ଓଡ଼ିଆ ଭାଷା ଭାଷୀ ଅଞ୍ଚଳ କିମ୍ବା ବ୍ୟକ୍ତିଙ୍କୁ ନୀଚା ଦେଖେଇବା ଚିନ୍ତା ମନକୁ କେବେ ବି ଆସିନାହିଁ ଏବଂ ସେଥିପାଇଁ ପୁଣିଥରେ ମୋ ଓଡ଼ିଆ ସ୍ୱାଭିମାନକୁ ସାଷ୍ଟାଙ୍ଗ ପ୍ରଣିପାତ ଜଣାଉଛି।

ପୁରୁଣା ଭୁବନେଶ୍ୱର ଜଡ଼କୁ ଧରି, ବ୍ରହ୍ମପୁରରେ ଜନମି, ଭଞ୍ଜମାଟିରେ ସ୍କୁଲ ଓ କେନ୍ଦୁଝରଗଡରେ କଲେଜ ସାରିଥବା ଏଇ ଓଡ଼ିଆ ପ୍ରାଣ ମୁକ୍ତ କଣ୍ଠରେ ନିଜକୁ ଭୁବନେଶ୍ୱରିଆ, ଗଂଜାମିଆ, କେନ୍ଦୁଝରିଆ ଏବଂ ସର୍ବୋପରି ଏକ ଓଡ଼ିଆ ବୋଲି ଘୋଷଣା କରେ। ପୁରୁଣା ଭୁବନେଶ୍ୱରର ଲିଙ୍ଗରାଜ, ବ୍ରହ୍ମପୁରର ବୁଢ଼ୀ ଠାକୁରାଣୀ, ଭଞ୍ଜନଗରର ମାଁ ବାଶ୍କେବୀ, କେନ୍ଦୁଝର ଘଟଗାଁ ତାରିଣୀ, ପୁରୀ ଜଗନ୍ନାଥଙ୍କ ଭିତରେ ନିଜ ଇଷ୍ଟଙ୍କୁ ଖୋଜି ପାଇଛି। ଓଡ଼ିଶାର ପ୍ରତିଟି ଅଞ୍ଚଳରେ ଭାଷା ଭିତ୍ତିକ ଉଚ୍ଚାରଣର ବିଶିଷ୍ଟତା ମୋତେ ଚଳଚଂଚଳ କରିଦିଏ, ପାଗଳଟିଏ ପରି ପ୍ରତିଟି ଜାଗାର ଲୌକିକ ଭାଷା ଶିଖିବାକୁ ମୁଁ ଅନବରତ ଚେଷ୍ଟା କରୁଥାଏ।

ବିଦେଶରେ ରହି ନିଜ ମାଟି, ନିଜ ଜାତି ପାଇଁ ଜାଗା କରୁ କରୁ, ନିଜ ମାଟି, ନିଜ ଜାତି ପାଇଁ ଠିଆ ହେଉ ହେଉ, ନିଜ ମାଟି, ନିଜ ଜାତିର ପ୍ରଗତିରେ ରୋମାଂଚିତ ହେଉ ହେଉ, ନିଜ ମାଟି, ନିଜ ଜାତିର ପ୍ରଚାର ଓ ପ୍ରସାରରେ ସାମିଲ ହେଉ ହେଉ ପର ଦେଶ ମାଟି, ପର ଦେଶ ଜାତିଟା ନିଜର ନିଜର ଲାଗିବାକୁ ଆରମ୍ଭ କରି ସାରିଥିଲା। ଆମେରିକାର ଡୋନଟ୍ ଭିତରେ ଗଜା, ପ୍ୟାନ୍ କେକ୍‌ର

ସ୍ୱାଦରେ ମିଠା ଚକୁଳି ଆବିଷ୍କାର କଲାବେଳକୁ, ସ୍ୱାସ୍ଥ୍ୟ ପଟେଟୋକୁ ଓଡ଼ିଆ ଆଲୁ ଚକଟା ସହିତ ତୁଳନା କରୁଥିଲି। ଦୀପାବଳି ପାଇଁ ସଜେଇଥିବା ଆଲୋକବତୀ ସବୁକୁ ହାଲୋଇନ୍ ପାଇଁ ବ୍ୟବହାର କରୁକରୁ ଅଚିହ୍ନା ମୁହଁର ହସ ସବୁ ଚିହ୍ନାଚିହ୍ନା ଲାଗିଲା, ଅଜଣା ମୁଁହର ଲୁହ ଦେଖି ମୋ କୋହ ଉକୁଟି ଉଠିଲା। ଭିନ୍ନତା ଭିତରେ ବି ଅଭିନ୍ନତାର ସତ୍ତା ହୃଦୟଙ୍ଗମ କରୁଥିଲି।

"ତୁ ପୁରା ଆମେରିକୀୟ ହେଇଗଲୁଣି, ତୁ ଆମର ବିଦେଶୀ ମେମ୍, ତୁ କଣ ଆଉ ଆମେରିକାରୁ ଫେରିବୁନି ?" ସାଙ୍ଗ, ବନ୍ଧୁ ବାନ୍ଧବଙ୍କ ମନ୍ତବ୍ୟ ଓ ପ୍ରଶ୍ନ ସବୁ ମୋତେ ଆଉ ବ୍ୟତିବ୍ୟସ୍ତ କରୁନାହିଁ। ବରଂ ଆମେରିକାର ଜୀବନ ଶୈଳୀ ବିଷୟରେ କିଛି ଏଣୁ ତେଣୁ ଶୁଣିଲେ ମୋତେ ବିରକ୍ତ ଲାଗୁଛି; ଅବିକଳ ପ୍ରତିକ୍ରିୟା ଯାହା ମୁ ଓଡ଼ିଶା, ଭାରତ ପାଇଁ ବ୍ୟକ୍ତ କରେ। ଏଇ ଦେଶର ସ୍ୱଷ୍ଟବାଦିତା, ବାସ୍ତବିକତା, ଉଦାରଶୀଳତା ମୋତେ ପ୍ରତି ମୁହୂର୍ତ୍ତରେ ଆଚମ୍ବିତ କରୁଛି। ଲକ୍ଷ ଲକ୍ଷ ପ୍ରବାସୀଙ୍କୁ ଏଇ ଦେଶ ତାର ବିଶାଳ ହୃଦୟରେ ସ୍ଥାନ ଦେଇଛି। ଏଇ ଦେଶର ଶିକ୍ଷା ବ୍ୟବସ୍ଥା, ଆଇନକାନୁନ ଶୃଙ୍ଖଳାକୁ ଶତ ପ୍ରଣାମ। ଜାତିଆଣ ପ୍ରଥାର କୁସ୍ଥିତ କଦାକାର ଚିନ୍ତାଧାରା ଠାରୁ ଏ ଦେଶ ବହୁତ ଦୂରରେ। ଏତେ ବର୍ଷ ଧରି ପାଉଥିବା ସମସ୍ତ ସୁଲଭ ସୁଖ ସ୍ୱାଚ୍ଛନ୍ଦ୍ୟ ସତ୍ତ୍ୱେ ଯେତେବେଳେ ମୋର ଭାରତୀୟ ଏବଂ ଓଡ଼ିଆ ସାଙ୍ଗ ସାଥୀମାନେ ଏ ଦେଶକୁ ନିନ୍ଦା, ତିରସ୍କାର କରନ୍ତି, ଆମେରିକାର ପକ୍ଷ ନେଇ ଯୁକ୍ତି ବାଢ଼ିବାକୁ ମୁଁ କେବେ ପଛଘୁଞ୍ଚା ଦେଇନାହିଁ। ତେବେ, ମୁଁ ଆମେରିକାର ବର୍ଣ୍ଣବୈଷମ୍ୟବାଦ ଓ ଆଫ୍ରିକା ମହାଦେଶରୁ ଲକ୍ଷ ଲକ୍ଷ ମଣିଷଙ୍କୁ ଦାସ ଭାବରେ ଆଣି ଅମାନୁଷିକ ଭାବେ କାର୍ଯ୍ୟରେ ନିଯୋଜିତ କରିବାର କୁଣ୍ଠିତ ଇତିହାସ ସମ୍ବନ୍ଧରେ ଅବଗତ ମଧ୍ୟ। ବିଶ୍ୱର ଅନ୍ୟତମ ମହାଶକ୍ତି ଆମେରିକା ଯୁଦ୍ଧ ଓ କୂଟନୀତିର ପଶାଖେଳରେ ଯେ ସମ୍ପୂର୍ଣ ନିରପେକ୍ଷ ବା ନିର୍ଦୋଷ, ସେ ବିଚାର ମଧ୍ୟ ମୋର ନାହିଁ। ବନ୍ଦୁକ ଭଳି ମାରଣାସ୍ତ୍ର ଅବାଧ ବ୍ୟବହାରରେ ଏଠି ପ୍ରାଣହାନୀ ଘଟିବାର ଖବର ଦେଖିଲେ ବା ପଢ଼ିଲେ ମୋର ଅନ୍ତରାମ୍ଭା କାନ୍ଦି ଉଠେ।

କୌଣସି ବ୍ୟକ୍ତି, ଜାଗା, ରାଜ୍ୟ ବା ଦେଶ ସର୍ବଗୁଣ ସମ୍ପର୍ଣ୍ଣ ହେବା ଅସମ୍ଭବ। 'ସେଇ ଅପୂର୍ଣ୍ଣତା ଭିତରେ ପୂର୍ଣ୍ଣତାର ଅନୁଭବ ହିଁ ଜୀବନ'ର ଶିକ୍ଷା ଦେଇଥିବା ମୋ ଓଡ଼ିଆ ସଂସ୍କାରକୁ ମୋର ଦଣ୍ଡବତ ଜଣାଉଛି। ତଥା ମନ ଖୋଲା କୃତଜ୍ଞତା ଓ ହୃଦ ମେଲା ସ୍ୱୀକୃତିରେ ବିଶ୍ୱାସ ରଖୁଥିବା ମୋ ଭାରତୀୟ ପରମ୍ପରା ନିକଟରେ ମୁଁ ଚିର ରଣୀ।

ଏପ୍ରିଲ ପହିଲା ଉକ୍ରଳ ଦିବସରେ ଯେତିକି ଉସ୍ଛାହରେ ମୋ ଛୁଆଙ୍କୁ ମୋ

ଓଡ଼ିଶା ମାଟି ବିଷୟରେ ବକ୍ତାଣେ, ଅଗଷ୍ଟ ୧୫ ସ୍ୱାଧୀନତା ଦିବସରେ ସେତିକି ଆଗ୍ରହରେ ଏକ ଗର୍ବିତ ଭାରତୀୟ ଭାବେ ତ୍ରିରଙ୍ଗାକୁ ପ୍ରଣାମ ଜଣାଇ ଭାରତ ମାତାର ଜୟଗାନ କରେ, ଏବଂ ଜୁଲାଇ ୪ ଆମେରିକାର ସ୍ୱାଧୀନତା ଦିବସରେ ନାଲି ନେଲି ରଙ୍ଗର ଡ୍ରେସ୍ ପିନ୍ଧି ସେତିକି ନିଷ୍ଠାରେ ଆମେରିକାର ସୁରକ୍ଷା ପାଇଁ ପ୍ରାର୍ଥନା କରେ।। ଏମାନେ ସମସ୍ତେ ମୋ ଜୀବନର ଏକ ଏକ ଅବିଚ୍ଛେଦ ଅଙ୍ଗ। କୌଣସି ଗୋଟିକର ଅନୁପସ୍ଥିତି ମୋତେ ଭାଙ୍ଗି ଚୁରମାର କରିଦେବ; ମୋର ଅସ୍ତିତ୍ୱର ମୂଳଦୁଆକୁ ଦୋହଲେଇ ଦେବ।

ପଣା ସଂକ୍ରାନ୍ତିରେ ଜଗନ୍ନାଥଙ୍କୁ ପଣା ଟେକି ତୁଳସୀ ଚଉଁରାରେ ପାଣି ଢାଳୁଥିବା ଓଡ଼ିଆ ପ୍ରାଣୀଟିଏ ମୁଁ। ଜାତି, ଧର୍ମ, ବର୍ଣ୍ଣ ନିର୍ବିଶେଷରେ ଭାରତର ବିଭିନ୍ନ ପ୍ରାନ୍ତରର ଐତିହ୍ୟ, ସଂସ୍କୃତି, ବ୍ୟଞ୍ଜନକୁ ଆଦରି ନେଇଥିବା ଅଗ୍ରଣୀ ଭାରତୀୟଟିଏ ମୁଁ। କର୍ମଭୂମି ଆମେରିକାକୁ ହୃଦୟର ଗଭୀରତମ ପ୍ରଦେଶରୁ ସାଦର ପ୍ରଣାମ କରିବାର ସତ୍ସାହସ ରଖୁଥିବା ଉଦାରଶୀଳ ଆମେରିକୀୟ ନାଗରୀକଟିଏ ମୁଁ। ଓଡ଼ିଆ ମାଟିକୁ ଛାତିରେ ଜାକି ଜନ୍ମଭୂମି ଭାରତ ମାତାକୁ ନମନ କରି କର୍ମଭୂମି ଆମେରିକାକୁ ମାଁର ଦର୍ଜା ଦେଉଥିବା ସ୍ୱାଭିମାନୀ ଆରୋହୀ ଓଡ଼ିଆଟିଏ ମୁଁ। ଜୟ ଜଗନ୍ନାଥ। ବନ୍ଦେ ଉତ୍କଳ ଜନନୀ। ବନ୍ଦେ ମାତରଂ।

MADHUSMITA BEHERA

ମଧୁସ୍ମିତା ବେହେରା

ସ୍ୱପ୍ନର ଦେଶରେ...

କିଛି ସ୍ୱପ୍ନର ଆୟୁଷ ଖାଲି ସକାଳ ଯାଏ ନଥାଏ, ସାରା ଜୀବନ ସେ ସ୍ୱପ୍ନ ଆମ ସାଙ୍ଗେ ରହିଯାଏ, ଆମେ ସେଇ ସ୍ୱପ୍ନରେ ଜିଇଁବା ଆରମ୍ଭ କରୁ। ସୁସ୍ମିତା ବାଗ୍‌ଚିଙ୍କ ବହି, 'ମୋ ୫ର୍କୋରୁ ପୃଥିବୀ' ପଢ଼ିବା ପରେ ଏମିତି ଏକ ସ୍ୱପ୍ନ ମୁଁ ବି ଦେଖିବା ଆରମ୍ଭ କରିଥିଲି। ଆମେରିକା ବୁଲିବାର ସ୍ୱପ୍ନ। ତେବେ ଖାଲି ବୁଲିବାକୁ ହିଁ ଚାହିଁଥିଲି। ଘର ଛାଡ଼ି ଏଠାରେ ଆସି ରହିଯିବା କଥା କେବେ ଚିନ୍ତା ବି କରିନଥିଲି। ହେଲେ ଭାଗ୍ୟ ଆଉ ଭଗବାନଙ୍କ ଇଚ୍ଛାକୁ ଟାଳିବାର ଶକ୍ତି କାହାର ବା ଅଛି!

ବଣ ପାହାଡ଼ ଘେରା ଢେଙ୍କାନାଳ ସହରରେ ମୋର ଜନ୍ମ। ମୋ ବାପା ଶ୍ରୀଯୁକ୍ତ ଦୁର୍ଯ୍ୟୋଧନ ବେହେରା ଏସବିଆଇରେ ବ୍ରାଞ୍ଚ ମ୍ୟାନେଜର ଥିଲେ। ମା' ଶୈଳବାଳା ଜଣେ ସୁଗୃହିଣୀ। ଅନେକ ବର୍ଷ ଯାଏ ଆମର ଯୌଥ ପରିବାର ଥିଲା। ଦାଦା, ପିଉସା, ପିଉସୀ ସମସ୍ତେ ଏକାଠି ରହୁଥିଲେ। ଅଜା ଘର ବି ପାଖରେ ଥିଲା। ସେଥିପାଇଁ ଆମ ଘରେ ସବୁବେଳେ ଗହଳି ଚହଲି ଲାଗିରହୁଥିଲା। ନିସଙ୍ଗତା କ'ଣ ମୁଁ ଜାଣି ନଥିଲି। ପାଞ୍ଚ ଭାଇ ଭଉଣୀଙ୍କ ଭିତରେ ମୁଁ ସବୁଠାରୁ ସାନ। ସମସ୍ତଙ୍କର ଗେହ୍ଲା। ମୋର ସବୁ ଇଚ୍ଛାକୁ ପୂରା କରିବାକୁ ଯେମିତି ବାପା, ମା' ତିନି ଭାଇ (ଦେବାଶିଷ, ଶୁଭାଶିଷ, ଦୁର୍ଗାଶିଷ) ଓ ମୋ ନାନୀ (ଦେବସ୍ମିତା) ସବୁବେଳେ ପ୍ରସ୍ତୁତ ରହୁଥିଲେ।

ଛୋଟବେଳୁ ହିଁ ମୋତେ ବହି ପଢ଼ିବାକୁ ବହୁତ ଭଲ ଲାଗୁଥିଲା। ଅକ୍ଷର ଶିଖିବା ପରେ ହିଁ ଅକ୍ଷର ଚିହ୍ନି ଚିହ୍ନି 'ମୀନାବଜାର' ପଢ଼ିବା ଆରମ୍ଭ କରିଥିଲି। ଜହୁରୀ ଭାଇଙ୍କ ଚିଠି, ଭାସିଲିସାର କାହାଣୀ ସବୁ କେତେ ଭଲ ଥିଲା। ଟିକେ ବଡ଼ ହେବାପରେ ୫ଙ୍କାର, ପ୍ରତିଭା, ସୁଚରିତାଠାରୁ ଆରମ୍ଭ କରି ବିଭୂତି ପଟ୍ଟନାୟକ, ପ୍ରତିଭା ରାୟ,

ଆଶାପୂର୍ଣାଦେବୀ, ଗାୟତ୍ରୀ ବସୁମଲ୍ଲିକଙ୍କ ଲେଖା ପଢ଼ିବା ମୋର ନିଶା ହୋଇଯାଇଥିଲା। ଅଜାଙ୍କ ଘରେ ଲାଇବ୍ରେରୀ ଥିଲା। ସେଠି ବିଶ୍ୱସାହିତ୍ୟ ଗ୍ରନ୍ଥମାଲାର ବହି ପଢୁ ପଢୁ ସମୟ କେମିତି ଚାଲିଯାଉଥିଲା ଜାଣି ବି ହେଉନଥିଲା। ବହି ଭଲି ଟିଭି ଦେଖିବା ବି ଆଉ ଏକ ନିଶା ଥିଲା। ଏଥିପାଇଁ ଘରେ ମୋତେ ପୁସ୍ତକ କୀଟ ଓ ଟିଭି କୀଟ ନାଁ ଦିଆଯାଇଥିଲା। ସେ ସମୟରେ ସମସ୍ତଙ୍କ ଘରେ ଟି.ଭି ନଥିଲା। ମୋର ମନେ ଅଛି ରାମାୟଣ, ମହାଭାରତ ଦେଖିବାକୁ ଆମ ଘରେ ଲୋକଙ୍କ ଭିଡ଼ ଜମୁଥିଲା। ଏମିତିକି ଅନେକ ସମୟରେ ଆମ ପାଇଁ ବସିବାକୁ ଜାଗାଟିକେ ମିଳୁନଥିଲା।

ଢେଙ୍କାନାଳର ଶ୍ରୀଅରବିନ୍ଦ ପୂର୍ଣାଙ୍ଗ ଶିକ୍ଷାକେନ୍ଦ୍ରରେ ସାନଭାଇ, ନାନୀ, ମୁଁ ଓ ମୋ ମାଉସୀଙ୍କ ପୁଅ ଓ ଝିଅ ଆମେ ସମସ୍ତେ ପଢୁଥିଲୁ। ସାନ ମାଉସୀ ସେଠି ଶିକ୍ଷୟିତ୍ରୀ ଥିଲେ। ଏକାଠି ସ୍କୁଲ ଯିବା ଆସିବା ବାର୍ଷିକୋସ୍ସବରେ ଭାଗ ନେବାର ମଜା ନିଆରା ଥିଲା। ତେବେ ୨୦୦୦ ମସିହାରେ ମାଟ୍ରିକ୍ ପରୀକ୍ଷା ପୂର୍ବରୁ ବାପାଙ୍କ ଦେହାନ୍ତ ଯେମିତି ସବୁକିଛି ବଦଲାଇଦେଲା। ଝଡ଼ପରେ ଧ୍ୱସ୍ତବିଧ୍ୱସ୍ତ ହୋଇଯାଇଥିବା ଘର ଭଲି ଆମ ପରିବାର ବି ଭାଙ୍ଗି ପଡ଼ିଥିଲା। କିଛି କ୍ଷତକୁ ସମୟ ଭରିପାରେନି। ସମୟ ସହ କ୍ଷତ ଆହୁରି ଗଭୀର ହୁଏ, ବେଶୀ ଆଘାତ ଦିଏ।

ମାଟ୍ରିକ ପରେ ଢେଙ୍କାନାଳ ଅଟୋନୋମସ୍ କଲେଜରୁ ସ୍ନାତକ ପରେ ଉତ୍କଳ ବିଶ୍ୱବିଦ୍ୟାଳୟରୁ ଇଂରାଜୀ ସାହିତ୍ୟରେ ସ୍ନାଉକୋଉର କଲି। ବଡ଼ଭାଇଙ୍କ ଆନ୍ତରିକ ଇଚ୍ଛା ଓ ମୋର ସାନଭାଇ ଦୁର୍ଗାଶିଷ ଯିଏ କି ଓଡ଼ିଶା ଗଣମାଧ୍ୟମର ଏକ ବେଶ୍ ପରିଚିତ ଚେହେରା ତାଙ୍କ ପ୍ରେରଣାରେ ଆଇଆଇଏମ୍ସି ଢେଙ୍କାନାଳରେ ସାମ୍ବାଦିକତା କରିବା ମୋ ଜୀବନର ପଥ ବଦଲାଇଦେଲା। ସାମ୍ବାଦିକତା ଶେଷ କରିବା ପରେ ନକ୍ଷତ୍ର ନ୍ୟୁଜ୍ ଚ୍ୟାନେଲରେ ୬ ବର୍ଷ କାମ କରିଛି। ବୁଲେଟିନ୍ ପ୍ରଡ୍ୟୁସର ଭାବେ ଦାୟିତ୍ୱ ତୁଲାଇବା ସହ ଆଙ୍କରିଂ କରିବାର ସୁଯୋଗ ମଧ୍ୟ ପାଇଛି। ଏହା ପରେ କଳିଙ୍ଗ ଚ୍ୟାନେଲରେ ଦେଢ଼ ବର୍ଷ କାମ କରିଛି।

ଏସବୁ ଭିତରେ ମୁଁ ମୋ ସ୍ୱପ୍ନକୁ ଭୁଲିଯାଇଥିଲି ସିନା ଭାଗ୍ୟ କିନ୍ତୁ ତା' ଖେଲ ଖେଲୁଥିଲା। ବାହାଘର ପ୍ରସ୍ତାବ ଯାହାଙ୍କ ସଂଗେ ପଡ଼ିଲା ସେ ଚାକିରି କରନ୍ତି ଆମେରିକାରେ। ୨୦୧୬ ଡିସେମ୍ବର ୪ରେ ସୌମ୍ୟରଞ୍ଜନଙ୍କ ସହ ବାହାଘର ହେଲା। ଶାଶୁଘରେ ଶାଶୁ, ଶ୍ୱଶୁର ଓ ନଣନ୍ଦଙ୍କ ସହ କିଛି ଦିନ ରହିବା ପରେ ଏପ୍ରିଲ ୧୯ରେ ଆସିଲି ଆମେରିକା। ଭୁବନେଶ୍ୱର ଏୟାରପୋର୍ଟରେ ଘର ଲୋକଙ୍କଠାରୁ ବିଦାୟ ନେବା ବେଳେ ଆଖିର ଲୁହକୁ ଅଟକାଇ ପାରିନଥିଲି। ହାଇଦ୍ରାବାଦରୁ ଦୁବାଇ, ଦୁବାଇରୁ ଆମେରିକାର ହ୍ୟୁସ୍ଟନ।

ନୂଆ ନୂଆ ବାହାଘର ଆଉ ନୂଆ ଦେଶ। ସବୁକିଛି ନୂଆ ଥିଲା। ତେବେ ସ୍ୱାମୀଙ୍କ ସହଯୋଗରେ ଧୀରେ ଧୀରେ ସବୁ କିଛି ଯେମିତି ସହଜ ହୋଇଗଲା। ଏଠିକାର ଚାଲିଚଲଣ, ବ୍ୟବସ୍ଥା ସହ ଖାପଖୁଆଇବାକୁ ବେଶୀ ସମୟ ଲାଗିଲାନି। ହ୍ୟୁସ୍ଟନର ପାଣିପାଗ ପ୍ରାୟତଃ ଭାରତଭଳି। ଆମେରିକାର ଅନ୍ୟସ୍ଥାନଭଳି ଏଠି ଏତେ ଥଣ୍ଡା ନାହିଁ। ସେଥିପାଇଁ ମୋତେ ବିଶେଷ କିଛି ସମସ୍ୟା ହୋଇନାହିଁ।

ଗୋଟେ ବିକଶିତ ଶକ୍ତିଶାଳୀ ଦେଶ ସହ ଆମ ବିକାଶଶୀଳ ଦେଶର ତୁଳନା କରିବା ଠିକ୍ ନୁହେଁ। ଏଠି ସବୁ କିଛି ବ୍ୟବସ୍ଥିତ। ସବୁ ଜିନିଷ ସୁରୁଖୁରୁରେ ହୋଇଯିବ। ଦଶଥର କେଉଁ ସରକାରୀ ଅଫିସ୍ କି ଷ୍ଟୋରକୁ ଦୌଡ଼ିବାକୁ ପଡ଼ିବ ନାହିଁ। ତେବେ ଆମେରିକାର ଚାକଚକ୍ୟ, ଅତ୍ୟାଧୁନିକ ସୁବିଧା ସୁଯୋଗଠାରୁ ଲୋକଙ୍କ ମାନସିକତା, ଶିଷ୍ଟାଚାର ମୋତେ ଅଧିକ ପ୍ରଭାବିତ କରିଛି। ଗୋଟେ ସାଧାରଣ ଉଦାହରଣ ଦେଉଛି। କିଛି ଦିନ ପୂର୍ବରୁ ଆମେ ଏଠାରୋ ଥିବା ଚିଲିଜ୍ ରେଷ୍ଟେରାଁ ଯାଇଥିଲୁ। ସେଠାରେ ଜଣେ ନୂଆ ୱେଟର ଥିଲେ ଯିଏ ଅର୍ଡର ନେବା ସମୟରେ ଟିକେ ଭୁଲ୍ କରିଦେଲେ। ବର୍ଗରରେ ଫ୍ରାଏଡ଼ ଏଗ୍ ପକାଇବାକୁ ଆମେ କହିଥିଲୁ ତେବେ ଫ୍ରାଏଡ଼ ଏଗ୍ ପଡ଼ିନଥିଲା। ଆମେ କିଛି ଅଭିଯୋଗ କରିନଥିଲୁ ମାତ୍ର ସେ ନିଜ ଭୁଲ୍ ବୁଝିବା ପରେ ଅନେକ ଥର ଆସି କ୍ଷମା ପ୍ରାର୍ଥନା କଲେ। ନିଜେ ମ୍ୟାନେଜର ଆସି ଭୁଲ୍ ମାଗିଲେ। ଏମିତିକି ବର୍ଗର ପାଇଁ ଡଲାର ନ ଦେବାକୁ ବାଧ୍ୟ କଲେ। ତେବେ ଏକ ଭାରତୀୟ ରେଷ୍ଟେରାଁରେ ଅନୁଭୂତି କିନ୍ତୁ ପୂରା ଓଲଟା। ସେଠାରେ ପରସା ଯାଇଥିବା ବିରିୟାନୀର ସ୍ୱାଦ ବହୁତ ଖରାପ ଥିଲା। ଏନେଇ ଜଣାଇବାରୁ ବେଶ୍ ବେପରଓ୍ୱା ଉତ୍ତର ମିଳିଥିଲା ବିରିୟାନୀ ଏମିତି ହିଁ ହୁଏ। ଏଇଟା ମାନସିକତା। ଏମିତି ଅନେକ କ୍ଷେତ୍ରରେ ଦେଖିଛି ଯେଉଁଠି ମୋତେ ଲାଗିଛି ଆମ ମାନସିକତାରେ କିଛିଟା ପରିବର୍ତ୍ତନ ଲୋଡ଼ା। ଆଉ ଗୋଟେ କଥା ଏଠି ସରକାରୀ କାର୍ଯ୍ୟାଳୟ ହେଉ କି ସାର୍ବଜନୀନ ଶୌଚାଳୟ, ରାସ୍ତାଘାଟ ସବୁକିଛି ପରିଷ୍କାର। କାରଣ ଏଠାକାର ଲୋକ ନିଜ ଦାୟିତ୍ୱ ପ୍ରତି ବେଶ୍ ସଚେତନ। ଆମ ଦେଶରେ ସଚେତନତାର ଅଭାବ କୁହନ୍ତୁ କି ସରକାରଙ୍କ ଉପରେ ନିର୍ଭର କରି ସବୁଥିରେ ଦୋଷାରୋପ କରିବାର ଅଭ୍ୟାସ ଆମେ ସାର୍ବଜନୀନ ସ୍ଥାନ ବା ଜିନିଷକୁ ବ୍ୟକ୍ତିଗତ ଜିନିଷ ଭଳି ଯତ୍ନ ନେଉନା। ଏମିତିକି ଜିନିଷ ଭଙ୍ଗାରୁଜା କରିବାକୁ ବି ଲୋକେ ପଛାନ୍ତି ନାହିଁ।

ମୋର ଆମେରିକା ଆସିବାର ଏକ ବର୍ଷ ହୋଇଗଲାଣି। ଯା' ଭିତରେ ଆମର ଗ୍ରୀନ କାର୍ଡ଼ ବି ହୋଇସାରିଲାଣି। ଏଠାରେ ଅନେକ ସାଙ୍ଗ ବି ମିଳି ଗଲେଣି। ହୋଲି,

ଦୀପାବଳୀ, ରଜ, ଶିବରାତ୍ରୀ, ଜନ୍ମାଷ୍ଟମୀଠାରୁ ଆରମ୍ଭ କରି ଇଦ୍ ଓ ଖ୍ରୀଷ୍ଟମାସ୍ ଏସବୁ ପର୍ବପର୍ବାଣୀ ଏକାଠି ପାଳନ କରୁଛୁ। ପୁଣି ଓଡ଼ିଆ କଲଚରାଲ ସୋସାଇଟି କରୁଥିବା ରଥଯାତ୍ରାରେ ଯେତେବେଲେ ହ୍ୟୁଷ୍ଟନ ରାସ୍ତାରେ ଜଗନ୍ନାଥ ରଥରେ ବିଜେ ହୋଇ ବୁଲନ୍ତି ସତରେ ଓଡ଼ିଆ ଭାବେ ବହୁତ ଗର୍ବ ଅନୁଭବ ହୁଏ। ଏସବୁ ଭିତରେ କେବେକେବେ ଭୁଲିଯାଏ ଯେ, ମୁଁ ବିଦେଶରେ ଅଛି।

ନାଲି, କମଲା, ବାଇଗଣି, ସବୁଜ, ହଲଦିଆ ରଙ୍ଗର ଫେଣ୍ଟାଫେଣ୍ଟି ଦୁନିଆଟା କେତେ ସୁନ୍ଦର ତାହା ଆମେରିକା ଆସିବା ପରେ ଦେଖିଲି। ଜୀବନରେ ପ୍ରଥମଥର ପାଇଁ ଫଲ୍‌କଲର ଦେଖିବା ମୋ ପାଇଁ ନିଶ୍ଚିତଭାବେ ଏକ ଭିନ୍ନ ଅନୁଭୂତି। ପୋଷ୍ଟକାର୍ଡ, କ୍ୟାଲେଣ୍ଡରରେ ଦେଖିଥିବା ଚିତ୍ର ସବୁ ଜୀବନ୍ତ ହୋଇଯାଇଥିଲେ। ଝଡ଼ିବା ଆଗରୁ ପତ୍ର ଦୁନିଆକୁ କେତେ ସୁନ୍ଦର ଅବଦାନ ଦେଇଯାଏ। ଆଉ ଆମକୁ ବି ଶିଖେଇଦିଏ ଜୀବନଦର୍ଶନ।

ଛୋଟ ବେଲେ ବାବାଙ୍କ ସହ ଭାରତ ବୁଲୁଥିଲି ଏବେ ସ୍ୱାମୀଙ୍କ ସହ ବିଭିନ୍ନ ସ୍ଥାନ ବୁଲୁଛି। କାନାଡ଼ା, କାଲିଫର୍ଣ୍ଣିଆ, ପିଟ୍‌ବର୍ଗ, ଫ୍ଲୋରିଡ଼ା, ନ୍ୟୁଅର୍ଲିଆନ୍‌, ଅଷ୍ଟିନ୍‌, ସାନଆଣ୍ଟୋନିଓ ବୁଲିସାରିଲିଣି। ଭ୍ରମଣ କାହାଣୀ ବି ଲେଖିବା ଆରମ୍ଭ କରିଛି। ତେବେ ଯେଉଁଠିକୁ ବି ବୁଲିଗଲେ ଲାଗେ ଯଦି ଘର ଲୋକ ପାଖରେ ଥାନ୍ତେ ସତରେ କେତେ ଭଲ ହୋଇଥାନ୍ତା। କାନାଡ଼ା ହେଉ କି କାଲିଫର୍ଣ୍ଣିଆ, ବଣ ପାହାଡ଼ ଦେଖିଲେ କେଉଁଠି ସିମଲା ମନାଲିର ଚିତ୍ର ଆଖି ଆଗକୁ ଚାଲିଆସେ ତ ଆଉ କେଉଁଠି ମୋ ପ୍ରିୟ ସହର ଢେଙ୍କାନାଲ ସ୍ମୃତି ଝଲସି ଉଠେ।

ଟେକ୍‌ନୋଲୋଜି ଦୂରତାକୁ ଅନେକ ପରିମାଣରେ କମେଇ ଦେଇଛି। ତଥାପି ଘର ଲୋକ ବହୁତ ମନେପଡ଼ନ୍ତି। ମା' କୋଲରେ ମୁଣ୍ଡ ଦେଇ ଟିକେ ଶୋଇଯିବାକୁ, ଗୁଟ୍ଟୁ, ପରୀ, ଜୋଜୋ (ପୁତୁରା, ଝିଆରୀ)ଙ୍କ ସାଂଗେ ଖେଲିବାକୁ ବହୁତ ଇଚ୍ଛା ହୁଏ। ପୁଣିଭାବେ କିଛି ପାଇବା, କିଛି ହରାଇବା... ଏଇଟା ବୋଧେ ଜୀବନ। ଏଇତ ମୋ ସ୍ୱପ୍ନରେ ଡେଣାଲାଗିଛି। ଆହୁରି ଅନେକ ଆଗକୁ ଯିବାର ଅଛି। ସ୍ୱପ୍ନ ଦେଖିଲେ ସତ ହୁଏ ଏଇ କଥାରେ ମୁଁ ବିଶ୍ୱାସ କରିବା ଆରମ୍ଭ କରିଛି।

BAIVAB MOHANTY

ବୈଭବ ମହାନ୍ତି

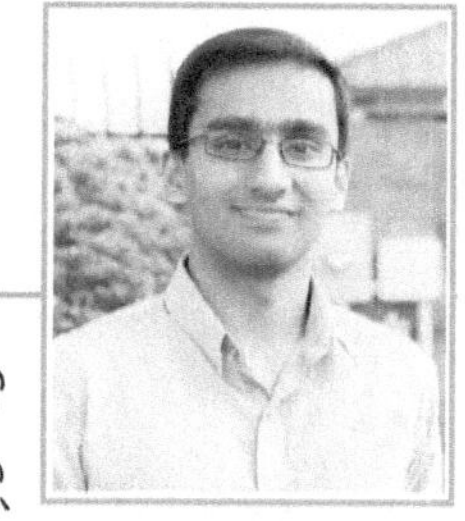

ବୈଭବ ମହାନ୍ତି ହାର୍ଭାର୍ଡ ବିଶ୍ୱବିଦ୍ୟାଳୟରେ ରସାୟନିକ ଶାସ୍ତ୍ର/ଭୌତିକ ବିଜ୍ଞାନ (ମେଜର) ଆଉ ସଙ୍ଗୀତ (ମ୍ୟୁଜିକ୍ ମାଇନର୍) ନେଇ ୨୦୧୯ରେ ବି.ଏ./ଏମ୍.ଏ.ର ଛାତ୍ର। ଜନ୍ମଠାରୁ ଆରମ୍ଭ କରି ବର୍ତ୍ତମାନ ପର୍ଯ୍ୟନ୍ତ ସମସ୍ତ ଶିକ୍ଷାଦୀକ୍ଷା ଆମେରିକାରେ ହେଲେ ବି ଓଡ଼ିଆରେ କଥାବାର୍ତ୍ତା କରିବାକୁ ତାଙ୍କୁ ବହୁତ ଭଲ ଲାଗେ। ପାଶ୍ଚାତ୍ୟ ସଂଗୀତରେ ସଂଗୀତଜ୍ଞ ହେଲେ ବି ଭାରତୀୟ ଗୀତ ସାକ୍ସଫୋନ୍ ଆଉ ପିଆନୋରେ ବଜାଇବା ତାଙ୍କର ବହୁତ ପ୍ରିୟ।

ଆମେରିକାରେ ଜନ୍ମ
ଏକ ଓଡ଼ିଆର ପରିଚୟ

ମୋର ଜନ୍ମ ୧୯୯୮ ମସିହାରେ ନର୍ଥ କ୍ୟାରୋଲିନାର (ଆମେରିକାରେ ଅବସ୍ଥିତ) ଡୁରହାମ୍ ସହରରେ ହୋଇଥିଲା। ମୋର ମା, ବାପା ଓଡ଼ିଶାରୁ ଆମେରିକା ଆସିଥିଲେ। ୨୦୦୧ ମସିହାରେ ଆମ ପରିବାର ଡୁରହାମ୍ ନର୍ଥ କ୍ୟାରୋଲାଇନାରୁ ଚାର୍ଲ୍ସ୍ଟନ୍, ସାଉଥ୍ କ୍ୟାରୋଲାଇନାକୁ ଆସିଲୁ। ମୁଁ ଚାର୍ଲ୍ସ୍ଟନରେ ବଡ଼ ହେଇଛି ଏବଂ ମୁଁ ଏବେ ହାର୍ଭାର୍ଡ଼ ୟୁନିଭରସିଟିରେ ପଢ଼ୁଛି, ଯୋଉଟା କି ମାସାଚୁସେଟସ୍ର କ୍ୟାମ୍ବ୍ରିଜ୍ରେ ଅବସ୍ଥିତ।

ମୁଁ ଓଡ଼ିଶାରେ କେବେ ରହିନି, କେବଳ ଛୁଟିରେ ବାପା, ମାଆଙ୍କ ସାଙ୍ଗରେ ଆମ ପରିବାରକୁ ଦେଖା କରିବାକୁ ଆମେରିକାରୁ ଯାଏ। ଏମିତିକି ଭାରତରେ ଅନ୍ୟ ଜାଗାରେ ବି ରହିନି। ତଥାପି ମୁଁ ଭାରତୀୟ ତଥା ଓଡ଼ିଶାର ସଂସ୍କୃତି ସହିତ ବହୁତ ଭଲ ଭାବେ ସମ୍ବନ୍ଧ ରଖିଛି ଓଡ଼ିଆ ଭାଷା ମାଧ୍ୟମରେ। ମୁଁ ଘରେ ପୁରା ଓଡ଼ିଆରେ ମୋ ବାପା, ମାଆଙ୍କ ସାଙ୍ଗରେ କଥା ହୁଏ। ମୁଁ ଅନେକ ଭାଷାଭାଷୀ ଲୋକଙ୍କ ଗହଳରେ

ବଡ଼ ହୋଇଥିବାରୁ ବହୁତ ଭାଷା ସହିତ ପରିଚୟ ମିଳି ମୋର ଲାଭ ହେଲା। ପ୍ରାଞ୍ଜଳ ଓଡ଼ିଆରେ ମା’ ବାପାଙ୍କ ଭଳି ସବୁ ଓଡ଼ିଆଙ୍କ ସହିତ କଥାବାର୍ତ୍ତା ମଧ୍ୟ କରେ। ଏମିତିକି ସମୟ ସମୟରେ ଓଡ଼ିଶାରୁ ଆମେରିକାକୁ ବୁଲିବାକୁ ଆସିଥିବା ଲୋକମାନେ ମୋର ଓଡ଼ିଆରେ ସେମାନଙ୍କ ସହ କଥାବାର୍ତ୍ତା ଶୁଣି ବହୁତ ଖୁସି ହେଇଛନ୍ତି ଯାହାକି ମୋତେ ବହୁତ ଭଲ ଲାଗେ ସେମାନଙ୍କ ଖୁସି ଦେଖି।

ମୋର ପିଲାବେଳର ଭିଡ଼ିଓ ରେକର୍ଡିଂରୁ ଜଣାପଡ଼େ ଯେ ମୁଁ ବହୁତ ଛୋଟ ବେଳୁ ଓଡ଼ିଆରେ କଥା ହେବା ଆରମ୍ଭ କରିଥିଲି। ଏମିତିକି ୨ବର୍ଷ ପୁରିବା ଆଗରୁ ଓଡ଼ିଆ ଗୀତ ଗାଇ ନାରୁଥିବାର ପ୍ରମାଣ ମଧ୍ୟ ଅଛି। ମୁଁ ଓଡ଼ିଆ ଭାଷାକୁ ପିଲାବେଳୁ ଅକ୍ତିଆର କରିପାରିଥିବାରୁ ଅନ୍ୟ ଭାଷାସବୁକୁ ନିଜ ଅକ୍ତିଆରରେ ଆଣିବାକୁ ସୁବିଧା ହେଲା। ମୁଁ ହିନ୍ଦୀରେ କଥାବାର୍ତ୍ତା ମଧ୍ୟ କରିପାରେ। ଓଡ଼ିଆ ଆଉ ବଙ୍ଗାଳି ଭାଷାର କିଛି ସାମଞ୍ଜସ୍ୟ ଅଛି ବୋଲି ମୁଁ ବଙ୍ଗାଳି ଭାଷାକୁ ବୁଝିପାରେ। ହିନ୍ଦୀ, ବଙ୍ଗାଳି ଜାଣିଥିବାରୁ ଆମ ଚାର୍ଲ୍ସନର ଭାରତୀୟ ସଂଗଠନର ବିଭିନ୍ନ ପ୍ରକାରର ସମାରୋହରେ ମୁଁ ଯୋଗଦେଇପାରେ। ମୁଁ ସେଠାରେ ଭାରତୀୟ ସଂଗୀତ ବଜାଇବା ପାଇଁ ଯୋଗଦିଏ। ମୁଁ ଯେହେତୁ ଜଣେ ଭାରତୀୟ ହିନ୍ଦୀ ସିନେମାର ପ୍ରେମୀ ସେଥିପାଇଁ ସବୁପ୍ରକାର ହିନ୍ଦୀ ସିନେମା ଦେଖେ, ସେ ସିନେମା ୧୯୪୦ ମସିହାର ହେଉ ବା ୨୦୧୮ ମସିହାର ହେଉ। ଆମେରିକାରେ ହିନ୍ଦି ସିନେମାର ଲୋକପ୍ରିୟତା ଅଛି। ଆଜିକାଲି ନୂଆ ନୂଆ ସିନେମା ଆମ ଚାର୍ଲ୍ସନ୍ ସିନେମା ହଲକୁ ଆସେ। ସେଥିପାଇଁ ମୋର ହିନ୍ଦୀ ସିନେମା ପ୍ରତି ମମତାଟା ରହିଛି ଏବଂ ମୁଁ କିନ୍ତୁ ଭାରତୀୟ ସଂସ୍କୃତିଠାରୁ ଦୂରେଇ ଯାଇନି।

ମୁଁ ଜଣେ ସଂଗୀତ ପ୍ରେମୀ। ସଂଗୀତ ହେଉଛି ମୋର ସାଧନା ଏବଂ ମନୋରଞ୍ଜନ କରିବାର ମାଧ୍ୟମ। ସବୁପ୍ରକାରର ସଂଗୀତକୁ ମୁଁ ପସନ୍ଦ କରେ। ସାଧାରଣ ଭାଷାରେ କହିଲେ ମୁଁ ଜଣେ ସଂଗୀତଜ୍ଞ। ପାଶ୍ଚାତ୍ୟ ସଂସ୍କୃତିର ଶାସ୍ତ୍ରୀୟ ସଂଗୀତ ଏବଂ ଯାଜ୍‌ର କମ୍ପୋଜର, ଆରେଞ୍ଜର। ମୁଁ ସେଥିପାଇଁ ଗୀତ ଲେଖିବାରେ ଶୁଣିବାରେ ଓ ବଜାଇବାରେ ବହୁତ ସମୟ ଦିଏ। ମୁଁ ଯେତେବେଳେ ୪ବର୍ଷ ବୟସରେ ପହଞ୍ଚିଲି ସେତେବେଳେ ପାଶ୍ଚାତ୍ୟ ଶାସ୍ତ୍ରୀୟ ସଂଗୀତ ପିୟାନୋରେ ଶିଖିବା ଏବଂ ବଜାଇବା ଆରମ୍ଭ କରିଥିଲି। ମୋର ବାପା ମଧ୍ୟ ଜଣେ ସଂଗୀତ ପ୍ରେମୀ। ସେ ବହୁତ ହିନ୍ଦୀ ସିନେମା ଗୀତ, ଓଡ଼ିଆ ସିନେମା ଗୀତ, ଓଡ଼ିଶାର ଲୋକଗୀତ, ଓଡ଼ିଆରେ ଜଗନ୍ନାଥ ଭଜନ ଶୁଣନ୍ତି। ମୁଁ ପିଲାବେଳୁ ବାପାଙ୍କ ସାଙ୍ଗରେ ବସି ବହୁତ ଓଡ଼ିଆ ଗୀତ, କିଛି ହିନ୍ଦୀ ଗୀତର ସ୍ୱରକୁ ଛୋଟ ‘କି ବୋର୍ଡ’ରେ ବଜାଇବାକୁ ଚେଷ୍ଟା କରିଥିଲି। ସେ ଚେଷ୍ଟା ମୋର ସାଧନାରେ ପରିବର୍ତ୍ତନ ହୋଇଗଲା। ମୋର ପାଶ୍ଚାତ୍ୟ ଶାସ୍ତ୍ରୀୟ ସଂଗୀତକୁ

ଭଲ ଭାବରେ ବୁଝିବା ସକ୍ଷମତା। ଆସିବା ସଂଗେ ସଂଗେ କାନରେ ଶୁଣି ବଜାଇପାରିବାର ସକ୍ଷମତା ମଧ୍ୟ ଆସିପାରିଲା। ମୋର ବୟସ ବଢୁ ବଢୁ ମୁଁ ବିଭିନ୍ନ ଭାରତୀୟ ସଂଗୀତ ଏବଂ ପାଶ୍ଚାତ୍ୟ ଶାସ୍ତ୍ରୀୟ ସଙ୍ଗୀତ ଓ ଜାଜ୍‌କୁ ଇଲେକ୍‌ଟ୍ରିକ୍‌ କି’ବୋର୍ଡ, ପିଆନୋ ଆଉ ସାକ୍‌ସୋଫୋନ୍‌ରେ ସହଜରେ ବଜାଇବା ସହିତ କମ୍ପୋଜ୍‌ ମଧ୍ୟ କରିପାରିଲି। ୨୦୧୪ ମସିହା ଓସା (OSA) Odisha society of the Americas) କନ୍‌ଭେନ୍‌ସନ୍‌ରେ ମୋର ଯାଜ୍‌ ଏବଂ ଓଡ଼ିଶୀ ଶାସ୍ତ୍ରୀୟ ସଂଗୀତର ସଂଗମ୍‌ ମିଶ୍ରଣରେ ରେକର୍ଡିଂ ପରିବେଷଣ କରାଯାଇଥିଲା।

ଏହି ୨୦୧୮ ମସିହା ଅଗଷ୍ଟ ମାସରେ ମୁଁ ୪ର୍ଥ ଏବଂ ଶେଷବର୍ଷ କଲେଜ ପାଠ ହାର୍ଭାଡ଼ ୟୁନିଭରସିଟିରେ ଆରମ୍ଭ କରିବି। ୨୦୧୯ ମସିହା ମେ’ ମାସରେ ବି.ଏ. ପାଠ ଭୌତିକ ବିଜ୍ଞାନ ଏବଂ ରସାୟନିକଶାସ୍ତ୍ର ସହିତ ସଂଗୀତ ରଖିବା ସହିତ ଥିଓରିଟିକାଲ କେମିଷ୍ଟ୍ରିରେ ଏମ୍.ଏ. ଡିଗ୍ରୀ ପାଇବାର ଯୋଜନା ଅଛି। ମୋର କିଛି ବର୍ଷ ହେଲା ଥିଓରିଟିକାଲ ଫିଜିକ୍‌ରେ ଇଲେକ୍‌ଟ୍ରୋନ୍‌ର ବ୍ୟବହାର ସେମିକଣ୍ଡକ୍ଟରରେ କେମିତି ହୁଏ ଗବେଷଣା ମଧ୍ୟ ଚାଲିଛି। ତା’ ସହିତ ମୋର ମେଡିକାଲ୍ ଫିଜିକ୍‌ ଏବଂ ବାଇଓଲୋଜିକାଲ ଇମେଜିଂରେ ଗବେଷଣା ମଧ୍ୟ ଚାଲିଛି। ପାଠପଢ଼ା ଦୁନିଆ ସହିତ ମୁଁ ବିଭିନ୍ନ ସଂସ୍ଥାରେ ମଧ୍ୟ ଜଡ଼ିତ। ଯଥା- ମୁଁ ହାର୍ଭାଡ଼ କମ୍ପୋଜର ଆସୋସିଏସନ୍‌ର କୋ-ପ୍ରେସିଡେଣ୍ଟ, ସୋସାଇଟି ଅଫ୍ ଫିଜିକ୍‌ ଷ୍ଟୁଡେଣ୍ଟସର କୋ-ପ୍ରେସିଡେଣ୍ଟ ଏବଂ ଆର୍ଟ ଆଣ୍ଡ ସାଇନ୍ ଜର୍ଣ୍ଣାଲ୍ Ecdysisର ଟେକ୍‌ନୋଲୋଜି ଚେୟାର ଆଉ ସଙ୍ଗୀତ ବିଭାଗର ଆସୋସିଏଟ୍ ଏଡିଟର ଅଛି।

ମୁଁ ସ୍କୁଲ ସମୟରେ ଛ’ ବର୍ଷକାଳ ସ୍ପାନିଶ୍ ପାଠ ପଢ଼ିଛି ଏବଂ ସେସବୁ ପଢ଼ିବା ଓ କହିବା ମୋ ପାଇଁ ବହୁତ ସହଜ ହେଇଛି ଯେହେତୁ ମୁଁ ଓଡ଼ିଆ ସହିତ ଅନ୍ୟ ଭାଷା ବୁଝି ଓ କହିପାରେ। ସ୍କୁଲ ଓ କଲେଜ୍ ସମୟରେ ଦେଖିଲି ଯେ ଆମ ଓଡ଼ିଆଙ୍କ ସଂଖ୍ୟା ବହୁତ କମ୍ ଆମ ଭାରତୀୟଲୋକଙ୍କ ଭିତରେ। ଯାହାଦ୍ୱାରାକି ବହୁତ କମ୍ ଓଡ଼ିଆରେ କଥାହେବାକୁ ମିଳେ ଘର ବାହାରେ। କୌଣସି ଓଡ଼ିଆ ସମାରୋହକୁ ନ ଗଲେ ଓଡ଼ିଆ ସଂସ୍କୃତି ଜଣାପଡ଼େନି, କଲେଜମାନଙ୍କରେ କିଛି ଏସିୟାନ୍ ହିଷ୍ଟ୍ କ୍ଲାସ୍ ହେଲାଣି। ସେଥିରେ ସଂସ୍କୃତ, ହିନ୍ଦୀ, ତାମିଲ୍ ଇତ୍ୟାଦି ପଢ଼ାହେଲାଣି। ଓଡ଼ିଆଙ୍କ ସଂଖ୍ୟା ବହୁତ କମ୍ ଥିବାରୁ ସବୁକ୍ଷେତ୍ରରେ ପ୍ରାୟ ଓଡ଼ିଆ ଭାଷାର ଚର୍ଚ୍ଚା ହୁଏନି।

ମୋର ଆଶା ଭବିଷ୍ୟତରେ ଓଡ଼ିଆମାନଙ୍କ ସଂଖ୍ୟା ବଢ଼ିଲେ ଓଡ଼ିଆ ଭାଷା ଆଉ ସଂସ୍କୃତିର ଲୋକପ୍ରିୟତା ବଢ଼ିବ।

BLACK EAGLE BOOKS

www.blackeaglebooks.org
info@blackeaglebooks.org

Black Eagle Books, an independent publisher, was founded as
a nonprofit organization in April, 2019. It is our mission to
connect and engage the Indian diaspora and the world at large
with the best of works of world literature published on a
collaborative platform, with special emphasis on
foregrounding Contemporary Classics and New Writing.